2018

漓江年选 ∩ 品质阅读 ∩ 恒久珍藏

2018中国年度中篇小说 [上]

中国作协《小说选刊》 选编

漓江出版社

图书在版编目（CIP）数据

2018 中国年度中篇小说：全 2 册 / 中国作协《小说选刊》选编 .
—桂林：漓江出版社，2019.1
ISBN 978-7-5407-8558-1

Ⅰ. ① 2… Ⅱ. ①中… Ⅲ. ①中篇小说—小说集—中国—当代

Ⅳ. ① I247.5

中国版本图书馆 CIP 数据核字（2018）第 261155 号

2018 ZHONGGUO NIANDU ZHONGPIAN XIAOSHUO［SHANG XIA］

2018 中国年度中篇小说［上下］
选编者：中国作协《小说选刊》

出版人：刘迪才
出品人：张谦
责任编辑：张谦
助理编辑：辛丽芳
书籍设计：石绍康
责任监印：杨东

漓江出版社有限公司出版发行
广西桂林市南环路 22 号　邮政编码：541002
发行电话：010-85893190　0773-2583322
传真：010-85890870-814　0773-2582200
邮购热线：0773-2583322
电子信箱：ljcbs@163.com
网址：http://www.lijiangbook.com
三河市西华印务有限公司印刷
［河北省三河市沟阳镇化甲屯小学东　邮政编码：065299］
开本：690mm×1000mm　1/16
印张：58　字数：808 千字
2019 年 1 月第 1 版　2019 年 1 月第 1 次印刷
书号：ISBN 978-7-5407-8558-1
定价：92.00 元（全 2 册）

目 录
contents

后生命

王威廉[*]

我说服不了任何人，最终也说服不了自己，但是，面对你们，面对把他当成是最高信仰的你们，我只能说：

"也许是我，害死了他。"

我作为一名资深的芯片研究专家，怎么会在封闭、无影的实验室里将李蒙的意识芯片给弄丢了？我分明紧紧地抓着它，就像它是我身体的一部分，但那块比指甲盖大不了多少的玩意儿就在我的手指间蒸发掉了一般，没有了任何踪影。实验室有着全方位无死角的全息监控，现在，几十个科学家被紧急组织起来，对着事故发生时的三维立体影像记录进行反复观看。他们像小学生那样认认真真看了几十遍，然后面面相觑，一脸惶然。他们对芯片的凭空消失，百思不得其解。

这种意识芯片并非是普通的机械物质，而是近似于透明的有机组织，可以在电子信号与神经元之间建立联系。我一直认为，意识芯片是我们这个时代最伟大的发明，没有之一。正是这个发明，终于将我们人类自身纳入了信息文明的范畴之中。换句话说，自从有了这个小玩意儿，我们的生命，至少是一部分生命，不再是血肉之躯。那些冰冷无感但是功能强大的各种电脑与机器造物，

---

[*] 王威廉，1982年生。文学博士，中国作家协会会员。作品散见于《收获》《十月》《作家》《花城》等刊。出版有长篇小说《获救者》，小说集《内脸》《非法入住》《听盐生长的声音》等。曾获十月文学奖、花城文学奖。现居广州。

成了我们生命的一部分。这不再是一种比喻性的说法，这是一种稀松平常的客观描述。

假如还有人不知道李蒙是谁，那么，我要告诉你们的是：李蒙，他可不是实验室的小白鼠，而是一个科学家；还不是一个普通的科学家（比如我），而是一个伟大的科学家。

正是他，创造出了意识芯片。

他是我们这个时代的父亲。

你们这下终于明白这场跟我有关的祸事了吧！弄丢李蒙的意识芯片，将会是一场巨大的技术浩劫。只有他，才知道意识芯片的根本奥妙。没有他，就没有芯片的升级换代，人类的复活计划就要无限期延后。

我被勒令关在实验室里，像囚犯那样接受审问。他们认为问题一定出在我这里，他们怀疑是我做了什么手脚，试图窃取李蒙的意识芯片。我申辩，我要李蒙的意识芯片一点用都没有，因为李蒙的意识芯片与其他任何人的基因序列是不兼容的（这是科学常识）。但这几个穿着黑色西装、表情严肃的人，对我的申辩很不满意。

他们说："你是这方面的专家，你一定有你自己的盘算，说不定你想从中窃取意识芯片的秘密，以后宣称是自己的发现。这样的学术剽窃我们见得多了。"

这是用巨大的恶意来揣测我，我感到一阵恶心。他们来自一个神秘的部门，他们出现的时候，就是你被当成罪犯的时刻。我虽然清清白白，什么也没做，但面对他们，我依然有些胆怯，心里涌动着承认些什么也许就会解脱的冲动。可我能承认什么呢？承认自己的怯懦？我不该为自己感到羞耻，罪感是人所固有的，他们身上难道没有吗？

"我和李蒙是彼此最信赖的合作伙伴，是他托付我进行这场实验的，我怎么可能做这样的事情？没有了李蒙，仅靠我一个人是不可能继续开展这项研究的。"

"那你好好问问你自己吧，有了答案再联系我们。"

他们把我一个人锁在实验室里。他们没有立刻把我送进监狱，这算是一种仁慈吗？我想他们的意图不是显示仁慈，而是不让我离开"作案"的环境，防止我把那个已经失踪的芯片带到外界去。

我只得像狗一样趴在地上，寻找着芯片的踪影。明知道这样的行为是枉然，但我已经完全屈从于他们的压力。我用手指摸遍了实验室的每一个角落，还是一无所获。我的手指只是变得干燥，上边连灰尘也没有。

在光线均匀分布的无影空间里，我一个人坐在椅子上，周围没有任何的动静，时间似乎取消了，我对世界失去了判断。我感到身体正在被一种说不清的状态给腐蚀着，我觉得细胞在蒸发，我在变得透明。

我记得当时我刚刚把芯片和李蒙的大脑连接在一起，正准备将他的意识转移进他的克隆体Ⅱ的脑颅内部。上一个克隆体没有接受他的意识芯片，只能被送往管理中心焚毁（之所以焚毁是因为李蒙的基因序列是重大机密，如果是普通人的克隆体出现这种情况，就会改造成肉体机器人）。上次的失败，让我这次不免紧张，我似乎有一瞬间走神了，可那一瞬间最多不超过零点四秒。难道就是在那零点四秒当中，芯片丢失的吗？

但芯片不是丢失，是消失了，好像世界上从来没有过这块芯片一样。

我伸开双手高高举起（那样子看上去像祈祷），手指似乎还能感觉到那芯片的质感。它像一只有生命的昆虫，只是不会大动。我当时尽管戴着无菌手套，还是感到它表面黏糊糊的，像是鲜肉的断面。我把它和李蒙的大脑接通的时候，它似乎微微颤抖了一下，我从没想到它还会动，李蒙之前没有告诉我，因此我以为是自己的肌肉由于紧张在颤动。它是如何沟通了生命和非生命的，就连李蒙本人也没能在理论上阐释透彻，他只是不断地使用各种新材料去实验。我怀疑他的成功带有极大的偶然性。

这种怀疑是源于嫉妒吗？我觉得不是。我认为科学发明有时的确需要运气，有很多发明创造都走在了理论认识的前面，历史上这样的例子太多了。

我放下双手，撑在膝盖上，像梦游者一般打量着周遭。我的目光碰到了还躺在那里的李蒙。李蒙的克隆体Ⅱ还躺在另一边，他们看上去很难辨别，而我对克隆体的态度总像对待一个高级版的塑料模特。我站起身，走过去，靠近他们。他们的呼吸都已经停止了，普通的芯片手术是不会影响心肺等器官功能的，而这次是彻底的意识转移，大脑的功能完全没有了，其他器官自然都失去了控制。这两个身体连接着实验室的细胞凝聚装置，倒是可以长期保存下去。他们还没有被移走，也是担心芯片被带出去。而且，放在这里，对我也是一个惨痛的提醒：你害死了自己的朋友。

仅仅因为不见了一个小小的芯片，那个身体竟然就失去了生命的全部意义。那个身体变成了一个躯壳，一个完全物质性的生物组织。这就是死亡吗？我们对于死亡的定义是否能用在李蒙身上？我站在李蒙的身体旁边，凝视着他，他安详的样子好像随时都会醒来。我伸手碰了碰李蒙的脸，僵硬，冰冷，与冷藏柜的尸体类似。

我终于哭了出来。

李蒙是我的挚友，我们在这个领域里边共同探索了二十年，结下了深厚的友情。我从没想到他会这么早离开这个世界，而且还是毁在我的手上。事故发生后，这是我的第一次哭泣。此前，我一直处于一种恍惚的情绪中，不敢相信这是真的。我总觉得芯片总是能够找到的，李蒙马上就能苏醒。我的这种希望并非是一厢情愿的，而是因为人类已经攻克了绝大部分疾病，只要病患不伤及大脑，大部分人都能活过百岁，而李蒙这时才四十岁，正值无限风光的壮年。我和其他人一直认为，以他的智慧，他迟早会研究出人类复活的核心技术。

泪水很快就干了，实验室一成不变的光线与温度，让我一个人的哭泣像是白痴的梦呓。我在李蒙身边坐下，看着他的脸，想象着此刻如果他还有意识的话，他会怎么处理。我让自己真正冷静下来，像科学家那样用尽全力思考芯片的下落。

我说过，这次的芯片不是普通的芯片，是独一无二的。那种已经进入工业化生产的普通芯片，只是复制了人体的大部分记忆和一部分思维结构，就人工智能领域来说，这的确是大大迈进了一步；但是，说到底，那依然还是复制或模拟的生命，而不是生命的真正转化，不是生命的萃取、复活与永生。

对这一点，我以前并不是真的理解，直到李蒙有一次和我争吵起来。

"生命究竟是什么？意识的来源太神秘了！"我记得李蒙很激动地对我嚷嚷道，他的双眼弥漫着一层泪水，"仅仅只是复制生命，那么我们并没有从根本上改变人类的命运，区别只是在于，以往人类是靠生殖去繁衍后代，而我们现在掌握了基因技术，可以直接克隆人体，算是实现了无性繁殖，但本质是差不了多少的！"

"我不同意你这么说，"我当时很惊讶这些话是从李蒙嘴里说出来的，"人类掌握了基因技术，然后，是你，李蒙，你在生命和非生命之间建立了联系，我们可以用电脑储存记忆，我们可以用大脑直接控制机器，这是多么伟大的创造！你的研究都差不多逼近造物主了！"

"可是，你知道，我的研究遇到了很大的困境！"李蒙叹口气，顺着实验室的墙壁滑下来，坐在地上，手臂撑着脑袋说，"我的母亲得了脑癌，这是最可怕的一种病，当时，我赶紧将纳米机器人注射进她的颅内，去清除癌细胞。但这种治疗方式只能延缓死亡，而无法根治疾病。因此，我用母亲的干细胞克隆了她的身体。你知道我们早已不像刚刚掌握克隆技术那会儿了，那时还是以培育单体细胞的方式去克隆，那样等到单体细胞发育成人，不但时间极为漫长，而且在意识上也已经是另一个人了。我们现在采用的是提取基因序列，然后同步克隆各个器官，最终再拼装成人体。我们甚至可以设定克隆体的身体年龄。"

"是的，你用最快的速度，三个月就克隆出了你母亲四十岁的身体。"我知道他需要用这种和我聊天的方式去梳理思路，便陪他说下去。

"可是我无法将母亲的意识传导进克隆体的大脑里。我用芯片复制了她的全部记忆，再植入克隆体的大脑里，却无法激活和唤醒，只得借助电子脑设备，那个克隆体才被唤醒。但那只是一个拙劣的复制品，她成了我母亲的扮演者，而不是我母亲。"李蒙握紧了拳头，在痛苦的回忆里挣扎着。

"因此你认识到仅仅复制记忆，并不是生命的转移。"我也坐到他旁边说，"生命的转移，需要的是全部意识的转移。但意识究竟是什么呢？意识是物质的还是反物质的？科学发展到了今天的程度，我们竟然会陷入一种哲学困境里。而哲学作为一门学科，早已死去多年了，跟更早以前的神学著作一样，几乎没人去看了。"

李蒙的声音哽咽起来："我趁着母亲弥留之际，她还有最后的意识，就对她说，我一定会复活她的，但谁知道我的母亲竟然变得非常愤怒，她挣扎着要我答应她，要执行遗嘱里边写到的火葬，也要将记忆芯片一并烧掉。她要走得彻彻底底。你知道，这年头只要是手上有点钱的人，都会想方设法保存自己的遗体，渴望有一天有了复活技术，就可以重新来人间享受生活。我自然是一点儿也不缺钱，可以用最好的条件去保存母亲的遗体，而且，我一直相信，我就是那个创造复活技术的人。到时候，我第一个去复活的人就会是我的母亲。但是，我的母亲竟然要这样彻底毁灭自己，这是为什么呀？"

"那你怎么办的？你真的火葬了她吗？"

李蒙的母亲如此决绝，让我震惊，李蒙都无法理解，我更加无法回答。但我的情感又觉得李蒙母亲的选择是可以理解的。

"你觉得我会怎么做？"李蒙反问我。

"以我对你的了解，你肯定背叛了母亲的遗嘱，留下了她的记忆和身体。"

李蒙却没有接我的话，说起了别的：

"你知道，那些弥留之际的人，同意将自己的记忆借助芯片上传进入总系统，那将带给他们没有痛苦的濒死体验。在那里，他们仿佛没有死去，带着生前的记忆存在于电子世界里。"

"是的，他们成了电子化的存在，"我继续问他，"你是说，你把你母亲的记忆也上传进入了总系统？"

"那些家属觉得这样非常好，他们的亲人终于永生了，在另一个电子世界里过着幸福的生活。"李蒙继续自说自话,嘴角向下咧,说不清是嘲弄还是悲伤。

"难道不是吗?"我借机反问他,他特别喜欢辩论,我为了激发他的新思想,会经常做那个不断提出标靶的人。

"难道你不知道这是个精致的谎言吗?那些可怜的人,只是在临死的瞬间体验到了进入永恒的幻觉罢了,然后,他们就彻底死去了,哪里有什么永恒的电子世界。那个电子世界是给不加深思的世人看的,总系统整合死者的记忆,模拟出死者生前的形象,展示出一些碧海蓝天的环境,然后跟生者聊天,告诉生者他们在那边过得很好,生者竟然会信以为真!"

"你说得没错,可那的确带来了极大的慰藉,不是吗?无论是对死者还是生者。"我给他倒了一杯柠檬红茶,加了冰块,希望能让他的情绪平和下来。

"世人能从中得到安慰,可我不能,我反而感到更大的痛苦。"他喝了一口茶,喉结动了一下,那个样子看上去有些孩子气的桀骜不驯。

他盯着我问:

"你能体会到我的心情吗?"

"是的,我能体会,那是我们的天花板。"

"天花板,是的,压迫着我们,让我们透不过气来。"

"也许,真的像哲学家,甚至神学家说的,人是有灵魂的。"我说完,叹口气,想起前几天在意识书库里调取了印度古老的《薄伽梵歌》,里面有这样的歌词:"就像脱去旧衣服,穿上新的;死后灵魂离开身体,然后获得一个新的。"

"没想到你这样倒退了,"李蒙低下头,似乎对我很失望,"灵魂,这个古代人的概念,今天来看,我想只是一个不确切的比喻性说法,我们作为顶尖的科学家,就是要破解灵魂的本质是什么。没有什么不可破解的奥秘,只是人类的智慧还太低下。"

"嗯,还需要漫长的探索,也许,这不是我们这代人能解决的难题。"

"你刚才说过,我们这代人可以将记忆和神经脉冲转变为电子信号,从而打通生命和非生命的界限,这是了不起的创造。我承认,每当我想到这点,也会深感自豪。不过，这让我更加有了紧迫感，我总是在思考，意识，或者你说的灵魂，如果也能够转变成电子信号，那会怎么样呢？我们就可以彻底抛弃这具血肉之躯，活在任何设备之中。比如，可以把你的意识装载在飞船上，去探索宇宙空间，那样，你就是那艘飞船，那艘飞船就是你，太奇妙了！"李蒙谈到这一幕，仿佛已经实现了，他一扫刚才的沮丧，面带微笑，神采飞扬，这是他极具魅力的时刻。

"我可不愿变成一艘飞船。"

"那没问题，等飞船回来了，再将你的意识重新植入你的克隆体当中，你依旧是三十多岁的小伙子，继续和姑娘们寻欢作乐，哈哈。"他举起茶杯，有些手舞足蹈。

"你真的火葬了你的母亲吗？"我给他泼冷水。

"行啦，你都知道我不会的，还问什么？"他转身，哼出了贝多芬的《第九交响曲》。"未来科学再怎么发达，应该都不会出现这么伟大的音乐家了，这也是非常困惑我的问题。唉，生命太奇妙了。"他感慨道。

"太奇妙了"这四个字已经成了他的口头禅。我看着他的背影走向了实验室第三区，那里是他的专属王国。

自那天起，李蒙投入了没有止境的高强度工作。我很想深度介入他的工作，但他不肯。我脸上或许闪过一丝不快（心里确实怀疑他是不是为了提防我），他拍拍我的肩膀说："这次你真的没法帮我了，我要拿自己做实验了，因为涉及意识，我必须自己去体验，才能把握住其中微妙的感觉。"

他这句话打消了我的误解，我感到羞愧，不过，我很快又担忧起了他的健康，万一他的意识受了损伤可怎么得了！他让我放心，只要一日三餐能看到他就没问题。他是个十足的吃货，简直像饕餮一般，一顿能吃一斤牛肉、半斤大虾和大量蔬菜水果，他的高级私人医生认为这正是他创造力旺盛的表现。但我不这样想，我觉得那是他焦虑的表现。我不是医生，我的想法没有人会相信，我曾旁敲侧击问过他本人，他含含糊糊地说：

"这个问题，我从没想过。可这是个问题吗？吃坏了胃，换一个就是了。"

"没错，你已经换过一次了，不在乎第二次。"我不知道怎么劝慰他了，只能嘲讽。

"大脑也能换就好了。"他不在乎我的嘲讽，只沉溺在自己的思绪里。他双手抱着脑袋，紧紧闭上了眼睛。

难题就在大脑。

大脑会老化，正如李蒙的母亲那样，即便用最先进的纳米机器人去修复脑部细胞，也不能从根本上解决问题，终有一天，大脑这座熔炉会变成熄灭的灰烬。因此，大脑的健康构成了生命的大限，想复活，想永生，想转移意识，就必须破解大脑的奥秘。

但很可惜，这方面的研究一直停滞不前，即便人类已经可以克隆出和原生身体一样的大脑组织，但它始终无法像人的生命那样获得意识而后"苏醒"（诡异的是，单体细胞培育逐渐成长的就可以成为新的生命）。科学家们只能将电脑植入大脑组织内部，靠程序和电力驱动神经元系统，这样的人只是肉体机器人罢了。肉体机器人在家用市场上很受欢迎，可以作为管家、女佣、性爱伴侣、代孕工具等。由于价格极为昂贵，基本上还只是富豪们的用品。当然，也有人用积攒多年的存款，买这样一个肉体机器人一起生活，因为这样既可以有人陪伴，避免孤独，又可以逃避婚姻的种种麻烦（如果不喜欢这种性格设定，还可以设置成其他的）。这导致婚姻制度受到极大冲击，虽然还没有消亡（因为爱是人的本质欲望，这是肉体机器人无法真正给予的，只能模拟），却也变得开放包容了很多。

多少年前人类最为惧怕的电脑出现生命意志，依然停留在想象之中。的确，有很多领域电脑和机器人已经代替了人类在工作，但没有了人类的管理，它们依然只是会执行特定行为的非生命。我有一次无意调取历史信息，看到在公元2017年的时候，人类下围棋输给了电脑，电脑还学会了写一些简陋不堪的诗，当时的人们就变得很悲观，觉得人类快要被人工智能取代了。可现在看来，那是多么低等的人工智能啊！电脑是会按照人类的审美规则去排列词句造出诗来，但问题的关键在于，电脑并不知道那是诗，那意味着什么，那只是它在执行人类的意愿而已。直到今天，科技进步了这么多，电脑不但会写诗、写小说，电脑还会根据故事情景的设置拍电影，但电脑并不知道它在做什么，那意味着什么，那依旧只是它在执行人类的意愿而已。因此，从本质上说，人工智能依然只是人类智能的延伸与增强。想想也是，连一模一样的人脑都无法获得意识，更何况是人脑创造出的电脑。

李蒙不断地和我交流他的思路：如果意识能像记忆那样通过特制芯片转为电子信号，然后在一个全新的大脑里重新释放变回意识，那不就是一种复活吗？

"这样的实验我们已经做了很多次了，原生意识无法复制到克隆体中。"我叹气道。

"我觉得是我们在量子层面探索得不够，意识和记忆的机制是完全不同的，记忆是存储，可以复制，但意识是本质驱动力，是不可能去复制的，那么，只有转移这一条路了。"

"说真的，李蒙，我对此越来越绝望了，也许灵魂是唯一的，是不可转移的。"

"不要再跟我提'灵魂'这个词！"

他忽然朝我大吼了起来，我被吓了一跳。他的脸涨得通红，太阳穴变成了青紫色，牙齿紧咬，像低等动物要发动攻击了一般。他第一次对我发这么大的火，我完全不知所措，想不到提及灵魂会让他如此愤怒。

我什么话都说不出，只能沉默，却并不回避，坚定地望着他。

"大脑也是物质的一种结构，与其他物质是一样的，只要我们足够耐心，肯定能够掌握大脑的全部秘密，而意识，只是大脑那个物质环境生发出来的一种现象，一定可以被我们掌握的！"他居然没跟我道歉，继续和我大声说话。

"你说得没错，"我心平气和地对他说，"但如果'意识'这种现象无法脱离原有的物质环境呢？它们是一体的，不可分割呢？你怎么转移？"

"不，你这种说法太机械论了，太愚蠢了！"他气急败坏，直接用语言攻击我。他不再看我，来回踱步，"意识就像是火，在特定的物质环境下是可以点燃的，你懂吗？如果按照你说的，那么这个原本物质的宇宙是如何诞生出我们这些生命来的？意识不能凭空产生的话，那整个地球至今只能是一片荒原，最多长满了没有意识的野草！"

他涉及意识起源这个宇宙的终极之谜，我早已放弃了去探究，但现在我认识到，这个秘密与目前的研究有着极为密切的关联，甚至可以说是一致的。李蒙是比我智慧得多，我甘拜下风。

"没错，是我愚蠢。"我停顿了一下，"可你这次不是逼近了造物主的领域，而是真的进入了造物主的领域。"

"什么是科学？不就是一直在向那里挺进吗？"

"我能帮你什么，以后直接告诉我就好。"

"好的。"他逐渐平静了下来，对我说，"对不起，我已经快被折磨疯了。"

"是人，智慧就会有边界的。你已经很了不起了。"

"谢谢。"他冲着我微笑了一下。

三年过去了，李蒙对芯片做了极大的改造。由于我不了解关键的技术部分，我差不多只能做他的实验室助理。但我也目睹了许多诡异的事情，比如李蒙经常和垂死的病人待在一起，研究他们临死前意识的变化。由于他所关注的是意识的去向，遇见迟迟不肯断气的病人他还会很生气，等到病人咽气了，他兴奋得哈哈大笑。我觉得他的研究让他丧失了对人的基本的同情心。我和他聊天时暗示过他，他对此不屑一顾，他觉得自己的研究是为了人类复活的生命大道，如果他的研究成功了，那些他研究过的死者，将会获得率先复活的优惠。

"你研究的时候，也是这样对他们许诺的吧？"我问道。

"是的，"他说，对此并不回避，"这样说，他们很高兴，没有比这更好的临终关怀了。"

"希望他们真的能享受到你的许诺。"

"我已经快要突破了，明天的实验你就能看到了。"他冲我神秘地笑了。

第二天的实验果然和以往的都不一样，那是一个患脑癌早期的老太太（李蒙对脑癌耿耿于怀），老太太的求生意志非常强烈，她希望能通过这场"手术"获得新生。李蒙拿出改造后的芯片，我发现它在外观上都有了很大改变，机械化的质感越来越少了，看上去像是有生命的昆虫。这个芯片不再是复制记忆，而是以量子模式提纯意识，然后再将意识释放进克隆体的大脑内部。

"因为意识是唯一的，因而这次实验用的芯片也是唯一的。"李蒙对我晃了晃手中的芯片，然后把头扭过去看着老太太。老太太非常紧张，李蒙按下催眠键，老太太顿时进入了麻醉状态。

"一个沉睡的意识比活跃的意识肯定更好转移。"

李蒙说着，将芯片的电极逐个放置在老太太头上，并释放纳米机器人，让芯片可以探测到每一个脑细胞，然后，他喘口气，盯着我的眼睛，满是不确定的惶恐。

"成败在此一举。"他启动了芯片。

我看到老太太的眼珠在眼皮下开始颤抖，进而开始转动，顺时针转一周，紧接着又是逆时针转一周，衰老耷拉的眼皮却越闭越紧，仿佛眼睛背后有什么东西在抽扯着似的。那个昆虫般的芯片竟然发出了微光，李蒙一动不动，死死盯着芯片。

"在这个过程会产生巨大的能量，正好作为观测的指标，现在才刚刚开始。"

"测量仪的指针动了。"

"等指针摆到一百的刻度，你就准备将芯片信号输入克隆体。"

"没问题。"我紧张地盯着仪表。

老太太的嘴巴张开了，双颊深深凹陷，显露出濒死的状态。我不免有些担心。李蒙反而露出了微笑，说："意识转移，那就是意味着这边的身体要死亡了，目前看来，成功的可能性还是很大的。"

我稍稍有些放心。此时，指针已经逐渐来到了四十的位置上，我感到心脏猛跳，血液涌向太阳穴，整个人有些微微战栗，改变人类命运的时刻马上就到了。我怕等会儿措手不及，赶忙提前启动了克隆体头部的各项电极。

　　时间变得极为缓慢，每一秒钟，都像是心头的重负，而指针始终不能再前进一步。李蒙的额头开始冒汗，汗水流进了他的眼睛，他看上去像在哭泣似的。

　　"哪里出了问题？"我问道。

　　李蒙没有说话，快速检查了一遍设备，并用他特制的仪器检查了芯片。

　　"一切正常，"他说，"要不然就这样开始转移吧。"

　　"离一百还早呢。"

　　"这样僵持下去，老太太快不行了，我们抓紧尝试一次，也许就成功了呢？"

　　"好！"

　　我将克隆体的电极从另一端连接到了芯片上，李蒙启动量子化平台，为芯片提供逆向动力，克隆体的面部肌肉有所颤动，牙齿也碰撞在一起，发出了奇异的摩擦声。但克隆体的眼球还是安静地待在那里，完全不受影响。

　　"很明显是能量不足的原因。"我说。

　　李蒙加大了功率，试图强硬地将那四成的意识能量逼进克隆体的脑内。克隆体面部肌肉抖动越来越厉害，嘴巴变歪，舌头像小丑那样吐了出来。可眼球还是没有自发转动，这是意识活动之后最为关键的生物体征。我抬头看老太太，她此时的呼吸已经完全停止，细胞全部依赖仪器供氧，这样的状态如果停滞过久，会对意识造成极大损伤。

　　"我看实验得马上中止了。"我提议。

　　"你说得对，"他的头垂了下去，他左手按着扶手，右手扯着自己的头发，闷声闷气道，"实验再次失败。"

　　十二个小时后，老太太在体内百万个纳米小机器人的精心护理后，醒了过来。她原本迷惑的双眼看到李蒙，马上流露出了光泽，急切地问他：

　　"我已经住在一个新身体里了吗？"

"没有。"李蒙抓起老人的手握握，抱歉地说，"对不起，老人家，手术没能成功。"

"其实……我知道的，我在梦里就知道了，我只是还抱有幻想。"

听她这么说，我们再次激动起来，让她赶快复述梦中的所见所闻。因为我们知道，在那样的深度麻醉下，脑细胞处于低迷状态是不可能做梦的，即便有微弱的形象，也不可能在醒来之后还会记起。不过，在倾听老太太讲述梦境之前，李蒙还是先敏锐地调取了老太太的记忆芯片，打算直接看看其中的内容，然后再和老太太等会儿的叙述做比较。可调取之后，我们发现，老太太刚才的记忆是一片黑暗，没有任何有价值的信息。那么，老太太所记得的梦境究竟是什么呢？难道真的是和意识的本质有关吗？我们变得迫不及待了。

"这是我做过的最吓人的梦，因为太真实了，又太怪异了。"

老太太的精神状态有所恢复，但她说话的声音很小，眼睛也不看我们，我们只得坐在她床边，低下头来，把耳朵凑近她的嘴巴。

"请讲吧。"李蒙轻轻说。

"我梦见我被囚禁在一个黑暗的房间里边，房间非常小，我伸开双臂，就能摸到墙壁。我什么也看不见，只能一点点摸索，想着找到门就好了。但我几乎将那个空间摸索遍了，连个缝隙都没有。我心想，不对呀，房间是方方正正的，但这里摸上去都是一样的。似乎是我怎么摸，外界就是什么样的，我自己决定着外界的空间。我一害怕，双手缩回来了，那空间便也缩回来了。我怕自己被挤死，便使劲打出一拳，但那空间变得也围绕着我的胳膊。我感到自己像是悬浮在一种随心所欲的黑暗里边。我只能这样描述了，我尽力了，那种感觉太奇怪了，我觉得不是我的表达能力有限，而是那边和这边完全不同，没有相对应的东西，所以，用这边的语言去描述那边的世界，基本上是没用的，是不可能的。"

老太太说完后，我和李蒙不约而同都把目光投向了芯片，那种被黑暗拘禁的感觉，一定来自那个芯片的狭小内部，看来意识的确被部分转移到了那里。

这让李蒙深感振奋。他本以为实验失败了，现在却获得这么重要的成果，他的欣喜之色立刻浮于言表。

他对老太太说："你应该走进那黑暗的深处，一直走，也许就找到门了。既然是意识，肯定需要你的主动配合。"

可老太太说："那种体验太恐怖了，我宁愿去死，也不愿再试一次。"

"哈哈！"李蒙被逗笑了，"好，我尊重你的决定，我会再去寻找别的志愿者进行实验。幸运的是，我们现在知道了，意识真的是可以转移的，我们已经转移了百分之四十，不是吗？"

他伸手过来狠狠拍着我的肩膀，期待着我的回应。

我陪他笑笑，点点头，但我马上又陷入了怀疑之中。那百分之四十的能量是部分的意识还是别的什么，我无法确定。我发现自己受人类过去的文化影响较大，对于生命这件事深感神秘。当然，我已经不会在李蒙面前说"灵魂"这个词了，但在我心里，意识就是灵魂，是神秘的，甚至是不可知的。我一方面卑怯怕死，一方面却隐隐觉得这是无从逃避的宿命，只能直面和认命。这让我经常想起李蒙母亲的遗嘱，我觉得她老人家应该早都有了和我类似的想法。

这场实验引发了第二、第三……第 N 次实验，实验的次数越多，意识转移不但没有成功，而且很多原本以为确定的地方也变得不确定了。

最重要的不确定来自实验者的体验描述。

每个实验者无一例外都有记忆体验，但每个实验者的描述几乎没有雷同的。老太太说自己悬浮在黑暗中，那个体验很符合我们对于意识转移这个过程的想象。但是后来的实验者有梦见圆形沙漠的，有梦见没有阴影的白光的，有梦见自己蒸发成雾气的，诸如此类，没有共性，无法理解。李蒙劝每一个参与者继续实验，但没人同意，他们对那种状态极为恐惧。

每次做完实验，李蒙都不得不大声重复道：

"既然是意识，肯定需要你的主动配合！也许我们只是建立一个管道，需要你自己摸索过去，那样就成功了，你就可以长生不老了！"

但每个人都和首次参加实验的老太太一样，宁愿死，也不愿再继续。李蒙无法理解，居然还有比死亡更恐惧的恐惧。况且，听实验者的这些描述，也谈不上有什么恐怖，无非是一个人陷在什么状态或是事物当中。他估计，那正是意识浓缩的一种状态。因此，他决定，他要亲自体验，他觉得他作为了解意识最多的人，一定能够走出我们架设的量子桥梁，将意识转移进克隆体内部。

我不大同意这个计划，他太重要了，万一他的意识有什么损伤，那可是无可估量的科学灾难。但他非常坚定，他觉得这种体验蕴含着意识转移的关键所在，如果他不能亲身去体会，仅靠那些不确切的语言描述是无从把握的。没有货真价实的体验，接下来他也无计可施了。

他如此坚持，我只能配合他了。

可是，没有例外，在他身上实验依然失败了。

他睁开眼睛，看得出来，他也处在一种极度惊恐之中。

"你是被黑暗囚禁了，还是变成彩虹了？"我和他开个玩笑，想缓解下他的情绪。

他没有笑，他表情僵硬，结结巴巴说："我被困在一个类似气泡的东西里。那肯定不是气泡，但我只能这样类比。我也不是像一只飞不动的苍蝇那样，被气泡困住了，而是我和那气泡似乎是一体的。"

"你变成透明的水膜了？"

"说不清楚，那里似乎没有什么具象化的存在，比如我们长条状的四肢，比如气泡的弧度，那里是没有的；那里有的只是一种存在本身，并没有什么具体的形状。"李蒙伸出手在空气里比画着。

"我无法理解。"

"我也无法理解，但真实存在，光靠语言我也是描述不出来的。"

"你没有像你对别人说的那样，去寻找一条意识通道吗？"

"我很想去找，但在那里，发现那是没有意义的，那里不需要什么通道，那里是万事皆备的。"

"也好，你终于理解了那些人所说的。"

他点点头，身体有些微微发抖。

"你还在恐惧吗？"我有些惊讶，"那你还敢做第二次实验吗？"

他咬着牙，说："当然敢！只不过要等等，让我缓过劲来。我和他们不同，虽然那种状态比死亡更恐怖，但我还是要去破解它。我认为我已经找到关键问题了。"

我没有问他关键问题是什么，而是沉默了一会儿，问他：

"那里真的比死亡更恐怖吗？"

"在那里，其实并不觉得，可醒来之后，恐怖得要命。"他摇摇脑袋，想要摆脱那个记忆。

摆脱的难度远远超出预计。

我和李蒙共事那么多年，从未见过他消沉，但这次之后，我觉得他的确有些消沉了。他只是偶尔来下实验室，大部分时间都在别墅里。我曾听李蒙讲过，他拥有几百个肉体机器人供他享受。这是个夸张的数字，可对李蒙来说是非常容易实现的。我不知道他有没有爱过亲人以外的什么人，女人或男人，他从来不提爱情这种事情。也许在他心里，爱情也是过去文化的一种神话吧。但他应该也不是沉溺肉欲的那类人，因为他的时间基本上都耗在实验室里，我觉得他拥有那么多肉体机器人的原因更多源自一种心理上的满足。可现在，他难道开始天天享受，玩物丧志了吗？

在半年多时间没见面之后，这天，我在他的邀请下来别墅做客。我发现这里的氛围类似于一个巨大的派对，男男女女各色人等在一起喝酒聊天，打情骂俏。这些肉体机器人除了大脑以外，其他的都与人类无异。它们会有性的快感，却没有羞耻感（当然也可以设置成有，但那只是一种条件设定下的模拟）。第一次来这里的人，肯定会被这种淫靡放肆的氛围所惊吓。我心想，看来李蒙是彻底放弃了，在用纵欲的方式逃避内心的痛苦。

等我来到二楼李蒙的房间后，却发现他一个人默默坐在那里，透过玻璃窗凝视着院子里嬉笑放纵的人群。

"你在观察它们，寻找灵感？"我也望向窗外，这是神的视角。我们创造了它们，我们就是它们的神。但它们并不知道。

"仅仅是这样看着它们，我觉得它们比我们快乐得多。"

"就看你怎么设置了，你可设置一个纯粹悲伤的性格。"

"听你这样说，我更觉得沮丧，它们和我们真有那么大的区别吗？你现在下楼就可以加入它们的狂欢，你可以和它们聊天，和它们恋爱，和它们做爱，它们都会天衣无缝地回应你，如果你事先不知道它们是机器人，你是无法判断出来的。那为什么我们不能把它们当真正的人来看呢？也许，宇宙中更高的生命存在就是这样看我们的。"

"我觉得不是这样的，它们再像我们，再天衣无缝，还是没有自由意志，也就是我们探究的生命意识。你知道的，没必要这样自欺欺人。"

"你说得对，"李蒙转过身来，看着我说，"不过，它们忽然给了我一个灵感，这也是我叫你过来的原因。"

"我以为你是请我来享乐的。"我笑道。

"如果你想，我在这儿等你，我看着你。"他也笑了起来。

"不开玩笑了，快说吧。"我充满了期待，在他身旁坐了下来。

"它们的性格那么符合人性，你知道是怎么设置出来的吗？"

"应该是通过复杂的背景信息吧，虚构了它们的故乡、出生、亲人、爱好等信息。"

"如果背景信息过于庞杂，甚至自相矛盾，那就失败了。所以，这些资料信息都是通过故事有机串联在一起的。"

"故事？是的，复杂的多线程的故事。"

"我不免想到，意识的某种结构是很像故事的。我觉得在之前的实验中，那些神奇的体验就是基于每个人的经历、思维不同，但那体验陷入了一种静态当中，如果我们在转移意识的过程中，提前植入一种记忆机制，比如说一个寻找出口的故事，这就为意识营造了一种动力。"

"你是说把记忆构建成故事模式，然后用记忆芯片去影响意识，让意识主动寻求转移？"

"正是！"

新的思路出现了，李蒙立刻拉着我直奔实验室。他边走边说出语音指令，那些肉体机器人立刻停止了之前的动作，开始整理好自己的衣装，依次向仓房走去。它们会老老实实地并排躺在那里，处于休眠状态，等待着主人的再次召唤。

李蒙利用自己的记忆，建构了一个他作为科学家寻找人类复活永生的故事，具体的情境设计是从一个气泡钻进另一个气泡。这是一个富有英雄色彩的故事，我也很喜欢。李蒙是个英雄，这是无可置疑的。当然，我只知道大框架，其中太多细节，涉及隐私，需要他自己去处理。

"喂，如果这次失败了，"李蒙忽然说，"我就放弃，享受生命到一百二十岁，然后死掉拉倒。"

他并没看我，而是看着芯片。

我知道，他是在跟我说话，但更是在和他自己说话。我感到了一种悲凉，那无边无际的天花板仿佛就悬在头顶，没有人可以逾越。如果李蒙都放弃了，我该何去何从？我和李蒙不同，我曾经深爱过一个女人，她三十岁那年在一次空难中死了，从那天起，我没有再爱过任何人。那种爱人的心好像也死掉了。实不相瞒，我也是靠肉体机器人来解决生理需要的。你们肯定马上就能猜到，那个肉体机器人是根据那个女人的基因克隆的，还有她残存的记忆芯片。但悲哀的是，这么多年过去了，肉体机器人还是她当年的模样和性情，它无法和我同步成长，我所寄托的爱情也开始面临破产。我面对它，只剩下一种怀旧的遗绪。而怀旧的魅力，在于不经意地返回，如果天天守着那些遗存，迟早会把旧物隐藏的意味消费一空。大约从三年前开始，我也开始选择和另外的肉体机器人一同享乐。那么，我也会变得像李蒙所说，和那些没有生命意识的肉体就这样享乐一生，死掉拉倒？

"那样也挺好的，不是吗？"我悲叹道，自己都不知道自己是不是在反讽。

"这不像你说的话，你从来都是鼓励我的，这次是怎么了？"

"你也从来没有说过这么泄气的话。"

"我不知道，恐怖还在我心里，我现在脑袋里很乱。"

"要不算了，还是找别人来做实验吧。"

"暂时还不行，这涉及故事程序，如果他人刻意隐瞒一些隐私，会导致很严重的后果。而且你知道的，别人的描述都太简陋了，语言不能胜任那样的极限体验。我只能自己去，火种只能靠我亲自带回来。"

"普罗米修斯。"我朝他微笑了一下。

他也冲我笑了笑。

这是他第一次引用过去文化中的典故。

没想到，也是最后一次。

这次的实验结果你们都知道了，芯片突然消失，实验被迫中止，李蒙失去了意识，陷入了死一般的状态。

我坐在李蒙身边哭泣良久，回忆了和他一路走来的故事，我忽然想到，芯片的消失一定和意识之谜有关。意识也许是来自高维度空间的现象，导致了芯片进入了高维度空间。如果这个假设是成立的，我也是没办法去证明的。我看着李蒙的遗体（是的，我已经承认这是遗体了，他已经在人间死亡），我不禁想到他原本可以在人间享受到一百二十岁再死，可他为了科学就这样连遗言都没留下就死掉了。他是不折不扣的英雄，作为他的朋友，我应该以自己的方式继续探索他的理想。我想清楚了这些，心里舒畅了许多，我点开了连接他们的视频电话。

我说服不了任何人，最终也说服不了自己，但是，面对你们，面对把他当成是最高信仰的你们，我只能说：

"也许是我，害死了他。"

我成为天底下头号谋杀犯，尽管没有任何证据显示是我杀的人，这最多只能算是一场实验事故，但是，由于死的是李蒙，我被人们冠以"谋杀犯"的称号。废除已久的死刑都被人们提了出来，他们要杀死我才能平息怒火。他们不仅是同情李蒙，他们更加焦虑于自己的死亡。他们都把永生和复活的希望寄托在李蒙身上，现在李蒙死了，他们最重要的希望破灭了。摆在他们面前的，只有死路一条了。我理解他们的愤怒。我愿意满足他们。没错，我愿意去死。

但是，我死得一定要有价值，而不是被他们用口水淹死。

再说一遍，按照法律程序，不要说判我死刑，判我监禁都难。没有任何证据显示是我害了李蒙，只是因为芯片消失的时候，它正好在我手上。如果当时芯片不在我手上，那么这个事故甚至可以说和我没有任何关系。但是我知道，他们一定会用特殊的手段来处理我。我反复思量，与其一辈子被幽禁在某个秘密的监牢里，不如寻求更大的解脱。

一个自我流放的方案很快在我脑中成形。

我在被公开审判之前，再次联系神秘部门，直接说出了我的想法：

"你们不是在招募飞往黑洞的志愿者吗？我愿意去做那个探测黑洞的人，我是科学家，又有罪，没有人比我更合适了。"

他们显得非常吃惊，为首的组长说："那几乎是个有去无回的旅程，你怎么想起那个了？"他随即叹息道："你不用过度担心，你的情况我们都掌握了，我们会秉公办理的，你的生命安全是完全没有问题的。"

我微笑着说："不久之前，我还惧怕你们会对我进行特殊处置，但现在，这都不重要了，我已经下定决心。我坦率地告诉你们吧，我猜测李蒙意识芯片的丢失，与高维空间有关，而黑洞是宇宙中空间折叠最为复杂的地方，那里也许隐藏着意识起源的终极秘密。我去探测黑洞，是最为合适的人选。难道你们已经招募到合适的人选了吗？我不相信。"

组长用手掌电脑查询了国家内网，说："确实还没有合适的人选，前来报名的人不是精神方面有状况，就是脑部患有疾病，想博取巨额保险费用留给亲人。"

"我想也是，人类社会变得高度享乐化和娱乐化，没有谁愿意去平白无故地送死。"

"你确实考虑好了吗？"组长的眼神变得柔和，他看着我，像是一位老朋友。

"考虑好了，不会有人比我更适合了。"我喃喃说道。

"好的，好样的，我现在向组织汇报，估计要几个大部门一起来研究你的问题。"

"谢谢。"

我自始至终都被关在实验室里，即便我"自首"后，他们也没有把我带去司法部门。这足以证明他们希望用特殊手段惩治我。好在，他们已经不再幻想李蒙能够复活，李蒙及其克隆体都被送走了。他们新成立了一个顶级的科学家团队，要对李蒙的大脑进行保管和研究。我对自己无法参与其中深为遗憾。没有其他人比我更亲近那个大脑，那里曾爆发出多少奇思妙想，让我赞叹，让我愤怒，让我同情。不过，我转念一想，李蒙的意识应该不在那里了，那里就像是鸟儿迁徙后的空巢。我应该去宇宙的深处，也许在那里，会有另外的发现。

处理结果很快出来了，他们还是决定公审我。只不过，这次公审是完全按照法律规则来办的，我被当场宣布无罪。在审判结束后的媒体采访中，我说我愿意做飞往黑洞的志愿者，去高维空间探索意识的本质。

我的这个宣告引发了轰动，人们对我的评价立刻发生倒转，经过一个晚上的舆情发酵，我从一个谋杀者上升到了英雄的位置上。尽管我知道自己名不副实，但我还是暗暗有了欣喜，再次确认了自己的明智选择。

这次要探测的黑洞是银河系的中心：人马座 A 黑洞。它的质量大约是太阳的四百万倍，直径大约两千万公里，距离地球两万六千光年。这个可怕的中心掌握着银河系的极限动力，时空在那里一定扭曲甚至撕裂得极为厉害，那正是寻找高维空间的契机。人类现有的空间发动机利用释放引力场持续造成空间折叠的效应，使得飞船的速度达到了一百倍光速（在同一时空内并未超越光速，依然符合爱因斯坦的广义相对论），但飞到那里也需要地球时间两百多年。人类的寿命并不能支撑那么久。目前想到的办法就是仅仅保留我的头部，既可以节省飞船的动能（如此漫长的旅程可以节省太多），又能以冷藏休眠的方式长久保存。我的神经元由纳米机器人连接飞船和地球总部，他们在紧急情况下或是快到的时候会唤醒我。如果我能有幸穿越黑洞并返回（我想那是不可能的），他们再给我的头颅接上我的克隆身体就好了。

"你会看到几百年后的世界的，那会儿我们已经不在这个世界上了。"飞船的总设计师林总对我笑着说。

"如果我发现了意识的奥秘，我会复活你的。"我半开玩笑说。

"那太感谢了。"他笑嘻嘻地朝我鞠了一躬。

没有身体还是非常糟糕的，尽管四肢等感官有了虚拟的替代对象，但是，看着镜子里只剩下一个脑袋的自己，滑稽又可怜，我还是感到了沮丧。但很快，这个大脑也被麻醉了，进入深度休眠，被封存了起来。

我再次睁开眼睛，已是两百年后。

我是被系统唤醒的，我感到头疼欲裂，意识几乎是一片空白。我的记忆芯片启动，我逐渐恢复了全部的记忆。然后，系统将这两百年来新出现的知识和信息输入我的记忆芯片。人类又有了许多震撼的发明创新，但最震撼我的，是生命复活与意识转移还没能实现。我曾想过，也许两百年后人类就解决这个问题了，那么他们就会赋予我一个新的探测目的，一个我完全没听过的目的。但是，没有，还是探测高维空间的意识存在。我想到了李蒙失去意识后那张苍白的脸，感到了一种沉重，却也减轻了我的恐惧。如果人类可以复活和永生，那我为什么不掉头赶回地球，还要执行飞向黑洞的自杀任务？

至少现在依然没有退路。

经过几天的休养，我的大脑完全恢复了。飞船外的影像通过全息传输直接呈现在我的眼前：黑暗的宇宙中悬浮着五个明亮的恒星，有大有小，但由于距离遥远，看上去像几团冻住的火焰。这些火焰都有尖形的尾巴，朝着一个共同的中心。这个中心就是超级巨大的人马座 A 黑洞。光线也无法从黑洞中逃逸，因此那里除了黑暗一无所有。我启动量子摄像机，捕捉到黑洞界面的量子辐射，电脑很快虚拟出了量子化的黑洞图像。巨大的能量涡流让它看上去像恶魔满是獠牙的大嘴。而我，就要朝那张嘴飞过去，主动成为它的食物。

这时候，我发现，飞船已经转为自动驾驶，也就是说，我对飞船失去了操作权。这是地球总部担心我由于恐惧而放弃这次探测的刻意设置。尽管我并没有想过逃跑，但这样做，无疑让我有种上刑场赴死的绝望。

飞船的空间发动机逐渐失去了反应，在巨大的黑洞引力面前，空间早已扭曲。现在即便飞船的燃料耗尽都无关紧要了，黑洞引力会将飞船吸过去，然后以一个可怕的弧线进入黑洞的界面。是被撕扯成虚无还是别有天地，到时候就知道了。对未知的恐惧开始大过对死亡的恐惧。系统频密地监测着我的意识活动，并和我不断对话，还请了性感女主播给我唱歌，安抚我的情绪。这种快乐转瞬即逝。飞船和系统的信号连接越来越差，即便是最先进的量子传输，在黑洞面前也变得虚弱无力。几天后，我和地球总部失去了联系。飞船内一片沉寂，所幸一切设备完好，我享受着最后一点点个人时光。我播放了贝多芬的《第九交响曲》，那是我怀念李蒙的最后方式。我听着音乐，回望银河系，可以三百六十度望见旋臂，就像站在花心看到环绕的全部花瓣，壮美极了。

在这样巨大而绚烂的宇宙中，人类渺小得跟尘埃一样。

但是，人类再渺小，人类却是有意识的，是活着的，可以看到这样壮美的景象。我忽然对身为人类这件事深感自豪。我为生命感到自豪。这种自豪让我喜悦起来，我决定，要保持这种喜悦的心情进入黑洞内部。

没有什么大不了的，李蒙，我来找你了。

我对自己说道。

飞船进入了黑洞的界面，忽然变得明亮起来，那些被俘获的光子在内部围绕核心旋转，形成诡异的景象：蓝紫色的光晕渲染了整个世界，边缘还有红色的侵蚀。我扭头向左看，竟然看到了自己的右边，我再扭头向右看，看到的又是自己的左边！上下也可以互相看到，像是进入了一个诡异的镜阵。整个世界开始扭曲放大，这种恐怖的感觉让我想起李蒙曾经告诉我的，他在意识转移实验中的极限体验。

所有的仪器都停止了工作，与我大脑相连接的电极也失去了能量。我只剩下了这个大脑，只剩下了意识本身。我的恐惧已经达到了极限，如果我有身体，我的呼吸一定会像垂死的野狗那样快，幸好我没有身体，缺乏了激素的过度刺激，我还能够忍受。我知道大限已到，死亡是随时会发生的事情。我睁大眼睛，我感到世界和我已经膨胀到了视野的极限，我的意识陷入了模糊，这个时候恐惧反而消失了，我仿佛处在一个荒诞的梦境。我感到自己的意识开始弥散开来，就像是光芒在照亮它经过的空间。这个过程一开始是缓慢的，我可以感受到意识之光的那种推进过程，它在冲出银河系，然后，速度越来越快，越来越快，忽然像是核爆了一般，意识弥散到了尽头，这个过程结束了。

此刻的感受（如果还能称之为感受的话）已经超出了语言所能表达的范畴，但是，为了人类能够理解，我只能勉强去描述。

我可以同时感受到宇宙的任何事物。大到宇宙的整体存在；具体到星云的聚散、恒星的燃烧、行星的形成、能量的涌动；小到人类的存在、生命的奥秘，以及分子、原子、基本粒子的无限形式。它们都在无限的意识中存在。时间消失了，或者说，宇宙的一切过去、现在与未来也都在意识之中。它们都是我，我都是它们，无法剥离。这个意识与宇宙同构，所以，这个意识不再如人类的小意识般有探索、理解和改变的欲望，这个意识成了宇宙本身。如果你们还愿意继续用"我"来指代这个意识，那么我就是宇宙。

至于李蒙，他是我，我也是他，我了解了他的一切，正如他早就了解了我的一切。这种了解不需要交流，内在于宇宙之中，其他的生命形式亦是如此，交融为一。

最后，如果你们非要追问芯片的下落，我可以告诉你们，它被宇宙的规则所湮没，就像是正负电荷的相遇，从有变无。我还可以跟你们透露，李蒙在意识弥散的最后时刻，没来得及表达给世界的是四个字——

"原来如此。"

偷声音的老人们

潘 灵[*]

1

时辰尚早，夜黑得似铁。性急的陈三爷走在最前面。疤老二，你就不会快点，脚上绑秤砣了？

三爷，又不是奔丧，疤二哥膝里有风湿，急啥子？顶嘴的是许老四。

陈三爷并不生气。从急促的脚步声里听出，他没有慢下来的意思。聋五叔呢？别把他弄丢了。

他搀扶着我哩。回话的是疤老二。

迎面来了一辆载重卡车，远光灯像把锋利的匕首，将夜的铁幕划开了一条亮晃晃的口子。

五个暗夜行走的老人，在夜的伤口上昙花一现，又被夜黑盖住。卡车车轮发出粗暴声响，像个毫无教养的年轻人从他们身边掠过，柴油与烟尘混合的气息顿时弥漫开来。

一直低头走路的麻脸大咟一口痰，放声一劲儿狂咳。听见这破锣一样的咳声，陈三爷停下脚步说，麻脸大，咳什么咳？等会儿这么咳，公鸡会打鸣才

---

* 潘灵，云南巧家人，生于 1966 年 7 月，毕业于云南省师范大学教育系。全国文化名家暨"四个一批"人才，享受国务院特殊津贴专家。云南省作协副主席，《边疆文学》总编辑。著有长篇小说八部，在全国报刊发表中短篇小说若干。

怪！隐忍的麻脸大没有计较，气都没吭一声。

这五个老人是市郊移民安置新区昭女坪社区的移民，属于一个自发的小组织：自救自五人小组。作为负责人，陈三爷总要比其他成员操心多些。

录音笔，录音笔带了吗？许老四？

许老四一惊，伸手摸裤兜，却是空空如也，慌张道：三爷，我记得出家门时我放在裤兜里的，难道长翅膀了不成？

许老四，你的意思是你把录音笔弄丢了？你搞啥子嘛？

黑夜遮住陈三爷暴怒的老脸，只能听见他着急又生气地跺脚。这时，浮起麻脸大不紧不慢不慌不忙的声音。不要急，那东西在聋五装笔记本本的书包里睡觉哩。

许老四如梦方醒，一巴掌狠拍脑门。三爷，看我这记性。出社区大门时，我塞聋五挎包里了，一时没想起。

跟记性无关，你做事一贯粗枝大叶，丢三落四。

陈三爷教训的口吻柔和了许多。

三爷，我这七老八十的人了，生成的木头造就的船，改不了啦。

许老四的话招来一阵笑声，气氛轻松了许多，脚步也轻快了许多。

长年的山村生活爬坡上坎，让他们像一群训练有素的特工，悄无声息地接近目标。他们在一户农家院子墙外的秸垛堆前匍匐下身子，像极了影视剧里那些游击队员。

陈三爷压低嗓门。大家记住了，等天边发白的时候，看我手势，许老四负责按录音笔。一旦按下按钮，大家都要像聋五一样，不能弄出一丁点儿声响。

他们先是闻到了干草的气息，随即，凉风又将花的清香送进了他们的鼻孔。许老四吸了一口气说，真好闻，蚕豆好像开花了。疤老二附和，是蚕豆花。陈三爷制止，嘘——

三爷。疤老二轻声唤道。我腿疼得厉害。

忍着。陈三爷目视东方。

渐渐地，朦朦胧胧的山峦之上，鱼肚皮似的白显现了出来。

天就要亮了。陈三爷说，疤老二，你以为你是公鸡呀，脖伸这么长看啥？都给我盯好。

许老四说，三爷，你带烟了吗？我的脚都被霜打湿了，身上冷得筛糠哩。

陈三爷姿势像个游击队指挥员，侧过身白了一眼许老四。就你事多，没烟，忍着点，太阳出来就不冷了。

院子慢慢由朦胧变得清晰。陈三爷盯着围墙内那棵高大的柿子树，树上残留着几个冻得通红的柿子。这时院子里有了响动，那是翅膀击打空气的声音。他冲许老四示意，按下录音笔的按钮。

一只健硕的大公鸡飞落在柿子树的枝干上，翅膀合拢，双眼闪着绿光，机警地扫视前方。它并未在柿子树上多做停留，而是再次腾飞起来，在空中划出一道漂亮的抛物线后，稳健地立在高高的院墙上。

这哪是鸡，分明是鹰嘛。陈三爷翻着白多黑少的老眼，眼前这只公鸡，让他想起年轻时挑行李送肖公子的情形。当年那个公子站在江边的码头上，也是这样，骄傲得很，轻慢得很。

没等三爷从记忆中抽身出来，公鸡已调整好姿态面朝东方。看那阵势，它不是要鸣啼，而是要指挥躲在黛色山峦后面的太阳跳将出来。

公鸡的脖颈被鸡头拉升到极限，充血的鸡冠越发通红而僵硬，锋利尖锐的喙打开成一把剪刀似的口，胸膛剧烈地抖动了一下，清脆而悠长的啼鸣声就要冲口而出。

但响起的却是麻脸大破锣一样的咳嗽声。

陈三爷一双充血的老眼瞪成了牛卵，比他更愤懑的是那只公鸡，它不情愿地吞咽下那声长啼，在身体里变成了怒火。

它看见麻脸大亮晃晃的秃头，又看见另外四个不知所措的老人。满腔怒火的它一个迅捷的俯冲，奋不顾身地扑向这群阻碍它引吭高歌的人。

2

七点半，韩家川骑电动车来到了昭女坪社区，社区主任夏晓峰先他站在了社区篮球场上。在夏主任的对面，站着一群慵懒、不耐烦的大妈大婶。夏主任正在训话，意思是说请到韩家川教跳广场舞如何不容易，要大家提高对跳广场舞的认识，下个月市里领导要亲临社区看大家跳舞云云。

看见韩家川，夏晓峰停止了训话。韩老师，这些人就交给你了，时间紧，任务重。一个月后，市里领导来看，要跳出昭女坪社区的风采来才好。我得赶到豆腐厂去。

韩家川赶忙起身。主任，别叫我老师，我来昭女坪时，龚主席就叮嘱过我，你是我的上级，我是你的助理。这里你就交给我，你放心去豆腐厂。主任，你怎么啦？豆腐厂难道又出烦心事了？

别提了，韩老师。夏晓峰愁眉不展，冲韩家川摇了摇头。真的别提了，说到豆腐厂，我就快变成豆腐了。社区入股的股东，吵着要退股哩。

那问题严重了。韩家川的表情也变得忧虑了。

夏晓峰弯腰打开自己的电动自行车。豆腐厂那边，你就别操心了，操心也没用，死马当活马医吧。你把这边伺候好了，这些大妈大婶，可是我挨家挨户吆喝来的。我真的搞不懂，跳个广场舞就这么难？平日里搓麻将的精神都哪儿去了？咋就没个主动性呢？

韩家川想说，大妈大婶们跳广场舞不上心，是自己没教好。但没等他话出口，夏晓峰已经骑车一溜烟老远了。

韩家川把放音机拿出来，问大妈大婶，《最炫民族风》这首歌晓得不？

不晓得。大妈大婶们回答得很干脆。

凤凰传奇晓得不？韩家川又问。

有人有气无力地说，报告老师，晓得。

韩家川摆了一下手，别叫我老师，千万别叫。

有人问，为啥子不准叫嘛，不服人尊敬是不是？

韩家川脸上浮起一丝苦笑。这么简单的广场舞，都教了两周了，还同手同脚的，我不配做老师，传出去会丢人的。我今天教个最简单的，凤凰传奇的《最炫民族风》。这歌旋律轻快，主要是要找准节奏，踩准拍子。大家先看我跳一遍。

他弯腰按下按钮——

　　苍茫的天涯是我的爱

　　绵绵的青山脚下花正开

　　什么样的节奏是最呀最摇摆

　　什么样的歌声才是最开怀

　　……

如果不是教广场舞的任务，韩家川宁愿得一次重感冒也不情愿听这首歌又唱又跳。一切就这样充满黑色幽默。此刻他必须压制住内心的厌恶，将动作进行示范分解，无限耐心地领着她们一遍又一遍地跳。

但这群大妈大婶的迟钝超乎了他的想象，看着她们机械得像木偶般群魔乱舞，韩家川连责备的话也懒得说了。

散了吧。都散了吧。他有气无力地关了放音机。

一个满头银发的老大妈走过来，怜悯地看着韩家川。她没叫他老师，而是称呼他为同志。韩同志，看你怪不容易的，但我们这些老妈子老婶子的也不容易，移民前就只会种地喂牲口做家务，老胳膊老腿的学跳舞，不灵的，不灵的。你就别折腾我们了。

折腾你们的，不是我呀！

二十多天前，市文联的龚主席找韩家川，要他去昭女坪移民社区去挂职，任务是写库区移民后的移民安置工作和移民生活现状的报告文学。韩家川知道龚主席对他的工作很不满意，作为市文联的秘书长，他总抱怨市文联杂事太多，没时间搞创作。前不久，市委宣传部领导来文联调研，让韩家川提意见。韩家川说，市文联的工作浮在面上的多，沉到生活中去的少，创作要出成绩，作家艺术家都该积极主动到生活中去。

韩家川的所谓意见，不过是些无关痛痒、隔靴搔痒的话，但龚主席听后还是心里倍感不爽。恰好市里领导提出写部反映移民生活的报告文学，龚主席就把这个任务交给了韩家川。明眼人都看得出来，龚主席是要把韩家川打发走，韩家川去挂职，没个一年半载，是回不来市文联的。

韩家川欣然领命，来到昭女坪移民社区，做了一名主任助理。但他没想到自己赴任后的第一份工作，竟然是教大妈大婶跳广场舞。韩家川对夏晓峰说，主任，你这是赶鸭子上架。夏晓峰不认为。不会跳广场舞？给你一周时间，去市群艺馆学。

这任务对善于模仿的韩家川来说轻松得像休假。一周后，兴高采烈地回到昭女坪社区的他，却被当头泼了一盆冷水。这些大妈大婶，对跳广场舞毫无兴致和热情。她们动作僵硬，样子敷衍，看上去仿佛不是跳舞而是受刑。韩家川算是明白了，这事只不过是夏晓峰的一厢情愿罢了。

想起那天早晨的情景，韩家川仍心有余悸。头一天社区管委会就在各小区贴了告示，时间地点写得一清二楚，明明白白。但当他满怀热情身披晨光赶到社区篮球场时，看到的只是几个在篮球场玩耍的少年。不多会儿夏晓峰也赶来了，当天下午又贴了告示，参加跳广场舞每人能领到五升瓶装的菜籽油。办法很灵验，第二天一早，广场上挤满了大妈大婶。

韩家川后来才知道，菜籽油是一家食用油公司送温暖活动给社区的赠品，被夏晓峰派上了用场。

手机铃声把韩家川从不愉快的记忆中拉了出来。电话是夏晓峰打来的，要他赶去豆腐厂。

韩家川问，主任，出什么事了？

夏晓峰说，你到厂里就知道了。

豆腐厂是昭女坪社区的第一份社办产业，由社区牵头，社区移民本着自愿原则，拿出部分补偿款入股创办的股份制企业。从创办到投入生产，豆腐厂一直是市里新闻媒体关注的焦点。来昭女坪社区之前韩家川就从报纸上知道，这豆腐厂拥有占领豆腐市场的"秘密武器"，所谓的秘密武器，就是豆腐厂的厂长，移民库区无人不知晓的"豆腐西施"宫桂花做豆腐的秘方。

遗憾的是，千呼万唤始出来的第一块秘制白鹤豆腐，并没有成为敲开豆腐市场的敲门砖。被吊足了口味的消费者，遗憾地发现，这只是一块普通的豆腐，并不是什么茄子筐里的南瓜。

想法很丰满，现实却很骨感。夏晓峰为移民寻求经济上的造血功能的梦想，像一块掉在水泥硬地上的豆腐，碎得很难看。

焦头烂额的夏晓峰被入股者里三层外三层地围着，任凭他如何口吐白沫地解释，入股者都是一个呼声：还我钱来。

赶到豆腐厂，看到这壮观的一幕，韩家川心都快提到嗓子眼了。他跳下车冲情绪激动的人群喊——有话好好说，有话好好说。别冲动，千万别冲动！

他的话没能平息人们激动的情绪，反而平添了他们的怒气。有人说，站着说话不腰疼，你的活命钱要是打了水漂，你怕比老子冲动百倍；有人提议，揍他这个管闲事的，真有人握了拳头逼向韩家川。

夏晓峰呵斥了一声，解释说韩家川不是管闲事的，是市里派来到社区挂职的干部，现在是他的助理。握拳头的人才松了拳头，退回人群中。

夏晓峰走近韩家川说，这里不关你的事。

韩家川心生委屈。不关我的事，你叫我来干啥？

夏晓峰说，我这里一时半会儿脱不开身，我需要你去一趟望城派出所。

韩家川说，主任，搬救兵呀？望城派出所不管昭女坪。

夏晓峰瞪一眼韩家川。说话咋不讲个方式方法呢？让人听见了还不火上浇油？我是要你去望城派出所，让那个脑袋铸了铁的沈所长把人放出来。

谁犯事了？韩家川问。

夏晓峰说，社区的五个老人。

犯的什么事？韩家川又问。

沈所长说是偷鸡，但老人们死活不承认。夏晓峰说。

五个老人，从昭女坪跑一二十里地到望城偷鸡，谁信？韩家川摇头。

夏晓峰说，我也觉得有些蹊跷，会不会搞错了？问题还不在这里，他们不承认偷鸡，只承认偷声音，偷声音，鬼都不信！都是上了年纪的老人，出点啥事，节外生枝就更严重了。你告诉沈所长，移民无小事，先放人再说。明白不？

韩家川点了点头。

3

陈三爷一伙被押到望城镇派出所的时候，值了一夜班的沈所长正准备回家美美地睡上一觉，昨夜连发的两个偷盗案子把他折腾得够呛。见村治保主任孙大炮和村民押着五个狼狈的老人进了派出所，沈所长熄了摩托的油门。出什么事啦，大炮？

抓了一伙偷鸡贼。嗓门洪亮的孙大炮说。偷，偷，偷！怎么又是偷？一天下来三起偷盗案，这让身为基层派出所所长的他，对辖区内的治安感到忧虑。他决定先不去管那一身的倦意，亲自来审理这桩案子。清晨的阳光照进派出所，沈所长眯着眼，皱紧眉头，看着面前被一根粗麻绳捆绑起来的五个人，活像一串蚂蚱。

孙大炮！沈所长提高嗓门，语气中带了斥责。给你说过多少遍了，别乱绑人，你咋就不长记性呢？

老人们胸前各挂了一块纸箱板做的牌子，牌子上书有"老贼"二字。领头的陈三爷脖子上还被吊着那只被棍子打死的公鸡。

孙大炮跺了一下脚。所长，你冤枉我呀，我不过是在他们腰间套了一股麻绳，不能算绑嘛。

沈所长指着死鸡和牌子问孙大炮，这又是谁挂的？

孙大炮转身，扯了扯一个长得像只猴子的男人的袖口说，这是鸡主人，死鸡和牌子都是他挂上去的。

男人扑通一声跪在了沈所长面前，呼号着沈所长青天，要他为民做主。

沈所长厌恶地看了一眼男人。死一只鸡，也犯得着如此哭天抢地？

男人说，沈所长，这不是一般的鸡，是斗鸡，值价得很，几千元一只呀。

沈所长轻蔑地看着他。我知道是斗鸡，我还知道你们利用斗鸡赌博。赶快给我站起来，又不是死了爹娘。

孙大炮赶忙将男人一把提将起来，瘦猴，还不赶快把那死鸡和牌子摘了。

男人一脸不情愿地走过去，把老人们胸前的牌子和死鸡摘了下来。

这时候沈所长发现了什么，他愣了一下，看着麻脸大。孙大炮，你们打人啦？孙大炮说，所长，没呀。

麻脸大的秃头上，有凝固的血痕。

沈所长指着麻脸大的秃头问孙大炮，没打人，那头上是咋回事？

那是公鸡啄的。孙大炮说，所长，你是不知道瘦猴家那只公鸡有多凶。

沈所长吩咐民警送麻脸大去卫生院清理和包扎伤口。他把孙大炮叫到一边低声教训，你这个治保主任，别只知道抓人。要是伤口感染了，会要老命的。你这脑袋里怎么就长不出点觉悟呢？

首先被带进审讯室的是陈三爷。自感颜面尽失的陈三爷，紧绷着脸，耷拉着眼皮。看到他这个样子，沈所长知道这是一个内心骄傲的人。

你的名字？沈所长问。

陈三娃。

我问的是你的大名，也就是身份证上的名字。沈所长加重了语气。

我大名小名都叫陈三娃。

听你的口音，不是本地人。沈所长用碳素笔敲着桌面。

库区的，现在是移民。陈三爷说。

为什么伙同他人偷别人家的鸡？沈所长问。

我没偷。陈三爷抬头否认，一副倔样。

人证物证都在，你还抵赖？沈所长原本温和的脸露出愠色。

我没偷！陈三爷更坚定。老天看着的，我要是真偷了鸡，就被雷劈死好啦！

我现在不跟你讲老天。沈所长放下手中的笔说，我要的是人证。

麻脸大、疤老二、许老四和聋五，他们四个都可以给我做证。陈三爷说。

你说的这四个人在哪里？沈所长问。

除了麻脸大你吩咐人送卫生院外，都在外面候着呢。陈三爷瞄了一眼屋外。

让你的同伙给你做证？老人家，你真想得出来！沈所长讥笑。

信不信由你。

这话惹恼了沈所长。陈三娃，你别倚老卖老，这可是派出所。

派出所咋地啦！陈三爷说，派出所也要讲王法。

沈所长说，陈三娃，这还像句话。谁偷了别人的东西，谁就要被法律制裁，这就是你讲的王法。你们不偷鸡，天不放亮大老远跑人家村子干什么？

如果你一定要说我偷，我只承认偷了声音。陈三爷一脸认真。

这话在沈所长听来像是天方夜谭。老人家，你也是活大把年纪的人了，扯把子都没学会？

谁扯把子了？我偷的就是声音嘛。

我暂且信了你的话。沈所长说信，其实一点都不信。那你给我说说，偷的什么声音？

陈三爷说，公鸡打鸣声。

你偷公鸡的打鸣声干什么？

救人。陈三爷回答。

救谁？沈所长追问。

救钟汉大爷。陈三爷回答。

钟汉是什么人？沈所长穷追不舍。

移民的老人。陈三爷对答如流。

钟汉大爷怎么了？

他害了病。

声音治病，闻所未闻。

信不信由你。

沈所长迟疑了一下，稍作停顿的他拉长了声音说，我信——

我看得出的，你还是不信。陈三爷脸上浮起一丝苦笑。

我有一个要求。沈所长盯着一脸苦笑的陈三爷说，把你偷的声音拿来我看看行吗？

声音不能看，只能听。陈三爷纠正。

是，不能看。沈所长点点头，那就拿来我听听。

陈三爷说，没录上，公鸡发现了麻脸大。

你们带了录音机？沈所长问。

是录音笔。陈三爷说。

那就把录音笔给我看看。沈所长说。

陈三爷说，录音笔在许老四那里。

许老四被带进审讯室，紧张得浑身直哆嗦。陈三爷恨得牙痒痒说，许老四，看你那熊样，不是贼也会被当成贼的。

沈所长制止陈三爷，谁让你多嘴多舌了？这可是审讯室，没问你话，你就闭嘴。

沈所长让许老四把录音笔拿出来。

许老四摸裤兜，裤兜里什么也没有，转而摸上衣口袋，口袋里也没有。

许老四说，三爷，怕是掉蚕豆地里了。

沈所长拍一下桌子。是我在问你话，不是你三爷。我问你，是不是根本没有什么录音笔？

许老四说，没录音笔，我们跑那么远来干啥？

沈所长说，这话该我问你。

许老四双手作揖。警官，你得给我们做主，我们都是泥巴埋到脖颈子的人了，做贼的罪名，可背不起呀。

沈所长吩咐民警把疤老二和聋五也叫进来。

沈所长走到聋五面前，问他姓甚名谁。

聋五呆若木鸡地站着，一副充耳不闻的样子。

民警动了气，冲聋五厉声说，所长问你话哩，你哑巴啦？

疤老二说，他是个聋子，要问就问我。我姓巴，打小在村子里大人小孩都叫我疤老二。

疤老二指着聋五，你们别看他是个聋子，我们昭女坪社区的老人，数他文化高。

陈三娃，不，三爷。沈所长皮笑肉不笑。带着聋子去偷声音，穿帮了吧？偷只鸡，原本不是什么大不了的治安案件。我说句不该说的大实话，你们态度好，甚至可以不立案，我们跟受害方调解一下也就罢了。但你们拒不承认，还扯什么偷声音的把子来骗警察，性质就不一样了。

这话激怒了陈三爷，他猛地站起来。警官，如果你认为我给你扯把子，认定我们是偷鸡贼，我可告诉你，我就待在你们派出所好了！

民警大吼，坐下去，谁让你站起来的。冲我们所长发脾气，好大的胆子。

陈三爷兀自铁塔一样站立着，苍老而松弛的脖颈上青筋凸露出来。民警冲上前去，但被沈所长挥手制止了。

沈所长打电话到市移民局，问到了昭女坪社区主任夏晓峰的电话。

4

一出豆腐厂，韩家川就看见了接他的面包车。他拉开副驾驶的门，说去望城镇。司机小王拿出手机输导航。韩家川惊讶地问，你不会连望城镇都不知道怎么走吧？

领导，我真不晓得。小王抬起头来，一脸诚实。我是外地人，是库区移民过来的。

原来你也是移民。韩家川点了点头。从口音就能听出是库区的。

乡音难改，其实也不想改。小王笑了笑。领导要去望城镇哪里？

韩家川说，去镇派出所。

小王好奇地问，领导，谁又惹祸啦？

韩家川说，社区有五个老人，去望城镇被人抓派出所了。

老人能犯什么事呀？要抓去派出所？小王不解。

听说是偷了人家的鸡。韩家川说。

不可能。小王摇摇头。

韩家川没吭声，他心里跟小王想的差不多。车开出一段距离后，韩家川突然问，说他们跑到望城镇偷声音，你相信吗？

声音？小王偏了一下头。

对，声音。韩家川点点头。

我相信。

小王的话完全出乎韩家川的意料。你相信？

我相信！小王语气坚定。我还晓得一定是陈三爷他们自救自五人小组。

韩家川觉得这个小王神了，连自救自五人小组都知道。你凭啥如此肯定？韩家川问，说说理由。

小王笑了笑，领导，你难道忘了刚才我告诉你的，我也是移民，只有移民才会了解移民。

韩家川听出了弦外之音。小王，你的意思是我不了解，还是社区的管理者们都不了解移民？

领导，这话我可没说。小王偏头看了一眼韩家川。但您可以这样理解。

韩家川咳嗽了一声。滑头！唉，小王，给我讲讲这个自救自五人小组。

小王面有为难之色，他把车放慢。讲五人小组，要从另一个老人讲起，这是犯忌的事。夏主任要是晓得了，我会挨批评的。

有那么严重？韩家川不解。

就是那么严重。小王点点头。

韩家川的好奇心被小王勾了起来。他掏出烟，递了一支给小王，自己也燃上了一支。小王，我今天要去派出所处理这五个老人的事。我初来乍到，对他们很陌生，我需要从你这里了解他们的情况。我晓得你有顾虑，那我们订个君子协定，我用人格保证，你给我说的话，我烂肚子里，绝不说出来，行吗？

小王犹豫了一下，点了点头。

小王不善于讲故事，但善于听故事的韩家川，将小王的话理出了头绪。

入住昭女坪社区的移民，大多数都来自库区的白鹤镇。从家乡搬至异乡，移民们的心中难免有对故土的不舍和忧伤。虽然白鹤镇坐落在江边的河滩地上，土地并不肥沃，十年九旱，但家乡还是生活了祖祖辈辈的家乡，行将淹没的土地上有太多的乡情和记忆。常言道，坐惯的山坡不嫌陡，住惯的老屋不嫌矮，移民乡亲们离开的时候，都是一把眼泪一把鼻涕走的。但他们也并不全是凄楚和悲伤，毕竟，他们都领到了数额不菲的失地补偿款和搬迁费。特别是当他们来到了昭女坪社区，看着这个精心打造的移民样板社区，那一幢幢高大整齐的蓝白颜色相间的样板洋房，他们的愁容渐渐地被笑脸取代。像城镇人一样活一回，这想法像酒一样芬芳和醉人。

他们欢呼雀跃地住进昭女坪社区，新家园、新生活，甚至是新身份，都让他们兴奋、欣喜和激动。但新鲜感和幸福感并没有持续多久，移民们终于开始咀嚼那句俗话——毕竟，山猪都吃不来细米糠哩！

新鲜感被不适感取代，幸福感被茫然感替换。这一切，都悄悄地随着日子抻长。

外号杨老头的杨玉明老人，住进窗明几净的社区楼房后一直睡不好觉，得了失眠症。起初，家人以为是老人需要时间适应新环境。几个月下来，因为长久失眠、茶饭不思，老人的情绪也变得焦躁和烦闷。家人看在眼里，急在心里。儿媳给外出打工的丈夫打电话，要他回来看父亲。儿子千里迢迢从广州赶回来，才知老人的病因。

在老家白鹤镇，杨老头住的是依山傍水的吊脚楼。杨老头住在吊脚楼上，楼下关着猪和牛。吊脚楼不隔音，深夜里，杨老头能听见小猪的哼哼声、大猪的呼噜声、牛的反刍声。这些声音成了他夜生活的重要组成部分，是他的小夜曲。他要听到这种声音，才能睡得踏实。搬进昭女坪社区新家的杨老头，夜里再也听不到自己的小夜曲，这如何不让他辗转难眠？

看着父亲因失眠厌食憔悴得像山坡上一棵瘦草，儿子心痛得抓破了头皮，也没想出什么好办法来。最后决定将杂物间腾将出来，在家里做一个猪厩。儿子跑到乡下找来垫厩用的稻草，买回两头猪崽，在家里养起了猪。虽然只有两头小猪的哼哼声，也多少让杨老头心里踏实许多，不再彻夜失眠。

这事却被邻居告到了社区管委会。

在管委会的工作人员看来，在好端端的起居室里养猪，是不可理喻、无法容忍的陋习。这事被迅速反映到夏晓峰主任那儿。夏晓峰亲自出马，带着三位工作人员花了一个上午，把那当了猪厩的杂物间清理干净，说服杨老头的儿媳卖掉两头小猪。整个过程中杨老头一声没吭，面无表情，但小王看见老人眼中噙满了泪水……

韩家川捋顺了小王的故事，问，那后来呢？

后来？小王说，社区管委会贴了告示，禁止任何人在社区内养家畜家禽。

我问的不是这个。韩家川说，我是问你这杨老头后来怎么样了，还失眠吗？

小王叹息了一声，摇摇头。后来？后来他家人说他患上了抑郁症。再后来，他从家中的阳台上跳了下来，永远地睡着了。

这是个意外又惊心的结局，韩家川沉默了。车里的气氛也凝重起来，显得有些沉闷压抑。

小王率先打破了沉闷和压抑。领导，望城镇就要到了。你不是要我讲讲自救自五人小组吗？其实，这小组的缘起，就是杨老头的死。他们跟杨老头一样，需要声音，那是他们的药，或者说是另一种口粮。领导，我说句不该说的话，在社区里，老人是被忽视的一个群体，也是最难走出故乡的群体。他们孤立无援，社区、家庭都没有人管他们的心理、精神需求，但他们又不甘坐以待毙，所以只能自己救自己。

韩家川真诚地说，小王，今后你别再叫我领导，你叫我老韩或者家川哥。我不过是文联里的一个写作者，你今天的话让我心里清楚了，我这次挂职该去看什么，想什么，写什么。我真心谢谢你！

目的地就在附近。

<h1 style="text-align:center">5</h1>

如果说，在领命来望城镇之前，韩家川对如何处理所谓的偷鸡之事心中无底，有畏难情绪的话，现在他已经信心满满。

沈所长经过一夜夜班十分疲惫，老人们的不配合让他更感不悦，见到韩家川，也就没了好嘴脸。韩家川自我介绍时，他只是铁青着脸哼了一声。

你这些人是怎么搞的，人越老，硬得越像青冈树，不服个软哩。沈所长的话里是满满的抱怨。他看了一眼不动声色的韩家川，摊摊手又说，这和尚头上的虱子，明摆着的事，人证物证都有，为何要死不承认？

韩家川说，所长，我不明白你说啥？啥是明摆着的事？

沈所长冷冷地瞪了一眼韩家川，大声说，你们昭女坪社区的人，咋都这样呢？韩助理，你的这五位老人，偷了我们望城镇的鸡，而且是价值不菲的斗鸡！

沈所长，你少安毋躁，别大声八气的，好像犯事的人是我一样。你是警察，没把事情搞清楚之前，不要轻易说什么和尚头上的虱子明摆着这样的话，一切都得尊重事实和证据。

沈所长说，韩助理，你的意思是你的人没偷鸡？

韩家川嘲讽地笑了一下。这话我可没讲，我只是以为，这事情还没到所长你说的明摆着的程度。

沈所长咬着下嘴唇，皱着眉重重地点头。好了，很好！韩助理，我今天就让你心服口服什么是明摆着。就算是我们望城派出所与你们昭女坪社区联合办案。

沈所长说完，示意韩家川跟他一起去审讯室。

走进审讯室，韩家川看到一位老人抱着手站在凳子前，样子委屈而恼火。他旁边的三位老人像战败的散兵游勇，佝偻着腰狼狈地靠墙。

不是五个人吗？

韩家川目光在审讯室内绕圈。

有位老人被鸡啄伤了脑袋，我们派人带他去镇卫生院包扎伤口去了。沈所长解释。

韩家川的目光停留在靠墙站着的三位老人身上。所长，他们都是上了年纪的老人，给个座行吗？

沈所长吩咐民警去搬椅子。椅子搬来，三位老人坐下了，但那位站在椅子前的老人就是不坐。

沈所长说，这是你们社区管委会的韩助理，他是专程来配合我们派出所办理你们的案子的。你们有什么话，就对韩助理说。

四位老人缄口不言，头都没抬一下。

沈所长说，不配合是不是？陈三娃，你先说。

被沈所长叫作陈三娃的那位老人，依旧耷拉了眼皮子抱着手站着。该说的，先前我已经说过了。

韩家川知道了。这个活像一头老犟牛的就是陈三爷。

这时，坐在中间的老人举了一下手。我是疤老二，三爷不想说，我说！我们没有偷鸡。我们是去录公鸡的打鸣声的。这只鸡最早是我闲来无事发现的，那天在社区外，鸡的主人在空地上摆赌，我见这只公鸡很健壮，想它的声音一定很洪亮，就在摆完赌后尾随他踩了点。回去告诉了三爷，让许老四借了他孙女的录音笔，约了麻脸大、聋五一起来录公鸡打鸣的声音。万万没想到，录音的时候麻脸大没忍住咳嗽，招来了那只公鸡。那只公鸡凶得很，比电视剧里的敌人还凶，啄得麻脸大直叫唤，我们都吓得乱成一团。好在聋五行伍出身，没太乱阵脚，顺手操起一根柴棍子，把那只公鸡给打死了。后来我们就被主人家发现了，主人大喊有贼，村子里的人就把我们围住了。再后来，就把我们送派出所来了。

听疤老二说完，韩家川问，你们大老远地跑去录声音干啥子？

救人。许老四答。

沈所长轻蔑一笑。用声音救人，韩助理可否相信？

韩家川点点头。沈所长，我相信。

你相信？沈所长一脸惊讶。

对，我相信！韩家川加重了语气。

沈所长端起放在桌上的保温杯，呷了口茶，吐一片茶叶。既然韩助理相信声音能救人，那就是说，声音可以做得药了。

韩家川笑说，沈所长，有些时候，声音就是一剂良药。

沈所长嘴里的茶水喷了一地。韩助理真是幽默。既然在韩助理看来这声音是一剂良药，那我想问韩助理，这声音如何配伍？如何治病救人？救的又是什么人？

韩家川一脸从容地说，所长，你问错人了。这话，应该问这些老人才对。

这时候，一直抱手站着的陈三爷接话了。他说，你这个警官忘性咋这么大？我先前已给你说过了，我们要救钟汉大爷。

许老四抢话，他是昭女坪社区最年长的老人，都九十好几啦。

那他得了何种怪病，要声音治？沈所长刨根问底。

他夜里睡不着觉，患了失眠症。许老四说。

用声音治失眠？咋治？沈所长不解。

许老四说，警官，这你不懂了吧？且容我慢慢道来。

在没移民来昭女坪社区之前，钟汉大爷就是我们白鹤镇裤脚村人人知晓的老人，有名得很。说他有名，是他养的鸡有名。他家养的乌骨鸡，是整个镇方圆几十里地最肥美的壮鸡。钟汉大爷养鸡，不圈养，是放在河滩地上野养。那些鸡刨食的是蚯蚓和打屁虫一类的小虫子，鸡肉的味道鲜美得没话说。钟汉大爷养鸡，除了野养，跟别人养法不一样的是，有头鸡带着鸡队。头鸡都是大公鸡，钟汉大爷叫头鸡鸡队长。每天清晨，鸡队长第一个醒来，它飞上院墙，一声长啼，所有的鸡就跟着吵吵嚷嚷出了鸡栏。听见长啼，钟汉大爷就从床上爬起来，目送他的鸡队长，领着鸡群走向长满野草、灌木和荆棘的河滩地。鸡队长是不宰杀的，也不卖。等到鸡队长上了年纪，钟汉大爷就会选最好最大的鸡蛋，孵出最好的鸡公仔，挑出最好的一只，把它培养成接班人，当下届的鸡队长。

库区移民的时候，钟汉大爷让家里人把母鸡都宰杀了，拿去市场上卖掉了。顺便说一句，钟汉大爷养的鸡，只有头鸡是公的，其余鸡成员全是母的。钟汉大爷舍不得杀鸡队长，决心把它和家什一起带来昭女坪。但当它发现它的那些妻妾死在屠刀之下后，它也气死了。这让钟汉大爷悲痛万分，离开裤脚村的时候，他抱着视为心肝一样的鸡队长，爬上山岗，在一棵树下挖了个小小的坑，将鸡队长的尸体埋了，还用碎石砌了个小小的坟茔。然后，他一屁股坐在山岗上，像个孩子一样，脚在地上乱蹬，手在胸前乱捶，号啕大哭。哭声和着山风，让我们也跟着他一样伤心不已。

到昭女坪社区后，钟汉大爷跟家人住进了新房子。住进去的第一晚，他睡得又沉又死，他那年过花甲的儿子叫了几遍才叫醒他。但打那以后，钟汉大爷就再也没睡着过。他总是担心倒头睡过去，第二天再也醒不来。大爷儿子就安慰他，要他放心睡，第二天会叫醒他。但大爷抢白儿子，你又不是鸡队长，你要睡死了咋办？从此他便出现了幻觉，一睡过去，鸡队长就会从他的脑袋里冒出来，一声长啼，他便一骨碌地翻爬起来，推开窗子，但外面却是墨一样的夜色。杨老头跳楼后，我们心中成天都惶恐得很，我们也睡不着，心就像个空箩筐一样空得难受。三爷顾着我们四个，成立了这个五人小组。三爷说，没人管我们，我们只能自己救自己，我们要把我们丢掉的声音找回来，还要帮钟汉大爷把声音找回来。

有一天，我儿子从省城回家过春节，给我孙女带了礼物，就是今天我搞丢的那支录音笔。当有一天，我发现孙女录下了老师讲课的声音，感到这东西真是神奇。孙女让我说话，她只轻轻按了一个键，待我说完话，她又轻轻按了另一个键，那笔就吐出了我刚才说过的话。我把这告诉了三爷，三爷说，许老四，这下钟汉大爷有救了，你得把这录音笔的玩法从你孙女那儿学过来。正巧疤老二发现了那只斗鸡，说那鸡雄得很，不亚于钟汉大爷家那只鸡队长的打鸣声。对了，我还忘了给领导汇报一件事。孙女教我录音的时候，还告诉我那录音笔能定时，你想让它几点播声音，它就会准时在几点播。

沈所长听得很耐心，许老四打住话匣子后，他问，那后来呢？

许老四说，后来我们就趁夜里去找那只斗鸡录音了，再后来就被当成偷鸡贼抓了。真是羞先人哟，老几十岁，背个贼的骂名。

听了许老四的话，沈所长看了看韩家川。韩家川也看了看沈所长，他们都没说话。

一阵沉默后，沈所长打了个呵欠说，要信你的话，就得找到那支录音笔。

6

在许老四的指引下，沈所长带着民警在蚕豆地里找到了那支录音笔。

录音笔里确实没有鸡鸣声，却录到了麻脸大被鸡啄的惨叫。回到派出所，通过沈所长和斗鸡主人的讨价还价，终于达成了八百元钱的赔偿协议。韩家川垫付了赔偿金，又让小王把车开到卫生院，接上处理完伤口的麻脸大，带着五位老人回昭女坪社区去。

一只鸡赔八百元，老人们心里都觉得疼，坐在车上都成了闷葫芦。小王打趣，几位大爷，八百元摘了五顶贼帽子，值！

麻脸大摸了摸头上的纱布说，值个屁！那只斗鸡不要那么凶，不啄我的秃头，聋五也不会失手打死它。要晓得这鸡那么值钱，我还不如忍痛让它啄哩。

陈三爷瞪了一眼麻脸大。麻脸大，你还好意思说，你不咳那声嗽，就不会有后边这些幺蛾子！这音没录上，钟汉大爷咋办？三爷，别责备麻脸大，谁身上没个病痛的。疤老二打圆场，钟汉大爷的事，我们再想办法。要不是我这要命的膝盖，我就去邻县乡下我姑娘家，把那鸡啼声给钟汉大爷录了来。

坐在副驾上的韩家川转过身来。五位老叔，是我们社区管委会失职了。今后，这些事交给社区来办。你们都是上了年纪的老人，别再像今天这样，起早摸黑，危险着哩。

疤老二摆了摆手，韩助理，你和社区还是不操这个心的好，我们的事，我们自己办。让你们办，靠不住！

韩家川冲疤老二笑笑，大叔，你可以不信任我，但一定要相信社区。你为何对我们管委会有如此大的成见？

陈三爷冲疤老二挤挤眼，疤老二，你那张嘴，咋就不关风呢？韩助理，成见？不敢不敢，社区对我们好着哩。

小王说，三爷，你就让疤二大爷说嘛，韩助理跟社区其他领导不一样。要说成见，韩助理，我替疤二大爷说，他主要是对社区办豆腐厂有意见。

一提豆腐厂，韩家川就更有了兴趣。老叔，这你一定得给我讲讲。

疤老二面有难色，侧身看了一眼陈三爷。陈三爷冲他翻了一下白眼，看我干啥子？疤老二，你今后会死在这张嘴上。既然小王都说你对办豆腐厂有意见，你还不说，那不成了隐瞒领导了？你看你儿媳，人家多先进？你呢，后进着哩。

别提我儿媳，三爷。疤老二说，提她我心里就来气。

小王边开车边对疤老二说，疤二大爷，你心咋就二指宽呢？不就一副棺材嘛。

许老四接话，你这嫩崽子，懂个屁，话说得轻巧，不就一副棺材？那是今后你疤二大爷百年了的老屋。

真是冤枉我了。疤老二说，她怂恿我儿子多拉苦井水不拉棺材，我是生过气，但那是搬迁时的事，早就过去了。我是因为她不听我劝，硬要跟夏主任去办豆腐厂生气。白鹤豆腐，岂是想做就能做的？

韩家川说，你儿媳手艺不行？

那倒不是。疤老二摇了摇头。她做豆腐的手艺还是可以的。

韩家川说，这就令人费解了。

疤老二说，说费解也费解，说不费解也不费解。世间大凡好东西，都不是做出来的，是自然生出来的。白鹤豆腐里藏有玄机。

小王说，疤二大爷，你就别卖关子了，谁不知道你儿媳做的白鹤豆腐，要用你们家苦水井的水来点豆花？要不，还叫啥子秘制豆腐嘛？

你看，你看。疤老二摊了摊手。说你嫩苔苔，人家会讲我欺负年轻人。你跟你们夏主任和我儿媳差不了多少，都是只知其一，不知其二的。

小王欲回嘴，被韩家川示意打住。老叔，这其二是什么？

疤老二说，这可是我们家的秘密，别说外人，就是老婆、儿媳也不知道。不便说的。

嘿。陈三爷白了一眼疤老二。毛病！又卖关子了不是？离开了白鹤镇，还做得出什么白鹤豆腐。

三爷英明！疤老二冲陈三爷竖了竖大拇指。这话你说得像裤裆里放鞭炮，正确得很！

疤老二这话，把一车人都逗笑了。

其实，也算不得是啥玄机。疤老二说，自从库区蓄的江水淹没了裤脚村，我们家那点做豆腐的小秘密也就没用了。其他地方做豆腐点豆花用的都是石膏或者卤水，我们裤脚村的豆腐用苦水井的苦水来点，就特别招惹人注意，都以为白鹤豆腐的名堂就是这苦水井。但大家都不晓得，连裤脚村的人都没留意，我们泡黄豆的水、磨浆的水，那可是甜水潭的水。在裤脚村，老辈人管甜水潭叫阴潭，管苦水井叫阳井。甜水潭的水是软水，苦水井的水是硬水，甜水井磨的豆浆，碰上苦水井的硬水，就像受了孕生出白鹤豆腐，这叫阴阳之合。我说这世间好东西都是生出来的，就是从白鹤豆腐上悟到的。搬离裤脚村时，我提醒我儿媳，拉再多苦水也没用，做不出白鹤豆腐。可她小肚鸡肠，猜疑是我为了棺材。现在好了吧，办豆腐厂，收不了场了。落个空欢喜不说，还招人笑话，真是不配那豆腐西施的名号。

疤老二话说得轻松，韩家川听得沉重。韩家川心想，夏晓峰要在场会做何感想？

老叔，我不知道有句话该不该说？韩家川认真地说，你生儿媳气，我理解。但你该阻止夏晓峰主任，办个豆腐厂不容易，钱都是移民们从补偿款中拿出来的。

夏晓峰？你别提他，提他我更来气。疤老二摆摆手。

陈三爷恶狠狠地瞪一眼疤老二。浑说了不是？越说越没分寸了。

三爷，谁浑说了？我就是气夏晓峰咋啦？

疤老二，耍上牛脾气了？陈三爷提高了嗓门。

这话憋肚子里，比屎阻屁眼里都难受！疤老二吹胡子瞪眼睛。那杨老头在自家里养猪，招惹他啥了？他倒好，带群人三下五除二，给人家养猪的地儿给清理了，光会批评人家生活习惯不好，不讲卫生，也不问问人家为何要养猪。谁不晓得猪养家里又脏又臭不卫生？反正我是认定了，杨老头就是被夏晓峰逼死的！

瞎话！蠢话！疤老二！陈三爷吼道，信不信我揍烂你那臭嘴！

原本轻松的气氛变得沉重，所幸昭女坪社区已近在眼前。

7

五位老人被韩家川顺利地从望城派出所带回了昭女坪社区，这让夏晓峰在心目中高看了韩家川。当韩家川赶往豆腐厂去给夏晓峰交差的时候，夏晓峰跟宫桂花正为做不出真正的白鹤豆腐进行技术攻关。夏晓峰知道，做不出真正的白鹤豆腐，后果不堪设想。想到早上那些情绪近乎失控的股东，他心中不寒而栗。看到韩家川，一筹莫展的夏晓峰说，韩老师，都说沈所长是难缠的主，没想到你那么快就解决了问题，看你这一脸斯文相，没想还有点小诸葛能耐。过来，快过来，兴许这豆腐上的难题，你能想出好办法。

韩家川笑道，不敢当不敢当，老人们没偷鸡，派出所得尊重事实嘛，哪是我的能耐？至于这白鹤豆腐，主任跟官厂长都不要费心了，诸葛亮转世，我看也是无解的。

这无解二字让夏晓峰心里非常不快，一脸不高兴地说，韩助理，说话注意分寸。我做豆腐确实是外行，但你不能让官厂长难堪。官厂长为啥被称为豆腐西施？那是因为人家做得一手地道的白鹤豆腐。我们现在技术上遇到了难题，只要大家齐心协力开动脑筋，就没有过不去的坎，攻不下的关。你哪能如此武断，说出不得体的话来？

韩家川发现自己不仅让夏晓峰不高兴，也让官桂花脸上有些挂不住，便冲她抱拳做了个对不起的手势，转而对夏晓峰说，主任，我们借一个地方说话。

没想这话却惹火了夏晓峰，他粗脖粗嗓地说，韩助理，你们这些文人，咋就那么多花花肠子？什么事情，到你们这儿就搞得神秘兮兮的，把官厂长当外人？你啥意思呀？

看着一脸怒容的夏晓峰，韩家川赶忙解释，说夏晓峰误会了他的意思。他有些为难地看着官桂花，恨不得指天发誓自己没把她当外人。

官桂花自是知趣的女人，她脱下白手套往工作台上一放。既然你们做领导的有事商量，我就先回家了。

韩家川看官桂花出了门，又调转眼神看着黑脸的夏晓峰，提议出去走走。夏晓峰不情愿地跟韩家川在社区里肩并肩散起了步。

韩家川问夏晓峰认不认识疤老二。夏晓峰说，他是官桂花的公公，你说我认不认识？

韩家川就把疤老二在车上讲的关于白鹤豆腐的故事跟夏晓峰讲了一遍。

还没等韩家川把故事讲完，夏晓峰整个人垂头丧气瘫坐在了社区林荫道旁的长椅上，吐出了一声长长的叹息。

　　从夏晓峰的叹息声里，韩家川听出了困惑和绝望。

　　韩家川把故事打住，坐到夏晓峰身边，掏出香烟，递了一支给他。夏晓峰抬起头，蹙着眉头接过烟。韩家川给他点上烟，自己也点上一支，安慰说，我们还可以想办法生产其他东西，天无绝人之路嘛。

　　夏晓峰猛吸了一口烟，喷出浓浓的烟雾，表情极为严肃地看着韩家川。韩老师，为啥这疤二爷明知我在跳火坑，他都忍心不站出来阻止，乐意看着我跳呢？

　　这问题提得好尖锐，让韩家川无言以对。我知道你不好回答我，那我帮你回答。夏晓峰又深吸了一口烟。那是因为，社区里有很多像疤二爷这样的人，他们认为办豆腐厂是我夏晓峰这个主任的事，不是他们的事！

　　韩家川说，主任，你千万别这么想。

　　夏晓峰不听劝，腾地站了起来，将剩下的大半截香烟重重扔在地上，又重重踩了两脚，仿佛招惹他的是香烟似的。他伸出手，画了一个巨大的圆弧。韩老师，我真的搞不明白，他们为啥这样不待见我。自打开始破土动工建这个移民社区，我夏晓峰何时不是起早贪黑、巴心巴肝地扑在这社区上。市里领导指示我，社区要看得见山，望得见水，要记得住乡愁。昭女坪社区依山而建，看得见山。但我们这地方是十年九旱的地方，望得见水，是个难题。你看到社区这被垂杨柳围起来的湖了吗？为了这一湖水，我前前后后跑市里各职能部门和永丰水库不下百次，硬是靠软磨硬泡的功夫弄下来了这一湖水。那哪是水，那是水库灌溉区的粮食！我文化不高，不知道要怎么弄，才能让移民们记得住乡愁。我就跑到你们市文联，请教你们龚主席。你们那个文绉绉的主席，张口就说出一个外国人名字，叫什么海尔的。

　　韩家川纠正说，是海德格尔吧？

　　对，就是海……海德格尔。龚主席高深莫测地对我说，所谓乡愁，就是诗意地栖息在大地上。

说到这里，夏晓峰有些犯迷糊。我真搞不懂，啥是诗意地栖息？我就认个死理，觉得这乡愁，就是要把他乡当故乡，让移民们把社区当成那个淹掉的老家。你看那房子，我们尽量刷成热地方的蓝白基调，尽量在社区绿化上种热区的植物，我和社区管委会的人，也是动了心思的呀！

韩家川看着眼前的夏晓峰，样子委屈得就像挨了老师一顿错训的中学生。

韩家川知道，夏晓峰说的绝非虚言，委屈也是真委屈，但韩家川真找不到合适的话安慰他。其实，韩家川心里很清楚，对夏晓峰，任何安慰都没有作用，甚至他压根就不需要安慰，他需要的是发泄。因为，有很多话已经在他肚里憋得太久。

发泄了一通的夏晓峰，经过了短暂的冷静后，又恢复成了一个处事不惊、老成稳重的主任了。他自嘲说，这人一激动，就傻瓜了不是？有人不理解，但上面领导还是认可昭女坪社区的。我光顾自己发泄了，忘了正事。韩老师，广场舞你得下力气抓。市里打电话来了，我们这昭女坪社区，现在可是被推到老虎背上去了。

韩家川不明白这推到老虎背上是什么意思，说到广场舞，韩家川是真想打退堂鼓的。夏主任，这广场舞，我怕是没能力教会那些社区的大婶大妈了。我是宁愿骑老虎背也不愿教了。

不行！夏晓峰坚决地说，你要撂挑子，就是拆台了。我实话告诉你吧，我们昭女坪社区，虽然有这样那样的矛盾，但人家市里、省里把它是真当了样板的。现在，经媒体一炒，不得了啦，惊动联合国了。

联合国？韩家川不可思议地说，不会吧？

有些事是我们想不到的。夏晓峰说，我也是下午才接到市移民局打来的电话，说有个什么联合国的文科组织，要来视察。

联合国教科文组织。韩家川又纠正。

韩老师，你肚子里就是墨水多。夏晓峰拍了拍韩家川的肩膀，对，就是你说的这个教科文组织。我这个从街道上干起来的主任，弄不清楚这组织有多大。

但联合国还是听说过的，这一定要高度重视。不仅要做欢迎横幅、标语、彩球，还要请个军乐队。市里文化单位你熟，请军乐队的事，就交给你了。

韩家川觉得请军乐队来欢迎联合国的教科文组织有些欠妥，就表达了自己的意见。但夏晓峰说，韩老师，这意见你要提就给市里提去，都是市里的意见，我不过是按指示办而已。

说到这里，夏晓峰已再无心跟韩家川散步，急匆匆地走了。还有千头万绪的工作，在等待着他。

韩家川总觉得，这上紧了发条的夏晓峰，他的奔忙里，有一些不妥，到底是什么不妥，他也不好说，但直觉告诉他，就是不妥，就像欢迎联合国教科文组织请一个军乐队一样——

不妥的。

8

头上缠着纱布的麻脸大，像一个战败的伤兵疲惫又狼狈地回到家中，老伴看他那样是又心疼又生气。遭受了家里人一通劈头盖脸的数落后，麻脸大一个人悄悄溜进了自己的卧室，从床下面拖出了一只漆面斑驳的旧箱子，却找不到那把锈迹斑斑的钥匙。他不记得把它放哪儿了。

他坐在床沿，头上的伤口隐隐作痛。受伤的头颅空得像个掏了瓢的葫芦，记性仿佛都被那只凶狠的斗鸡啄了去，苍白如纸片一般。

钥匙，我箱子的钥匙呢？

他哪是喊，简直是咆哮。老伴跑进卧室来。麻脸大，你到底是被鸡啄了还是被疯狗咬了？钥匙？钥匙在你儿子那里，他帮你收着的。咋啦？今天太阳从西边出了，想你的宝贝了？你冒疯，想吹曲儿？这夜里吵到别人，会告到社区管委会的。

老伴说的所谓宝贝，其实就是他放在旧箱子里的一对唢呐。

儿子闻声跑进来，掏出钥匙，蹲着给麻脸大开锁。麻脸大瞥见儿子头顶已是花白一片，叹息道，儿子，咋那么多白头发。

儿子说，爹，我都六十挨边的人了，该白头发了。爹，你拿唢呐做啥？

麻脸大说，我想把它们卖了。

儿子停住，心有不甘地说，爹，卖了它们，今后我们爷俩不做吹吹了？

白鹤镇的人管唢呐手叫吹吹。在白鹤镇人眼里，吹吹是让人羡慕的职业。

儿呀，你认为我爷俩还能做吹吹？

麻脸大的反问，问住了儿子。

老伴插话，做不成吹吹，也没必要卖了唢呐，留着它们又不供它们吃饭，做个纪念嘛。

麻脸大说，我何曾不想留它们做个念想，但我们欠了别人钱，我得卖了它们还账。

欠别人钱？老伴说，麻脸大，你不赌不抽，咋会欠别人钱呢？

麻脸大说，你这老婆子，咋就喜欢打破砂锅问到底呢？聋五打死了人家的公鸡。

聋五打死的，咋要你赔？儿子说，谁打死谁赔嘛。

就是！老伴白一眼麻脸大。别人杀人，难道你去偿命？

你，你。麻脸大指了指儿子，咳嗽了两声，又指了指老伴。还有你，你娘儿俩咋一个鼻孔出气呢？聋五打死的是啄我的公鸡，晓得不？

儿子说，一只公鸡，要不了多少钱的，我替你赔。

麻脸大说，你说得轻巧，八百块哩。

什么鸡呀，八百块，金子做的？老伴惊呼。

说你头发长见识短，你说我损你。麻脸大说，那不是普通的公鸡，是斗鸡，晓得不？就是人家养来打架的鸡。

儿子瘪了瘪嘴，爹，你还说妈见识短，我看你才是。我才不管它是你说的斗鸡或者打架鸡，反正是只鸡，一只鸡要你们赔八百块，就是敲竹杠，就是不讲理，明天我就找这鸡主人评理去。

呸！麻脸大恨不得把唾沫吐儿子脸上去。你以为你能耐哩，评理？要不是沈所长一唬二吓，那鸡主人没个一两千块不罢休哩。你真有孝心，明天就陪我到市里去，我爷儿俩好好吹他几曲，我就不相信这城市是块大铁板，吹不热乎的。

儿子说，爹，使不得，人家会把我们当成干扰分子抓起来。

看你那样！麻脸大说，是我的儿，明天跟老子进城去。你还愣着干啥？还不快去楼下土杂店备上两壶苞谷酒，发不好叫子，唢呐吹不亮响，看我不找你麻烦。

儿子拿着空空的酒葫芦，去楼下土杂店买烧酒。作为一个吹吹，儿子深知麻脸大内心的那份落寞。搬来昭女坪社区之前，麻脸大一直是生活在热闹之中的。无论是婚丧嫁娶还是乔迁添丁，都需要唢呐声，都需要吹吹。数十年光阴里，儿子跟着麻脸大，体会到了做一名吹吹的荣耀。作为白鹤镇方圆几十里地最优秀的吹吹，麻脸大的酒葫芦，在他的记忆里，从来就没空过。排队请麻脸大的人，只要拿到酒葫芦，就算是他应允了。能请到麻脸大的人家，脸上就会多出一份光彩来。

白鹤镇人把唢呐的哨称为叫子。叫子是挑上好的芦苇做的，吹吹们在吹奏唢呐前，要喝酒，俗称发叫子。如果主人家忘记了给吹吹送酒，那唢呐声就会像没喝到酒的吹吹，无精打采，既不嘹亮也不圆润。所以，要请吹吹的人家，总会提前些时日，亲临吹吹家，将酒送去，并当着吹吹的面，恭敬地灌满吹吹的酒葫芦。

麻脸大嗜酒，每天都要儿子陪他喝上半葫芦。喝了酒，他就会带着儿子将明天别人家宴席上该吹的曲预习一遍。到昭女坪社区后，麻脸大就断了酒，其实也没人再登门往他的酒葫芦里灌酒了。离开白鹤镇，搬迁至移民区，人还是那些人，但他们却不再需要唢呐。红白喜事，不再有摆开的场子，都在酒店或殡仪馆办，吹吹派不上用场，唢呐也就锁进了箱子，酒葫芦也只好束之高阁。麻脸大不再喝酒，不喝酒的他天天咳嗽不已，老嗓像一面随时被敲打的破锣。

儿子打了酒，提了装满酒的葫芦回到家，问麻脸大，要不要发叫子。

麻脸大喔喔地咳嗽了两声说，当然要。儿子就拿了两个瓷碗，倒了两碗酒。爷儿俩相向而坐，儿子心痛地发现，父亲衰老得厉害了。

他们不言语，沉默着喝酒。喝完碗里的酒，儿子将大而长的那支唢呐奉上给麻脸大。麻脸大接了，又放下。他拍拍胸口对儿子说，要发的叫子，其实在这里。他压抑了声音，低沉地哼起曲儿。儿子也跟着哼，爷儿俩哼着哼着，就哼出泪水来了。

头上缠着纱布的麻脸大，伤心的样子，像灵堂上永别亲人的孝子。

韩家川来到市文化局，联系请军乐队的事宜。接待韩家川的耿副局长非常热情，他说文化局也接到了市里领导的指示，要全力配合昭女坪移民社区管委会，搞好迎接联合国教科文组织考察团的文化展示工作。

该我们到社区去的，却让韩助理亲自跑一趟。耿副局长歉意中夹杂了些许客套。

韩家川说，耿副，该夏主任亲自来的，但社区工作千头万绪，离不开他，我就只好代表了。

一家人不说两家话。耿副局长说，请军乐队没问题，文化局就管他们，自家的事。只是……

韩家川听耿副局长欲言又止，以为他有什么难处。耿副尽可直言，有难处是吧？

耿副局长摇了摇头。不是难处，我只想问一问，用军乐队欢迎联合国教科文考察团，是你们社区的意思，还是市里领导的意思？

韩家川听出了耿副局话里的两层意思，一是他对用军乐队欢迎考察团有不同意见，二是他又怕说出自己的看法冒犯了市里领导。

韩家川想，在不宜用军乐队这点上，耿副局长跟自己是不谋而合的。韩家川说，耿副，我也不知道是市里领导还是社区的意思。实言相告，请军乐队欢迎一个国际性的考察团，我觉得不合适。

不合适你还亲自来请？耿副局长说。

韩家川苦笑，这就是人在江湖，身不由己。

我也觉得不合适。耿副局长说，韩助理是文联派社区的挂职干部，大家都是文化人，军乐队欢迎宾客好不好？好。军乐队气势恢宏壮观，乐曲浑厚流畅，激昂高亢，能够烘托气氛，制造热闹的场面。但缺憾是它没什么地方特色。这种高级别的考察团来到我们这个小地方，机会千载难逢，都说文化是软实力，逮着这样的机会，我们却不用地方的音乐，选军乐，不合适，不合适。

韩家川赶忙说，耿副既是领导，又是文化行家，你一定能想出一个取代军乐队的好主意来。

这话让耿副局长有些为难了，他摆摆手。不好想的，不好想的。我们有地方特色的欢迎仪式，也热闹也诙谐，但有失气势和庄重，甚至有的还显轻佻。也许，选军乐队，是市领导的考虑慎重，宁失特色，也要气势磅礴庄重得体。

这耿副局长，如此时时刻刻不忘揣测所谓"上面的意思"。韩家川有些感慨。

还是用军乐队吧。耿副局长用手上握着的铅笔轻敲办公室桌面。

就在这时，一曲音乐仿佛是只莽撞的鸟，从窗外飞进耿副局长的办公室。声音尖厉、高亢、嘹亮，甚至还显得粗鲁、蛮横，仿佛它是挤压出来的，压抑了太久；它带着浓烈的情绪，带着挑战，似乎又不知道对手在何处，有点像失去了方向的怒狮，只顾横冲直撞。耿副局长身子一颤，皮球一样蹦起来，没有了官员的伪装，活脱脱一个行家的欣喜和冲动。他啪的一声，双手拍合在一起，冲韩家川吐出三个字——

好声音！

话音未落，耿副局长直扑窗前。让耿副局长如此激动的是唢呐的声音。这唢呐确实吹得好，但在韩家川听来，却感到有些奇怪。这唢呐声一听就是行家吹出来的，没几十年修炼之功，技艺不会如此炉火纯青，却又有一种毫不掩饰的冲动，像是被什么激怒了一样，燃的是无名火，像是一个涉世未深的年轻人受了委屈。

韩家川也忍不住满肚子好奇心，起身来到窗前。耿副局长激情未消，拍了一下韩家川的肩又握着他的手说，韩助理，这唢呐声，你听，多有个性，多有个性！为什么不选唢呐？为什么？

这时的耿副局长，可爱得像个天真的小孩子。韩家川心里想，此时的他，一定是忘了"上面的意思"了。

韩家川耸了耸肩。为什么不选唢呐？

就选唢呐，错不了！耿副局长松开韩家川的手。唢呐曲儿虽小，腔儿却大，表现力超强！你听这声音，一鸣惊人，直冲云霄。唢呐是民间艺术，更是我们国家级非物质文化遗产，选它欢迎考察团，再合适不过。

韩家川想，这耿副局长，仿佛要说服的不是市里的领导，而是要说服他韩家川似的。他对耿副局长说，我们别光站在这里夸声音，下楼看看何方高人。

唢呐响处，早已里三层外三层围满了人，韩家川和耿副局长费了老大劲儿才挤进看热闹的人群里。

韩家川好不容易看清了唢呐的吹吹，这不看不打紧，一看，原本紧闭的嘴惊讶成了一个"O"。

那吹吹竟是麻脸大。

在麻脸大身边的是他的儿子，手中提着另一支唢呐，对看热闹的人群说，识货的都过来看一看瞧一瞧，不看不知道，一看吓一跳，上品唢呐，跳河价卖啦，八百块钱！八百块钱，一条香烟钱卖唢呐了，不是一支，是八百块一对。祖上传下来的，有年成了，买去说不准放放成文物了。八百块钱，八百块钱一对的铜唢呐，打着灯笼也找不着。

麻脸大面无表情，只是鼓了腮，拼命一般地吹。

耿副局长叹了一口气说，吹得那么好的曲儿，咋不识货呢？这不是一般的黄铜唢呐，是斑铜唢呐呀，是人工一锤一锤敲出来的，每一支都独一无二。那么好的材质，那么好的声音！

韩家川说，耿副，你是内行嘛。曲能听出好坏，这货也识得好歹。不瞒你说，那吹吹是我们昭女坪社区的，我认得的。

耿副局长说，你们昭女坪社区藏龙卧虎呀，你这是捧了金饭碗还要去讨饭。

韩家川掏出八百块钱，塞进耿副局长手里，凑近他耳边说，耿副，劳驾你帮我买了这对唢呐。它们，属于昭女坪社区。

耿副局长说，不讲价了？

韩家川说，不讲。

9

噶——歌——噶——

天刚要破晓的时候，昭女坪社区里响起了公鸡的打鸣声。

躺在床铺上一夜辗转的钟汉大爷，一激灵坐了起来。

住在他家楼下的宫桂花也听到了公鸡的打鸣声。当时正在漱口的她，推开窗往楼下看，看到一个模糊的身影一闪而过。她含着满口牙膏沫喃喃自语，撞鬼啦？社区不是禁养家畜家禽了吗？哪来的公鸡打鸣声呢？

宫桂花以为自己耳朵出了问题。豆腐厂的退股风波不仅让她颜面尽失，更让她心力交瘁。这段时间以来，她睡不安稳，总觉得耳边多了一只蜜蜂或者苍蝇，那嗡嗡声让她心烦意乱。

宫桂花正欲出门，公公疤二爷从卫生间里出来说，我好像听见楼下有公鸡在叫。

宫桂花说，我还以为只是我耳朵出了毛病。

这话让疤老二心里不舒坦，以为儿媳是在骂他，沉着脸回到自己房里去。但细想儿媳的话，说明她也是听到了，就又出得里屋来，想问个究竟。但宫桂花已出了门，楼道上传来一串急促的脚步声。

疤老二想想，换了鞋上楼，敲了敲钟汉大爷家的门。开门的是钟汉大爷的儿子。钟汉大爷的儿子也是一个老人了，耳朵比钟汉大爷还背。疤老二问他听到公鸡叫没有，他啊啊两声说，你说什么，我没听清楚你再说一遍。

我听见了。坐在木椅上的钟汉大爷说，疤老二，我家的鸡队长显灵了。

疤老二说，钟汉大爷，你咋听出是你家鸡队长的声音？

钟汉大爷说，这有何难，除了我家鸡队长，谁家的鸡也休想叫得如此脆亮，如此中气十足。

疤老二点头，脸上堆了笑。钟汉大爷，这下你该睡个安生觉了。

钟汉大爷张开没牙的嘴笑，像一个得了糖果的孩子开心而幸福。他说，疤老二，这下我能睡安生了，明早鸡队长不显灵，你要叫醒我哦。

钟汉大爷的儿子说，爹，你放宽心睡，有我哩。

钟汉大爷说，你呀，靠不住的。

翌日清晨，整栋楼都听见了公鸡的叫声……

第三天，人们都是被公鸡叫声唤醒的……

钟汉大爷家的鸡队长显灵报恩的故事，比禽流感还快地在社区里散布开来。好多人都亲自跑到钟汉大爷家探究虚实。钟汉大爷睡好了觉，逢人就张开不关风的嘴唏唏一阵，是我家鸡队长，当然是我家鸡队长，它晓得我老头子惦记它哩。

大家自然也就信了钟汉大爷的话。这些从乡下来的移民，过去的岁月中，与现实生活在一起，也跟鬼魂生活在一起。他们是相信万物有灵的。过去，钟汉大爷对他家鸡队长的好大家都看在眼里。今天，钟汉大爷听不见鸡叫，怕自己醒不过来，为此提心吊胆，睡不着觉，人变得憔悴、虚弱，死了的鸡队长显灵来报恩，送上几声啼音，在他们想来，太合情合理了。现在钟汉大爷又肯定得真切，还有什么不相信的呢？

但有一个人是坚决不信的，那就是夏晓峰。当宫桂花把鸡队长显灵报恩送鸡啼的故事讲给他听时，他断然说，什么鸡队长显灵，是有人装神弄鬼。

在夏晓峰看来，这是个严峻的问题。他一脸严肃地看着宫桂花。桂花，我们移民社区不是封建迷信的温床，什么鬼呀魂的，都是扯淡！这世上根本没什么显灵一说。显灵？那是唯心主义者的幌子！有人装神弄鬼，蛊惑人心。你得多留点心眼，把这装神弄鬼的人找出来。

宫桂花慌忙摆手。主任，做豆腐我行，这找装神弄鬼的人，我不行。

夏晓峰说，我看你能行，你得注意你身边的人。

主任，你啥意思呀？宫桂花不解。

桂花。夏晓峰语气温和循循善诱。想想你那公公，他们自救自五人小组前几天刚去偷过鸡叫声。

宫桂花说，主任，不是没偷到吗？

夏晓峰说，我不是说这装神弄鬼的人一定就是你公公，也可能是他的同伙，我不过是给你讲一种思路罢了。

宫桂花豁然开朗地点点头说，夏主任，你没干公安，可惜了，我知道了。

疤老二一个人坐在家里，拿着电视遥控器把所有的频道都按了一遍，也没找着一个能对得上眼的节目，索性关了电视，把遥控器扔到一边生闷气。他想，这钟汉大爷真幸福，养只鸡队长，死了还会显灵来报恩。自己那磨坊、那大石磨、那吱吱呀呀响的水车，咋就不能像人家钟汉大爷的鸡队长呢？疤老二对磨坊、大石磨和水车的感情，不比钟汉大爷对鸡队长差。几十年来，疤老二也不知道是自己陪伴磨坊、大石磨和水车，还是磨坊、大石磨和水车陪伴他。反正这几十年的岁月，就是在磨坊中，在大石磨前，在水车里，像一粒粒黄豆般被磨掉了。他耳朵里装了太多的流水声、水车的吱呀声和石磨旋转的声音。这些声音如交响乐般，让他平凡的生活充实而不孤单。

现在，坐在这空空的屋子里，他总是坐得心里发慌，好多次错把茶杯的茶叶当成豆子，错把茶几当作石磨，把茶叶倒得茶几上到处都是。为此，他没少被宫桂花数落。宫桂花被夏晓峰叫去办豆腐厂，疤老二以为儿媳会请他出山，但人家已经不用水车石磨，改用电磨了。当他知道自己的一厢情愿后，心里就不自觉地生出了些对儿媳的看法。

别人是夜里睡不着，疤老二是白天如坐针毡。这种站着不是躺着也不是的日子，让疤老二变成了一个石磨——成天在家里打转转。好在陈三爷发起搞了五人自救自小组，要不，他会让自己的余生天旋地转。

疤老二出家门去找陈三爷。许老四和聋五已经在陈三爷家了，正在商量筹钱还韩家川。韩家川垫付的八百元钱让他们争得面红耳赤。陈三爷说他是领头的，八百元钱该他付。聋五比画着手势，意思是鸡是他失手打死的，该他赔。许老四说，大家都别争，二一添作五，一人一份。疤老二进屋说，有难同当嘛，三爷，聋五，看把你们能的。

几位老人坐在一起，又说到了钟汉大爷的鸡队长。许老四说，一定是我们偷声音的事感动了天上的菩萨，菩萨派鸡队长的魂灵下凡来显灵了。陈三爷不同意许老四的说法，他认为这鸡队长显灵，跟菩萨没有关系，要许老四不要什么事都要扯上自己的功劳。陈三爷说，就是鸡队长想报恩，你们不知道，在白鹤镇的时候，钟汉大爷对鸡队长，比对儿子都好。

许老四被陈三爷批评，心里很不服气。他说，我晓得啦，三爷的意思，当年那河畔的箫声，也不关菩萨的事，是人家那心上的女子主动来报恩。

瞎扯啥！

陈三爷把桌子拍得山响，暴怒的样子像头发怒的老公牛。看陈三爷那样子，疤老二赶忙打圆场。老四不过是开个玩笑，玩笑嘛，三爷，当真啥？

陈三爷不听劝，不消气。大家觉得没意思，便散了。

出了陈三爷家的门，疤老二扯了一下许老四的衣角。老四，说话不是耍刀子，不能往痛处戳的。

许老四委屈得像个孩子。我又不是故意的。这阵子心里烦，总觉得有火要从喉咙里蹿出来。疤二哥，你说这三爷也真是的，一辈子都端着，不累吗？

那叫骄傲。疤老二拍了拍他的肩。你不懂。

许老四摇摇头，我不懂，我也懒得懂。今天只顾跟三爷抬杠，忘了告诉大伙，我想退出五人小组。

老四，说啥气话。疤老二说，拌个嘴，至于吗？

许老四脸上泛起一丝苦笑。疤二哥，我是打算投奔邻县的姑娘家，去帮她看管鱼塘。我跟你掏掏心窝子吧，自从离开白鹤老家，搬进昭女坪社区，这城里人的日子，我是受够了。我做梦都想我家那水下养着鱼，水上长满荷的荷塘。

只要坐下来，耳朵里总有蛙叫，鱼儿跳起来又落到水里的扑通声。听不到这些声音，我这脑袋瓜里就老想，越想心里就越空得慌，就爱动气，晓得不？

疤老二当然晓得。他有些羡慕许老四，羡慕他有个嫁到邻县乡下的女儿，羡慕他女儿能为他提供一个鱼塘。

老四，你去吧，二哥为你高兴哩。

许老四叹气。高兴啥子？女儿家毕竟不是自己家。

疤老二重重给许老四一拳。老封建！得了便宜卖乖不是？我晓得你那心里美着哩，我都能想象你躺在垂柳树下的池塘边，手里摇着蒲扇，喝着浓茶，耳朵里尽是蛙叫蝉鸣，脸庞上堆满幸福的样子。

二哥，你就别拿我开心了。许老四说，我走了，麻脸大和三爷那里，还得望你吱一声。

许老四自顾回家去，疤老二看着他的背影，确实没一丝欢乐，满是浓重的忧伤。

疤老二在林荫道上徘徊着，思索着。如果有人能给自己提供一架水车，一个磨坊，自己会不会也像许老四一样，一点也高兴不起来呢？有些东西，是不是就像逝去的岁月，寻不回来的。

回到家中，看见儿媳那张像开过头的花朵一样的笑脸，疤老二感到意外又不知所措。

爹——官桂花甜甜地拖长了声音唤他。别傻站着啦，吃饭吧。

疤老二在餐桌边坐定，拿起筷子，给一旁的孙子夹了一箸菜，然后才准备给自己盛饭。官桂花制止了他，拿出一瓶酒。爹，别忙吃饭，儿媳今儿个陪您喝两杯。儿子，给你爷爷拿杯子。

捡到金子了还是中了彩头？疤老二问。

爹，你这话说得不中听哩。官桂花说，什么好事都没有，就是想跟您老人家说说话。

官桂花边说边倒酒。疤老二暗自嘀咕，今天，这太阳怕是要从西边升起来了!

和儿媳对饮，疤老二还是头一遭，这酒喝得有些别扭。两杯酒下肚，疤老二问，桂花，你不是有话要跟我说吗？

宫桂花端起酒杯，爹，您说这早上这公鸡叫，奇怪不？

疤老二说，奇怪啥？公鸡就是早上叫的嘛。

问题是……宫桂花放下酒杯。没有公鸡。

疤老二说，那是钟汉大爷家的鸡队长显灵了。

宫桂花摇摇头。那是唯心主义的说法，唯物主义不相信什么显灵的谎话。

疤老二纳闷了，过去成天忙着做豆腐的儿媳，咋进了昭女坪社区，就哲学起来了，开始谈主义了。

疤老二自顾端起酒杯，抿了一口酒。桂花，别跟我这糟老头谈主义，主义我不懂。你不相信显灵，我相信。如果不是鸡队长显灵，那你的主义咋个解释？

宫桂花说，是有人在搞鬼。

疤老二说，你怀疑有人搞鬼？

宫桂花点点头。

疤老二说，你不会怀疑我吧？

宫桂花说，我怎么会怀疑你呢？爹，但我想，这事跟五人小组怕是有干系。

疤老二算是明白了，儿媳今天是给自己摆了个鸿门宴。她怀疑公鸡打鸣是五人小组捣的鬼，想从他这里找到证据。要自己的公公干这种事，不是要置他一个奸细或告密者的境地吗？

疤老二把筷子重重扔在桌上。桂花，你是做豆腐的，不是干特务的。

他边说边站起身，进里屋去了。

10

麻脸大来社区管委会找韩家川还钱，转身欲走时，韩家川唤住了他。

大叔，求您件事，行吗？

韩家川的语气十分真诚。

麻脸大说，韩助理，我这黄泥巴埋脖颈子的糟老头，只怕帮不了你什么忙。

韩家川说，大叔，这忙还只有您能帮。

他正要转身向立柜里取啥东西，传来了敲门声，韩家川只好先去开门。

敲门的是陈三爷和聋五。

韩家川将二位老人让进屋来。见了麻脸大，陈三爷打趣，麻脸大，给领导汇报思想，咋也不叫上我们。

麻脸大说，陈三爷，你不也没叫我。再说，你这几天像吃了炸药似的，谁敢招惹你？

看两位老人斗嘴，韩家川笑着说，什么领导？什么汇报思想？麻大叔是来赔我钱的。

赔钱？陈三爷说，麻脸大，你赔韩助理啥钱？

没等麻脸大开腔，韩家川接陈三爷话说，还有啥钱？斗鸡的钱呗。

陈三爷走近麻脸大，正色道，麻脸大，这就是你的不对了，要赔钱，轮不到你。五人小组，我是领头的，该我赔。即使我不赔，鸡是聋五打死的，也该聋五赔。刚才聋五来找我要赔斗鸡钱，我犟不过他，就决定我和聋五各赔一半，你看，人不都来了吗？

麻脸大说，不该聋五赔，更不该你三爷赔，斗鸡是我咳嗽招来的。

陈三爷说，你又不是不知聋五的脾气，他说要赔，就一定要赔的。

见二位老人争得面红耳赤，韩家川说，别争了，就麻叔赔吧，钱我都收了。

陈三爷恼了，指着韩家川说，哪有你这样当干部的？这钱，不该他赔，糊涂！

韩家川没理会陈三爷的指责，他转身打开立柜，拿出麻脸大那对唢呐。

麻脸大一脸惊讶。我的唢呐咋在你这里？

韩家川将唢呐往上提了提说，它们现在是我的唢呐。麻叔，我要求你的就是帮我带出一支昭女坪的唢呐队来。过些日子有一个高级别的考察团来我们社区，你得带领唢呐队，把气氛整热闹喜庆才是。

这算你找对人了！陈三爷竖起大拇指。麻脸大，除了脸大，就这唢呐大。

麻脸大摆摆手。三爷，你就别寒碜我了，唢呐我不吹了。

不吹了？陈三爷说，为啥？

没那心情。麻脸大说。

麻脸大，你不吹了？没心情了？我问你，你不吹唢呐，你对得住聋五？我的夸奖你不在乎，聋五的你在乎吧？陈三爷边数落麻脸大边指向聋五。

韩家川不解地问，三爷，五叔能听见唢呐？

陈三爷说，过去他的听觉比谁都好。你看，他长着对招风耳哩。麻脸大的唢呐吹得多好，他都记在本本上。

麻脸大抢白说，三爷，说这些有意思吗？

当然有。陈三爷从聋五的挎包里掏出一个起了毛边的旧笔记本。麻脸大，你这是马卵沾不得热气，人家韩助理给你脸，你不要？嘚瑟个啥？我今天当着韩助理的面抬举你一回，你可得拿出点认真劲儿来，别让考察团小瞧了我们白鹤唢呐。

韩家川笑，三爷，是昭女坪移民社区唢呐。

陈三爷举着笔记本说，韩助理，聋五怎样夸麻脸大唢呐吹得好的话，这本本上写得有。你虽然是文化人，怕不一定比得了聋五。

陈三爷说完，把笔记本递给了韩家川。

韩家川打开笔记本，越看越吃惊。聋五这本笔记本，记的全是声音。不，准确地说，是声音的回忆录。

这是一本有年头的笔记本，塑料封套里粗糙的纸张早已泛黄发薄。在这长达半个世纪的对声音的记录和回忆里，断断续续，很多时候没有一个字，有些日子却记录得很详尽。记录得最详尽的，是1960年他参军时的声音，锣声、鼓声、鞭炮声，他说那天的白鹤镇像浪花一样翻卷起来了。但真正让韩家川瞠

目结舌的，是他描写麻脸大和他徒弟吹唢呐送他去县城人武部。那唢呐的声
音——

> 去当兵那天，我第一次发现唢呐像盛开的花。我骑在毛驴背上，心情就
> 像胸前这朵大红花，不，更像麻脸大鼓着腮帮子吹的金灿灿的唢呐。这唢呐的
> 声音在江畔响起，河水就欢快起来；在山间响起，山就分开来；山上的马缨花，
> 被唢呐一召唤，就齐整整地盛开了。后来的日子里，我感到快乐和幸福，耳朵
> 里就自然会塞满麻脸大的唢呐声。

韩家川合上笔记本。原来聋五叔当过兵？

陈三爷说，聋五不仅当过兵，还打过仗。1962 年的中印战争，聋五打的是
头阵，敌方一枚炮弹落在他的坑道里，人没炸死，却震聋了他的耳朵。

韩家川晃了晃手中聋五的笔记本。三爷，聋五叔这本笔记本，能借给我看
看不？

陈三爷冲聋五比画了一阵，聋五也冲陈三爷比画了一阵。最后，陈三爷对
韩家川说，聋五老大不情愿的，但还是同意了。韩助理，这是聋五的命根子，
你可别把它弄丢了。

麻脸大说，三爷，你真啰唆，韩助理又不是三岁娃儿。

陈三爷瞪了一眼麻脸大。麻脸大，你不得吹唢呐，就憋得像样，聋五可是
半个世纪听不到声音，那笔记本要丢了，聋五就彻彻底底聋了。

韩助理，三爷这话倒是在理。麻脸大对韩家川说，聋五因伤退伍回来，什
么也听不见。他在村子里走，别人跟他打招呼，他听不见，急得直掉眼泪。起
先，他还能吃力地说话。渐渐地，他不能说了，又聋又哑。那时村子叫生产队，
队长安排他放羊。他成天一个人赶羊上山，人也变得孤僻起来。有一天，三爷
从镇上商店买了一个笔记本送他，三爷比画说你聋五在部队学了文化，你把声
音写下来。于是聋五在山上边放羊边写声音。

韩家川点点头说，麻叔、三爷，我知道了，这笔记本，就是聋五叔的声音回忆录。

陈三爷说，韩助理，不全是，他聋五除了回忆声音，还写他看到的声音。

看到的声音？

韩家川有点不敢相信自己的耳朵。

陈三爷肯定地点点头。对，看到的声音！本本在你手上，你回去看了就晓得了。韩助理，我斗胆问一句，你每天教那些妇女跳广场舞，是不是也是要到时给啥考察团看？

韩家川说，正是。

陈三爷说，这唢呐跟广场舞，配不在一起呀。再说，这些妇女，对广场舞没啥兴致，跳不在点上，会让考察团笑话的。迎宾的东西多着呢，非要选广场舞？

韩家川笑了。三爷这是给我提建议哩。听三爷的意思，还有其他可选？

陈三爷说，当然有，你可以选花灯呀。白鹤花灯，那气氛喜庆诙谐，热闹开心。你要让这群老婆子小媳妇跳花灯，一说她们就脚痒，积极性高得不用你张罗。

对头，对头。麻脸大拍了拍手，接陈三爷的话头说，跳花灯好！能伴上三爷的箫、疤二的笙和许老四的月弦，就体面了。

你瞎说什么呀？陈三爷说，我那箫，早不吹了。

麻脸大说，三爷，我不吹唢呐，你不得行。我举荐你吹箫，为何推托？

韩家川赶忙打圆场，二老别争，这次迎接考察团，要仰仗二老支持了。

11

不请军乐队，不跳广场舞，欢迎考察团的仪式改为吹唢呐，跳花灯。韩家川向夏晓峰提出这个想法时，遭到了强烈的反对。

唢呐？花灯？你用这些个土得掉渣的东西欢迎联合国教科文组织的考察

团？夏晓峰问。

对！韩家川说，夏主任，我正是看中了这个土字。土怎么啦？只要是好东西，越土越地道。

地道是地道了，可它们咋登得了大雅之堂？

夏主任，我认为恰恰相反。韩家川据理力争。你一定听过这句话，越是民族的就越是世界的。

夏晓峰摆摆手，韩老师，你别听他们忽悠您，那是他们不想学广场舞的借口。用唢呐、花灯欢迎考察团不合适的，这方案往市里报，会遭批评的。

何以见得？韩家川没有让步的意思。市里会听谁的意见？还不是听文化局的？

夏晓峰说，没错，听文化局的。难道文化局会同意我们用唢呐、花灯去欢迎这么高级别的考察团？

韩家川点了点头。夏主任，改军乐队为唢呐队，这主意正是文化局耿副局长出的。

广场舞也是耿副局长要改的？夏晓峰问。

那倒不是。这是陈三爷给我出的主意。

哪个陈三爷？夏晓峰说，不会是那啥自救自五人小组的陈三爷吧？

正是。韩家川说。

韩助理呀韩助理。夏晓峰头摇成了拨浪鼓。领导的吩咐你当耳边风，我早就跟你强调过，这是市里领导的意思。你倒好，偏偏要听一个老农民忽悠。那花灯打情骂俏，扭扭捏捏，一点正经都没有。

这番话惹火了韩家川。夏主任，你把花灯当什么了？什么叫一点正经没有？那是乡土气息，懂不懂？我不知道什么领导的意思，但我晓得，昭女坪社区是移民的社区，所以，我就得听老农民的。因为考察团来看的就是移民的生活！

我什么时候说考察团来看的不是移民的生活了？但是我请你韩助理注意，我们要让考察团看到的是昭女坪社区的移民生活。移民进了城，就得适应城里的环境，农民变成了城镇居民，就要改变生活方式。这些，都需要我们引导。

引导，这话没错。韩家川说，但我觉得，夏主任，你在把一种生活强加给他们。而这种生活，跟他们过去的生活是割裂的。每一个人在过去的环境里生活了几十年，有自己的习惯、嗜好、风俗和方式，哪是说改就改，说丢就丢的？

韩助理，我看有些东西就得改，而且非改不可！夏晓峰斩钉截铁地说。

韩家川苦笑。夏主任，什么东西让你如此咬牙切齿？

对了。夏晓峰拍了下脑门。说到这，我正要安排你做件事。这昭女坪移民社区，是移风易俗的新社区，什么鬼呀神的不准往社区里带。这段时间有人早上学公鸡叫，整个社区议论纷纷，说是钟汉大爷的鸡队长显灵。啥鸡会显灵？扯淡！我看是有人捣鬼，学周扒皮。韩助理，你就学高玉宝，把那周扒皮揪出来。

韩家川摆摆手。夏主任，这我办不到，而且我认为也没这个必要。显灵就显灵吧，只要钟汉大爷夜里能睡踏实了就好。陈三爷他们几位老人去偷声音，不就是要帮钟汉大爷吗？这些移民，在白鹤镇生活的时候，就习惯了跟神呀鬼呀的生活在一起。这是他们生活的一部分，是他们的一种生活方式。

夏晓峰一脸吃惊地瞪着韩家川说，韩助理，你是有文化的人，怎么就这点觉悟？生活方式？这是什么生活方式？这是迷信，封建迷信！你还提什么陈三爷他们，我实话告诉你，我怀疑的就是他们。什么自救自小组，就是个捣乱小组。偷声音已经够丢人现眼了，难道还不够，还要装神弄鬼？我要真查出是他们，就要定他们个蛊惑人心的罪名！把他们当反面教材！

韩家川实在不喜欢夏晓峰的武断和上纲上线，反驳道，夏主任，你言重了。怀疑别人要有证据，再说，老人们的互助让我感到很温暖。偷声音不丢人！学鸡叫，也不是蛊惑人心，你真的没必要大惊小怪。我们话题越扯越远了，我还是那句话，改广场舞为花灯报上去，由上级领导定。

话不投机，夏晓峰有些不高兴。好，好好，我按你说的往上报，上面领导批评我，我就批评你！但你记住了，那学鸡叫的捣蛋分子，你必须把他帮我查出来！

夏晓峰扔下这通话，背着手转身走了。

韩家川呆坐在办公椅上，看着夏晓峰的背影在门口消失。他不明白，夏晓峰和自己，在一些不是问题的问题上，却全是问题。

他拿出聋五的笔记本认真看起来。如果不是面对这本笔记本，韩家川不敢相信一个丧失听觉几十年的老人，身体和记忆里却充盈了这么多丰富的声音。在充耳不闻的半个世纪里，聋五从来没有停止过回忆声音，也从来没有停止过感知声音。陈三爷没有说错，聋五在看声音。但陈三爷只说对了一部分，除了看，聋五还在用其他的感觉器官感受声音。笔记本上记录了放羊的山岗上杜鹃花开的声音，他说每朵怒放的花都在尖叫；那个秋天的山谷，那群被风撺动的落叶的声音——韩家川很欣赏那些比喻——那是被风驱赶着的一群散兵游勇仓皇奔赴死亡的声音。在他心中，扑向花蕊的蜜蜂的声音是欢乐的，那被采的花朵的声音是惊恐和轻佻的。为了记录下这些声音，聋五就像一个掌管词语的军官，调遣着他捉襟见肘的形容词和动词。正是有了这些形容词和动词，聋五的世界，才没有变成死寂。

真该给望城镇的派出所所长看看这笔记本。

这时突然响起了唢呐声。韩家川推开窗，窗外的景致因了这唢呐声，变得非同寻常，某种欢乐和蓬勃的气息充盈其间。

韩家川紧绷的脸，顿时松弛下来，笑容在他脸上绽放。这是麻脸大领着的唢呐队的声音。这么快就投入排练了，麻叔动作比年轻人还快。

12

考察团说来就来。社区门口，挤满了看热闹的人。麻脸大的老脸上泛着兴奋的油光，系了红绸子的唢呐，响得嘹亮而高亢，吹出的仿佛不是声音，而是狂风，它让考察团里唯一的黄皮肤老人浑身颤抖，样子像极了一棵疾风中的瘦树。夏晓峰带领社区管委会的人鼓掌，看热闹的也跟着鼓掌，气氛顿时升级，场面十分火爆。

考察团往大门里走，看热闹的人也往大门里挤。大门里面，是早已恭候的花灯队。那群大妈大婶今儿个人人花枝招展，浓妆艳抹，做好了粉墨登场的准备。考察团一进大门，她们整齐划一地将手中的花扇打开，霎时间，林荫道两旁的丝竹管弦响起来，引领了花扇的节奏。扇舞过后，有人扮了主家，有人扮了灯头，一阵爆竹过后，唱答开来。

主家：花灯花灯你早不来，迟不来，你半夜三更才请来。我前门上起千斤顶，后门堆起万担柴。

就在灯头要唱答时，考察团里那个黄皮肤老人，突然挣脱了搀扶，像只鹅一样上前，亮开颤悠悠的喉咙，抢唱道——

花灯来是来得早，来在半路耽误了。一来给主家开财门，二来给主家理财宝，金银财宝一齐进，荣华富贵同到老。

这老人竟然会唱花灯，把所有人都惊呆了。灯头竖了大拇指说，地道的白鹤花灯！

韩家川这时看见，老人脸上全是得意。

欢迎仪式收到的好效果超出了夏晓峰的想象，他对韩家川说，韩助理，有几刷子哩。

韩家川说，真正有几刷子的是考察团那老团长。夏主任，人家竟然会唱地道的白鹤花灯，神奇不？

夏晓峰说，你怎么知道他唱的是地道白鹤花灯？

韩家川笑道，外行看热闹，内行看门道。今天这考察团，我们遇着内行了。

韩家川说得没错，这次他们确实碰上了内行了。这位叫肖逸庶的团长，对昭女坪移民社区的亮点进行了充分肯定，说了不少溢美之词，听得夏晓峰心花怒放。但是……肖团长说了但是。他望着夏晓峰和韩家川说，但是，这昭女坪社区，好像缺少了某种东西。

夏晓峰抓耳挠腮地说，肖团长肖先生，我们这移民社区，只是一种尝试，不足是难免的，缺的东西会很多的。

肖团长点点头，一脸认真地说，夏主任，韩先生，我直觉，真的是一种直觉，这社区缺少了某种东西，而且是重要的东西。这里设施齐备，功能配套全面，房屋修建美观，绿化也好。但是，但是……

老人托腮思索良久，抬头用询问的口气说——

乡愁呢？我怎么就看不到乡愁？只有当那唢呐一响，花灯一起，我这心里才涌上满满的乡愁。

夏晓峰欲辩解，韩家川扯了扯他的衣角。

肖团长冲夏晓峰和韩家川笑了笑，抱歉地说，我吹毛求疵了。我们不谈工作上的事了，给你们打听一个人。他也是白鹤镇裤脚村人，名叫陈三娃。

夏晓峰说，陈三娃？没听说过这名字。

韩家川说，陈三爷呗。肖团长，我认识他，你说得没错，他就是白鹤镇裤脚村人。

肖团长一听韩家川认识陈三娃，便伸出手抓住韩家川的手。那太好了，太好啦！你能带我去见见他吗？

你怎么会认识陈三爷？夏晓峰感到不可思议。

肖团长放开韩家川，看着夏晓峰说，夏先生，实不相瞒，我就是白鹤镇人。我在海外一直关心着家乡，搜集关于家乡的信息。家乡修水电站移民到新型社区的报道，我从报纸上看到后，报告了联合国教科文组织。教科文组织请我带考察团，来考察你们社区，看能否将你们社区作为移民的样板进行世界性推介，这算是我此次的公干。另外我有个私事，那就是找到六十七年前给我当背脚的陈三娃。

背脚？夏晓峰说，啥是背脚？

韩家川说，夏主任，那是老称呼，就是帮人背东西的人。

韩先生说得没错。肖团长点点头说，陈三娃当年就是给我们家背东西的长工。

夏晓峰和韩家川领着肖团长去见陈三爷，来到陈三爷的住处，却见麻脸大正跟陈三爷红脸。

麻脸大说，三爷，你鼓励我去吹唢呐，你为啥却躲着不去吹箫呢？你咋说话不算数呢？

陈三爷说，你麻脸大真是死脑筋，我那箫吹出的都是怨曲，在那种欢迎场合合适吗？

俩人见韩家川推门进来，止住了争吵。麻脸大上前，拉着韩家川的手说，韩助理，你主持一下公道，三爷不像话。

韩家川笑说，我来不是主持公道的，我是带客人来找三爷的。

客人？陈三爷有些茫然，指了指自己说，找我？

夏晓峰接话，没错，我找的就是三爷你。

这时肖团长快步上前，张开双臂，去搂陈三爷。他嘴唇抖动着说，陈三娃，我可找到您了。

突如其来的热情让陈三爷不知所措，脸上添加了更为深重的迷茫。我不认识你呀？

肖团长摇了摇陈三爷的肩。陈三娃，我是肖家公子呀！

陈三爷努力睁大眼睛，盯着肖团长看。当他确信站在自己眼前的人，就是肖财主家那个傲慢儿子，便用力将他推开。你脸皮真厚，比城墙拐角还厚！你竟然还好意思来找我？

哎，哎，三爷，怎么说话的？夏晓峰厉声道，这是考察团的肖团长肖老先生，三爷，耍什么横呢？

肖团长赶紧制止夏晓峰，夏先生，不关你的事，三娃子想骂，就让他骂。

陈三爷没再骂，径直把头扭向了一边。肖团长不生气，赔着笑脸说，三娃子，我的箫呢？

陈三爷依然别了脸。没长眼，墙上哩。

肖团长抬头，环顾了一圈墙上，看到了那支系了红绳的箫。

韩家川发现，肖团长看到箫的时候，没有欣喜，而是流露出失望的神色。

韩家川还听见肖团长假牙嘚嘚打架的声音。

她没来?

她没来是不是?

肖团长像是在问陈三爷,又像是喃喃自语。

陈三爷听到了肖团长的问话,他转过身子,没牙的老嘴瘪得更加厉害,额头两旁太阳穴的青筋凸将起来,瞬间变成了暴怒的狮子——

你给我滚出去!

他冲肖团长咆哮。

肖团长吓得往后退了两步。他摇摇头说,我走,我走。

肖团长走出门又折回来。三娃子,我可以拿走我的箫吗?

不!陈三爷大声冲肖团长说,这不是你的箫!

肖团长苦笑,这怎么不是我的箫?六十七年前,在江边码头,我亲手放你手上的,难道你忘了?

我忘了?忘了的是你!陈三爷咆哮如峡谷中的怒涛。这不是你的箫,是我的!

13

六十七年前的春天,白鹤镇的木棉盛开得喧嚣热闹。金沙江峡谷里,温暖的河水像街上那群撒野的孩子,到处乱串。镇上的肖家大院里,春天却还未叩开这深宅大院的门。主人肖财主的心里,到处都是冰凌,他背着手,像只无头苍蝇,在院子里无目的地乱走。肖财主早已让仆人收拾好能带走的东西,焦急地等待儿子肖逸庶回来,举家坐船去宜宾,再从宜宾到成都——在成都,他已托人买到了全家去香港的机票。

肖逸庶不明白父亲为何左一封右一封电报催他回家,在省城念书的他,正沉浸在灯红酒绿的温柔乡中,对时局的动荡似乎充耳不闻,跟他的女友那娅缠绵悱恻。

也好。他对那娅说，我这次回去让家父同意我们的婚事。

你父亲这么急急地催你回家，不会是催你回家相亲吧？从那娅的话里，肖逸庶嗅到了忧虑。

怎么可能呢？肖逸庶故作轻松。新生活运动都搞了，还包办婚姻？那娅，我前脚走，你后脚跟来。我做通家父工作，在白鹤镇敲锣打鼓，唢呐高奏，热热闹闹地娶你。

你说的是真心话？那娅问。

谁说假话谁被江河水淹死！

当他坐着汽车又骑了马终于回到白鹤镇家中，父亲的话无疑是晴天霹雳。

肖财主用手指着院子说，从明天开始，这家没啦！从明天始，孩子，你和爹一样，都是丧家犬！

肖财主拿出船票对愣在一旁的肖逸庶说，去你房间看一看，还有什么你认为值得带走的东西。

肖逸庶说，爹，能不能缓几天再走？

肖财主把手中的船票扬得哗哗作响说，缓几天干啥？这是能缓的吗？

但……肖逸庶迟疑了一下说，爹，我得等一个人。

肖财主瞪了一眼肖逸庶。你想等谁？

肖逸庶低头说，我要等我的未婚妻。

你说的是那歌女吧？肖财主目光如刺地盯着儿子，突然嗓门提高了八度，不要脸！真不要脸！

第二天一早，陈三娃来到肖家大院，看见肖家大院里阴风惨惨，乱作一团。

陈三娃径直去了肖逸庶住处。但肖逸庶赖在屋子里不开门，冲屋外敲门的陈三娃说，急什么？催命呀？

肖财主过来，站在门口咳嗽了两声。陈三娃听出了其中的威严和警告，小心地催促说，公子，该走了。要不，老爷生气了。

肖逸庶拉开门，手里握着一支箫，哭丧着脸，看都不看陈三娃一眼，昂着个公鸡头大步流星地往外走。陈三娃赶忙背上行李，小跑着追去。

离别充满了伤感，屋前响起女人压抑的哭声，一步三回头的肖家人，让街坊们生怜叹息，唯有肖逸庶，头也没回一个。

到码头的一路上他都这样走，不顾家人，也不看陈三娃。肖逸庶的心里只有那娅。他不明白，为何提到那娅，父亲就要斥骂他不要脸。那娅那么美丽、活泼、温柔，美得就像这河边的青青苇草，好得就像江岸上的春风。喜欢那么美好的一个人，怎么就不要脸呢？他恨透了父亲，心中有一种刻骨的、不被理解的孤独。

谁知道我内心的苦楚和痛苦？恐怕只有这高山和流水吧。

他站在江边，把嘴凑到箫边。

一江都是流动的忧伤，遍山都是静默的哀愁。

箫声停处，掌声响起。肖逸庶转身，看着背着重重的行李，敞了怀喘着气的陈三娃，站在他身后拍响了巴掌。

你听懂了？

陈三娃点点头。

你不懂！肖逸庶冷冷地说，白鹤这地方没人懂我。

我懂。陈三娃说。他指了指自己赤裸汗湿的胸口对肖逸庶说，我晓得你这里面痛得很。

肖逸庶冲陈三娃点点头，沉默地走着。陈三娃背着行李，也沉默地跟在后面。

到了码头，陈三娃放下行李正要离开，肖逸庶突然唤住了他，将手中的箫塞进陈三娃手里说，三娃子，如果有人来镇上找我，请你把这个给她。

陈三娃问，有要捎的话吗？

肖逸庶咬咬嘴唇，看着江水说，你告诉她，我被江水淹死了。

汽笛声响起，肖逸庶扔下这句话，上了江轮。

汽笛，长一声，短一声。

江涛，高一声，低一声。

后来的六十七年的光阴里，那长一声短一声的汽笛，那高一声低一声的涛声，总会在他的梦中响起，仿佛不是告别的声音，而是一种呼唤。六十七年里，他从这艘汽轮开始，成了断线的风筝。从宜宾去了成都，从成都仓皇去往香港，又从香港去了英国，直到后来进了联合国教科文组织，成为一名工作人员，退休后回到英国。六十七年里，故乡杳无音信，而他却被这梦中的汽笛和涛声一次又一次带回到白鹤码头。她来了吗？他想，如果她像自己一样失约该会让他少一些内疚；但他又希望她如约而至，相信她来过，因为他相信爱情。如果她来了，拿走了那支长箫，她会吹奏出什么样的箫声？

想着这些，肖团长就像断了肝肠。

肖团长不明白陈三爷为何要冲他咆哮，为何不愿意让长箫物归原主，但他终于明白的是，那娅没有来。

站在一旁的夏晓峰，根本搞不清肖团长和陈三爷之间发生了什么，他只认为陈三爷失了礼数，不应该这样对待一个在他心中德高望重、身份显赫的贵宾。

肖团长，我们走。夏晓峰说。

肖团长向陈三爷鞠了一躬说，打扰了！唉，三娃子，说真心话，如果知道那娅没来，我也不会来打扰您。

夏晓峰上前，搀扶着肖团长，往屋外走。

谁说她没有来？陈三爷的话，惊得刚欲出门的肖团长电击似的颤抖了一下，止步在门口。

她来了？肖团长急切问，那娅真的来了？

你问的是那妖精吗？麻脸大插话，你们肖家人前脚刚走，她后脚就来了。你跑了，把我们三爷害惨了。

麻脸大！陈三爷提高嗓门呵斥，你瞎说啥？

肖团长挣脱夏晓峰的搀扶，奔到麻脸大面前，握着麻脸大的手说，你说，你说呀！

麻脸大用征询的目光看着陈三爷。陈三爷瞅了一眼麻脸大。不关你的事，要说，我自己来说。

14

我本来是不想说的。往事嘛，就该烂在肚子里。可今天肖公子回来了，他曾经是我主人家少爷，现在又是啥联合国的大官，都到我的门上了，这样的贵人，无事不登三宝殿，何况是我这样的寒舍？对了，今天还来了社区的两位领导，我陈三娃也不知是哪辈子修来的福分，这般高朋满座。你们二位是忙人，想听就听，不听自便。

肖公子，你前脚刚走，那娅后脚就来到了白鹤镇上了。她穿了一身红，提了个柳条箱子。白鹤镇上从来没有出现过如此光鲜扎眼的女人。她在镇子上到处打探你的住处，有好心人把她引到了你家大院。你家大院人去楼空，乱得像个巨大的狗窝。当她明白发生了什么的时候，她站在你家院子门口，呆呆的，像截木桩立了半个时辰。她没哭，也没叫，连眼泪都没流。最后，她将风吹乱的头发用手理了一下，提着箱子大步走进了院子。

她把自己关在你家院子里足足三天。如果不是我去敲门，她不知还会把自己关多久。我敲开门时着实吃了一惊。她把一个院子打理得清清爽爽、规规矩矩，就像从前的肖家大院一样。她看见我，有些茫然，当她看清我手上握着你给我的那支长箫时，她的眼眶一下子潮湿了，但她克制住了自己，没让眼泪从眼眶里流出来。

我进了院子，把箫给她，她没接。我说，肖少爷让我把它给你。她说，你放在石凳上吧。我听了她的，把箫放在了石凳上。

我想我也完成了你的托付，该离开了。我就低头往院外走。但她唤住我。她说，我还没感谢你哩。我转身说，不用谢的。她说那怎么行？可我什么也没有。

我说，真不用谢的。

她将石凳上的长箫拿起来说，我给你吹个曲儿吧。

她吹的是你离开那天在江边吹的同样的曲子，只是，她吹得比你还好，听起来还刺心。

我是个粗人，一个背脚，自以为是铁石心肠，但她把我的心吹软了。我心中，好像有东西在那柔软处长了出来。我听她吹完，对她说，今后有啥要帮忙的，你就吩咐一声。

嗯。她冲我点点头，嘴角露出一丝笑。她笑起来真好看。那天从镇上回到裤脚村，夜里躺着，不怕你们笑话，我满脑子都是她的笑容。

于是我成天往镇上去，在街上闲逛，心里巴望着能碰上她。但足足有一周，你家院子的大门都紧闭着，我连她影子都没看见。我以为她离开了，就回了裤脚村。又过了一周，我砍了河滩地上的甘蔗，去镇子上卖。我把甘蔗捆成人字形，在街上边走边吆喝。这时我听见后面有人喊我，我回头，竟然是她。

看见她，我有些不知所措。我把甘蔗放下来立住，努力掩盖内心的慌乱说，你要买甘蔗？

她冲我摆摆手，不买的，啃甘蔗会坏了牙的。我是想请你帮个忙。

她请我帮她赶蜜蜂。自从你们举家走后，你家院子的那棵缅桂花树上，不知什么时候迁来了一群蜜蜂，在树丫处筑了巢。

它们成天嗡嗡叫个不停。她说。我没有按她的请求把那群蜜蜂赶走，而是找来了一个蜂桶，将树上的蜜蜂引进了蜂桶里。在引蜜蜂的时候，我被蜜蜂在额上刺了一下，额上鼓起包来了。我泡眉肿眼将蜂桶在后院安顿好，来到前边院子时，她已经给我泡好了茶。看到我被蜜蜂刺得变形的额头，她有些过意不去。我端茶喝了一口对她说，要不了多久，你就能吃上蜂蜜了。土蜂子的蜜，可是又鲜又甜。

她说，真的？

我点了点头。

她笑了。不是我见的嘴角露一丝的那种笑，是聋五在日记写的那种笑，就像花开的那种笑。

她说，我拿啥谢你呢？

我说，不用不用。

她说，头都肿了，哪能不谢？我再给你吹个曲儿吧。她坐在院子的石凳上，给我吹曲儿。但这次吹的不是听来让人心碎的曲子，而是那种水在慢慢流、风在轻轻吹的那种让人舒心的曲子。

你吹得真好听。我听完对她说。

喜欢听你就常过来。她说。

肖团长插话：你后来经常去是不是？

没有的事！我离开那天，大军就进了白鹤镇，你家院子成了剿匪指挥部。我想去也进不去了。

肖团长又问：那娅呢？那娅去哪里了？

那娅？那娅没去哪里，她还住在你家院子的厢房里。大军解放了白鹤镇，走了。你家院子成了土改工作队的队部。土改了，院子也就没收充公了，那娅就被赶了出来。走投无路的她来裤脚村找我。她说，那桶蜜蜂不是肖家的，我想把它带走。

我就约了许老四去你家院子里，把蜂桶背到裤脚村来了。

她根本没能力带走那桶蜜蜂，事实上，她也没地方可去。还是许老四有办法，想到了江边废弃的河神庙。我们就把她和那桶蜜蜂一起带进了庙里。安顿好她后，我和许老四各自回家。傍晚时分河岸上起了风，呜呜地响，我总觉得身后面有人在哭，但回转身去，却只有岸边的苇花和野草起起伏伏。

那夜，我睡在床上，耳畔总是想着这呜呜声，我辨不清它到底是风声还是人的哭声。想着她一个女人家住在河神庙里，我就睡不踏实，胸膛里的那颗心总是悬着。我就提了马灯，口袋里装了两个煮熟的红薯，往河神庙去。至今我都后悔，那夜我就不该去河神庙。真的不该去，不该去……

陈三爷说到这里打住了。他像一个做错了事的孩子一样把头垂下来，试图掩盖痛苦的表情。

让韩家川和夏晓峰没想到的是，那位谈吐优雅举止得体的肖团长，此时竟然鲁莽地起身，扑向陈三爷——

三娃子，你后悔啥？你是不是对那娅干了什么见不得人的事？

他剧烈地摇晃着陈三爷的肩膀。

看着近乎失态的肖团长，韩家川和夏晓峰赶忙上前解围。陈三爷厌恶地推开了肖团长，痛苦的表情瞬间就被愤怒覆盖了。

肖公子，你心里脏着哩！麻脸大鄙夷地看了一眼肖团长。你把三爷当什么人啦？三爷不想往下说，是他不想揭心上的伤疤，他遭的那些罪，我们都亲眼见着的。三爷不想说，我来替他说。

麻脸大！三爷呵斥一声。我说过不关你的事，我自己会说。肖公子既然想听，我就痛痛快快给他说。

肖团长赶忙弯腰鞠躬，三娃子，对不起。

陈三爷说，把你的腰直起来吧，这我可受用不起，你用不着对我这样，小心折了你的骄傲。

韩家川倒了杯水递过去。三爷，消消气，消消气。

15

消消气？这么多年了，我哪还有什么气？肖公子，你把那箫给我做甚？你不给我，我就不会跟那娅这个女人有瓜葛，就不会这样倒霉。我虽然过去只是一个背脚，辛苦，但并不痛苦。墙上这支箫，让我痛苦了几十年，现在你却要把它拿走。我问问你，你能拿走我心中那些痛和苦吗？

我说这些做啥？像要你同情似的。唉，还是言归正传吧。

那天夜里我提着马灯赶到河神庙，推开庙门的时候，我听到她的惊叫。她手中的箫掉在了地上，人也随即瘫在了地上。我手中的马灯的灯光，映照着一张惊恐的脸，一张面如死灰的脸。我把马灯放在神龛上，拾起箫，把她扶了起来。她认出是我，一头扑到我怀里号啕开来。

但她的声音马上被一群嘈杂声湮没了。小小的河神庙里，冲进了一大群持刀弄棒的人，都是裤脚村的乡亲。他们把那娅从我怀里拖拽开，有人喊，打死这个妖精。有人举起了木棍、竹竿往那娅身上劈头盖脸一通乱打。我听见那娅的惨叫声，赶紧冲过去护住她。有人试图将我拉开，说三娃子，你这是被妖孽蒙了心。你让开，打死了这妖精，你还是从前那个三娃子。

我依旧死死地护住那娅。他们说，陈三娃，你知道你在干什么吗？你这是在庇护阶级敌人。阶级敌人化装成美女蛇，要祸害你这农民，你还护着她。她要咬你一口，你知道什么后果？

我说，不晓得。

你就会死！

我说，你们说的啥，昏说！

真正昏了头的是你！你不要护着她。我们要问她话，问她为何要勾引你。

我说，她没勾引我。

她没勾引你？那你半夜三更跑这河神庙来干什么？

我被这样一问，顿时哑了火，不知道该如何回答。我急得满脸通红，突然蹦出了一句让我自己也吓了一跳的话——

是我勾引的她。

我也不晓得我怎么会说出这么一句话，也许只想为她开脱，但这句话招来的后果，却是我怎么也没想到的。

我和那娅被当成道德败坏的典型被连夜五花大绑押到了裤脚村里，被连批了三天三夜。我爹在批斗会上扬手就给了我两个脆脆的耳光，打完我就跪在地上一顿哭天恸地——

我前世做了啥子孽呀？三娃子，你这狗日的三娃子，你这天打雷轰的三娃子，你羞死先人了呀！你看看这骚货，一看就是狐狸精，你狗日的眼瞎了，咋还要去招惹呢？

打斗了三天，批斗的人累了，做看客的人也累了，他们把那娅和我放了。

那娅回了河神庙，我在村子外的江边坐了两个时辰，厚着脸皮回家。刚进屋就被我妈泼了一身脏水。几片黄菜叶沾在了我的脸上和衣服上。我妈厌恶地瞅了我两眼，突然将洗菜盆一丢，大放悲声——

你羞死个先人呀！

我知道这个家不能待了，我已让它蒙羞。我爹妈虽然一生贫穷，但一生都恪守着做人的本分，内心有一份正直的骄傲。但他们的骄傲被我这做儿子的给毁了。我深知自己没脸再待在家中。

我去找许老四，托他给那娅送点吃的。许老四没有接受我的请托。他说，他们抓我来斗咋办，我可是有老婆的人？

我看许老四不情愿，也不好强人所难，只好转身离开。也许是看着我这只丧家犬动了恻隐之心，也许是拒绝了我不够朋友让他心里纠结，许老四在身后唤我一声说，都这样了，你还不如娶了她。

我站住了，说真的，许老四的话吓住了我。娶那娅，这想法大胆得离谱，我从来没动过这样的心思。

许老四！成心拿我寻开心呀？人家啥？我啥？

许老四走近我，把手按在我肩上说，什么啥不啥的？落草的凤凰不如鸡！你娶她，是救她。要不，你跟她这坐实的狗男女名声，这辈子也洗刷不掉。

我得说实话，许老四的话诱惑了我，我心中就像江水一样变得澎湃起来了。我向许老四要了两个红薯面窝头，大步流星奔向河神庙。

那娅面无表情呆坐在旧长凳上。看见我，她说，你还来干啥？

我说，我来娶你。

她一脸惊异地看着我。我愣在她面前，不知所措。

她咬了一下嘴唇，脸上的惊异退去，从长凳上站起来，突然张开双臂说，你还愣着干什么？有这样对新娘子的吗？

我将她紧紧抱住，伸头过去亲她，才发现她脸上一脸泪水。我说，你咋啦？她说，我高兴哩。

我晓得她说的是假话，但我宁愿假话当真。

没有仪式，没有庆典，那娅成了我的妻，我成了她的郎。

我在长满了苇草的河滩上放了一把火，烧出几亩荒地，将多年没人祭拜的河神泥塑搬出了河神庙，将河神庙变成了我们的家。

河滩地下面少的是泥，多的是沙，肥力弱。种的庄稼像没有饱饭吃的孩子，枯而瘦。但就这几亩薄地，还是让那娅欢喜不已。她对我说，她记事以来就没家园，没故乡，像浮萍，像断线风筝。现在她有了家园了，心里也踏实了。

但我知道她心里不踏实，常常会看着身旁的江水发呆。夜里，我醒来，看见她半卧的身子靠着墙，手中握着箫，在黑夜叹息。我晓得她在想你。这让我心里很不满。那娅试图改变我，她教我吹箫，有时还教我识字。但我装木讷，成心对抗她对我的改变。我不改变，她却想改变。大夏天，在金沙江干热的河谷里，她连笠帽都不戴，想把自己晒得跟裤脚村的妇女一样的黑。奇怪的是，任阳光如何灼她，她还是那个那娅。

她总趁我夜里睡熟了，一个人出去，在江边独坐。有一天我跟踪她，看她独自坐在岸边的巨石上，就冲她粗脖大嗓地喊，你是人还是鬼？半夜三更发什么疯呀？

她没有理会我的愤怒，回过头来，借着月光，我看见了她脸上若隐若现的笑容。

过来。她冲我勾勾手说，过来一起听风。

听风？半夜三更听风？发什么神经呀？

三娃子。她叫我，把耳朵竖起来，你左边的沙丘，在唱歌哩。

我还就真听到了像音乐一样的沙子的响声。是的，音乐，你甚至可以和着它的音调唱歌。这些在风中流动的沙子太奇妙了。我说，我听到了，沙子在唱歌。

她笑了说，这风好听吧？不只是沙子会唱歌，那岸边山上的山毛榉和白蜡树也会唱歌。山毛榉的响声像沙锤，白蜡树的响声像口哨。

我竖起耳朵再听，冲她点了点头。

我把她从石头上扶起来，那娅，你说得没错，这夜里的河谷，所有的东西都在风中唱歌。我们回去吧，月亮都要睡觉了。

她抬头看了看天上，用手捶了一下我的胸膛。你骗人，月亮精神着哩。

我说，回去吧，那娅。

她说，我偏不。

我晓得你睡不着。我正色说，我晓得你在想肖公子。

我说中了要害。她低头沉默了好一阵。三娃子，对不起，我确实想他了。我总想不明白，他怎么能说走就走了，他怎么说忘约定就忘了。

我说，谁说他走了？

她说，他没走？那你告诉我他在哪儿？

我说，他死了。

她说，死了？怎么死的？

我犹豫了一下说，投江了，被江水淹死了。

三娃子！她突然冲我咆哮，你这挨千刀的，你为何早不告诉我？

肖公子，你给我做了个局，你为何要告诉我，如果她问我，就让我告诉她，说你死了，被江水淹死了？你好阴险，你分明是不想承认自己是个背叛者，不想让那娅把你当成感情的背叛者。

肖公子，你让我帮你说出了谎言，但你想过没有，谎言是有代价的。谎言掩盖了你的背叛，那娅就成了背叛者。这是她无法接受的。

肖团长的额头上沁出了细密的汗珠，陈三爷的话，像刀刃一样扎得他内心生疼。他感到胸膛里闷得慌，呼吸急促而困难，不自觉地昏厥了过去。

这可吓坏了夏晓峰和韩家川，他们赶忙上前，将肖团长架起来，送往社区的医务室。

没走多远，肖团长苏醒了过来，他挣扎着要夏晓峰和韩家川放开他。夏晓峰说，肖团长，你必须去看医生。

肖团长说，陈三娃还没告诉我，那娅后来怎么样了。夏晓峰说，肖团长，我让韩助理去问陈三爷，你必须去看医生。

夏晓峰边说边示意韩家川，让他回去找陈三爷。

夏主任。韩家川说，要不你去问三爷，我送肖团长。

你怎么那么多废话！着急的夏晓峰带着火气。我去三爷会告诉我？还不快把肖团长扶到我背上。

夏晓峰背着肖团长急急赶往医务室。韩家川送他们走远，便扭头回去找陈三爷。

陈三爷家里，麻脸大正在数落陈三爷。见韩家川又赶回来，麻脸大摊了摊手说，三爷，你今天咋啦？嘴像关不上闸门的水似的，你的话要淹死肖公子，那不是给天捅个大窟窿？看看，社区的领导杀回马枪兴师问罪来了。

不是兴师问罪。韩家川喘着气说，三爷，请你告诉我，那娅后来怎样了？

陈三爷垂头坐着，没回答韩家川的问话。

还能怎样？麻脸大说，你没看三爷现在老光棍一个。那娅失踪了，有人说她跳了江。三爷当年带着我和许老四，沿江找了七天七夜。她离开之前，将蜜蜂放走，蜂桶里的蜜取了出来，唯一给三爷留下的就是这个。

麻脸大用手指了指挂在墙上系着红绳的箫。

麻脸大接着说，从那以后，三爷就一直住在河神庙里。我们劝他搬回村子来，可他谁的话也不听。他夜夜坐在江边的石头上吹箫、听风，这一听一吹，一晃就一个多甲子的光阴过去了。

麻脸大！陈三爷站起身来。你废话真多！

麻脸大有些尴尬。三爷，你不说，我才帮你说的。

三爷走到墙边，将长箫取了下来，伸手递给韩家川。请将它还给肖公子。

16

联合国教科文组织考察团的人走了，给夏晓峰留下了建设样板移民社区的信心。让他不满意的是，那学公鸡叫的人迟迟未能查出来。社区里的人，背地里还在议论着钟汉大爷的那只鸡队长。

他决定亲自出马。

第一天碰上了韩家川。夏晓峰说，韩助理，你那么早来社区做甚？不是不用教跳广场舞了吗？

韩家川说，夏主任，你不是要我来查那只会显灵的公鸡吗？

夏晓峰说，我要你把那学鸡叫的人给找出来，什么公鸡显灵，唯物主义者还信那样的鬼话？

夏晓峰蹲守了三天，那三天，社区的人没听见公鸡的打鸣声。

夏晓峰不能天天蹲守下去。他知道，要逮住那个学鸡叫的人，破除甚嚣尘上的迷信，还得发动群众。

于是他找到宫桂花。

宫桂花深信那是钟汉大爷的鸡队长。她告诉夏晓峰，这三天公鸡没打鸣，钟汉大爷失眠了三天，人变得烦躁不安，在家里摔碗扔盆，搞得她家也不得安宁。

夏晓峰却坚持认为，破除迷信比钟汉大爷睡好觉要重要得多。

宫桂花说，夏主任，我倒是有个让鸡队长现原形的办法。

夏晓峰说，什么原形？原形就是那学鸡叫的人。夏晓峰当然不信什么办法，但他同意宫桂花试试看。

宫桂花回到家，首先洗身子，把洗身子的水用塑料盆装好。然后，她要公公疤老二上卫生间别把尿撒马桶里，要他撒盆里。疤老二问清缘由后，气得指着宫桂花骂——

你会遭雷劈的！

宫桂花只好亲自为之。

一切准备就绪。第二天凌晨，宫桂花没等天边放亮就起了床，将塑料盆端到阳台上，静候鸡鸣。晨风将塑料盆里的难闻的味道送进她的鼻孔，她强忍着恶劣气息的骚扰，想到让报恩的鸡队长现原形，她控制不住心中那份激动，一双耳朵早已竖起来，像雷达一样，捕捉着鸡鸣声的方位。

站在阳台上的她看见东边天空中出现了一抹亮色。就在此时，公鸡的叫声响了起来——

噶——歌——噶——

宫桂花敏捷地弯腰端起塑料盆，将脏水从阳台的左边泼了下去——

现形的不是一只鸡，而是像落汤鸡一样的一个人。

那人竟然是韩家川。

这最后的一声鸡叫，钟汉大爷并没有听见，他永远睡去了。但他的家人认为，老人是听见了那声鸡叫的。长眠的钟汉大爷表情幸福而满足。

最早赶到钟汉大爷家的是楼下的疤老二，接着是陈三爷、聋五和麻脸大，许老四也来了。

陈三爷见了许老四说，许老四，你不是去给你姑娘家守鱼塘了吗？钟汉大爷寿终正寝，你有心灵感应，提前赶回来了？

许老四摇头，三爷，什么心灵感应，我是去守了几天鱼塘，但说句真心话，乡下那日子，再过就不习惯了。特别是坐惯了马桶，现在蹲那蹲坑，不仅脚受不了，鼻子也受不了，梆臭！

要在平日，几位老人听了这话，说不定会笑上一阵子的。但在今天，几位老人心里，也不是滋味了。

借命而生

石一枫[*]

1

俩犯人被押送到看守所时，警察杜湘东正为调动的事儿憋闷着。

他是1985年警校毕业以后，直接分配到所里的，至今工作已满三年。当初上面找他谈话，说有个郊县刚成立了第二看守所，眼下很缺人，尤其缺大学生，你过去算了。杜湘东有点儿抵触，他说，我是刑侦专业的，不让我到街上抓人，倒让我在号子里看人，这不是本末倒置吗？他本想说大材小用，后来一想，这么说太狂妄了，所以话到嘴边就换了词儿。有情绪自然要做工作，上面就用螺丝钉、时传祥等套话来磨他。一来二去，杜湘东的耳根子就被磨软了，脑子也被磨乱了。正在这时，上面又抛出一个条件：你是异地生，按理该回湖南原籍，如果答应去看守所，那就留京了。考虑考虑吧。

考虑考虑，杜湘东就答应了。但再考虑考虑，他又觉得组织上不太地道。所谓异地生留京一说，不少同学都是这个情况，但为什么有人能留在机关里，偏他要去看守所？比如跟他同宿舍的徐胖子，体能考核永远不达标，案例分析只要有女受害者都答成"情杀"，结果怎么样？人尽其才地被分配到治安科管扫

---

* 石一枫，1979年生于北京，1998年考入北京大学中文系，文学硕士。著有长篇小说《红旗下的果儿》《恋恋北京》《心灵外史》等，小说集《世间已无陈金芳》《特别能战斗》等。曾获十月文学奖，百花文学奖，《小说选刊》中篇小说奖等奖项。

黄去了。还不是因为人家有关系，他舅舅是学校的政治部主任。再说那时的北京，出了永定门就是一片仓库，再往南走恨不得全是玉米地，杜湘东所在的看守所更是建在了玉米地边缘的山底下——这种地方算"北京"吗？如果算，干吗周围的老乡管进城不叫进城，而是要说"上北京"？

但他这人又和别人不同。别人是有了情绪就工作懈怠，他是越有情绪越玩儿命工作。都受情绪影响，影响的方向是反着的。在所里待了半年，他值了几十个通宵夜班，连过年也把探亲的机会让给科里的缺牙老吴了。监舍里有人自杀，吞进七个鸡蛋大的象棋子，是被他掐着脖子愣从嘴里抠出来的，犯人临了还狠狠咬了他一口。所里给他开表彰会，他的脸上冷冷的。让他发言，只有一句话："都是职责之内。"倒把所长晾了个大红脸。

后来所长也找他谈话，开门见山："在咱们这儿不痛快？除了关心犯人的思想，还得关心你的思想，我也够累的。"

杜湘东便也直说："我觉得我不该干这活儿。"进而又说，他当年考警校想的是立功，是破案，是风霜雪雨搏激流和少年壮志不言愁，从没想过要在阴森森的走廊里巡视犯人的吃喝拉撒。他还说，他知道光想着干大事儿是一种不切实际的浪漫，但要是这么稀里糊涂地被诓来，再稀里糊涂地把心里那点儿浪漫给打消了，他就觉得窝囊了。之所以有话直说，是因为杜湘东认为所长能够理解他的情绪，或者说得虚点儿，就叫情怀吧。所长是从部队转下来的，在越南前线指挥过一个连，身体里至今留着两枚手榴弹弹片。记得刚来报到时，所长还仔细看过了杜湘东的简历：各项考核成绩全队前三名，擒拿格斗在省级比赛里拿过名次……看完以后嘟囔了一声："哟，屈才了。"

如今面对他的抱怨，曾经的战斗英雄会做何感想？所长点了颗烟，三口抽完，开始转肩膀：右手小心而用力地按住左肩，左胳膊举高，牵引着那条胳膊缓缓转动，正反各十下。一边转着，额头上就冒出汗来。这是例行功课，每天若干次，说是能防止弹片更加深入地嵌入骨头。这时屋里没声儿，所长专心地转，杜湘东专心地看。片刻，所长吁了口气，重新开口："可要刚来就走，别的单位怎么看你？会不会觉得你这人不踏实？"

又说："干满三年再说。"

说完挥手让杜湘东出去，不谈了。三年之约，这有可能是随口而出的托词，更有可能是想耗着杜湘东。不过从个人立场上，所长分明又是同情他的，甚至可以说是承认他受到了不公正待遇。人家有了这个态度，杜湘东便感到了欣慰，进而又不好意思起来。说到底，警察就是份职业，风光的刑警如此，乏味的管教也是如此，一个像样儿的人既然拿了工资，就该对这份职业尽心。心没尽到还说怪话，那就有点儿不像样儿了。

此后两年多，杜湘东没再提调动的事儿。慢慢地，他对看守所的生活也习惯了。单位小有单位小的好，起码人际关系简单，不必时刻哈着谁拍着谁，这就很对杜湘东的胃口。郊县也有郊县的好，食堂的菜肉都很新鲜。就连寂寞也有寂寞的好，看守所的阅览室订了几本文学杂志，上面的作家都爱声称自己是个"享受寂寞的人"。其间还真有个作家来所里体验生活，却怎么也看不出耐得住寂寞，一来就叫嚷着要到女队蹲点儿，去记录女犯人"灵与欲的碰撞"。在假寂寞面前，真寂寞倒成了一件有成就感的事儿。唯一让杜湘东仍感不痛快的，是有时回警校去参加同学聚会。那些分在重要岗位的同学都热衷于吹嘘最近又破了什么大案要案，光荣负伤的更会撩起衣服展示伤疤，还不忘对杜湘东告诫一句：

"哥们儿好不容易把人抓进来，你们可得看好了啊。"

心里一不痛快，聚会也懒得参加了。有时一想，留京以后别说没交上什么新朋友，就连老朋友都慢慢淡了，这实在有点儿悲哀。但再一想，什么日子不是过，如果总能这样，人简单着，嘴新鲜着，心寂寞着，那其实也挺好。

至于重新想起那个三年之约，是因为杜湘东要结婚了。这说来有点儿不可思议：一个生活在荒郊野外的单身汉，想结婚简直比动物园里的大熊猫配种都难。其实还是拜所长所赐。那两年什么地方都在搞创收，看守所的经费本来就紧张，于是也创。项目之一，就是替轻工业局下属的食品公司搞加工。所里组织犯人生产冰棍里面的那根棍儿，每个礼拜打包运到玉米地另一端的冷库去。刚开始都是所长亲自带人去送，去了两趟，就指名让杜湘东代劳了，并且指名让他找一个叫刘芬芳的冷库管理员交接。所长还替俩人算了账：刘芬芳二十一，杜湘东二十五；刘芬芳一米六，杜湘东一米七五；刘芬芳虽然家在北京，工作也在城里，但她就是个高中毕业，编制是工人，杜湘东虽然是外地人，常年驻守郊县，但却是大专毕业，编制是干部……以己之长攻彼之短，以彼之长补己之短，怎么算怎么"登对"。

杜湘东去了两趟，果然喜欢上了这个从侧面看比从正面看更有风情的冷库管理员。刘芬芳呢，想必也是喜欢他的。虽然她见到杜湘东的时候冷冷的，不爱说话，但要是有一个礼拜她从城里赶到冷库，而杜湘东恰好有事儿没去，再下个礼拜见面的时候，那种冷淡就会变得更冷，冷得像在赌气了。这些表现杜湘东刚开始不懂，还是所长和老吴帮他分析出来的。所长认为"这很说明问题"，老吴则进一步对问题给予了通俗易懂的说明：

"这妞儿动了春心呗。"

俩人就谈上了。而相处日久，杜湘东发现刘芬芳还是一个忧愁的人，或者说，是一个愿意让自己显得忧愁的人。她说话之前习惯先轻叹一口气，她懂得尽量用有点儿像吉永小百合的侧脸而不用如同红苹果的正脸面对杜湘东。作为一名冷库管理员，她的业余爱好不是通过喝热豆腐脑来温暖内脏，而是通过读席慕蓉的诗和三毛的散文来温暖心灵。每当很"八十年代"地聊起人生与理想，她的第一反应常是抱怨，末了还会感叹一句"这就是生活的全部吗"，以使自己的抱怨抽象化、文学化。记得有年"五一"，杜湘东也豁出去了，进城去找刘芬芳，带她看了场内部放映的美国爱情电影，又到"老莫"吃了顿西餐。当这物质精神双丰收的一天接近尾声时，刘芬芳终于让他亲了亲自己洋溢着小豆冰棍味儿的侧脸，但刚亲完，又是一句抽象的抱怨："可惜明天又要和昨天一样。"

这一度给杜湘东带来了苦恼，然而苦恼之余，他却离不开刘芬芳了。他尝试着自己分析：刘芬芳是让他感到累，但这种累是有劲的累，不累反而没劲了。

他所喜欢的，也许恰恰是刘芬芳对于生活的不满意。满意了不就俗了吗，傻了吗，没追求了吗？他觉得刘芬芳的情绪呼应着他的情绪，这是一种贴心的感觉。

俩贴心人就商量着结婚。那个年代结婚很简单，只要组织批准，父母点头，有张双人床就能睡到一块儿去。杜湘东还有三年的积蓄，他买得起一辆"永久"自行车、一台"熊猫"半导体和一床大红缎子面儿铺盖。另有一点非常关键，建所的时候征收了农民的几亩地，盖了两栋筒子楼，给每个管教都分了一间宿舍。综合一下条件，杜湘东觉得自己大概是很够资格结婚的。可是商量着商量着，就商量出分歧来了。刘芬芳家住宣武区的大杂院儿，工作以前八口人挤在一个里外间，她睡厨房，脑袋顶着米缸；工作以后食品公司有宿舍，倒是不用顶米缸了，但是一间屋子住了八个女工，人口密度仍未降低。试想能从厨房和集体宿舍搬进筒子楼里的单间，婚后的生活质量可以说是大为提高的，但刘芬芳不这么想。她指出，郊县一间房，不如城里一张床。那时还没有房价的概念，刘芬芳所说的是精神生活：城外有什么呀？有王府井外文书店吗？有"北影"内部放映厅吗？有大学交谊舞会吗？她罗列完这些，这才想起自己既看不懂外文，也混不进内部电影院，更不是大学生，于是又补充：

"就是哪儿也不去，站在长安街上看看电报大楼的灯，心里也是舒服的。"

结论是：她不能从城里搬到郊县。杜湘东就提出了一个权宜之计："或者我们平常分头住，等到周末或者你下乡盘库的时候再过来？"但这个提议也遭到了否决。刘芬芳说："丈夫丈夫，一丈之内才是夫。"进而又列举了几个刚和中国建交的资本主义国家外交官的事例：甭管多忙多重大的场合，大使和大使夫人寸步不离，走哪儿都"拐"着。

杜湘东就作了难："那你让我怎么办？"

刘芬芳却不说话了，让他去想。其实也很好想：他是男人，理应他去就合老婆；而他又是大学生，理应人往高处走。所长当初撮合他和刘芬芳，为的是让他安下心来干工作，结果倒是刘芬芳激发了他要走的心思。又从刘芬芳想到自己，杜湘东回忆着在警校取得的成绩，以及为了取得那些成绩而付出的努力，一股力量就在体内蓬勃了起来。这是年轻人特有的力量感，如果任由它随着时光稀薄下去，直至消逝，那是多么可惜啊。杜湘东甚至还想到了如今的时代。人人都说时代正在变换，因而人人都在迫不及待地变换自己。就像歌曲里已经唱着"跟着感觉走"并问出"你何时跟我走"了，这时杜湘东的走，就不是一个人的走了，而是某种宏大的、名正言顺的价值体现。

第二天，他正式向所长递交了调动报告。他表示愿意到艰苦的岗位去，到危险的岗位去，最好是刑警。他还提醒所长，当初不是说好了"干满三年再说"吗，现在期限已到。

所长没看他，径自抽烟，转肩膀，然后在报告抬头上写了"待办"俩字。

一个礼拜后，所长把杜湘东叫到办公室，甩回给他俩字："没批。"

"总得有个说法吧。"

"部里提倡新精神，每个基层单位都要有高学历人才，可咱们这儿除了你没一个中专以上的。你要走了，所里不就不达标了吗？"

提倡重视人才，结果怎么却成了浪费人才？杜湘东心里反问。但他也只敢在心里反问，因为驳回申请的是上面，不是所长；而战斗英雄脾气暴，要是再纠缠下去，真会跟他锵锵起来。为了无法改变的事情跟对自己好的人翻脸，那太没意义了。

于是他没说话，转身就走。还没出门，所长又甩过来一句："要不再干三年吧。三年之后，有了新大学生你就走，或者空出正科的岗位你先上。"

人一憋闷就爱多想，在路上，杜湘东又开始揣摩所长的话。话分两截，上半截的意思是，三年之约过后还有一个三年之约，这次的约定能否兑现，取决于是否有个像杜湘东一样傻的大学生过来顶缺。而后半截的意思简直让他感到侮辱：难道他的调动申请被所长解读成要职称、要待遇了吗？这么想着，他的脸就铁青了，他的脖子却涨得通红。走出办公区前往监舍时，连有人叫他都没听见。

不巧又在办公室遇见了缺牙老吴。老吴是跟杜湘东搭伴的，原则上是一老带一新，实际却成了新的兜着老的。活儿都是杜湘东干，老吴不是平谷的妈就是延庆的丈母娘有事儿，病假事假轮着休，好不容易在所里待几天，还有多一半的时间在喝酒。用所长的话说，郊区农民的几大缺点，奸懒谗滑，这人算占全了。更让人受不了的是他那张嘴，爱说风凉话还没眼力见儿，逮谁踹谁窝心脚。当他看见杜湘东的脸色时，反而嘶嘶漏风地笑了："没调成？也怪你找错了人。你要是跟局长的闺女结婚，早他妈回北京了，非找一冷库妞儿，原地冻上了吧——不过局长有闺女也看不上你呀，现在知道自个儿是谁了吧？"

那一刻，杜湘东险些抄起桌上的工作记录本，朝老吴摔过去。至于后果，他不管了，打一架就打一架吧，记个处分也无所谓。假如生活欺骗了你，那么当个摔得带响的破罐子也比窝窝囊囊地憋闷着强。然而还没动手，天花板上的喇叭却响了："十七十八监接人。"

这才想起，他负责的监舍昨天刚空出两个铺位，今天又要送进来两个新的。走的是一个抢劫犯和一个投机倒把分子，来的据说是俩盗窃犯。刚才在办公区有人叫他，估计就是要说这事儿。杜湘东狠狠瞪了老吴一眼，终于还是正了正大檐帽，出门。一边快步走着，心里的火儿还在腾腾乱蹿。知道自个儿是谁了吧，知道自个儿配干什么了吧。他也就配接犯人、看犯人、押着犯人车象棋子磨冰棍棍儿，而且还干得这么令行禁止，比警犬都听话。

犯人和押送犯人的人已经等在登记处了。来的不仅有民警，还有南郊一家工厂的负责人。经过简单介绍，杜湘东得知这俩案犯是在实施盗窃时被厂保卫科当场抓获的，不仅"性质特别恶劣，金额特别巨大"，而且"死不悔改，负隅顽抗"。说这话时，保卫科的副主任，一个满脸横肉的胖子指着头上的纱布控诉，他的脑袋都被开瓢了。他代表厂方要求看守所对案犯严加管教，进而又说有关领导会亲自过问这事儿。

杜湘东顶了一句："你是说我们平时管得不严了？"

"那倒没有，我的意思是，你们得格外……"

"进来都一样，人我领走了。"

接着喝令俩犯人从墙根站起来，跟他去照相、剃头、换衣服、前往监舍正式收监。直到这时，他都没有认真看过这俩人。他今天心情恶劣，不想看任何人。但他得到了个笼统的印象，那就是这俩犯人都很年轻，甚至比他还年轻。监舍走廊阴暗幽深，犯人的手铐哗啦作响，四处充满了回声，这让杜湘东心里更加嘈乱。偏在这时又出了状况。当他来到监舍门前，正要伸手摸钥匙，身后突然响起了撕心裂肺的哀鸣："我不该在这儿呀。"

回头一看，俩犯人中比较矮的那个蹲在了地上，双手捂住脸，其中一只手还包着厚厚的纱布。他呜呜哭着，另一个壮得多也高得多的犯人却把头扭向一边，一张脸像西方雕塑似的棱角分明。两人在灯下投出一长一短的影子。

杜湘东就是在这时情绪失控的。你不该在这儿，我就该在这儿吗？他跨过去，揪起正在痛哭的犯人的后脖领子，抬手就是一个耳光："认命吧你。"

这是杜湘东从警以来第一次打犯人。

2

从这天起，杜湘东就对这俩犯人格外留心。倒也不是因为打了人家，让他感觉硌得慌的，是一个耳光之后俩犯人的反应。挨打的那个自然被抽愣了，瞪眼呆看着杜湘东。在四十瓦灯泡底下，杜湘东也第一次看清了那犯人的面貌。他长了一张娃娃脸，两颊各有婴儿似的一嘟噜肉。眼睛又大又圆，长睫毛上沾着泪水，让人想起某种鹿类。

"妈——"娃娃脸犯人又拖着长音叫起来，把杜湘东稍稍冷静的大脑再次刺激得烦躁不堪。他就没见过这么尿的犯人。都到这个份儿上了，叫妈能帮上你？知道叫妈早干吗去了？他甩出去的巴掌又折了回来，这次变成了拳头。

但这只拳头转瞬被人拽住了。侧眼一看，是一旁那个高而壮的犯人。他双手揽住杜湘东的胳膊，手铐锁链缠住了杜湘东的腕子。手劲儿特大，一挣竟挣不脱。协同押送的两位管教吃了一惊，几乎同时掏出电棍来："你要干吗？"而杜湘东回了下神，反手扣住那犯人的肩膀，脚下使个绊子，转眼就让犯人重重躺在了地上。接着，他用膝盖顶着对方胸口，逼视着那张棱角分明的脸："管教是你动的？"

犯人从他胳膊上松开双手，瓮声瓮气地说："政府，要揍你揍我得了。他有伤。"

这话说得，好像看出他气儿不顺，有打人的需要似的。杜湘东没再动手，但继续瞪着胯下的犯人，直到对方迟疑着把眼睛挪开，这才慢慢起身，掸了掸警服。后面的俩管教也跟了上来，其中一个问："给他上镣？"

对于特别不服管教，尤其是显示出暴力倾向的犯人，所里专门备有脚镣。那玩意儿由几十斤重的铁环和铁球组成，人挂上以后就像一头拖着破犁的牛，走到哪儿都咣当响。多挂两天，就连道儿都忘了怎么走了，有些人脚踝还会肿得像俩馒头。杜湘东扫了一眼地上的犯人，摇了摇头，默不作声地打开了十七、十八监的两道铁门。这俩人是同案犯，按照规定，必须分开关押，防止串供、密谋或闹出别的什么乱子。一股又臭又馊的气息扑鼻而出，那是二十多个犯罪分子共同散发的味道。杜湘东又拿出手铐钥匙，示意俩犯人过来开锁，摘了铐子就可以去他们该去的地方了。不出意外，他们今天晚上都得挨着尿桶睡，而原先在监舍里地位最低的人，则会荣升到靠外一些的位置上。这道门里，另有一套规矩。

当晚在食堂吃饭时，杜湘东只觉得脸上发烧。他感到人人都在看他，还猜测人人都在议论他想走而又没走成的事儿。老吴那张臭嘴肯定闲不住，也许在同事们中间，他已经被说成了一个心比天高但却志大才疏的家伙——不光如此，还拿犯人撒气。这么一想，刚才的那记耳光仿佛抽在了自己脸上。一顿饭没吃完，他就回了办公室，咕咚咕咚灌了半搪瓷缸子凉水，这才想起还有工作没做。对于新进来的犯人，管教有义务了解其基本信息以及犯罪事实。看守所也不光是个关人的地方，理论上还负担着协助侦查机关取证的任务。他耗费两个多小时，翻阅了派出所转过来的审讯笔录，以及厂保卫科提供的相关资料。

娃娃脸犯人名叫姚斌彬，棱角分明的犯人名叫许文革。姚斌彬比许文革小两岁，俩人一个二十一，一个二十三，都是一家机械厂的青工。俩人的住址也在厂家属区，是顶班招收进去的工厂子弟。工作以前，姚斌彬上的是全日制高中，许文革则是工业局下属技校毕业。工作以后，姚斌彬分在了模锻车间，许文革分在了维修班。按照保卫科的说法，此二名案犯深受资产阶级个人主义思想毒害，自从入职伊始就不安于工作，频繁利用公家的器械和原材料在外面干私活儿，被厂里发现后还挨过处分。这次他们企图盗窃的物品尤其重大，是一辆日本进口"皇冠"轿车的发动机。被发现时，案犯自带简易工具，已将机器从车内拆卸出来，遭到抓捕时又嚣张拒捕，许文革用扳手将保卫科副科长开了瓢。

人赃俱获，事实清楚，证据确凿。那年头，青工沦为阶下囚的并不少见，杜湘东曾经遇见过倒卖铜线的电工，还有自制火枪把仇家崩成大麻子的车工。而要说这俩犯人和他们的前辈相比有何不同，恐怕还在各自表现出来的性格特点上。一个特别软，出了事儿光知道叫妈，一个又特别硬，跟管教都敢动手。无论特别软还是特别硬，在杜湘东看来都是潜在的危险。他本想再到监舍去看看，对俩犯人进行一番未雨绸缪的教育，然而刚合上材料，天花板上的喇叭又响了："杜湘东，你未婚妻找你。"

那时的看守所共有三部电话，一部在所长办公室，一部在监舍区，还有一部才是职工的公共电话。地处郊县，谁家都会有人找，但找人的过程又像移交犯人一样复杂而且公开：看电话的老大爷先通知管理科，管理科再用大喇叭把要找的人叫来。当杜湘东听见喇叭响，就说明刘芬芳已经在胡同口等了十来分钟。今天又是个冷天，她又是个有点儿风吹草动就得犯忧愁的人，杜湘东只好急匆匆地奔了出去。

来到管理科，只见听筒在电话机旁撂着，好像一个人睡着睡着就从床上滚了下来。看电话的老头儿把半导体音量开得挺大，请电话那头的刘芬芳听了半集《新闻和报纸摘要》。杜湘东拿起听筒"喂"了一声，刘芬芳也"喂"，然后分别汇报了近日的生活情况，诸如吃得怎么样、排没排夜班、上个月的工资还剩下多少，等等。都是例行内容。这些说完，刘芬芳才进入正题："你那报告交上去有几天了？"

杜湘东说："嗯。"

"有信儿没有？"

杜湘东说："没批。"

刘芬芳没问为什么没批，仿佛早就料到批不了似的。她只问："那咱们怎么办？"

把"咱们"说得很重，这就让杜湘东嗫嚅起来，心里闷闷一紧。过了几秒钟，他才说："我哪儿知道怎么办。"刘芬芳也"嗯"了一声，便把电话挂了。这可是两人交往史上未曾有之大变局。以前也拌嘴，但越拌嘴，刘芬芳就会把话筒抓得越牢，打电话的时间也就越长。而这一次的态度，就说明她动了真格的。杜湘东可以想象刘芬芳嘴唇抿在一处，眉头微微蹙起的模样——这副表情从侧面看，的确是有点儿像吉永小百合的。现在吉永小百合决绝地离开胡同口的小卖部，途经提供"啤酒炒芽"的小饭铺，捂着鼻子冲过公共厕所的辐射区域，正准备扑到宿舍的单人床上去抹眼泪，咬枕巾。

他又把电话打过去，一个老太太告诉他"人早走啦"。

杜湘东只好快快回到办公室。俩人生活比一人麻烦，这是早有预料的，但没想到一个人的憋闷平摊到两人头上，也会被放大无数倍。都知道被看管的犯人失去了自由，其实看管犯人的人何尝不是如此。这么一感慨，他无端又想起了今天送来的俩犯人。按照那些身经百战的老警察的说法，犯了罪的人身上都是有"味儿"的，这虽然有点夸张，但也符合犯罪心理学：人违背了社会道德，内心都会挣扎自责，从而也会在神态举止上表现出来。然而姚斌彬和许文革虽然一个痛哭流涕，一个桀骜不驯，但他们的眼神都是干净的，纯良的，因此直到剃了头编了号又穿上了囚服，却还是怎么看也不像犯人。难道保卫科和派出所弄错了？

越琢磨，杜湘东就越心烦。也说不清烦的是结婚的事儿，还是在工作中遇到了一个说不上谜题的谜题。或者都不是，他烦的是网罗一切的生活本身。一边想，他便抬头看见了老吴摆在窗台上的半瓶红星二锅头。杜湘东时常觉得老吴活在廉价的醉生梦死之中，可现在，他也情不自禁地抄起淡绿色的酒瓶，吱溜一口，吱溜又一口。在今天，杜湘东破了工作以来的两个戒，一个是打人，一个是喝酒。今天真是鬼使神差的一天。

饶是百米跑进十二秒的身板，在酒量上却不顶用，五六口下去，他就晕头转向地"高"了。等再睁眼，窗外的鸟已经叫得如火如荼，而他还在办公室里坐着，腰杆挺直得像条绷紧的"板儿带"。不愧是个敬业的警察，连醉酒都醉得这么仪表堂堂。杜湘东使劲甩甩头，打开窗户散了散酒味儿，赶紧往监舍里去。每早查监也是他雷打不动的习惯，现在都晚了。

刚进走廊，就听见出了事儿。

声音是从盥洗室传出来的。每早犯人起床，先得点名、整理内务，然后再由管教带去刷牙洗脸。本所各监区的盥洗室都只有十个龙头，仅能容纳一个监舍的犯人同时洗漱，所以通常当一名管教带着一拨儿犯人进去时，搭班的另一名管教就得带着另一拨儿犯人在外面等候。而当杜湘东三步并作两步跑过去时，却见盥洗室的铁门上了锁，窗户栅栏里人头攒动，挤得满满当当。这肯定又是老吴的杰作——每当杜湘东临时有事，他常常会把所辖两个监舍的犯人统统往盥洗室里一塞，自己就到宿舍睡回笼觉去了。至于共处狭小空间的犯人们会不会大打出手，他才不管。他还颇有趣味地把这种事儿叫作"斗蛐蛐儿"。

好在今天的"蛐蛐儿"不是群斗，而是大多数观摩少数几个斗，所以场面还没大到必须拉警报的地步。杜湘东气急败坏地打开铁门，就见水泥地上伸着两条腿，两条腿底下又压着两条腿。这四条腿的上方还运动着七八条腿，机械而有力地往那两人身上踹着，踩着，砰砰有声，如同打鼓。他喝了一声，腿们仍不停，忍着头疼又喊："列队！"人腿组成的森林这才四散，围成圈儿的也缓缓挪开，沿着水池一字排开。

地上的俩人正是姚斌彬和许文革。姚斌彬侧身蜷成一团，浑身哆嗦，缠着厚纱布的那只手拢在胸前。往下一看，裤子湿了一片，他尿了。而许文革压在姚斌彬身上，两肘撑地，肌肉绷紧，也在周期性地哆嗦。杜湘东过去拽了拽这人肩膀，竟拽不动，只觉得手抓了块滚烫的铁。再喝令两个犯人强行把许文革抬起来，就呈现出一张惨不忍睹的正脸：几乎没一块好肉，一只眼被"封"了，血从鼻子以及嘴里流出来，凝结在脖子上。

许文革用他尚能视物的那只眼睛和杜湘东对视片刻，眼神不冷不热。

"说说原因。"杜湘东回头问。话是对郑三闯，那个从"文革"后期起就威震四城的老顽主说的。之所以没问"谁指使的"，是因为他知道，没有郑三闯的命令，这俩监舍里别说打架了，连大声说话也没人敢。铁门里有铁门里的规矩，规矩都是牢头执行的。由于看守所的警力不够，管教也不得不默许那些规矩的存在，这类似于牧羊人总得养着几条狗。但今天，却是牢头郑三闯先坏了规矩——再大的仇也不能打脸，不能见血，更不能让管教看见，只要看不见那就一切心照不宣。如果牧羊犬咬了羊，又是当着管教咬的，他们就不是羊、狗和人的关系了，必须得按照白纸黑字的监规来解决问题了。

郑三闯立了个正，嘴里还叼着烟："报告政府，他们打架我没拦住。"

"我问为什么打？"

"没听见。"

"没长耳朵？"

"还没醒透呢。"

杜湘东便不看郑三闯，转向了和他同牢房的一个"杆儿犯"。这人是因为猥亵妇女进来的，此前在监舍里挨揍最多的是他，睡在尿桶边儿的也是他。

"那你说说。"

"杆儿犯"害了眼疾似的挤了几下眼，偷空瞥瞥郑三闯。杜湘东便又让他跟着自己到走廊里去。而据"杆儿犯"交代，斗殴的起因也很简单。新进来的人第一顿饭往往是吃不上的，姚斌彬分在十七监，恰好和郑三闯同屋，所以昨晚的窝头刚发下来，他那份儿只好上供。到了今天早晨，郑三闯又盯上了姚斌彬手上的纱布——他前几天刚上完镣，脚跟子磨破了，还化了脓，正缺一块裹脚布。但这次的要求却碰了壁。姚斌彬还没说什么，隔壁十八监的许文革先不干了，吵吵着说不能欺人太甚。

郑三闯就乐了，道，不服？不服你"翻板儿"呀。

监舍里的大通铺就是一块木板，故而犯人们的黑话都与"板儿"有关。每天面壁反省叫"坐板儿"，新人进来挨一顿杀威棒叫"走板儿"，有更蛮横的人物把老牢头取而代之就叫"翻板儿"。许文革八成是没听懂，又见水池上架着一张摆放牙缸的木板，居然真把它抠起来往上一掀，溅了郑三闯一身牙膏沫子，还吼道，翻就翻，翻了你就别烦我们。

此言一出，问题就严重了。不管是在外面还是里面，统治权的更迭总是伴随着铁与血的斗争。郑三闯就让动手。而许文革还真有两下子，上来就把一个络腮胡子的东北人按在地上了。随后便有更多人扑上去，除了打许文革，还打姚斌彬。为了护着姚斌彬，许文革就落了下风，一边挨揍一边说，打我得了，别打他。郑三闯又乐了：仗义是吧？碰上仗义的人，得先验验是真仗义还是假仗义；那就先打你，什么时候你扛不住了，再让他替换你。

杜湘东明白，郑三闯的本意并非是要打出个你死我活，无非是想把许文革收服罢了。只要说声"服了"，顶多再按北京街面儿上的规矩叫声"爷"，也许还能混上一把交椅。没想到许文革愣是没服，用身体罩着姚斌彬，咬牙挺了许久。就有人嘀咕，看来这孙子是真仗义。这反而让郑三闯下不来台了，他也不能停，一停就是他"服了"，于是让手下发狠再打。又有人劝，说再打就出事儿了，郑三闯却被激出了横劲儿，说有事儿我担着，大不了一年劳教变十年大牢。就这样，打与被打的拉锯战持续到了杜湘东到来。

"杆儿犯"还说："从来没见过这么硬的人，连吭也没吭一声。"

这时老吴总算歇够了，慢悠悠地踱了回来。杜湘东斜了一眼没说什么，让他先带犯人回监舍，自己则去通知狱医。料理了伤员，这才腾出手来处理后续事宜。他到十七监宣布，郑三闯从今天开始重新上镣，参与打人的帮凶劳动量加倍。然后他指指郑三闯位于靠门处的那个专享铺位，又指指姚斌彬："你这儿给他睡，你睡尿桶边儿上去。"

郑三闯眼里凶光一闪。被剥夺了最宽敞的"头板儿"，这相当于失去了牢头地位的象征物。杜湘东特地又"照"了他几秒钟，表示此意已决，没有讨价还价的余地，接着转向姚斌彬，训斥道："你那同犯是为你挨的揍，你就是不能给他帮忙，也别给他丢脸。"

许文革挨了一顿揍，无意中却"翻了板儿"，这在犯人里几乎算个奇迹。而俩犯人再次让杜湘东另眼相看，是在劳动的过程中。

劳动就是制作象棋子和冰棍棍儿。在此过程中，犯人也要分个三六九等，具体地说是分成体力工作者、技术工作者和半个艺术工作者：大多数人发张砂纸，打磨上游加工出来的半成品；有一定技术能力的犯人则被派以操作车床和冲切机的重任；还有一些会刻图章的，那几乎是所里的宝贝，冲压上字的象棋子都得靠他们进一步修饰加工，"车马炮"才能成为整齐的篆文。姚斌彬和许文革是工厂出来的，自然被指定在了车床旁边，但因为是同案犯，俩人不能搭班，而且还被远远地隔开。许文革果然底子好，不出两天，车出来的象棋子的合格率就已经遥遥领先了，而姚斌彬的纱布虽然摘了，右手仍不灵便，操纵不动机床，所以干了两天又被扒拉回了打磨组，用胳膊肘夹着棋子干活儿。

这天正在赶一批订货，就听见铿啷一响，一枚残缺不全的象棋子飞了过来，恰好落到杜湘东倒放在窗台上的大檐帽里。他蓦地一惊，还以为又有人打架了，但抬头一看，闷热的车间秩序如常，只有最靠把角的一台车床停了下来。负责操作它的那个交通肇事犯愣乎乎地站在一旁，显然也被吓了一跳。杜湘东吹了声哨子，提醒把守在车间门口的同事注意警戒，又捅了捅歪在椅子上睡觉的老吴，招呼他一起过去看看。来到车床旁问怎么回事儿，交通肇事犯也不知道，表情像当初看着自行车道上的尸体时一样茫然。杜湘东又转了转车床上的摇杆，一动不动，不知是哪儿卡住了。正在这时，他的脚边却多了一人，姚斌彬不知何时从工位上闪了过来，蹲在地上，伸着脖子打量着这台车床的底部。

他抬头对杜湘东说："主轴上的三爪卡盘掉了。"

杜湘东还没说话,老吴先踹了姚斌彬一脚:"谁让你离岗的。"

姚斌彬这才想起自己是个犯人而非工人,连滚带爬地回去了。而杜湘东绕着车床这儿拍拍那儿看看,一时头就大了。他不懂机械,但却知道这台机器坏了的话,后果有多惨重。如今别说是管教们的加班补助了,就连维持所里那两台"北京212"吉普车运转的费用,都出在象棋子和冰棍棍儿上。但为了节约成本,所里购进的设备都是外面淘汰的,制作象棋子的车床以前也"趴窝"过两台,请来维修师傅,人家说这种五十年代的仿苏产品连配件都找不着——于是只好报废,进而势必耽误生产进度,进而要受到那些商家恶狠狠的催逼。想到这个,杜湘东的头就是替所长大起来的了。

老吴却又说起了风凉话:"坏得好,资本主义的尾巴翘不起来了吧。"

杜湘东倒想提醒老吴,每个月发补助的时候,他可没少为了块儿八毛的数目去跟管理科扯皮。但再一想,当着犯人说这些也不太合适,于是没接茬儿,让老吴先去找上面汇报。他自己却没走,又把姚斌彬叫了过来:"你怎么知道哪儿坏了?"

姚斌彬说:"咱们的车床都没按时保养,机油一亏,主轴就会磨损卡盘。"

他说话时,眼睛又亮了起来,但那就不是泪光了,而是某种兴奋的光泽。这眼神让杜湘东心里也是一动:"你能修?"

"以前没用过这种机床,但它结构不复杂,而且机器的道理都是通着的……不过我手使不上劲儿。"姚斌彬说着,朝许文革的方向望了一眼。

杜湘东明白他的意思,便向许文革招了招手,然后又告诉姚斌彬,角落里还堆着两台报废车床,如果需要零件,或许可以从那上面找到替换的。俩犯人便开始修理,杜湘东站在一旁监工,防止他们发生不该有的交流。鼓捣一阵,居然鼓捣好了。许文革用修复的车床车出一个象棋子,由姚斌彬递到杜湘东手上:

"政府,能用。"

这小半天里,杜湘东还在观察俩犯人的表现。他们配合极其默契,姚斌彬负责拿主意,指到哪儿许文革就拆哪儿,再指到哪儿许文革就装哪儿。甚而在特殊工序上都不用语言交流，姚斌彬做个手势，许文革就知道要上油，再做个手势，许文革就知道要电焊。许多在同一条流水线上干久了的老工人都练就了这种本领，如此一来便能在噪声震耳欲聋的车间里保证效率。但考虑到姚斌彬和许文革在厂里时，一个是模锻车间的，一个是维修班的，俩人的工作并不搭界，他们的默契很可能就是盗窃的需要了。

而当沉甸甸的梨木象棋子掂在手里时，杜湘东也被传染了一种豁然开朗的喜悦。他把那颗棋子往高处一抛，啪的一声凌空抓住，接着才意识到这个举动和管教的身份不符，于是脸上发烧似的热了一热，让俩犯人各自归位，自己背手走开。

许文革却追上来，隔着杜湘东两步远立了个正："政府，我们也会保养机器。"

杜湘东不禁再次打量许文革。一直以来，这人给他的印象就是硬、傲，好像跟身边的一切都较着劲。挨揍事件之后，他明知姚斌彬受了杜湘东的照顾，但看人的眼神还是极其冷漠的，那意思很清楚，他压根儿不想领别人的情。杜湘东怀疑他就是每天都挨一顿暴揍，也是能默默承受的。而现在，许文革却在"争取表现"了。

"怎么着，想吃大米饭了？"他故意讥讽道。

许文革的脸仍是僵硬的："上一遍油，就没那么容易坏了。"

正在这时，所长领着老吴过来了，见车床已经恢复运转，知道虚惊一场，大舒一口长气。杜湘东便顺势把姚斌彬和许文革能修机器的事儿汇报了，又说他们主动提出要给设备做养护。所长也对这两个犯人中的能工巧匠多看两眼，点头道："那就加个班儿吧。"

加班除了犯人要加，管教自然也不能闲着。当天杜湘东没让姚斌彬和许文革回监舍，继续看着他们把那几台车床和冲锻机一一拆开，在重要部位上了趟油，又对已经出现小故障的地方进行了简单维修。活儿多人少，等全干完，已经快入夜了。俩犯人一头一脸的机油，拿手一抹，在暗处看和黑人差不多。杜湘东便先领着他们到盥洗室，发了半块肥皂让他们洗脸，洗完之后再带到自己办公室吃饭。饭果然是大米饭，配有肉片炒西葫芦和烩鸡块两个菜，是他委托老吴到管教食堂打出来，又放在锅炉房里保温的。所里的惯例，对于有立功表现的犯人，都给吃顿好的。况且他下午还半开玩笑地提到了大米饭，说了就不能食言。

根据杜湘东的经验，犯人假如见着油水，往往比见了妈还亲。那种不管不顾的饥饿感，只有吃上两个月的窝头才能体会。然而这俩犯人却吃得很慢：姚斌彬是右手捏不住筷子，只能换左手，于是颤颤巍巍，每往嘴里送一口都有漏到地上的危险；而许文革则像心里有事，有时猛扒拉两口，嚼着嚼着就慢下来了，凝视着眼前的饭盒发呆。

杜湘东讥讽："嫌不好吃？"

许文革没说话，喉结一跳，自我强迫似的咽下一口。

"有什么想法就提。"杜湘东又说，"谁让你们有功呢。"

他知道，许文革和姚斌彬今天主动请缨，为的可不是这顿大米饭。那么他们有什么目的？是听人说起过减刑的门道，还是想要争取一次家属探视的机会？但如果是那样，杜湘东就只好爱莫能助了。他们的案子还在审理之中，既然刑没正式判，因而也就不存在减的可能；又根据规定，尚未结案的犯罪人员都是禁止探视的，所以再想念亲人也只有忍着。说到底，杜湘东作为一个管教，能提供给俩犯人的其实就是一顿大米饭。但他为什么又要让俩犯人"提想法"呢？他有那么在乎他们的希望、失望和绝望吗？这就说不清了。

许文革果然说了："政府，您能不能给他找个医生？"

"看什么病？"

"看手。"

"绷带不都拆了吗？"杜湘东朝姚斌彬横伏在桌面上的右手扫了一眼。那手表皮发红，略微还有点儿肿胀，看上去大致无碍。

许文革却有点儿抢白的意味了："可他还疼，给我递工具的时候直冒虚汗。"

管教最受不了的就是犯人回嘴，杜湘东立刻反噎："照你的说法，我还得给他配俩护士，白天晚上伺候着他？"

许文革便低下头去。而这时，一旁的姚斌彬又哭了起来。哭也不敢正经哭，一张脸绷得紧紧的，撑着眼眶忍眼泪。忍了一会儿没忍住，抬手抹了把眼睛，声响破腔而出："管教，我也不是怕疼。我是怕出去以后干不了活儿了。"

这时面对姚斌彬的哭，杜湘东却没有那么厌恶了，甚至心里一软。仨人都不再说话，办公室里充满了不尴不尬的气氛。过了会儿，杜湘东站起来，把饭菜分别往俩犯人跟前推了推："有得吃就赶紧吃，想了也白想的事儿就别想。"

姚斌彬和许文革低头扒拉饭。直到这时，杜湘东只是感到这俩犯人有些"各色"，但却没想到他们能干出一件大事。那就是逃跑。

3

逃跑事件后来成了杜湘东心里的雷，随时会炸，炸得他寝食难安。但在当初，杜湘东却认为自己善待那俩犯人是理所应当的。比如给姚斌彬看手，就既符合管教的职责，又符合人道主义。他先问过看守所的狱医，狱医表示犯人确无重伤表征，非说手疼，或者是逃避劳动的幌子也未可知。但这就与姚斌彬的表现不相称了。于是杜湘东又给城里打电话，约了一位法医专业的同学。常人印象里，法医都是研究死人的，其实活人也能看，而且因为接触的外伤居多，反而比普通医生有经验。那天法医其实也有任务，大兴发生了一起中毒案，他下乡去验尸了，等再折到看守所，已经又是晚饭的点儿。来了先感叹，在这种地方待久了不会得抑郁症吧，今天那个喝农药的妇女就是抑郁症；又说长此以往，个人问题得不到解决，没准儿还会憋出别的毛病。杜湘东只能讪笑，自掏腰包请食堂师傅做了几个小炒，招待同学吃好喝好，然后把姚斌彬从监舍提出来。

这次就没让许文革跟着，不过经过隔壁十八监舍时，他留意到许文革正往窗外望着，那神情竟是信任和感激的。人骨子里都有三分贱，如果一个既冷又硬的人对自己示好，所激起的暖意往往超过亲昵的人的嘘寒问暖。杜湘东旋即又为这种暖意感到恼怒，喝道：

"靠墙坐好，轮流背监规。"

领着姚斌彬来到办公室，便由同学问诊。法医见过的死人太多，对活人也懒得废话，直接让把手交出来，像玩儿"九连环"一样又捏又扭。姚斌彬明显疼得厉害，但却忍着不叫，娃娃脸上淌满了汗珠。忙活一阵，法医脸色一变，把杜湘东叫到屋外。

杜湘东问："什么毛病？"

同学却问："这孩子跟你什么关系？"

杜湘东又问："什么意思？"

"麻烦了。"同学说，"如果是亲戚，有亲戚的处理办法，或者他们家属跟你'意思'过了，那么总也要给人家一个交代，否则情面上说不过去，对不对？"

"要是没关系，就是普通犯人呢？"

"那我劝你别给自己添乱。直说吧，他右手拇指的掌骨和基节受到钝物重击，造成了粉碎性骨折。这种伤势从外部往往看不出来，但你也有手，我也有手，都知道大拇指的作用，没了这根轴，其他指头差不多就相当于白长了。所以在评定伤残的时候，食指中指都折了，顶多也就是个八级，拇指尤其是右手拇指丧失功能，直接就是五级。出了这种情况，你要是装没看见，其实也能遮过去，反正案子一结，犯人就交给监狱了，到时候再怎么处理自有监狱的规矩；但要是从你这儿捅上去，那就相当于案子之外另起了一桩案子——这么重的伤是怎么造成的？如果是在收监期间弄的，你这个管教有没有责任？"

法医分析得头头是道，杜湘东听得恍然大悟。不愧是一毕业就在城里待着的人，虽然见的净是死人，但却比他更懂人情世故。杜湘东不禁再问一句："这伤还有得治吗？"

"骨折，粉碎性的，又耽误了这么久。明白了吗？"

法医撇下这么一句，看到杜湘东面色有异，就没让他送，急匆匆先告辞了。杜湘东静立片刻，耳中似有什么东西嗡嗡呜叫，使劲晃了晃脑袋才把那声音驱逐出去。他往走廊门外走了一段，这才想起屋里还关着个人，便又折回办公室，叫姚斌彬回监舍。在路上，姚斌彬走在杜湘东半步之前，表情有点儿呆滞，一双眼睛却格外的亮。难得是个有月亮的夜晚，月光从窗外透进来，照得他的脸也是一团透亮的白。这孩子以后就是个残废了。直到看到监舍门了，杜湘东才开口："你没大事儿，也就是软组织挫伤，养养就好了。"

姚斌彬没说话。杜湘东又道："心别太重，好好改造。"

姚斌彬好像点了点头，突然说："您是个好人。"

杜湘东本可以说，假如世上的人真有好坏之分，那么按照通常的标准，警察自然是好人，被警察看管的就是坏人了。但他说出的却是另一句话："你还有什么要求？"

姚斌彬说："能不能托您给我妈带个信儿？"

"带什么信儿？"

"说我知错了，说我一切都好……说等我出去再伺候她。"

杜湘东看着姚斌彬那张温良的、不管何时何地总带着三分羞怯的脸："那得看我有没有时间，还得看工作上有没有必要。"

姚斌彬便向杜湘东鞠了一躬："谢谢政府。"

这天晚上杜湘东没睡好，躺在床上只是来回来去地翻腾，面朝墙感觉堵得慌，面朝桌子腿又感觉空得慌。他想到了老吴的那半瓶白酒，涌起了灌两口的冲动，但又想到一个警察是不适合当酒鬼的，冲动就没付诸行动。好容易挨到上班，他还是决定找一趟所长。一进门，就见所长正扯着脖子对着电话吵吵，听了两句才明白，所里的一台吉普车打不着火了，汽修厂的人来看过，说没法修，只能报废，而所长向上面申请换车时又遇到了刁难。人家说，别的单位还缺车呢，你们一个看守所，反正也没什么出勤任务，没车就凑合吧。说得也不是没道理，可言语中流露出了轻视看守所的意思，所长就受不了了，反呛道："看守所怎么了，看守所就是家里蹲吗？说句不好听的，假如犯人跑了，你让我们拿脚去追？"

但饿也白饿。没车，这是客观事实，更是全国上下各个系统的普遍事实。杜湘东等所长在电话里泄完愤，这才硬着头皮把姚斌彬的伤情汇报了。才刚废了一辆车，又听说废了个人的事儿，所长的脸就绷得更紧了。他不说话，先点烟，三口抽完，又转肩膀，转完才说："你说的属实？"

杜湘东道："找了个法医先看了。"

所长说："那你什么意见？"

杜湘东道："要真是这种伤，所里肯定没法治。狱医老张您又不是不知道，青霉素包治百病，红药水抹哪儿哪儿灵。要不我带着犯人到城里的大医院，找个专家再看看？"

所长却问："上哪儿看？协和还是积水潭？你要有门路，弄得到这些医院的专家号，那能不能先给我挂一个？我这膀子一疼，半边身子都动弹不了。"

吃了一瘪，杜湘东只好闭嘴。半晌才问："那您的意见是——"

"这俩犯人在咱们这儿待了多久？小一个月了吧？现在要求大案要案从速从严，他们的判决也快下来了，到时候就要正式移交给法院和监狱系统。这样吧，办移交的时候你写份补充材料，说明犯人有伤，到时候是该保外就医还是减轻劳动，就由其他机关酌情处理。"所长说着又点了颗烟，"我理解你的想法，人在你手里，你得对他负责，但责任分个轻重缓急，更分个力所能及和力所不能及。上面拨下来的经费就那么点儿，大伙儿的加班费和改善伙食还得靠自己创收呢，真要做手术，拿什么给他做去？"

杜湘东便说："明白了。"说完转身就走。

所长在后面又跟了一句："还他妈不如打仗呢，起码弹药管够。105榴弹炮，一枚炮弹就得上千，看见哪个山头有动静，先轰丫十万块钱的。"

以前也听所长讲过打仗，说的都是大动脉里的血一喷一丈多高，或者步兵脑袋让弹片削掉了一半还往前冲锋，从没想过战争也能从钱的角度理解。看来往事的面貌是多变的，取决于你眼下正在琢磨什么事儿。而杜湘东出了办公室，才又想起今天是该和刘芬芳打电话的日子。俩人有个约定，再忙也得每个礼拜通一次电话，可自从上次刘芬芳挂电话，这习惯就中断了。不仅如此，再去冷库交接冰棍棍，也见不着刘芬芳了。换她来的是个四十多岁的胖大姐，见着杜湘东就翻白眼儿："你又怎么欺负母们芬芳了？"一拖再拖，就把杜湘东拖毛了，他想，不管怎么样，今天得先和她说上话。

于是他没回办公室，拐到了管理科，估摸着刘芬芳已经上班，就打库房电话。果然不通，不通再打，座机转盘把手指头都磨疼了，这才插进一个空去。接电话的又是一大姐，悠着荡秋千似的腔调问他找谁。杜湘东说找刘芬芳，对方说今儿活儿紧，忙着呢。杜湘东便赔着小心求人家，说有急事儿。大姐说再急能有五百条猪腿的事儿急？再不入库下个礼拜保证全臭了。杜湘东便唬了对方一句，说我可是警察。这位大姐大约并没想到警察也可以是刘芬芳的未婚夫，倒抽一口凉气"哎哟"一声，说那您等着，我叫去。过了好半天才转回来，说刘芬芳今天没上班，是不是从冷库偷鱼偷肉的事儿让你们盯上了，是不是畏罪潜逃了？要不要把公司保卫科的人叫来，要不要把厂长也叫来？

一惊一乍，倒把杜湘东吓了一跳。他只好又说："其实我不是警察。"

"孙子你有病吧？你这叫冒充执法人员，明儿就让真警察到你们家抄你去……"

杜湘东忍笑挂了电话，再给刘芬芳的宿舍打时，好像也没那么为难了。又说两句好话，看电话的人便穿过胡同叫来了刘芬芳。杜湘东问："你怎么没上班？"

刘芬芳说："歇病假了。"

杜湘东又问："你哪儿不舒服？"

刘芬芳说："也没哪儿不舒服。"

那么就是忧愁了。既然忧愁就得解忧愁，于是杜湘东先把刚才和大姐的对话复述了一遍，又道："回头还得跟你们头儿解释解释，别再把你怀疑成一个藏在群众里的坏分子。"

刘芬芳却不笑，冷不丁说："杜湘东，没想到你是这么个人。"

杜湘东说："我是怎么个人？"

刘芬芳说："你是个满不在乎的人。"

杜湘东说："我怎么不在乎了？不在乎能给你打电话吗？"

刘芬芳说："现在才打，早干吗去了？"

这诚然是杜湘东理亏。他说："所里事儿多。"

刘芬芳说："你事儿多，就没工夫考虑咱们的事儿了？"

杜湘东只好面对那个不想面对的问题："咱们的事儿，你怎么看？"

刘芬芳说："现在不是我怎么看了，是我们家人怎么看。"

杜湘东说："他们不是觉得我还行吗？"

刘芬芳默然半晌，再说话时，便去除了感情色彩："你知道，我们家八口人。我妈生我的时候难产，此后不能干活儿。我大姐插队，落户在了黑龙江。我二姐心野，考大学去了上海，念完大学又去了深圳。大哥，结了婚嫂子都不让回家。家里相当于没了操持的人，我爸我妈还有俩弟弟，吃饭穿衣，洗涮缝补，靠的都是我。原先说想在城里结婚，那是我的个人趣味，其实除了个人趣味，还有现实困难。前些天看我犹豫，我们家人就又把咱们的事儿商量了一遍，都说你不错，就是人在郊县这一条是个问题。我要是跟你走了，我爸我妈就连口热饭也吃不上了，俩弟弟没准儿得变成野孩子。谁没有爸妈呀，谁没有家人呀。"

陈述到这儿，刘芬芳就不说了，改为一声啜泣。杜湘东便明白了她的意思："那就没别的办法了？"

刘芬芳拖着哭腔说："早说过了，办法在你。"

杜湘东说："我没办法，我没用。我也不能不要工作呀。"

刘芬芳又默然半晌。这时看电话的老头儿打开了话匣子，还是《新闻和报纸摘要》。本期节目的主要内容有：苏联外长爱德华·谢瓦尔德纳泽访华，中苏关系有望实现正常化；各地物价小幅波动，政府号召群众不传谣，不信谣，不进行恐慌性囤积购买；全国从重从速处理一批影响恶劣的刑事案件，社会治安得到显著好转。

然后刘芬芳道："那就这么着吧。赶明儿我去趟郊县，咱们把东西换回来。"

所谓要换的东西，是俩人以往互赠的礼物，或者说是信物也行。共计：杜湘东给刘芬芳的一块"东方"手表，一件呢子列宁装，一个三克重的金戒指，刘芬芳给杜湘东手打的一条围脖，一件毛衣。刘芬芳执意这么做，就有两层意味：一是北京姑娘特有的磊落，她不占他的便宜；二是刘芬芳特有的仪式感，相当于林黛玉和贾宝玉闹掰了，就要把原先乱送的汗巾、手帕、珠儿串儿或铰或烧，或物归原主。

杜湘东竟没话好说。情况都摆在这儿了，拖泥带水也没意思。无非是他个人恋爱史上的第一次失败，以及看守所年轻职工恋爱史上的又一次失败。只不过心里仍是恍惚的，还有些战战兢兢。伤感被覆盖在了心里的一层薄膜底下，看似还平静着，但如果那层膜破了，让埋藏的东西泛滥，他一定会悲痛欲绝。因此他最好不要再想刘芬芳，刘芬芳已成往事。杜湘东便脱了警服，来到犯人们放风的空地上，甩着胳膊跑起圈儿来，仿佛想要摆脱什么东西。直跑得呼哧带喘，浑身透汗，这才突然止步，面无表情地走向车间。犯人们已经被从监舍带出来，又开始了一天的劳动。这儿才是他该在的地方，这儿才有他该干的事儿。

刚一进门，老吴便晃了过来："那犯人说要找你。"

杜湘东往许文革的方向看去，他就站在车床旁，翘首朝这边望着。再朝另一个方向望望姚斌彬，他却在望着许文革。两张年轻的脸，眼神闪烁，饱含热忱。

杜湘东做了个手势，让许文革出列。

"报告政府。"

"有事儿说。"

许文革便道："我观察了其他人干活儿，大家操作车床的方法都不规范。机器爱坏，和这也有关系。如果能让我们——也就是我和姚斌彬——讲讲，再做做示范，不光故障率会降低，象棋子的产量也能提高。"

杜湘东瞪了一眼："大米饭吃上瘾了？"

许文革站得更直了："您知道，我们图的不是一口吃的。"

"那你们还图什么？让我把你们放出去不成？"杜湘东烦躁地呵斥，又一甩下巴，"该干吗干吗去，甭在这儿假积极。"

许文革脸一白，低头小跑回到车床。老吴却凑近了说："都是养不熟的狗，就不该给他们丫好脸色。"说完掏出烟来，分给杜湘东一根，又拍拍他的肩膀："吹了？"

敢情才这么会儿工夫，消息就传开了。杜湘东鼓着腮帮子没接茬儿。

老吴便叹口气："没事儿，正常。当年我也是熬到三十多，才娶了现在这娘们儿。你要不痛快，就出去散散心，班儿上我给你盯着。放心，今儿我不喝了。"

这番话竟说得杜湘东心里一热，觉得老吴都不是老吴了。而当他重新戴好大檐帽，道了声谢打算离开时，老吴却又一挤眼，对杜湘东乐了："对了，你跟那妞儿弄过没有？"

原来老吴还是老吴。杜湘东只好说："没有。"

"那亏了。你记着，结婚之前弄的都是赚的，结婚之后再怎么弄也是亏。"

杜湘东居然也乐了："下次吸取教训。"

这一天，杜湘东破了参加工作以来的第三个戒，就是擅自离岗。他从职工专用的侧门溜出看守所，沿着土路走到一条河边，茫然地发起了呆。出来散散心，这是个明智的提议，相当适合失恋的人。然而到哪儿散心呢？他索性跳上了最先开来的一辆公共汽车，也不问站，径直坐到后排的空座上。车一晃悠，竟晃悠得他睡着了。睡时也没梦见刘芬芳，再醒过来，却是被一群鹅吵的。只听得四下里嘎嘎叫，还以为车掉进水里了呢，凝了凝神，才知道有一农民带了一筐鹅上车，半路筐漏了，鹅满车厢乱跑。好容易都抓回来，失主却坚称少了一只，并一口咬定是被此前下车的旅客掳走的。他要求司机把车往回开，拉着他去找鹅。司机哪里肯依，双方便吵，鹅的嘎嘎叫里又混进了人的嘎嘎叫。最后闹到杜湘东这里来。

"警察师傅，您给评评理。"农民对他说。

杜湘东遗憾地摇了摇头，表示这不归他管。

农民的气性越发高涨："那你穿这身'皮'有个屁用。"

解释也解释不通，恰好又到一站，杜湘东便从后座上拔起来，逃也似的下车。临出车门问这是什么地方，售票员告诉他："六机厂。"

　　杜湘东这才反应过来，所谓六机厂，就是第六机械厂，也就是俩犯人姚斌彬和许文革原先工作的厂子。当年国家要搞工业化，北京一马当先，光负责机械制造的厂子就建了许多。排到六机厂，城里的地皮已经不够用了，因此在郊区选址。而农田之间生生拔起一座工厂，对于原住民的生活影响可想而知。杜湘东老家所在的县城附近，也有一家上万人的锅炉厂，如果不是托了关系到工厂附属学校上学，他或许不会萌生出通过考学成为一个"公家人"的愿望，更不会知道北京有所警校正在面向全国招生。他从姚斌彬和许文革想到自己，忽然感到此时下车如同一种冥冥的内定，既偶然又必然。

　　于是他往工厂方向走去。厂房和围墙肃然耸立，越往近处，越是一派繁忙的景象。也多亏了这身"皮"，杜湘东刚一出示证件，说想要"了解一些情况"，传达室的人立刻便给保卫科打电话，叫来了那位膀大腰圆的副科长。过了将近一个月，胖子的脸已经养得直冒油光，头上的纱布却不摘，仿佛光荣负伤的瘾还没过够。这人也认得杜湘东，诧异道："那案子刑警不是调查过了吗，你一狱警又来干吗？"

　　杜湘东面无表情地告诉对方：第一，他不是狱警，而是一名看守所管教；第二，甭管是刑警还是管教，只要警方有调查的需要，保卫科都有配合的义务。副科长嘟囔起来，说把犯人送过去那天，该交代的情况不都交代了嘛。杜湘东立刻又纠正：目前案子还没经过法院判决，人也还没正式移交监狱，因此对姚斌彬和许文革的称谓就不应该是"犯人"而是"犯罪嫌疑人"。这就有点存心较真儿了。在那个年代，上述法律常识还不普及，也根本没人会深究，就连看守所的管教都一口一个"犯人"地叫，仿佛进来的一定会判，不是罪大恶极也不会进来。而杜湘东非要找碴儿，是因为他预估了胖子是哪种人——你要不当回事，他就煞有介事，你要煞有介事，他就特当回事。

　　胖子果然肃穆起来，引着杜湘东走进厂区，来到主楼一层的保卫科办公室。

他给杜湘东沏上了茶，又专门让手下科员拿个本子来做记录，这才说："您想了解什么？"

杜湘东直截了当问："姚斌彬手上的伤是怎么回事？"

胖子像受了刺激，跳脚道："你们不会都觉得是我弄的吧？刑警这么问，厂里的人也这么议论我。虽说我当年打过姚斌彬他妈的主意，人家没看上我，可事儿都过去这么多年了，我就是肚量再小也不至于跟一个女人记仇吧？那孩子的伤真是自己造成的，当时他们把机器从车壳子里吊出来，悬在一米多高的铁架子上，本来就没挂牢实，我们进去一冲一乱，那铁砣子就落了下来，正好砸在姚斌彬按着前保险杠的手上——不信你问他，我有人证。"

记录员便抬起头来："这是事实。刑事责任，我们也不敢撒谎。"

副科长又说："我还专门找人问过，这种情况算误伤，误伤就不赖我对吧？"

杜湘东点点头："你别激动，我又没说赖你。那么许文革把你打了，是在姚斌彬受伤之前还是之后？"

副科长叹口气："在这之后。他本来也没反抗，还偷偷央求我们说要'私了'呢，不想混乱中姚斌彬伤了，他就跟疯了似的朝我来了。"

杜湘东接着问："许文革干吗那么护着姚斌彬？"

"俩人从小就跟哥儿俩似的。姚斌彬，长得像个女孩儿，在外面没少挨欺负，为了他，许文革把十里八乡的混混儿都打遍了。这孩子性子狠，跟谁有仇当面不吭声，但日后一定得找回来；而惹了他还是小事儿，要是惹了姚斌彬，他非跟你玩儿命不可。"

记录员像个尽职的捧哏，又补充道："以前还有风言风语，说他俩是……那个什么……"

杜湘东眨了眨眼，也问："到底是不是——那个什么？"

副科长却哈哈一笑，挥手道："这他妈不是扯淡嘛。厂里的老人儿都知道，许文革跟姚斌彬好，是因为他从小没爹没妈，相当于是姚斌彬他妈带大的。而且他还谈过一个女朋友呢，跟姚斌彬他妈当年一样，也是厂花。"

"许文革的女朋友在哪个车间？"

"早不在厂里了。现在的女的多精啊，知道臭工人没前途，后来认识了个工业局的干部子弟，没两天就跟人家结婚了，又没两天就调到机关坐办公室去了。"

说的是许文革的感情生活，却让杜湘东仿佛被谁窝心踹了一脚。他又问："那么和姚斌彬与许文革关系密切的还有什么人？"

"也就姚斌彬他妈了。过去是个质检员，现在退休了。"

"把她家地址给我。"

杜湘东走出主楼时，从一扇窗户里听到了女工的合唱："我却没法分辨，我终日不安，他俩勇敢和可爱呀，全都一个样……"是苏联歌曲《山楂树》，"五一"劳动节快到了。再穿过一道铁栅栏门，就是职工宿舍。一个弯腰驼背的老太太正在翻拣着垃圾堆，风把灰土纸屑吹起来，直钻到她花白的头发里去。杜湘东按照保卫科提供的门牌号钻进一幢格外破旧的筒子楼，只觉得走廊里暗无天日，饭味儿、霉味儿和隐约的屎尿味儿闷在一处，近乎发酵。他爬上四楼，先在楼梯拐角看见了个蜂窝煤炉子，炉子上烧了一壶热水。再往纵深里蹚几步，总算发现了一道开着的门，门口挂着一道油渍麻花的布帘子。这就是姚斌彬的家了。

杜湘东在那门口站定，却不撩帘子，也不叫人。他此时还不确定这次"家访"是否得当。屋门对着一扇窗，光线贯穿而出，照得空气里缓缓飘浮的尘埃清晰可辨。不知从哪儿又卷过来一阵风，吹得布帘子扑啦一晃，杜湘东便看见了屋里那人的侧影。初时也没在意，觉得那就是个再寻常不过的女人：不高，很瘦，脸色蜡黄，留着齐耳短发，全然看不出当年漂亮过，但却很符合一个与儿子相依为命的母亲的模样。警察眼"毒"，杜湘东随即察觉到，这女人的站姿有些不对劲。她把握不好平衡，上身往不该倾斜的方向倾斜着。他疑惑了一下，终于伸手把布帘子扯开半寸，这才看清了女人的真实状态。她一手扶着窗台，半步半步地往床头的方向挪着，那里有个刷着白漆的铁架子，上端有把手，下端装着四个轮子。这玩意儿的学名叫站立器，是给脑中风和轻度偏瘫患者准备的。也就在这时，女人终于抓住了站立器的把手，几乎压上了全身重量，喘了两口气，这才扶着它往房间一侧的书桌挪了过去。左脚拽着右脚，右脚几乎无法抬离地面。书桌上摆着两瓶药，大概就是女人此番跋涉的目标了。

在那一刻，杜湘东很想走进屋去，帮那女人倒水，吃药。但在小小的助人为乐之后，他又该如何面对人家？假如她问姚斌彬怎么样了，他就告诉她，你儿子正在等候判决，同时成了个残废？一恍惚，他僵在了那里。屋里的女人却没看见他，她正在专心致志地把手伸向药瓶。而再一恍惚，背后突然有尖厉的哨声鸣叫起来。煤炉子上的水开了。

没等女人扭头，杜湘东就转身奔了过去。估摸着女人从屋里挪到炉子旁还有段时间，他又拎起地上的暖壶，依次把两只都灌满，然后才像逃跑似的冲下了楼。

自打从工厂回去，杜湘东就不得不从另一个角度理解姚斌彬叫"妈"的意味了：那不是指望妈能救他，而是在心疼妈、牵挂妈呢。经由姚斌彬的妈，杜湘东又想起了自己的家人。他爸在县文化馆卖电影票，他妈在菜市场卖菜。卖票清闲又体面，卖菜则是粗活儿，因此俩人结婚算是他妈占了便宜。但结婚以后，为家里做贡献最大的是他妈，最辛苦的也是他妈。每天早上五点之前，他妈就得从乡下把菜进上来，直站到天黑才能喊一声"包圆儿啦"，就这么日复一日，零敲碎打地攒出了两间瓦房、突突响的带篷"三蹦子"和杜湘东的学费。回家时乍看一眼，住上大瓦房、开上"三蹦子"、把儿子送到北京去的妈已经衰老得像个七十岁的人了。都说感谢好政策，好像党随便开个口子人民就能富起来，其实如果你是个小老百姓，点滴的丰足也是十倍百倍的汗水换来的。

而姚斌彬的妈所要承受的何止艰难，还有与儿子被捕相伴而来的耻辱。这时再想到姚斌彬叫的那声"妈"，又有了忏悔的意思——杜湘东却为这事儿打了姚斌彬。远远看去，那孩子还是那么文静，劳动时总是偷偷望着许文革，像走丢的小羊在寻找着头羊。他们的案子也该判下来了吧，上面的精神不是从重从速么？按照以往的经验，等待他们的不是青海就是新疆的大牢，起码十年往上，二十年也没准儿。十年或者二十年过后，俩人回来，谁还认识他们呢？十年或者二十年过后，姚斌彬的妈不知是否还活着。

恰好过了两天，管教食堂吃猪肉大葱馅儿包子，杜湘东心里一动，央求大师傅多给他留了十个。晚上前往监舍，却不叫姚斌彬，单把许文革拎了出来。杜湘东将他带到走廊拐角，从身后抄出饭盒："吃。"

许文革不吃，站得笔直，两眼发直。

杜湘东说："不是全给你的，还有一半给姚斌彬拿过去……隔着窗户扔给他，不准交头接耳，也不准挤眉弄眼，我在后面盯着你呢。再告诉郑三闯一声，这包子谁要敢抢一口，我让他连去年的饭都吐出来。"

许文革便接了饭盒，却不打开。那意思是全给姚斌彬。

杜湘东叹口气："等案子判下来，你们就不必隔离看押了，到时如果还在所里多耽搁两天，我把你们调到同一个监舍里去，你们也聊聊……当然主要是互相反省。姚斌彬要是想给他妈写信，我也可以代交。"

许文革的鼻翼翕动两下，看向杜湘东："管教，您是个好人。"

这话姚斌彬对他说过，如今许文革也这么说。作为犯人，妄想评价一个警察是"好"还是"不好"，这实在有些荒唐。而同样的话由柔弱的人说出来还能理解，出自一个冷心冷面的人之口，似乎就有点别样的内涵了。杜湘东竟一怔，搪塞道："甭说没用的。"

说完指示许文革回监舍。犯人背影挺拔，虽然吃了个把月的牢饭，浑身仍有一团英武之气。在不明不暗的光线里，他的侧脸像西方雕塑一般见棱见角。杜湘东忽然又想，不知道这俩犯人"下了狱"之后是否能分在一起服刑，也不知道在新环境里，许文革是否保护得了姚斌彬。但这些都是瞎想了，也与他无关了。而在几天以后，杜湘东才会懊悔：他其实是早该看出端倪的。他怎么连一点儿端倪都没看出来呢？

4

俩犯人的逃跑，起先被视为一起突发的偶然事件，后来才证实是早有预谋。

过程并不复杂，但一切也都巧了。那天又到了该向食品公司交付冰棍棍儿的日子，所长又让杜湘东和老吴这一组负责。这次程序却与往日不同：所里的一辆吉普车刚报废了，另一辆后勤科要开出去买菜，因而先与冷库商量好，所里组织犯人把货搬到方便的地方，再由食品公司调来一辆卡车拉走。挑选人手时，姚斌彬和许文革就有意无意地站在了队列前侧。杜湘东还没说话，老吴先对他们开了口："你，还有你——搬最后一截吧。"

按照计划，被挑选出来的犯人们要分成若干小组，前一组先把货物搬到某个中间地点，替换的另一组再过去接力。一拨儿人干活儿时，其他人就在监舍里候着。如此几趟，等把货物从劳动车间运送到高墙的墙根附近，就该最后一组登场了：他们只需要让货物跨过警戒线，码放在看守所正门内侧的那块空地上即可。而毕竟是要靠近门口，兹事体大，因此对这一组的人员选择是有讲究的。首先，人数不能太多，绝不能超过三个；此外，他们还得一贯表现良好，能让管教们"放心"；再另外，不管多么老实的犯人，干多么繁重的工作，只要过了警戒线就必须戴上手铐，这也是不容商量的铁规矩。当一切就绪，管教立刻清场，然后才敢开门，把食品公司的车放进来，让冷库职工自己装货。

如此一来，让姚斌彬和许文革负责最后一段，也是顺理成章的了。姚斌彬虽然手上没劲儿，可许文革干活儿一个顶俩，这就不会耽误约好的交接时间。再说这俩犯人还曾经立过功呢，功臣总是格外值得信赖的。后来上面调查逃跑事件的时候，杜湘东如实交代，如果由他挑人，挑的也会是姚斌彬和许文革。

交代完毕，开始干活。犯人们或扛或拽，把车间里堆放的麻袋往外运去，远看好像蚂蚁搬家。这些麻袋散放在屋里还不算什么，聚拢在阳光下，就变成了一座相当巍峨的小山了。再想想小山全由寸把长的扁平小木棍组成，就可以联想到北京城里有多少怕热的胖子和馋嘴的小孩儿，到了夏天要消耗多少山楂、小豆和牛奶冰棍。这还不算最壮观的呢，杜湘东听刘芬芳描述过他们冷库储藏猪腿的场面：几百条猪腿在一字排开的铁钩上齐齐挂着，膝盖微弯，蹄尖笔直，毛发早已褪尽，皮肉覆着白霜，简直像是全北京的芭蕾舞团正在集体汇演。真不知她怎么会从猪腿联想到芭蕾舞，而猪腿和芭蕾舞都是让她忧愁的。想到刘芬芳，杜湘东的心里便痛了一下。这时看到老"杆儿犯"又在偷懒，他烦躁地训斥了几声。

就这样，麻袋组成的小山分散再集中，集中再分散，终于移动到了墙根的阴凉处。杜湘东和老吴这才从十七、十八监分别叫出了姚斌彬和许文革。走到劳动地点，杜湘东四下望望，确定附近并无闲杂人等，又低头检查了一下两人的手铐，这才点头，表示他们可以开始干活。许文革弯下身子，两手抓住一个麻袋，硬生生往肩上一甩，直起腰来就走；姚斌彬则左手攥着麻袋角，右手爱莫能助地搭在一旁，屁股朝前捣着小碎步，仿佛一松手就会摔个四脚朝天。俩犯人先后到达了终点，又规规矩矩地折回来，开始第二趟搬运。杜湘东依次看了看他们的脸，都是沉静的，心无旁骛的，仿佛他们并未意识到那道自由与监禁的分水岭近在眼前。随后是第三趟、第四趟、第五趟……就在这时，杜湘东想起了一件事。他迟疑了一下，朝几米开外的老吴做了个手势，意思是要离开一会儿，就一会儿。

老吴叼着烟，大大咧咧地挥手：没问题，走你的。

杜湘东便小跑着穿过看守所，从侧门绕回宿舍，到屋里取了一包东西出来。那是刘芬芳给他织的围脖与毛衣。前两天刘芬芳又打了个电话，交代说，她会在收冰棍棍儿的日子再下乡一趟。这就是督促着他要换东西了。换就换吧，在完成冰棍棍儿交接的同时，也完成他们这段恋爱的最后交接，真是一举两得。以后刘芬芳就不会来了吧，她会在城里过着她的日子，那些日子与他再无交集。杜湘东提醒自己，一会儿见到刘芬芳，他得尽量表现得不卑不亢。太卑太亢了都会招人看不起，作为一名警察，他需要在这种时候保持尊严。

于是，杜湘东回去时故意挺直腰杆儿，把大檐帽又正了正。那副样子简直不像是去分手，而是像去立功受奖。然后，他就听见了电喇叭的警报声，紧接着是56式半自动步枪的枪声。声音是从正门方向传过来的，惊得杜湘东浑身一抖。

他撒腿往枪响的方向跑去。

隔着好远，便看见看守所的正门开了个洞。那是镶嵌在大铁门里的一道小铁门，也就一人多宽，平时锁着，只有接收或者释放犯人的时候才会打开。小山一样的麻袋稳稳当当地放在门里，而老吴已经屁股朝天趴在了空地上。姚斌彬和许文革却不见了。就这么一会儿工夫，就这么一会儿。杜湘东的脑子嗡了一声，那一瞬间眼睛再看什么都是花的。好在心思还算镇定，他的第一反应是扑到老吴身旁，看看同事是死了还是活着。

老吴身上并无伤痕血迹，不过迎头挨了一记重击，被打成了乌眼青。杜湘东摇着他的肩膀，一道口水从缺牙缝里流了出来。老吴这才叫唤起来："哎哟我操。"

"人呢？"杜湘东吼道。

老吴还蒙着，叉腿坐在地上，扬手指指敞开的小门。他身上那串钥匙就挂在门上的锁孔里。门外是条土路，通往南边的农田和柏油公路，但土路侧面却有一条河沟，蜿蜒着往东分出岔去，最终会与一条人工挖掘的引水渠合流。

杜湘东又吼："到底往哪儿跑了，路上还是河里？"

老吴说："没在一块儿，一边儿一个。"

这下杜湘东也蒙了。他既没想到这俩犯人居然敢行凶，敢越狱，更没想到他们在行凶和越狱时居然还那么冷静，懂得要往两个方向逃——这样一来，同时落网的概率就要小得多。而接下来，最让他没想到的情况出现了。当杜湘东冲到门口，站直了往外眺望，心里盘算着该朝哪个方向追时，身后的老吴却结结巴巴说："枪，枪……"

看守所的管教平时本不佩枪，需要执行重大任务时才佩。重大与否，取决于犯人有无失去控制的可能。既然今天是相对自由的室外劳动，因此杜湘东与老吴就都配了枪。枪内共有满匣子弹八发，没拉保险栓。杜湘东往老吴腰间看去，空荡荡的皮套晃悠着，枪没了。

"拿枪的往哪儿跑了？"这次杜湘东连吼都吼不动了，好像自己是个橡皮人，刚挨了一枪，漏气了。

老吴总算还没糊涂到家，他再次抬手，指指土路下面的河沟："这边。"

"你确定？"

"他们把我打了以后，就到我身上来抢钥匙，一个还让另一个先跑。先跑的那个顺手从我身上抄走了枪，我看见他蹦到河底下去了……后跑的那个又补了我两拳，我就晕了……"

没等老吴叨叨完，杜湘东已经纵身跃下了河沟。就算酿成了大祸，但他确定，此刻他的选择是正确的。仅仅几年前，东北的"二王"还让半个中国的人闻风丧胆，而要是在北京的地界上丢失一把枪，那种后果是连想都不敢想的。两公里以外，就是最近的一个自然村；五公里以外，就是郊县的县城；二十公里以外，就是西单、王府井和天安门。哪怕挨上一枪、两枪，直至八枪，他也不能让那把枪流落出去。他杜湘东的从警生涯已经够憋闷的了，绝不能让这种憋闷变本加厉，成为压得他一辈子抬不起头来的耻辱。

好在不是汛期，河道里只淌着浅浅一条溪水，又好在前两天刚下了一场小雨，河床里裸露在外的泥地半干不稀的，印着几个凌乱而新鲜的脚印。看来老天爷总算没让他把背字儿走到底，杜湘东顺着足迹追了下去。犯人对地形不熟，手上又带着铐，跑也应该跑不远，而凭借着百米跑进十二秒的体魄，他有信心追上对方。风从头顶的河岸浩大地掠过，吹得整片天空像块破布似的抖了起来，河道里却静谧得连空气都凝固了，只剩下脚踢着鹅卵石和胸膛里呼哧呼哧喘气的声音。也就过了五分钟，或许更短一些，杜湘东便在前方的河道里望见了一个隐约的人影。那人因为无法张开双臂掌握平衡而跟跟跄跄的，远看几乎不是在跑，而是摇摇欲坠地飘在了半空。

"站住——"杜湘东喊了一声。

犯人一晃，继续跑。然而速度上的差距是无法弥补的，杜湘东咬了咬牙，让两腿倒腾得更快了。前面的是姚斌彬还是许文革？而无论是谁，他的手里都是有枪的。想到这一点，杜湘东把身体伏低了一些，同时跑起了蛇形路线。他的右手也摸向腰间，握住了事先打开保险栓的佩枪。两百米，一百米，前方的背影从模糊变为清晰，杜湘东认出了那是姚斌彬。五十米，二十米，他已经能看清那孩子毫无血色的脸，以及像棒槌似的握在手里的枪了。

如果他敢举枪，那么自己只能先开枪。作为警察，杜湘东出枪的速度和准头都要远远强于一个没受过训练的毛孩子，这一点毋庸置疑。听见姚斌彬伴随着咳嗽，拉风箱一般大喘粗气，他仿佛看见了7.62毫米子弹贯穿对方胸膛时的血光。杜湘东希望姚斌彬别犯傻。他甚至对姚斌彬喊了出来："别犯傻。"

而这时，姚斌彬再次做出了一个让杜湘东意外的举动。就在两人之间的距离只剩不到十米的时候，他戛然站住，转过身来，对杜湘东似笑非笑。

再一松手，枪落在了地上。姚斌彬束手就擒。

至于逃跑的具体细节，直到日后审讯姚斌彬时才得以还原。据他交代，主意其实早已拿定。在俩人刚到看守所的第二天，一块儿被按在盥洗室的水泥地上挨揍时，姚斌彬就对许文革说，不能在这儿待下去了。许文革一边承受着连绵不绝的拳脚，一边对姚斌彬咬牙切齿地说，那就想个辙。所谓想辙，无非是指制订逃跑计划。俩犯人利用放风的空暇，摸清了管教们换班的规律、高墙岗楼上的武器配备，最关键的是还观察到每个当班管教腰间都挂着沉甸甸的一串钥匙——那里面不仅有监舍门的，还有所里其他门的。而这些信息又是在劳动的间歇得以交流的。虽然杜湘东就在旁边监工，但俩犯人利用修理机器的噪音作为掩护，更利用心有灵犀的默契，每次只蹦几个字儿，甚至只用几个手势就把想说的都说清楚。到了事发当天，杜湘东突然离开，他们认为机不可失，决定放手一搏。也没商量，一个眼神就够了：姚斌彬假装摔了一跤，吸引了老吴的注意，许文革用手铐锁链绊倒了老吴，顺势把他打昏在地。对付这个酗酒成性的老家伙，一个许文革绰绰有余。然后俩人摸走了钥匙，很幸运地试到第二把就打开了嵌在大铁门里的小铁门，随即按计划分散，姚斌彬跳进了河道，许文革沿着土路奔向农田。岗楼上的武警没在第一时间开枪，这是因为怕伤了和姚斌彬、许文革滚在一起的老吴。而当犯人分头跑远，子弹又没打准。

针对案件的重点，上级派来的调查组还专门询问了抢枪的事儿。姚斌彬回答，开始也没这个打算，只不过当许文革按倒老吴的时候，佩枪恰好从枪套里滑了出来，他顺手就捡了。调查组自然不信，再深入挖掘动机，姚斌彬就交代，他本来胆儿小，再加上跑出去之后又要离开一直保护自己的许文革，于是便想随身带上一支枪。也没准备打谁，壮胆儿而已。这个说法得到了老吴的证实。当时老吴还有神志，听见许文革呵斥姚斌彬："你拿这玩意儿干吗？"似乎还想把枪夺下来扔掉。而姚斌彬则回答："赶紧跑，赶紧跑。"说完就先跑了。也就是说，逃跑虽有预谋，抢枪却属于即兴行为。

看守所也在第一时间派人去追许文革，可惜没追上。那犯人的脚力比姚斌彬强，很快就钻进了正在抽穗的玉米地，又从田里潜入了山里。再组织干警搜山，已经耽误了两天时间，早没影了。姚斌彬被捕，许文革在逃。这是看守所迄今为止最为严重的一次工作失误，上到单位下到个人都要付出代价。所里被取消了先进集体称号，所长公开做检查；再调查下去，上面得知俩犯人作为同案犯，却获得了碰面和共同行动的机会，尽管杜湘东与老吴也尽到了在旁监督的责任，并不算是明显违规，但还是一人追加了一个处分。

然而在杜湘东的记忆里，案发当天的情形却远没那么狼狈。姚斌彬是由后来追上来的所长亲自带队押回去的。见到杜湘东，所长没说话，先揽住他的肩膀，前前后后摸索了一圈儿，这才长吁一口气："没受伤就好。"那神态全不像个在战场上见惯了血肉横飞的老兵。

杜湘东说他没事儿，犯人也没开枪。

所长瞪了他一眼："没开枪不等于没可能开枪。你哪儿能一个人往前追呢？"

杜湘东说就是因为犯人有枪，他才不能再等。

所长默然不语。一行人回到看守所，就见正门已经站满了人，不光有荷枪实弹的管教和武警，连厨子、清洁工和看电话的老头儿都出来了。不知是谁叫了一声："杜湘东活着哪。"人群立刻爆发出一阵欢呼，迎在前面的老吴更是脸上淌着眼泪、鼻涕以及口水。孤身一人追击持枪的逃犯，这说起来是多么凶险啊，追回来是英雄，追不回来没准儿就是烈士了。杜湘东的脸却僵着，进而红了。这时又从人堆儿里挤出一个人来，正脸像个红苹果，侧脸有点儿像吉永小百合。她的脸上挂着忧愁，咬着下嘴唇走到杜湘东面前，朝他胸口捣了一拳，然后说："你怎么不去死呀。"

然后又说："你死了我可怎么活呀。"

然后，她就哇的一声扎进了杜湘东怀里。杜湘东的手尴尬地放在刘芬芳肩上，抱她也不是，不抱她也不是。他看见刘芬芳手里还提着个小网兜，网兜里装着一件衣服和两个牛皮纸信封。那是他送给她的列宁装、手表和金戒指。而此时，刘芬芳却把他越搂越紧，勒得他都透不过气来了。刘芬芳忽地仰起头来，对着杜湘东的脸，又像对所有人宣誓道："结婚，结婚，咱们明儿就到民政局领证去。"

若干年后，当杜湘东若干次回忆起那一幕时，总会不由自主地提醒自己：它发生在二十世纪八十年代的最后一个春天。与刘芬芳的爱情，算是他在八十年代的意外收获。

5

逃跑事件让杜湘东旷日持久地憋闷着。

虽然追回了一把枪，但玩忽职守是要记入档案的。听所长说，上面还算留了情面呢，如果不是看在事后补救的英雄行为上，定个渎职也不为过。经历了替他担心和为他欢呼之后，同事们又开始明里暗里抱怨他导致了大家停发奖金、加班整顿。在调查组进驻的那些天，杜湘东走到哪儿都觉得后脊梁骨被人戳得隐隐作痛。而更使他感到挫败的事实是：俩犯人从策划逃跑到实施逃跑，都是在他眼皮子底下进行的。他不是老觉得自己当了个管教是被"耽误"了吗？现在，反而是他结结实实地被犯人"摆"了一道。

连刘芬芳都察觉出了他的异样，一天突然对他说："你怎么好像矮了一截？"

当时杜湘东正跟她在城里采买结婚用品。床单被褥，痰盂暖壶，还得到居委会领一本《新婚健康一百问》。他愣了愣，回答道："一直这么高啊。"

刘芬芳嘟囔："有一米七五吗？不会以前穿内增高了吧？"

这个怀疑并非没有依据。过去杜湘东甭管是站是坐，都"绷"得肩平背直，现在换装了，更挺括更合身的"89式"警服，人却总佝偻着，好像缺了两根骨头。此外，以前他话就不多，那是性格使然，现在又添了个毛病，就是会一阵一阵地发呆，出神。这些变化来自一个心结：许文革一天没被找着，那么事儿就还不算完。但纠结也是白纠结。姚斌彬早被带离了看守所，改由市局刑警队直接羁押。出了这种恶性案件，上面自然格外重视，听说还有位大领导震怒，对局长拍了桌子。

也找所长打听过案情进展，所长又抽烟，转肩膀，而后说："既然列入大案要案，那就不是所里的事儿了。或者说，承担责任归咱们，破案结案归人家。"说完递来一份结婚礼物，那是所长老婆缝的一床被罩，粉底子上游着两条大红鲤鱼。杜湘东明白所长的意思：日子还得过，他又刚结婚，别为了把握不了的事儿，把眼巴前的事儿给耽误了。但即便陪着刘芬芳为了结婚而忙活，他心里却还是定不下来，并且进城仿佛也不光是为了结婚。拎着大包小包坐车到了宣武门内，杜湘东就站在胡同口不动了。

他吭叽了会儿，对刘芬芳说："我还得出去一趟。"

刘芬芳把脸拉下来了："今儿可是你结婚之前最后一次上门，我们家人都在。"

杜湘东看看表："我办完事儿就回来……吃饭甭等我了。"

说完不管不顾，撇下刘芬芳就走。又倒了两趟公共汽车，来到了市局刑警大队。这是重地，饶他穿着身警服也不敢硬闯，只好按规矩填表，拜访的理由则是"看同学"。他的确有个同学在这儿，不过上学时称不上朋友，毕业后也不联系。这是因为俩人都是外地来的，学习训练都很玩儿命，成绩也差不多优秀，于是互相把对方看成了对手，暗地里一较劲就较了三年。后来还听说，当初看守所去学校要人，组织上也动员了他的那位同学，不过同学咬紧牙关没答应，还威胁说如果去郊县，那就宁可脱警服。杜湘东突然想，要是那时自己能硬到底，而同学却先嘴软的话，那么今天门里门外，等人与被等的会不会打个颠倒呢？跟同学较劲他没输，一起跟组织较劲，他却输了。真是性格决定命运，唯有一声叹息。

正在叹，同学就出来了，还骑着一辆摩托车。同学的表情也和原来一样：脸绷得很严肃，斜眼打量杜湘东，似有三分轻蔑。

"哟，稀客。"

杜湘东努力赔个笑："不耽误你时间，我说两句就走。"

同学却朝后座一努嘴："反正也到饭点儿了，边吃边聊吧。"

说完轰了脚油门。警察之间最看不上的就是磨叽，杜湘东只好跨上了车。只觉得风兜满了耳朵，不多时停在一家菜单生猛价格也生猛的粤菜馆门口。杜湘东一犹豫，同学又给他壮胆："这儿出过一起命案，要不是我们给破了，现在还贴着封条呢。"

进门也不坐大堂，径直来到一个包厢。领班端了两扎啤酒，又给安排了几样"刚下飞机"的活物儿。杜湘东不得要领地动了两下筷子，讷讷发起了呆。

刑警同学却举举杯："杜湘东，我知道你为什么来。"

杜湘东一怔，又笑："打搅你了。"

同学说："你还真是打搅我了。你那事儿转到刑警队，恰好分在我们科。那俩犯人要不是从你手里跑了，我们也不会连轴转地加班。"

杜湘东说："不是俩犯人，是一个犯人。"

同学说："对，你抓回来一个，还追回了一支枪。如果不是前面的低级失误，你没准儿就是个英雄典型了。话再说回来，我今天跟你聊，严格说已经违反了纪律。大案要案得保密，不是办案人员不能插手，这个规矩你应该懂。要是别人来找我，我根本懒得搭理他，但你不一样。咱俩以前不对付，那是因为我看重你，你也看重我。能互相高看一眼，这就比一般人更有交情。你有什么想问的就问吧。"

说得杜湘东心里一热，本想敬同学一杯酒，但又觉得没必要。于是就问。同学果然爽快，除了极其具体的工作安排，其他知无不言。主要内容是对姚斌彬的审讯情况以及对许文革的抓捕计划——倒也按部就班，一边是轮番心理战榨取信息，另一边是全国发文通缉，广撒网多布控。但这个案子又有它格外的难点：许文革已无亲人，无牵无挂，想要通过家庭关系对他施加压力，或者通过信件和电话侦查他的行踪，那几乎是不可能的。

杜湘东又问："姚斌彬现在什么状态？"

同学撇嘴骂了句脏话："看着文文静静的，其实还是个'硬茬儿'。一转到我们手里就开始绝食，撬他嘴也喂不进饭，只能捆起来打葡萄糖。他不是还有个妈嘛，我们本想感化他，给他申请一次特别探视，结果他连妈也不见，说没那个必要。整个儿一没人性。"

这种描述让杜湘东一悚，愣了两秒又问："你们是想通过他找到许文革？"

"那当然，他几乎是唯一的线索。"同学说，"警察有警察的办法，该上手段也只能上手段。前两天有了突破，姚斌彬招了，说他和许文革约好，先分头躲一阵子，下月一号到第六机械厂附近的高压电塔下碰面，不见就散，见了再一起跑。我们已经安排了布控，也许再过些天，你心里的疙瘩就解开了。"

同学说完，踌躇满志地一笑，看来他将是抓捕许文革行动的骨干。杜湘东可以想象那种景象：一群便衣都带着枪，神色轻松，目光如炬，或埋伏在隐蔽处，或装作不经意地在附近徘徊；只要发现可疑的形迹，他们就会像豹子似的一拥而上，将嫌犯按倒在地。这也是杜湘东过去想象中的警察形象，可惜只限于想象了。然而他琢磨了一下同学透露的信息，却又垂了垂眼睛，闷声问："你们就那么相信姚斌彬的话？"

"我们不是相信他的话，而是相信人的理智。"同学说，"姚斌彬犯下的事儿该怎么判，你大概也有个估量。重大盗窃、袭警越狱、抢夺枪械，二十年是起码的，而咱们国家的有期徒刑通常到顶儿也就二十年，再往上只有两种，一个无期，一个死刑。现在摆在他面前的只有两条道儿：第一，顽抗到底，这辈子就算交代了；第二，跟我们合作，戴罪立功，没准儿还能捡条命。再怎么彻头彻尾的混蛋也都怕死，这是人之常情吧？如果犯罪分子都跟董存瑞黄继光似的，咱们当警察的也没法儿干了。所以我们认为，既然姚斌彬开了口，那就是在心里算计过了；既然知道活着比死了强，他就不敢跟我们打哈哈。"

刑警同学分析着，解释着，既有理论依据，也是经验之谈。而人家本没必要说这么多的，之所以不厌其烦，还是想让杜湘东放下心来。这个惺惺相惜的对手释放出来的善意，令杜湘东更加惭愧。然而他又摇了摇头，几乎是自言自语道："好像没那么简单。"

这就有点儿没眼力见儿了。同学正端起杯子喝啤酒，让杜湘东的话呛了一下，再把头抬起来，就成了一副好心被人当成驴肝肺的脸色："杜湘东，你阴阳怪气的什么意思？刑警和预审专家都是傻子，就你聪明？那你说这案子该怎么办？犯人招出来的都是假话，我们就不要布控了，坐在办公室里守株待兔？"

"当然不是那个意思。"杜湘东赶紧摆手，"我只是想提醒你们，别把希望都寄托在这次抓捕上，要做两手准备，弄不好还得是多手准备……我和这俩犯人有过一些接触，我还去过姚斌彬他们家，根据我的了解……"

"你要真了解犯人，也不会让他们跑了。"同学冷冷打断杜湘东，把啤酒杯往桌上一蹾，"而且你还得弄明白，我们这是在给你擦屁股呢，轮不着你来教导我们。"

眼看对方不想谈下去，杜湘东也就没了话。事实上，他来找人家，不过是想探听一下案子的进展，聊以解解憋闷，如同在火车站丢了钱包的人总要去趟失物招领处。而要真让他出谋划策，他也说不出个所以然来。俩警察对着一桌子虾兵蟹将闷坐片刻，同学就说得走了，晚上还要加班呢。杜湘东也站起来，跟在人家屁股后面出了门。分手时，同学突然扶住摩托车，对他说："杜湘东，你跟以前可真是不一样了。"

杜湘东无以作答，挤上公共汽车，回到刘芬芳家所在的宣武门内。天色已黑，胡同里的路灯有一多半儿都是憋的，使得杜湘东投在柏油路上的影子断断续续，还一阵一阵地发虚，好像一摊正被缓缓吸到地缝里的水。他又意识到自己虽然穿着警服，但却没戴警帽没系腰带，再摸摸下巴，好几天都没刮脸了，拉拉杂杂地呲着毛儿。这要是碰上局里的纠察队，不把他通报单位才怪。刘芬芳和同学的感觉都没错，他可真是跟过去不一样了，变成了一个颓唐的、落拓的家伙。家有三两银，不当臭脚巡，这是老警察们对这份儿职业的自嘲，可他还不如个臭脚巡呢，连在城里看看西洋景的资格都没有，只配窝在郊县，懊恼着一个小疏忽酿成的大错。现在，他还得将错就错地前往未来的丈母娘家，去卖好儿，去提亲。

他甚而觉得自己把刘芬芳给骗了。

6

回到看守所，生活照旧：查监、扫除、点人头儿、写检查。检查不光要给自己写，还得替老吴和所长代笔。如今只要上面有人过问那起越狱案件，几位当事人就得奋笔疾书一番，而俩老同志被折腾烦了，干脆把这种差事都推给了杜湘东。他们的理由很简单：你是大学生嘛，写得比我们深入、全面、触及灵魂。乃至于连管辖之内的犯人也敢看不起他了。有一次训了郑三闯两句，老炮儿把眼一斜：“别把我逼急了，逼急了我也跑。”

所以再接到刑警同学的电话时，杜湘东真感觉对方递来了一根救命稻草。那天离上次进城已经过去了一个多月，他正在办公室里发愣，就听见天花板上的喇叭响了，有他的电话。杜湘东本以为是刘芬芳找他。刘芬芳和他虽然领了证，但却没办婚礼，这是因为杜湘东没脸请领导和同事去喝喜酒。他觉得那简直像是给越狱的犯人摆庆功宴。刘芬芳自然不乐意，狠狠地犯了会子忧愁，进而没住几天就从郊县的婚房搬回了城里，于是俩人联系还得靠电话。然而杜湘东赶到管理科，从电话里听到的却是男人的声音：

“你这张乌鸦嘴，还真说中了。”

同学告诉他，从姚斌彬嘴里挖出消息后，刑警大队提前几天就调派人员前去蹲守，局里的领导向更大的领导保证，一定要把许文革就地抓获，清除首都治安的一大隐患。然而苦等了一个星期，连个人影也没见着。办案人员这才不得不反思情报是否可靠，而重新再审姚斌彬，他只答了一句："不是成心想逗你们玩儿，是不编出点儿什么你们就不让我睡觉。"然后又死不开口，并且开始了新一轮的绝食。同学也才又想起了杜湘东的风凉话。

他问："你猜到了姚斌彬不会供出许文革？"

杜湘东含糊道："我那时也不确定……就是感觉这俩犯人跟别人不一样。"

"咱们当警察的，办案子可不能凭感觉，得靠证据。"同学仍不忘踩杜湘东一脚，但又问，"那你到底有什么感觉？"

杜湘东便把俩犯人在看守所里的情况大致讲了。结论是许文革护着姚斌彬，姚斌彬也会护着许文革，俩犯人之间的情义远比旁人想象得深。讲完又说："姚斌彬他妈和许文革的感情也不一般。要抓许文革，不妨把她当成突破口。"

同学"咳"了一声："你以为我们想不到？光我就找过那女人好几次。姚斌彬犟，多半儿是继承的他妈，他妈比他还犟——到现在都不相信儿子会犯罪，一口咬定这案子是冤假错案。后来了解到，这女人一直对厂子有成见，甚至对社会、对政府都憋着一口气，再加上前些年中了一次风，性情变得更加古怪，简直没法跟人打交道。"

杜湘东问："对了，姚斌彬他爸呢？死了还是离了？"

同学说："这事儿说来可就长了。姚斌彬一家其实都是厂里的人，他姥爷是五十年代的劳模，先给提拔了上去，后来又挨了整，病死在牛棚里了。留下一个女儿，年轻的时候挺漂亮，不少男的都对她有意思，闹得沸沸扬扬的。组织觉得老这么着也不是个事儿，就出面解决她的个人问题，动员她跟一个刚死了老婆的副书记结婚。这也是保护她的意思，毕竟她爸有政治污点嘛，找个依靠，也不至于抬不起头来了。不过咱们的组织你也知道，做动员跟下命令差不多，反而把她给逼急了，一气之下嫁了个附近村里的农民。至于以后的生活，那就别提了。她看不上丈夫，嫌人家脏，嫌人家没文化，可人家还嫌她臭讲究，嫌她不会干活儿呢。等到生下个姚斌彬，从小又是个药罐子，把她那点儿工资都贴补进去了，夫家在钱上也落不下好处，更觉得这婚结亏了。工农联合变成了三天两头打老婆，揪着头发从村头踹到村尾，旁边两只狗叼着鞋，打完了再从狗嘴里接过鞋，回厂医务室抹红药水。打了几年，终于离了，夫家索性连姚斌彬这个孩子都不认，因此姚斌彬有爹也相当于没爹。我们也去过村里，连他爸的人都找不着，说早到南方做生意去了。"

敢情刑警的调查工作要比杜湘东细致得多。闷了一会儿，杜湘东这才叹气似的"啊"了一声，刑警同学也把话题拉回到案子上："其实找你，是想让你替我们接触一下姚斌彬他妈，看能不能挖出什么信息。"

杜湘东说："有你们在，哪儿还需要我去。"

同学说："现在姚斌彬他妈的情绪已经很抵触了，前两次过去，她干脆连门都不让我们进。那是个爱走极端的人，我们很怕她像当年一样被逼急了，反而甘心当起了许文革的共犯。再盘点一下这案子的相关人，跟那女人打过交道的只有你，我们这边能信任的也只有你，所以这事儿非你莫属，你就别推托了。"

杜湘东沉默片刻，又问："你让我做这事儿，是私人帮忙，还是上级任务？"

同学笑了："完成了算你对得起上级，完不成也算你对得起我了，行了吧？"

说完没管杜湘东答应不答应，径自挂了电话。而杜湘东琢磨一番，心里不免打鼓：同学以为他和姚斌彬他妈说得上话，所以才来求助于他，可其实他仅仅去过人家家里一次，严格地说还是过门而不入。如果他再去，姚斌彬他妈会是什么态度还不好说呢。但既然打鼓，就说明杜湘东已经开始考虑这个任务了，并且还是认真地、不可遏止地考虑。这么一想，他对自己有些无可奈何，又隐隐生出一些期待来。

过了三两天，杜湘东便独自动了身。之所以耽搁了些时日，是因为想到姚斌彬他妈刚受到了警方的反复盘问，需要给她一点缓和情绪的空间。向所里请假时，他也只说要去帮刘芬芳家干力气活儿，而且特地没穿警服，换上了一身松松垮垮的便装。坐车来到六机厂，他没走正门，而是绕远路兜到家属院的那一侧。这里没人阻拦，进了锈迹斑斑的小铁门，便看见楼还是那几栋楼，垃圾还是那几堆垃圾，就连翻拣垃圾的也还是那个老太太，动作缓慢，目光阴鸷。找到了姚斌彬家，却见门紧闭着，油渍麻花的布帘子垂在门外。

他掀开帘子敲了敲门，半晌无声。又敲了敲，门里才有个女人问："谁？"

"是姚斌彬家吗？"

"干吗？"

"……我认识您儿子。"

屋里传来细碎的响动，当门锁咔嚓一声拧开时，已经是将近五分钟以后了。姚斌彬他妈从半开的门缝里露出脸来，居然还用蘸水的梳子拢过了头发。从刑警同学那儿，杜湘东知道这女人名叫崔丽珍。他叫了一声："崔阿姨。"

女人盯着杜湘东凝视片刻，突然说："你不是来过的那个警察吗？"

"我……"

"你还帮我把暖壶灌上了。"

看来上次虽然走得匆忙，但姚斌彬他妈还是在走廊里看见了杜湘东。他惊异于这女人的记性——只一瞥，便认得了他的相貌。原先杜湘东还打算随机应变，冒充姚斌彬在社会上的朋友呢，如今只好窘了一窘，直说道："我是看守所的，负责过姚斌彬的工作。"

"那么你是杜管教？"

这话更让杜湘东发窘。女人解释，保卫科的胖子及其手下协助警方来"做工作"时，曾经提起过他。在那些人的描述中，杜湘东虽然一脸严肃，实际却是个心挺软的年轻人。女人面无表情地把他让进了屋，房间概貌尽收眼底：不到二十平方米的面积被一套带转角的三合板柜子分成两个部分，隔断外侧还算宽敞，摆着一床一桌，是姚斌彬他妈的起居室；隔断里侧就要局促得多，紧贴着柜体和墙角塞了一张比寻常单人床更窄的床，床上盖着报纸，估计是姚斌彬以前睡觉的地方。母子俩就住在这样的环境里。

既然无须自报家门，杜湘东便继续申明来意。他表示，虽然姚斌彬"犯了很严重的错误"，但他作为管教，仍是有责任关心犯人的。尤其是听说姚斌彬他妈卧病在床之后,他更感到"有必要来看看您"。上述说辞已经在杜湘东的心里排演了若干次,因此表述得并不虚套。而当姚斌彬他妈问起姚斌彬在"里面"的情况时,他的答复是"过得还行",没怎么被人欺负,睡在宽敞的铺位,还吃到了大米饭和肉包子。当然,杜湘东隐瞒了姚斌彬的手受了伤,更隐瞒了姚斌彬哭着叫出的那一声"妈"。自始至终,他也没提一句许文革。

当他说完,便看见女人的脸上多了两行眼泪。对面的母亲却仍僵坐不动,连鼻翼也未曾翕动一下,整张脸像一幅旧照片。过了许久,她才点了点头:"杜管教,谢谢您。"

"不能这么说,都是职责之内。"

"您想问什么就说吧。"

"许文革目前还在逃……"

"我没他的音信。这话我对刑警队的人说过,对你也只能这么说。俩孩子就算犯了盗窃罪和越狱罪,也不证明我会犯包庇罪吧?你要是不相信我,可以把我铐起来审问。"

虽然泪痕未干,但女人的声调已经淡漠了下来,还把撑在站立器上的手往前一伸。杜湘东心知碰了钉子,讪讪地把眼睛挪向一边,便看见有扇纱窗的合页松脱了,已经松松垮垮地歪斜了下来。眼看天气就要变热,如果任由它这么坏着,屋里或者不能通风,或者就要飞满蚊蝇。仿佛是为了缓解尴尬,杜湘东转过身去,从书桌上的笔筒里拣了一只改锥,走到窗前修理起来。这不需要复杂的技术,但干起来也挺吃力,他必须踮着脚,高悬手腕,缓缓转动改锥,让螺丝更深入地咬进年久腐蚀的窗棂里去。这种活儿以前都是姚斌彬和许文革干的吧。总算让纱窗大致恢复了原样,当杜湘东甩甩发酸的手肘,就听见姚斌彬他妈再次开了口,语气里多了几分歉意:"杜管教,真不好意思,帮不上你的忙。"

"本来也不该难为您。"杜湘东说,"不过我还想了解点儿别的。"

"您说。"

"我想知道……姚斌彬和许文革到底是什么样的人。"

姚斌彬他妈似是一愣，弯腰拉开抽屉，取出一把钥匙交到杜湘东手上。

7

从那个初夏开始，杜湘东的生活里多了一项内容，就是不定时地去探访姚斌彬他妈。去时所做的事儿，首先是照料女人的生活起居，洗衣晒被，买菜做饭。要是涉及不太方便的事情，比如洗澡和上厕所，那就只能请邻居的女同志来帮忙了——有空的多是一些老太太，颤颤巍巍地扶着颤颤巍巍的姚斌彬他妈前往公共卫生间。一旦人家表露出嫌麻烦的意思，这活儿就不能白干，杜湘东得偷偷塞给老太太几个钱。家属区的其他住户也认识了杜湘东。他们听说他是个管教，刚开始还会感叹两句"人民警察爱人民"乃至"人民罪犯人民爱"，也不知是在赞美还是揶揄。后来就成了见怪不怪，碰面时打个招呼"吃了吗""又来啦"，好像杜湘东是姚斌彬家的一个成员似的。

杜湘东这时会想，许文革来这个家时，会是怎样的状态呢？

而他固然不会把自己想象成许文革。他是来刺探许文革的。这个任务在姚斌彬他妈那儿得到了一定程度的实现。许文革的住处是单身宿舍里六个床位中的一个，床头贴了张通缉令，好像在提醒室友，这个逃犯会随时跑回来睡觉。姚斌彬他妈交给杜湘东的那把钥匙却对应着别处，是厂区外侧一排平房中的一间。那是厂子草创初期，第一批建设者的临时住所，到了杜湘东前去调查时，房屋都敞着门，废弃着，唯有那间小屋门上挂了把锁。开门进去，别有洞天：里面并无家具，靠窗的亮处摆了一台小车床和一个工具箱，车床的电源是从墙外引过来的，工具箱里除了扳手改锥，还有游标卡尺、焊枪以及形形色色杜湘东所不认识的家伙什儿。对面靠墙的那一侧，则堆放着更加琳琅满目的工业产品：缝纫机的机头、老式自鸣钟、只有后轮没有前轮的自行车、农田里灌溉用的小水泵……光笨重的话匣子就有三台。杜湘东抄起一台打开，居然能响，可以收听《新闻和报纸摘要》。

几乎是个小型维修车间。姚斌彬他妈告诉杜湘东，这俩孩子从小就爱摆弄机械。为了这个爱好，当妈的没少跟儿子置气，她认为姚斌彬应该考大学，出人头地。但也管不住，尤其是姚斌彬差几分高考落榜，顶班进了厂子之后，干脆和许文革把操练的场所搬到了这间平房，还凑钱买了一台老式车床，下了班就关起门来鼓捣，周末更是不分昼夜。他们的废寝忘食终于有了收益，不多久，竟能出去给人家干维修了，不仅收费不高，而且交活儿还快，绝不会像国营修理厂那样摆谱儿、拖工期。渐渐地闯出了名气，十里八乡有人慕名而来，这时厂子里却又有人看不过眼了。那些人的说法也有道理：姚斌彬和许文革的身份是国营工厂工人，工资是国家发的，技术也是国家教的，怎么能再去接私活儿挣外快呢？况且谁知道两人给外面干活儿的时候，有没有偷偷用过国家的机油齿轮？如果那样，性质就变了，就成了损公肥私。于是领导出面，谈话批评，勒令制止。俩孩子还不服，偷偷摸摸接着干，被发现后挨了处分，并且强调如果再犯就要开除。

讲这些事儿时，杜湘东正坐在姚斌彬他妈面前，再一次打量屋里的摆设。对于一个都有工资并且还能赚到外快的家庭而言，这个房间无疑是过于简陋了。他也被允许翻看过姚斌彬留下的私人物品，别说没有手表和蛤蟆镜这些时髦玩意儿，连衣服都有好多打着补丁。那么钱花在哪儿了？是吃了喝了，还是让许文革拿去讨好他的那个厂花女朋友了？可在姚斌彬他妈嘴里，"那俩孩子"又都是特别顾家的人，就连厂里发的夜班饭票都攒下来，每逢单月份的月底到服务社去换一桶豆油外加两条肥皂。

况且还有一台进口汽车发动机的案子呢，那玩意儿要能卖出去，可是一笔巨款。一切盗窃犯的动机当然都是弄钱，但弄钱的动机各有不同。姚斌彬和许文革是为了什么呢？

直拖到那年秋天，问题才有了答案。入夏以后，杜湘东就再没去过姚斌彬家，原因是那段日子北京有点儿乱，所有警察都得二十四小时待命。好容易熬到街面大致太平，杜湘东先到丈人家安顿一番，这才从城里坐上长途车，直接前往六机厂。下车绕过厂区，景象基本如常，不过家属院门口也设了岗，拦住没穿警服的杜湘东盘问了半天。幸亏保卫科的胖子巡查经过，打个哈哈就让他进去了。而来到几栋筒子楼中间，却见一辆锃光瓦亮的"皇冠"轿车停在空地上。这可是从未有过的情况，以前别说"皇冠"了，就连东欧产的"波罗乃兹"也没在这片宿舍里出现过。杜湘东心里咯噔了一下，站在车前观摩了好一会儿，弄得车里的司机也紧张地看着他，还滴滴按了两声喇叭。他正想转身离开，就听见一片喧闹，一群人从姚斌彬家所在的那幢筒子楼里拥了出来。走在前面的是两个中年男人，面色铁青，跟在后面的则是楼里的邻居，对着他们的背影指指戳戳。态度最激愤的是那个整日翻拣垃圾堆的老太太，她首如飞蓬，弓着驼背追上去，响亮地"呸"一声，被甩开后再紧追两步，又"呸"一声。伴随着"呸"，她还在振振有词地质问：

"这还让我怎么过？"

"你们算个屁领导。"

片刻追到车前，竟然一把搂住了其中一个男人的大腿，滚在地上不起来了。两位领导拉她不是，不拉她也不是，只好一边擦汗，一边探头向四下张望。恰好看见保卫科的胖子，他们像遇见了救星，大声招呼他过来"处理一下"。胖子不情愿地哑巴着嘴，跑过来硬拽开老太太的手，同时对领导们说："撤退，我掩护。"

领导们便钻进了"皇冠"轿车，砰砰关门，仓皇而去。群众却也不追穷寇，就连老太太都不再打滚，摇头叹气地和众人一起散了。空地上只剩下杜湘东与胖子两人，一时间尴尬地大眼瞪小眼。瞪了一会儿，杜湘东才问："刚才那是什么领导？"

胖子道："厂长和书记呗。"

杜湘东说："这是来干吗呀？"

胖子居然也"呸"了一声，说："还能干吗，打白条来了。"

不等杜湘东再问，他就喋喋不休起来：厂子一直受困于经营不善、市场疲软，尤其这两年，工资只能发一半，更要命的是连退休职工医药费都报销不出来了，只能先让本人垫付，再由厂里打个条子，意思是欠着。也集体找上面反映过，前一阵总算有了说法，所有欠款将预支一笔专款结清。大家翘首以盼，盼来的却是厂长和书记亲自登门，一边继续打白条，一边鼓励大家发扬工人阶级的先锋队精神："再忍忍，忍忍就好了。"

"再忍忍就死啦，人一死，他们丫的倒是好了。"说到这里，胖子终于重新站队，帮着工人声讨起领导来。可惜面前只有杜湘东一个听众，他的正义感无法得到广泛的呼应。而这的确是以前从未听说过也从未想到过的情况。按说进了国家单位，生老病死都有国家兜着，敢情国家也有兜不住或者不想兜的时候。那么作为一个重病号、老病号，姚斌彬他妈的负担可想而知。俩孩子外加一个女人的收入，大概仅够维持生活的，要看病就得靠外快贴补，外快不让赚就只能铤而走险了。一条逻辑线索在杜湘东心里清晰起来。

上楼之前，他多问了一句："对了，刚才那辆车就是姚斌彬和许文革的……赃物吗？"

"那可不，厂里哪儿还有第二辆'皇冠'。"胖子说。

"不是说效益不好吗？"

"这情况就更复杂了。车本来是一个副局长的专车，放在厂里是要换几个零件，结果出了那档子事儿，被警察暂时扣下了。人家倒好，等不及，直接又配了一辆'公爵'，也是日本原装，这辆'皇冠'就作价卖给我们厂了。上级压下来，不买都不行……没准医疗费就是被挪用到这辆车上了。"胖子说完，对这个复杂的情况进行了简要的总结，"操。"

而等来到姚斌彬家，杜湘东便挑起了话头："刚才碰见厂长书记了。"

接着问起欠条的事。那一刻，杜湘东感到自己实在有些冷酷。姚斌彬他妈叹了口气："其实也不是存心瞒你，而是不想让你知道，姚斌彬和许文革偷东西、从看守所逃跑……都是为了我。"她喉头一抖，带出了哭腔，眼里亮闪闪的，似乎又要落泪。

杜湘东说出一句更加冷酷的话："我是个警察，只管人犯没犯罪。至于为什么犯罪，我就是想管也管不了。"

姚斌彬他妈沉默半晌，说："杜管教，你是个好警察。"

这已经是第三次有人说他"好"了。但他这个"好"警察此刻的所作所为，都是在弥补一个对于他这种职业而言不可原谅的错误。到底什么算"好"，什么算"坏"呢？杜湘东意识到，在那些截然相反的概念之间，还存在着一个复杂的中间地带，而他和姚斌彬、许文革都被困在那里，似乎永远不能上岸了。这种处境几乎是令人绝望的。

他发呆，对面的女人也发呆。过了好久，杜湘东又听见姚斌彬他妈说："你是带着任务来的，这我知道。但我没法儿帮你完成任务，以后别为我耽误工夫了。"

杜湘东笑了："任务不任务的倒在其次。我来，就是想跟您说会儿话。"

姚斌彬他妈也笑了："人总得说话，不说太憋得慌。"

随后，女人言语绵密，好像从记忆里扯出了一根线头，一件事儿连着另一件。过去总说姚斌彬，今天她却说到了许文革。许文革他爸也是一名维修工，还是一名政治积极分子。那年头人们说积极也都积极，但或者是顺着集体惯性，或者是揣着点儿个人目的，偏他和众人不同，积极得十分虔诚。除了会上喊口号，他还自学马列，读的是汉译全本。工人文化低，有不明白的，总去请教一个上过"辅仁"的老工程师，也就是姚斌彬他姥爷。经过学习，他懂得了工人阶级挣脱的只是锁链，懂得了劳动必将成为人类的内在需要，也懂得了在首都北京建设工厂，不仅是为了带动全国工业大生产，更是为了在遥远的未来实现共产主义。所以当前全国劳模、那位老工程师被定性为本厂的"走资派"时，带头批判他的维修工当众痛哭流涕。他哭是因为惋惜：这个给他讲解过"必然王国"与"自由王国"之区别的人，怎么就糊里糊涂地站到历史的反面去了呢？可见自我改造和不断革命有多么重要。在此后的那些年里，维修工更加真挚地积极着，上面提倡劳动竞赛他就加班，上面鼓励造反他就组建战斗队。然而当激情的年头过去，上面又要整顿秩序了，责任又被一股脑算在了他的头上。处理还算轻的，无非也就是写检讨和"夹着尾巴做人"，但维修工想不通，不通则痛。

终于有一天，厂里人发现他把自己吊在了车间的钢梁上。这就算畏罪自杀了。

维修工的老婆死得早，是干活儿时头磕在叉车的铲尖上撞死的。留下一个许文革，变成了野孩子。他住在父母的小平房，学也不上，成天打架，饿了就到食堂讨口吃的，要不就是捡点儿工地上的边角料卖钱。时间长了，厂里觉得是个祸害，有人提出把他送"工读"，而当时姚斌彬他妈刚离婚，带着姚斌彬搬回了厂里，看见许文革可怜，便说：权当姚斌彬多了个哥吧。她让许文革住进了自己家，找领导落实了许文革的抚养费，重新把他押回了学校。念到技校毕业，又是她出面敦促厂里落实政策，让许文革接了他爸的班。革命时期整人的和被整的，反倒相依为命过了这么多年。日子久了，人们渐渐把姚斌彬母子与许文革当作了一家人，只是在俩孩子出事儿之后才议论，没准儿是许文革把姚斌彬给带坏了。

"都是命。"女人总结说。

这话杜湘东也听许多人说过。人抗不过命，在这个大前提下，想不通的事情仿佛就有了解释。那么姚斌彬和许文革又该如何看待他们的偷窃、被捕、越狱、一个跑了另一个却被抓回来了的结局？对于这俩犯人，那一切也"都是命"吗？如果是这样，身陷囹圄的姚斌彬会羡慕许文革吗？逃脱在外的许文革会坦然地想起姚斌彬吗？这么想着，杜湘东已经从六机厂回到了看守所。天彻底黑了，苍穹笼罩在北京南部的平原之上，竟不显得深远，好像一层不透光的幕布，谁也不知道在它外面藏着什么。经过办公区时，他看见所长屋里还亮着灯，又想起自己外出了一天还没销假，便向楼里走去。

销假也就是露个面，而当杜湘东打完招呼，说句"没事儿先走了"，所长突然招招手，让他走近了些："还真有事儿……任务有点儿特殊，你恐怕得跑趟姚斌彬家。"

去看姚斌彬他妈的事儿，此时只有杜湘东自己知道，连刘芬芳都没告诉。当他听见所长这么说，嗓子忽然一紧，咽了口唾沫明知故问："去干吗？"

所长翻出一个牛皮纸袋，手指在上面敲了敲："判下来了。"

"怎么说的？"

"死刑，立即执行。"

这其实可以预料，只不过杜湘东从未主动往那个方向预料过。在那个年头，仅凭盗窃一项就送了命的犯人也有不少，何况还有越狱、抢枪。他再次明知故问："这么快？"

所长回答："已经不快了，要不是他的事儿还涉及另一个在逃犯，上个月就判了。这阵儿社会上乱，上面强调要发挥震慑作用，专门点了几个未决犯的名，其中就有他。至于许文革，反正已经进入了通缉程序，估计也逃不了多久。"

接着向杜湘东交代任务内容，他就是个送信儿的。本来对于死刑犯，法院只需将判决书递交本人即可，并无传达到家属的义务，但出于人道主义，往往还是会安排人去告知一声。然而姚斌彬这案子又属于"从重从速"，法院对他的家庭情况并不了解，加之最近忙得不可开交，所以就把善后的事儿推给了公安机关。假如杜湘东愿意，他可以在执行的当天去送姚斌彬一程，然后再去向姚斌彬他妈宣布结果，转述"可以外传的遗言"。而这项任务自然也有保密要求，那就是绝不能透露行刑的时间地点，以免引发意外。

领完任务，杜湘东在此后的几天就不能外出。所长也没再提此事，见面时还会故意聊些轻松的话题。一切如常，时间缓慢得有了凝滞感。到了出任务的那天早上，便用那辆"北京212"将杜湘东送到了市内一个级别更高的看守所，北京经过核准的死刑犯都关押在此。进入带电网的高墙，便看见囚车和负责行刑的武警早已严阵以待：既有神色镇定的老兵，也有面色煞白的年轻战士。人人手里握着一支上了刺刀的56式步枪，枪里只有一发子弹。这两天里，老兵一定已经对新兵进行了反复讲解以及示范，力争把那一枪打稳，打准，尤其要克服条件反射，不能在枪响的同时先往后跳——那会造成子弹偏离心脏，就必须得朝脑袋补枪了。听说看过补枪的人，这辈子都别想再吃鸡蛋炒西红柿。

对于死亡这事儿更加缺乏经验的，则是即将承受子弹的犯人。但当杜湘东被带进专门看押死刑犯的"小号"时，却没听见里面传出撕心裂肺的哭叫声。

号房静悄悄的，仿佛里面的人正在收拾精神，攒足心力，等待着去展开一段不知路在何方的远行。来到最靠里的一间囚室门口，便看到了姚斌彬。他歪靠在墙角，也不抬头，在地面投下小小的影子。

杜湘东隔着栅栏叫了一声："姚斌彬。"

姚斌彬这才缓缓仰起脸："杜管教，你来了。"

声音平和，好像可以接受任何人来送他一程——这孩子算是明白叫"妈"也没用了。杜湘东硬逼着自己问："你有什么话说？"

"没话。"姚斌彬继续平和地说，"我认罪，服法。"

"我是说……"杜湘东把脸往外扭了扭，又转回来，"我去过你家了，你妈挺好，吃喝都不愁，邻居也挺照应她的。我也问过你们厂的领导了，说你的事儿不会妨碍她的待遇……医药费的资金也快到位了，到时第一个解决的就是她。"

杜湘东感到自己正在进行拙劣的邀功。姚斌彬的嘴唇颤抖了起来，酷似鹿类的大眼睛闪了一闪。但那眼里终究没有眼泪，他说："杜管教，我不怨你……你不必为了我这么做。"

杜湘东一震，回答道："你怨不怨我，我都得把你抓回来，也都会去看你妈。"

"谢谢您。"

"需要我给你妈带什么话吗？"

"希望她把我给忘了。"

"还有许文革……假如我能见到他，你对他有什么说的？"

"希望他比我活得长。"

说完，姚斌彬站了起来，隔着铁门与杜湘东对视。那一刻，杜湘东只觉得姚斌彬的神态仿佛是在什么时候见过的：似笑非笑，坦然而又悲怆。这时囚室尽头传来了浩大而威严的脚步声，杜湘东和另外几位执行同样任务的工作人员不得不向后退开，看着武警依次打开铁门，把死刑犯们押了出来。今天执行枪决的共有七人，都是男的，姚斌彬的年纪最轻。

偏在这时，姚斌彬又做出了一个出人意料的举动：当他被两名武警架着往外走去时，忽然身子往下一坠，滑脱了箍住胳膊的手臂。武警还以为这犯人像此前的很多犯人一样崩溃了，昏厥了，但低头一看，却见姚斌彬蹲下身，从地上捡起一根麻绳，想要捆到右脚的裤腿上去。裤腿捆绳子，这也是死刑犯特有的待遇，目的是扎紧底下的漏口，免得到时候屎尿倾泻出来。而此刻，姚斌彬居然还能察觉到麻绳松了，居然还想把它重新扎上。他的赴死是多么镇定，又是多么心思缜密。他即使死了，也不愿意遭到收尸的人的嫌弃。

然而这点儿愿望实现起来又是如此困难：麻绳两次三番地被他用左手捡起来，又在捆绑的过程中从他的右手指间滑落。他有伤，右手大拇指无法起到支撑作用，只能用食指和中指勉强夹住绳头，颤颤巍巍地试图穿进左手扶稳的环扣里去。掉了又捡，捡了又掉，负责押送姚斌彬的两名武警也终于不耐烦起来。他们互相使了个眼色，同时弯腰，将胳膊重新插入姚斌彬的肋下，把他拎了起来。其中一个说："时候不早了。"

这时，杜湘东便走向了姚斌彬。他蹲下身去，捡起那条死蚯蚓似的麻绳，绕到姚斌彬的裤腿上，打了两个环，拉紧。做完这件事，他站起来，与对方对视了一眼。那一刻，姚斌彬的眼神仍是平和的，但杜湘东心下悚然，两耳轰鸣。

任务则在当天就完成了。杜湘东已经想不起姚斌彬他妈听到消息之后的反应了：她哭叫了吗，还是无声地落泪？抑或她连眼泪也没流，木然地接受了事实？时间仿佛在云里雾里滑了过去，而杜湘东之所以头脑恍惚，是因为他长久沉浸在震惊与疑惑之中。他自诩为一个大材小用的警察，但却在最后一刻才发现，自己很可能漏掉了姚斌彬与许文革越狱案件中最为关键的细节。对于公安机关和法院而言，那也许是个无用的细节，无法挽回姚斌彬的死；但对于杜湘东本人而言，那个细节却解释了姚斌彬为什么会死。杜湘东的脑海中还长久地回旋着姚斌彬诡异的、似笑非笑的表情。这表情他曾见过两次，第一次是在逃跑事件发生的那天，当姚斌彬把枪扔到地上束手就擒的时候，第二次则是在今天。姚斌彬的表情、遗言以及所有举动都指向了杜湘东的推测——只是为时已晚。

然而杜湘东却不能把他的震惊与疑惑告诉姚斌彬他妈。他理智尚存，知道自己如果说了，那女人大概会疯掉。正如同他无法向姚斌彬他妈转述另一个场景：他坐着武警的军车，跟随姚斌彬赶往了刑场。那地方离市区不远，山清水秀，全然不像杀人的场所。面积不大的一圈院墙，门口的木牌只标注着"高法××工程"。囚车进去，后面的军车却在墙根停下。过了很久，枪才响了。不是依序而是几乎同时，那七枪里，有一枪是姚斌彬的。

这拨儿死刑犯的运气都不错，只响了一次，没人需要补枪。

8

此后，日子就变快了，快得像狗撵。经历了短暂的心情黯淡与惶然，在一日千里和一拥而上的本能作用之下，人们又迅速亢奋了起来。似乎只有杜湘东还在漫长地憋闷着。

憋闷遥无止境，然而有时反思，他的憋闷也和别人的亢奋一样，有着与以往那个时代不同的质地。假如一定要说出不同在哪儿，大约是从云端跌落回了地面，从抽象还原成了具体，从恢宏分解成了细碎。恰好杜湘东现在又不是个单身汉了，一切问题都必须要进行务实的考虑，因此他对于看守所管教这份儿职业的衡量，也从它能否在价值上实现自己，转移到了它能否在价钱上养活自己。但那些期望都落了空。经过所长的推荐，杜湘东本人一度也曾被列为提拔对象，但却在最后一关被卡了下来——总会有人想起他的"污点"。由于他的失误，俩犯人越狱，如今一个被枪毙了，另一个依然在逃。

杜湘东和刘芬芳的婚姻生活也说不上幸福。过去想得没错，刘芬芳说到底是受到了八十年代情绪的蛊惑——嫁给追捕持枪逃犯的英雄，这烘托了她心里的浪漫。但几年过去，英雄永无翻身之日，浪漫成了一时糊涂，因此她的忧愁也像时代一样落地了，还原了。由于交通不便和家里事儿多，现在刘芬芳仍然城里乡下两头跑，平时住在宣武门内，到了双休日才坐上公共汽车来找一趟杜湘东。周末夫妻，小别重逢，按说是应该如胶似漆的，但刘芬芳往往一进门就冷着脸，略喝一口水，就开始抱怨。抱怨的内容包括她妈脑子糊涂，她爸是个甩手掌柜，她弟弟都是惹祸精，以及领导挑刺儿同事使绊儿单位的待遇越来越差，总之是抱怨自己命苦；还抱怨谁家买了吸尘器，谁家都快买车了，而她奔波几十里路却连黄"面的"都舍不得打，总之是抱怨杜湘东无能；乃至于以前从未留意过的细节也成了她抱怨的素材，比如杜湘东为什么吃饭要就辣椒酱，杜湘东为什么洗衣裳总是懒得搓干净，杜湘东为什么当初没挑靠操场的宿舍的而是挑了靠农田的，所以晚上蚊子这么多——最后又都会形散神不散地归结为自己的命苦和杜湘东的无能。刘芬芳的抱怨无异于对生活的再发现，让她认识了另一个杜湘东，也让杜湘东认识了另一个刘芬芳。

有时杜湘东会怀疑：这还是那个爱看席慕蓉和三毛，能说出"可惜明天又和昨天一样"的刘芬芳吗？她当然还是，或者说，现在的刘芬芳也许才是真实的刘芬芳，但从另一个意义上，杜湘东却又无法确定地感受到刘芬芳的真实。刘芬芳抱怨得太投入了，常常抱怨到周末的晚上，就没有了和杜湘东过性生活的兴致；又或者刘芬芳虽然还愿意履行那点儿责任，但杜湘东却被她抱怨得心灰意冷，从社会性的无能进入了生物性的无能，只好放弃了和刘芬芳过性生活的机会。一个难得能挨上肉的老婆，其真实性当然大打折扣。

不知是不是由于这个原因，他们几年都没怀上孩子。刘芬芳自然也把孩子问题列为抱怨的保留项目，但杜湘东却对此不甚上心，甚至暗自里有几分庆幸。说来也是，以目前的条件，有了孩子又该怎么养，在哪儿养呢？再者，没有孩子尚且如此，一旦因为孩子而疼过累过，天知道刘芬芳还会生发出多少绵延不绝的抱怨，那样的话，杜湘东的脑袋就别想清净了，心情也别想踏实了。他现在觉得脑袋清净和心情踏实也成了一种奢侈。

在如今，他能够获得清净与踏实的地方，只有姚斌彬家。

隔一阵子就去看看姚斌彬他妈，这个习惯居然坚持了下来。去了先干活儿，俩人再说会儿话。这时也不说姚斌彬了，更不说许文革，聊的都是身边近况。厂里也开始推行"两不找"了，厂长和书记家的窗户都被工人砸了。还有些脑袋活络的人，不知怎么就富了起来。《新闻和报纸摘要》的口音没变吧？如今怎么广播里都是港台腔，哇哇哇，听取"哇"声一片。直说到太阳偏西，姚斌彬他妈眼里却含着一丝不知从何而来的温柔。这是一个孤立于时间之外的女人，然而时间到底还是给她留下了印记：她的头发大片地白了，皱纹愈发深刻，她的两腮凹陷，牙齿岌岌可危。有时杜湘东会恍惚觉得对面坐的是姚斌彬。这对母子太相像了，从长相到性格都像，如果姚斌彬能活到老，大概也是这般模样。

几年来，不时有通缉犯落网的新闻，有些听起来颇为传奇。比如有个悍匪改名更姓又和一个女警察结了婚，最后是被老婆在床上铐起来的。再比如有个贼头到外国整了容，又偷渡回来想看一眼孩子，结果孩子大喊有小偷，就被逮了个正着。而在一次又一次"清网"之后，许文革仍然音信全无。对于逃犯来说，这才是真正的传奇。他是怎么躲过那些"雪亮的眼睛"的？他如果离开了北京，又辗转去过哪些地方？难道他已经死了吗？

那些谜底露出一角，还是经由姚斌彬他妈。时间是在越狱事件之后的第六年，也是一个春天。礼拜五的晚上，杜湘东回到家，还没进屋就见灯亮着。打开门，刘芬芳已经坐在屋里，情绪似乎还不错，不仅挂着笑模样，而且做好了饭。桌上摆了一只砂锅，砂锅里热腾腾地漂浮着猪下水——大概又是从单位里"顺"的。

她一笑："先吃，吃完有事儿跟你商量。"

杜湘东有点儿含糊："要不先商量吧。"

刘芬芳说："不吃就凉了。你急什么，反正不是坏事。"

说完抄起勺子，给他盛下水。两人就吃，吃时刘芬芳也没开展抱怨，笑吟吟地继续卖关子。等吃完，都有些肉醉，进而又有了肉欲，于是早早上床，先过了一回性生活。过时刘芬芳侧着脸，用仍然还有点儿像吉永小百合的那个角度朝向杜湘东，所以杜湘东就很激动，他觉得刘芬芳终究是恋着他的。

并排躺了会儿，杜湘东才问："到底商量什么？"

刘芬芳就说："我二姐从南方回来了。在外面漂了些年，她好歹还算有点儿人心，想补偿家里，尤其是想补偿我，所以就问到了你。她说如果你愿意过去，可以在他们那个德国公司干个物流部的小组长，工作也简单，带着人到码头点货收货就行。她还说你有学历，人也踏实，公司又在扩大规模，过不了几年保证升职。"

杜湘东还在含糊："你是说让我辞职？"

刘芬芳说："我已经替你——替咱们算计过了，你在看守所待着，什么时候是头儿啊？再熬几年就真熬老了，老了再后悔就晚了。还不如趁早过去，工资翻番儿不说，他们还给租城里的公寓。当初没解决的问题，这不就全不是问题了吗？"

杜湘东更含糊了："辞职不就得脱警服吗？"

刘芬芳进而咯咯笑了："铁饭碗不如金饭碗，何况你这还是个破饭碗。脱就脱呗。"

杜湘东说："让我琢磨琢磨？"

打着琢磨的名义拖过一夜，第二天，刘芬芳的脸色就变了。她的决策没有得到杜湘东的热烈响应，这让她感到他不识好歹，于是重新回到了抱怨的轨道上。抱怨的内容则紧紧围绕着杜湘东在看守所的穷、远和得不到提拔。说的都是事实，所以杜湘东理亏。而刘芬芳又摔摔打打起来，最后指着杜湘东的鼻子逼问："给句话行不行，你还是男的吗？"

杜湘东不但给不了一句话，甚而披上一件便装逃了出去。老婆一个礼拜才来一次，他却落荒而走，这要让所里的同事看见，谁知道他们会联想到什么。所以杜湘东贴着墙根，像尿急似的一路小跑出了看守所，来到那条荒凉的土路上。脑子还乱着，他只想清净一点儿，踏实一点儿。哪里才有清净和踏实呢？于是便坐上车，往姚斌彬家里来。

进门打声招呼，照旧扫地做饭。刚把粥摆上桌，却听见楼下嘀嘀按喇叭，还有人喊："各家取信取包裹了啊。"然后嚷嚷一串人名。原来是邮局的车来了。如今郊区的邮政条件也有所改善，换成了韭菜绿的微型面包车，不过仍是每周才来一趟，并且不管送信上门，只能下去自领。早先调查许文革的行踪时，刑警方面还专门问过邮局，得到的答复是姚斌彬家与外界并无信件往来。但此时，邮递员扯着嗓子又喊："崔丽珍，崔丽珍在不在？不在我可走啦。"

杜湘东抬头和女人对视一眼，说："您歇着，我去。"

说着拉开书桌抽屉，拿了证件。平时姚斌彬他妈上医院取药和到厂里领补助，只要赶上杜湘东在，也常由他代劳，所以放证件的地方他也熟。三步两步下楼，对已经很不耐烦的邮递员出示了两人的身份证，说明"代领"，便从人家手里接过一张汇款单。汇款人写着叫"刘春粟"，汇款地址是山西某县某乡邮局，汇款金额是三千块钱。

杜湘东的脑子"嗡"了一声。他竭力平复呼吸，掏出警察证，在对方眼前一晃："特殊情况，崔丽珍有汇款这事儿，别再告诉别人，明白了吗？"

对方的脸就白了，忙不迭地点头。杜湘东转身回去，以镇定的姿态上楼，来到姚斌彬家门前，听见自己的心跳似乎过于响亮，又闭眼喘了两口长气，这才推门进屋。

他对姚斌彬他妈笑道："他们看错了，不是找您的。厂子里还有别人姓崔吧？"

女人似乎凝视了他片刻，又似乎随口应道："哦。"

也不知这个谎话编得圆不圆，但杜湘东背上已经冒了冷汗。这个中午仿佛比任何一个中午都要缓慢，直熬到两点多钟，姚斌彬他妈要午睡了，他才起身告辞。出了筒子楼，杜湘东两腿裹风，奔向最近的公用电话。他是要打给刑警队的同学。以前来姚斌彬家，契机是同学交代了一个任务，所以总得时不常地就这个任务的进展做一下汇报。过了这么久，案子成了悬案，同学也从警员升了探长，双方汇报和听取汇报的兴致便渐渐地淡了下去，尤其这两年，几乎音信不通。说到底，他们的性格还是有点儿"犯冲"。然而今天这张汇款单却让杜湘东重新想起了那个任务，他必须得找人商量对策。

刑警队周末也有人值班，但电话打到办公室，同学却不在。杜湘东便又打同学的传呼，号码还是刚普及BP机的时候对方给的。挂了电话就蹲在马路牙子上，那副样子像个焦急地等着领工资的农民工。直等了将近一个小时，电话才响起来。

同学还是傲慢的语调，和当年一样："你找我？少见呀。"

杜湘东没顾得上客气，低声说："那事儿有消息了。"

"哪事儿？"

"还能哪事儿，许文革呀。"

"哦哦，许文革。"同学俨然已经忘了，在杜湘东的提醒下才想起来。

杜湘东便把情况说了。他分析，姚斌彬他妈常年独居，除了和他自己，并未与机械厂以外的人有过联系，那么有谁会专门给她汇款，而且还不是一笔小钱呢？极有可能是在逃的许文革。又从汇款的时间和地点上推测，如果真是许文革，那么他目前八成还流窜在山西省大同地区，定位具体到乡镇一级。说这话时，杜湘东嗓音颤抖，伴随着咳嗽，仿佛被"逃犯""流窜"等字眼儿呛着了。

没等他理顺调门儿，同学就截断了他："知道了。"

那种轻描淡写的口气让杜湘东有点儿犯蒙："你们准备怎么办？"

"照章办。我会把你的线索转到'追逃办'，再由他们那边联系当地公安局。"

杜湘东叫起来："那怎么行？别人不知道你还不知道吗？许文革比一般逃犯有脑子，反侦查能力极强，所以才会通缉了这么多年都没抓到。而且基层的警力、装备都和北京比不了，说句不好听的，办案也没那么专业，如果这事儿还走常规程序，没准儿又会让犯人跑掉。跑了再抓可就难了。"

同学反问："那你说怎么办？"

杜湘东说："当然是从北京派人，最好你带队，立即去。到了地方暗中排查，慢慢收网，还得多做几种预案……"

"哟，你也知道人跑了就难抓了呀。"同学阴阳怪气地"刺儿"了一句，随后叹了一声，话竟说得难得地诚恳起来，"可你知不知道我们现在是什么工作状态，知不知道许文革那案子之后北京又出了多少事儿多大的事儿？前两天的报纸你也看了吧？七个外地女孩儿住在一套单元房里，一夜之间全让人捅死了，肠子绞在一块儿都分不清楚哪段儿是哪个人的了。为了这案子，我已经带人蹲了半个月，两天两宿都没合过眼——我们哪儿有人手奔到外地明察暗访？哪儿有工夫兴师动众地对付一个几年没音信的许文革？况且现在还不确定那到底是不是许文革，你不也只说了'可能是'吗？"

"那这陈年旧案就没人管了？"

同学嚅嚅了一下："我要再说什么'天网恢恢'那是糊弄你，咱们警察跟警察之间，就别来那一套了。我只希望你能理解我们——时过境迁，这世道变得太快。姚斌彬和许文革那案子，主管领导早调走了，案子的意义也跟当年不一样了。当年有当年的重中之重，现在有现在的当务之急。人都活在现在，能顾得上的也只有现在，对吧？"

"……对。"

"那我先忙。"

杜湘东挂了电话，木然半晌，突然朝面前的砖墙擂了一拳。墙纹丝不动，手却戳得生疼。

他脸色阴沉地坐车回家，到家时已近傍晚，宿舍楼都亮着灯，只有他家黑着。本以为刘芬芳负气走了，"回北京"了，但开门进去，却见她还在，只是歪在床上不理人。两人也没了做饭的兴致，到食堂随便打一口吃了，又发了会子闷，说声"睡吧"，就铺床躺了上去。躺着什么也不干，各自望向深邃的天花板。发呆很久，刘芬芳才开口："琢磨得怎么样了？"

说的还是辞职的事儿。杜湘东实事求是地回答："没怎么琢磨。"

刘芬芳说："那你想什么去了？这都一天了。"

杜湘东说："想个案子。"

刘芬芳说："什么案子？"

杜湘东说："好多年前，那俩犯人逃跑的案子。"

刘芬芳说："我记得。跑了俩，你追回来一个带枪的。你当时知不知道他带着枪？"

杜湘东说："知道。枪丢了，我只能先追那个带枪的。"

刘芬芳说："你没想过可能会牺牲？"

杜湘东说："当时那么急，哪儿想得到这个。"

刘芬芳说："那你就没想到我？"

杜湘东说："那时你不都要跟我掰了吗？"

刘芬芳就扑哧一笑，笑完又说："你也算对得起这身警服了。辞不辞职，现在你得给我个说法。我二姐说了，她们那边急，时间不等人。"

杜湘东便也沉默。片刻道："不去了。我干不了别的。"

说这话时，杜湘东似乎并不为难，然而话刚出口，心里还是一痛：这意味着他失去了一个"机会"，也意味着他和刘芬芳还得无限期地穷着，分居着。他又想起了下午与刑警同学的对话。人家不仅是在解释案子跟踪不下去的原因，更相当于在世界观的层面上启迪他，教育他。人都活在现在，能顾得上的也只有现在。而"现在"又是一个飞驰的、稍纵即逝的概念，一旦被甩下，就可能永远也抓不住了。这个道理同学懂，刘芬芳懂，他们这个时代的所有人几乎都懂，好像只有杜湘东一个人不懂似的。

然而心里的坎儿终究迈不过去。杜湘东的思绪飘浮，又回到了多年以前的另一个下午。在那天，姚斌彬入土为安。一个大活人被抓进去，回来的只有一捧骨灰，墓地上立上一块仅注明生卒年份的水泥碑。姚斌彬生于一九六八，死于一九八九，年二十一。刚入土的人，按理是该祭一祭的，姚斌彬他妈却没带着水果点心。她在坟前伏了片刻，从怀里摸出一沓纸来，划了根火柴将它们点燃。日光明媚，看不见火，只有一条黑色的痕迹在纸上不紧不慢地啃食。烧的是厂里给打的医药费欠条，都盖着大红章。姚斌彬挣的外快都变成了欠条，现在把欠条烧给他，这里面似乎蕴含着不可言喻的公道。

旧账一笔勾销，姚斌彬他妈都对杜湘东回头笑了："杜管教，你放心，姚彬斌是为我死的，我就算是为了他也得活着。"于是她活到了今天。

想到这里，杜湘东的心便安宁下来，像深不见底的夜空。愧疚感还是存在的，说一千道一万，只是苦了刘芬芳。而令他纳闷的是，当他已经做好准备承受刘芬芳的抱怨乃至咒骂时，刘芬芳偏又不作声了。她静静地躺在他身边，与他保持着谨慎的距离，连呼吸都是若有若无的。她睡着了吗？当然没有。她正在和他一样睁眼看天。

俩人干巴巴地躺了一宿。天快亮了，刘芬芳的语言能力才得以恢复。她说："杜湘东，你还不如那俩犯人。犯人还知道跑，你连跑都不敢跑。"

9

那天中午送走刘芬芳以后，杜湘东出了趟远门。

他对单位编造的理由是"姨病危甥速归"，所长批得很痛快，并未深究他妈有没有姐妹。临动身前，办公室的电话却响了。这两年看守所各部门都装了座机，不用大喇叭喊人了。杜湘东拿起听筒，打来电话的是刑警同学。听到那个略显傲慢又略显疲惫的声音，他却并不感到意外，好像早料到同学会唱上这么一出似的。

同学劈头就问："杜湘东，你还在北京呀？"

杜湘东就笑了，告诉同学："正准备出门。"

"去大同？"

"对。"

同学"哼"了一声，仿佛也早料到了杜湘东要唱哪一出，接着道："幸亏这个电话打得及时……我只问一句，你非得去吗？"

杜湘东继续笑道："假都开好了，也不能浪费呀。"

同学又"哼"一声："你要不是这个脾气，咱们当初也不会较劲。那行，就看在较过劲的分儿上，我索性再为你犯一回忌。你到了地方，先去找个人，这人办案子也是老手，以前查一起跨省抢劫案的时候，我跟他共过事儿。"

说着强令杜湘东拿出纸笔，记录要找的人的地址电话。杜湘东听完，先诧异了一下：怎么就是个交管局收发室的接待员？在警察的序列里，这种身份简直比看守所管教还不如。同学解释，其实此人过去也是刑警，只不过前两年"摊上点儿事"，就被冷处理了，"再说你又不是领了钦命出京暗访，难道还得给你找俩特警当跟班儿吗？也不掂量掂量自己的斤两。总之有个'地头蛇'带着，要比一个人瞎跑乱撞强得多"。

听着同学夹枪带棒的贬损，杜湘东心里却是一暖。有时越是关系别扭的人，反而越比朋友懂得自己。带着对刑警同学的感念，以及对那位并不存在的姨的内疚，他在郊县的车站上了火车。车厢里人满为患，充斥着霉味儿、屁味儿和烧鸡味儿，颠簸了半个白天外加一个晚上，凌晨才抵达大同。杜湘东几乎一夜没睡，但也不敢歇脚，立刻去给同学介绍的人打电话。和所有单位的传达室一样，那里值班的也是一个老头儿。而此地人虽然也说北方话，口音却含混不清，说不明白就反问："咋？"

人家"咋"，他也"咋"，好容易讲清来意，老头儿说他要找的人还没上班，让他等着。杜湘东再三强调自己就在火车站的钟楼下，然后撂下背包，盘腿一坐。这一坐，困劲儿便泛滥上来，令人支撑不住，不知不觉迷糊了一觉。睡也睡不踏实，如同被吊在了钟摆上，一会儿滑到亮的地方，一会儿滑到暗的地方。他能够清晰地听见候车厅里有人大喊大叫，大概是丢了东西；断断续续地又做了个奇怪的梦，梦见自己才是逃犯，正在慌不择路地躲避追捕。将这两种意象拼在一处，却又衍生出了新的意象——那是小时候听过的一个笑话，讲的是一个捕快押着犯了事的和尚去见官，路上和尚跑了，临走前还把捕快剃了个光头。捕快醒来，总觉得少了点儿什么，摸摸行李棍棒牒文都在，那么和尚呢？一摸脑袋，原来和尚在这里。可他又想：既然和尚在，"我"又去哪儿了？

哦，原来"我"就是和尚。捕快想。

这得是个多笨的捕快啊。警察杜湘东想。

睁开眼，心下若有所失，几乎下意识地想摸一摸自己的头。再仰望头顶的大钟，已经过了中午十一点，要等的人却还没有出现。难道同学托付的人并不靠谱？正在急躁，面前就晃出一个人来，长得瘦而高，红脸驼背，一身警服脏兮兮的，好像一只蹦跶在土里的大虾米。大虾米般的警察不紧不慢地与杜湘东核对身份，然后绽开笑容，脸像干旱的土地咔然开裂："北京同志，您不用到得那么早，坐下午那趟车也是一样的。"

杜湘东按捺不住愠怒："你们几点上班？"

大虾米般的警察坦然地回答："他们八点，我不固定。"

说完就带杜湘东去吃饭，吃的是一种名叫"栲栳栳"的面食：将莜面盘成细密的卷儿，放在笼屉上蒸熟，再佐以三四种汤料蘸着吃。从早上就水米没打牙，杜湘东已经饿坏了，狼吞虎咽地送下去几笼。然后他略喘几口气，催着赶紧动身。

大虾米般的警察问："去哪儿？"

杜湘东说："当然是镇上。我看过地图，那里离城里还有二百多公里……"

大虾米般的警察又问："到镇上干吗？"

杜湘东差点儿又急了："我手里有个汇款单，汇款地址是……"

大虾米般的警察打断他："你要找个刘春粟对吧？这我知道，另一个北京同志已经讲过了。既然有汇款单，就得先到邮局核查一下，不过你以为乡下的邮局说查就给你查？你有介绍信吗？你有搜查证吗？现在基层办案也讲规范，或者说，只要人家嫌麻烦，就可以拿这些规范把你挡回去。所以这事还得在城里办。"

"那就办呀。"

"你还真急。"

杜湘东坚持付账，大虾米般的警察也不推辞。出了饭铺，坐车前往市中心的邮电局，径直来到办事大厅后面的办公室，由大虾米般的警察出面和一个干部交涉。双方明显认识，口音都像舌头底下压个鸡蛋，只有一个"啊"说得清晰而嘹亮。喷喷有声半响，干部虽然面露难色，但还是给镇邮电所打了个电话，请那边的办事员协助"处理一下"。在电话里，镇上的邮政人员表示，底单倒是有，查也能查，只不过查起来颇费时间。杜湘东他们只好等着，大虾米般的警察便熟门熟路地沏茶倒水，和干部聊天扯淡。耗了一会儿，他又转头问杜湘东，反正等着也是等着，要不要找个洗澡的地方搓一搓去。

干部也附和："是呀，越往下面效率越低，不知道什么时候有回音。"

杜湘东坚决地说："我是来办事的，又不是来洗澡的。"

这种态度几乎是故意做给大虾米般的警察看的。后者只好又让干部给镇邮电所打电话，再次敦促，以示郑重。杜湘东几乎能想象那个倒霉的办事员叫苦不迭的模样，但却又怀疑人家压根儿没理他们这茬儿。足足等了两个小时有余，电话总算响了。抢在邮政干部和大虾米般的警察之前，杜湘东一把抓过电话。

果然是镇邮政所的办事员："找着了，还真有个刘春粟。"

杜湘东心头一亮，问："身份证显示是哪里人？"

办事员说："河南新乡。"

杜湘东又问："这个刘春粟长什么样，是不是大高个儿，有棱有角的？"

办事员苦笑道："您这就为难我了，我是管寄信的，又不是管相面的。自从私营老板到我们这里开了煤矿，来汇款的矿工特别多，我怎么可能每个都记清楚。"

"你确定他是矿工？"

"我们这地方鸟不拉屎，除了矿上，哪还有别处招工。"

"煤矿离镇上远吗？"

"说远也不远，望山跑死马，而且不通车。"

杜湘东不厌其烦，接着打听煤矿的基本情况，诸如老板是谁、雇了多少人和作息时间，等等。办事员的耐心终于被耗尽，大概又有人过来办事，浮皮潦草地搪塞两句，咣的一声就挂了电话。带着几分踌躇满志的神色，杜湘东转过头来，把大虾米般的警察拉到屋外。他宣布立刻动身，前往矿上，而对方如果嫌远嫌累，那就大可不必跟他同行了。反正帮他找到这条线索，也算履行了同学所托。

大虾米般的警察却又笑了："北京同志，你怎么去？"

"当然是坐长途车……到了镇上再想办法，找不到车就走着去。"

"真有劲头。那么到了矿上，你又打算怎么办？"

这就让杜湘东含糊了。如果前往的是国营煤矿，他可以像当初在六机厂一样联系保卫科，再对矿上的工人展开排查，但私营煤矿却是另一套架构，在雇用与被雇用的关系中，下面的人只对老板负责，跟他这种"吃官儿饭的"并不在同一条战线。又早就听说开矿的人常和黑道有瓜葛，万一有了摩擦，他可没有三言两语唬住对方的把握。

于是他只好说："走一步算一步。"

大虾米般的警察挤了挤眼："走一步算一步，那就是没计划。咱们都是当警察的，你的水平肯定比我高，应该知道行动之前最怕没计划。你着急我理解，但万一出了差池，事情办得成办不成另说，要是让你这个北京同志面临危险，我们地方上可担不起责任。"

话说得虽然软，却像个老警察在教诲后辈。杜湘东反问："这么说你有计划？"

"帮人总得帮到底嘛。据我所知，开矿的老板平时不去矿上，他们不是在大同就是在省里，就连住在北京的都有。所以咱们还是先洗澡吧，边洗边找人聊聊。"

几乎连哄带诳，杜湘东被对方拉上了出租车，三拐两拐开进一家不仅在大同，就是在北京也称得上豪华的宾馆院内。主楼侧面开着一家洗浴城，车停在旋转门前，早有服务员上前鞠躬。跟着大虾米般的警察走进大堂，杜湘东看了一眼价目表，正在暗自掂量身上的现金够不够支付两张门票，大虾米般的警察却相当轻浮地对一个经理模样的女人吹了声口哨，那女人就笑着迎上来，打了个哈哈又亲自对后面喊："贵宾两位。"

可见大虾米般的警察对这里熟门熟路，熟到了穿着警服进来也大摇大摆的地步。而他不避讳，人家却避讳，里面的服务员送了浴衣过来："您赶紧换上，要不都不方便。"

大虾米般的警察一瞪眼："我今天又不是来扫黄的。"

说完笑嘻嘻地脱了个精光，喊杜湘东一起进去。杜湘东却摇头，径自坐在了长条沙发里。他也不是恪守"一针一线"之类的原则，而是想着既然来这儿也和行动有关，既然行动就有出现突发状况的可能，那么他可不愿意赤裸着应对状况。难道线人跑了，他也得光着追到街上去吗？而大虾米般的警察也不多劝，似乎嗤笑两声，搭了条毛巾就进去了。休息室隔壁的浴池哗哗流水，还伴随着噼里啪啦的敲背声，几个男人舒服得直哼哼。

片刻，就有一个满胳膊刺青、挂了根金链子的汉子急匆匆地从里往外跑，后面传来了大虾米般的警察的暴喝："敢跑就别让我再见着你。"

吼得声如洪钟，四面八方都是回音。杜湘东条件反射地跳起来，却见金链汉子原地定住，脸上浮现出半哭半笑的表情，慢慢转身，夹着屁股走了回去。浴池仍然哗哗流水，噼里啪啦乱响，几个男人直哼哼。一会儿，大虾米般的警察走出来，腰间扎条浴巾，手里还拿着一部砖头似的大哥大。他已经被搓得浑身又红又亮，这时就不像是一只在土里蹦跶的大虾米，而像是一只刚出锅的大虾米了。他对杜湘东说："问清煤矿是谁开的了。也挺巧，那人就在大同，晚上还要到这里招待客人，咱们等着就行。"

说完穿上裤衩，披上浴衣，招呼服务员到楼上开个房间。楼上又是另一番天地：灯光是粉红的，窄小的走廊铺着地毯，两侧排列着十几个紧闭的房门，门里也传出噼里啪啦的声音，但就不止是男人在哼哼了。身处这样的环境，杜湘东自然觉得不自在，不自在却又来自于某种难言的躁动，于是只好用加倍的刻板和严肃来对抗躁动。好在服务员也算识相，进屋以后并没给他们推荐什么"服务"，只是端来了满满一托盘啤酒、饮料和点心。大虾米般的警察开吃开喝，间或耳朵贴墙，听隔壁房间的动静，还给人加油："使劲，使劲。"然后又拿起大哥大，开始打电话，拨的都是长途，不是陕西战友就是内蒙同行，通话内容主要是感谢人家的帮忙，说他虽然被"靠边站"，但托大家的福，总算没有丢掉公职；又说老婆在太原过得挺好，女儿还进了省里的重点学校。碎碎叨叨，颠三倒四。

聊够了，递给杜湘东："你也给家打一个？免费的。"

杜湘东又摇头。他并没有告诉刘芬芳自己出门了，所以不知道该和她说什么，更不知道该在这种地方和她说什么。枯坐着更加难受，只好打开房间里的电视。却没有中央台和地方台，只有宾馆的闭路，放的香港三级片，大概是助兴之用。今天这部偏巧是破案题材，讲的是一皇家警察正在调查一起连环强奸案，查得非常卖力，每遇到一个女证人就跟人家干一把，干爽了才能得到线索；另一边，那个强奸犯也在卖力地干着，干爽了就留下一条线索；两人从铜锣湾干到尖沙咀，从叶玉卿干到叶子楣，最后终归是邪不压正：

"你有权保持沉默，但你所说的每一句话都将成为呈堂证供。"

杜湘东惊异于自己居然把这部片子看完了，甚而身体还有了比较强烈的反应。他只好侧了侧身子，扯过被角盖住大腿。而两男人分坐在双人床的两端，沉默地、目不转睛地看着黄色录像，这个景象实在有些荒谬。好在没过一会儿，电话响了，大哥大的主人，就是那个戴金链的线人通知他们，煤矿老板已经洗浴完毕，上三楼了。

大虾米般的警察立刻弹起来，杜湘东也起身，一对临时结成的搭档硬邦邦地展开行动。他们穿过走廊，对楼梯口的服务员做了个"封口"的手势，然后三步并作两步爬了上去。三楼与二楼又有不同：一个宽阔的、空空荡荡的大厅灯火辉煌，中间有张八仙桌，已经摆了几样凉菜；大厅尽头紧闭着一扇雕花仿古双开木门。无疑，要找的人就在里面。走到门前，大虾米般的警察低声说："该下狠手就下狠手，那是个老油条，先得把他镇住。"

说这话时，全没了方才的懒散，眼里还流露出一丝杀气。这神态令杜湘东心里一惊，接着就见大虾米般的警察退后两步，道袍似的浴衣底下伸出一条白腿，一脚踹脱了门锁。露出来的是一个装修得古香古色的包间，居中的硬木条案上摆着一套工夫茶具，一个戴眼镜的男人正给一个秃顶男人斟茶。看见杜湘东他们进来，屋里的两个男人并不惊慌，秃顶男人两手在胸前一抱，抬头看天，一副事不关己的模样，戴眼镜的男人低喝了一声："人呢？"

人就从大门里侧的一扇小门里拥了出来，五六条汉子，都穿着清一色的黑西服。杜湘东拧了下身子，让朝他来的那条汉子扑了个空，然后脚下使绊儿将其放倒，凌空扣住对方手腕，顺势一掰一扭，猪腿般粗壮的胳膊就脱了臼。这种人身上都是带着凶器的吧，往腰间一摸，果然搜出一柄匕首——他反手握住，却不顾及其他人，几步冲过包间，一个腾跃跨过条案，一把按住戴眼镜的男人的肩膀，刀尖顶在他脖颈的大动脉上。一气呵成，只用了不到五秒钟。痛快，说不出的痛快。多年过去，他依然是一身本事一身胆量，只可惜实战的机会来得太晚。杜湘东几乎想要照搬警匪片里的那句台词了：你有权……呈堂证供。

但话却轮不着他说。大虾米般的警察吼出一句更加俗套的台词："都他妈别动，警察。"说完抖了抖肉隐肉现的浴衣，过去一屁股坐在了沙发上，伸手揽住戴眼镜的男人。后者长得斯斯文文的，看起来像个中学教师，身处刀锋之下却连眼都不眨，还从桌上抽了几张餐巾纸，仔细把溅出来的茶水擦干净了。可见类似的场面，人家司空见惯。当然，茶是没必要再喝了，他僵着脖子，朝秃顶男人拱了拱手："对不住，咱们改天再谈。"

秃顶男人不动，征询地望向大虾米般的警察："真是警察？我什么也没干，就喝了口茶。"

大虾米般的警察说："您茶都没喝。我们不是找您的，也没看见您。"

秃顶男人这才起身，对戴眼镜的男人撇下一句："再有这种事，我可不敢跟你谈了。"

说完不看人，迈着方步往外就走。这又是哪个级别哪个机关的领导呢？杜湘东却明白，还是别管那么多的好。他来，是为了许文革，没必要再生枝节。而秃顶男人留下的话却让戴眼镜的男人脸上挂不住了，他相当有气魄地拍了下大腿，对大虾米般的警察说："你们是市局的还是省厅的？别管是哪的，我都认识……"

大虾米般的警察打断他："不是我找你。这位是北京的。"

戴眼镜的男人这才看向杜湘东，唔了一声，挥了挥手，让黑西服汉子们退出去，把地上的那个也拖了出去。然后用两根手指敲敲刀背："有事说事吧。"

杜湘东便放下刀，和大虾米般的警察一左一右夹着这人，先问清镇上的煤矿确实是他开的，然后表示他们只是想到矿上寻个人。戴眼镜的男人问找什么人，杜湘东略微迟疑，和大虾米般的警察交换了一下眼神，说出了"刘春粟"三个字。

戴眼镜的男人一愣："他们家人把事情捅到北京了？还有完没完？我不是给钱了吗？"

说得杜湘东也一愣："你知道有个刘春粟？"

戴眼镜的男人说："当然知道，这人死了。不死我哪里记得他。"

杜湘东又一哆嗦："死了？什么时候死的？怎么死的？"

戴眼镜的男人说："两个月以前。塌方了，压在井下了。"

然后这人的表情反而坦然了，轻松了。他站起来，舒活了一下筋骨，接着侧过身去，从沙发背后拿出一只皮包来，又从里面掏出两捆钱，敦敦实实地摔在桌面上。刚从银行取出来的新钱，纸条还封着呢，每捆一万。

杜湘东问："你要干吗？"

戴眼镜的男人歪头想了想，又扔了一捆，然后说："北京同志，还有这位警察大哥，这是个私密地方，咱们也把话说敞亮了吧。你们领了什么人的指示来找刘春粟，我一概不知，也不想多问。不过有人盯着我，想'坏'我的生意，这我是清楚的。那个刘春粟确实死了，当初我看过尸体，还亲自和他家里人签了赔偿协议，从法律上说，这桩事情已经结束了，所以我也希望别的事情能在你们这里结束。这些钱是小意思，等到北京同志离开大同，我还可以如数再给你们一份。生意人讲究的是和气生财，但你们也不要以为我怕事。要是真撕破脸，不止你们，恐怕你们上面的人也麻烦。谁要让我头疼，我也会让他头疼。"

说完不再看人，摘了眼镜往沙发上一靠，仿佛在闭目养神。两个警察隔着戴眼镜的男人对视一眼，又把目光挪向了桌面，在那钱上蜻蜓点水般地跳了几跳。随后，三尊人像都活动起来。杜湘东和大虾米般的警察身上劲道一松，分别靠向了椅背，还一左一右地跷起了二郎腿。戴眼镜的男人反而坐直了，两手撑在膝盖上，往左看看，又往右看看。他的脸上浮出了笑，大概认为已经给了两位警察充分考虑的时间，接下来就可以进入谈生意的氛围了。他不紧不慢地拎起茶壶，给二人倒茶，同时问："怎么样？"

大虾米般的警察先开口："要不是北京同志在，我这警察不干了也得废了你。"

话音不大，杀气毕露。戴眼镜的男人一哆嗦，茶水又溅了一桌子。他刚撑起来的气势转瞬被打了下去，扭脸去寻杜湘东。

杜湘东的回答却温和得多："你的意思我理解。"

戴眼镜的男人赶紧说："理解万岁。"

杜湘东却又说："不过也请给我们行个方便，毕竟要对上面交代。"

戴眼镜的男人唯唯应道："与人方便，自己方便。"

然后，他探身将钱摞成一块方砖，往出送也不是，往回拿也不是。杜湘东突然意识到，自己活了这么多年，还是头一回见到这么多的现钱。感慨完，他便把手放在钱上，慢慢往戴眼镜的男人身前推了推："我们也得对自己有个交代。"

10

那天到了矿上，就是入夜以后了。

路上倒不辛苦，并未像杜湘东宣称过的那样，先坐长途车再靠两条腿翻山越岭。他们的交通工具是停在宾馆门口的一辆奔驰车，在那个年代被称为"虎头奔"。戴眼镜的男人没去，开车的是他的司机，也即诸多黑西装汉子中的一名。既然答应了刘春粟的事情到此为止，那么对方也必须配合他"到矿上看看"的要求，这是杜湘东和那位"很讲道理"的煤矿老板达成的协议。此时杜湘东知道，此刘春粟非彼刘春粟，一个刘春粟两个月前就死了，另一个多半是用了死人的身份证去汇款，这才变成了刘春粟。

出城以后，前一半路程都是国道。经过一片稀疏的灯火，大虾米般的警察蹦出一句："就是那个镇了。"车子随即拐了个弯，驶上一条高耸的盘山路，速度也慢了下来。路况变得很差，布满深坑，不时有托底的危险，碰到迎面而来的大卡车，还得小心翼翼地歪到道路外侧，才能勉强腾出会车的空间。直到这时，杜湘东才体会到了远行的味道——那味道是苍凉的，还有几分豪壮。不多时，绕过一块巨大的岩石，便在更高远处望见了灯火。密密麻麻的白光闪烁，如同在半空之中扎了一座营盘。司机告诉他，"矿上"到了。一定是事先打过招呼，当车子爬上最后一段坡路，矿厂门口已经有人迎接了。那是个留着寸头的中年人，倒是淳朴干练的模样。他与杜湘东他们热烈握手，还专门说："北京同志，您辛苦了。"

接着自我介绍，说他是副矿长，负责这片矿区的日常管理。副矿长又相当熟练地说出一番套话，大意是，本地在历史上是煤炭主产区，老国企观念旧，负担重，因而市里的领导锐意改革，引入了民营企业承包矿厂的新机制，使这个老大难产业焕发了活力。像他自己，就是从国企转轨过来的，刚开始有些"不适应"，但很快就见到了"实实在在的好处"，"干劲可比过去大多了"。场面倒像应付上级机关的视察。

杜湘东引开话头："那么工人呢，都是从外面雇的？"

"基本替换成了农民工……当然，对于原来那些下岗职工的安置问题和养老问题，我们相信组织上一定能……"

"农民工又是从哪儿招的，一般会在矿上干多久？"

副矿长终于脱离了套话的节奏："天南地北，什么地方都有。中国人多，开得出工资就不怕招不上来。长则干上一年半载，短则两三个月就走……流动性很大。"

说话间就进了厂区。四下灯光耀眼，照着足球场那么大的一片平地。平地一端的暗处，模模糊糊地立着一幢二层小楼，周围排列着若干简易工棚；另一端的亮处，则屹立着山包似的煤堆。都知道煤是黑的，但在强烈的光照之下，那煤山却像覆了层雪一般通体银白。杜湘东的心不由得往上提了提。他有两个忧虑：其一是怕许文革已然不在矿上，身为一名逃犯，在一个地方赚够了钱，很可能继续流窜；其二却是怕许文革就在矿上，自己这么大摇大摆地游逛，要是恰好被他看见怎么办？在这个猫与鼠的游戏中，先被发现的那一方就算输了。因此杜湘东下意识地躲着灯走，还故意把背佝偻得更弯。好在一路上没碰到人，副矿长又把他们引向那栋办公小楼，提议"先歇歇，慢慢谈"。

屋里居然设了宴，桌上还摆了一瓶汾酒。俩警察也不客气，径自坐下，吧唧吧唧开动起来，副矿长陪在一边，不住夹菜倒酒。正吃着，却听见远处——具体说是来自地底——传来了两声巨响，让人脚下一颤，仿佛站在了随时可能腾身跃起的巨兽的脊背上。一时间屋里灯影摇动，连斟满的酒都晃出了半杯。

大虾米般的警察打趣道："不用搞得这么隆重，放什么礼炮呀。"

副矿长笑道："我们这里需要爆破开采，响动是常有的，但从没出过事。"

杜湘东本想噎他一句：那么刘春粟是怎么死的？但又一想，跑题也没必要。再说往后还得需要这位"管事儿的人"配合呢。因此他只是问："工人现在还在井下？"

副矿长坦然回答："我们这里实行的是十六小时工作制。向时间要效益嘛。"

怪不得办公楼旁边的工棚都是黑的，一点儿人声没有。杜湘东又看了看表，目前还不到十一点半，假如早上八点上班，那么离下工的凌晨时分还有些工夫。他索性踏实下来，细嚼慢咽地吃起了饭。其间本想问副矿长要个花名册来看看，但又觉得多此一举。许文革要是用本名来应聘，那他可真是个弱智了。

终于又熬过半个小时，杜湘东便拍了拍手站起来，宣布："到矿里看看吧。"

副矿长就不情愿了。他嘀咕道："不是说转转就走吗？您二位到底要干什么？"

事到如今，也就没必要藏着掖着了。杜湘东直言以告，他怀疑矿上有个逃犯，因此需要副矿长做的，是以下两件事情：第一，把他带到矿工从井下返回地面的通道附近，再提供一个隐秘的观察场所，保证他可以辨认每一张经过的人脸而不被发现；第二，严格保密，切勿声张。而对方听完，并未露出多么意外的神色，只是响亮地嗑了几声牙花子，好像在害牙疼。对于运营煤矿有可能面对的各种麻烦，这位副矿长仿佛早已习以为常。他考虑的是如何渡过麻烦，或者暂时压住麻烦，哪怕是把眼前的麻烦变成以后的麻烦也行。

片刻，副矿长的脸上再次绽放了笑容："您早说呀，多大个事。"

然后话锋一转，又说到这家煤矿是政府的重点扶持项目，受到了各级领导的亲切关怀，投资煤矿的老板本人也刚刚当选为政协委员。作为煤炭行业的改革标杆，又岂能容忍流窜作案的坏分子破坏抹黑？因此对于"北京同志"千里迢迢地赶来清理工人队伍，他们肯定是热烈欢迎，大力配合的。这时套话就不是套话了，甚而套话从来不是套话。杜湘东明白，副矿长这是在向他讲明利害呢，意思和戴眼镜的男人说过的话大同小异：警察执行任务，没人敢妨碍，但大家都是有背景的，万一闹大了，谁怕谁还不好说。

而他也只能表态："职责之内的事我一定要做，但仅限职责之内。"

双方再次谈妥，分别起身。副矿长率先走到门口，颇具表演性地做了个"请"的手势，引着两警察往矿厂的核心部位，也就是矿井的方向而去。踩着一地咯吱作响的煤砟子，沿一条干道穿过空地，又穿过另一道围墙铁门，远远就望见了巷道入口。四下也是灯火通明，衬托得那个大洞的内部更加黑暗，一条狭窄的铁轨从洞里通出来，也传出了大地深处机械作业的震颤与共鸣。越往近走，回声就越发浩大，好像地壳已被挖穿。砰砰又是两声炮响，比刚才听到的更加骇人，连山顶上的碎石都往下滚了几块。

洞口却有一个铁皮搭建的岗亭，大概是清点人数和存放物品所用，副矿长走了过去，对亭子里的监工说了几句，那人便出来，手里拎着一个麻布口袋。随后，杜湘东和大虾米般的警察便钻了进去，灭了灯，坐下来，透过黑黝黝的窗子看着洞口。这是个适于观察的有利位置，里面的人能将外面一览无余，外面的人却无法看清里面，就连大虾米般的警察那身脏兮兮的警服也不会暴露身份，更何况外面还有两人为他们吸引注意力。黑夜像一个谜，山岭像一个谜，洞口更像含着个谜。在等待谜底揭晓的那段时间里，杜湘东的心态竟然出奇地平静，反倒是大虾米般的警察呼吸沉重，似乎比他还要紧张。

外面的副矿长和监工也被悬念感染，干瞪眼望着铁轨。非常准时，刚过十二点，洞里传出了隆隆轰鸣，好像一个消化不良又喝了过多碳酸饮料的人正在没完没了地打嗝。一列矿车开了上来，前几节车斗里却没有人，而是满载着今天的最后一批，或者是明天的第一批矿产，随后的几节才坐着矿工。矿车在洞口之内停下，人先下车，排着松散的队列走出来。副矿长示意监工往更亮堂的地方站了站，又迎着来人吆喝一声，那条队列便朝他们所在的方向移动过去。一切不露形迹，也可见这位敬业的领导亲自查岗是经常的事。

在杜湘东的注视下，矿工们纷纷从劳动布上衣兜里掏出一枚塑料牌，投进监工手里敞开的口袋。这是一支面目模糊、好像由影子组成的队伍，人人沉默不语，脸上黝黑一片。但即使如此，杜湘东仍对自己的辨别能力充满信心。他相信许文革的身体轮廓、脸部线条乃至走路时的姿态都深深地印在了他的脑海之中。如果不是印得那么深，他也不会在多年以来如此憋屈。而现在，摆脱憋屈的时刻终于到来了。

第一个不是，太矮。第二个不是，太胖。第三个虽然身高体形相仿，但脸又太宽太圆，几乎像一张饼。第四个第五个第六个都不是。被杜湘东否定掉的人们记上考勤，却不离开，又折回矿车开始卸货。因为捎了半车煤，第一趟矿车的乘客只有十几个人，如果这趟毫无发现，就只能寄希望于矿车倒回去再开出来的第二趟了。但一转瞬，杜湘东的视线锁定了在队尾的一个男人身上。一米八多，肩宽腿长，面部棱角令人联想到西方雕塑。与记忆中的许文革不同，那男人的背驼得厉害，弯成了一条夸张的弧线，但考虑到他所经历的日复一日的逃亡和劳累，这点儿变化也是理所当然的了。

于是杜湘东叫了一声。怎么叫也是早就设计好了的。一个老到的逃犯想必早已练就了听到真名也无动于衷的定力，因此他叫的是："姚斌彬。"

那个名字在暗夜的山岭破空而出，锐利得像一支响箭。不远处的黑影果然一愣，茫然地回过了头。几乎没有停顿，杜湘东就从岗亭里冲了出去，也几乎没有停顿，他的抓捕目标开始奔跑。两人绕着目瞪口呆的人群各自画了一条弧线，与此同时观察、预判着对方的步伐轨迹，随后一前一后跑进了巷道洞口。在不久之后，当杜湘东反复纠结于这次行动的种种细节时，才会疑惑于这样一个问题：许文革为什么没往开阔的、更有利于躲避的方向逃跑，而是一头扎进了矿井深处？这是他在情急之下出现了判断失误，还是另有什么企图，比如说打算把杜湘东引进去再下毒手？但在那个刹那，杜湘东和当年追捕持枪逃犯姚斌彬时一样，脑子里除了抓人以外什么都没想。他只知道时隔数年，许文革再次出现在了他的眼前，并且自己占据着绝对优势的位置，只要一鼓作气，就能瓮中捉鳖。

也许恰因为此，杜湘东没有留意周边的变化。他盯着前方那个背影，沿着越发黑暗也越发幽深的洞穴向地下冲刺。二十米，十五米，距离的缩短是逐渐的、稳步的，岩壁发出了几声脆响，像颌骨挨了一拳时脑子里的回音，大概是前不久放炮的余波导致的，应该也是"常有的事"。十米，五米，借着头顶间隔悬挂的矿灯，他看清了逃犯一头乱发之下那苍白的侧脸。而直到两块比酸菜坛子还要粗壮的碎石从斜上方坠下来，落在离杜湘东不到半米的跟前，他才似乎意识到了什么。咔然开裂的声响从四面八方包括脚下传来，越发密集，震耳欲聋，整条巷道都在扭曲变形，像把人吞进了一段蠕动不休的肠子之中。

然后杜湘东听到了喊声："塌了塌了塌了——"

然后他的胳膊被人拽住，往反方向拉着。直到此刻，杜湘东的身体还在前冲，甚至想要甩脱抓住他的那人。很遗憾或者很幸运，他没做到。对方使出了擒拿手法，并且比他所掌握的更加娴熟：一手扣住上臂，另一手夹住头颅，拖扯着他往洞外跑出去。

五米，十米，十五米，二十米，他与许文革的距离重新拉大。回头再望，那个黑影在巷道深处拐了个弯，令人绝望地消失不见。而当一个鱼跃沉重地摔在洞口之外，他才看清了强行把自己挟持出来的人，是大虾米般的警察。俩人躺在地上喘气，像两条离了水的鱼。然后杜湘东又想跳起来，却被一个扫腿撂倒。

对方吼道："你他妈想立功想疯啦？"

杜湘东吼了回去："我他妈不是为了立功，你懂个屁。"

对方再吼："甭管为什么，搭上条命就是不值。"

吼完，大虾米般的警察却不再看杜湘东，站起身来走向一旁的副矿长。后者呆若木鸡地瞪着洞口，两眼凸了出来。大虾米般的警察推了他一把："打电话去。"

"现在不能。"副矿长摇头。

大虾米般的警察扬手抽了他一个嘴巴："你们还想瞒几回？"

出人意料，副矿长也抬起手，抽了自己一个更加响亮的嘴巴："你要打电话尽可以去打，没人拦你，不过打也没用。这矿随时会塌，如果真塌了，等外面的救援赶到，井底下的人早埋了。所以现在只能按我们矿上的办法来，你们警察帮不上忙。"

这时在俩警察眼里，副矿长好像换了个人，绝非不久前那个只会说套话的工头了。他阴沉着脸，转身去向几个老矿工询问情况，三言两语，可以得知：煤矿采用皮带传送和矿车运载两种方法结合，井下的最底层用皮带，将爆破开采的煤块运送到深约一千米的中转站再装进矿车；此时矿里还有二十多人，恰好正在那个中转站等车；因为离地面并不太远，这些人本来是可以沿着轨道爬上来的，但现在还没人影，估计是被震落的石块挡住了去路。综上所述，现在要做的，就是先有几个人带着工具下去，在矿井全面塌方之前开出一条生路。如果赶得及，井下的人或许还有救，如果赶不及，那么很可能连救人的也被压在底下。因此再开口时，副矿长的哑嗓子里好像含了块滚烫的铁，他环视那一圈黑黢黢的、只看得清两眼反光的矿工，问："谁没老婆孩子？"

沉默之中，便有两个人站了出来。片刻又出来两个。又有一人呜呜干号两声，也往前迈了一步。副矿长拍拍那人肩膀，脱了上衣往地上一摔，顺手抄起一柄钢钎：

"我也下过井，鬼门关上走过都是兄弟。出发吧。"

几条没家没业的汉子发一声喊，跟着他往矿井深处走去。等那支敢死队消失在矿灯照射不到的角落，巷道变得出奇地安静，只有偶尔飘出的细小的断裂声提示着人们悬念还在继续。而原本压在杜湘东心头的那个悬念则被囊括进一个更大、更紧迫的悬念之中，那是千钧一发，那是生死攸关。他连重新爬起来的力气都没有，像狗一样伏在地上望着洞口，手指抠进混着煤砟的泥土，似乎指尖所能感受到的最微小的震动都能让他肝胆俱裂。

大概过去了多久？五分钟还是十分钟？杜湘东腕上手表的秒针均匀地数着格儿，每一格所代表的时间流逝都像包含了人的一辈子那样漫长。大约在某一秒即将结束、新的一秒即将开始之际，他仿佛看到秒针顿了一顿，好像时间本身也犹豫了，踌躇了。随后他才意识到那是地壳震颤导致的视觉错乱，在接踵而至的轰鸣中，他看到巷道里尘土飞扬，寥寥几盏矿灯像暴雨里的萤火虫一样坠落陨灭。石块无规则地落下，转眼埋住了洞口。身边的矿工纷纷跪了下来，捶胸拍腿地痛哭或者指天对地地怨骂。没救了，这是从常识以及人们的表现中得出的判断。这将是一起震惊全国的特大矿难，一口气吞噬了三十多条人命，其中包括原本被困的二十余人和六名前往营救的敢死队队员，以及一名逃犯。

直到次日清晨，上述事实在杜湘东的头脑之中还是事实。大虾米般的警察终于还是跑回办公楼打了电话，救援部队是在凌晨五点赶到的。来了两个连，一个连是工兵，就地开始挖掘，另一个连是武警，负责封锁现场。煤矿老板始终没露面，听说连夜去了北京，至于是去躲风声还是找门路，那就不得而知了。副矿长以外的几个工头被迅速"控制起来"，杜湘东和大虾米般的警察也被带到一个单独房间里接受问讯。从"有关部门"的口中，杜湘东也得知，本次矿难像许多追悔莫及的灾祸一样并非偶然，原因大致有三：第一，为加快开采进度，该煤矿在爆破中使用了高爆炸药，且装药量远远超标，每个工作面上的炮眼数量也超标；第二，为节省成本，该煤矿在建设过程中使用的钢梁规格不达标；第三，该煤矿于两个月前曾发生过一次塌方，还死了人，本该停业整改，但不知为何没有执行。矿上的人竹筒倒豆子，交代的内容几乎可以立刻形成材料上报，相比之下，来自警察的侧面印证倒显得无足轻重了。

一个工作人员这才想起来问："你一个北京警察，到矿上来干什么？"

杜湘东正待回答，却见一个军人急匆匆跑进来，对那人耳语两句。一瞬之间，在那张僵硬得平板一块的脸上，浮现出了也许是这个小官僚所能传递的最为复杂的表情：狂喜、惊讶、庆幸、难以置信、迷惑不解……而当对方把消息转告给他之后，同样的表情也在杜湘东脸上重演了一遍。没过多久，隔壁和走廊里各种身份的人们爆发出了连锁式的欢呼，尤其是那些矿工，他们再次号啕大哭起来。

然后全体集合，急行军赶往山的中段。昨天夜里坐车上来时，杜湘东并未看到上山的路还分出了一条岔路，更无从得知海拔位置比山顶煤矿低了几百米的地方，还有一处废弃已久的老矿。废矿入口早被堵上，好在只是堆了一层砖石，并未再浇水泥封筑，又好在工具设备一应俱全，井下的人就从那里破壳而出了。有人是自己爬出来的，有人浑身是血，是被同伴拖出来的。最惨烈的是个十七八岁的孩子，已经深度昏迷，左腿膝盖以下全成了一摊烂肉。这些从鬼变回人的矿工被阳光晒愣了，捂了半晌眼睛，这才开始呼喊，于是被高处的武警发现。当杜湘东跟着队伍赶到现场，第一眼认出的是副矿长。问明身份后，这人立刻被调查人员缉拿在案，但即使是亮晃晃的手铐也无法打消他那疯癫的狂喜。

当政府的人清点人数时，杜湘东也凑了上去。他近距离地打量着每一张沾满煤污或血迹的脸，几个伤员在被抬上救护车之前也早就辨认过了。共三十二人，反复点了几遍都是这个数字。而来之前，他已经知道被困在矿里的人数是三十三个。还有一个去哪儿了？难道死了吗？如果死了，为什么死的偏偏是他？杜湘东像魔怔了一样念念有词，反复穿梭着逡巡着。终于，他的行为让人们觉得碍事了，那个询问过他的工作人员走过来，试图把他拉开。

杜湘东一抡膀子，把对方甩了个趔趄。人们齐刷刷打量着他，而那位工作人员还想缓和气氛，谨慎地再次靠近杜湘东："这位同志，您别激动……"

杜湘东却失魂落魄地溜开，又在人群里乱窜起来。他开始询问每一个幸免于难的矿工，有没有在井下见到这样一个人—— 一米八几，肩宽腿长，棱角分明。见过？这人叫姚文林？妈的，怎么取了这么个名字，不过也对，"文林"就是从"斌彬"里拆出来的嘛。那么这个姚文林现在怎么样？还活着？跟你们一起出来的？出来以后就不见了？你们干吗不看着他？干吗不问他一句？矿工们被他搞得惶惑不已，大虾米般的警察抄到他身后，依然使出擒拿手法，把杜湘东的两臂牢牢箍住。但他仍然跳跃着，后仰着，嗓子眼儿里含含糊糊地挤出两个字来："搜山。"

"你说什么？"工作人员勉强笑了一笑，问。

"搜山，搜山搜山搜山。"杜湘东重复。

对方就从讪笑变成了冷笑。你也不看看这是什么时候？还有伤员等着救治呢，还有现场等着勘查呢，还有情况等着汇报呢，哪儿腾得出人手搜山。不就是少了个人吗，比起活下来的几十个，少了的那个算得了什么。你不就是个来路不明的警察吗，就算真是北京什么重要部门的领导，也得考虑地方上的现实困难吧。于是众人散开，没人再理他，各忙各的去。杜湘东被晾在当地，仍被大虾米般的警察擒抱着。大虾米般的警察在他耳边劝道："兄弟，你冷静点儿，人跑了还能再找。"

杜湘东终于停止挣扎，后背蹭着对方的肚子和腿，缓缓坐在了地上，头却仰望着四周的山峦。屎壳郎碰上拉稀的——白来一趟。事到如今，北京人这句粗俗的歇后语真是再贴切不过，至于一路上的执念、辛苦、惊心动魄，都变得不值一提。这个念头让杜湘东古怪地笑出了声，咯咯，咯咯，好像一只丢了蛋的母鸡。

那也是许文革在逃期间，杜湘东最接近于将其抓捕归案的一次努力。

11

至于当天在井下发生了什么，则是那位副矿长转述给杜湘东的。而这又得归功于大虾米般的警察。也不知他使出了什么斡旋手段，居然说服政府的人，同意让杜湘东在车轮战似的审讯间隙见了副矿长一面。见面时间是晚上，副矿长好像没认出来的是谁，不等杜湘东开口，就喋喋不休地申诉起来。对应着调查得出的矿难原因，其申诉内容也可分为三条：第一，擅自使用高爆炸药和增大填药量是老板的决定，他本人曾对这种违规行为提出过质疑，但质疑无效；第二，建矿期间选用什么规格的钢梁也是老板任用的亲戚一手操办，他更插不上话；第三，两个月前发生塌方并导致矿工刘春粟死亡后，他曾在第一时间通知了老板并建议上报，但老板告诉他官司已被摆平，又严禁对外人提起此事。总而言之，他就是个打工的，在人家锅里吃饭，对人家的任何做法都无可奈何。

杜湘东安静地听完，这才提醒副矿长，对于矿难，自己并无调查权更无发言权。而他来，想打听的是另一件事：那个冒用了刘春粟名字的人，那个逃犯，有印象吧？副矿长相当失落地"哦"了一声，但神色却又变得更加亢奋，就连语调也夸张了起来。这种状态让杜湘东颇为诧异，他不禁暗自琢磨，副矿长究竟是在矿难中被震坏了脑袋，还是天生具有当说书人的潜质。话说那日，山崩地裂，矿井之下，危在旦夕。为了二十七名阶级兄弟，以副矿长为首的敢死队义无反顾，深入虎穴，众人手持开山打洞的器械，一路坎坷一路心惊，来到了千余米深的地下转运站，只见头顶钢梁歪斜断裂，倾覆下来的煤块和碎石堵住了去路。从缝隙中，却又听得煤块碎石的另一端传来了呼号惨叫之声，真是万幸，被困的人还活着。二话不说，就地开挖，又号召对面的兄弟里应外合，费尽九牛二虎之力，居然开出一条窄道。两支队伍会师，赶紧又往地面开拔，但说时迟那时快，矿井发生了二次塌方，这一回来得更猛，并且位置就在洞口，把去路也给堵了。别说工人，就连有着多年井下经验的副矿长都傻了眼。他心知塌方就怕连锁反应，有了二次就会有三次，再塌可就全玩儿完了。正没奈何，却见暗处闪出一个人来，此人身高丈二，虎背熊腰，生得好一副硬朗相貌。

"你道这又是谁？"副矿长问。

"您……没事儿吧？"杜湘东反问。

"没事儿，没事儿。你别打岔。"副矿长两眼放光，仿佛重温着那生死一夜的惊心动魄。来者不是别人，正是矿工姚文林。直到这天，副矿长才知道这人的身份是个逃犯，真是人心叵测，世事难料。这位姚文林或许文革或冒名顶替的刘春粟逃进矿井，也被一起捂在了地下，难不成老天爷要惩罚这个罪人，就把其余三十二人一起当了垫背的？那也太不公平了。但没承想，恰恰是该死的给该活的指了条生路。逃犯告诉副矿长，在矿井的一侧，还有一座废弃的矿井，那是二十世纪七十年代开采的遗迹，因为当时的技术水平落后，就没有进一步扩建。以前爆破开山的时候，曾把两座矿井之间炸通了，那个通道的位置他还依稀记得，往巷道深处再走几百米就是。这一说，就提醒了副矿长。矿底下还有一个老矿，这个情况他也是知道的，只不过情急之下没想起来。而眼下，要想从原路开掘回去已不可能，如果能进入老矿，再从半山腰钻出去，那几乎是唯一的生路。另外一点副矿长也有信心：老矿是国家修的，那时又刚发生过唐山大地震，因而建筑质量绝对超标完成，新矿塌了老矿也不会塌。

直到这时，杜湘东才恍然大悟。许文革之所以逃进矿井，并不是慌不择路，而是早有预谋。往开阔处跑，势必难以甩脱警察，而假如利用对地形的熟悉，神不知鬼不觉地从老矿脱身，那就相当于上演了一场经典的地道战。也许早在刚发现那个密道时，许文革就已经做好了这种规划。想到这里，杜湘东倒抽一口凉气。几年前的许文革冲动，鲁莽，不计后果，他能活下来靠的是运气，或者说是靠了姚斌彬的那一条命。但如今，长年的逃亡生活已经把许文革磨炼得如此老谋深算。道高一尺，魔高一丈。

他满脸发臊，副矿长却浑然不察，兀自沉浸在对险情的回忆之中。当机立断，一声令下，矿工们往井下的更深处进发，去找两个矿井的连接点。一路上，副矿长都走在逃犯身边，不时询问那个秘密洞口的位置、模样。山的内部还在嘎嘎作响，再往下走，就连仅有的两盏手提矿灯都无法照亮前路了。而地面猛然又是一震，就在人们魂飞魄散地呼喊之间，副矿长却发现身边的逃犯不见了。他只得强令队伍停下，随后四下张望，眼睛不够用就拿鼻子嗅，像猎犬一样探寻着未知的黑暗空间。命悬一线之际被无限拉长。

终于，身后有人说话："都这时候了，你还敢回去？"

"怎么没把他想起来。"

"已经没气儿了吧……"

人们窃窃私语，像怕再一次惊动了摇摇欲坠的山体。说话之间，队伍自动闪开，从浓郁的黑暗里托出两个人来。一个正是姚文林，他背上还驮着个身材单薄的孩子，头耷拉在逃犯的肩膀上，已然昏迷不醒。再往下扫一眼，孩子的一条腿却成了破墩布的形状，条条缕缕往下挂着肉丝儿。副矿长记得这孩子叫刘秋谷，今年刚满十八。他还记得办理矿工刘春粟的赔偿事宜时，正是刘秋谷替他哥签字画押并承诺"永不上诉"，然后从老板手里接过了五万块钱。刘春粟死后，刘秋谷仍在矿上干。刘秋谷要是也死了，他家的这根独苗就算断了。从矿工们的慨叹中，副矿长又得知，刘秋谷和他哥刘春粟一样，今天也被塌方给砸了。当时刘秋谷吓蒙了，撅着屁股趴在地上；转眼就有一块巨石滚下来，和雨点般的煤块一起将他埋了。别人都没致命伤，偏偏是他再没声息。众人本来商量，要能活着出去，就把这孩子挖出来带上，带不走活人好歹也带个尸首，而随后的连锁塌方却截断了这个念头。光顾着去找出口，他们干脆把他忘了。但是姚文林不仅想了起来，而且专门为这孩子折了回去。他又是什么时候发现刘秋谷还活着的？是在刨开煤堆撬开巨石的过程中，还是在扛着这孩子追赶队伍的路上？总之从他带着三分小心的步态里，众人看出他背着的是个活人。那块巨石没有压在刘秋谷身上，只是砸烂了他的一条小腿，这个事实令人庆幸，也令人羞惭。

姚文林背着伤员，走向队伍前端，对副矿长说："没多远了。"

继续摸黑赶路，到达某个拐角停下，姚文林又说："就这儿。"

这也是逃犯对副矿长说的最后两句话。几条壮汉在放过炮的废墟里开凿，不多时打开了一片更加漆黑、泛着久远年代气息的空间。从山内的一个腔道钻进另一个腔道，用矿灯照见头顶锈迹斑斑但却结构完好的钢梁，副矿长和所有人都舒了口长气。背后的那个绝命矿坑里又传来了震动和巨响，但他们所在的位置已经基本上安全了。逃犯提供的逃生路线的确有效。然后就沿着国营老矿的巷道往半山腰里进发，路的尽头当然还是漆黑，但此时的漆黑已经不再令人绝望。人们有手有脚有工具，而且按照他们所信奉的朴素的人生哲学，但凡大难不死都是有后福的——就像逃犯背上的刘秋谷，他只要还能微弱地喘气儿，等待他的理所应当是几十年的好光景。于是不紧不慢地换班开挖，当第一缕阳光从某根钢钎的落点直射出来，人群里蔓延开了海浪一般的叹息之声。又有更多的钢钎、榔头和铁锹涌向那个亮点附近，将黑暗的窗户纸捅得像个筛子，轰然一响，天日重现。人们反而肃穆地沉默了下来，没人往外走第一步。如果姚文林和他背上的孩子不先出去，他们都认为自己没有资格重返人间。

最先出去的正是姚文林，他又从狗洞大小的豁口里把刘秋谷拽了出去。接着才是其他人，先出来的立刻回身，在碎石间乱掏乱摸，寻找着后来者的手臂。身处漫山遍野肆无忌惮的阳光之中，人们陷入了暂时的失明。副矿长是最后一个出来的，当他紧闭着汩汩冒泪的双眼，宣布后面再没别人时，矿工们一齐对着苍天呼啸起来。那声响不是为了求救，甚而不包含任何明确的意味，但又是与远古人类一脉相承的宣告与象征。而当副矿长恢复了视觉，第一件事就是在人群里寻找姚文林。此时的他早不在意姚文林的身份，他找那人，只是觉得鬼门关里走过都是兄弟。但他没找到姚文林，只看到了刘秋谷。这孩子是此起彼伏的呼啸声中唯一安静的人，此刻正躺在一块平坦的草地上，身下漫了亮晃晃的一摊血。

仍是通过大虾米般的警察的关系，杜湘东又在医院见到了刘秋谷。这个号称年满十八，长相只有十五六岁的孩子是与许文革有过最近距离接触的证人，当时刚从重症监护室转入普通病房，虽然生命体征趋于平稳，但静静地平躺着的模样仍然让人想到一具尸体。他的脸惨白得好像被人潦草地涂去了五官，覆着棉被的左腿膝盖以下空空如也，那是截肢手术的成果。杜湘东问他知不知道是谁把他背出了矿井，他死鱼似的眼睛连转也不转。杜湘东又问起他哥刘春粟的身份证怎么就到了姚文林手里，孩子终于操着河南腔开了口："大哥，我啥也不知道，不过我倒想问你个事。为啥我老觉得那腿还在，想动弹又没了？"

杜湘东没法作答，刘秋谷便扭过脸去，再无声响。事到如今，杜湘东接受了一个理智的判断：凭自己是别想抓住许文革了。只要离开了矿山，顺便再改个身份，许文革就会像雨滴落进湖水一样隐没在人海之中。不过杜湘东还是又在当地"赖"了几天。这时搜集资料，就不是为了继续追捕许文革了，而是受到了一种古怪的感觉的驱使——好像许文革远在天边却又与他朝夕相处，好像许文革是他的敌人却又与他亲密无间，因此他迫切地想要了解今天的许文革。在其他矿工们口中，"姓姚的兄弟"可是个能人，有一次井下的传送带坏了，技术员都束手无策，他一个人这儿鼓捣那儿鼓捣，居然鼓捣好了。有个头儿听说这事，要调他去干维修，从此不必下井挣钱还多，但姚文林一口拒绝，还明说自己要不是急需用钱，才不愿给黑心老板卖命。渐渐地，这人反而在工人之中有了威信，尤其是死了的那个刘春粟，几乎要拽着弟弟刘秋谷一起磕头认他当老大。然而也许是太有本事了，这人性子也怪，前前后后在矿上待了半年，也没见他跟谁成了朋友，甚至对人故意爱搭不理的。刘春粟出事时，距离他也就不到两米，别人早吓得筛糠一般，他却极其镇定地查验了尸体，独自一人把刘春粟扛上了矿车，又带着一身血迹去通知在井上倒休的刘秋谷：你哥死了，找他们谈赔偿去吧。这时在众人眼中，姚文林就显得异常冷血了，于是大伙儿又都有些怕他。

以上种种，在外人眼里捉摸不透，杜湘东却认为理所当然。一个许文革这样的逃犯，难道不是本该如此吗？但随后搜集的两条信息，就出乎杜湘东意料了。第一件事也是矿工们讲的，说是许文革特别爱看书。本来看书也没什么奇怪的，毕竟曾经是青工里的技术能手嘛，但一个人在逃亡期间仍然手不释卷，这就似乎传达出了别样的意味。进而细想，许文革看书，是为了"解闷"还是"有用"？如果是"解闷"，说明他想要忘记现在，如果是"有用"，则说明他还惦记着未来。杜湘东让工人把他带向大通铺上许文革的床位，果然在床板下翻出了厚厚一摞书。书都很旧，封皮几乎没有完整的，内容除了工业原理和机械维修，居然还包括法律方面的入门教材。念念不忘老本行也就罢了，难道许文革还想当律师吗?

第二件事更让杜湘东震惊。当他把书撂在一旁,顺手翻扯着许文革的被褥时,一抬头却看见枕头上方的砖墙上,寥寥地排列着几行字。字迹歪斜,深邃而清晰,大约是不久前用锉刀刻上去的。杜湘东随即意识到,那话语分明就是诗句:

美人济贫

英雄济富

没有人上过梁山(此句来自打工诗人陈年喜的诗歌《无题》)

在那一刻,杜湘东的头颅之内充满回响,就像滚雷掠过了焦土。这就是从逃犯的躯体里蜕变出来的、必须让人重新认识的许文革了。这个许文革不仅包括了过去的许文革,而且包括了死去的姚斌彬,一生一死之力在他身上混合催化,衍生出了义无反顾的气概。凭借这份气概,许文革当然不会畏惧杜湘东,他甚至不会畏惧任何事物。而也正是在那一刻,杜湘东却产生了一个新的预感,那就是他迟早还会再次见到许文革。

但那天来得实在有点儿晚,又是五年之后了。

12

接踵而至的五年,简直像打了个盹儿就滑过去了。再换个比喻,以前也说日子快,快得像狗撵,那么后来就像疯狗在撵了。好像除了"快"本身,生活已经不再值得感慨。

当然,这只是杜湘东的个人感受,因其过于主观,所以并不具有代表性。要是逐一盘点,他也必须承认这些年来的生活变化之重大。譬如变化之一,是刘芬芳下岗了。食品公司每况愈下,冷库里的猪头猪腿猪下水也在亏本经营,领导们关起门来一合计，索性来了个处理大包圆儿，连猪带人一块儿甩给了外商。而外商也不傻，表示猪可以要，人不能留。双方在谈判桌上打了很久的消耗战，等到敲定改制方案时，却又不约而同地采取闪电战。那天刘芬芳和她的姐妹们刚转移完猪腿，就被勒令去签协议，领买断工龄的钱。人家还告诉她们，再过不久厂子就没了，要是不签，连这点儿钱也领不到。

偏在这时，刘芬芳的一个弟弟急着结婚，另一个弟弟怕吃亏，也扯来个女的要结，兄弟俩瓜分了宣武区平房的里外间，便把父母送给了二姐。二姐房子宽敞还雇着保姆，再加上越有钱越对家里有愧，即便不是女儿的责任也应承了下来。这样一来，却显得刘芬芳多余了——没人需要她伺候了。她只好卷铺盖回了郊县，并且觉得自己是被厂里和家里榨干之后扔出去的，这也决定了她不会给杜湘东好脸色看。因此，杜湘东生活中的第二个变化虽然是与刘芬芳结束分居，但却感受不到夫妻团圆的喜悦。他必须时刻准备聆听刘芬芳的抱怨，抱怨的内容则直指第三个变化，即他们已经沦为了标准意义上的"穷人"。

平心而论，如果纵向比较，他们的生活水平一直都在提高，筒子楼单间里添置了电视、洗衣机、窗式空调，算是基本完成了一间陋室的现代化。但这番现代化的进程却伴随着一轮又一轮的节衣缩食和忍辱负重。连单门冰柜都是刘芬芳她二姐用剩下的，为了把那个铁箱子搬回家，杜湘东借了辆板儿车，愣是从二环边儿上蹬出了城外。路上正好碰上城管查抄无照摊贩，看见他四脖子汗流的模样，还以为是个收旧电器的，二话不说把他连人带冰柜扔上了卡车。他挤在一群卖菜卖袜子的妇女中间，一直坐到看押点，这才申明自己是一警察。协管员连称"误会"，又哭笑不得地问："您怎么不早说呀？"

杜湘东回答："蹬累了，想蹭段儿你们的车。"

这桩误会的解决方案，是城管派了一辆小卡车，把板儿车冰柜一起送回了郊县。经过看守所正门，刚好遇到当班的同事们去吃晚饭，大家嘻嘻哈哈地笑看杜湘东如何智取城管。这时所里的人员构成也发生了巨变：老吴那代管教纷纷退休，接替上来的都是大学生，有许多学历比杜湘东还高。这些年轻人穿着与国际接轨的"九九"式警服，像当年的他一样身材挺拔，面露英气。车停下，两个小伙子绕到后面问："杜哥，帮您把东西抬上去？"

杜湘东却歪着屁股坐在车斗上，朝前方的后视镜里照了一照。刚才那一瞬间，他突然发现年轻同事们看他的目光是似曾相识的。在哪里见过呢？其实并没有"见"过，那是若干年前自己看待老吴的眼神：虽然亲热但又不屑，怜悯。现在人家也把他当老吴看了。微微鼓起的后视镜里映出了一张滑稽变形的脸，两腮深陷，被风吹乱的头发白了三分之一。除了牙齿尚在，他的面貌和做派都在活脱脱地向着老吴那个方向飞奔。

记得老吴退休时，反倒是扬眉吐气的。他在平谷的几间大瓦房喜迎拆迁，又利用老婆家在延庆的种菜大棚开了个采摘园。随着城市的大干快上，地广人稀的郊区冒出了一批土财主，他们举着小旗到国外豪迈地吐痰，他们开着进口汽车盘踞在村口拉黑活儿，他们在床底下藏了大摞现金以至于钱都长绿毛了，而老吴三生有幸地混成了他们中间的一员。对于故人，老吴是懂得藏富的，直到离开的前夕，他才对那些嘲弄过他鄙夷过他的同事宣布：

"我他妈跟你们才不是一个阶级哪。"

但与杜湘东告别时，他却仿佛流露出了一丝忧伤。在办公室里，老吴抄起窗台上的半瓶白酒，自己先吱溜一口，又把淡绿色的酒瓶递给杜湘东，杜湘东便也吱溜一口。吱溜完，老吴拍拍杜湘东的肩膀："这些年给你添麻烦了。"

杜湘东说："哪儿的话。"

老吴说："你好好儿的。"

杜湘东说："好好儿的。"

老吴又说："别想那事儿了。"

杜湘东说："不想了。"

没过半年，所长也离开了所里。倒不是退休，而是肩膀旧伤复发，一到阴天就疼得直打滚，上面体恤干部，给安排了个调研员的闲职。走时又赶上下雨，所以所长是用担架抬出办公楼的，只能躺着与同事们一一握手。握到杜湘东，所长格外加了把力，将他拽近了，颤巍巍道："耽误你了，我有责任。"

杜湘东说："您别这么说。没您保着，我还不知怎么收场呢。"

所长又说的话，却与老吴如出一辙："别想那事儿了。"

杜湘东再次保证："不想了。"

当年偷偷跑到大同，没抓着许文革又牵扯进了一起矿难，当地政府把电话打到了市局，一问才知道他是在管辖权之外私自展开调查，弄得上级很被动，还是所长求了局里，好说歹说才把对方的抗议搪塞过去。而既然两位老同志临走前都专门劝他，杜湘东便也决定"不想了"。他现在需要做的，是深入贯彻一种全新的生活态度。

比如那个单门冷柜，他就没搬到楼上，而是摆在了看守所大门正对面的河岸上。那里有个近两年才形成的小集市，做的是前来探监的家属的生意。又从传达室扯出来一截电线，下岗女工刘芬芳就可以守着冷柜奋发图强了。为了招徕顾客，刘芬芳还接了个音箱喇叭，循环播放的总是《从头再来》。这歌声不仅激励着她，好像也在激励着一墙之隔的犯人。而郊县现在也开始整治市容市貌了，城管一来，其他小贩望风而逃，只有刘芬芳岿然不动，杜湘东则带了几个小兄弟围坐在冷柜旁，都穿着警服，手里举着冰棍和啤酒，挑衅地面对执法人员。这点儿特权终于令她对杜湘东感到了欣慰："总算沾着你的光了。"

这么说时，杜湘东正坐在小马扎上发呆。现在他无师自通地学会了上班磨洋工，还把老吴的半瓶白酒继承了下来，吱溜到傍晚时分，常常已经高了。耷拉着脑袋，他好像没听见刘芬芳的话，只是望着夕阳下的河水。上游在开发旅游，这条河也得到了治理，景致变得颇为潋滟。逝者如斯，仿佛没人记得在那河床里，曾经有人亡命奔逃，有人冒死追逐。

刘芬芳又说："晚上多打香胰子去去味儿，我也让你沾个光。"

杜湘东仍然置若罔闻，眼皮上落了个苍蝇也不轰。

刘芬芳就有些气恼，掐了杜湘东一下："你是死人呀你。"

一激灵，死人就活了。杜湘东揉着脖子扭头，正待感谢刘芬芳的恩赐，恰好訾见了驶向看守所的两辆汽车。一辆是蓝白条的警车，后面亦步亦趋的是辆硕大无朋的奔驰。两车停下，奔驰车里跳下两个男人，一个西装笔挺，手拎公文包，另一个年轻许多，染了一脑袋黄毛，走路却一拐一拐的。俩人紧赶几步来到警车旁，簇拥着第三个男人出来。那男人身材高大，因为背对着杜湘东，一时不能看清面貌。随即又有两名警察下车，按电铃催促所里的同事开门；小瘸子一直在跟身材高大的男人说话，哼哼啊啊地点头称是。

越过小瘸子金光璀璨的脑袋，杜湘东终于看清了高大男人的长相。和他一样，那也是一张未老先衰的脸：头发灰白，皮肤干枯，两眼像睡不醒似的往下耷拉着。不仅如此，那人连呼吸也不匀畅，说不到半句话就必须换口长气。都不年轻了，他们这样的人，注定要比一般人老得更快些。然而那棱角分明的脸形却还维持着原状，令人想起西方雕像。

杜湘东站起身来，痴了一般朝那男人走去。

看守所的小铁门已经打开，一名年轻管教与外面的警察简略核对，示意男人进去。小瘸子突然激动起来，抱住男人的肩膀呜呜两声，男人倒像有点儿尴尬，拍着对方的后背劝了两句。随后，他目不斜视地往里走去，那副熟门熟路的样子就像回家一样。

杜湘东终于叫出声来："许文革。"

许文革回头，隔着铁门与他对视，脸上浮现出似笑非笑的表情。那表情令杜湘东倍感熟悉，他随即反应过来，姚斌彬也曾对他这样笑过。

13

1989 年春，许文革因盗窃被捕，并与同案犯姚斌彬策划、实施了越狱。后姚斌彬被抓获，判处死刑，立即执行，许文革长期在逃。2001 年春，许文革归案。

自从再次见到许文革的那个瞬间，杜湘东就感到透不过气来。似有一团无形无迹但又可感可触的东西包裹住他的心口，步步紧逼地往里压迫着。他又憋闷了。那不是一种生理的症状，而是心理的暗疾，曾经在漫长的岁月里萦绕着他，折磨着他，近些年来，他似乎掌握了消解憋闷的方法，但伴随着许文革的出现，憋闷卷土重来了，而且比以前更加猛烈。许文革落网，这不是他洗刷前耻的唯一途径吗？他为什么会憋闷呢？

大概还是因为许文革的那个笑。姚斌彬式的似笑非笑。

那天夜里，杜湘东不仅没心情"沾刘芬芳的光"，而且失眠了。醒着似乎还在做梦，但梦又都是乱的。熬到凌晨五点，他早早来到办公室，先对着镜子披挂自己。大檐帽，风纪扣，板儿带，所有细节一丝不苟，镜子里的中年人却无法再现多年前的英武。即便如此，杜湘东也不允许自己消沉着、邋遢着面对许文革。他费力地挺直腰杆，像拉直了一段因为反复扭曲而随时会折断的钢丝，往监舍走去。

十多年过去，看守所早就大变样了。走廊不再阴森幽暗，节能灯将每一个角落照得通透，关键地方还悬挂着监控摄像头。新所长以前当过领导秘书，是个有魄力也有能耐的人，按照他的规划，以后的看守所不仅要在硬件上鸟枪换炮，职工待遇也会得到质的飞跃——最关键的一条就是把筒子楼宿舍统统推倒，建成正经八百的单元小区。如今北京的一套房，哪怕地处郊县，其意义也是不言而喻的，因此压根儿不用再做思想工作，大家都有了盼头，据说还有人托关系想往所里调呢。在一片高涨的心气儿里，杜湘东这种人就更显得多余了，多余得当他出现在应该出现的地方，反而把别人吓了一跳。

等待换岗的夜班管教是个年轻人，长得胖乎乎的挺喜兴，总会让杜湘东想起以前的警校同学徐胖子——偏巧也姓徐，偏巧也是哪个头头脑脑的亲戚。小徐胖子正翘在监舍走廊里的椅子上打盹，听到脚步声，忙不迭地跳起来，见来的不是领导，松了口气，但等看清来的是杜湘东，似乎又提了口气："杜哥，您有事儿？"

杜湘东回答："查监。"

小徐胖子笑了："您那俩屋我替您查过了，一切正常。"

杜湘东没笑："那你再帮我找个人。"

随后报了许文革的姓名、籍贯、年龄、体貌特征。而小徐胖子动也没动，仍在笑："的确有这人，不在一般监舍，来了就进'小号'了。"

将曾经的逃犯单独关押，这表明了所里对此案的重视，也是杜湘东赞同的处理方式。他说声"知道了"，绕过小徐胖子往走廊紧里头的禁闭室走去。但眼前一晃，小徐胖子却以在胖子身上极其少见的灵活后撤两步，重新挡住了他的去路，还把胸脯子挺得老高，警服胸襟底下好像鼓出了两个小乳房。

他的笑容也变得为难了："上面交代了，您不能见这人。"

"上面谁说的？"

"所长亲自指示的。"

"为什么？"

"说怕刺激您。"

"笑话。我一警察，要能被犯人刺激，早他妈别干了。"

"杜哥……"

"你们到底什么意思？"

"许文革是自首的。"

说出"自首"俩字儿，小徐胖子的眼皮垂了下去，嘴唇几乎没动，发音含糊不清。这孩子跟他关系不错，而且似乎所有胖人都自带一种画蛇添足的善良，帮不了别人的忙，却能体察到别人的痛楚。小徐胖子已经在担忧他，同情他了：从他手里跑掉的逃犯回来了，并且还是自己主动回来的，这相当于把一个恶意的玩笑开得更加不留情面。

杜湘东重复了一遍："自首的？"

小徐胖子只得再次强调："自首的。所长还说您得避嫌。"

眼前的小徐胖子几乎成了重影儿，俩乳房变成四个了。而杜湘东知道，跟对方纠缠下去是没有意义的，他啪地磕着鞋跟转了个身，去找下命令的领导。新所长是个精力充沛的工作狂，每天六点就会出现在办公室，连带着职能部门也必须提前上班。但当杜湘东走进办公楼，迎出来的却是管理科长，告诉他，所长到局里开会去了。那不要紧，下午再来。杜湘东回了办公室，干坐着挨到傍晚，重新去所长屋外候着。接待他的仍是管理科长，见面就一句："所长还没回来。"然而杜湘东刚才上来的时候，明明看见所长的那台"桑塔纳2000"正停在楼门口。可见人家料定了杜湘东会再来，也早定下了答复他的说辞。

硬闯自然行不通，如今的领导越来越像领导，要想见面必须预约，否则就算违反纪律。况且，管理科的两名小伙子正警惕地盯着他呢。杜湘东只好又回办公室。偏这时，一个电话又追了过来，管理科长告诉他："所长让我给你带个话儿。"

杜湘东道："他不是还在市里吗？"

管理科长没理会这句抢白："所长说，许文革这案子非常特殊，跟以前他跑的时候一样，上面又有大领导过问了。现在又是个特殊时期，所里的改扩建和集资建房正在审批的坎儿上，不能允许任何意外情况造成不利的影响……所以所长的意思是，你和许文革之间必须严格隔离，你最好先离开监舍，到别的岗位上待段日子。"

"你们是怕我再让许文革跑了，还是怕我把他杀了？"

"不是我们怕，是领导怕。领导定下的主意，我也只能传达。"

于是，杜湘东转岗去了内务组。对于这个安排，他倒没觉得有什么不公。真要按照条例的要求，他也早就不适合在监舍干了。公然酗酒，纵容家属摆摊儿，哪一条儿不够他再写十份八份检查的？而好也罢，坏也罢，作为警察，杜湘东再次有了一个目标，那就是许文革。并且他有预感，许文革是一定准备"做些事情"的，否则许文革就没有必要自首了，更否则，许文革也就不是许文革了。面对生活，许文革要比自己强悍得多，强悍者一旦证明了他的强悍，就会像被上天选中一样无所不能。但因为那道隔离令，许文革虽然重现人间，对于杜湘东而言却变得越发神秘了。这种状态让杜湘东既无法自拔又无法自处，因此也就怨不得他后来所做的那些事了。

内务组隶属登记处，其职责并非管理内务，而是检查在押人员与外界往来物品的隐晦说法。既然许文革来时有人陪同，那么收到包裹也不奇怪。转岗过来之后的连续几个礼拜，杜湘东都注意到了那个包装严密的纸箱。看着封条上的"许文革"三个字，他得默默地做上一番心理准备，这才拿起裁纸刀将它打开。露出的东西虽然不在"犯忌"之列，但又和一般犯人大不相同。首先是七条毛巾和七套内衣，都是纯棉加厚的高档货，这说明许文革的习惯是当日用次日扔，连洗都不洗。他一个逃犯，有那么爱干净吗？难道是那些年脏怕了，反而养成了洁癖？其次是几瓶药，喷剂，标签上写着外文，后来请教了所里的年轻人，才知道是增强呼吸系统功能的，通常用在哮喘和肺纤维化病人身上。

通过这些物品，杜湘东得以想象许文革的状态：他独居斗室，终日不见阳光，饱受呼吸不畅的折磨，但却神经质地保持着身体的洁净与精神的冷静。这个形象是孤独的、自闭的，同时还是诡异的。回来以后，许文革仍然像一个游荡在人群之外的幽灵。而杜湘东也意识到，利用如今这点儿可怜的职权，他仍然能够对许文革施加影响。

没跟任何人打招呼，他没收了全部毛巾和内衣。至于那些进口喷剂，他去咨询了一下狱医，得知许文革并无生命危险，服用药物只是为了"缓解症状"之后，便统统拧开瓶盖，将液体倒进了便池。可以想见，这些东西对于许文革而言都是必需品，否则不会巴巴儿地叫人送来，因此也可以想见，一旦断绝供应，许文革将有多么寝食难安。但杜湘东就是要折磨许文革，哪怕用的是他过去所不屑的"鸡贼"手段。

如今铁门里的规矩也变了，最有面子的不再是好勇斗狠的牢头，而是那些在外面能量无穷的人。在新规矩里，因为经济问题进来的商人还能遥控生意，酒后驾车肇事的富家子总能召见律师，最让人不忿的是，对于某些落了马的官员，没落马的同僚旧部还会专门打电话来要求"关照关照"。看许文革的架势，俨然已经混成了那些特殊犯人中的一员，面对物资禁运，他会有什么反应？是公然抗议还是找人求情？杜湘东拭目以待。

从小徐胖子嘴里听说，有时许文革犯病犯得厉害，平摊在地上，两手扒着胸膛，那模样就像被装进棺材里活埋的人。饶是如此，他从未申请过就医，关于药品的不翼而飞也没对人提及。在杜湘东看来，对方与其说是在忍耐，倒不如说是在示威：当你已经变成了一个下作的老无赖，我却还是一条硬汉。而杜湘东能做的，只有继续扣留、糟践那些物资。他不就是想让许文革感受到自己的存在吗？这个目的已经痛苦而漫长地实现了，但许文革的表态却令他变成了真正被折磨的那一方。杜湘东的酒喝得越来越多，终于，在一次"撅"掉了半瓶二锅头之后，他做出了一个老无赖所能做出的最下作的举动。他在便池前方倒掉喷剂，解开裤子，往写满外国字眼儿的塑料药瓶里撒尿。尿得不准，溅了一手，他却还没尿完就生生憋住，冲回办公室，将药瓶放进了写着许文革的名字、等待转交进监舍的纸箱。恰好赶上转运物品的手推车来了又走，杜湘东随之展开了一段遐想：许文革又快犯病了吧？最好立刻就犯，如此一来，他才能不分青红皂白抓起药瓶，把那些浓郁的、酒精含量超标的液体趁热喷到嗓子眼儿里去。那个味儿真是甭提了，那个场面真是太解气也太他妈的变态了。没错儿，变态。都说警察这种职业很容易患上心理疾病，那好，他杜湘东总算赶上了这个时髦。

然后，杜湘东折回厕所，打算把剩下的那半泡尿撒完。

然后，他在门外遇到了那个代表许文革来找他的男人。

那男人杜湘东见过，前些天从奔驰车里下来的就有他。此刻他仍穿着西装，腋下夹着公文包，神情不苟言笑："杜管教吧？我是许文革的律师。"

杜湘东以醉鬼特有的嘴脸睥睨对方："律师？律师找法官聊去。"

"但有两件事，还得向您说明。"律师仿佛没看见杜湘东按着裤裆的丑态，语调不急不缓，"第一件，在被看押期间，我的当事人有权接收衣物、日用品和药品。尤其是药，这是医生开具过处方证明的。但据我所知，上述物品都被您无故扣留，这给我的当事人造成了极大的痛苦。而您的行为不仅违反了相关条例，说得严重一些，已经涉嫌虐待。"

"那你告我去。"杜湘东笑了，"你不就是吃这碗饭的嘛。"

律师也笑了，笑容高度职业化："我确实提出过这个建议，但我的当事人拒绝了。"

杜湘东眉毛扬了扬："哟，许文革这是跟我卖好儿呢？"

"既然是许先生的意思，那么第一件事就过去了。我想着重说的是第二件。"律师说着，将腋下的公文包打开，取出两张打印纸，递给杜湘东，"您先看看这个。"

杜湘东抬起手，展示了湿漉漉的尿渍，于是律师只好平举着两张纸，照镜子似的让他看。醉眼蒙眬，人勉强认识字，字却不认识人，但等杜湘东把那一千多字的材料读完，他就尿意全无了。他的脑子里咔然作响，心脏也像注射了过量的肾上腺素似的狂跳了起来。他愣了许久，再开腔，就不是一个醉酒无赖的口吻了："许文革到底什么意思？"

律师向杜湘东出示的材料，是关于五年前那场矿难的，却与通常的调查报告不同，并未纠结于事故的原因与后果，而是主要叙述了亲历者之一许文革在当晚的所作所为。其中包括他带领三十余名矿工逃生，也包括他从井下把刘秋谷背了上来。

至于许文革的"意思"，律师做出了清晰的表述："许先生的案子，法院正在审理当中。他的罪名是盗窃和越狱，对于这些，我方并无疑议。但在量刑标准方面，法院也必须考虑到各种特殊情况。首先，现在距案发的1989年已经过去了十多年，这十多年里，关于他的盗窃金额是否可以被称为'特别巨大'，相关的司法解释已经发生了显著变化。具体说，许文革盗窃的是一台'皇冠'轿车发动机，当年的整车价格大约十万元，即使是核心零部件，估值也应该不超过两万，这在八十年代算是天价，但在今天如果还被列为重大案件，明显就不妥当了。其次，当事人的认罪态度和表现也将对判决起到关键作用。许文革是自首，这一点已经毫无疑问，而我方辩护的关键之处在于，他在逃期间还有立功行为——试想当时如果不是他挺身而出，其余三十多人很可能会，或者说几乎一定会……"

听到这里，杜湘东眼前的那些字就变成了活蚂蚁，黑乎乎地爬得满天满地都是。他瓮声瓮气地打断对方："你是想让我给许文革做证？"

"对。"

"这事儿找我干吗？谁在井下找谁去。"

"我查阅过山西方面留存的资料，的确曾有一位副矿长和若干矿工提及，是一个名叫姚文林的人把他们带了出来，也说过姚文林是个逃犯。我们很想请那些当事人来北京做证，可该矿早就关停，一时半会儿没法找到他们。当年一起下井的人里，我们能见到的只有刘秋谷，但刘秋谷目前已经成了许文革的生意合伙人，属于利益相关方，所以只能回避。在这种情况下，如果要在开庭之前就许文革的立功表现提请法院重视，有效的证人也只剩下您了。矿难发生时，您就在矿上，而且不怕您介意，我还通过关系看过您当年写给上级机关的检查，那上面说，您几乎抓获了化名为姚文林的逃犯许文革……如果有了您的证明，那么姚文林立功就是许文革立功，那么再经过法院核实，许文革就可以获得适当减刑……"

说到后面，律师的口气也软了下来。他又从公文包里拿出另一张打印纸来，是份证明书，递到杜湘东面前。兹证明大同某某煤矿曾有雇用人员姚文林，系逃犯许文革化名。落款虚席以待。这些字样是用大号字体打印的，黑得更加触目惊心，在他眼里就不像蚂蚁而像甲虫了。许文革这是请他高抬贵手呢。作为一个警察，他没资格接近逃犯，逃犯却先把他查了个底儿掉，连他的检查都看过了。为了达到目的，他们还用私扣物品的事儿来要挟他。

杜湘东低下头，下意识的反应只想逃开："边儿待着去，我要撒尿。"

"您尿还挺多，我等您。"

"尿完也没工夫搭理你，现在是上班时间。"

"那就等您下班。反正我的费用是按小时计的。"

犯赖没用，人家比他还赖。杜湘东侧身撞开律师，重新往厕所走去。他还计划着如果对方追上来，那就在便池边上使个回马枪，滋丫一身。可那律师没动，甚至似乎没用目光追寻他，而是叹了口气，仿佛不知对谁感叹："许文革说，您也不容易。"

杜湘东蓦然站住，后脖颈子汗毛倒立。

律师继续道："衣服和药，还有我看过您检查的事儿，许文革其实都不让我跟您提。他本来还想亲自请您为他做证，可是你们见不着面，只能由我转达。干我们这行的，都会看人，我感觉他对您的信任比对我还深。说到您，他只有一句话：这是个好警察。"

杜湘东继续静立。许久，他才慢慢抬起头来，瞪着前方却像目无一物，这使得他的姿态如同一个听声辨位的盲人。此时是下午，身边有扇窗子，光线从偏西的背后投射进来，让他的影子往东南方向伸长，不易察觉地往墙上爬去。影子一颤，杜湘东便回过身，走到律师面前，接过对方递上来的纸笔。签完字，杜湘东再次转身，走向厕所，打算接着尿。但还没尿出来，他就跪了下来，头顶着哗哗作响的陶瓷便池，哭了。

14

不久以后，案件开庭审理。

1989 年春，许文革伙同他人盗窃汽车发动机，又伙同他人于在押期间逃脱，此两项罪名成立。但对盗窃和越狱，1992 年颁布的《刑法修正案》与 1997 年颁布的新《刑法》在量刑标准上均做出了新的规定，依据"从旧从轻"原则，不再适用 1989 年执行的旧标准。两罪并罚，通常可以判处有期徒刑五至六年，案犯主动自首，也可酌情减判。控辩双方的争论，集中在许文革在逃期间的表现。在矿井底下救了人，这与本案并无直接关联，是否可以算作立功？即使算立功，救人的过程并不翔实，证据也不充足，是否可以作为减判的理由？检察院方面提出如上质疑。一审法院采纳了检方意见，并不认可立功情节，遂将许文革的刑期定为五年。许文革一方不服，随即提起上诉。考虑到矿难有据可查，警察杜湘东又能证明案犯当时确在矿区，更高一级人民法院并未驳回上诉请求。择日再审。

这时杜湘东明白，他那份证明起到的作用，首先是拖延时间。利用重新开庭之前的一两个月，许文革的律师又在兢兢业业且效率极高地搜集其他证据。天知道他们雇了多少人，花了多少钱，动用了多少关系，终于在河南平顶山找到了当年那位副矿长。煤矿被封，老板跑路以后，副矿长也失了业，经亲戚介绍先去了陕西榆林，后又辗转去了河南，干的都是挖山开矿的活路。被找到时，他已经患有严重的尘肺病，许文革的律师立刻替他结清了医疗费用，把他送到北京，一边洗肺，一边做证。因为副矿长大部分时间都在特护病房，所以杜湘东并未与他见面，但据说那人的证词后来成了审判的转折点。

也正是在此期间，案件开始受到媒体的关注。在那些报道里，许文革被描述成了一个"迷途知返、白手起家的成功人士"，还有一档名气很大的电视节目到看守所对他进行了专访，挖掘其"心路历程"。节目播出，反响愈发热烈，不仅法律界的相关人士，就连八竿子打不着的专家也都纷纷发表意见，各路人精儿选边儿站队，演变成了如下两种论调的激辩：第一，公平至上，资本是有原罪的，中国的资本家更是有原罪的；第二，效率优先，只有对那些"有能力的人"网开一面，社会经济才能快速发展。前者批判后者信奉"丛林法则"，后者讽刺前者要开"时代倒车"，大家离题万里，天马行空，各执一词。

这个插曲的受益者当然是许文革。把水搅得越浑，法院在量刑时，就越有可能采取折中方案：轻了不行，重了更不行。所谓"酌情"，酌的有案情、人情，当然也包括舆情。另一个间接受益者却是看守所——电视镜头里的监舍整洁明亮，管理有序，这相当于用事实回应了近些年来针对我国司法体系的恶意抹黑。上面因势利导，把单位树成了典型，新所长还得逢年过节带着一群眼泪汪汪的在押人员包顿饺子，以供宣传使用。

也是经由媒体报道，杜湘东才弄清了许文革的另一个身份：他已经是一家汽修企业的实际控制人了，厂子在南方，手下雇着百十号人。尽管奔驰车、一天一扔的毛巾内衣和按小时付费的律师都透露出了类似的可能性，但确切得知这个信息，还是令人倒吸一口凉气。当然，这其中的许多细节有待补充，比如许文革究竟是通过什么途径"发迹"的？再比如许文革既然是个逃犯，又是如何管理资产，运营企业的？只不过除了杜湘东以外，并没有什么人真会关注那些疑点。人们需要的只是一个励志的传奇，一个暴富的神话。

两个月后，二审宣判。依据《刑法》，犯罪分子的"立功表现"是指"揭发他人或提供重要破案线索，并经核查属实"，因而在狭义上，许文革的救人行为不能算作立功；但按照最高人民法院颁布的《关于处理自首和立功具体应用法律若干问题的解释》，许文革具有明显的悔罪表现，并对社会做出了重大贡献，因此仍可参照相应的减刑标准处理。最后判处有期徒刑三年，立即执行。也就是说，上诉目的已经达到。

不管怎么说，这桩跨世纪的案件终于在法律层面上尘埃落定。许文革被移交给监狱的当天，刘芬芳提早收摊回家，炖了一锅猪下水。老所长和老吴也打来电话，如出一辙地问："不想了吧？"杜湘东回答他们："早不想了。"然后老所长跟他交流了养生，老吴则介绍了自己在东南亚几处海滩胜地的见闻："都他妈大洋马，扒开屁股才能找着裤衩儿。"又过了几天，所里传达通知，杜湘东结束了短期轮岗，重新回监舍工作。

杜湘东却表示："我就留在登记处吧。"

新所长以为他还在闹情绪，安抚道："杜哥，工作离不开您。再说您当年不都是主动申请到一线、到困难的岗位上去嘛，这个传统得发扬啊。"

杜湘东说："当年是当年，现在就想图个舒服。"

他说的是实话。至此，杜湘东已经目睹许文革实现了他的全套计划：随着法制进步，当年的案子如能拖到今天再审，对罪犯是极其有利的，再加上自首和立功等因素，许文革只需要坐上不长时间的牢，就能以很小的代价洗白自己——而恰恰是因为"发了"，今非昔比了，许文革才无比迫切地渴望洗白。如果说许文革是一个幽灵的话，那么他是一个随时准备回到阳光之下的幽灵。这么想着，杜湘东仿佛又身处在矿井深处，和许文革一起经历着黑暗中的天崩地裂。他仿佛还看到，当井下所有人都在仓皇失措时，许文革的眼里却闪烁着孤注一掷的光芒。许文革早就开始设计他的计划了，并为此稳扎稳打，步步为营。而再反观自己，杜湘东却全然是一个懵懂的、被动的人，他只配被人牵着鼻子走。如果说当年的杜湘东只是承认了失败，那么现在，他还感到了彻骨的乏力。

于是他不仅从管教的位置上退了下来，进而还变成了这样一副形象：骑一辆破烂自行车，后座上斜插着一根劣质鱼竿；如果离近了，能闻见他身上的酒味儿更浓了，还能听见他的怀里有只蝈蝈正在吱吱乱叫，听那五音不全的调门儿，好像也被熏醉了。如此全副武装的杜湘东从宿舍出发，或者找河边清静的地方下竿儿，或者到山脚下给蝈蝈挖野菜，或者去为下岗女工刘芬芳的冷饮摊上货，总之难得到所里照个面。对于单位，他有一种很公平的态度："我不烦他们，他们丫的也别烦我。"而现在，别说领导了，就连交情不错的几个小伙子也对他敬而远之。大家除了觉得跟他混在一起"影响不好"以外，仿佛还害怕从他那儿沾到什么晦气。人们对他的称呼也变了，从"杜哥"升级成了"杜爷"。这个"爷"当然不是"爷爷孙子"的"爷"，而是"北京大爷"的"爷"。定居郊县十几年，杜湘东终于混成了一个别人眼里的北京人。

"你堕落了。"另一个北京人刘芬芳抱怨道。

"我不早这样了吗？"杜湘东回答。

"那你就是越来越堕落了。"刘芬芳又说。

杜湘东不忿："难道我就没有堕落的权利吗？"

听他这么反问，刘芬芳就没话好说了。也许她还在心里做了一番权衡：比之于奋发的杜湘东，堕落的杜湘东才是适合于当丈夫的。况且一个穷人，能在堕落这事儿上拥有多大的资本和想象力？毕竟不赌嘛，毕竟不养女人嘛，毕竟还知道给家里干点活儿嘛。那么堕落就何止是天赋人权，简直是值得提倡的了。而刘芬芳没话好说，杜湘东也就失去了对堕落进行深入阐述的机会。那种反思只能在暗地里进行：如果说以前堕落，是因为不知道许文革身在何方，那么现在堕落，不妨算是他为了适应"许文革回来了"这一现状所做的努力。表面上是同一种堕落，骨子里却有不同的内涵。

如此说来，即使到了今天这步田地，许文革仍然还在萦绕着他，纠缠着他，改造着他？这个发现将杜湘东吓出了一身冷汗。

而此后的两件事，让他不得不承认确实如此。

第一件事发生在半年以后。那天晌午，杜湘东照例出门，自行车后座的鱼竿上挑了一只等待收纳战果的塑料袋，迎风一抖，如同旗帜，上书五个大字：维纳斯妇科。这阵子刘芬芳在闹妇女问题，小肚子疼，正好听说县城有家私营医院开业酬宾，免费门诊，便去看了一趟。杜湘东骑过看守所正门，忽听有人叫他，一歪头，就看见门前停了一辆"大切诺基"，车里跳下了那位上警校时总跟他较劲的同学。同学还在干刑警，因为破过几桩震惊全国的大案，现在已经升了某个城区刑侦支队的一把手了。这些消息也是在新闻里得知的。

杜湘东溜车过去，像狗撒尿似的一脚蹬在"大切诺基"的轮毂上，用同学当年的口气打招呼："哟，稀客呀。"

然后他才眨了眨眼，略感茫然。这位身居要职的故人怎么会来找他，并且看那架势，还是专程下乡来找他。而自从提拔到领导岗位，同学就学会了收敛傲气，或者说，反而没必要傲气了。他笑笑，和杜湘东握手，话说得既亲热又责备："打电话你不在办公室，找你们所长也不知你在哪儿。都什么年代了，你也不配个手机。"

杜湘东干硬地迸出几个字儿："你要干吗？"

同学继续笑道："找你核实个事儿。那事儿你可能不想提，但也请担待着。当年为了那个叫许文革的逃犯，你不是跑过一趟大同吗……"

杜湘东更加干硬地打断对方："那案子早结了。没结之前，你们不也撒手不管了吗？"

同学道："我想说的也不是许文革，而是你找许文革时，我给你介绍过一个当地的警察。他带你去查过线索，还跟你一同进过矿区。这人你还记得吧？"

杜湘东眼前浮现出一个人影。那警察瘦高驼背，满脸通红，浑身脏兮兮的，当初刚见面，他就自我介绍过，姓徐，不过后来竟忘了人家的称呼，只记得长相如同一只蹦跶在土里的大虾米。杜湘东这辈子唯一一次过了把刑警的瘾，正是在那个老徐的陪同下完成的。追许文革时，如果不是老徐把他拽出了矿井，没准儿命都送了。

见杜湘东迟疑着点头，同学就一股脑儿地说开去。他说老徐以前是省里有名的破案能手，门路广，脑子活，关键时刻反应奇快，不止杜湘东，就连他本人也承蒙老徐救过一命。当时是到山西抓一个抢劫犯，刑警同学在路边摊上看得真切，扑上去就要按人，没想到对方从怀里掏出一把鸟铳，顶住了他的脸。正在这个当口，一旁策应的老徐及时赶到，一把攥住鸟铳，把枪口抬向天上，不仅救了警察，也没伤及群众。只可惜这样一条汉子，却在最不应该的地方翻了船。他很早离婚，前妻和女儿住在太原，女儿升初中那年，因为没户口，得交一笔择校费，但穷警察又怎么交得起。恰好有个认识的生意人说能联系上省城重点学校的领导，还说择校费可以由他先垫着。虽然知道天上不该掉馅儿饼，但因为常年感到对不起女儿，老徐也决定把钱借了再说。没过多久，便发现那生意人身上还背着一起伤害案，是讨债时指示黑道把人手剁了。对方求老徐放他一马，老徐不答应，依旧抓人。到了牢里，那人就反咬一口，揭发老徐勒索、受贿。虽然打了借条，又是在不知案情的状态下拿的钱，但追究起来仍属犯忌，于是老徐被从一线调离，找了个闲职挂着。

这一挂，就挂了七八年。但却闲不下来，不光许文革这个案子，地方上再有什么棘手的案情，仍会抽调老徐帮忙。结果到了上个月，就出了事儿。铁路警方要端掉一个盗窃团伙，知道老徐熟悉地形，请他在大同段配合一下。但前两个站点收网过早，又没把人都抓住，余下的案犯被逼红了眼，刚看见身穿旧警服的老徐上车，就有一个十四岁的孩子迎了上去，照着肚子攮了一刀。老徐把眼一瞪，说声"小兔崽子，拳头还挺硬"，随后一头栽倒。等送到医院，发现肝脏被捅破了，又抢救了半个月，终于没救过来。

老徐死前，断断续续还有意识。这时上面想起来，还有一位得力干警正被"挂着"，于是位复原职，立功嘉奖。以前的领导赶到医院，把那份决议逐行逐句地念给老徐听，上面列举了老徐从警生涯的诸多事迹，倒像提前念了一份辉煌的悼词。刚念完，老徐便昏了过去，过了片刻又自己醒了过来，对领导说："还差一条呢。"

领导手忙脚乱地问："差哪条？"

老徐说："我还拒过贿。"

听到这话，领导就有点儿尴尬，问："还有这事儿？"

老徐就把何时何地拒过贿说了。听着同学复述，杜湘东也想起了当年他和老徐坐在洗浴城包间里的情形：俩警察一左一右，中间夹着煤矿老板和几沓现金。

刑警同学道："凭他以前破过的案子，足够当个省级以上英模的，但非要在材料里添上一条拒贿，就有点复杂了。没过几天，老徐就突发大出血去世了，所以这事儿算是他的遗愿，领导没法儿拒绝。可他又在钱上有过纰漏，而且当年告他的人还放出来了，怕就怕再咬起来，打了英模的脸也打了组织的脸，那样影响就恶劣了。最后上面给出意见，一定要对老徐的说法再做核查，只有证实了才敢往材料上写。他们省厅的人先找到了我，让我私下跟你了解一下，你们当年到底拒没拒过贿，当时老徐又是个什么反应……"

"我能证明。"杜湘东说，"有人行贿，老徐拒了。"

"你呢，也没拿？"

"他都凛然成那样了，我怎么好意思拆他的台。要不是他，我还真不好说。"

"你实事求是就行，不必……"

"怎么着，山西那边信不过老徐，你也信不过？"

"我说的不是他，是你。没必要再踩自己一脚，据我所知，你也不是那样的人。"

"那你看我是他妈哪样的人？"

杜湘东吼了一声，却不雄壮，好像掐着嗓子嘶鸣。他扒在轮胎上的脚还抽筋儿似的一蹬，大切诺基纹丝不动，屁股底下的自行车先歪了，令他一个趔趄翻倒在地。刑警同学没再出声，从大檐帽底下冷冷打量着他。杜湘东又腿坐了片刻，跳起来，一边噼啪拍打屁股，一边要过纸笔，也不回办公室，趴在汽车鼻子上写了一份证明。世事真是一环套一环，跑了趟山西，还牵扯出了这么多案中案。他是第二次给人做证了，不过这次晚了。许文革活着，老徐却死了，还是死在一个小蟊贼的手里。杜湘东一边写，一边心就疼了起来。他还感到喘不过气，得不时抚着胸口往下顺顺。用了两张纸，总算把该说的话说清楚了。同学接过材料，替杜湘东把自行车扶起来，仍未言语，走了。

过了俩月，老徐的噩耗渐渐在他心里淡了下去，另一件事却接踵而至。

杜湘东仍保持着探望姚斌彬他妈的习惯。好像脑子里藏着一枚闹钟，走得不准，但却迟早要响，敦促他去例行公事。而最近几趟过去，房间里嗅到了别样的气息。先是每次进门，都觉得屋子干净了，其次是盛米的塑料桶、装菜的竹筐总会满满当当的，甚而还有水果，并且不是附近菜市场里的寻常货色，无论苹果橘子都大而饱满，打了一层锃亮的蜡。

对于这些变化，杜湘东向姚斌彬他妈打探过。回答是："他们送来的。"

这个说法无疑过于笼统，但也是标准答案。随着越发地老了，虚弱了，这半年来，姚斌彬他妈仿佛失去了辨人的能力和兴趣。从她嘴里几乎听不到完整的人名，而是用代词指称一切：我，你，他，他们。我还不饿。你来了。他把我的暖壶踢翻了。至于这里的"他们"，可以是厂子的工会，也可以是街道乃至区里的福利机构。跨了世纪以后，国家貌似从捉襟见肘的窘境里缓了过来，就连对于原先被刻意遗忘的困难群体，也能腾出手来照应了——可惜往往也就是一阵风，为的是配合什么检查什么活动。

当然，"他们"还可以是别人。杜湘东又问："他们是谁？"

姚斌彬他妈便吃力地歪着脑袋，半晌才答："他们就是他们。"

问也没用，再问就是故意逼人了。而杜湘东倒想看看"他们"还要怎么表现。横竖也没事儿，他去得更勤了。那天又是周末，骑着破车来到六机厂家属院，一进门，就见姚斌彬家的楼下停了一辆救护车。当年翻拣垃圾的老太太早不知哪儿去了，接替她的是个中年妇女，脾气倒比前任随和，看见杜湘东，点头招呼："来啦？"

杜湘东说："来啦。"说着瞥瞥救护车。

妇女意味深长地说："崔大妈命好。"

那一刻，杜湘东魂飞魄散。在穷人的语境里，死得痛快或者死得不破费，就算"命好"了。他不敢多问，三步两步上楼，便看见姚斌彬家门口围了一群人，正伸着脖子往屋里观望。掀开布帘子，又露出几个穿白大褂的医生护士，围着姚斌彬他妈或问询或安抚。姚斌彬他妈却安然无恙，见到杜湘东进来才开口："你跟他们说说。他们问的我都不懂。"

杜湘东既问姚斌彬他妈，也问医生护士："让我说什么？"

一个中年医生接口道："听邻居说，这些年来，你一直在照看她？"

"也是得空儿才来一趟。"

"请介绍一下她的生活情况吧。"

"很简单……睡觉起床，烧水做饭。吃的我都提前备好了，菜尽量买存得久的，土豆大白菜什么的。得按时吃药，所以我写了个字条，贴在桌子上。以前她还自己去拿药，后来懒得动窝儿，我就得勤着点儿检查她的药瓶，快没了就替她跑趟医院。像上厕所和洗澡这些事儿，对她来说很麻烦，不过练了这么多年，基本上自己也能做了……我原先工作挺忙的，靠我一人肯定不行，还是多亏了邻居们。"

他说完，看看屋外，邻居们纷纷点头附和。然而问的人可不满意。一个护士撇嘴道："怪不得这么瘦，光吃土豆白菜了。"

立刻有人顶她："你查查我们的工资条儿，想吃鲍鱼你给买去。"

另一个护士说："老人身上都有味儿，估计半个月也洗不上一回澡。"

又有人说："别说她了，我们都这习惯。你闻闻我，我也有味儿。"

杜湘东把话头转向医生："你们又是哪个医院的，谁通知你们来的？"

对方回答，他们不是医院的，而是城北一家疗养院的。有客户预交了费用，让他们上门给崔丽珍做一次家庭体检。那家疗养院杜湘东也听说过，在电视和报纸上都打过广告，据说是按国际标准建的，价钱自然也是国际标准。医生又把杜湘东往屋角拉了拉，低声问："那么老人发病之前，您还观察到什么症状没有？"

杜湘东说："她是老病号儿，认识我之前就中风了。"

"我说的不是中风。"

"还有别的毛病？"

"对，我们怀疑她得了阿尔茨海默病。"

这个洋词儿把杜湘东唬住了，他严峻地看着医生。

医生解释道："也就是老年痴呆。当然，按照你的说法，老人不是还能基本自理嘛，这说明情况还不算太严重。不过她现在的生活环境……确实成问题，医疗条件也跟不上，很不利于进一步检查和治疗。说句不好听的，等彻底糊涂了就晚了。所以我的意见是，立刻让她到疗养院先住下，再由院方安排就医。"

"你们想把她接走？"

医生笑了："我们疗养院的门槛也挺高的，哪儿能说去就去。"

说完撇下杜湘东，靠窗去打电话。说不几句，转过身来："客户表示，费用不成问题。只要老人去了，我们就能安排陪护，还能组织专家会诊。咱们收拾收拾吧。"

杜湘东脑子嗡了一声："一个大活人，你们哪儿能说弄走就弄走？"

"瞧您说的，好像我们是个强制机构。其实听邻居说，您还是个警察吧？那我们就向您这位警察同志汇报一下。走之前当然得办手续，不是还有单位嘛，现在那位客户已经去找厂里了，只要厂里同意，就是符合相关规定的。而说到底，这一切的大前提，还得是老人自己同意过去……"医生说着又笑了，这时便有护士拿出一本宣传画册，平铺在桌前，向姚斌彬他妈展示疗养院的硬件和软件；而医生的口气又像是在探讨一个多此一举的话题，"崔阿姨，您想住到那里去吗？"

姚斌彬他妈把眼睛从画册上挪开，看向桌上的一副相框，没听见似的。

这时楼下传来了关车门的闷响。杜湘东探向窗外，便看见了那辆奔驰轿车，车上下来两个人：一个是秃顶，从上往下看去好像一只鳖；另一个满头黄毛，好像一朵菊花。菊花与鳖脚步急促，噔噔噔地跑上楼来。走在前面的秃顶男人大概是个领导，虽然厂子处在半停工状态，可编制还在，那么"班子"就得维持运转。邻居们见了他，纷纷撇嘴，而秃顶也并不指望受到欢迎，自顾自地表演起来。他先对姚斌彬他妈嘘寒问暖了一番，然后宣布，崔大姐去住疗养院，"这是一件好事"，虽然厂里"也舍不得"，但是"为了您着想，态度是十分支持的"。这么说时，他身后的年轻人却往杜湘东身边挪过来。这人穿得花里胡哨，两只皮鞋锃亮，步伐却踩出了对比鲜明的切分音。对视一眼，面无表情，但杜湘东认出了小瘸子，小瘸子也认出了杜湘东。其实早该想到的，小瘸子就是刘秋谷，许文革从矿井底下背出来的那个孩子。他截了肢，但又踩着一条假腿站起来了。除了这条腿，他从打扮到神色都是一副"小开"模样：轻狂，浅薄，在河南的底色上时着韩国的髦。

刘秋谷的目光在杜湘东脸上停留片刻，突然变得冰冷。随即，他故意忽略了杜湘东，转而和医生讨论起了疗养院的费用问题："大概多少，一年二十万？三十万？"

"差不多吧……基本费用三十万足够了。"

"有没有更高档的？我们掏双份儿，能再多几个人伺候着吗？"

他也在表演，不仅演给邻居们看，还演给杜湘东看。而在邻居们波澜荡漾的感叹中，在杜湘东的沉默中，姚斌彬他妈却突然说话了："我不去。"

医生以为自己听错了："您说什么？"

姚斌彬他妈重复："我说我不去。"

秃顶男人也替她着急起来："这算怎么话儿说的，您看……"

刘秋谷这才慌了神。把姚斌彬他妈"伺候"起来，这一定是许文革交代的任务，任务完不成，就是辜负了救命之恩。县城版的霸道总裁演不下去了，取而代之的是孩子般的委屈，他走近姚斌彬他妈，哀求道："婶子，别呀，咱再商量商量？"

姚斌彬他妈瞥他一眼："我不认识你，跟你商量不着。"

那么跟谁商量？众人又都看向杜湘东。杜湘东的心沉了沉，很想叹口长气。他也靠到桌前，俯身蹲下去，看着姚斌彬他妈的眼睛。

"这是许文革接您来了。"他哽着嗓子，轻声说。

女人似是一震，把手探过来，抓住了杜湘东迎上来的手："我知道我该去，老麻烦你，我也不好意思。但我就怕一件事。"

"您说。"

"我怕姚斌彬回来找不着我，着急。"

"姚斌彬他……"

"杜管教，不瞒你。"女人舔了舔嘴唇，"姚斌彬他有罪，跑了，去山西了。"

她虽然还记得姚斌彬和许文革，但脑子里的事实却都乱套了，张冠李戴了。也正是女人的这句话，让杜湘东不得不相信了医生的判断。他紧紧握了握女人的手："我还常来呢，碰见姚斌彬，就让他找您去。"

姚斌彬他妈就闭了眼，把身子往后一靠，一副任凭处置的姿态。人们松了口气，各自行动起来。床单被褥换洗衣服都不用带，疗养院里有现成的，只要把证件、药方等小件物品揣进一个牛皮纸袋，就算收拾停当。住了一辈子的地方，走时原来如此简单。叽喳忙乱之际，姚斌彬他妈和杜湘东一个坐，一个蹲，俩人手还握在一起。

终于，女人被搀扶起来放进轮椅。她回头又找杜湘东："看我去，啊。"

杜湘东说："看您去。"

姚斌彬他妈被簇拥着推下了楼，门外的喧哗逐渐减弱，杜湘东却一动不动，还蹲在地上。十几年了，这间小屋几乎和他头次来时一模一样。因其不变，也就掩埋了那些深夜痛哭的悲声与皓首枯坐的身影。窗外起了风，阳光肆意横行，铺天盖地的流云的影子在水泥地上掠过。杜湘东心里突然起了个念头。许文革，老徐，他们都是扑在尘土里也身上带光的人，而在此前那些年里，他本人的存在价值仿佛仅仅是为了陪衬"他们"，以显示"他们"才是强悍的、磊落的、高尚的——所以他才会长久地憋闷，憋闷得让他忘了自己也是能发光的。现在，他必须做点儿什么了。他得换个角色，还得向他所处的世道讨个说法。况且他想干的事儿还不仅仅是为了他自己。杜湘东往身旁扫了一眼，看见桌子底下倒扣着一个简陋而古旧的相框。这东西一直摆在桌角，而方才走得仓促，落在地上竟无人察觉。相框里插着一张黑白照片，中间的女人四十多岁，面庞清秀，眸子闪亮，在她身后一左一右，站着两个身穿工人制服的稚嫩青年。姚斌彬死了，许文革还活着。姚斌彬的一条命，换来了许文革的重新做人。这公平吗？虽然姚斌彬毫无怨言也不可能再有怨言，但杜湘东还是要问，这公平吗？有了这句发问，杜湘东就不感觉自己是孤独的了，他还多了一个同伴，那人是姚斌彬。

他把照片从相框里抽出来，揣进上衣口袋。离开之前，他朝窗子的方向凝视片刻，点了点头。那透亮的虚空里，似乎有个姚斌彬对他似笑非笑。

15

杜湘东破天荒回了趟办公室，只做一件事，就是给当年的同学打电话。失联已久，许多人早就搬家了，更有些人连单位都挪地儿了，他只能通过找得到的询问找不到的，顺藤摸瓜地逐个儿串联起来。幸亏上学时人缘不错，同学们还愿意记得他，而面对杜湘东提出的"聚聚"，有人痛快答应，有人吞吞吐吐地搪塞，还有人表露出了情有可原的谨慎。毕竟大家都忙，更毕竟一些人已经坐上了相当敏感的位子。

令人欣慰，当他赶到上学时常去打牙祭的那家小饭馆时，就见门口停了好几个警种的车辆。最威风的当然是刑警支队长的"大切诺基"，经侦总队副政委的那辆"霸道"也不错，车里还候着个司机。在走进包间的客人里，杜湘东的模样无疑是最寒酸的，甚而带了三分滑稽。他歪戴着帽子，裤腿一高一低，后襟上沾了一块来路不明的油斑，怀里鼓出个包，居然是个蝈蝈罐子。他也纳闷为什么要带着蝈蝈进城，于是出门找了块草地，把那小虫放生了。

再折回去，推门进屋，一群警官正在热闹，拍着桌子互相说"老了老了"。看见杜湘东，齐声欢呼，"老了老了"更加不绝于耳。这才是同学聚会的气氛，谁也别挑剔地方，谁也别找理由挡酒，谁也别因为肩章上比人家多了一颗星一条杠就装大尾巴狼。干了？走着。悠悠岁月，欲说当年好困惑。酒量可以啊老杜，以前可没见你能喝。也是锻炼的结果，你们拿茅台练我拿二锅头练。说这个就没劲了啊。我没劲，我自罚。

桌上的酒瓶都见了底儿，恰好一个小高潮结束，场面陡然静了下来。有人脸红，有人脸白，所有人都垂了脸，用近乎慈祥的眼神看着杜湘东。

"有事儿就说吧，老杜。"开口的是刑警支队长。

杜湘东没言语，再次举杯，手一抖，洒了大半。

"大伙儿都不是闲人，今儿是为你来的，你就甭卖关子了。"其他人也道。

"那我就直说。"杜湘东把酒杯往桌上一蹾，"你们帮我查个人吧。"

"查谁？"

"许文革。"

场面更静了。片刻，还是刑警支队长说："这些年你的那些事儿，不光我知道，哥儿几个也听说了。大伙儿都想劝你一句，人不能跟自个儿过不去。"

"可我觉得事儿还没完。"

"法院都判了，你还想怎么着？"

"别跟我讲法，我他妈也是警察。但法律是法律，道理是道理。"

"话可不能这么说，要是都像你一样，社会不就乱套了吗？"

"要是都像他许文革一样，那才乱套了呢。"

"老杜，你这就有点儿轴了。人轴不完全是坏事儿，但要在不该轴的地方轴，那就真是坏事儿了。说句不该说的，我们也都觉得你挺可惜的，不过——"

"不可惜，谁也别替我可惜。我早想明白了，混得不好是我活该。你们是干大事儿的人，我就配当个臭管教，而且连个管教都当不好。我给咱们这帮同学丢人了，我都没脸来麻烦哥儿几个。但我心里憋得慌，那感觉比坐牢还难受……我没本事，我就是一废物，要没你们帮忙，我是真过不去这个坎儿了……"

说着，杜湘东就"出溜"到桌子底下去了。他的嘴里和鼻子里流出了混杂的汁液，拉着丝儿吹着泡儿，汩汩地淌进了脖领子。他兀自口齿不清，喃喃不止。他进而又左右开弓地抽着自己的嘴巴，噼啪作响，转眼让脸肿得像个猪头。同学们都来拉扯他，劝他"别介呀别介呀"，人堆儿底部的猪头却突然变成了一只鲸鱼，哇的一声，天女散花，酒精度数极高的呕吐物喷了众人一身。

这也是那天晚上定格在杜湘东眼前的最后一幕。次日在学校招待所醒来，他已经全然记不得头天说了些什么。然而没过多久，来自各个渠道的信息就陆续汇聚了起来。他相当于用鼻涕眼泪把在京公安系统粘在一块儿，展开了一次联合调查。用刑警支队长的话说："我们这些人，大枪顶脑门子上都不怕，就怕自己兄弟耍苦肉计。"

而他的同学不是领导也是老油条，都明白这样的调查应该被控制在怎样一个"度"里。一言以蔽之：违反纪律的事儿不能干，授人以柄的事儿不能干。但他们也告诉杜湘东，所谓的"度"往往又是微妙的，含混的，打打擦边球也不是不可以。话说到这个份儿上，大家心知肚明。杜湘东先到刑警支队长那儿报了个案，说姚斌彬他妈失踪了。失踪了自然要查，尽管没过几天就得知崔丽珍住在城北的养老院，但养老院是许文革授意安排的，而许文革又正处于服刑的特殊阶段，那么就势查一查这个人，也是有其必要性的了。

更得感谢这些年的技术进步，群众雪亮的眼睛早已进化成了由芯片、二极管和数据库组成的庞大的复眼结构，一个人再怎么隐姓埋名，只要还和社会有接触，他所留下的痕迹都会记录在案。信息汇总到杜湘东这里，又可以拼凑成一部许文革的发迹史。

大致分为如下两部分：

首先是在逃期间。当年许文革离开矿山，立刻南下广东。他先后使用多个化名，在各式各样的民营工厂干过活儿，但都不甚得志，最多也就干到了"拉长"。转机出现在跳槽到汽修行业之后。他本就是一名娴熟的技术工人，又对机械极感兴趣，刚一入行就显现出了过人的本领。什么车他都敢上手，什么车他一上手就能转，渐渐就在汕头一带闯出了名气，乃至于深圳、广州都有人专门请他去维修一些走私的豪华车。有老板想替他出资，怂恿他单干，但许文革都没答应，直到遇上了刘秋谷。

当时刘秋谷拖着一条腿，也来沿海地区讨生活，原打算用他哥的抚恤金做点儿生意，结果被人骗得精光，沦落在夜市里乞讨。许文革把他捡了回去，提议俩人合伙干，本钱自己出，却让刘秋谷出任法人。这么安排，当然有其目的，但刘秋谷一来走投无路，二来把许文革视为救命恩人，因此甘当逃犯的傀儡。此后，许文革展示了一个商人的才能和胆识。他跳出家用车市场，转而盯上了爆发式增长的物流业——几乎所有南方工厂的货物都得用大卡车源源不断地运往港口，但卡车一旦坏在路上，厂家的售后网点又辐射不到，常常会前不着村后不着店地耽搁许多天。许文革的"点子"恰好可以解决这个问题。他也不租门店，用全部积蓄招聘工人、租赁面包车，再加上言传身教，很快带出了一支过硬的维修队伍。他们像工蚁一样沿着货运线路游走，只要有卡车"趴窝"，一个电话就能迅速赶到，该修的修，修不好的拖到汽修厂，转手又能挣一笔介绍费。这种经营模式胜在机动性强、成本低廉，在那个年代绝对属于"一招鲜"，刚一试水就赢得了极好的口碑，进而说动了几个原先认识的老板入股投资。此后的几年，许文革几乎是在夜以继日地劳心劳力：发展加盟的维修站点，和卡车制造商洽谈专修授权，遇上特别重大或者特别棘手的情况还得亲自"出现场"……公司的规模也像滚雪球一样膨胀起来，业务扩展到了广东全境。

自然，无论是融资还是合作，抛头露面的都是刘秋谷，许文革只在背后操纵。

其次就是入狱以后。许文革的逃犯身份公之于众，股东们果然被吓了一跳，不过很快明白他自首是为了洗白，所以非但没有撤股，反而纷纷帮他介绍律师、疏通门路。生意人考虑的是钱，只要许文革能替他们盈利，那些人才不管他有没有前科。而许文革身在监狱，胸怀天下，又开始着眼于一个新的商机。这两年，随着山西、内蒙遍地开花的挖矿运动，西北方向已经取代南方沿海，成了中国最为繁忙的交通运输线路，但山区地形陡峭，路况拥堵，卡车走走停停，刹车系统不堪重负，往往会酿成恶性事故。针对这种情况，许文革斥资买下了几项增强卡车制动力的专利技术，比如更换耐高温的陶瓷刹车片、加装稳定可靠的气动总泵，等等，并且决定在北京设厂，建立起集制造、销售到改装、维修于一体的全产业链。他也明白，要实现这个目的，最可行的方法就是与国企合资，如此一来，既能利用对方的土地和厂房，同时也能获得政府的支持。于是他委托金融顾问与咨询机构，专程对一家经营不善的本地工厂进行了评估，据说即将进入实质性的洽谈阶段。

"哪家厂子？"听到这里，杜湘东问。

"第六机械厂。"负责转述消息的刑警支队长说。

杜湘东一阵发蒙。原来刘秋谷出现在六机厂，可不仅仅是为了安顿姚斌彬他妈。而急于"腾笼换鸟"的工厂在北京还有很多，许文革偏偏挑中了这一家。正在恍惚，刑警支队长又抛出了一个更加令他发蒙的消息：入狱不到一年，许文革即将保外就医。理由是他患有严重的哮喘，目前已经发展到了生活不能自理的地步。至于病因，可能是他曾经在井下干过重活儿，但也和长期以来的昼夜操劳、精神紧张不无关系。

好一会儿，杜湘东才接话："病情属实吗？"

刑警支队长道："许文革也算个名人了，就算想瞒骗，也没人敢给他行方便。"

"那他的生意呢，也没违过法？"

"经侦的兄弟看过他公司的纳税记录和财务报表，起码账面上没毛病。不过说句不好听的，咱们国家的生意人，就算发家靠的是脑子和力气，屁股上真能一清二白的也不多。尤其是许文革这个行当，水太深也太浑了，做大之前得跟人斗狠、斗心眼儿，否则随便哪个村支书和流氓团伙都能砸了他的摊子；做大之后又免不了和各式各样的头头脑脑'勾兑'，铺路全得用钱……就拿跟六机厂的合作来说吧，短短几个月就把方方面面上上下下都搞定了，你以为那些大红章是白盖的？谁的眼睛也不瞎，都能猜出是怎么回事儿。"

杜湘东的口气便兴奋了起来："经济犯罪也是犯罪。你们打算什么时候开始取证？"

刑警支队长却叹了一声，腔调衰颓了下去："杜湘东，你也是一把岁数的人了，怎么头脑还是这么简单。且不说许文革都在幕后主使，真查出什么端倪也未见得会落到他头上，就算坐实了他那个公司行贿、漏税、搞权钱交易，涉及的也不仅仅是经济犯罪的问题了。跟他接触的还有领导呢，跟领导接触的还有更大的领导呢，那些当官儿的我们'办'得了吗？况且盘活老旧企业，减轻财政负担，这是现如今的国家政策，许文革是顺势而为，我们要动他就是跟政策对着干，你以为上面会答应？既然说到这儿了，我也不怕你不高兴，再从旁观者的角度议论两句吧……你觉得警察是干吗的？有恶必惩那是理想状态，用这个标准要求谁，谁都没法儿活。许文革再怎么让人看不惯，毕竟还没伤天害理吧？说到底也是环境使然，如果只揪着他一个人不放，那不公平。"

杜湘东的声音低了下去："你真这么想？"

"想不通也只能这么想。"刑警支队长凝视他半晌，又道，"大伙儿帮你帮到这个份儿上，算是仁至义尽了。你不是说自己憋得慌吗？现在知道了吧，许文革也憋得慌。假如你觉得法律对他的惩罚还不够，那他病成这样，你也该解气了吧？"

杜湘东不语。同学突然揽住他的肩膀，和他脑门儿顶着脑门儿，用力晃了一晃。警察的性格都硬，刑警更硬，能有这么个举动，就说明真把杜湘东当成了兄弟。再想想以前和同学的较劲，想想经由同学介绍才认识的老徐，杜湘东也动了感情。然而即使鼻子已经酸了，喉头一哽一哽，他却还是想对同学说：兄弟，对不住，我辜负你了。

开弓没有回头箭，盯梢是从许文革出狱的当天开始的。

监狱也在南郊，但比看守所更靠近城里。那天上午，当铁门打开，杜湘东就站在马路对面的一棵树后。绕过树干，他目睹许文革蹒跚着缓缓移动，脖子像沉到水底的鹅一样尽力伸长，又被胸膛的剧烈起伏扯得一晃三颤。才坐了一年牢，许文革的腰背更加佝偻了，连那张棱角分明的脸都干瘪了下去，还氤氲着一团黑气，远看好像一根被晒蔫儿了的茄子。可见监狱的确是个折磨人的地方。奔驰车就停在街边，迎出来的还是一瘸一拐的刘秋谷，律师却不见了。两人略说几句，许文革从怀里掏出一只药瓶，往嗓子里喷了喷，上车。

杜湘东也动身。他的交通工具是一台带铁篷的"三蹦子"，棚上贴满了"开锁换锁"和"包小姐"之类的字样。这玩意儿是他托人买的城管罚没品，冒黑烟，颠屁股，随时还有再次遭到罚没的危险，不过已经比自行车能跑多了。又幸亏北京正在翻来覆去地"摊大饼"，原先的乡下地方也开始堵车，所以奔驰车一路且行且停，竟没把他甩掉。如此亦步亦趋，并不很久，便到达了目的地。那是一幢四层小楼，外立面贴满了瓷砖，如果不是围着院子，远看倒像个巨大的厕所。奔驰车开进院门，还没停稳，楼里的人已经拥出来了，高高矮矮七八个，都是身穿灰褐色工装制服的精壮小伙子。院儿外是条市场街，像所有城乡接合部一样嘈杂、污浊，杜湘东就把车停在几个摊位之间，灭了火，聆听那些手下对许文革进行汇报。他们不叫许文革"老板"，而是和刘秋谷一样称他为"许哥"：许哥，一楼的房间给您收拾好了；许哥，设备正在路上，明后天就到；许哥，金融公司的人又来了，说等着和您当面谈。许文革却未做答复，或者他说话了但却说得虚弱乏力，因此一墙之隔的杜湘东无法听到。又过了片刻，院儿门口响起一阵鞭炮声，大概是兄弟们要给许哥"冲冲喜"，但许文革反而被硝烟味儿呛得一边大喘，一边铿锵地咳嗽起来。听那歇斯底里的架势，恨不得肝儿都快从嘴里吐出来了。于是刘秋谷就骂人，接着铁门一关，院儿里诡异地安静下来。

其实从同学那里得知，刘秋谷还在城区东三环租下了一套正经八百的商用房，专供公司的财务部门以及一个高薪聘请的"职业经理人团队"使用，但杜湘东预感，许文革出狱以后不会去那里。现在看来，他的直觉无比准确。而之所以选择这样一个偏僻的地方落脚，原因恐怕只有一个：第六机械厂就在附近。顺着柏油马路面朝东，透过新世纪以来越发浓郁的雾霾，隐约就能望到厂区破败的主楼了。苏联式样的尖顶如同鬼船的桅杆，无根无据地悬浮在半空之中。杜湘东还记得，曾经有女工在那栋楼里合唱《山楂树》：

> 我却没法分辨，我终日不安，
>
> 他俩勇敢和可爱呀，全都一个样……
>
> 现在俩人一个死了，一个回来了。

从这天起，杜湘东的生活只剩下一项内容，就是窥探许文革。每天天不亮，他便会驾驶着突突乱响的"三蹦子"长途跋涉，来到那栋小楼院儿外。国营工厂早已一蹶不振，它的周边地带却呈现出了野蛮生长的繁荣。搞货运的，批发钢材电线的，出租工程车辆的，由此又带动了饭馆、旅社和百十块钱就能"爽一把"的小发廊。这种环境很利于隐蔽，当他把车往路边一靠，看起来完全就是一个"摩的"司机。出于谨慎，他又买了一顶能遮住下巴、只露双眼的毛线帽，干脆连面目也藏了起来。但这种形象又带来了一些小麻烦，常有人过来问他"走不走"，甚至连问都不问，径直往铁棚里一钻就不下去了。杜湘东本想拒绝，又一转念，开了这么一辆车却不载客，成天往院儿门口一杵，瞎子不都能看出自己正在干吗吗？于是只好就范。好在路程都不远，不是去车站就是去镇上，顶多半个小时就能打个来回。回来以后，他继续发痴似的盯着那栋小楼。

如此持续了半年，但却成效甚微。这期间的几乎每一天，杜湘东都会把许文革的动态记录下来，写在一个空白本子上。那些内容是如此单调、简略而重复，诸如：

许文革没出门。刘秋谷买菜做饭。

许文革没出门。医生上门为他治疗哮喘。

许文革乘车，没上高速，前往当地派出所备案。

许文革乘车，上高速往北，应为探望崔丽珍。

许文革没出门。有访客两名，大概是商业伙伴。

……

假如一定要就此做出分析，那么结论是：除去履行法律规定的手续以及去养老院看望姚斌彬他妈，许文革保持着深居简出，连生意都完全在那栋小楼里进行遥控。相应于杜湘东变成了一个不像警察的警察，许文革也变成了一个不像生意人的生意人。

这份记录还有第二个人看过，是刑警支队长。那年春节，同学又来找过他一趟，名为拜年，实则是放心不下。俩人坐在车里，自然说起了"调查"的进展。杜湘东知道瞒不过去，便把本子递了过去。刚开始，同学还一篇一篇地翻着看，到后来就唰唰一扫而过。他评价了一句"精神可嘉"，然后直言相告，就算许文革果真隐藏了什么犯罪行为，凭杜湘东也休想发现，更别提把他再次投进监狱了。原因很简单：杜湘东的调查手段太低级，太小儿科了。靠人力去盯梢，蹲点儿，这都是上个时代的套路，而现在甭管是侦查技术还是反侦查技术，都日新月异到什么地步了？就拿这满满一大本记录来说，还不如随便哪个电线杆子上的监控摄像头提供的信息多。

"我也没觉得自己能逮着他。"杜湘东回答。

同学就问："那你图什么呀？"

杜湘东反问："许文革这种人，难道不应该有人看着他吗？"

同学沉默半晌，说："我看你是魔怔了。"

杜湘东表示赞同："我还真是魔怔了。"

而在监视以外，也有意外收获。每次坐车的人给了钱，他都看也不看，顺手往随身带的挎包里一塞。等过完年，就觉得那包鼓鼓囊囊的挺碍事儿，打开一看，乱七八糟撑满了零钱。于是他拎过刘芬芳摆摊儿收钱用的纸箱子，打开挎包，让那些散票儿纷纷落落地倾泻出来，把他的收成和她的收成混在一处。

他们这对穷人夫妻居然也拥有满满的一箱子钱了。

这么做，当然是为了安抚刘芬芳。自从杜湘东早出晚归，她对他的声讨也到达了一个新的高潮——有本事的人才不着家呢，你也配？什么活儿都丢给老婆，成天出去躲清闲，这还叫男人吗？不会挣钱，花钱倒挺在行，自行车换成了"三蹦子"，这样就能到更远的地方"浪"去了吧？而见到杜湘东的举动，刘芬芳便一愣，进而露出了恍然大悟的神色。

她问："谁给你出的主意？"

杜湘东说："什么主意？"

刘芬芳踹了一脚纸箱子，惊得两张毛票儿翻腾而起："拉活儿呀。"

杜湘东搪塞："也没谁。好多人不都这么干么。"

刘芬芳说："可你是警察呀。"

杜湘东笑了："我都快忘了，你倒想起我是警察了。"

刘芬芳突然眼圈儿一红。她这人就是这样，平时老觉得自己被亏欠，但只要想起杜湘东也在承受委屈，哪怕他的委屈其实和她无关，她也会立刻翻转过来，觉得自己才是亏欠了杜湘东。这是刘芬芳性格上的软肋，使得她既后悔不迭又心甘情愿地跟他过了这许多年。想到这里，杜湘东便叹了口气，伸手摸了摸刘芬芳的脸——那张脸的正面已经和红苹果毫无相像之处，侧面也看不出半点儿吉永小百合的影子了。这个举动很突兀，所以刘芬芳下意识地一躲，但她随即又把脸凑了上来。老夫老妻含羞一笑，决定晚上再炖一锅猪下水。

16

后来在杜湘东的印象里，几乎是刚吃完猪下水，刘芬芳就病倒了。其实也没那么快，而是又过了几个月，对许文革的监视超过一年以后。觉得快，只是因为生活太过重复，仿佛许多天都合并成了一天。那是个暮春的晚上，杜湘东骑着"三蹦子"回来，看见冷饮摊空着，电喇叭还在播放《从头再来》。他以为刘芬芳是回去取什么东西了，便跨下车，慢慢往家走去。开门拉灯绳，赫然见床上横着一具躯体，身下满满的血，把褥子都洇了一大片，整个儿人好像躺在了一朵艳丽的红花上。这时刘芬芳还有意识，她满脸煞白，眼睛瞪得撑大了一倍，颤声说："我这是怎么了？本来就想躺会儿，一躺就起不来了。"

杜湘东把她横抱起来，冲到屋外去喊人。七手八脚送到医院，刘芬芳已经昏迷不醒。折腾到后半夜，医生才从急救室出来，说是子宫肌瘤长得不是地方，引发了大出血。又劈头盖脸责备杜湘东："一个常见病，怎么拖到现在才来？她糊涂还是你糊涂？"这时杜湘东想起来，以前刘芬芳曾经说过小肚子疼，但因为图便宜，去了一家"免费门诊"的妇科医院，结果真正的毛病没查出来，反倒向她兜售五花八门的补药，还号召她做个吸脂隆胸。刘芬芳被那些价目表吓着了，此后疼也忍着，再不敢看病，就生生拖成了今天这样。

现在后悔也没用，人家说怎么办就得怎么办。医生建议切除子宫："你们这个岁数也用不上了，对吧？"杜湘东满头大汗地签了字。没想到刚做完手术，刘芬芳又开始了更加汹涌的出血，直接被转进了ICU。昏迷，抢救，再昏迷，再抢救，半个月之内下了两次病危通知，最后总算捡回一条命来。陪床期间，杜湘东的脑子都是空的，但只要一闭眼，仿佛就看见刘芬芳已经死了，她的灵魂正坐在一朵巨大而鲜艳的红花上跟他告别。直到接到通知可以办理出院，他才意识到了一个比大出血更加迫切的问题：下岗职工刘芬芳是享受不到报销政策的，而重症监护室每天的花费就得上万，还有手术、护理、进口药……再掏出存折一看，俩人的积蓄也许还不够这趟住院的零头。

身为一名穷人，杜湘东不免犯起了所有穷人都会犯的嘀咕。医院为什么没跟他商量过费用问题，难不成是专等着一并算总账？这两年类似的新闻很多，最夸张的一起是病人醒来一看账单，直接就从楼上蹦下去了。但不管怎么嘀咕，他这辈子也没欠过谁的，更何况人家毕竟救了老婆的一条命。杜湘东咬咬牙，满脸悲壮地走向结账窗口。那一刻，他几乎做好了跪地哀求的准备，求人家宽限一些日子，让他回家去凑，去借。

但和他的表情相反，收费的小姑娘一脸轻松："该出院您就出呗。"

"不是还得结账吗？"

"不是早就结了吗？"

杜湘东几乎怀疑自己幻听了。小姑娘怕他不相信似的，又找出一沓机打单据，从窗口递出来。林林总总上百项开销，总额比他估算的更多，已经超过了二十万。那么是谁交的钱？刘芬芳她二姐？自己单位？要不就是同学、同事、老所长和老吴？杜湘东做着假设随即否定了那些假设，窗口里的小姑娘却又补充说，在刘芬芳住院的第二天，她本人的那点儿押金就用完了，医院本想催促续费，替她交钱的人恰好来了。人家还留下话，费用不必担心，更不必为钱打搅病人家属。

这时杜湘东才想起一个常识。他再次翻开那沓单据，从里面抖落出一张银行刷卡凭条。签名栏上的字迹歪歪扭扭，稚嫩得像个小学生，赫然写着"刘秋谷"。

刘秋谷背后，当然是许文革。原来是许文革。居然是许文革。

但最让杜湘东惊愕的还不是许文革替他结账这一事实，而是：许文革又是怎么知道刘芬芳生病，怎么知道他们看不起病的？难道在很早以前，甚至早到了许文革出狱的那一天，他的行踪就已经暴露在了对方眼里？难道这一年来，当他监视许文革的同时，许文革也在监视着他？杜湘东的大脑艰难地转动起来，思考着上述推测的可能性——答案是肯定的。

他不是一块当刑警的料，面对的却是一个杰出无比的逃犯。但许文革不仅没有戳穿他，反而允许他作为影子缠绕在自己身边。在俯瞰他、揣摩他、戏耍他的过程中，许文革一定享受到了巨大的快乐。而和杜湘东那拙劣的监视相比，许文革的反向监视无疑要来得更加隐蔽，更加高效，也更加全天候。当杜湘东溜着墙根往小院儿里探头探脑时，他那副可笑的模样也许正被许文革用望远镜和摄像头窥视着；当杜湘东疲惫不堪地行驶在回家的路上，许文革的手下也许正在开车跟踪着他那辆同样疲惫不堪的带篷"三蹦子"。于是杜湘东那窘困的日常生活无处可藏，又被在第一时间汇报给了许文革。而刘芬芳这一病，就把许文革对他的俯瞰、揣摩和戏耍推向了高潮。在胜负已定的局面下，还有什么比施舍仇人更让人满足的报复方式呢？杜湘东甚至相信，当许文革授意刘秋谷去结账时，他会真诚地认为自己是高尚的。他们那个阶级的人就是这样，一旦拥有了钱能买到的所有东西，接着想要购买的就是那些没有明码标价的东西了——比如"高尚"。

不能让他——以及他们丫的得逞，杜湘东想。他虽然接受了自己的卑贱，却不承认许文革有资格高尚。他不需要墓志铭，也拒绝给对手颁发通行证。

几天之后，杜湘东再次出现在那座小楼院外。星期天上午是许文革难得出门的时刻，这个规律在为期一年的蹲守中从未失效，今天也不例外——当斜对面的那家小发廊拉开窗帘，更远处的几家饭馆乐声大作，眼前的铁门豁然而开。奔驰车缓缓驶出，在《两只蝴蝶》和《老鼠爱大米》的伴奏下开上了这片城乡接合部里唯一宽敞点儿的水泥路。根据以往的经验，如果它沿着水泥路拐上国道，那就别想追上了，所以杜湘东立刻也把带篷"三蹦子"的油门拧到了底。但他却不是从后方跟踪，而是划了个弧线，往奔驰车车头的方向包抄了过去。几秒钟后，市场街上的人们都看见了有惊无险的一幕：奔驰车正在提速，突然从斜刺里钻出一辆破烂无比的带篷"三蹦子"，它嘶吼着颠簸着，前座上的骑手还耸起肩膀，做出了冲刺的姿态，几乎要一头扎到汽车轮子底下去。紧接着是一声尖厉的急刹车，硕大无朋的奔驰车总算停住，车头距离"三蹦子"才不到半米的距离。奔驰车的司机开门跳下来，脸吓得煞白，火气倒挺大，他上前推了杜湘东一把："作死呢你？"

杜湘东一躲，顺势抓住对方的胳膊一扭，便让那个二十多岁的壮小伙子低头弯腰动弹不得。人是老了，总算功夫还在，所以这次亮相还称得上威风。他压着胸口的喘，尽量利索地从"三蹦子"前座上跳下来，这才推开司机："没你事儿，我找许文革说话。"

这么说时，他已经看见了从奔驰车后排座钻出来的许文革，还看见了从小院儿里飞奔而出的刘秋谷和一群小伙子——那些人手里都有家伙，有的拎着扳手，有的攥着改锥，有个快两米高的胖子居然扛着一副千斤顶。天知道这些家伙是正在修理机器还是准备修理人，但毫无疑问，如果再动手，饶是当年的杜湘东不出半分钟也得趴下。

然后，他听见许文革叫了一声："杜管教。"

杜湘东突然意识到，自从许文革1989年越狱，这还是他们第一次如此清晰地面对面相见。此前无论是在矿井还是看守所，许文革对他而言都只是一个难以捉摸的背影。为了让那背影还原成人像，最好的一段年岁已经被耗费了。他缓缓走了过去，经过那辆奔驰车，经过虽然被许文革喝止但仍对他怒目相向的刘秋谷那一群人。他直盯着许文革，许文革也直盯着他，当两人只有一步之遥，杜湘东抬起手来，插进兜里。这个举动让刘秋谷紧张起来，那眼神，就好像他将要掏出一把枪。杜湘东笑笑，在严阵以待众目睽睽之下，把一张银行卡塞进许文革的上衣口袋："密码是姚斌彬生日。"

"您何必呢？"

"甭废话。"卡里有二十多万，和医院账单上的数目分毫不差。钱是向刘芬芳她二姐借的，一家人明算账，作为抵押，他们白纸黑字地承诺，如果还不上，就把看守所宿舍那套筒子楼过到人家名下。二姐不差钱也不差房子，但杜湘东的表态和他此时告诉许文革的一样："该怎么着就怎么着，谁的便宜我也不想占。"

听到姚斌彬的名字，许文革脸色不变，眼底却有一丝微光闪动。但他随后的表现却让杜湘东始料未及。他突然咧嘴笑了，笑得亲热而诚恳，就好像杜湘东不是"杜管教"而是一位久别重逢的老朋友。他根本没再顾及兜里的银行卡，那意思很清楚——无论是二十多万还是与杜湘东互相监视这一事实，都不在他的考虑范围之内了。许文革现在仿佛只对杜湘东这个人感兴趣，他仿佛早就期待着与杜湘东重逢。

"赶得好不如赶得巧，"杜湘东的胳膊也被许文革揽住了，"带您去个地方。"

几乎是懵懂着，杜湘东坐在了奔驰车的后排。笑容绽放的许文革蕴含着某种令人无法拒绝的力量，完全符合他这种人在中年时代应该具有的特质：越是底气十足，就越证明了此前的那些苦没有白受。想到这些，杜湘东立刻后悔了，但车已经像艘大船似的稳稳开动了起来。司机回过头来，换上了一副恭顺的脸色："许哥，路线不变？"

许文革点头，又摇下窗户对刘秋谷等人挥手，让他们回去。此后他就陷入了浩大的咳嗽，每一声似乎都伴随着肺泡爆裂。幸亏他的身上和车上到处都藏着进口药，随手掏出一瓶往嗓子眼儿里狂喷，总算渐渐平复了下去。看着许文革痛苦不堪地忙活，杜湘东不知道是该象征性地帮他一把，还是该更加象征性地询问一下病情。最后，他只能选择安静地坐在许文革身边，连这趟被迫同行的目的地都没打听一句。

奔驰车拐上国道又往东行驶了几公里。沉沉雾霭之中，第六机械厂的大门出现在了前方。司机按了两下喇叭，立刻有个保安出来为他们放行。车子不急不缓但却熟门熟路，不久绕过主楼，停在一片厂房附近。都是几十年前的建筑，灰砖砌成，四四方方的像若干密不透风的盒子。杜湘东想到，他来过六机厂无数次，唯独没走进过这片厂区的核心地带。身为警察，他并不需要了解工厂是如何运作的。而这时，许文革便跳下车来，开始带领杜湘东在那些灰盒子之间穿行。经过一个地方他说："这是热加工区。"经过一个地方他又说："这是动力区。"此外还有仓库、装配车间、质检车间……总而言之，第六机械厂是个用机器制造机器的地方。许文革旁若无人地走在杜湘东身前，他挥舞着手臂，步伐变得轻快，连佝偻的身板都挺直起来。从这人身上，杜湘东突然感到一派天真，那感觉就像一个孩子正在向他炫耀什么复杂的玩具。这是一个他从未见过的许文革，和那个强悍的、决然的、满身戾气的、处心积虑的许文革判若两人。他们穿越了大半个厂区，来到一个和其他建筑并无二致的灰盒子门前。许文革又说了句"这儿以前是铸造车间"，脚步慢了下来。杜湘东随即反应过来，姚斌彬生前就在铸件车间工作，而许文革是维修班的。他跟在许文革身后，走到车间门口，看着许文革掏出钥匙打开铁门又拉下了电闸。咔然一响，呈现的是一副亮眼的景象：车间内部已经被粉刷干净，连头顶上都换成了这两年才普及的高压氙气灯；地面上铺展着一条杜湘东看也看不明白的机械生产线，在灯下静默地反着光。

许文革开始了更加滔滔不绝的介绍。他告诉杜湘东，铸件车间马上就不是铸件车间了，和厂方签署合资协议后，他立刻着手对这里进行了改造，准备用以制造专供重型卡车使用的耐高温刹车片。不仅是铸件车间，这片厂区里的大部分车间都将重新装修、更换设备，生产的将是和汽车相关的各种配件。他又告诉杜湘东，投资规模如此之大的工厂，对于他这家公司来说当然是一场豪赌，好在股东们都信任他，又拉到了一笔风险投资，所以钱是不用发愁的。他还告诉杜湘东，买卖人通常认为老旧国营工厂是个大泥潭，政策紧，插手的头头脑脑太多，还得养活一群吃闲饭的，但他是从厂子里出来的，他知道那些按照军工标准培训出来的工人才是最宝贵的资源。钱、设备、销路这些都是小事儿，只要以前的工人还在，他就坚信自己能让这家工厂起死回生……那些话杜湘东听懂了一些，但还有许多经济的、工业的专门词汇就像在听外语了。这时在他眼中，许文革的神色除了天真，又多了亢奋与激越，甚至有了纵横捭阖挥斥方遒的气象。而许文革把他带来到底是要干吗？

"我对你怎么挣钱不感兴趣。"杜湘东接了一句。

许文革这才如梦初醒，讪讪笑了。他似乎又要开口，但却再次喘息起来。经历了刚才那番过于忘我的表演，哮喘也发作到了前所未有的强烈程度，他哆嗦着蹲了下去，像动物一样两手扒地，脖子暴起上的青筋都快绷断了。崭新的厂房里回荡着惨烈的声响，有那么一个瞬间，杜湘东觉得许文革马上就要死在他面前了。他束手无策了好一会儿，这才想起对方身上是有药的，于是弯下腰去，从许文革怀里摸出瓶装喷剂，递了过去。

又喷，接着咳，接着喘。大半天的工夫，许文革才能勉强像一个正常人那样呼吸。杜湘东有些莫名的感怀，叹了口气道："我得走了。"

许文革却抓住了他的裤脚："我再给您看样东西。"

"我说过，我没兴趣。"

“那是赃物。”

趁杜湘东怔了一怔，许文革递上来一只手。杜湘东条件反射地递回给他一只手，许文革便攀扶着杜湘东站了起来，伸手指向车间门外。远处有一排矮旧的小平房，立在一片荒草丛生的空地边缘。在杜湘东的记忆里，以前厂区和平房之间曾经隔着堵墙，而现在墙已经被拆了。他想起了那是什么地方，也想起了当年自己曾经“搜查”过那里。时至今日，他仍能清楚地记得其中一间平房也就是许文革和姚斌彬的秘密车间里，摆放过哪些五花八门的物件：挂钟、水泵、收音机……两个年轻工人将它们一一修复如初。

许文革的手执拗地往门外指着，脚却不动。他连走路的力气都没有了。杜湘东只好侧肩，扛起他的一条胳膊，架着他往空地对面挪动过去。他们来到苔藓斑斑但却依然稳固的平房门前，无须费力辨别就找到了许文革他爸他妈生前住过的那一间。锁早换了，连门洞都拓宽了，还装了朝上的推拉门。看到许文革在身上摸索着掏钥匙，杜湘东不得不让他暂时靠墙，自己接过钥匙开了锁，把门哗然一响抬了上去。

和方才的车间一样，平房里也涌出一股刚刷完漆的味道。许文革又被呛得咳嗽了几声，对杜湘东说：“就是这个。”

杜湘东已经看见了。如今屋里只有一样东西，却把空间塞得满满的。是辆汽车，老款进口“皇冠”。1989 年，姚斌彬和许文革因盗窃这辆汽车的发动机被捕。几年后，杜湘东还在姚斌彬家的楼下见过这辆汽车，当时它仍在充当工厂领导的专车。而现在，这辆“皇冠”车如果停在北京街头，无疑会显得突兀而过时，但它却又保持着某种老派的庄重，周身上下一尘不染。给人的感觉，好像它自从出厂就没上过路，十几年来一直静静地停在这里。

许文革单手扶墙，慢慢挪到皇冠车的驾驶舱一侧，开门坐了进去。他又扯着脖子喘了几声，隔着前挡风玻璃对杜湘东招手。杜湘东迟疑片刻，也拉开门，钻上了副驾驶座。俩人并排而坐，肩颈僵硬，神情木然，从平房外面望过去，大概很像正准备上路出远门。车钥匙就插在仪表盘上，许文革颤颤巍巍地伸手一拧，"皇冠"车一颤，居然平稳地运转了起来。逼仄的房间弥漫起了尾气的味道。

在嗡鸣的车声中，许文革介绍道："1985 年出厂，六缸发动机，自动变速箱，四轮独立悬挂，前后立体声喇叭……当年能坐上这种车的，最起码也是个司局级干部，没想到我们那个厂也能捞上一辆。跟厂里谈判的时候，我问这车还在不在，他们说还在，不过早就没人用了。我就从他们那儿买过来，自己带人从里到外收拾了一遍。那年头小日本的机器特别皮实，只要更换易损件，开起来跟新的一样。"

杜湘东没搭茬。他扭头看了许文革一眼，只觉得这人目光悠远。许文革却又低头仔细打量起这辆车来。他的手还在方向盘和仪表上摩挲着，不知是在赞叹八十年代豪华车的工艺，还是在欣赏自己的修车手艺。房间里尾气的味道愈发浓郁，已经很不适于哮喘病人长待了，就连杜湘东都意识到了这一点，而许文革却直到再次陷入了撕心裂肺的咳嗽，这才想到应该将车熄火。然后找药，再喷再咳再喘，平复下去却比刚才耗费了更长时间。如果许文革也是一辆车的话，那么他的内部零件还不如这辆险些报废的老"皇冠"运转顺畅。

车里再次安静下来，许文革才又开口："您也知道，我和姚斌彬当年就是因为这辆车'进去'的。他们说我们盗窃，这当然也没错儿，所以我们从没喊过冤。但别人不知道，就连您也不知道——我们盗窃又是为了什么？如果光图钱，何必费那么大劲拆发动机呢？拆大灯拆音响不是更快吗，那样我们也许就不会被抓个人赃俱获了，姚斌彬的手也不会被砸成残废……我们拆这机器，其实不是为了卖，而是为了研究它。等把发动机里面的构造搞明白了，我们还会把它原封不动地装回去……"

说这些话时，许文革的声音仍是虚弱的，杜湘东却听到了自己胸膛深处的怦怦心跳。他意识到，假如他们是用二十年来打一副牌，那么许文革终于要揭底了。杜湘东也想起了扣在自己心里的那副底牌。谁的底牌更震撼，更有杀伤力？大概只有亮出来才见分晓。而两副底牌其实都握在姚斌彬手里，姚斌彬却死了。

杜湘东呼吸了一口仍然浓郁的汽油味儿："难道你们不是为了给……"

"给崔阿姨看病？"许文革截断他，同时抬起一只手挥了挥，像在请求他保持专注，不要漏掉自己的每一句话，"别说姚斌彬了，就连我也是崔阿姨养大的，她的身体是为了我们累垮的，我们当然得报答她。所以我们后来才会从看守所逃跑，哪怕出去就成了逃犯，但也有机会伺候她，给她寄钱，那总比在牢里听到她的死讯要强。说到底，那时候还是年轻胆儿大，我们居然没想过，如果没跑了或者跑了又被抓回来会怎么样……不过这又是后话了。再说回当初，我们拆这台'皇冠'车的发动机，其实是姚斌彬的主意。过去要是把这条儿说出去，他会被定成主犯，不过现在无所谓了。您应该也了解过，我和姚斌彬从刚进厂子当工人，就开始给外面搞维修。上面说我们干私活儿，隔三岔五地敲打我们，就连我都打算收手了，可姚斌彬才不管那一套。他这人看起来性子软，但骨子里比我可'轴'多了，外人都以为我一直护着他，其实大事儿我都听他的。姚斌彬告诉我世道变了，在新的世道里，人应该有种新的活法，活得和以前不一样，活得和我们的爹妈不一样。他还说我们得先做好准备，变成有本事的人。那年头安徽不是有个傻子瓜子吗？傻子卖个瓜子都能变成人上人，何况我们两个懂机器的工人？所以我们就从车床铣床上手，没过两年又开始琢磨汽车，不懂就找老师傅问，问完了还得没日没夜地下功夫。厂里汽车班的那几辆大'解放'早被我们偷偷拆了个遍，而这种事情是有瘾的，简单的弄明白了，自然就想尝试复杂的新式的……正好厂里来了辆'皇冠'，也是脑子一热，我们当天晚上就钻进了车库。"

说到这儿，许文革咯咯笑了两声。像是为了防备再喘，他又未雨绸缪地往嗓子眼儿里喷了喷药，这才继续往下说："后来的事儿您也知道了，我们被抓进去，逃跑，我活下来姚斌彬却死了。没错，我承认自己运气好，但这运气说来还是您给我的。当年我们往两个方向跑，如果您追的不是姚斌彬而是我，那么后来挨枪子儿的那个人就应该是我。刚开始不懂伪造证件更不敢坐火车，我还没跑出河北省就听说姚斌彬被处决了。如果说我在逃亡期间精神崩溃过，就是在那个时候。我觉得老天收错人了。我没姚斌彬聪明也没姚斌彬有志气，我就是个野孩子，十岁不到就没了爹妈，如果不是姚斌彬一家我早该进监狱了……一句话，死的应该是我，凭什么是姚斌彬？但也恰恰是因为姚斌彬，我才撑了下来。每当我想去自首或者随便找个地儿把自己弄死算了，我就会想起姚斌彬，想起他跟我说过的那些话。后来我冒着被人抓住的风险也要做生意，把身家性命都投进去也要开这个厂子，也是因为姚斌彬。我一个人背着俩人的命，得替他活成他想要的那副模样。要是就这么窝窝囊囊地算了，那我就算白活了，姚斌彬也算白死了，我们这两条命都没必要在这世上走一遭。"

许文革的神色又变了，仿佛陷入了痴迷。他把头靠向椅背，脸上笼罩着一团若隐若现的光晕。这人眼里也是有光的，虽然微弱但却一线长明，终于化作两滴眼泪，顺着脸颊流淌下来。许文革哭了，许文革也会哭。这就是许文革的全部自述了吧，杜湘东也终于有了开口的机会："可因为你，我够窝囊的，我他妈才是白活了。"

"杜管教，我对不起您，您是个好人。"

"骂我是吧？好人在你眼里可不值钱。"

"如果您觉得我应该怎么补偿您……"

"甭来这套。我是警察，说话以前注意咱俩的身份。"这么说着，杜湘东拉开侧门钻出车厢，想走但又站住，回头道，"许文革，你记着，咱们这茬儿人都不年轻了，往后的每一步都得走对了。我看着你呢。"

他抛下许文革和那辆"皇冠"车，朝厂区外走去。这就是他的答复吗？有点儿可笑，倒像个尽职尽责的老管教在勉励刑满释放人员。这辈子只干过一个行当，所以一张嘴就是这个套路。正如同许文革对他的评价，多年前是一句"好人"，如今仍然只是一句"好人"，此外再无其他。那么杜湘东的底牌呢？他和姚斌彬之间的那个秘密呢？继续压在心里吗？事实上，杜湘东已经决定缄口不言，但却并不感到遗憾。他突然发现，自己这些年来追捕许文革、监视许文革，其实怀着一种连他本人也没发现的目的。将逃犯绳之以法，这是冠冕堂皇的说辞，杜湘东真正想做的，是通过这俩犯人目睹一种"活法"。他依稀也想过那样去活，而许文革却替死去的姚斌彬活了出来。

17

从这天起，杜湘东结束了对许文革的监视。相应于法律上的结案，他在心里也替许文革结了案——但却无法一了百了。十几年的惯性还在，他仍会留意许文革的动向：许文革的公司与第六机械厂合资挂牌，新工厂顺利投产；我市摸索企业改革新机制，以原第六机械厂为例，大批下岗工人经过培训再度返厂，共创人生的第二次辉煌；企业家涉足慈善，资助工厂困难职工子弟上大学……最令人意外的一条是从娱乐新闻里看到的，狗仔队拍到一个女演员在酒店"夜会富商"，很快又有网友人肉出了那个进房之前"先往嘴里喷了半瓶神油"的老男人正是许文革。许文革也开始找乐子了，还是用他那种人的典型方式找乐子。刚学会用单位淘汰下来的"586"上网的杜湘东稍微有点儿不适应，随之而来却是轻松与坦然：一头扎进凡俗热闹的生活，这说明许文革学会了"和往事干杯"。

这也是杜湘东致力达到的目标。他回到单位，干的还是检查包裹的活儿。刘芬芳的冷饮摊却开不了了。大出血过一次，她变得既怕冷又怕风，没法在屋外长待。好在下岗职工的政策又有变化，政府强制原食品公司的上级机关补交了社保，不光看病能报销，每月还给发放一些生活费。刘芬芳也闲不住，自学了打毛线，每天拢在被子里操持着两根棒针上下翻飞，那些家庭手工业产品居然能卖个不错的价钱。身为穷人，他们的日子倒也能过，甚而还有余力慢慢偿还外债。反正借的是亲戚的钱，有个态度就行。

还有一个不知能否算"可喜"的变化，也和态度有关。或许因为气血虚弱，或许是被漫长的卧床磨软了性子，刘芬芳丧失了对杜湘东进行抱怨的热情和斗志，却找回了早就丢到爪哇国里去的多愁善感。她现在特别爱看日本和韩国电视剧，经常边看边哭，并且还会把那些悲戚的柔情推而广之，施加在杜湘东身上。有时杜湘东下班回家先给刘芬芳冲一杯红糖水，或者周末挽着她出门去晒晒太阳，她的眼泪就下来了。一边抹眼泪儿，她还会在电视剧那莫名其妙的台词风格的催化下，说出像当年一样抽象的话来：

"有了今天，昨天和明天都是无所谓的。"

转变之大，几乎让杜湘东有点儿错乱。刚开始，他的回答是："你可别吓唬我。"

后来也顺着她说："每个昨天和明天都是今天。"

无数个昨天和明天都被今天覆盖，一晃又是五年。对于杜湘东，这五年的时间感受和前一个、前两个五年又有不同。不能说它慢，也不能说它快，不能说它空，也不能说它满。总之，带着某种尘埃落定的踏实，世事就从眼前滑过去了。钱越来越不经花，连猪肉和牛奶都有毒了，奥运场馆竣工在即专等着万国来贺……大多数事情好像与他有关又与他无关。有兴致，跟着人家高兴或者担忧一下；没兴致，那些高兴和担忧就成了无的放矢。而说到对杜湘东的生活构成决定性影响的变化，似乎只有一个，就是看守所迎来了搬迁。

搬迁之前，消息已经传得满天飞。直到那年入冬，命令正式下来：在离城区更远的山沟里，已经建起了一座现代化的新看守所，老所全体员工和在押人员限期完成转移。听说这个大手笔的举动，是为了给一个"经济开发区"的规划扫除障碍，也像所有有幸被"规划"的城市边缘地带一样，附近几个村子早就上演了无数场悲喜大戏，有人发横财，有人喝农药，最后连坟都被推了个干净。而看守所是公家单位，连讨价还价的资格都没有，不过也算沾到了山乡巨变的好处——分房的承诺终于兑现，新所配套了一栋塔楼宿舍，人人有份儿。杜湘东也分到了一套客厅朝北的小两居。

全所上下都在兴致勃勃地搬家，他和刘芬芳却拖延了下来。新所按部就班地投入使用，但老所这边还有未竟事务，一些设备正等着拆走，按照旧地址寄来的公函和信件也需要查收。所里派了一个管后勤的副主任带领几名闲人留下来料理，其中就有杜湘东。而等这轮善后也结束了，领导又觉得既然拆迁队还没进驻，彻底甩手也不是个事儿，于是动员那几个还没搬家的职工，看谁愿意发扬风格，替所里把把门儿，站好最后一班岗。

杜湘东报了名："我留下得了。"

那位副主任有点儿不好意思："别别，这摊事儿我负责，该我留下。"

杜湘东解释："新楼味儿大，我老婆身体又不好，怕熏着她。"

这个理由也说得通。上面再一盘算，搬迁以后工作更忙，人手本就不足，留下的理应是个无关紧要的角色，那就非杜湘东莫属了。于是，他成了这座看守所里最后一位，也是唯一一位警察。他每天的任务就是沿着旧所围墙溜达一圈儿，再给新所打电话报个平安，如果犯懒，窝在家里不出来也没人管。到了晚上，家属院里漆黑寂静，只有他和刘芬芳的屋里一灯如豆，像被墨水浸透的纸上破了个洞。在这种环境里，俩人便生出了与世隔绝的心态。

杜湘东觉得好笑：当年一门心思离开的是他，如今赖着不走的也是他。他究竟想要纪念什么，缅怀什么？而再过不长的一段时间，当那圈高耸的围墙在爆破声中轰然倒塌，也就意味着一段旧的故事终于讲完了吧。这故事他已经看到了尽头，就像电视剧的最后一集，虽然不能错过，但无论演员还是观众都早已陷入了疲沓。

然而杜湘东想错了。故事当然要讲完，却不是他默认的结局。

他也没想到，还会有人造访这座只剩了个空壳的看守所，并且都是冲他来的。

第一位访客是刘秋谷。那时冬天还没过去，早上从家属院出来，看守所正门外已经停着一辆奔驰车。杜湘东远远观望了一会儿，就见车门打开，只下来了一个刘秋谷，一瘸一拐地向他走来。几年过去，小瘸子似乎终于长成了个大人，一脑袋黄毛变回了黑色，下巴上布满了胡楂儿。靠近杜湘东，他点了下头："许哥让我给您带个信儿。"

杜湘东看到刘秋谷的胳膊上带着黑箍，心里明白了大半。

刘秋谷完成任务似的把话说完："崔阿姨去世了。二度中风，请了最好的专家做手术，还是没救回来。走时没受罪，昏迷了两天就没再醒。"然后他又说了姚斌彬他妈近年的状况。自从住进养老院，崔丽珍的老年痴呆越来越严重，很快就不认识人了。许文革去看她，她会笑眯眯地问："你是谁？"于是总得从头讲起。再到后来，就算磨破嘴皮子，崔丽珍也想不起许文革了。不仅如此，哪怕是许文革在医生的建议下故意提起姚斌彬，她也只是说："怎么听着那么耳熟呀？"这意味着她不再记得自己有过一个儿子，因而也就忘却了丧子之痛。说到这里，刘秋谷转述了许文革的评价："许哥说，这也是件好事。"

杜湘东心里闷然一痛，回答说："知道了。"

刘秋谷又说："明天崔阿姨下葬，许哥问您去不去。"

杜湘东说："难得他有心，还是算了。"

刘秋谷便又点了下头，转头往奔驰车走去。高一脚低一脚地走了两步，他突然又转头说："北京水太深，买卖不好做，也许过段日子我们就要去外地了。"

对于刘秋谷透露的这个信息，杜湘东联想到的是"商人的本性"。厂子已经开了很久，没准儿许文革现在又嫌北京地租贵，管得严了。也或许他本人对六机厂仍有感情，但公司不是他一个人的，如果背后的那些股东强烈敦促他去再当一把拓荒牛，恐怕也没法拒绝。而既然姚斌彬他妈已经去世，北京这地方对许文革而言，也就再没念想了。这样想着，杜湘东便对刘秋谷说："告诉许文革，甭管到哪儿去，都别再犯法。"

刘秋谷把眼一横，似乎还想说些什么，但终于还是默默走了。杜湘东便进了看守所，到办公室找了一只脸盆和一沓旧报纸，又折回到空荡荡的操场上，把报纸撕成纸钱的形状，放进脸盆里点燃。许文革想必会为姚斌彬他妈举行一场足够体面的葬礼，但对于逝者而言，也许倒是这种潦草的祭奠方式更衬她的心意。风从四面八方卷过来，吹得纸灰和火星遍地飞扬。杜湘东拍打着身上，仰头望望苍穹，叹了口气。

这事过去，转眼就过年了。杜湘东去和同事们开过联谊会，又用"三蹦子"拉着刘芬芳进城串了趟亲戚，仍回旧所待命。刚开春，第二位访客就来了。

又是在铁门外停了一辆黢黑的奔驰车，再一打量，却比许文革的那辆更新，号牌也不一样。车门打开，下来的人他也见过，是当初替许文革辩护的那位律师。这人还穿着西装拎着皮包，气度却变得大大咧咧："好久不见呀，老杜。"

杜湘东问："许文革让你来的？"

律师不接这茬儿，转而撒娇似的抱怨起来："我先去了你们那个新单位，找你找不着，这才又奔了回来。这破地方不是早就说要拆了吗，怎么还没动工？"

杜湘东又重复："是不是许文革让你来的？"

看到他僵着脸，律师便讳莫如深地笑了："那倒不是，不过也跟许文革有关。"

这么说着，律师回头瞥了奔驰车一眼，拉着杜湘东往墙根底下走去。车上的司机也相当识趣，不仅关紧车门摇上车窗，还播放起了震耳欲聋的劲爆舞曲。这就让杜湘东摸不清头脑了，他跟随对方站住，又道："甭跟这儿装神弄鬼。"

"那就明人不说暗话。"律师嘴上这么说，眼珠子却仍然四下滴溜乱转，好像怀疑围墙背后藏着个人似的，"听说前几年，您查过许文革？"

"早就停了。"

"有没有查到什么？"

"没发现纰漏。"

"究竟是没纰漏，还是有纰漏但您没发现？究竟是没发现，还是您发现了但却无法坐实？究竟是没坐实，还是坐实了又被人保下来了？这里面的区别大了。"

面对律师绕口令似的质疑，杜湘东更加生疑了："你到底什么意思？"

"您还没听明白？我也在查许文革。"

"你不是许文革的律师吗？"

"那是过去。"律师脸上再度绽放了职业化的微笑，"您也明白，干我们这行的跟你们警察可不一样。你们是国家机器，只有国家这么一个主子，我们呢，得随时随地各为其主。以前是许文革雇了我，我得把他捞出来，现在是想查许文革的人雇了我，我又得琢磨着把他送进去——据我所知，这也是您一直想干的事儿。您不是动用过私人关系，从经侦和刑侦的渠道都调查过许文革吗？现在我想要的，就是您掌握的那些资料。"

听着对方的话，杜湘东眼神就冷了："要真能查到什么，我们早动手了，也轮不到你。"

律师却仍锲而不舍："这您又不懂了。警察取证，都是从刑事的角度出发，民事方面的问题全都忽略不计，而同样的资料到了我们手里，只要操作合理，照样能让许文革吃官司……当然啦，让您白辛苦也不合适，既然我的工作是商业行为，那么也得遵守商业原则。您看这样行不行，那些资料算是您卖给我的，报价嘛……"

这么说时，律师的神色还是理直气壮的，甚而带着几分恩赐的意味。但正当他要说到自以为最关键、最有底气的那个环节，杜湘东就让他闭了嘴。一只手挟着风声向律师逼近，眼看就要掐住他的喉咙了，随即一变，换成一根手指顶在他的鼻子上。律师不由得往后退了两步，杜湘东便"点"着那人道："刚才的话我要是录下来，进去的就是你了。"

说完，杜湘东把对方晾在原地，转身就走。脚步飞快，进了家属院，他才突然站定。这时他又想起了刘秋谷说过的那句话——敢情话里还有好多话。许文革得罪了什么人吗？还是他发财的同时挡了别人的财路？自从看守所搬迁，家属院的网线就被电信公司掐断了，因此这些日子里，杜湘东没再查阅过关于许文革的信息。而这天，他便把带篷"三蹦子"从楼道口里推了出来，突突乱响地开出几公里，终于找到一家网吧。输入几个关键词，若干条新闻便以时间顺序罗列了出来。半年多前还尽是好消息，许文革的公司生意兴隆，六机厂还新上了两条生产线；而这几个月来，就渐渐让人看不懂了，一边是厂子继续签合同接订单，另一边却是财经媒体爆出他资金链紧张，频繁受到"专项整顿"。最大的一条新闻，是厂里的工人也闹起了事，却不是针对厂方，而是冲击了区里的规划部门。因为影响恶劣，政府出动了防暴警察，最后许文革代表厂方做检讨，写保证，承诺此类事件绝不再发生。但至于工人为什么闹，新闻里又只字不提，只说大部分群众"情绪稳定"。

即使是一个生意场上的门外汉，杜湘东也能看出许文革的公司处于困境，甚至可以说是风雨飘摇。但了解了这个情况后，杜湘东便又开着带篷"三蹦子"

突突乱响地回了家。刘芬芳还等着他熬腊八粥呢。他一度考虑过，要不要把律师找过自己的事儿透露给许文革，不过再一想，还是算了。许文革不是他的仇人，可也绝称不上他的朋友，习惯了与世隔绝之后，他最不想接触的人就是许文革。况且在许文革那个层面的纠纷与倾轧之中，他这个穷人、废物、看大门的老警察又能起到什么作用呢？掂清自己的分量吧。

然而杜湘东迎来的第三位访客，恰恰就是许文革。

当时已经是夏天了，滞留的日子即将结束，围墙上写满了巨大的"拆"字。杜湘东终于也要计划着搬家了，他把零碎物件装进了蛇皮袋，还到河北的家具市场订购了一套衣柜和餐桌。这天他又想起，登记处还扔着几个纸箱，正好可以收衣服，于是开了大门去取。

满头是灰地出来，迎面就碰上了一个人。杜湘东定睛看了两眼，这才反应过来是许文革。才几年工夫，许文革已经老得不成样子了，两眼深抠，颧骨突兀，一头短发几乎全是白的，如同大夏天落满了雪。相形之下，杜湘东反倒像个有钱人的模样了。为了给刘芬芳补身体，他没少变着花样给她弄吃的，刘芬芳吃不下只能自己吃，生生就把他塞圆了，塞鼓了。那沓纸壳子被他抱在怀里，又像摞在了他的肚子上。更让杜湘东诧异的，是许文革这次来，奔驰车也没跟着，铁门外停的是一辆蓝黄相间的出租车。

许文革叫了一声："杜管教。"

杜湘东瘪瘪嘴，蹦出一句："你来干吗？"

"跟您告个别。"

"要走？"

"要走。"

"什么时候？"

"今儿就动身。"

杜湘东手一松，纸壳子落到地上。他略微直起腰，继续望着许文革。许文革却走近几步，咧嘴笑了："您气色还行。"

"也老了……"杜湘东迟疑了一下又问，"去哪儿？"

许文革的眼睛往别处看看："还没定。"

"厂子不开了？"

"不开了。"

"出了点儿事？"

许文革又笑，流露出近乎嘲讽的神色："连您都听说了？"

杜湘东接不上话，便弯下腰去，重新把纸箱捡起来。许文革伸手替他分担了一些分量，俩人各捧着一沓破纸壳子，沿着看守所围墙边走边聊。略问几句，就知道了许文革洗手不干的原因。自从这片地方要建开发区，他就被人盯上了。那些人的来头之大，连许文革这个当事人都无法指名道姓地说出他们究竟是谁：刚开始以为是几个商人组成的私募基金，后来又听说有外资和国资的参与，再后来才发现是个什么领导的什么亲戚在背后撑腰。对方找到许文革提出合作，并直言不讳地表示，他们对于工厂才没兴趣，六机厂那个国有企业的"壳儿"和地皮才是有价值的。利用这些资源，他们将会整合出一家地产公司再打包上市，此后连一砖一瓦也不用盖，到股市里迅速圈钱走人。作为回报，许文革可以跟在人家屁股后面分一笔账，比例虽然不大，却是"他这个级别的买卖人"这辈子也未见得挣得出来的。

比起苦哈哈地卖零件修卡车，这种玩儿法几乎就像变魔术，但许文革没答应。原因也很简单：如果六机厂的地皮改变了使用性质，工厂就没法儿开下去了。而他想干的只不过是开工厂。在常人看来，许文革算个聪明人，但在那些资本游戏的老手眼里，他就是个榆木脑袋了。谈了几次没谈拢，双方翻了脸，对方便又绕过许文革，去找六机厂的领导谈。一蹴而就，一拍即合。接着"做实业"，盘活的无非是工人和厂房，只有炒地皮炒股票，靠近北京城区的地理优势才能无限放大。家有一口金锅，谁都不想拿它淘米做饭。这时对于"上面"而言，许文革就从救星变成了累赘，踢开他才是当务之急。于是厂方提出解约，又找出各种名目查许文革的账，那伙儿资本玩家也没闲着，雇了许文革原来的律师揭他的老底、抓他的把柄。而许文革也发了狠，发动工人去申诉请愿，保卫饭碗。一不小心把事情闹大了，又有上级机关介入调停，最后裁决：许文革还是得卷铺盖走人，但可以得到相应补偿；工人还是得二次下岗，但厂子上市之后可以享受分红。

处置稳妥，公平合理，许文革相当于被强制套了现。此后的日子，他都在忙于善后事宜：给南方的股东交割结账，又给刘秋谷和常年跟着自己的那些手下每人分了笔钱。厂子就这么没了，钱上却没吃亏，该庆幸还是该愤恨？但令杜湘东感到意外，在讲述的过程中，许文革的口气是漠然的、轻率的，仿佛他是一个事不关己的局外人。俩人缓缓走进家属院，把纸箱放在带篷"三蹦子"的后座上，许文革拍拍手，望着筒子楼："这儿也快拆了？"

"快了。"杜湘东顿了顿又说，"我老婆身体不好，就不请你上去坐了。"

"杜管教……"

"叫我杜湘东吧。"

"杜湘东。"许文革喉头跳了两跳，第一次称呼了杜湘东的全名，"临走前就想见你一面，见着了，心里也就踏实了。"

说完，他对杜湘东似笑非笑，随后默默离开。杜湘东看着那副空荡漏风的背影，心想，这是最后一次见到许文革了吧。这样也好。他上了楼，照常做饭，服侍刘芬芳吃了，外面的天就慢慢黑了下来。但也不知道从什么时候开始，他的心里就不安宁了，既躁得慌，又空得慌，好像被什么事儿扯着。同时，他还感到了憋闷，胸膛像压着一块铅。那种感觉已经淡了下去，却在这时卷土重来。忽然动了个念头，杜湘东就从桌前跳起来，火急火燎地冲下楼去，在带篷"三蹦子"的后座上翻找着。许文革替他拿过的那一摞纸壳子里，果然滑出了一张存折，密码写在背面，还是姚斌彬的生日。翻开一看，上面的数字把他吓得魂飞魄散。

刹那之间，杜湘东明白了许文革的用意。他的眼前又浮现出了许文革告别时的似笑非笑——姚斌彬也曾这样笑过，俩人的脸重合在了一起，让杜湘东对自己的猜测更加确凿。他冒了一脖子汗，身上的警服都湿透了。他的腿也在发软，差点儿一屁股坐到地上去。但他总算喘了几口长气，告诉自己：杜湘东，你得冷静，你也不是个没经过事儿的人。

因为没手机，他先跑向办公室去找到电话。110吗，我报案。有人要自杀。他叫许文革，人现在不知道在哪儿，也没跟我说过不想活了，但我确定他要自杀。我没开玩笑，我也是警察，你们最好……喂，喂，我去你妈的。他摔了听筒又抓起来，随即拨通的是刑警支队长的号码。同学总算没怀疑他在恶作剧，但也说："这种事儿可不能凭感觉。"

"我有证据，他给我钱了。"

"他以前不也给过你钱吗？"

"这次多。总之你们得赶紧出动……就算我求你帮个忙还不行吗？"

"你这些年整出这么多幺蛾子，我哪次没帮你？但你知道今天是什么日子吗？"

同学苦笑一声，似乎把手机举到了高处。听筒里便传出了车声、音乐声和鼎沸的人声。杜湘东反应过来，就在今天，此时此刻，奥运会即将开幕。真不知许文革是有心还是无意，偏偏挑了这么一个普天同庆的时候去死。那么同学此时正在执行的，大概是某个场馆的安保任务——也许就在举世瞩目的"鸟巢"。这不仅是北京的重要时刻，也是全国全世界的重要时刻，一点纰漏也不能出的。杜湘东只能靠自己了。

他跑回家属院，开上"三蹦子"，在闷热的夏夜里狂奔起来。许文革会去哪儿？在这片遍布工地的郊区，适合送命的地方太多了。许文革会不会已经死了？他为耽误了那么久才发现许文革的用意而后悔。风声浩大地从头顶掠过，眼前的柏油马路却仿佛是凝滞的，这让杜湘东想到了多年之前追击姚斌彬的那个下午。不知过了多久，那栋城乡接合部的四层小楼出现在了车灯劈出的亮处。四下漆黑一片，大概是为了奥运会，北京周边的外来人口都被暂时清理回家了，又或者为了建设开发区，那些一盘散沙的小本生意全被强行关了张。但建筑物内部却依稀有一丝灯光，外面的门也敞着。杜湘东跳下车，冲进楼里，狼嚎一般喊道："许文革，你给我出来。许文革，你可别死。"

喊了几句，他才意识到自己的举动真是蠢透了。一个寻死的人，哪会别人一叫就不死了，没准儿还会死得更着急了。然而他的喧闹却从楼梯拐角引出一个胖大的秃子，小背心下露出的皮肤上布满文身。这人打着手电，拎根铁棍，打雷一般暴喝："你他妈才想死呢。"但等看清杜湘东身上的警服，立刻扔了棍子开始揉肚皮："您瞧您，吓得我肝儿直颤。"

"你揉的那是胃。"杜湘东从他手里夺过手电，四下照着，"这儿就你一人？"

"对呀，我是房主。"

"以前的租客呢？"

"早走了。"

"你确定？"

"我都在这儿守了半个多月了，就防着那帮拆迁的。"秃子重新打量了一眼杜湘东，"这位警官，您不会跟他们是一伙儿的吧？要是那样我也只能跟您拼了。"

杜湘东将手电掖进后腰，也不顾秃子的狐疑和抱怨，出门开车就走。沿着土路拐上国道再走不远，就是六机厂，此时他只希望许文革去了那里。如果再找不着，那就真是大海捞针了。当路从窄变宽再从宽变窄，工厂的轮廓在夜幕里显现了出来，看起来却和以前不同——那栋苏联样式的主楼凭空不见了踪影。似乎是为了宣告胜利，工厂的新主人在整体动工之前，先行拆除了这里的标志性建筑。但这个决定也造成了厂区的管理混乱，当杜湘东撞开半掩的铁门呼啸而过，传达室里的保安几乎没反应过来。再往里开，就见以前的办公区外竖着铁皮围挡，附近还集结着若干奇形怪状的工程车辆。因为奥运会，昼夜奋战不休的拆迁队终于得到了休息，他们还在空地上支了台小电视，围坐成一圈儿观看开幕式。各国运动员已经入场，屏幕上充斥着花花绿绿的热带服装和大团黑亮的肉。工人们听到突突乱响的车声，扭头看到了另一幅奇异的景象：一个警察驾驶着一辆带篷"三蹦子"，以近乎漂移的速度和曲线呼啸而过，他的头发被风往侧后方拉扯着，脑袋像颗斜飞的彗星。

而此时，杜湘东眼前一片澄明。如果许文革要死，他会选择怎样一个死法？如果杜湘东就是许文革，他又最愿意到哪儿去死，最应该到哪儿去死？如同冥冥之中被人点醒，问题突然有了答案。杜湘东心里充满了孤注一掷的笃定，开车冲进了工厂车间所在的区域。这里总算还没拆掉，一栋栋灰盒子沉默地耸立着。夜更黑了，在一个拐弯处，"三蹦子"轧上了马路牙子，把前座的杜湘东甩了出去，车也歪歪斜斜地倒在了路边。顾不得受没受伤，杜湘东咬牙爬起来，开始奔跑。他的目的地是厂区边缘的那排平房。

空地对面，低矮的门窗如同一列熄了灯的夜行火车。距离越近，杜湘东便闻到了越浓郁的汽油味儿。那味道是从停放"皇冠"轿车的屋里渗出来的。他跑到简易车库门口，看见百叶门的下方没有上锁，但使出吃奶的劲儿也无法把它拉上去。果不其然，门从里面锁上了。杜湘东脱下警服上衣裹住右手，一个冲拳击碎了玻璃窗。汽油的味道扑面而来，发动机的声音也破墙而出。杜湘东从里面打开窗户，屏住呼吸跳了进去，开灯，在车里看见了许文革。

许文革端坐前座上，身体后仰，模样就像一个疲惫的司机正在打盹。而当杜湘东拉开车门，他便侧倾着滑了下来，头靠进杜湘东怀里。这种状态下的人自然是脸孔煞白，嘴唇乌黑，而对杜湘东来说，这个晚上最揪心的时刻才刚刚到来——他半蹲在地上，托着许文革的头，哆哆嗦嗦地伸出手去，探了探鼻息。有气儿。一股微弱得几乎无法察觉的温热从指尖传了上来，杜湘东浑身战栗，随之猛喘几口气，又被呛得天昏地暗地咳嗽起来。

于是，暗夜里出现了这样一幕：杜湘东背着许文革，在厂区空旷的干道上磕绊前行。这个老警察心里涌动着悲怆的豪情。他从来就不甘心当管教，一直想做个刑警，但直到今天才破获了有生以来的第一桩案件——不是为了抓人而是为了救人，救的还是他曾经最想抓住的那个人。颠簸之中，许文革渐渐恢复了意识。这人的命也真够硬的。杜湘东觉得耳边有人吹气，刚开始还以为是许文革的喘息，进而才听见是许文革在对他讲话。

许文革说："杜湘东，你何必呢？"

杜湘东反问："你又何必呢？"

许文革气若游丝，语调却是蛮横的："命是我的。"

杜湘东用更加蛮横的语调回答他："许文革，你他妈的说错了。"

他不管许文革是否在听，自顾自滔滔不绝地讲述起来。那些往事在他心里压了将近二十年，如今终于到了可以说出来，也必须说出来的时候。他甚至比刚才更加庆幸许文革还活着，因此他获得了亮出底牌的机会。杜湘东的讲述与许文革的讲述合并在一起，组成了一个完整的故事，姚斌彬的故事。

姚斌彬早就成了残废，并且知道自己的右手无法治愈。当年法医对杜湘东陈述伤情时，他在隔壁的办公室里听得一清二楚。一个废人跑出去也是累赘，因此在越狱的那一刻，他决定用自己来掩护许文革。也正是出于这个想法，姚斌彬抢了那把枪。枪放在他手里也没用，但他知道，假如两个人只能追一个的话，杜湘东也好，其他警察也好，都肯定会追那个带枪的。姚斌彬要让许文革替他伺候崔丽珍，替他学技术、做生意、开工厂……替他完成他想干而干不成的所有事。他把什么都算透了，因此他死了，许文革却替他活着。如果不是那个似笑非笑的表情，杜湘东也许永远都想不通一个右手残废的人为什么要抢一把枪，也不会相信真有人会把自己的一条命托付给别人。四周充满了雷鸣般的寂静，许文革的呼吸似乎在杜湘东耳边消失了。而杜湘东还在怀疑许文革是否听懂了他的意思。他又说："你这条命不是你自己的，是向姚斌彬借的。借了人家的东西，就得替人家保管好了。"

他还说："许文革，你连死也不配，你活着吧。"

这时他的脖子后面一热，接着又是一热。那是许文革的眼泪。这男人的身体在他背上抽搐，嗓子深处呜咽着，却连放声一哭的力气都没有了。但杜湘东又感到对方垂在自己胸前的两条胳膊蜷了起来，环绕着自己的肩膀，像溺水的人搂住了救命的树干。

那条漆黑的路也被他们走到了头。前方就是工地，人们还在电视前聊天抽烟喝啤酒。杜湘东驮着许文革，朝那光亮处挪了过去，直到离那些工人的背影只剩下几步距离，他才轰然而倒。天旋地转之中，杜湘东看见了受到惊吓又一拥而上的工人，也看见那台电视机正在自己头顶不远的地方闪着光亮。电视里放着焰火，苍穹布满光彩。

男人战斗，然后失败，但他们所为之战斗过的东西，却会在时间之河的某个角落里恍然再现。在那一刻，杜湘东觉得全世界都在为他庆功。他还觉得不止许文革，就连自己的这条命也是借来的，向姚斌彬借，向许文革借，向刘芬芳借，向警察老徐和崔丽珍借，向这世上的所有人借。这么一想，那伴随了他多年的憋闷也在此时一扫而空。

炸药婴儿

西 元 [*]

　　女人睁开眼，太阳如晃动的钢水，一滴一滴溅在大地上，满世界是红彤彤的热浪。一杆三八式步枪抵在眉心，枪口磨得发亮，沾了几点泥污。刹那间，黑暗从枪口里冲出，世界剧烈扭曲，仅剩下一线微弱的光亮，然后是彻底的寂静。在万籁俱寂的中心，一团黑红色的火光骤然而出，铜皮包裹的铅丸仿佛舞台上的大幕，轻轻一撩，或更像情人的嘴唇，一缕呵气温柔地抚过，漫长的夜晚便来临了，直到不知何年何月，世界再一次重生。

　　女人腹中躺着一个婴儿。枪声把他惊醒了，又是一阵晃动，羊水像恶浪翻滚的海洋，乌黑的浪头拍打他柔嫩的肌肤，比沸水烫着还疼痛。他想哭，想叫喊，想抓住什么，可是做不到。他好像找到了出口，于是吃力地伸出手，想摸一摸外面的世界。可是，这条柔软的通道里塞满了石子、土块、粗树枝，他失望地抽回手，默不作声，一滴泪珠从老人般褶皱的眼皮中挤出来，溶解在慢慢变冷的羊水里。

　　婴儿觉得再没什么希望了。他将在黑暗里生，在黑暗里死，生命就是黑暗，世界也是黑暗。这时，黑暗被利刃划了一条大口子，光亮像硫酸一样涌进来。然后，一支冷冰冰的刺刀插进他的肩膀。只一下子，婴儿就从黑暗跃入无限的

＊西元，1976年生人，从军二十余载，现为解放军战略支援部队文艺创作室创作员。先后获第十二届解放军文艺优秀作品奖、《中篇小说选刊》全国优秀中篇小说奖、第二届《钟山》文学奖。曾在《小说选刊》发表过中篇小说《死亡重奏》《色·魔》。

明亮，好似一条鱼，从海中跳进晨曦。来不及疼痛，婴儿竟有些兴奋，他挥动着沾满黏液的小手，想触摸这五彩斑斓的世界。他朦朦胧胧看到有个穿黄色军服的人，把他举在刺刀顶端，大笑着打量着他，那笑容里倒仿佛有那么一点鼓舞，那么一点慈祥，像是一个父亲要让他的儿子经历一下人世间最可怕的事，这样，他就再也不会害怕了。那笑声像风中断裂的枯叶，像馒头锅里冒出的蒸汽，像一只在干涸的河床里爬行的蚂蚁。疼痛再一次使世界渐入黑暗，婴儿想，大千世界原来就是这个样子！他微笑了一下，用自己的语言说，我要回去了。

这时，婴儿看见另一个穿军服的男人拉响手雷，扑倒了自己身下高举刺刀的人。一股气浪将婴儿抛向天空。在天空里，他看到太阳像水滴一样小，颤抖着，闪着微弱的光芒。一只在腕子处炸断的手在他脸上轻轻爱抚了一下，又落回尘土中。婴儿明白了，这是来自人世间的第一声问候。

霓　云

儿掉进江里。寒冷的水浪一下一下推着他。他想哭，可嘴仿佛冻住了。没办法，只好仰望着苍灰色的天空，等待着不知会从哪里来的奇迹。江水是红色的，有股不知从何而来的腥味。那红色一条条一道道，是温暖的，有着人身体的热度。血水包裹着婴儿，像母亲的怀抱，婴儿吐出一口气，觉得自己有救了。一条黑色的鱼嗅着血腥气游过来，咬在婴儿的脐带上。他哇地哭出声，一口腥苦的水灌进气管里。慌乱之中，他抓住一具浮尸的头发，另一只手又抓住了不知什么人的脚。虽说是冷冰冰的，但他终于可以把嘴探出水面。视线所及，是密密层层的尸体，像落在水中的枯叶，随波摇动。婴儿挣扎着，在尸体的缝隙中游向江岸。终于，他透明的红色小手抓住干枯的苇草，拼命用力，晃晃悠悠地站在了昏黄的血色夕阳里。

婴儿想找到他的母亲，可是，羊水里的气味、温度、柔软统统不见了。他徘徊在沉默的尸体中间，呼呼的寒风刮过耳畔。他看到一只艳红色的皮鞋，再远处，是一只小巧白皙的脚。婴儿知道那不是他的母亲，而是和母亲相似的人。他跌倒了，爬过去，抱住那个人小腿，然后是大腿。他把脸贴在还残留着一丝热气的赤裸腹部，使劲向里面钻，无望地想回到暖洋洋的羊水里。好一会儿，他明白这做不到，苍白色尸体正在变凉，那温暖的小窝渐渐远去。

婴儿的嘴唇又找到一只不算太大的乳房。他双手捧着乳房，吃力地吸吮，却没尝到什么香甜的滋味。从乳尖流出来的似乎是江水味、血腥味、污泥味，还有那么一点泪水味。不过，一两下轻轻的颤动从乳房下面传来，撞到了婴儿的舌尖。他用小手搂住尸体脖子，奋力抬起沉重的头，打量她的脸。长长黑发铺散在岸边的碎石上，另一些浸在江水中，随波荡漾，无声无息。一只洁白的手手心朝上盖在双眼上，仿佛躲避刺眼的光线。婴儿用力推掉她的手，看到一双大睁着的眼睛，原本漆黑的瞳仁慢慢变淡，成了灰白色。顺着瞳孔望进去，那里是无边无际的黑暗，在黑暗里，坐着个浑身发抖、一丝不挂、暗自哭泣的少女。女孩子抬起头，向天空的顶端看过去。她看到一双好奇、纯净、且充满了善意的眼睛，仿佛在说什么，可又没法彻底说清楚。女孩子站起来，想离那双眼睛近一点，一瞬间，她看到另一个光彩夺目的世界。

在同一刻，婴儿也看到了一个世界，那个世界光明璀璨，让人睁不开眼。恍惚之中，他闻到一缕花香，隐隐看见一片金黄色花瓣……

春日午后，我穿上新买的红皮鞋，和纸坊街李医生家的女孩子偷偷溜到秦淮河边，还尝了一小杯酒。她的脖子和手腕红了一大块一大块，还傻傻地对我笑。我想，我大概也是这个样子吧！

我太喜欢这双红皮鞋了，别人家的女孩子都没有，是爸爸从法国给我带回来的。晚上，我把它放在床头，鞋子里散发出一阵阵我们这里没有的香气，还暗暗弥漫着微光，像是夜色里开放的花朵。现在，我穿着它，轻飘飘的，浑身长出一层如初生小鸟那样的绒毛，只要挥一下手臂，就能飞进浓稠的、带着水色和树叶味道的空气里。

秦淮河里的水浪悠闲地拍打着青石板，水和青石都是浓绿色的，不时把几片浮萍推到脚下。我昂起下巴，闭上眼迎着柔软的春光，一股饱饱的暖风把我团团裹住，这个世界给了我一个大大的拥抱。一时间，我竟然很惆怅，眼角被半颗泪珠打湿了。因为这拥抱是人世间没有的，一年只有一次，人生在世也不过才能享受几十回。人老了，身上的皮肉一定麻木了，就再也感受不到来自春天里的似水柔情。

河水像吃饱了似的，涨得满满的，水中央仿佛是它绿色的肚皮，又光亮又鼓胀，不时出现几个小船卷起的漩涡。漩涡平静之后，我看见河水中映出大片大片的金黄色。这金色像是熔化的金水，变动不居，到处流淌，慢慢把整条河都染成了金色，连半个天空都变得很灿烂耀眼。我抬起头，猛然发现，河对岸生着层层叠叠的桂花。每一只小小的花朵都好似一个婴儿在唱歌，于是那金黄色，那浓烈的香气，就像炸药爆炸了一样向外狂涌。

我拉起女伴儿的手，穿过鲜红色的木桥，跑进了那个香气四溢的金灿灿世界。这里一片寂静，但如梦如幻。这里自成一个世界，把我隔绝在人世间之外。

我望着枝头的金色小花，一时间把什么都忘了，眼中只有他们。他们说不上强大，也活不了多久，可这世界因为有了他们，竟然变得如此光辉。在让人睁不开眼睛的明亮里，这些花儿对我说了无数秘密，而且只对我一个人，因为只有我一个人懂。他们不停地说，把古往今来旷世的秘密都说了出来，我幸福地倾听，毫不费力，发现原来这些秘密都是如此简单、美丽，而且充满情意，我们笨重的头脑绝无领会他们的可能。

不知过了多久，午后阳光开始变淡，空气冷了起来。这个金灿灿的世界正在消失，一个庸常世间又将把我吞没。我绝望地对这些花儿说，跟我回家吧，有一天，你们会和我一起重生！

我伸出手，手指碰到了一朵小花。手仿佛被火烫了一样，我想，他们还不愿离开枝头，被风吹干，然后死去。于是，我咬破一根手指头，让指尖流出大大的血珠。我流着泪，把手指举到小花面前，说，喝下这酒吧，醉了之后跟我走。我保证，你会在某个午夜复活，那一刻，你将更加惊艳销魂。你还会发现，你死在这一刻，却可以比其他不得不死在漫长痛苦的时间河流中的花朵，得到更多的爱。

我摘下十几朵小花，手指上的血干涸了。我不再要了，把它们带回去，和今年的春茶一同封在小瓷罐里，贴上纸条，用小楷写了我的名字。我觉得我的灵魂就在里面。

王尽美

没有找到能让自己活下去的东西，婴儿继续向前爬。不远处有辆木轮平板车，轮子裂了，斜着丢在岸边。十几具尸体的肩胛骨被小手指粗细的铁丝拴着，有的躺在泥污里，有的浸在江水里。有个男孩子的尸体倒挂在车子上，头朝下，双脚伸向天空。两只又小又瘦的脚丫在黯淡夕阳里，像两朵黑色的花。

莫名其妙地，婴儿就觉得这男孩子与刚才见到的少女尸体有关系。他爬过去，端详着那张倒置的脸。脸上没有眼睛，眼睛处是两只黑黑的，且向外流血的洞。婴儿想，没了眼睛，就像一个世界没了门，没了窗子，我恐怕是什么都看不到，也找不到了。可是，很奇异的，两个黑洞像隧道，共同通向某个世界，那里发出一缕若有若无的光亮，光亮里有只手……

我坐在一条木船上。船头慢悠悠地摇摆，生着绿苔的桨推起一圈圈涟漪。这本是个很普通的午后，我拿着一包父亲给买的饼干，一边啃，一边用它蘸河里的水。几块饼干渣浮在绿色水面，然后下沉，竟引来了一条银灰色大鱼。它猛甩几下尾巴，溅了我一脸水。

我擦了下脸，睁开眼，惊呆了。岸上站着隔壁家的姐姐，白褂子、蓝裙子，还有一双红亮亮的皮鞋。当然，她没看我，而是失神地望着对岸。我顺她的眼光看去，那边是黄灿灿的桂花丛，映黄了整条河。

霓云姐姐变了。过去，她会不经意地看我几眼，那眼神和早晨稀薄的空气一样清冷。可是现在，她的周围充满了紫色光晕，香得发苦，我不能走近，一接近就会头晕目眩。她的嗓音让人想起一根燃着的沉香落在水中，香气还在，可火已经熄灭。漂浮在水面上的沉香慢慢吸饱水，静静沉入幽暗水底，仿佛一条死去的银鱼。

我闻得见这令人窒息的香味，可是这气息并不单单属于我。这香气里有一缕霓云姐姐指尖的热气，有她眼睛里的情意，还有她脸颊上的红晕，可这一切也都不单单属于我一个人。它属于每个人，可能是个麻木迟钝、操劳于日常生活的中年妇女，也可能是个猥琐贪婪、沉迷于色欲无法自拔的老男人。它还可能属于一块无知无觉的石头，一棵静静不动的树。总之，全世界都能得到霓云姐姐，会因为她发丝尖上的一缕颤动而心旌荡漾。

船靠了岸，我怯生生地回到她站过的地方，人已不见踪影。我站在那儿，挺直身体，努力和她一样高。在空气里，我闻到了她嘴唇的味道，因为她的嘴唇在片刻之前，曾停留在这里。

眼前一片灰白的水色，天地辽阔。突然，这世界仿佛以我的身体为轴，转了小半圈。当它转到某个角度时，仿佛与另一个世界重合了，霓云姐姐一下子出现在不远处，向我这里走来，然后停下，望着对岸的桂花。而我，就站在她透明的身体里，额头轻靠着她的胸口。过了一小会儿，霓云姐姐走开了。世界又以我的身体为轴，转了一下子。她就消失了。天地依然如故。

霓　云

隔壁家的小男孩儿一直在看我。可他又不过来。有天早晨，剃头匠家的黄狗对我吼了几声，把我裤角咬坏了。第二天，我发现那条狗死了，嘴角流血，吊在放学路上的石桥栏上。

那个男孩子很漂亮，眼角是尖的，微微向上翘，嘴唇潮红，像是刚从很热的地方来。今年元宵节那天，他突然敲开我家的门，往我手里塞了只白羽毛的红嘴小鸟。不一会儿，又一群男孩子追过来，他抓起门口的一块木炭，抱在怀里，跑开了。那只红嘴小鸟不会飞，我把它放在桌子上，发现它的一条腿缩在肚子下，肯定是受伤了。我找来棉絮铺在一只瓷碗里，红嘴小鸟竟闭着眼睛跳了进去，小心地蹲下，翅膀尖儿一抖一抖。不一会儿，它一动不动，好像睡着了。

黄昏的时候，男孩子又来了，眼眶黑青，嘴唇破了。他不知从哪儿找来一只烂鸟笼子，用铁丝补了补，放在我家窗台上。昏黄的电灯泡下，他下巴挂在手背上，痴痴地看着碗里熟睡的小鸟，一言不发。男孩子的另一只手摊在桌子上，指甲里沾了泥，很稚气，很白净。我发现这不再仅仅是一只小孩子的手，它已经很有力量了。我心里一阵慌张，顺着那只手看上去，又看到了男孩子的额头。这额头雪白饱满，棱角分明，眉毛的末端像炭条一样浓。他突然抬眼看了我一下，又直白，又锋利。我有点喘不过气来，好像有什么东西竟然被这个比我小的男孩子看穿了，发现了。

夏天以来，我发现他什么地方和从前不太一样。比如他站在那儿看我的时候，我总觉得他身上有把很快的刀。我知道，即使真的有刀也绝不会伤害我一丝一毫。所以，并不是害怕，只是有点忐忑不安。

王尽美

我真的是在找一把快刀，现在找到了。那天，看见黄狗咬霓云姐姐时，心很疼，就像咬在自己身上。似乎比这还疼，有点伤心，有点惆怅。我愿意她永远都是优雅的样子，谁都不应该让她惊慌失措。她有一部分是透明的，比钻石还亮，只有我看得见。

我用耗子药加一个肉包子杀了那条不知好歹的狗。后来，我想，我应该有把刀，这样，我就可以像个勇敢的人那样杀了它，而不是用这种下三滥的手段。我偷了家里的钱，买了把杀猪刀。可这种刀总是磨不快，就像一个很笨的人，不能指望他领悟一些很精深的道理。我来到铁匠铺，想让老瘸子重新打一打。我觉得烧得越红、打得越多的刀才是好刀，这和人差不多。老瘸子看过我的刀，像痴呆一样咧嘴笑笑，说，你这刀没盼头了。我没走，从兜里摸出一块大洋钱。我知道，如果把它花掉，晚上回家一定有顿胖揍。可我还是拿出引头就戳的劲儿，把银光闪闪的稀罕物使劲按在老瘸子长着木炭一样老茧的手里。老瘸子看样子是给吓着了，又拿起杀猪刀，看了看，叹了口气，连同大洋钱一起丢给我，说，你是个能下狠劲儿的小东西，这样吧，我刚给佟掌柜的打了把剃刀。这嘟噜铁是剩下的，你要是有恒心，就拿去吧，白送。

这坨铁扁平，饺子形状，表面裹了厚厚的煤渣状东西，还有焦糖一样的气泡。我掂了掂，很沉，可我还是怀疑老瘸子用一块废料就把我打发走了。我来到河边，在青石上敲掉了渣壳，还真的找到一枚金属片，有半个小圆镜子大小。我试着磨了下，青石板上留下深深的沟痕，而金属片上的毛刺却纹丝未动。我在它身上花了小半年光景，试过磨刀石、砂纸、牛皮、草纸等所有能使这东西变锐利的材料。现在，它成了一个半圆形铁片，圆的一侧是刃口，直的一侧有饺子皮儿厚。在亮灰色的金属表面，有黑色的虎皮斑纹。似乎找不到什么能让它更快了，我把它夹在食指和中指间，在空中一挥，只有空气可以磨磨它。

我在床上找到几根油亮的黑发，是母亲的。这头发只要在刃口上轻轻一滑，就悄无声息地成了两截。我还抓了几只蚂蚁，让它们爬过我的手指，爬过指间的利刃。蚂蚁一踩上去，那黑细的腿就断了，可它还浑然不觉，继续向前爬，只好扭动着身子，怎么也没法前行一丁点儿。

我在寸把远的地方，瞪大眼睛盯着金属片。可无论怎么使劲，我都没法看清它的锋刃，那里是一片虚空，一片无限，一个旷世的谜，一扇通往另一个世界的门。可是，我的肉眼、肉身都无比笨重，永远达不到那里。那里有霓云姐姐的美丽，我能感觉到，可我得不到。如果我得到，那一定是把她毁了。

霓 云

转眼十二月，天空成了灰色，又矮又薄。我走出门，看见小美弟弟站在梧桐树下，背对着我，把一片又潮又大的树皮放在鼻子前闻。他身上仍然有刀刃的气息，让我不愿意走得太近。可我又不忍离去，那样，似乎就辜负了他，背叛了他。

我拿出手绢，远远递过去。

王尽美

我用黄牛皮缝了个小囊，正好装得下那片利刃。尽管没有人能用凡胎肉眼看到，但它躁动不安、无坚不摧、烫如火炭，只有又干又硬又厚的牛皮能锁得住。我把它挂在脖子上，就好像有个凶猛寂静的银色精灵趴在胸口。

一个水色的声音传来，小美，给你。霓云姐姐的音调略带歉意伤心，像夏末的稠风，吹透了我的身体，在心房一抚而过。我颤抖着嘴唇，不知说什么好，转过身。她笑了一下，脸比太阳还耀眼。接着，一块雪白的手绢落到我面前。她的手指像绿色湖水中穿过的船头，划破冬天湿冷的空气，将一团桂花味的热气推到我脸上。

我伸手去接那手绢，可吓了一跳。我的指甲里沾了不少泥污、草屑，和白手绢上的几朵小梅花相比，真是丑得可怕。我自惭形秽地矮了一截，一言不发，拼命跑回家，仔仔细细把手洗干净。回到原地，姐姐还在等我。我拿好手绢，想大着胆子拉她的手。可我没敢，她的手像牛皮囊里的利刃，你只能远远地看一看，悄悄地想一想，永远都别指望碰一下。

我的额头刚好高过姐姐的肩膀一点。我看见她耳垂上有朵红宝石镶嵌的小金花。有个声音在灰白色的天空里说道，咱们俩个，去秦淮河边走走吧。

霓　云

我和小美站在河边，冬季的地平线很远很淡，空气里飘着浅粉色的雾。浓厚的河水润湿了脚下的青石，一下一下悄无声息地拍打着它。水的气味很凉，吸进鼻子里让人微微发抖。我想对弟弟说点什么，可怎么也张不开口。

前方，无限辽阔遥远的水面和天空仿佛一扇大门，通往将来。可是我们推不开它，只能站在此时此地，不能移动半毫。想到这儿，我竟有一阵幸福感，这一刻只属于我和弟弟，不必想将来，也不必想过去，整个世界就是我俩的家！

有个东西落在河水里，然后是啪的一声，清脆得像耳光。但只一瞬间，世界就进入了绝对的寂静，一阵阵鸣响从耳朵深处传来。周围罩在无比明亮的白光中，好似水做的笼子。到处都是水，我看见无数水花、水滴、水浪悬浮在空中，千变万化，横冲直撞。一颗水滴的力量比一个男人都大，数不清的水珠把我推得踉踉跄跄。我和弟弟在不辨方向的水晶宫里晕头转向，不能呼吸，慌不择路，充满怜惜地看着对方。在水浪中，我看见一枚黑色弹片拍碎无数水滴，从我和弟弟眼前划过。它吱吱作响，散发着红色的蒸汽，怪叫着，从另一个方向钻出了水的世界。

我拉起小美，躲进窄巷子里。墙壁又湿又冷，我像一条累得筋疲力尽的鱼，颤抖着靠在上面。弟弟浑身湿透了，一颗颗小手指甲大小的水珠挂在发尖。他脸色苍白，眼睛格外大，奇怪地看着我。我发现自己也湿透了，衣服鱼皮一样紧贴在身上，黏黏的。

他身上有把快刀，碰到我一定会流血。可我还是不顾一切地把他的头搂在胸前，心猛烈地跳，好像不是我的。又一颗炸弹落进水中，气浪水浪把世界涂得一片晶白。我稍稍低下身子，吻住弟弟凉凉的嘴唇。

父 亲

婴儿看着少年脸上血色的黑洞，像是趴在一口老井的井沿向下望。他看到这一幕幕，心想，这世界看起来还不错，不仅仅有寒冷、刺刀、炸药，还有嘴唇、情意、香气。他生出一丝留下来的念头，继续向前爬。前面躺着一个成年男人，穿着长衫，脖子上有几寸长的口子，血把长衫染了半边，成为绛红色。这男人紧闭着眼，嘴角微翘，面无表情。婴儿从他身上怎么也找不到通向另一个世界的入口。这时，他发现男人指尖沾着几点干涸的墨色，这墨色碰到江水，浸染得丝丝缕缕，幻化出无穷多种形状。猛然间，婴儿看到一个雪白刺眼的世界……

儿子的悟性很好。让他临习颜真卿的《多宝塔》，别看横竖写得鼓鼓囊囊，但笔法倒有几分古人的意思。这点古朴的味道，现在是闻不到了。我还看到个很奇怪的现象，儿子用的黄草纸是裁过的。边缘锋快，没有一丝绒毛，指尖触摸，竟然有点寒意。什么利刃才能做得到呢？反正家里没有。改天，一定要问问他。

下午的阳光带点金色，很绵，把远远近近的噪音都吸净了。我从书架上抽出一张宣纸，巨大的白光一晃，在上面看到了自己的影子。一阵风从木窗外吹进来，宣纸一角哗哗作响。我用手掌把那角纸展平，仿佛抚过夏末的湖水、春天的草原、奔跑的马背，还闻到制作这纸的竹子味、麻茎味，一滴滴明亮的水珠从叶子尖端滴下、砸碎，映出无数个太阳、星辰。

一只小虫子爬上白色宣纸，惶惶地转了几圈，不辨方向。我微笑着，取出一块巴掌大的天青色端溪老坑水岩砚，滴上几滴水，还不急于把它从白色沙漠中解救出来。又挑了半块乾隆年间的老墨，吹吹浮灰，轻轻磨起来。只一下，清澈的水中便扯出几缕飘动的墨迹。几圈过后，水黑了，亮了，饱胀起来，像颗要发芽的种子。砚堂里寂静无声，描金老墨仿佛利刃割在猪大油里似的稳稳滑动。片刻，墨水便如油般稠了，墨块滑过砚石之后，懒懒地伏着，迟迟不肯合拢。

我抽出一本字帖，端详着，也让磨好的墨水静一静，吸一吸浓重的金红色阳光。这样的墨水更饱满。出了会儿神，我提起笔，蘸上墨，在老坑水岩砚堂上雕出的莲花池里，把笔尖捺得干干的。我喜欢又瘦又硬的字，像公鸡的爪子。

可笔锋触到纸的那一瞬，我却犹豫了。白晃晃的纸上留下一颗似有似无的小点，像深夜里的灯光。我沮丧地发现，古人的一笔有万斤重量，而我的一笔，连十斤都不到。一横一竖，一撇一捺，样子还是那个样子，可一千年前写的字里面藏着炸药，而我写出的字里不过是沾了些猪血一样臭不可闻的腥气。

我惊呆了，等回过神来，墨水已经干涸。我困惑地拿起一管狼毫笔，迎着将要落下去的夕阳，端详上面一根根散开的毛锋。毛毛轻轻颤抖，刺进浓红色的太阳里。我看不清它的尖端，就像我不能说得清这世界是如何无中生有的。但我知道，墨水顺着这极细微以至于虚无的地方把世间万事万物带到了纸上。浩瀚宇宙变成了墨，以墨迹的样子重建，比真实的世界更纯粹、更惊艳。一根头发丝细的墨色线条里能生出电闪雷鸣，运笔平直的一横可以支撑起一个国家，一丝不苟的一点让成千上万人决心赴死，而枯笔累累的一捺说尽了宇宙亿万年间的秘密。

不知不觉竟已到深夜，我从书架上取下一只樟木盒子。樟脑味扑面而来，细细闻去，其中夹杂着陈纸的潮朽味，让人想起深秋的雨水，或是浸在湿土中的老砖。把手卷打开，纸已经黯淡无光，但墨迹仍然隐隐泛着亮紫色，仿佛夜里的闪电。字里行间盖着密密麻麻的暗红色印章，有大有小，有方有圆，全是历朝历代赫赫有名的大人物，在古书里活了上千年。盯着这些印章，仿佛他们都活了过来，让人胆战心惊。

夜风潮冷，我用冰冷手指触摸古纸上的字迹。我相信，几百年上千年里，一定有无数个人曾像我一样，在深夜里，以这样的方式做相同的事。字迹像血一样烫手，有什么东西顺着指尖流向我的心脏，我的头顶。周围一亮，一切有形之物全部消失，几千年历史一瞬间堆积在夜空里，重重叠叠，如梦如幻。像一条惊涛汹涌的大河，从我身边流过，而我就置身于大风大浪之中。我心潮澎湃，极目望去，每一个细节都清晰得纤毫毕现。我一会儿站在金碧辉煌的宫殿里，一会儿站在血流漂杵的古战场中，一会儿与帝王将相同处一室，一会儿又窥见红绡帐中的如画美人。我特别困惑，又特别震撼，那一刻，一下子瞥见了自己的灵魂。

一股白色气浪将木窗吹破，木屑四溅。我看见手卷飘在半空中，慢慢碎裂，化作点点金光。夜空里亿万个历史瞬间如黑暗的旋涡，猛烈地旋转收缩，在气浪的中心处凝聚成一个亮点，一闪，寂静无声地消失了。

婴　儿

婴儿冷了，饿了，外面的世界如同五彩斑斓的硫酸汁液，烧蚀着肌肤。他明白，如果再找不到赖以生存的东西，他就将与这个冰冷的世界融为一体。当然，这倒也没多么可怕，只是他还不愿这么做。

他爬了几步，前方的鹅卵石被烧黑了，密布着焦色的火药渣子。两具被炸掉一半的尸体紧贴着，像两只红色的碗。肉皮囊里空空如也，隐隐可见几根断掉的肋骨、脊骨。凝固了的血浆里，散落着几粒红铜色子弹，枪管扭曲了的勃朗宁手枪，断成两截的刺刀。他们身上的军服被气浪、炸药扯得丝丝缕缕，衣不蔽体，和泥土、血水黏在一起，不辨颜色。仔细看去，一个人的金属军衔在脖子处，另一个人的在肩上。黄铜蒙着一层血污，隐隐映出落日的余晖。

婴儿觉得这里很熟悉，他就是从这儿飞上了天空。果然，他闻到了羊水的味道，看到了那个曾经包裹着自己的女人身体。这个皮囊赤裸着，肚子被齐齐划开，皮肉瘪瘪地陷下去，溅满了血花。婴儿想，原来自己就是从这个血淋淋的地方爬出来的。可它过去不是这样子，它像温暖的海洋，一片寂静，出奇地柔软光滑。这是怎么回事？

他又奋力地挪了几下，石头上的火药渣子刮破了肌肤，流了血。他哭了几下，可四下无人，而且哭起来也很累，索性不哭了。流血似乎也不是什么可怕的事，周围的人都流了血，这里就是个血的世界。婴儿趴在母亲尚有温度的乳房上，吸了几下，一股又暖又甜的汁液流进嘴里。他像只小兽一样浑身紧绷，兴奋地颤抖，嘴里发出啪啪的吮吸声，几颗眼泪蒙住了眼睛。

奶水渐冷，一只乳房瘪了，就吸另一只，直到再也吸不出。婴儿不慌张了，后背紧贴着母亲的尸体，蜷缩着躺下，寒风从头顶吹过。他惶惑地睁着眼，看几步远处那两具残破的男人尸体。他俩好像真的彻底死了，再没留下什么。婴儿失望地打量浓红色的天空，有几朵团状的黑云。它要飘到哪儿去？夜就要来了，天还会亮吗？

渡　边

婴儿发现，从两个男人的尸体血肉里飘来两团热气。这热气像火焰上方的热力，你看不见它，但它让光线发生了折射，改变了世界的样子。两团热气向自己靠近，不说话不言语，没有形状也没有颜色，也不试图告诉自己什么。但是，当这两团热气一前一后来到他的眼睛上方时，婴儿发现这世界变了，变成了另一个人的世界。他想，人死了之后原来就是这个样子，他们不会再有肉身，也不会对你说点什么，但他们会带来一个又一个世界。如果你能看到所有人的灵魂，你就会看到亿万个世界。

人的皮囊真是很脆弱。我们尽一切努力把一个北海道农民训练成有钢铁般意志的人，可是，只要一把刺刀穿透腹部，他就必死无疑。我有把军刀，经过三次上千度的高温、锻打、淬火，才有了现在的样子。我用它杀了很多人，可是沾上的第一滴血却是我的战友的。当然，他是个罪犯，刺杀了自己的上级，所以他必得死。剖腹，然后被军刀砍掉头，是他得到的最后尊严。

军刀刀刃每一寸都搁不住一根头发，还能轻易切断铁钉。所以，刃口之下，人的脖子不堪一击。人头落地的一瞬间，颈骨是白玉一般的颜色，不过很快，就会被血染红。红白相间的感觉不是很好，有点血腥，最主要的是不美，那颜色太浓烈了。人应该尽可能死得美一点。

我始终固执地认为，至死都是如此，用军刀杀死一个人，应该是种礼仪，与中国孔子讲的那种礼一样。多年的军旅生涯让我杀人无数，在血腥和暴力中浸泡得太久，但我一直觉得杀死敌人与杀死一个活生生的、一个有血有肉的人并无关系。一个活生生的、一个有血有肉的人惨死时，终究是很丑陋的，会让人生起一丝低下的、软弱的、不合时宜的同情心和恐惧感。而我，觉得那是在履行一种我与敌人之间的礼仪。当我砍下敌人的头颅时，我满怀尊敬，有那么一点悲伤，并且默默地为亡灵祈祷。并且我懂得，杀人这个事情要适可而止，否则，当你不遵守礼仪，你就破坏了人在世间的尊严。那些肮脏的污泥浊水迟早要反过来溅在自己身上。

这是我一直以来的信仰，可是……

这座城的一角炸塌了，我沿着高高堆起的砖块翻过城墙。城里的士兵失去了指挥，不再抵抗。我路过一座寺院，墙皮脱落，墙基青石上生着苔藓，门口倒着几具尸体，血把青绿色的苔藓染成绛红色。我发现，这座城很古老。

一队交出武器的士兵垂着头，与我们相向而过。一等兵永泽突然失去控制，狂怒地跑出队伍，用刺刀捅倒了几个俘虏。那几个俘虏发出牛一样的叫声，很轻很闷，就倒地死了。其他人只是稍稍向后躲了躲，仿佛躲过这次灾难就能活下去。走了几步，又有一个士兵冲出队伍，用三八式步枪顶着俘虏后脑开了枪。俘虏扑在地上，死了，其他人继续沉默前行。不一会儿，这队俘虏便死光了，横尸在马路上。

我带着队伍进入一条湿漉漉的小巷子。有个女孩子突然从院子里跑出来，看见我们，吓呆了，扶住墙，瞪大了眼睛。她弱弱的，花朵一样干净，脚上有双红皮鞋，似乎是这里唯一有颜色的东西。女孩子轻轻地喘着气，像幅画似的印在我眼中。

午夜，我站在院子中央，倾听远远近近的声音。机关枪一刻不停地哒哒哒响，嚎叫、惨叫、嘶叫、痛叫以至于怪叫，混合在一起，仿佛有了颜色，把夜空染成了浓紫色，并且浓得成了黏稠汁液，一滴一滴从天空里落下来，砸在地上，冒出强酸一般的刺鼻蒸汽。

我走出院门，脚下又湿又滑，巷子里横七竖八地倒着尸体。我来到女孩子站着的那座木门口，里面血淋淋的，即使在黑夜里也泛着浅红色的光。我有一丝无奈和痛恨，我的士兵总也不能领悟畜牲和人的区别。他们总是用一些愚蠢、粗野的手段去得到人间华光一现的珍宝，结果他们总是把很美的东西变得很丑陋，而且永远也得不到。

我失望地走进院子里，迈过几具尸体，窗台上蹲着一只黑色的猫，眼睛发出金黄的光。屋子里竟然还亮着一盏油灯，摇摇晃晃，朦朦胧胧。我进了屋子，一片狼藉，几个人死在地上、床上、桌子上，连厨房的大铁锅里都趴着一个死人。

有个小房间，隐隐飘出一缕香气，在一片血腥之中很特别。我走进去，大概是闺房，不过一切都很零乱，书本、胭脂、花朵撒了一地。我抬起头，在很高的书架顶端，摆着一只白色的小瓷罐，还写了几个汉字。真是个奇迹，竟没人去碰它。我忍不住踩着一只木凳子爬上去。瓷罐很小，拳头大，罐口用纸条封着。小楷字写得很秀美，我觉得一定是那个女孩子写的。这两个字是"霓云"，真美。

我稍用力，拔开了塞子，一股幽暗的香气扑来。我恍若隔世，忙又盖上了塞子，生怕不知自己身在何地，身处何时。我准备走了，把小罐子轻放在桌上，过不了多久，又会有人来这里抢掠一番。走了几步，我忍不住转身，把小瓷罐拿起来，揣进兜里。

王大心

婴儿身上的黏液风干了，又脆又硬。母亲的尸体可以挡住寒风，但挡不住寒冷。他茫然地大睁眼睛，打量着夜空，也打量着江岸。被水浪打湿的岩石一会儿结冰，一会儿融化，在漆黑一团中散发出薄薄的雾气。一群饿坏了的家狗悄悄跑过来，又小心又胆怯地舔着尸体上的血，继而战战兢兢地咧开嘴，用槽牙咬断僵硬的手指脚趾，嘎嘎嘣嘣地嚼起来。慢慢地，它们胆子大了，从破开的肚子里扯出肠子，从大腿上撕下一整块一整块肉。

一条黑狗来到婴儿身旁。石块上沾满了被炸药烧焦的碎肉，它焦急地把它们啃下来，一下一下费力地咬。在黑暗里，它吓了一跳，发现一个婴儿睁着眼，无神地看着它。一只满是血腥的黑色大鼻子凑近婴儿，嗅了嗅，又往后退了退。一条红色的舌头在婴儿的脸上、脖子上舔了几下。婴儿看到一双焦黄色的大眼睛，流着泪，哀伤地看着他。好一会儿，一个毛茸茸的黑色身躯躺在婴儿身边。这下好了，寒冷、大风、刺痛、恐惧统统不见了。婴儿使劲往这个温暖所在的中心处钻，他碰到一排和母亲一样的乳头，就把嘴吮了上去，又有一股热热的汁水流进嘴里。婴儿暗想，有乳房就有整个世界。

一声孤零零的枪响传来，狗群吓得散了。乳头猛地从婴儿嘴里抽出去，像一个巴掌打在脸上。黑狗跑了几步，又犹豫着回来。两排牙齿软绵绵地把婴儿托起，放在江水里。说也奇怪，江水竟是热的。只有脸能露在外面，婴儿看见黑狗对他张了几下嘴，摇了摇鼻子，一扭身跑掉了。他很伤心，默默地仰望苍穹。夜空格外低矮，一颗一颗星星亮得刺眼，仿佛一伸舌尖就能舔到金黄色的满月。天幕在脸上方左左右右地摇晃，周围的江水里片片银光。

婴儿哇的一声哭了，声音击碎江面上的亮光，挤满夜空。他发现，他和这个冷冰冰的世界不一样，那一大群热气腾腾的生命也和这个世界不一样。一团热气飘来，他在黑色天幕里看到一只沾满泥污的手。他想起来了，被炸药气浪推上高空时，这只断手曾经抚摸过他的脸。

我是在放下枪的那一刻开始后悔的。虽然我不相信仅仅依靠理性、正义、仁慈这些东西就能给世间带来和平，但放下枪，却意味着从此要把自己的命运交到别人手中，无论那是一些什么人，也无论他们会怎样对待你。

　　当然，放下枪，我有一阵轻松。我望着冬季灰蒙蒙的天空，看着那颗淡淡的黄太阳，心想，我肩扛着这座城，我也扛着死亡。现在，这座城里的芸芸众生将像野花一样和大地生长在一起，他们不再崇高，他们将什么也不代表，他们剩下的仅仅是好好活下去。我，再也不把你们扛在肩上了，我也不把死亡扛在肩上。

　　我的双手捆着麻绳，和十几个军人拴成一串，面无表情地走在街头。我发现我们还算好的，相向而行的一串男男女女就没那么幸运了。一根小手指粗的铁丝穿过锁骨，三三两两拥成一团，像将要放到火上烤的竹鼠。一个襁褓里的婴儿从二楼扔下来，只哇了一声就一动不动了，头部溅了一团血迹，像束红艳艳的玫瑰。婴儿就落在我两步远的地方，我斜首看了看，仰望天空，心想，你已不在我肩上了。安息吧，大地将要被血洗过，你不过是一朵漂在血海上的小花。

　　又一个身材微胖、浑身赤裸的少妇从楼上掉下来。她的肚子给划了一道长口子，身体落地时，肠子摔出来，甩了老远。她尖叫过一下，又大睁着眼，一声不吭。一个气急败坏的日本兵跑过来，用刺刀撬开她的嘴，取出一块咬掉的耳朵，捂着半边脸跑远了。我扭头看了看那个残破的，已没了人形的女人，生出一丝敬意。如果我的手脚没被麻绳捆住，或许我会跪在她的尸体旁，在她被刺刀捅烂了的嘴唇上吻一下。

　　莫名其妙地，天空里落下一滴水，砸在我的额头。我用被缚的手背抹了一下，这水珠里竟有一缕幽香。一瞬间，这座城成了玻璃城。远远近近的建筑物透明了，什么也遮掩不住。这样，我就不仅仅听得见一浪高过一浪的叫喊声，还能看见各种各样世所罕见稀奇古怪千姿百态超乎想象的杀戮和惨死。一个日本兵正往一个女人的身体里塞石块和泥土。一个日本兵用刺刀把一个稍有反抗的女人刺穿了。一个日本兵把一颗拉开销子的手雷挂在一个男孩子的后脖领子上。一个日本兵把一个老人从窗子里推了下来。一个日本兵正在往屋子里浇汽油。一个日本兵正在往尸体上撒尿。一个日本兵正在扣动机关枪。一个日本兵正往腰带里别一只鸡。一个日本兵挥刀砍断了一个男人的手腕。一个日本兵在擦军刀上的血迹。一个日本兵倚在没了门的门框上点烟。一个日本兵在哈哈大笑。

我一阵眩晕，轻轻叹了口气。我低声说，你们也都不在我的肩上了。你们现在是大地的子民，但大地能养育你们，却不能保护你们。她让鲜花怒放，也让杂草丛生。她让骏马奔驰，也让豺狼横行。有一天，她还会洪水滔天，那时，我们的肩上什么都没有，只有死亡。

前方，捆着一溜俘虏，跪在街边，呈杀头的姿态。几个日本兵按住一个俘虏的肩膀，以防他扭动身体或逃跑，笑着对几步远的少年日本兵大叫了什么。那个少年日本兵还没有上了刺刀的三八式步枪高，他犹豫几次，稚嫩地嘶叫着，将刺刀捅入俘虏的胸膛。一下刺得不深，便像刷糨糊一般把枪托乱推，把自己也吓得半死。

被捅的中国俘虏半闭着眼，竟出奇地能忍耐，不大叫，也不咧嘴。他迷茫地看着戳进自己胸膛的刺刀，不知他心里想的啥，仿佛快点死掉也是件好事。日本兵高叫一声，手指指向我们。那个少年日本兵端起刺刀，急急地向我们跑来，刀尖一会儿指向左，一会儿指向右，不知最终会指向谁。

刺刀尖掠过我的肚子，捅进身后李大个子的腰。李大个子嗷嗷叫了几声，声音不大，嘴里吸着凉气，好像连死的时候都怕惊动了谁。他扑通一下倒在路边，痛苦地蜷起身，仿佛得了什么重病。我回头看他，他挣扎着抽出一只手，向外摆了摆，算是道了个别。似乎这条路还有那么一丁点盼头，他命不好，走不过去了，而我们都还有救。

又走了十几步，一个矮个子、身材敦实的日本兵发了狂似的冲过来，扑哧一声，老兵上官富贵的瘦皮囊也给戳穿了。他怪叫一声，像冬天里吊在树杈上的老狗，得吊好一会儿才能死。他嘴里咕哝几句，讨好地对那个日本兵笑了笑，自己拔出刺刀，爬了几步，靠在路边的梧桐树下坐好。日本兵赶上去，还想补上几下。上官富贵憨厚地笑了笑，指了指自己的肚子，大概是想告诉日本兵，他活不成了，早晚是个死，开开恩，让我死得好受一点。

事不过三，这下该轮到我了吧？我们这一队俘虏就像块香喷喷油汪汪的肥肉，扔进了饿了半个月的野狗堆里。一个日军少尉大大咧咧地走过来，用王八盒子顶住我的后脑勺。我麻木地向前走，赶紧看一看这座城和残存在寒风里的一草一木，这有可能就是最后一眼了。

我以为，放下枪我就能更想好好活下去了。现在看，也未必，只有一直把死亡扛着的人才会更想活下去。满世界都是灰白色，冬天的雾气把我罩得严严实实，我看不到好好活下去的希望。人世间没有给我一个出口，我爬不出去。不生也不死，不痛苦也不快乐，浑身是一种持久的钝痛，似乎只盼着这一切快点结束。

渡　边

刀刃在空气里轻轻划出一声响，人头落地，向前骨碌几下，沾了一脸血一脸土。起初，表情还很清晰，或是恼怒，或是恐惧，或是失望，一小会儿，脸上的肉就松弛了。一张张脸面无表情，嘴大张着，眼睛空洞。似乎所有人的死相都一样。

我的军刀刀刃是用最好的钢打成。抚摸着刀刃，稍不留神，指尖就会被割破。我想，它无情无义，冷冰冰，锋利。它不因你有血有肉就会生出一丝情意，一丝怜悯，或者被更多污秽、短浅、廉价的人的情绪所左右。它是世上最清洁的东西，但谁也得不到它。我宁愿它永远摆在架子上，永远作为干净的东西放在那里。

现在不行了，它必须和尘世打交道。每一次杀人都不轻松，人头落地之后，我要艰难地把所有人间的情绪慢慢压缩、收回，恢复到刀刃那样纯净的境地。这样，一切才简单了，惨叫、哀号、眼泪、血腥统统从刀刃处遁入虚无，然后变成一种干净的东西。婆娑世界很不堪，但那个干净的东西却能像金刚石一样璀璨。但是，我最近杀的人实在是太多。我发现刀刃钝了，有无数细小的缺口。最可怕的是，当我在灯下凝视着它时，看到了它的锋刃，那里锈迹斑斑。它再也不是通向另一个世界的门，而只是个和肉身之人一样的俗物，那扇门关闭了！

我觉得，是我自己毁了它。

那天晚上，我揣着小瓷罐，徜徉在暗红色夜里。我相信"霓云"一定就是那个女孩子的名字。有个院子还亮着灯火，让人诧异。我走进去，是间书房，有个穿长衫的中年男人立在长桌前，对着一张雪白的宣纸发愣。看见我，他没有害怕。虽然他依旧盯着那张宣纸，眼神却告诉我，他的心被什么搅动了。

我走上前去，桌上摆着一幅半开的手卷。我用军刀刀鞘慢慢把手卷摊开，一股樟木和陈纸味扑来，这是一件稀世珍宝。人间最难得的是旧时光，这手卷里就有旧时光，而且还是以很美的样子呈现的旧时光。我很羡慕他，也羡慕这座城里的人。我默默地用刀鞘合上手卷，看了他一眼，无声地转身。我希望这旧时光能永远留着，甚至自欺欺人地想，只要我离开这间屋子，这男人就没事了。他可以一直对着宣纸发呆，仿佛发生在夜色里的一切可怖与他没有关系。

转身的一刻，有个东西重重地砸在我的脖子上。这男人肯定没杀过人，那个东西应该砸在我的后脑勺上才对，一个训练有素的士兵可以一下子把我击晕，或者干脆敲碎我的脑壳。在眩晕的一瞬间，我拔出军刀。等我可以看清周围的景物时，刀刃已经从男人的脖子处掠过。他趴在桌上，眼大睁。血像瀑布一样从动脉里喷出来，在雪白的宣纸上溅出大大小小的圆点。又是一股血泼出来，仿佛一桶红色墨汁浇在纸上，浸透纸背，那形状竟然像一座孤立的山。男人一句话也没说。一股一股血浆持续涌出来，变成一条河，从那座红色的大山下流过，又变成大片大片连绵起伏的土地，隐隐约约有无数形态各异的生物的轮廓。

砸我的是块砚台，掉在地上碎成几块。我弯下腰，一一拾起，拼好。这是块上好的端砚，满满的鱼肚白，酥油一样滑腻，远远胜过日本的赤间砚。我又弄坏了一个世间少有珍宝。一阵伤感，而且这伤感竟然无法收拾！怎么说呢？它不仅仅是对不可挽回的事情的难过，还有一种解脱。有一种强烈的情绪在释放出来，而这种情绪过去通常都需要花很大的气力来平息，去回复到冷冰冰的刀刃状态。但是我做不到了，我再也闻不到那干净的花香，我的心就像开闸的洪水，没什么锁得住它。

我知道，这洪水迟早要以最残酷、最丑陋的方式毁掉我。可是我管不住自己了，还有谁来挡住我的去路呢？我的刀刃啊！我终生依赖的信仰，你为何离我越来越远？你为何不来拉住我啊？

我没有擦去军刀上的血，而是提着它，以一种可怕的姿态走到大街上。迎面走来两个抬尸体的人，胆怯地低着头，生怕我注意到他们。我拦住去路，不问青红皂白地砍断了前面那个人的颈动脉。他像咳嗽一样哀嚎几下，腿一软，跪在地上死掉了。尸体翻落在地，后面那个人呆在那里，愣愣地看着我。我盯着他圆亮亮的额头和空洞无神的眼睛，渴望知道他心里想些什么。可他的脸像块木板，没有任何东西可以沟通。手起刀落，利刃正中他的额头中心，一缕缕红色的稠血汩渗出来。

我知道我做得不对，我正在做世间最可怕的事情。可是有人管我吗？谁来主持正义？现在，我的军刀只有刀刃，没有刀背。我又在街上随便杀了两个人，太容易了！一条鱼、一只鸡在被宰掉之前还知道垂死挣扎，而一个人却不知道。他们是怎么一回事？

这可真是世间最大的谜。不过，我不想了，也来不及想。我的身体像要炸开了似的，有股猛烈的情绪带着我在墨汁一样黏稠的黑夜里走。夜色像淤泥，陷着我的脚，可越是这样，我就越想迈开大步，死命往前走。

我的步子终于轻了，毫无挂碍。到处在杀人，各种各样的杀法。在大部分时候，当你做不正义的事情时，你会后怕这不正义的事将落到自己头上，当你给他人施加恐惧时，这恐惧同样会施加给自己。可是现在，完全不必有这样的担心。夜色里没有对与错，任何凶手都在黑暗中无形无迹。我怀疑在梦中，可发现真实竟然比梦境还震撼。这震撼一会儿带来悲伤，一会儿带来兴奋，一会儿带来绝望，一会儿又带来狂喜。真是去他妈的！其实这一切情绪全是假的，他们不过是人身上披着的画皮，是来自人世间的人心里残存的唯一一点记忆。现在，各种各样的情绪正在白热化，分不清你我，只剩下钢水一样的东西。

到处是我们的人，但不是我的部下，一个都不认识。但无所谓，现在只有我们是站立着的，可以称之为人。其他的，是梦中的影子，白天一来，就会消失得无影无踪，仿佛不曾存在过。我的前方，大街中央，十几个士兵在他们的少尉带领下，把一个赤裸瘦削的小姑娘围在中间。她捂着胸部，蜷起腰身，痛哭流涕。我真的不能理解，一个瘦弱的、惊慌失措的女孩子一点都不好看，你们看她嶙峋的肋骨，看她突出的髋骨，看她单薄的后背，看着这样一个人，怎么还能兴致勃勃且一脸笑意？得怎样的狂想，才能把一个不好看的东西变得吸引人？

女孩子吓坏了，断断续续地哭。不时跌倒，身上沾了一大块一大块泥污。士兵们伸手去摸她，她想躲、想逃，可又被抓回来，甩在地上。等女孩子站起来，有个一等兵用枪托把她砸倒，分开她的双腿。于是士兵们像看到什么稀罕物似的睁大眼睛，伸长脖子去看她的私处。

女孩子尖叫起来，另一个士兵用军用大头皮靴踢她的肚子、肋骨。是真正用力地踢，我听见骨头折断的声音，听见内脏爆裂的声音。女孩子号叫一声。那个士兵并未停下来，于是她的号叫变成惨叫，还夹带着惶恐、哀求。不久，那声音已听不出像个人，更像是某种垂死的动物的怪叫。

士兵们哈哈大笑，笑声和惨叫声混杂在一起，显得十分陌生和荒诞。又有一个新兵想出了新主意。他找来一根烧火棍，试着捅进女孩子的身体里，她自然是拼死挣扎。于是，几个士兵用皮靴重重踏住女孩子细弱的手腕脚腕。她再也逃不脱了，在沙哑的、充血的、干枯的、失望的、困惑的、恐惧的叫声中，死去了。身下慢慢积起很大一汪血，大得吓人，像是在高空望下去的粼粼湖泊。

士兵们一时间有点无聊，一哄而散。我突然觉得身上的皮肤迅速膨胀脆裂，长出硬壳、犄角、羽毛、鳞片，视野变得血红。我成了怪物！

王尽美

早晨，我呆站在街头，看见日本人进城了。他们的队伍很整齐，又很古怪。

当我看到军用卡车径直把一个腿脚不利索的老太太碾死在大街上时，就预感到，这座城的末日来了。我扭身跑回家，看见父亲正静静地端详着一幅古字，仿佛现在这座城里什么都没发生似的。我悲伤地望着他，他对我笑笑，远远地说道，你过来，写几笔，看看有没有长进。我三心二意地涂了几个字，父亲没再训斥我，而是说，小小年纪，写得倒像古人，你来看看这张手卷，讲讲他们是怎么下笔的。

我伸出手指，不想就在泛黄的手卷上面留下一小片泥印迹。父亲平日最爱这东西了，可他这回却哈哈大笑，有点异样，说道，这画已经有一千年了，若是再有一千年，后人大概会绞尽脑汁地想，这是哪个先贤大德留下的呢？记住，所有的字讲究一个骨，骨头的骨，骨气的骨，风骨的骨，有骨就有中华。说完，他不再理我，又陷入到那幅手卷中去了。许久，他对我说，你去玩吧。在我跑出门的那一刻，他看了我一眼，那眼神就变成了永恒的画面，映着黯淡的阳光，沉在时间的河底。

末日里，我想和姐姐在一起。这念头只是一闪，就跑到了姐姐家门口，我发现，这才是一直以来想要的。姐姐回头看了看，一咬嘴唇，便拉住我的手，往秦淮河边跑。那里有个很隐秘的所在。在两座青砖房子中间，有条通向河边的窄过道，只容得下一个人的肩膀。那户人家把过道砌死了，里面堆着稻草和杂物。夏天时，我偷偷来过，有只黄色大猫带着一窝没睁眼的小猫住在这儿。

曲曲弯弯的小巷子又潮又冷，薄雪落在青石上，慢慢融化消失，若有若无。我跌倒了，胳膊和膝盖被泥水浸透。我又焦躁又沮丧，心想，死在这样一个天气里真是不好受。姐姐拉我起来，手暖暖的，我使劲朝灰白色的天空里望了望，不知这个世界会怎样结束。

到处空荡荡的，寂静无声。看不到一个人，准确地说，是看不到一个活着的人。有个院子门敞开着，我和姐姐溜进去，又害怕，又好奇。草丛里横横竖竖地倒着几具尸体，井沿边上甩了一只黑色的皮鞋。我顺着井口望下去，一个男人也仰头望着我，不过他已经死了，大睁着眼，脸皮像鱼肚皮一样白，头发漂在水面上，仿佛一层黑色的苔藓。

在房子里，有个赤裸女人趴在地上。她也死了，头发被人掩在门缝上，身体蜷曲，双手捂着胸。从双腿间流出很多血，干涸了，在痂一样的污血中间，伸出一根棍子，像是从身体里长出来似的。我第一次见裸体女人，也是第一次见这样死去的女人。她身体苍白，好似某种岩石，姿态古怪又吓人，不知受了多大的苦楚才死去。我转过头，看见了活生生的姐姐。一瞬间，就好像看到了她另一幅样子，我忙闭上眼，向院子外跑去。我们跑啊，跑啊，空气中有一股股火药味，雾气很大，不辨方向。我俩就像迷宫中的小白鼠，到处乱闯，不知会有什么可怕的东西从雾中跑出来。

终于到了！两道墙之间堆满了稻草，比人还高，一直顶到房檐。我和姐姐看了一眼，我先爬上去，然后拉着她的手，一起滚落进稻草堆深处，好像两只小鸟回了窝。靠近秦淮河的那一边，墙很厚。从青砖缝里，看得见空无一人的河岸，看得见拍打着青石的水浪，有只无家可归的黄色小狗孤零零地立在岸边，四处张望，不知去哪里。

霓云姐姐背靠着墙，站在我的斜对面。我使劲挤了挤，想挪到她面前。两面墙之间真是太窄，等我终于能和她相视一笑时，我们的身体已经死死贴在一起了，连动都没法动一下。几个月之间，我又长高了一点，现在，额头大概与姐姐的嘴巴平齐。她张开手臂，把我的头搂在胸前，很暖和。我也想抱着她的腰身，可是没半点缝隙。我只好伸出手，抚摸她的眉毛，鼻尖，嘴唇，掠过肩膀，停在她的腰畔。她的身体抖了一下。

我把脸贴在姐姐脖子上，她青色的细血管像小号狼毫在白宣纸上画出的线条，凉凉的，有一缕幽香。她的发髻散了，长发铺天盖地，把我罩在一片昏暗里。我的身体有了异样，可又动弹不得，姐姐一定是发现了。我羞愧地看了她一眼，涨红了脸，难过得流下一行泪。她微微一笑，抬起我的脸，用带树叶味的雪白牙齿轻咬我的鼻尖。她的身体似乎也在膨胀，每呼吸一下，我都有快窒息的感觉。要不是这两堵墙，我们一定会做出另外一些事。我就像浸在繁星下的湖水里，四周围又温暖，又寂静，还有粼粼波光。我倾听着万事万物的声响，到处都有姐姐的气息。真好，我没把姐姐弄脏了，她本就不属于我。

姐姐问我脖子上的牛皮绳子拴了什么？我费力地抽出来，把那块薄薄的灰色金属片放在手心，举到她眼前。姐姐有点惊喜，又将锋刃托在自己手中，仔细端详。她说，你看它像不像黎明前的天空，带着点乌蓝色，又带着一丝光亮。看见它，你就知道一切有了希望，新的一天来了！

墙外传来枪响，姐姐的手臂颤抖了一下。回过神来，她的手心里多了道伤口，一颗一颗细小的血珠慢慢渗出来。我呆住了。谁知，她竟使劲将手握起，闭上眼，嘴唇抖动着说，花开了就会落，但落了还会再开。也许有一天，姐姐不是现在的样子，但我们还会再重逢。你看，绿色的光遇见红色的光会成为紫色的光，两片云彩抱在一起成了一朵更大的云彩，南边来的风碰上北边来的风是春天里的风，你身上的味道和我身上的味道混合在一起，是相爱的气味！

王大心

当我们这队俘虏走到秦淮河边时，只剩下九个人了。我一点都不怀疑，我们没有一个能走到终点，实际上也根本就没什么终点。头里的日本兵一横刺刀，让我们停下，九个人就愣住不动了。日本兵又指着一座青砖房子，大叫了几声。我们就面对着那房子站好。砰的一声枪响，站在队首的老兵罗三闯死了。这个家伙爱逃跑，枪一响，撒腿就跑，仗打完了，再回来领银元。打了这么多仗，竟然活得好好的，比一条野狗命都大。他还爱骂骂咧咧的，骂司令，骂军长，骂师长，骂团长，骂连长，骂排长，骂他们贪了大头兵的钱，骂他们贪生怕死。这回，他是真死了，最后骂了一回日本人，然后后脑勺上挨了一枪。地上喷了一团血浆，一副血里透白的牙齿甩在泥里，上上下下地动了几下，最后像煮熟的河蚌一样咧着不动了。

我木然地盯着眼前的青砖房子。挺怪的，两幢房子之间间隔很窄，用砖封住了，砖缝很大，要是躲了人，恐怕是任谁也找不到。这个地方真好，要不是穿过一身军装，我也会藏到这里的。带上我的媳妇、儿子，带上几个馒头，带上点水，兴许就活过去了。可现在，我是无处可逃了。不是不想逃，也不是不能逃，而是逃走比死了还痛苦。我已经后悔一次了，不想再后悔。我的脑袋欠了一颗子弹，不论是谁打了这颗子弹，日本人也好，战友也好，都是我应得的。

正想着，第二声枪就响了。二斗伢子也死了。不过，他站在第三个，看来鬼子是隔一个开一枪的。二斗伢子是个孩子，不超过十五岁吧，是我把他抓过来的。我知道这不对，刚开始时，他哭着要回家找爹娘。可我还是狠心把他捆起来了，国家没了，你有爹娘又有什么用？你看，我就是这么混蛋。开始时，二斗伢子还恨我，可吃了牛肉罐头，领了几块大洋之后，他就不想走了。当然，我知道，他并不是因为这些个东西才不走的，他有更高的理由，和我一样，但我们都说不好这理由是什么。现在，二头伢子的脑袋也给打开花了，你别恨我，让你爹娘也别恨我。当初就是放你走了，你现在也还是这个样子。

鬼子杀个人还弄个门道出来。一会儿是隔一个杀一个，一会儿是一排全杀掉。一会儿是放狼狗咬，一会儿是用刺刀刺，一会儿是用军刀砍，一会儿是用机枪扫。反正是随他们了。也是，你放下枪了呀！一支枪不是正义，两支枪才是正义。你还没明白？一个人手里有枪没有正义，两个人手里都有枪才有正义。你放下枪了，你灵魂里没有枪了，你对着屠刀歌唱吧，你把优雅献给子弹吧。可是，炸药是一个贪婪的怪物，除非你能让它也害怕，否则它永不知足！

我站在了第九个，也是最后一个。只听见击锤清脆的声音，也没耳鸣，也没眩晕，世界如故。枪卡壳了，日本兵拉了下枪筒，一枚红黄色的子弹落到我面前，我知道，另一枚子弹上膛了。又是一下击锤响，可我的脑袋还没被打碎，我木然地打量着这周围。日本兵有点急躁了，拉了几下枪筒，只留最后一发子弹在里面。他不相信我竟然有这样好的运气，也明白，只要有一发子弹响了，我也就完蛋了。怎么说呢，我们这些俘虏有点像一车要被卸掉的货物，早卸完早了事。

第三枪也没响，我的脑壳还是完整的，鬼子气急败坏地用枪把砸我的头，我的脖子，我的肩，想把我弄死，却气得忘了用他的军刀。额头上流出的血糊住了我的一只眼睛。我望着天空，一半是灰白色，一半是红色，几只不知谁家的鸽子从白色的天空飞进红色的天空，又从红色的天空飞进白色的天空。

日本人的狼狗对着窄墙叫起来，里面肯定是有人。我失望地想，又要看一次杀人了。我们绕到墙后的小院子里。一个被日本人抓来的向导用中国话喊道，我们知道里面藏着人，你们快出来吧！

我的胃一阵翻腾，头一次听见有人把我熟悉的中国话说得这样脏，这样让人心碎。我虽然听得懂其中的意思，又觉得不是中国话，而是一个刚从胎盘里落下来的小怪物，血淋淋的，又瘦弱，又吓人。好一会儿，一个年岁不大的男孩子从稻草中爬出来。他孤零零立在几把刺刀前，有个日军少尉走上前说了什么。耳边又响起那种很脏的中国话，你叫什么名字？你的家在哪里？里面还有人吗？少年没说话。狼狗还在叫。少尉俯下身子，在少年肩头嗅了嗅，仿佛吓了一跳，忙转过身，对日本兵说了什么。就有人往稻草上浇了些煤油，放起火来。

在火光里，少年回头望了望，眼睛红了。一个日本兵用指尖捏住一块糖，在他面前晃晃，塞进他的衣兜。少年嘴角微翘，好像是在笑，用手在日本兵的脖子上抚摸了一下。日本兵憨厚地大声笑，仿佛自己的行为感动了孩子，也感动了自己。片刻之后，他的脖子上就喷溅出烟花一样的血。另一个日本兵嗷嗷大叫着冲过来，高举刺刀，可能他又觉得这样少年就死得太过轻松。他卸下刺刀，把少年的两只眼睛弄瞎了。少年费力地抬起脸，两只血红色的洞对着天空。

日军少尉面无表情地想了想，拿出一颗手雷挂在少年的领子上，用生硬的中国话说，向前走！然后，他拉开引信，推了少年一把。少年回过头，用两只血洞望了望，没看我，也没看日本人，好像我们根本就不存在。他笑了笑，慢慢向院门口摸索着走去。轰的一声响，门口空荡荡的。

渡　边

这个柔弱、清秀的少年从稻草堆后面爬出来，我希望他能活下去，至少活过这一次。可是，当我弯下腰，想听听他在说什么的时候，闻到一阵锐利的香味。我在哪里闻到过，对了，是在那个死尸遍地的小院子里，和写着"霓云"两个汉字的小瓷罐子散发出的气味一模一样。我想起了穿红皮靴的女孩子。

我知道此时我的同胞会怎样对待她，他们已经和畜牲没什么区别了，而且还不自知。烈火和刀刃都算是干净的吧？这是送你的最后一点东西，以表达我的爱慕。当然，我知道我永远也得不到。

霓　云

日本人的狼狗猛地叫出声，我窒息了。剃头匠家的黄狗对我叫时，我吓得不敢动，但这回更可怕。狼狗很凶猛，也很有力气，它们的叫声可以贯穿耳膜和脑髓，叫人脑中一片空白。

小美弟弟把我的手摇了一下，说道，姐姐别怕。说也奇怪，一阵眩晕之后，这句话就像久渴之人舌尖上的一滴水，我一下轻飘飘的了。明晃晃的刺刀，日本人粗鲁的笑容，还有惨不忍睹的尸体，这些都吓不着我了。怎么说呢？就像一颗子弹打不死一团火，一枚炸弹炸不毁一束光，一柄军刀砍不断一缕香气一样。如果我的心不再害怕了，那还有什么能让我害怕呢？

我推了小美一下，说道，你还有机会，出去吧。小美低着头，不走。我把手腕放在他鼻子前，说，闻一闻，这是相爱的味道，永远不会消散。小美说，一起走吧。我说，我不想被他们弄脏了，再死。而且，也说不定……

在火光中，我看到小美死了。剧烈的疼痛，但我忍住没吭声，觉得惨叫声有点丑。我愿意死得美一些。最后一刻，我明白了，我的担心是不必要的，因为烈火没办法伤及美丽一分一毫。

父　亲

我的儿子小美走了，仿佛手里抓着我的筋，跑出门时，也把我的筋抽掉了。罢，罢，你走吧，像小鸟一样飞得越远越好，别让什么伤了你的翅膀。

我呆坐在书房，盯着书架。它像蓝白相间的四面高墙，一直顶到天棚。太阳从东边的窗子里照进来，浓红色，不知过了多久，又从西边的窗子里照进来，血红色。夕阳仿佛从天而来的红色大河，把滚滚鲜血倾倒在人世间，也灌进我的书房。我坐在一片血泊里，那些书籍就像血泊中的孤城，芸芸众生在城里生老病死。我看见他们，他们却看不见我。他们生生不息，而我，将走向黑暗。但这一切并不可怕，黑暗不过是另一片土地，鲜血不过是土地上的河流湖泊。阳光再一次来的时候，万事万物将从黑暗中获得新生。

我明白了，这座城如要重生，就必须与四面高墙来个了断。其实原本如此，她是淡金色的，比晨曦还要淡，谁也不能与之媲美。她不惧火焰，那不过是一泓清水，将她的老态洗去。这个念头是如此荒诞不经，我的书房却瞬间被烈火吞没。一页页发黄发脆的纸在火中卷曲，变成炭，变成灰。一座惊艳的红楼烧着了，栋梁烧得通红，嘎嘣一声，巨木断了，整座楼倒塌，一团黑烟带着火星蹿向天空。一声声哭号不知从何处传来，有人倒在大火中，肌肤烧焦、脆裂，有油脂从黑色的伤口处流出。我还听见马匹的嘶鸣，看见钉着铁掌的马蹄踏在城里的青石板上，砸出点点火星。一颗人头滚落在眼前……

一切露出他们本来的面目。优美雅致的文字，不过是这座老城的残垣断壁。叱咤风云的英雄豪杰，不过是舞台上戴着假面的戏子。柔美销魂的莺歌燕舞，不过是挂满蛛网的旧床上的枯骨。直率性情的骚客文人，原也竟是一脸媚笑的下贱奴才。他们已统统落进黑色的深渊，再也爬不出来。谁无惧烈火带来的剧痛，谁才能滴着血活生生地站在我面前。

那个日本军人进来时，我知道，阎王派他的牛头马面来了。对一个鬼，我没什么好说的，无论他看起来多么仁慈。我只想说，此时，你千万莫要发什么慈悲心，做你该做的。这座城终会重生，你们拦不住，你快放把火，让那一刻快点来。

鬼啊！带我走吧。让我在漆黑一团的地狱里走一遭，让我在油锅里炸一遍，让我在血水里泡一通，让我在千刀万剐中疼一次，把我的皮扒掉再重新长好，把我的筋骨打断再让它更强健，让我脸面无存再给我尊严，让我生无可望再让我明白新生的可贵！

那个日本军人想离开。他的恻隐之心像夜里的一点灯火，但这一点火光怎么能让黑夜不来呢？我打算伸出手拍拍他的肩膀，又知道他不会理解。于是我用砚台代替了手。

婴　儿

婴儿浮在银光粼粼的江面上，望着黑沉沉的天空，心想，原来世界是这个样子的。它只做一件事，那就是毁灭。不停地毁灭，从一次毁灭，到另一次毁灭。当然。婴儿的脑子里是没有语言的，他也可能会用别的什么词来代替它，比如，死掉、腐烂、烧毁、倒塌、消失、不见、蒸发、爆炸、流血、残缺、严寒、惨叫、黑夜、哭号……其实婴儿也不需要什么语言，他本就在随心所欲地看这个世界。

那么，我来到人世间，大概也是来接受一次毁灭的吧。刚才，那把刺刀差点要了我的命，又是一股爆炸的气浪把我抛上天空，可我都没死。对了，有只断掉了的手摸了我一把，那只手可真丑，真吓人，可它的抚摸却有种说不出的暖意。它属于一个已经被毁灭了的人吧？那个人想告诉我什么呢？对了，对了，我怎么给忘了。还有乳房，还有奶水，还有母亲的身体。

婴儿咂了一下嘴，一滴口水流进江里。水是暖的，江面上飘着白色蒸汽。

有股暗流不知从何处涌来，推着婴儿的后背、屁股，把他带向江面深处。这里宽阔了，没有密密层层的浮尸，没有枯黄的矮草，没有浓稠的血水。婴儿随着波浪一上一下浮动，他生平第一次在水中尿了泡尿，引来一大群鱼。这些黑色的大鱼挤在一起，又壮又滑的脊背托着婴儿，快要把他拱出水面。婴儿伸出手，抚摸着这些沾满了黏液的肌肤，发现它们活泼泼的，腰身有力又有弹性，只要一扭，就能把他举出水面。

大概已漂到江心，看不到岸。江的一侧映红了，另一侧黑漆漆的。火光血色越来越远，越来越暗，最后只剩下窄窄的一抹，那里是人世间。这里静悄悄的，有清脆的水流声，有鱼尾拍打水面声，有鱼嘴巴的吧唧声。满天星星压得很低，像一口铁锅底部沾着的水珠，又大又亮，垂垂欲滴。天地间有轰隆隆的声响，隐隐约约，不清不楚，不知从哪里来，也不知要向哪里去。

婴儿发现，这条江是活的。她温暖，流动不息，柔软，对生命没有敌意。黑鱼们游走了，婴儿想看一看水下面的世界，那里一定更灿烂。他沉到水下面，发现从江底发出微弱的亮光，把水下的世界照亮。婴儿呆住了，一时间忘记呼吸。

这个世界也很大，朦朦胧胧之中，有鱼贴着身体游过，像天上飞的鸟。有水草立在水中，和地上的树一样。江底的方面，是一片亮色，仿佛有个光源。一个很大的乳白色物体迎面而来，慢慢浮上水面。等它到了眼前，婴儿发现这是两具紧紧抱在一起的尸体。一个男人，一个女人，眼睛大睁着，肌肤白白胀胀的，像某种鱼类的皮。婴儿向四周看了看，才发现，水下面到处是人类的尸体，有的沉在淤泥里，有的悬浮在水中，有的被暗流带着，不知要漂流到哪里。他们的神态也不一样，有的睁着眼，有的闭着；有的大张着嘴在大声叫喊，一脸恐惧；有的很绝望，只等着来一个解脱。还有一个女孩子在对婴儿笑，她手里拈着一片梧桐叶子，水面斑驳的影子映在她身上，不停地晃动。这里俨然是另一个人世间，只是这里的人都不会说话，这里一片静默。

眨眼间，婴儿就落进了两个人的怀抱中，一起浮出水面。这时，他才感到窒息的恐惧，原来人是要呼吸的。他猛烈地咳嗽起来，吐出气管里的水，心想，毁灭无处不在，我又一次与它擦肩而过。

王大心

这队俘虏终于只剩下最后一个人，这个人就是我。我被一队日本兵簇拥着，跌跌撞撞走到江边，像只被牵来展览的猴子。他们呢，也算是完成了任务，谁也不能说日本人把俘虏全杀光了。

现在的我，不害怕，不难过，不疼痛，不害臊，不渴，不饿，不想张嘴，不想睁眼，摇摇晃晃地往前走。我用肿胀的眼缝瞧了瞧鬼子的刺刀。上面的血干了，刀刃好久没磨过，被血水锈蚀得发黑，竟有几只苍蝇蹲在上面。这座城被血水煮沸了，连苍蝇都活了过来。如此钝的刺刀捅进身体里，想必是剧痛无比的吧？不过，这样的痛才正合心思，如果鬼子给我一刺刀，我大概会有嘴里含块糖的感觉。

鬼子的淡黄色军服上也有血，喷溅状，有几颗椭圆形的血迹格外大。这种红色格外恐怖。比如，血流到江水里是一种红色，血喷在草丛上是一种红色，血洒在黑土里是一种红色，血溅在绿色的叶子上是一种红色，血流过刀刃是一种红色，可是，所有这些红色都没有淡黄色军服上的血色令人毛骨悚然。这是来自虚无的恐怖，永远也洗不掉，那种红色会变黑，变成一块污渍，最后把军服布料腐蚀掉，变成黑洞。

我打量鬼子抓着步枪的手。指甲很厚，积着油污，手背开裂，像是干了多年的农活。一双又丑又瘦，像老树枝一样干枯的手杀起人来，大多是毫无恻隐之心的。那些手摸惯了枪，已经是三八式步枪的一部分，也是刺刀的一部分。他们的灵魂已不在自己躯体里，而是在枪身上。有个鬼子扫了我一眼，大概是想看看我还能活多久。那眼睛里带着一丝笑意，但不是人与人之间的交流。看到了这种笑意，你就会对生不再抱任何希望。

我被甩在一群人中间。有俘虏，有平民。不少人被麻绳拴着，或用铁丝穿着肩胛骨。日本人开始架机关枪,远远听见子弹链哗哗的响声。人群一阵骚动,但不是逃跑,因为无处可逃。人们在相互道别。

我身旁的一个老兵从怀里拿出一封家信,看了我一眼,迎风把信撕了。那眼神我真熟悉,是后悔,是难过,又一言难尽。有一对母女在低声说话。母亲的肩被铁丝穿着,她似乎也不疼了,有气无力地对女孩子说,等一会儿枪响了,娘用身子压住你,你装死,待到天黑了,往城外逃,千万莫得回城。还有一个穿长衫的男人,从怀里摸出一块田黄石印章,爱惜地端详了一下,对我笑了笑。这笑容我也读懂了,有一丝希望他也会留着这个东西,现在呢,是一丝希望也没有了。男人把印章高高举起,砸碎在石头上。

重机枪响了,响个不停,就像有人在广阔的江面上甩鞭子。子弹从耳边、头顶、脸颊旁边嗖嗖地飞过,那么近,我简直看得见他们,只要伸手一抓,就能像抓蚊子一样把他们抓下来。我前面一个高个子男人的后脑勺,像摔在地上的西瓜迸开了,溅了我一脸血和脑浆。他重重地倒下时,把我也拦腰压在下面。

枪响了很久,我睁着眼睛,望着天上的云,不时有子弹打着人的肉身,发出扑扑的声音。我简直要睡着了,重机枪才停下来。日本兵端着刺刀,军官拿着手枪或军刀,踏着遍地尸体检查有没有活着的。我晕晕乎乎地站起来。我本来也不想活了,更不想躺着被鬼子捅上一刺刀再死。一个日军少尉看见了,又不急于过来。他踢了一个俘虏一脚,老兵转过满是血的脸,费力地撬开一只瞎眼,用黑色的眼缝看了看他。少尉朝着老兵的额头开了一枪。他又来到那个母女身旁,用军刀劈了下母亲的大腿。这女人死了。他又看了看尸体下面的女孩子,想了想,竖起军刀,向下一压。刀刃穿过母亲的腹部,又穿过女孩子胸口。那女孩子嘤嘤地哭了几声,死了。

少尉走到我面前,歪着脑袋,嘲讽地看着我。他认出了我,是他押着我来这里的。他的冷笑中又有一丝诧异,好像在问,你怎么还活着?他困惑地摇了摇头,把我扔在那儿,似乎知道我已是个活死人了,不会逃跑。

人杀光了。这个少尉递给我一只黑亮的铁钩子,生硬地说,你来,收尸。

渡　边

　　我从梦中惊醒，外面下雪了。浑身的躁汗，遇上午夜的冰冷空气，让我不住地战栗。周遭盖着薄薄一层雪，朦朦胧胧的，闪着白白冷冷的光。我呆住了，问自己，现在是何年何月？这是在哪里？我来这儿干什么？

　　这几个问题让我惶恐万分。我每天的任务就是杀人，一个分队一天要杀掉千把人，用机枪，用汽油，用手枪，用刺刀。我的军刀刀刃钝了磨，磨了钝，短短半个月，竟然磨去了一个小手指头宽窄。我现在不像个军人，倒像个重体力工人。

　　我的神经仿佛一根拉到了极限的皮筋，又扛起了块千斤钢锭，随时会垮掉。疲劳至极的时候，我盼着赶快入睡，现实简直就是噩梦，我站在噩梦里，蒙头大睡倒是一种解脱。可是，我时常会从梦里惊醒，次数越来越多。有一次梦到一只蚂蚁在爬，想踩它，却一脚踩空。有一次梦见妈妈站在山下的土路边，她望着远方，却没看我。梦境好似昏黄的照片，像是发生在很久很久以前。

　　我拿出铝饭盒，从房檐，从枝头，从墙顶上收集了满满的白雪。我想喝一口干净的水。这座城里的一切都沾上了血腥味，哪怕是吃一口用这里的水蒸的米饭，嚼一口肉，甚至是穿着用这里的水洗过的衣服，都能闻到人血味，听到惨叫声，看到他们死时的痛苦表情。唯有这天上来的水，能让我短暂地忘掉这一切。

　　我昏昏沉沉地回到屋子里，点上一根红蜡烛，呆坐在木头方桌前。雪水慢慢融化，我突然想，要是能喝上一口雪水煮的茶该多好！这个念头吓得我一激灵，因为行军包里一直藏着一罐茶。我颤抖着把它取出来，放在影影绰绰的烛火下端详。拔掉塞子，一缕香气飘出，在幽暗的夜里四处游荡。

　　我抓了一小撮茶叶，放在瓷杯里，又塞好盖子。这香气在被血腥味浸透了的屋子里，真是太刺鼻了。雪水在铝壶里变热，咕嘟咕嘟响，一下一下喷着蒸汽。

　　在几十片暗绿色的茶叶中间，有一朵淡黄色的小花。它干枯着，但颜色依然新鲜，花瓣有些皱纹，却很娇美惊艳，竟然比它活着的时候还栩栩如生。雪水滚沸了，我把它倒进杯子里。茶叶和黄色的小花在水中上下翻了几下，渐渐饱满，沉入水底。

我凑近杯子，水中的花瓣像是活了，活在了枝头，随着水光的荡漾，变换着她的表情。她散发着芬芳，气味中有香气，而不仅仅是一朵枯萎的小花。这香味是活的，她很伤心，却也在微笑。她沉默不语，但心声被我听得一清二楚。她把我带回到花朵还在枝头的那一刻，那一刻黄色的小花对着太阳笑，对着天空笑。那时是春天，到处是嫩绿色，万物复苏，生机勃勃，世界奔涌向前。那时是黑暗来临的前一刻……

穿红皮靴的女孩子没有死，也不会死，她把千言万语都留在了这淡黄色的花瓣里。现在，我终于听懂了。我闭上眼，心想，灭顶之灾已经不远。我们家祖祖辈辈都是刀匠，只因这战争，才出了一个军官。还是老老实实回去做个刀匠吧，躲进深山，在月夜里品味着刀刃，也倾听来自天际的旷世秘密。如果那样，也算是大福气。

我拿起刚磨好的军刀，把右手腕砍断了。不久，两个宪兵把我从白色的病床上架到一堵旧墙下，给我看了一纸军事法庭判决书，军队不能容忍自残以换取偷生的人。他们拿出两样东西，一把手枪，一把短军刀。我选择了短军刀。

婴　儿

婴儿躺在两具抱在一起的浮尸中间，仰望着天上。他发现，夜空在慢慢移动。无数星星拥挤着，从天顶坠落到天际，消失在昏暗的地平线上，像是有张大嘴把它们吞掉了。从黑暗里传来一声鸟叫，叫声贴着水面掠过，又在黑暗里无影无踪。婴儿想，万事万物都在毁灭，谁也不能例外。你看看这江水，它不会待在一个地方，它不知要流向何处，最终会在某个地方干涸。谁也改变不了这个命运，那么好吧，就让江水带着我流进万事万物毁灭的地方。

婴儿听见几声含含糊糊的狗叫。借着微弱的月光，他发现有只狗崽在水中挣扎，并且拼命向浮尸这边游。婴儿对狗崽呀呀叫，希望它能游过来。声音里有一丝鼓励，也有一丝焦急。狗崽游近了，终于用前爪搭在尸体的肩膀上，整个头露出了水面。它甩了甩脑袋，打了个喷嚏，感激地看着婴儿。

婴儿喜欢狗崽的眼神，很善良，很单纯，还有一汪泪水。他把小手伸向狗崽，狗崽嗅了嗅，又用红红的小舌头舔了舔。有一阵热乎乎的感觉传来，很柔软，很细腻，小心翼翼的，仿佛生怕失去了对方。婴儿又对狗崽呀呀地叫了几声，狗崽也盯着他看，张了张嘴。婴儿懂了，它在说，咱们两个要一起活下去。

婴儿默不作声，他想告诉狗崽，黑暗是永恒的，谁也逃不脱毁灭的命运。一切情意、友爱、良善在毁灭面前，都微不足道，他们像一团团柔弱的火光，在黑暗面前，终会熄灭。可他发现，狗崽远比他乐观。一旦得救，狗崽就觉得一切有了希望，它仰起脖子，对着夜空清脆地叫了几声，还看了看婴儿，眼中满是喜悦。不一会儿，狗崽冷了，想爬到浮尸上来。它向上一蹿一蹿，奋力把后腿踩在尸体的胳膊上。可那上面太滑，狗崽呜呜了几下，还是落回水里。婴儿探出身子，用还不灵活的手紧紧揪住狗崽脖子后面的一缕又湿又长的毛，狠狠地向自己这边拽。终于，狗崽痛叫几声，落进两具浮尸的怀里。

婴儿和狗崽搂在一起。狗崽的皮毛浸透了江水，很冷，可是有一股热气从它的身体深处传来，还有一个东西在悸动。这时，婴儿发现江水流淌的方向在慢慢发亮，也就是说，浮尸在向一个有光亮的地方漂流，把黑暗甩在了后面。前方不仅发亮，而且在发红。这红色不是血色，它不代表死亡，它有一丝温暖。这世界仿佛有两张嘴，一张嘴在吞掉月亮、星星，在吞掉人世间，可另一张嘴却在吐着光明，把万事万物嚼了个稀巴烂再重新吐出来。这是怎么一回事？难道这世界除了毁灭还有另外一种命运么？

王大心

幸好是冬天，要不这座城很快就要发臭了。大街上满是运送尸体的车子，有汽车，有牛车，有人拉的平板车，每辆车子都装得满满的。脚下遍地干涸的血迹，用什么办法也洗不去了，只有日日月月、岁岁年年能将他们抹去，用夏天的瓢泼大雨，用冬季干枯的雪，用春季泛滥的潮风，用秋季的沙砾和尘土。那个时候，任凭最疯狂的脑袋也不敢想象现在的景象。

我用铁钩子钩住一具一具尸体的小腿或下巴或肩膀，把他们拖到江水里或车子边。我知道，他们不会痛。最初的几钩子下去，我的心头战栗了几次，现在麻木了。无数的悲欢离合、生离死别都沉默了，只有大张着的嘴，空洞的眼睛，死鱼一样的肌肤。浅红色的江水舔着尸体上的伤口，还有穿过肉身的铁丝。铁丝在生锈，长出一朵朵深红色的小花，小鱼啃了几口，就肚皮朝上死掉了。父亲拉着儿子，母亲搂着孩子，情侣相拥而别，老人已不抱希望，生的场所变成死的场所。到处是鱼肚子一样的苍白尸体，闪着鳞光，仿佛这里是个养鱼场，所有的鱼中了剧毒，被遗弃在岸上。

我的躯壳仿佛被硫酸洗过，现在空了，不仅是空了，而且是真空。我不愿想任何事情，不愿呼吸，不愿休息，不愿吃饭。只等着这残存的肉身耗尽最后一点力气，然后像这些尸体一样，死在街头。这是我应得的。

我记起了那个少年，我不能让他孤零零地躺在小院子里。我找到了他只剩下半个身子的尸体，小心翼翼地抱上平板车。半截烧焦了的牛皮绳落在地上，发出清脆的一声响。我拾起那片亮晶晶的金属片，使劲一握，心里好受多了。我猛地喘了口气，仿佛刚从海水里挣扎出来一样。

我扒开烧光了的稻草堆，在黑黑的草木灰中找到几颗五颜六色的晶体，还有半只红皮靴。我把它们收好，带到江边，撒到江水里。在雾气里，有个女孩子躺在那儿，浸在水中。她像只游累了的半人半鱼，在岸边休息。

我看到不远处有个日本兵用刺刀划开了孕妇的肚子，把一个婴儿挑在枪尖上。婴儿呀地哭出来，这声音仿佛天籁之音，从高空里传来，并且洒满阳光。我的躯壳里不再是黑漆漆的真空了，而是被一种比爆炸还要强烈的爱意所充满。我微笑着放下铁钩子，向日本兵走去，把他扑倒在地，扯下他腰间的手雷，然后拉响。他瞪圆眼，大张着嘴。我就把手雷塞进他嘴巴，想近距离看看黑洞洞的嘴里面藏着什么样的灵魂。这念头如此强烈，我甚至不惜连自己也一起炸死。砸掉了几颗焦黄的牙齿，我看到一个红黑相间的灵魂露出恐惧的表情，我想，很好，你终于可以理解什么是仁慈，什么是怜悯，什么是友爱了。

在一片耀眼的红光中，我看见婴儿向太阳飞去。我想对他说点什么，可竟然不能用语言表达。好在我的一截手臂也和他一起飞上天空，在他脸上摸了摸。这就足够了。

婴　儿

天空慢慢变亮的时候，周围似乎更冷了。婴儿的皮肤上结了层薄冰，并且渐渐失去知觉。更可怕的是，一群有蛇样斑纹的黑鱼游过来，撕咬婴儿身下的浮尸。浮尸越来越肿胀，滑溜溜的手臂不再抱得那么紧，白色的圆肚皮把彼此推得更远。狗崽焦躁不安地呜呜叫，婴儿想，这世界哪有另外一种命运呢？毁灭之后还是毁灭。只不过是另一种样子的毁灭，有了光明的毁灭。

江水流去的方向，升起一轮浓红色的太阳。阳光像油彩一样倾倒在江面上，无数破碎的红色、金色、乌蓝色流淌在一起。浮尸分开了，渐行渐远。婴儿闭上眼，等待自己沉进水底。

这时，他听见有细碎的水浪拍打声。一条破木船划开暗红色的江水，无声地驶过来。一只干枯粗糙的手把婴儿拉出水面，扔在一堆稻草上，又盖上旧短衫。短衫有股浓浓的汗酸味，不过异常温暖，婴儿几乎一下就睡着了。他想，要是那条狗崽也一起得救该多好。正想着，狗崽就湿漉漉地丢在身边，溅了他一脸水。婴儿掀开破衣服，狗崽偷偷钻了进去，在他怀里不停地颤抖。

婴儿倾听着木船下面的水流声，回想起一双双救过他的手，明白了，毁灭之后不仅仅是毁灭，还会有新生。现在，一个新的轮回开始了。

黑熊怪

周李立[*]

1

飞机晚点四小时；飞行时间，两小时十五分；飞行距离，逾两千公里；知音银卡用户可增加积分，约一千零五十；目的地，厦门高崎国际机场；预计降落时间，二十一点三十分。

乘客王泽月，座位号 26A，女，中年，短发有轻微烫染痕迹，淡妆，职业套裙、红底高跟。此行已购最高保额出行险，无托运行李，全程系安全带，从未放下座椅靠背，点两次速溶咖啡，均不加糖，晚餐只吃冷餐盒内小份水果，偶尔双唇紧绷，法令纹明显，面露愁容。

因航班延误，乘客王泽月有极大可能赶不上厦门机场星巴克咖啡店的营业时间。于她而言，一是，何以解忧，唯有咖啡；二是另一番道理，大致如此：如果你乘坐的航班是周五下午从首都机场起飞，如果你持续劳累内分泌失调，如果你事情多得每周的六个工作日都把便利店外卖沙拉作为午餐，如果你携周五便利店特供特价款的蛋黄酱配圆白菜沙拉这种中西混合搭配的食物乘出租车去机场路上恰逢首都毫无预兆的交通管制，如果你在因交通管制行驶缓慢的高速

* 周李立，女，1984 年生于四川，毕业于中国人民大学新闻学院。出版小说集《八道门》《透视》《欢喜腾》。获汉语文学女评委奖、《小说选刊》新人奖及双年奖中篇小说奖、《广州文艺》都市小说双年奖一等奖、《朔方》文学奖、储吉旺文学奖等。

公路上因为饥饿头晕眼花并十分想念碳水化合物，如果你终于想起手提包内还有一份沙拉但发现一次性塑料餐盒已被挤压变形，如果你在出租车后排座位费力拆开餐盒的保鲜膜而司机刚好急刹车，如果你没控制住圆白菜丝而让车内后排地板均匀洒上半盒寡淡的蛋黄酱配圆白菜沙拉，如果你用光化妆包内昂贵的本用于卸妆的香水纸巾勉强收拾好车内残局后随即抬头看见后视镜里司机嫌弃的目光，如果你没忍住宣告自己必须投诉司机的糟糕车技和恶劣态度而司机也刚好没忍住抱怨说从没见过你这么麻烦的女人，如果你因为与出租车司机吵过架下车时不敢讨要车费找零，如果你在默算被司机占了多少钱便宜时得知丈夫并未按你们的约定时间到达机场出发大厅（他的理由同样是交通管制），如果你在出发大厅遍寻无人的长椅未果时得知航班预计晚点四小时，如果你丈夫姗姗来迟时并没为迟到道歉反而欢天喜地地表示航班怎么这么好刚巧也晚点，如果你们夫妻在机场贵宾厅候机你却因莫名其妙的赌气错过贵宾厅的免费自助晚餐……如果所有这些"如果"都是真的，如果是这样的一天，你确实需要一杯星巴克缓解情绪，且双倍浓缩最佳。

乘客崔全松，座位号26B，男，中年，比实际年龄稍显年轻，着装系商务休闲风格，即，着衬衫，无领带，上衣下摆不必掖进裤子，卡其色休闲裤，彩色拼接麂皮鞋，为私家设计师出品款式，设计感体现于鞋带——莫兰迪色系中较高雅的灰绿。

崔全松与王泽月，夫妻关系，结婚十三年零五个月，无子女。

起飞后，王泽月把这番为什么需要咖啡的道理断断续续讲给崔全松听。崔全松打着瞌睡听王泽月讲，领会其精神大意。

王泽月喝光空姐送来的第二杯速溶咖啡后，根据十多年喝咖啡的经验做出判断——"这是一杯叫作咖啡的糖水，关键，它并不甜，因为我没加糖，所以，这是一杯苦水"。

崔全松对"苦水"没兴趣，理论上人类只会倾吐苦水，比如王泽月正在做的。崔全松回应已经喝光两杯"苦水"的妻子："落地后，我们的第一件事，就是去给你买一杯真正的咖啡。你千万不用现在就担心机场的咖啡店会关门。就算它关了门，我们去市区也能买嘛。况且，就算没有星巴克，还有月巴克，没有星爸爸，还有星妈妈、星宝宝、星爷爷、星奶奶嘛！"

王泽月说："道理其实是这样的，看来你还是没懂我的意思。我登机前就在手机上用 App 查过位置信息，厦门机场的星巴克就在到达大厅出口位置，我们去那里买，会无比方便，就像回家在楼下取信件一样，顺路，不费事。要是去市区，那就更晚了。还得打车专门去找，如果再遇上不耐烦的出租车司机，更是给自己主动添堵，我今天已经被出租车司机添过一次堵，我不想换个城市还得跟出租车司机斗智斗勇。不是我的地盘我怎么做主？我的智慧和勇气都得用在更重要的事情上。而且厦门，旅游城市！什么是旅游城市？就是这里的出租车司机都经过一种训练，他们天然相信外地游客是可以欺负的蠢货，是可以带着随便绕路的路痴，是从不用手机导航的原始人。费钱事小，绕来绕去，说不定本来还营业的星巴克就关门了。此外，还有一连串问题，比如赶不上酒店的最后入住时间。本是说好的，房间最后保留到二十二点，当然这种规定不可那么当真，只怕万一遇上不讲情理的前台小妹，胸大无脑，每月赚的没有花的一半多，那种小妞，听不得两句好话，手会哆嗦，怀中小鹿会乱撞，不知怎么就把我们的房间给了别人，那人家可就真是赚到，明明是我在网上翻来覆去找到的视野最好的套房。全厦门再也没有房间比那间套房更棒了。当然它旁边那间也还 OK，所以我用那间作为我们退而求其次的 plan B。我总是有 plan B，你知道的。只是在 plan B 看日出的角度，会比最佳套房偏离一个十度的锐角，意思是眺望鼓浪屿与太阳的构图将不构成黄金分割……"

崔全松一边听，一边笑着扯开眼罩。眼罩勒上他额头，上面是熊本熊图案。这种卡通玩意儿他还有几箩筐，都是可以扔掉的破烂。他甚至还留着大学时打篮球赢来的玩偶——一只长耳朵棕熊，哦，不对，崔全松纠正过好几次，这是一只袋鼠，看见没？还有育儿袋，他甚至曾经真的从育儿袋内掏出块篮球奖牌——崔全松玩篮球以来收获的唯一一块奖牌，法学院第一届篮球友谊赛铜奖。参赛队伍共三支，而他们的队伍是铜奖！那又如何？奖牌也由学院领导正式授予，属官方奖励。

崔全松坐上飞机，便将熊本熊眼罩妥帖佩戴，欲小憩。去年他去日本出差一周，未听王泽月临行忠告，仍是任性带回一行李箱日本设计中国制造的小玩意儿——真的都只是些小玩意儿。比如一个撅起大屁股的比基尼女优玩偶，可以在泡面时用臀部帮你压住杯面纸盖；比如豆腐切丝器，事实上夫妻两人从来不吃泡面也不吃豆腐，两人同时对豆制品过敏；再比如压力发泄球，特殊塑料制造，耐摔不会破，只是砸地板上会变得非常像黄绿色鼻涕；粘在玻璃上也不掉落的橡皮超人，紧身内裤外穿，没有披风，臀部比泡面女优更显眼。还有一对可以放在车顶做装饰的兔子耳朵。王泽月并不认为他们那辆黑色凯迪拉克旗舰商务版三厢轿车适合这对粉红色耳朵和纯白的小圆尾巴……如是，这些小东西从中国漂洋过海到日本售卖，从日本漂洋过海抵达这个中等偏上北京家庭，此后，其命运轨迹便已注定一无是处，不过是从储物间走向垃圾箱。

包括这副眼罩，但也不包括这副眼罩，因为它眼下貌似派上用场，正在发挥价值。崔全松果真相信熊本熊卡通眼罩足够体现他的品位吗？眼罩纯棉，全黑，熊本熊的两只小圆耳朵支在眼罩上方，替佩戴者遮挡眉毛。这只名为熊本的虚构之熊，尊容大致如此：面黑，眉白，眼白敞阔，眼白内不怎么严肃地印上两个黑点，权当眼珠。崔全松的微信里装有几套熊本熊的表情包。所有表情图里，熊本熊都大张熊嘴，并不见一颗熊牙。

他说："视野最好？这您都能在网上查出来！我太太真是世界上最聪明的人，为这次出行操碎了心。"

"这还用说？你知道三百六十度全景展示吗？现在是个用手机的人都知道……"

2

落地不平稳，机舱内始终有婴儿撕心裂肺地哭。如果婴儿票价始终只需要成人票价的一折，飞机上的哭闹声就永远不会止息。25A 的乘客是一名孩童，其机票应是五折购入，儿童票，性别不详，但可知其对小舷窗的遮光板兴趣浓厚。遮光板被空姐打开后，王泽月就一直在听前排的童声重复："妈妈，我们要落在水上了呢！妈妈，我们马上要落在水上了呢！"

童言无忌，但愿是的。王泽月想，闭上眼睛，似乎五脏六腑都在海水里涤荡。又想，到这个年龄，三十八岁，持续两天以上的熬夜加班此后需坚决避免，昨天干到九点，前天干到十点，工作量并不繁重，只是进度缓慢，手下两三个员工与三五个实习生性格各异，作风彼此抵触，难以达成统一步调，作用力相互抵消……身为负责人，虽说尽力协调，查漏补缺的事却从不中断，一样也省不了，如是时间飞快消耗，加班便不稀奇。如果倒退五年，每周工作八十小时以上，看腻了凌晨三点北京东三环的风景。晚上做 PPT 到天亮，精确到每个逗号都是半角符号绝对不会出现一个全角标点，六点洗过澡，往头发上喷香水，照样能精神焕发奔赴机场，还能赶上上午十点在另一座城市的 PPT 演示，那时的人和那时的 PPT，一样新鲜出炉，新鲜得如烤面包，没人舍得摇头说不好。

飞机剧烈晃动，这是尘埃落定前，关键的、最后一次的晃动，可类比为性爱中的射精、跑步比赛撞线，也是起落架砸上跑道的一瞬。这刹那过去，所有肉身凡胎，就都算平稳着陆就此安稳，哪怕飞机呼啦啦往前冲刺的速度似乎比在空中更明显，也不过强弩之末的架势，偃旗息鼓亦不消多时。唯有王泽月，体内的海水仍在酝酿海啸，女性的直觉预感往往比天气预报更可靠。

崔全松习惯安全带指示灯熄灭才起身拿行李，走出通道的过程始终坚持礼让和"人先我后"原则。王泽月认为，这样不现实。提醒多次，未有改观，这阵子懒得再提，既然晚点，就不怕再晚，唯有破罐适合破摔。崔全松让来让去，夫妻俩差不多是最后走下飞机的乘客。

王泽月告诉崔全松："我刚才差点吐出来了，降落的时候。"走出机舱，咸湿的海风扑面而来，与北京迥异的气息，倒也不在意料外。

"你晕机了？"

她嗯了一声，又说，也不知道是不是晕机，也可能是因为降落的失重效应——科学地说的话。但以前也没晕过，那么就可能是因为这几天没睡好。

加班于王泽月只能算是常态，而这次这种周五出发周日回程的短期旅行，对上班族而言其实徒增疲倦。要不是马某某的婚礼，崔全松与王泽月大可不必这番奔波。

崔全松大学同学马某某，毕业十九年后于居住地厦门举行个人婚礼暨集体聚会。婚礼理当出席，但事实上，做地产生意的马某某召集的同学聚会每年都来一次。也就是说，他们其实常见——这个时代每年见一次面的人就算得上"常见"了。崔全松此前总以个人身份出席聚会，次次不落，此次携家眷王泽月，是因要出席婚礼。婚礼请柬的邮件提醒中，有"携家眷，双宿双飞"字样。

王泽月大学毕业后一直于一家大型起重机企业供职，行业属重工，部门属销售，其家庭地位也重，一般而言她只择重要场合露面，毕竟她始终处于事业发展关键期，她不愿在无谓的人情往来中损磨心思。一是不擅长与人交际，二是精力有限，王泽月专注，讲究一心一用，目标明确，方成大事。

"今天可以好好睡嘛！"崔全松说。

走进机场大厅，崔全松负责行李箱。王泽月有自己的手提包。有分工才有权责，两人共同生活十三年，磨合出这一婚姻法则。此行之前，王泽月亲自预订机票、酒店以及宴请旧友们的饭店包间—— 一律经慎重考虑，旨在于张扬与节俭之间寻求恰到好处的平衡。崔全松曾建议，择一宽敞套房办 party，有无限畅饮酒水，用五彩气球装饰，播放怀旧金曲——相见欢，莫过于一场自由主义的 party 更能尽欢。王泽月持反对意见，派对准备工程浩大，如果在北京，在自家那套位于顺义的连排小别墅，尚可考虑操办，最多请三五个阿姨出手执行，王泽月前期负责分工、现场掌管调度即可，但在厦门，并非他们的主场，人生，地也生，好比在别人家的厨房做饭，锅碗瓢盆都得一点点摸索出脾性，也不一定能用顺手，总之事倍功半，不可取。崔全松略感失望，他是明星经纪公司的专职律师，赢过两次备受瞩目的明星离婚官司，他工作的热闹程度和收入都张扬得很明显，只是行业本质算中介，或服务业，其家庭地位也相应轻巧，比不上从事重工机械经销的王泽月，于是悻悻然。

王泽月并不固执，国企经验教会她凡事变通，总有恰如其分的解决方案，于是建议改闹哄哄的派对为安静高雅的茶会，或品香，品酒，品什么都行，同样达到叙旧目的。崔全松认可此方案。他总是认可她的方案。王泽月联系酒店准备茶具，为茶会挑选相应品位风范的五星酒店，要点在于装潢不能是她常去的那种商务风格，房间也不能布置得像是对想象中理想家庭生活环境的拙劣模仿。她自带老铁观音等名茶若干种，再通过实习生联系上标价昂贵的烹茶师一名。这般即算准备停当。

<h1 style="text-align:center">3</h1>

机场的星巴克还在营业，不过柜台前有三五个人排队。两人抬头看饮品目录，其实上面的品名价格，王泽月早就能背下来。

王泽月说："要不我不要咖啡了？会睡不着的，现在九点了。这几天没睡好。"

"都行。"崔全松继续看饮品目录，发现他分不清它们的区别。

"要不换成拿铁吧？多加牛奶少放糖，牛奶应该有助睡眠。"

"拿铁不错。"

"算了，拿铁也是咖啡啊。红茶拿铁，可能我该要这个。"

"红茶拿铁没有咖啡？"崔全松困惑了，并打算不再想这个问题。

这就轮到他们了。店员抢在王泽月之前回答："拿铁是一种做法。"

崔全松仍不明确，问："原来是一种做法呢？好玩，那红茶拿铁里有咖啡吗？"

店员不耐烦地转开脸去，低声说："红茶拿铁不含咖啡。"王泽月想，这店员是本地人，因为所有后鼻音她都说不出来。

崔全松推推妻子的胳臂，她在发愣，他替她做出决定，这是一名标准丈夫这时应该做的："那你就要红茶拿铁吧。"

王泽月皱眉头："可能喝点咖啡也没事吧？"

"都行。"他说。

"我还是要那个茶好了，不，不要红茶拿铁，就要那个什么梅子的茶。"

"蔓越梅冰茶？"

"对，蔓越梅冰茶。"王泽月说，"不要冰。"

"你确定？蔓越梅冰茶不加冰？"店员重复。

"我……让我想想，好吧，我，是的。"王泽月终于长出一口气，只是立刻又提起一口气，问崔全松，"那么你呢？你要什么？"

"我就不要了。"

"真的？"

"真的。"

"你随便点个什么吧，不知道出去之后什么时候才能喝水。"

"那我也要跟你一样的好了。"

店员问："也是蔓越梅冰茶？不加冰？"

崔全松说："多加冰。"

打车也不是太顺利，王泽月说看排队的出租车都像黑车，而且"他们都不打表"。崔全松说没事，贵不了二三十块钱。看她不放心的样子，又说，我们不缺这二三十块钱，有时候你得允许别人赚你的钱，那只会让你过得更好。

"不是钱的问题，我是怕不安全。"王泽月坚持再等等，抬头看天色，已经黑得吓人。机场大厅像世界唯一光明的岛屿——也不对，厦门本身，也只不过是一座岛屿。只有岛屿边缘的城市边际线，在远处犹如警报灯曲曲折折地闪亮。

她知道，崔全松极少有在机场打车的经历。他那些陪明星出行的公差，要应付的是蹲守机场出口的粉丝还有乔装成粉丝的娱乐记者，但他极少担心，因为自然有人簇拥着他们坐上租车公司提供的七座商务别克，紧随其后的宴会上，总会有不认识的人需要他大声寒暄，小口抿酒。不过当他真正需要喝一杯的时候，会发现酒店房内的小冰箱和迷你吧已被提前清空，以防产生额外消费。崔全松在那种出行中的最大乐趣，也许是透过色号最深的车窗贴膜看城市灯红酒绿的夜景，以及暗自感叹行程怎么毫无乐趣，单调且不能自主。

"你能行吗？"崔全松问王泽月。

"什么行不行？"王泽月的手提包挂在肩上，手中纸杯握得很紧，杯中液体一点没少。

"我是说，你没喝咖啡，这样行吗？今天有点累，你没喝咖啡，能坚持下来吗？"崔全松的冰茶快喝光了，他希望扔掉纸杯就坐上出租车，随便哪辆，成大事者不拘小节。

"我也不知道，我只是……不知道为什么，可能吧，就是累的。"王泽月小心翼翼地咬着吸管，把墨绿吸管咬成扁平的，没加冰的冰茶一口也咽不下去。

"既然想喝什么，那就去喝嘛，顺其自然。"

"我是怕失眠吧……可能……"

"你是想得太多，我是说，只是有时候……"崔全松没再说话，他转身把纸杯扔进旁边的垃圾桶。

"我们就上这辆车吧，看上去挺正规的，没问题。"他背对着妻子，抬手，棕红色出租车停下，"要有问题更好，我正好是律师。"

她认为这不是个高明的玩笑。

车轮毂满是泥渍。司机解释是刚下过雨的缘故："台风季节嘛，每年七八月，就这样，我们福建，哦，你们北方人，都管我们叫胡建人，我们胡建特产嘛，台风季，雨水多，来不及洗车，像女士这样的，体重不过百的，台风天就不要出门喽，会被吹跑的……"

王泽月看窗外，道路确实有镜面般的积水，车轮碾过去，声音呼啦啦像船桨在水面起落。走环岛线，路灯齐齐整整守卫道路，可给陌生路人一点貌似的慰藉。

崔全松坐前排座位，与司机从厦门环岛马拉松聊到金门岛的标语，到下车时，王泽月发现他们正谈论的话题是：美人鱼怎么繁衍后代？美人鱼的身体构造是否存在一个重大 BUG……

崔全松说："就说美人鱼不是真的，那你也得把她设计好不是？她没法繁衍后代这个问题不解决，这个形象好像不能成立。安徒生写了美人鱼，但他也没写清楚这个问题。"

司机说："美人鱼当然是真的！我们海边长大的人都知道，你不能说她不成立，那会让她生气，你们内陆人可能没这个意识，我们从不乱说。跟海有关的，还有，跟台风有关的，我们都很重视的。胡建人嘛，美人鱼肯定能养小美人鱼的，只是我们不知道，有意思吧，这些事情……"

绕过椭圆形迎宾通道，出租车停靠酒店大堂外的廊檐下。下车后才见，原本宽敞的玻璃旋转门前区域，被几幅易拉宝与大幅塑胶广告展板层层叠叠隔开，构造形似游乐场的临时迷宫。地上成排小射灯，微弱映照展板上的卡通字体。更大的射灯从地面对准天空，在几十层高的楼顶模糊成雾气，那里似乎正在氤氲着某种奇幻的小气候。

夫妻俩站在旋转门前，王泽月想此时应有门童出现，但没有。于是她认为五星酒店的服务标准并不可靠。

出租车已经驶离，司机于最后时分，头探出车窗，说："祝你们在厦门愉快，还有，美人鱼是真的。"

王泽月随即问崔全松："你们还在说美人鱼？这有什么关系吗？"

"没关系啊。"

"你们说了那么久可是？"

"好玩嘛。我觉得他说的可能有道理，美人鱼可能是真的，只是我们没见过，还有，真想不明白美人鱼怎么生小美人鱼……"

"美人鱼？你在跟我说美人鱼吗？就现在？真的美人鱼？"

"对啊，你帮我想想，她怎么生小美人鱼呢？有一种可能是卵生，不是胎生，会不会呢？那就不美妙了。"

"我不知道，我应该知道吗？都是假的啊，怎么可能真的有美人鱼。怎么会有这种问题？美人鱼怎么生孩子不要紧，但你呢？你的身份证呢？为什么还不给我？我先去办入住，马上就到十二点了。我不知道过了零点房费应该怎么算……"

"嘿，美人鱼生孩子，你不觉得这个问题很棒吗？"

"我不想说这个，已经一天了，毕竟……你快帮我找找，前台在哪里？你又在笑什么？"

"哦，亲爱的，我笑是因为，不是，我没有笑，我是觉得，你认真起来的样子，真的很好看……"

4

酒店大厅此刻更像一个大型展会现场。厅内高悬巨幅招贴，其上宣示此处正举办"星光杯海峡两岸大型食品交易博览会"，招贴两侧密密匝匝布满小型展台，用各色荧光绳围绕，各色塑料布遮盖。参展商的广告与展品随处可见，星罗棋布，花团锦簇。小食品品牌一如盼盼、上好佳，以及金兔、银麦郎、春广香这类。

十一点左右，褐色落地玻璃墙面外，厦门之夜微光闪烁。

前台被展台遮挡。王泽月费了番功夫绕过一个个无人看守的小食品商店，闻见各味糖果散发出甜腻含混的香料气息，她想，那都是些人造香精。

前台小妹胸部平扁，埋头操作键盘时喋喋不休："酒店正在接待食博会，难免对入住客人造成不便，请您谅解。还有，免费自助早餐不再设在一层西餐厅，一层西餐厅现在是好娃娃食品展台，明早请二位挪步酒店副楼用早餐，也不远，出门左转直走三百米就是，记住先上台阶再下台阶，一定不要先下台阶再上台阶，因为那是去往食品博览会主会场的临时通道……"

"没事儿，能找到，就算找不到，我们明早再问也行。"崔全松打断她。

王泽月觉得自己很想再问什么，又觉得头脑和此刻酒店大堂同样混乱，当务之急应是先理清头绪，如果之前买来的是令神经亢奋的咖啡而不是那杯不加冰的温热甜茶，那么现在她应当更敏捷睿智——可惜不是，更可惜这混乱的局面里还出现了一头怪物，一套黑白相间的卡通公仔装，正斜搭于前台外的一张椅子上。两只黑袖子拖到地板，形似趴在椅背上的一条大黑狗。就是那种毛茸茸的人偶外套，在商场促销人员身上常见的，能把人类装扮成动物或不存在的怪物的人偶外套。

"天啊，吓死我了。"王泽月指给崔全松看，一只装神弄鬼的"大黑狗"。

"哇，是公仔装嘛，这么多呢。"顺着崔全松指引，王泽月发现那张椅子不远处，塑料布上支起一具简易衣架，架上胡乱挂着许多公仔装，赤橙黄绿蓝靛紫，一应俱全，统统看不出是什么卡通形象。

"他们白天会用这个吧？我看是参展商的东西。"王泽月猜想。这些公仔也许按各企业自己设计的吉祥物制成，统统有高饱和度的色调以及夸张媚俗的五官，流苏与蝴蝶结胡乱拼凑，五颜六色，缤纷成某种喜庆气氛。只是这喜庆很空洞，尤其在这临近凌晨的酒店大堂。大堂照明也许夜间经过了细心调整，反正酒店看起来并没有网页照片暗示出的堂皇气象。

"我打赌这是黑熊怪。"崔全松说的是椅子上那套黑白相间的公仔装。王泽月认为那也可能是熊猫或黑狗，不过是什么都没关系，她不在乎。

王泽月冷冷地说："反正肯定不是美人鱼。"

前台小妹递上房卡，眼镜片后面的小眼睛昏昏欲睡。

"美人鱼？你还记着美人鱼，真棒！你知道吗，你才是我的美人鱼呢。"崔全松突然去挽妻子的胳臂，被王泽月避开，因为看见前台小妹眼镜片后面的眼白。新的一天正要来临，而且一定会是更艰巨更难以度过的一天，这一刻不是可以用来与崔全松亲昵的时候。

"别闹了，我不想。"等电梯时，四下无人，王泽月告诉崔全松。

"不想什么？哦，我明白，当然，我不是那个意思，我只是想表达一下……

而已。你不是我的美人鱼吗？"这是温柔的、嬉皮笑脸的标准丈夫崔全松。可能因为四周太静了，她开始担心别人听见。

"我弄不懂你每天说的这些话，太幼稚的话了，黑熊怪？美人鱼？"王泽月不打算再说了，这不是三言两语能解决的他们之间的问题。

"好吧，我不说了，我认为你得开心点，媳妇儿。"

"叫我王泽月，好吗？"

"好吧，开心点，我的媳妇儿王泽月。"

电梯门这时打开，里面站着一个年轻人，也许刚从地下一层车库进电梯。年轻人身上的红色广告衫印满看不出是什么东西的卡通图案，也许其中以拙劣设计隐藏着某不知名食品企业的名字。他朝他们面露白天式的振奋笑容，正常人只会在白天才这么笑。他甚至还表现出了想跟他们聊天的跃跃欲试的样子，但他是夜晚的酒店电梯偶遇的陌生人，根本毫无交谈必要。

王泽月站在电梯门旁的角落里，紧贴电梯门，这样就不必与年轻人有眼神接触，也不必与崔全松面面相觑。

"真是……热闹的一天？不是吗？"年轻人在电梯门闭合之际开口，"见到很多同行呢，很好呀，嗯，请问你们是哪家企业的？"

崔全松很快就明白年轻人的意思，答复说："哦，不是，我们不是来参展的企业。"

"我看你很像老板嘛。"年轻人笑着。

"哦，是吗？那真不错。你是哪家企业？"崔全松问。

王泽月从镜面一样的电梯门中看见，年轻人指着自己肚子上的卡通图案说："我们是翠翠食品，专做糖果的，台湾企业。翠翠让你生活更甜蜜，我猜，你一定听说过这个，这是我们的口号，不过我不是台湾人……"

"哦，哦，不错，不错，翠翠让你生活更甜蜜，我记住了。"崔全松走出电梯时甚至和年轻人用力握手——如果电梯再迟几秒钟到达，他们大概会交换名片或童年趣事。

"他说你像一个老板，这不是件好事。"王泽月在走出电梯后说。

"对，不是好事，我觉得我更像艺术家，对吧？"崔全松说。

"我说真的。"

"我也说真的。"

"不说这个了。"

"王泽月，你应该放松点儿，我们已经到了，而且一切顺利，不是吗？"

5

王泽月坚信直觉暗示的一切，比如生活的进程，比如某天你将突然遭逢的变故。人的所知极为有限，而直觉的力量又被轻易忽视。她直觉中并不认可自己应当放松，就算她时常感觉自己宛如紧绷的风筝线，那也是因为必须紧绷才不会让放飞变为坠落。放松太容易，玩笑也轻巧，轻巧得不足以撬起沉重的生活。她如今所拥有的一切都来自个人奋斗，唯有如此，才支撑起她的理直气壮。小学时候有一次她考试跌出了前三名，情状十分惨烈，在痛哭之后便暗下决心要出人头地。然而她从来没拥有过好运气，证据是她再也没有进入过前三名。她由此认为那次考试是一生的转折。她唯——次抢占先机是在平凡的大学生涯结束后成为全班第一个嫁人的女生。结婚时崔全松仍未转行创业，还在律师所打离婚官司。她几乎就要认命了。然而这时崔全松经人劝说参与到几个大学同学的创业，他还是做律师。坦白说他们做得不错，他总是比她更有运气，或者他比她多认识几个"富二代"的同学，那几个同学又碰巧认识几个三线小明星，那几个三线小明星又碰巧在同一时期大红大紫，崔全松碰巧成了几个明星的独家律师，拥有公司股权。而他认为这一切都可以用"运气偏爱喜欢大笑的人"来解释。在他创业的经纪公司拿到第一笔融资后，他们的生活发生了可谓本质的转变，顺义的二手小别墅就在那时买下，虽然如今看来已经有些老旧，需要改善。她似乎比他少些运气，但也不差，在重工机械企业，一个女人能做到的最好程度，她自认为就应是这样的。

不生小孩儿是他们结婚时基于不同考虑达成的共识。王泽月想发展事业，因此寻不到生育的合适时机，起初她以为崔全松也这么想，如今她意识到不是这样的，真正原因是他自己就是孩子。孩子的本质，就是从未付出的人，从未付出的人才会没来由地欢乐。他不需要孩子装点生活。

但无论如何，孩子问题从未成为两人的困扰，他们仍处于纯粹的关系中，而且无论从哪方来讲，都未有过越轨行为。王泽月当下在体力上的不济也许影响过他们的性爱质量，但并不伤及夫妻关系的本质。

在他们居住的顺义别墅区，下午五点就会出现一群打扮妥当的主妇，裙子和发髻经过仔细调整，她们踩着高跟鞋在校车站点等待国际学校的橘黄色的校车把她们的孩子带回来，小朋友们下车的样子就像快递车掉下几件等待认领的货物。王泽月决心永远不要让自己变成那样的女人，每天的高潮部分就是在路边翘首等待的那种女人，哪怕衣着光鲜，也是可怜巴巴的姿态。即便如此，那些等待的女人也不总是固定的。偶尔，会有年轻的新面孔出现；有时，老面孔也会消失几个，她们去了哪里呢，谁也不知道，也许在离婚律师的办公室商讨策略，以便拿到更多赡养费，崔全松就曾给不少即将离异的女人出过高明或卑劣的主意，以便对得起她们支付的律师费。她们也许正在市区的单身小公寓吞下安眠药——这事儿发生过，王泽月知道，因为那死掉的女人的亲属在小区绿地安了帐篷，排了值班表，守了两个月，要新妇"杀人偿命"，直到亲属每人都分到一张金额保密的银行卡后，那些迷彩色的抗震棚就不见了。

崔全松今年开始养了三只龟，每只都有专属的聚氨酯材料的龟屋。他总是说起小时候养过的小狗，叫天王星。天王星很胖，被他父母送入狗肉店，他们用卖狗肉得来的钱给崔全松买了一只补脑的土鸡。他知道真相之际，那只土鸡只剩下一盘骨头渣，那也是七岁的崔全松人生第一次呕吐。此后他再不养狗，始终宣称太阳系里从此再无天王星。天王星之死让他产生幻觉或幻想，天王星依然活在那个幻想世界，而他的某一部分也活在那个世界。

男人的爱好比妻子更重要，这是王泽月的看法，不过她并不因此对生活失望，她还在让它进一步完善的努力中。如同她售卖的那些大型机械，质量由精工的细节决定，生活同样如是。然而考究细节却是让人疲倦的长期损耗，好比每天都要熨烫的西服，为始终保持光鲜，也被熨烫损耗了衣料的质地，她也是。她想她现在只是有些累。

6

酒店套房带来的惊喜有限，毕竟三百六十度全景照片已经提前曝光过这里北欧风格的装饰以及形同教堂彩绘玻璃的水晶吊灯。彩色吊灯是房内唯一彰显奢华的器具，其余都遵从朴素的极简主义原则。据说吊灯与乔布斯房间仅有的灯盏是同款。卧房有熏香，号称玫瑰与薰衣草的香氛随季节更换。窗帘是电动控制，此时自动闭合，所以暂时看不见鼓浪屿的灯火与远处的洋面。牛奶与面包、芒果与小番茄是酒店赠送，在水晶茶几上布置成很不方便随意享用的样子，旁边有刀刃迟钝的餐刀配套。这样的房间不致令人生出浪漫想法，符合王泽月的预期。

餐刀旁是一张粉红色打印纸，四周印满红色桃心，王泽月拿起细看，是"台风提醒"。

> 尊敬的客人，根据厦门气象台天气预报，今年第13号强台风"鲇鱼"预计将于今天夜间至明天白天登陆我市，请减少外出，如需外出，酒店为您提供雨具并请注意安全……

这将是他们一生中离台风最近的一次。在中国北方内陆城市生活，台风于此前及此后都只会出现在他们的手机新闻里，两人并没有看电视或报纸的习惯，像大多数这个年龄的夫妻，报纸电视并不存在于他们的日常生活。台风偶尔还会与美国得克萨斯或伊利诺伊州同时出现——王泽月的客户多数都生活在这两州，于是她更多专注太平洋对岸的飓风局势。

如果你精心策划的婚礼和台风同时进行，那么你一定得给台风让位。她想。虽然她其实并不知道所谓台风登陆到底会如何改造这座岛屿。

"你应该问问老马，婚礼是不是取消了？该死，不巧的事情都遇上了，这次我们遇上台风了！"王泽月说，所有不祥的预感似乎都得到应验一般。

崔全松也看过那张粉红色纸。"我想，还是先别问了，今天太晚，哦，现在已经是明天了。如果取消老马自然会告诉我。既然没说，那就是不取消呗。"他已经找到电动窗帘开关，正来回把弄。纯白遮光布大幕一般开启。窗外看起来似乎很平静，并没有风雨欲来的征兆。

"那我们怎么办？"她说。她想问问厦门人，台风天气里他们是否只能什么也不做，只是躲在室内，避免被卷入半空，或者像电影那样，被抛在某处陌生的树林。他们是否在台风天就把自己的暂停键按下去，无所事事，什么也不做？她可不能接受"什么也不做"，就算你"什么也不做"，你一样变老，一样眼睁睁看着他人飞黄腾达，所以你一定得做点什么，虽然做点什么你也会变老，而他人也将飞黄腾达。

"我们？我们好好睡觉嘛，有什么事都是睡醒之后的事情。"崔全松又让窗帘闭合，再打开，像好奇的孩子反复乘坐商场扶梯上上下下。他竟然在台风之前做这种无所谓的事情，可能他始终都在做一些无所谓的事情。

"可是，婚礼会取消的，可不是，一场异想天开的室外的沙滩上的婚礼。航班也会取消的，我们周日晚上没法飞回北京，我周一早上九点没法出现在小会议室参加周会，那个肿眼泡的同事，会趁我不在场把最难缠的客户奉送给我接手，并且以'都是替我考虑'的名义。还有已经预付的烹茶师的报酬，我不可能在他不干活的情况下就让他白白拿走那笔钱，没人应该白白得到任何东西……"因为接收到台风提醒，哦，是"温馨"提醒，所以王泽月还有更多的事情要提前安排，她不得不暂时停止陈述以便先理清它们的轻重缓急。她从小就自己安排一切，善于分辨"轻重缓急"，她突然想起："那不公平，新娘怎么办？因为台风，她得把自己当新娘的日子延迟再延迟？"

"嘿，嘿，亲爱的——"崔全松打断她，他让窗帘彻底静止，闭合，转眼间他甚至已经换上睡衣，是他最喜欢那套浅灰色睡衣。胸前同样有法兰绒拼贴的小狗图案，这让他看上去比白天更滑稽，他睡前的习惯是假装自己是外星人，睡梦是他回归自己星球的时间，他的星球每天更换，但他从不假装去天王星，还是因为那条狗。这套把戏他从不厌倦："我要回火星了，你呢？"

尽管同样的话已经听过多次，但她意识到自己为此行所做全部准备只是为了让他此时"回火星"的时候，她觉得自己是天底下最委屈的妻子。她感到自己付出了，值得更多尊重，而不是成天应付他的玩闹。她又不是任何人的保姆。

"你滚！"王泽月脱口而出，这让她自己都意外，但也许，她想，早就该说这两个字了，在她意识到他是一切混乱的起源的时候。

他沉默了一阵子。她也沉默了一阵子。然后，他找出软绵绵的一次性拖鞋套上，走到客厅的沙发前，在王泽月面前俯下身，打量她。

她喘不过气，也不知道台风之前气压是否会很低，以至于让她缺氧。她不想看他，还有他衣服上那只法兰绒小狗，伸出猩红的半个舌头，似乎刚好迎面舔上她的眼睛。

"我看，我们要不要吃点什么？"过了一会儿，崔全松说，他把两手撑在她的膝盖上，这个姿势让她觉得自己快要被他压碎了。

但她不能碎掉，因为明天的事情还未落实。平静之后，她还不明确丈夫是否对她刚刚吼出的那两个字心存芥蒂。如果换作她，他让她滚，她肯定会疯掉，或者用加倍的声音冲他持续咆哮。他也不是没冲她吼过脏话，在她反复提醒他应当"干点正事"的时候。他吼着"这个世界上压根儿就没有什么他妈的正事"。那次他让她明白了，他终有一天会失去耐心，面目可憎，到那时一切都将消逝，而她必须更加努力，提前为那一天的到来做万全的准备。

现在，"什么？"她不明白，吃点什么？这是什么逻辑？

"你一天没吃什么东西，人在饿的时候，脾气就特别容易不好，你看，你就是。"他解释。

"那……不是，我不饿，我……"她拼命左右摇晃脑袋，像他衣服上的小狗。她没办法对一个问自己饿不饿的人发脾气，何况，她可能已经发过脾气了，刚刚。

"那我给你煮碗面吃？"他直起身，作势挽袖子，仿佛真的在家中厨房，端起那口德国出产的锅具。"开玩笑的，我去看看有什么东西可以吃。"他说。

"我真的不饿。"况且食物就在她眼前，面包旁边是芒果，另一边是牛奶，芒果边有一把餐刀，餐刀压住那张粉红色的"温馨提醒"。这张颜色可爱的纸，是一切的开始，或者刚好相反，是一切的终结。

"这些东西，就不要吃了，我想，要不我去餐厅问问，看看能不能弄点真正能吃的东西来。"他已经开始换衣服，但没有立即换上裤子。他光着腿。他在翻看酒店的入住手册，把棕色皮面的大册子放在台灯下。她看见他肌肉紧实的小腿肚，在台灯的光照下发亮，没有腿毛——这曾经是她十分在意的部分，她很难想象得和一双黑黝黝的腿一辈子同床。她还曾握住他的两只小腿肚，他问她像不像两块岩石，他故意收紧小腿肌肉，他还趁势给她讲过一个爱情故事，如今她记得不是太清了，大意是回头就变身石像的痴男怨女。她笑他就是个石头，他说，不，刚好相反，我很柔软，你比我顽固，然后他自己就笑了，补充说，无论哪方面。她没笑，因为在想他也许说得对。

"这东西做得像小明星的背景资料一样，根本不让人找到头绪，我找不到订餐信息，我还是自己去看看吧。"他说，并不像真的询问她的意见。她想起不久前在星巴克点单，她拿不定主意，他那时可能已经对她厌烦，没人喜欢连自己要什么都决定不了的女人。

王泽月曾在公司组织过情绪控制的课程，来讲课的中年女教师虽然胖却笑容和蔼。"如果你们跟我一样胖，就知道情绪这东西根本不存在，都被消化，或者变成脂肪。"胖女人在课堂上说，但下课后，她也说过，"哦，王小姐，你不知道从小就被人视作怪物是什么感受，我就是。"王泽月猜想胖老师其实仍需要控制情绪，所以才立即避开自己独自去洗手间，耽误了很长时间，胖老师又不需要补妆。

那么现在，崔全松离开房间了，他是否真去找"能吃的东西"了——可能不是，她想，他只是找个借口避开焦虑的妻子，去外面抽支烟。男人们都喜欢这一套，到家后躲在车上不回家，宣称"需要一点自己的时间"。他们干脆一辈子待在车上好了，王泽月想，那样的话，也许我还得感激他。

她坐了一会儿，轮番拿起芒果和面包，看外包装塑料上的字，营养成分表、热量、净重……她在客厅和卧室之间走了走，不知道该做什么，也许就该这样，一个人，什么也不做，她并非不能虚度时光。不知道崔全松每天的状态是否也这样，像没有心思的小猫小狗。明明知道自己正在毫无目的地浪费生命，但她此刻控制不了自己。她甚至也学着丈夫，去摆弄那个电动窗帘开关，集中精力观察窗帘徐徐拉开。她看见黑夜覆盖的房屋楼宇，连绵无边，天空中却有些明亮的部分，似是而非，形同白日的云。

台风会来吗？

她没能打开十八楼的窗户，窗户是焊死的。但她还能看清近处的行道树大幅摆动枝干，她知道风已经来了。海浪也许正在距离他们不远的地方聚集，带着吞噬一切的雄心壮志。

她也换上了睡衣，纯蓝、无装饰的真丝睡衣，她觉得还能控制自己，只要不去想天亮之后的事情。但她很快就想到了"日程安排"，她总是需要一份"日程安排"。他们原计划在早餐后就去距离五公里远的海滩，马某某将在沙滩上迎娶比他小十多岁的新娘。"沙滩婚礼的好处是，新娘穿不了高跟鞋，这样老马就不会显得太矮。"在听闻婚礼在沙滩举办的时候，她这样对崔全松说。崔全松表示同意，他又说："我们不需要为这些事情烦恼吧！"

"当然需要，比如我们穿什么衣服才能不显得奇怪，总不能在礼服裙底下搭一双人字拖吧？"她说。

她意识到这一切考虑如今都白费，需要重新来过。在原本的安排中，下午的时间属于她，因为一对新人下午需要休息，晚上才有充沛的精力宴请宾客。下午她会换上朴素的旗袍，在套房内迎接丈夫的昔日好友，也是替新人分忧。如果来宾中有女性，她不会忘记假装无意地向她们透露旗袍的五位数的价格："定制款"。如果没有女性，那情况只会更好。晚餐之前，她可以把手腕放进丈夫的臂弯，这样才好露出卡地亚的手镯，他们将不早不晚出现在宴会上。这些，才是生活的关键，因为是被别人观看的部分。如果需要喝酒，她会选洋酒，尽管喝上去都不好受，但她知道洋酒名字越短越好，她会再替他要一份精酿。他喜欢晚上喝一杯精酿啤酒，他买过专用电子酒柜用以保存世界各地的精酿。哦，也许他现在就在酒店一层隐蔽的酒吧内用左手和右手碰杯，唯独把她留给黑漆漆的窗。

7

门铃第一次响的时候，她决定忽略。崔全松带走其中一张房卡——她很确定，因为见到他走之前摸索裤兜。

门铃再响时，她已经从窗前走到门廊处。门廊的灯没开，她试图寻找开关，但失败了。这过程中她意识到四周的死寂，除了焦灼的门铃声，再也没有任何响动。若有似无的轰鸣，从地面之下传来。她踮起脚去看猫眼，但什么也看不见。

她当然不会问是谁在门外，她宁愿对方误以为她此刻并不存在，就像她希望的那样，压根没有出现在这里，出现在七月的厦门。肯定不是服务生，她想，因为训练有素的服务生都会用港台腔普通话迅速说明身份及来意。她想拴上门锁上方的保险扣，又担心锁链弄出声响，让自己暴露。

门铃没有中断，只是不再急促。她光脚往后退了几步，心中祈祷铃声即刻停止。但她并没有天真地期待丈夫此时尽快赶回——崔全松即使在场也不能及时明白她在担心什么，他只会让事情更糟，就是这样。

她蹲下身，脸贴上地毯，想透过房门与地板的空隙，窥视来人的鞋子。也许能看出些什么。但什么也没看见，想象中那道缝隙根本不存在。她犹豫要不要穿上外套，此时真丝睡衣不再令她舒适，只犹如赤身裸体时的不自在，但外套还在行李箱里，行李箱在卧室的角落，距离她此时的位置，想想，真是非常远。

原来祈祷果真有益——门铃突然停止了。

她松了一口气，但立即意识到并没有听见来人离开的脚步声。她听见的是，门卡贴上电子锁，嘀——她刚才已经下意识转身往沙发方向走去。

啊——她回头，尖叫一声。她不知道为什么想起了他讲过的传说，回头就变身石像的怨女。

一只黑熊怪。

一个人，一个男人，穿着黑熊怪的人偶外套，从身后将她一把抱住。她张开的嘴随即被捂住。她闻见黑色尼龙长毛发霉的味道，她被牢牢控制于黢黑的长毛里。

这算什么？

放开我！

她用尽最大力气咆哮并挣脱。试图挣脱。

哈哈哈——他在巨大的熊脑袋里笑出声，笑声很沉闷，是她不熟悉的声音。两只熊爪仍然紧紧从背后抓着她的胳膊。

"崔全松！"她发自本能喊道，之后她意外于自己竟然喊了丈夫的名字，她独立强硬的一生，几乎让她忘记这种权利：这时候，他应该来解救她的。

她发现自己被黑熊怪高高抱起。她大吸口气，两腿腾空，踢来踢去。

这时，她突然想起来，只能是他，这就是他，她怎么刚想到呢？是崔全松，是她亲爱的丈夫，套上一张熊皮的丈夫。

崔全松，你放开我！你够了！

一切都已经那么艰难了，而她还得假装跟一只熊玩老鹰抓小鸡的游戏？她觉得自己已经哭出来了。可怕的一天。

他慢慢把她放下，松开有霉味的毛胳臂。

她弯腰捂着喉咙拼命喘气，仿佛刚刚被抓住的不是胳臂，而是喉咙。

她惊恐地看他用"熊爪"抓住"熊脖子"，往上抬，再抬，很吃力，"熊头"逐渐脱离了身体，似乎卡住了，然而终于，褪了下来，真像诡异的恐怖片。

那张她与之生活了十三年的面孔，就这样，从已经冒出零星胡须的下巴开始，一寸寸于黑色皮毛中褪出，露出真容，真是眼看着他扒掉一层皮，她想，那张曾经年轻的脸，褪掉了一层皮，瞬间老得令她绝望。

她从未对他感觉如此陌生，从未意识到他们都老了这么多。他出了很多汗，大概这种劣质人偶外套不透气。他的头发也乱糟糟的，薄薄一层贴着脑袋，他真像刚从水里爬出来的怪物。那盏五光十色的吊灯，正好将冷色调的斑驳的寒光从他头顶直直砸下，让这张脸满布立体的阴影。

"好玩吧？"他喘着男性才有的粗气，说，"这东西穿上还挺累的，逗逗你，嘿，你别生气嘛，我只是想你开心点儿。"

"让我开心？你以为这样就让我开心了？你到底在想些什么？"她也不知道自己为什么慢慢地笑了几声。

"你在想什么？"他看上去有一阵的困惑。

"不是这样的，这不公平。"她好不容易平静之后，慢慢小声说。

她已经把最后一点力气都用光了。她去卧室，躺在床上，漆黑一片，她没力气起身去寻找灯的开关。

"我跟总台打过招呼，说借来穿穿，一会儿就还回去。他们还挺不错，很爽快就答应了……"他在穿衣镜前，左右侧身看，他当然会对这身装扮感到满意，就像他对自己十分擅长增加她的压力与焦虑这一点也感到满意一样。

"不该是这样的。"

"没关系的。"

"真的不该是这样。"

这是一个短暂而难堪的夜晚。在他们共同走过的一生中，王泽月会永远记住这一夜的醒悟。她没睡着，脑子里为台风到来时会发生的情况设想了一万种可能，每一种都是对她到目前为止勉强掌握的顺畅生活的千锤百炼，令其面目全非。

她在浴室进行了漫长的洗漱，只为避免看见他。这让她几近被水蒸气闷到晕倒。其间崔全松离开了一阵子，她猜他是去酒店前台还人偶外套了。他回来后，她拒绝他进卧室："我太累了，让我自己睡好吗？""好吧。"他的语气听上去太正常，于是反而显得不正常。

她想，幸好当初选择了这间套房，他还可以睡在沙发上，穿着他那套白痴的法兰绒小狗睡衣。

关灯一会儿后，她的听力与视力逐渐变得极好。他的鼾声令她无比清醒，仿佛第一次发现他的鼾声如此响亮，严重到足以成为使他们彻底分崩离析的发令枪声。

她还是那个想法，不该是这样的，肯定是哪里出了问题。只是她还想不出来问题在哪里。

不知过了多久，她开始听见雨滴敲击外墙空调机箱的声音，她不知道那会让雨声被放大数倍，仿佛真有一场暴雨狂风在一座城市肆虐。

8

王泽月醒来时才意识到自己终究是睡着过的，恍惚以为昨晚所想过的事情其实都不过是梦境，醒来便无须揣度。电动窗帘再次开启，露出阴沉的天，是天亮以前最晦暗的时刻。雨一直在下，却并不像有台风的样子。

客厅五彩水晶吊灯亮着，是他打开的。崔全松已经穿好浅蓝色西服，衣领有深灰色镶边。领带是深蓝色那条，她几年前买给他做生日礼物，她认得。只是后来她再也不做这种事了——挑剔他穿衣服的风格，甚至为他代劳挑选，考虑搭配。她开始把时间越来越多地花在自己身上，或者用在高层办公楼密闭的房间中那些无穷无尽的会议上。总之她没时间，她舍不得她的时间。

崔全松这天是为马某某的婚礼精心打扮过的。她听他站在卧室门口给她读马某某发来的信息，确认马某某全名原来是马永才——她听过无数次，不过记不住。这是无关紧要的细节。马某某只需要是丈夫的大学旧友，是新郎——这才是她需要记牢的，她也确实记得牢靠。她以为自己知道什么才是重要的，但现在她一点也不确定了。

马永才的信息说，婚礼改为下午，其余一切不变，地点，人员，至于天气么，台风不会来，中雨在一个小时后会变成细雨、微雨、毛毛雨。

那么，一切如常？

不，有些事情已经发生了，再也不可能如常。她不再能穿上定制款旗袍，扮演茶会的优雅女主人，她得在微雨天气中穿无袖小礼服裙，同时希望鞋子不要沾满雨后潮湿的沙粒。但她也尽可能平静地对崔全松微笑了，因为昨晚的事，她确实应该感到抱歉。

短暂的睡眠到底改善了气色，在镶有一圈小灯泡的镜子里，她看见一张还算过得去的脸，除开肿胀的眼睑（那其实也可以被叫作卧蚕的），五官其余部分和身体都还在她能认可接受的范围内——她对自己倒是一直严苛而挑剔。

她想他可能会谈谈昨晚的事，不然一个上午的时间将成为横亘在他们之间的大象，被视而不见，避之不及。不过他后来只是专注地看着手机，手指点击的节奏显示他确实在看着什么，而不是装模作样。她只好让化妆的时间更久一些，又有些担心会错过自助早餐。这样她出现在客厅的时机终究不早也不晚，像她在所有关键时刻的表现一样。

她落落大方地走到客厅落地窗前，看见外面马路上，几朵彩色的伞不慌不忙地移动。

他先开口："不用担心，马永才能处理好，他是那种，你知道，就是什么问题在他看来都不成问题……"他以为她说的是别人的婚礼。不，她根本不关心婚礼。

"没有谁能处理台风。"她说。

"台风吗？天气预报说，台风好像绕道了，去了泉州方向，放过了厦门。"

"绕道了？台风还会绕道？"她突然不理解，那破坏了一切的，原来还可以"绕道"？

"嘿，这不是好事么？"

"当然，当然，可是，它为什么不来了？"

"有时候就是这样，不按计划，不过没什么大不了。"

"早知道它不来……"

"什么？"

"我说，我还从没见过台风。"

"真的？我倒是见过，有一年在浙江台州，然后台风来了，我和同去的几个人在屋里打牌，我就是那次一口气学会了八种牌的打法，我记得的好像就是这些事……哦，其实我对打牌也没那么大兴趣。"他说，"你要咖啡吗？"他走过来，和她并肩站在窗前。这让她想起一些电影画面，觉得眼前并不明亮的天极为虚假，根本不真实。

"为什么不开心一些呢？我们过着好日子。"他慢慢地说，看着窗外，在她挑选的有最佳视野的房间。

"是啊，为什么不开心一些呢？"她也说，但她看着他，心里想着，你以为我愿意不开心？她知道他如何度过拮据的童年，以为衣食无忧就是好日子。他们当然过着好日子，因为他让他们过上了好日子，因为他爱她，因为她这么努力，因为她值得被爱，因为她也爱他……难道她三十多年的努力并不及他的狗屎运？她可能感到挫败了，可能更多是疲惫。她还希望自己能年轻二十岁，那才是好日子，二十年前她不用担心自己会失去什么。

"你知道吗？他们是在滑雪的时候认识的。"他说。

"谁？"

"马永才和他的未婚妻，他们在欧洲一个滑雪场认识。而且，马永才前两个老婆，一个在海滩认识，另一个在丽江认识，这家伙……"

"我不关心他们怎么认识。"她说，停了一下，又问，"他有几个老婆？"

"这是第四个？可能第五个？记不清了，嘿，我说，我们也应该去滑雪！"

"为什么？"她开始想如果他们去欧洲滑雪，她应该考虑机票、签证、假期还有酒店，甚至滑雪装备。而他只需要，吹吹口哨。

"不为什么，我不明白你什么事都要问为什么，我也不懂你成天都在担心什么，你知道有多少人羡慕我们吗？"他提高了嗓门。

"你是不懂。你就相信美人鱼是真的。"

"我……我选择相信美人鱼是真的，但是你选择不信。"

"好吧，我也信！行了吧？"

"那你是被迫相信的。"他说，"你是选择了现在的生活，还是被迫过着现在的生活，这太不一样了。"

"那没什么不一样，但是我不关心这些事的话，"她脑子此时迅速闪过机票、签证、假期、酒店、滑雪装备，之后是茶具、礼服裙、领带、证件……她闭上眼睛，等这些乱七八糟的画面变成黑暗的一片，才睁开，接着说，"我不关心这些事的话，那才会不一样。"但是，她不知道说这些，到底有什么意义。

她看见他茫然的神情，就像他空洞地盯着三只龟时的神情一样。他摊摊手，摊手是他什么时候开始的小动作？恰似外国人的小习惯。他问她："我们在说同一个事儿吗？"

王泽月和崔全松没有浪漫的相识经历。她猜他也许会认为这是遗憾。他们在同一所大学，不同专业，一次如今想来十分俗套的宿舍联谊后，他表白了，在晚自习后向她递上花束，没有花朵，而是九只小玩具熊，扎成一捆花的样子，经久耐用。后来她想，也许他仅仅是临时起意，做出决定，送女孩儿一束小熊吧，哪怕小熊花束不够象征炽热的爱情，但这行为本身很可爱，对他来说，可爱就足够了。她并不轻率，事实上她在接受他的表白之前，已经做过详细调查。她清楚，在大学你得有个这样的男朋友，才不会被同宿舍的女孩儿鄙视。她得在上大学之后把失去的自信重新建立起来，其中的关键便是不能被鄙视。她被鄙视过好些年，因为她得管一个比自己大不了几岁的陌生人叫妈妈。不过在大学，就没人知道这些了。

她说："你是不是认为这样很好？在滑雪场认识年轻姑娘，眼睛不眨就娶来做老婆，什么都不考虑，等这个老婆老了，就再去滑雪场，再领回一个新的，是不是这样？"她不会是那种跟滑雪时认识的男人结婚的女人。但是，他不一样，他每天都可能遇上滑雪场的女孩儿、发布会的女孩儿、高级餐厅的女孩儿、奢侈品商店的女孩儿……这个世界上所有的女孩儿都时刻准备着——她从小就知道。

他没否认，但也没承认。她没勇气再问一次了。他过了很久竟然反问她："你呢？你认为这样很好吗？"

"我？"

"你肯定认为不好，你认为什么都糟透了。我知道，因为你自己，你父亲的原因，还有你后妈的原因，你压根儿就不想来这儿，参加什么婚礼……"

"天啊，你为什么要这么说？"

"你根本不想来，你认为这都糟透了，你不想办 party，还有台风，都是因为……"

"不是这样……"她说。

9

于是到了下午，王泽月就没能和崔全松结伴出现。海滩上，那一刻明明所有东西都是成双成对的，连喜糖的小盒子上都有两只海鸥——白羽黑冠，一只系领带，一只系粉红蝴蝶结，雌雄的象征，天然的正确。她抚摸过的鲜花装饰的临时拱门上，也是每两朵花结成一小束装饰。

崔全松在远远的地方，正和穿黑礼服的新郎说笑。他们看上去就像一模一样的两个人，轻微发福，愚蠢又自负。崔全松看上去总是很开心。在顺义别墅区无聊透顶的邻里聚会上，他还能和男人们讨论股市，夸赞那些缺少天赋的孩子们的才艺表演。

她孤零零地站在潮湿的沙子里，看自己到底得被迫穿上的鞋套，所有来宾都分到一副鞋套。她之前怎么没想到呢？尽管天蓝色的鞋套让所有人都像大脚企鹅般摇摇晃晃。不过，为保护羊皮平底鞋，你就得穿鞋套，你在半夜被自己丈夫惊吓过，你就得白天看他脸色。天蓝色和她的礼服裙颜色很不协调。她觉得自己是这站满人的沙地里唯一孤单的东西。她等主持人宣布仪式开始，就抢占了一个角落的座位。白色沙滩椅都用成对蝴蝶结装饰过。但至少坐下来就不那么显眼了，她的落单就不显眼了。无论如何，在这里，落单都不合适。

她看见丈夫在她前面的座位坐下，表情极为严肃，坐下时他露给她的侧脸，因嘴角下撇，出现很深的一道皱纹。他在生气吗？不知道。一场旷日持久的冷战似乎正在开始，她预感。起因是因为他装成黑熊怪来吓她，在她又累又无助的时刻，那么，后果呢？她不敢想。

她端起胳臂，在胸前交叉，强迫自己把注意力转移到人类的俗套仪式上。婚礼，神圣的牵手时刻，沙滩上铺满红玫瑰花瓣，它们会很快腐烂，形同生活本身。可怜的新娘尚未现身，她还不知道等待她的会是什么。

新娘终于露面，于是众人期盼的婚礼的高潮来临。婚礼进行曲由四人弦乐队奏响，乐手的燕尾服后摆在风中甩来甩去。音乐壮大了某种蛊惑人心的力量。王泽月想起自己的婚礼，本着从简原则，室内酒店，空气里全是油烟气息。她在证婚人宣读结婚誓言后迅速吐出"同意"两个字，不是迫不及待，而是巴不得这过场尽快了结。但也有她记忆深刻的部分，是崔全松在仪式结束后给她揉脚，把八厘米的高跟鞋脱下，按摩她肿胀的脚踝。此后再也没有过的亲昵的揉脚——她从未向他表达过对那一刻的怀念。她那时希望所有新娘都不受高跟鞋折磨。眼前的新娘就没有，因为她竟然踩着一双人字拖，只是鞋面亮闪闪都是人造水晶。婚纱是泡泡短裙，白色泡泡袖高高隆起，完美复制童话中的公主。新娘光洁的额头上有花环，那么年轻的花朵，最好的时刻。

王泽月逐渐放松了交叉抱紧的胳臂，后来她看见自己两手都在膝盖上发抖。音乐、海洋，还有持续的海风，非常猛烈，让人不得不时常眯起眼睛，于是看眼前的一切都模糊不清，像蓄满泪水。她浑浊的眼看过去，新娘的小腿以下，都在灰色的洋面之下——天啊，这角度，让这姑娘真像一条刚刚上岸的美人鱼。

王泽月惊讶于自己产生这样的想法。美人鱼？开什么玩笑。这样她就没能留意去听"誓言"的部分，只听见几声"富裕或贫穷""健康或疾病"，通过音响放大，在空气中震荡。

她身边的女宾客不停用手机拍照，激动地捂住嘴，以按捺住尖叫。到新人亲吻的时候，她觉得自己看到了中年新郎肥厚得足以把新娘噎住的舌头，狗一般地伸出来。但她身边的那个女宾客，一个显而易见被地上的脏袜子折磨了半生的中年妇人，只剩下一脸憔悴的苦相，猛地抓住王泽月的右手，狠狠握住，就这样捏着她的手在半空中挥舞。

"真感人，不是吗？"音乐停止后，妇人扭头看王泽月，又不好意思地松开手。

"是的，可能，是的……"她吞吐应答，其实她明白，这确实感人。在某些特定的时候，制造感动，这也是崔全松一直在做的。那么，她们必须得为这些琐碎又无用的感动献出一生吗？

"我这个年纪，就容易为这种事感动。我是新郎的姑妈。"妇人带着歉意，笑着抹眼泪。

"没关系。"

"哦，你一个人来参加婚礼？你年轻，我是说，人都是后知后觉的，好遗憾，好时候都过去了。"

王泽月没说话，只僵硬地笑笑，前排的崔全松肯定能听见她们的对话，但他没有回头。她想，该怎样才能把握生活中的每一个瞬间呢？遗憾的是，人可能都是后知后觉的。她九岁的时候，给自己写过婚礼誓言，写在藕荷色信纸上，又在混合了汉语拼音的字迹上洒满金粉。她还给自己做过婚纱头巾，用包糖果的纱巾攒出小朵小朵的蓓蕾。但后来她的婚礼上，使用的誓言是婚庆公司通用版本。

仪式结束后，人们继续留在沙滩上，三五成群交谈，喝饮料。侍者送上的鸡尾酒都插着小纸伞。王泽月与邻座的妇人喝冰茶，谈论这场婚礼是如何完美，令人终生难忘。

妇人说："哦，在厦门，台风是常事，就是老天要厦门人给自己放假了，台风就来了。所有人都喜欢放假，谁不想呢？但多好啊，台风竟然放过了他们的婚礼……"

她又听妇人说原来她已经丧偶，所以刚才才会激动失态："他至少走得很平静，不，不用抱歉，我已经……都过去了，一辈子又不长，不能都用来难受。我觉得人得乐观点儿。"可王泽月认为这妇人依然难受。不过她自己也不好受，毕竟她得一边应付老妇人的啰唆，一边不时在人群间寻找崔全松，她确认他还在这里，她还能偶尔远远听见他的笑声。

后来新郎招呼所有人都上了一辆大巴，目的地是王泽月住的酒店。宴会将在酒店三层进行。上车时，王泽月挽扶着那位老妇人，这样自己好歹有个伴儿了。她看见崔全松走在人群后头，慢吞吞地，朝大海频频回头，看不见落日的黄昏，他在留恋什么？美人鱼吗？或者他只是故意走在后面，就不必跟她同行？

不过，她还是确信他也上了这辆大巴。然而下车的时候她没有看见他。

酒店门外挤满了人，也许食博会正在兴头上。她没顾上挽扶老妇人下车，就被不知道从哪里冒出来的人群推搡着，进到酒店大堂。

大堂内人头攒动，喜庆音乐让这里显得更加拥挤。她在人群中寻找一张可能熟悉的面孔，但没有找到。

她想尽快回到房间，然后就能和丈夫在房间碰面，她想他们必须得同时出现在晚宴上了，不是么？她可能还得想办法让他愿意和她牵手出现？不，也许牵手就不用了——太容易被认作是老夫老妻欲盖弥彰的小把戏。

只是，电梯间挤满的人可能跟她有同样的想法，她数着那个代表楼层的数字慢慢变化，像输液瓶内过很久才落下一滴药水。

她还是没有找到他。该死，我为什么要找他？她很为自己懊恼。

她被后面拥过来的人群挤推着不由自主地往前移动，跌跄着蹭上电梯门之间的垃圾桶。也许又有一辆大巴刚刚抵达。她还是没能看见崔全松的身影。然后她发现，丝袜被垃圾桶剐蹭，有一处脱了丝，垂下来的黑丝，两指宽，像黑白无常的舌头，甩来甩去。她拉着线头，想扯断线头，但她只扯出了一道更宽的裂痕，那裂痕随即被拉得很长，从大腿直抵脚背。她想最难堪的样子莫过这样，她该去卫生间脱下连裤丝袜，只是还不确定卫生间的方向，她让丝袜破损的地方尽量贴着墙，这样就不会有更多人注意她狼狈的时刻。

这时，她看见另一个似曾相识的身影，那只黑熊怪，它在无论如何拥挤的人群中都足够抢眼，足够被她在第一眼就发现。

天啊！她看见黑熊怪在冲她招手。

也许不是，也许是冲着别人招手呢？她不确定，也许她只不过是希望看见黑熊怪冲自己招手。她想那不太可能是崔全松，但又想崔全松总能出乎她的意料，所以也可能是他啊。

她和黑熊怪之间，隔着七座展台，以及无数汗流浃背的人——台风带来的短暂降温并未能让厦门成为一座清爽的城市，这里依然又黏稠又潮湿。

她冲着黑熊怪摇头，但不确定人偶外套里面那双眼睛，这时能不能看见她的动作。她举起手机，做出示意他通话的动作——如果真是她的丈夫，她就应当得到回应，对吗？

但黑熊怪只是原地蹦了两下，做出一些奇怪的可能是来自嘻哈的踢腿动作。

那么，这算不算回应？

她想她可以穿过人群，离他或它，更近一点儿。但是丝袜上的破洞让她不愿意离开墙角挤进人群。她想，如果我是美国人就好了，那我就能现在冲过去，还能来个拥抱，美国人把这叫"熊抱"吗？她接触的那些美国客户，总是迷恋拥抱。她曾经反感，后来被迫习惯，只是在被那些热情客户拥抱的时候，总是侧过脸去，屏住呼吸，以免对他们身上的香水味道产生过敏的不适反应。

她看见黑熊怪也做出假装打电话的手势，随即两只黑胳臂举过头顶，在头顶上方，便向内弯曲，形成一颗"心"的样子。

她见过这动作。他们刚刚搬入别墅那天，在市区的老房前照相，崔全松突然做了这个动作，他说是一颗心，他献给扑面而来的新的生活的一颗心。她多么后知后觉，从未能把握住生活的瞬间，她昨晚还拒绝了他的好意的安慰与拥抱。

不，为什么不呢？她准备向他的方向走去，她知道过程会有些艰难，因为她不得不拨开人群。买卖双方在食博会的展台前讨价还价，就像她每天工作中做的事一样，讨价还价。以最小投入换取最大回报，最朴实的商业逻辑，也许她在生活中本不该使用这种逻辑。幸好她只穿着平底鞋，这让她顺利穿越吵闹的空间，直抵黑熊怪的怀抱。

她总算抱住了它。

它短暂停顿后，有力地回应了她的双臂。熊爪的长毛轻拍着她的胳臂，像小时候她被妈妈在水里托举着，练习游泳的时候，她那时知道，有这样一双手臂环绕在自己身上，而且永远都不会放弃她。"坚持，再坚持一下，你就快会游泳了，好样的！"妈妈那时总这么说，还有妈妈说过的，"女人不容易，所以我们一分一秒都不能松口气，你一偷懒，就沉下去了，你看，你又偷懒了，你又沉下去了！"

"我没有。"她那时会反驳妈妈。

"那都是因为我托着你呢，等我不托你的时候，你可不能随便松口气啊！"

她记住了，在妈妈离开之后，也再没松过气，但后来还是沉下去了。

她呢喃着什么。他的熊爪紧紧抓住她的两只胳膊，熊脸上的毛轻轻蹭在她的脖颈间，舒适得酥痒。再也没有比七月的阴沉天气里抱着毛茸茸的东西更让人舒服的了，她想。

但突然，他松开了她，后退两步，冲着她继续摆了一次那个心的造型。她愣住了，不明白他想干什么，她从来也没明白过他对待生活的真正意图，她还错误地以为一切都是因为那条狗，天王星。

黑熊怪撇下她，冲着旁边的人都做出了那个动作，不时笨拙地跳两下，温暖的爱意也离她而去了，或者，不再仅属于她。

她呆在原地，身边都是人，人们高声谈话，尽力嬉笑。"您可以留下名片……""不，我还要再考虑。""谢总好久不见。""哎哟别让我再看见你。""糖价不会上涨，今年不会。""这谁也没法保证。"……

不知道过了多久，她觉得自己什么也听不见了，她一点都不知道自己正在往哪个方向移动。她看见洗手间的标志，她想起来，应该立刻到洗手间去。

"我做了什么？"一个声音在心里喋喋不休，"那不是他，是个陌生人，我抱了一个陌生人！"

10

她在洗手间旁边发现了那个酒吧，小巧的招牌上密密麻麻的荧光字全是洋酒品类。我是不是应该来一杯？崔全松是不是正在里面偷偷喝精酿？她不由自主地往里走，酒吧内出奇地安静。

"不，不是，我知道拿铁是一种做法，但是想要一杯真正的拿铁，是咖啡，不是做法，你怎么不明白，我想要一杯，对，这下对了，是咖啡拿铁，我的老婆有点焦虑，没休息好，可能是，不，我不会让她吃安眠药。咖啡么，多加奶可以吗，不要糖，我得给她拿到房间去，不，不用了，我自己拿上去就行，没关系，她很辛苦，老婆总是比我辛苦，我也不知道为什么。我们就住这里，视野最好的那间房，谢谢你，你们生意很好……"

崔全松趴在吧台上的背影，像一棵根深蒂固的树。她迅速转身走出来，不能被他发现。她在洗手间狭长光滑的走道内小跑，竟然没有摔倒。她以最快动作锁上小隔间的门，褪下丝袜，扔进马桶，再狠狠按下冲水键。她绝不让破损的东西继续留在她的世界里。

王泽月和崔全松当晚在晚宴上坐在一起，逢人招呼便同时起立。她知道他早就原谅了她，尽管他从上午的争吵结束之后，还未开口对她讲过一个字。他回到房间的时候，手里的咖啡纸杯是天蓝色的，他把咖啡放在茶几上，压在粉红色的"温馨提醒"上面。下楼的时候，他跟在她后头，还是不说话，不过她不必回头就能根据脚步声判断他的位置。她想这样就足够了，如果你有了持久的婚姻生活，你就知道那关键的，不过是仰仗于你们如何度过这种沉默的时刻。

11

在刚刚下楼的电梯里，他们尚未把手挽在一块儿，昨晚碰见的那个翠翠食品的年轻人又见到了他们。年轻人刚刚被同事替换下场，还没来得及洗澡，于是头发的样子有点糟糕，前额的头发刚好摆成三道。他连续做了几个小时的"比心"动作，不时还得带着这身滑稽的行头让自己蹦起来。他上个月刚大学毕业，在翠翠食品做销售助理，这是他的第一份工作，收入貌似还不能养活自己，但他更担心的是女孩们从不正眼看他，似乎他是传染病患者。好在女孩们似乎都喜欢他的外套，喜欢那身黑熊怪的皮肤、面具，她们看见黑熊怪的时候，总是笑着的，他喜欢她们笑着的样子。他不敢奢望太多。

他认出了电梯里这个不年轻的女人，她刚刚拥抱过他，黑熊怪还会被经常拥抱，有时，那些孩子们甚至狂奔而来，像小炮弹一个个击中他。他拥抱过多少陌生人，自己也不知道了，不过在那些瞬间，他会忘掉不少难以忍受的烦恼。

只是，"翠翠食品需要更有想法和热情的人才"。热情如他，也会被解雇？他不敢相信，但他确实记得经理总是通红的唇，就在中午的时候，那嘴唇嚼着盒饭里的肉，翻飞着，"不过，我们还是希望你站好最后一班岗"。

"我不能没有这份工作，您不再考虑考虑吗？"他那时已经换上了黑熊怪的服装，准备上场，这是他的工作，扮演黑熊怪，但他还不会扮演一只被解雇的丧气的黑熊怪。于是他低头看矮个子的女经理的时候，想着，黑熊怪不应该用这样祈求的语气说话。

"我知道，我也尽力了，但没办法，这不是我能决定的。"女经理看上去真的很为难。

他没再争辩。在最后一次扮演翠翠食品的吉祥物黑熊怪的这个下午，他用尽了全力。他想好了，晚饭他可以去超市解决，黄昏时候的超市总是有各种可以随便试吃的东西，切成小块儿的面包或者水果，运气好的话还能找到小块儿的火腿。当然，食博会上也有各种试吃品，不过按照经理要求，他得尽快离开这里。

他不会记得大部分拥抱过的人，他也将很快忘掉眼前的女人——她抱紧黑熊怪的时候，那么用力，好像用万能胶粘东西那样，久久地摁住，生怕一松手，就松动了，再也粘不住了。

几乎瞬间，他就扑灭了某个小小的念头。"告诉她，我是黑熊怪。"他为自己会产生这种念头感到害怕，"我已经不是黑熊怪了，唉，我再也不能当黑熊怪了。"

走出电梯的时候，他发现她有过两次——他确定一定是两次——轻微的回头。她回头的时候脸部的侧影很漂亮，他希望那瞬间能够被定格，他有把握她回头是在看自己。他猜她认出了他，不过他不敢看她，这个年龄的女人的眼睛里，满是他弄不懂的东西，就像红嘴唇的经理，又妩媚又残忍。

他步行二十分钟，到某家中型超市。虽然没能用试吃品彻底填饱肚子，但他整个晚上也没觉得饿。之后，他一直坐在超市门外，这儿有吸烟处的牌子，男人们围着金属垃圾桶站了一圈，往堆满烟头的垃圾桶盖上甩烟灰。

他不吸烟，在他面前，是两只"海鸥"，"海鸥"的"翅膀"里，抱着足足一尺厚的超市宣传彩页，两只"海鸥"分别站在超市入口的左右，往进出的顾客手里一个劲儿地塞那些花花绿绿的宣传页。

他就一直看着他们，空气干爽了不少，台风大概是真的不会来了，他想，并且感到心里有种找到伙伴的安稳。

曲莫阿莲回家

阿微木依萝[*]

1

那些流着眼泪的女人已经等在路的两边。她们做出伤心的样子，准备了很多中听的话。很久之前曲莫阿莲已经想到会有这种场面。

现在，如果想早点回家的话可以抄近路。但她知道这场见面不可避免。她们会抢先猜到她的决定。谁让今天是个坏日子呢，她被丈夫赶出家门——传到外面的消息就是这样的——女人们会抱着和眼泪一样多的同情来与她告别。她早就料到了。

"您可要好好保重自己……唉，指不定明天我们也会……"她们哽咽着摇头说。

曲莫阿莲一一道谢。然后她揣着手走了。她要是能在这个时候洒几滴眼泪，那个男人的名声会更臭，她们也更满意这样的离别。但是她一点都不想哭。她的嘴角往上一撇什么话都没多说。事实上，她记性坏掉了，正在一点一点地，像朽木一样坏掉。如果这些人不是出现在房子周围，不用回忆就知道她们是自

---

*阿微木依萝，女，彝族，1982年生。四川凉山彝族自治州人。初中肄业。自由撰稿。现居东莞市。2011年下半年开始写作，作品发表于《钟山》《花城》《民族文学》《散文》等刊，出版中短篇小说集一部。获第十届广东省鲁迅文学奖中短篇小说奖、第二届广东省有为文学奖"大沥杯"中篇小说奖、2016《民族文学》年度散文奖等。

己的邻居，她根本也无法一个一个地想起她们的名字。

她走到岔路口，那儿冲出一位老妇，一把将她抱住。她认识这个人，并且对这个人有点奇怪的感觉。可能是厌烦或者仇恨？说不清。她想绕开她走快一点，却被拦住去路。

"啊，天哪，他怎么能这样对你！"

曲莫阿莲拍拍老妇的后背，然后又将她轻轻推开，神态懒散地说道："婶子，以后您多保重身体。我要走了。我走了就清静了，不是吗？"

她跟着孩子们一起喊这个老妇婶子。曲莫阿莲用柔和的目光看着对方，停了几秒钟，再向前走去。

"你怎么这样说话呢？算了。你一直就是这么说话的。没个好语气。我只是一片好心来送送你。"

曲莫阿莲抿抿嘴，不吭声。

"阿莲，我怎么没有看到你伤心？你不感到难过吗？这个事情落在任何人身上都要哭死了！"老妇非常吃惊，停止哭泣往前追两步，望着曲莫阿莲的背影。

"不，婶子，您其实什么都知道。算啦，我现在记性差得很。想说什么也说不好。您还是别耽误我了，要是再不走，天亮前都到不了家。您大概也不想看到这样的结果。您是希望我早点走的，对不对？"

她预料的不错，身后不再有回音。那妇人肯定生气，肯定是在没有听完她的话就转身走了。

"她就是那种人。"她在心里嘀咕。

天边星辰时隐时现，曲莫阿莲已经很久没有在这样的夜空下行走，春天刚刚过去，初夏的林子中浮动着松木和野花的气味。刚才所遭受的不幸的事件正在淡化。她伸手随便摘了一片树叶放在嘴边吹响。

"您可真有闲心啊。"

曲莫阿莲伸头打探，望见一张熟悉的小女孩的面孔，她说完话正在咕嘟咕嘟使劲喝水。

"你是哪家的娃娃，三更半夜跑这儿来吓人。"曲莫阿莲说完，径直走去夺这个孩子手中的水瓶，太渴了，仰头便喝下一口。她一直觉得嘴里有股难闻的药水味道，也许是上个月那场大病留下的后遗症。

"您的记性太坏了。我很不高兴回答这个问题。"

"对不起。"曲莫阿莲擦擦嘴巴，将水瓶还给小女孩，"我不该抢你的水喝。"

"没关系啊，这本来就是您的。"

"呃？"

"不要吃惊。您的记性会好起来。有时候我也什么都记不住。"

曲莫阿莲不明白小女孩的话。并且她看上去像是被父母遗弃，手和脸脏兮兮的，衣服破烂，鞋子也没有穿，说不定混在这儿附近的某个山洞住了很长时间，平日里生活十分无趣，专门在晚上跑出来看看能不能遇到像她这样的路人，遇见了便一通胡扯，如果有人收养就更好了。

"别瞎猜了。赶紧走您的路吧！"小女孩又打开一瓶水。她总是没完没了地喝水。

曲莫阿莲狠狠地克制着想去抢水的冲动。她嘴里的药水味还没有清除。不知道为什么，刚才路过那些泉水井的时候一点也没有觉着干渴，此刻见了小女孩的水瓶却使她不能平静。

她又把水瓶抢了过来，一口气全部喝干。她不知道怎样解释。

"既然这样，您只能带着我走。我们也算是邻居，恰好顺道。"

曲莫阿莲不好拒绝。又打量一下，或许真是她从前认识的谁家的孩子。她刚想问姓名，对方又截住了她的话。

"我没有名字！您不要问。"小女孩绷紧脸子，好像被什么虫子咬了，很不舒服的神情。

"无名无姓的吗？"曲莫阿莲非常生气。她不能控制脾气地向小女孩身上捶了一拳。以往这种情况肯定不会发生，她是十里八村出了名的好性子。"该死的！"真不敢相信自己竟然又接着打下两拳，孩子趴在地上起不来了，她背上其中一只空水瓶变形，掉在一边，刚才它还发出了比它的主人还惨烈的空响。曲莫阿莲突然大笑，打完之后她的心情变好了。

"起来吧，别装蒜了！"她用脚尖去碰一下小女孩的手。

"真好！曲莫阿莲，你长本事了！现在我们什么关系都没有了……"小女孩突然站起，半边脸上还沾着泥巴，她觉得自己的愤怒还不到极致，因此后面的话不知道怎么说。

"当然，我们本来就没什么关系！"曲莫阿莲冷笑道，扭头望向树林。

小女孩带着哭腔小声说了什么，迈开小腿朝另一边的树林走了。

曲莫阿莲如梦初醒，她不清楚刚才为何要发那一通脾气，想补救也来不及了。那个孩子已经走进树林，看不见踪影。

月亮在玉米地上空飘浮，脚步声把两只鸟惊飞。这儿已经是娘家的地界了。她坐下来休息，现在必须这样喘口气，把刚刚发生的事情再想一遍。回去总得有个理由呀。事实上，她并不是被丈夫赶出家门，事情具体的原因记不清。她只有一丁点印象，他们并没有什么激烈的争吵，丈夫只是在旁边的屋子随口问了一句：你该回家了吧？她也简单说了声"是的"。情况就成了眼下这样：她独自走在回娘家的路上。可她并不想这个时候回去。

前面就是自己出生的地方，再有十分钟便走到那儿。她望见门口那片竹林底下亮起的火光，一定是父母在那儿烧火煮什么东西吃。他们总习惯在深更半夜弄吃的。"太好了。"她轻声说。想到父母的这个习惯已经保持了十年，那就证明他们和从前一样过得舒心。母亲曾说，只有像他们这样逍遥自在的人才有心情和胃口。十年以前他们的确没有这种习惯，白天忙不完的事情，整夜处于疲惫的睡眠之中。

"我劝你还是绕道走。"

这个声音把曲莫阿莲的心事截断了。这是杰布的声音。

"杰布，我的老哥哥，真是难以想象会在这儿遇到你。他们说你到外面发财去了。"她起身搓掉手上的灰土，望着从松树背后那条路上慢悠悠走过来的人。

"是啊，曲莫阿莲，该遇到的肯定会遇到，两三年不见，你的头发都快要白完了。什么事情让你操心成这样！"

"可不是，快六十岁的人了，头发能不白吗？你倒是显年轻，看上去跟二十多岁的小伙子一样！"曲莫阿莲说的是一句夸耀的话，杰布已经六十一岁了，怎么也不能是二十来岁的样子，何况他们还隔着一点距离，她根本看不清。然而当杰布走近她的时候，却真的令她狠狠吃了一惊。这个原本应该比她还老的人，确实如她所说的那般年轻：红润的脸，浅短的小胡须，尤其是那没有一丝皱纹的额头下方，一双有神的大眼认真地观察她的一举一动。让人嫉妒的同时也感到害怕，光阴没有吞噬这个比她年长的人的青春。

"你怕是着了魔了。我该不会见到的是你的儿子吧？"曲莫阿莲想坐下来的主见都没有，盯着这个年轻的老熟人仔细打量，然后不知所措。

"你又说笑话，我本来就是二十多岁。"

"可我已经快六十了。"

"那倒是。但这有什么关系吗？"

"没什么。没什么吗？"曲莫阿莲不知道怎样说才恰当，心里浮出许多疑问。"疯老头。"她心想。

"你真的打算从这条路进去吗？曲莫阿莲，我要跟你说一件事，你先看清楚，这儿是没有路的。昨天我来看过了，完全不是我们从前那条进村的路。"

曲莫阿莲伸长脖子往前方仔细瞧了瞧，先前看到的那条宽敞的路不见了。它凭空消失，只有娘家的住处还亮着火光。

"怎么会呢？"她猛地掉头望着杰布。

"这儿已经没有进村的路了。现在你相信我的话了吧？我琢磨了一个晚上，总算搞清楚了这件怪事，我们那个村子时常遭贼，你是知道的，很久以前，牲畜总是隔三岔五丢失。那儿的人早就恨透了这条进村的路。小偷们根本不用花多少心思就能把整个村子掏空。"

杰布停下，从口袋里掏出一小瓶酒。

曲莫阿莲等着他说完。

"阿苏老者曾经每天都在念叨，要将那条进村的路截断，因为他的牲畜丢得最多。他要重新在别处开一条隐蔽的路。这条路除了本村人，外人别想进去。"

"我想他已经成功了。"曲莫阿莲说。

"是的，他确实成功了。但他修建那条隐秘的路时，你和我都不在这儿。你知道路在哪儿吗？"

曲莫阿莲摇头。但总能找到那条路的吧。

杰布叹了一口气。不过他立刻又想起了什么，语气很激动，简直是非常高兴："我知道有一个人可以领我们进去！天哪，曲莫阿莲，我要是早点想到就不会在野地里喂一晚上蚊子了。这个该死的破地方。"他伸手挠一下后背。脸上也的确还有蚊子咬过而鼓起来的小包块。

"现在我们去那个地方。快。"杰布匆匆忙忙，拉着曲莫阿莲就往背后那条茅草路上跑。

他们绕过一块麦田，顺着一条小水沟直接走到了一所看起来新建不久的棚子门口。里面亮着一盏小油灯。透过很薄的竹门，曲莫阿莲看到一位青年男人的背影。他坐在桌子旁边很认真地吃着夜宵。她闻到了烤红薯的味道。

"进来吧。"那位青年的警觉性高得让人吃惊。

"我就知道是你。"他扭头微笑地望着主动推门进去的杰布。看到跟在后面的曲莫阿莲时，他的眼睛睁大了一倍，然后，突然走到曲莫阿莲身前，边摇头边跪在地上。

"妈妈……"

可是曲莫阿莲根本不认识他，慌慌张张地向后退了一步，避开他那只伸过来想要握住她的手。

"你不要乱喊啊。"她又往旁边退两步。

杰布完全置身事外。曲莫阿莲瞪住他的时候才走过来解围。他将青年从地上牵起，慢腾腾地说："这种事情还是以后再说吧。我来这儿是找你帮个忙。"

青年根本不听他的，继续走到曲莫阿莲身边。

"妈妈您看清楚啊，我是子聪，您的小儿子。"

曲莫阿莲听到这个名字突然惊醒。她确实有个叫子聪的儿子。可是他很早以前就搬出去住了。据说住得很远。这些年他们一点消息都没有收到，以为永远见不着面。她再仔细打量之后才确信了他的话。只是这个儿子看上去有点太老了。

"你确实是我的儿子。"她说得很平淡。

突然，棚子外面传来几声响动。是脚步声。

"哼，你总算肯回来了！一天到晚乱跑。还不快来见见你的奶奶！"

一个小女孩走了进来。背着好几个变形的空塑料水瓶。曲莫阿莲一眼就认出她。

"我们见过面了。"

她们同时说道。

小女孩神色疲倦，满脸的泥巴也掩盖不了先前遭受殴打落下的乌青的伤痕。

"难怪会那么眼熟。"曲莫阿莲心想。看样子小女孩在生她的气，根本没有打算喊她，径直走到棚子里面的一个小隔间，就一直待在那儿不出来了。

"她就是那种人。谁的话都不听。"子聪带着道歉的口气跟曲莫阿莲解释。

杰布用了什么方法把小女孩哄出来了。

"我们走吧。"小女孩变得非常高兴，主动跑来牵住曲莫阿莲的手。

可是曲莫阿莲并不喜欢这份热情。自从知道她是子聪的女儿之后就更加不喜欢。她冷冰冰地想要甩开这只小手，却无法摆脱。

"只有她知道那条路在哪儿了。"杰布说。

"她可不是那个村子的人。"曲莫阿莲瞪了小女孩一眼。

"这个不重要。眼下我们关心的不是这个。你还想不想回去呢？"

曲莫阿莲点头。她迫切地需要回到父母身边。他们已经很老了，能陪在一起度过晚年，想起来就很兴奋。那么眼前的事情完全可以不计较，只要能顺利回家就行。

不过，有件事她有必要跟儿子讲清楚。

"你该回去看看你的父亲了。说不定他此刻正在想你。为了你他患上了很严重的失眠症。并且曾经很多个晚上偷偷跑出去找你。"

"他已经死了十几年，想不到还在为这些事操心。可是妈妈，我不想回去。我当初正是因为受不了这个打击才离开那个地方。如果继续住在那儿，我想我会崩溃的。"

"虽然他死了，但并不影响我和他继续生活了十几年。你也可以，你们会相处和睦的。现在马上收拾东西回去吧。这个地方破破烂烂，不值得留念。"

"我不回去。事实上……"

"事实上你们关系紧张！你想用这个理由，对不对？算了吧，别再说瞎话惹毛我。你是为了那个女人！为了她谁的话都可以不听。可是她已经走啦。我敢打赌这辈子都不会再回来。你还想在这儿等她回来吗？收一收你的蠢梦趁早滚回去。在你还没有惹出什么大麻烦之前。我不让你跟她在一起，自然有我的道理。你就是不听我的话。"

"妈妈，您别打断我的话，我是想跟您说，我那个不听话的小女儿总是偷偷跑回村里，说她和爷爷很早就见过面了，并且在这儿不远的树林中悄悄开了一片山地，谁也没有发觉他们，这个季节那儿的庄稼应该都长很高了。反正一到秋天，总能吃到她从外面带回来的香甜的玉米。我后来才知道他们相认的事。我是想跟您说，就在几天前的晚上，父亲突然跑到我这儿来了。他说以后都要跟我们住在一起。他不想回到那个村子，也没有必要留在那儿了。看您走得这么匆忙，想来很早以前他就知道您会在今天晚上离开？所以早早做了准备要来我这里居住。我能想象到他的处境。那个村子的人不喜欢他，十几年前不喜欢，如今就更不会喜欢了。"

"哼，那种地方，如果不是你父亲拦着，我早就离开了！我更不喜欢那个地方。你说得对，他们一直都不喜欢他，根本不能忍受像他那样的人还继续住在村里。每到晚上他们就会撬动我的窗户或者做出别的响声，让你父亲不得安宁。

晚上他睁着眼睛，随时防备遭受突然袭击。他的失眠有一半是这样落下的。尤其那些年轻的村民，他们大吼大叫——'这不是他该住的地方！'每次都要重复这句话，仿佛这个可怜的人占了他们多大的地盘。每隔几日我就要加固一下险些被砸烂的窗户。即使这样也不管用，他们隔几天就会跑来敲我的门，企图将你父亲赶出去。我早就不想住在那儿！现在他们也不喜欢我了。"曲莫阿莲说。

"是的妈妈，看来最坏的日子已经结束了。现在我父亲跟我住在一起。从这里去他的庄稼地更近。但是我还没有正式与他相认。毕竟我们已经分开这么久了，之前的感情也不太好。说实在的，他看起来比我还年轻，脾气也坏，这一点使我不高兴。一开始我就没有喊他。我们虽然住在一起，像彼此的影子，但平时根本不交流，甚至有点仇视的味道。我的脾气也很大，遇着心情不好的时候恨不得打一架。我们各自活动，只是住在一个棚子里而已。此刻他准是又到庄稼地忙活去了。您刚才这样说来，我感到很羞愧。或许我的父亲之所以能忍受十几年被人驱逐，终归是为了在那儿等我回去。但是有一点我想不通，现在我们住在一起了，他对我的态度却比从前更冷漠。"

"得了吧，慢慢你就习惯了。都是这样过来的。"

"妈妈，如果您愿意在这儿住下来的话……"

"停，别说这种傻话。我们不可能住在一个屋檐下，即使你的父亲，他也不会在这儿待多久。他有他的去处。我也有我的去处。现在我们都有自己的选择，都是自由的人了。你要是不想回去就哪儿都别去了，就守在这里。"

"走吧，曲莫阿莲。"杰布打断他们的话。

小女孩甩开曲莫阿莲的手已经走出去很远了。她对这样的事情最上心。夜间出门，令她精神百倍。

曲莫阿莲耽误得太久了。小女孩不高兴，拉长了脸子站在麦田边，已经很不耐烦了。

"您还走不走啊！"她扯开嗓门，尖脆的声音把杰布也惊了一跳。

"小鬼！"杰布吼她一声。

曲莫阿莲这才急匆匆出了棚子，追到他们身边。

三个人顶着月光走进茂密的树林。

"是在往回走吗？"曲莫阿莲的话引不起那二人的注意。不过她也很快发现这不是往回走的那条路，至少两边的树木没有一棵看着眼熟。

杰布和小女孩的脚步十分快。快得她有点跟不上。她越加快速度他们也走得越快。再这样下去很快就被甩开了。

"等一等！"她用全部的力气在喊。

他们头都没有回一下。

2

曲莫阿莲从陡峭的山道上滚了下去。原本是在山道边休息，睡着了，迷迷糊糊翻个身，事情便成了眼前这样。她浑身疼痛，后背可能让石子割伤了。从嘴里吐出一颗混了血的牙齿。她在发抖。努力回想之前的事情。这之前她确信自己走了很远的路，和小女孩以及她的老朋友杰布，去寻找那条通往娘家村子的隐秘的路。可是眼下他们都不在身边。如果她的回忆可靠，那么杰布和小女孩应该还在上面的山道上，并且正在寻她。然而大喊几声的结果只是惊跑了一只野兔，没有传来别的回音。

"肯定是那个野娃娃搞的鬼！"她试图站起来。没有成功。

"你肯定能站起来。"

她听出来是丈夫的声音。

"你来得够快啊。"

曲莫阿莲话音刚落，从前边树林中窸窸窣窣地走出来一个人。是小女孩。

"爷爷！"

小女孩高兴地跑到爷爷身边。

"野娃娃，你最好赶紧回家去，趁我没有发火把你扔走之前。既然已经想好要去投奔你的妈妈，就赶紧去，别在这儿浪费时间。"曲莫阿莲又试着站起来。这回她成功了。

"我看你是疯了。她怎么说都是我们的亲孙女。既然来了就让她留在这儿吧。她的妈妈已经不要她了。我们的儿子也不肯留她住下来。你看不出来吗？他怨恨那个女人。"

"他自找的！"曲莫阿莲心想。

小女孩听到爷爷这样说，心里很开心也很难过。她想不起妈妈的样子，出门之前还记得，现在却没有一点印象了。但是每天晚上会听到一个女人呼喊她的声音，在她正犯困半梦半醒的时候，那个女人就在忽远忽近的地方小声唤她的乳名。她觉着这个声音非常熟悉，像是从前在哪儿经常听到。有几次她突然循着声音去看，又看不见什么人。

"算了，我跟你这种人说不清。"曲莫阿莲说。

"曲莫阿莲，大人的事不要扯在孩子身上。"

"也只有你才会相信她是你的亲孙女。我真是忍不住要戳穿，她跟我们的儿子长得可没有一点相像。"

"偏见。你就是对她有偏见。但是你瞒不住我，实际上你巴不得她像你的影子一样。你在嫉妒她重新做出的选择。她不跟着你了，她现在是我们这边的人了。"

"我听不懂你在说什么鬼话。"

"可别跟我说，你的记性已经差到这种地步。"丈夫似笑非笑，说完把脸扭到一边。

曲莫阿莲一个字都不想再说。她丢开这爷孙二人，朝着摔下来的那条山道上爬。

她终于爬上去了。在山道旁边出现了一片不小的湖泊，在月光照射下水面被风吹开波纹。这儿不应该有湖泊。她从来不知道还有这样一片地方。

杰布正在水里躺着。天气还不到很热的时候呢。

她喊了他几声，不见回应，便在旁边找了一根棍子丢过去。对方依然没有反应。

"你死了吧！"她发火了。

风往这边长长地吹了一会儿，杰布顺着风力也往这边漂过来。曲莫阿莲看清了他的脸，有点被水泡胀的样子，毫无生气。她找了根长棍子，慢慢将他拨到水边，费了很大力气才拖他出来。

杰布一沾地面立刻就醒了。

"我们到哪儿了？"他急慌慌地问。

"我怎么知道是个什么鬼地方。还到哪儿了！哪儿都没到！你好好的地面不待，泡在水里干什么？看你这惨样跟个水鬼似的。你这身湿衣服是没法换了，就这样穿着吧。"曲莫阿莲揉着膀子说。

"这有什么大惊小怪的。我喜欢待在水里。"

他四处找了找，没有见着小女孩。

"别指望啦。那个孩子一点也不可信。我怀疑刚才就是她做了什么手脚，趁我睡着的时候把我推到山路下面去了。你无法想象她的力气有多大。我刚才怎么使劲都拉不动她。眼下我们只能自己找那条路。如果你还当我是朋友就别再提她。"曲莫阿莲气愤得很。

杰布说什么都不愿意走。他坚持要留下来等那个孩子。

"你是中邪了吗？我刚才见着她了。她不跟我们一起了。"曲莫阿莲生气地扯住他的衣袖。

之后，她赌气一个人上路。就不信找不着进村的入口。除非它在地底下。她独自走了很长时间才发觉可能方向错了。但是前方出现了几户人家，火光从窗户透出。她忍不住朝那儿奔去。

曲莫阿莲前脚刚踏上一户人家门口的台阶，就听到里面有人在说话。她压下脚步，屏起呼吸靠近门板。说话的人正是她儿子喜欢的女人。她对这个声音太熟悉了。

"您一定要告诉我女儿的爸爸，我这次来是诚心要把女儿带回去。您也看到了，这个地方根本不适合她住。但是我只能在这里等她一个晚上。天一亮我就要回去了，您知道我住的那个地方的规矩……"

"我不是不帮你。现在谁都帮不了你。要是当初狠心不让她来，就不会惹出这些麻烦事。她习惯了这里的日子，未必会跟你回去。何况她已经忘记你了。就算你此刻站在面前，她也认不出来。何必浪费时间呢？趁着还没有人发现你赶紧走吧。这儿大多数人都不太友好。别自找麻烦啦。"是杰布的声音。

曲莫阿莲冷哼一声。她早就觉得杰布有事瞒着。大半个晚上的奔走磨完了耐心，不等他们说完话，她便气冲冲推门进去。可是只撞见一盏桌面上燃着的油灯，人已经从后门逃走了。

"杰布就是改不掉老毛病。爱管闲事。他一定又是善心大发了。"曲莫阿莲只能对着空荡荡的房子跟自己说话。这处宅子的主人一直没有出现。或许根本是没有主人的。

杰布从来不承认跟那个女人相识。曲莫阿莲听到好几次他们之间的对话，事后都被一口否认。他就是这样的人。曲莫阿莲太了解他了。世上很多事情他都会跟她讲，唯独这件事不肯多说一个字，有时甚至不让曲莫阿莲提起那个女人的名字。如果她一定要提起并且对那个女人有新的意见，就会遭受杰布严厉的斥责。"我们还是朋友吗！你为什么不相信我！"他会用这些话来堵住她的怒火。已经发生过好几次这样的事，话题一旦落到那个女人身上，见面就总是不欢而散。可是曲莫阿莲很反感这一点。一味地让步令她对这份友情感到疲倦，她天生也不是服软的人，不能接受自己最好的朋友总是袒护别人。

就在刚才，她要是再快一步，就能当场捉住他们。迟早有一天，她会让杰布自己说出秘密。他肯定有什么事情瞒着。

3

小女孩往地上一坐，不准备走了。她已经很累。可是爷爷总是催着她上路。

"我们的庄稼熟了。一定要赶在被人偷走之前将它们收回来。"爷爷第十一次重复这些话。他很焦急。她已经好几次跟他说，庄稼并没有熟，这不是庄稼该熟的季节。并且昨天他们才去那儿看过。玉米须刚刚冒出来，离成熟还有一点时间。何况在那片树林中，人们根本没有发觉他们的土地，不会被偷走，也从来没有被偷过东西。那里除了她和爷爷，没有第二个人知晓。可是爷爷还是听不进这些话，他越来越着急，仿佛已经看见那片地里的庄稼正在遭受偷窃。他走得很快，也越来越急躁。看来他是铁了心要在今天晚上去把东西全都收回来，就算明天晚上去都晚了的样子。

可是小女孩走不动了。她很想回家。心里有点后悔，不应该跟着爷爷出来。现在觉得爸爸不让她出门是对的。爸爸最不喜欢她成天跟着爷爷。

她赖在地上，双手紧紧地扯住地面的几根野地瓜藤子，它们也非常牢固，她拽稳了它们，爷爷也就不能彻底将她从地面提溜起来。不管他怎样生气，甚至用棍子打她，都没有办法让她提起双脚站起来。她的手狠狠地拽着野地瓜藤子，爷爷使劲扯住她脖子后面的衣服。

"死娃娃！你敢不听我的话。"

爷爷用恶毒的话骂她。

"我不想走了。"她再次说这句话，希望爷爷干脆把她丢在这儿，让她得到休息。又累又困了。

"现在才说不走，晚啦！都走了大半的路。"

爷爷从来不用这样的声气吼她。可是现在却一反常态。

"我走不动。也不想走了。"她说得很认真，也很生气。爷爷不该对她用那么凶恶的口气。

小女孩揪住藤子不放，眼里热乎乎地滚出眼泪。她觉得今天晚上日子不好，净遇着奇怪的事。爷爷不该是这么凶恶的态度，却正在用凶恶的态度对她。还有，起先她跟曲莫阿莲和杰布在一起，他们说好了要她带路，却在半道上走散了，他们是故意走散的，这一点瞒不了她。一开始杰布有意拉开距离，然后是曲莫阿莲。他们只顾着自己走路，完全不考虑她这个小孩的脚力是否跟得上。当然，有一小段路程她跟曲莫阿莲混在一起。这个印象非常深，她不会忘记。当时她们有说有笑，曲莫阿莲的态度跟之前完全两样，她那张在月光下的脸涌动着老年人才会有的慈祥。她当时说："你确实长得像我的儿子。虽然你是那个女人生的，但我还是很喜欢你。"这些话让她感动。她就大胆地喊她奶奶。

之后的事情就比较模糊了。可能在某个地方还休息了一会儿，因为她原本空荡荡的水瓶后来装满了水，就连她的衣服都是湿的。曲莫阿莲给她找了干衣服换上，不知道是哪里找来的，反正她换了干衣服。她们还发生了争执。这一点她就记得很清晰了。当时太饿，她抢了曲莫阿莲手里的食物，那食物味道非常差，奇怪的药水味。她从没有尝过那么难吃的东西。曲莫阿莲非常生气，她用水瓶子把她打跑了。

爷爷是在半路上遇到的。可是他坚持说不是这么回事。只要她一提起曲莫阿莲和杰布，说她是和他们走散了，就会被一巴掌拍在后脑勺："你的脑瓜壳都装的什么呀？你是跟我一起出门的！"

她不信。她对刚刚发生的事情记得不算很清楚，但能记住的东西绝对不模糊。而且她嘴里还有抢吃了曲莫阿莲食物的怪味道呢。

此刻她的脑子停不下来了。她又想起爸爸的叮嘱。就在前几天他悄悄跟她说，要是你有机会就跑吧，千万不要留在这里。我不是要赶你走，只是为了你好。她追问原因又得不到回答。她能看出来，爸爸和爷爷的关系很紧张。他们背着她打架，表面上装得无事发生。有一天晚上他看见爷爷倒在地上，刚打完架又喝了许多酒，倒在地上起不来了。她跑过去守在那儿大哭，怎么喊都没有反应，伸手推他或者拽他起来也没有反应。"爷爷死了！"她跟爸爸这样说。"你爷爷早就死了！"爸爸也很气恼。

总之，就像今天晚上爷爷想拉她起来但就是拉不起来一样。那天晚上她使尽全力，也没有将爷爷拉起来。他当时就跟她现在一样，双脚僵直，躺在那儿不动。爸爸走过来跟她说，别哭了，你爷爷已经醉死了。她知道他们刚打完架，说的是气话，但是之后有好几天，爷爷就消失了。她到处找不见人。并且爸爸一直说谎，他没有把所有的事都跟曲莫阿莲说。

反正，那所棚子里经常发生争吵。她觉得那儿很不吉利。希望搬到别处，或者重新起一所房子。关于棚子，爷爷和爸爸都说是自己搭建的。意思仿佛是，要对方搬走。她也搞不清棚子是谁建的。她总觉得有一天他们中的一个人会主动离开那个棚子。他们谁都没有透露这种心迹，但她就是知道会有那么一天。今天晚上曲莫阿莲去了之后，爸爸说要跟爷爷和好，那全是假话。她清楚得很，爷爷是不会跟爸爸和好的。永远不会。

对了，其实她不想叫曲莫阿莲奶奶。那些食物太难吃了。现在她要怀疑，是曲莫阿莲故意引诱她吃下一点苦头。但又不敢肯定这个猜测。事实上她经常梦见曲莫阿莲。在树林里第一次见面就认出来了，她就想跟她走了。只可惜曲莫阿莲当时的态度非常冷漠。她与梦里的反差太大了。梦里的曲莫阿莲很和蔼，她们住在一起，只有她们两个人，没有爸爸也没有爷爷。梦里的曲莫阿莲生着重病，她可能快要死了，但是因为舍不得抛下她而一直活着。她守护在她的床前，在冷飕飕的晚上勉强烧着一堆小火取暖。"他们都走了。全都走完了。"曲莫阿莲在梦里反复跟她说这句话。然后她就会用安慰的口气说，奶奶，我还在。对话完了之后她们就忍不住要哭上一场。所以梦里的那间屋子除了冷清清的火光就全是眼泪了。一个病重老人的眼泪和一个无助的孩子的眼泪。她每做完这个梦醒来眼皮都是肿的。

如果曲莫阿莲像梦里一样对她就好了。在梦里的有一天晚上，曲莫阿莲感觉病好了，她烧开一锅水，在里面放下最后一把草药，她说喝完那些草药就不用再喝，因为她的病已经好了。那天晚上她们的心情都非常好，断定从此之后日子就会好起来。

小女孩完全沉浸在回忆里。

"快起来！你在想什么！"爷爷凑近她的耳朵大声说。

这回她彻底清醒过来。脚下也有了一点力气。她可以站起来了。

就在她准备起身时，爷爷却突然拔腿跑了。像是受到什么惊吓。他从未有过这样的表现，即使从前遇到一些危险，他也是首要地将自己的小孙女保护起来。可是今天晚上他的态度完全不对劲了。

小女孩四处观察，觉得大树背后的草丛中似乎站着一个人。可是她不敢走过去看。假装什么都没发觉，径直往家的方向跑。这会儿她非常想念爸爸，边跑边哭，摔了很多跟头，膝盖也受了伤。可她不敢停下来，并且觉得后边一直有人跟着，那人就是从大树背后蹿出来的。

她的脚底被石子割破了。脚上没有穿鞋子，可能压根儿没有穿鞋子出门。这片树林她相当熟悉，闭着眼睛也能摸回家，然而半个时辰过去，她还没有跑到原本早应该到达的路口。

风声呼啸而来，像是专门为她来的，只在她的耳边呼啸，树木并没有动静，一张叶子都没有落下来。

4

本来月色挺好，却凭空响了几声闷雷，这样的天气最不讨人喜欢。曲莫阿莲紧闭窗门，在等了很久也不见主人的房间里逐渐有了困意。准备在这儿休息一下，明日再去找那条回家的路。可是她怎么也合不上眼睛。这种怪病是上个月落下的。之后的每个晚上也只能睁着眼睛睡觉。现在她的眼虽然没有合上，但其实已经睡着了。雷声也惊不醒她。

外面来了一个人。曲莫阿莲完全能感觉到那脚步声在靠近。之后又来了一个，走路慢腾腾的，但是一进来就把门闩上了。她突然惊醒，从床上爬起来站着，盯住那二人仔细打量。真不敢相信，一个是她的丈夫，另一个是与她同村的那个老妇人。他们怎么会一起出现在这儿呢。看样子对这个房子还很熟悉。曲莫阿莲的视线无法从老妇身上移开，就在她刚刚踏出村子的时候，她还十分伤心地跑来抱住她哭，可是这个人此刻的脸上全是喜悦之色。

"哼，我就知道是这样的。"曲莫阿莲心里骂道。她等着他们主动走过来说话。可是这二人还没有发现她。

"老庆！"那妇人喊着扑过去。曲莫阿莲的丈夫一把将这个女人抱在怀里。

"好啊好啊，久别重逢，真让人感动啊！"曲莫阿莲忍不住，拍响双手走到他们跟前。她是压着极大的怒气在说这句话。

"你早就看出来了。"老庆冷冰冰地说。他用背影对着她。

"我根本不想与你说话。"她绕开，走到那妇人跟前——这时候她已经从老庆的怀里退出来，浑身发抖地站在一旁，脸色十分难看。

"你就是这种人！我早就发现了。"曲莫阿莲咬着牙根，瞪着这位她从前一直亲切地跟着孩子们一起喊"婶子"的女人。

"趁着我们都没有发火之前，你应该自己出去。"那女人不知哪里来的勇气，说出这种硬邦邦的话来。

老庆阴着脸子。十几年了，他一直用这样的脸色对她。

曲莫阿莲固执地站着不动，想看看他们又要用什么狠毒的花招。可另一方面，她想拔腿逃跑。上个月的那场病痛——那时她还没有离开村子，还住在老房子里——正是与他们对战的结果。她已经领教了这二人的心计。尤其这个女人。她根本不是她的对手。上次发生的事情已经证明了这一点。只不过那件事不知什么原因，之后怎么也记不起具体的细节，等她清醒过来的时候，他们对她关爱有加，像自始至终都是这样相处。关于那件事的真相，随后也只能推测是这两个可恨的人编造的谎言将事情淡化了。她在那场争斗中受了重伤，身体越来越弱，走路都成问题，感觉自己撑不下去快要死了。然而，所有的村民都跑来看望，他们一个劲地说她比从前显年轻，说她的身体越来越好了。那些人全都在说谎。反正只要老庆和这个女人在一起，他们就会替他说很多好话，原先他们驱赶老庆，但只要这个女人往老庆身边一站，他们就不再驱赶他，好像老庆成了他们的亲人，老庆受了委屈就等于所有人的感情都受了伤害，因此，她多次看见那些人集体捶胸顿足地为老庆掉眼泪。她反而像是村里多余的人了。但是她体质虚弱被陷害得快要死掉时，他们突然间变好了，仿佛终于肯把她当成自己人，不再对她大呼小叫"离开这个地方"之类的话。

那次争斗已经过了一个月，很多细节也想不起来，但是无穷的恐惧还在。有时会在记忆的夹缝中想起模糊的片段。她觉得当时被灌了很多水——不一定是上个月，可能是很久以前，她相信阴谋藏在这二人心中很久—— 一种奇怪的味道至今不能从口中消除，等她从昏沉的状态中脱离，准备再次反击的时候，却看见老庆和这个女人痴痴地守在旁边。他们一点凶狠的面色都没有，满脸写着对她病情的关心。他们告诉她，她又犯病了，乱打乱骂，并且给这个好心来帮忙的女人扣了一顶不好的帽子——诬赖她和老庆有不清白的关系，诬赖他们两个用毒药把她谋杀了。"可是你一直活得好好的，即便稍微生一场小病，都会得到及时的医治和照料。你只是记性太差了。又得了这种怪毛病，疯疯癫癫的。"他们把这句话说得委委屈屈，同时也要对那些不知什么时候跑来围观的村民说，"你们都清楚我的为人。"

曲莫阿莲突然想到自己的儿子。要是这个时候他在这儿就好了。可是这种愿望恐怕永远无法实现。她知道儿子不会离开那个棚子。即使他想来也来不了。他困在那里了。这个秘密只有她知晓。可怜的儿子还蒙在鼓里，他只是无时无刻地觉得自己不想出远门，哪儿都不想去，住习惯了，对周边一切充满感情。事实上，他从一出生就住在那儿——她亲手建造的棚子里。"这里是最安全的。"她曾经跟他说。这句话随着时日加深，肯定已经成为一道城墙，儿子只有在那所棚子里待着才会觉得安全。她不能跟他解释，没法儿说清，总不能到了今天才去说，你从那儿出来吧，我以前说的话都是假的。何况很多时候连她自己都不敢保证他们之间是否存在的母子关系，随着长久的分离，她快要忘记曾经生过这么一个儿子了。

但是她还有一件事情值得高兴。那个小女孩可以离开棚子，她知道她喜欢晚上出来走动，说不定这时候她已经是在来这儿的路上了。

曲莫阿莲的直觉非常准。小女孩来了。她拖着一连串的水瓶子。水已经喝完。瓶子在身后咣当响。

"奶奶，我什么都想起来了。那不是梦。"小女孩肯定刚刚哭过，眼睛还是红的。

曲莫阿莲听见这个称呼，就像突然被擦掉了覆盖着记忆的灰尘。"小家伙！"她声音抖颤，想起一些关于这个孩子的往事。

"我就说嘛，你会想起来的。"小女孩说。

曲莫阿莲和小女孩都忘记了先前一起去找那条进村的路。她们谁都没有提这件事。

她们一起想到从前。曾经在一起生活了很长时间。孩子的妈妈总是来敲门，所以在那段日子，她每天都要加固窗户，反锁大门。加固门窗的真相是这个。不是为了阻挡那些村民来骚扰她的丈夫。事实上她根本没有和丈夫住在一起。那个负心的男人很久以前就跟那个女人逃走了。房子里住着的是她和这个小女孩。一直以来就是她们两个。但有时候那个负心男人会突然闯进来，他要来抢夺这间房子。"这是我的地盘！"他凶狠地吼叫着，带上村里很多他和那个女人的同党，一闹就是好长时间。那段日子是最糟糕的，她们住在房子里的每一刻都提心吊胆。尤其刚刚住进来的小女孩，她不想跟那个敲门的女人回去，虽然那是她的亲生母亲，可她总觉得那是个陌生女人，脑海里没有这个人的印象。每天只要门窗一响，小女孩就果断地跑去张开双手像个人形的十字架一样贴住窗户或者抱着门板。那个女人在门口哭诉，她哭得越大声小女孩就越害怕，窗门也就关得更紧了。曲莫阿莲也因此害怕和仇恨那个敲门的女人。可是这样的干扰并没有让她和小女孩分开，虽然她们都知道彼此并没有血缘关系。只有子聪坚持说小女孩是他的女儿。"是就是吧。"她们私底下商议。

子聪向来没有什么立场。除了对那所草棚子信任之外，他对任何人都抱着怀疑。说不定明天他就否决了和小女孩的父女关系。实际上他正在否决，曲莫阿莲看见小女孩哭肿的眼睛就知道她又被父亲赶出来了。他总是驱赶他的女儿。这件事瞒得了别人但瞒不住曲莫阿莲。她知道他正在变成和他父亲一样的那种人。

"你是被打了吧？"曲莫阿莲摸着小女孩的后脑勺。她发现孩子的手湿漉漉的，衣服也湿了，脚上穿了一只谁丢弃的大号的草鞋。

"小可怜哟，你像是刚从泥沟里捞出来的。"她掏出手帕擦去小女孩额头上的泥渣。

"就是您呀，奶奶！是您把我丢到泥沟里了。可我不怪您。我们早就商量好了，要表演一种好玩的新游戏，我们在那所房子里闷得太久了。并且那之后您亲手将我捞起来，用这些早就准备好的瓶子里的清水为我洗掉泥渣。不过我的爸爸好像对这件事很怨恨，并且，他始终坚持说这不是游戏，还说从泥沟里把我捞起来的人是他，如果我以后继续跟您……还有爷爷……混在一起，就永远不要回到那所棚子，想回也回不去，他不会再收留。这种事情真奇怪，奶奶，您知道是怎么回事吗？他要我除他之外不跟任何人见面，尤其是晚上，晚上他把我看得最紧，因为我总是偷偷跑到半路上等您。而这种事情他不允许发生。他说他费了很多功夫才从您住的那间房子里逃脱。我当然知道那是假话，那里只有我们两个人居住，他为什么需要'狠狠地逃脱'呢？说得好像我们的房子里有许多人拦着他似的。"

小女孩停下来想让曲莫阿莲问她话。

曲莫阿莲没作声。

"现在我全都想起来了！"她继续说道，"我们很久以前是住在一起的，对不对？只是我为什么会从那间房子出来并且住进棚子，就完全不知道了。"

"这种事情，只有鬼知道了。"老庆听到这里忍不住插了一句嘴。

曲莫阿莲依然不作声。她在等待小女孩继续说完。

"反正这段日子，尤其今天晚上出门之前，我那位操心的爸爸提心吊胆地望着我说：你要走就走，越快越好，赶紧跑吧！他那一副像是快要遭受祸事的可怜相……奶奶，您在听我说话吗？"小女孩抬起在水中泡得没有一丝血色的眼皮，勉强笑了一下，露出非常惨淡的神色。

曲莫阿莲很吃惊小女孩的说法。今天晚上大部分时间她都待在这间屋子，除了去竹林那儿上过一次厕所。没有可能将谁推到泥沟里去。

"我知道了，这种事情肯定是你妈妈做出来的，是她把你拖下水。你的爸爸就是那种人，他从来不怀疑那个女人，却对自己的老母亲充满偏见。他和他的父亲是一种人，现在越来越像了。"

"我没有见过妈妈。"小女孩说。

"这件事与你的妈妈脱不了关系。她和我们面前站着的这个女人一样，是一类人，每天想着怎样解救你的爸爸和爷爷。"

"奶奶，为什么要解救？"

"因为你的爷爷和爸爸以为，我妨碍了他们的自由啊。我现在可是想起了很多事呢。想起你爸爸不是一生下来就住在那个棚子，他曾经在老房子里住过，后来才跟那个女人悄悄逃走的。你的爷爷，哼，也一样，他现在正和老情人站在一起，你看看他们是不是很般配？搞不好你爸爸是她生的，你得喊她奶奶呢！"曲莫阿莲说到这儿，心里又气又慌，怎么也记不起子聪是不是自己亲生。

"好在我多了你这个伴。不管你是不是我的亲孙女，我都喜欢。眼下我们又要住在一起了。只可惜那个女人还会来打扰我们，她肯定不甘心把你留在我这儿。"

曲莫阿莲很激动，她巴不得马上将那个女人拖出来质问。

可是小女孩坚信这件事与那个女人无关。

"我不会认错人的，奶奶。我记得您的脸。您手上还沾着泥渣呢。"

曲莫阿莲抬手一看，确实有泥渣沾在衣袖和手指上。

老庆拉着那个女人准备逃走。他也顺手抓住了小女孩的手。就在这时，门口突然围了许多人，曲莫阿莲感到无助，即使在深山野林的房子中，只要老庆和那个女人一起出现，他们纠结的那帮人就如影随形。那真是一支庞大而可怕的队伍。只要这两个人混在当中，曲莫阿莲就别想将他们区分出来。

毫无疑问，这些人很快就要一起逃走了。向来如此。

她追到门边，门只开了一扇，另一扇关着，她一手捉住半扇关着的门一手去拉小女孩，想尽力把那个孩子从人群中拖到自己这边。刚跨出一步就被突然推开的半扇门撞倒了。

5

曲莫阿莲断定这条路就是通往娘家的那个入口。

已到秋天。

想不到她在那间房子里度过了整整一个夏季。那些不知从什么地方突然搬来与她居住的村民使她差点打消了要回娘家居住的想法。她在那儿跟他们建立了不浅的交情。曲莫阿莲在这儿从未受过排挤。并且这些人心思聪慧，虽然她没有跟当中的任何人说起自己要回娘家居住的事情，可他们什么都知道，并且，这条隐秘的路还是他们主动说出来的。

不过这些人似乎害怕招惹麻烦，就在他们说出这条路之后，便一夜之间搬走了，连房子都销毁。曲莫阿莲走时，那儿只剩一间她居住过的空房子。

树叶把路面全都遮蔽，但是路形还在，曲莫阿莲坚信自己不会在这条路上花费多少时间就能走到家。

事情也的确如她所想。她正在接近娘家的房子。如果不是前边拦着一条大沟，两边的悬崖把这条路切断，此刻应该坐在父母的房间里与他们说话了。

曲莫阿莲伤心地看着深沟那边熟悉的场景，喉咙快要喊破了，还是没有人走到对面来回应。她原本指望那边的人听到喊声，会想出什么办法救她过去。

倒是身后的脚步声把她惊扰。

"是你啊——"曲莫阿莲懒声懒气。

杰布像是一路跟踪，到这儿才看见前边无路，便大胆跟过来。

"你有什么收获吗？"他问。

曲莫阿莲对这个藏着满身秘密的老朋友没有耐心了。她甩掉落在脚背上的树叶，扭身往回走。眼下要做的不是找那条真正可以回家的路，而是找到小女孩。只有小女孩知道路在哪儿。可是这个孩子越来越不可靠，虽然她们曾经住在一起，但自从在那间房子分别出来之后，这个小家伙的性情完全变了。她不再听她的话。实际上任何人的话都不听。包括她的爷爷，曲莫阿莲已经感觉到，即便她那强势的诡计多端的丈夫，也不能掌控这个孩子了。她已经有自己的想法，并且找到了隐秘的藏身之所。只要藏到那个神秘的地方，所有人尤其是曲莫阿莲，都别想找到。

可是，曲莫阿莲不可控制情感，她对那个孩子的信任越来越深。她相信只要再次相遇，情况会和从前一样好：两个没有血缘关系的人像至亲一样住在一起，没有一点猜忌。

曲莫阿莲想带她回娘家一起居住——假如等一会儿她们就能相遇的话。不过，这种想法可能是多余的，只要曲莫阿莲让她带路，她就莫名其妙中途失踪。

有时候曲莫阿莲会想象那个孩子的神秘住所就是树林中的那片庄稼地，因为她知道，她的丈夫——小女孩的爷爷，更希望与他的小孙女住在一起。事实上他们互相充满同情。这一点骗不了曲莫阿莲。曾经，还在老房子的时候，当她的丈夫站在门外呼救——他每一次都用这样的花招骗她们开门，然后带着那个女人冲进屋——小女孩会突然替他求情。曲莫阿莲无法拒绝这种央求，她的说辞总是令人信任，就像现在毫不犹豫坚信她知道那条回家的路。她天生就有某种神力，让身边的人始终对其信任。小女孩认为爷爷是无辜的，她说他没有跟那个女人逃走，每天晚上他都只能在树林中游荡，他没有去处，忍饥挨饿孤苦伶仃。她还没有住进那间房子的时候就知道了。因为她从前就是在树林中游荡，比认识曲莫阿莲早一步就认识了他。爷爷的处境只有她最清楚。她坚信有很多人知道这个情况，所以他们对他充满同情。她跟她说这些事总是流着眼泪，可是曲莫阿莲不能相信那些话，小孩子嘛，容易胡乱地遭受蛊惑，胡乱同情人。可是她每一次都鬼使神差地把门打开了。麻烦也就源源不断。

现在她依然信任小女孩。

"她就是我的希望。"曲莫阿莲想。她非常清楚别的人也是这样想的。尤其是小女孩的爷爷。

可是他们谁都没法掌控这个孩子的行踪。

曲莫阿莲边想边加快步子。她一定要找到她。赶在所有人之前。

杰布挡住了去路。

"我跟你说实话吧,曲莫阿莲,你找不到那个孩子了。她已经走啦。而且你要找的那条路根本不存在,我承认自己先前说了谎话。"

"不,她知道。"曲莫阿莲语气坚定。现在不需要谁的劝说。

"疯子!你真是个疯子!曲莫阿莲,你找了快十年了,都要老死了,还不放弃吗?"杰布脸上的肌肉都要拧在一起了。他还从没有发过这样的脾气呢。

曲莫阿莲惊奇地望着杰布。他怎么能把短暂的一个夏季说成十几年光阴呢?疯子。他才是疯子。可是曲莫阿莲也突然因为惊恐而向旁边挪了一步。就在她这番打量下,发现杰布由先前所见的年轻模样变得老态龙钟,腰背弯曲着,比她矮了一截。

"你是怎么回事?"她喉咙干涩,勉强放大声音。

杰布伤心不已。他说:

"我为这事情操心得不比你少。曲莫阿莲,我一年比一年操心,也就越来越老啦。不瞒你说,和你相遇之前我一个人在这儿找了很久。没有路,这就是真相。不会有人知道那条路在哪儿。就算是那个孩子也不可能知道。要不然为什么一旦说起要去找那条路的时候,她就凭空失踪了呢?事实证明我们出了那个村子就被他们遗忘,被排挤,被彻底流放在外了。你还费那些辛苦做什么。曲莫阿莲,我们这两个可怜的老人,还费那些辛苦做什么!"

"是你跟我说那个孩子知道路在哪儿。现在你又怀疑什么呢?"

"以前知道。现在不知道了。也许她昨天才忘记的。但是昨天我们都没有找到她,现在找到也没有用。她帮不了我们。曲莫阿莲,你就死了这条心吧。"杰布很肯定地说。他已经知道那个孩子再也想不起那条路在哪儿了。可是他也看出曲莫阿莲并不死心，她仍然对这件事充满信心。

"我要回去。这是我走出那间屋子的目的。"曲莫阿莲说。

"你回去做什么用。没有人记得你。那儿可能全都换了一批新的住民，你的父母不在那儿，到别处去了，要不然以你们的血亲关系，即使你不出声，仅仅是站在悬崖的这边，隔着像刚才那条说起来不短的深沟，他们也能察觉到你，设法将你接过去。可是没有。那边没有任何回应。回应你的只有这些不停不停掉着叶子的树——这些让我害怕的，觉得时间就是这样掉光了的树。我不能不把实情揭穿：你的父母不住在那儿了。是别的什么人住进他们的房子并且继承了相似的生活习惯。让你熟悉的那堆篝火，一旦走近看，一点也不是从前那么回事了。这些我想一想就知道。你一向比我聪明，想一想也会明白的。你说你还回去做什么用。"

曲莫阿莲还是听不进这些话。她希望杰布停止胡说，往地上狠狠跺脚说道："你怎么变得这样快？你先前可是比我有信心多了。"

"曲莫阿莲，快十年了，我的信心早就用光了……"

"你不要'十年十年'的！我烦你这样说！"曲莫阿莲打断他的话，接着说道，"杰布，我在这儿仅仅度过一个夏天。没有你说的这么长时间。你以为我的脑子完全坏掉了吗？虽然你的样貌变成这样，鬼知道你是不是害了什么毛病。现在不要瞎说了。我们去找那个孩子。走吧！"

"你还是不听劝。"杰布甩开曲莫阿莲的手，"早先我以为你会找到那条路，然而我跟在你身后……快十年了……对不起，我不能否认这个时间，你失望的时候我比你更失望。我是不会和你去找那个孩子了！"

杰布固执地站住脚跟。曲莫阿莲拖了几下没有将他挪动。

又和上次见面一样，不欢而散。他们每一次见面不是闹矛盾分散就是杰布突然失踪了。杰布就是这样的人。曲莫阿莲边走边想，即使没有这样的争吵，他也会在下一个什么地点突然离开。

6

曲莫阿莲浑身发抖地赶往下一个地点。秋天过去了。初冬来临。她在树林中找到了那片庄稼地。那儿只有大片荒草，是很早就没有播种的、被遗弃的迹象。

这些日子她走了很多路。整日整夜地赶路。虽然初冬来临，可是偶尔会有那么一个白天，太阳像是从夏天跑来特意毒晒她一样，将猛烈的热洒在她身上。可是她太老了，已经不惧怕太阳了。只有夜晚的月光会让她害怕。每晚踏在这些浑浊的光芒上，心里就很荒凉。

那个孩子依然没有消息。

杰布倒是出现过一次，在树林深处听见他和小女孩的母亲说话。曲莫阿莲急切地想知道他的秘密，躲在暗处偷听。他们好像起了争执，最后哭开了。杰布喊那个小女孩的母亲为兰儿，声音真像一位慈爱的父亲，而事实上他的确是兰儿的父亲。曲莫阿莲亲耳听到。她终于搞清楚这两个人是父女关系。可是让她生气的不是他们之间的关系，而是杰布的女儿竟然将父亲出走的事情怪罪在她身上。"瞎说！"曲莫阿莲险些控制不住脾气冲过去质问。但对方语气严厉，似乎早已发现曲莫阿莲在偷听似的提高嗓门说：就是她把你喊走的！

按照兰儿的说法，杰布是在她和母亲熟睡的时候突然离家出走了。那时候她还很小，虽然亲眼看见父亲和那个女人——她听见父亲喊那个女人的名字：曲莫阿莲——在院子里说话，却不敢惊醒自己的母亲。她以为又是一场逼真的梦。就这样，她看着父亲和那个女人走了。接下来的日子，她母亲坚信自己的丈夫被困在树林，并不是不想回去，她自言自语，闹着要出去找人。有时她独自走很远的山路跑去外面打听消息，那些人——总是遇到同一拨人——跟她说，杰布溺死在树林中的一片水池里，他们亲手将他埋葬的。她不信。她坚信杰布还在树林中游荡。她每隔几日照样跑出去打听消息，可是每次去都是同一个方向和地点，总是遇到同一拨人给她相同的消息。之后她才醒悟了。她把兰儿亲自派到这儿来寻找。她知道只有兰儿能走更远的路，能在树林中找到杰布。

曲莫阿莲以为杰布会反驳这些说法。至少她没有带他出来。可是他承认了。她也没有勇气追究。因为就在这一瞬间，她的脑海中浮出的一小个片段，确实和兰儿所说的相同。她可能真在某个时候去杰布那里请他一起出村办点什么事情。他们从小就是好朋友。村里很多人都曾笑话他们，说这两个人是不愿做情人却愿同生共死的一对傻瓜。杰布常与人争斗打架，她时常拉着他东躲西藏。她的记忆越来越清晰，许多画面一点一点引出来了。

谁知道兰儿看到的是他们的哪一次逃亡呢。一旦对方遇到麻烦，他们都会彼此帮助。谁知道是不是哪一次，她和丈夫争吵跑出来，悄悄去找杰布帮忙劝说她的丈夫。

想到这些，她站着发呆，心里乱糟糟的。

"又有什么关系呢？如果不是我自己想出来，谁也带不走我。"杰布又补充了这句话。

曲莫阿莲总算听到一句像样的话了。罪责不能全让她一个人承担嘛。

"说再多也没用了。我和您一样，困在这儿啦。只有那个孩子知道路。"

兰儿的话有点伤心的味道。曲莫阿莲低下头，想象着杰布会有怎样的答复。

杰布突然笑了两声："我的乖女儿，你又在撒谎了。你和我不一样，你是可以回去的。并且我知道你不会带我们任何人回去。"

"任何人？除了你和曲莫阿莲，还有别人吗？"

"有。要去那个村子的人多着呢。他们每天都在各个地方找进村的路。"

"我可不认识他们。"

"所以啊，你是不会带任何人回去的。何况他们也不相信你。这儿的每个人你都不喜欢，同样，他们对你更没好感。你和我们不是一路的。等不到明天你就会偷偷逃走。像前几次一样，你来这儿打听完消息就会离开。至于那个孩子，你就别再瞎编了，哪里来的什么孩子！即使有，也不是和我们一路的了。可是曲莫阿莲记性完全坏掉了，她还以为只在这儿待了几个月呢，看到那个孩子是多少年前的事情，却依然相信是在昨天或者几个月前，这个疯子，她就是不敢面对实情，不肯相信自己在外消耗了很多时日。"

"我会找到那个孩子的。你知道她在哪儿。"

杰布拍了一下树干说："我不知道。你别在这儿耽误时间，该回哪儿回哪儿。"

"你不用操心，我会回去。不过，你的记性也坏掉了吗？"

"可能吧。可能我们这帮人的记性都坏掉了。我早就受够了。我要脱离他们。你不用担心，我不是打算让你说出那条路在哪儿。如今我对那条路的兴趣越来越淡了。等一下，我还没说完……谁跟你说曲莫阿莲是我拖下水的？谁造的谣，谁说的……"

曲莫阿莲听到一阵树叶被踩踏的响。然后再没有传来声音。她知道，杰布被他的女儿丢在这儿了。她也说不好为什么能深切体会到杰布的心境：很伤心，但是突然又变得高兴起来。

曲莫阿莲对杰布后来说的话不感兴趣。这些日子什么奇怪的话她都领教过。早先暂住的那个地方，之后搬了一些人过来居住，她和他们交情不浅，但是他们当中的一些人总是不愿意跟她凑近了说话，嫌弃她的嘴里总是冒出来一股腐烂的树叶渣子的味道。

好在那些事都已经过去了。上次在树林中偷听了话，原本想出去跟杰布打个招呼，却犹豫一下而错过了。之后再也没有遇到杰布。谁知道他躲在哪个地方。

今天早上曲莫阿莲醒来，觉得心情特别舒畅。这段日子以来，像这么好的心情还是头一次。她以为会在今天跟小女孩相遇。一整天她哪里都没去，守在自己胡乱搭建的窝棚里专门等着小女孩上门。可是这一天平静地过去了。倒是在第二天，杰布突然出现在面前。

曲莫阿莲对这个人已经不抱什么希望。该知道的秘密她都知道了。并且这段时间和最好的朋友分开，也没有让她多难过，一个人对付路上的困难确实辛苦一点，但也没有想象的糟糕。何况如今这位老友，跟她的心思完全不对路，除了来劝说放弃回家的打算，还能有什么高招。

"赶紧喝一口水然后离开我的窝棚，你要说什么话我都清楚。"她故意拉长脸子，事先堵住杰布的话。

"曲莫阿莲，你为什么不相信我的话呢？我们第一次见面的时候就跟你说过，那条路已经不在了。阿苏老者修了一条新路，可是没有人知道它在哪儿。"

"那又怎么样呢？"曲莫阿莲说。

"他是我的远房亲戚。"杰布想了想说。

这句话倒是让曲莫阿莲吃惊了。那个村子有好几个叫阿苏的人，可唯独没有一个是杰布的亲戚，哪怕是远房亲戚。曲莫阿莲刚想发火，杰布就抢了话说：

"他就在前面的那个村子……过一条沟就是。"

曲莫阿莲瞪着眼。前面可没什么村子。

"杰布，你的鬼话扯得越来越溜了。前面没有村子。前面是一大片荒地，其中还有几盏坟堆。我上个月才经过那里。"

"反正我没有说谎。谁知道你看到的是不是我说的那个地方。"杰布还是不松口。

曲莫阿莲也拿不定主意了。但是她想了一下，去看看也没什么损失。

"那个小女孩就住在里面。虽然我没亲眼看见，但是我敢肯定她就在里面。阿苏老者跟我说，从我们那个村里出来的人全都住在那儿。"

曲莫阿莲想马上去问清楚这件事。既然找到阿苏老者本人，就等于找到了那条进村的路。

7

曲莫阿莲感觉自己的额头上轻轻压着一只手。什么人正在试探她的脑门。当她费力睁开双眼，发觉自己滑稽地躺在一张小床上，像个小孩子一样蜷缩双腿，盖着很小的棉被，而摸着她脑门的这个人，正是她的母亲。旁边站着一位老者，由于光线暗淡，看不清面容。

"妈妈，我怎么……"曲莫阿莲哽咽起来，说不了话。

"小鬼，你总算醒过来了。好孩子，吃完饭去上学吧。还以为你得病了呢。"母亲语气温和，准备起身去忙别的事情。曲莫阿莲非常熟悉这个身影，她知道过一会儿就会有饭菜上桌，母亲会跑来再次催促。

曲莫阿莲艰难地从小床爬起，拿过一面镜子照着自己皱巴巴的脸。她是老人了。没错。那就只能是母亲的记忆出了岔子。

"别折腾啦，曲莫阿莲，吃完饭赶紧走吧。"是小女孩的声音。她怎么会住在母亲的房子里？

"你怎么在我家？"曲莫阿莲问。她这才看清楚先前站在母亲身边的不是什么老者，而是这个瘦矮的小女孩。

"这是阿苏老者新建的村子。他们全都住在这里。包括我，还有你的母亲。过一阵子你的父亲也会搬来与我们同住。"

曲莫阿莲听她说完，非常恼火。"这是我家！"她吼道。

"你已经不是这个村子的人了。你应该和你的丈夫住在一起。"小女孩语气果断。

"我已经和那个人没什么关系了。"

"那又怎样，反正你出了这个村就不是这儿的人。"

"你怎么这样说话？你忘了还亲口喊过我'奶奶'呢！"

"那都是上辈子的事情了吧！"小女孩别过脸，万分不高兴。

"小鬼，你不要把我惹毛了！"曲莫阿莲恨不得踢她两脚。

"你赶紧走吧。你应该和你的丈夫住在一起。"

"我说过了，我和那个人已经没什么关系了。"

"我也说了，这不是你该来的地方。我敢肯定这里任何人都不欢迎你。别怪我没提醒，回来也没用，你在这儿住不惯的。杰布就很聪明，他来这儿看一眼又逃回那片树林。像你们这样的人，就只能在那片树林中游荡，你在那儿不是有一间房子吗？很早以前就搭建的房子。你的儿子们齐手给你搭建，专门等你去住的。"

曲莫阿莲真伤心。这个孩子说话太无情了。想不到她自己找到了好的归宿，就忘记这个曾经与她共同经历磨难的人。所以她故意挑起旧事：

"你怎么不去找你的爷爷呢？要是我没有猜错的话，他和那个女人还在外面游荡着，无家可归呢！"

小女孩皱着眉头说道："几辈子的事就不要再提了吧？我和他也没什么关系了。你就是喜欢记一些不该记的东西，所以你在哪儿都住不安生。"然后，她又恢复先前脸上的喜色，平静地说："曲莫阿莲，那些旧事不要再提了。快让开，那个小床是我的，如今它是我的了，包括你的母亲，她现在是我的母亲了。什么？乱了辈分？我跟你有什么关系吗？你早就知道却不愿意承认。难道杰布没有跟你说这样的话吗？'放弃吧，你改变不了什么！'以你们的交情，他应该会提醒。应该早早就等在村子外面告诉你那儿已经没有路了，进村只能找到那条唯一但事实上谁都没有见过的入口。我猜他已经跟你说过这些事情。这世上恐怕只有杰布可以原谅你把他拖下水，真可怜，他上辈子欠了你什么？"

"你在胡说什么呢？"

"现在我和你一点关系都没有。赶紧走。"小女孩沉着脸子，一点笑容也看不见了。

曲莫阿莲抓起小女孩将她狠狠地推搡出去，像上次一样揍了几拳。看见小女孩摔下去的时候砸扁一只空水瓶，脸上出现一小块乌青，曲莫阿莲觉得心里舒服了一点，仿佛亲手剥开积攒了几辈子的仇怨。

"哼，曲莫阿莲，你已经第二次打我了。但是以后恐怕没有这种机会。只要我住在这儿，你就进不来。我总得有一些和你一样的特征呀——"她赶紧爬起来走到小床边，躺下，蜷缩起来，和曲莫阿莲先前躺在床上的姿势一模一样，"不然我们的妈妈会认不出来的。"她的动作很快，像是早就料到曲莫阿莲的母亲正在往这间屋子走来。

曲莫阿莲被小女孩的举动惊得瘫坐在地。她看见母亲走了进来。她径直走到小床边，摸着小女孩的额头说："不要总是背着这些空瓶子。该扔的东西不要随便带进屋，你看看，你把多少没用的东西带进来了？都快装不下啦，快扔掉，快扔掉。"

曲莫阿莲睁圆了眼睛。不敢相信母亲会把自己亲生的孩子也认错。

"妈妈！"她凑近了大喊一声。

"我说了，她不是你妈妈，她有她的样子，你有你的样子，你这个样子会吓坏她的，曲莫阿莲，你留在这儿有什么意思？这儿的一切跟你没有关系。她看不见你，也听不见你。"小女孩冷冷地说道。

曲莫阿莲干脆挑开母亲耳边的头发，想让她看见自己。可是这个举动让她发现眼前的女人只是长着一张和母亲相同的脸，她很年轻，也很温和，面上的笑容以及说话的语气都跟母亲一样，可她不是自己的母亲。她的母亲像是被另一个人替代了。这个可怕的发现让曲莫阿莲险些跌倒。而那个小女孩，正在用她那双从这位年轻母亲身上继承的如出一辙的眼神盯着她，然后继续用冷冰冰的语气说："你现在相信我的话了吧？赶快忘掉这些没用的事。赶紧走吧。"

曲莫阿莲不死心。可是眼前的人确实不是自己的母亲。除了和小女孩说话，她什么声响都听不见。

那个女人出去之后，小女孩从床上跳下来。站在曲莫阿莲身前，取下那些空水瓶递给她，严肃地说道："这是我们以前住在一起的时候，你让我帮你打水用的瓶子。我已经背着它们很久了。你也听到了，我们的妈妈说——不，是我的妈妈——她让我把这些东西拿开。这儿也确实不需要这种东西了。"

曲莫阿莲抱着这些瓶子想扔出门去，但她收住了手。

8

杰布使劲把曲莫阿莲摇醒。

"你又做梦了！"他说，"你从阿苏老者新建的村子出来就一直是这个鬼样，每天胡言乱语，每天！"

曲莫阿莲摇摇头，让自己彻底清醒。阳光真猛烈啊，晒得想昏倒。

"他们和我们不是一路人，你不用猜疑。"他总是用这个理由来反驳。

这几日曲莫阿莲总觉得背后有一双眼睛盯着。她猜测是阿苏老者那些人派来的眼线。她没有打招呼就闯入了他们的村子，又突然逃走，肯定惹怒了阿苏老者。杰布说到底是个心思简单的人，他那张突然老了几十岁的脸上随时飘荡着昏庸之态。只要她聚精会神想捉住背后那双眼睛，这个老笨蛋就会恰到好处跳出来干扰。他总是那副无辜的什么事都不知情的可怜相。

曲莫阿莲收起思绪，对他说："以后别再提了，那种地方。"

"别赖我，我可没说半个字。是你做梦都在喊打喊杀。自从我们进了那个村子，曲莫阿莲，你就跟疯了一样，变成这样真是让人想不通。"杰布也很不高兴。

"那个小女孩说……"

"别提那个小女孩，根本没人见过她，我早就跟你说了，没有这么个人，就算有，也不是我们见到的这个。曲莫阿莲，你应该忘掉这些事。"

曲莫阿莲扭头望着他，一副不信任的神情。难怪那个小女孩要说杰布是个胆小鬼。

"没有这样一个人。"杰布说。

"不，是有这么个人。我亲眼看到，以前，在子聪的棚子里。"她说到这儿，心里又起了一点希望，觉得可能后来在阿苏老者村子见到的那个小女孩不是原先那个，是另一个人。世上相像的人多着呢。

"那是很久以前的事情了。十多年了，曲莫阿莲……"

"你别跟我说这种话，什么十多年了，你这个昏庸的家伙！"

杰布咳嗽一声，继续道：

"如果你想回家的话，加入我的队伍吧，现在投奔我的人越来越多了，我们正在有序地组成一支队伍，寻找那条看起来不可能但迟早会被我们发现的路。"

曲莫阿莲一把推开杰布。她觉得这个老头疯了——急于找到那条路而发疯。

想起那个邪气的小女孩说，杰布只会在林子里游荡。

阳光非常猛烈。这是多少年都没有过的稀奇事儿了。像这样毒辣的太阳只在小的时候有过几天的短暂经历。曲莫阿莲强忍着昏倒的危险自己跑走了。

她跑了好几个荒凉的山坡，那儿几乎寸草不生，阳光连续几日都很毒辣。她像是被阳光催着跑的，毫无耐力继续抵抗那些强光了。

"我一定要找到那条路。"

她用悲伤的口气说这句话。像是说给照着她的那些狠毒的阳光。

可是她发觉自己已经妥协了。她正在向一片松林跑去。那儿树木阴森，再猛烈的阳光都穿不透。等她跑近了才看清楚杰布早就守在树下的草路旁。

"我就知道你会想通！我就知道，所有人最终都会加入我的队伍，无可避免。曲莫阿莲，快来看看你的亲人们，他们已经等你很久了！"

杰布拖着她走向树林深处。那儿聚集了很多人。全是她曾经在哪儿见过的熟悉的面孔。这些人也用悲伤的眼睛望着她说：我们一定会找到那条路。

杰布完全沉入感动之中。

"阳光太毒了，我只是来这儿避一避。"曲莫阿莲解释道。

人们抿嘴笑笑，仿佛这是不需要解释的。

她这才看清楚，这些人也是因为这个原因才躲进树林。他们的脸上还有被晒伤的痕迹。但这不是唯一的理由。她能一眼看穿。他们是心甘情愿受了树林阴凉的气味，他们喜欢这个气味。她也喜欢。所以毫无例外地向着这个方向跑。

杰布已经像个胜利者了。这片树林是他最先抢占，他是这儿的主人。

此刻，他只轻微地朝着人群喊了三个字：我们走。

曲莫阿莲盯着杰布细致地观察，这个熟悉了一生的老友，他的脸上皱纹密布。看到这些有点难过，再次想到阿苏老者新建的村子，想起那个小女孩说，他们这样的人只能在树林中游荡。

"我只是进来避一避阳光。"她再次和他们说。

没有人搭腔。

所有人听了杰布简单的号令就心甘情愿跟着他向前跑了。

　　曲莫阿莲丢掉空水瓶。她已经严重地感觉到那些瓶子的负担。当她丢掉这些东西的时候，步子轻快许多。她跑在最前面，跟杰布保持在一条线上。

　　后面的人骂骂咧咧。他们就是这样。看起来很听话，实际上各怀异心。这一点早就被曲莫阿莲看穿了。而她喜欢看到这种状况，不管他们怎样吵闹，越吵闹越使她高兴。

　　就在树林的前方，隐约出现了一个看上去非常眼熟的村庄。他们都加快了脚步。至少曲莫阿莲是真的加快了脚步。她已提早预料到，杰布会在前方的某个地段拐弯，让这些人永远跑不出树林，这是他的本性，胆小懦弱，阿苏老者的村子容不下他，他就以为所有的村子都容不下他。阿苏老者将他赶进树林，他就在树林里游荡。可她曲莫阿莲不会受到迷惑，她有自己的主见，想找到那个地方就一定会找到。她相信自己，相信正在接近父母所在的村子。

　　后面的人已经发生了殴斗。世上总有这样一群人，跟在你的后面却做着他们自己的事情。曲莫阿莲扭头看了一眼，她知道，他们正在筹划的事情已经看到成效：有人已经脱队了。

摊　牌

留　待 [*]

　　我叫刘思信，今年四十二岁，是博达印务公司的老板。你如果对省城的印刷业稍有了解，肯定听说过我的名字。我一直对朋友们声称自己在鲁西北一个偏僻村庄长大。我经常说起小时候赤身跳进马颊河里捉鱼，从河畔的树林里逮了知了猴去村头小卖部换糖吃。当然，我更喜欢说到对肉的强烈渴望。别人馋肉时都是咽口水，我却是一见到油汪汪的酱肉便不停地打嗝，就像吃撑了一样。朋友们以为，我反复说到乡村是为了用儿时的贫苦衬托如今的成功，其实，我是为了掩盖在唐城的三年生活经历。

　　我从来不对人说到唐城，首先是因为我在那个小城遭受过屈辱。屈辱就像被烧红的烙铁烙在心上，每当夜深人静时便会从心底凸起来。我在村里上小学时便表现出读书天赋，在一次全县语文竞赛考试中得了第三名。我父亲以为我家祖坟冒了青烟，他将我的奖状贴在堂屋最醒目的位置。上初中时，我按照学区规划只能进入一所乡镇中学。中学紧挨着喧闹的集市，教室窗户上没玻璃，感觉就像蹲在大街上，小贩的叫卖声清楚地回响在耳边。老师常常一边讲课一边侧耳倾听某种商品降价处理的消息。我父亲有次赶集顺便到学校来看我，恰

* 留待，本名郭贵宗，1970年生，山东省高唐县人，现居北京，中国作家协会会员。1989年开始小说创作，已发表中短篇小说若干，作品曾被多种选刊选载，入选《21世纪年度小说选》。曾获第七届《中国作家》鄂尔多斯文学奖。

巧看见一个老师抱着一捆大葱从集市回教室。老师把大葱放在讲台旁边，又拿起书本接着讲。那个老师戴着白边眼镜，裤缝非常整齐，不像误人子弟的人。我父亲从那捆大葱上看透了他的虚伪。于是，我父亲求了我母亲的一个表妹，让我插班到唐城实验中学。唐城离我家五十四里路，属于两个县。我怀抱捆成一团的被褥坐在自行车后货架上，听了父亲一路叮嘱。他提醒我住到表姨家之后要有眼色，放了学要帮着表姨多干家务活。我跟那个表姨只是前几年在某个亲戚家见过一面。父亲的反复叮嘱让我产生一种错觉，以为被送到表姨家当童工。如今想来，唐城不过是一座袖珍小城，狭窄的马路上混行着汽车、驴车、自行车。对于当时满脑子只有乡村土黄色的我来说，唐城无异于繁华都市。父亲的叮嘱声淹没在一阵又一阵的喧哗中，我忽然有种背井离乡的凄凉感。

表姨家在县城中心一条狭窄的胡同里。胡同底部有一栋四层楼房，黄色墙漆被风雨侵蚀得像是布满尿碱。胡同口有一家花圈店，门前的样品让人误以为胡同里正有人办丧事。表姨住在二单元402，一套七十平方米的三居室。这套房子是表姨父单位分的，我在他们后来的一次吵架中，听到表姨父像疯子一样让表姨滚出去。我记得那天下午表姨接待我和父亲时还算热情，她从我父亲手中接过两瓶香油和半袋玉米面放在茶几上，顺手爱抚了一下我的头。她的手非常柔软，带着一丝淡淡的香味。我坐在沙发角落里偷偷看着她和我父亲说话，觉得她与我母亲有许多相似之处。等到我父亲刚一告辞，她的脸立马就变得有点儿冷。身处弱势的人很容易学会察言观色，身处弱势的孩子更为敏感。看到表姨将茶几上的香油拿进厨房时嘴角抽动出一丝不屑，我便急忙躲进向北的小次卧里。刚才，她让父亲将我的被褥放在小次卧的窄床上。

表姨让我住到她家是因为她心里那份难言的苦衷。她丈夫在机械厂跑业务，整天不着家。有人说他在外面包养了一个女人。表姨用了许多侦探手段也没能把那个女人找出来。她脑海中总是浮现着裸体女人和她丈夫抱在一起的色情画面，侦探的劲头愈来愈足。如此一来自然没心思管女儿的学习。小蕾读三年级时在全班考第五，如今沦落到倒数第四。我父亲求表姨帮我转学时，恰巧赶上她刚开完家长会。她听我父亲说话时脸上带着家长会给她制造的尴尬，刚听我父亲说完，便立时有种茅塞顿开之感。她对我的学习成绩早有耳闻，也相信"寒门出贵子"的说法。她痛快地答应并不是想成全我，而是觉得她家将迎来一个不花钱的小保姆。我可以接送小蕾上学放学，晚上还能辅导小蕾做功课。少了女儿的纠缠，她可以腾出更多精力对丈夫进行缜密侦查。关于小蕾我就不多说了。趁我睡着拿毛笔在我脸上画眼镜，在楼下垃圾堆前逮了蚊子放进我的蚊帐里。刚开始我以为她欺负我，后来发现纯粹是顽皮。

当时我躲在小次卧里拿手背不停地擦眼泪，感觉受了屈辱。听到表姨拿着拖把在客厅里拖地，我竟然忘了出去帮一下。直到我在泪眼模糊中看到自己的书包，紧缩的心才稍微松动一些。我盼着快点儿去学校，那里是我的舞台。我自信只要经过一次简单考试，便会引来老师的赞赏和同学们敬佩的目光。我没想到，上学第一天却再次尝到了屈辱的滋味。

我跟着江老师走进初一三班的教室。江老师个子很矮，留着小分头，头发上打了很多蜡。他的眼睛很大，眼镜却很小，眼珠稍微一动就像要从眼镜里跳出来。他站在办公室门前跟我表姨说话时，一直紧盯着她白皙的脖子和微露的胸脯。他跟表姨是高中同学，据说当年追求过她。江老师对表姨说，把他交给我你就放心吧。江老师领着我朝教室走时没跟我说一句话，甚至没有看我一眼。我背着沉重的书包尾随在他身后，感觉自己像一条被主人厌恶的小狗。他径直走到讲台上，教室里的交头接耳并没有因为他的到来而减少。他拿着板擦敲了敲黑板，说给同学们介绍一个新同学。说完才发现我站在门口没进来，他皱着眉头冲我招了招手。我往前蹭了两步。我一进门，教室里便陷入一片寂静。寂静里涌动着一丝诡异，我心里有点儿发毛。我孤独地站在门边，就像正在被罚站。我先看到了密密麻麻的人头，随即又看到他们身上鲜亮的衣服。我突然感到了自己的寒酸。临来唐城时，母亲连夜给我缝制了一身青布衣服，还专门给我买了一双球鞋。衣服做得有点儿大。我对着镜子试衣服时，看到领口里裸出的脖子特别长，像是伸着脑袋要去找什么东西。我将领口往上提了提。母亲说，正是长个子的时候，做大一点儿，明年还能接着穿。此时面对着一片探究的目光，我急忙将脖子缩了缩。江老师说，这位新来的同学叫刘思信。话音未落，同学中就有人问，他要给谁留"死信"？教室里爆发出一片哄笑声。江老师轻轻推了一下鼻梁上的眼镜，目光越过全班同学的头顶望着对面墙壁上的黑板，想静等哄笑声自动终止。哄笑声迟迟不停，又有个更高的声音喊道，瞧他的褂子，真够洋气的。有人接茬道，这是上海最新流行款式。我不知在门边站了多久，也不知自己在眨眼之间已经博得了"留死信"和"刘大褂子"的外号，我甚至不知道自己是怎样坐到最后排角落的位子上的。我的耳边一直回响着邪恶的笑声，我的脑子成了黏稠的糨糊，心底只有一个强烈的念头，赶紧离开这里。

我之所以没离开，是因为我很快和张伟强、李双海、王小路交上了朋友。有了他们，我在陌生的小城有了一丝归属感，再也没人当面叫我的外号了。

张伟强的老家也是一个偏僻村庄，连马路都不通。每次下大雨都会使他的老家变成一座孤岛。村里人如果有急事要办，就不得不像鱼一样游出来。他在唐城读书寄居在姑姑家。他姑姑在官道街开了一家包子铺，他每天早晨上学手里都握着两根油条，他一闻到包子味就恶心。他非但没因自己的乡村身份遭受城里孩子的歧视，反而是个被羡慕的人。他满口北京话，一张嘴便带着居高临下的气势。他父母在北京做生意，他在北京读完小学才回来。他主动找我说话是因为一次测验考试。我是全班唯一得满分的人。我的成绩并没有受到同学们的羡慕，反倒招来很多不服。刘大褂子怎么考那么高？有人说，肯定是他在袖子里藏着小抄。那天下了课，我上完厕所便坐在南墙根的一块石头上，苦思着怎样对父亲说退学的事。张伟强凑到我身边说，思信，你好。我有点儿吃惊。我转学十天以来从未有人跟我说话，好像谁跟我说话便会降低身份。我特意辨别了张伟强对"思信"的发音之后，冲着他笑了一下。张伟强说，你是个有真本事的人。我吓了一跳，以为他在讽刺我。看到他的表情很真诚，我又有点儿不好意思。他在我身边蹲下来，掏出一块口香糖递给我。他说，那天他没笑。我一蒙，随即想到他说的是我刚走进教室的那一刻，我的脸有点儿红。他说，当时他心里很难受，他想起了在北京上学的时候。我后来知道他家对他的学习非常重视。在北京没户口，考大学时还是要回原籍，早回来比晚回来强，山东的中学比北京的中学抓得更紧一些。张伟强也知道只身回老家读书肩负着光宗耀祖的使命，可学习成绩总是上不去。就像他对我说的，脑子使不上劲，所以他对我挺佩服。人和人之间的默契感很微妙。我听到他对"思信"正常发音时便感到一丝温暖。当他坚持要把口香糖送给我时，我已经非常感动。他见我一再推让，便直接将口香糖填进我的嘴里。

李双海和王小路跟我不是一个班，他们和张伟强很早就是朋友。李双海家在国棉厂家属院，父母是早年从省城下乡的知青。王小路的父亲是城关供销社第一门市部的负责人，母亲在土产公司当临时工。他家住在门市部后院的两间小房子里。院子里摆满了菜坛子和水缸。王小路的母亲对我很好，不时留我在她家吃饭，有次下雨还让我住在她家。她对治疗小孩儿感冒有一套独特的方法，不打针，不吃药，只需对小孩儿的后脖颈和双手手掌进行按摩。她曾经给我治过一回。她对我最常说的一句话是，思信，你学习好，一定要多带一带我家小路呀。

如今想来，他们三个人确实让我在陌生的小城里感到了温暖，可也正是与他们的结交注定了我的不幸。

如果不认识他们，我不会跟马奎的死亡扯上关系，更不会在后来的日子里受尽煎熬。

我的语速是不是太快？这是因为三天前的傍晚我突然变成了哑巴，今天上午刚能说话，我很怕自己再次失声，所以有点儿急不可待。

我突然失声时正在车间里给工人们开会。我每周五下午五点半都要开一次会。对于私营企业来说似乎没必要，朋友们笑话我是在满足潜意识中想当官的欲望。我觉得私营企业比国有企业更需要开会。国有企业本来就有个成型的壳，员工进入壳子便能随着约定俗成的规则运转。私营企业里是一群散兵游勇，每个人的脑子里只装满个人收益。我开会就是要提醒员工，不要以为企业死活跟个人没关系。我们相当于在一条船上。当然了，说法有许多种，都是从不同角度说明我与他们同荣共辱。开会的好处一次两次体现不出来，时间一长，我的员工跟其他私企的员工就很不一样了。

我对这次开会非常重视，前几天新招了六个工人，他们是第一次听我讲话，我想让他们尽快融入到企业中来。正是交接班的时间，我站在一箱尚未开封的铜版纸上，员工们像士兵一样整齐地站在车间的过道里。望着他们仰视的目光，我心里闪过一丝激动，不由得又想起自己十七岁那年背着简单的行李来省城打工的样子。房顶的日光灯雪亮，甚至可以看清每一张脸上的毛孔。我对开会颇有经验，讲话时心里要做到目中无人，眼睛又像是在关注所有的人。目光集中在某个人身上，容易使自己分心，其他员工也会感觉受了冷落。我脸上带着习惯的笑意，看了所有人一眼，正想说话时，心里忽然莫名地一颤。那几张陌生面孔掺杂在五十多张熟悉的面孔里，我觉得像是在米饭里看到了沙子。我知道这种感觉很不应该，厌恶感却又如此强烈。我极力克制着心底的不适，想尽快把话讲完。腹稿的突然缩短使我的脑子有点儿乱。我又看了员工们一眼，脑袋像是挨了一棍似的晕乎乎的。我将手伸进裤袋狠狠地掐了一下自己的大腿，钻心的疼痛让我的心神稍微稳定了一些。我清了清嗓子，正要开口说话时，忽然发现自己根本说不出来。我的嘴张了张，用舌头舔了舔嘴唇，感觉嘴巴已经不是自己的。我心里的语言已经集结在嗓子眼，像鲠着一堆鱼刺。我稍微扭了一下脖子，像是要呕吐一样喉咙猛一用力，第一句话终于钻了出来。话一出口，自己先吓了一跳。我竟然听不到一点儿声音。我以为自己失了聪，便抬起左手轻轻揪了一下自己的耳朵，我清楚地听到院子里货车驶过的声音。如此诡异的突然失声让我感到一阵恐惧，头上的冷汗像虫子一样顺着脸颊往下爬。为了不让人看出我的狼狈，我脸上始终残留着一丝笑意。我冲着工人们匆匆摆了一下手，从纸箱上跳下来仓皇跑出了车间。

妻子带着儿子开车来厂里接我时，我正躺在办公室的沙发上翻阅一本我厂承印的文学杂志。儿子一进门便从我手中将杂志抢了过去。他说这期杂志上有他语文老师的一篇散文。儿子今年刚上重点中学。他不会像我当年那样因为穿着寒酸被同学起外号，也不必再借住在亲戚家被当成小保姆。正是他的出生让我下决心在这个城市扎下根来，他那毫无意识的嘹亮哭声是我创业的最大动力。妻子坐到我身边，用力拍了一下我的肚皮说，你闹什么鬼？她脸上带着一丝不悦。刚才她打电话问用不用来接我，我接起手机才意识到自己说不出话来，直接挂断又不好，便将手机在办公桌上敲了敲。我望了一眼办公室里迎门摆放的佛像和香炉里缭绕的青烟，庆幸自己的意识还算清醒。我没感到身体有其他不适，便决定不让妻子承受我突然失声的恐慌。我起身从桌上拿起笔，在一张纸上写道，从今天开始，我三天不说话。妻子瞟了我一眼，笑道，今年这病犯得早呀。

我的情绪在每年中秋节前都会陷入低沉，呆头呆脑，连饭也不吃。为了不让人发现我的心结，那几天我把自己关在书房里独自面对佛像。妻子问我想干吗。我说，思过。妻子笑道，看来你做过的亏心事还真不少。现在她早已接受了我每年按时思过的癖好，甚至觉得我这种癖好很有价值。我们厂子每次扩张的决定都是在我思过之后做出的。她不知道我为什么偏偏要在中秋节前思过，她只知道我很爱她，这可以从性生活上感觉出来。我与她是一块儿打工时认识的。当年她是个干瘦的女孩儿，头发有点儿黄。随着年龄渐长，她的身材丰腴了许多，竟然显出了贵妇的姿态。过了这么多年，我愈来愈觉得娶了她就像捡了大宝贝。她对数字极其敏感，脑子像大型计算机，将全厂的账目处理得井井有条。我这辈子都不会告诉她我为什么思过。妻子以为她从小就认识我，永远不会想到我在十六岁那年惹上了命案。我心里一直无法抹去马奎临死之前的惨叫声，农历八月十四是他的死日。

轿车刚驶出印刷厂大门，我就急忙拍了拍妻子的肩膀让她停下来。我忽然意识到了自己失声的原因。我想写字条，一时又摸不到笔，便拿手机给妻子发了一条短信，让她去把新招的工人名单拿给我。厂里招工的事是由车间主任老肖负责的。妻子扫了一眼短信，重新启动了轿车。她略显气愤地说，说句话能把你累死吗？她用手抻了一下勒在胸部的安全带，又说，新工人的名单都装在我脑子里。

　　二十六年前的农历八月十四深夜，我们躲在一棵大槐树的阴影里等待马奎出现时，谁也没想弄死他。我和李双海、王小路每人各握着半块砖头，张伟强手里拿着两块。

　　张伟强说，他女朋友小曼被马奎强奸了。张伟强在初三下半学期开始跟小曼谈恋爱。小曼属于早熟的女孩儿，个头儿高挑，胸部丰满，穿得花枝招展，一双灵动的大眼睛喜欢在男生脸上飞来飞去。她上学三天打鱼两天晒网，老师也懒得管她，都知道她正等着国棉厂招工去那儿上班。张伟强对我说要追求她时，我有点儿替他担心，我早就听说小曼经常跟社会青年混在一起。张伟强说，爱情到来时真是难以控制，心里整天像地震似的。张伟强并不是跟我商量要不要追小曼，而是已经开始了。他说要带着她去北京。他们已经一块儿看过两次电影，还在阴暗的光线中接过吻。张伟强正暗自筹划带她去北京住在哪里时，她却突然提出了分手。张伟强像挨了闷棍一样满眼冒金花，等理智稍微一恢复，才想起问为什么。小曼掉了几滴眼泪，说分手是为了他好。张伟强觉得一点儿也不好，想哭。他一再追问，小曼便小声说，她已是马奎的人了。

　　马奎比我们大几岁，早已退学混迹社会，经常骑着摩托车在午夜的大街上飞奔，据说颇受黑道头目马汉的赏识。马奎的头发烫成爆炸式，打眼一看跟歌星费翔有点儿相似。马奎自称他奶奶确实有着欧洲血统。他家住果木市街南口，家里开着一个自行车修理铺，门口挂着一只生锈的车圈和几条满是补丁的破车胎。他父亲非常苍老，有哮喘病，常常坐在修车铺门前的矮凳上咳成一团。

　　张伟强说到马奎强奸小曼时把我吓了一跳。我从没想到如此重大的刑事案件会突然出现在身边。我们说话是在唐城一中的操场边上。我上了高中，已经从表姨家搬到学校宿舍里了。张伟强没考上高中，依然留在初中复读。这几年他的个子长得挺快，站在一群初中生里像羊群里的骆驼。我下了晚自习，看到他正在宿舍门口等我。我的心立时一沉。自从拿到高中录取通知书的那一刻，我便决定跟他们三个人疏远。我跟他们的情况太不一样。张伟强上不上学无所谓，随时可以回北京。他家的生意愈做愈大，据说在昌平新买了一百亩地。李双海早就对上学没兴趣，初中没毕业便到国棉厂上班了。王小路考上了高中，却没上。他学习成绩一般，读下去也对考大学没把握，他家替他制订了一个稳妥的人生方案。他父亲提前办了病退让他接班，如今他已经站在城关供销社第二门市部的柜台后面，跟着两个中年妇女当学徒。门市部的生意很清淡，加上那两个阿姨挺疼爱他，他便整天无聊地捧着本闲书。我与他们疏远不是因为不重友情，而是他们各有前途，我的前途只能靠上学来争取。张伟强召集了三次聚会我都没参加。我不愿看到李双海和王小路那副小小年纪便终身有靠的得意神情，也不愿听张伟强聊小曼。我以为张伟强已经知道我的想法，却没想到他又到学校来找我。夜色中的操场空旷得有点儿瘆人。这一片原来是坟地，据说深夜站在操场边会听到女人的哭声。

张伟强掏出香烟点上，吸一口后便将烟头藏在掌心里，说话时带着咬牙切齿的劲头。

张伟强说，竟敢欺负到我头上，一定不能放过他。

我觉得小曼被强奸的事不应该由我们来说，应该让她去报案。

张伟强气道，报个屁案，她根本不承认被强奸。

我有点儿蒙，脑子转了好几圈才回过神来。我不由得替他感到一丝庆幸。跟小曼吹了是件好事，接下来可以安心读书，复读一年再考不上高中，太丢人。我心里这样想，说话时居然没忍住自己的好奇。

我问，那你怎么认定她被强奸了？

张伟强说，你看马奎家的条件，小曼怎么会看上他？她要不是被强奸，跟我说分手时为什么会哭？

我一时搞不清他的逻辑，心里忽然冒出一丝疑惑，他为什么来找我？看到远处宿舍窗口的灯光突然灭掉，我觉得在操场边待的时间太长了。我正想着中断马奎强奸小曼的话题，张伟强将香烟扔到地上，用脚尖狠狠踩了一下，说出了来找我的目的。

他说，咱们是两肋插刀的朋友，教训马奎时，你一定要帮忙。

我的心一下子提了起来。跟马奎打架，我们根本不是他的对手。我曾见过马奎带着几个长发小伙子在校门口揍一个高三男生。那男生又高又壮，是校篮球队的主力，眨眼间便满脸鲜血躺在马路牙子上。放学后拥出校门的同学还没看清是怎么回事，马奎他们就已经骑着摩托车跑远了。张伟强为了小曼的移情别恋竟想跟马奎较量，我觉得他有点儿疯狂。我不愿让他拿鸡蛋碰石头，更不想让自己掺和进古怪的情仇里。一阵微风吹过来，我不由得打了个寒战。我看着他在夜色中又掏出一根烟，一时不知该说些什么。此时无论说什么都像是对两肋插刀的背弃。

张伟强问，你怎么不说话？

我梗了一下脖子，问，小曼跟马奎吹了之后，你还要她吗？

张伟强冷笑，我怎么会吃别人的残羹剩饭？

我心里一喜，以为找到了让他放弃寻仇的理由。正想说话时，忽然听到他又冷笑了两声。他的笑声里透着洞察一切的高傲。

他说，我知道你想说什么，现在这事跟小曼没关系，是我跟马奎的事，我不能咽下这口气。

我问，你跟王小路和李双海说过吗？

他说，还没有。

我忽然有了一丝解脱感。我相信他们也不敢找马奎较量。

我说，最好跟他俩说一下。

张伟强说，他俩肯定没问题，关键就是你，所以我先找你商量。

我一下子僵住了。我忽然感到四周特别静，就好像突然被抛进一个深邃的洞穴里。张伟强用话语将我所有的退路都堵死了，留给我的只剩一句话。我不想突然失去友情，更不愿让人看出我的懦弱。我深吸了一口气，努力控制住心跳，说出了张伟强此刻最想听的话。

我说，我也没问题。

张伟强接下来在召集人手时还是遇到了问题。问题出在李双海身上。李双海上班之后闲得无聊，新添了拉帮结伙寻衅滋事的爱好。他很高兴张伟强送来一个练手的机会。当听说交手对象是马奎时，李双海急忙摇头。他倒不是怕马奎。国棉厂家属院的孩子与唐城胡同里的孩子素有不睦，打群架的事时有发生。前些年曾有过一次大规模械斗，公安局抓了十几个人才平息下来。不久前李双海还看到马奎被国棉厂二区的一个小伙子揍得跪地求饶。马奎固然是国棉子弟的手下败将，但李双海却从马奎的失败中看到了他的能量。菜市街的马汉出面了。马汉在国棉厂有朋友，一起蹲监狱时认识的。揍过马奎的那个人一见马汉找上门，立时意识到问题严重，急忙答应出钱摆酒，给马奎道歉。

李双海苦着脸说，对付马奎这种小混混儿手到擒来，问题是他身后有马汉，我们不得不谨慎些。

张伟强早就知道马汉，以出手又快又狠而著称，因为打架已经"三进宫"。在马汉们的世界里，"进去过"不是耻辱，而是像在胸前挂了勋章。张伟强坐在李双海的宿舍里垂头丧气地抽了两根烟，不知接下来该怎么办。如果教训了马奎再被马汉逼着摆酒席，岂不是更窝囊？想到去跟马汉较量，张伟强自己心里先哆嗦了一下。又想到小曼的眼泪，张伟强抬手在脑袋上擂了一拳。李双海不愿看到张伟强擂自己，也不愿承认怕马汉，他如果承认了，相当于丢了全体国棉子弟的脸。他又递给张伟强一根烟，说先别着急，再想想办法。说着看了一下手表，说他马上要上中班，让张伟强先跟小路商量一下。

张伟强觉得跟王小路没什么可商量的。王小路长得有点儿瘦小，搬自行车都费劲，隔三岔五还闹点儿病，不是肚子疼就是脑袋疼，打架的事根本不能指望他。张伟强逃了一天课专门找李双海商量，就是看中他国棉子弟的身份。我们跟马奎打斗时如果吃了亏，李双海身后的弟兄们肯定会出手相助。没想到李双海还没听他充分表达出对马奎的仇恨，就先打了退堂鼓。张伟强出了李双海的宿舍楼在大街上发了一会儿呆，一时无处可去，便骑着自行车去了王小路的门市部。没想到王小路的一句话打开了教训马奎的新思路。

王小路说，明着干不过他，咱们给他来阴的。

王小路说话时眼睛里闪着光，张伟强很意外。他本来只是到王小路这里坐会儿，喝点儿水，熬到放学时间好回家。他进门时王小路正拿着苍蝇拍打苍蝇。王小路打死一只苍蝇便放在柜台角落的一个小茶碗里，茶碗已经快满了。王小路一见张伟强进门，立时握着苍蝇拍迎上来，说他正想去找张伟强呢。张伟强一愣。王小路说话前先朝左右看了看。门市部里很萧条，除了货架根本就没其他人，他只是以此凸显说话内容的神秘性。他凑到张伟强跟前小声说，我昨天看到小曼坐在一个男人的摩托车上。张伟强无精打采地说，我跟她吹了。王小路很纳闷。张伟强带小曼来过门市部一回，借打气筒给小曼的自行车打气。王小路顺手从货架上拿了一只新的给他们用。小曼比王小路高半个头。王小路偷瞟了一下她的胸脯，自己先羞红了脸。小曼大方地问他是否有女朋友，如果没有，她可以把一个姐妹介绍给他。王小路张口结舌不知该说什么，心里立时对小曼有了种亲近感。此时王小路不知道张伟强是被甩，只是对他们的恋情告吹很惋惜，他说他觉得小曼挺好的。这句话再次勾起了张伟强的怒火，他把马奎强奸小曼的事又说了一遍。王小路还没听完便像自己女朋友遭到强奸一样怒目圆睁，他拿着苍蝇拍在一捆麻袋上狠狠抽了一下，大声说道，大丈夫三不让，妻、财、子，绝不能饶了马奎。王小路的表情让张伟强有种突遇知音之感，很是兴奋了一下，可一看到王小路的身板，又闷头叹了口气。王小路说，叫上思信和双海，我就不信咱们四人办不了马奎。

张伟强无奈地说到了我的犹豫和李双海的顾虑。王小路轻轻点着头。他眨着眼睛望着货架上的几把茶壶，出神地想了想，决定来阴的。

张伟强觉得来阴的不好，不解恨。马奎不知道是谁冲他下手，这仇相当于没报。

王小路苦笑，你听说过匿名信吗？

张伟强茫然地看着王小路。他知道匿名信，却不知匿名信跟自己报仇有什么关系。

王小路说，写匿名信的人怕被报复，为什么还要写？

张伟强顿时觉得话题有点儿深刻，凝神盯着王小路的脑门。他记得王小路在学校时智力很一般，没想到坐在门市部柜台里之后脑袋里添了这么多弯弯绕。

王小路说，写匿名信的好处就在于不被报复的情况下一解心头之恨，这跟偷袭马奎是一个道理。

张伟强一听绕了一圈又回到偷袭上，便轻轻摇了摇头。

王小路有点儿着急，你怎么这么死心眼呢？

王小路见跟张伟强总也说不通，当天夜里，他独自找到了李双海。

李双海上班后自诩为"混社会的"，他觉得张伟强在社会上受了气找他求助是理所当然。他知道自己今天的表现让张伟强很失望，他说"谨慎些"很容易让张伟强理解成他在推脱，或者直接认定他是个胆小如鼠的人。李双海上班时脑子里老是跳跃着张伟强捶脑袋的画面。李双海当时没什么感觉，过后却觉得像是捶在自己的心上。他想尽快把在张伟强面前表现出的懦弱弥补回来。下班时他约了几个朋友去国棉厂旁边的迎春街夜市喝啤酒，想商量一下如何做到教训马奎之后不让马汉出面。他随着下班的人潮刚一走出厂门，就看到王小路正在马路边的一棵柳树下等着他。

李双海递给王小路一根烟。王小路本来不抽烟，见李双海旁边的几个伙伴都叼着香烟，便接了过来。王小路说偷袭方案时有些激动，就好像自己突然拥有了运筹帷幄的才能。他在马路边等李双海时，心里又对偷袭方案进行了更周密的完善。李双海还没听他说完，就激动地猛一拍王小路的肩膀说，好主意。王小路不像李双海那样兴奋，反倒有些沮丧，说主意再好，可张伟强不同意呀，我来找你，就是让你劝劝他。李双海很纳闷，他怎么会不同意呢？

他们三个人商定方案时我不知道。张伟强一直没来学校找我，我以为他已经把古怪的情仇消化掉了。王小路跑来告诉我张伟强终于接受偷袭的方案时，我的心又提了起来，以为要马上拉我去找马奎打架。王小路说话时眉飞色舞。我呆着脸听了一会儿，终于明白他的兴奋是因为在他的奔走下使他们三个人统一了认识。我后来才知道说服张伟强接受偷袭是多么费劲。张伟强坚持跟马奎明挑，他想让小曼看到马奎被打趴在地的样子，即使为此拘留几天也在所不惜。王小路和李双海不想被拘留，坚持搞偷袭。张伟强觉得他们不想帮他，最终是李双海用另一套思路引领着张伟强从思维死胡同里走了出来。李双海认为偷袭成功后，即使不能把马奎整残，也会搞成重伤，反正再也不可能骑着摩托车带小曼到处转了。

李双海问，你觉得小曼会去照顾马奎吗？

张伟强肯定地说，不会。

李双海说，她如果去照顾马奎，俩人散得更快，我们都见过马奎家修车铺里乱七八糟的，小曼却是个喜欢攀高枝的人。

小曼已经到国棉厂上班了，跟李双海在同一车间，但不是一个班。李双海听说小曼最近开始和车间主任的弟弟眉来眼去，可能是顾忌马奎，俩人的关系还没公开。

李双海感叹，漂亮女人其实和狗屎差不多，都喜欢招苍蝇。

张伟强被绕得有点儿晕。马奎的事还没完，又跳出个车间主任的弟弟。如果哪天小曼再找个厂长的小舅子，或者是支书的侄子，他突然发现她后面遇到的都是他不认识的人，当然也谈不上仇恨。稍微一联想，张伟强心里就空阔了许多，不知不觉中对马奎的仇恨便淡了许多。

李双海见张伟强出神，立时意识到刚才的比喻不恰当。他不知道张伟强内心的变化，只想赶紧用话把刚才的比喻遮盖住，免得张伟强多心。

李双海说，当年武松因为嫂子被夺干掉了西门庆，放心吧伟强，我们也绝对不含糊。

张伟强的双手像洗脸一样在脸上搓了又搓，事情愈来愈复杂，已经超出了他思考的范围。他想快刀斩乱麻，让自己从焦虑中走出来。听李双海说到武松，他一时没回过神来。此时正在王小路的门市部里。下了班，门窗紧闭，屋子里的光线非常昏暗。仨人趴在柜台上，互相看不清对方的脸。张伟强感觉像是在梦里，听到王小路表决心时，他才知道身处何地。

他懒洋洋地说，好吧。

接下来在对偷袭的具体筹划中，张伟强变成了局外人，主角换成了王小路和李双海。他俩把偷袭当成自己的事，却对于实施时间有着严重的分歧。王小路主张趁着夜深人静，马奎一个人在街上走时，冲上去一棍子把他打晕，然后让张伟强猛抽他一顿。这种干法看似可行，实际上纯属异想天开，执行起来难度太大。别说很少看到马奎一个人在街上走，即使夜深人静在街上走时我们也不知道，这需要我们没日没夜地盯着他。李双海却对偷袭时间的选择非常苛刻。他觉得最好赶在他上夜班之前，夜里十一点半左右。李双海这样想是抱着好汉不吃眼前亏的心思。唐城太小了，走在大街上的人都面熟，打了马奎的闷棍难保不被人看见，如果马奎的兄弟们追上来，他已经及时躲进了车间里。可这理由又不便于说出口，所以，王小路催促行动时，他总是说再等等吧，他最近身体状态不太好。李双海不出手，王小路也不敢贸然行动。王小路坐在门市部里，每当看到马奎骑着摩托车从门口呼啸而过时，心里便会闪过一丝失落。这种局面下，无异于主动放弃了偷袭。张伟强整天闷头去上课，坐在教室里呆着脸出神。王小路在门市部里从失落过渡到了失落透顶。一天下午，马奎和两个人来门市部里买东西，王小路脑子里闪过偷袭方案，觉得特别遥远，不由得苦笑一下。马奎愣怔着眼睛问，你笑什么？王小路心里一颤，抖了抖从马奎手里接过的百元钞票说，听说就要出千元面值的钞票，我在想，到时候找钱多费劲呀。马奎怪怪地看了他一眼，接过零钱转身走了。王小路望着他的背影，非常佩服自己的机智。

八月十四晚上，我下了晚自习刚一走出教室，李双海突然从一棵树下闪出来。我吓了一跳。他将我拉进黑影里，诡秘而兴奋地说，马上行动。我后来才知道，李双海从没打算放弃惩治马奎。正是马奎让他先后在张伟强和王小路面前暴露了自己的懦弱，马奎成了他心里的一道坎，跨不过这道坎，他觉得这辈子都在朋友面前抬不起头来。连他自己都没想到，跨越这道坎的时机来得如此突然。马汉被警察逮捕了，因为他前天晚上在县政府招待所门前打断了一个日本人的三根肋骨。日本人是来唐城考察投资环境的。马汉手下的喽啰们陷入一片惊慌，再也不敢成群结队地在街上晃悠。此时马奎正独自一人在迎春街夜市的小吃摊上喝闷酒，待会儿回家时肯定要经过东关大桥。李双海已经通知王小路和张伟强。我们将埋伏在东关大桥西头的一棵大槐树下。

我懵懂地看着黑影中面目模糊的李双海说，我去能干什么？

李双海说，你去了相当于增强百分之二十五的火力。

这时正好有个同学叫我，我说可能是老师找我有事，想甩开李双海一走了之。我还没转身，李双海就一把将我拽住。

他气愤地说，刚开始是你挑着张伟强去和马奎拼命，我们的火都起来了，你又想甩手，什么意思？

我有点儿蒙，随即有种百口难辩的感觉。我还在发愣，李双海便已经从墙根推过他的自行车。他狠狠地拍了两下车座子，口气里带着命令的味道，走吧，我带着你。

我坐在李双海的自行车上去往埋伏地点的途中，刚开始非常纠结，当听李双海详细讲解了袭击方式后，反倒有点儿庆幸终于可以从一场麻烦里脱身了。砸闷砖比打闷棍强。打闷棍需要贴近马奎，危险性太高，砸闷砖无非是隔着老远把砖头扔出去，证明自己对待朋友的一种态度，砸中与否似乎都不重要。

我问，谁跟你说我挑着张伟强去拼命？

李双海一路上骑得太快，到北湖岸边的上坡路时有点儿气喘吁吁了。他说，那个不重要，重要的是今晚把马奎干趴下。

我把袭击马奎的筹备过程说得如此详细，并不是想推脱我对马奎之死所应负的责任，我只想说明我一直处于被动地位。他们商量时没跟我说，到了砸闷砖那一刻偏偏叫上了我。我一直在后悔，那天晚上我坚持不去，李双海也不会把我怎么样。我之所以坐到他的自行车上，是因为我心里突然燃起一团怒火。他说我挑唆张伟强去找马奎拼命，我要跟张伟强当面对质。我最恨的就是朋友中间有人玩两面三刀。

我一直没获得对质的机会。马奎的死亡超出了我们的预想。八月十五夜里，在李双海家，我们坐在沙发上谁也不说话。李双海住在国棉厂家属院四区，他父母回省城探望他爷爷奶奶了。屋里没开灯，月光透过窗玻璃洒进来。我们脸上好像涂满银粉，亮得瘆人，仿佛刚从墓穴中钻出来的鬼魂。邻居家有人在喝酒，他们说话的声音稍微一高，我们便同时哆嗦一下。不知过了多久，李双海打破了凝固的气氛。他说，老这样不行。说着起身去厨房拿来一个蓝花碗，另一只手拎着一把明亮的水果刀。我记得那把水果刀特别长，好像还很沉，坠得李双海歪斜着身子。它反射出的月光不停地跳动，晃得整个屋子像一座正要散碎的冰窟。张伟强、王小路和我吓了一跳，惊恐地看着李双海手里的刀。李双海将刀和碗放在茶几上，从旁边小柜子里拿出一瓶白酒，用牙齿咬开瓶盖，将酒倒进碗里。他倒得太猛，我眼看着一滴酒花像一颗珍珠似的跳起来撞在我的右脸颊上。针刺一般的冰凉使我全身起满了鸡皮疙瘩。李双海再次将刀握在手里，郑重地说，咱们本来就是两肋插刀的朋友，从今往后更亲近了。说着，他将刀尖麻利地探到左手食指上轻轻一挑，随即将左手伸到碗沿上，一串鲜血像被水枪喷出来似的射进酒里。鲜血沉到碗底，像是新投进一枚锈迹斑斑的古币。李双海将左手食指伸进嘴里轻轻吮吸着，右手的刀递到张伟强面前。

我不知自己用刀挑破手指时是什么表情，但我清楚地记住了他们拿刀扎自己时的样子。张伟强将刀接到手里时有点儿哆嗦。见我们都在看他，才紧咬着嘴唇将刀尖伸到指肚上。刀尖停在他左手的指肚上迟迟不动，好像在尽情享受刀尖的凉度。由于想象中过分夸大刀尖入肉的痛感，他的嘴唇愈咬愈紧，嘴唇上渗出了鲜血，刀尖依然在指肚上颤抖。王小路扎自己时特别坚定，就像准备捅别人。由于动手时紧闭着眼睛，刀尖挑偏了，右手的力度也没掌握好，使得刀刃在指肚上横着切了一刀。或许是因为手上的疼痛感跟想象的太不一样，鲜血已经流了出来，王小路却还发愣干坐着。最终是李双海拿起他流血的手指伸进碗里。伤口跟酒精一接触，王小路身子一抽，哭了。整个过程中数李双海最冷静。他动作娴熟，表情镇定，好像曾将类似的把戏玩过好多回。

我记得那碗酒特别黏稠，喝下去时就好像有个沾满肉汤的钢球穿过喉咙直直地砸进胃里。我不记得酒的味道，因为我喝的时候屏着呼吸。我们四个人轮流着喝干了酒，李双海将空碗举起来摔在地上。随着瓷花散落在地，我心里忽然掠过一丝轻松。我只是听说过这种仪式，从来没想过自己会亲身经历。接下来在李双海的提议下，四个人的手紧紧握在一起。然后，我们发了誓。誓词是现成的，从黑帮电影或武侠小说中随便挑两句就行。其实，我们每个人都清楚，在冠冕堂皇的誓词背后，是一句不敢说出口的话。

我从来不敢回想马奎的死亡。我每年中秋节前躲在书房里思过也不是想他，我甚至都不想张伟强、李双海和王小路。我像修行的僧人一样闭目打坐，恰恰是为了忘掉他们。

张伟强的突然出现，使二十六年前的那个夜晚又像梦魇一样罩住了我。

我坐在轿车里回家的路上，听到妻子像老师点名一样清楚地报出六个新工人的名字。当听到"张伟强"这个名字时，我的心脏突然变成了一颗被踩爆的地雷。他什么时候出来的？听说他前些年因金融诈骗进了监狱。

我一进家门便将自己关进书房。天逐渐暗了下来，迎面墙上的佛像看上去有点儿阴森。我有种欲哭无泪的感觉。这么多年我按时跪拜，非但没将我从愧疚和恐惧中解脱出来，反而使我逐渐陷入另一个深渊。

我隐约听到儿子在开电脑，妻子让他先写作业，儿子说老师没布置。妻子以为他撒谎，便打开微信家长群，又是语音又是打字问了一圈，果然没作业。她尴尬中正不知说什么，儿子便得意地唱了两句《双节棍》。妻子说，你把昨天的作业再做一遍。儿子急道，有意思吗？你到底是不是我妈？妻子说，反正你不能玩游戏。儿子说，那我也不写。我平时喜欢听他们母子斗嘴，每当看到妻子被儿子噎得张口结舌，便坐在旁边笑。她一见我笑，就喜欢将火气转嫁到我头上。

此时我却笑不出来，我脑子里塞满了张伟强。他来了不直接找我，却应聘到厂里打工，让我觉着他来者不善。这时，妻子敲门。房门一开，我发现她脸上并没有因怀疑儿子的诚实所造成的尴尬，而是一副若有所思的神情。

她说，我忽然想起一件事，你那个老同学借了咱六万块钱，现在有五年了吧？

我的心一沉。我不愿让她看出我心里的波动，急忙点头。

她说，没你这么办事的，亲兄弟也要明算账，你却连个欠条也不让他写。你现在既然要思过，顺便想一想怎么把钱要回来吧。

李双海来省城找我是在五年前的夏天。当时我正在院子里指挥工人从货车上卸下新买的设备，李双海冲过来一把搂住我。天特别热，我们身上满是汗水。汗水粘在一起，我闻到一股浓烈的馊味。我好不容易从他怀里挣出来，误以为是我的小学语文老师找上了门。他的相貌有些苍老，谢了顶。身上的 T 恤衫被汗水浸透了，像是披着块大抹布。他见我没表现出他所期待的喜悦，脸色立时一沉。

他挖苦道，真是贵人多忘事呀。

我一看到他紧皱的眉头，眼睛里便突然涌满了泪水。

我记得当年在唐城，正是在他的引领下快速融入了城市生活。我的融入方式说起来有点儿难以启齿，李双海带我观看了一次男女偷情。李双海住的家属院南墙紧邻土产公司的货场。院墙顶部拉着"电网"，但这丝毫没造成李双海们的翻越难度，反而增添了刺激。他明知"电网"只是生了锈的铁丝，每次爬到墙顶却依然会从兜里掏出试电笔在"电网"上触一下。试电笔是他父亲的，他父亲在国棉厂当保全工。李双海应用试电笔时的神情很像电影里执行任务的特工。那是秋末的一个星期天，我做完作业之后感到无聊，表姨带着小蕾回娘家了。王小路跟他父亲去一个乡镇赶庙会了。张伟强每到星期天下午便帮着姑姑卖包子。我在这小城里所能找的人只剩李双海了。当时我已经去过王小路和张伟强姑姑家，我想到李双海曾对我热情地发出邀请，让我去找他玩。当时我经张伟强介绍跟李双海认识不久，还不是太熟。傍晚我在他家门前的胡同里找到他，他正和一个叫小飞的男孩儿站在墙根从墙上抽砖头。小飞有点斜视，眼睛瞄着砖墙时脸却对着胡同尽头，看上去像是在替李双海放哨。我没能与小飞成为朋友，是因为两个月后他随父母旅游时从泰山上掉下来摔死了。李双海一看见我走过来立时眉开眼笑，他将手里的砖头一扔，凑到我身边略显神秘地说，你来得正好，咱们一块儿去看戏。

　　我在李双海的带领下翻墙而过，蹑着脚穿过货场里已经发黄的杂草来到一座大仓库门前。从门缝里看去，仓库里摆满罐头箱子。仓库一角闪着一盏昏黄的小灯泡，一男一女正在提裤子。男的又矮又胖，女的倒是挺苗条。男的系好裤子，踮着脚替女人理了一下散乱的头发。我觉得这对男女没什么可看的，我的眼睛盯在罐头上，我从来没见过这么多罐头。真正刺激的情节马上出现了。小飞的眼睛盯着门缝，脸冲着货场里的一摞菜坛子，突然大喊一声，流氓。我吓了一跳，身子急忙一挺。我以为李双海会叫着我扭头快跑，可他却依然手抚着我的肩膀趴在门上。仓库角落里的灯灭了，眼前一片漆黑，突然一道黑影在漆黑中闪了一下。我感到李双海抚着我肩头的手猛然一紧。小飞的脸转到门缝上，眼睛在货场的一大垛毛竹上匆忙寻找逃跑路径。李双海大声说道，没事，他们不敢出来。李双海这话具有多种功能。一是自我壮胆，二是提醒我和小飞，再就是警告仓库里的人。果然没人出来。我们盯着门缝又看了一会儿，什么也没看见。后来我跟李双海和小飞在一大堆原木中间玩捉迷藏时，看到那个苗条女人脚步匆忙地走了过去，但一直没看到那个男人。天有点儿黑了，货场里亮起了灯。那天晚上李双海留我在他家吃饭。直到这时，我发现他所说的"戏"才算真正落幕。他叮嘱道，到了学校千万别跟人说。我觉得他的口气过于煞有介事，一男一女提裤子有什么好说的。李双海说，那男的是贾秀娟的爸爸，女的是孙文静的妈妈。我先是一惊，随即心里涌上一股隐秘的兴奋。孙文静跟我同桌，满脸高傲，平时都不看我一眼，书桌也被她占了三分之二。我仿佛一下子看透了城里人的许多事情，城市给我造成的压抑感突然消失了。我庄重地对李双海说，放心吧，我对谁也不说。

我请李双海在印刷厂对面的海鲜酒楼吃饭，席间我说到"看戏"的事。李双海停止咀嚼，愣怔着面孔，好像不知道我在说什么。我又提到孙文静的妈妈。李双海苦笑一下，说好像是有这么回事。同时，他脸上现出一丝匪夷所思，你怎么还记得这个？儿时的趣事在他心里早已被现实的艰难挤得没了踪影。国棉厂破产了，他成了下岗职工。他父母前些年退休后回到省城，住在爷爷奶奶留下的老房子里。父母的身体添了病，需要李双海搬来照顾。他不敢来。举家搬迁不是脑袋一热随便一说，省城虽然是他老家，但这么多年下来他像个纯粹的唐城人一样觉得省城特别遥远。他自认为自己不具备在省城生存的能力。现在他不得来了，倒不是突然之间长了本领，而是老婆跟着菜市街一个卖肉的老板私奔了，唐城成了他的伤心地。李双海不停地讲述下岗后的种种难处，说到老婆私奔，口气里竟然带着一丝愧疚，好像他老婆本来不愿私奔，是在他反复劝说下才不得不走的。我叼着香烟看着他，心想，他当年为了别人的女朋友莫须有的被强奸都会热情地砸闷砖，轮到自己老婆跟人跑了竟然如此平静。李双海说话时低垂着眼睑，一点儿也没耽误吃海鲜。他吃得挺多，透着不吃白不吃的狠劲。我心里忽然有一丝不安，他提出到我厂里打工怎么办？他没技术，再者我也不好意思支使他。所以，当他提出借六万块钱时，我竟然有一丝解脱感。我记得那天从海鲜酒楼出来时，太阳像个大火球似的把空气烧得滚烫。李双海眯起眼睛看着门前一排轿车，感慨道，思信，你算是混出来了。

李双海拿我的六万块钱加盟了一个内衣品牌，在纬五路开了一家内衣店。门店很小，生意很萧条。李双海根本不把生意好坏放在心上，只关心所聘店员的相貌。三天两头换一个，他总以为下一个会更漂亮。那天下午我开车去内衣店找他，一进门便先看到两个半裸的塑料模特。他正跟女店员隐在模特身后聊天。我的身影使小店的光线骤然一暗，李双海的脑袋紧贴着模特屁股探出来。他有些诧异，你怎么来了？他的口气不但不友好，甚至还有点儿冷。我的笑容一下子僵在脸上。李双海从我手里拿钱时曾信誓旦旦地说最晚一年还清，还口头承诺了比银行略高的利息，如今已经过去两年。这期间我怕他多心，一直没找过他，他也没找过我。我们之间的联系只是过年时的短信。

他领着我站在内衣店门外的一棵法桐树下。上午下过一场小雨，大片树叶上积存着细碎的水滴，微风一吹，水滴便落在脖子上。我的印刷设备准备升级，急需一笔钱。我在银行没关系，通过民间借贷利息又太高。我问李双海能否帮我一下。他本来叼着香烟望着我，脸上透着麻木，刚一听我说完，便忽然皱紧了眉头。

他说，思信，我对谁也没说。

我有点儿蒙。

他轻轻一笑，就是你砸死马奎的事。

我浑身的汗毛乍了起来。我愣愣地看着他，脑子飞速运转，想搞清他为什么说这个。

他又说，马奎就死在你砸出的那块砖头上，我看得一清二楚。

我的心神突然稳定下来，因为我看到他嘴角隐约闪过一丝得意。我知道不能随着他的话题走，走下去我很快便会陷于崩溃。

我问，你的意思是不想还我钱？

你怎能这样想？李双海口气里带着一丝嗔怨，我是赖账的人吗？你也看到了，我的生意不太好，实在挤不出来。再说，我也有点儿纳闷，你的厂子那么大，怎么单单缺这六万块钱？

我记得那天离开他时我有些仓皇。我不知道我的手在颤抖，我在车里拿着车钥匙却迟迟不能捅进锁眼里。李双海将半个脑袋从半敞的车窗里探进来，轻轻拍了拍我的肩膀，小声说，咱们是永远的朋友，我答应不说出去，就一定不会说。直到开车走出两站地，我才忽然发现，我与他曾经的友谊是那样虚幻，他早就将我的少年形象从他心底抹除了。时间让我们变成了陌生人。我刚才的表现就像是默认马奎是被我砸死的。李双海变得比普通陌生人更可怕，他以为攥住了我的短处。他从车窗里探进脑袋时，脸上带着一丝莫名的笑。我非常后悔没有一拳打过去，我又非常庆幸没有打他。如果打了他，要钱的事就变成了另一回事。

我后来再没找过李双海。我宁肯不要钱，也不愿听他说到死去的马奎。

我对张伟强说起李双海对我的讹诈是在印刷厂旁边的一条胡同里。天地间涌动着浓重的雾霾，呼吸时鼻孔里充满了质感，可见度还不到三米，人像是行走在梦境里。我早晨八点赶到厂里，从来没来过这么早。张伟强今天下夜班。他既然不主动找我，我只好找他，摸清他到此的真正目的。自从见识过李双海诡异的赖账方式，我不得不对张伟强保持警惕。我站在车间门口，看着交接班的工人们进进出出，每张面孔都模糊不清，没人跟我打招呼，好像他们都没看见我。我感觉自己仿佛正站在阴间集市的街口。等了好一会儿，张伟强满脸疲惫地走了出来。我叫了他一声。他停住脚步，像是不认识似的仔细打量着我。他的眼神让我心里一惊，以为他被监狱生活折磨得失忆了。

我说，伟强，咱们找个地方坐一坐吧。他说，坐什么呀，我只想赶紧睡觉。他的口气让我一时无法判断他是否失了忆。我问，你来了怎么不直接找我？他说，怕你误会，以为我是找上门吃闲饭的。看来他很清楚自己是谁。他的冷漠固然让我有些吃惊，但他的话却让我有点儿感动。我又提出找个地方聊一聊，他轻轻打了个哈欠，说，那你就请我去喝豆腐脑吧。

印刷厂旁边的胡同里布满早点摊位。我们在一家豆腐脑摊前的马扎上坐下，摊主热情地递给张伟强一根烟。这摊主又矮又胖，头上戴着白色纸帽，腰间围着沾满油污的白围裙。我觉得他有点儿面熟，仔细回想才发现他跟电视剧里的武大郎一模一样。他对张伟强表示感谢，张伟强前些日子给他无偿提供了一份豆腐脑熬卤的秘方。自从用了张伟强提供的秘方，生意果然兴隆了许多。张伟强接过香烟叼在嘴上，心安理得地任由摊主弓腰替他点燃，那神情很像主人面对恭顺的奴仆。张伟强抽了一口烟，见摊主还站在面前，便略显厌烦地一摆手。

张伟强见我正诧异地看着他，便淡淡一笑，说你忘了，我姑妈的包子铺旁边就是一家卖豆腐脑的。我点了点头。我记得当年张伟强带着我在那家喝了许多次豆腐脑，不要钱。那家的孩子到张伟强姑妈家的包子铺也是敞开了随便吃。张伟强说，我无意中记下了他们熬卤的秘方，反正我也没用，不如贡献出来。我的诧异并不是因为熬卤秘方的传送，而是张伟强跟摊主的熟悉程度。

我问，你来多长时间了？

他说，差不多半年吧。

我心里一紧。他应聘到我厂子还不到一星期，却已在厂子周围转悠了半年。这种行径一点儿也不像是找工作的人，更像是潜藏着不可告人的心机。

他说，你可能听说了我这些年的经历，现在，我只想吃一碗干净饭。

我说，让你在车间干活太委屈了。

他说，咱们如果不认识，你肯定不会这么想。我自打进厂的那天便决定不跟你叙交情，希望你也不要跟别人说认识我。其实，我非常感激招我进厂的肖主任，我到许多单位应聘过，他们都不要我。

我说，北京的机会应该更多一些，你怎么跑到小城市来了？

张伟强手托下巴若有所思地看着我，好像搞不懂我为什么关心他对生活地域的选择。

我急忙说，当然了，大城市也有大城市的难，小城市也有小城市的好。

张伟强说，我在北京早就没家了。

他蹲监狱时结识了盗窃犯小陈。小陈的姨奶奶通异术，生男生女、祖坟风水、官运财运，都能帮人指点。她虽然住在沧州一个偏僻的小村庄，家门口却经常停着从北京、天津专程跑来的高档轿车。小陈盗窃专门冲着官员下手，收入好，安全性高。小陈失手是在一个乡长家。乡长因鱼肉乡里而颇富骂名。小陈盯了乡长半个多月，临到下手的前一天傍晚，突然接到姨奶奶打来的电话，让他老实在家待着，紧闭门窗，三天之内千万别出门。再过三天恰巧是小陈的二十八岁生日，他本想拿乡长的财物当成送给自己的生日礼物。小陈不想让半个多月的努力白费，便按时潜入乡长家。夜色比他期待的还要黑，撬门时顺利得异乎寻常。没想到乡长家的大黑狗那么凶猛，差点儿把他撕碎。他本来准备了药，狗吃下之后像死了一样趴在院子里。等到小陈拎着皮包想离开时，大狗忽然清醒过来。小陈蹲监狱时每天临睡之前，像按时祈祷一样痛骂那个卖狗药的。他更后悔没听姨奶奶的话。小陈比张伟强早出来两年，约定好等张伟强一出狱，小陈便带着他去找姨奶奶算一卦。

张伟强苦笑着说，姨奶奶说我后半生注定大富大贵，要我来这里，因为我命中的贵人早就在这儿等着我。其实我对她的话并不怎么相信，我来这里只是因为实在无处可去，没想到莫名其妙地进了你的厂子。

豆腐脑端上来了。张伟强左手端着豆腐脑，右手攥着汤匙，闷头吃起来。我一点儿也吃不下。他的话合情合理，听上去他进了我的厂子不是专门冲着我，而是纯属误打误撞。可是正因为他的话过于滴水不漏，我总觉得是提前编好的一套言辞。张伟强眼睛的余光瞟见了我的疑虑，立马停止了咀嚼。他梗了一下脖子，将嘴里的食物咽下，认真看着我，说话时口气里带着一丝悲壮。

他说，如果我在这儿让你不舒服，我吃完饭立马去找肖主任辞职。

听他这样一说，我反倒因为我的表情让他感到不舒服而有点儿难为情。我坦承道，你来了不找我却到车间干活，确实让我有点儿不安，我并不是容不下你，而是被李双海逼得对谁也不敢相信了。

张伟强面色一凛，他怎么会逼你？

昨天晚上妻子让我跟他要那六万块钱。我怕他再提到马奎，便拿着手机犹豫了许久。妻子是个对数字相当敏感的人，所有账目都很清楚，这本来是长处，此时我却盼着她糊涂一些。我想到李双海内衣店的生意确实非常萧条，我那天去难道被他以为是逼债？他父母早就回了省城，我也没去看望。他是不是怪罪我对朋友太冷漠？他下岗后到省城来谋生，我并没给他提供更大的帮助，反而对那六万块钱耿耿于怀，我应该深知身处弱势的人有多么敏感。换位一思考，我忽然对李双海有了些理解。何况他也说过他不是赖账的人，只是一时挤不出来。心念及此，我决定问候一下他的父母。我刚拿起手机，手机里便突然跳出一条信息，是李双海发来的。我心里顿时涌上一股心有灵犀之感。

李双海：思信，我要结婚了。

我：太好了，恭喜！何时喝喜酒？

李双海：现在有件事想求你帮忙。

我：请说。

李双海：能否借我四十万块钱？我需要先买房子。

我拿着手机愣住了，一时不知该如何回复。

李双海：我现在生意好了，不然不会把结婚买房提上日程，最迟半年，连同上次那六万一块还你。

我：那六万你先不用急，买房的钱我现在真帮不了你。

李双海的短信停了，我以为他作罢了。我看着墙上的佛像正出神，他的短信又来了。

他说，按说结婚本来是好事，可我一点儿也高兴不起来。我最近老做噩梦，梦见马奎被你砸死的画面。我反复安慰自己，明明是别人砸死的，我一点儿责任也没有，没必要不安。可是不行，马奎在我梦里喊个不停，好像只有去公安局说清楚才能让我解脱出来。一想到对你的承诺，我又知道不该去。我真怕哪天说梦话时把你砸死人的事说出来。我老婆对咱们来说算是外人，她没必要替咱们保密。思信，你说该怎么办？

我的脑袋顿时像要炸裂了。

李双海最后说，我知道四十万不是小数目，你准备一下，明天回复我。

这时，摊主来收空碗。他站在我面前纳闷地看着我，因为我的碗还满着。张伟强听我说起与李双海的短信来往时，他腮部的咬肌不停耸动，额头上的青筋胀了起来。我拿不准他是因为气愤还是在监狱里落下了什么病根。我递给他一根烟，他将烟接过去后下意识地捏碎了。他的表情透着激动，说话的口气却很平和。

他说，马奎那种人活着也是孽障，咱们相当于提前替社会根除了祸害。李双海居然拿马奎的事要挟你，很不好。这样吧，你把他的电话给我，我来处理。

我的眼泪差点儿流出来。我虽然不知道张伟强怎么处理，但他的态度却让我感到久违的温暖。当年在我们四个人中间，张伟强相当于一个隐形的头目。我急忙报出李双海的电话。张伟强的眼神好像不太好，输号码时一只手将手机推出好远，另一只手一下一下小心地按着数字键。他用的是几十元就能买到的老年机。他输完之后正要把手机揣起来，忽然顿住了。

他问，王小路没拿马奎的事讹你吧？

我咂了一下嘴，一时不知该怎么说。

按说王小路不能算讹我。他隔三岔五便要求我替他花一笔钱，但那似乎应该算我自愿，尽管大多时候我不自愿。王小路若是感觉到我不情愿，也会将马奎轻描淡写地提一提。王小路要我帮他的方式不像李双海那样张嘴借钱，是通过念苦经。他这么多年来一直跟我保持来往，他肚子里的苦水几乎全倒给了我。单位破产后，他被分流去了唐城机械厂。他上了三天班便离职了，他被分到翻砂车间。别说让他拿着铁锨铲沙土，他进了车间连气都喘不上来。他原来在城关供销社第二门市部里虽然挣钱不多，但却是一副养尊处优的样子。直到单位破产通知下达的前一天下午，他还在梦想着被提拔。

王小路骑着"黑老虎"第一次找到我是在我离开唐城三年后的中秋。"黑老虎"的消声器很差劲，撕心裂肺的怪叫声远远地便给人制造出一种突然失聪的感觉。也正因为叫声太大，在村庄的土路上行驶时反而显出异样的奢华。我一看到他骑着摩托车驶进我家院子，脑袋就立刻像被砖头砸了一下，感觉又被笼罩在三年前八月十四的那个夜色里。王小路从摩托车上跳下来时满脸笑容，时间的节点却让我觉得他是别有用心。王小路没有发现我内心的疑虑，他从后货架上拿下盛满鸡鱼肉蛋的纸箱，一句话便将我的疑虑打消了。

他说，知道你在省城打工，我只能赶在你回来过节时见你一面。

那天中午我们喝多了，王小路躺在我家土炕上睡了一觉。他明明是第一次到我家，却像来过许多次。他对我父母的称呼非常亲昵，仿佛自幼便跟他们共同生活。我母亲在厨房做饭时不停地偷瞅院子里的摩托车，我父亲去村里小卖部买罐头回来时也将目光投注在"黑老虎"上。他们没想到我会有这么阔的朋友。吃饭时我的父母都躲了出去，以为我跟王小路有要事相商。我陪着王小路喝酒，眼睛总是不自觉地落在那个纸箱上，搞不懂他为什么给我送来一份厚礼。王小路喝酒的样子非常豪爽，我以为他的酒量很大，可他喝了三两后眼睛便睁不开了。他眼神迷离地望着我说，知道我为什么来吗？我说不知道。他说，兄弟是来求你的。我愣了一下，心里涌动着不安。我清楚自己身上根本就没有可求的地方。我说，只要我能办到，在所不辞。王小路一笑，说你肯定能办到。他还没说让我办什么，眼睛一闭便睡了过去。他临睡之前像说梦话似的嘟哝了一句，这酒肯定是工业酒精勾兑的，劲太大了。

三个小时后，在我家土炕上，在窗户里透进来的血色阳光中，王小路和我进行了一次深谈。话语不多，却透着掏心挖肝的劲头。

他的目光像锥子一样盯在我脸上，恩信，我要被提拔了。

刚睡醒的王小路眼珠子特别亮。我虽然比他早醒了一会儿，但意识依然处于半昏聩中。王小路郑重的口气让我稍微清醒了一些。我说，太好了。由于我心里猜测他要我办的事，所以说话的口气好像有点儿言不由衷。我急忙又说，恭喜你。王小路说，组织上正在考察我，所以我专门来求你。我有点儿不解，我跟组织不认识，能帮你做什么？王小路的眼神稍微一虚，说，我求你，千万别把偷袭马奎的事说出去。我有点儿生气，我怎么会说出去？王小路的脸上忽然掠过一丝痛苦，目光急忙越过我的头顶望着我身后的窗棂。他说，我后来才意识到，那次偷袭，只有你损失最大。我一听，眼睛有点儿发涩。偷袭过后，王小路依然坐在门市部柜台后面捧着本闲书。李双海还在国棉厂上班，没事便约着朋友去吃羊肉串喝啤酒。张伟强回北京帮父母做生意了。他们的生活都没被偷袭影响。我的书却读不下去了。我本来想靠读书改变命运，现在只能去给人打工。我拿手在脸上揉搓了一下，生怕王小路看出我内心的波澜。王小路能这样想，让我着实有点儿感动。接下来我发现，他说这话并不是为了让我感动，而是因为另一种担心。他说，目前这种情况下，张伟强和李双海肯定不会说，我就怕你心理不平衡。我沉默了，突然感觉受了侮辱，如果不是正坐在我家土炕上，我可能会拿话还击他。我的眼睛紧盯着炕角的鞋。王小路的三接头皮鞋沾染了我家院子里的尘土，白色鞋垫上布满细密的针脚，鞋垫中央绽放着鲜艳的红梅花。我的黑色布鞋右脚上有一块油墨，是在印刷厂车间里打工时滴上的，我以为黑色落在黑色里看不出来，现在才发现非常醒目。王小路见我不说话，急忙凑过来拍了拍我的肩膀。我将目光从鞋面移到他脸上，强忍着泪水说，放心吧小路，我不会对人说的，说出去对我也没好处。

王小路被提拔为第二门市部的副经理之后，逢年过节依然会带着礼物来我家。王小路的单位早已处于破产边缘，他却野心勃勃地以为刚踏上仕途。我为了不让他担心，同时作为礼尚往来，我也按时去拜望他父母。我和他心照不宣，竟然像亲戚一样走动了起来。等到他单位破产，他从机械厂离职，在唐城农贸市场开副食批发部赔了钱，我们的角色突然发生了反转。此时我的印刷厂逐渐壮大起来。王小路对我的要求也不算高。他儿子转学需要给老师送礼，请我从省城寄两盒海参；他丈母娘吃的药在唐城买不到，便委托我帮着在省立医院买几盒；他爸爸瘫痪了问我能否帮忙买个轮椅；他的电瓶车坏了要我在省城给他买电瓶……这些对我来说都是小钱。有时我工作太忙一时顾不上，王小路便打电话来。他不是催着我寄东西，而是说起多年前的偷袭。他说，日子过得愈来愈不踏实，这块心病怎么才能除掉呢？

我说着与王小路这么多年来的交往，张伟强一直出神地听。我刚一说完，张伟强就叹了口气。

他说，真没想到，你这些年活得太不容易了。

我说，对王小路我还能应付，可李双海的做法太出乎我的想象了。

张伟强说，王小路用的是"零割肉"，李双海是瞅准机会猛撕一口，其本质都是讹诈，朋友可以不再当，以朋友的名义坑人，太不地道。

当天下午，我正在业务室陪一个专门做教辅书的客户说话，张伟强在门口冲着我招手。我想让他进来，但看到他的表情略显狰狞，便急忙走了过去。

我随着他走进我的办公室。他明明是第一次进我的办公室，却到处都很熟悉。他径直绕过老板台在我的皮椅上坐下，麻利地跷起二郎腿。我愣愣地站在老板台前，感觉自己突然变成了汇报工作的员工。

他说，处理好了，他俩再也不会麻烦你了。

这本来是个好消息，可我的头皮却有点儿发麻。因为我看到他顺手从桌上拿起一支弹簧笔，用手轻轻地反复按动，他的动作跟我的一模一样。

我问，怎么处理的？

张伟强说，监狱也不是白蹲的，我结识了许多朋友。李双海和王小路在我朋友眼里只是一道小菜。

我的心立时揪成一团，心想难道把他俩干掉了？

张伟强在皮椅上大大咧咧地仰着身子，说，我帮你解决了这么大麻烦，你怎么报答我？

我不知该如何回答。我突然感觉自己掉进了一个更大的陷阱。张伟强见我不言语，便一再追问。他的声音愈来愈大，最后变成狮子般的咆哮。我的身子在他的吼声中一点一点矮下去，逐渐缩成不到三厘米的小矮人。张伟强的皮鞋像一座黑色山脉横亘在我面前。我闻到鞋里散发出的浓烈酸臭，连声咳嗽。我看到他轻轻抬起了脚，鞋底的花纹像漫天重叠的乌云一样朝我压下来。

最终是妻子的敲门声将我从噩梦中拯救出来。我在书房里斜倚着墙壁睡着了。我手中紧握着手机，屏幕上显示着李双海的号码，好像还在斟酌怎样跟他要钱。

妻子在门外柔声说，该睡觉了。

直到此时我才觉得刚才的梦一点儿也不可怕。梦中的张伟强竟然是跟小曼谈恋爱时的样子。

如今的张伟强是个干枯的小老头儿，脸上的皱纹像是用刀镂刻的。我记得他的头发是自来卷，被风一吹透着超脱和飘逸。现在的短发紧贴着头皮乱七八糟地拧在一起，看上去像刚洗完澡的泰迪。他坐在老板台对面的长沙发上，垂着头，双手夹在并拢的两只膝盖中间，好像正准备接受审讯。我忽然觉得他有点儿可怜。因为我还处于失声状态，我用手机短信通知车间主任老肖把张伟强领进来。老肖进门时有点儿不安，以为我会埋怨他不该招这么大岁数的人。老肖解释道，老张说他会开四色机。张伟强本来一只脚踏进了门，一听老肖说话又想抽回去。我急忙冲他招了招手，张伟强立刻诚惶诚恐地走了进来。他好像不认识我了，难道他被监狱生活折磨得失忆了？我心里忽然一震，好像我在梦中也这样想过。

我把老肖打发走之后，拿着纸和笔坐在张伟强身边。他一见我靠近，便急忙往角落里挪了一下身子。我暗自纳闷，难道他这副样子能够惊得我在众人面前突然失声？

我在纸上写道，伟强，你知道我说不出话来，咱们就这样说吧。

张伟强点了点头。他的手从膝盖中间抽出来，想从我手中接笔。他的胳膊还没伸直便停下了，他好像突然意识到自己是可以说话的。

他苦笑一下后说，老板，有事您就问。

我写道，你不认识我？

张伟强脸一红，说道，怎能不认识？我自打进厂便决定不跟你叙交情，但愿你也不要跟别人说认识我。

我觉得这句话似曾相识。

张伟强又说，我现在的样子，让人知道了会给你丢人。

我想问他什么时候出狱的，正想在纸上写，又觉得不该问。我发现了用笔说话的好处，所有的话在写出来之前都可以经过深思熟虑。这时，张伟强说了一句话。他的口气里带着讨好，我却有点儿心惊肉跳，仿佛再次陷入噩梦里。

他说，我知道你突然失声，肯定是得了异病，我有个朋友，他姨奶奶通异术，我可以带你找她去看看。

我用手紧攥住笔杆克制着内心的恐慌。张伟强并没有看我。他除了看我写的字时扭一下头，眼睛总是紧盯着茶几旁边的碎纸篓。他在我的记忆中身材挺拔，好像自从我们分开之后就一直不停地萎缩，如今坐在我身边的他就像个早衰的儿童。我忽然觉得自己沉浸在昨晚的梦境里太可笑。既然他并不像梦中那样可怕，那个过于真切的梦居然引起了我的一丝好奇。

我在纸上写道，小陈的姨奶奶是不是说你命中注定的贵人正在这里等着你？

张伟强的目光刚一触到纸上，额头上便立时冒出冷汗。他惊恐地望着我，下意识地连连点头。他的嘴唇不停地颤抖，实在无法控制，就急忙将牙齿紧咬在嘴唇上。

张伟强的神情让我心中陡然一阔。我非常庆幸昨晚做了那个噩梦，那竟然是命运对我的一种提示。它帮助我与张伟强提前进行一次会面，恰恰是为了让我在真实的对话中占据主动。想到命运站在我这边，我再看他时竟然有了点儿居高临下。我发现他的嘴唇慢慢停止了颤抖，眼神中闪过一丝不易觉察的锐利，脸上的皱纹忽然一展，透着一股破釜沉舟的劲头。

他问，你怎么知道的？

他紧盯着我的手，以为我会用笔告诉他。我的手没动，只是认真看他。我感觉正在接近问题的核心。他为什么来？绝不是打工那么简单。我如果直接问，他肯定会像在我梦中回答的那样"只是为了吃一碗干净饭"，可我又不能指责这种说法是谎言。如果想搞清楚他的真正目的，我只能长年累月盯着他。幸好他提前在我梦中说到了小陈的姨奶奶，这个未曾谋面的神婆竟然成了我攻克他内心防线的节点。我心里想象着神婆的长相，脸上一直带着微笑。在张伟强眼中我的笑容可能过于神秘，他的眼睑匆忙垂了下去。

我拿起笔写道，你觉得我不应该知道？

他像终于放下一个重包袱似的轻轻舒了口气，说道，思信，我其实是来帮你的。他见我满脸疑惑，又说，你没感觉到吗？你的厂子已经到了瓶颈期，若想再壮大，难上加难。你的思路仅仅是让鸡不停地生蛋，没想过让生出的蛋变成鸡再生蛋。或许你想过可不知道该怎么做。我来之前准备了一个方案，怕你多心，一时没跟你说。我想从基层做起，了解印刷的所有流程，然后再将方案呈送给你。现在既然你怀疑我别有用心，那就把方案告诉你吧。他顿了一下，看到我确实在听，又接着说，你的厂子要想再跨越一步，最好的出路是走资本市场，上市。

张伟强随即说起上市之后的种种好处和上市之前需要完善的环节。听上去我离亿万富翁只有半步之遥。因为他在我面前画的饼太大，我感到一点儿也不真实。再者，他所说的许多术语我根本听不懂。这么多年来我一直秉持着不懂的事情坚决不插手，我做企业就像农夫种地，挣的都是勤苦钱。张伟强愈说愈兴奋，就好像他的公司要上市。他不时拿起我用来说话的笔，在纸上列出一串长长的数字。他挺直了身子，我发现他比我还高。他身体的伸缩幅度让我有点儿不安，他刚才的诚惶诚恐竟然是伪装的。

张伟强说，我做金融投资虽然失了手，却积累了宝贵的经验。

我拿起笔，想拦住他。面前的纸上写满了数字，我不得不起身到桌上再拿一张。

我写道，我妻子不会同意的。

他依然处于打了鸡血的状态，竟然忘了他要操作的是我的公司。

他说，你老婆必须退出管理层，夫妻店永远不可能真正壮大。

后来要不是我将笔摔在茶几上，不知他还要讲多久。他看到弹簧笔跳起足有一尺高，在桌面上弹了几下又朝着废纸篓滚去，急忙一弓腰将笔接住。扭头看到我的面容，他的身体突然再次萎缩成了早衰的儿童。

我们俩僵了一会儿，都觉得有点儿不好意思。他是因为未经主人同意便信口操纵人家的企业，我则是觉得刚才打断他说话的方式太冲动。他或许真的想帮我上市，借着我壮大的契机分得一杯羹，也不能算恶意。我拿起笔凑到纸上，想写句话缓解我们之间的尴尬。这时，张伟强的一句话又将我的思绪推进了深渊。

他像通报神秘消息一样将身子朝我身边凑了凑，小声说，请放心，我对谁也没说。

我以为他说的是上市的事。可他的神情里却像是隐藏着更大的秘密。

他说，我接受审讯时也没把你砸死马奎的事说出来。

我终于说到了今天上午的聚会。在海鲜酒楼的夏威夷厅，我把张伟强、李双海和王小路召集在一起。让我欣慰的是，在酒宴开始之前我突然能开口说话了。这是自打多年前的八月十五深夜在李双海家喝血酒以来的第一次聚会。他们三个人在先后踏上夏威夷厅的红地毯之前不知道这是聚会，都以为是跟我单独见面。我昨天晚上通知他们时还不能说话，是发的短信。王小路接到短信后立马回复了一个微笑的表情。他说正好要到省城看儿子。他儿子今年考进了省师范大学，却没告诉我。他没要我帮着掏学费让我稍有感动。李双海接到短信后好像犹豫了许久，可能是以为我跟他要钱。他回复说实在不好意思，暂时还不了那六万块钱，刚买房，两个月后差不多可以给我。我问他是不是要结婚。他说已经结了，老婆是个著名内衣品牌的代理商。我本来没打算跟他要钱，可他对待欠款的态度却让我心头一暖。我断定那个女代理商是个通情达理的人。张伟强不想出来跟我吃饭，今天上午他在车间的机器前看到我用笔写在纸上的邀请时连连摇头。最终是我让老肖把他送到了夏威夷厅的门口。王小路和李双海见面时都愣住了，那惊愕的表情就像不期而遇的敌手，过了好一会儿他俩才略显笨拙地拥抱了一下。等到张伟强进门时，王小路和李双海同时吓了一跳。我从他们见面时的神情中断定，他们这些年没有联系。这让我对今天聚会所要达到的目的更多了几分把握。我把他们聚在一起并不仅是畅叙友谊，我还要让他们对有关马奎死亡的事当面对质。

我记得那天晚上坐着李双海的自行车赶到大槐树底下时，张伟强和王小路已经等在那儿了。王小路搜集了一堆砖头码在树根下。大槐树的直径足有两米，树身原本有个大洞，顺着树洞可以爬到树顶。后来有关部门不知从哪儿考证出这棵槐树是唐朝宰相魏徵亲手栽植的，便用水泥将树洞堵死了。大树旁边立了一块醒目的石碑：唐槐。石碑背面记载着魏徵种树时的心情。如今大槐树的主枝干枯了，好似一根粗壮的旗杆高高耸立着。三个旁枝却枝叶茂密，像是在东关大桥的西头撑起了一把大伞。夏季的夜晚有许多老年人坐在树下摇着扇子乘凉，此时的树下却透着一丝阴森。

李双海刚将自行车靠在树身上，王小路就立马递过来一块砖头。李双海用手掂了掂，扔掉又换了块小点儿的。王小路准备的砖头很多，有大有小。小的扔得远，可杀伤力差。大个儿的足以让马奎头破血流，可扔的时候难以掌握准头。李双海手握砖头从树身后探头看了一眼空旷的马路，又低头看着王小路备好的一堆砖，赞赏地点了点头。然后，他开始布置火力。张伟强一直坐在旁边抽烟，垂头丧气的样子，好像我们正在干的一切与他无关。李双海很不高兴，冲着他低声叫道，把烟灭了，别暴露目标。张伟强浑身一激灵，似乎刚意识到今晚的偷袭是为了他，所以他在挑选砖头时主动拿了两块，右手拿的是半头砖，左手拿的是一整块。其实他拿砖头的方式很不合理，两手的砖头不可能同时扔出去。如果先扔一块，另一只手里的重量反倒影响这一只手投掷的质量。没机会对他的握砖方式进行纠正了，马奎的摩托车顺着东关大桥冲了过来。

我手里的半头砖上沾着干结的水泥，不知是从哪座废弃建筑物上拆下来的，有点儿硌手。依照李双海的安排，当马奎的摩托车行驶到桥中间时，每个人先将半头砖猛烈地砸过去。如果砸不中，摩托车肯定继续往前冲。离着我们近了，再拿整块的砖砸他。李双海专门叮嘱，扔砖头时一定要从树后面跳出来。若是躲在树后往外扔，没准会砸破自己的脑袋。

马奎喝多了。他在远处朝东关大桥行驶时速度并不快，车灯摇来晃去像鬼子炮楼上的探照灯在马路上乱扫。王小路担心他在没驶上大桥之前摔倒，那相当于突然出了道难题，因为我们拿不准是否冲过去砸他。马奎确实到了生命终结的时刻。他在离着大桥还有五十米时，不知受到了什么启示，一下子将车把稳住了。车把的突然稳定好像出乎他的意料，他变得异常兴奋。他猛一加油门，摩托车发出一阵声嘶力竭的尖叫，尖叫声把李双海吓了一跳。摩托车眨眼间便驶上了东关大桥。李双海大声喊"开炮"，我们几个就从树后跳出来将砖头依次砸了过去。此时的马奎已经驶到大桥中间，迎面飞来的砖头使摩托车的车头突然朝右一扭撞在桥栏上。灯光照亮了墨汁般的河水。马奎一声惨叫，身子飞过桥栏栽进河里。

我在马奎发出惨叫声之后才将砖头扔出去。我一直害怕自己跟马奎扯上关系，李双海分配砖头时我又不好拒绝。我手拿砖头望着远处摩托车的灯光，暗自盼着马奎拐回去。马奎突然稳住车把时，我忽然从张伟强两手握砖的动作上受到了启发。他既然不能把两块砖同时扔出去，那我就等着跟他的第二块一起扔。这样一来，既尽了朋友的义务，又不至于对马奎造成伤害。

马奎没戴头盔，脑袋正好撞在河底一块翘起的石头上。

今天早晨天不亮我便醒了。我把自己关进书房回想马奎的死亡。这么多年来我一直回避那个夜晚。今天我要洗白自己，那个夜晚的一切都是有力的证明材料，所以我的回忆非常细腻。我想到了东关大桥上的灯。桥两边本来有四盏路灯，那天夜里竟然坏了三盏，显得马奎的摩托车车灯格外亮。大槐树上贴着一张治性病的广告。张伟强在拿砖头之前，先将它撕下来擦了擦手心里的冷汗。王小路在挑砖头时很费了一番心思。拿起大的想要小的，拿起小的又觉得大的好。拿拿放放，小心翼翼，好像在摆弄门市部货架上的商品。最终李双海替他做出了选择，递给他一块特点鲜明的砖头，不大不小，一头带着尖。王小路把它拿到手里像握着一把怪异的匕首，倒过来拿，又像抓着一只笨拙的锤头。那天晚上李双海就像伏击小队的队长，这是他提前便给自己安排好的职务。他虽然没说话，却用手势清楚地指挥着每一个人。他对袭击所做的准备太充分，甚至设计好了偷袭不成的逃跑路线。我记得马奎栽进河里之后，张伟强忽然像被厉鬼附了体，拿起两块砖想冲到桥上往河里看一看，顺势再给马奎来两下。李双海把他抱住了。撤退时张伟强很不高兴，埋怨这次干得不痛快。

次日上午，我在课堂上得知了马奎死亡的消息。

警察认定他是醉酒驾驶自己摔死的。

我的书读不下去了。我退学是因为见到了马奎的父亲。在我们发过血誓的第二天傍晚，我鬼使神差地骑着自行车去了马奎家，或许是想验证他是否真死了。其实我更盼着关于他的死亡是个假消息。我没敢进他家的门，我在马路对面望着他家的修车铺。门口挂着的那只生满铁锈的自行车车圈在秋风中摇来晃去，那条打满补丁的车胎裂开了，像是在门上晾着一大片烟叶。马奎属于少亡，不具备办丧事的资格。修车家什依然摆在门前，屋里一片漆黑，大敞的门好像怪兽的嘴巴。我忽然有些恍惚，仿佛面前的这扇门正在引领着我进入一个梦。马奎的父亲走了出来，他弓着腰一步一步挪到门前的马扎上。他没有咳嗽，面色出奇地平静，好像叠在脸上的皱纹也舒展了。他习惯地看着马路上来来往往的自行车，又茫然地看了一眼马路对面的我。我身上突然发冷。他那两只苍老的眼睛就像两个深不见底的黑洞。我想移开目光，但我的眼珠却像被魔力定住了。我痴痴地望着他的眼睛，感觉正在被吸进黑洞里。幸好他及时垂下了头，用手轻轻抚摸着身边的一个小黑盒子，就像抚摸着小孩儿的头。他说，臭小子，以后你就在家好好待着。说完，他脸上绽出一丝笑容。他的笑容像印戳一样盖在我的脑海里。

马奎父亲微笑着抚摸那个装有马奎骨灰的小黑盒子的画面让我恐惧了多年。直到我儿子出世，我才突然明白，一个父亲痛苦绝望到什么程度才能笑得出来。

今天的酒宴上，李双海和王小路喝得非常高兴。王小路不停地夸自己儿子聪明。李双海提出改天叫上他儿子再吃一次饭，庆贺考上大学，王小路急忙摇手，说小孩儿哪能参与大人的饭局。听上去是在客气，我却从他的表情里看到了恐慌。他不愿让我们跟他儿子接触。李双海开始夸他老婆，虽然是二婚，他觉得比一婚还幸福。他跟着老婆去参加招商会，竟然有人以为他老婆是带着父亲出来旅游。王小路说，这么好的媳妇别藏着，让我们也见一见。李双海尴尬地笑道，看机会吧，她实在太忙。他俩委婉地拒绝让亲人跟老朋友见面之后，气氛忽然变得有点儿冷。他俩将目光转向我，我正在想着如何跟他们摊牌。他俩看我时，我感觉脸上像突然溅上几颗火星。张伟强抽着香烟坐在旁边一直没搭腔。他对王小路和李双海夸妻儿很是不屑，又不好表现出来，只好极力压抑心里深处的高傲。我说，伟强，你也说两句。张伟强苦笑，我这身份能说什么？我感到突然被将了一军。我说，你就说一说上市的事。张伟强诧异地望着我，以为我在逗他玩。我说，你昨天说得挺好。王小路和李双海一听眼睛立时有点儿发直。他们知道上市，但没想到我的公司竟然也可以上市。他们知道张伟强混栽了，没想到还有帮我上市的本领。我本来是怕李双海和王小路小看张伟强，让他说点儿金融知识活跃一下气氛。没想到张伟强说了不一会儿，王小路和李双海就开始打听投多少钱可以成为原始股东。我觉得不妙。在张伟强跟服务员要纸和笔准备详细讲解时，我急忙端起酒杯止住了话头。

我说，这么多年好不容易再聚，就说咱们自己吧。

他们互相看了一眼，以为我的提议是要共同挖掘儿时的趣事。喝下一杯酒，李双海说到了当年带我去土产公司仓库里"看戏"的事，王小路说起当年他妈给我按摩治感冒时的场景，张伟强沉默地望着我。他已经意识到我召集聚会并不只是叙一叙友谊那样简单，他忽然恢复了儿时在我们中间当小头目时的神情。那时的他又阳光又单纯，虽然学习成绩总也上不去，但穿着打扮在男生中间却是鹤立鸡群。

张伟强打断了李双海和王小路，转头对我说，思信，有话就直说吧。

我环视了他们一眼，说，你们想过没有，是什么中断了咱们的交往？

他们三个人谁也不说话，三双眼睛像六束激光一样齐刷刷地射在我的脸上

他们同时一愣，好像已经知道我要触及的话题，各自表情里显出一丝紧张。他们互相觑了一眼，不知该如何回答我，一时也不知怎样将话题避开。他们没

想到，我要问的问题比马奎的死亡更深一步。

我问，双海，那天晚上你说我挑唆张伟强跟马奎拼命，到底是谁跟你说的？

话一出口，我突然觉得压抑在内心二十多年的焦虑终于找到了释放的缝隙。我的目光也变得锐利起来。李双海看了一眼张伟强，张伟强看着王小路，王小路却看着我。我以为把挑唆加在我身上，只能是李双海和张伟强其中的一个，没想到王小路搭了腔，他的口气就像当年劝张伟强接受他的偷袭方案一样透着苦口婆心。

王小路说，思信，过了这么多年，你觉得追究这个有必要吗？

李双海说，我觉得咱们很不简单，这么多年谁也没说出去。

张伟强说，马奎是咱们合伙干掉的，谁也没想过推卸责任。

三个人轮番一打岔，我的情绪立时激动起来。他们不但不准备回答我，反倒将问题引向了其他方面。尤其是张伟强说的话让我格外气愤——谁也没想过推卸责任，那他为什么说马奎是我砸死的！

我说，咱们非常有必要理清楚，马奎是挨了哪块砖头栽进河里的。

这对我来说非常重要，比查清我是否挑唆过张伟强拼命更重要。此刻当事者全部在场，我相信通过对那天夜晚砖头投掷顺序的梳理，一定会让他们因将马奎之死强加于我而感到羞愧。我冷静地看着他们，以为他们会急不可待地讲述自己投掷时的心情和砖头飞出之后的运行轨迹，没想到接下来出现了令我毛骨悚然的一幕。

他们三个人谁也不说话，三双眼睛像六束激光一样齐刷刷地射在我的脸上。

警察同志，我来投案不仅是因为他们三个人不约而同地认定我砸死了马奎，更重要的是我今天上午听到了一个消息。正是这个消息让我突然恢复了说话能力。马奎的父亲十天前去世了。十六年来，我每个月都让人给他寄一笔生活费。

新 娘

吴克敬[*]

1

吃了谁的奶，谁就是你的娘！

时隔五十一年，也就是抗日战争胜利四十五周年前夕，袁心初忍俊不禁，又给牛少峰这么说了。她说了这句话后，紧跟着还加了一句，老娘是娘，新娘也是娘。

五十一年前的袁心初，十七岁过了点，还不到十八岁时，就自觉结束了她女孩子的生活，把她热烫烫的姑娘身子，交给了英俊的牛少峰，满心欢喜地做了他的新娘。北平女子学堂的高才生袁心初，在做牛少峰的新娘之前，打死她都想不到，她会嫁给一个军人，而且还是心甘情愿。在此之前，有些文艺情怀的袁心初，是不怎么瞧得上军人的，她不仅瞧不起，甚至还有些厌恶，她看到北平城裹着绑腿的大兵，个个横得不行。这种坏印象，直到"卢沟桥事变"。死守卢沟桥桥头的中国部队拼死抵抗日本鬼子的进攻，一个连的兵力，到最后仅

---

[*] 吴克敬，陕西扶风人。毕业于西北大学中文系，硕士学位。曾任西安日报社党组成员、副主编，现任中国书画院副院长、陕西省作家协会副主席、西安市作家协会主席、陕西省政协委员。曾获冰心散文奖、柳青文学奖，中篇小说《手铐上的蓝花花》获第五届鲁迅文学奖。《羞涩》《大丑》《拉手手》《马背上的电影》等作品被改编成电影，长篇小说《初婚》被改编成电视连续剧。

有四人生还，其余全部壮烈牺牲。这是袁心初对大兵印象的一次改变。紧接着，日本鬼子大举侵犯北平，她家赖以生存的电器厂，在日寇的炮火轰击下，全部焚毁。父母亲不想看着他们的宝贝女儿，在日寇的铁蹄下遭罪，便把袁心初送到了战略后方的西安。老两口守在北平，意图恢复家业。

袁心初来到西安后，立即进入西安女校继续学业。

这时候的西安，因为1936年的"西安事变"，西安城的抗日情绪十分高涨。袁心初所处的西安女校，是由爱国人士于右任倡办的，多由爱国知识分子任教，牛少峰就是他们中的一员。

牛少峰结合当时的形势，在西安女校组织了一支抗日宣传队，他们用课余时间排练。到了星期日，他就把宣传队拉到西安的大街上去，向市民演出宣传。泣血写出《在松花江上》的张寒晖，当时也在西安，牛少峰就请他来，指导宣传队员演唱。袁心初从北平来，吐字清晰、嗓音宏厚，被选出来做了领唱。他们不仅演唱"流亡三部曲"，还演出街头剧《放下你的鞭子》《不识字的母亲》《黑地狱》等。

我的家在东北松花江上，

那里有森林煤矿，

还有那满山遍野的大豆高粱。

我的家在东北松花江上，

那里有我的同胞，

还有那衰老的爹娘。

九一八，九一八，

从那个悲惨的时候……

领唱的袁心初，排练时练得认真，上街演唱时唱得动情，她唱着，不仅把她自己唱得泪流满面，还把街头围观的群众唱得肝肠寸断、泪洒现场。

《在松花江上》是"流亡三部曲"的第一首，另两首《离家》和《上前线》都是刘雪庵写出来的。在牛少峰的组织下，经袁心初领唱出来，依然使人心魄颤动！袁心初还扮演街头抗日剧《放下你的鞭子》中的女儿秀姐……这个时期的她，俨然西安街头的抗日宣传明星。

牛少峰感动于袁心初的演唱，而袁心初也感动于牛少峰对她的信任，师生间慢慢地建立起一种说不清、道不明的情愫……袁心初以为，他们师生还会在西安女校继续他们的学习和抗战宣传事业，却忽然传来她父母的消息。驻留在北平图谋重振家业的老人，因为反对日寇在北平的法西斯统治，竟被日本宪兵秘密抓进监狱，拷打致死！噩耗传来，袁心初痛不欲生，几次哭得都晕了过去。

袁心初悲惨地成为一名战争中的孤儿！

2

知晓实情的牛少峰，自觉承担起护佑袁心初的责任，他像亲哥哥一样，关心着袁心初，守卫着袁心初，直到袁心初从丧失父母的大悲痛中回过神来，牛少峰才告诉了袁心初他在心里酝酿了很久的一个决定。

那是1938年盛夏的一个傍晚，牛少峰约出袁心初，到西安城墙边的绿树林带里散步。牛少峰说了，说他不能再在学校里的课堂上教书了。他说他要参军入伍，扛起枪打鬼子！

牛少峰投笔从戎的这一举动，感动了袁心初。她说，为我父母报仇！

牛少峰说，为你死难的父母，还为千千万万的苦难百姓！

袁心初把牛少峰抱住了，说，中国不能亡！

牛少峰也抱住了袁心初，说，民族不能亡！

凶残的侵华日军，自"卢沟桥事变"以后，沿着长城一线，迅速占领了冀中平原，没过多久，就又入侵山西境内，相继攻下大同、太原等战略重镇，并囤积兵力。在控制了同蒲铁路线后，不断向黄河北岸的临汾、运城、平张等地侵略推进……这是日军本部的一大目标，使我抗日力量首尾不能相顾，从而攻占陕西，向西北直取甘肃、青海、新疆，向西南则拿下四川、云南、贵州。

黄河声响，古渡告急，日本华北牛岛、川岸师团，已兵临与陕西一水之隔的风陵渡。

"西安事变"后，西北军的领袖人物杨虎城被迫出国，孙蔚如接任了被整编为国民革命军第38军的西北军的军长。在此关键时刻，他向陕西军民盟誓：余将以血肉之躯，报效国家，舍身家性命以抗日寇……但闻黄河水长啸，不求马革裹尸还！然后愤然统兵渡过黄河，在山西的中条山与日寇展开了殊死搏击。

投笔从戎的牛少峰，被编在孔从洲17师的补充团。因为他学识渊博，熟悉历史，知晓地理，在补充团练了几日枪械，即被安排在团部做了参谋。

牛少峰的参谋做得是称职的，在搜集情报、分析敌情，以及地图推演等方面，都做得有声有色。团副杨清震是黄埔军校武汉分校第六期学员，他在学校时就加入了中国共产党，在孔从洲的17师为骨干成员，有着丰富的人生经验和战斗经验。他对牛少峰的分析推演，十分服气，他做什么都愿意与牛少峰商量了再决定。

"六六会战"是38军进入山西境内与日寇打的头一场战役。这时的日本侵略者是傲慢的，他们根本没把38军当回事，以为他们与中央军打，也打得顺风顺水，一个装备和训练水平都低的地方军队，还不是一击即溃。可是实战起来，骄横的日本鬼子吃了一惊……补充团在牛少峰的谋略下，跟随团副杨清震，绕到战斗打得最为惨烈的东原防线背后，出其不意地于那个叫栲栳镇的地方，先打了鬼子一个措手不及，再接再厉，又在黑水村消灭了日寇的警戒哨，旋即在唐家营端了日寇预备队的窝，后又在北古城炸毁了日寇增援的汽车队……补充团几乎清一色新兵，所以有此战果，用杨清震的话说，牛少峰谋划有功。

补充团孤军深入，最后打到黄河岸边的马家崖，近九千人的队伍，吸引了牛岛三个大队的精锐，被围在悬崖顶上。鬼子的迫击炮，像是冰雹一样往补充团的阵地上飞，两天时间就牺牲了二百余人，在这之前，对牛少峰影响极大的杨清震已壮烈牺牲，而退守在马家崖顶的战友们，都已经弹尽粮绝，鬼子兵却一拨一拨地往上进攻。最后时刻，牛少峰站在马家崖峰头，唱起秦腔《金沙滩》里杨继业的两句词：

> 两狼山，战胡儿……天摇地动，
>
> 好男儿为国家何惧死生！

牛少峰唱罢，马家崖顶上他的战友们齐声也唱了一遍。大家宁死不做俘虏，两人挽臂，三人牵手，向着波涛汹涌的黄河，跳了下去！

牛少峰往下跳的时候，他想起袁心初了，而当他从昏迷中醒来时，他就斜倚在袁心初的怀里。

3

你醒来了！

我知道你会醒来的。

眼睛已经睁开一道细线的牛少峰，当他听到袁心初欣喜的呼叫，这才觉得自己没有死。他还活着，活着倚在袁心初的怀里。

牛少峰他们去了中条山抗击日寇，袁心初担起西安女校抗日宣传队的责任，继续在西安的街头演唱，与此同时，她积极向陕西抗战后援会申请，要东过黄河，到中条山前线慰问抗战的英雄们。袁心初的申请被批下来了，他们在有关方面的武装护送下，来到黄河岸边，计划趁着夜色掩护，再向黄河对岸摆渡……他们所在的地方，是黄河的一个大弯，在马家崖跳河的补充团英雄，被冲到这个弯上，有许多人就搁浅在沙滩上。他们中的人，绝大多数牺牲了，像牛少峰一样生还的人不多，而且牛少峰生还在袁心初的怀抱里，这只能说是一种天意了。

身上负有炮弹爆炸的弹片伤，还有枪弹的弹穿伤，牛少峰是必须回西安疗伤了。就在他疗伤期间，西安的多家报纸，报道了他们补充团在中条山抗战中的英雄事迹，其中就有牛少峰的篇章，把他在马家崖高唱秦腔的那一幕，写得壮怀激烈、慷慨悲昂。得知他回西安疗伤后，热血澎湃的西安市民，带着回民坊上的腊牛肉、腊羊肉，还有油糕麻花，纷纷到牛少峰疗伤的大差市医院来看他，你走了他来，看望英雄牛少峰的人群，在医院都排成了长队……袁心初在这时候，陪在牛少峰身边，接待着每一位前来探视的西安市民。

牛少峰的伤势好起来了。

就在牛少峰伤好出院的那天，袁心初穿了身淡绿色的旗袍，怀抱一束在西安还不怎么流行的花儿，来到医院向牛少峰求婚了。

女孩儿求婚，在那个时候，要不是因为抗战这一特殊背景，几乎是不可想象的。

袁心初是从北平流亡来的，而牛少峰是从东北流亡来的，两个因家乡遭受日本鬼子侵略，流亡到西安来的年轻男女，经过这一段不算长也不算短的相处和交流，彼此都从心里产生了深深的爱意。

把自己精心打扮起来的袁心初，仿佛一朵出水的青莲，她把怀里的那一束鲜花递到牛少峰的手里，少见羞涩，少见慌乱，她平静地给牛少峰表露了自己的心声。

袁心初说，我爱你！

袁心初说，你要了我吧！

袁心初说，你知道，我的父母都被日本鬼子杀害了，我没了亲人，你就是我唯一的亲人。

同为天下流亡人！袁心初的表白，是牛少峰最想的，也最爱听的话。袁心初说他是她如今唯一的亲人，而她又何尝不是他唯一的亲人？"九一八"后，牛少峰挟裹在东北大学的师生之中，一路流亡到西安。他多方探听，也都没有联系到身在东北的父母，他们是像他一样流亡了呢？还是没能逃跑，深陷在日寇侵略的泥沼？

牛少峰从袁心初的手里接过那束鲜花，他很想答应袁心初的请求，而且答应的话语，亦如炒熟的花生豆，香喷喷流到了他的舌头尖，他却改口了。

牛少峰说，我身体好了还要上战场！

牛少峰说，倭寇不灭，何以为家！

牛少峰说，你等着我，我这就归队中条山，等我们彻底消灭完日本鬼子，全国庆祝胜利的日子，我们就结婚！

袁心初听懂了牛少峰的话，他答应了她的婚姻请求，这是比什么都要让她开心和幸福的呢！

袁心初扑进牛少峰的怀里，给了他一个热辣辣的长吻。

袁心初说，在你归队中条山前，我要把我交给你！

袁心初说到做到，也不论牛少峰的态度如何，她拉着西安女校抗日宣传队的兄弟姐妹来到他租住的西安后宰门，不到一天的时间，就把她和牛少峰结婚的新房收拾出来了。

4

家在关中西府凤栖镇南街村的姜上清，也是宣传队一员，他家有百十来亩地、两头牛和一匹骡子。每次回家来校，都是那匹大黑骡子驮着一骡背的吃用，送姜上清来西安。他虽然读的是书院门里的关中新学，在西安街头看了西安女校的抗日宣传演出，便自觉到西安女校来，参加了他们的宣传队。在唱"流亡三部曲"时，他是合唱队员，演出《放下你的鞭子》时，他扮演流亡的父亲……可以说，他有演艺方面的天赋，合唱时唱得好，演出时演得好，与抗日宣传队的兄弟姐妹，相处得融洽和谐，极具人缘。

创办了抗日宣传队的牛少峰是西安女校的老师，小了牛少峰五岁的姜上清，也把牛少峰当作了他的老师。老师要结婚了，他岂有不帮忙的理由？帮助袁心初收拾婚房是必须的，他还要带头为牛少峰老师和袁心初张罗一顿结婚宴。

正值全国抗日的艰苦时期，牛少峰办不出一顿像样的结婚宴，袁心初也办不到，但家庭生活殷实的姜上清是可以的。在牛少峰缠不过袁心初，确定下与袁心初结婚的日子后，姜上清就于当天在后宰门他们租住的婚房近旁，拣了家西府风味的小馆子，定了一个大桌子，在那个阳光灿烂的中午，约来宣传队的队员，来给牛少峰和袁心初举行婚礼了。

新娘也是娘。这句让袁心初毕其一生都不能忘的话，就是牛少峰在他们的婚礼上说给她的。

袁心初憧憬过她的婚礼，如果不是日本鬼子侵略过来，如果她的父母不是被日本鬼子杀害，她的婚礼肯定是盛大的，无论是在北平，还是在西安。她肯定要身穿漂亮的婚纱礼服，迎来众多亲朋，在神圣庄严的婚礼进行曲中，与她爱的人，牵手在婚礼殿堂上，欢天喜地地接受大家的祝福。她和她爱着的人，还要互相起誓，忠实自己的婚姻，忠实自己的爱情……可是日本鬼子打来了，国家到了最为危难的时候，袁心初的婚礼也只能办成这个样子了。

这个样子是简朴的，却也是隆重的，他们抗日宣传队的人都来了，还有和牛少峰一起工作过的几位同事。在姜上清的热情招呼下，大家挤挤挨挨地坐了一桌子，就等着新郎牛少峰和新娘袁心初登场了。

袁心初有她从北平流亡至西安时带来的好几身旗袍，那天向牛少峰求婚，袁心初穿的是一件淡绿色的旗袍，今天是她和牛少峰新婚的大喜日子，她就把压在箱底的一件红绸绣花旗袍穿上了身。这是袁心初的母亲带着她在北平最有名的瑞蚨祥绸缎庄，给她量身定制的。定制时，她母亲有意让制衣师傅留出了些尺寸，过了两年再穿，刚好合体。旗袍裹在袁心初高挑的身体上，要多熨帖有多熨帖，一道镶着黄绸滚边的襟线，从她脖领处起头，斜着转到她的右臂腋下，端直地顺着她凹进去的腰部和凸出来的臀部，弯曲而下，直下下摆处，仿佛一道闪电般明亮，在这明亮的一线之上，缀饰着一排溜的本色琵琶盘扣。袁心初在牛少峰的牵引下，款款地走到大家跟前时，让团团围坐在餐桌上的宾朋，全都情不自禁地站起来，向着袁心初和牛少峰热烈地鼓起掌来。

就在这时，一阵空袭的警报，刺耳地响了起来，但是大家没有出去躲避，袁心初和牛少峰没有，姜上清他们也没有，还有这家关中西府菜馆的老板、炉头和服务生都没有躲，大家坚持在那张餐桌周围，为袁心初和牛少峰操办着婚礼。

高堂遇难了，或是音信全无，没在身边就没法拜。但天是中国的天，地是民族的地，袁心初和牛少峰行礼如仪，拜了天拜了地，双方对面站着，也互相拜了。到他俩说誓言时，袁心初没说，牛少峰说了。

牛少峰说，这个"良"字是今天的主角。对于"良"我有话说，天南地北，我和袁心初流亡在西安，能在西安相遇、相熟、相爱，怎么说都是一份良缘。良缘让我俩今天，一个做了新娘，一个做了新郎。我是想了，"娘"字里有"良"，"郎"字里有"良"，"娘"字是"良"字的左边加一个"女"字，"郎"字是"良"字的右边挂一只"耳朵"，这说明什么呢？说明新娘老娘都是娘，老娘把一个儿子养大，养到一定年龄，就要找一个新娘，让新娘来养了。而挂了一只"耳朵"的"郎"，是我们的祖先在造字时，告诫为郎的人，是要听话的，不只要听老娘的话，更要听新娘的话。我认真地想了，为娘的人，老娘也好，新娘也罢，唠叨可能要唠叨一些，正因为唠叨，才证明她对我们为郎者的爱。我发誓，我爱我的新娘，我听我新娘的话。

牛少峰的誓言是独特的，袁心初一字不落地听进了心里。不止袁心初听进了心里，参加他俩婚礼的姜上清等人，也都认真地听进了心里。牛少峰把他的誓言刚说完，满桌的人，还有小馆子里的老板、炉头和服务生，都热烈地鼓起了掌。

就在这时，日本鬼子的飞机来了，在离后宰门不远的钟鼓楼一带，扔下了不少炸弹。轰隆轰隆的炸弹声，传到袁心初和牛少峰的婚礼现场上来，嘴快的姜上清开口了，他说，袁心初和牛老师结婚，咱们忘记了燃放爆竹，鬼子的炸弹，来帮忙了，它噼噼啪啪的爆炸就当是给咱们进行的婚礼添响儿哩！

姜上清说了后，大家异口同声地咒骂起了日本鬼子，少耍你鬼子的威风，爷爷们有收拾狗日的时候呢。

5

送走了姜上清他们，袁心初和牛少峰回到他俩临时租赁的洞房里，说着他们今后的打算，直到天黑，袁心初点亮她买回来的两根粗红的喜烛，坐在床边，等着牛少峰来给她解开旗袍上的纽扣，帮她脱下旗袍，两人便可以同床了。可是牛少峰却没有，他痴痴地看着烛光里的袁心初，觉得袁心初是神圣的，神圣得如是一位下凡的仙子。

袁心初等不来牛少峰帮忙，她就自己脱了裹在身上的红绸旗袍，钻进被窝等牛少峰了。牛少峰不能让袁心初尴尬，他也把自己身上的衣服脱了去，钻进被窝，紧贴着袁心初躺下……牛少峰在那一瞬间，不知是神的指示，还是本能使然，他像他小时候吃娘的奶一样，埋头进袁心初的胸怀里，张嘴吃住了袁心初的乳房。

袁心初没有反对牛少峰吃她的乳房，她甚至怕他吃不尽兴，还调整着她躺着的姿势，方便牛少峰吃得更自在更得心。

牛少峰吃了几口，把埋在袁心初胸怀里的头抬起来，给袁心初说了。牛少峰说他这一生，活到现在，吃了两个女人的奶，一个是母亲，一个就是袁心初了。他说他吃着老娘奶的时候，他是孩子，他现在来吃新娘袁心初的奶，他是血肉之躯的男子汉。牛少峰这么说了几句话后，像他那天在婚宴上一样，再次给袁心初盟誓了。

牛少峰说，有奶就是娘，我不会让老娘丢脸，更不会让新娘失望。我爱老娘，我还要像爱我的老娘一样爱我的新娘。

甜蜜的新婚日子，过了不到十天，中条山抗日的形势呼唤着牛少峰，他告别袁心初，与自愿赴中条山抗日的陕西籍青年勇士，再渡黄河，他们再次被编进了孔从洲 17 师的补充团。

牛少峰初上中条山的英勇事迹，给他再上中条山抗日打好了基础，他受团部的重视，担起了补充团一营三连连长的职责。

跟随牛少峰在西安积极宣传抗日的姜上清，这一次也跟随牛少峰渡河来到中条山。牛少峰让他给自己做起了文书。

归队不到几天，后来被抗战史学家称之为"望原会战"的一场旷日持久的大战役，就在中条山打响了。这是比牛少峰参加过的"血战永济""六六会战"更为惨烈、更为血腥的战役，时间持续了一年多。渡河抗战的三万陕西地方军，愣打得有二十万精锐之师的日军，没能西进一步，力保陕西全境和大西北，未遭日本铁蹄践踏。

时间熬到了 1940 年 10 月，蒋介石发来调防命令，要孙蔚如的 38 军离开苦战三年的中条山，让十七万之多的正规军换防过来。应该说，这是一次战略性的换防，十七万正规军，比之三万地方军，力量得到了相当大的提升，可是不到半年的时间，却被日寇全线击败，有七万抗日官兵，流血牺牲在了那片苦难的山地上。

就在 38 军换防的前夕，牛少峰所在的补充团受命向洗耳河的日军发起了一次主动进攻。进攻的主力为补充团的一营，牛少峰是一营三连的连长，他主动请缨，率领三连做了出击的先头兵。他们把出击的时间，选择在一个伸手不见五指的夜晚，一百五十多人的三连勇士，悄悄越过洗耳河，直到靠近日寇的阵地，听得见日寇昏睡的打鼾声，这才把他们拿在手里的手榴弹，拽掉拉环。手榴弹像是钢铁的冰雹一般，争先恐后地落入日寇的阵地，炸得鬼子兵鬼哭狼嚎、尸横遍野……这一次偷袭，让扼守洗耳河的鬼子兵，全线溃退了三十里，为补充团跟随 38 军撤离战场，赢得了宝贵的时间。

然而，给牛少峰做文书的姜上清受伤了。他被夜间的流弹伤了一只眼睛，还被炸裂的迫击炮弹片，炸掉了一条胳膊。

姜上清不能跟随牛少峰再上抗日战场了。

姜上清被转移回了西安，住进了西安为抗战英雄设立的荣军医院。做了新娘，还没有度完蜜月就送走新郎的袁心初，这时也从西安女校毕业出来，自愿到荣军医院做了一名救死扶伤的护士。纱布包着头，还包着一条胳膊的姜上清被转移进荣军医院，恰好是袁心初来接的。不过，十分熟悉姜上清的袁心初并没有一眼认出他来。跟随牛少峰渡河去了中条山的姜上清，在一年多的时间里，血肉之躯被战争的血腥和残酷弄得完全变了样。他不仅缺了一只眼，断了一条胳膊，就连他的精神状态，也早已不是在西安街头宣传抗日时的状态了。他虽然重伤在身，但他没有因为重伤，而显得烦躁……荣军医院里，多有这种沮丧，或是乖戾烦躁的伤员。姜上清不是，转移来荣军医院，他被流弹伤了一只眼，被弹片炸断了一条胳膊，他应该感觉到伤痛，他有资格呻吟，他也可以沮丧，可以烦躁，可以乖戾的，可他没有。从战火纷飞的中条山转移进西安荣军医院的他，在转移的路上就很安静，住进了荣军医院，他表现得就更安静了。

接收了姜上清的袁心初，没有立即认出他来，只有一份他的伤情表，袁心初在薄薄的纸页上扫了一眼，就把她惊得顿时瞪大了眼睛。

躺在担架上伤了一只眼睛，断了一条胳膊的人是姜上清吗？

瞪大了眼睛的袁心初，把她的视线全部聚焦在姜上清的身上，她想用她的眼睛证明，躺在担架上的人不是姜上清。她多希望记录姜上清伤情的那页纸登记错了，或者受伤的是另一位姜上清。

袁心初有核对伤者身份的职责，她俯身到姜上清的耳朵旁，轻柔地问了一句。

你是姜上清？

姜上清的嘴巴张了张，像袁心初问他一样，轻声地回答了一句，我是。

眼泪从袁心初的心泉里喷涌而出，顷刻模糊了她的眼睛。姜上清的声音，虽然带着浓重的战火味道，但是袁心初在他刚一张口的那一瞬间，就听出来了。没有错，他就是同袁心初一起在西安街头宣传抗日的姜上清，他就是给袁心初操办了婚礼的姜上清，他就是跟随她的新郎牛少峰上了中条山打鬼子的姜上清……珠串般的眼泪，带着袁心初身体的热度，一滴又一滴，滴在了姜上清的身上。

袁心初给姜上清说，我是心初。

袁心初说，我要让你好起来。

重伤的姜上清，大半个脸包在厚厚的带血的纱布里，但没能掩饰住他的笑。

姜上清微笑着说，我好了后还去跟随牛少峰。

姜上清说，我跟牛少峰去打鬼子。

6

姜上清用他好着的那只手，从他胸前的衣服口袋，掏出了一封信，交到了袁心初的手上。

这封信带着血。

这是刚做新郎就上了战场的牛少峰，亲亲爱爱的牛少峰写给袁心初的信哩。把信接到手里，袁心初没有立即打开看，她只把那封带血的信，在她激烈跳动的心口上捂了捂，就伴随着姜上清进了荣军医院的手术室。他被流弹击伤的眼睛，还有弹片切断的胳膊，都需要在医院重新清创，重新消毒，重新手术。

可以说，荣军医院尽可能完美地给姜上清做了创伤手术。

姜上清现在远离抗日的前线，他转移到大后方的西安，安安静静地养伤了。

而且是，姜上清还有袁心初的相陪，给他做他想吃的饭食，给他说他想听的话。

牛少峰托姜上清捎给袁心初的信，袁心初就是在这样的一种气氛里说给姜上清听了。

袁心初说牛少峰在心里责备他自己，没有把姜上清照顾好，让他受了这么重的伤。牛少峰还在信里说，他还要转移出中条山去中原打鬼子，他不能陪在姜上清的身边，照顾他，安慰他，他就只能把姜上清交给袁心初了。袁心初的工作恰好在荣军医院里，她有责任，也有义务，一定会代他把姜上清照顾好、安慰好。

姜上清不等袁心初把牛少峰的信给他说完，就已感动地抢着说了。

姜上清说，牛老师还在战火纷飞的前线上，他可是要关心好、照顾好他自己哩!

姜上清说，我希望牛老师再来信。

如姜上清所期待的，牛少峰从抗战的前线上，又给西安捎回了几封信。从这些来信里，袁心初和姜上清知道，牛少峰已经在战火中升任17师补充团的一名营长了。他们从中条山调防下来，在中原地区，与侵华日军周旋了一年多，然后又转防湖北的重镇武汉，来和凶残的日寇周旋了。

牛少峰捎给袁心初和姜上清的信，自武汉来的是最后一封，从此杳无音信，直到抗战胜利。袁心初和姜上清在西安等着牛少峰回来，一直等着，等到全面内战，解放军打败了蒋家王朝，把蒋介石和国民党赶到了台湾岛，毛泽东主席站在天安门城楼上，庄严地向世界宣告，中华人民共和国成立，也不见牛少峰回西安来。

他抗战牺牲了吗？

他跟随国民党跑到台湾去了吗？

这是个问题呢，袁心初不敢想，姜上清也不敢想，他俩不敢想牛少峰抗战牺牲，也不敢想牛少峰跑到台湾去。他们多方打听，还去了投诚改编为中国人民解放军的孔从洲17师，也没有打听到牛少峰的消息。牛少峰像是石沉大海，从这个热火朝天的新中国消失了。

我是他的新娘啊！

找不到牛少峰人，也打听不出他的消息，袁心初却没有失望，她坚持相信，她的新郎牛少峰，有一天定会出现在她面前，他们卿卿我我，他们恩恩爱爱……不仅是作为新娘的她，还有给她和牛少峰承办婚礼的姜上清，也坚持认为，牛少峰不知哪一天，一定会回到袁心初的身边，他们卿卿我我，他们恩恩爱爱……袁心初和姜上清，就这么一门心思地期待着。

期待着的他俩，身不由己地裹进了新中国建立以后的各种运动之中。解放初的时候，新生的人民政权，把袁心初和姜上清，很自然地划入到国民党残余之中去了。姜上清抗战参加的是国民党地方军，袁心初嫁的是国民党地方军的军官，他们必须接受教育和改造。不过还好，新生的中央政府，对中条山抗战的国民党地方军，有种超乎寻常的肯定，发出专门文件，对牺牲在中条山抗战的勇士，以政府的名义，敲锣打鼓，送去"革命烈属"的红木牌子，挂在牺牲者的家门口。姜上清是参加了中条山抗战的，他虽然没有牺牲，却也为抗战奉献了一颗眼珠子和一条胳膊，他自然也受到了人民政府的优待。可是袁心初呢？她在抗战时期，积极参加抗日救亡的宣传工作，新婚之时，送丈夫牛少峰上中条山，她自己则自愿参加西安荣军医院的工作，废寝忘食、夜以继日，全身心地救助抗日转移来的伤病员，她的工作热情和工作态度，得到了大家一致的好评……可她送上中条山的新郎牛少峰，怎么就没了音信呢？为此，袁心初未得到新政府的优待，新政府却也没有难为她，安排她为荣军医院改成的地方人民医院的职工，继续做她的护士工作。

然而好景不长，朝鲜战争的爆发，以及后来国民党反攻大陆的叫嚣，让在人民医院当护士的袁心初，是没法安静下来了。她被运动中的群众组织，一次次地揪出来审查了，罪名越来越大。先只是批判她是国民党军官的阔太太，后来就成了国民党潜伏在中国大陆的特务了。

袁心初有口莫辩，她的日子过得太艰难了。

姜上清见不得袁心初的日子难过。

作为一名抗日荣誉军人，解放初的时候，姜上清有资格被安排工作，但他推辞了，说他瞎了一只眼睛，断了一条胳膊，他能干什么呢？他只能是新政府的一个负担，他不想成为政府的负担。可是人民政府又岂能放弃他不管？还是按照他的能力，把他安排进后宰门小学做了一名小学语文教员，可他干了不长时间，还是回到了凤栖镇，进到凤栖镇小学，做了一名小学教员。

7

这是姜上清远离袁心初的理由。

当然，这只是个表面的理由。姜上清在心里是这么给自己说的，这么给自己说也说得过去，但他知道，他还有一个理由的，他想着自己离开，留给袁心初一个相对开阔的空间，好让袁心初有个重新安排自己的机会。

姜上清抗战受了重伤，回到西安后，一直以来都是由袁心初照顾着的。先是在荣军医院配合康复治疗，康复治疗得差不多时，抗战的前线上，又不断有伤员转移来，姜上清还能占着一张病床吗？他是不能的，便自觉申请，要出院归队，但他的身体已然无法归队了。袁心初动员姜上清把他接到了后宰门她租住的地方，给他也租了一间房子，两个人在一个院子里，袁心初也好照顾姜上清。

后来的事情，证明了袁心初的安排是对的，袁心初可以很方便地照顾姜上清，姜上清也能很好地照顾袁心初。他们在一起，很有些相依为命的样子。

他们所以能够相依为命，这是因为他们的心里，牵挂着同一个人，那就是新婚后上了抗日前线的牛少峰。

有了这么个共同的牵挂，袁心初和姜上清没有熬不过去的日子，苦也罢，难也罢，相扶相携，相帮相衬，就都能相互照看着往前熬。

可是有人向袁心初求爱了。

全国刚解放的那几年，许多参加了革命的人，枪林弹雨地走了过来，原来有家室没家室的人，都急吼吼地要给自己找一个爱人！他们背着满身的功劳，不管对方爱不爱他，只要他爱上了对方，他就认定那是他的爱人。软磨硬泡也罢，死缠烂打也罢，他们才是无所顾忌呢。再不行，他们还有组织，把自己的婚姻情况，打个报告给组织，组织自会帮助他，向被他爱的人做工作，讲他对革命的贡献，讲他出生入死的功劳，还讲对方要有阶级感情，要勇于献身，这就是对革命的认识问题，也是对革命的感情问题。

袁心初就遇到了这样一个人。

这人就是解放军军管了荣军医院后的政治部主任，后来又做了西安人民医院的人事部主任。他对革命的贡献多不多？他对革命的功劳大不大？袁心初不知道，但他已经把袁心初的个人情况，摸了个底儿透。他找袁心初谈话了，问了袁心初几个日常工作的小事后，话题忽然一转，一下子就说到了牛少峰身上。

主任说，你的新郎叫牛少峰？

袁心初惊讶主任把她日思夜想的牛少峰还叫她的新郎！她没有回答他，而他好像也不需要她回答，就又接着他自己的话头说开了。

主任说，我说得对吧？你们新婚后不几天，牛少峰就上前线了。那时候你是新娘，他是新郎，我没说错吧？

袁心初立刻承认了主任的话，但她实在不知主任说这些话的目的是什么。

主任又滔滔不绝地说上了。

主任说，他是国民党反动派的军官！我这么说你明白吗？

袁心初被主任的这句话吓住了，脸上一片惊恐。

主任从她的脸色上看出了她的惊恐，就还加上一句话说，而你……做过他的新娘，你就是国民党反动派军官的新娘！

这是主任第一次找袁心初谈的话。他让袁心初心惊胆战地听了后，没有等袁心初吐一个字，就宽怀大度地让她走了。

袁心初听了主任让她走的话，如逢大赦一般，低着头就往主任的办公室门外走，当她前脚踏出门槛，后脚还留在门里的时候，又听到主任说了一句话。

主任说这句话时，不像他前面谈话那么凌厉，那么冰冷。他这时说话的语气，有了一种关爱，有了一点温度。

主任说，当然，只要你愿意，你可以做个革命者的新娘。

尽管主任把这句话说得温暖，说得柔和，但袁心初听了后，似乎更加让她感到一种残酷，一种冷硬。

主任没有叫住袁心初，他只是看着袁心初的背影，说了他对袁心初最想说的这句话，然后就看着袁心初仿佛一只受惊的小兔子，慌慌乱乱地走出他的办公室，慌慌乱乱地走得不见了踪影。

这个结果，是主任想要的，他要袁心初慌慌乱乱，只有她慌慌乱乱了，主任才可能实现他所想要达到的目的。主任笑了，他知道他笑得有点儿阴，不过他知道他是开心的。

慌慌乱乱的袁心初，不仅慌慌乱乱着她的步子，还慌慌乱乱着她的心，她慌慌乱乱地回到后宰门她租住的院子，慌慌乱乱地转进了姜上清的房子，来给姜上清说主任找她说话的事了。

8

因为姜上清的残疾，他被新生的人民政府安排在后宰门小学，教低年级学生的语文课。袁心初慌慌乱乱地推开他的房门，看见姜上清正埋头在一堆小学生作业本里，认真地批改小学生写的错别字，批出一个，就用他手里的红毛笔勾出来，再在那个错别字旁边，标注上正确的字。

可以说，姜上清是爱他这份人民教师工作的，他热心又专注。热心专注的他没有想到，袁心初会是这么的慌慌乱乱。她把房门推得急了，两扇门板，在她剧烈地推掀下，像她自己当时的状态一样，也是慌慌乱乱的。慌慌乱乱的门板上有铁打的门闩儿，门闩儿也慌慌乱乱地响了好一阵。

姜上清抬起头来，他看见已经站在他身边的袁心初，他朝慌慌乱乱的她温暖地笑着，问她话了。

姜上清说，怎么了？看你慌的！

姜上清就是这么一个人，他自己残废了，不以为自己残废，还把自己当作一个健康的人，坚持始终地关心袁心初，照顾袁心初。这个变化，从姜上清的战争创伤好了后，就一直持续着。只要袁心初在他面前，他就一成不变地给她温暖和煦的微笑，在琐琐碎碎的生活中，凡是姜上清想到的，就一定给袁心初先做了。解放前后的西安，家家户户的锅台灶台，烧的还是劈柴；到了冬天，要取暖了，烧的都是木炭；还有用的水，那时候的西安，自来水的供应非常有限，像他们租住在后宰门那样的大杂院，用的还都是井水。他们院子还算好，有一眼不知哪个朝代的井，要吃水了，都是住家户自己到井台上去打。姜上清残废了一条胳膊，可他不顾袁心初的反对，总是自己摇着陈旧的辘轳把，从几丈深的井底，把水打上来。他总是先把袁心初的水缸装满，再给自己的水缸里打水。至于劈柴，还有木炭，农贸市场有终南山山民挑来卖的，姜上清就到农贸市场上去买了。木柴买回来，他用他仅有的那条胳膊、那只手，配合着他的一双大脚，把袁心初和他灶头的柴火劈得碎碎的，码在灶头边上，伸手就能用得上。

有一年，入冬的雪来得早了点，姜上清还没来得及给袁心初和自己准备好木炭，一场铺天盖地的大雪封住了路，终南山山民烧好的木炭，没能挑进农贸市场来。姜上清不能让袁心初因没有木炭取暖而冻着，就到农贸市场和一位山民谈好价，他跟着山民，上了一趟终南山，给袁心初挑回了一担木炭。

姜上清上终南山挑木炭，事先没给袁心初说，到他一身的泥水、一身的汗水，把一担木炭挑回后宰门来，袁心初的心疼坏了。

袁心初心里疼着，接过姜上清的木炭挑子，却没给姜上清好脸看。她不仅没有好脸看，还出口骂上了姜上清，说他真真正正的，就是个关中愣娃，比关中愣娃都不如，干脆就是一头骡子，一头犟得八条大绳拉不动的骡子。袁心初责骂着姜上清，她自己却流泪了！

姜上清不怕袁心初责骂他，她越是责骂他，他的心就越热。但是他怕袁心初流泪，她一流泪，他的心就会难受。

姜上清为自己辩解了，今冬雪来得早，农贸市场上没有木炭。

袁心初不理姜上清的辩解，只要她还流着泪，姜上清就还要辩解。

姜上清说，就怕你被冻坏了。

姜上清不这么说倒还罢了，他这么一说，袁心初的眼泪流得更多了。姜上清能怎么办呢？他只有再辩解了。

姜上清说，我不能让你受冻。

姜上清说，你把我当旁人了？

姜上清说，我不是旁人，我应该操心你的事。

姜上清和袁心初的日子，就这么过着，在还没有解放的时候，他们会说起牛少峰。姜上清说起牛少峰时，说得总有一股英雄气，姜上清说他崇拜牛少峰，还说牛少峰有苍天保佑，他一定也在什么地方，想念着袁心初，思念着袁心初。后来全国解放，姜上清和袁心初，慢慢不说牛少峰了，是从哪一天不再说了呢？他俩也不知道了。他们敏感地意识到，牛少峰对于他们未来的生活，是一个忌讳。

嘴上是不说了，但在姜上清和袁心初的心里，一直都揣着牛少峰，让他始终鲜活着，英雄着。

9

慌慌乱乱地推门进到姜上清房子的袁心初，没有迟疑，也没有不好意思，她给姜上清起说人民医院的主任了。

袁心初说，那个主任找我谈话，说我是国民党反动派军官的新娘！

袁心初说，那个主任还说我可以做革命者的新娘！

别说袁心初是慌慌乱乱的，在袁心初把头一句说给姜上清，姜上清听着也慌慌乱乱起来了。姜上清慌乱着，又听了袁心初说的第二句话，这第二句话还没落音，姜上清即已慌乱得失了态。他手抖得把拿在手里批改小学生作业的那杆红毛笔，抖出了点点红墨水来，如血一般，洒在了他正批改的小学生作业本上。

姜上清听懂了那个主任说给袁心初的话，但他有点不相信自己耳朵似的，张口又问起来了袁心初。

姜上清说，那主任啥意思？

袁心初回答姜上清，说，你说呢？你说他啥意思？

姜上清心里始终怀揣着牛少峰。

姜上清说，那，那……那牛少峰怎么办？

姜上清替牛少峰说话，说出的声音竟然也如牛少峰一般。袁心初听着，把眼盯在姜上清的脸上，恍恍惚惚的，把姜上清真的当成了牛少峰。然而很快，袁心初就醒过神儿来了。不过也好，这使慌慌乱乱的袁心初不再慌乱了。刚才煞白的脸，也瞬间泛起了一层红晕，袁心初把她苗条端庄的腰身摇了摇，并抬起她的手，把她浓密黑亮的头发捋了捋，甚至还不失妩媚地给姜上清羞涩地笑了笑。

袁心初说，新娘！

袁心初说，谁一生还能不断地做新娘呀？

袁心初说，我做一次就好了！

姜上清的心放下来了。因为心放了下来，他慌乱的手也不抖了，他给袁心初说，你先回你房里歇着去，你不要紧张，你不要害怕，一切有我哩。你呀……你不是说最爱吃我做的一口香臊子面吗？我把肉割回来了，我马上切肉做臊子，咱今天就香香地吃臊子面。

袁心初听姜上清这么安慰她，她笑了，姜上清把袁心初送进她住着的房子里去歇息。回过身来，姜上清就把菜刀拿到房门口，在一块磨凹得像是一弯月亮的磨石上，泼着水磨菜刀了……姜上清在磨石上，把菜刀磨得吐出的都是铁锈与磨石相摩擦流出来的暗红色水污。他认真地磨了一阵，用手指在菜刀刃上擦拭了下，确认磨得够锋利了，这就去案板前切那块他买回的猪肉了。

放在以前，姜上清用刀来切肉臊子，常常切得并不顺利，疙疙瘩瘩的，要费好多劲。但今天来切那块猪肉，他切得就很顺畅，他一会儿的工夫，就把肉臊子切出来了。

接下来是炒底汤，还有切漂菜。底汤有金针菇、木耳、蒜薹、红萝卜、豆腐和鸡蛋，剩下就是葱花了。

姜上清很灵活地准备好了一口香臊子面的配菜，这就把袁心初叫了出来，给袁心初下面烧汤来吃了。

袁心初刚吃一筷头一口香臊子面，就夸上姜上清了。袁心初说，你做的一口香臊子面太香了！

袁心初这么夸赞姜上清，姜上清自然是开心的，他的喉咙眼里，憋了有一句话，不过他说不出来。哪句话呢？好吃的话，我天天做给你吃。这句话热烫烫都涌流到他舌头尖尖上了，但被他死死地咬在牙缝里，没有说出来。

姜上清没说出来的话，袁心初说出来了。

袁心初说，真想天天吃你做的一口香臊子面。

袁心初的话一说出口，姜上清便又想起了带他上中条山抗战的牛少峰。他因此在心里苦苦地问上了，牛少峰啊！你在哪儿呢？

姜上清只能在他心里问牛少峰了。他问不出来牛少峰的确切信息，但他看得见袁心初医院的那个主任，在这个时候到后宰门来了。

他过来会是个灾难吗？

10

头一次见到袁心初医院的那个主任，姜上清见他生得很体面，有一张有棱有角的脸。他到后宰门袁心初和姜上清租住的院子里来了，他来的时候，姜上清从农贸市场买了一担劈柴刚回院子，这担劈柴，姜上清是买给袁心初的。袁心初房檐口的劈柴垛子不能少了，如果少，姜上清就会及时地从农贸市场买了挑回来，再给袁心初劈成小段，整齐地码起来。这一天，姜上清刚把劈柴挑回来，在袁心初的房门口放下，回到自己的房子里，把他出门前泡的浓茶端起来，灌了两口，拿了毛巾在洗脸盆里浸泡，拧出来擦他脸上微微沁出的细汗。这时就听窗外，一阵自行车链条铮铮铮铮地响……自行车链条的轻响，在解放初的西安，是非常稀罕的，姜上清擦着脸，伸长脖子，通过窗子上镶的一块玻璃，这就看见那个主任了。他把骑来的自行车，往院墙的一边靠上去，就在院子里叫起袁心初了。

那个主任的叫声相当亲切。

主任叫，心初。

主任叫，心初你在哪里？

主任叫，心初……

主任第三声"心初"没叫出来，袁心初就从她的房门里出来了。

袁心初有这样的修养，也有这样的礼貌。她客气地应了主任一声，主任。

在自己房里擦脸的姜上清，听到了袁心初那一声客气的招呼，就知道这个生得体面的人，就是给袁心初谈话，说袁心初是"国民党反动派军官的新娘"，还说袁心初也"可以做个革命者的新娘"的主任。

姜上清没有走出他的房门，他就站在窗户的玻璃后，两眼看着窗外，他要看看这个撵到袁心初房门口的主任，能说什么，能做什么。

那个主任面对袁心初，说，你住得可真偏僻啊！

主任说，你让我好找！

没听见袁心初回答，站在自己房内的姜上清，则在自己的心里替袁心初回答了。

姜上清在他心里说，不好找，你就甭来找嘛。

姜上清心说，没人稀罕你来找。

姜上清心说，你找来又能咋？

这么在心里回答着那个主任，姜上清心里好受了些。但他依旧没动身子，还站在自己的房子里，观察那个主任说什么，做什么。

那个主任的眼睛看向了姜上清刚买回来的那担劈柴。他问袁心初了，说，是你刚买回来的？

袁心初没有回应他，他自己就又说上了，说，都是长柴，我给劈吧。

还说，像你房檐下堆的那些劈柴一样，劈碎了才好烧。

那个主任这么说着，就去拿了碎柴堆上的斧子，解开他说的长柴捆子，去院子那个树根做的柴墩子前，抡起来一斧头，抡起来一斧头，很是在行地劈着那捆长柴。

他会劈柴哩！

站在自己房子里的姜上清，听见他在心里说了这么一句话。他心里这么说着，就觉得那个主任，还真像其时宣传的那样，革命干部必须保留劳动人民的本色，必须传承老八路的传统……姜上清这么想着时，看见袁心初回了一下头。回过头来的袁心初，是看向姜上清的窗户的，她料定姜上清这个时候，是站在窗户后边，透过镶在窗户的那片玻璃，来看院子里发生的情况。

袁心初看向窗户的脸色，是无可奈何的。

姜上清一下子就看出了袁心初脸色后面的内容，他在窗户后边站不住了。他走向自己的房门口，掀开门帘，走到院子里来了。

走到院子里的姜上清，看似问的是袁心初，其实问的是那个主任。

姜上清说，劈柴的是你那个主任吗？

袁心初没来得及回应姜上清的问话，劈着柴的那个主任，已停下了他手里的活，转脸把问话的姜上清看了一眼，就给他热情地说上了。

那个主任说，我不用猜，我知道你是谁。

主任说，你是姜上清。

主任说，我知道你是在中条山抗战时受伤致残的。我们新的人民政府，对参加中条山抗战的人，还是承认和优待的。

主任这么说着，放下了他手里劈柴的斧头，亲切地走到姜上清的跟前，把姜上清伤了的那只眼睛看了看，又还抬起他的手，要去触摸那条残了半截的胳膊。主任的手都要触摸上姜上清的残肢了，可姜上清用他完好的那只手，把主任的手挡了回去。

姜上清必须承认，如果不是袁心初给他转述那个主任说她是"国民党反动派军官的新娘"，以及还"可以做个革命者的新娘"的话，姜上清不会驳了那个主任的面子的。有了那两句话，姜上清就不能不反抗、反对他了。

11

挡回了那个主任的手，姜上清走到长柴前，把那个主任放下的斧头拿起来，用他的大脚把一根长柴踏定在那个劈得千疮百孔的树根上，像他过往给袁心初劈柴时一样，一斧子一斧子地劈着柴。

被姜上清挡回了他的手后，那个主任的脸上，有点他自己知道的不自然，但他忍得住，忍着攥到姜上清的跟前，和姜上清来夺劈柴的斧子了。

那个主任说，你一个手劈柴不方便，还是我来劈吧。

姜上清说，我一个手劈柴劈了好些年了，没有啥不方便的。

那个主任说，这我知道，许多年了，都是你照顾着袁心初的。她是我们医院的员工，我是医院的主任，今后就不麻烦你来照顾关心她了。

主任说，我会自觉来的，来接你的班，照顾关心她！

那个让姜上清心情不快的主任，说着这样的话，姜上清几乎是要愤怒了。他以目横扫那主任，没有给他任何正面回应。姜上清没有回应，袁心初就更没有了。但是这个主任是有耐心的，太有耐心了，以后的日子，他隔不了两三天，就要骑着铮铮作响的自行车，到后宰门袁心初租住的地方来。前一回来，主任的自行车后架上带一捆葱，这一回来，主任的自行车后架上带一捆萝卜，自然还有下一回、下下一回，主任的自行车后架还会带来白菜、蒜苗、青菜、芹菜什么的，他不仅自行车后架上带东西，自行车的车头也会挂个帆布兜儿。他的帆布兜儿里装的什么呢？不是袁心初不给姜上清说，他就不能知道了，但袁心初怎么能不给姜上清说呢？她是要说的，她说主任的帆布兜儿里，带来的有布料，有成衣，还有编织衣物的毛线什么的。袁心初给姜上清说了这些，姜上清就不能不多想了。他想那个主任，也是够用心的。

姜上清问袁心初了，说，你都接受了？

袁心初说，还能怎么办呢？

简单的两句对话，都是疑问句，姜上清用疑问的方式问了袁心初，而袁心初也用疑问的方式回答了姜上清。虽然都是疑问句，但他俩不用解释就都知道各人问话的意思了。特别是姜上清，还在自己的内心生出一种他怎么想都觉得难受的想法。姜上清自觉自己该离开后宰门了，甚至是离开西安城。他应该给袁心初腾出一定的空间，让她对自己的未来有个新的安排。

心里有了这个想法，姜上清就回了一趟凤栖镇，他是抗日致残的，而且文化程度较高，是凤栖镇急切需要的知识人才。他把自己想回老家工作的想法，给当地政府的领导说了。他说了后，当即获得领导们的支持，问他回来打算做什么。姜上清说他在西安市当小学教师，回来了就还做他的小学教师。瞌睡遇上了枕头，凤栖镇小学的师资力量是落后的，正好需要姜上清这样的教师来补充。他说了自己的目标，镇上领导是高兴的，他们高兴着，还说不希望屈了姜上清的才华。领导这么说，应该还有好的安排的，但姜上清回乡的心情太急切了，他话赶话地给镇上的领导保证，说没啥屈才不屈才的，说他回乡来教小学生，是心甘情愿的。

回凤栖镇只几日的时间，就办好自己的调转申请，姜上清再回西安来，来办这边的手续了。

风尘仆仆的姜上清，前脚踏进他后宰门住的院子，袁心初医院的那个主任后脚也来了。这一天，那个主任的自行车后架上带的是两根莲藕，白白嫩嫩的，仿佛小儿的两条胳膊……那主任一进院子，看见袁心初在她的房门口洗着衣服，洗衣盆的旁边，有一个快要空了的水桶，那个主任看见了，把自行车后架的莲藕取下来，往水桶边一放，这就拎起水桶，去井边打水去了。

那主任做这些事，像在他家里一样，做得既不生疏，也不别扭，好像那是他天经地义该做的事似的。

那主任要这么做，袁心初拿他一点办法都没有。她不想搭理他，就对几天不见，刚回院子里来的姜上清不无亲切地问了。

袁心初问，几天不见，你去哪儿了？

姜上清想他不能瞒着袁心初，就老实地回答她，说，我回了凤栖镇。

袁心初没少听姜上清说他的故乡凤栖镇，就应着他说，回你老家了？

姜上清说，回我老家了。

袁心初觉出了些异常，她不知姜上清不辞而别，回他老家凤栖镇做了什么。

就问，你回老家干啥去了？

姜上清说，正要和你商量呢，我回凤栖镇，是办调转回我老家凤栖镇工作的事。

袁心初洗衣服的手停了下来。姜上清把他堵在肺腔里想说一直不好说出来的话，赶在这个时候说出来了。

姜上清说，我知道我是该离开了。

姜上清说，凤栖镇是我的老家，我就回老家去。

姜上清给袁心初说了这两句话后，背对着袁心初，一步一挪，仿佛脚上灌了铅似的，挪进了他的房子里。

12

从井台上打水回来的那个主任，把满满一桶清水，摇摆着提给袁心初，放在她的脚边，直起腰来，朝消失在房子门口的姜上清，声音洪亮地说了一句话。

那主任听到姜上清调转回故乡凤栖镇的话了。他赞成他的做法，说，调回故乡好。

主任说，调回故乡了，也给自己安个家。

主任说的话，袁心初也许还听得不甚清楚，但姜上清是清楚的。

姜上清曾犹犹豫豫，是留在西安不走呢，还是为给袁心初留出空间而调回故乡去？就在这期间，袁心初医院的那个主任，寻到姜上清的小学找他去了。那主任找到姜上清，把他能说不能说，想说不想说的话，都给姜上清说了。

那主任说到最后，咱手捂心口想一想，袁心初难道就一直给国民党反动军官背黑锅吗？

主任说，这不公平。

主任说，袁心初就是愿意给国民党反动军官背黑锅，她也得知道他人现在怎么样，还在不在，还好不好。

主任说，再者是，女人一辈子是要活两世人的。先做新娘，再做老娘。袁心初做过新娘了，按她现在的情况，她该做老娘了！可她做得了老娘吗？

不能说那主任的话说得失理，不能说那主任的话说得过分。姜上清正是因为有了与那主任的那次谈话，才下定了调转回故乡凤栖镇的决心。他主动行动，去故乡凤栖镇做好了那里的工作，回西安来，再做调转工作，他自己不用费力，给那主任说说，那主任就会给他解决好，但他心里却总是特别别扭，特别不舒服……

那主任在院子里呼应着他，他听着知道了他的别扭、他的不舒服，都集中在那主任身上。

姜上清别扭那主任，不舒服那主任。而那主任在呼应了姜上清一句话后，就站在院子里，给洗衣服的袁心初来说他给姜上清说过的话了。

那主任说，你的命运是不公平的。

主任说，我查阅了你的历史表现，你的人生本质是积极的，是进步的，这你自己最知道。

主任说，你只是嫁给了一个国民党的反动军官，做了这个军官的新娘。这是历史事实，你不能抹杀，我也不能抹杀，但一切都会改变的。因为你的思想本质，还是积极的，还是进步的。我欣赏你在医院的工作，医院里的同志，也都肯定你的工作。

主任说，我有能力，让你在今天的现实生活里活得公平起来。

是个什么样的公平呢？

袁心初心里想得明白，姜上清心里想得清楚。想得明白的袁心初，不动声色地依然洗着她的衣服，而想得清楚的姜上清，本来心里就极不平静，当下又受了那主任劳什子话的刺激，他掉转头来，不想看见那主任，却看见了那把劈柴的斧子，此刻正静静地躺在柴火垛上，因为太阳光的照射，锋利的刃口，闪动出灿灿的亮光。姜上清被斧刃上的闪光吸引了，他走到斧子跟前，弯腰捉住斧柄，握在手里，提着往那主任身边走了过去……姜上清这一举动，把那主任吓住了，吓得僵在原地，脸白得像一张纸，两片能说会道的嘴唇，突然抖动得像风吹翻的树叶，哗哗地直流唾液……洗衣服的袁心初，并没注意到姜上清突然的这一举动，但她隐约觉出院子里的杀气！袁心初抬了一下头，这就看见提着斧头的姜上清，向那主任逼近，她霍地从洗衣盆边跃起身来，扑过去抱住了姜上清，并责问起了他。

袁心初说，你要干什么？

袁心初说，不值得的！

袁心初说，你把斧头放下。

姜上清虽然把一条胳膊丢在了抗日战争时的中条山上，但一点没丢他的一身胆气和勇力。他仅只一拧身子，就把抱着他的袁心初甩离两三米远。

甩离了袁心初的姜上清说，我是杀过人了，杀的是日本鬼子。

姜上清说，我不会再杀人了。

姜上清说，我只是要主任把他说的公平，落实得公平了。

姜上清这么凶巴巴地说着话，提着亮光闪闪的斧头，从那主任的身边走过，用他在中条山杀鬼子残了的那截断臂，把那主任撞了一下，即把那主任撞得转了一个圈儿。到他再站定时，只见姜上清的斧头，落在他带来的两根莲藕上，斧起斧落，把两根莲藕，剁成了碎碎的好几段。这样了，姜上清似觉还不过瘾，最后举起斧子，竟然剁向了他的断臂。

血！鲜红的血从姜上清斧剁的断臂上浸了出来，浸透了他半截空落落的袖管，滴答滴答，直往地上流……惊愣了片刻的袁心初，再次扑到姜上清的身边，此一时刻，她竟忘了自己的护士身份，应该先给伤了自己的姜上清包扎伤口，她却扑进姜上清的怀里，把断臂上流血如注的姜上清，拦腰抱住，摇着她的头，把她本来梳篦得整齐的头发，摇得纷纷乱乱。

袁心初说，你把你砍伤了！

袁心初说，你为啥要砍伤你呢？

袁心初说，你不该砍伤你！

姜上清在袁心初给他说出这些话后，像他开初一样，非常强横地再次甩脱袁心初，并且扔掉沾着鲜血的斧头，把断臂上半截空袖管抓起来，使劲地缠在他自伤了的断臂上，不错眼地看向那主任，给他强硬地说了一句话。

姜上清说，公平！我请你说话算话。

13

调转到凤栖镇的姜上清，白天在教室里吃粉笔灰，晚上就回他南街村自己家里夜宿。

经过轰轰烈烈的"土改运动"，姜上清按照当时的政策，在分浮财时，大多数都分给贫苦百姓了。姜上清拥护新中国的这一政策，他毫无怨言，不仅没有怨言，而且还感谢政府在分他家浮财时，给他家留下了村口的一院马房。名为马房，可以想象该是解放前姜上清家养马的院落了。这是不错的，他们姜家祖居凤栖镇南街村，不仅有数百亩的土地，而且还有自己的生意，他们家的土地需要借助马的力量耕种，他们家的生意也需要马力驮运。土地里耕种的是麦子、玉米、高粱、杂豆，他们把麦子、玉米、高粱、杂豆耕种在村外的土地里，而这些麦子、玉米、高粱、杂豆成熟了，则要驮运到远处去，县城是最近的地方，向西还要驮运到宝鸡，向东则要驮运到西安，这可就远了，单程三百里，不借助马力是做不到的。所以姜上清的祖上，养了多少年的大马，他说不清楚，到他记事的时候，睁眼见到的就有一群。"土改"把一群马都分了，空出一座院子来，就留给他家住了。坚决调转回凤栖镇小学的姜上清，他自然就住在了他家的马房院里。

但姜上清显然不是一匹马。

姜上清住在他们家的马房里，什么时候都能闻到一股一股的马骚味，即便是夜里沉睡过去，在梦里也能感受到扑鼻的马骚味。不过，姜上清并不厌弃马骚味，天天闻，夜夜嗅，闻久了，嗅长了，竟然成了一种习惯，闻着嗅着马骚味就能睡得踏实，睡得香甜，睡实睡甜了的时候，还会继续做梦。姜上清做梦，梦见的总是袁心初。告别了西安市后宰门他与袁心初租住的那个小院，回到凤栖镇自己家里的姜上清，一晚一夜，做梦就只梦温婉宜人，却还执拗倔强的袁心初。

姜上清又梦见袁心初了。

姜上清在西安告别袁心初回到凤栖镇来，头一夜就梦见了袁心初。这是姜上清过去所没有的，他虽然入睡后会做梦，梦这梦那的：他会梦见他在中条山打鬼子，枪林弹雨、尸横遍野；他会梦见他在极残酷的战斗中牺牲了，牺牲了的他，竟然会生出一对翅膀来，使他扶风而起，飞翔在星空灿烂的天上……总之，姜上清的梦，与他参加的中条山抗战密不可分，因此梦里所梦只有袁心初的丈夫、他的首长牛少峰，却绝对没有梦见过袁心初。可他离开了袁心初，调转回到他的故乡凤栖镇，袁心初却从此强横地进入了他的梦里，并且霸蛮地不再离去。

姜上清梦见的袁心初，是她做新娘时的样子，一袭红色的旗袍，收腰翘臀，极尽性感美艳。她是笑着的，微微地笑着，鼓凸凸的胸前，戴着一朵鲜艳的大红花，红花下飘拂着一条小小的红丝带，红丝带上是金粉写的"新娘"两个字。是的，梦中的袁心初总是不曾变化的新娘。做新娘的袁心初是清晰的，是明确的，但伴在她身边的人是谁呢？是牛少峰。对，是新郎牛少峰。可是过一会儿，牛少峰却模糊了去，代之而来的是另一个人。这个人是谁呢？是袁心初医院的那个主任吗？是他，就是他。这个主任，一副春风得意的样子……梦中的姜上清不想看到这样的情景，他痛苦地闭上了眼睛，他拒绝看见那主任，可那主任还要给姜上清显摆，大喊大叫地，说他让袁心初公平了。

梦做到这时候，姜上清都会一个激灵，清醒过来。醒过来的姜上清，无一例外地是一身汗水。

姜上清在被窝里，拼命地摇一下头。他摇头是想赶走他的梦，可他一闭上眼睛，刚刚睡过去，原来做的梦会跟着续上来……姜上清拿他的梦一点办法都没有，梦就这么一夜一夜地折磨着他，让他夜里睡不好，天明起来，他的眼睛总是红红的，到学校去，惹得学校的老师都关心他，问他眼睛怎么了。他不好说出原因，就只能搪塞，说他残了一只眼睛，可能受这只残眼的影响吧，这只好的眼睛总是红的。

姜上清这么搪塞着，把别的老师都搪塞过去了，但有一位叫芸娘的女老师，没信他的搪塞，自己上街，买了杏核凉眼药，在姜上清下课回到家里的时候，她给他送到家里来了。

马房在姜上清回来后，请人改造过了。他在房内砌了几道隔墙，卧室、厨房、书房就都有了。他父母种庄稼、做生意，都是行家里手，在养育他这个儿子上，也极为讲究，但他们只能在顺境里生活，遇上逆境，就不知道怎么生活了。特别是他的生身老娘，在姜上清瞒着家里上了中条山抗日，把自己的一只眼睛和一条胳膊废了后，他老娘就受不了了，结果把自己愁苦得一病不起，还没等到解放，就撒手而去。他老爸耐不住寂寞，续娶了一房伴儿，后妻解放后不愿跟着姜上清的老爸受难，向人民政府申请离婚，获批后再嫁县城一个有头有脸的小干部，撇下姜上清老爸一个人。老人家熬了没有多少日子，就自己解决了自己。所以，姜上清从西安调转回凤栖镇，马房院里就只有他一个人。

芸娘寻到姜上清改造成家的马房院子来，已是傍晚时分，她看见厨房亮着灯，而且听到有风箱抽动的啪嗒声，就知道姜上清在厨房烧晚饭。芸娘在院子里，本想叫一声"姜上清"的，可她把嘴张了几张，没叫出来，就把她的头发顺手捋了捋，抬脚直接走进了姜上清的厨房。

14

厨房里满是烟。

毕竟残后只剩一条胳膊、一只手，在灶台烧火，又要添柴，又要拉风箱，姜上清再怎么忙碌，都无法配合得很好。他是勉为其难的，所以捂出了太多的柴烟，让闯进厨房来的芸娘，看灶火边的姜上清，只是一团模糊的影子，而姜上清因为专注于灶台里的火焰，并没看见闯进来的芸娘。

她一心一意地关注着姜上清，别人不怎么知道，但芸娘自己是知道的，她知道她关注姜上清已有些年头了。

那时候芸娘还小，也就十三岁的样子吧，而那时的姜上清，应该是不小了，十八岁？十九岁？芸娘不晓得，芸娘只晓得她跟随母亲从老家河南的黄河岸边逃避战乱，一路西来，讨吃要喝，到了西安城里，见到了在西安街头宣传抗日的姜上清他们。他们演出队十多个人，芸娘不知何故，一眼就认下了姜上清。演出队集体演唱《离家》和《上前线》，芸娘依在她娘的身边，手拿着讨来的蒸馍，一时竟忘了吃，她认真地听姜上清他们演唱，唱一句她记一句，唱一声她记一声，她听了一遍，就把几首宣传抗日的歌曲，差不多记了下来。特别是姜上清他们演唱的《离家》，芸娘原来没有听过，却像前世就会唱似的，在姜上清他们演唱的时候，竟然跟着他们也唱了起来：

泣别了白山黑水，

走遍了黄河长江。

流浪、逃亡，

逃亡、流浪。

流浪到哪年？

逃亡到何方？

……

跟着姜上清他们演唱《离家》，也不知芸娘自己能理解多少，但她一定能想到逃难路上的辛酸和悲苦。芸娘把自己唱哭了，她抬头看娘，娘比她哭得更伤心。芸娘没等姜上清他们把《离家》唱完，就手举着她讨来的半个蒸馍，从围观的人群里挤进来，挤到正演唱《离家》的姜上清他们前面，也不拐弯，直接走到姜上清身边，踮起脚来，把她手里的半个蒸馍，举得很高，一心要献给姜上清吃。

芸娘说，我就只有半个蒸馍。

芸娘说，是我讨来的。

芸娘说，我讨来就给你。

姜上清他们演唱宣传抗日，在西安街头，遇到过各种各样的状况，但给他们献来半个讨来的蒸馍，这还是头一次。就是这个朴素的头一次，因为真诚真挚，使演唱现场的气氛达到了一个无法预测的高潮。姜上清他们演唱得更悲伤，更忧愤，而围观的人群都流着泪，呼应着姜上清他们的演唱，大家高呼，团结抗日！打倒日寇！

姜上清俯身下来，他在芸娘乱糟糟的头发上摸了摸，而后蹲下身子，把芸娘搂在怀里，接过她手里的半个蒸馍，一点一点地喂进了芸娘饥饿的嘴里。

此后的一段时日，姜上清他们在牛少峰的带领下，不管演出到西安城的哪里，只要他们演唱的声音响起，不一会儿，芸娘都会攥着他们来，跟着他们演唱。

姜上清跟着牛少峰要上中条山抗日去了。他们在出发的那天，芸娘躲在送行的人群里，一直送着，送出很远很远，直到绝大多数送行的人都停下了送行的脚步，芸娘仍没有停步，她坚持送着，直到送得看不见了去抗日的姜上清他们，芸娘才怅怅地收住了脚。

过去的一切，姜上清是记得的，但他认不出现在的芸娘就是那个在西安街头给他献馍的小姑娘。

姜上清更不知道给他献馍的小姑娘，后来又去了哪里，生活得怎么样。

芸娘跟着她娘，在西安城流浪了些日子，像许多逃难来到陕西的河南人一样，继续沿着陇海铁路向西流浪，母女俩流浪到了凤栖镇，母亲填房给一个流浪到此的货郎，那货郎有个儿子。他们虽然同为乱世沦落人，但货郎的儿子却霸蛮得可以，他把自己该有的吃食吃了后，总要去夺芸娘碗里的，惹得芸娘除了哭还是哭。

伤心哭泣的芸娘，一次哭过后，可能想起了在西安城演唱宣传抗日的姜上清他们，自个儿去凤栖镇的街头，小声地哼唱起了《离家》：

看！

火光又起了，不知多少财产毁灭！

听！

炮声又响了，不知多少生命死亡！

哪还有个人幸福？

哪还有个人安康？

谁使我们流浪？

谁使我们逃亡？

……

芸娘如泣如诉的吟唱，被一位穿长衫的过路人听见了，他走到芸娘跟前，问了芸娘的身世，这便领着芸娘，去了在凤栖镇三姓人家共享的祠堂里开办的图存新学，插班在新学的三年级，成了众多东北、华北流亡到此的学生中的一员。

图存新学的学习，彻底改变了芸娘的命运。

解放后，图存新学改为凤栖镇小学，芸娘哪儿也没去，自愿留在学校，做了学校的音乐老师。

音乐老师芸娘，像那时的女性青年一样，都怀有一颗崇拜英雄的心。在凤栖镇小学努力工作的芸娘，经常会想起姜上清。那个她在西安街头结识，给他献过半个蒸馍，最后又撵着他送他东去中条山抗日的小伙子，扎根在了她的心里，是她所能想到的最具体、最亲近的英雄。命运真是不错，姜上清突然就回凤栖镇来了，而且还进了凤栖镇的小学，像芸娘一样，做了一名小学老师。

芸娘把这当作了缘分，一个天降的缘分呢！

15

芸娘蹲在烧火的姜上清身边，伸手把灶台的火，用一根火棍拨了拨，火烧得大了起来，而烟气却小了许多。

拨旺了灶台里的火，芸娘随即站起来，揭开锅盖，顺手从旁边的水缸里舀了半瓢水，添在了热气腾腾的铁锅里。

芸娘给姜上清说，多一个人，多一碗水，你说呢？

姜上清没有说啥，在他烧火做饭的厨房里，突然闯进来个芸娘老师，让他吃惊不小。他呆在灶火旁，盯着芸娘老师看，看她给灶台里添柴拨火，看她给锅里添水下菜……是的，姜上清准备的晚餐就是一个蒸馍一碗汤，汤里要打一个鸡蛋，要下一把菠菜，这他都预备好了。芸娘老师来了，说多一个人，多一碗水，她这是和姜上清商量吗？没有，她没和姜上清商量，她这么说了，也这么做了，她是自觉的，更是主动的，很有些她做主的意思。

在凤栖小学的校园里，大家见了面，是都要互称老师的，姜上清自然把芸娘叫芸娘老师了。他发现芸娘老师是大方的，而且温暖多情，教学工作也不含糊，总是走在前头，这使他尊重敬佩芸娘老师。但此时此刻，芸娘老师撵到他的家里来，他想不明白，她这是要做什么？

姜上清想归想，并不妨碍芸娘老师手脚利索地烧汤馏馍。她在烧汤馏馍的间隙，还飞快地洗了一个红萝卜，动作熟练地切成丝，调了油泼辣子、盐和醋，备在案板上，等着汤熟馍热，就和姜上清一起吃晚饭了。

芸娘的自觉和主动，让姜上清更加手足无措。芸娘把筷子和凉拌红萝卜端出厨房，端到院子的石桌上，回头再回厨房把两碗鸡蛋汤和馏软的两个蒸馍，也端到院子里的小石桌上。芸娘招呼姜上清了。

芸娘说，姜老师，来喝汤啊！

听到芸娘的招呼，姜上清才挪步到小石桌前坐下。此前他看着自觉主动的芸娘，被动得不知往小石桌前坐。

在小石桌前坐下了，姜上清却还被动地不知捉筷子拿馍，是芸娘拿起一个馏软的蒸馍，顺势掰成两半，一半她拿着，一半送到姜上清的手里。是这一个动作，让姜上清有所觉悟，模糊地想起他在西安街头宣传抗日的一个情景，他把眼睛睁大了，睁大了眼睛去看给他手里送馍的芸娘。

芸娘看懂了姜上清眼睛里的内容，她说，姜老师想起啥了？

姜上清结巴起来，说，在西安……抗日……《离家》……

芸娘说，姜老师记性好，你们演唱《离家》，而我就是个离家的人，你们把我唱哭了。

深秋时节的傍晚，有凉凉的风吹来，带着庄稼成熟的淡香，还有一轮圆月，像新涂了一层水银的镜子，从一片云朵里钻出来，照在姜上清的马房院子，院子里亦如新涂了一层水银似的，洁净而清亮。芸娘抬了抬头，她借景说了一句话。

芸娘说，今晚的月亮真圆啊！

姜上清受了芸娘的感染，也抬起头来看月亮了。他看了一眼月亮说，有个人，你应该也认识。

芸娘说，谁呢？

姜上清说，袁心初。

芸娘说，是你们抗日演唱队的领唱吗？

姜上清说，是她。

芸娘说，她不是嫁给你们抗日演唱队的队长了吗？她送你们队长上前线，我是看见了的，一套红色的旗袍。在那一天，不只是我，西安城的人都被她吸引了，她可真是漂亮好看哩！

姜上清被芸娘的描述鼓舞着，几乎都要激动起来了。他说，可她……

芸娘快人快语，说，她怎么了？还好吗？

姜上清说，很难说好。

芸娘听出姜上清的话中话，说，你操心着她？

姜上清说，能不操心吗？

此后的日子，芸娘都要到姜上清居住的马房来，来了给他做饭、洗衣服、洗被褥，做着这些家务活的时候，芸娘自然地要与姜上清拉话了。姜上清很清楚地听出芸娘的心声，芸娘没什么顾忌的，芸娘要照顾他，把他照顾一辈子。对此，姜上清是被感动着，但也难堪着，他没给芸娘松口，在芸娘每次把话说到这个方向的时候，他都会提出袁心初。

袁心初成了姜上清拒绝芸娘的一面挡箭牌。

姜上清说，咱都说了，我得操心袁心初。

芸娘听得出来，姜上清说的只是一句托词，所以芸娘依然故我，要到姜上清的马房院里来。她来了眼里都是活，手里都是活，把姜上清照顾得真叫一个无微不至、周到熨帖。

凤栖小学，以及凤栖镇街道上的人，长着眼睛都看到了，所以就言三语四、七嘴八舌，说什么话的都有。有说芸娘老师眼睛没瞎吧，咋就死心眼一个，看上个少眼缺胳膊的。当然还有说芸娘老师心肠好，人善良，姜老师残了一只眼睛，缺了一条胳膊，还不是为了打鬼子残了的！姜老师有资格享受芸娘老师的照顾。

这些话，芸娘老师都听到了，姜上清也听到了。

芸娘老师听到了什么话都不说，依然照顾着姜上清，而姜上清听到了，就要给芸娘说了。

又是一个圆月挂在天边的傍晚，芸娘给姜上清烧好晚饭，他们一起在院子里的小石桌上吃着，姜上清就给芸娘说上了。

姜上清说，芸娘老师，学校和街道上的人说咱俩哩。

芸娘说，我听得见。

姜上清说，我觉得大家说得有道理，我一个少只眼睛、缺条胳膊的残疾……

芸娘没让姜上清说完，就插进来话说，你是为了打鬼子少了一只眼睛，缺了一条胳膊的。我从河南逃难到陕西，我知道你的牺牲不是只为你，而是为了民族的解放、人民的幸福。

芸娘说得堂而皇之，姜上清接不上话了。

没话可接的姜上清，就又说起了袁心初。姜上清正说着袁心初的当口，顶着一头月光的袁心初，就寻到姜上清的马房院里来了。

袁心初的到来，给姜上清解了大围。

16

姜上清来给芸娘和袁心初互做介绍了。

他先给芸娘介绍袁心初，接着又向袁心初介绍芸娘了。

姜上清说，你才来，但你应该是认识芸娘老师的。我们在西安组织抗日宣传演出，手里举着半个蒸馍的女子，可就是现在的芸娘老师呢！

介绍完芸娘老师时，姜上清多说了一句话。他说，我们都在凤栖镇小学当老师。

姜上清给芸娘和袁心初相互介绍着她俩，他介绍得仔细认真，并且还有点兴奋开心。可是她俩，却都矜持得可以，在姜上清介绍到她俩谁时，谁都只是点点头，轻轻淡淡地问一声对方好。

她俩的这一份矜持和客气，自己是清楚的，而姜上清也不糊涂。相互间保持着谁都不愿明说，而且也说不明白的距离……她俩在凤栖镇相处了几天，几天时间里，芸娘带着袁心初，不仅走了凤栖镇四条街，还走了凤栖小学。两位与姜上清都有那么点瓜葛的女人，即便是如此亲近地相处了几天，也都没有把她们自己存储在胸怀里的那点心思说出来。

袁心初就要回西安了，芸娘借故学校有课，没有来送，所以只有姜上清来送了。

那个时候，凤栖镇没有通班车，袁心初必须赶去扶风县城，搭上班车，转道降帐火车站，才能坐上火车回西安。姜上清本可以借辆自行车驮着袁心初去扶风县城的，但他怕他一条胳膊把握不稳自行车，就徒步陪着袁心初走了。正是庄稼成熟的时节，姜上清陪在袁心初身边，要走二十多里土路的，土路上两边，有红了穗的高粱，有裂开身子的玉米棒子，还有低垂了脑袋的谷子和糜子……袁心初抗日时从北京流亡到西安，她始终生活在大城市里，很少下到农村来，这时与姜上清双双走在乡间的土路上，看见一路的高粱、玉米和谷子、糜子，她觉出了新鲜，因此问了姜上清许多田舍的事。袁心初问得仔细，姜上清回答得认真，不知不觉地就到了扶风县城，赶上了一趟班车，他们就要分手了，袁心初才给姜上清说了几天来她想要说的话。

袁心初说，你就不要把芸娘"老师、老师"地叫了。

袁心初说，芸娘对你是真心的，她人好心更好！

袁心初给姜上清说这话时，她已坐进了班车里，是坐在位子上摇开一扇车窗玻璃，把头伸出窗外给姜上清说的。她刚说罢，还等不及姜上清回她话，班车即吼叫着转动了胶皮轮子，呼哧呼哧向前蹿了去。

袁心初是回西安去了，而芸娘仿佛生了一双顺风耳，她听见了袁心初给姜上清说的话似的，她到姜上清的马房院子来得更勤快了，照顾姜上清也更加细微了……恰在这个时候，台湾海峡的风潮激烈了起来，这从报纸上看得到，也从广播上听得到，退居台湾的蒋介石，借助美帝的势力，大力叫嚣要反攻大陆！

姜上清因此又做梦了。

姜上清梦见了牛少峰，国民党军官的牛少峰一身笔挺的军装，英姿飒爽、精神抖擞……他伸出双臂，从台湾岛伸过来，伸过了浪涛汹涌的台湾海峡，伸向了一袭红绸旗袍的袁心初，而袁心初一脸的喜气，她脚穿同为红色的高跟鞋，迎着牛少峰伸向她的双臂，奋勇地奔跑着，原来盘在脑后的长发，被风吹散了，飘飘荡荡，仿佛一面迎风的旗帜。他们是久别的夫妻，一个向另一个高声地喊着话。

牛少峰喊，心初心初，我的新娘！

袁心初喊，少峰少峰，我的新郎！

牛少峰和袁心初的叫喊声，把梦中的姜上清喊叫醒来了。醒来后的姜上清，不知他的梦是吉是凶。他不敢想，又不能不想，这么糊里糊涂地想着，便又睡了过去。睡过去的姜上清不由自主地又做梦了。这一回的梦里，没有了牛少峰，只有身在西安的袁心初。

姜上清梦见袁心初好孤单、好凄楚，她被医院的那个主任揪出来了，揪到了西安城的大街上。那个主任严声厉色地揭露袁心初，说这个女人是阴险的，她的男人是国民党的反动军官，她是她男人派遣潜伏在西安城里的国民党特务，大家一定要擦亮眼睛，狠揭猛批袁心初，使她这个女特务的阴谋诡计完全彻底地失败掉！

有了这一梦，姜上清在凤栖镇待不住了，哪怕多待半分钟，就觉得身在西安城的袁心初会出大事，有大难。姜上清给学校请了假，马不停蹄地向西安去了。让姜上清吃惊的是，他梦里的情景，就在西安街头真实地上演着。袁心初医院的那个主任，原本穷追猛打地追求着袁心初，口口声声要给袁心初公平的他，指示两个满脸怒气的青年，反剪着袁心初的双手，狠揪着袁心初的长发，把袁心初从他们医院的大门里推出来，到人山人海的大街上游行。

袁心初的脖子上，挂着一方大木牌，写着："国民党潜伏特务袁心初！"

姜上清知道他在大街上，对被批斗的袁心初是不能有任何帮助的。他悄悄躲开游行的人群，去了袁心初租住的后宰门，静静地等在那里，直到华灯初上，这才等回了袁心初。总是保持自己整洁和风度的袁心初，此刻是另一个样子，她衣衫不整、头发凌乱，踉跄着走在昏暗的路灯下，趔趔趄趄，仿佛随时都要倒在大街上似的……姜上清迎上去了，他心疼并暖心地叫着她。

姜上清说，心初，袁心初！

姜上清只是轻轻地一叫，袁心初就如没了筋骨似的，往一边倒了下来，姜上清赶紧扶住她，把她扶进他们过去租住的地方。没有吃，没有喝，他帮助袁心初简单地收拾了一下，这便又扶着袁心初去了西安火车站，一起回了凤栖镇。

17

姜上清把媳妇领回来啦！

凤栖镇上的人，见到袁心初伴在姜上清身边进了他的马房院，就喜鹊炸窝似的议论开了。这之前，凤栖镇的人虽然见过袁心初，但姜上清并没有给谁宣扬她是他的啥，现在跟伴他再进他的马房院，他仍然没说袁心初是他媳妇儿，而袁心初自己也没说她是姜上清的媳妇儿，然而富有经验的凤栖镇人，坚定地认为，姜上清和袁心初是夫妻关系。凭什么呢？就凭姜上清对袁心初的那一份关爱，还有袁心初对姜上清的那一份依恋，他俩恩恩爱爱，他俩是一对儿。

凤栖镇人议论，瞧人家姜上清的媳妇，细皮嫩肉的，多白净啊！

凤栖镇人还议论，那叫洋气！懂吗？人家姜上清的媳妇太洋气了！

所有的议论，一字不落地钻进了姜上清和袁心初的耳朵。他俩听了，虽然尴尬脸红，却从来都不辩驳。凤栖镇人当着他俩的面议论，他俩坦然大方，而且还表现出夫妻才会有的那种亲昵。

出入在一个院子里，姜上清和袁心初需要凤栖镇人的这种议论。他俩知道，这是一种掩护，一种对袁心初最好的掩护。在这种议论的掩护下，袁心初安然地度过了民主改革运动、文化教育战线和知识分子思想改造运动、肃清反革命运动、整风和"反右"运动，以及后来的社会主义教育运动，甚至规模更大、范围更广的"文化大革命"运动，平平安安地迎来了拨乱反正后的改革开放。望眼欲穿的姜上清和袁心初，密切关注着台海的变化，直到1987年底，两岸解除了台籍人员探访大陆亲属的禁锢，国民党老兵纷纷踏访大陆，寻找他们的亲人……这样的讯息，在报纸上找得到，在广播上听得到，在电视新闻里也看得到，这给了姜上清和袁心初极大的期望，期望牛少峰成为探访大陆的国民党老兵中的一员，健健康康、精精神神地站在他们面前。

像姜上清和袁心初一样，等待牛少峰早回大陆探亲的人还有芸娘。

袁心初小鸟依人地跟随姜上清住进了他的马房院，不论凤栖镇上的人怎么议论他俩，怎么把他俩议论成了恩恩爱爱、卿卿我我的一对儿，芸娘却不这么认为。她在袁心初住进姜上清马房院之初不几日，就看出了他俩的关系，并不是凤栖镇上人议论的那样。他俩表现出的恩恩爱爱、卿卿我我，都只是知己朋友的一种真情流露。芸娘为了证实她的认识，她不管袁心初是不是住在姜上清的马房院，依然还像过去一个样，不断要到姜上清的马房院里去。

来来去去，时间久了，芸娘和袁心初，竟然成了非常要好的朋友。

后来发生的一件事，芸娘忘不了，袁心初自然也忘不了。

在袁心初住进姜上清的马房院几年后，袁心初和姜上清担着夫妻的名声，却没有任何夫妻的举动，这让袁心初想着，常常地想着，觉得不是个味儿。

袁心初觉得姜上清太亏了。他抗战瞎了一只眼睛，断了一条胳膊，到了和平年代，别说他是一位抗日致残的英雄，便是一个随随便便的男人，也该享受一个男人的生活啊！而且他又不是享受不着，多么熨帖温暖的芸娘啊，她善解人意，始终如一地痴情于姜上清……袁心初这么想着，想得时间一长，就觉出了自己的自私自利。

袁心初选了一个初夏时的星期天，她约了芸娘，却并没有告诉她实情，只是拉着她，在凤栖镇上的街市上，割了一条子猪肉，还买了葱、蒜、辣椒、西葫芦等几样菜蔬，回到马房院来，要芸娘给她帮忙，准备一顿平日难见的酒席，一块儿好好吃一顿。

芸娘奇怪袁心初的动议，问，不过年不过节的，这是为啥呀？

袁心初说，别多问，到时候你就知道了。

傍晚时分，芸娘帮着袁心初，把买回来的肉肉菜菜烧出来，端在了院子里的石桌上，又打开一瓶红标西凤酒。袁心初给芸娘说了，让芸娘陪着姜上清，先在石桌旁坐着，她要回房子里去一会儿，出来他们好好吃喝一顿。

回到房子里的袁心初，把她压在箱底里的那件红绸旗袍翻了出来，脱了身上的衣裳，小心地穿起来……房子里有一面不大的圆镜子，袁心初把镜子拿在手上，把穿着红绸旗袍的她，前前后后照了照。她发现压在箱底的红旗袍，穿在她的身上，还是那么合身，她发现自己突然年轻了有十岁！穿上红绸旗袍的袁心初，在镜子里看着自己，唯觉她披散的头发，与合身的旗袍很不和谐。因此，她坐在镜子前，伸手到她的脑后，仔仔细细地把她的头发捋直，光光亮亮地盘了起来。

袁心初脚蹬上她许久没有穿过的一双高跟皮鞋，她确信把自己收拾得很得当了，这才揭开布帘，娉娉婷婷、袅袅娜娜地往小石桌前走来了。

看见袁心初的姜上清吃惊地愣了起来。

还有芸娘，也被袁心初的样子惊呆了。

袁心初走到小石桌前，她端起一杯酒，也要姜上清和芸娘端起酒杯……

芸娘糊涂了，她听话地端起酒杯，恍恍惚惚地开了口。

芸娘说，袁心初啊，你把旗袍穿上了？你穿上旗袍真好看！

袁心初凄然地笑了一下。

芸娘继续说，你送牛少峰上中条山抗日那天穿的就是这身旗袍吧！我不会看错，你穿旗袍美极了，原来就美，现在更美。

袁心初把芸娘的话接过来了，她说，我那时身穿旗袍，是做牛少峰的新娘穿的。

袁心初说，今天我穿旗袍，是又要做新娘了！

芸娘不解地问，做新娘？

姜上清已经有些明白过来，他说不出话来，偏过脸去，不敢看袁心初，而是把他的目光求救似的看向了芸娘。芸娘被姜上清这一看，也明白了过来。明白过来的芸娘，脸颊泛出了一抹红晕，她感觉得到脸上的烫热，她嘴不由心地把姜上清说不出来的一句话，帮他说了出来。

芸娘说，新娘！好啊！给姜上清做新娘！

袁心初重复着芸娘的话，给姜上清做新娘！

姜上清拒绝了。他说袁心初，你是做了牛少峰的新娘的。牛少峰他会回来的，你要相信他，也要相信你。

姜上清说罢，霍地站起来，转身走出了他的马房院。在凤栖镇的街道上，姜上清像没头蜂一样，转了不知多长时间，这才回到他的马房院来。

姜上清这次回来，让他看到的情景，依然要使他吃惊了。

原来穿在袁心初身上的红绸旗袍，现在穿在了芸娘的身上。

姜上清不知道，袁心初在他走出马房院子后，敞开心扉，认真地和芸娘谈了。袁心初知道，姜上清是不会让袁心初做他的新娘的。那么芸娘呢？姜上清有理由拒绝袁心初，他还有理由拒绝芸娘吗？芸娘全身心地爱着姜上清，但姜上清拒绝她，并不是姜上清不爱芸娘。他俩同在一所小学教学，有共同的事业，且又相互理解、相互支持、相互关心，姜上清像芸娘一样，也是爱着她的。相互爱着，不能坦坦荡荡地成为一家，都是为了保护袁心初。现在的形势变了，而芸娘爱着姜上清的心没变，当然姜上清爱着芸娘的心也不会变，而姜上清与芸娘心照不宣共同保护袁心初的历程，更加加深了他们的感情基础。她俩谈论的结果是，袁心初脱下身上穿着的红绸旗袍，穿在了芸娘的身上。

换穿上袁心初红绸旗袍的芸娘，精神面貌真是焕然一新。走回马房院的姜上清，吃惊地看着他眼前的变化，他有话说了。

姜上清说，芸娘是该穿一回红绸旗袍哩！

18

杳无音信的牛少峰有了音信。

赶在1990年抗战胜利四十五周年的前夕，省委统战部到市委统战部再到县委统战部，呼啦啦来了好几个人，他们西装革履地来到凤栖镇，在镇上干部的陪同下走进了姜上清的马房院。见到袁心初，以及姜上清和芸娘，他们告诉袁心初、姜上清和芸娘，牛少峰从台湾回来了。回到西安的牛少峰，找到了派遣他去台湾的上级组织领导，恢复了他共产党员的身份。他本来要到凤栖镇来的，但他舟车劳顿好些天，年龄又大了，就安排他留在西安，等待组织替他来接袁心初他们了。

喜讯传来，袁心初魔怔了似的，呆呆地木了好一阵，突然地放声号哭起来。

陪在袁心初身边的芸娘，把袁心初迅速抱起来，她是想劝袁心初，结果话未说出，她跟着袁心初也撕心裂肺地哭了，哭得如袁心初一般，都成泪做的人儿了。

没有怎么收拾，袁心初、姜上清和芸娘，坐上组织安排的一辆商务车，风驰电掣地赶到了西安，见到了久别重逢的牛少峰。袁心初与牛少峰夫妻情深，姜上清与牛少峰战友情切，他们见面了，把芸娘也拉进来，相互拥抱着，很久很久。

丰盛的团聚宴就安排在牛少峰暂住的人民大厦，他们酒一杯杯地喝着，菜一口口地吃着。牛少峰提议，中华民族抗战胜利四十五周年，咱们有必要庆祝一下。

袁心初、姜上清和芸娘都赞同牛少峰的提议。

到了抗日战争胜利纪念日，他们四人，牛少峰和姜上清各自一身军装，而袁心初和芸娘，又都是一身红绸旗袍，相互手挽着手，从西安城的南门走进来，走过了南大街，转过了钟楼，又走上东大街，一直地走着，走过牛少峰、姜上清他们当年走出的东大门，他们那时就是从这里走向中条山抗日战场的……当年走着时，西安城万人空巷，他们高唱着抗日的歌曲。数十年后的今天，他们为了纪念抗日战争的伟大胜利，再次走在了当年走过的西安城，他们唱起了当年唱过的抗日歌曲《大刀向鬼子们的头上砍去》：

> 大刀向鬼子们的头上砍去！
>
> 全国武装的弟兄们！
>
> 抗战的一天来到了！
>
> 抗战的一天来到了！

他们把西安城轰动了！万众千人听着他们的高声歌唱，纷纷拥向了他们，跟在他们的身后，与他们一起高唱起来：

> 前面有东北的义勇军，
>
> 后面有全国的老百姓，

咱们工农军队勇敢前进，

战胜全部敌人！

把他们消灭，消灭，消灭！

　　抗战胜利日游走西安城，成了牛少峰和袁心初、姜上清和芸娘他们坚持了多年的一个仪式。此后的 1995 年、2000 年、2005 年，他们都像那次一样，牛少峰、姜上清一身军装，袁心初、芸娘一袭红绸旗袍，在西安城沿着他们抗战走过的街道行走一遍。

　　1990 年的游行，牛少峰和袁心初，姜上清和芸娘，在人们的簇拥下出了东大门，在那里，牛少峰突然转身，把身穿红绸旗袍的袁心初抱住了，牛少峰给抱在他怀里的袁心初说了。

　　牛少峰说，当年送我打鬼子，你是我的新娘！

　　袁心初说，我是你的新娘！

　　牛少峰说，永远的新娘！

　　旁边的姜上清和芸娘，幸福地看着他俩，跟着他俩的话也说了。

　　姜上清说，永远的新郎！

　　芸娘说，永远的新娘！

年选系列封面绘图画家介绍

乔晓光 1957 年生于河北邢台，中央美术学院人文学院教授、非物质文化遗产研究中心原主任、博士生导师。代表著作有《活态文化》《沿着河走》《本土精神》等，主编教育部艺教委高等师范院校教材《中国民间美术》，主持中国民间剪纸申遗及教育传承项目多个。

中宣部全国文化名家暨"四个一批"人才，2006 年获"民间文化守望者"提名奖，2007 年被国家人事部、文化部授予"全国非物质文化遗产保护先进工作者"称号。

长期从事中国非物质文化遗产与民间美术的研究、教学，从事剪纸、油画、现代水墨等多媒材艺术创作，多次参加国内外展览并获奖。近十年与芬兰、挪威、瑞士、美国等国家合作完成不同国家文化遗产主题的现代剪纸艺术创作，所举办的展览产生了比较广泛的艺术影响。同时，在海外积极推介中国民间剪纸，多次赴北欧及美国、日本等地讲学。

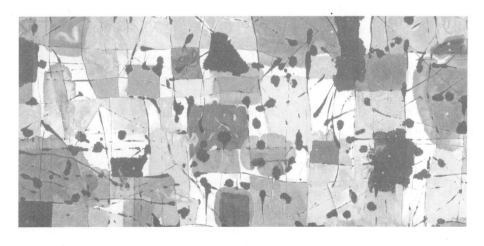

朴素的记忆　Native Memory　乔晓光　68cm×137cm　纸本水墨　2013 年

乔晓光的艺术

　　乔晓光从原始艺术中的图像出发，建立自己的当代艺术空间。与大多数传统型和学院型的水墨画家不同，乔晓光在艺术媒介的运用方面相当自由。他将中国明清以来的文人水墨画文脉与中国远古艺术的血脉接通，同时又将明清以来日渐狭窄的文人画解放出来，通过与原始艺术和民间艺术的结合，使水墨画获得了更为宽阔的发展空间。在这一过程中，乔晓光突出了现代艺术中表现主义的个性抒情，同时在形式上又与 20 世纪欧洲的现代主义艺术相通，这很像高更、卢梭等原始派艺术家的所作所为——将最现代的与最远古的艺术沟通。

——殷双喜《从原始到现代——乔晓光的艺术密码》

2018

漓江年选 ∩ 品质阅读 ∩ 恒久珍藏

2018中国年度中篇小说 [下]

中国作协《小说选刊》 选编

漓江出版社

手　械

老　藤[*]

1

司马正的人生彻底被024毁了，毁得如同遭到爆破一样，工作、爱情，甚至梦想，一切都碎成满地瓦砾，无法重建。痛苦郁闷，像一根甩不开、燃不尽的蚊绳不温不火地缭绕着他，令他无处可逃。

长着赭红色胡须的监狱长这些天眼袋格外肿大，泛红的眼睑下似乎吊着两个装了半袋水的皮囊，一眨眼便颤个不停。他用带有反思的口吻说：这是蚊子效应！要是监区不闹蚊子，就不用去打蚊绳，不打蚊绳024就越不了狱，024越不了狱你司马正就不会被双开。监狱长这个观点显然是受蝴蝶效应的启发，听上去蛮有逻辑。监狱长祖上开铁匠铺，家传所致，他喜欢在铁砧上捶捶打打弄些小制作。一监区重刑犯024的越狱让他火燎后心，一向要强的他几个晚上睡不着觉，明年他就要光荣退休，石门山监狱在他多年统治下，荣誉积满了一个中型会议室，就因为024越狱，今年所有的评比将被一票否决，这样他引以为骄傲的工作生涯无法画上一个圆满的句号。

---

[*]老藤，本名滕贞甫，山东即墨人，中国作家协会会员、中国作家协会全委会委员，辽宁省作家协会主席。出版长篇小说《西施乳》《鼓掌》等四部，小说集《熱鹰》《没有乌鸦的城市》等五部，文化随笔集《儒学笔记》《探古求今说儒学》两部。作品多次被《小说选刊》《中篇小说选刊》《长篇小说选刊》《新华文摘》等转载。曾获东北文学奖、辽宁文学奖。

一年前，从部队侦察连长岗位转业，司马正被分到石门山监狱一监区任管教。一监区是重监区，在重监区当管教可不轻松，后脑勺都要长眼睛。红胡子监狱长找他谈了一次话，说司马你在部队是侦察连长，肯定有两下子，但我还是要告诫你两条：一条是重监区处处有地雷，每一步都要小心谨慎；一条是对犯人千万别动娘娘肠子，别演农夫和蛇的故事。最后红胡子监狱长拍拍他的肩膀说：好好干小伙子，我就是从一监区干上来的。红胡子监狱长的交代让司马正激动不已，他给未婚妻迟玫打电话，说自己有信心在石门山干出一番事业来。迟玫在县城一家保险公司跑业务，对司马正转业到离家百里外的石门山监狱很有想法，司马正在部队立过二等功，完全可以分到县公安局，不知怎么却分到了又偏又苦的石门山监狱。迟玫电话里奚落他说：监狱里能干出一番什么事业？你还是托人找关系早日调回县城吧。

　　司马正并不在意女友的数落，自己一个农村孩子，亲戚中最大的干部是老家那个村的治保主任，而且还是表亲，上哪里去找关系？

　　司马正没想到原本大道通畅的未来都毁在死缓犯024身上。

　　管教工作讲究做功课，功课做得很足，工作就有针对性，有时会点中穴位四两拨千斤。司马正对每个囚犯的情况都了如指掌，一监区七十二个囚犯，如同《水浒传》里七十二地煞星，个个都有血淋淋的故事。比如那个叫李库的，水蛇腰，招风耳，眼珠总是滴溜溜乱转，身上背负两条人命；那个秃顶疖腮的叫胡德林，是同性恋，看着就让人反胃；还有那个头长得跟西葫芦似的毕大牙，典型的牢头狱霸，洗脚水都由别人伺候；还有……司马正原本是个有同情心的人，与七十二个犯人打交道不久，心便长了厚厚一层茧。他悟出一个道理，人心变硬都是有原因的，没有谁天生冷漠，心就像一面镜子，照什么是什么。司马正刚到一监区时，毕大牙对他很不敬，老是泡病号不上工，司马正知道擒贼先擒王的道理，他必须拿毕大牙祭刀。一次犯人出操，毕大牙说肩膀疼，没法做操，司马正二话没说，过去在他肩头捏了一下，结果毕大牙原本没毛病的右肩膀真不能动了，一副大门牙龇得老高，哎哟哎哟不停地叫唤。早操结束时，司马正过来抓住他胳膊用力一抖，毕大牙脱臼的胳膊才复位。从此，毕大牙的牢头地位变得不稳，威风大打折扣，犯人们也都知道新来的司马管教惹不得。重刑犯每天的工作是糊火柴盒，坐在长条桌前抹糨糊、折纸壳，不累，却无聊透顶，他们很羡慕其他监区的犯人，可以到高墙外干活。一次，毕大牙一脸坏笑地对司马正说：安排我们到墙外干点活儿吧，哪怕挖地基、淘大粪都成，至少能看到母的呵，入狱三年老母猪赛貂蝉哇。司马正道：怎么，腿脚不舒服了？这一问，毕大牙赶紧用上唇包住牙，悄悄糊火柴盒去了。七十二个犯人，司马正唯独对一老一小两个犯人印象不错。老的叫石德成，入狱前是附近石库村食堂的厨子，因为在食堂炖了一锅河豚，把村主任吃成了瞎子，村主任家人告他故意投毒，而且不依不饶，公安立案一查，石德成毫不隐讳说出了实情，结果因谋杀罪被判无期。小的就是024沙亮，因为贪污公款被判死缓。沙亮贪污的钱自己一分没花，去向无人知晓，传言是给了一个叫朴红的女朋友。

一次，司马正问沙亮：024，你为什么不说出赃款去向？要是说出来刑期不会这么重。在监区里，犯人不叫名字，只有属于自己的一个序号。

024摇摇头，却不说话。

司马正问：为了朴红？

024说：朴红家里虽穷，却不贪。

024体格瘦小，是本地关门乡沙家崴子人，入狱前是关门乡信用社会计，曾获全省金融系统珠算第一名。司马正很不解，这样一个会算数的年轻人，怎么就算不清男女之间的账？

024的逃跑出人意料，让侦察连长出身的司马正倍感耻辱。

夏天，石门山一带蚊子特厚，一到黄昏，黑烟般的蚊子会从石门山水库方向袭来，弥漫整座监狱。因为没有蚊帐，缺少蚊香，犯人被蚊子叮得痛苦不堪，不少犯人如同患了天花一样脸上一塌糊涂。红胡子监狱长让各监区自己打艾蒿编蚊绳熏蚊子。司马正接到任务，特意选了自己相对放心的石德成、沙亮到石门山水库打艾蒿。

石门山水库是带状水系，它原本是一条群山间蜿蜒流淌的河流，叫蒲河，名字起于哪朝哪代已无从查考，后来蒲河下游修了大坝，河水屯起来，便形成了一个大型水库，蒲河的名字便渐渐被人遗忘了。石门山水库南北走势，西面是监狱所在的石门乡，东面是关门乡，两个乡交通不便，靠一条国防公路通往山外。

司马正和一个持枪武警战士押着石德成和沙亮来到水库边一处蒿草密实的水湾。沙亮负责割，石德成负责编，两人闷头干活，活干得有模有样。尽管两人都是本地人，彼此也熟悉，但劳动时相互并不说话，这是监规，犯人不敢违反。司马正和武警战士保持着警戒距离，在草地上来回踱步，看管犯人有警戒规定，距离、视角、卡位，半点不能马虎。水库很静，岸边蒲苇如同甘蔗林，油绿茂盛，水边是带状沙滩，沙细而白，衬出水的幽暗，几只白鹤在浅水处觅食，蹑手蹑脚，许久才向水中啄一口，溅出一圈儿涟漪。司马正闲着无事，就在草地上练了一通南拳，他对自己的擒拿术很自信，当年在部队配合武警抓捕毒贩时，自己只身擒住了两个亡命徒，并因此荣立二等功。那次立功后一个记者采访他，问他与亡命徒搏斗心里在想什么？他说我没想这两个家伙是什么亡命徒，在我眼里就是俩瘦鸡崽！记者很快写了篇稿子发出来，标题是《艺高人胆大》，对他高超的擒拿术做了好一番介绍。三大捆艾蒿绳编完，司马正过去收了024手中的镰刀，说：隔着水库望望沙家崴子吧，出来一趟不容易。024鞠了一躬，保持立正姿势转身，深情地向远处瞭望，水面尽处，隐隐约约可见几缕炊烟，那里应该就是沙家崴子了。司马正的目光没有远投，他注意到近处一片芦苇，芦花尚未绽放，在阳光下闪耀着高粱穗一样的光泽，芦花原来还有这般色彩，这是以前自己没有发现的。024转过身，依然保持立正姿势，眼里似乎含着泪花央求道：报告政府，这身号服都叫汗水卤透了，浑身发痒，能到水边洗洗吗？

司马正看看沙亮和石德成的号衣，汗水浸湿后泛出一层碱花，沾满细碎的草屑。

事后，司马正反思过024这个请求，应该说要求并不过分，打艾蒿是累活，洗洗浑身汗渍也在情理之中，他当时允许024去洗一洗也不算违规。但这些有什么用呢？是自己动了娘娘肠子才酿成大错！

司马正观察了一下沙滩，除了芦苇蒲草外，并无树林，没有隐匿逃跑的条件，便说，去洗洗吧，不许往里游，动作要快。024向司马正鞠了一躬，和石德成快步来到水库边，三两下脱去湿漉漉的号衣，赤裸着身子站在浅水处相互擦洗身子。沙亮很瘦，肋条像根根扇骨，与石德成浑圆的身材相比简直就是一只瘦鸡崽。司马正发现沙亮右腋下有条胎记，颜色很深，颇似一只向腋窝里爬的蝎子。两人在水里交谈，声音很小，却一直未停，犯人劳动时不能这样说悄悄话，但司马正并没有制止，毕竟他们在野浴。警戒的武警战士持枪靠近沙滩站着，枪里子弹上膛，这样的距离两个犯人插翅难飞。司马正看看手表，已经满一刻钟，便高声喊道：好了，上岸！两个犯人停止说话，开始移步上岸，忽然，024滑了个趔趄仰面倒向水里，大喊了一声：哎呀，救我！扑通没入水中不见了，不远处觅食的一只白鹳扑棱棱飞走了。事也凑巧，司马正和武警战士都不识水性，无法下水救人，两人在岸上干跺脚。石德成惊慌失措爬上岸来，嘴上哆哆嗦嗦地说：淹死鬼拖人了，淹死鬼拖人了！司马正扭住他的脖子吼道：你会水，快下去救人！救人上来给你减刑！石德成眼光发直，呆呆地说：淹死鬼在找替死鬼，我不敢。哪有淹死鬼？你会水就快下去！司马正几乎在求石德成。一丝不挂的石德成哆嗦着说，这水库忒馋，我下去也上不来。司马正木鸡般呆立沙滩，望着空旷的水面，024呵024，你哪怕露一下头也好，怎么就无影无踪了呢？许久，他对着波浪乍起的水库喃喃地说，我不该动娘娘肠子。

事情比司马正想象的还要严重。监狱派人打捞时才发现，024失足落水的地方水不过齐腰，往里走十几步才能到深水区，显而易见，024是水遁。

监狱协调了石门、关门两乡公安派出所，在附近拉网搜查了七天七夜，结果一无所获。

司马正为此被双开。本来要追究刑责，红胡子监狱长说024毕竟在水中失踪，水浅不能说就淹不死人，马蹄坑还能淹死倒霉蛋呢，024是逃跑还是死亡现在还无法定论，只能按失踪上报。司马正因此免除刑责。红胡子监狱长对上级能打圆场，对司马正就毫不客气了：呸！真他妈的丢人，还侦察连长呢，屁！银样镴枪头！司马正恨不得将头撅到裤裆里，脖颈上似乎有一群蚊子在狂欢。

司马正接到处分决定时，闭上双眼沉默了许久，脸色像一张返潮的烟叶，一纸文件似乎重若千斤。红胡子监狱长话虽重，恻隐之心还是有的，他叹了口气道：你呀，坏就坏在那根娘娘肠子上。司马正睁开眼，斩钉截铁地说：我要给自己一个说法！红胡子监狱长问：怎么个说法？司马正说：我要逮住024！红胡子监狱长点点头：我当监狱长八年，石门山监狱年年当先进，没想到快要退休了，却落了泡苍蝇屎在光荣册上，不抹去它我后半生吃饭都不干净。司马正直勾勾地望着窗外，窗外是石头砌的高墙，高墙上围着电网，一只黑色的大鸟若无其事地站在高压电网上，警惕地张望着高墙里的一切。我一定要逮住他，他说，哪怕这瘦鸡崽长满羽毛。

红胡子监狱长从后腰里摘下一个沉甸甸的东西在手里掂了掂，然后递给他：拿着，大丈夫一言九鼎，替石门山监狱抹去这苍蝇屎！

司马正定睛一看，原来是一副紫铜材质的手铐！他吃惊地说：这是警具呀，领导，我现在的身份拿它违法。司马正没敢接。

红胡子监狱长将紫铜手铐拍到他手上，说：什么警具？这是我的小制作，叫手械！

这是一副很别致的铜制手械，链式，比普通板铐要重。司马正掂了掂，郑重地挂在腰带上。

2

司马正找到朴红其实很偶然。

他记得024说过女友是宽甸人，有一半朝鲜族血统。他想，赃款若是在朴红手上，她会去哪里？容易藏身的地方一定是老家！宽甸是边城小县，又是朝鲜族聚居的地区，会说朝鲜语的朴红在那里没有语言障碍，如果024和朴红早有默契，越狱后到宽甸会合，这种谋划绝对是上策。

司马正请红胡子监狱长帮忙从024卷宗中翻拍了一张024和朴红的照片，准备下力气按图索骥。初看朴红照片，司马正不得不承认这是一个面容姣好的女子，眉眼清秀，面庞很圆，像伊丽莎白甜瓜。司马正记得024说过，朴红家里穷，因此，他一到宽甸，就打听当地最贫穷的乡在哪里。问了几个人，都说最穷的是红山沟，在鸭绿江畔的群山里。他想，穷，又带个红字，这似乎与朴红有关，便决定到那里去排查。他在县城买了自行车、杆秤和两个柳条鱼篓，以一个走村串乡的鱼贩子身份，开始了追捕024行动。

一个穷人有了钱，最想做的是什么？肯定是造房子！司马正在红山沟乡首先逐村排查的是造新房的农户。很可惜，红山沟乡根本没人家造新房，与造房子相比，当地更热衷的是进城，问起造房子的事，村民要么摇头，要么说造了给谁住？问到一个村干部，村干部说：造个屁儿，屯子都成老人院了，哪里还有年轻人？村干部的话是牢骚，也是实话，年轻人都进城了，乡村如同一个弃妇，在颓废中日渐老去。

司马正没在造新房这条线上摸到头绪，便开始摸排姓朴的村民。

红山沟乡十八个自然村，姓朴的有三百二十七户，算是大姓。司马正不能像查户口的那样挨户去找，他只能一边卖鱼，一边悄悄打听。红山沟乡村民没有人怀疑他的身份，这个头戴草帽的鱼贩子卖鱼从不乱喊价，很多人见了他还热情地打招呼，直呼他卖鱼的。当地朴姓村民并无戒备之心，打听什么事他们都愿意回答，这种表现让司马正失望至极，他多希望能有人表现出遮遮掩掩呵，那样问题就有了谜面，有了谜面就不愁揭不到谜底，但眼前村民的表现稀松平常，他怀疑自己的感觉是不是出了差错。

两个月，从夏到秋，他排查了红山沟乡所有朴姓村民，没有发现任何有价值的线索。

中秋节的夜晚，他推着轮胎半瘪的自行车回到乡政府所在地自己常住的那家小旅社，独自到路旁的小酒馆喝闷酒。酒馆不大，炖鱼却鲜，他要了一壶当地小烧，点了一盘鲶鱼炖茄子，酒菜上来后却吃不下，望着酒壶想心事。下一步怎么办？可以断定，红山沟乡三百二十七户朴姓人家肯定没有朴红，因为这些人家没有女孩子在外打工。难道自己判断有误？024冒死水遁，不来找朴红又能找谁？024并非亡命徒，也没有仇家需要复仇，最大的可能就是找女友要钱，这样才符合逻辑。酒馆老板是个小媳妇，叫梅子，她对司马正这个沉默寡言的鱼贩子印象不错，见他一个人孤零零过节有点可怜，就端了两块月饼送过来，笑着问：想什么呢，大兄弟。因为问得突然，正在发愣的司马正脱口道：想朴红。说完马上意识到自己失言了，有点心虚地望了望梅子。梅子却眼睛一亮：朴红呵，那可是百里挑一的好姑娘，你好眼力，想她怎么不去县城找她？司马正一听，心里怦怦直跳，朴红在县城？他装作若无其事的样子问：朴红啥时去了县里？梅子说：朴红在我这里当过服务员，可我这店小，养不住凤凰，人家自己去县城开韩国服装店了。司马正心里敲过一阵鼓点，开服装店需要资金，一个饭店服务员哪里来的资金？他问：我记得朴红是红山沟人，对吧？梅子摇摇头：她是青山沟人，青山沟乡比红山沟乡还偏，连条像样的路都没有，朴红说青山沟人出来打工都矮人一截。司马正问：青山沟那么穷，朴红哪来的本钱开店？梅子摇摇头，说自己也不清楚，不过朴红说过，只要人好就不会差钱。

024十有八九就藏在朴红的服装店，他想，而朴红开店的钱十有八九是024的赃款。他下意识摸了摸后腰带上的手械，024呵024，你跑不了了！他将壶中小烧全都倒进碗里，举起酒碗对梅子道：节日快乐！说完，一饮而尽。梅子被他的举动吓了一跳，看看酒碗，再看看司马正的脸，惊讶地说：大兄弟海量呵！

司马正狼吞虎咽吃着鲶鱼炖茄子，头也不抬地说：这不是过节了吗。

次日上午，戴着墨镜的司马正出现在宽甸县城的大街上，他在一家叫韩红服装店门前发现了那张期待已久的甜瓜脸。朴红头盘长发，穿一件水红色连衣裙，黑色高跟鞋，时尚大方，全没有青山沟的土气。他摸了摸腰带上的手械，恨不得扑上去将朴红铐起来，但理智使他努力保持平静，自己要抓的是024不是朴红，朴红只是自己顺藤摸瓜的一条线索。他确信自己没有看错，便在附近的街上闲逛，眼睛却始终盯着韩红服装店的玻璃门。韩红服装店开在人来人往的汽车站旁，门面不大，牌匾上是个衣着朝鲜族服装的女歌星，上面用汉、朝文字写着韩红服装店五个字。在附近转悠了五天，司马正基本摸清了小店的情况，韩红服装店只有两人，除朴红外还有一个肤色像山里红的中年妇女，是雇员。服装店生意不错，司马正数过，每天出出进进接近两百人，五天就是一千人，令他失望的是这里面没有024的身影。024瘦弱单薄，白白净净，就是混在人流里司马正也会一眼认出来。他怀疑过，是不是自己在周围转悠暴露了身份？县城小，一个总是在附近徘徊的陌生人容易引人注意。为了更好地隐蔽，他买了一套修鞋工具，在离服装店大概四十米的街角支摊修鞋。修鞋看起来简单，实际是个要求很高的手艺活，难怪老百姓都叫修鞋匠而不是修鞋工。司马正不会修鞋，开始只会钉鞋掌，后来一点点无师自通，一般的鞋也能修了。但他不能专心修鞋，即使修鞋他眼睛的余光也在韩红服装店那两扇茶色玻璃拉门上。一个月过去，依然不见024出现，司马正嘱咐自己，坚持，坚持，胜利往往就在最后的坚持中，这是哪位伟人说过的话他记不清了，但他以此来激励自己。

天气变冷，司马正决定与朴红正面接触。他借口买一副手套，显得有一搭无一搭地走进韩红服装店。服装店不卖手套，他站在那里仔细端详墙上的营业执照。执照上法人栏写着朴红的名字，他想，执照上怎么会写朴红的真姓实名呢？难道她不怕公安来找她？朴红迎上来，问：先生看什么呢？司马正转过身：哦，我看到朴红这个名字很熟悉，我一个熟人的女友也叫朴红。

您朋友叫什么？朴红很好奇。

他嘛，叫沙亮，在信用社工作。司马正装作若无其事。

朴红眼中闪出异样的光彩。你认识沙亮？我就是那个朴红，沙亮的女朋友。

哦，我在石门乡做过生意，沙亮帮我贷过款，但我一直没机会答谢他，欠他一个人情呢。司马正只能编一番谎话来应付。

朴红轻叹一口气：我当年在关门乡做坚果生意，沙亮也帮过我。他是个好人，信命，我们相处得很好，很可惜他有Ⅰ型糖尿病，沙和尚算命说他活不过三十岁，这话灵不灵不敢说，反正当地人都信。

沙和尚？司马正很惊讶，问：《西游记》里的人怎么来给沙亮算命了？

沙和尚是沙亮一个出了五服的叔叔，是个乐善好施的中医，当地人都知道沙和尚立下宏愿，要倾尽家财在山里建一座庙，他说过，石门、关门两乡光有座监狱怎么行？一定要有座庙，监狱关人，寺庙度人，这样才符合阴阳之道。

建庙是和尚的事，他一个大夫怎么会有这样的想法？司马正不理解。

听说沙和尚是个居士，朴红一边整理衣架上的服装一边说，沙和尚认为监狱煞气重，需要一座庙来对冲。

可是，石门、关门两乡并没有建成什么寺庙呀。司马正怎么也想不起那里有什么寺庙，监狱北面的山坳里古代有座庙，但早已毁弃，成了一片蒿草荒地。

沙和尚庙没建成，却医好了沙亮遗传的糖尿病。朴红说，你是沙亮的朋友，选件冬装穿吧，正宗韩货，给你八折。

司马正隐隐有些失望，朴红说话并无破绽，好像一个老戏骨。为了赢得对方的好感，他挑了一件咖啡色夹克，却迟迟没有付款，他问：沙亮怎么样了？

朴红叹了口气：进去了。停顿了一会儿，朴红忽然明白了什么，盯着司马正问：你是他朋友，不知道他进去了？

哦，我早就不在石门乡做生意了，和沙亮也没有联系。司马正知道自己露出了破绽。

说是贪污，我有点不相信，我们在一起的时候，他常说人生比钱财更重要的东西有很多，怎么会贪污呢？他挪用公款或许有难言之隐，或许有其他大用处。看来朴红对沙亮印象很好，并没有因为沙亮进去而改变看法。

后来呢？司马正不忘刨根问底。

听说他失踪了。朴红面呈忧伤，摇摇头说，也许他是想洗刷自己的冤情吧，很多电影里不都有这样的情节吗？可我知道他不是超人，他连架都不会打，他跑出来能干什么？

沙亮失踪了，那你俩还怎么处？司马正问到了核心问题。

他被宣判后我们见面了，我对他说，我等他两年，现在一年多过去了，尽管有男孩子追求我，我都没答应，我要等他等满两年。

这真是个奇怪的决定，司马正心想，他忍不住追问：为什么要以两年为限？

因为我们相处了两年，分合应该等时。朴红回答很干脆，几乎未假思索。

沙亮如果活着，能不能来找你？

朴红摇摇头，不会的，他那么善良，不会打扰我的幸福。朴红目光有些软，咬了咬下唇，很肯定地说，明知道他不会来，我还要等，我这是用时间在埋葬自己的一段爱情。朴红的泪水没有流下来，但眼圈已经发红。对了，您来宽甸干什么？

司马正愣了一下，随便编了个理由，付了夹克钱便告辞了。

入冬后，宽甸的冬天已经不适合室外修鞋，寒风刺骨的街角，蜷成一团的司马正还在坚持。街角有家阿良水果店，为了御寒，店主在门口用透明塑料布搭起一个门棚，冻得实在扛不住时，司马正会到棚里暖和一下。水果店主阿良是湖北麻城人，四十多岁，穿着厚厚的羽绒服。他说你就到棚子里掌鞋好了，大冬天谁会在外面光着脚丫子掌鞋？司马正注意到，在塑料棚里也能看到韩红服装店的大门，便谢了阿良，将修鞋工具搬进了棚里。他问阿良：你怎么这么好心？阿良说，帮人总比伤人好。司马正愣了一下，没再说什么。两人处熟了，阿良给他讲了自己的一段经历。十多年前一个腊月天，他坐船从烟台到大连打工，下船后又冷又饿，可身上只有几毛钱，大清早他走进一家面馆，在里面徘徊再三，饥寒交迫的感觉让他几乎绝望，他甚至产生了纵身一跳让茫茫大海彻底解脱自己的想法。看到其他下船的旅客吃着热腾腾的打卤面，他第一次知道饥饿的感觉原来鹰爪一般锐利，抓心揪肠。沮丧的他正要推门离开时，开饭店的大嫂叫住了他，让他坐下，给他端上一碗热腾腾的打卤面，大嫂只说了一句话：忘记带钱了吧？先记着。这碗打卤面让他铭记一生，甚至改变了他对人生原有的一些看法，他现在还记着面条卤中有肉丝、榨菜丝，还有切成丁的香菇。阿良在讲述这段经历时目光有些湿润，不时伸出舌头舔舔干燥的上唇。后来呢？后来你去还钱了吗？司马正问。阿良点点头：回去了几次，都没有找到那位大嫂，面馆早就动迁了，大连港那个百年客运站也扒掉了，我只记得那位大嫂的模样，慈眉善目，特像当年一个叫王馥荔的电影演员。

一天，水果店没有顾客，司马正专心瞄着韩红服装店，阿良突然问：我看你掌鞋心不在焉，是不是有什么心事？司马正扭过头笑了笑：我有什么事？也没人给我打卤面吃。阿良也笑了，舔舔上唇说：有啥事别总吊在心上，时间会冲淡一切，这世界上啥最厉害？是时间，就说我店里的香蕉吧，昨天还有点生，今天就熟透了，就是时间的作用。

店主的话触动了司马正，他暗暗叮嘱自己，是呵，无论如何也要等上半年，否则岂不是前功尽弃？朴红在用时间埋葬爱情，自己是花时间守株待兔，024再能潜藏，也到了该露头的时候了，说不准某一个清晨024就会从旮旯胡同钻出来，东张西望走进韩红服装店。

漫长的冬季过去了，春脖子却短，春季像个急于投胎的愣头青，三两步就滚进了夏天的怀抱。端午节前，司马正发现韩红服装店只有那个山里红在卖货，朴红一连几天没来上班，他的第一感觉就是朴红要跑。司马正明白自己不能潜伏了，必须登门探个究竟。他摸了摸腰带上的手械，不顾散放的修鞋工具，起身快步走向韩红服装店。山里红迎上来打招呼，说：你不是那个修鞋师傅吗？买件金狐狸 T 恤吧，沾点老板的喜气儿，全场八八折。司马正心里一震，问：你怎么知道我是修鞋的？山里红笑着道：听老板说的，我们老板认识你，说你做坚果生意赔了，挺惨的，干起了掌鞋营生，她说做什么生意也不要做坚果生意，坚果都是经过高温加工，不会再发芽了，做这生意是造孽。司马正心生疑窦，这个朴红原来一直在注意自己，自己蹲坑半年看来是白蹲了。他问山里红：你们老板有什么喜事？山里红的嘴笑成了胀裂的石榴，说话如同快刀切萝卜，喊里咔嚓：明个老板大婚，有喜事自然要优惠酬宾，你买吧，过了这个村可就没这个店啦！他心里一惊，问：新郎官叫什么？也是卖服装的？山里红嘴一撇，道：人家新郎是县公安局的刑警，一米八的大个，贼精神！当地人喜欢用贼这个程度副词，表示很或非常的意思。山里红接着说，新郎不仅长得好，家里还有钱，老板开店的房子就是他家的。

司马正顿时浑身酥软。朴红嫁人，说明她与024已经没有任何联系，从她找了刑警男友来看，朴红也一定是公安排除在外的嫌疑人。他脑海里雪花飞舞，那张营业执照像断了信号的电视荧屏，一片茫然。

司马正问了朴红举办婚礼的时间和酒店，他决定到婚礼现场看看。他特意换了那件在韩红服装店买的夹克来到朴红举办婚礼的酒店。酒店很阔气，很可惜大厅里摆了些假花假树，宽甸不缺绿色，为什么要弄些假绿植来装扮门面呢？司马正坐在酒店大厅的沙发上，点燃一颗烟慢慢吸着。一楼大宴会厅是婚礼现场，门前摆了一张条案，放着红包和笔，有个专门收红包的小姑娘笑容可掬地站在一旁，脸也像伊丽莎白甜瓜，看上去应该是朴红的妹妹。司马正留心每一个出出进进的宾客，尽管他很清楚这样做徒劳无益，沙亮怎么可能来参加朴红的婚礼？但他还是不死心，世上万事，一切皆有可能，万一沙亮来婚礼砸场子呢？他下意识地摸摸腰中的手械，目光像雷达一样呈扇形扫描着。

宾客来齐，音乐响起，婚礼已经开始。他透过敞开的大门看了看西装革履的新郎，山里红没说错，这个警察新郎的确高大魁梧，与024简直天地相差。朴红的新娘妆也很美，笑容一直萦绕在脸上，看来朴红用两年时间彻底将过去埋葬，开始了全新生活。婚礼仪式就要结束，服务员开始上菜，司马正起身将第九只烟蒂在烟灰缸里拧灭，走到条案前要了红包，装入两张百元钞票，正要投进礼箱，圆脸小姑娘递过笔说：先生，您忘了写上名字。司马正犹豫了一下，把没写名字的红包投进礼箱，然后转身离开。

宽甸一年，司马正只在春节回了一趟老家岫岩，其他时间全飘在宽甸，他学会了贩鱼、修鞋，也赚了一些钱，至于024，影子也没见到。

他知道自己必须回石门山，024不来宽甸，最大可能就是潜藏在石门、关门两乡，有句话不是说，最危险的地方往往最安全吗？

3

司马正再次见到红胡子监狱长距离自己被双开恰好一整年。

这年夏天雨水少，蚊子也稀。自从024越狱后，监狱再也不用犯人打蚊绳，监狱购置了电蚊香，毕大牙说犯人有这般待遇要感谢司马管教。他们知道司马管教因为024失踪被扒去警服，成了一个平头百姓。

与监狱长见面时，司马正忽然对监狱长绕嘴一周的赭红色络腮胡子变得十分敏感，他的目光在这圈红胡子上足足停留了三秒，觉得这圈胡子像点什么，一时又想不起来。你这个侦察连长呵，怎么判断的敌情？！红胡子监狱长兜头就是训斥：白忙一年，无功而返，我看你只配当个伙夫！说完，伸出一只大手来。

司马正感到脸在暴皮，火烧火燎，喉咙里像塞着一枚剥了皮的热鸡蛋，咽不下吐不出，憋得脸红脖子粗。红胡子监狱长不愧铁匠出身，浑身都是硬碴。司马正看了看那只青筋毕现的大手，惴惴地问：领导，您要什么？

手铐呀！监狱长的络腮胡子横向立起，像京剧《锁五龙》里的单雄信。

司马正摘下挂在腰里的手铐，却没有交过去，他猛然想到，监狱长的胡子很像这副紫铜手铐，颜色像，形状也像。他禁不住打了个寒战，抬头说：领导，再给我点时间。监狱长收回伸出的大手，问：理由？司马正用力攥着手铐道：我分析过，024不在朴红那里，肯定就在石门、关门两乡，原因有两个：一是石门、关门两乡方言音很重，到外地容易暴露；二是024瘦如鸡崽，出去打工没人愿意留用，他只有留在本乡，在家族势力庇佑之下才能苟延残喘地活着，所以我要在当地仔细排查，他就是钻进耗子洞，我也要把他逮出来交给您！司马正话说得坚决，红胡子监狱长能听出这是经过分析后做出的判断。

这个分析还靠点谱。红胡子监狱长捋了捋上唇的胡须。

司马正又提出一个请求，能不能在监狱当个临时工？他需要有个地方栖身。红胡子监狱长说，只要是为了抓024，一切我给你开绿灯！

司马正很受感动：我当过侦察连长，立过二等功，连024这样一只瘦鸡崽都逮不住，我自己都放不过自己。

红胡子监狱长点点头：嗯，这犟劲儿合我脾气，手械就留着吧。

红胡子监狱长安排司马正住进水库边一处石屋，石屋不大，里外两间，是后勤部门放置网具的管护房，石屋花岗岩地基已经没入土中，一棵榆树苗从石缝中挤出来，艰难地生长着，石屋窗户窄小，屋顶黑瓦上爬满茂盛的紫藤，远看如同一座活着的绿冢。石屋周围长着连片的寒芒，门前十几步远的沙路尽头是一截厚厚的老船板，由一横两竖三根木桩支着探向水中，木桩上拴着一条双桨舢板，其中一支桨已经折断，用铁丝绑着，这便是司马正将要常年生活的地方了。石门山水库年年淹死人，监狱后勤没人愿意下水打鱼，这石屋舢板好像专给司马正留的。石屋、网具、舢板由司马正使用管护，每个月向监狱食堂上交一百斤鱼，多余的可自行出售，监狱方不再支付费用，应该说条件不错。石门山水库鱼虾特厚，挂网撒下去网网不空，一百斤鱼的任务两三天就能完成。送他到石屋的后勤科长姓胡，酒瘾重，制服上油渍麻花，五个扣子通常只扣上三个。他对司马正说，这石屋有外地人大价钱来承包领导都没批，领导好像知道你会回来，给你留着呢。石门山监狱的人都知道司马正的事，不少人为他的遭遇抱屈，但规定是规定，大家爱莫能助，红胡子监狱长帮助司马正也为自己赢得了不少好评。司马正心里却透明白，红胡子监狱长照顾他的目的主要不是同情他，是为了抹去石门山监狱光荣册上那粒苍蝇屎。

司马正每到一地都会习惯性地观察一番。当天黄昏，站在那截老船板上，看到远处岸边有几处渔火，他知道那是打鱼人的窝棚，石门、关门两乡有很多靠打鱼为生的人，他们在水边支个窝棚，打鱼赶山也很正常。引起他注意的是对面一处草屋，草屋灯光格外亮，不时传出一两声狗吠，这是离石屋最近的一个邻居了，他想，远亲不如近邻，应该到草屋造访一下，既然都在石门山水库讨生活，彼此熟悉一下也好有个照应。

次日一早，将挂网入水后，他划船来到对岸。草屋主人是一对夫妇，丈夫矮而胖，略显浮肿，右眼角有处疤痕。女人看人目光发直，衣服式样却不旧，头发梳洗也算整齐。草屋虽小，却铺盖有序，大概是怕失火，烟囱被引到离草屋十几步远的地方，被一个无底的菜坛倒扣着，一缕青烟正从坛底冒出来，在草屋周遭形成一圈烟障。草屋门前是三面苇席支起的一个雨棚，雨棚一侧悬挂着渔网、鱼竿等渔具，棚内有一张老船木条桌，几只板凳，标志着这便是待客的地方。草屋后是一畦菜园，种着菠菜、豆角等各种菜蔬，菜园尽头是黑绿色的荞麦地。司马正感觉到一种带着丝丝湿气的幽香，这是典型的田园生活了。胖子正在织渔网，见司马正泊船过来，起身颔首致意，问：买网还是买钩？胖子说话尾音上翘，当地口音极重。司马正对当地这种乐亭口音变异而来的方言辨识率不高，好像每个人说话都一样。我是新来打鱼的，就住对面石屋，过来认识一下，他说。胖子面无表情地说：哦，那是公家的地场。司马正点点头说，我们这里什么都好，就是不通电。胖子说不通电有不通电的好处。司马正朝草屋内瞭了一眼，发现屋内没有电视，看来草屋一家人日子过得简单。胖子请司马正坐下来，两人交谈了一会儿，胖子叫石谷，来自石门乡石楼村，在这里开荒种地，兼卖渔具。司马正想，这是个好买卖，水库里打鱼，网破钩断是常事，有了这样一个渔具销售点，大家都方便。司马正说自己新来乍到，以后请多照应。胖子点点头，说彼此照应吧，闷的时候你就过来听听虫子叫。司马正愣了一下，脱口问：听虫子叫？胖子说，水边群虫鸣叫是世上最好的音乐，比收音机里放的曲子要好听，不过需要静心倾听才能听出滋味。司马正忽然想起上学时背过一首诗，里面似乎有歌颂夏虫鸣叫的句子，心想，这个邻居还挺文艺的。石谷老婆叫苇子，曾是县剧团的演员，患有癫痫病，怕人，话少。司马正夸赞说你们夫妻这名字都好，石谷，敦实；苇子，旺盛。胖子说，父母取名本来是稻谷的谷，结果谁听了都以为是锣鼓的鼓，自己长大了真成了石鼓，不会凫水，掉到水里会像石鼓一样咕咚沉下去。石谷说自己过去在沈阳打工，因为扭伤了腰，看到石门山水库一带没人卖渔具，便倒腾了些渔具到这里来卖。这次造访草屋司马正留下了好印象，为了与这个邻居建立友谊，司马正买了两片挂网，石谷要价不贵，说网是自己织的，料钱上面少加点就成了。司马正问买渔网的多不多？石谷说水库里有狗鱼，有时一条狗鱼就会毁掉一片挂网，所以销量还凑合。离开时司马正说，哪天我请你过去喝两盅高粱烧。石谷向草屋内努努嘴，说还是到我这里来喝吧，我不方便过去。石谷没船，不识水性，老婆又有病，当然不方便到对岸石屋去。

司马正的心思不在和石谷喝酒上，他盘算该怎样下手排查两乡的农户。自己不是公务人员，不能大张旗鼓地一户户调查，唯一可行的方式就是以鱼贩子的身份进村摸排。沙家崴子理所当然是摸排第一站。

沙亮母亲因糖尿病早故，父亲和小儿子沙舟生活在一起。沙舟也像哥哥一样瘦小，特机灵，眼睛余光总飘在司马正身上，能看出他对陌生人造访保持警惕。沙父对儿子的失踪悲痛而气愤，隔三岔五就给省监狱管理局写上访信，上访信被转回红胡子监狱长案头。监狱长很生气，但又没辙，毕竟人在监狱失踪的。为了化解信访，红胡子监狱长每逢大的节日就会派胡科长提着果篮到沙家安抚一番，好在沙父通情达理，并不缠访闹访，写上访信成了对儿子的一种思念方式，就像往石门山水库扔一块薄石打打水漂，也不期待有什么结果。司马正与村民说到沙亮时，村民似乎已经遗忘了这个当年乡信用社的会计，倒是对石门山水库有淹死鬼作祟一事滔滔不绝。一个白胡子老人每次见到司马正都买鱼，老人买鱼不多，每次三两条，说回家熬鱼汤，司马正干脆就送几条鱼给他。混熟了，他向老人问起沙亮，老人道：沙亮这孩子虽说八字缺水，命不济，但也不是贪财轻义之人，他贪污，不合常理。老人这话让司马正心生疑云，沙亮不贪，又不是为了朴红，挪用巨额公款会做什么？他问老人，监狱说沙亮失踪了，能到哪里去呢？老人向水库方向努努嘴：还能在哪儿，在石门山水库急着投胎呗。

司马正在沙家崴子及周边几个村转悠了一个夏天，得到的所有信息都指向一个结论：沙亮淹死了。

司马正十分沮丧，他不能接受这个结论。从沙亮水遁那天开始，耳边就有一个声音在提示他：沙亮没死，沙亮还活着。

石门、关门两乡三十一个自然屯，3270 户 18341 口人。这是他在派出所大奎那里得到的数据，但实际情况却不是这样的。因为山高皇帝远，计划生育政策在执行中变得松松垮垮，无形中冒出数目不小的漏网黑户，有的是整户，有的是一家两制，超生的孩子长大成家，形成无法估摸的地下部落。石门乡派出所管户籍的民警叫大奎，喜欢吃鲶鱼，得知司马正是监狱后勤所雇人员，表达了对监狱方的不满，说你们单位太差劲了，一个大活人在那里服刑，愣是没了，活不见人，死不见尸。熟悉后，司马正和大奎唠起当地黑户口的事，大奎很不以为然，说没有黑户不成村屯，就像一个水湾，你能数清楚里面有几条鱼吗？山村有山村的逻辑，又不是监狱，不能按号管理。他还说有些村民怕身份被冒用，上门给他办身份证都不办，为啥呢？因为信用社的人冒用他们身份证办了贷款，村民稀里糊涂上了不良信用黑名单。司马正暗暗叫苦，这种情况无疑增大了他摸排的难度。

又是一个中秋夜，司马正买了高粱烧和酱鸡头，骑着一辆破旧的永久牌自行车回到石屋。自行车是石谷的，腰不好的石谷很少外出，就借给他贩鱼。他和石谷成了朋友，夜幕降临时，隔水相望的灯光常常让他感到一丝温暖。有天夜里，他站在老船板上，听着草丛中此起彼伏的虫鸣，忽然发现石屋和草屋两道隔水相望的灯光倒影，在墨玉般水面上竟然连接在一起，如同两只长长的手臂在伸手相握。

司马正带着高粱烧和酱鸡头划船来到对岸，苇子已经入睡，她每天除了睡觉就是坐在雨棚下看石谷织网。

来了。石谷说。

司马正将高粱烧和包着酱鸡头的纸包放到桌上，道：过节了，喝点。

石谷抬头看看明月，起身取来两只碗、两双竹筷，道：天开始凉了。

司马正将酒倒入碗中，撕开纸包，拿了一个酱鸡头递给对方，两人开始喝酒。

石谷酒量小，常常点到为止。司马正也不劝酒，自己干了一碗后，舌头有些长，说自己当年当侦察连长时徒手抓过俩毒贩，就像抓两只小野鸡，现在，抓个瘦鸡崽却屡屡失手，真是龙游浅滩，虎落平川呐，浑身的招数使不上。石谷话少，听对方这样说，小声问了句：抓瘦鸡崽？

司马正蹾了一下酒碗，红着眼睛道：一个逃犯，像瘦鸡崽一样的逃犯。

石谷斟酒的手抖了下，问：逃犯？逃犯不是有公安抓吗？你一个打鱼的怎么干起了公安的活儿？

唉，我原来是监狱管教，就因为这个瘦鸡崽在我眼皮底下水遁了，我被双开，还差点因渎职判刑。

石谷疑惑地问：啥叫水遁？

司马正说：就是潜水逃跑了。

石谷掰开一块月饼，双手停在胸前：天呵，能水遁水性会多好！

司马正又干了一碗酒，道：他想制造淹死假象，这把戏骗得了别人却骗不过我，我是谁？我是侦察连长！

石谷递过半块月饼，安慰说：你肯定能抓到逃犯，除非他真淹死了。

司马正吃了一口月饼，五仁的，很香，他不禁想到了迟玫，过去，迟玫每年都给他送五仁月饼，迟玫与他分手后，嫁给了一个古董商人，日子过得不错，还买了进口轿车。他不埋怨迟玫，迟玫有过好日子的权利，凭啥要人家跟着自己受罪？

临上船，司马正说，你帮我打探着，有啥动静告诉我，那个逃犯序号024，名字叫沙亮，模样很好认，挺白净，三根筋顶着个脑壳，像只白条鸡。

我记住了，石谷说，慢走。

4

监狱长那圈赭红色胡子对于司马正来说，成了挥之不去的梦魇。监狱长对于这圈胡须只是修剪，并不刮干净，留下的胡楂根根坚挺，让司马正如芒在背。他想，或许是领导嫌费事懒于刮胡子吧，他回岫岩探亲时，在县城一家商店挑选了一个飞利浦电动剃须刀，监狱长有了这东西，刮胡子会很方便，只要早晨起来像按摩一般转几圈，嘴巴周遭就会一干二净。他很清楚，只要监狱长那圈红胡子不在，折磨自己的鬼压床就会随之消失。

红胡子监狱长没有收这个进口剃须刀，瞪着他说，你知道周总理吧？在长征中为什么一直留着大胡子，是因为他对自己发了誓言，长征不胜利他不剃须。红胡子监狱长将食指弯成钩形在唇上捋了一下，说：024不归案，我也不剃须，一旦捉住024，这满脸胡子一刀剃！

司马正暗暗叫苦，感觉腰里的紫铜手械忽然间变成了沉甸甸的手雷，直往下坠。

司马正胆子并不小，老家村旁有片古槐蔽日的东坟地，村民传说坟地犯邪，夜里常有一身孝服的鬼魅出没。村小学开运动会，同学们争着当检阅旗手，老师不好选择，就说你们谁敢夜里一个人到东坟地走一遭，这旗手就让谁当。同学们一听都缩回了脖子，东坟地可是个提起来就让人毛骨悚然的地方，尤其夜里，坟丘间鬼火荧荧，狐嚎狼叫，大人都望而却步，小孩子谁有这个胆子？但司马正站起来了，说自己敢去，老师说晚上坟地某个坟包上会有个旧篮球，你把它捡回来这旗手就是你。晚上，司马正真去了，他在走出村口时被老师拦下了，老师说我服你了司马正，你还真敢去。司马正说我带了手电，去找篮球。老师说，不用找了，你已经赢了。自认为胆子不小的司马正搞不明白为什么会对监狱长这怪异的红胡子心生恐惧，在他眼里，这圈红胡子简直就是红色的砂轮，让他的神经时时感到一种磨砺的痛苦。白天打鱼或进村贩鱼还好，晚上一合眼，这圈红胡子就会浮现出来，飞碟般旋转，渐渐抽空周围的氧气。红胡子梦魇般一直折磨着他，让他渐渐明白了一个道理，胡子问题不可小觑，胡子里一定埋藏着不可破译的密码，难怪民国时期那些大人物都喜欢留上翘的大胡子，那些军阀、督军个个都像哥萨克一样留有胡子，连自己崇拜的李大钊也留着大胡子。现在看来，留胡子学问还真不少，所谓吹胡子瞪眼，没有胡子吹什么？

他问石谷，自己经常在似梦非梦之间，感到一圈红胡子插秧一般长在心口窝，越长越长，几乎要变成马鬃，想醒来却动弹不得，这是怎么回事？司马正有话没人说，只能到草屋来找石谷，石谷在沈阳打过工，有些见识。

鬼压床，没等石谷解释，旁边的苇子突然冒了一句，心思太重，疑心生暗鬼。

石谷赞同道：没错，书上不是说淫邪发梦么。

司马正点点头：我的确有心事，024一天逮不住，我这心就一天放不下。

石谷看了看司马正，问：要是十年二十年逮不住呢？

那我的心就要悬十年二十年！

石谷说：我有个让你心放下的法子，不知你愿不愿意做？

司马正问：啥法子？说说看。

放生，石谷很认真地说，买只龟、蛇什么的，在水库里放生，心事就会被带走，放生的好处就是放下。

石谷喜欢放生，司马正目睹过石谷两次放生，一次是往水库放了一只龟，也不知他从哪里弄到一只脸盆大小的绿毛龟，在草屋前的浅水处放生。司马正在船上起渔网，发现那只被放生的绿毛龟并不游走，而是在水中翘头望着石谷，石谷拂了三遍手，那只绿毛龟才钻进水里游走。还有一次，石谷当着司马正面往草丛中放生了一条蛇，这是一种叫野鸡脖子的无毒蛇，也不知石谷从哪里弄来的，用布袋装着，打开布袋后，那条蛇并不急着爬出来，而是探出头来左顾右盼，吐出芯子试探一番，才刺溜一下钻进草丛。司马正心想，石谷夫妻都有病，信点什么也正常。

石谷这个法子司马正无法接受，尽管自己已经不是体制中人，但还是无神论者，怎么能搞这种把戏？司马正想，放生这种事情，无非自我安慰而已，根本无法剃去心口窝的那圈红胡子。

清晨，制服邋遢的老胡拿着一纸协议来找他，说监狱长吩咐过，让他和司马正签份协议，明确司马正承包石屋和渔具的事，免得以后生变，协议期限是十年。司马正问：为啥想起来签协议？老胡道：监狱长这是为了你呀，监狱长担心来了新领导把你撵走。

新领导？司马正一愣。

监狱长下礼拜就退休了，谁来当监狱长还不知道呢。老胡捏着签好的协议扭头走了，制服后面满是褶皱，一看就是躺在床上压的。司马正是带过兵的人，对这样穿制服很看不惯。他叹了口气，琢磨着老胡刚才说过的话，心里很乱，摸摸腰中的手械，心想，但愿红胡子监狱长忘了它的存在。

监狱长退休那天，独自一人到石屋来看司马正。监狱长故意留起的胡子让司马正不敢直视，他把目光聚焦在监狱长制服第二粒扣子上。这粒铝合金制成的扣子勋章一样闪闪发光，这是新改装的制服，挺括合体，如果没有024，自己也会穿上这套含毛量很高的制服。我以后会经常回来钓鱼，红胡子监狱长说，给我备好钓具。司马正原以为红胡子监狱长退休就回城颐养天年，没想到还惦记着经常回来钓鱼，他哪里是来钓鱼，明摆着是来督查的，这红胡子梦魇看来是摆脱不掉了。司马正指指对面的草屋说，鱼饵、鱼竿、鱼钩，石谷那里都有，您随时来都行。他保持立正姿势戳在监狱长面前，眼睛还是盯着那枚纽扣。监狱长弯起食指捋了捋胡子，话锋一转：我可不仅仅是回来钓鱼，你懂的。接着又说，现在很多事让人匪夷所思，北山坳里正在修一座寺庙，我就纳闷儿，寺庙离监狱这么近，这不是分庭抗礼吗？我估计这是违章建筑。

监狱长走后，司马正忽然觉得监狱长那绕嘴一周的红胡子，比退休前更加恣肆。

监狱长说话算数，退休后每隔一段时间就驱车来一趟石门山水库，每次来，都在老船板上支一个马扎，擎一根钓竿，让司马正陪他钓鱼，说是钓鱼，但对话总是离不开024。

有眉目了？监狱长问。当听到否定性回答后，监狱长会问：几年了？司马正给出答案后，监狱长会憋住一口气好半天，突然爆破般呼出，然后道：大丈夫一言九鼎，说出的话泼出的水，应该言而有信。

这样的对话不亚于审查机关询问，让司马正高度紧张。他害怕与退休后的监狱长见面，监狱长每次钓鱼离开，他会一连几夜睡不好，总觉得心口窝开始往外长红胡子。

监狱长来钓鱼，常常有所收获。一次，钓上来一条白斑狗鱼，五六斤重的样子，司马正很兴奋，监狱长却面无喜色，说，狗鱼是冷水鱼，应该在黑龙江的河流里生活，怎么到石门山水库来了？既然北面的鱼能来这里生存，那么024也可以到北面去隐匿。还有一次，监狱长钓到一条三斤左右的六须鲶鱼，司马正说这么大小的鲶鱼，炖茄子最好。监狱长说这种鲶鱼可以长到百十斤，能攻击人类，就像024，看起来瘦弱不堪，谁保证他逃走后不会再犯罪？他没机会贪污，还有机会盗窃嘛。监狱长把什么事都与024联系起来，这让司马正后背像驮了一块磨盘，有点透不过气来。两个乡三十一个村屯他已经摸了一遍，有几个线索还需要再深挖，但确凿的情报还没有，他也一时没有好办法。他向监狱长坦陈实情，监狱长道：亏你还当过侦察连长，你忘了怎样才能得到情报吗？他疑惑地望着监狱长，难道监狱长就有灵丹妙方？抓舌头嘛！监狱长说。他吃了一惊：领导你是让我去抓村民来审？这不犯法吗？监狱长眼睛一瞪：真是笨脑壳，你要培养自己的舌头，每个村培养一个，你坐在石屋里便知两乡三十一村每天都发生了什么。

司马正恍然大悟，监狱长是提示自己利用贩鱼的掩护在每个村都培养个线人，让他们成为耳目。他暗暗责备自己，怎么没想到这一点，这么长时间自己仅仅发展了石谷一个舌头，要是多些舌头，还会缺情报吗？无非是几条鱼的事，当地人淳朴守诺，给他一滴水他会还给你一颗心，找对人，每次送几条鱼，这事不难搞定。姜还是老的辣，监狱长不愧打铁出身，出手是有分量。

他把这个想法说给石谷，石谷很不以为然，说当地人重大义、轻小惠，不见得有人愿意当线人。他还举了满洲国时期的例子，说满洲国时期石门、关门两乡没一个人给日本人当差。司马正有些不悦，我又不是日本人，给我当线人是为了抓逃犯，这和给日本人当差是两码事。石谷道：不信你试试看，估计没人来给你通风报信。

尽管石谷不看好培养线人这个举措，司马正还是有条不紊地开始打造村村线人工程，为此，他投入了几乎所有卖鱼的收入，他相信重赏之下必有勇夫，自己抓逃犯这样的举措会得到村民支持。培养线人尽管耗费财力时间，但乐在其中，让他真正苦恼的是苇子说的鬼压床，这可怕的梦魇严重伤害了他的睡眠，令他痛苦万分。他多么希望在某一个清晨，监狱长那绕嘴一周的红胡子被一扫而光！监狱长的红胡子如同一只吃上瘾的吸血蝙蝠，夜夜不落地飞来侵犯他。

线人工程费尽心血建成了，但效果却如石谷所料，这个所谓的工程像一张网眼过大的渔网，什么也挂不到。司马正颇为感慨，觉得石谷当初的劝告不无道理，这些村民不是给几条鱼几盒烟就会出卖乡亲的，当然，也有一种可能，那就是的确没发现疑似沙亮的人。

为了排遣郁闷，司马正照着024的照片画了好几天，画出一张024的裸体照，他把024腋下那条蝎子一样的胎记挪到胸口，让这张肖像画格外醒目。每天早晨起床夜里上床，他会盯一眼挂在墙壁上的024。尽管画得不是很像，但有那只蝎子就足够了。后来，他越看越有气，干脆去买了一盘飞镖，挂在画像的前胸，早晚两次练一通飞镖。一下、两下、三下，时间一久，司马正的飞镖本领出神入化，能够镖镖中的。有一次，他瞄准024的眉心发出一镖，镖尖射中眉心又弹回来，镖尖断了，坚硬的青石墙，白白毁了一支镖。司马正将024画像上墙并练习飞镖的做法得到了红胡子监狱长的好评，监狱长捋着红胡子说，心中有敌，才能克敌制胜！

清晨，他被一种奇怪的声音惊醒，出门一看，河对岸，一身白衣的苇子正在荞麦地里唱歌，是电影《夜半歌声》插曲。这旋律司马正有印象，似乎是男生所唱，苇子用美声唱出来，别有一番韵味。患癫痫病的苇子唱歌如此动听，很出乎他的意料。他记得石谷说过，在草屋居住，能听到各种虫鸣，还说虫鸣是世界上最动听的音乐。他也试着听过，耳畔只有嘈嘈混响，听不出任何美妙之处，虫鸣之音哪里有苇子唱歌好听？

水面镜一般平，伸向水中的老船板上立着一只红嘴鸥，似乎也在倾听苇子的歌声。他顺手操起为监狱长准备的鱼竿，挂上鱼饵甩钩入水。浮漂立在水中，一只蜻蜓落上去，看不出有鱼的样子。司马正回身洗漱，用毛巾擦着脸走出来，看到浮漂上的蜻蜓飞走了，浮漂胡乱颤动，被斜着拉下水。司马正心里一乐，上鱼了！跑过去提竿一试，沉沉的，拖上岸来，竟然是一只很大的甲鱼，足有三四斤。他把甲鱼养在水盆里，这种野生甲鱼价格不菲，想到近期会来的监狱长，就做一份厚礼送给老领导吧。

到草屋闲坐时他向石谷炫耀说自己钓到了一只大甲鱼，裙边肥厚，市场上难得一见。石谷眼睛一亮，劝他道：放生吧，说不准它会把你的鬼压床带走。

我想送给老领导，老领导待我不薄，却连根烟都没抽过我的，上次给他买了个剃须刀，他拒收了。

那么大的甲鱼，要长好多年。石谷眼露惋惜，眼角那块伤疤颜色有些变深。

司马正说，民间说有灵气的是龟不是鳖，甲鱼是鳖，与你放生的绿毛龟是两码事。

龟也好，鳖也罢，都是一条命呵。

司马正没想到石谷这娘娘肠子如此执拗，很后悔对他说了钓到甲鱼的事，便劝他道，男人不能心太软，当年我就是动了娘娘肠子才铸成大错。

石谷从上衣口袋里掏出两张百元大钞，钱很新，对折着递过来说：不放生的话就卖给我吧。司马正愣了一下，疑惑地看着石谷。石谷说：苇子需要它。

司马正将钱推回去，道：既然是弟妹用，送你！

司马正划船回去，用一根麻绳拴着甲鱼的后腿拎了过来。石谷接过甲鱼，小心置于水盆，解开麻绳，将盆中倒入清水，又在清水中放了些鱼饵。他招呼苇子过来，指着盆中的甲鱼说：你看，这鳖盖上好像几个五线谱呢。苇子看过后点点头。司马正弯腰看了半天，哪里有什么五线谱，无非几道划痕而已。

司马正觉得石谷真是实诚，和这样的人相处如同走在石板路上特别踏实。

5

司马正发现石谷没有将甲鱼给苇子补身子纯属巧合。

那天，来水库钓鱼的红胡子监狱长听说 024 还没有消息后，用尽全力将鱼线打入水中，双目死死地盯住浮漂说，手械是不是生锈了？你可知道北山坳里的寺庙都快建成了。司马正有些无地自容。是呵，监狱长退休这么多年了，自己的诺言成了一句空话，024 一点踪影都没有。石谷劝他放弃，回老家娶个老婆好好过日子。他告诉石谷，无论如何自己也不会放弃，做事岂能半途而废？即或没有红胡子监狱长的催促，他也不会放弃，自己要看得起自己，更何况第六感告诉他，024 肯定就隐藏在石门、关门两乡，越是找不到，越会激发他一种强烈的抓捕欲，这好比已经嗅到猎物气息的猎人，哪怕峰回路转，山重水复，也不会放弃对猎物的追踪。除非我自己认熊，他这样对自己说。

多年来，司马正对两乡每一个村屯都进行了摸排，对上百个有疑点的家庭进行了跟踪，建立了四十多个眼线，但他忽略了一个地方，那就是红胡子监狱长两次说起的北山坳，那里正在建一座寺庙。他决定去北山坳看看。

北山坳在监狱北面，隔着一座长满枫树的山冈。登上山冈，向南看，是戒备森严的石门山监狱；向北望，是一座红色围墙围起的院子，大小百步见方，这个院子就是监狱长所说的寺院。司马正站在山坡上，居高临下观察了一下这个所谓的寺院，院内中间靠后有一座两层楼高的建筑搭着脚手架，却不见工人干活。东西两侧厢房已经建成，粉墙黛瓦。中央是个铺着细沙的操场，没有运动器械，一群个头不等的孩子正在院子里玩老鹰叼小鸡的游戏。孩子们没有大声嬉笑，却玩得灵活快乐。院前有个大大的方塘，不知是自然形成还是人工挖掘，方塘周边长满蒲苇，蒲苇中竖着根根鬼蜡烛，那是香蒲的花棒。

司马正是在方塘边巧遇石谷的。石谷提着一个布袋，附在苇丛中正往方塘里放甲鱼，恰好被站在岸边的司马正看到了。这只甲鱼放生时全没有绿毛龟那种深情回望的举动，蛙一样快速钻进水中不见了。司马正问：你不是要把甲鱼给弟妹用吗？显然，司马正有些不高兴，他将甲鱼送给石谷是为了苇子虚弱的身体而不是放生。石谷站起身，脸上泛出红晕，我没骗您，我说的给苇子用是给她祈福，不是给她吃，石谷解释说。司马正想，既然给了人家，人家怎么处理就是人家的事了，便没有再说什么，就问：这个寺庙叫什么？住持是谁？石谷说，这不是寺庙，这是育婴堂，是沙居士办的。

育婴堂？司马正感到很奇怪，这名字怎么像教会办的呢？他问，沙居士是谁？

沙居士是个老中医，本地人，有名的慈善家，他看到当地很多黑户孩子和留守儿童，就到处化缘办了这个育婴堂。历史上这里有座慈恩寺，不知什么原因被毁掉了，沙居士本来想化缘重建慈恩寺，已经按照寺庙的规制修了围墙和山门，但看到当地这些孩子可怜，便先办了育婴堂。院中间那个建筑其实是个大教室，不是大雄宝殿，因为缺钱，建了多年还像烂尾工程。

这个沙居士是不是有个沙和尚的外号？司马正忽然想起了什么，急问。

石谷说，或许有人那么叫他，沙居士也是老百姓给起的绰号，人家真名叫沙宝善，是个很有名气的中医，不过这里也是合法的宗教场所，政府备了案。

司马正却由此想到了朴红说过的沙和尚，要真是那个断言沙亮短寿的沙和尚，说不准会知道沙亮的情况。你说，这个沙宝善会不会知道024的情况？他小声问。石谷愣了一下，道：也许会认识，沙居士因为化缘看病，熟人不少。

司马正想让石谷陪他进去看看，石谷说有人约定来买渔网，不能让人家久等，便先回去了。石谷走路很慢，像只摇晃前行的企鹅。

进到大门敞开的院子，玩游戏的孩子已经回屋了，司马正靠近窗子想看看屋内的情况，一个戴眼镜的老年妇女走出来，问他来此何事。司马正说想找沙居士。老年妇女说沙居士坐关了，不见客。司马正问，沙居士在哪里坐关？老年妇女说，此处山洞多，居士每次坐关都在不同洞穴，防止外人打扰，若想见他，你十二天后再来吧。简单交流后，司马正知道老年妇女姓宋，是沙居士请来照顾孩子的。宋老师说在育婴堂做义工的还有个中年妇女，患有脑胶质瘤被医院判了死刑，没想到沙居士用偏方给治好了，这个女人便每天到育婴堂给孩子做饭。司马正从窗子看到，屋里有个系着白围裙的女人在厨房洗菜，动作很利索，不像脑子有过伤病。宋老师目光和善，穿一套旧式的灰色列宁装，她说自己是退休教师，被沙宝善的爱心所感动，来育婴堂做义工，不图报酬，只为做点善事。这些野孩子要是没人修剪，将来不知会长成啥样子。他问宋老师，建这样一个院子投入不会小，沙居士经济实力不差吧。宋老师说，沙居士靠行医有一点积蓄，但他也是遇到了好人，听说一个大老板赞助了不少钱，才建起这个育婴堂。司马正问：大老板为什么会捐钱呢？不知道，宋老师说，总归是好事，做好事是不需要理由的。

司马正想，沙居士能在洞中闭关，那么024会不会躲在洞里呢？

他把这个想法告诉了石谷，石谷说，洞中躲一年半年尚可，难道会躲十多年吗？洞里藏十年，就是铁人也该生锈了。

司马正觉得石谷此话在理，但他有一种感觉，这个沙居士也许和024有瓜葛。

十二天后，司马正又来到育婴堂，宋老师说沙居士出去拉赞助了，眼看天凉了，育婴堂取暖问题还没有着落，他去找人化缘，四十几个孩子，总不能裹着被子过冬吧。

司马正透过窗子，看到室内大大小小的孩子正在学唱一首歌，那是一首自己儿时也学唱过的歌，是一群北京孩子在北海公园划船时唱的歌，孩子们唱得很起劲，好像真的在公园里划船一样。

司马正摸摸衣兜，里面有昨天卖鱼的收入，三百余元。他悉数掏出来，递给宋老师，请她转交沙居士，算是一份爱心。宋老师犹豫了一下，接过钱，说这些钱可以买不少煤。她问：您两次来找沙居士，有什么事需要我转告吗？司马正说：我向他打听一个叫沙亮的人，不知他认不认识。宋老师笑了一下，道：沙亮呀，当然认识，这个人有病，很重，是沙居士给医好的，很可惜后来出事，听说是淹死了。

沙亮是什么病？司马正心里一阵狂跳。

不知道，宋老师说，只知道病很重，危及性命。

这是什么时候的事？司马正觉得有一线曙光闪过。

很早了，那个时候这个山坳还是一片荒草地呢。

一线曙光倏然而逝，司马正眼中是错综复杂的脚手架。

告辞宋老师，回走的路蜿蜒不平，路旁长满荆棘，山坡上的枫树已经开始透红。忽然，司马正发现右前方树林里有一个背着背篓的老人，正待仔细看，人影却獭兔一般消失了。

司马正又来了育婴堂几次，不知是不碰巧还是沙居士有意回避，两人始终没有见上面。司马正问宋老师，是沙居士不愿意见人吗？宋老师说，沙居士忙啊！他要出诊，还要去筹款，多不容易！

时光沙漏一样流失，司马正很苦恼，他像一个满身披挂的将军，却找不到亮剑的对手。石屋除了监狱长和胡科长偶尔来转转，再无亲友光顾，司马正唯一能交流的就是石谷。石谷夫妇过着无声电影一样的生活，偶尔早晨有苇子的歌声传出，却不再是第一次听那么美妙，《夜半歌声》这首歌不能听进去，听进去会把泪引出来。草屋有时也会传出笑声，那一定是他们的女儿回来了，因为交通不便，他们在县城上学的女儿很少回草屋。

已过而立之年的司马正开始喜欢在月夜里喝酒，明晃晃的月亮照在水面时他无法入睡。他对石谷说，月亮这个东西挺烦人，夜晚本来就该是黑的，越黑越好，偏偏它要挂在天上，让黑夜无法宁静，月亮大概想学太阳，可它永远成不了太阳，因为它出非其时。石谷说这都是老天的安排，你我解决不了，你要想喝酒就到草屋来，一个人喝闷酒可不好。司马正每到阴历十四、十五、十六三天，会选一个夜晚带着一瓶高粱烧、一包酱鸡头到草屋来，两人月下对酌。时间一久，石谷发现了问题，问他怎么只爱吃酱鸡头，就能不带点别的？司马正摇摇头：吃酱鸡头，是解我心头之恨，你不知道，那个024就像一只瘦鸡崽！

石谷不再多问，石谷吃素，酱鸡头从来不动，每次都吃醋拌山菌，酒也是点到为止。倒是苇子如果情绪好的时候，会从草屋出来，大口喝上半碗，然后唱几句《夜半歌声》。司马正发现苇子其实并不好看，只是腰条好，一看就是受过舞蹈训练的。苇子喝酒唱歌的时候，石谷从不阻拦，有时司马正怕她犯病，示意石谷劝劝她，石谷却说，为什么要劝？难得她有好心情，只要她高兴，该喝就喝，该唱就唱。司马正很佩服石谷这种心态，自然、无拘无束，活到这个份上，也是一种境界了。有时他也盘算，一旦逮到024，对自己，也对红胡子监狱长有个交代后，就学石谷回归自然，到岫岩老家采玉去。

正所谓酒后吐真言，司马正酒到半酣总会这样问：石谷你说我是不是很傻？我会不会失败？

石谷望着洒满月光的水面，双手捧着酒碗回答道：沙居士说，一个人，谁都说你精的时候，其实离傻就不远了。有时候赢就是败，败反而是赢，就像那些想独霸武林的人，当他杀尽所有高手后他会败给自身的孤独，成为最后更大的输家。

为什么？司马正不解。

沙居士说了，世界上所有的生命都是相互依存的，包括人，伤害别人，最终伤害的是自己。

那么，我该放弃？司马正盯着石谷问。

石谷指指周围道，像我，娶个老婆，种几亩荞麦，晚上听听虫子唱歌，你会发现另一个世界挺好。

我不行，司马正说，我说过要抓住024，我对红胡子监狱长发过誓，军中无戏言。

誓言有时候就像一张大网，只能挂那些大鱼，把自己看成小鱼儿，就不会被挂住，石谷说，该放下的就放下。你看苇子，过去心里有锣鼓镲，就容易犯病，住进草屋来，让百虫鸣叫取代锣鼓镲，就好多了。

司马正知道一些苇子的故事。苇子与石谷不是原配，苇子在县剧团爱上了一个唱美声的小伙子，两人结婚并生育一女，不想丈夫因为与多个女演员有染惹上官司，被关进了石门山监狱。苇子为此精神受到刺激，患了癫痫，一个人流浪到石门山监狱，想将一口唾沫吐在负心汉脸上后，再一头扎进水库彻底解脱自己。探监时两人说了什么没人知道，但她没有吐出那口唾沫，在见到穿着囚衣丈夫的那一刻，她犯了癫痫，在水泥地上抽搐不止，醒来后她拿到一纸丈夫写好的离婚协议。从监狱出来，在水库边徘徊时遇到了石谷，当时她又犯了癫痫，是石谷收留了她，安顿她在草屋养病，后来，苇子回城办了病退和离婚手续，到草屋和石谷一起生活。

每次酒将见底的时候，司马正会从腰中解下那副紫铜手械往桌上一拍，红着眼睛问：这东西咋样？

石谷说，很少见，铜比铁软，怕是不好用。

司马正摇摇头：这东西用处大了，能铐手，也会拘心。

石谷问：明明是手铐，为啥要叫手械呢？

司马正似乎看到监狱长那圈红胡子就在眼前晃动，谁知道呢？他若有所思，叫手铐就是警具，叫手械大概就是玩具。他拿起手械把玩了一会儿，接着说，不是玩具，应该是工具。

司马正和石谷说起沙居士，觉得沙居士挺怪异，老是闭门谢客，是嫌他捐三百块太少了吗？石谷摇摇头说，当地人都知道沙居士能预料凶吉，他是不是掐算出你找他的目的才避而不见？

司马正若有所悟，是呵，让沙居士这样的人帮他抓捕 024 显然不现实，他就是知道 024 藏身之处也不会说。司马正不埋怨这个沙居士，尽管未曾谋面，但沙居士在他心目中很高大，这个慈善家为当地黑户孤儿、留守孩子做了一件天大的好事。

6

石门山水库这一年盛产鳖花，运气好的钓手会钓到，司马正对红胡子监狱长说。

鳌花是一种名贵的淡水鱼，平时难得一见，几年捕不到一条，但这一年不知什么原因，很多打鱼人都捕到了鳌花。监狱长精神已经不如以前，胡子颜色明显变淡，由红趋黄，显得有些稀薄。在此之前，司马正认为监狱长那一圈胡须几乎可以做制笔的狼毫。监狱长说，鳌花能捕到，024也就快露头了，这是天意。

老年的监狱长泪囊越发饱满，藏獒一般戾气逼人，每次来钓鱼总是要提起024。别忘了你说过的话，我可是记着呢。监狱长提醒说。

司马正拍拍腰里的手械道：有它在，我哪里敢忘？

监狱长说，打铁要趁热，这么多年了，铜也会生绿锈。

司马正说，我琢磨了所有线索，只剩下一个人没查，就是石德成。

监狱长想了想，道：石德成当时也审了，他说自己被吓傻了，不敢下水救人。

我想和石德成谈谈。司马正说，他和024当时在水中窃窃私语，不知道说了些什么。

监狱长掏出手机打了个电话，放下电话说，石德成生病保外了，在石库村。

司马正决定去石库村找石德成。

驮着半篓鲜鱼，司马正骑车来到石德成家，一个他暗中侦察过多次的普通农家小院。

石德成因为肺结核被保外回家。肺结核传染，留在监区对别的犯人是一大威胁，他被放回关门乡石库村由村里监管改造。见到坐在马扎上瘦弱不堪的石德成，司马正很是奇怪，在一监区时石德成海豚一样圆咕隆咚，现在却瘦成了纸人。见到司马正，石德成急忙立正敬礼，司马正摆摆手：我早就不是管教了，坐下说话吧。说完，自己在一个旧磨盘上坐下，四周打量了一下这个农家小院。院子不大，地上铺着碎石，墙根栽了葫芦，葫芦藤爬满院墙，一朵朵白花很醒目，却不见一只葫芦，可见都是谎花。石德成双膝并拢坐在马扎上，努力保持挺胸姿势，牢坐久了，很多动作习惯成自然。司马正刀锋般的目光剃过石德成的面颊，石德成打了个寒战，小声说：我知道你找我干什么。

司马正心中暗喜，有门儿！这个行将就木的老囚犯看来要良心发现了。既然你猜到了，说吧，024潜泳逃走前都和你说了什么？六年前水库中那一幕版画一样清晰地刻在脑海里，司马正对每一个细节都一清二楚。

他……他让我给他搓背。石德成回答说。

司马正发现石德成的目光松鼠般窜来窜去，说话声音像蚊子叫。他大喝一声：不对！这声吼，将石德成吓得脖颈瞬间缩回脖腔，片刻又猛地抻出来开始大声咳嗽。石德成的女人从屋内出来，一边给他捶后背，一边惊恐地看了司马正一眼。女人面色灰黑，像几年没洗过。司马正这才想到对方是个病人，自己也不是管教，不能再这样大吼大叫。他起身从自行车上卸下鱼篓，对女人说：给老石补补身子吧，肺病靠养。女人并不接话，抱了鱼篓，将鱼倒在一个搪瓷脸盆里，朝空篓里看看，把鱼篓还给司马正。

石德成还在咳，竟然咳出一些黑色的污血来。

凭良心说话，一监区七十二个犯人，我对你和024最好，没想到你俩却把我害了，你甭咳，我回了，哪天再来。司马正觉得自己眼里盈上泪花，为了不让石德成夫妇看到，他转身骑车走了，走出很远，还能听到石德成地动山摇的咳嗽声。

第二次来石库村，石德成身体已经恢复了一些，见到司马正，他不再立正，搬过一个板凳说，坐下说话吧。待司马正坐下后，他说，你想不想知道当年我为什么要炖一锅河豚？

司马正点点头。

我是厨子，我知道那样会出人命，可我把握了尺寸，我只想要石猴子一双贼眼！石德成愤愤地说，他把当年吃成瞎子的村主任称为石猴子。

你们有仇？司马正疑惑地问，该是多大的仇恨，能让一个厨子起杀心。

石猴子那双眼呀，该看见的不见，不该看见的什么也落不下，这样的眼睛留着害人。石德成气不小，看出他对石猴子这个村官意见很大。司马正感到好奇：说来听听。

石库村有个大夫，叫沙宝善，是个打着灯笼没处找的好人呵。沙宝善菩萨心肠，乐善好施，他有个宏愿，就是重建北山坳里毁弃的慈恩寺，沙宝善说过，石门山应该有座庙，佛也好道也罢财神也中，反正要有个烧香的去处。沙宝善为重建慈恩寺一点点准备建材，北山坳空地上存放着他辛辛苦苦弄来的木材。这件事村里人都知道，村民有钱出钱，有人出人，说句公道话，这捐献的木材里面有几棵是村民进山偷偷砍伐的杉木，村民是好心犯了律条，这件事叫村主任石猴子知道了，他起了歹心，想独吞这些木材，便带着公安、木材贩子到山坳里没收木材。沙宝善闻讯赶到时，木材已经装车，石猴子正在数钱呢。沙宝善怎么解释也不行，石猴子硬是把木材卖给了木材贩子。说到这里，石德成咳了两声，平息了一下呼吸，端起碗喝了口水接着说。当时我在场，我见沙宝善满脸眼泪，就差给石猴子下跪了，公安人员本来要抓人的，大概看沙宝善不是故意犯法，就没有抓。当天晚上，石猴子带着办案人员在食堂吃饭，我炖了那锅河豚。其他人我不能伤害，包括没抓人的俩公安，我只在石猴子那碗河豚汤里加了一勺河豚子，就把他放倒了，现在想想也不后悔，总算替沙宝善出了一口恶气，石猴子也不会再四处撒目了。

司马正汗毛直立，河豚子可是剧毒，这个石德成简直就是个男孙二娘！后来呢？他问，石猴子怎么只瞎了眼睛？

这要感谢沙宝善，是他用大白菜捣烂成汁给石猴子洗胃，才救了他一命。

这个沙宝善够大度的。司马正说。

我说这件事是想劝劝你，能不能也大度一点，沙亮都死了，为啥还要和死人过不去？

司马正顿时明白了石德成为什么要讲这个故事，他很肯定地说：沙亮没死，我知道他活着，你也知道他在哪儿。

他毕竟死过一回，要是活着就算投胎另生的。

司马正心里一颤，重病在身的石德成有这样的看法让他很意外。在一监区的时候，石德成是个唯唯诺诺的胖老头，经常替毕大牙糊火柴盒。

你们当时说了什么？司马正如同一只蜜獾，咬住致命处不松口。

我不能说，我起过誓，我要是说了，就叫一头栽到水库淹死。石德成表情痛苦，面庞聚成一枚脏兮兮的丑橘。

我不会罢休，你知道我是干什么出身。司马正话中带着威胁。

石德成又开始咳，那个灰黑脸色的女人从屋内出来，目光如同黑冰。

司马正起身告辞，走到门口，身后传来石德成断断续续的声音：沙亮是个好人。

过了些时日，石库村的线人打来电话，说石德成去世了，家里正操办丧事。司马正心里一惊，骑上车子就往石库村赶，他隐约觉得石德成死前会跟老伴说点什么。

石家的丧事十分寒酸，灵棚由几领苇席支成，灵棚内石德成的遗体尚未入殓，仰卧在一张门板上，用一床蓝底白花被单罩着。那个脸色灰黑的女人坐在灵棚里守灵，两眼痴痴地望着陶盆里的纸灰，没有眼泪，也不说话，似乎在想着心事。为数不多的几个亲戚在院子里说话，声不大，却能听出话题与石德成之死无关。司马正站在灵棚前，朝石德成遗体鞠了三个躬，又上前在香炉里点上三支香。然后对女人说：老石走了，您多保重。女人黑冰一样的目光开始融化，流下两行污浊的老泪，这眼泪似乎在等着司马正的到来才流下来。司马正拿出一沓钱塞到女人手里，道：一点心意，收下吧。说完转身离开了灵棚。石德成的死，让追捕 024 的最后一条线索蚊绳一样烧断了，断得不可接续。

等一下。女人的声音从身后传来。

司马正回过头，一直不说话的女人站起身径直向他走来，女人脸上的泪已经擦去，一身孝服白森森的有些耀眼。他心里有点发毛，女人目光发直，直面而来的架势如同诈尸一样令人惊恐。

有事？司马正下意识摸了摸腰里的手械。

走近司马正，女人停下脚步放低了声音说：老石临死前说了几句话，让我一定要告诉你。司马正心里咚咚直跳，这是他期待已久的结果，人之将死其言也善，弥留之际说的话，不会有假。老石说什么了？他忍不住追问。

老石说他这辈子，毒瞎石猴子蹲大牢不后悔，后悔的是对不起侄子。女人大概担心自己的话被院子里的人听到，把声音控制在最低，司马正只有屏住呼吸才能听清她在说什么。

女人接着说，老石侄子自幼父母双亡，十八岁到沈阳打工，打工没几年，从脚手架上掉下摔死了，老石去沈阳帮助处理了后事，为了侄子的承包地不被石猴子收回去，侄子死亡的消息他一直瞒着村里，也瞒着派出所。侄子死亡赔偿金和转包土地收入，老石一分没花，都存在信用社。女人松了口气：我们日子虽然紧，但这沾血的钱我们不能花，老石临终前几天把这些钱都捐给了沙居士。

司马正不理解，问：老石为什么要告诉我这些？

老石说了，再脏的银子给沙居士，也会变得月牙一样干净。女人说完，转身回灵棚了。

司马正很疑惑，他想不出老石留下这些话的用意。

在村口，遇到拎着一些烧纸的石谷，司马正愣了一下，问：你来吊唁石德成？石谷点点头，我认识石德成，论辈分他是长辈，长辈走了，晚辈来送两刀烧纸。

司马正想，关门乡好几个村居民大多姓石，据说祖上都是河北平泉迁来的石匠，同祖同根，沾亲带故，这不足为奇。

老石无儿无女，以后他老伴日子怎么过？司马正叹了口气，摇摇头走了。

7

石谷的病严重起来，有丹毒症候。司马正劝他去看医生，石谷不肯，他自己熬一种汤药，药味很大，刮南风的时候，浓郁的药味儿会钻进石屋来。

因为开始资助石德成遗孀，石谷的生活变得拮据起来。石德成夫妇没有孩子，唯一的侄子又死了，石谷便开始接济石德成老伴。受石谷影响，司马正来石库村卖鱼也会到石德成家，给这个可怜的守寡老人送几条鱼。他发现这个话语稀薄的女人并不悲观，对未来充满梦一般的期待。快了，她说，沙居士建成育婴堂，接下来就要建托老所了，那时候自己就能住进托老所享清福了。这个孤寡老人为一个遥不可及的梦想而陶醉，让司马正心里多了一份悲凉，沙居士的育婴堂维持尚难，托老所还不得等到猴年马月。司马正问她老石死去的侄子叫什么名，女人说大号记不住，小名叫石虎子。她小声央求司马正不要把石虎子已死的消息透露出去，那样派出所就会注销户口，村里的承包田也会收回。

这个理由很充分，人死了，土地不能没。

红胡子监狱长又来了。他坐在马扎上，甩竿入水后，不谈鱼情，总是分析024躲藏的种种可能。自从石德成死后，司马正对024的调查范围变得更大，他甚至排查了周边几个乡镇所有与财务有关的单位。024珠算好，如果再就业很可能当财务人员，那么瘦小的体格干不了体力活。他向红胡子监狱长说了自己的分析，监狱长习惯性地捋了一下胡子。司马正忽然发现，监狱长的红胡子不知何时完全变白了，这可是个巨大的变化，在此之前，他从没有想过监狱长这圈红胡子会褪色。监狱长退休刚好十二年，红胡子变成了白胡子，他舒了口气，夜晚那个挥之不去的梦魇从此不会出现了。

领导您的胡子变白了。他说。

监狱长松开捋胡子的左手，望着水面上的浮漂道：十二年，024也不会是你当初印象中的024了，这一点你想过没有？就像我这胡子，你如果照着红胡子去人群找我，会找到吗？

这句话令司马正大吃一惊，是呵，自己一直照着当初024的样子去找，难道瘦鸡崽不会长成芦花鸡吗？他拍了拍脑门儿，脑海里浮现出当初024水遁时腋下那道蝎子一样的胎记，自己应该去排查澡堂子，胎记是找到024最好的标志。

监狱长问到了石德成，当听说石德成有个侄子死亡一事一直瞒着村里时，他警惕起来，问：石德成侄子石虎子？这个死者你调查了吗？当初石德成与024

窃窃私语，是不是让 024 冒充石虎子呢？因为除了石德成夫妇，这里没人知道石虎子已死。

这个提示太重要了，石德成为什么要发誓？显然有秘密。

监狱长这次没有钓到鱼，他腿脚大不如以前，坐下起身都是慢动作，但头脑依然清楚，该记住的事情他一点没忘。他说我的愿望你懂，在我有生之年，一定要看到你为石门山监狱光荣册抹去那粒苍蝇屎，否则，我死不瞑目！

司马正瞬间发现监狱长那一圈胡子虽然颜色改变，但胡楂依然茁壮，心里不禁一颤，他摸了摸腰里的手械，用力咽下一口唾液。

司马正想到了派出所民警大奎。他特意准备了几条活鲶鱼，骑上自行车来派出所找大奎。大奎自己一个办公室，正趴在电脑前查看网上通缉人犯，见他进来，头也没抬，说：司马你应该拿鱼去食堂，拎到这里干吗？司马正说我不来卖鱼，是专门来看看你。大奎抬起头：我有啥好看的。司马正将塑料袋装的鲶鱼放到地上说，好不容易打到几条山鲶鱼，想起你喜欢这一口，就给你送来了。鲶鱼还活着，在袋子里乱动。大奎说，无功不受禄，说吧，想给哪个填报户口？司马正摇摇头，装作若无其事的样子道：没事儿，就是顺便打听一个人，听说石德成有个侄子，在沈阳打工，你帮我查查他的身份证信息。大奎说，就这点破事你拿啥鲶鱼呀？一个电话我就告诉你了。对啦，你查这个干啥？警察的敏感让大奎喜欢刨根问底。司马正说，我和老石是朋友，老石死后，就他老伴一个人怪可怜的，听说他有个侄子，就想打听打听，看看这个侄子能不能帮帮老石家。

司马正手机响了，石谷的电话，是苇子打的，苇子说石谷昏迷不醒，问他能不能去看看。司马正一直担心石谷的身体，石谷最近糖尿病并发症很严重，腹胀如盆，两腿却细如麻秆。苇子能打电话来，说明情况危急，因为苇子从来没给他打过电话。他让大奎查清后给他发短信，自己急三火四骑车就往回返。

赶回草屋，石谷躺在床上，两眼紧闭，气若游丝，病情垂危。快送医院吧，司马正说，我给胡科长打个电话，求他们出个车。苇子说：别打，石谷不去医院。司马正愣了一下，还是拨通了老胡的电话，说有个病人情况危急，能不能让监狱卫生所医生来看看。老胡大概刚喝过酒，含混不清地问：小石屋里啥时多了个人？司马正说，不是小石屋，是对面的草屋。

老胡喝酒从不影响工作，很快，一辆吉普开过来，监狱的医生护士跳下车，进到草屋开始给石谷检查，听心律、量血压，检查一番后医生诊断说是糖尿病型低血糖，暂无生命危险，但患者有多种并发症，预后不佳，还是尽早去医院，在这里挺着会出大事。尽管石谷清醒时对苇子有过不去医院的交代，但医生的话她不能不听，经再三商量，苇子最后同意把石谷送到县医院治疗。

苇子身体不好，不便去医院照顾病人，司马正便让苇子将石谷的身份证、农合医保卡以及日常洗漱用品都放在一个包里交给他，然后坐监狱的吉普车直奔县医院。

进城、住院、例行检查，一切都顺利。夜色降临，送走监狱的医生护士，病床上的石谷在挂滴流。司马正感到有点饿，想起午饭、晚饭都没有吃，便嘱咐值班护士帮助照料一下，自己到大街上打尖。县城大街华灯初上，人车喧嚣，司马正有些不习惯，在石屋住久了，喜欢上了安静，喧闹的街景让他有点眼花缭乱。他到街上一家河间火烧店吃了两个火烧、一盒麻婆豆腐，又为石谷打包一份豆腐脑，回头往医院走。石谷是难得的好人，心地宽厚，待人诚恳，为什么大病偏偏光顾这样的善良之人？不是说仁者寿吗？他想起老家一个邻居，偷鸡摸狗，坏事做绝，活了八十多岁还在村路上碰瓷，这样的恶人竟然无病无灾，成了村中最年长的人。没办法，他想，老天也有打盹的时候。

回到病房，护士正为石谷量血压。当护士抬起石谷右臂缠绷带时，司马正触电一样戳在那里，手中的豆腐脑啪地落在水泥地上，脑浆一样溅了一地。石谷的腋窝下，一条紫褐色的蝎子十分清晰地趴在那里！

手机铃声响起，是大奎打来的，大奎说他查到了石德成的侄子，叫石谷，家住石楼村。司马正拿着电话不知说什么，脑子里像刚才溅了一地的豆腐脑，分不出个数。他来到走廊，呆呆地坐在长椅上，对面墙壁上是一幅计划生育宣传画，画面是一个子宫中蜷缩的胎儿，刚刚成形，还带着一条尾巴。

夜深了，走廊里灯光一片惨白，像司马正一片空白的大脑。病房里传来微弱的呼唤声，司马正起身来到病房，高高悬挂的滴流瓶滴速很快，石谷已经醒来，软塌塌的手臂动了一下，朝他弯了弯手指，似乎有话要说。他走过去，俯身将耳朵贴近石谷干燥的嘴唇。

把我铐上吧，我就是你要抓的 024。石谷声音很小，像蚊子在叫。当年，我逃走后在北山坳山洞里躲了一年，像只耗子不敢见天日，身子像气球一样胖起来，这就是为什么你认不出我的原因。司马正压住火气，问：是沙居士帮你？石谷没有正面回答，喃喃地说：沙居士对我有再生之恩，求求你别难为他。石谷咽了口唾液，眼里涌出泪水，接着说：我对不起你，是我害了你。

十一年来，你总是在做善事，是为了赎罪吗？

石谷摇摇头：我从小有先天性糖尿病，因为家穷，没能及时治疗，县医院说我活不了多久，后来，是沙居士治好了我的病，我记住了他嘱咐我的一句话：行善，能积阴德、增阳寿。

石谷还要说话，司马正直起身，捏了捏有些酸胀的鼻子，转身离开了灯光暗淡的病房。

回到水畔石屋。司马正简单收拾了一下物品，给老胡打了个电话，说自己要回老家岫岩了，想把石屋、舢板、网具都退给监狱。带着酒气的老胡接到电话后匆匆赶来，说你怎么突然变卦了？这差事来之不易呵！司马正说，等对面那个叫石谷的病好后，你把这些租给他吧，我要回家了。

司马正来到当年 024 水遁的那块沙滩，从腰里解下那副紫铜手械，掂了掂，然后用尽全力将它远远抛入水中。

石屋最后一夜，司马正听到了此起彼伏的虫鸣，有石屋内的蟋蟀，有石屋外田野里的蝈蝈和其他不知名的昆虫，总之是昆虫们的合鸣，美妙悦耳。这一夜他睡得很香，没有梦到那圈红胡子。

候鸟的勇敢

迟子建[*]

1

早来的春风最想征服的，不是北方大地还未绿的树，而是冰河。那一条条被冰雪封了一冬的河流的嘴，是它最想亲吻的。但要让它们吐出爱的心语，谈何容易。然而春风是勇敢的，专情的，它用温热的唇，深情而热烈地吻下去，就这样一天两天，三天四天，心无旁骛，昼夜不息。七八天后，极北的金瓮河，终于被这烈焰红唇点燃，孤傲的冰美人脱下冰雪的衣冠，敞开心扉，接纳了这久违的吻。

连日几个摄氏零上十三四度的好天气，让金瓮河比往年早开河了一周。所以清明过后，看见暖阳高照，金瓮河候鸟自然管护站的张黑脸，便开始打点行装，准备去工作了。而他的女儿张阔，巴不得他早日离家。她怕父亲像往年一样，十天半月地回城剃头，又会神不知鬼不觉地现身家里，带来意想不到的尴尬和麻烦，所以特意买了一套剃头工具，告诉他可以让管护站的周铁牙帮他剃头。

"剃头得去剃头铺，周铁牙又不是剃头的。"张黑脸拒绝把剃头用具放入行囊。

"那就让娘娘庙的尼姑帮你剃，反正她们长出头发也得剃，又不差你这颗

———

* 迟子建，女，1964 年元宵节出生于漠河。已发表作品六百余万字，出版有长篇小说《伪满洲国》《额尔古纳河右岸》《白雪乌鸦》，小说集《北极村童话》《清水洗尘》《世界上所有的夜晚》，散文随笔集《伤怀之美》《我的世界下雪了》等。作品有英、法、日、意、韩、荷兰文等海外译本。

头！"张阔说。

张黑脸把手指竖在嘴上，轻轻嘘了一声，对女儿说："轻点，让娘娘庙的听见，可了不得。"

张阔撇着嘴，腮边的肉跟着向两边扩张，脸显得更肥了，她说："隔着一百多公里呢，她们要是听得见，阎王爷都能从地下蹦出来，上马路指挥交通了！"

"嗬，哪朝哪代的尼姑给酒肉男人剃过头？那不是肮脏了她们吗？使不得。"张黑脸咳嗽一声，把剃头工具当危险品推开。

张阔急了，她喊来七岁的儿子特特，让他背朝自己，给父亲演示如何剪头。剃头推子像割麦机似的，在特特头上"咔哒——咔哒——"走过，特特的头发，便秋叶似的簌簌而落，她一边剪一边高声说："瞧瞧呀老爹，就这么简单，傻子都会用！周铁牙和尼姑不能帮你的话，你对着镜子，自己都能剃！"

张阔没给特特罩上理发用的围布，剪落的头发楂落入他脖颈，扎得慌，他就像被冰雹拍打的鸡鸭，缩膀缩脖的。他不想受这折磨，抖掉发屑，溜出门外。太阳正好，泥泞的园田中落了几只叽叽喳喳的麻雀，正啄食着什么。特特觉得它们入侵了家里鸡鸭的领地，十足的小偷。反正爱鸟的姥爷在屋里与母亲说话，目光没放在他身上，特特便捡起房山头的两块石子，撒向它们，教训这群会飞的家伙。受惊的麻雀噗噜噜地飞起，像一带泥点，溅向那海蓝衬衫似的晴空。

张阔见父亲不肯带剃头用具，不再强求。自打十一年前他被老虎吓呆后，脑子就与以前不一样了。他感知自然的本能提高了，能奇妙地预知风雪雷电甚至洪水和旱灾的发生，但对世俗生活的感受和判断力，却直线下降，灵光不再。父亲以前性格开朗，桀骜不驯，而现在话语极少，呆板木讷，似乎谁都可对他发号施令。像今天这样能与女儿争执几句，在他来说已属罕见。

张黑脸带的东西，是换洗衣物、狍皮褥子、锅碗瓢盆、洗漱用具、常用药品、蜡烛火柴、各色菜籽、手电筒、望远镜、刮胡刀、雨衣、蚊帐、烟斗、军棋、渔具等往年用的东西。张阔发现父亲没带黄烟叶，就说："带了烟斗不带烟叶，你吸什么？西北风吗？"

张黑脸有些慌张地说："可不是，我咋忘了烟斗的口粮呢。"

张阔灵机一动，对父亲说："老爹啊，其实你不带剃头推子也行。现在男人都爱留长发，有派头！这两年来咱这里的游人，我没见一个男人是秃瓢，他们的头发大都到耳朵边，有的留得更长，还有扎成马尾辫的，看着可潇洒呢。"

张黑脸一边用旧报纸包裹黄烟叶，一边"哦"着，似在答应。

张阔备受鼓舞，说："老爹要是能把头发一直留到秋天，一定比电视里那些武林大侠还帅！"

张黑脸"嘿嘿"笑了两声。

张阔凑近父亲，推进一步说："到时好莱坞电影明星也比不上你！"

女儿这一凑近，张黑脸闻到她身上一股达子香的气味，他抽了抽鼻子，嘀咕道："你上山采花了？"

没等女儿解释，电话响了，张阔忙着接听，是周铁牙打来的，他说："告诉你那呆子老爹，今年开河早，让他赶紧收拾收拾东西，明天一早我开车接他，去管护站了！"

"他都收拾好了，现在走都没问题！"张阔说。

周铁牙说："给他多带几包卫生纸，这呆子不舍得用纸，老用树叶和野草擦屁股，也弄不干净，跟他在一个屋檐下，就像住在茅房里！"

"管护站又不是没钱，您也不能抠门到连几卷卫生纸都不给买吧？才几吊钱啊。"张阔毫不客气地说。

周铁牙说："那钱都是给候鸟买粮用的，谁敢乱花？"

张阔嘻嘻笑了，说："周叔，谁不知道您当了管护站站长后，烟酒的牌子都上了一个档次？您捏脚的地方，也不是街边小店了，是大酒楼的豪华包间了！"

"谁他妈背后瞎传的？"周铁牙不耐烦地说，"我得修修车去，不跟你啰唆了。你要是不给你爹带卫生纸也行，让他今年在家待着吧。反正这城里闲人多，找个喂鸟的还难么！"

"老爹爱鸟，咱这半个城的人都知道吧？您想找比老爹呆的，听话的，懂行又敬业的,好找吗?"张阔带着威胁的口吻说,"站长呀,这几年里,您偷着从管护站带出来的野鸭子,卖给了哪家酒楼和饭庄,我都知道,虽说您有后台,但这事要是被捅出去,您这候鸟管护站成了候鸟屠宰场,滥杀野生动物,都够坐牢的啦!"

周铁牙在电话那头恨得直咬牙,说:"谁他妈这么栽赃我?老子还要告他诬陷罪呢。候鸟那都是我的亲爹娘,我恭敬还来不及呢。我带回的野鸭,都是病死的,有林业部门证明的。不就几包卫生纸吗,瞧您当闺女的这个小气,不用你买了,我给你老爹备足了,够他擦三辈子屁股的!"

"周叔,这就对了么。"张阔眯着眼乐了。

张黑脸把黄烟叶捆好后,想着烟斗对应的是黄烟叶,自己都给落下了,别再忘带啥东西,所以他在打点的物品中,一样样地找对应点,他自言自语道:"锅碗盛的该是米面油盐,哦,这个归周铁牙置备;钓鱼得有鱼饵,管护站那儿的曲蛇多,一锹挖下去,总得有一两条吧,不愁;雨衣和蚊帐是盾牌,要抵御大雨和蚊子这些长矛的,现在花儿还没开,不急呢——"他的话说得有条理,又有兴味,把女儿逗乐了,她放下电话对父亲说:"刚才来电话的是周铁牙,他让你准备好东西,明早接你去管护站了!"

张黑脸说:"这么说他也听见候鸟的叫声啦?"

张阔没有好气地说:"他哪像你,把长翅膀的都当成了祖宗,他是听见银子的叫声了!"

金瓮河候鸟自然管护站的管理方是瓦城营林局,按照规定,只要开河了,候鸟归来,自他们进驻管护站那天起,就会下拨第一个季度的管护经费,周铁牙瘪了一冬的腰包,又会像金鱼的眼睛鼓起来了!

2

张黑脸和周铁牙到达管护站时,金瓮河的波光中,已有飞回的夏候鸟游动了。周铁牙下了车，先奔向木房子，看看一冬过后，有没有野生动物闯入，房屋是否有损毁而需修葺之处。张黑脸则张开双臂，以拥抱的姿态，扑向河边。他沿着开河的那段顺流而下，走了一百多米，终于看清了最早回家的，是六只绿头鸭，两雄四雌。绿头鸭的雄鸭比雌鸭要漂亮多了，它不唯个头大，嘴巴是明亮的鹅黄色，而且脖颈是翠绿的，有一圈雪白的颈环，好像披着一条镶嵌着银环的软缎绿围巾，雍容华贵。雌鸭就逊色多了，它们是黑嘴巴不说，羽毛也不艳丽，主体颜色是黑，是褐，是白；羽翼点缀少许蓝紫斑纹，给人萧瑟之感。张黑脸心想，这正是鸟儿求偶的时节，两雄四雌，说明雄的选择余地比较大，难怪它们骄傲地迎着朝阳，游在前面呢。

然而现实画面，很快发生了改变，从空中又飞来几只野鸭，落在河面上，它们中绿脖颈的居多——真是雌雄无定，瞬息变幻啊。新飞来的一只雌鸭，大概与先前的一只雄鸭已私订终身，它的翅膀一触着水面，游在最前头的雄鸭，猛地掉转头来，激动地飞向它。它们展开羽翼，互打招呼，缠脖绕颈，耳鬓厮磨，似在诉说无尽的相思，看得张黑脸耳热心跳的，手臂也跟着一扇一扇的，似在起舞。

这时周铁牙气咻咻地扛着一把铁锹，来到河边，他对着与野鸭共舞的张黑脸说："我说傻伙计，先别管鸟了，河里有它们爱吃的淤泥和小鱼，人家守着大粮仓，也不用支锅灶，啥时都能开饭。咱俩要想中午不饿肚子，得赶快搭灶。他娘的也不知是野猫还是黄皮子进去了，愣把咱的灶台给弄塌了！你赶快挖点河泥，从房山头搬几块红砖，把灶修起来！"

"咋会这样——"张黑脸看着周铁牙说，"咱秋后走时，不是特意在门外给野物留了几块猪皮，让它们过年打牙祭的么。"

"你这一说我明白了，肯定是那几块猪皮惹的祸！人家没吃够，就窜进房子找，咱在屋里没留别的东西，它们啥也没翻到，贼不走空，野物也是一样的，就故意弄坏咱的灶台，带块碎砖头走，心里也是解气的！"周铁牙恨恨地骂着，把铁锹撇给张黑脸，然后热辣辣地看着河面的野鸭，吧唧一下嘴，说，"妈的，个个肥呀，这一路飞回来，也没累着它们。"

金瓮河候鸟自然管护站，设在中游，是一幢平层的木刻楞房子，与金瓮河一样东西走向，近两百平方米。它有三间住屋，一间粮仓，一个储物间，一个灶房。灶房进门就是，因为张黑脸和周铁牙个头都高，所以灶垒得也高，这样做饭时不会因过于低头而累着腰。但这也带来了一个问题，就是费柴火。有时一锅野菜饺子下锅了，可是火却上不来，饺子就煮成片汤了。张黑脸想趁此把灶台弄矮，这样省了烧的不说，火舌吐出，刚好舔着锅底，饭也好做。可周铁牙不同意，他说："山里又不愁烧的，灶大，说明咱管护站的人肚量大，多吃点柴火算啥，灶台跟人一样，能吃说明身体健壮；再说灶高运旺，不走霉运，还不用低头哈腰的，谁做饭一副孙子相啊！"

张黑脸点了点头，他听站长的。

一冬未住人，木房子又冷又潮，还有股难闻的气味，好像什么东西发霉了。不过只要灶火一起，可以带动两面住屋的火墙热起来，屋子一暖，潮气冷气也就散了。而再刺鼻的气味，只要门窗大开，阳光和暖风一进来，就会充当消毒剂，把坏气味给驱赶了。

张黑脸修灶时，从灶坑的黑灰中，看见了动物留下的爪印，是人掌似的五指爪印，便明白这是黄皮子干的事儿了。去年他们养了几只鸡，黄皮子大清早的就敢来偷鸡吃，惹恼了周铁牙，他做了个大号捕鼠夹，放在鸡窝旁，拍死一只。都说黄皮子的肉不能吃，骚性，但周铁牙不信邪，他剥了它的皮（说要卖给皮货商做毛笔用），然后给它油红的尸体抹上盐，用一根桦树枝，从头到脚地将其穿透，放进灶坑火烤，美美地吃了一顿。张黑脸喜欢黄皮子黑亮的眼珠，也知道黄皮子报复心理强，所以没碰它的肉。当时周铁牙还嘲笑他，说他真是个没胆儿的男人，连黄皮子都不敢吃。

张黑脸怕他修好灶台后，黄皮子还会来搞破坏，所以他一边给红砖抹泥，一边低声念叨："黄大仙，菩萨心，别再怪罪了，以后有了好吃的，咱不忘了孝敬您。"

周铁牙所住的东南间，是三间住屋最大的，二十多平米，屋里有一铺能睡三人的炕，一个带镜子的衣柜，一张八仙桌和两把圈椅。张黑脸修灶的时候，他就收拾自己的屋。他先将带来的行李打开，放在炕上，然后把衣服往柜子里搁。他拉开衣柜门时，发现柜底有只死鼠，心想难怪屋子有股难闻的气味呢。他怕沾手晦气，就唤张黑脸把它清理出去。

　　张黑脸答应着，放下手中的活儿，用一块引火的桦树皮，做老鼠的裹尸布，将其拾起。周铁牙嘱咐他远点扔，扔近处的话，再招来乌鸦，听它呀呀地叫，叫人心烦。

　　已是上午十点多了，太阳正好。飘荡的阳光宛若五彩丝线，开始给大地改换颜色了。它最钟情的色调是绿，当草和树叶变绿后，阳光才在绿色基调上，吹开野花的心扉。这里最早开的是河畔草滩上的耗子尾巴花，之后就是林子里满山满坡的达子香了。张黑脸闻到空气中有股淡淡的草香，知道小草发芽了。山林从一个黄脸婆，要蜕变成俊俏的姑娘了！

　　张黑脸捏着死鼠，走了半里路，才处理掉它。他向回走时，听见一阵"笃——笃笃——"的声响，循声望去，见一只白色斑纹的啄木鸟，像林中侦探，正用铁锚似的灰爪，钳着一棵碗口粗的松树，那尖利的嘴跟掘土机似的，发掘着树皮下的虫子。张黑脸心想我们的灶还没修好，你们却吃上了，真是羡煞人也。鸟儿吃饭，全凭运气，啥时有食儿，啥时就是饭点。

　　这只啄木鸟白肚皮，屁股有一抹鲜艳的红色，但枕部黯淡，没有红色点缀，说明是只雌鸟。它喜欢把蛋产在树洞里，那些不会爬树的走兽，休想伤及它的宝贝。但对于善爬的黑熊来说，啄木鸟无疑是在树洞里，给它们预备下了春天的小点心。

　　啄木鸟吃了虫子，飞向另一棵树了。它飞起的时刻，张黑脸心跳加快，他太喜欢看鸟儿张开的翅膀了，每个翅膀都是一朵怒放的花儿！啄木鸟黑白纹交错的羽翼，在展开的一瞬，就像拖着一条星河。它很快在另一棵松树上站住脚，不过这棵树不待见它，它啄了十几下，一无所获，又飞走了。这次它飞得远，脱离了张黑脸的视野。

张黑脸知道，去南方过冬的鸟儿陆续归来后，像飞龙、野鸡和啄木鸟这种不迁徙的留鸟，要与候鸟争食了。他觉得这对熬了一冬的留鸟来说，有点不公平，所以他通常给候鸟投谷物时，不忘了在留鸟出没之地，也撒上一些。

张黑脸回到木屋，修好灶，把各屋又彻底打扫了一遍，然后和周铁牙一起，将货箱式小货车上载来的东西搬下来，该放哪屋就放哪屋，一切打理完毕，已是中午了，他的肚子咕咕叫了，周铁牙也饿了，他吩咐张黑脸赶紧点火，削两个土豆，拨拉点面穗，做锅土豆条疙瘩汤。张黑脸答应着，把枝丫填进灶坑，当他拿起桦树皮要点火的时候，忽然想这刚修好的灶台，泥巴未干，火燃起来，会将它烧裂的。要是灶台裂了，冒烟，还得重修，于是他跟周铁牙说："不是带了烤饼和罐头吗？吃那个吧。晾它一天，等灶台干透了再烧火。"

周铁牙说："罐头先留着，又坏不了。猫啊鼠啊的窜进来，纵使有铁齿钢牙，馋得它们满嘴淌哈喇子，也起不开。咱中午吃个烤饼垫补垫补吧。"

张黑脸说："那还不如到娘娘庙吃斋去。"

周铁牙"嘁——"了一声，龇牙咧嘴地说："你是想德秀师父了吧？"

张黑脸说："我是想给她们送点雪里蕻，让她们炖豆腐吃。"

"刚回来就想看她们，还送腌菜，娘娘庙的人可真有福气！"周铁牙说。

"在夜里不用点灯的人，了不得哇。"张黑脸感叹着。

周铁牙一愣，他发觉今春回到管护区的张黑脸，与往年似有不同，有自己的主见了。他想万一张黑脸的脑子跟万物一起复苏，精灵起来，他将想方设法开掉他，因为他要的是没脑子的人。

3

从管护站去娘娘庙，要经过一座木桥。它百米长，弓形，像一弯月牙，镶嵌在金瓮河上，人们便叫它月牙桥。过了河，再翻过一座平缓低矮的小山，就望见娘娘庙的山门了。也就是说，娘娘庙和管护站，在金瓮河的一左一右。娘娘庙在北侧，管护站在南侧。由于小山的阻挡，它们相距不远，却无法相望。但他们是相知的，望得见彼此的炊烟。管护站的人知道娘娘庙的尼姑在夏天喜欢几点吃斋，娘娘庙的尼姑，也知道管护站的人，爱在什么时辰做晚饭。但炊烟也会隐遁，比如雾大的时候，烟与雾融为四海一家的兄弟，你就是有千里眼，也辨不出炊烟的痕迹；比如白云飞得低的时候，它一出烟囱就被云给卷走了；再比如风大的时候，炊烟会倒灌回烟道。所以这样的时刻，张黑脸是不看娘娘庙的炊烟的，因为他曾上过白云的当。有天早晨，他没看见娘娘庙的炊烟，以为出了事情，也没跟周铁牙说，赶紧过桥翻山去看。到了近前，白云散了，他见炊烟悠然升腾着。正当他要掉头回返的时候，又一片白云低低掠过，炊烟又消失了，他这才明白它是被白云裹挟了。

候鸟更多地栖息于管护站这边的灌木丛，以及河畔的广阔湿地。娘娘庙地势高些，候鸟去不去呢？也去的。有一年白腰雨燕还在娘娘庙的前殿，做了个窝。结果它孵出小燕后，做母亲的却失踪了，巢里的小燕饿得直叫，德秀师父赶忙过来求助张黑脸，问这些小燕该咋办？吃些啥好？张黑脸说："吃啥好？虫啊鱼啊，最对它们的胃口啦。"德秀师父说出家人不杀生，虫和鱼她们是不碰的。这样张黑脸就一早一晚地捉了虫子和小鱼，去娘娘庙喂它们。他本来要把巢穴搬到管护站的，又怕小雨燕的母亲回来寻子不得，会急坏的。但直到小雨燕会飞了，能自己找吃的了，它们的母亲也没见回来。张黑脸想它可能是在给孩子们觅食时，遭到了天敌的袭击，比如凶猛的雕。到了秋天，翅膀硬了的雨燕，飞向南方了。张黑脸特别担心它们没有母亲的引导，初次迁徙，会不会在途中迷路。这两年他也养成了习惯，只要发现白腰雨燕的身影，他就要停下来仔细瞧瞧，是否是他喂养过的呢？雨燕一旦冲他抖翅膀，打转，鸣叫，或是遗落下一片羽毛，他都激动万分，以为是在和他这个老熟人打招呼。

像以往一样，周铁牙背着手走在前面，张黑脸提着腌菜和周铁牙的茶杯，走在后面。两人个子高，步幅大，很快过了桥，越过山。以往只要周铁牙咳嗽一声，张黑脸就得快走两步，赶到他前面，递上茶杯。这回因为没生火，张黑脸提的茶杯是空的，周铁牙这一路，也就没咳嗽，他想着在娘娘庙讨热茶喝，然后再灌上一杯。

张黑脸走在后面时，得留神别踩着周铁牙的影子，周铁牙忌讳，说影子是人的魂儿。张黑脸一琢磨，心想是啊。因为人停尸时，还能借着太阳或是灯火，透出活生生的影子，可人却是再不能说话的了。张黑脸还搞不懂影子为啥左右不定的？上午在西边，下午就跑到了东边。有时影子比自身要长两三倍，有时却短得没自己一条胳膊长，看来太阳是很会捉弄人的。所以他跟周铁牙一起走，喜欢阴天的时候。没有太阳的日子，大地上就看不到什么影子了。他曾想试试踩了自己的影子后，会像周铁牙说的那样，有倒霉事吗？可他几经尝试，无论是阳光下还是月光下，他投映到大地的影子，自己总是踩不着。他问周铁牙这是为啥？周铁牙大笑着说："为啥？因为你的魂比你死得早。"这句话他想得脑瓜都疼了，也没弄懂。但凡管护站来了人，周铁牙介绍张黑脸的时候，都会把此事当成一个节目来渲染，说："他最爱琢磨，一个人为啥不能踩着自己的影子。你们说说看，狐狸就是再能耐，能叼着自己的尾巴吗？"听者无不开怀大笑。

娘娘庙其实是瓦城人对它的俗称，这座尼姑庵是有名字的——松雪庵。只因里面住的是尼姑，后殿又供奉着送子娘娘，所以人们都叫它娘娘庙。

娘娘庙依山而建，坐北向南，砖木结构，灰瓦黄墙，殿堂不高，面积也不大，每座殿只有六七十平方米，敦厚朴实，更像一个大户人家的四合院。它有三重殿，加上山门、禅堂、斋堂、寝堂和法物流通处，共八间屋。从山门到后殿，建有一人高的院墙，将松雪庵围起来。因为院墙涂成明黄色，好像给它围了一条炫目的长围巾。庵里的门窗和梁柱，都是樟子松木的，透出松脂的气味。所以即便不点香，这里也始终洋溢着香气。而松雪庵的布局，与大多寺庙也有不同。庵里供奉的菩萨，是瓦城宗教局依据当地老百姓的喜好而设置的。松雪庵山门的门柱，由整根的樟子松木做成，未做雕饰。山门匾额上印着三个鎏金大字"松雪庵"，门柱悬挂一副木质对联：朝霞披袈裟，溪流送禅杖。是松雪庵的住持慧雪法师题写的。进得山门，沿着一条短短的水泥甬道向上，是前殿弥勒殿。笑容可掬的大肚弥勒佛端坐殿中，左右护持的是四大天王。出弥勒殿，经过一个放生池，便是中殿大雄宝殿，这里供奉的是释迦牟尼佛、药师佛和文殊菩萨。因为是正殿，它是三座殿中举架最高的，殿前殿后设有青铜香炉。出中殿行二十米，经过两块菜地，便是后殿，也就是三圣殿。那里供奉的是西方三圣，阿弥陀佛头戴宝冠居于正中，右位大势至菩萨，左位就是当地信众喜爱的——观世音菩萨化身的送子娘娘了。送子娘娘前的蒲团，磨损最厉害，包裹着蒲草的黄色绒布，被香客们跪出裂缝，透出蒲草的本色，好像有天光从中溢出。

松雪庵的菩萨造像，均为泥塑彩绘，形象生动朴拙，色彩艳而不俗，给人亲切之感。香客们来松雪庵，在前殿的弥勒佛和四大天王前祈求快乐平安；在中殿的药师佛前祈求身体安泰、百病不染，在文殊菩萨前祈求金榜题名，在释迦牟尼佛前求官、求财、求寿；在后殿的送子娘娘前祈求子孙兴旺。总之，人们求的大都是世俗生活的阳光雨露。有没有人为尘世的自己和已故亲人求清净和超脱呢？极少。所以娘娘庙每年中元节为往生者办的超度法会，都很冷清。

在前殿与中殿之间，两侧偏殿是法物流通处和禅堂，在中殿和后殿之间，相对应的左右偏殿，是寝堂和斋堂。除了两片菜地，寝堂和斋堂后面的围墙前，还有两处柴垛。堂前屋后，遍种花木，它们都移植于山上，像大雄宝殿前的樟子松、榆树、野百合和达子香，后殿环绕的白桦树，以及山门前的鱼鳞松。两片菜地的边角，也有杂花点缀，好像给菜地镶嵌了花边。这些花儿不是移植的，而是庵里的师父在种菜的时候，随意撒下的花籽，虞美人、孔雀草、扫帚梅、手绢花等，哪种花出苗多，开得旺，就看它们的造化了，所以每年开在菜地的花儿，色彩都有变化。

松雪庵常住的尼姑有三位，她们的法名是慧雪、云果和德秀。因为慧雪是住持，虽说她比云果和德秀年岁小，人们为了区别她们，还是尊称慧雪为师太，称云果和德秀为师父。她们三人中，慧雪和云果是瓦城宗教局从外地恭请来此护法的，她们都是受了具足戒的，慧雪是在五台山削发为尼的，云果师父的出家地说法就不一了，有人说是河南，有人说是山东。从口音来辨别，应该是河南。因为瓦城山东后裔多，人们熟悉那儿的口音。一旦有香客问她来处，云果师父总是一挑眉毛说："出家人只有去处，哪有来处。"虽然她说得禅意深厚，但因她爱挑眉毛，香客们说她修行不深。德秀师父是瓦城人，也是松雪庵最年长的尼姑，她的遭遇尽人皆知。她嫁了三个丈夫，头一个病死，第二个外出打工时犯下死罪被毙了，第三个丈夫是个离异者。他与德秀师父结婚后，哪怕只是头疼脑热的，吃饭噎着了，走路崴了脚，他都疑心自己会死。因为人们说他老婆克夫，她克死两个了，克他自然不在话下。他活得战战兢兢，总觉得老婆提着把看不见的屠刀，随时会刺向他心窝，最后他甚至不敢跟她睡一起了。德秀师父怕他吓死，主动提出离婚。她离婚后，日子过得清贫孤寂，不过有女儿在身边，心底也有寄托。女儿是她与第二个丈夫生的，貌美如花。她高中毕业后报考戏校落第，便去南方打工。不出一年，领回一个比自己大二十岁的男人，说是她恋人。这男人有过两次婚史，在温州开了三家鞋厂，虽外貌不济，但性格随和，也算忠厚。德秀师父见女儿已怀了他的孩子，只好成全他们。谁料婚后他们刚从东南亚度完蜜月回国，这男人有天与生意上的朋友聚会，在酒桌旁突发脑溢血死了。女儿打掉孩子，回到瓦城跟母亲决裂，说她找了算命的，人家说她的不幸皆因是她女儿，母亲的命被上了诅咒，跟她沾边的人，都没好结局，必须跟她脱离母女关系，永不相见，才能摆脱厄运。女儿把户口迁走，彻底离开瓦城后，德秀师父大病一场。她说本想进山，找棵树吊死，但她听说自杀的人去了另一世，不得超生，她害怕了。那时瓦城政府部门为了带动旅游，刚好在金瓮河候鸟自然管护站对面修建姑子庙，正愁庙里尼姑少，知道她的遭遇，又知道她逢人就说活够了，便动员她去庙里。德秀师父对佛教懵懂无知，并不知道菩萨在哪里，但她在生活中遭遇难处时，爱在心里念一句"阿弥陀佛"，可真要跨进它的门槛，内心还是不甘的。她闭门两天，水米不沾，苦思冥想了四十八小时，最终难耐饥渴，还是喝了水，吃了一听午餐肉罐头。她想既然自己没勇气死，那么进庙门也算个出路，无非把"阿弥陀佛"念出声来，把荤戒掉而已。她就把家里的房子卖掉，捐给庙里，带着可用的物件，来到松雪庵，出了家。张黑脸记得慧雪师太为德秀师父剃度的那个晚上，他在月下劈柴，听见河畔传来嘤嘤的哭声。原来德秀师父落了发，心底不平静，溜出松雪庵，到金瓮河畔，跟水中的月亮诉苦来了。张黑脸问德秀师父哭啥？她说："没了头发，这辈子就再也做不回女人了！"张黑脸说："你剃了光头，身上轻快了，该高兴哇。"德秀师父忍不住笑了。张黑脸忘记很多事情，但他记得那晚德秀师父的笑声，比哭丧还要瘆人的笑声。

快到松雪庵时，张黑脸想起德秀师父那夜的笑声，忍不住问周铁牙："女人要是笑得比哭还难听，咋回事呢？"

"要么是她心死了——"周铁牙停下脚步，回身对张黑脸说，"要么是她遇见鬼了。"

张黑脸瞪大眼睛，说："我不是鬼。"

"这么说你私会女人了？"周铁牙说。

张黑脸摇摇头，说："遇见。"

周铁牙眼睛亮了，问："谁呀？"

张黑脸想告诉他是德秀师父，可他说出的却是："天黑，没瞅清。"

张黑脸多年不会撒谎了，这次谎话脱口而出，他有中彩的感觉，手舞足蹈的，忍不住打了声口哨。

4

张黑脸和周铁牙进得山门，最先看见的是云果师父。她向来喜欢在素色的僧衣上，以各类佛珠，增光添色。云果师父穿一件灰色齐腰棉袍，古铜色荷叶形禅裙，黑布鞋，颈上环绕着一串星月菩提念珠，左腕戴的是红玛瑙手串，右腕是明黄色蜜蜡手串，好像春天先爬上她的手腕了。她提着一把铜质油壶，刚从弥勒殿添灯油出来。

云果师父与周铁牙虽说男女有别，一高一矮，但有点兄妹相，都是四方脸，挺直的鼻梁，小眼睛，薄嘴唇。不同的是，周铁牙眉毛粗短如螺蛳，云果眉毛细长如柳叶。

"云果师父好哇，我们刚回管护站，惦念着师父们，赶紧过来看看，顺便讨碗粥喝。"周铁牙拱手问候。

"你们也来化缘啦？"云果俏皮地应话。

"是啊。"周铁牙笑笑，说，"今儿好像没啥游客？"

"有两个，上去了。"云果说，"这时节青黄不接的，来的人少。等树全绿了，花开了，候鸟人来了，拜佛的就多了。"

"冬天时人多吧？"周铁牙说，"我听说去年来看雪的人多，瓦城机场每天都有几百游客拥进来。"

"人家奔的都是滑雪场，来这儿的人不多。"云果说。

"滑雪倒是比烧香有意思得多啊——"周铁牙感慨道。

云果没反驳，但她挑起了眉毛。周铁牙自知在庙里说这话大不敬，于是做出掌嘴的手势，云果的眉毛这才像出鞘的剑，落了下来。周铁牙发现女人没了头发后，眉毛就突出了，成为脸部的旗帜了。她们的内心感受，都凝结在眉毛上了。你看慧雪师太，她那好看的新月眉，总是那么矜持，就像绣在眼睛上似的，无论遭遇什么，都不会有大的波动。不悲不喜，不怒不嗔，慧雪师太的眉毛就告诉大家了。而德秀师父，她虽不像云果爱挑眉毛，但她蹙眉的时候常有。

他们边说边向上走，经过大雄宝殿时，果然看见一男一女在上香。云果进殿添灯油，周铁牙和张黑脸则穿过殿外小路，直奔斋堂。路过菜地时，他们发现地已翻过，肥沃的黑土在阳光下散发着特有的幽光，看来她们已做好播种的准备了。

德秀师父正在斋堂切土豆，这个冬天她发胖了，面色红润，长脸快成圆脸了，腰也粗了，先前的灰布围裙，扎着显小了。她见着管护站的人，放下菜刀，叫了声"阿弥陀佛"，用抹布擦着手，说："前殿的台阶上，前几天落了不少鸟粪，俺就想候鸟都回来了，你们咋还不见影儿呢？俺昨晚和今早，朝你们那儿望啊望啊，烟囱哑巴似的，也没个动静，敢情人都回来了。"德秀师父大嗓门，但以前因声音喑哑，即便动静大，也给人弱的感觉，可现在她声音洪亮。

"张师傅惦记你们，这不赶紧过来送他自己腌的雪里蕻么。"周铁牙说。

德秀师父从张黑脸手中接过雪里蕻，看了看，嗅了嗅，说："菩萨保佑，你们这么善心！都开春了，这雪里蕻还油绿油绿的，看来去年秋天腌时，是用大粒盐搓的，没加一滴水，还得用瓷坛封了口，放在阴凉处！不然一冬下来，早就熬黄了脸，馊得不能吃了。"

张黑脸瞪大眼睛，吃惊地看着德秀师父，证明她说对了。

斋堂有两口灶，一高一矮，各走各的烟道。矮灶焖了一锅芸豆米饭，高灶烧着水，快开了，德秀师父说她正准备炖土豆海带。她说他们来了，得加个菜，豆豉炒萝卜。周铁牙和张黑脸渴了，德秀师父待水开了，先给他们泡茶。两个人坐在斋堂前的长条凳上喝茶时，德秀师父开始炖菜了，炝锅的油香气飘出斋堂。

周铁牙悄声说："她们炝锅也不搁葱姜蒜，菜味却不错，德秀师父手艺就是不一般啊。可惜她男人无福消受，害得她当了姑子。"

张黑脸嘿嘿笑了两声。

周铁牙问："你笑啥么？"

张黑脸告诉他，他想起德秀师父刚来庙里时，因不习惯不能吃葱姜蒜了，口里没味，还揣着俩馒头，去管护站的菜地里，偷着拔葱就馒头吃的事呢。记得她被他们发现后，很伤心地说："不吃肉倒也罢了，因为杀生实在是罪孽，可你们说葱姜蒜又不是荤腥，佛家怎么就忌讳这味儿呢？"那时周铁牙还逗她，你要是后悔了，就还俗，爱吃啥就吃啥，德秀师父说："再怎么着，我也不回人间了。"听她的口气，庙里就不是人间了。

周铁牙对张黑脸能记得那天的事，吃惊不已。为了试探他能否回忆起更多的事情，他故意编了个瞎话试探她，说："还记得去年咱回管护站的路上，走到半道，一个姑娘想搭咱车的事吗？"

"对呀——"张黑脸梗了一下脖子说。

"最后你说深山老林出来个姑娘，恐怕是狐仙变的，不让我停车，咱就没理她。"周铁牙进一步引诱说。

张黑脸又梗了一下脖子，说："对呀——"

周铁牙放了心，这至少说明，张黑脸脑子还是糊涂的，从他附和他的话来看，他意识中对他依然是服从的。

德秀师父炖上菜，提着茶壶出来给他们续茶。她说自正月起，瓦城人采达子香花快采疯了，近处的山采没了，都采到庙这儿来了。说是有商家收购达子香，运到大城市高价卖掉。一束达子香七八枝，能卖二三十块呢。这花儿又没成本，家家都想捞一笔，野生达子香花快被扫荡空了，看来今年的春色，不比往年好喽。

周铁牙说："也怪这花命太硬了，你说它们大冬天的站在雪里，花心也不死。把它们采了呢，运到山外，十天八天的不喝一口水，也不枯萎。只要进了买家的门，得了温暖，喝上水，就美了，啪啦啪啦地开花了，你说它要是不这么皮实，能被人往远处卖么？"

"你不说采花的人有罪，倒说花儿命硬！"德秀师父气得手抖，差点把茶壶摔了。

周铁牙明白德秀师父为啥恼了，因为瓦城人说她命硬克夫，他说达子香花命硬，她听了自然不快。周铁牙赶紧拱手道歉，说："凡是命硬的，开的花儿都不凡俗啊。"

德秀师父的面色这才平和了，她反身进斋堂，放下茶壶，看了看锅里的菜和灶里的柴，换了条围裙，又出来了。德秀师父新穿上的围裙簇新簇新的，蓝底粉花，围裙边缘还镶着肉色的蕾丝流苏。这条围裙她穿着照例紧巴，且花围裙与她的气质极不相称，连她自己都不自信，很局促的模样，看上去像一只被缚住的野鸡。

"穿着这条围裙美气呀。"周铁牙违心说着，转头冲张黑脸眨了一下眼，说，

"你说是吧？"

张黑脸用舌头舔了一下嘴唇，说："还是灰布围裙更受看。"

德秀师父说："张师傅说的是真话。我就说么，俺戴不了花围裙，可云果过年时进城，给我买了一条，不穿还觉着可惜了。"说完进了斋堂。

"云果师父这是把她往丑里打扮呢。"张黑脸说。

周铁牙狠狠地瞪了张黑脸一眼。

德秀师父再出来时，把灰围裙又请回身上了，她说："俺听说现在公安局和资源监督办抽调专人，在各路口检查采达子香的。你说近山的都快被采空了，这花的花期也到了，现在才管，不是晚了三秋么。该赚钱的赚了，你能从人家腰包把钱掏出来？"

周铁牙附和说："就是，不干正事的衙役，总是马后炮。"

德秀师父似乎憋了好些话，要与他们倾诉。她说上个月她在庙外拾柴，碰见一个采达子香花的男人，她劝他不要采了，留着花儿给菩萨看吧。可那人傲慢地说："老尼姑，我问你，菩萨长着眼睛么？要是长眼睛的话，为啥正道人没好运，干邪门歪道的人却发财？我再问你，为啥和尚的戒律少，二百五十条，尼姑的多出快一百条？在庙门里还不平等呢，还说什么六根清净，四大皆空，骗你们自己吧。菩萨要看花，百姓就不看花了么。"

周铁牙心里觉得那男人说得没错，可他当着德秀师父，不得不谴责那人，他瞪大眼睛说："他也不怕风大闪了舌头？！"

"男人要都像周站长这样，女人的日子就好过了。"德秀师父说这话时，目光是放在张黑脸身上的。

张黑脸以为她看他，是让他对周铁牙的话，发表意见，他就对德秀师父说："站长一瞪眼睛，说的都是假话。"

"我刚才瞪眼睛了吗？"周铁牙眯缝着眼，凶巴巴地问他。

张黑脸一脸天真地说："瞪眼了，就像猫头鹰的眼睛那样，瞪得溜圆溜圆的呢。"

德秀师父"咳——"了一声，说："别说呀，这时候咋看不见猫头鹰啦？也不像冬天似的，总听它们叫。"

张黑脸说："亏你是瓦城人，这都不知道？猫头鹰到了夏天去比这更北的地方孵蛋去了，它们冬天才飞回来。"

"也就是说别的鸟儿从南方飞回来时，它得给人家腾地方？"德秀师父说，"是不是它们长得难看，就得挪窝？"

周铁牙说："这跟丑俊没关系，它不是冬候鸟么。"

德秀师父叹息着，说："咱这还不够凉快？还往北飞，那不是飞进冰窟窿里去了吗？"

张黑脸说："估摸着是它毛太厚了，夏天怕捂出痱子。"

德秀师父笑了，周铁牙也笑了。张黑脸不觉得他说的话可笑，他嘟囔着："快开斋吧，肚子叫了。"

5

候鸟回到金瓮河自然保护区后，候鸟人也陆续到了瓦城。

候鸟迁徙凭借的是翅膀，候鸟人依赖的则是飞机、火车和汽车等交通工具。每到初春时节，瓦城的小型机场、火车站和客运站，便是人满为患。

夏季回到瓦城的候鸟人，大抵由两部分构成：本地人和外来人。其中外来人以南方人为主。

能够在冬季避开零下三四十摄氏度的严寒，在南方沐浴温暖阳光和花香的瓦城人，要有钱，也得有闲。瓦城人普遍认为，如今的有钱人，一部分是凭真本事、靠自己的血汗挣出来的，另一部分是靠贪腐、官商勾结得来的不义之财而暴富的。在他们没有发案前，可以过着锦衣玉食的日子。在老百姓眼里，这一部分人的比例要高，也最可憎。就拿根在瓦城的候鸟人来说吧，他们选择的冬季栖息地，多在沿海和经济发达地区，三亚、海口、珠海、北海、深圳、广州等。这些地方的房价和房租，始终是涨潮的海水，一浪高过一浪。他们买得起房，付得起房租，并能在这样的城市消费得起，其金钱来源多不是正路的。他们中要么是瓦城各级领导的父母和兄弟姐妹，七大姑八大姨等；要么是与官员关系密切，从而包揽各种市政建设工程的商人。他们深秋从瓦城带走各类土特产，去南方一住就是半年，直到瓦城春暖花开，南方也热了起来，他们才带着新鲜的热带水果返回。另一部分夏季来此避暑的候鸟人，多是生活在南方各火炉之地的老年人或自由职业者，他们生活上相对富裕，这些人很少在瓦城买房，以住旅店和租房为主。所以瓦城的旅游餐饮和房屋租赁市场，随着冰雪消融，生意也回暖了。

周铁牙年轻时当过伐木工，爬冰卧雪让他落下了老寒腿的毛病，一到冬季，膝关节又痛又痒，苦不堪言。他想趁着外甥女在瓦城林业局做副局长，无人敢动他，在这个岗位多捞一些，再过几年，六十岁了，也能在冬季去南方避寒。

周铁牙和张黑脸回到管护站一周了。来到金瓮河的夏候鸟，多了一个品种，就是东方白鹳。它们站在金瓮河上，白身黑翅，上翘的黑嘴巴，纤细的腿和脚是红色的，亭亭玉立，就像穿着红舞鞋的公主，清新脱俗。他们观察了几天，总共发现六只东方白鹳，它们分三对行动。有一对喜欢在河畔湿地梳理羽毛，另两对爱去树丛。爱在树丛流连的两对，把巨大的巢，都坐在了树木顶端的树杈间，只不过一对选择了白桦树，一对选择了柳树。爱在水边嬉戏的那对，巢在哪里，他们还没寻觅到。总之，金瓮河飞来国家一级保护动物，他们都很兴奋。周铁牙高兴的是，此事上报后，管护经费将增加，他从中渔利的比例也高了；张黑脸激动的是，他终于见到日思夜想的恩人了。

张黑脸第一眼见到舞蹈在金瓮河畔的东方白鹳，就惊叫着跟周铁牙说，当年守护着他的大鸟，就是它啊。

熟悉张黑脸的人都知道，他当年在山中扑打山火，自称与主力扑火队员失联后，在一条长满稠李子的溪谷旁，遭遇到一只虎。饥饿加上恐慌，他昏了过去。等他苏醒时，天在落雨，可他的脸并没被浇着。他眼前有一把巨大的羽毛伞，黑白色，伞柄是红色的，是他此生见过的最华美大气的一把伞。他仔细一看，原来是一只白身红腿黑翅的大鸟，站在他胸腹处，展开双翼为他遮雨。张黑脸说，他一时以为，自己是到了天堂。他伸出双手，左右拂了拂，谁知左手碰到的是一株樟子松幼苗，右手触到的是一个娇嫩的桦树蘑——他把桦树蘑的伞盖给打掉了。张黑脸双手沾染的樟子松和桦树蘑的清香气，让他明白他还在大地上，因为他的手拂到的不是空中的云。他侧身一望，乌云正在他头顶翻滚呢。他苏醒后不久，雨停了，这只叫不出名字的大鸟，收缩翅膀，一跳一跳地消失在密林深处。他吃力地坐起来，眺望天空，在彩虹现身之处，发现了这只腾空飞起的大鸟，它就像去赶赴一场盛宴，姿容绚丽，仪态万方。

从此之后，张黑脸就爱生有翅膀的鸟儿。

他艰难地走出森林，是与扑火队失联后的第六天。据第一个撞见他的采野果的山民回忆，张黑脸看见他，说的第一句话是："这是阳间吧？"得到肯定的答复后，他古怪地笑了两声，昏了过去。

他再次醒来时，忘记很多事情了，比如他单位的全称，他结婚的日子，他的年龄甚至他的名字。他本来叫张树森的，可他非说他这一段一直在一个没有太阳的地方当判官，那里人都叫他张黑脸。他那年四十八岁，却说自己满六十了。他家的邻居姓秦，可他说人家姓阎。好在他记得老婆孩子，知道老婆叫常兰，女儿叫张阔。他告诉他们，自己在山中碰到老虎，它拘挈着胡子奔向他时，他吓昏了。等他醒来，发现一只神鸟站在他身上，为他遮风挡雨。当时人们都以为他瞎说，瓦城野生动物以棕熊、堪达罕、猞猁、狍子、野猪、灰鼠、雪兔为主，哪有什么老虎的踪迹？可是张黑脸被吓呆后的第三年，一支森林勘察小分队在那一带山里，发现了野生东北虎的踪影，并拍到照片，成为轰动一时的新闻，人们这才相信，张黑脸当年确实遭遇到老虎。可是他所言的神鸟，大家认为那是他对仙鹤的想象，并不存在，毕竟他被吓呆了，说点胡话也正常。

张树森成为张黑脸后，他所在单位防火办的领导，见他痴傻了，不适合做扑火队员了，就给他办了病退，每月领取一千多块钱，成了闲人。他老婆常兰与他恩爱，丈夫这一病，仿佛回到了童年，她有带小孩子的感觉，得处处照应他。怕他闷在家里脑子会更糟，春夏时节，常兰把菜园中种的菜，每日摘取一些，让他用箩筐挑了，担到东市场去卖。收取市场管理费的人同情张黑脸的遭遇，从不收他摊位费。事实上他也没固定的摊位，今天喜欢炸麻花的甜香气，就把担子放在炸麻花的摊位前；明天喜欢葱花油饼的气味，就把担子放在那儿。摊主们也都喜欢他挨着，生意不忙时，可逗他解闷。他们还常赏他吃的，麻花、油饼、玫瑰油糕、干炸豆腐圆子、卤蛋、烤鱿鱼等，他卖菜时嘴上很少亏着。张黑脸不像其他摊贩，他卖菜不吆喝，不用秤，不定价，别人说给多少是多少。所以他担来的菜大抵是一种命运，贪图便宜的人会围聚过来，丢下块八角的，一抢而光。当然也有个别好心人看他可怜，多给他一块两块的，他也不知那是多给了，只管把钱收起。无论他赚多少回家，常兰从不埋怨，总是热汤热水地伺候着。

东市场的业主，都爱逗弄张黑脸。他在哪儿，哪儿就是免费的戏台。人们知道他遇险生还后，最爱有翅膀的鸟儿了。卖活禽的就说，鸡鸭鹅也有翅膀呀，从今往后，你就不吃它们了吧？一提到鸟儿，张黑脸的脑袋就不那么木了，他说，鸡鸭鹅又不能飞，是人养的，没灵气，咋不能吃！大家就笑，说鸡也能飞呀。张黑脸说，它也就飞个篱笆，一人多高，算屁，真正的鸟能飞到彩虹里去！有人反驳他，说女人发脾气时，常扔鸡毛掸子和鹅毛扇子，力气大的，能扔过房顶呢，这不说明鸡和鹅也能飞得高么？张黑脸一拍脑袋，说：也是啊，莫不是鸡毛鹅毛附着翅膀的魂儿？听者无不大笑。

最令东市场业主们捧腹的一件事是，有一天卖鱼的老王跑到他摊位前说，张黑脸哇，你还不回家看看，你在这儿卖菜，你老婆在家养汉呢，都被人瞅见啦！张黑脸信了，挑起担子就往家赶。老王说，你挑着担子，那得多耽搁工夫呀。张黑脸用手拍着扁担说，我不挑担子，哪有家伙揍人？老王追着他问，你是用扁担打你老婆呢还是打那个睡你老婆的？张黑脸愣了，说那得问问法官，判我打哪个就打哪个，他挑着担子奔法院去了。

张黑脸病退的次年，张阔要跟个开装修公司的人结婚。常兰请了个会看黄道吉日的，为女儿择婚日。人家定了一个，张黑脸一旁听了，说那日子没太阳，大暴雨。常兰只当丈夫说傻话，说难道你比神仙还灵，知道半个月后的天气？张黑脸抽抽鼻子，没有吭气。结果张阔结婚的前日还晴朗如洗，可到了大婚的那天，乌云滚滚，电闪雷鸣，新娘入洞房时大雨如注，瓦城一片汪洋。事后常兰后悔没听丈夫的，她担忧那样的天象，会使女儿未来的生活遭遇暴风雨。张黑脸难得说一句安慰话，他对老婆说："闺女多有福气啊，她成亲，老天都出动了，劳神费力打闪电，那不是给她放焰火么。"

常兰在特特周岁时，突发心梗去世了。没了老伴，张黑脸伤心了好长一段日子，说女人没长翅膀，但尽干些长翅膀的才干的事儿，说飞就飞了。每到年关，按照习俗，人们会给死去的亲人上坟，到了此时，张阔就是再忙，也得领着父亲上坟。因为他单独去的两次，被其他上坟的人看见，他上错坟了。一次他把鸡鸭鱼肉等供品献给了一个癌症去世的姑娘，一次是跑到墓主是个老汉的坟上。张阔这才明白，父亲不认得墓碑上的字了。她埋怨他上错坟的时候，张黑脸说，坟都是一样的，人都是埋进了土里，又没埋进云彩里，供谁不是供？

常兰死后，女儿一家搬来与父亲同住。张阔就手把位于城中心的楼房出租，到了夏天，候鸟人一来，轻松赚上一笔。她还把父母所拥有的这处位于城郊的平房，也部分改造成家庭旅馆，能容五六人入住。这样父亲和他们自己的住屋，也就狭小了。张阔觉得在享受的问题上，受点委屈值得，因为这样钱才能大方地进来。

父亲去了管护站后，春夏时节，她把他住的那间小屋，也租给候鸟人。她的个人生活，与候鸟人密切相关。除了做点野生山产品的收购生意，候鸟人活动频繁的季节，她就经营家庭旅馆。她爱吃，厨艺好，再加上爱干净，喜欢打扫卫生，她家的旅馆很受欢迎，回头客多。只是她在个人情感生活上，并不如意。张阔的男人近年挣了些钱，手上宽绰了，就常去洗头房和捏脚屋泡妞，很少碰她了。她想你忙活别的女人，让我闲着，我得多给你戴几顶绿帽子，才算对得起自己。她也找男人，不过不固定。今天是修汽车的，明天是开茶馆的，后天又可能是个在她家居住的候鸟人。在她想来，不固定的关系是玩，固定的关系往往要互负责任，闹不好就是你死我活，她可不想在婚姻上伤筋动骨，还想和她男人过，毕竟他们有共同的孩子。所以父亲去了管护站，她非常开心。一则她掌握的父亲的退休金卡里（当然户头名字还是张树森），每月会多出一千两百元的进项（张黑脸在管护站月收入是两千两百块，另外一千块，周铁牙按月给张黑脸现金，做他的零用钱），二来她更自由一些。所以父亲在管护站期间，她一点也不希望他回城。她与人偷情，常在父亲的那间小屋。有一次张黑脸回来撞见她和男人在床上，他皱着眉嘀咕一句，特特他爸咋变这模样了，转身出去了。他回来通常是去城中心的平安大街，这条商业街热闹非凡，他去那儿，就是两件事：剃头和吃饺子。所以平安大街理发店和饺子馆的店主，都熟悉他。

东方白鹳来到金瓮河后，布谷鸟、鹌鹑和夜莺也回来了。张黑脸起得比平素更早了，他朝圣似的，每天洗干净脸，刷完牙，穿着齐齐整整地去岸边投食。那对不知巢穴在何方的东方白鹳，是他观测的主要对象。看它们自哪儿飞来，又向哪儿飞去。他观察了几天后，告诉周铁牙，那对东方白鹳，一定是把巢筑在了娘娘庙附近，它们来去都是那个方向。候鸟没有不爱河里的鱼虾的，所以张黑脸投在岸上的粮食，消耗不多。它们也真是有本事，扑棱着翅膀似立非立于水面上，眼观水下，瞅准目标，利爪就是鱼钩，扁平的喙就是鱼漂，腿就是鱼竿，总能眼疾手快地把鱼拖出水面。

金瓮河完全脱掉了冰雪的腰带，自由地舒展着婀娜的腰肢。树渐次绿了，达子香也开了，草色由浅及深，这天清晨，张黑脸没有像平素那样在该醒的时刻醒来，他沉沉睡着。

周铁牙发动汽车，载着偷猎的野鸭回城了。

6

管护站成立几年来，一到夏候鸟飞回的时节，候鸟人回来了，周铁牙就得伺机逮上几只野鸭，带回城里，打点该打点的。

而他逮野鸭的前夜，必定犒劳张黑脸，用午餐肉和野菜做馅，蒸一锅香喷喷的包子给他吃。当然烧酒是必不可少的，烧酒里要兑上安眠药，这样才能保证张黑脸不会起夜，一觉睡到日上三竿的时辰。周铁牙趁他昏睡，将捕猎工具备好，下到金瓮河畔。

飞回金瓮河的夏候鸟，以各类野鸭居多。除了绿头鸭，还有斑背鸭、青头鸭、花脸鸭、凤头鸭等，这些鸭子一来就是一群。它们清晨和傍晚时，喜欢来河里找吃的。它们的巢穴，不像东方白鹳坐在高处的树杈，而是在草滩或灌木丛。瓦城林业局按照上级指示，停止采伐后，林地植被迅速恢复，野生动物也多了起来。所以野鸭的巢穴，常遭到动物们的破坏，尤其是产卵时节，对野生动物来说，找到一窝野鸭蛋，就是得到了最甜美的点心。因而野鸭孵化期间，雌鸭和雄鸭轮流守巢，生怕有闪失。

野鸭生性机敏，它们在河上嬉戏，总有一只野鸭，游弋在靠近岸边的一侧，为同伴放哨。任何风吹草动，都会令其紧张。只要负责警卫的野鸭发出预警信号，它们就扑棱棱飞起。所以逮野鸭对周铁牙来说，也是个智力活儿。林业局为管护站特别配备了一杆砂枪，以防野兽的袭击，周铁牙的枪法也不错，但他只在头两年用砂枪打过野鸭，此后改用它法。一则砂枪动静大，会惊扰其他候鸟，它们会把金瓮河视为危险之地，不再回来。没了候鸟，他的管护站也就不复存在了。还有就是对岸有了娘娘庙，对周铁牙也是无言的威慑。砂枪声传过去的话，等于告诉列位菩萨，他杀生了，周铁牙怕遭报应，所以捕鸭用自制的铁丝网笼了。

这个网笼与捕鸟的粘网不同，不是悬挂在树间，而是放置地上——离野鸭巢穴较近之处。其形态类似捕鱼的须笼，葫芦形。他在笼子入口处投放的诱饵是野鸭爱吃的玉米糁子，当然如果运气好，能打上一些杂鱼做饵，那就再好不过了。野鸭闻到腥味，会热情洋溢地靠拢过来。周铁牙设计的笼子也参照了捕鸟的滚笼，野鸭奔着食物进来后，网笼受到震动，悬着的门会自动弹下来，将它们关在里面。他做了六只这样的网笼，张黑脸问他这是干啥用的，他说是捕鱼的，可它们一次也没下过水。周铁牙对野鸭下手，通常夜深时分，将网笼分别放在不同的地方，凌晨起来，一出木屋，听见野鸭在哪儿叫得冤屈，那就是它们在哪儿入牢笼了。循声而去，就能看见网笼里怨女似的它们了。

周铁牙随缘，只要逮着不少于两只，对他就够用了。当然有时他运气差，一只也逮不着，这时张黑脸就惨了，还得再被烧酒和安眠药折磨一回，直至野鸭"入瓮"。

今年周铁牙运气不错，逮着四只野鸭，全都活着，毫发无损。而他有一年逮的野鸭，被野猪给吃掉两只，落了一草丛的鸭毛，把他心疼坏了。野猪的獠牙很厉害，能把铁丝笼撕裂。周铁牙想着野鸭被野猪生吞活剥了，心也抽搐，他想野鸭若有魂灵，一定恨死下网笼的他了。从那以后，他再下了网笼，会彻夜守候着，以防野兽捷足先登，掠人美味。

像以往一样，周铁牙把野鸭从笼中取出，用黑胶带粘住它们哨子似的扁平嘴，再用麻绳把腿绑住，这样汽车在经过瓦城森林检查站时，不会发出任何声息，而引起检查人员的怀疑。事实是，检查站的人看见管护站的车，看都不看，拉杆放行。周铁牙把野鸭分装在两个麻袋中，扔在货箱中。怕它们窒息，成了死鸭，于是敞着口，这样它们能伸出脖颈。放好野鸭，他把网笼清理干净，放进储物间，看了一眼睡得四仰八叉的张黑脸，暗笑一声，关上门驾车而去。

周铁牙在林间驾车，只要不是冬天，总把车窗敞开，更真切地感受花香鸟语，微风阳光，在他眼里，这是大自然赐给人类的糖果，分享时无比愉悦。天空晴朗，看着充满生机的森林，想着此次捕获甚丰，可匀出一只野鸭，去福泰饭庄卖个好价，他忍不住哼起小曲。

瓦城森林检查站设在城外十公里处，这里一共四个人，分两班轮流执勤。检查站不像候鸟管护站，到了冬天就关了，它常年有人值守。他们主要查猎捕野生动物的，偷伐林木的，防火期进山带火种的，以及像今年这样疯狂盗采达子香的。周铁牙认得每个人，他们知道他有来头，也当他是同行，对管护站的车辆，从不检查。

然而今天周铁牙的车出现时，横在检查站前的红白杠木杆，并未像往常那样拉起。站在检查站岗楼前的两个人，一个是他认识的手持手机的老葛，另一个是个陌生人，穿公安制服的小青年。

周铁牙只得刹车，满脸堆笑，掏出香烟，对着一脸痦子的老葛说："兄弟，还没吃早饭吧？来，先抽支烟开开胃！"

老葛双手一挡，给周铁牙使着眼色，说："老周客气啦，空腹抽烟我就没胃口吃早饭啦！咋的，进城给候鸟上货？"

"我这是进城报喜去，今年飞来了十来只仙鹤呢！"周铁牙夸大着来到金瓮河管护站的东方白鹳的数量。

"仙鹤？"老葛龇着牙说，"骗谁呢，我只在年画里瞅见过。"

"学名叫东方白鹳。"周铁牙说，"跟仙鹤长得一个样。"

"那你们在管护站就是过着神仙日子了？"老葛说。

周铁牙说："哪如你们检查站好呀，离城近，手机有信号能联络人，还能收听广播。我在管护站拿着手机，跟搂着个木头美人一样。再干两年，我就得跟张黑脸一样成呆子了！"

"你们对面不是娘娘庙么。"老葛挤眉弄眼地说，"晚上找她们唠嗑去呀。"

"跟吃素的姑子住邻居，我都快成和尚了！她们把心里话都变成经，念给菩萨听了，跟我们臭男人哪还有话说呢。"周铁牙示意老葛把木杆抬起，放他过去。

老葛便对那个年轻人说："小刘警官，这一大清早的，你查了不少辆车了，歇歇吧，这次我上车检查，你准备拉杆放行。这是管护站的车，跟咱们算是一行的，肯定没问题，不过按照规定，也不能放过它。"说完笑笑，跟周铁牙介绍小刘，说他是公安局森保科派来的警官，政法大学毕业的高才生，去年公安系统招录干警，考到瓦城的。

周铁牙知道，大学毕业生很难考上大城市的公务员，所以有些人选择报考边远地区一些系统内招，为的是先有一门工作，解决吃饭问题。这类人中，通常是家庭拮据而无背景的青年才俊。周铁牙见老葛执意检查，想他就是看到野鸭，也不敢刁难他，于是大大方方地跳下驾驶室，将后厢门打开，对老葛说："上去查吧，查不到东西，可别哭啊！"

老葛说："瞧您说的。"

周铁牙表面装得坦荡，满不在乎的，内心还是有点胆怯。老葛上车后，他生怕小刘跟上去，主动靠近他，递上香烟套近乎，说："来支烟？"

小刘一脸严肃地说："这是禁烟区。"

"嗨，瞧我这臭记性，把规章都忘了！"周铁牙讪讪地把香烟揣回裤兜，说，"一进管护站忙起来，我这脑袋就昏了！"他故意拍着小刘的肩头说，"这么帅的小伙子，一定有一群女孩子追你吧？"

小刘到底年轻，不知这是周铁牙在恭维他，他实心实意地说："哪里，原来有女友的，都处了三年了，这不看我考到边远山区了，就跟我吹了。"

"现在的女孩子咋这么势利眼？！"周铁牙故意大声说，"瓦城怎么了？瓦城就不能活人了？我跟你说，这两年名贵的候鸟，都往这里奔呢，说明啥？说明这里是人间天堂！你要是能在瓦城扎根的话，就凭你这小伙儿，女孩子都得疯抢！"

与人说漂亮话，永远是遇卡时最好的通行证。不等老葛下车，小刘已乖乖拉起木杆，准备放行。

周铁牙见小刘不构成威胁了，赶紧吆喝老葛："老伙计，我说你咋还没查完？货箱是空的，难道你在里面遛弯？"

老葛应着"就来——"，一分钟后，他握着手机跳下车，故意抽着鼻子，摇着脑袋，做出一无所获的沮丧样。

周铁牙连忙把后厢门"嘭——"的一声关上，说："咋样？"

"刚上去明明看见一只小狐狸。"老葛装着哭腔说，"可是一眨眼它就不见了。"

"它变成花姑娘溜走了。"周铁牙笑着说，"晚上等着吧，她就来陪你守夜了。"

老葛和小刘都笑了。

周铁牙表面也笑着，可心里笑不起来。他登驾驶室的脚踏板时，腿软得踏了两次才上去。老葛看出他内心的慌张，找话跟他说："你这小货车也用了好几年了，换一台吧，现在新出产的，后箱都装了液压托板，能托起两三吨的货物呢，你们装货卸货就不用那么挨累了。"

周铁牙说："只要轱辘还能转，能给公家省点就省点吧，凑合着用，反正张黑脸喜欢卸货。"

周铁牙驾车过了检查站后，心先是轻松了一刻，即之沉重。老葛看到野鸭而没刁难他，这等于欠下一个大人情，得还。还什么呢？周铁牙想到了烟酒，但一想烟酒挥霍后，老葛会忘记他还了人情，不如买件能常伴他的东西送他，电动刮胡刀，或是一件抗风的夹克衫，他见老葛终年穿着的蓝夹克，袖口已磨破了。老葛家境不好，一直过着爬坡的日子，总是一副疲态。他所在的检查站隶属林业公安局，编制上属于协警，他比正式警察，每月少开一千多块钱，医疗待遇也低。老葛的老婆没正式工作，在家政公司做计时工。他们节衣缩食所赚的钱，都贴补到儿女身上了。老葛的儿子在长春一所大学读大二，正是用钱的时候；女儿大学毕业后，应届研究生和公务员都没考上，心灰意冷回到瓦城，目前在一家私人幼儿园当幼教。

周铁牙觉得自己比起老葛，日子好过多了，他和老婆的双方父母，只有岳父还在，跟他小舅子过，无老人的拖累。他的独子在天津读军校，是个优等生。老婆虽没工作，却很温顺，身体健康，操持家务是把好手，常去他那做了副局长的外甥女家，帮着干点活儿。周铁牙清楚，老婆这么快成了外甥女家的义务仆人，也是为了他。只是有次他在她家，见到老婆跪在地上擦地板，外甥女却偎在沙发上吃燕窝红枣羹，心被刺痛，再见外甥女时，有股说不出的嫌恶。

周铁牙与往年春天偷着带回野鸭一样，进城后先给领导进贡。他用麻袋拎着两只野鸭，先去了林业局邱德明局长家。局长的父亲邱老，刚从三亚回来，保姆打开门，他正咳嗽着，一见着周铁牙，立刻两眼放光，边咳边说："我估摸着……你……该来了，半年……没见，咋……咋过瘦了？"

周铁牙笑着说："肉吃得少，就瘦了。"

"咋了？你在管护站……还亏着……嘴上了？等德明……回来，我告诉他……多给你……拨点经费。也不能……让候鸟吃香的喝辣的，素着你吧？"邱老越说，咳嗽得越厉害。

周铁牙问他这是咋了？邱老说在三亚一待半年，虽说在瓦城生活了大半辈子，直接从那飞回，还真有点不适应这儿的气候了呢。以后要学候鸟，一路迁回，边走边歇，就不会出现不适了。明年他会在中途停留一周，选择那些能游玩的城市，比如洛阳、天津、青岛。

周铁牙一边跟邱老说着话，一边按保姆指引，把野鸭搁在厨房。他敞开麻袋口，见野鸭还都活着，松了口气。它们伸着脖颈，看着这个陌生之地。也许因为愤怒吧，周铁牙觉得野鸭的眼珠是血红色的。

"嗬，两只鸭，看上去……都挺肥呢。"邱老跟到厨房，看着野鸭，心花怒放的。

"是您老有口福哇。"周铁牙撒谎说，"我把逮着的，都给您老带来了！您可以先宰一只，过两天再宰另一只。不宰的那只放在阳台，给点杂鱼，养一个礼拜都没问题！"

邱老夸他的主意不错，他指挥保姆，先宰杀那只斑嘴鸭。说是开河的野鸭，天下第一美味，他晚上要好好喝壶酒。他说在海南岛过了一冬，让海鲜把胃给整寡淡了，他要让一锅浓油赤酱的野鸭，给他的胃弄高兴了，把病赶跑！

周铁牙出了邱局长家，又驾车到城南的外甥女家。他从后箱取出一只花脸鸭，塞进一只黑胶塑料袋，提着叩门。

不出所料，是周铁牙的姐姐周如琴开的门。她今年六十七了，矮个儿，枯瘦，头发稀疏灰白，目光黯淡，气色倒是不错。周如琴丈夫死得早，他们育有一儿一女。怕儿女受欺负，她没有再嫁。如今儿子在深圳做生意，女儿在瓦城林业局当副局长，儿女都出息，她的晚年生活也就人见人羡。依据候鸟的习性，她暑来寒去，半年跟着儿子在深圳，半年跟着女儿在瓦城。

女儿女婿上班了，外孙上学去了，只周如琴一人在家。虽然姐姐去深圳这半年，周铁牙给她打了几个问候电话，但姐弟俩毕竟半年未见，少不了叙些家长里短的事情。他们说话时，周如琴始终抱着心爱的泰迪犬。它每年跟着主人，南来北往的。周如琴乘坐飞机，就把它放进宠物箱中托运。所以一到春天，候鸟人迁回时，瓦城机场的行李传送带上，常传来猫狗的叫声。若是主人喊它们的名字，它们叫得就格外起劲。

周如琴对弟弟说，现在不比从前，做官要处处谨慎了。她告诫弟弟在外不可仗着外甥女做官，任意妄为。水满则溢，月满则亏，不要说大话，为人低调些。以后野鸭也不要送了，不能因贪口腹之欲，铤而走险。话虽这么说，她对野鸭还是表示出热情。周铁牙知道，尝鲜加之特权享受带来的优越感，是姐姐钟爱野鸭的原因。周如琴吃野鸭从来都是清煮，不加调料，慢火宽汤，炖两三个小时，然后把鸭肉捞出，只留两三碗的浓汤，加少许的盐喝汤，说这才是真正地尝鲜。而捞出的鸭肉，她会为女儿罗玫做干锅鸭肉。这位瓦城林业局最年轻的副局长重口味，喜欢水煮鱼、麻辣小龙虾、香辣蟹、火爆鸡丁、熘肥肠，所以干锅鸭肉里要放足麻椒和辣椒，才称她意。这也是罗玫每年开春，最盼望出现在餐桌的一道菜。

周铁牙想像往年一样，帮姐姐把鸭子宰了，收拾干净再走。因为周如琴小心谨慎，不信任外人帮忙。可周如琴却对弟弟说，女婿和罗局长今晚各有聚会，不回家吃，外孙放学后会去吃他喜欢的麻辣烫，然后去家教家补课，所以鸭子要等到明天再杀。听到姐姐管外甥女叫"罗局长"，而不是"玫玫"，周铁牙心里很不舒服，起身告辞。走前周如琴送他一样东西，说是从深圳带回的，香港造的电动按摩棒。但凡腰颈不适，通上电后用它按压，舒经通络效果极好。周铁牙嘴上说着还是有姐好，心里却想自己半年在管护站，那里没电，送这个礼物给他，只能冬天使，看来姐姐并未真正把他放在心上。

周铁牙怅惘地出了姐姐家，去了福泰饭庄，顺利地以四百元的价格，卖掉了最后那只野鸭。处理掉野鸭，等于排除了所有地雷，周铁牙不怕上路了，他去了自己的单位营林局，让局长看他拍到的金瓮河上的东方白鹳照片。

局长蒋进发五十八了，正处于退休前的工作懈怠期，上班晚，下班早，每天喝茶看报，棘手的事情，一概往后推。他为迎接自己的退休生活，选择了一门爱好——风光摄影。他置办了一套高级摄影器材，随身携带，常在清晨傍晚，驱车去林中拍日出日落。拍得多了，他总结了一套人生哲学，说是人生就是两步棋，日出和日落。走完了日出，就得下日落这步棋。以前他对在文联工作的人嗤之以鼻，说那儿的人半疯，现在却乐得加入疯人的行列，参加他们组织的瓦城风光摄影大赛，作品还拿过金奖呢。

蒋进发看到金瓮河上东方白鹳的照片，不由啧啧赞叹："美哉，美哉！"他当即喊来办公室主任，让他写个追加管护经费的情况说明，他要多批给管护站一万五千块钱，周铁牙自是喜出望外。蒋进发还喊来常务副局长，说是上头有精神，领导该多下基层，他明天早晨要去管护站做实地调研，待个三两天。周铁牙知道，他是奔着摄影去的。以往蒋进发去，只是打个转，这次去说要住下，周铁牙又喜又忧。喜的是伺候好了领导，经费还会增加；忧的是万一东方白鹳挪窝了，飞出保护区，蒋局长会失落。领导一失落，他失落的就可能是银子。

周铁牙表示，等他给候鸟买了粮食后，立刻返回管护站，做好接待准备。蒋局长说不必了，他这次不坐专车，就乘坐他的厢式小货车，明早出发。周铁牙说，他还从没让张黑脸一个人在管护站过夜，这呆子万一惹出麻烦就惨了。

蒋局长说："他还能把房子点着咋的？"他拎起平素签字的金笔，豪迈地说："他要真是烧毁了房子，你也不用担心，我给你批钱，咱再盖新的！"

周铁牙只能听命了。他想在城里住一夜也挺好的，中午回家让老婆给他做手擀面，下午去粮站给候鸟买粮食，空闲时间可以喝个茶，捏捏脚，泡泡妞。当然，还得去趟服装市场，给老葛买件便宜点的夹克衫，堵他的嘴。由夹克衫，他突然想到蒋局长要住在管护站，闲置的那套被褥不干净了，得给他买床新被子。

7

德秀师父拎着禅杖走到管护站时，是上午八点多的光景。

她过月牙桥时，特意停了一刻，看了看管护站的木房子。她发现烟囱没冒烟，以为他们起得早，吃过饭了。看过烟囱，她就看桥下波光荡漾的金瓮河。阳光铺陈在水面上，她望见不远处有一对野鸭在波光里凫游，翅膀忽而热情张开，忽而紧张地闭合，也不知它们是梳洗呢，还是有意撩拨水面的阳光。

望着那对相依相伴的野鸭，德秀师父忍不住叹了口气。出家人无喜无悲，可她的叹息还是多。她怕慧雪师太和云果师父听到她的叹息，所以很想叹气时，她就走出娘娘庙，找一个对象叹气，比如一朵花，一团雪，一棵树，一片云，甚至叶脉上的一颗晨露。

德秀师父叹过气，越过桥，走向管护站的木房子。她故意走得动静大，脚踏地时"嗵嗵——"的，还不时用禅杖敲地，想让他们知道来人了。可是直到她走到门口，也没人迎出来。她敲了敲门，无人应答。她想他们也许去灌木丛喂鸟了，就将禅杖杵在墙根，坐在门前的木墩上，边歇边等。坐了一刻钟，仍不见人影，她觉得口渴，想着门也没锁，干脆进去先找碗水喝。

德秀师父拉开门，走向灶台，拎起水壶，晃荡一下，听到的不仅是水声，还有西南屋子传来的鼾声。她蹑手蹑脚走过去，悄悄拉开门，见张黑脸躺在炕上，睡得呼呼的。不知是昨夜炕烧得太热，还是他身上火力过旺，蓝花被子被他蹬在一旁。他穿着黄背心，绿裤衩，仰着头，叉着腿，摊开胳膊，像只大青蛙。那腿和胳膊肌肉发达，透出红松色，一点看不出是快六十岁的人了。

德秀师父除了自己的三任丈夫，没见过其他男人的睡姿。猛一眼看见这样的张黑脸，不自觉地联想起她那三个男人，他的躯体竟比他们都好。好在哪里呢？是肤色好，还是健壮，抑或他憨憨的样子惹人怜，似乎都是，又都不是。德秀师父觉得她这样看张黑脸犯戒了，在心里叫了声"阿弥陀佛——"，赶紧出去了。她也没敢喝水，怕弄醒张黑脸，彼此尴尬。她再坐回木墩上时，脸热心跳的，口更加渴了，但她只有忍着，等他自然醒来。

又过了半小时，九时许，木屋终于有了响动。先是脚步声，随之是咕咕的喝水声。德秀师父连忙起身，抖了抖僧袍。因为她这一坐，僧袍长了皱纹似的，弄出了许多褶痕。

张黑脸推开门，先抬眼看了看太阳，然后又看了看手表，很困惑的模样。当他收回目光，发现德秀师父立在一旁，吃惊不已，后退一步，指着她说："你是娘娘庙的师父，还是影子？"

德秀师父叹息一声，说："你这个人啊，咋大白天的冒鬼话呢。"告诉他自己来了有一会儿了，以为他和周铁牙去喂鸟了，便坐等他们。

张黑脸挠着头说："噢，影子不能说话，你是真的德秀师父。"

德秀师父说："俺倒希望是个假的，真的就不在娘娘庙里了。"

张黑脸一脸狐疑地望着德秀师父，他没听明白她的话。他说自己也不知咋了，一觉把太阳睡得这么高了。往常太阳没出，他就起来了。

德秀师父说："春困秋乏，也是常理儿。"

他们说话间，几只云雀"啾啾——"叫着飞过，张黑脸仰头看时，其中有调皮的，趁机投掷"炸弹"，把屎遗在他脸上。德秀师父见张黑脸满面狼狈的样子，忍不住笑了。

张黑脸对德秀师父说，他憋了一夜，得马上去干云雀刚干完的坏事了。德秀师父摆摆手，示意他行他的方便去。

张黑脸出了茅房，先打了盆水，把脸上的鸟粪洗掉。他对德秀师父说，停在木房子后面的小货车不见了，看来周铁牙进城了。

德秀师父说："他进城也不跟你打招呼？"

张黑脸说："进城跟拉屎撒尿差不离，平常事，用不着说。"

德秀师父说："那你刚刚去茅房，不是也跟我说了么。"

张黑脸道："你是客人，我去哪儿得跟你知会一声。"

德秀师父觉得张黑脸说得在理儿，她赞许地笑笑，问张黑脸早饭想吃点什么，她帮他做。

张黑脸说："你可不能碰这儿的灶台，净是荤腥，肮脏了你们娘娘庙的人，那可坏了。"

德秀师父说："你这是打发我回去了？那你也不问问，平白无故的，我干啥来了？"

"对呀——"张黑脸拍了一下自己的脑门，问："娘娘庙出了啥事？是不是白腰雨燕又回来坐窝啦？"

"你能记着白腰雨燕坐窝的事，看来记性又发芽了！"听德秀师父的口气，张黑脸的记性是枯树，现在它返青了。

张黑脸愣了一下，咕哝着："我的记性死了吗，俺咋不知？我记着这些年见过的很多翅膀呢，白的，黑的，绿的，蓝的，粉红的，金黄的，俺的记性就没不活过。"

德秀师父呵呵笑出声来，说："你咋跟俺一样，说自己时，一会儿是'我'，一会儿是'俺'，你到底是'我'还是'俺'？"

张黑脸让她给绕迷糊了，嗫嚅着说："我还是俺，俺还是我？"最后他似乎厘清了，一拍手说："我是俺，俺是我么。"

德秀师父也跟着拍了一下手，喝彩似的叫了一声"对呀——"，然后切入正题，说："今年来的不是白腰雨燕，是一种俺从没见过的大鸟！"德秀师父张开双臂，比画着："它白身子，黑翅膀，腿脚红色，腿都快赶上俺胳膊长了，脖子也长，飞起来怪吓人的，带着风声。它们一共两只，一天到晚忙活坐窝。你猜它们把窝坐哪里了？"

"是白腰雨燕相中的地方？"张黑脸说。

"才不是呢。"德秀师父撇了一下嘴说，"它们猴精，把窝坐在了三圣殿顶的烟囱旁。你想啊，那里是娘娘庙的后身，清净，在烟囱旁还能避风遮雨，它们的后身就是山，哪棵树上有虫子都瞅得清，它们等于待在暖窝，守着大粮仓呢。"

"真是不假啊。"张黑脸说，"今年来了三对白鹳，有两对的窝，我都找到了，就这对没发现把窝坐在哪儿。看来俺猜对了，它们把窝坐在你们那儿啦！"

"你聪明啊，咋猜出的呢？跟俺说说。"德秀师父眨了一下眼睛。

"它们到河里吃喝玩乐时，是从你们那个方向过来的，走时又朝你们那儿飞去。这就跟你在娘娘庙一样，你每天从那里进出，铁定就是住在里面的人么。"张黑脸说。

德秀师父有点不高兴了，说："我从那儿进出，就是那儿的人了？"

"那是一定的。"张黑脸果决地说。

"那你每天进出茅房，难不成俺就得猜你住在那里？"德秀师父故意强词夺理，她想趁着周铁牙不在，探探张黑脸的智商，是否回升了。

张黑脸生气了，沉着脸回敬道："要是猪这么猜我，我不和它计较，你这么猜，我和俺，都不高兴！猪和姑子，咋能是一样的脑子呢。"

德秀师父受了奚落，反而欢欣鼓舞的，眼睛洋溢着愉快的光泽，语气也温顺了。她比画着告诉张黑脸，白鹳坐的窝，在三圣殿下面望去，比脸盆还大呢。这鸟真有力气，衔来的筑巢东西中，不仅有树枝、苔藓、败草和湿泥，还有小石子呢。它们的窝，比白腰雨燕的要牢靠多了！现在的问题是，它们老在三圣殿顶交尾，还发出"嘎——嘎嘎——"的叫声，实在是对佛的不敬。她们进出三圣殿时，都得等它们离巢才行。还有，它们竟吃让人作呕的老鼠。有一天云果去三圣殿添灯油，看见其中的一只衔着老鼠回窝，恶心得她直吐，灯油也洒了，不敢再去三圣殿了。她是想来问问，他们能不能帮个忙，给这大鸟挪个窝？

"慧雪师太让你来的？"张黑脸问。

"云果让我来的。"德秀师父实话实说，"慧雪师太说来者皆是缘，不驱赶，也不刻意留，随它们来去。话是这么说，可她也不怎么喜欢它们吧。以前她每日早晚，各殿都要走一遭的，现在她也不怎么去三圣殿了。你说这刚刚是春上，游人还不多。等过一段进香的人多了，三圣殿香火又是最旺的，看见它们这样，成什么话！"

张黑脸明确告诉德秀师父，这大鸟当年救过他的命，是神鸟，它身上的每片羽毛都有来历，不能端它们的窝。它们把窝坐在三圣殿，是这座殿的造化，菩萨心底喜欢，才会招来它们。鸟儿和人一样，造个窝不容易，他可不想做野蛮的拆迁者。再说它们一起睡过了，估计就要产蛋孵蛋了，他更不能让它们的后代居无定所。

德秀师父听到他说它们一起睡过了，脸红了一下，她用手弹了弹僧袍，说："既然这么着，就算我白说。俺们出家人，本也不该管鸟儿的七情六欲。它们又没出家。"

"鸟儿咋出家？"张黑脸说，"它们要是剃了头，等于让人拔了毛，那多瘆人啊。"

张黑脸对德秀师父说，他得去喂鸟了。他撂下她，去粮仓舀了一盆谷物，端着去河畔了。德秀师父望着他坚实的背影，听着他"咚咚——"的脚步声，心底不知怎的涌起一股柔情，尽管张黑脸说不用她做早饭，但她很渴望为这个男人做顿饭。她进灶房，喝了碗隔夜的凉白开，生起火来。她察看了一下灶房的吃食，米面油盐一样不缺，北侧墙角的阴凉处，有鸡蛋、土豆、洋葱、萝卜和一把芹菜。德秀师父最会做疙瘩汤了，她切了洋葱，舀了一碗面，放在面盆中备用。然后用面碱把铁锅刷得干干净净的，烘干，倒油，七八分开时，加入洋葱爆香，添了一瓢水。她盯着那些蔬菜，觉得它们不够新鲜，就把灶膛的火向外撤了撤，出了门，拎起禅杖，去桥下采刚生出来的水芹菜。她刚才路过时，看见了一片。

德秀师父还没到走路需要拐杖的年纪，但她只要独自出娘娘庙，就要拎着它。禅杖于她来说，用途多了。雨水大时，山间会涌现溪流，她蹚小溪时，可试水的深浅；走路若遇见蛇和野狗，能做捕蛇器和打狗棒；看见高处够不着的稠李子，能打落枝丫，轻松吃到野果；还有，万一碰到心怀不轨的人，可把它当武器。还有，她觉得慧雪师太赐她的禅杖，法力无边，如遇危难，能逢凶化吉。

德秀师父采水芹菜时，远远望见了张黑脸。他蹲在河畔，看着河面的野鸭。等她采完野菜，两只白鹳从娘娘庙方向飞来，她想这一定就是在三圣殿坐窝的夫妻了。它们悠然落在金瓮河上，不用说，那样的翅膀扑打出的涟漪，会像礼花一样绽放。

张黑脸喂完鸟回来时，德秀师父已做好了疙瘩汤。她打了两个鸡蛋兑在面里，所以搅和的面穗，既筋道又漂亮，像一颗颗琥珀。德秀师父把盛在海碗的疙瘩汤放在灶台上，唤他吃饭。张黑脸客气了一句，抓起筷子，呼噜呼噜，很快把它消灭了。吃完舔了舔嘴唇，忽然抱着头呜呜哭了。德秀师父从未见他哭过，吓了一跳，她用禅杖敲了敲地面，说："做得不好吃，你也犯不着哭呀。你说我何苦给你做这顿饭，惹你伤心呢。"

张黑脸抬起老泪纵横的脸，抽抽噎噎地说："俺好多年没吃过女人做的饭了，真是好吃得让人受不了啊。"说完，哭得更凶了。

德秀师父听了他的话，又喜又怕。喜的是他认可她的厨艺，女人被男人夸饭做得好，就跟他们夸自己好看一样受用；怕的是张黑脸过于感动，非礼于她，毕竟他的脑子和常人不一样。德秀师父没说什么，她用禅杖轻轻叩了一下张黑脸的背，算是安慰和道别，放开大步回娘娘庙了。在过桥的时候，她停顿了一刻，反身望了一眼管护站，叹息一声，这次她的叹息对象，是木房子中哭泣着的张黑脸。

张黑脸哭够了，洗了碗筷，又洗了脸，给水缸压满水。管护站和娘娘庙的洋井，都是专业的打井队打的。洋井的井头和压杆的形态，特别像一只单脚立着睡觉的白鹤。因为采用活塞式抽水机，每次压水前，得先向井头注些清水来引水，这样深处的水，随着压杆的运动，会从铁管中直线上升，喷涌而出。管护站的洋井，打了七八米就见水了，而娘娘庙的洋井，据说打了十多米才有水。越深处的水越好喝吧，张黑脸每回在娘娘庙喝水，总觉得那儿的水，比管护站的甘甜。

德秀师父走后，张黑脸突然觉得有些孤单，以前他是没这感觉的。他想多找些事情做，打发时光。他先掏了茅房，将粪肥用土培上，预备追肥用。回到管护站后，他已将茅房旁开出的那片地，种了各色蔬菜。现在菠菜和小白菜已经出苗了，前日泡在碗里的花豆角籽，也要发芽了。他掏完茅房，便用镐头打了两条垄，预备种豆角。做完这些活儿，他仍觉心里没着没落的，就把自己胡乱卷起的被子，重新叠了一遍，将炕和地，都扫了一通，又将木屋前的空地扫了，然后盯住德秀师父坐过的木墩，凑上前去。那是个半米直径的榆树墩，好几十年的树龄了，木墩被磨得光滑平整，但它的年轮清晰可见。仿佛这里也有鸟儿飞过，那一圈环绕着一圈的年轮，就像水面泛起的涟漪。张黑脸抚摸着木墩，不知是太阳晒的，还是德秀师父身体的余温尤在，木墩热乎乎的，令他想入非非。但他很快意识到这样对待一个尼姑不好，这不等于摸人家的屁股吗？连忙离开木墩，继续找事做。

张黑脸去了储藏间，打算拿须笼去河里捕点杂鱼，晚上炸鱼酱吃。他进了储藏间，看见周铁牙做的网笼，心想也不知它们下水后，能不能逮着鱼，打算试试运气。他拎起网笼的时候，一片浅褐色的羽毛，像林间秋叶一样飘落下来。他一眼认出，这是斑背鸭的羽毛！难道周铁牙用它捕了野鸭？想想他刚才去河畔喂鸟时，发现今日出现的野鸭，确实比往日少，而且瞅着也不那么活泼，他的心阵阵下沉。

张黑脸走出木屋，攥着鸭毛，坐在木墩上，等着审问周铁牙。他没想到，这一坐就是一夜。

8

周铁牙载着蒋进发经过检查站时，是早上七点的光景。他们一起在平安大街的口口香饭庄吃的早点，那儿的油条和豆腐脑，烧饼和羊杂碎汤，以及芥菜咸菜，价廉物美，把半城人的胃给拴住了。瓦城很多上班族，都喜欢去那吃早点，吃完顺路就上班了。

平安大街的前趟街是福照大街，瓦城林业局党委和政府，公安局、法院和检察院，以及财政局、建设局和水利局都在这条街上。而平安大街后趟街的七星大街，也是显赫的一条街。人大、政协、民政局、社保局、司法局、营林局、教育局、农委、瓦城一中和瓦城人民医院，均设于此。夹在这两条街道之中的平安大街，就像汉堡包中间的肉饼或香肠，备受青睐。

平安大街有四家商业银行的业务网点和两家邮局，这里商铺林立，饭店、旅馆、药房、照相馆、干洗店、五金店、服装店、首饰店、鞋铺、食品店、理发店、按摩院、洗脚屋、房屋租赁中心、婚庆公司、装修公司、电脑维修中心、汽车修理铺，等等，应有尽有。这条烟火气十足的街，也成了瓦城人气最旺的街。初来的候鸟人到了瓦城，想买什么东西而不知去哪里，向当地人问询时，他们多半会说，去平安大街吧，那里要什么有什么！

周铁牙在平安大街花一百二十元，给老葛买了件藏蓝色夹克衫。路过检查站时，本想给他，可老葛不当班。过了检查站后，他想幸亏老葛不在岗，万一给他夹克衫了，势必引起检查站其他人的怀疑，揣测他们之间有猫腻。再说蒋局长在旁，他送礼物给一个值岗的，他也得怀疑他有短处被老葛攥着。管护站的短处能是啥？脱不开野生动物干系。这样一想，觉得休班的老葛真是甜和他，他打算下次回城时约他喝点小酒，顺便把夹克衫送了。周铁牙心生愉悦，忍不住歪头冲蒋进发笑了笑。

蒋局长见他如此开心，问："啥事让你这么高兴？"

周铁牙说："领导光临管护站指导工作，我脸上有光啊，您没看太阳笑着，达子香花也笑着，我估摸今天金瓮河上的各种鸟儿，知道您去，肯定一早也打扮上了，我能不笑么。"

蒋局长说："周站长真是越来越会说话了，你外甥女，哦，我该叫罗局长的，她那么会来事，随你吧？我看她不像她妈，前两天我在早市碰见你姐，跟她打招呼，她就是点点头。"

"咳，她就那么个人，打小脸上就没个笑模样。不爱笑到底是不好啊，老早成了寡妇，子女再出息有啥用？心里是孤苦的。别说是你了，我知道她该从深圳过完冬回来了，昨天回城特意抽空去看她，她跟我也没几句话。不知道的，还以为她仗着闺女当官，跟人爱理不睬的呢，其实她天性就这样！"周铁牙说。

"是啊，罗局长就不这样。漂亮不说，脾性还好。见着我们这些比她长一辈的下级，也从来都是不笑不说话的，特别亲民。她是瓦城最年轻的副处级干部，大家说她很快能提到正处。到了正处，再上一步，是轻松的事！都说市委方书记特别赏识她，咱瓦城一把手去市里汇报工作，都得跟秘书预约排队，可罗局长去方书记那儿，从来不用打招呼！方书记秘书出来都说，罗局长一去，方书记能高兴好几天！"蒋进发说完，才意识到这样拍马屁等于揭人疮疤，赶紧往回收，说，"外人传的话，也未必准。还说罗局长去市里时，晚上陪方书记去看专场电影，谁信呢。"

周铁牙看了一眼蒋局长，面有愠色地说："嘴长在别人身上，谁不怕说瞎话烂嘴就说去吧！玫玫可不是那种人，她和丈夫好着呢。"说完，按了几下喇叭，似在抗议。

蒋局长没想到自己连连说错话，看来真是老糊涂了，该退休了。他也奇怪，自打这两年爱好上风光摄影，太钟情于大自然吧，他与人交往时常冒傻话，连他老婆都说他现在脑子坏了，建议他去医院做个脑核磁共振检查，看看是不是脑萎缩了。

蒋进发嘲讽自己，说："我真是该早点回家了，现在脑子一团糨糊，快成张黑脸了吧！"

"张黑脸今年脑子可比往年活泛多了。"周铁牙说。

"怎么讲？"蒋局长饶有兴味地问。

"他知道给尼姑献殷勤了。"周铁牙说，"这次回管护站，还特意带了自己腌的雪里蕻，送给她们炖豆腐吃呢。"

"人类的自然属性使然啊。"蒋进发慨叹着，说，"这两天我在管护站，也想顺路拜拜娘娘庙呢。你想啊自古以来，不论是当官的还是做百姓的，哪有不磕头的呢！"

"就是。"周铁牙说。

蒋进发又说："说起张黑脸来，他闺女可不像他那么窝囊，张阔太厉害了！你们在管护站，不知道前几天她大闹公安局的事情吧？"

周铁牙一愣，说："昨晚也没听我老婆说起，咋回事呀？"

蒋进发说，春节后盗采达子香的行径屡禁不止，进山的检查站形同虚设，人们从山中小道绕过它，照采不误。政府无法追查源头，就去物流公司排查，看看是哪些人把达子香，批量运往外地。结果发现最大的单，都来自张阔。擒贼先擒王，公安局森保科的人，就去她家把她带走了。张阔怎么着？她接受询问时，说花是被她收购的不假，但不是她采的。也就是说，如果采达子香的人犯罪了，她顶多是包庇罪。警方让她说出是哪些人采的达子香，张阔拒不交代。理由很简单，她说采达子香的，都是生活中最穷困的人，有钱有势的，谁会挣这点辛苦钱？还不够人家塞牙缝的呢。她还说采达子香运往大城市，这是扶贫。大城市人看上去光鲜，可过得不痛快，精神空虚，这也是贫穷。他们没养过这样有生命力的野花，所以对达子香有需求。山里人抚慰了城市人的灵魂，是不是扶贫呢？她还指出最关键的一点，说是野生植物保护条例里，只说不能采集珍贵野生树木，以及林区内草原上野生植物，可它并没有说达子香不能采，既然法律没明确规范，采它就不违法。总之她认为自己是个遵纪守法的公民，被公安局带走，侵犯了她的公民权。森保科的人被她噎得没反击能力，最后想低调处理，罚她两千块，让她走人。可张阔说她没违法，罚她没依据，坚决不从。再说她和丈夫都没正式工作，还要养活孩子，属于政府该救济的人群。森保科的人知道碰到难缠的人了，就降了一千块，说罚她一千元，结果怎么着？她将绒衣和胸衣唰唰脱掉，露着两个大奶子，说她身上最富裕的就是它们了，看它们能值多少钱，割去抵钱！这一着可把所有审她的人，都吓得快成她爹张黑脸了，没一个不呆的。她的乳房又大又白又嫩又挺，审她的人傻傻地看了好半天，才一个个走出审讯室，唤一个女警去帮她穿上衣服，把她放了。不放咋办？她啥招都敢使啊。张阔没事了，可审她的两个男人，家里就不太平了。他们回家说与老婆，说同样是女人，人家张阔咋就那么像女人呢，你们咋这么干瘪呢？结果他们的老婆闹起来，说丈夫是流氓，她们找公安局的领导，说工作场所成了色情表演场所，领导得负责任。这次行动没治了张阔，公安局自己倒添堵，这事传出来后，老百姓乐啊，都夸张阔有能耐呢。

蒋局长讲完故事，叹息一声说："以前我还以为干公安的男人，荤素不齐，这件事让我明白，他们还真挺素的，没开过大荤呢。就说张阔那样的奶子，在瓦城的按摩院和捏脚屋，不难找吧？"

"他们哪有蒋局长见多识广——"周铁牙嘻嘻笑了。

蒋进发一拍大腿，说："你看，我跟你说真话，你倒又把我绕进去了。我也是听说，那些地方我是不去的。我就是不约束自己的话，官职也约束着我呢。再说这小城又不大，去那里谁认不出你来？"

周铁牙说："所以啊，人家说你们这些当领导的，最喜欢出差了，在外地进个洗浴中心，叫个特殊服务啥的，没人知道你是谁。"

"就你懂得多！"蒋进发赶紧转移话题，问，"说说你咋叫周铁牙的？最开始大家以为这是你的外号呢，谁想本名就是这。"

"我的名是我娘给起的呢。我娘也是个命苦的人，她怀的第一个孩子是男孩，刚生下不到一礼拜，就死了。第二个才是我姐，也就是罗玫她妈。生了我姐之后呢，我娘再怀一胎，六个月时流产了，又是个男胎。所以她平安生下我这个带把的，怕阎王爷再把我收了去，就叫我铁牙。意思说我有铁齿钢牙，什么小鬼来了，都会把它们嚼得稀巴烂！"周铁牙说完，故意咧着嘴，让蒋局长看他的牙，说，"我娘这名字取得也真灵，我这五官还真没出彩的，您看啊，小眼睛，肿眼泡，薄嘴唇，眉毛又浅，不好的我都占全了，就是这口牙，我是又抽烟又喝酒的，又爱吃甜食，可它们全是我的心腹，一颗不缺，没有虫蛀，嚼石子都不在话下，颜色还白，您说奇不奇呢？"

早晨往来的车马少，阳光照得人心里又暖，沙石土路虽说偶有坑洼，但二百多里的路并不算长，他们一路谈笑，两个多小时后，到达管护站。张黑脸拈着一片鸭毛，正坐在木墩上。见到熟悉的车子停下，他沉着脸走过来，也不顾蒋进发在旁，把鸭毛插进周铁牙的鼻孔，郑重宣布，以后管护站的站长不姓周，姓张了。周铁牙被罢免得莫名其妙，拔出鼻孔的鸭毛，嘲讽地说："你这是犯病了吧？让不让我做站长，蒋局长说了算啊，你可没权免我。"

张黑脸喘着粗气说："俺等你一夜了！储藏间网笼挂了鸭毛，谁都知道，那间屋窗户和门都关着，野鸭飞不进来。网笼是你做的，俺没用，你用了，它干了啥，你说说看呐！我和俺，不能答应你这么干！你不是站长了，哪有站长晚上不回管护站的！"

周铁牙心里的鬼被张黑脸捉住了，脸色就很难看，难道自己没清理干净网笼？好在张黑脸精神异常尽人皆知，他说的真话，在别人听来也一定是胡话，所以他回避张黑脸富有杀伤力的前半句话，只对后半句做出回应，说："不是我不想回管护站，是蒋局长不让啊。"他转而对蒋进发说："局长大人，您瞧瞧，我说夜里不回来不行吧，房子倒是没点着，可张黑脸不认我这个站长了！"

蒋进发笑眯眯地说："那就让张黑脸当站长！张站长，你先给我们烧壶水，泡点茶，走了一路口渴了。"

张黑脸"唔——"了一声。

周铁牙见他答应了，并没有像他想象的，做了假想的站长后，就不听吆喝了，心下舒了口气。周铁牙又追加吩咐："泡完茶，赶紧卸货。今儿拉回了候鸟最爱吃的东西，还有咱们的美食！"

张黑脸问："是啥？"

"候鸟除了粮食，还有小鱼小虾！一会儿它们还不得抢疯了？"周铁牙接着说，"蒋局长慰问咱们，带来的好吃的好喝的多着去了，高粱酒、啤酒、烧鸡、烤鹅、熏鱼、香肠，还有豆腐干、皮蛋、杏仁饼、豆沙包、麻花、糖饼，两三天咱都不用做饭！你只需采点野菜，焯了蘸酱做配菜，不然没素的，太荤了也不行！"

张黑脸很没出息地用舌头舔了舔唇，问："他来住几天？"

蒋进发正往木屋走，听见他问，回头逗弄张黑脸，说："你现在是站长了，张站长让我住几天，我就住几天！你要是不乐意我住这儿，晚上我卷着铺盖去和候鸟睡么。"

张黑脸把玩笑话当真了，他郑重其事地说："那可不行，人家候鸟可都是一对一的夫妻，正是下蛋的时候，你掺和进去，万一下个隔路的蛋，孵出来的东西，人不人，鸟不鸟的，那可咋办？"

蒋进发笑翻在门槛上，磕着腿了，"嗨哟——"叫着。周铁牙笑得右侧颞颌关节脱位了，他哼哼着，用手托着下巴，嚷着："噢，我的挂钩，我的挂钩可别废了！"

张黑脸见他们笑成这样，以为他们没听明白他的话，进而教育蒋进发，说他要是和候鸟睡了，那等于拆散一对有情人。

蒋进发扶着门框颤巍巍地站起来，说："就是，老话说得好，宁拆一座庙，不毁一桩婚。卑职谨记。"

"婚不能拆，庙也不能毁！"张黑脸面有愠色，说，"娘娘庙的尼姑，到时去哪儿住呢？她们出了家，庙就是家了。没了家，她们咋办？"

周铁牙忍着痛，也忍着笑，好不容易把挂钩推上去了。他快走几步，把蒋局长扶进屋，搬来管护站最好的一把榆木靠背椅，狗一样蹲下来，用衣袖将椅面擦了擦，请局长坐下歇歇，自己赶紧生火烧水。从灶坑看出，张黑脸所言不虚，他真是在外面守了一夜，因为灶灰是冷的，看来早晨没生过火，他还没吃早饭呢。周铁牙生起火后，先把那片鸭毛烧掉。以他对张黑脸的了解，没有这片鸭毛撩拨，他对网笼的疑虑，将很快消除。

蒋局长跟周铁牙说，他看春晚的相声和小品，也没这么快活过。跟张黑脸待在一起，乐子多，管护站又清静，空气好，有好风景可拍，他打算多住几天。

周铁牙说："您就安生住着，我给您当伙夫！张黑脸给您当服务员，叠个被褥，洗个衣服啥的，他做得都好！"

张黑脸抱着几块劈柴进来了，他见周铁牙干了他该做的活儿，有点不知所措。周铁牙说："张站长，不用你烧水了，你去卸货吧。是不是早饭还没吃？"

"从昨天到现在，我就吃了一顿疙瘩汤，德秀师父做的，那个好吃哇。"张黑脸无限陶醉地说。

"啥——？"周铁牙瞪着眼睛，站起身说，"灶也没坏，你咋又去娘娘庙吃斋了？"

"是德秀师父来这儿找俺，神鸟在娘娘庙坐了个大窝，她们想让我去给挪个窝，俺没干。饭是她主动给做的。"张黑脸如实说。

"她除了做饭，还干啥啦？"周铁牙不怀好意地问。

"没干啥，她做完饭就回了。"张黑脸顿了一刻，回忆起了自己因饭而感动落泪的事儿，可他没把这段讲给周铁牙。

张黑脸去卸货，周铁牙和蒋局长一边说话一边烧水，待水沸了，泡了茶，半小时后，喝足了茶，却没见张黑脸出现，更没听见门外动静。蒋局长摆弄照相器材时，周铁牙赶紧出去，一探究竟。

厢式小货车的后厢门开着，周铁牙走近时，听见了呼噜声。他跳上货箱，发现张黑脸仰面躺在箱板上大睡，他满嘴酒气，正做着美梦吧，不时发出快意的叫声。他的旁边，是一堆啃得光光的肉骨头、蛋壳碎屑以及空酒瓶。周铁牙察看了一下，他喝掉了一瓶高粱烧酒、两瓶啤酒，吃掉了一整只烧鹅、两个皮蛋和三个豆沙包。周铁牙想烧鹅是蒋局长的最爱，他将整只吃掉，实在可恶！周铁牙恼怒地踢了他一脚，骂："猪，起来——！"

张黑脸哼了两声，放了一个响屁，算是回答。

9

蒋进发在管护站待了四天了。不用上班，不用应对各种文件和会议，他逍遥自在，无比舒畅。太阳成了他的令牌，他的行动依它而行。他凌晨四点多起来，洗漱完毕，守在金瓮河畔，拍日出和候鸟。早饭后喝过茶，就去溪流、草塘、沟谷、林间，拍溪流中的游鱼，草塘中的野鸭、白鹳，沟谷里摇曳的野花，林间的各色树木，以及出现在他视野中的多姿多彩的鸟儿。到了黄昏，太阳离去之际，他仿佛是与情人离别，万般不舍，把它每个下坠的瞬间，都抢拍下来。夕晖散去，他和他的镜头被送入黑夜，他这才回木房子吃饭歇息。几天下来，已拍了五百多张数码照片。管护站不能充电，他又喜欢在相机中回看作品，所带的三块电池，两块能量耗尽，最后这块也奄奄一息了。他打算着去娘娘庙拜拜菩萨，拍拍三圣殿上白鹳的巢穴后，就回城了。毕竟单位还有一摊子事，他在管护站考察时间过长，也恐遭人非议，他可不想退休前惹麻烦。

周铁牙陪了蒋局长几天，疲累至极，想到还得专程送他回去，所以蒋局长去娘娘庙，他唤张黑脸陪同。

蒋进发也喜欢与张黑脸同行，他太有趣了。他见蒋进发的镜头始终追逐日出日落，对月亮不感兴趣，便说他这是怕老婆，万一拍了光溜溜的月亮回去，给她看见，还不得闹翻天啊。在他的意识中，月亮就是女人。再比如他跟着蒋进发一起看相机里的候鸟图片，看得多了，他就很担忧，说相机里圈了这么多的鸟儿，要是它们都飞出来，是不是会把相机撞碎了？

张黑脸去娘娘庙前，特意换了衬衫和裤子，还采了一篮野菜提着，想让娘娘庙的师父们焯了蘸酱吃。可他们刚要出发，一辆救护车驶入管护站。车停下后，三个幽灵似的人走出来。他们穿白服，戴白帽，脸上遮着严严实实的口罩，吊孝似的，没开腔时，都辨不出男女。

"蒋局长怎么也在啊——"其中一个高个子的说话了，瓮声瓮气的，是男声。蒋局长从声音、眼睛和身形上，认出他是卫生局的副局长郭顺。

"顺子咋到这来了？还武装成这样，怪吓人的。"蒋局长说。

蒋局长与郭顺的父亲郭奎是老相识，郭奎刚从瓦城林业局党委副书记的岗位退休。退休前他利用权力，将一儿一女都提拔了，女儿在瓦城二中当校长，儿子郭顺在卫生局做副局长。所以郭家在瓦城，是风光之家，也是被老百姓诟病之家。

三人下了车，只向前走了几步就停住了，没靠近他们。

郭顺先是介绍与他同来的另两人，防疫站的小王，医院传染科的小李。他说瓦城发现了疑似感染高致病性禽流感病毒的患者，正在医院隔离抢救。初步调查，与患者接触过迁徙的鸟类有关。所以政府紧急下令，对管护站进行暂时封闭。

　　小李问管护站的三个人，有无不适症状？诸如发热、咳嗽、头痛、胸闷、肌肉酸痛等。蒋进发先说他一切正常，腰腿倒是有点酸痛，那是因为这几天他在管护站周边走了走，累的。周铁牙也说自己没生病的感觉，早餐还吃了两碗面条呢。轮到张黑脸，他说自己昨晚出去撒尿，回屋时头撞在门框上，有点头痛。

　　接下来的是防疫站的小王，询问候鸟有无异常和死亡情况发生。蒋进发周铁牙同声说没有，张黑脸想了想，说今年候鸟爱往人脑袋上拉屎，他已被击中好几次，看来鸟儿学坏了。他的话虽然可笑，但大家都笑不起来。

　　来人都是男性，他们初步了解情况后，开始将消毒水之类的防疫品搬下来，告诉他们如何配比和使用。他们还给管护站的人配备了口罩和体温计，让他们每天三次测量体温。交接物品的时候，郭顺反身从一棵杨树上，瓣下数根细小的枝丫，将它们连成一条直线，横在地上，说是分界线，在隔离期间，他们不可越界。投送物品，就放在这条线上。政府考虑得也算周到，带来的除了消毒水、体温计、常规药品，还有方便面、饼干、火腿肠之类的食品。

　　蒋局长被他们这阵势搞得有点紧张，他说自己视察完工作，该回城了，可否搭他们的车回去？就是隔离的话，他在家自行隔离不好吗？郭顺很认真地回答他，政府已启动突发公共卫生事件的四级响应预案，疫源地人员，在隔离期间，一律不许外出。不仅是这儿，就是娘娘庙，这期间也不许人员流动，已有另一台车去那儿防疫了。这几天他们会守候在此，一旦候鸟和人有异常情况发生，他们会及时上报，做应急处置。他宽慰他们，说不必过于紧张，也许三五天后，警报就解除了，他们权当是在疗养。

　　周铁牙说："你们都不敢靠近我们，这病有那么邪乎吗？消毒应该是你们防疫人员该做的事吧？"

　　"我们可以帮助你们消毒，不过你们得拎来一桶水。"小王说。

　　蒋局长说："看来你们就住在外面了？"

　　"是的——"郭顺说，"有任何情况就喊我们。"

张黑脸吐了一口痰，说明后两天有雨，住在外面会挨浇。

郭顺问张黑脸："这里收听不到广播，你咋知道要有雨？"

"他是张黑脸嘛。"周铁牙说，"你不会没听说过他吧？他闺女张阔，我记着和你是同学呢。他不用看天上是不是有钩钩云，不用看水缸冒不冒汗，不用听蛤蟆白天叫不叫，就能知道雨来不来，服气吧？真的气死气象站做天气预报的人。"

郭顺说："有雨的话也没事，我们住救护车里。"

周铁牙说："其实管护站有两铺炕，一铺炕能睡两三个人呢，挤下你们没说的。可你们怕我们有传染病，那就不强求了！"

"这也是出于安全考虑嘛。"郭顺嫌喘气不匀吧，或是为了表达诚意，他摘下口罩，露出一口黄牙，说，"把疫情降到最低，感染人数越少越好。"

蒋局长问："现在有多少人感染了？有死亡的吗？"

郭顺说："多少人感染禽流感，数字我还说不太清。死亡嘛，目前还没有，但这是随时可能发生的事。"

"是谁让候鸟给传染上病菌了？"蒋局长再问。

"是啊，我也想知道，谁得了这病了？"周铁牙担忧地说，"这个鬼地方不通电话，家人就是出了事我们也不知道。有没有我们的亲人和朋友呢？"

郭顺显然不想把实情说与他们，含混地说："都是候鸟人。"

"候鸟人啊——"蒋局长摊开双手，无所谓地说，"跟咱没关系。"

郭顺"唔——"了一声。

蒋局长说："对了，你爸退休后，冬天不也去海南岛了吗？他也是候鸟人了，没事吧？"

郭顺说："没事，他刚飞回来，在那儿天天泡海澡，快成黑人了！"

周铁牙听说，蒋局长虽没随潮流，像郭奎之类的官员在南方沿海之地买房，但他女儿在秦皇岛结婚后，他在那儿也有房了。别人问起，他总说那是女儿女婿孝敬他们的。但知情人说，蒋进发女儿的婚房和他自己的那套，都是蒋局长掏的腰包，只不过为安全起见，登记在女儿名下而已。他女儿女婿都是工薪族，大学毕业没几年，哪来积蓄购房呢。瓦城老百姓也看得清楚，当地那些有点实权的领导退休后，很少就地养老，纷纷南飞，似乎不在外地拥有一套住房，在官场混了一遭，就是旧时代的妓女揽不到嫖客，好没脸面似的。他们买房的钱哪里来？大家也都心知肚明。所以现在的官衔在某种意义上，快成了房产的代名词了。

不能去娘娘庙，又不能回城，蒋局长只好回屋喝茶，百无聊赖地睡了一觉。他醒来后，闻到一股浓烈的消毒水气味，出屋一看，周铁牙戴着口罩，正喷洒着消毒液。蒋进发问他，张黑脸哪去了？周铁牙说防疫站的人说茅房容易滋生病菌，是危险的传染源，让他去给茅坑垫生石灰杀菌。张黑脸一开始嫌这活儿脏，周铁牙便喊了他一声"张站长"，说危难关头，领导总是冲在最前面的，张黑脸听了受用，和颜悦色地去了。

蒋进发叹了口气，说："呆人总是好糊弄的。"

太阳明媚地照耀着山林和河流，空中不时传来鸟鸣，一切都是那么和谐安详，看不出疫病的迹象。但院子里那条用杨树枝丫做成的分界线，却分明告诉他们疫病的存在。杨树叶在早晨还青翠欲滴的，像一颗颗心形的翡翠，现在太阳把它们照得蔫软，像褪掉了翅膀的蝶儿。

蒋进发本想把相机中最后那点电量消耗掉，去河畔再拍一些候鸟嬉戏的照片，但他现在不敢涉足那里，怕它们真的携带病菌。再说如果隔离时间长的话，极其无聊时，他可回看一下自己的作品，得把电当救命的干粮存着，用在关键时刻。他开始骂电力和通讯部门，全是吸血鬼，在管护站建立之初，他们就协调这两大巨头，希望把电网和通讯网延伸到这里，可他们提出建设成本实在太高，政府负担不起。蒋局长以为松雪庵建成后，这两大难题会顺势而解，因为没有电力和通讯的保障，很难吸引香客，可他最终还是失望了。他听说松雪庵的住持慧雪师太，还很喜欢这样的环境呢，说这才有庙的气象。他想出家人早已修炼得能把黑夜当黎明，把风声当美乐来欣赏。而他一个俗人，没那么高的境界。比如眼下，他想的就是个人安危，万一疫情蔓延，自己不幸被击中，一命呜呼，那可太冤啦。因为他提心吊胆贪来的钱所购置的房子，未及享用呢。

周铁牙喷洒完院子，又去给木房子喷消毒液。他见蒋进发眉头紧蹙，一脸愁苦的，心下同情，从储藏间找出一只风筝，说："人不能越界，风筝可以啊，谁能在天上划界呢。去院子放放风筝，散散心吧。"

"我要是去放风筝，在它飞得最高时，就把风筝线剪断，给它自由！它想去哪儿就去哪儿。"蒋进发说。

"风筝一自由，就是死了，可不能把它的线剪断了。"张黑脸已经垫完茅房回来了，他戴着口罩，头发蓬乱，额头是汗。见蒋局长因他的话而一脸疑惑的样子，他解释说，断了线的风筝，哪有好命的呢，不是挂在树梢上，就是落到沟谷和河流上，反正就是个死。而它们不脱离风筝线板，才会活着。

蒋局长说："照你这么说，有线牵着，反而安全？"

张黑脸嘿嘿笑着，点头认同。

周铁牙听见张黑脸和蒋进发的对话，跨出门槛，说："他说得倒有道理，我冬天回家上网，整天在网上瞎逛。看新闻的时候，发现各地抓的贪官，有好多是退休后的干部呢。原以为离开了工作岗位，万事大吉，现在看来可不是喽！退了休，没了关系网，倒是不行哇。"

蒋进发没好气地说："放个风筝，你们咋那么多联想！"

周铁牙这才意识到失言，他摘下口罩，想给蒋局长一个笑脸，可他送去的笑很干瘪，蒋进发瞪了他一眼。周铁牙尴尬地戴回口罩，回屋接着干活去了。

张黑脸端着谷物去喂鸟时，蒋进发先是阻止，说候鸟身上可能携带病菌，万一感染了，大家都遭殃。见张黑脸置之不理，只好让他去，怕他嫌闷摘下口罩，叫了他一声"张站长"，夸他戴口罩英俊，告诫他身为领导，在疫区戴口罩是以身作则，千万不要摘掉，张黑脸"唔"了一声。蒋进发又嘱咐他不要靠近候鸟，投完谷物就回来。

蒋进发还是少年时放过风筝，当他轻摇风筝线板，看着苍鹰形态的风筝徐徐升空，竟有一种回到童年的感觉。微风助力，风筝越飞越高，像真的苍鹰在展翅翱翔，这也让一些鸟儿发出惊恐的叫声。蒋进发心想，天空也不是绝对的自由，鸟儿中也有霸主，谁越凶残，谁越能拥有广阔的天空。待风筝走到半空，他掏出指甲剪，剪断风筝线。他在心里跟自己打了个赌，如果断线的风筝落在地上，说明他安然无虞，不会染上疫病；如果它不幸落在树梢上，半空吊着，就要想方设法逃离这里。他的目光追逐着断线的风筝，它先是飘飘摇摇的飞得更高了些，接着发了高烧似的，迷迷糊糊地下坠，最终离地面越来越近。蒋进发祈祷它落在草地或是金瓮河上，谁知一阵疾风，把它吹回管护站，跌跌撞撞地落在救护车上。待在里面的人感觉车棚受到冲击，以为地震，纷纷下车。蒋进发告诉惊慌失措的他们，是风筝落在上面了。郭顺批评他，说是风筝升空，与飞鸟有接触的可能，这是危险行为，切不可再做莽撞之事。蒋进发火了，说你们本该配合我们防疫的，可现在你们成了看管罪犯的警察，就差给我们戴上镣铐了。我们真要发病的话，以你们的冷漠和自私，是不可能把我们送进城里救治的，那么是不是你们怀揣了密令，一旦我们染病，就让我们死在这里，把我们和管护站一把火烧掉，毁尸灭迹，以保瓦城的安全？

郭顺被蒋进发的话吓着了，他慢慢走向蒋局长，伸出手来，试图握手的样子，可他走到树枝做成的分界线时，还是站住了，手也收了回来，他说："蒋局长，相信科学，这只是防疫，万一你们真的染病，我咋能见死不救呢！候鸟活动的地方，除了这儿，还有娘娘庙，您说我们就是敢烧了这儿，谁敢下令烧庙呢，那不是触犯天条，干着让自己下地狱的事么！"

蒋进发想想也是，有时政府因医疗条件差，或是怕疫情扩大行政问责，对突发传染性疾病反应过度，也是可以理解的。郭顺劝他好好休息，缺什么就召唤他们。蒋进发仍然疑惑，说你们不用管护站的炉灶和茅房，吃喝拉撒自行解决，是不是确认管护站已不是安全之地？

郭顺笑了两声，说："蒋局长，我都说过了，就是一种防疫形式，不算啥！您看，天不是很蓝么？我见鸟儿也都挺快乐地飞来飞去，应该没问题的。只是上头有精神让我们这么做，我们执行就是了。要是快的话，也许三天就解禁了。"说完，嘱咐同伴戴上手套，将救护车顶棚上的风筝取下来扔掉。

蒋进发说："要是候鸟能传染疾病的话，你们咋不阻止张黑脸去喂候鸟？"

郭顺说："他去了吗？我们嘱咐他这几天不能去的，他也答应了。"

"他是呆子，你让他移山，他都能学愚公，立马就去劈山！"蒋进发说，"要是他传染上疾病，再传染给我，回去跟你们没完！你们躲在救护车里，是不是在喝酒打牌？这叫渎职！"

郭顺显然不高兴了，他不敢跟蒋局长叫板，刚好张黑脸回来了，就把一肚子气，撒在他身上，说："哎，告诉你不要去喂鸟，你怎么还去！不懂人话么。再这么干，我就把你绑起来了！"

蒋进发从郭顺的态度上，感觉到疫情重大。所以他回到木房子后，也不管周铁牙怎么想，把罐头、饼干和瓶装矿泉水，搬进自己住的屋子，打算在隔离期间，少与他们接触。他还想幸亏自己没吃野鸭，前天周铁牙私下跟他说，等张黑脸睡熟了，逮只野鸭给他炖了吃。他虽馋野味，但不想有把柄落在下属手里，再说他知道张黑脸爱惜鸟儿，万一夜里他醒来发现他们杀野鸭，也许会抢起斧头，劈得他脑浆迸裂。张黑脸精神异常，也不负刑事责任的。以蒋进发有限的医学知识，他想瓦城的禽流感既然与迁徙而回的候鸟有关，那么一定是有杀戮行为发生。会不会是周铁牙偷运候鸟进城，致使食用者感染了疾病呢？蒋进发想探问一下周铁牙，但想他真这么干的话，也不会说实话，反倒引起他的怀疑和恐慌，大可不必。他批评自己，不该跟断了线的风筝打赌，那个赌不能算数。他在心里暗暗打了另一个赌，对保护区的所有候鸟做出承诺：如果你们不传染给我禽流感，我安然回城，管他谁的亲舅把持这里，一定要把威胁你们生命安全的隐患排除，给这里增加疼爱你们的人手，多个给你们放哨的，让你们摆脱被杀戮的命运。

太阳落山后，天果然阴了起来。蒋进发泡了个方便面吃下，也没洗漱，早早躺下。周铁牙来敲门，问他明天早餐想吃什么。

"我有罐头和饼干就够了。"蒋进发隔着门说，"明天多睡会儿，不用喊醒我。"

周铁牙说："手电没电池了，张黑脸在您门口给您放了一盏马灯，他说后半夜会下雨，您起夜时别忘了点灯，外面湿滑，您千万提着灯走路。床头柜的抽屉里，有两盒火柴。"

蒋进发答应着，摸黑拉开床头柜的抽屉，摸着火柴，试着划了一根。火柴杆托起一团小小的火，就像地平线升起的太阳。

10

两日阴雨后，天放晴了。住在木房子的三个人，体温正常，身体无不适症状。蒋进发每日除了吃和睡，戴着口罩上几趟茅房，就是摆扑克牌。张黑脸一旦做好饭，周铁牙会劝他出来吃点，说是热乎的总比罐头饼干强。可蒋局长总是隔着门说他血脂高，趁此减肥，坚决不与他们同坐。周铁牙无所事事，就和张黑脸下军棋解闷。张黑脸常用自己的连长来吃他的军长，还让司令去抠自家的地雷，带给他片刻欢乐。而张黑脸每到饭点，会准时点起烟斗，到院子站站，伸着脖子朝娘娘庙方向张望，一看到小山那边炊烟飘荡，他会眉头舒展地说："哦，姑子们吃斋呢。"他将烟斗抽得吱吱响，无限陶醉的样子。

到了隔离的第四天早晨，一辆警车驶入管护站，宣告隔离解除。

瓦城本无神话流传了，但这起荒诞的禽流感事件发生后，它不仅成了瓦城人的话题中心，而且演绎了多个版本的神话，口耳相传。而神话的主角，是候鸟。

原来被误诊为瓦城首例患有禽流感的患者是邱老——林业局局长邱德明的父亲。他吃了周铁牙送的两只野鸭后，咳嗽不止，胸闷异常，高烧不退，陷入半昏迷状态。家人将他送进医院急救，医生为他做了全身检查，发现他痰中带血，肺部大面积感染。瓦城医院的实验室，还没有鉴定禽流感的能力。但医院根据邱老血常规报告中白细胞数值的急剧降低，三十九度以上的持续高烧，以及邱老家人说他到过宰杀候鸟的场所（至于这场所在哪儿，邱老家人当然没说），院方给出的初步诊断是邱老得了禽流感。他们立即对邱老实施隔离救治，并对患者密切接触者实行居家隔离观察。所以那几天瓦城林业局办公室，是看不见局长邱德明的。与此同时，院方采集邱老血液和鼻咽分泌物的样本，专人送至两百多公里外的市医院，请求上一级医院技术上的鉴定，做病毒分离。

邱老患了禽流感，邱局长一家隔离观察的消息，是投向瓦城春天的一枚重磅炸弹。感到危机的，是暗中吃野鸭的人，当然他们对外都不敢说是周铁牙带来了野鸭。先是罗玫副局长带着母亲周如琴去医院就诊，谎称她母亲一周前去管护站探望弟弟，接触过候鸟。很奇怪的，周如琴也开始咳嗽，低烧，而罗玫嗓子哑得说不出话。跟着是福泰饭庄的老板庄如来，被担架抬到了医院。他说有人卖给他一只野鸭，他食用后头痛难忍。他体温正常，但自称浑身发热，肌肉酸痛，视物模糊，无法走路。

庄如来在瓦城是个有钱的主儿，除了福泰饭庄，还拥有一家歌厅和一个屠宰场。他与瓦城历任公安局局长，都能结为铁哥们儿，所以他开的歌厅涉毒涉黄，也无人敢查。庄如来在海南岛的琼海和东方，都有房产。而且，他明目张胆养了个"小"，这个"小"，与他法律意义上的老婆，相处安然。庄如来出国旅游，身边总是带着两个女人。他喝醉时，常与人炫耀他的所谓两房太太的和谐。庄如来贪恋珍稀野味，狍子野猪野鹿野兔他常食，他还吃过熊肉、猞猁和狼肉。都说开河的野鸭美味，所以每年春天，夏候鸟迁徙而归，周铁牙总要搞几只给他。当然，他会付给他钱，说是给他的酒钱，实际是买的托词。而周铁牙拿野鸭给他，明明是卖，也不说卖，只说送给朋友尝鲜。庄如来食肉之猛，在瓦城也是出了名的，盛传他吃烤串，一顿能吃五十串羊肉，二十串鸡肉，外加十串腰花。他吃猪蹄，一次能吞下十只。他不爱吃青菜水果，他身边的两个女人，为了他的健康，练就了炒青菜和榨果汁的好手艺，哄小孩子似的喂他。庄如来一米七二的个子，体重却有一百八十斤，患有高血压和心脏病。他说一定要在医院隔离观察，万一在家发病，不会得到及时救治。

听说邱老、周如琴和庄如来先后入院，可能感染了禽流感，检查站的老葛慌了。他明白周铁牙带进城的野鸭，是被这些人享用了。而他当初登上厢式小货车，与野鸭也有密切接触。因为他用手机偷偷拍摄了视频，想以此要挟周铁牙，求他找罗玫副局长，给女儿安排个正式工作，否则将其在网络公开。谁知计划未行，风云骤起呢。当政府将候鸟保护区内的管护站和娘娘庙，列为暂时隔离区时，老葛甚至以为这两个地方的人，都已往生。若周铁牙死了，他掌握的视频资料，也就毫无价值了。老葛觉得自己太倒霉了，他不敢去检查站上班了，请了病假，怕进医院花钱，将实情说与老婆，在家自我隔离。他庆幸这段时间女儿住在幼儿园，无被传染的风险。

老葛与老婆各居一屋，他滥服中药，什么板蓝根、桑菊片、牛黄解毒片、六神丸、鱼腥草胶囊，一把一把吞服，吃得作呕，一天恨不能测二十次体温。他通过微信，先是得知了邱老的死讯，接着是庄如来。这两个有头有脸的人物之死，让他觉得自己在劫难逃，他准备立遗嘱。当他写完"遗书"二字后，突然发现自己对这个世界无甚交代的，他没有遗产，有的都是麻烦。女儿工作无着落，也没对象；儿子大学未毕业，将来若留在城市，也买不起房，该如何生活？他老婆倒是强壮，极少生病，五十多的人了，做计时工攀高擦玻璃，从未闪失。有时她去有钱的单身男人家干活，老葛就很吃醋，总是拿话敲打她。他老婆直肠子，会说你瞎琢磨啥呀，我的手跟锉刀似的，皮肤又糙，满街的水灵姑娘，谁会拿个半大老太婆寻开心？老葛较劲，说你这把岁数了，奶子还那么挺实，我能不担心吗？有钱人睡惯了水灵姑娘，就像仙桃吃腻了，换换口味，啃啃老甘蔗，咋没可能呢！老葛想他万一死了，以老婆的温顺、吃苦耐劳和好体格，一准能再找一个不错的人。这样一想，觉得他不能死，不能让老婆成了别人的。而让他心理失衡的还有，当他告诉她自己可能会死，她没哭不说，也不慌张，老葛怀疑她对自己的忠心。不过他吩咐她买什么药，她还是立马去药店。

老葛在假想的死亡线上苦苦挣扎之际，禽流感警报解除，他就像霜打了似的，精神头顿失，一头扑倒在床，蒙头大睡。醒来后奔向灶房，老婆已为他包了一帘韭菜饺子。他就着烧酒，吃了一盘饺子后，呜呜地哭。她问他哭啥？他说写遗书时，发觉他对这个世界没啥可遗留的，作为男人，是个废物，觉得悲哀。老葛质问老婆，为啥她知道实情后，一点也不为他的性命担忧，难道她盼着他死吗？他老婆淡淡地说，周铁牙干的是坏事，可你偷拍人家，干的也是坏事，咱闺女不能靠这个去找工作，让人戳脊梁骨。她声称干了坏事的人，死不足惜。老葛听了她的话，寒毛直立。

老葛本想跟老婆辩驳，在这世上，由于他无财富的根基和权力的荫庇，虽然看似和周铁牙是一个阶层的，实则不是。他的卑鄙和周铁牙的卑鄙，性质不同。那类人的卑鄙深入骨髓，他的卑鄙是被逼无奈。可对有重生感的他来说，活着最重要，不想计较什么了。

老葛不自觉地加入了瓦城人宣扬候鸟功德的行列。

邱老疑似感染禽流感病发后，邱德明与罗玫私下通话，他们认定是周铁牙送的野鸭惹的祸，怕疫情扩大而失控，被追究领导责任，便将候鸟活动区域的管护站和娘娘庙，作为隔离场所，派专人前去防疫，并启动公共卫生事件四级响应预案。谁料市里传来的邱老送检生物样本的检测结果，并未分离出禽流感病毒，但邱老病情持续恶化，最终陷入重度昏迷，终于不治。而庄如来脑干大面积出血，也未能抢救过来。这两个人，一个死于重度肺炎并发多脏器衰竭，一个死于脑出血，与候鸟毫无瓜葛，所以他们很快解除警报。周如琴出了院，邱德明低调处理了父亲的丧事。

邱老仰仗儿子的权杖，多年来随候鸟节奏迁徙，过着富贵日子；庄如来身家过亿，平素在瓦城呼风唤雨，很少有摆不平的事情，这两个人的去世，让那些底层的平民，尤其是非候鸟人窃喜，他们相信是候鸟杀了他们，禽流感真实地发生过了。

也不知从何时起，拥有漫长冬季的瓦城，阶层的划分悄然发生了改变，除了官人与百姓、富人与穷人这些司空见惯的划分，又多了一重——候鸟人与留守人的划分。瓦城本来是一条平静流淌的大河，可是秋末冬初之际，这条河陡然变得一半清澈一半浑浊，或是一半光明一半黑暗，泾渭分明。生活在本地的候鸟人纷纷去南方过冬了，寒流和飞雪，只能鞭打留守者了。都说乌鸦叫没好事，所以这黑衣使者很不受瓦城人待见。但那些莺歌燕舞的鸟儿秋日南飞后，乌鸦却不离不弃地守卫着北方。留守人知道乌鸦是留鸟后，对它万分怜惜。而乌鸦也不惧怕人了，它们冬季找不到吃的，常来居民区的垃圾堆觅食。好心人会故意撒些甘美的垃圾，面包渣、碎肉皮、鱼骨、玉米之类的款待它们。留守人与乌鸦建立了亲密关系，近些年瓦城上空的乌鸦也就越聚越多，一群一群的。它们冬季爱去居民区的垃圾堆，夏季则追逐着路边烧烤摊，因为食客饱餐之后，人潮散去，它们总能在寥落灯影里，找到丰盛的夜宵。

　　候鸟人春夏回到瓦城消暑时，抱怨这小城怎么被乌鸦环绕了，留守人会反唇相讥，说乌鸦咋了，乌鸦不嫌贫爱富，生在哪个窝就在哪个窝过活，不挪窝的鸟才是好鸟！

　　留守人因此而不喜欢迁徙而归的候鸟，觉得它们是一群贪图享乐的家伙，只知流连温柔美景，是鸟中的富贵一族。然而邱老和庄如来的死，让留守人爱上了有着漂亮羽毛和美妙音色的夏候鸟，据说这两个人的死，是因感染了它们携带的病菌。为什么它们会袭击邱老和庄如来？毫无疑问，候鸟是正义的使者。

　　演说这类候鸟神话的，是东市场的各色业主，是平安大街出苦力的人——颠勺的、剃头的、修鞋的、卖油的、扎纸花的、炸油条的、做棉活儿的，是城郊低矮破败的平房中久病的人，落魄的人，有冤难诉的人。他们在杂乱的市场，肮脏的小巷，三三两两地聚集在一起，叽叽喳喳传播着候鸟惩恶扬善的动人故事。在这样的故事里，候鸟有时是白鹳，有时是野鸭，有时又是天鹅。但它们在传说中，一律是神派来的光明使者，它们的翅膀，是扶贫济困、匡扶正义的旗帜。它们牺牲自己的肉身，以疾病为利剑，刺向人间恶的脓包，铲除不平。

　　他们歌颂候鸟的羽毛，是月亮神亲手缝制的吉祥袈裟；他们歌颂候鸟的尖爪，是太阳神培育的稀世花朵；他们歌颂候鸟的嗓子，是风神赐予的完美歌喉；他们甚至歌颂候鸟之遗矢，是天庭撒向人间的糖果。以前他们议论，说人生本来是冷暖交织的，可候鸟怕热又怕冷，冬天飞走避寒，春夏飞来避暑，十足的孬种，可现在他们却逢人赞颂候鸟的勇敢！

无论如何，生命的逝去总归让人伤感，哪怕死者曾作恶多端。瓦城留守人对邱老和庄如来之死，这种近乎狂喜的表现，令所有的候鸟人感到恐慌。他们发现，他们再去街上时，投向他们的目光不再是羡慕，而是鄙夷。候鸟人买东西时，小商小贩随意加价，若与之讨价还价，他们会讥讽说，留着那钱能花着吗？别像邱老和庄如来似的，人死了，钱一堆，没处花了！

候鸟的神话广泛传播的时候，庄如来活着时相安无事的妻子和情人，打起了遗产分割官司，一时成为人们议论的中心。两个人相互告对方，大老婆说她是正牌的，所有遗产应归她和孩子所有，小老婆说她虽没跟庄如来领证，但为他偷着生了个男孩，都八岁了，由娘家母亲带着，要求做亲子鉴定，分走一半的遗产。这出闹剧，无疑比电视剧还夺人眼球。人们说庄如来的名字改得不好，以前他叫庄来顺，嫌其土气，改为庄如来。如来是佛，娘娘庙的师父们，谁敢在法名中自称观音？庄如来胆大包天取了这个名字，贱命担待不起，就是作死。在某个版本的候鸟神话中，一只野鸭化身一个绝色美女，半夜出现在庄如来床前，陪他睡了三天三夜，耗尽他的气血。瓦城中传颂这类神话的，多半是女人。而男人们更愿意相信另一个版本的神话，一只天鹅带来了天河的美酒，庄如来是贪杯醉死的。

11

老葛还是没有听从老婆的劝告，当禽流感风波过后，周铁牙有天驾驶小货车经过检查站时，他说有要事禀报，约周铁牙去平安大街的如意蒸饺店吃顿饭。

周铁牙正闹心，蒋进发回城后，说金瓮河飞来珍稀的东方白鹳，说明候鸟保护成果显著，应该增加专业人手，更好地建设管护站。他很狡猾，怕与瓦城林业局沟通，罗玫副局长会从中作梗，这次他亲自跑市营林局，协调解决。也是巧了，市营林局正与一所大学合作，做一个东北候鸟群的研究项目，所以很顺利成立一个叫"金瓮河候鸟研究站"的机构,人财物垂直管理,专项经费已经下拨。市营林局合作方的大学,派来一位刚留校工作、学此专业的博士生,先期开展工作。

蒋进发做这一切,当然源自他暗中发的那个誓言。其实本无难,可他认为逃过人生大劫,应该兑现承诺,否则难以心安。

来筹建金瓮河候鸟研究站的是个二十六岁的小伙子,名字叫石秉德。他住在木屋的客房,也就是蒋局长隔离时住过的屋子,他研究候鸟的生活习性,做观察笔记。蒋局长根据要求,在木房子西侧,差人拉来建筑材料,建了一座一百多平方米的棚屋,作为候鸟研究站基地。受伤的候鸟,以及它们没有孵化成功的蛋,都是石秉德救助的对象。研究站配备了小型发电机,孵蛋器,各类用于候鸟疾病的药物,以及刀剪等医疗器械,可给受伤的候鸟做手术。石秉德高高的个子,国字脸,鼻梁挺直,戴一副琥珀色镜框的近视镜,肤色微黑,看上去一表人才。他随和周到,总抢着干活,烧火,做饭,刷碗,扫屋子,似乎没有他不会做的活儿。不管他多出色,周铁牙还是反感他,嫌其碍眼。

周铁牙郁闷之时,谁邀他喝酒,谁就是帮他解忧。反正醉了,夜里不回管护站,也不怕没个正常人守候着。所以老葛约他,他虽看穿了他的心思,还是一口答应了。

如意蒸饺店以经营各类蒸饺为主,兼做一些卤菜。它的驴肉馅蒸饺和酸菜馅蒸饺,是其招牌。它铺面不大,五十平方米的门面,灶房和餐区并未间壁起来,所以客人坐在桌前候餐,看得见白案的师傅手上的动作。客人多半喜欢大馅饺子,他们若发现馅打少了,会嚷着多打点馅呀!有的男人甚至开玩笑,说馅少的蒸饺,是老女人干瘪的奶子,有啥吃头?若这时店里有女食客,就会反唇相讥,说你那玩意儿老了,不也是蔫茄子吗?关于这家小店,流传的类似笑话很多。近年驴肉价格一路飙升,店主为了保证蒸饺馅大,只能提价。提价以后,生意一度衰落,但很快又回潮了。人们抗拒不了自己的胃,认准了这儿的美食,多花点钱最终也是认的,这家店因而开得红红火火。

求人办事肯定得早到一步，再说候鸟人回来了，拥进这家店的不在少数，不好占座，所以老葛下班后，骑着自行车，早早就到了。还好有两张闲桌，刚好有一张，就是他最想要的靠近灶台的两人小桌，那里始终被水蒸气萦绕，雾蒙蒙的氛围，适合他干敲诈的事。他点了半屉驴肉蒸饺和半屉酸菜蒸饺，还有一碟卤煮花生米和一盘卤大肠。酒嘛，就是当地小烧，纯粮酿造的。

周铁牙来了，他一来老板娘就快步笑脸迎上去，说贵客好久不来啦，真是大忙人啊！今天想吃啥馅的蒸饺，让大师傅把馅给你打得鼓鼓的！周铁牙指着老葛说，今天他请我，客随主便，他点啥我吃啥。老板娘瞟了眼老葛，说："哟，您刚才进来也没说请周站长呀。"这话让老葛心里很不是滋味，他也算店里的老熟客了，可他进来时，老板娘只是淡淡招呼一声，没这么热情。老葛想天下人都成势利眼了，更觉得他今天要干的事，没什么好羞愧的。

周铁牙认识的人多，他也就一边跟各路人打着招呼，一边坐到老葛对面。他一落座，老板娘便亲手送上一壶茶，跟着差服务员赠了两碟卤菜：鹅头和鹌鹑蛋。周铁牙拎了个口袋，里面装着他给老葛买的夹克衫，还有一瓶北大仓。他先拿出酒来，起开，然后把夹克衫递给老葛，说是自己逛街，发现这件夹克衫很适用，又不贵，帮他也买了一件。老葛满脸堆笑地道谢，说难得周站长还惦着我的冷暖。

周铁牙带了酒，老葛也不客气，把他点的小烧退掉了。他叫的菜和蒸饺渐次上来，两个人开始推杯换盏，吃得满面红光，满嘴流油。灶台上的蒸笼始终在工作，水蒸气也就不绝如缕地播撒开来。包蒸饺的师傅们边干活边热烈地说着什么，食客们享受美食的同时，也大声说笑。灶上灶下，一团热闹。老葛和周铁牙说话，也就得开足马力，加大嗓门了。

老葛为了将话题引向他偷拍的视频，先做铺垫，讲候鸟的神话。说有一只北归的大雁，是个转世的沙场英雄。它厌恶贪婪和不劳而获的人，春回大地之际，将两个翅膀，一只别上弓，一只别上箭，飞临瓦城，射中一个民愤极大的人，翩然离去。

周铁牙猛喝了一口酒，敲了下桌子，面露愠色，说："老葛，咱喝酒归喝酒，你要是像别人似的瞎说八道，可别怪我给你把桌子捣了！我实话告诉你，邱老和庄如来的死，跟候鸟半毛钱的关系都没有！邱老这把年岁了，年年去海南过冬，不适应瓦城的气候了，回来就不舒服，他大意了，早进医院就没这事了，他是肺炎并发症死的，明白吗？感冒都能要人命的，何况他这七十来岁的人了！再说庄如来，谁不知道他平时爱吃肉，常年的高血压？他伺候两个老婆，生意上一摊子乱事，身体能不亏吗？这样的人再怀疑自己得了禽流感，整夜不睡，加上医生处置不当，脑出血死也算正常吧？咱不说别处，单说瓦城的两家医院，哪家的太平间闲着了？月月死人，周周死人，火葬场从建起，那可真叫青春常在哇，女人到了一定年龄还停经呢，你见它的烟囱停过烟么？不会停的！咋就这俩人死，这么让人稀奇呢？他们也是人，也不易，你们有啥解气的呢？老葛呀，听兄弟一声劝，积点德吧，别随大流，借着候鸟说死人的不是啦！"周铁牙演说家似的慷慨陈词，挥舞手臂，惹得灶房的师傅偷眼看他。

老葛有做贼被捉的感觉，很窘，他红着脸，缩着手，说："我也是听人这么传，跟你不外，才说给你听嘛。以为你管着候鸟，说候鸟的好话，你会高兴呢！"

"不要以为候鸟都是好鸟儿，凶猛的欺负温顺的，大的欺负小的，为争一条小鱼互掐的，我见多了！"周铁牙嚷着，"喝酒喝酒，不说这些没意思的事！"

老葛为了给自己打气，连干两盅酒，然后掏出手机。也不知是心里有鬼紧张，还是喝多了酒的缘故，他的手抖得厉害，好不容易将那段视频找到，点开，递给周铁牙，说："看看吧——"

周铁牙往嘴里填了一个蒸饺，撂下筷子，接过手机。他一边鼓着腮帮子大力咀嚼，一边眯着眼看视频。他慢慢咽下蒸饺，视频也看完了。他将手机递还老葛，冷笑一声，说："你可真出息啊，公安局刑侦科咋没发现你这个人才？你应该干那个呀，要不我举荐一下？"

老葛尴尬地说："哪里——您看——"

"放心，我不会要求你删掉的！这种东西，我也知道，你删了这条，别处还有备份！说吧，你想干啥？"周铁牙给自己倒了盅酒，单刀直入地说。

"周哥，周站长，我这样做不好，下流，我也知道，真是对不住。这样吧，您一会出去揍我一顿，我保证不还手，别把我打残废就行！"老葛双手攥在一起，说，"我也是被逼无奈，才出此下策啊。我闺女您也知道，大学毕业回到瓦城，至今没个工作，连个对象都不好找，我和你嫂子都是平民百姓，求谁去呀？就想到了您。那天也是赶巧，我怕新来的小刘上车查验，万一查出问题，您会倒霉。我上去后，也没承想您逮了野鸭进城。也算是工作习惯吧，随手就拍了留作资料，我该死！"说着，还真的打了自己一巴掌，打得很响，连老板娘都听到了，抬头狐疑地看着他们。

周铁牙干了一盅酒，又放进嘴里一个蒸饺，细嚼慢咽，不慌不忙，品咂完毕，这才淡淡地说："也幸亏你拍了这视频，还能给我尽职工作做个证明。我刚才不是说了吗，不是所有的候鸟都是好鸟！今年飞回的野鸭，发情期中，那叫一个热闹！不分品种，为了争窝，争食，争宠，一会儿雄鸭和雄鸭打，一会儿雌鸭和雌鸭打，一会儿这家的雄鸭又和那家的雌鸭杠上了，鸭界大战，乱了套了！怕它们自相残杀，我那是把其中四只闹得凶的，带进城，想让动物医院的人给看看，该咋办？怕它们路上互相咬伤，所以才把它们的嘴，用胶带粘住了！不信你问问动物医院的人，我把野鸭交给他们，人家治好了，都放归山林了。"

"您当时可是说货箱是空的哇——"老葛提示他。

"您当时检查完了，不也没说货箱有东西么。"周铁牙威胁他说，"我要是真有问题，你放走我，那就是玩忽职守，单位会开了你，你连现在的工作都会没了！至于那段录像，你又没录我车号，即便视频显示了拍摄时间，你们那里又没装摄像头，谁能证明那个时间段，我的车经过了？猪啊，你敲诈别人前，能不能先把脑袋里的糨糊清理干净？"周铁牙越说越来气，声音也就越大。

老葛吓得汗都下来了，赶紧给周铁牙斟酒，一个劲儿地赔不是，说他鬼迷心窍了，大人不记小人过，您就饶过我吧。

周铁牙长叹一声，说："你家有难处求我，我能帮当帮，人活在世，谁没个难处呢。但你要挟我，等于小鬼拿着绳子要缠我的脖子，往死里整，忒他妈的歹毒了，我周铁牙可不吃这一套！"

　　老葛被骂得差点哭了，他们不欢而散。

　　周铁牙当着老葛的面嘴硬，出了蒸饺店，他还是心慌气短，虚汗涔涔。夜色温柔，他选择了两个路灯间的一棵榆树，有气无力地靠着它，让婆娑的枝丫遮着自己的脸，连抽了几颗烟，恢复平静后，他去了外甥女家，把此事说与罗玫。

　　禽流感本未发生，但因它而起的风波，尤其是人们对候鸟神话的演绎和传颂，让周如琴和罗玫见了周铁牙，仿佛一下子找到罪恶之源，不很热情，让他备感委屈。罗玫听说老葛给舅舅带进城的野鸭录像了，极不高兴，先是嫌周铁牙做事不周全，接着埋怨他在蒸饺店，不该呛着老葛。老葛没达到目的，伤了自尊，为了发泄，也许会把那段视频发到网上，细查起来，她都得跟着倒霉。不如答应他，反正下半年有一些事业单位要招人，说是考试，实则可以内定，给她挤出一个岗位也非难事。只是此事只能让老葛一人知道，告诉他不可说与老婆孩子，而且别电话跟老葛说，免得他录音，直接找他去，越早越好。周铁牙想着来一趟外甥女家不容易，便说候鸟研究站如今落在了管护站，很不自由，能不能将它迁到别处？罗玫以副局长的口吻说："候鸟管护和研究于一体，非常正常。再说这是上头批准设置的，我们也无权干涉，你先适应着吧，等明年再说。"

　　周铁牙出门时，周如琴又嘱咐他，以后别这么喝得醉醺醺的，伤身不说，有损形象；还有千万不要再拿野鸭了，这东西看来有灵性，吃了不吉祥。她说她在医院那些天跟自己发誓了，以后绝不食野味了。

　　周铁牙尽管满心不乐意，嘴上还是答应着。他出了罗玫家，立即打电话给老葛，说有要事，当面跟他讲。可怜的老葛因伤心和绝望，出了蒸饺店，去东市场的夜市吃烤串喝啤酒去了。所以周铁牙找到他，将他拉到一旁，告诉他这个喜讯时，老葛激动得蹲在地上呜呜哭了。哭完起身，觉得全世界的生灵都值得关爱，他买了一把肉串，走到东市场门口，撒到一棵杨树下。他想无论是乌鸦还是老鼠吃了它，他都会高兴。这个夜晚上演的悲剧，最终以喜剧结束，太值得庆祝了。

12

春深了，草深了。雨水的降临，让金瓮河也深了。这时出行的候鸟，以雄鸟为主。一旦进入孵化期，雌鸟脑袋中只装着一件事，就是孵蛋——时间对它们来说仿佛凝固了，它们趴伏在巢穴，无论风雨，柔情坚守。

山间河畔可吃的东西多了，张黑脸就不用投放那么多的谷物了。石秉德也不主张过多投食，他说除非候鸟归来后，赶上了极端天气，比如春雪，或是山林大火，大自然中难以索取食物，才需要投食，否则还是由它们自主觅食好，这利于候鸟适应外部环境，也利于种群的繁殖和发展。

石秉德很尽职，他在山中捡到无候鸟孵化的被遗弃的蛋后，会小心取回，放到孵蛋器中。那个孵蛋器像个小电冰箱，没有电的带动，它就无法工作。而微型发电机动力不足，噪音过大，不宜长时间工作，所以石秉德用泡沫箱，自制了一个孵蛋器。泡沫箱里周被他镶嵌了两圈软管，就像家里装的暖气管一样，箱体外镶嵌着一个注水孔。白天他利用阳光，将孵蛋器搬到户外，夜里再将泡沫孵蛋器搬回研究站，将软管注上温水，使它们有适宜孵化的温度。

石秉德除了孵蛋，还踏察山林，观察野生动物的栖息环境，将非法捕猎者设置的粘网、捕猎套等，一一清除。他也去娘娘庙，三圣殿上东方白鹳的巢穴，他去看了四回了。他很讨师父们喜欢，每次去那儿，总被留下，吃顿斋饭。有时他回来，还会给张黑脸和周铁牙带来云果师父炸的馃子，德秀师父酱的茄子。

周铁牙对石秉德深入了解后，惊讶于他家境之好。他父母都在大城市，是自然科学领域的大学教授，他们支持儿子来偏远山区工作一段时间。石秉德有个女友，在英国留学。周铁牙觉得石秉德最亲密的人都在云端，唯有他往谷底钻，自讨苦吃。问他为了啥？石秉德轻描淡写地说不为了啥，他从事的专业，就应该多接触山野，再丰富的书本知识，也不如实践来得透彻。石秉德说他唯一不习惯的是，这里通讯不便，与家人和女友联系，包括查阅一些学术资料，都得等他回瓦城的时候。周铁牙趁势劝导说："你其实没必要天天在这儿盯着，你们年轻人不比我们老的，哪受得了这种寂寞！蒋局长不是在瓦城给你搞了一间宿舍吗，听说条件也不错，能上网，能做饭，你就待在城里，每周来这儿一两次不就得了？"石秉德听后，谦和一笑，说他不能错过与候鸟每一次接触的机会，再说研究站刚成立，他得守在这儿。

周铁牙只能仰天长叹了。

石秉德的到来，也给管护站带来了意想不到的快乐，使周铁牙回城时，有了谈资。

石秉德也研究鸟儿的智慧。比如他在金瓮河边，放置三根钓鱼竿，在管护站手持望远镜，观察鸟类对钓鱼竿的反应。野鸭经过时，对钓竿不闻不碰，越过它直接下水。它们知道自己沉潜下去，嘴巴就是最好的钓钩。各色小雀也喜欢在路过时拨弄一下钓竿，它们力气弱，不为索取食物，纯粹是戏耍，玩一会儿也就飞了。东方白鹳对觅食环境总是保持足够的警惕，它们看见钓竿，会站在远处观察一会儿，发现没什么动静，才会下河。其入水之处，一定是远离钓竿。

最让大家想象不到的，是留鸟乌鸦把玩钓竿的智慧。有一天石秉德观察到，有三只乌鸦落在河岸上，其中身形较大的一只，稳健地走向钓竿。它像个杂技演员似的，用爪子钳住钓竿，轻轻往回拉，试探一番，然后撇下钓竿，奔向下一个，也如此试探，再奔向第三根。这时令人吃惊的一幕出现了，乌鸦对第三根钓竿如获至宝，它不只是用爪子，也动用利嘴，交替用力，将钓竿一直往岸上拖，另外一只乌鸦也过来帮忙，很快钓竿被合力拽上岸，钓丝尽头挂着一条大狗鱼！三只乌鸦分食这条大鱼时，顺序不一。立了头功的乌鸦先吃，其后是帮忙拽钓竿的，待鱼所剩无几时，那只袖手旁观的乌鸦，才得以享用残羹。石秉德将观察到的情形告诉周铁牙和张黑脸时，周铁牙说他五岁时肯定没这只乌鸦聪明，张黑脸则疑惑地问，乌鸦拽前两根钓竿，为啥拽一拽就放手了？为啥它知道第三根钓竿有鱼？周铁牙觉得乌鸦都明白的事情，张黑脸却不明白，十分可笑，所以走到哪儿讲到哪儿，乌鸦遛鱼的故事，就在瓦城传开了。

快入夏了，雏鸟陆续破壳而出，这时最忙碌的就是雏鸟的父母们。它们除了自己要吃饱，还得在体内储备尽可能多的食物，喂给小宝贝。好在河里的小鱼小虾，山间肥美的虫子、青蛙、地鼠，可食之物丰富，极易获得，所以鸟群处于生活最富足的时期。但对于人工孵化的鸟儿，要把它们喂大，绝非易事。

石秉德人工孵化的蛋，大小和颜色不同，最终孵化成功的，只有四个：两只野鸭，一只大雁，一只白尾鹞。为了试验野鸭群能否接纳非正常孵化的小野鸭，石秉德将其中一只，放到野鸭窝，那儿有另外四只嗷嗷待哺的小家伙。结果小野鸭的父母发现巢穴的外来者，非常排斥，不给它喂食，还将其叼到窝外。

石秉德不气馁，将它又送入另一窝有雏鸭的巢穴，这回境况大有不同。人工孵化鸭，虽然每次是最后一个得到食物，但小鸭的父母，还是收留了它。但他为另一只野鸭找家时，却处处受阻，最后石秉德只得将其与大雁和白尾鹞一起喂养。张黑脸这时是石秉德最得力的助手，他去金瓮河下须笼，逮上活蹦乱跳的鱼虾，他在林中寻找蛛网，网上总挂着一些僵死或挣扎的飞虫，他还寻觅蚂蚁窝，这些都是饲养鸟儿的美食。因为不愁吃喝，它们长得很快，只是不到会飞的时候，其活动范围还局限于研究站。石秉德有天早饭后突然提议，给三只人工孵化的鸟儿，各取一个名字。周铁牙说这还不简单，把咱三人的名字，各给它们一个就是了。咱不能飞，咱的名字能飞，也是美事！周铁牙认领了大雁，叫它铁牙；石秉德喜欢野鸭，认它叫秉德；剩下那只白尾鹞，周铁牙说它理所应当叫黑脸。可张黑脸一本正经地纠正，它叫树森。石秉德不明就里，说为啥不让它叫您的名字呢？只有周铁牙明白，张树森是张黑脸的本名。这名字沉沦多年，现在却不经意间浮出水面了。

一个落霞满天的日子，管护站来了位稀客——云果师父，她夹着一册《金刚经》，所着灰色僧袍上，别着一簇她顺路采来的紫斑风铃草花，与她飞扬的眉毛相映成趣。周铁牙见着她很吃惊，问她娘娘庙出了啥事？云果师父说庙里安然，她是听说管护站能发电了，想省下庙里的灯油，借光来读会儿经书。周铁牙冲石秉德眨眨眼，说："你看，你带来的电多厉害，云果师父都来了，你造化大啊。今晚要是不出月亮，你可得送云果师父回庙啊，不能让师父一个人走夜路。"

不明就里的张黑脸插言道："庙里的人都不怕黑！"

云果轻蔑地扫了一眼张黑脸，淡淡一笑，说："今晚有月亮，师傅们辛苦了一天，不麻烦你们送的。"

云果师父无论是衣着，还是说话的语气，与往日俱有不同，更加明媚和柔性。她佩戴的佛珠，一串浅褐色菩提，一串红玛瑙，一串绿松石。而她佩戴的紫斑风铃草花，就像她携来的法器，美丽而醒目，似乎轻轻一摇，就会发声。总之那个黄昏的云果，看上去翩然脱俗。

晚霞热闹了一阵，先前的胭脂红越来越淡了。天还没黑透，石秉德也就没有发电。大家先带云果随处看看，先看菜地，她啧啧称赞，说垄台比她们的打得直溜，杂草也比她们的少。最重要的是，茄子比她们的开花早，倭瓜坐果也比她们的大。周铁牙说他们种地，用的是管护站茅房的大粪，男人的粪肥劲大，所以这儿的菜地营养足。他的话令云果紧了下鼻子。看过菜地，云果随他们进了研究站，看石秉德人工孵化的鸟儿。她说想不到不用将蛋坐到鸟屁股底下，鸟儿一样出生，真是神奇。叫秉德的野鸭调皮，见云果走向它，便啄她的布鞋，引得大家再观察她的鞋子，原来黑色圆口千层底的布鞋上，绣着粉色的芍药花和金色的蜜蜂，小野鸭一定觊觎那毛茸茸的蜜蜂，以为可以吃呢！云果抿嘴乐了，大家也乐了。

从研究站出来，周铁牙沏了茶，大家坐在管护站前的院子聊天。植物越来越茂盛，蚊子也就多了起来。张黑脸见云果不停地用手拂面前的蚊子，知道庙里的人不杀生，赶紧笼了堆火，压上蒿草驱赶蚊子。周铁牙对云果说，你看张黑脸这个呆人，在心疼女人上，却比别人聪明呢！云果说张师傅这是菩萨心肠。

周铁牙问娘娘庙最近香客多吗？云果说这半个月来的人，还真不少，这与大家传娘娘庙来了送子鹤有关。想有孩子的人，都来三圣殿求子，这相对缓解了慧雪师太的压力。因为开春以后，瓦城宗教局的干部，来娘娘庙两回了，说别的地方的寺庙，得到的布施多，香火钱多，能带动旅游，为当地经济发展助力，可松雪庵却吸引不了香客，寺庙应该找自身原因。宗教局的人出点子，说三圣殿有东方白鹳坐窝，就可以广泛宣传，说是送子鹳飞临；还有瓦城林中不乏松树明子，松树明子油脂饱满，色泽漂亮，芳香宜人，他们发现很多百姓，将其加工打磨，穿成手串，非常漂亮。松雪庵可与瓦城私营木器厂合作，将松树明子加工成佛珠，给它取个豁亮的名字——北菩提，放到寺庙开光出售，肯定大受欢迎。

慧雪师太觉得宗教局提出的方案可行，只是松树明子被大量用于制作佛教信物后，广泛采集，会不会对生态环境造成危害？因为松树明子多生长在树龄高的老树身上，通常椭圆形，像鸟巢一样，有的会被狂风和雷电给击落到地上，但大多还在树冠，不易摘取，有的人为了得到松树明子，甚至将整棵树伐掉。宗教局的人说这个就不用你们操心了，公安局森保科的人自然会管起来的。所以娘娘庙的法物流通处，以后要卖自产的北菩提了。

"森保科管得住吗？"周铁牙哼了一声，说，"春节后采达子香花的，也没见他们管了谁！一种东西值钱了，那就是这种东西落难的时候。"他知道自己没资格说这话，但石秉德在场，他认为有必要做个表态。

石秉德问云果师父，上次见到慧雪师太，法师跟他说，听到瓦城流传的候鸟的神话，甚为忧虑，想去瓦城讲经说法，让人们消除憎恶心，不知去了没有？

云果微微跷了跷脚，说："师太何时去，也没跟我们说。不过最近她进了一次城，是去看要做北菩提的木器厂。传法嘛，佛家不拘形式，随时随地——"说到这儿，她发现火堆上，张黑脸采来压火的艾蒿中，夹着一枝翠菊，连忙将其救下，将茎掐去一段，吹了吹它身上的灰，别在僧袍翻卷的袖口上，然后提示管护站的人，天已黑了，该发电了。

云果师父果然在发电机的轰鸣声中，端端正正地坐着，念了两个小时的《金刚经》。她还想再念下去的时候，德秀师父一手提着禅杖，一手提着一个塑料袋和两把伞，出现在管护站。她说望见月亮被浓云裹挟着，恐是有雨的样子，云果没带伞，怕她淋了夜雨生病，故来接她，顺便送点自己刚酱好的豆腐干。

云果嘴上对德秀师父说着感谢的话，神色却颇为落寞。她将经书合上，起身，将僧袍别着的花儿逐一取下，放在背后的窗台上，谢过师傅们所供的茶和电，跟着德秀师父走了。走到桥上时，云果回了一下头。发电机停止工作了，管护站陷入黑暗。

而月亮在她们接近松雪庵山门的时刻，从浓云中跳将出来，像一面黄铜大锣，等着谁去敲响。

13

夏日的山林，所有的绚丽，都集中在一个时刻——向晚时分。太阳落山之际，霞光四溢，它让大地金光闪烁，让鸟儿羽翼流光，让河流成了熔金炉。人们有理由相信太阳是阔佬，告别时刻，大把大把撒金子，想让即将迎接黑夜的人们，有一颗富足的心。

以往张黑脸从管护站回城，都是和周铁牙一起，当日来去。石秉德来了以后，张黑脸嚷着回城剃头和吃饺子时，周铁牙就让他稍等一两天，等石秉德进城办事时，带他回去。

这天石秉德和张黑脸终于可以一起回城了，周铁牙无比欣喜。他过节似的，晨起刮了胡子，还换了衬衫。他想随心所欲过上一天，偷吃只野鸭，独自醉上一场。所以他嘱咐他们，当夜可住在城里，管护站和研究站有他照应着，不必担心。

他们一走，周铁牙就哼着小曲，从储物间拎出两只网笼，又将放置在墙角铁皮罐中，张黑脸养着的用于钓鱼的蚯蚓，抠出几条掐死做诱饵，去了一处开满了紫色樱草花和金黄色荷青花的沟塘。他最近常见刚出巢的小野鸭，跟跟跄跄地跟着父母，在这条虫子叫得欢的沟塘进出，练习觅食。

周铁牙太想吃野鸭了，一是今年还没尝着这野味，馋得慌；二是想借此消除一下心理阴影，不能因为邱老和庄如来的死，就此认定吃野味不吉祥。

管护站平素是没人来的，周铁牙好久没洗澡了，所以先烧了锅热水，趁着张黑脸和石秉德不在，将澡盆拎出，放到院子的太阳底下，脱光衣裳，放心大胆地洗了个澡，然后将洗澡水就手泼在院子里。他想幸亏没建瞭望台，不然哪能这么逍遥呢。

瓦城的几位政协委员，曾联名提议，在管护站建立游客观光瞭望台，将其打造成一个特色旅游景点。这个提案罗玫批给营林局办理，蒋进发知道周铁牙靠着罗玫，打造的是他个人的世外桃源，得罪不起，所以给政协委员的提案答复是：此案想法很好，但瓦城候鸟群规模不大，金瓮河流域的生态环境也有待进一步恢复，建立游客观光瞭望台，时机尚不成熟。此案也就不了了之。

周铁牙洗完澡，坐在木墩上一边抽烟，一边眯缝着眼晒太阳。他此时不缺音乐，风儿像多情的手指，让树和花草做了琴弦，轻拨慢弹，发出动听的声音。此外金瓮河的流水声，各色鸟鸣虫鸣，在消去人语的时刻，此落彼起，令他惬意。

周铁牙心底也确实愉悦，因为在和石秉德深谈后，得知他不过是以学科领域带头人的身份，来这里创建研究站，最终还是要回到大学。研究站早晚也要交与地方管理，他的团队，会不定期有人过来，继续科研工作。周铁牙想只要研究站交与地方，等于交与他，管护站有笔经费，研究站再来一笔，岂不锦上添花？只要将财权抓住，钱是爷爷，他手头宽绰了，哪怕在专家面前装孙子，又能算啥！

周铁牙琢磨着逮着野鸭该怎样吃才过瘾，清炖还是酱焖？刚飞回的野鸭长途迁徙，体力消耗大，油脂少，清炖好；而它们孵蛋后，身心俱疲，那时的肉质最不好。现在小野鸭四处跑了，大野鸭猛劲补充食物，蓄积能量，所以肉质肥美，红焖一定错不了！

确定了吃法，周铁牙又琢磨着该怎样杀鸭，要杀得干净利索，不能留下血滴和鸭毛这些屠戮野鸭的证据。他想杀鸭时，地上铺一张大块的桦树皮，桦树皮易燃，溅上鸭血也不怕，填到灶坑烧掉就是了。还有鸭毛，最好也烧掉，上次张黑脸在网笼发现鸭毛，差点引起麻烦，这次绝不能犯这种低级错误。只是烧鸭毛气味大，得敞着门开着窗。还有就是做完野鸭之后，要用碱水好好刷锅，免得留下油垢和气味。最后呢，就是吃完后怎样处理鸭骨头。鸭骨较硬，烧不化的，不如将它们随便扔到哪条沟谷里，哪种动物愿意啃骨头，就让它们啃去。

设计好了一切，周铁牙起身去遛网笼。他曾担心野鸭目下不缺吃的，会一无所获，可眼前的情景让他心花怒放，两只网笼各逮了一只，一雌一雄。周铁牙见雌鸭孱弱，一身骨头，想着它没甚吃头，将其放了，带回了斑嘴大公鸭，麻利地杀掉，烧了鸭毛，将洗鸭子的污水，倒得离木屋远远的，仔细察看网笼无一丝鸭毛，这才放回储物间。不到午时，便烧火炖鸭。十一点时，他已盛出鸭肉，起了瓶酒，在院中铺一块毡子，置酒肉于其上，开始吃喝。当他吃到一半时，隐约听到摩托车声响，以为幻听，没有在意，可是这声响越来越大，昭示他有人驶入了。周铁牙欲将盘中所剩鸭肉倒进茅房，已来不及了，摩托车驶入管护站。

原来是检查站的老葛！他和他的摩托车，滚得一身泥水，看来前段持续落雨，导致路面翻浆，他驾驶摩托车一路过来，没少栽跟头。

两个卑鄙的人相遇，会有心照不宣的快乐，因为没有什么东西，是怕放在阳光之下的。周铁牙庆幸没来得及处理掉盘中野鸭，否则他悔死了！

"你狗鼻子够灵的啊，闻到我烹了野味？"周铁牙无所顾忌地挑明他在吃野味，还指着盘中的野鸭，揶揄道，"你也尝尝？尝之前要不要先录个像？"

老葛将摩托车扔在一旁，尴尬笑着，说："站长哇，咋把我想得那么不堪呢！"说完，从上衣兜摸出手机，撇给周铁牙，说："您经管着，这还不放心吗！"

周铁牙抹了一下油嘴，也不客气，将手机电池卸下，说："越来越懂规矩了嘛。"

老葛嘿嘿乐着，嚷着内急，先去方便了。周铁牙赶紧从储藏间再取一瓶酒，又起开一听凤尾鱼罐头，给老葛拿了双筷子。

老葛从茅房出来后洗了把脸，将沾了泥点的衬衫脱下，用洗脸水揉搓几下，搭在近前的一棵松树上，赤膊坐在周铁牙对面。

"是不是看到石秉德开车和张黑脸进城，你想着管护站就我一人，干不出什么好事，来逮个现行，再给你增加点筹码？"周铁牙说。

"前半句是对的，我见他们进城，刚好我交班，一算计您有十来天没进城了，惦记着，所以趁他们不在，来跟您说说体己话。"老葛先尝了一块鸭肉，赞叹野味到底是不一样，吃着倍儿爽，然后说，"我来这儿，最主要的还是报喜！"

周铁牙呸了一声，说："我现在这个样子，就是凑合着过，哪来的喜！"

"所以说哇，这儿没手机信号，就是不行！都说好事传千里，你这儿离瓦城，也不算远，可你看你们家这大好的消息，我先知道，你都不知道！"老葛端起酒盅，和周铁牙干了一盅。这才在他的催促下，细说原委。原来三天前市委组织部下来考核邱德明和罗玫，邱德明要接郑家和书记，成为瓦城的一把手，罗玫要提拔为林业局局长，接邱德明。

"郑家和书记去哪儿啦？也提拔了？"周铁牙问。

"哦，他平调到市政府，做副秘书长，一个闲差，他老大不乐意了。"老葛眉飞色舞地说，"人家都说啊，这次为了提拔罗副局长，就得让邱德明局长接书记，给她倒位置，所以郑家和书记是被扒拉走的，都说咱外甥女关系硬呢！"

"邱局长虽然平级调整，但书记是一把手，他算重用，也该高兴哇！"周铁牙说。

老葛说："邱局长今年可是不顺哇，爹死了，他当书记，说好听的是一把手了，但书记哪有局长有实权啊，外头人都说，这次调整，其实就是安排咱外甥女，不得不动那两位的！"

"人一走运，多嘴多舌的人就蹦出来了！"周铁牙说，"不是我替自家人说话，别看玫玫年轻，她处理问题稳当，工作能力没得说，提拔她那是应该的，说明市委有眼光！"

"就是，罗局长是咱瓦城的骄傲！"老葛说，"您这当舅爷的可不得了，有这么出色的外甥女，连我都觉得脸上有光呢。"

老葛从裤兜掏出一个红包，递给周铁牙，说是贺礼，罗玫日理万机，没时间接见他，但罗玫答应帮他女儿找工作，让他想想心里都热乎！钱不多，一万块，是个心意，求周铁牙给罗玫买件衣裳送去。

周铁牙心想如今求人办事，哪有不花钱的道理？虽说自己有把柄落在他手里，但老葛不傻，以要挟手段办成的事情，最终双方会成为仇人。而他示弱，则还能做朋友，继续求他办事尤有可能。还有啊，罗玫马上要做局长了，更能说了算了，老葛可能要在女儿的工作上挑挑拣拣了。

周铁牙这样一想，觉得一万算个屎，现在办个工作，花个十万八万都很正常。所以他毫不客气，理直气壮地把钱揣进腰包。他想罗玫也不差这几个小钱，自己收着就是了。

老葛再喝一盅酒，讪笑几声，说："站长哇，咱外甥女要做局长了，孩子工作的事情，一个是抓紧，还有就是我听说有几个岗位，像水利局和广电局，都要招人，这种事业单位，工资高，医疗待遇好，就别把孩子往那些没啥发展的单位安排了，求求咱外甥女，给咱闺女一步到位，行不？"

尽管周铁牙讨厌老葛一口一个咱的，心想谁和你是一个外甥女了？你的闺女跟我有啥关系呢？但他还是笑呵呵地说："放心吧，我一定跟她说，把好岗位给咱闺女留着。"

老葛为了女儿工作的事有了保障而开心，听到罗玫高升的周铁牙更是开心，他想以后再去瓦城的饭馆，谁还敢收他的吃喝钱呢？在街上遇见熟人，肯定都是别人老远伸出手来，主动与他打招呼。邱老和庄如来的死，以及候鸟神话的广泛传播，曾让他为罗玫的处境担忧过，觉得不是吉兆，看来他太多虑了。

周铁牙抬头的一瞬，望见了娘娘庙的炊烟，他颇为感慨地说："管护站挨着娘娘庙，看来还是好哇。"

"你不说我倒忘了，我听人家议论，说罗局长交好运，是因为宗教局归她管，她张罗建的娘娘庙，所以菩萨给她福报。"老葛说，"要不是我今天吃了野鸭，喝了烧酒，也想骑摩托过去，给菩萨磕几个响头呢。"

老葛喝兴奋了，絮叨个没完。周铁牙怕他这种状态骑摩托车回去不安全，说是改日回城再喝，及时把酒收了，让他回屋睡个午觉，醒了酒再走。老葛也乏了，顺从地去周铁牙的屋子休息去了。

周铁牙连忙将野鸭骨头包在一张旧报纸中，走出院子，远远处理掉了。他往回走的时候，心里有点不是滋味了。外甥女升任局长，满城人都知道了，罗玫却没差人过来跟他说一声，分享快乐，看来他这个当舅的，对她来说并不重要。而来报喜的老葛，打的不过是个人的小算盘。周铁牙由此想到石秉德人工孵化的那只小野鸭，初始被野鸭群接纳了，但最终它还是被其他小野鸭给合力啄死，便觉得天地间所有的动物，无论低级高级，逃不脱弱肉强食，免不掉利己排他。罗玫没发迹前，周铁牙和姐姐之间还有一条紧密相连的线，而罗玫的官职就像一把锋利的剑，将这条看不见的线给斩断了，周如琴飞到山巅，而他落入谷底，从此她们看他是睥睨天下的俯视，而他只能奴隶似的仰视。周铁牙这样想的时候，觉得金瓮河上浮动的阳光，也有裹尸布的意味了，因为在看似平静的水面下，生物间的杀戮，它们在深处搅起的或浓或淡的血污，从来就不曾消失过。

14

张黑脸今年是从管护站第一次回城，他喜气洋洋的，见着谁都呵呵乐。熟悉他的人跟他打招呼时会说，瞧瞧你的头发都过耳根了，再长的话，都该扎小辫子了！张黑脸赶紧说，这不回来剃头么！他没回家，先去平安大街，到他常去的发财发廊剃头，那儿有个老师傅，与他同姓，懂得他的喜好，哪儿留长，哪儿剪短，了然于心。

张师傅见着张黑脸，惊叫一声，说："快成野人了么！咋才回城呢？是不是被山里的狐狸精蛇精呀的给迷住了？"

张黑脸摇了摇头，嚷着渴了，朝张师傅要了一杯水喝掉，然后坐在顾客坐的转椅上，瞄了眼镜中的自己，也忍不住惊叫一声。镜中人竟像一个下了多年大牢的人，发丝纠集，杂乱无章，像谁写的一篇又长又臭的文章，令人厌恶地挂在那里。他隔三岔五刮胡子，却没管过鼻毛，谁知鼻毛张牙舞爪地探出鼻孔了，苍蝇似的，让人不爽。总之他不想再看这样的自己，唤张师傅赶紧打扫他的头。

张师傅技艺好，一边拾掇他的头，一边跟他说话。他说盛传禽流感流行的时候，知道封了管护站，还为他担心呢！他问张黑脸那时怕不怕？张黑脸瓮声瓮气地说，挨着娘娘庙，有菩萨保佑着，有啥怕的？张师傅听他这样说，就告诉他广电局的礼堂，就是面向市民开放的公益讲坛，今天下午的主讲人，就是娘娘庙的慧雪师太。张师傅说他老婆近年闻到肉味就恶心，吃素两年了，别人说她这是与佛的缘分到了，所以拉他一起去听听呢。

张黑脸问："下午几点开讲呢？"

张师傅说："好像两点吧，咋的，你也有兴趣听？"

张黑脸没说去还是不去，而是嘱咐张师傅，别忘了把鼻毛也给他拾掇一下。张师傅说这还用您交代么。张师傅给他剃完头，要修剪鼻毛的时候，发现张黑脸仰着脸睡着了，他不忍心弄醒，由他睡了半小时，看着快晌午了，才推醒他，给他剪了鼻毛，洗了头。张黑脸付过钱，一身清爽地走出发廊。

平安大街的饺子馆有好几家，张黑脸在管护站吃的带馅的食物，是各类肉罐头调和的，所以他回城，喜欢吃的水饺，馅料要新鲜，偏素，比如鸡蛋西葫芦馅的、鲅鱼韭菜馅的、芹菜粉条馅或是豆腐青椒馅的。张黑脸进的是顺心饺子馆，店主知道他这个习惯，他一进门，赶紧把他青睐的各种馅，都报一遍。张黑脸听说有虾仁黄瓜馅和豆腐韭黄馅的，各要了半斤，外加一瓶啤酒。

正午时分，在平安大街附近上班的人，以及外地来此消暑的候鸟人，多拥入各家饭馆，顺心饺子馆顾客很多，只有一张闲桌了。张黑脸坐过去后，有两位认识他的人，各怀目的，端着正吃的饺子，凑将过来。其中一位是水厂的收费员小金，另一位是开花店的老黄。老黄一坐下，就跟他宣扬候鸟的神话，把张黑脸听得一愣一愣的。因为候鸟的翅膀在这个故事中，是阎王爷的生死簿子，候鸟依照那上面的名字，去捉拿人间罪孽深重的人，邱老和庄如来的名字，就在候鸟的翅膀上，所以他们死了。

老黄见张黑脸的饺子上来了，也不客气，从他盘中夹了一个，赞叹刚出锅的饺子好吃。他忽悠张黑脸，称他为半个神仙，请他预测候鸟的翅膀上，下一个会出现谁的名字？为了从张黑脸口中得到他憎恨的人的名字，他诱导他，说是公安局森保科的人，个个坏蛋，他春天为了盖个鸡窝，去河边砍了一棵柳树，结果被执勤的人发现，狠罚了一笔。老黄说这帮家伙才势利眼呢，当官的亲属偷运木材卖掉，整车往外拉，他们权当瞎子，而他砍棵柳树，他们就不依不饶。对待无权没钱的人，他们才装得一团正义！其实他们背地坏事没少干，他就知道有下歌厅泡妞的，还有吸毒的呢。张黑脸听老黄这么一说，赶紧问这都是些什么名字，老黄一一告诉他，张黑脸就义愤填膺地把他们的名字都点了一遍，老黄心花怒放的，特意给张黑脸添了一瓶啤酒。

不过说完这几个人的名字，张黑脸连吞了三只饺子后，还是申明候鸟的翅膀不是阎王爷的生死簿，而是雨伞。他叙说当年一只神鸟如何用翅膀为他遮雨，而如今这神鸟飞到金瓮河了。老黄听后觉得好没兴味，又吃了张黑脸盘中两个饺子，嘟囔着什么，买单走了。

老黄走了，轮到小金说话了。此时的张黑脸将两瓶啤酒差不多喝光了，目光温柔，满面红光，正是求他的好时机。小金先夸张黑脸剃了头精神，再夸他刚才讲的神鸟故事好听，接着说他几次登门去他家收水费，总是遇阻。瓦城自来水公司规定，凡是没安装水表的用户，居民每户每年缴纳二百六十元，商用是三百八十元。张阔经营家庭旅馆，应该按商用算，可她说住在她家的，都是亲戚朋友，坚决不按商用的缴纳，弄得他很头疼。小金说今天赶巧碰见他，如果他把水费交了，等于为女儿解忧，省得他再往张阔那儿跑，骑着摩托车去这几趟，油都没少耗费，可还收不上水费，每次回来都很郁闷。因为收费承包后，他收不上来的费用，就得自己先行垫付。

张黑脸听了个大概，就把兜里的钱都掏出来，问这些够不够交费的？小金激动得脸都红了，从七百多元里数出四百块，把余下的钱让他收回去。小金随身带着收据本，开了一张三百八十元的水费单，递给张黑脸，让他回家交给张阔。该找还张黑脸的那二十元，他见他没意识要，索性不找零了，心想就顶了油费了。

张阔见父亲回来了，剃了头，又一身酒气，知道他从平安大街过来的。张黑脸见着她，先把水费收据递上，接着挨个屋子转了一圈，数数有多少绿花枕头，因为绿花枕头是专为客人预备的，以此探明张阔今年接待了几个候鸟人。之后他去院子的木椅坐下，解下衬衫最上的两颗纽扣，想着吹吹风。

张阔跟到院子，甩着水费收据，先骂小金欺负呆子，是婊子养的，跟着埋怨老爹不该交费，因为她的家庭旅馆，一年只开半年，来的人又不多，也就是洗洗涮涮，跟家里多两三口人一样，用不了多少水。而东市场开洗衣店的，不过与自来水公司的领导好，非说那儿不具备安装水表的条件，一年按商用才交三百八十块的水费，你说一个洗衣店，一年得浪费多少吨水啊，这不明摆着欺负没门路的老百姓吗？张阔责备老爹办了错事，所以不能还他交纳的水费。

张黑脸漠然看了一眼女儿，说他兜里有钱，不需她给。张阔这才和颜悦色地把水费收据仔细叠好，揣进裤兜，给他倒了杯茶，又拿了把蒲扇，说管护站暂时封闭时，她真以为老爹得了禽流感，哭了好几回呢。张阔倒也没说假话，她那时心急如焚，怕老爹死了，她手里攥的那张工资卡，成了干涸的河流，再不会滋养她了。张黑脸听女儿说惦念他，"唔——"了一声，一手摇着蒲扇，一手将端的茶喝得滋滋响，然后问张阔，他家住着四个候鸟人，咋一个都不在家里，她不给他们做午饭吗？张阔晃着脑袋说，今年家中住着五人，咋说四人呢？张黑脸说数外人用的枕头，数出四个。张阔眯着眼乐了，告诉她今年住的客人，有两位是去年来过的，一对湖南退休的教师夫妇，另两位也是一对夫妻，广东来的，避暑加上蜜月旅行，至多住一个月。他们新婚，共用一个枕头。另一位嘛，是来自北京的一位画家，他整天在山里转，星星出了才归。他们除了早餐在这里共用，午餐不用管，街上餐馆多，随便吃点就是了，晚餐是她来做，所以没有往年那么累。张阔抱怨候鸟人来了以后，摊贩们都黑了良心了，联合给副食品涨价，经营家庭旅馆的为了留住客人，却不能涨房价，利润没往年多了。她乐得他们出去吃，少吃她一顿，她就多赚些。

张阔告诉老爹，周铁牙的外甥女要当林业局局长，成为瓦城响当当的二把手了。她说管护站肯定还要增加经费和投入，周铁牙的赚头大，也不该亏了他。张阔怂恿老爹，让周铁牙给他涨工资，一个月至少多开三百块，否则给他撂挑子。

自从张黑脸进了门，耳里听到的都是钱钱钱，这令他疲乏，他放下茶杯和蒲扇，打算眯一会儿。想着自己的住屋，摆的都是绿花枕头，无他容身之处，就去客厅的沙发，蜷腿躺下。

张黑脸睡得正香，被一股炸辣椒的气味给呛醒了。起来一看，张阔正在灶房，给一个瘦猴似的长脸男人做酸辣鱼。张黑脸见他留着长发，手指甲沾着各色油彩，知道他就是张阔所说的画家了。他告诉女儿，自己回管护站了。张阔咳嗽了一声，说："要是周铁牙不给老爹涨工资，我去找他，有他好瞧的！"

石秉德约张黑脸下午四点钟，在平安大街北口汇合。怕他忘记时间，在他手心用圆珠笔写了个数字"4"，所以这个时间他牢牢在握。他看了一下手表，刚刚两点，时间还早，他想不如去麻将馆，看人打牌去，顺便喝杯茶。走着走着，忽然想起下午有个活动，他想参加来着。是什么呢？他停下脚步，仔细回想，却无答案。但他记得他是在平安大街得到那个活动的消息的，所以他先回到顺心饺子馆，店主以为他落下什么东西了，问他丢了啥？张黑脸问他，自己下午想干啥了的？店主笑了，说我咋知道你想干啥？你还想吃饺子的话，我给你包；你想小赌，麻将馆就在后趟街；你想睡女人的话，我给你一个秘密电话，保你约到模样好又便宜的小姐！张黑脸说吃喝嫖赌不是他想干的事，他出了饺子馆去了发财发廊，张师傅不在，另一位小师傅告诉他，他去广电局的礼堂，听娘娘庙的师父讲法去了。张黑脸一拍脑壳，大叫一声："就是这事哩。"

张黑脸气喘吁吁地赶到礼堂时，讲座已开始半个小时了。能容两百人的礼堂，只有最后一排还剩三四个座儿，张黑脸选了靠走道的一个位置坐下。慧雪师太的话语，通过扩音器放送出来，令他有陌生感。因为陌生，他觉得台上被灯光过度照耀的慧雪师太，也不像在庙里见到的那般朴素亲切。张黑脸听了一会儿，觉得无甚意思，歪头打起瞌睡，呼噜声随之响起，前面的听众频频回头看他，发出笑声。工作人员连忙过来推醒他，劝他出去。可他执拗地说，他没睡，他在听。接着没头没脑地大声说了句："睡足了，把脑袋倒空了，经文才能钻进去呀。"他左右的人闻听此言，愈发地笑。

张黑脸没有走的意思，工作人员只好坐在他身边看着他。呼噜一起，就戳醒他。就这样他几次睡去，几次被弄醒，慧雪师太主讲部分已结束，进入了听众答问环节。听众提问，最终由慧雪师太综合问题统一回答。人们提的问题五花八门：

人生的苦很多，为啥非说八苦？

现世的善良穷人，转世能成为富人吗？

心不动，万物皆不动，究竟是啥意思？

持戒静修，真有好报吗？

居士和沙弥的区别在哪里？

猪八戒的"八戒"，指的是啥？

西方净土，果真是"花鸟都能念经，满地尽是琉璃"吗？

人要觉悟，非要像释迦牟尼那样，在菩提树下吗？在瓦城的松树下，可以让人大彻大悟吗？

出家人可以望见彼岸花吗？

娘娘庙来的送子鹤，真的能给不育者带来福音吗？

菩萨为啥看着坏人横行，好人受欺压，却不从莲花宝座走下来救苦救难？菩萨睡觉吗？菩萨睡觉的话，也闭着眼睛吗？

候鸟人是这个社会的新贵阶层，他们的世界总是春天。菩萨有本事让苦寒之地四季无冬，让没能力迁徙的穷人，避开人生的风寒吗？

从你刚才的讲述中，知道你家境很好，出家是因为怜惜每一个生灵，看破红尘了，是心灵听从了佛的召唤。其实你不出家的话，就凭你这么好的身材，美丽的眼睛，尖下巴，高鼻梁，好看的唇形，绝对是一大美女，不知多少男人会向你求婚。你不后悔遁入佛门吗？你还惦记生养你的父母吗？

一个人皈依后就不怕死了吧？

有人说娘娘庙的云果师父，曾是一个官员的情人，官员贪腐事发，她怕受牵连，就把名下官员送的房产，更名给弟弟，剃发做了尼姑，检察机关哪会找出家人的麻烦呢？她以此保全了财产。据说这官员有多个情人受牵连，只有云果逃过一劫。如果这传言是真的，那么她的出家不是发乎真心的。她在庙里，是不是对菩萨的不敬？

都说放下屠刀，立地成佛，那为啥一个人杀了人，幡然醒悟了，法院还会判他死刑？

太阳下山后，月亮就出来了，月亮是太阳的转世灵童吗？

是不是有心的动物都不能吃？

娘娘庙的香火钱，最终干啥用了？

信了佛，就不能供奉狐仙和黄大仙了吧？

走夜路头皮发麻，是不是遇见鬼了？

遭遇灾难的一刻，念哪句佛号，最能化险为夷？

……

慧雪师太对每个人的提问，都凝神谛听，提问结束后，工作人员上来悄悄提示她，说讲座加提问，时长两小时，现在时间已到，可以简要回答问题。慧雪师太微微颔首，对大家说："阿弥陀佛，时间到了。在时间面前，所有的问题，都不是问题了。我想告诉大家，出了这个门，有人遭遇风雪，有人逢着彩虹；有人看见虎狼，有人逢着羔羊；有人在春天里发抖，有人在冬天里歌唱。浮尘烟云，总归幻象。悲苦是蜜，全凭心酿。"

讲座结束了，一些信众拥到台前，有的给慧雪师太献花和水果，有的请她在经书上签上法名，还有的奉上佛教用品，请她开光。

张黑脸觉得这场讲座他没白听，慧雪师太说给大家的那句话，就是所有的问题，在时间面前都不是问题了，大多人在下面嘀咕没听懂，可他听懂了，慧雪师太帮他解决了困扰他的那个问题，人为啥踩不着自己的影子——那是因为时间也踩不着自己的影子啊！

15

雏鸟们学会觅食了。石秉德将人工孵化的三只鸟，放归自然。最欢喜走出研究站的是叫树森的白尾鹞，它兴高采烈奔向河岸。叫秉德的野鸭，似乎不想离开安乐窝，出了研究站的门，一直回头张望。而叫铁牙的大雁，像个夜行警探，蹑手蹑脚地东走走，西望望，最后钻进了茂密的灌木丛。

金瓮河流域的山林溪谷，是候鸟的大粮仓，小鸟们在觅食中找到快乐，也为此付出代价。比如一只小野鸭，以为草丛中的花蛇可做美餐，当它发起进攻时，倒叫花蛇将它掀翻在地，死死缠住，成为花蛇的美餐。可花蛇没得意多久，黄鼠狼又把花蛇给吞了。观察到这一切的石秉德，说大自然每天都上演战争大片，惊心动魄。

练习飞行，是小鸟们最重要的人生课程。如果不把这个本领学好，深秋不能与父母结伴而行，飞越万水千山，它们面临的命运就是死亡。所以这时节林中常有扑棱棱的声音传来，大鸟扇动翅膀教习，小鸟鼓动双翼试图离地，它们知道大自然的日历翻得快，得争分夺秒。

有一天石秉德从林中带回一只受伤的雄性成年东方白鹳，看来它是在飞向一棵老松啄食昆虫时，被偷猎者粘在树杈的超强力粘鸟胶所缚住的。它在努力挣脱的时候，拔出一只腿来，另一只却在挣脱的过程中骨折了，伤腿使它失去重心，垂吊树间。石秉德是听着白鹳的哀鸣，找到那棵树的。盘桓在受伤的白鹳身旁的，是它的伴侣，也就是说，石秉德听到的叫声，其中也有它的呼救声。

它试图将那棵树杈折断，可惜老松树杈粗硬，它的嘴巴也不是利斧，石秉德到达时，它只啄开一个小小豁口，离断裂还远着呢。

石秉德给东方白鹳做手术接腿的这天，云果师父又来了。她一眼认出受伤的白鹳，就是在三圣殿坐窝的。她说难怪早起添灯油时，三圣殿顶只有三只小白鹳呢。云果师父的眉毛显然描过，又黑又弯，还擦了玫瑰色口红。她没佩戴佛珠，但咖啡色僧衣上，别了一朵硕大的银粉色水晶莲花胸针，熠熠闪光。

石秉德给东方白鹳做手术，本来是张黑脸做助手，云果一来，周铁牙就把张黑脸给喊出来了，说："没见云果进去了么，她巴不得做石秉德的助手呢，你咋那么没眼力见儿？"

张黑脸说："她戴的胸针贼亮贼亮的，比猫头鹰的眼睛都晃人，俺怕接好了神鸟的腿，再晃瞎它的眼睛！"

周铁牙踢了张黑脸一脚，说："人家戴那个，是晃石秉德的眼睛来的，鸟眼比人眼厉害多了，它们不怕光，你见过戴墨镜的鸟吗？"

张黑脸倔强地说："咋没见过，短耳鸮，就是长着黄眼珠的家伙，就有大大的黑眼圈，那不是自戴墨镜么！"

周铁牙哈哈大笑，惯常骂他一句："呆子！"

周铁牙这个夏天过得很愉快。外甥女做了瓦城林业局局长后，他再回城，人们对他的热情，果然与他料想的一样，高过以往。他走在街上，认识他的人老远就亲切地打招呼，露出讨好的笑。他去餐馆，没有不给他赠菜的店主，赠的也多为店面的招牌菜，酱鸭、卤鸡、烧鹅、熏鱼，所以他进餐馆，象征性地点俩毛菜，就像撒下鱼饵一样，会轻松钓来肥美的大鱼。

罗玫批准了营林局报送的两个大项目，蒋进发有利可图，对周铁牙也就更为关照，以种种借口，再度提高管护经费，周铁牙活钱多了，肥了自己，自然给张黑脸每月增加了二百元，一百给他本人，一百打入张树森的账户。张阔要是尝不到甜头，周铁牙就会吃苦头。他相信蒋进发退休后，接任他的局长，对他更会高看一眼。

罗玫上任后，很快协调了通讯和电力部门，再过一年，金瓮河候鸟管护站和娘娘庙，将与瓦城一样，可以接打电话，享受光明。人们都夸罗玫能干，前任局长难啃的硬骨头，她一出手就轻松解决了。周铁牙穿得比以往讲究，腰杆也比以往更直，指间夹的香烟，自然上了一个档次。他进城的次数也多了，反正石秉德和张黑脸常在，没什么可担忧的。

石秉德给东方白鹳做完手术的那个傍晚，发电机坏了，云果说不能借亮儿读经书，该回娘娘庙了。话虽如此说，可脚却不动，周铁牙见状，说没电正好唠嗑。

云果莞尔一笑，愉悦地坐在三个男人中间，讲庙里的事情。她说马上就是中元节了，邱德明书记的老婆来娘娘庙布施，说邱书记夜里老梦见死去的父亲，邱老不是在泥潭里呼救，就是在火海里奔逃。他穿得破衣烂衫，饿得面黄肌瘦，诉说他没屋住，没饭吃，没柴烧，没人做伴，看来走得不好。邱书记的老婆想让慧雪师太在鬼节的这天，在娘娘庙给邱老做个专场超度法会，让他的灵魂得到超生。可慧雪师太说盂兰盆节的法会，面向的是所有信众，她不能给邱老做专场法会，不能在这个事情上有分别心。邱德明的老婆嘴上说理解，可走时脸色很难看，还瞪了慧雪师太一眼。

云果说最近德秀师父也不得清净，今年娘娘庙香火旺了，结果将她离异的前夫招来了。他朝德秀师父要钱，说庙里的功德箱，就是印钞机，每日都进钱，庙里啥也不缺，应该隔三岔五给他三五百的，就算是救济穷人，积攒功德了。德秀师父说每个功德箱都有三把铜锁，一个人开启不了，每次都是三人同时拿钥匙，才能清点善款，登记在册，统一管理。就是钥匙全归她管的话，她也不能拿一分给他，家有家规，庙有庙法，信众供奉，岂容私拿。这男人质问这些钱都干啥了，是不是都被你们揣进个人腰包了？德秀师父说这些钱自然都用在了该用的地方，日常开支，寺庙修葺，印发经书以及慈善救助等。德秀师父的前夫听她这么说，说他就在救助之列。他与德秀师父离异再婚后，老婆得了子宫癌，为了治病，他们将家里的房子卖了，一次次化疗，就是一次次烧钱，最后人没留住，还欠了一屁股饥荒。死了老婆的他，将悲惨命运归咎于他沾过德秀师父的身，所以被恶魔纠缠了，找她要钱，相当于精神赔偿。他威胁她如果不给他钱，就将她身体的秘密张扬出去。周铁牙眼睛亮了，一再追问德秀师父的身体有啥秘密，云果说："那男人没说，就是说的话，阿弥陀佛，我们出家人也不能说哩。"

说完慧雪师太和德秀师父，周铁牙怂恿云果讲讲自己，她为何遁入青灯古刹？云果皱着眉头说："出家得有机缘，机缘成熟了，如同果子熟透了要落地，谁也挡不住的。"

周铁牙听她如此说，知道问不出究竟，也就作罢。这样他们又闲扯了一些别的，金瓮河两岸出没的动物，蓝色系的野花有多少种，夏天的雷甚至冬天的雪，不知不觉夜已深了。谁也没注意到张黑脸何时离开的，因为他坐在哪里，都是倾听者，极少插言，在与不在，没谁上心。只是云果起身告辞时，周铁牙想让张黑脸送她，才发觉他不在的。他们出了屋子喊他，他却在桥上应声了。问他去哪儿了？张黑脸一路小跑过来，通身的汗腥气，说刚打娘娘庙回来。问他做啥去了？他说去告诉德秀师父，她前夫再来庙里刁难她，就来找他，他不能让这个可怜的女人受欺负。周铁牙问他累不累，还能再去一趟娘娘庙吗？未等张黑脸作答，云果说："哪能让张师傅再跑一趟呢，他的脚也不是神仙的脚，连着跑两趟受不了的。"张黑脸若不去，那只有石秉德去了。可石秉德声称刚给东方白鹳做完手术，得随时观察，不能离开，说完赶紧去研究站了。周铁牙为难着，张黑脸说："我还想着再跑一趟呢，刚才忘了嘱咐德秀师父，晚上关庙门时，用手电挨个殿堂照照，那男人可别躲在哪个旮旯，夜里再把功德箱撬了！"周铁牙如释重负，说他应该再去提醒一下，那就麻烦张师父送云果师父了。

月亮白晃晃的，云果噘嘴的模样，周铁牙看得清楚。他认定云果不是个修习好的尼姑，看来瓦城人关于她的传说，并非虚言。周铁牙待云果走远了，叹息了一声，说："凡心难泯，不如还俗了。"

盂兰盆节的这天，周铁牙和石秉德一大早就进城了。他们既有公事要办，也有私事。周铁牙的公事是去粮库结算上个月所购的玉米款项，私事是给父母上坟。石秉德的公事是去公安局，请他们更严厉地打击偷猎者，不能再发生类似东方白鹳被弄伤的事件了；私事是他读博士生的导师去世了，分散在各地的同学们，相约着阴历七月十五这天，在网上为导师做个祭奠活动。

　　他们走前对张黑脸各有交代，周铁牙说娘娘庙今儿会热闹些，若有游客过来，别让他们进屋，游客杂，不见得来的都是好人，万一拿走点什么东西，那就是损失了，如果有讨水喝的，只管舀些水出来，给他们喝。石秉德嘱咐的事，是康复期的东方白鹳，别忘了午间给它喂点杂鱼和玉米，清水也是不能断的。还有，它的伴侣来找它时，不能将其放出，不能让它们现在相见，石秉德说万一雌鹳嫌弃它的伤腿，这只白鹳就很难回归家庭，成为孤鸟了。

　　张黑脸一一答应着，他们驾车离开后，他先烧了一壶开水，放在院子凉着，预备客人来喝。然后将管护站的门锁上，去研究站看受伤的白鹳。它见张黑脸进来，一瘸一拐地缩到墙角的干草上。张黑脸试图靠近它，可他每向前走一步，白鹳都发出警觉的叫声，徐徐张开翅膀，向他竖起盾牌似的，张黑脸只好站定了，对它说："恩人哪，快些好吧。今儿都七月十五了，再过一个来月，天就凉了，你该带一家人往南挪窝了。你受伤的这些日子，你老婆来看过你好几回呢。她在门外召唤你，你听见了吧？她这阵子没来，是带你们的孩子练飞呢，我见了那仨小家伙，翅膀都硬了，能飞挺高的了。"白鹳似是听懂了，半张的翅膀放下了，温和地看了一眼张黑脸，垂头啄了一下干草。张黑脸将它饮水的瓦罐添了水，撒了几把玉米，说昨天逮的杂鱼不新鲜了，他去捉点蚂蚁给它改善伙食。蚂蚁强身壮骨，他坚信它吃了蚂蚁很快会复飞。

　　张黑脸将研究站的门也锁上，拿着事先揣在兜里的水杯去捉蚂蚁，这只水杯透明的，带盖，可以观察捉了多少蚂蚁，还能预防它们逃掉。他记得金瓮河西侧缓坡上有两个树墩，一个松树墩，一个桦树墩，都朽烂了，每年秋天，松树墩旁长出浅褐色的榛蘑，而桦树墩旁丛生的则是嫩黄的桦树蘑，这是大自然对他们的美好馈赠，每年秋天，他都要采摘榛蘑和桦树蘑尝鲜。蚂蚁喜欢在朽烂的树墩里坐窝，所以一逮就是一窝，尤其是暴雨将至时，它们成堆聚集，极易捕捉。此时天气晴朗，不过张黑脸有捉它们的技巧。他先找到桦树墩，折了一根茎粗的蒿子，然后用兜里随时揣着的尖利的石片，去桦树上剥了一块树皮，将树皮里侧黏稠清甜的桦树汁液，均匀地涂抹在蒿秆上，往树墩深处的蚂蚁窝一插，两三分钟，将蒿秆提起，你看吧，蒿秆上密密麻麻地附着漆黑油亮的蚂蚁，只需对着杯口，往里面一撸，蒿秆上的蚂蚁，就扑簌簌地落进杯子里了。张黑脸用蒿秆探宝似的插了十几次，蚂蚁满杯了。他带着蚂蚁回返时，满心欢喜，很想唱歌。但他不会唱歌，就哼唧哼唧地叫，不知道的人听见，会以为他受伤了。

给白鹳喂过蚂蚁，张黑脸又劈了一堆柴火，扫了院子，洗了衣服，看着太阳快到中天了，便打开门，去灶前引火，打算下碗挂面吃。刚将火点起来，院子传来"扑通——扑通——"的脚步声，这么重的脚步声，多半来自男人，可他回身一望，却是德秀师父。是节日的缘故吧，她穿的僧衣不是平素穿的灰蓝和赭色的，而是明黄色的，好像她驾着火轮。她额上热汗涔涔，鞋上落着泥点，看来一路走得急。她见着张黑脸，就像满腹委屈的人见着了久别的亲人，抽噎起来，诉说盂兰盆节大法会上，信众聚集，她前夫又来闹了。他这回不朝德秀师父要功德箱里的钱，而是穿一身灰色破衣，胸前挎个绿帆布挎包，乞丐似的，见人就磕头，说他卖了房给老婆治病，如今老婆和钱都没影了，他没房住，没饭吃，没过冬的棉衣，他都想把自己放进当铺当了，可是他这样的当物，实在太贱，也没人要。他实在过不下去了，求大家帮他渡过难关，不然他就吊死在娘娘庙。来庙里的人，凡认识他的，知他没打诳语，就给他个三十五十的；不认识他的——南方来的候鸟人，那些有钱的主儿，一出手就给他一百二百的，一个上午下来，他的挎包鼓鼓囊囊的，少说也有两三千。本来庄严的法会，被他给搅了，慧雪师太成了配角，他倒成了主角。

德秀师父越说越伤心，她抹着眼泪，抽着鼻子，说原以为出了家，人间的烦恼都没了，谁想庙里不是天上，也是人间，俗事不断，难得清净。早知如此，还不如不落发了。

张黑脸听德秀师父这么说，非常生那男人的气，他舀了一瓢水把火浇灭，要锁上门去庙里收拾他。

德秀师父说："法会散了，他得了钱，回城了。他这么闹，我以后在庙里还咋待呀？但凡庙里的大日子，他不得次次来，次次这么朝人要钱呀。张师傅你说我咋就这么倒霉呢，庙里庙外都不得清净！要不是进了佛门，我真不如找棵树，吊死算了！"

张黑脸叫了声"阿弥陀佛——"，说你是出家人，可不能这么说话。以后庙里再有活动，我去给你把守着，我见了他，先跟他讲讲道理，一个男人不缺胳膊不少腿的，不凭力气赚钱，作践自己，不是让人瞧不起吗？他要是不听，俺就动武的，打出他的屎尿，看他还敢招惹你吗？

德秀师父泪光点点地看着张黑脸，说："他不来闹腾，我还能在庙里继续吃口斋饭，不然他跟人说出俺身体的秘密，我还咋活呀。"

张黑脸愣头愣脑地问："啥秘密？"

德秀师父叹了口气，擦干眼泪，问周铁牙和石秉德哪儿去了？张黑脸说他们进城了。德秀师父轻轻"唔——"了一声，呼一口气，把灶膛的湿柴撤出，续上干柴，生起火来，给他下面条。

柴火燃烧起来，火苗像风中的野百合，摇曳生姿，发出鼓掌似的声响。德秀师父往锅里倒了豆油，烧开了，用洋葱丁爆锅，然后一瓢凉水浇上去，铁锅发出欢呼声，这时锅里的汤就是夜空，而漂浮的油珠是星星，一派繁华景象了。如此声色，将德秀师父映衬得楚楚动人，她就像一支勃勃燃烧的蜡烛，通体光明，热力撩人。张黑脸很想抱抱她，但一想她来自娘娘庙，不能碰，便回身吐了口痰，为自己的邪念呸了一口。可当他目光再回到德秀师父身上时，她腰胯的每一次扭动，她屁股撅起时荡平了僧袍褶痕的景象，都令他热血沸腾。他终于忍耐不住，叫了声"老天爷，俺要对不住了——"，从背后一把将她抱住。德秀师父战栗了一下，没有回头，用胳膊肘捶他。开始捶得重，张黑脸忍着，一声不吭，等着她把力气用完。德秀师父耗尽力气，胳膊肘酸软，捶不动他了，人也就渐渐软下来，张黑脸就势搂紧她，把她抱到里屋炕上，做了他们都久违的事情。在那个过程中，恐惧、羞耻加上快乐，他们不住地颤抖。

他们没插门，也没拉窗帘，阳光透过窗户，照着激情过后的不着一物的他们，就像照着两棵刚伐倒的红松，异常宁静，异常凄美。德秀师父侧身躺在炕头，张黑脸侧身躺她身后，他从她头部开始，如触摸自己久别的家门，无比依恋、无比温柔的，让手指自上而下轻轻滑过。当他抚摸到臀部时，感觉她左侧臀尖，坑坑洼洼的，仔细一瞧，那儿竟烙印一个字，似乎是"钱"，他刚要问这是咋回事？德秀师父从他手指的停留处，料他摸到了那个字，说这就是她前夫威胁她的身体的秘密。原来她亲娘是个水性杨花的人，好逸恶劳，父亲在家总是受窝囊气。她六岁的那年夏天，在磨坊撞见母亲和邻村的一个木匠偷情。这个木匠，膝下有五个男孩，就缺女娃，想把她要走。所以被她撞见了也不害怕，说是缘分，把她抱到膝上，从兜里掏出糖果给她吃。她馋糖果，很不争气地吃了。木匠走后，母亲大为光火，称女娃竟敢坐在陌生男人的腿上，一点规矩都不懂，天生的贱人！为了教训她，她把她绑了，用烧红的织衣针，一针一针在她屁股上烫了个"贱"字。德秀师父说自己命不好，与身上烙印这个字有关吧。

张黑脸气愤地说："真是亲娘干的事？"

德秀师父说："是哩，她可能想烙瞎我的眼睛，不敢，就烙我的屁股。女孩子的屁股又不给人看，俺爹都不知道。所以我娘死时，我一声没哭。"

张黑脸抚摸着这个字，喃喃道："俺还以为是'钱'字呢！"

德秀师父本来很伤心，但张黑脸的话，让她忍不住发出凄凉的笑声。她说这也不怪他，"钱"和"贱"，长得真挺像。

张黑脸说："那我就帮你把这字改成'钱'不就结了？"

德秀师父说，这又不是写在黑板上的字，可以擦掉重写。想擦掉这个字，她还得受二茬罪。说完转过身来，定睛看着张黑脸，哆嗦了一下，说自己这下完了，犯了出家人的大忌，慧雪师太要是知道她这样了，非得把她逐出庙门不可。他们这么做，是要遭报应的。

张黑脸结结巴巴地问，能是啥报应？

"兴许让雷劈，让狼吃，让虎咬，兴许让毒蛇缠腰，让冰雹砸脸，总归不会有好果子的。"德秀师父说。

张黑脸说："我饿了，吃饱了再看这些东西来不来整治我们。"

张黑脸穿衣起来，先去茅房方便。德秀师父随之起来，她在穿僧袍的时候，有被火烤的感觉。她去灶房将快烧干的锅，重新添了水，续了柴，下了面条，张黑脸吃了两大海碗，她吃了一小碗，之后他们出了屋子，呆呆地坐在门口望天。

先前还晴朗的天空，浓云滚滚。当阴云越聚越多的时候，雷声响起。他们以为上天要审判他们了，拉紧了手。他们的脸在闪电中失去血色，满眼是末日降临的惊恐神色。

16

张黑脸自从与德秀师父睡过，一到雷雨天，他就穿戴整齐地坐到院子，等待雷劈。他去喂候鸟时，遇见草丛的毒蛇，也不躲闪，以为它会缠他的腰。夜里听见野兽的叫声，他也以为做它们美餐的时刻到了，起身到院子，袒胸露臂，只穿短裤，想着无论是狼还是老虎吃他，都比较顺嘴，不用扯烂衣裳，还能省下衣物，给活着的穷人穿。可是雷电击穿的是乌云，毒蛇对林蛙更感兴趣，狼似乎也有它的夜宵，号叫几声后，留给金瓮河的，仍是恬静的夜晚。

与他同样有死亡危机感的，是德秀师父。她瘦了一大圈，胸和臀部小了，颧骨和胯骨却因凸出，而显得大了。以前上身后显得紧促的衣服，现在得以施展，穿着都显晃荡了。她每天醒来发现自己还活着，会深呼吸一口，觉得菩萨这是饶过了她一夜。她将用过的被褥使劲在阳光下抖搂，她觉得不洁的她，让它们沾染了灰尘。她进每一重殿，都拎着一条半湿的毛巾，将跨过的门槛仔细擦过，生怕戴罪之身，肮脏了门槛。她做早课，打坐，比以前时间长，也更虔诚。而她做斋饭，侍弄菜圃，打扫殿堂，也比以往更卖力。她说话的声音越来越小，斋饭吃得越来越少，总之，她觉得自己犯了出家人的大戒，不配大声说话，不配消耗粮食，不配礼佛，甚至不配活着。

佛殿与民宅一样，也闹老鼠。为避免杀生，娘娘庙一直不用毒鼠强和鼠夹子。这里香火不旺时，老鼠也算消停，不过在灶房鬼鬼祟祟地出入，像不走空的贼，顺着什么就吃点什么。庙里游人激增后，佛龛前的贡品多了。除了鲜花水果，信众还喜欢给列位菩萨带来各式素点，核桃酥、江米条、长白糕、绿豆糕、油炸馓子、杏仁枣糕，真是应有尽有。老鼠闻之，手舞足蹈，蹿上佛龛吃倒也罢了，有时它们还蹿翻佛灯，遗下黑心的屎，真是无法无天了。

慧雪师太头疼这些老鼠，想着解决它们的良策，就是尽早将佛龛前的贡品吃掉。娘娘庙只有三张嘴，吃不了这些，她就打发云果师父分送给管护站的人吃。

挨着管护站的研究站最近换人了，接替者名字叫曹浪，与石秉德年龄相仿，他又矮又瘦，小眼睛，塌鼻子，泛紫的嘴唇很薄，招风耳，剃个光头，一副小鬼的模样。他爱发牢骚，总是气不顺的样子，很不讨人喜欢。

云果在石秉德走后去过一次，发现研究站来了新主人，獐头鼠目的，分外失落，本来手持一卷《大乘无量寿经》，打算借光来读，但最后不等发电，就说想起今晚是清点功德箱的日子，早早回了。打那以后，不再过来。所以慧雪师太让她送素点，她说最近身上总没劲，再说脚掌长了鸡眼，走不了远路。云果倒也没说假话，她最近面颊青黄，吃东西时老是失神，目光不动，筷子在碗里不停地扒拉，却不夹食物吃。她提着油壶添灯油时，还打呵欠。她的脖颈和手腕，也没那么斑斓多姿的佛珠了，就是脖颈上缠绕着一串星月菩提。她也瘦了，不过不像德秀师父瘦得那么明显。

慧雪师太只好让德秀师父去送了。

听说派自己去管护站，正在斋堂摘豆角的她，身子晃悠了一下，坐定后惊愕地仰起头，她瘦得脖子也显长了，她说："要是云果妹妹去不了的话，俺跑一趟也没啥。只是俺拎着点心一路走，老鼠还不得送葬似的跟着哭一路？"

慧雪师太觉得最近庙里的两位师父都不太正常，尤其是德秀师父，像张黑脸一样，常说一些糊里糊涂的话。望见天上的黑云，她说那是雷母下的蛋；看见三圣殿上伫立的东方白鹳，她说也许它翅膀下藏着刀；听见林中异常响动，她远远跪下磕头，说是接她的来了。她们一起清点功德箱的善款时，她看着花花绿绿的钞票，总说这是落叶。

游人黄昏时渐渐散了，娘娘庙归于岑寂。德秀师父关了山门，打扫了各殿堂，喝了半碗粥，提着素点去管护站。她习惯性地抬头望了一眼对岸的炊烟，发现它很浓烈，看来晚炊正在高潮。她想磨蹭着走，这样到了那儿，他们吃完了，就不闻桌上的荤腥了。自从踏进庙门，荤腥在她意识里，是死亡的皮鞭。

德秀师父没提禅杖，她觉得戴罪之身，无须保护了。为了消磨时间，边走边下到沟塘去看花草。茂草中的野花静悄悄地开，那红的紫的粉的白的花儿，有的朵大有的朵小，有的簇生有的单生，不管姿态颜色如何，它们看上去都没心事，恣意开放，不像她满心阴云，总遭霜打。她想自己哪天死了，变成一朵花也好。与她一样贪恋花儿的，是翻飞的蝴蝶。它们的羽翼就像姑娘穿的花裙，蓝紫红黄绿白皆有，它们参加舞会似的，与金莲花轻舞一曲后，又飞入千屈菜的怀抱，在千屈菜的怀抱没有多久，又飞到五瓣的老鹳草身上，用裙边扫它的脸。德秀师父以往只注意到蝴蝶的美丽和自由，没想到它还这么风骚！它这儿搂搂，那儿亲亲，不犯戒吗？最后她想明白了，蝴蝶犯戒和不犯戒，终不能获得长生。到了深秋，它们的花裙子就七零八落了，不能再飞，在林地像毛毛虫一样蠕动，瑟瑟发抖，等待死亡。如此说来，它们风华正茂时尽情欢娱，等于积攒死亡的勇气，有啥不可饶恕的呢？就是她自己，当她痛悔与张黑脸做下那样的事情时，更深人静，她也会不由自主想起那天的情景，想起他健壮的躯体散发着的野马似的气息。

德秀师父这样想着，心里似乎敞亮一些，当她发现一片马莲草托着一颗圆润的水珠时，吃惊极了！她确信这是一颗甘露，因为夕阳还在，晚露未生成呢。她听一个进香的居士说，昆虫汲取各种植物汁液，经由它们酿造，将精华的部分吐露出去，就是甘露。

德秀师父觉得这是上天赐予她解脱痛苦的甘露，于是俯下身子，想啜饮了它。它被夕阳映照得晶莹剔透，散发着琥珀的光泽。她伸出舌头，可是舌尖刚触着它，它竟像长了脚似的，沿着叶脉一路下滑，直坠草丛。它的坠落在德秀师父心里，比落日的坠落还要触目，她真切地听到了"嘭——"的回声，她想菩萨这是不想饶恕她了，她起身的时候泪涟涟的，又是满心迷茫了。

德秀师父呆呆地坐在草丛中，直至日落，各色花草失了颜色，这才起身。她走过月牙桥时，深深叹息了一声。

半轮月亮升起来了，德秀师父熟悉的木房子里，坐着的是张黑脸和曹浪，周铁牙又进城了。

德秀师父和张黑脸对望的一瞬，先是各自打了个激灵，慨叹都还活着，没遭报应，接着他们在心底向对方发出心疼的呼喊——咋瘦成这样啦？

曹浪初次见德秀师父，他见一个穿僧衣的女人进了门，就知她来自娘娘庙。他不像石秉德，因东方白鹳在娘娘庙安家，三番五次察看，得以认识庙里的师父们。曹浪讨厌他目下的研究，所以石秉德走后，他对金瓮河流域候鸟种群的生存状况，并不关心。就是那只受伤的白鹳，也被他放出研究站，说白鹳不恢复自主觅食能力，不经历风雨，冬天到来之前，它就没法跟着候鸟群迁徙。按他的说法，总把它关在研究站，即便伤愈，翅膀也软了，很难与蓝天为伍了。这只白鹳，因腿伤难以飞起，就在研究站对面的河谷栖息，张黑脸每日给它投食，而它的伴侣，也时常带着孩子们来看它。

周铁牙认为，这个不喜欢野外生活的曹浪，其实比石秉德更懂得候鸟。有一天曹浪酒后吐真言，说石秉德家世好，有资源，贪恋名声，是个好大喜功的家伙。建立金瓮河候鸟研究站，是为他的履历表增加辉煌的一笔。他打个前站，以后陆续派来的，是他的研究团队的成员。他们在下面实践所得，要定期汇报给他，研究成果虽说归属团队，但其实主要是他。一场战争胜利了，人们记住的都是司令官，谁会记住冲锋陷阵的卒子呢！曹浪负气地说他混两个月，如果秋天无人接替，他就回返。所以他回瓦城，总要或邮件或短信给石秉德，问他是不是该回去了？说人间天堂得大家轮着来啊。曹浪也因此咒骂瓦城当官的都是饭桶，建立候鸟管护站，电力和通讯却没跟上，在当代社会，这不是把自己逐出地球的自杀行为吗？他爱进城，发个邮件，看个小病，甚至洗个澡，剃个头，都是他进城的理由。他还嫌相邻的是姑子庙，不敢招惹尼姑，不然找她们打个牌，逗个趣，也能打发寂寞啊。云果师父不待见他，他真切感受得到，她看他时一副无良的有钱人对待乞丐的表情，仰着脖子，斜着眼睛，撇着嘴，满面嫌恶，好像他是一坨狗屎。而他看她，除了那一件僧衣和光头，显示着她的身份外，她与都市那些图慕虚荣的女孩，没啥气质的分别。也就是说，他望见的不是清水。所以曹浪对云果，也显示出鄙夷，拿眼瞟她，拿嘴撇她。

而娘娘庙这次来的师父，却与云果不一样，她粗手大脚的，面貌忠厚，说话与张黑脸有点像，不着边际，惹人发笑。她进屋坐下，放下吃食后，就嘀咕说为啥月亮总是亏，一个月圆不了几天，而太阳却从来不亏，总是圆的，谁见过半个太阳呢——除非那是被阴云遮住了或是天狗吃太阳了。张黑脸回答她说："太阳是男的，精气旺，月亮是女的，每月不得流几天经血么，能不亏吗？"这话让曹浪笑弯了腰，心想自己这是与两个天外来客遭逢了。

曹浪沏茶，吃起素点，赞叹娘娘庙的吃食好。德秀师父喝了半杯茶，意识恢复了正常。她问曹浪，娘娘庙三圣殿上的候鸟，秋后会迁哪儿过冬？曹浪说它们也许去了鄱阳湖，也许去了香港，也许去了印度，或是日本有温泉的地方，总之哪儿适合它们，它们就去哪儿。反正天上没有海关，它们哪里都能去的。德秀师父羡慕地说了句"真是仙人啊——"，之后对张黑脸说，月亮想是西去了，她也该回庙了。张黑脸埋怨她忘了带禅杖，一个人走不安全，要送她回去，德秀师父温顺地点了点头。

他们走到月牙桥时，张黑脸悄悄对她说，他死不了了，因为叫树森的白尾鹬死了，他眼见着老鹰把它吃了。看来那只白尾鹬，知道菩萨要惩治他，代他死了。他建议德秀师父也认一只鸟叫德秀，这样她的命就保下了。他列举了可做猛禽食物的小鸟，雨燕、红点颏、苏雀、啄木鸟等，让她选择一种，他去林中找寻，寻到了就命名。

德秀师父并不知道有一只白尾鹬叫树森，而这确实是张黑脸的原名。可她不想认领一只鸟来为自己抵命，那不是杀生么。张黑脸听她反对，不再强求，只是对她说，如果觉得自己要死了，就往他这儿跑。如果她身上附着雷，可以把雷导给他；如果她身上缠着毒蛇，他可以捏住毒蛇的咽喉，他愿意为她去死。

德秀师父被感动了，她扯着张黑脸的衣襟，问惩罚究竟啥时降临？张黑脸说兴许他们犯的罪不够重，要不就再犯一次？说着，把德秀师父扯着自己衣襟的那只手，紧紧抓住。她的手先是激烈地想抽回，一次次地拔，试图冲出围场，待她拗不过他的力气，抵御不了他的大手那如电似火的热流后，这只手就松懈下来，乖顺下来，成了他荒寒手掌中的一把温暖的柴草。张黑脸稳稳地抱起她，下了桥，就在桥下湿地里，他们疯狂地成了再犯。他们紧紧缠绕，制造出清泉流过的淙淙流水声，惊扰了附近的虫鸟，发出叽叽咕咕的嘀咕声。德秀师父望着半轮西去的月亮，轻语呢喃，仿佛应和着虫鸟的鸣叫。他们身下的蒲草、狭叶慈姑和泽苔草，无论叶茎柔韧的还是脆弱的，无论条状的还是心形的，被他们的身体碾压得大多折腰和心碎，不过它们觉得值，它们感受了从未沾染的雨露，它来自人身，比大自然的雨露要腥咸——别是一番滋味。

17

初秋时节，瓦城出了件大事，四个传播候鸟神话的人，在如意蒸饺店吃饭时，被警察带走了。

四人中三男一女。两男一女是本地人，修鞋的和开出租车的是男人，女人是开音像店的。而另一位外地人，就是住在张阔家的画家，他是被出租车司机载来的。出租车司机常修鞋和租碟片，所以与另两位熟，而画家最近常约他的车，也混熟了，刚好在午饭当口，画家问瓦城有啥特色小吃，出租车司机说如意蒸饺店的驴肉蒸饺美味，于是他们就来了。四个人脚前脚后进了这家店，彼此相识，凑到一桌，每人点一种馅的蒸饺，叫了一瓶高粱烧酒，以及花生米和牛百叶等下酒小菜，快意吃喝。

候鸟的神话，是出租车司机引的话头，他说这次回归的候鸟，翅膀携着雷电，劈向的都是人间恶魔。修鞋的说它带雷电没趣，要是携带金币，他就每天拿着钱匣子去接。他们在议论中，自然说到了邱老，听说邱德明自打父亲死了，情绪消沉，夜里睡不好觉，中医院的老中医每晚上他家给他针灸，也不见效，所以电视新闻中的他，变了个模样，又黄又瘦，难民似的。他们猜测邱老其实死于禽流感，只不过对外不敢公开而已。他们毫不忌讳地谈论着，全然不顾邻座的食客中，瓦城政法委副书记在座，他一直想在仕途上更进一步。如今邱德明当了书记，分管干部，他觉得捍卫了邱书记的尊严，他会感动，自己升迁的步伐将加快，于是一个电话打给公安局分管治安的副局长，一个小时后，当四人AA制结完账，酒足饭饱出门的一瞬，公安局治安科的警察，将他们带上警车。说他们聚众扰乱公共场所秩序，故意传播虚假恐怖信息，触犯了刑法。

在餐馆聚餐，说说候鸟的神话，议论下邱书记和死去的邱老，就被抓去，这消息从如意蒸饺店飞速传开。与这四人相关的亲属，很快得知，纷纷奔向公安局要人。修鞋的老婆大哭，说他们家上有老下有小，就靠丈夫修鞋为生，要是男人坐了监牢，她又不会修鞋，一家人没吃的，她就去公安局上吊。开音像店的女人的丈夫更不是好惹的，他是建筑包工头，五大三粗的，无日不酒，他醉醺醺地提着一截钢筋过来，说谁敢动他女人一根毫毛，就戳碎他的卵子。开出租车的老婆是个护士，比较文静，但她哥哥，也就是出租车司机的大舅哥，是屠宰场的老板，手下干活的，多是出狱的兄弟，他带来的三个人，杀气腾腾。而那位画家，为他喊冤的是公安局干警都很头疼的张阔，她说作为画家的房东，房客有难，她得相助。她说画家被押一日，她那里就少收入一日房租，公安局理应赔偿她。

这群与被抓者相关的人，聚集在公安局门岗外的福照大街，这条街本来人就多，加之是下午上班高峰期，吸引了大批看客，福照大街交通堵塞。突发的公众聚集性事件，很快汇报到邱书记那里。当分管公安工作的政法委副书记，用讨好的语气细述原委，说这是捍卫他的尊严，以后绝不允许瓦城有诋毁邱书记的人存在，邱德明听后震怒，勒令他们无条件地立刻放人，邱德明还立即召开维稳紧急工作会议，点名批评涉事的两位领导。但邱书记也表示，人们过度演绎候鸟的神话，对经济发展和人民的团结不利，宣传部门在此时应发挥应尽的责任，多做些引导工作。

虽然被带去的人很快都放了，但恐惧感蔓延，人们在公共场所，不敢演绎候鸟的神话，更不要说议论瓦城的头头脑脑了。

最倒霉的是如意蒸饺店，它的生意一落千丈。人们说店主巴结官员，在每台餐桌下安装了窃听器，所以食客才倒霉，他们根本不信是政法委副书记出卖的他们。如意蒸饺店的老板娘万分冤屈，干脆录了一段告白，用喇叭广播出去，在店门口循环播放："顾客是伟大的上帝，如意蒸饺店就是您忠实的仆人，要是保护不了顾客的安全，如意蒸饺店的人都是狗娘养的！不管你来自哪里，只要带着一张嘴来到我们小店，就是挚爱亲人啊。这里的蒸饺暖人肠胃，让男人有力气，让女人更温柔，给你的生活增添幸福指数，来吧朋友！"

但不管这声音怎样回荡在平安大街，人们对它还是望而却步。实在忘怀不了这美味的，买了蒸饺打包回家吃。敢在店里坐下的人，都像吃丧饭似的，阴沉着脸，一声不吭。店主气不过了，闹到公安局，说他们的莽撞行为，让自己蒙受不白之冤，让小店营业额锐减，他们应该恢复她的名誉，赔偿经济损失。

跟如意蒸饺店店主一样备受煎熬的，还有老葛。他没料到女儿竟无意走父亲为她设置的道路，不愿离开私人幼儿园，说挣得多，自由，和孩子在一起又很快乐，老葛觉得蹊跷，侧面一了解，女儿竟跟幼儿园一个小朋友的父亲好上了，这男人在地税局工作，三年前妻子病故，比老葛女儿大十八岁。老葛很少和妻子立场一致，但在女儿的恋爱上，同声反对。他们说一个黄花闺女，凭啥给人当后妈？

老葛觉得女儿的事办不成的话，自己不能亏着，要不白在周铁牙身上浪费精力和金钱了。他要提干，说罗玫局长给他提个副科级，哪怕是个副科级科员，他的协警身份都会改变，工资会涨很多，养老就有保障了。周铁牙也不客气，说你对单位有啥贡献，咋提干呀？老葛说只要官场有人，傻子都能当领导，他举了两个周铁牙也知道的实例，谁谁家的孩子高中都没毕业，呆头呆脑的，就因叔叔是领导，很快从一家企业单位的办事员，被提拔到事业单位当副科级领导；谁谁又给邱德明送了二十万，不出仨月，这人从农委的副主任，提拔到组织部当常务副部长。见周铁牙不语，老葛又把那段录像翻出给他看，说自己最近苦闷得很，睡眠很差，记性不好，手机丢了两回了，好在都找回来了，万一哪次再丢，落到坏人手里，他周铁牙可就遭殃了。

周铁牙恨得牙根痒痒，骂他"还有比你更坏的人吗——"，他威胁老葛，若把他逼急了，他就找黑道的人，让他出个交通意外，或是在他所购的食品中埋藏点毒药，要他小命，不是难事。老葛闻听此言，有如五雷轰顶，脸色大变，张着大嘴，半晌说不出话来。因为他相信，周铁牙什么横事，都干得出来。

老葛自此寝食难安，走路溜着边，过十字路口，哪怕是绿灯，也左顾右盼的，唯恐哪辆车是被周铁牙买通的，撞他个魂飞魄散。他去副食店买酱牛肉或是蒜香猪手，本来已买到手了，可是一想店主人与周铁牙私交甚好，就疑心被下毒了。食品售出不能退掉，他出了门就把它们丢给游荡的狗了。狗等于过了大年，欢天喜地吃掉。老葛观察狗会不会突然痉挛，口吐白沫，可是没有，他往家走时，狗还心存幻想地跟着他，一直摇着尾巴把他送进家门，让他无比沮丧。

张黑脸与德秀师父二度交欢，带给两个人的煎熬是相似的。他们一方面战战兢兢地等待神灵的审判，同时又无比渴望第三次的欢聚。张黑脸每天给恢复期的东方白鹳投食时，总要朝拜一下金瓮河畔被他们碾压过的那片湿地，那片草笑过了头似的，还没直起腰来。张黑脸想到了年底，他们都还活着的话，就劝德秀师父还俗，他会娶她。他也因此在回城剃头吃饺子时，给女儿下了通牒，年底前把房子腾出来，摘掉家庭旅馆的牌子，他们必须搬回自己那儿住。张阔翻着白眼问这是为啥？张黑脸说，张树森要把这儿做洞房了。张阔想起银行卡持卡人的名字，心里哆嗦着，颤声问："张树森是谁呀？"张黑脸满腹委屈地说："你连老爹都不认了吗！"

直到此时，张阔才发现，自己竟和她鄙视的周铁牙一样，爱的是一个呆傻的老爹。当老爹的意识觉醒，她却如入暴风雪，这令她痛苦。老爹回到管护站后，她连喝三顿大酒，在酩酊大醉的时刻，做了种种思考，最后以她朴素的人生哲学，觉得人终归一死，穷过富过都是过，有一个可以对她发号施令的老爹，也是福气。所以她在心底接受了父亲的建议，打算年底前将他居住的这座院落复原，她也跟丈夫说，要尽快让他们楼房的租户搬走，老爹要当新郎了。张阔的丈夫骂："一个傻子，快他妈进棺材了，结的什么婚！"

老爹会喜欢上谁呢？张阔百思不得其解。他在管护站，回城出入的场所就那么几家，难道他和理发的或是开饺子馆的好上了？张阔将他可能接触的女人想了个遍，觉得没一个具备这个条件，她们都有丈夫不说，还都是安分守己的女人。那么问题该出在管护站了，而那里能接触到女人的地方，只有一河之隔的娘娘庙了，难道老爹竟和尼姑好上了？

张阔虽然不去娘娘庙，但她对三个尼姑不陌生。尤其是陈金秀，也就是如今的德秀师父，她的出家，瓦城人尽人皆知。最近住在张阔家的画家，常去娘娘庙，带回不少松雪庵的速写，她得以见识另两位出家人的样貌，慧雪师太高而瘦削，目光慈祥，气质沉静，看上去超凡脱俗；而那个叫云果的虽着僧袍，体态婀娜，眉眼也好，却给人一种旧照片上色的感觉，有点俗气。如果老爹和尼姑好，一定就是陈金秀了。他们年龄相当，且早就相识。而画家速写中的德秀师父，也一副在情感泥潭中挣扎的模样，木呆呆的，分外憔悴。

张阔想老爹要娶的若是陈金秀，她会坚决反对。她做了尼姑，如果还俗嫁人，还不被人戳破脊梁骨？再说这个女人命不好，谁跟着她谁倒霉。

中秋节前一天，张阔买了月饼，打了一辆出租车，去看老爹，一探究竟。她先去了庙里，给三圣殿的送子娘娘磕头，并看了看殿顶那传说中的送子鹤。一只白鹤单腿立着，缩着脖颈，似在梦游。它的白羽如雪，黑羽隐隐泛着华贵的紫色和绿色，最明媚的是它那双鲜艳的脚，像盛开的红百合。

张阔看完白鹤，朝山门外走去，路过菜地，见德秀师父正拔红萝卜。松雪庵土质肥沃，并不板结，可她拔个萝卜累得气喘吁吁的，当她抖搂萝卜带出的泥时，她脸上的汗珠，以她脸上纵横的褶痕为路径，纷纷逃跑。

张阔清了清嗓子，叫了她一声陈阿姨，问她还认得她不？她是张树森的女儿。德秀师父闻听此言，一个趔趄，差点扑倒在地，她努力站住，缓缓直起腰，吃力抬起头，定睛看着张阔，喃喃自语道："是你……俺认得……阿弥陀佛，你要用鞭子抽俺……俺都没说的，阿弥陀佛，犯了罪的人就该受罚的……"她这一番颠三倒四的话，让张阔明白她和老爹之间有了私情。德秀师父脸上褶痕中还没来得及逃到泥土中的汗水，让她有着了毛毛虫的感觉，害痒，德秀师父扔下通红的萝卜，擦脸上的汗水时，手上沾染的泥土与汗水混合，嵌入皱纹，使她脸上仿佛盘桓着一条蜿蜒曲折的泥墙。张阔的心剧烈痛了一下，她快步走出山门，上了出租车，没去管护站，直接回城了。她一路上含着泪，将带给老爹的十块月饼全都吞掉了。月饼甜腻，可她嘴里心里却被苦味浸透了。

18

天凉了，霜来了。金瓮河流域由初秋到深秋转换的速度极快，山林的树叶和岸边湿地的草叶，几乎一天一个变化，大自然也进入了情感最为饱满的时期。你看吧，昨天还是微黄的一片草叶，今晨感染了清霜，被阳光一照，它就仿佛畅饮了琼浆，心都醉了，通体金黄。而今天还是微红的一片树叶，被冷风吹打了一夜，太阳一升起来，它就贪婪地吸吮光芒，结果火焰似的阳光，把它的脸烧得红彤彤的了。风在此时成了媒婆，上午让两片草叶矜持地对望，下午就将它们吹得扭结在一起，紧紧相拥；昨天还不相识的两片树叶，一片在杨树上，一片在白桦树上，风挟持着它们，脱离树身，飞呀飞呀，最终飘落一处，也许是沟塘，也许是铺满松针的松树下，入了洞房。风儿成就的姻缘，热烈，短暂。如果一场秋雨袭来，草叶和树叶就被沤烂了，它们脸上生了霉斑，叶片出现裂纹，破衣烂衫的，风华不再。而它们身上，秋虫哀鸣，一派荒芜。

即将进入冬眠的动物，为着多储存一些热量，干枯的蘑菇，零落的浆果，松子，橡子，都往肚里填，都往洞穴搬运。而金瓮河两岸的夏候鸟，也做好了迁徙的准备。它们与出远门的人一样，打点行装，补充能量。它们的行装就是翅膀，为了让它更加刚健，它们去河里尽可能多地捕捉鱼虾，对管护站投食的谷物也呈现出前所未有的热情。它们也比以往更迷恋飞翔，从河畔飞到山谷，从矮树丛跃到高树，尤其是出生于此的小鸟，要跟上候鸟群迁徙的步伐，不想被风雪埋葬，更要把翅膀磨炼得像搏击长空的利剑。要知道天空也有坎坷，变幻的气流，难料的暴风雨，以及准备饱餐它们一顿的天敌所组成的追兵。所以此时的山林最不寂静，植物干枯以后，没有水分浸润，都成了扩音器，它们的飞起降落，翅膀拍打落叶所发出的声音，鼓掌似的，这里落了，那里又清晰响起，好像大地这一季的辉煌伟业，要由它们一赞再赞。

中秋节的庙会过后，云果师父云游去了。她来松雪庵后，是首度云游。去哪儿她没说，只说落雪之前回来。庙门以外的人说起这事，大多没好听的，有人说她去打理从贪官那儿得来的财产去了，有人说她整容去了，还有人说她私会相好的去了。周铁牙说，要是云果真的去找男人了，一定是石秉德。他还撺掇曹浪，回瓦城时别忘了给石秉德打个电话，问他见没见到云果。

候鸟做着迁徙准备，候鸟人也一样。来娘娘庙的游客明显少了，外地的候鸟人在冷风中竖起衣领，退掉旅馆，离开租屋，渐次南飞了。本地的候鸟人也开始了迁徙准备，将闲置一冬的房屋做暖气报停，打点行装。此时的行装差不多是故乡吃食小仓库，因为大大小小的行李中，除了在南方过冬必备的衣物，蘑菇木耳、榛子松子、豆角干、西葫芦干、烘焙的野生浆果等这些瓦城人喜食的干货，以及他们吃惯的东北的芸豆黄豆大米小米，塞满了行装。当然行李中也有宠物箱，那是出发时携带猫狗的笼子。

到了此时，你去瓦城的平安大街走一圈，会发现候鸟人打招呼问候的方式，较初春他们归来时大不一样了。那时他们通常说的是"哎呀，还是有点冷啊，这地方真不中待啊"，现在说的大都是"哪天的航班？再不走雪来了，就得捂上棉衣啦"，那些无力做候鸟人而又渴望温暖阳光的老人——人群中的留鸟，听到这样的招呼，都会撇起嘴，做出不屑的姿态，他们在瑟瑟冷风中，抄着袖子踅进酒馆，买醉去了。若是人多，聚在一起，又开始演绎候鸟的神话了，说候鸟人有啥好？你看今冬，邱老和庄如来不就不能南飞了吗？他们最后那把灰，不是还埋在瓦城了吗？

但候鸟人还是陆续南飞了，瓦城的机场、火车站，又喧闹起来。

德秀师父的前夫，在中秋节的松雪庵庙会上，又上演了一出苦情戏。不过他这次没威胁她，且讨钱的方式也文明了，提来一笼麻雀，卖给信众放生。他卖麻雀时，鼻涕一把泪一把地诉说自己的不幸，人们可怜他，高价买麻雀放生。笼中的麻雀获得自由，他的腰包也鼓了。目睹这一切的德秀师父，心中并无刺痛感，她已麻木了，每天想着就是遭报应。

德秀师父喝水时觉得会被呛死，跨门槛时觉得会被绊倒摔死，切菜时觉得菜刀会飞舞起来，砍了她的头，走夜路时觉得狼会出其不意地叼住她的裤脚，把她吃得连骨头渣子都不剩。她觉得没这么快遭报应，是因为所受的折磨还不够，所以她找过张黑脸一次，主动求欢，说那样的话，自己的痛苦越深，被打入地狱的节奏就会加快。

此时的张黑脸，倒比德秀师父要清醒得多，他拉着她的手，拒绝了她的要求，说要等她还了俗，体体面面和她过日子，去床上做。德秀师父失落地离开，经过月牙桥时，不断叹息，觉得自己动了邪念，已是犯罪。她还想，如果这一世不遭报应的话，下一世也逃不掉的。下一世的报应会是啥呢？堕入畜道，变成牛马，被狠心的主人用皮鞭日日抽打，还是被投入火海中受煎熬？她越想越怕，越怕越要想。想得头皮发麻时，她就朝管护站方向张望，满眼迷茫。

云果走后，添灯油一类的事务，德秀师父就得承担了。可她不是把灯油添得溢出，就是错将佛龛的花瓶当灯，将灯油洒在那儿了。在法物流通处，有香客要买北菩提，单价七八十元的手串，她收了百元大钞后，往往要找还人家一张面额五十元的，人家说找多了，她攥着还到她手中、让她重新找零的五十元面钞，非常惶惑，喃喃自语："啥是多，啥是少？"她竟连钱的面额都认不得了。

金瓮河因两岸草木凋敝，陡然开阔了。风儿像一支刚劲的笔，将盛夏时节山林这大块文章，去除枝蔓，删繁就简，使之更有精气神。夏候鸟在迁徙之前，在河里尽兴地搅起涟漪，画出一个套着一个的空心圆，似乎在与河流吻别。雨燕飞走了，野鸭飞走了，大雁见落叶越积越厚，霜也愈来愈重，也做好编队，只待出征了。首度来金瓮河安家的东方白鹳，有一家已经远行了。

张黑脸看着夏候鸟渐次南迁，为那只有腿伤的白鹳而心焦，因为它每一次起飞，都要在地面助跑很久，勉强跃起，也飞不高。曹浪没听从石秉德的，未等最后一批夏候鸟迁离，先回大城市去了，研究站的门，就此封上了。周铁牙大多的日子泡在瓦城，偶尔驱车回来一趟，送点给养，也不过夜。他对张黑脸说，只要大雁和东方白鹳南飞，这一季的工作就宣告结束，可以回城。如果那只受伤的白鹳飞不走的话，不用管它，那是它的命。

张黑脸表示，这只东方白鹳不走，他就不撤。

周铁牙说："白鹳是幌子，你惦记着德秀师父吧？"

张黑脸也不遮掩，非常认真地说："俺和我，两样都惦记着。白鹳得让它飞，娘娘庙的人，俺会让她长出头发，冬天时娶她回家。"

周铁牙哈哈一笑，只当他说胡话。

大雁在一个晴朗的早晨，在河畔聚集，给自己开欢送会似的，呀呀叫着，相互拍打翅膀，分批飞起，在空中集结，排成人字形，离开金瓮河了。它们在天空的姿态，就像一艘远航的战舰。

最后一批东方白鹳，选择的则是黄昏时分迁徙。三只成年白鹳，带着它们在这儿孵育的五只白鹳，在落日中起飞。它们选择的列队方式是，那对夫妻白鹳，雄性的在前领航，雌性的在中间，与来自两个家庭的五只新生白鹳并肩而行，断后的是三圣殿上的那只成年雌性白鹳。它在迁徙之前，来到金瓮河畔，看望它的伴侣。它们交颈低语，耳鬓厮磨，恩爱不舍。当断后的雌性白鹳追随它们的孩子，飞向天空的刹那，落日血红，它就仿佛衔着落日在迁徙，孤独地留在大地的那只受伤的白鹳，仰望天空，发出阵阵哀鸣。

一场又一场的霜，就是一场又一场大自然的告白书，它们充分宣示了冬天即将到来。夏候鸟飞走了，山林陷入了短时的寂静。那只无法离开的东方白鹳，并不气馁，它孤独而顽强地在寒风中，一次次地冲向天空，一次次地落下，再一次次地拨头而起。每当听到它飞起后又无奈落地的沉重声响，张黑脸都要难过很久。他想着如果它落雪前不能飞走，就把它抱进管护站，饲养一冬。他不能让明年春天它的伴侣飞回时，见不到它的踪影。

张黑脸做好了为这只白鹳而留守管护站的准备，甚至要推迟婚期。他修炉子，将掉皮的墙泥抹平，将窗户钉上防风的塑料布，将门槛用棉毡裹上。他还去山里拾柴，一个冬天下来，火炉不知要吞掉多少柴火呢。一日下午，他正准备去拾柴，听见空中传来"嘎啊——嘎啊——"的叫声，是一只东方白鹳飞回来了，它直奔河畔受伤的白鹳。张黑脸欣喜地奔过去，一望，果然是受伤白鹳的伴侣。看来它将孩子们顺利送上迁徙之旅后，还是放不下它的爱侣。

"雪就要来了，抓紧飞吧，你们能行的——"张黑脸每日给它们投食时，都要这么鼓励一句。它们似乎听懂了，在与时间赛跑，很少歇着。它们以河岸为根据地，雌性白鹳一次次领飞，受伤白鹳一遍遍跟进，越飞越远，越飞越高。终于在一个灰蒙蒙的时刻，携手飞离了结了薄冰的金瓮河，渐渐脱离了张黑脸的视线。

那天晚上，张黑脸吃过饭，刮了胡子，就往娘娘庙走去。他本来是想求慧雪师太，让德秀师父还俗，可他走到中途一想，云果还没回来，万一他带走了德秀师父，慧雪师太一个人在娘娘庙，那怎么好？

张黑脸于是折身而归，这时天空飘起了雪花，簌簌的落雪声，让他觉得那对白鹳走得真是及时。

第二天早晨，张黑脸还在酣睡，被"嘭嘭——"的敲门声惊醒了，是德秀师父，因为下雪模糊了视线，她没望见管护站的炊烟，以为佛祖惩罚了张黑脸，他已下世，故来看看。她说无论如何，也要排开一切险阻，最后见他一面，所以提了禅杖。可是因为心急，路上摔了一跤，她把禅杖跌到山下去了，也没顾上捡回。

德秀师父为张黑脸做了早饭，他们每人吃了一碗面条，之后去山里拾柴。下雪的缘故，柴火被雪掩埋了，分辨不清，再说他们迷恋两个人在雪地无言行走的那种踏实和幸福感，所以忘却了拾柴，一路向南，走了很远很远。直到中午，他们觉得肚子有些饿了，准备回返时，德秀师父首先看见松林的白雪地上，似有几朵橘红的花儿在闪烁。她叫着"阿弥陀佛——"，拽着张黑脸奔向那里。那傲雪绽放的花朵，原来是东方白鹳鲜艳的脚掌！那两只在三圣殿坐窝的东方白鹳，最终还是没有逃出命运的暴风雪。

这两只早已停止呼吸的东方白鹳，翅膀贴着翅膀，好像在雪中相拥甜睡。张黑脸指着它们对德秀师父说："这只白鹳叫树森，那只叫德秀，我和你，你和俺，就是死了，咱把它们埋了吧，要不乌鸦和老鹰闻到了，就把它们给吃了。"

雪下林地还未冻实，他们没有工具，为两只硕大的白鹳挖墓穴，只能动用十指。他们从中午，顶风冒雪，干干歇歇，一直挖到傍晚，十指已被磨破。当他们抬白鹳入坑时，那十指流出的鲜血，滴到它们身上，白羽仿佛落了梅花，它们就带着这鲜艳的殓衣，归于尘土了。

张黑脸和德秀师父葬完东方白鹳，天已黑了，他们饥肠辘辘，分外疲惫。当他们拖着沉重的腿向回走时，竟分不清东西南北了，狂风搅起的飞雪，早把他们留在雪地的足迹荡平。他们很想找点光亮，做方向的参照物，可是天阴着，望不见北斗星；更没有哪一处人间灯火，可做他们的路标。

小花旦的故事

王占黑[*]

1

我攒了很多火车票。散在抽屉里的时候看不出，叠起来竟有四五副扑克牌那么厚。这就对了，上大学起，我坐过很多趟绿皮火车，从上海南站出发，开往广州的，深圳的，海口的，昆明的，每一个方向我都坐过，每一条线路上售卖什么商品，牙膏、毛巾还是火车模型，乘务员的普通话带着哪种口音，我都知道，可我从来没到过这些地方。我总是第一站就下车了。

十二块五，是上海到我家的距离。如果人们坐火车也像坐飞机一样计算里程的话，那么我的就不值一提了。一个钟头，去远方的人一碗泡面还没排队煮上，我就到了。我总想着，哪次能忍住不下车，一路坐到终点站，补完票出来，先给小花旦打个电话，喂，猜猜看，我在哪里了。

小花旦肯定会笑上一阵，细姑娘本事大啊，寻只茅坑，蹲下来摸摸看，屁股上是不是生满坐板疮了，讲完又笑一阵。

这是我和小花旦的约定。那时他一边往头上擦摩丝，一边讲，你要是敢坐到底么，我就出钱给你买三九皮炎平涂坐板疮，车钱也算我。

口说无凭，我讲。

---

[*] 王占黑，女，1991年生于浙江嘉兴，作品见《小说月报》《思南文学选刊》等，已出版小说集《空响炮》。

小花旦从挺括的夹克衫里掏出车票，每趟去上海，他必定挑一件派头大的穿，配一双擦亮的尖头皮鞋。又问我讨一支笔，在右上角写了999，一笔连到底下的名字。画完，继续打理自己的发型。他的刘海卷卷的，垂落几丝，余下则统统往后梳，左边的朝左后拢，右边的朝右后拢，撇出一个爱心形额头，金光锃亮。轰隆一声，火车到站了，小花旦朝前冲了冲，手上的摩丝擦了个花边球，四六开的头路也撞坏了，变成乡下的虫马路，一歪一扭的。

　　赤逼，火车开得来好比拖拉机，卵蛋都要震碎了。我们出了站，便去坐地铁，一路上他继续收作他的头。

　　并没有人说过，地铁站不只是等地铁的地方，它还有长长的过道，四通八达的出口。各式各样的店面围在其中，人们进进出出，随时都能停下来买点什么，吃点什么。这明明是个很有花头的商场呀。平时要进大厦才能买到的高级运动鞋，那时只与我们隔着一堵玻璃墙，它穿在模特的脚上，就像穿在路人的脚上一样寻常。我和小花旦走得很慢，与一个个模特或路人擦身而过，还是来不及看。

　　我问，这么多店，生意都做得出吗？

　　小花旦讲，怎么会做不出，有人开店么，总归会有人去。

　　那你讲，到底是先有人开店还是先有人要买呢。

　　小花旦顿住了，我们停在一家美珍香门口对望着。这个问题我老早就问过了。那时我还小，他还没下岗。老王在打麻将，叫小花旦带我去吃中饭。我们走在小区外面的马路上，我说，路上开了这么多小店，怎么不倒闭呢，每一爿都有人去吃吗？

　　小花旦说，肯定呀，有人开，总归有人会去的。世界上有交交关关人，人家在做啥，喜欢吃啥，你一个人是想不通的。

　　我没听懂。

　　他讲，好比你养一只鸡，就会得一窝蛋，你有蛋了，就能孵出小鸡来。

　　那你讲，到底是先有鸡还是先有蛋呢？

小花旦卡住了，在一爿面馆门口愣了很久。他朝里望了望，转而问我，想不想吃鳝丝面。于是我们叫了三碗，多一碗带回去给老王。

这次小花旦还是没答上来。他同美珍香的促销店员并排站着，听到人家喊试吃，上前戳了几片猪肉脯，又戳了两片给我。

还有吗？我觉得味道很好，不好意思自己去要。

怕个屁，免费的呀。小花旦握着用过的牙签，又去戳了好几片。店员却翻了个白眼，端着盘子走进去了。我们只好平分手上的，边走边吃。

小花旦突然讲，细姑娘，你看这个地铁站，像我们小区吗？

我吓了一跳。地下广场多高档啊，我们小区算什么。

小花旦指着麦当劳，这个么，就是毛头的臭豆腐摊。又指着便利店，这是闵珠杂货店。再过去是怪脚刀的棋牌室，阿宝的修鞋摊。他指着远处的游戏机，旁边坐着卖玩具的人，蛇皮袋铺了满地。还有贴膜的人摇着屁股底下的小板凳。被他这么一说，我倒真觉得像起来了。我们小区的房子，二楼才住人，底下都是车棚。如此一来，发大水了，也不至于叫家具浸烂在水里。十来平方米的地方，面朝马路，做做小生意正好，许多人家便把车棚租出去了。于是早饭铺啊，租书屋啊，剃头店啊，一爿爿老鼠打地洞似的开起来。整个小区像个吊脚楼，地面上到处是小店，单元楼前后畅通，走来走去，闭着眼睛也能到。这些店有的白天开，有的在夜里，办了执照还是三无，搞不清。可什么店里有什么人，倒是固定的，绝没有哪一处冷冷清清。我问的问题，小花旦答不清楚的道理，兴许就在这里。

我们边走边看，给每一家店找到小区里对应的位置，车棚找完了，就去外面马路上的店找。馄饨对馄饨，小炒对小炒，服装店对缝纫摊。快到出口了，小花旦忽然大步朝前，跑到一家美发沙龙门口，三色灯管在身旁转个不停，映亮了他的夹克衫。

小花旦伸开双手向我介绍，你看，此地就是我的店面了，派头大不大。他身后响着吹风机和流行歌曲的混杂声音。

小花旦叫我帮他在店门口拍个照，我说这样不好。他讲，有啥不好的，快点拍一个。

迎宾小伙子用怪异的眼神盯着我们。我赶紧接过小花旦新买的诺基亚按了一记，人影很小，店面很大。他眯着眼看了一歇才讲，嗯，大归大，生意还不如我那好呀。这话说得梆梆响。

小花旦点开相册，往前翻几张给我看。照片里一个大大的油头，顶着"巧星美发屋"的红字招牌，上面露出一截楼上人家晾下来的短裤和胸罩。

我比了比两张照片，朝他望了一眼。不像，不像。

小花旦讲，没办法，人嘛，到了洋气的地方，肯定就要变来洋气一点。细姑娘，你慢慢也要洋气起来了。他提手抄了抄我的短头发。及耳，及额，及头颈，大人称之为游泳头，下水了也不会变形。背后看过去，男生女生是一样的。

我的游泳头从小就是小花旦剃的。小花旦是我们小区的剃头师傅之一。

2

我们小区虽小，理发店从来不会少。我读小学的时候，地面上竟同时开出了三家，哪一家都不缺生意做。东边便民理发店的阿姨戴一副酒瓶底子厚的眼镜，人们就叫她眼镜。眼镜的车棚因是自家的，价钿便宜，老年人去得多。西边惠民理发店的阿姨年纪稍轻一点，但块头大，人们叫她阿胖。阿胖开店的头两年，整个人像发糕似的发开来了。可她替人刮胡子刮出了名气，去过的都说适意，吸引了一帮男客。还有一爿开在小区门口的香樟树底下，不叫理发店，叫作美发屋，就是小花旦的地盘了。巧星美发屋店面不大，客不多，谈山海经的人倒是常来常往。路过不细看，只当是老年茶室。

眼镜和阿胖作为竞争对手，时常隔空传话，相互抹黑几句，眼红几句，小花旦却从没人同他吵过。一来，小花旦讲，好男不跟女斗；二来，小花旦讲，我同人家做的不是同一趟生意呀。

我说，那你同外头的美容店是一桩生意咯。我指的是对面马路一些粉红色的铁皮屋。日光灯管拿彩纸包起来，叫人看着昏沉，几个皮松肉散的外地女人躺在沙发上，或坐在店门口，大冬天也要露胸脯，露大腿，三伏天还要擦厚厚的白粉。她们也叫美容美发。小区里哪个男人路过多瞄几眼，就要被老婆骂了。我放学走过也偷偷看，总想着这店里冷冷清清，如何开得下去呢。后来想明白，也许做的是夜生意，我看不到罢了。

小花旦瞪大眼睛，朝水泥地板狠跺一记脚，细姑娘不要瞎讲哦！人家卖人肉包子的，同我有啥关系！下趟走路不要东看西看，当心自家①绊一跤。他拿起给客人喷头发的香水，先朝我脸上胡乱喷了几下，气味发冲。

小花旦的生意，同谁都不一样。他讲，五块十块的剃头生意，我不稀奇的。碰到老王这样的老相邻，旧同事，隔月去剃个头，不算数的。小花旦手脚快，三下五除二搞定，从没收过一分钱。巧星美发屋，专门做的是阿姨们的生意。小花旦讲，别说小区里，就是老远八只脚的老太太要烫头，要焗油，都情愿穿过大半个城来找我。

小花旦走的是一条龙服务。

老太太们要出客，要上台，想甩甩浪头了，早几个礼拜就要来巧星美发屋报到。小花旦先问好穿什么，再定头型。人家若想不好怎么穿，索性全托给小花旦，一手包装。永红丝厂里跑了几十年销售，小花旦对穿着打扮颇有研究，真丝棉麻，料作款式，怎么显身形，怎么衬肤色，脑子里清楚得一塌糊涂。衣服还没做，小花旦上上下下一比画，一形容，老太太仿佛仙袍上身，头颈伸长，腰板笔挺，旁边的小姐妹齐齐叫好。然后小花旦再同人家细细讲，去哪里选料作，寻裁缝，不合身了找谁改合算。做这种事体，小花旦本身就很来劲。老太太自然一百个放心，过几天，衣服乖乖拿来，排队等做头发，店里闹猛②得不

---

① 自家：自己。
② 闹猛：热闹。

得了。

小花旦讲，人家给老人烫头，好比工厂流水线一样，烫一个，走一个，走出来都是一式一样的，有啥意思，人老了就不要寻开心了吗。小花旦就舍得花时间，给老人研究头型，好好烫，细细弄，走出去有样子，扎台型。久而久之，妇女队伍里传来传去，小花旦就做出了名堂。三五结伴而来的，从头到脚问一遍，一个烫，几个在边上看，蜜饯咬咬，闲话讲讲，也问几句自家等会要怎么弄。小花旦确确有这样真本事，一边干活，一边服侍看客，聊得人家开开心心，服服帖帖。

要论保养么，阿姐比我有经验呀，讲穿了，皮肤同钞票一样，多拿出来摸摸，就不会皱。

大家有缘做几十年小姐妹，为一桩事体吵相骂有啥好处呢。老来不比美，要比大方。

阿姨勤气，媳妇么，讲究一个以静制动。你不骂，人家也不会主动吵上来。一样的道理，你不下指标，人家反倒不好意思，屋里生活就做起来了。

老太太纷纷点头。她们讲，哎哟，巧星这只换糖嘴巴，真真是甜的咪。跑一趟巧星这搭，比寻个老娘舅还灵光呢。

巧星美发屋和保健品是一种道理，老年人里有口皆碑，正经人则视之为脓疮毒瘤。社区干部讲，人家东西两爿店虽说是小本生意，到底规规矩矩，有营业执照，有卫生许可的。你看看你这个地方，胡来。

进去检查，小花旦店里处处都是危险动作。电是从楼上接下来的，热水是煤球炉现烧的，烫头罩子万年不洗，各式药膏也没明确的来路，更不必说保质期。今朝用过了放进抽屉，下次再拿出来挤一点。小区每搞一次文明建设，巧星美容屋就面临一次严打。停停办办，实在撑不住了，有一天小花旦也搞了张营业执照，裱起来，挂在店门口叫大家来看，法人代表阮巧星，交关神气。谁晓得这个阮巧星仍是假的，是打给电线杆上的办证电话打来的。小花旦一边烧水，一边说给老太太听，两百大洋，给社区里买个放心。

小花旦讲，我做生意是做给客人的，又不是做给工商局的，要伊拉①满意做啥。

老太太们听得有理，巧星美发屋便照开不误。她们不是不晓得安全问题，只怪小花旦的推销实在做得太好。人家店里贴了明星照、发型图，他这里专程有阮家阿婆做活体模特。

小花旦绝非每天都肯开店的，钓鱼要去，舞厅也要去的。他店门口贴着告示，一份令人羡慕的工作时间：下午12:30—5:30（星期四休息）。但实际操作从不按纸上来办。但凡营业的时候，起来做的第一个头就是阮家阿婆的。吹好弄好了，叫阿婆往店门口的树底下一坐，蒲扇一摇，人们就走过来看了。

哟，阮家阿婆，今朝漂亮咪！

3

巧星美发屋门前有一株老樟树，是小区还没造的时候就长起的。

每到夏天，树上的知了蜕过壳，一下就活络起来了。知了的脚明明抓在树上，耳朵却生在小花旦的店里。小花旦同客人们呱啦呱啦讲话的时候，知了只听，不响。小花旦的吹风机一开，知了就跟着叫起来了。它们越叫越响，盖过吹风机的动静，盖过店里的讲话声，还带动起远处的知了。整个小区上空好像有一个巨大无形的吹风机在运转，到处荡着回响。等到小花旦的吹风机一关，知了晓得了，便识相地跟着停了下来。

有时若不识相，影响了小花旦谈生意，阮家阿婆就拿起手里的拐杖敲一敲香樟树，敲一敲，知了就不敢再叫了。

我讲，阿婆，知了是你养的啊。

阿婆胡乱点点头。她讲，虫么，侪是空叫叫，胡叫叫，吓一吓就好了。阿婆的耳朵不好，坐在树下从不觉得吵，可她仿佛也另有一副耳朵，时时刻刻按

---

① 伊拉：他们。

在墙上，听牢店里的客人是不是叫树上的客人抢去了风头。

她总是比小花旦更关心小花旦的生意。

阮家阿婆活着的时候，只要不下雨，常常搬一只骨牌凳坐在树底下，有时起身扫扫地，张望张望马路。阿婆若走来走去，就是走给人家看的。人家看到阿婆的头发挺括，心里便有数了，噢噢，小花旦今朝出来做生意喽。三个两个围上去摸一摸，感觉好，再进店里去问问。

阿婆一看到来生意，就高兴了，朝楼上大喊，阿星啊，客来喽。

阮家阿婆生得瘦小，皱皮弓背，一头白发却长而浓密。小花旦隔一阵学来了新发型，就先给姆妈做一个。网兜子罩住的，油光光贴着头皮的，盘起来的，蓬开来的，各有各美。有时也回归老法的麻花结、马尾辫。人家都讲，阿婆这张面孔，一看就晓得，年轻辰光不要太漂亮。

阿婆不自夸，她只夸小花旦，吾①阿星手巧吗，一只死老太婆，做出来也好看呀。

或是一并夸赞丈夫和儿子，阿星爸爸当年样子神气，吾阿星也神气的。阿星爸爸做事体细摸细想，全传给吾阿星了呀。

阮家阿婆平时话不多，一旦张了口，就是吾阿星，吾阿星。好像小花旦是个太阳，阿婆每天绕着他转似的。可实际上，丝厂的人都晓得，小花旦从小到大，无不是他围着阮家阿婆转的。

小花旦是阿婆的末子。

小花旦的大名，正是不识字的阮家阿婆取的。她讲当年自己预备同丈夫养十个小囡，当上光荣母亲，就能去天安门见毛主席了。丈夫进步，国家造卫星，他也想了个"造星计划"，要按太阳系十大行星（他以为）来取名，搞得有文化一点。水金地火木土，养到第七个，丈夫在睡梦中暴毙。阮家阿婆讲，我又不

---

① 吾：我（们）的。

懂天文地理，只晓得光荣妈妈当不成了，日脚也度不下去了，管伊第七颗叫啥，索性就叫个星。于是阮巧星成了阮家七大行星之末，同六个兄姊围着姆妈转。

阮巧星虽是离得最远的一颗星，却跟得最紧，转得最快。

阮家阿婆当了一辈子的湖丝阿姐。她讲，好茧子泡在滚水里，要伸手进去，一边洗，一边剥。机器比不得人手，手抽的蚕丝不会断，出来的才算好货。我懂，这和做肉饼子，滚刀切的总比摇肉机摇出来的鲜，道理是一式一样的。

可是城里稍微有点关系的，谁会跑去做这种生活①。两只手伸下去，再缩不回，木掉了呀。半天浸下来，十根指头肿得像胖大海一样。阿婆摊开手，缫丝工的手掌，到老来仍比平常人的厚很多。她讲，冬天蛮好，热烘烘的。㑚②就看，谁从来不生冻疮的，十有八九就是老阿姐了。到夏天公，真真下不去手。皮泡软，烫开，一抽就是一条口子，嘶一记，痛到心肝里。下了班，两只手通通红，好比木头砧板，上面全是印子呀。

我听了，吓得不敢回话。阿婆却讲，哎哟，出好物事嘛，肯定要吃苦的。

湖丝阿姐苦，阮家阿婆又是其中顶苦的。一人拉扯七子，三个上班，三个读书，还有一个背在身上，每天带到厂里来养。阿婆抽丝，小花旦在背上看抽丝。阿婆吃饭，先往背上的嘴巴塞几口。我插嘴，阿婆，你的背脊是背小囡背弯的吗。阿婆不回，只管讲，人家看不下去，就省一点给我们吃，空下来帮我领小囡。

阿婆又笑了，吾阿星真乖呀，不哭不闹，车间里人人待伊好。老话讲，遗腹子隔着肚皮听到姆妈哭，还没养出来就决心要待姆妈好了。吾阿星不单晓得肚皮里的苦，还晓得车间里的苦。三四岁已经端着搪瓷杯走来走去了。读了书，放学先到车间来。早班送饭，夜班来接，从来不肯同我分开的。人家讲，我好比养了个管家公呀。

一直跟到阮家阿婆退休，小花旦书不读了，顶职上岗，成了厂里唯一的男

---

① 生活：工作。
② 㑚：你。

缫丝工。小花旦一上来，已经熟练得像一个老工人了。

男人做湖丝阿姐，到底上不了台面，下趟老婆也讨不好。后来我托关系，叫吾阿星转到销售科去了。

阮家阿婆讲丝厂旧事，每每讲到小花旦转科室，就打住了。她说，一个人嘛，早前苦够了，老来就得甜了。阿星爸爸生眼睛，晓得我命苦，派阿星来待我好。阿婆顶着时髦的头发，坐在店门口笑。

不讲了，不去想了。她摇起自己那双厚大的白手，上面泛起密密的黑斑，像摇一串熟透了的香蕉。

细姑娘，倷大起来，要同阿星叔一样，待姆妈好，晓得吗。我点点头。只是阿婆口中的阿星叔，让人产生一种怪异的陌生感。我实在难以把孝子阿星和店里边剃头边陪客聊天的小花旦联系起来。照平常来看，阮家阿婆和小花旦并不多话。开店的时候，一个做头，一个看店。一个谈天，一个听听不响。关了店，一个出去白相①，一个就待在楼上。小花旦钓了鱼回来，阿婆就烧鱼吃。小花旦跳完舞，空了两只手回来，阿婆出去买点挂面和熟食。怎么看都是阿婆在照顾小花旦。可是听大人讲，阮家阿婆自从守寡，到死没离开过小花旦。这些年她只跟着小花旦住，小花旦结婚，也是带上姆妈一道进的新房子。

我想来想去，还是名字的问题。阿星是阮家阿婆的阿星，小花旦是大家的小花旦。这是两个人。尤其在阿婆这里，她容不下第二种叫法。人家若讲小花旦怎么样，阿婆就要动气了。这个名字，阮家阿婆不喜欢听的。谁不识相，再讲，阿婆就要翻面孔，下逐客令了。

可是除了烫头的老太太称呼他巧星师傅，我们小孩子叫他剃头阿叔，小区里的大人都喊他小花旦，丝厂的人也是。这从来都不是一位耳朵不好的老太太能阻挡的事。

①　白相：玩。

小花旦自己倒是不介意的。

4

小花旦这个绰号，早在缫丝车间就有了。并非喜欢唱戏，只怪生了一副太监喉咙。照理说，高大的人声音浑厚，小花旦却不是。他的声音细细尖尖，却不如小姑娘的软糯，反有一种中年妇女的锐利和响亮。激动的时候，语调一升高，像铜炉里烧开了水，涩涩的刺耳极了。动起气来，又变成木锯子拉在生锈的铁皮上，磨人心肝，好在这种时刻是少有的。小花旦更多的是放声说笑。他一开口，脏话不断，侬个赤逼，伊个赤逼的，同他的细喉咙很不般配。小时候我质问他，你怎么老是骂人。他却说，这怎么叫骂人呢，这叫口头语，懂吗。小花旦把所有不文明的词汇都称之为"口头语"。他聊起天来，一个句子里的口头语比主谓宾还多。

后来我知道了，厂里面人人都讲口头语，开心不开心都要讲的。上班了，口头语在车间里飞来飞去；下班了，口头语在小区里飞来飞去。上下班的马路上，口头语要更生脆些，才能互相听到。

小花旦，去寻死啊！

赤逼，迟到了要！

更可怕的是，小花旦在小学附近也离不开口头语。老王上夜班的时候，常常叫工友送我去读书。轮到小花旦，他送我到校门口，突然大声喊，细姑娘，进去先撒泡丝①噢！值班的高年级同学和老师都笑了。这份旧账我长大后跟他翻过不下一百遍。从此我同小花旦约好，送到校门口不准讲话。他仍坚持要对口型，两只细脚杆扒开，同校门外的栅栏重合在一起，栅栏尖上戳出小小的头，两片薄嘴唇放慢了速度扭来扭去，像一个滑稽演员，故意要逗笑值班的同学。

小花旦长长的腿，长长的身体，连到长长的脖子，不知怎么生出一个短小

---

① 撒泡丝：撒个尿。

扁平的头来，头上的眉眼是细窄的，嘴巴狭长，像粘了几条被甩软的挂面。说起话来，眼皮上面，眉毛底下，都是微妙的小动作。好在他皮肤黑黄，鼻梁高挺，现在回想，小花旦四十岁以前，侧面还有一点模特的英气。

可他走起路来全无模特的利索生风，做贼似的半吊着手，两只脚软绵绵的。小区里的人讲，说难听点，女人堆待久了，跷根兰花指剥茧子，总归有点阴阳怪气。

阮家阿婆必定深谙这个道理，才大费气力帮小花旦换了工种。然而人们早已叫惯了，小花旦去了新科室，或出厂跑外勤，还是小花旦。他自己并不反驳。

只有阮家阿婆从不满意，她讲，瘦长条子么，叫秀才不是蛮好，做啥要取个娘娘腔名字，吾阿星气力不要太大，身体不要太好噢。又说，巧星年轻的辰光，往蚕种库门底一走过，多多少少小姑娘盯牢伊看。伊是眼界高，一个看不上。

但她并不提起小花旦后面的一桩婚事。

小区里的人都晓得小花旦结过婚，却不知全。只见小花旦带姆妈去新房住了三年，又带姆妈悄悄搬回来了。人们估计，是婆媳之间出了问题。而后阮家阿婆要把房子专留给小花旦，六颗行星跑过来吵过多少次，总算拗断，留下两人清静度日。人们便一口咬定，若不是当初逼得小花旦离婚，阿婆何苦千方百计保他。至于小花旦的老婆是谁，在哪里，没人问过。

直到暑假的一天，做头发的队伍里来了一个新面孔。这位客人听说城东有个蛮好的烫头师傅，就跟过来看看。到了才发现，是老熟人了。小花旦特意找出茶叶罐头，拍拍围裙上的灰尘，客客气气喊了一声，姆妈。这不大不小的一声，把树底下的阮家阿婆引过来了，两个姆妈在巧星美发屋的招牌底下碰面了。

丈母娘讲，阿星啊，还没讨好老婆啊，光杆司令准备当过去了噢。

小花旦笑笑不响，招呼客人们一一坐下，自己上楼去泡茶了。丈母娘在店里走来走去，冷箭频发。

天天蹲在这种地方，搞这种娘娘家生活，哪个女人看得上么，也是笑死人了。

阮家阿婆的耳朵不好，可是她想听什么，总是能听到的。

她讲，有种人在外头胡来来瞎搞搞么，甮讲二婚头，三婚头四婚头也是省力的呀。吾阿星家教好，做不出这种事体。

丈母娘跳起来了，侬宝贝阿星稍微争气点，玲玲会得逼出去吗。阮家门不要后代，我屋里厢还是要的好吗。

哟——要后代不要面孔嗖。

好嘞，甮讲了。老客人想劝一句。

要面孔，哈哈哈哈，大家听听看，娘娘腔不来事，还讲得出要面孔。

丈母娘比阮家阿婆年纪轻，块头大，喉咙响，这么一笑，店里鸦雀无声，我看呆了。只剩小花旦踢踢踏踏冲下楼来，轻轻说了一句，好嘞好嘞，甮吵了。老底子没吵够，过掉十多年还要来寻气吗。

他扶阮家阿婆上楼休息，叫丈母娘在店里等一歇，马上就来。又关照我把茶分给客人。

丈母娘却讲，哼，等啥等，要晓得是伊开的店么，我绝对不会来的。转而对着客人，大家晓得吗，当初看伊一表人才，好说好话，心想有点娘娘腔也不搭界。想不着是只软脚蟹，真真苦了玲玲，不好讲出去。丈母娘推开我的茶杯，像一只憋足气的青蛙，冲着楼上提高音量，我么，这辈子见都不想见到伊，还要叫伊来帮我做头发，真笑死人。

楼上传来一阵骂，老赤逼棺材，死远点，一只嘴巴吃糠不清不爽，乌龟外孙还不晓得啥地方落的种！

我从来不知道阮家阿婆的耳朵这么好，喉咙这么响。我也从来没听过，小花旦天天讲的口头语会从阿婆的嘴巴里一个一个跳出来。小花旦却像被抢了台词一样，并不开口。

一个在楼上骂，一个边走边骂，于是那天下午的生意全都跑光了。小花旦倒不动气，他下楼收拾，把没人喝的茶都喝了，还提前给我剃了头。剃完头他提议去游泳，我们就去了旧厂边上的水池。他看起来心情不坏，游了几圈，买了棒冰，语气也比平日里温柔一些。甚至让我觉得，结了婚又离的人是两个姆妈，而不是小花旦和什么玲玲。

晚上回到饭桌，我问，软脚蟹是啥东西。

妈妈说，小囡问这种怪搭搭的问题做啥，吃饭。老王说，哎呀，不大巧，现在不是吃蟹的季节。

我就不问了。

5

印象中，阮家阿婆到死只吵过这么一次架，可是那次之后，小区里有些人看小花旦就不一样了。阿婆恢复到往日的温和，常常坐在树底下自说自话，哎呀，人生得好看么，就会叫人家讲闲话，阿星爸爸老早也被人家欺，后来同我结婚，不是照样很好嘛。我知道，阿婆是专程讲给那些走来走去的耳朵听的，寄希望于他们的嘴巴能在菜场里、麻将室，或回到自家的饭桌上，把这些话慢慢说开去。

小花旦仍旧不响。就像从不介意自己的绰号一样，他也不介意这桩被曝光的旧婚事。小花旦的口头语骂天骂地骂工厂，偏偏在这件事上从不使用。这也愈发让一些人坐实，问题出在小花旦身上。大家都相信，理亏的人才会沉默。

小花旦的客人渐渐少下来了。并非外头的风言风语影响了妇女队伍里的口碑，她们受过巧星师傅的恩惠，绝不说半句坏话。而是阿婆病了，严格地说，是阿婆老了。她生了七颗行星，末一颗都转了四十多圈，阿婆自己就转不动了，她的轨道上沾满了往事的灰尘，它们缠住她的手脚，要把她也变成灰烬。

直到小花旦每日驮着眼神呆滞的阮家阿婆进进出出，我才懂得那位反复出现在阿婆口中的阿星的存在。他把阿婆背下楼晒太阳，又背回楼上睡觉，在大树和美发屋之间的晾衣绳上撑开了尿湿的床单和绒裤，我想起阿婆说过的那个在充满水蒸气的地方，由大人背来背去的小婴孩，车间雾蒙蒙的，蚕丝白乎乎的，他的小眼睛看到什么了吗。

后来，阿婆转不动了。和徐爷爷一样，在这个小区里，任何老人的离去都是惊不起水花的小事。人老了，人死了，不是再正常不过了吗？走来走去的耳朵们，更愿意去关心谁家新降临了小生命，这关乎着一族的延续。至于将要垂落入土的家庭的枯枝，就由它去吧，谁没有那么一天呢。

然而没有延续的小花旦却很少开店了。楼上的灯也不常在夜里亮着。他睡觉了，他去钓鱼，还是去跳舞，阿婆走了，没人知道他的动向。我读寄宿学校，我也不知道了。只是一个月剃一次头的惯例还没变。我发了短消息，上楼从他家空置的奶箱里拿了钥匙，下来开店，然后回家喊老王过来，我们家的头，在我离开家之前，从来都是一起变长，一起变短的。

小花旦收到短消息，过一会儿就回来了。

赤逼，又一个月头过去了！他的细脚杆像两根高跷，从不知何处踩回来了。

这些事是近来才想起的。我在上海住了八年，地铁站走了无数回，早已不觉得地下广场像小区。香樟树，阮家阿婆，巧星美发屋，连同整个小区，都成了昨日的世界。

火车票里，年份久远的，字迹都褪去了，只剩下一片片浅蓝色，或者更早些，粉红色的纸。写着我名字的，叠起来有四五副扑克牌那么高，还有薄薄的一沓，是别人留下的。这时我才发现，头几年来上海找我最多的，不是家人，也不是中学好友，也许是这个叫阮巧星的人。他的身份证号码还模模糊糊地印在上面，1967，他和我一样，属羊。

阮巧星，小花旦，小花旦，阮巧星。小花旦是老山羊，我是小山羊。可是这只老山羊从不喜欢蓄胡子，他的下巴总是亮光光的，和他的头发一样，精心打理过，如同公园里那些跳交谊舞的人。

老山羊同我去本地的人民公园玩，总是我先陪他看小树林里的人跳舞，然后他才答应请我去淘气堡玩。我又问那个奇怪的问题了，你说，人民公园里下棋也有，遛鸟也有，吃茶也有，为啥每个地方都不会缺人呢。

小花旦还是那个经典的回答，各人各欢喜，有人来白相么，就有人过去看呀。

那你为啥不去看下棋。

细姑娘，你看看下棋的人，啥样子。

我看了一眼坐在树墩上的老头子。

你看看跳舞的朋友，哪一个不是头面清爽，衣裳挺括。你再看看我。

我点点头。那你为啥不去跳舞，要同我一起白相。

你看我是啥。小花旦假装捋胡子。你是啥。

我们是老山羊和小山羊。小花旦教会了我这个道理，我却在很久以后才懂了物以类聚，人以群分这个成语。那个时候，他已经在上海的人民公园跳舞了。

6

和小花旦打赌坐板疮的那一年，是我离开家的头一年。家里忙，没人送，小花旦关了店，自愿陪我去了。

我们穿过长长的地下广场，坐上轻轨，换了公交，两个钟头后总算换到了学校宿舍。我惊呆了，原来从上海的这一处到另一处，比从我们那到上海远得多。好在一路上有得看，并不无聊，只是辛苦。小花旦拖着我的行李箱，夹克衫甩在肩上，汗出得快要融化他黑亮的油头。他把蛤蟆镜推到前额，在即将开口"赤逼，这爿天热死人"之前，我先和他讲定，进了宿舍绝对不能讲口头语，绝对不能。

不要紧，这什么地方啦，大学呀，天南地北的人都有，人家又听不懂的喽。他讲，细姑娘，进去勤忘记先撒泡——我打断他，听不懂也不能说！小学校门口那种事，再也不能重演了。何况我早已不是喜欢憋尿的小朋友了。

不过很快的，就像服侍店里的老太太一样，小花旦趁我上厕所的工夫，已经和一楼的宿管阿姨攀谈上了。他并不说自己是谁，只管用一种假装客观的语气评点人家的打扮，暗暗戳中对方的心意。只听他说，这条裙子噢，面料服帖，也好，也不好。腰身稍微粗一点的人，穿上就不好看了。阿姨笑了。他转而又讲，美中不足是发根同烫过的颜色不搭，要补一补，两只手一摆弄，我就知道他又在习惯性地捞客人了。

我走过去，阿姨问，你女儿住几楼呀。我脱口而出，他不是我爸爸，是……我一下子不知道怎么介绍小花旦。他是老山羊？他和我爸爸下岗以前在同一爿厂？他家和我家住同一个小区？他是从小帮我剃头剃到大的……师傅？他给我买过几十个鸡蛋煎饼，上百只奶油棒冰？我突然发现一个很熟悉的人，如果没有血缘关系，是很难形容彼此之间的关系的。而这种无法形容的关系，我后来才发现，是很容易断掉的，无论是被时空扯远了，还是故意疏远了。

小花旦见我答不上，宿管阿姨又面露异色，就主动模仿上海口音，阿拉囡儿呀。我笑出声了，兄弟高瘦，囡女矮小，实在不像。小花旦却很入戏，在登记表上写了个"王巧星"，搬起我的箱子上楼去了。我们找到房间，小花旦为我整理各种东西，床单，被子，台灯，衣架，他好像在叔叔的角色里沉迷了，一边收作，一边像模像样地关照我，毛巾不要滴滴答答晾出去，茶杯每天洗干净才能喝，好像他自己的生活十分清洁似的。我听得极为专注，生怕他一不小心又蹦出几个口头语，叫我被人嘲笑。可是他很留心，小花旦一开国语腔，浑身透露出一股后妈的做作感，高声换低语，引得几位室友的妈妈都回过头来看。又不得不承认，小花旦做起后妈来，有条不紊，正如小区里人说的那样，女人家的味道十足。他细长的手指一遍一遍拧着擦桌子的毛巾，脱了尖头皮鞋爬上去帮我铺好床具。我感到很惊奇，一个熟悉的人面对另一个人，在不同的环境里竟然能表现出一个天一个地。对我来说，那个时刻，我的那位走在路上和熟面孔互甩口头语的小花旦朋友完全不见了。

各位妈妈整理完，陆续走了。小花旦作为男眷不能久待，他也下楼了。临走前关照了十几句日常起居的话。我真吃不准，是我妈教他说的，还是他自己想出来的。总之和我妈能想到的一样周全。我没心思弄明白，忙着和我的新朋友们去办饭卡，买二手脚踏车，然后相约食堂，每件事都新鲜而急迫。一回头，却发现小花旦还在楼下，他正和傍晚新调班的宿管阿姨攀谈。攀谈是小花旦的专用语，他总是说，不认得嘛，攀谈攀谈就认得了。攀的意思其实是拍马屁。小花旦一个劲儿地夸人家头发灵光，又讲究，又不显得刻意。他夸得很到位，确实，我所见到的大多数宿管阿姨都和我们小区里的妇女不一样，她们看起来像是刚从巧星美发屋里走出来的人，要去参加亲家的寿宴，或是老同学聚会。尽管她们只不过是来查房和收信的。而我们小区里的阿姨，烫得再挺括，第二天还是会变回鸡窝头。我和小花旦打了招呼，匆匆走过传达室，如同以往路过巧星美发屋，接着拐出小区一样自然。学校里天快黑了。我突然意识到，自己完全没有要带他一起去食堂的意思，而他也似乎并没有买好返程的车票。

我回头看，小花旦把夹克衫搭在肩上，朝我挥挥手。

我就走了。也许小花旦不仅仅是来帮忙送我开学的，他的心思大了，要和各式各样的人攀谈。他和我一样，想在小区之外的地方看一看，多停留一会儿。

7

小花旦在上海的时候，去过哪儿，我并不全知。有时他会发一张带照片的彩信给我，起初里面永远是一个地标性的建筑加一个叉腰的人，他从不买票进去，只在门口做八十年代风范的合影留念，两条细长的腿摆出一个工整的"八"字。彩信里不写字，我懂他的意思，这里很好玩，你也去一下。确实，几幅眼熟的背景，我在头半年的周末也一一去过了，只不过没舍得花钱发彩信给他看而已，可我却舍得花那些门票钱。唯一发过的，是一张中国馆的照片，因为小花旦一直没有去。后来世博会结束了，很多展馆随意开放，我一下收到了好几张小花旦的照片。大大的房子，小小的人。我懂他的意思，看，我也去过了。

后来，小花旦叉腰留念的地点变得陌生，或说普通了，有时是一个公园，有时是一个商场，它们可能会出现在这座城市的任何一个角落，我猜不出是哪里，我也不感兴趣了。年轻人总是这样喜新厌旧，我飞快接受了现代都市的一切并融入其中。小花旦并不是，老山羊年纪大了，消化时间比小山羊长久些。每次来学校找我，他必定要打开手机相册，一张张翻过去，这是什么，那是哪里，下趟预备做点啥。而我则不再细听，只顾着打开他的行李。

小花旦隔三四周来一趟学校。每次碰面，我妈会托他带些吃食和衣物给我，再叫他回来讲讲我的近况。要知道刚读书的半年，我就像个出了笼的小鸡，从没想过回家。大人上班忙，巧星美发屋可有可无，于是小花旦主动充当跑腿的，十二块五，说来就来了，通常乘的是周末的早班车。我刚起床打水，他已经在楼下和阿姨攀谈了，脚边堆着大包小包。一看便知，我妈又塞了些我早就不想穿的旧衣服。而小花旦呢，他好像从不担心自己的一身行头会过时，永远衣裳挺括，头路清爽，阴天晴天，蛤蟆镜架在前额。

细姑娘，长远不见！

我上大学之后，小花旦开始用大人的语言和我打招呼了，放在从前，见我经过巧星美发屋，他向来说的是，细姑娘，到啥地方去野啊？后来我想，也许是出于牢记我们关于不说口头语的约定，他要在阿姨面前格外表示出对我的文明礼貌。要知道，他停停歇歇跑过来，我们从不是长远不见的人。

我和小花旦长不长远，看我的头发就知道了。从小就是这样。头上鸡毛乱窜，不用家里大人关照，小花旦见我回来，就会捉我进他店里修理一下。走出来，又是一只清清爽爽的短毛小鸡。小花旦就像放自家刚洗完澡的宠物出去溜达一样，苦心叮咛，细姑娘，下趟自觉点过来！

小鸡去外地了，小花旦仍然任务在身。分享完他要分享的，关照好我妈要他关照的，小花旦还要完成常规动作，给我剃个头。游泳头剃起来很省力，洗不洗都无所谓。他带一把推子，我搬一个凳子，我们找块宿舍后面的空地，再披上一条围裙，就开始了。几条我从小所熟知的路线，从头颈一直往头顶走，从耳根一直往太阳穴走，像小区里定期会来的割草机，匀速而连贯地在耳边呼喊着前进，吱——吱——吱，留下坦荡的表面。再修一修刘海，刮一下汗毛，半包洋葱圈还没吃完，围裙已经取下来了。按小花旦的话来说，你这个头，老子眼乌珠闭牢也能剃出一式一样的来！却每次都要骂几句，小棺材，头发生得这许快！又毛又兴，野狗草也比不过你！然后数落我的身高，头发生得快，个子倒上不去了，哪里像个大学生样子！

我要还嘴，可是剃头不能乱动，这是从小教过的事，只好干忍着。

剃完他又要苦心劝谏，人到了上海么，行头也要洋气起来，啥辰光肯变一下啦。

我说不要。心里却暗暗想着，如果我也有微卷的短发，或者大波浪的长发，不知道会是什么样子。可我又总害怕洋气到了我身上，会变得半人半马，不土不洋。

小花旦剃头手脚快，嘴巴也快，尖细喉咙一出来，宿舍楼里很多人都站到窗前看了。长头发的看两眼就走开了。几个外地的同学，和我一样剃短头发的，围着站了好久，终于派了个代表过来问话。

代表用北方口音说，师傅，铰头发不。

小花旦愣了一下。

噢——铰呀，铰呀。来来来，三一五学雷锋，剃学生头不出钞票了哦。小花旦师傅反应过来，将围裙一抖，示意我走开，立刻邀请下一位客人入座了。

于是三四个长短不一的游泳头就站在草地上边看边等。小花旦和他们聊天，你家在哪里呀，今年几岁呀，学什么专业呀。小花旦和年轻人说话并不用原来那套攀谈法，而是换一副女亲眷的口气，细细过问，认真点头。最不正经，也无非是模仿一句对方的家乡话，引人发笑，还要问，标准吗，以博得三五寸的亲近。然后全身心投入我的叔叔这个角色中，打听大家的生活，关照大家好好相处，不要打相打——他想不出吵架用普通话怎么讲。我心想，这楼里住的又不是你店里的客人，哪来这么多口角。后来才发现我错了，不管什么年纪的人，聚到一起总会吵架的，幼儿园里，养老院里，吵架的理由总是比相安无事的多。等到不吵了，就分崩离析了。

小花旦给别的同学剃头要稍微慢一点，以示认真。剃完了，围裙利落一甩，引导人走到窗户前看个正面，再看个侧影。

焐心^①吗，焐心下趟再来！

我听呆了。这句经典的收尾词竟然被他从小区门口照搬到了我宿舍楼后面的草坪上。我突然发现，这也许是离开小城后为数不多的还留在我身边的东西。

游泳头，喜欢的书，睡觉要抱的熊，小花旦，以及小花旦的一部分。余下的，都没有随我来到上海。一切都是新的。

有了第一次学雷锋，就有第二、第三次，往后楼里几个人听到传达室有小花旦的声音，隔一会儿就往草地走过来了。他的生意一度拓展到隔壁几栋男生楼。毕竟寸头比游泳头更好剃。虽说省力，有时一开工就是半天，客流不断，小花旦的嘴巴也停不下来。老板拒不收钱，客气的同学就送一点家乡特产来。小花旦激动得不得了，话更多了。有时竟然同别人讲我小时候的事，我很生气。本来自己剃完就犹豫着要不要先走，这下挪不开脚了，天晓得我不在他会瞎说些什么，只好留下来当一路陪客。

小花旦很来劲，索性问我能不能去更闹猛的地方摆摊，反正不扒分^②，不会被赶走的。

我讲，你不扒分，人家学校里的剃头店还要挣钱的，到时候你生意好了，人家倒要上门朝我寻仇来了。

小花旦只好继续打快闪。他多了一个来上海的由头，听大人说，小花旦那几趟出门前总对小区里的人大喊，走咯，去给名牌大学生剃头嘞！他得意极了，好像巧星美发屋在上海开了个分店似的。而我被指定为店里的接客小妹，负责

---

① 焐心：窝心，满意。

② 扒分：赚钱。

提前一一通知各位回头客，以免有需要的朋友错过这个难得的机会。

那个冬天，小花旦的推子、剪刀、木梳、乱七八糟的喷雾、围裙，整日放在我书架的最上层，和床板顶在一起。同学过来借书见到了，也会顺口问一句，你叔叔什么时候来呀。大家都晓得我有个剃头阿叔。有时夜里翻身动静大了，某样东西就会咣当一声掉下来，抖落些细碎的头发在桌面上，还得爬下来收拾。我很纳闷，小花旦的吃饭工具都交代在此了，小区里的店还要开吗，老阿姨生意不要做了吗。

我甚至做过一个可怕的梦。小花旦在给老客人做头，白发一簇一簇剪下来，掉在地上却是噼噼啪啪地响，踩上去像瓜子壳一样，又脆又硬。再回头，后排几个熟悉的女人面孔，正围坐着边聊天边吃白头发，嘴里发出嗍粉丝的声音。

后来我讲给小花旦听，他站在宿舍后面的草地上，笑得死去活来，腰都快折断了。好不容易缓过来，他说，细姑娘，你晓得吗，年轻人嘴巴挑，到了老太婆嘴里，吃头发同吃瓜子是一样味道的呀。说着自己又笑起来，并不提店里的生意。我想他的客人要是知道了，恐怕气得再也不会来了。

再后来，有同学过来借书，发现剃头物事不见了，就问，你叔叔很久没来了呀。

我说，他不来了，回家做大生意去了。

8

若不是我的缘故，小花旦的生意也许会在宿舍后面的草地上长久地做下去。可是他带我去了那个奇怪的地方，我就再也不要他来剃头了。

一月是我的生日。小花旦不知从谁那里听说我有个很要好的男同学，千方百计要帮我促成约会。他不给我剃头，反叫我留长一点，到时候改个样子，变漂亮点。我坚决不肯。小花旦的本事我有数，做惯了老阿姨生意，他给所有人烫头都会烫出老阿姨的风采。我绝不想把自己送去巧星美发屋那只脏罩子底下蒸两个钟头，端出一个又香又臭的钢丝球来。那种小孩面孔戴一顶假发套的滑稽感，几乎就在眼前。为难的是，我更舍不得花钱到外面的美发店去，只好一路拖延，头发越来越长。

直到小花旦再怂恿我，我冲他喊，我不想叫你弄呀，你弄得太老气了！

小花旦沉默了一会儿，他不生气，好像承认自己手艺老气似的，转而安慰我，细姑娘，我又没叫你回家弄咯，我们在上海弄，洋气一点，好吗？

小花旦伸手去掏皮夹克，我以为他要给我钱，结果是在翻手机，他讲，这种事情么，要找熟人呀。我不来塞①，人家来塞呀。

于是小花旦带我去了一个我从来没去过的叫定海桥的地方。它比学校更偏僻，这地方一点都不像上海，电视里没有这样的上海，世博会海报里也没有。

那天下着雨，有些阴冷。我们坐了很久的公交，最后在一条狭窄的旧马路下了车。街上除了全国各地的小吃，什么商店都没有，小吃摊又因为天气而各自收进了。两边的矮棚棚掉落着檐头水，敲打在支起帐篷的石砖上，大大小小的盆罐张着脸迎向顶上密集的漏缝。风一起，雨水依旧能打湿关不拢的香烟玻璃板，手推车上的毛笔字菜单，还有靠墙竖立的折叠餐桌。我们走过一条卖水产的小马路，腥臭飘满前后，装着鱼虾贝壳的水缸、浴盆和塑料板侵占了大半的过道，脚底下不是泡沫，就是闪着彩虹的油光。生意受阻的人们自顾自关起门来吃饭，打牌，说闲话。马路像一条小溪缓缓流向各条支弄，流出不大不小的声响。

我们就在其中穿来穿去，绕过几个看上去差不多的公共厕所和出来倒马桶的睡衣阿姨，在一个三岔口拐进那条弄堂。我有些眼花，如果不是墙上残留的海宝贴图，我大概会以为自己回到了从前放学必经的那个有美容店的地方。而小花旦看来是很熟悉这里了，就像熟悉我们小区一样。他快步走在前面，雨声大得我们无法说上半句话，我只好心虚地追随着他伞底下两条微湿的细脚杆，

---

① 来塞：可以。

它们掀起的泥水不时淋溅到我的裤子上。

终于收了伞，小花旦引我进一栋稍许高些的，没有招牌的房子。鞋都湿完了，我有一种想回学校的冲动。

越走进去，室内的音乐显得愈发清晰，脚步声也密集起来了。黑暗中挂着一个闪动的迪厅灯光球，底下是年轻的面孔，各种发色，各种方言。小花旦叫我站着别动，他钻进人群，从里面带出一个年轻的男人。小花旦说，细姑娘，这是小彭。伊比我洋气多啦，懂门道。叫小彭来弄，肯定没问题。

还没从舞池缓过神的小彭说了几句被周围杂声淹没的自我介绍，我隐约听出了四川话的气味。他的刘海遮住了半只眼睛。

我不知道怎么回应。也许小彭已经知道我了，一个想变好看又没钱又不要剃头阿叔帮忙的小姑娘。他带我们走出房子，周围的人好像都认识小花旦，他们经过，喊他巧叔。我和巧叔、小彭拐进另一条弄堂，几番透迤，已经身处另一个有点像巧星美发屋的房间了。潮湿，杂乱，周围因为雨天而显得昏沉。沙发上散落着一些衣服，我隐约觉得那是小花旦的。

那是一个比此前的噩梦还恐怖的下午。我不明白小花旦为什么要把我交到一个陌生的小彭——也许是小鹏——的手里。小花旦一定也感受到我的紧张了，他宽慰我，不要紧的，有我在，怕啥呀。还让我和小彭讲，想要什么样的发型，直接说。我哪里开得了口。小彭问了一些，我不记得自己答了没有。

我们洗了头，涂了一些药膏，然后僵硬地坐下来。陌生质感的围裙把我牢牢压制在皮椅中，我感觉自己倒不如店里的老阿姨，她们至少可以热烈地讲话嗑瓜子，我却什么都不敢，只听到自己的头发咔嚓咔嚓被剪下来，闻到一些温热又刺鼻的气味。房间太暗了，我看不清镜子，也看不清沙发上的小花旦。我终于还是不可避免地戴上了那个半透明的头罩。和我预想的差不多，那里面闷热，叫人晕眩，就像过年前的公共澡堂。多年后我才发现，与它的窒息感更为接近的，竟然是上午八点半的地铁一号线。

结果是可想而知的。我就像墙上贴着的很夸张的非主流青少年一样，变成了一个看起来丝毫不是我的人。小花旦对小彭说，蛮好，蛮好。

可他一定也感觉到情况不妙了，匆匆和小彭打过声招呼，拉着我走出去了。雨停，天色亮起来，他看着我，面色十分尴尬，小声说，过几天，过几天长长就好了，头发么，总归要慢慢顺起来的。这话太耳熟了，从前在他和老阿姨的对话里，我听过多少遍呢，大约就是我所见证过的生意的总数减去听过的另一句"焐心吗，焐心下趟再来"，所剩下的时候了。

小花旦要请我吃饭，他说附近有一家定海炸猪排很好吃。我推说晚上有课，压着伞冲回去了。

那一路是怎么回去的，回去之后有多少同学带着惊讶或忍笑的语气向我打招呼，由于过分恐怖而全部忘却了。只记得我没去上课，守着浴室开门就冲，拼命洗头吹头，却怎么也弄不回去。小彭的手艺，比我想象中的小花旦的手艺更糟糕，更顽固。好心的本地室友问我发生了什么。听我说到定海桥时，她的梅花色指甲油都涂歪了。

你去那么偏的地方做什么！那里很乱的，都是外地人呀。这种事情，怎么不找你叔叔呢？

我解释不清，那个房间所带来的压抑和阴影还没消散，小花旦成了除口头语大王和做作后妈之外的第三个角色，一个我不明白的人。

我第一次主动给小花旦发了短消息，下趟你别来了。然后把书架上的工具都收了起来，扔进放鞋的抽屉。

第二天我拿着几乎半月的生活费，跟着室友去理发了。那里的店不叫店，叫沙龙。也不开在马路上，而是商场的顶层，紧挨着在玻璃橱窗内跑步的人群。洗头和剃头的小哥是分开的。我再也不用靠热水瓶里的水来冲洗泡沫了。一个小时，长胡子的理发师和室友聊着天，把卷过的和染过的痕迹差不多去除了。定海桥的迷乱终于离开了我，可我还是认不清我自己。

后来头发长到脖子了，贴着耳朵和下巴，我看起来竟然有点像小姑娘了。生日到了，和要好的男同学出去玩，他说，听人讲你换了很夸张的发型，我做了好久心理准备呢，这样很好呀，很可爱。他摸摸我的头发，于是我开始了第一次恋爱。带着这个被解构，被重构，又自然生长的自己的头，渐渐地，走在学校里，坐在图书馆，有人会给我递小纸条。这是很不可思议的事，小花旦给我剃了十几年的头，我当了十几年的学生子，从来没人这样说过。我想不明白，只好把问题归结于我那个模糊性别的头，现在，我把它抛下了。

同时也把小花旦抛下了。

然而小花旦并不抛下我，那天他照例发了彩信，是在麦当劳的窗外拍了别人的生日气球。他还是没打字，我懂他的意思，细姑娘，又大一岁啦。他没忘记，他没忘记。

9

读大学的头一个寒假，我终于回家了。家里和从前没有一丝一毫的变化。也许在这个收藏了你全部的过去，又难以随着你前行的空间，别说三四个月，即便是三四年不回，一旦进入旧地，它也能在一瞬间把你拉回无比熟悉的气氛与情境中，变回原来的那个人。比方说当我听到楼上楼下照旧为了浇花而饭前一吵，爸妈照旧因为家庭开支而争嘴，而我默不作声地待在房间里假装看书时，我清楚地意识到，自己仍是那个一无用处的游泳头。如果这时我走出去，说个理，大人会说，小孩瞎管啥！走开！

小花旦也还是原来的样子。小花旦回到小区里，仍然是那个在妇女队伍里出了名的嘴里灌了蜜糖的烫头师傅。

年底了，巧星美发屋里闹猛得很。一个老阿姨静候小花旦打理拨弄，三四个阿姨坐在后排细细观赏，诺基亚铃声不时响起，新生意又来了。门敞开，招牌歪斜，大树底下晾着几块湿答答的洗头毛巾，那只阮家阿婆坐过几十年的骨牌凳还在旁边，只是上面坐了另一位常住小区的阿婆，或许她也是当年的湖丝阿姐之一。这个位子不好坐，人们从不敢乱坐。常坐的老人，没有谁能熬得到来年开春。而敢于上去的，多半也知道自己日脚不长了。这一位，恐怕也是铁了心的。天越来越冷，她的眼神愈发渺远，而店里的生意愈发兴旺。这些熟悉的场景叫我感到安定，又莫名袭来一阵心慌。那两个从舞厅灯光球底下钻出来的男人，时不时地浮现在我眼前。

我和小花旦快一个月没见了。我的头发第一次斗胆冲出了他的管辖范围，却没有惨遭他的训斥。路过店门口，小花旦朝我眨了眨眼睛，细姑娘，样子好咪！大家看呀，上海回来的就是不一样。他好像完全忘了那天从定海桥落荒而逃的我，头上是什么样子。

老阿姨们一齐转过脸来。我走进去，踩着软绵绵的头发丛，把那包弃置已久的工具放到他桌上。

早晓得你有好几副吃饭家生^①，我就直接扔掉了。我好像还很记仇似的，讲话硬邦邦。

哪好扔掉呢，那副是配给二十岁美女用的，这副么，我是专门给十八岁美女用的呀。此话一出，店里的十八岁美女们发出了哄笑。我知道，小花旦又戳中她们心怀了。她们的心荡漾的时候，身体也会跟着前俯后仰起来，像一排种在河边的柳树，重心不稳，风一吹就扭啊，扭啊。而小花旦坐在岸边树下钓鱼，从来不为所动。他只关心他的鱼。

腊月里的巧星美发屋日日开张，高朋满座。人家都讲，剃头匠一年就靠两趟黄金生意，一趟在腊月里，一趟在二月里。这和浴室老板的生意经是一样的。靠近年关，每个人都要从头到脚弄得清清爽爽，好像除夕一过，好坏清零，大家又是全新的自己了。年复一年，小区里每个人都这样想，阮家阿婆也这样说过。

她讲，我一觉醒过来，一看，吾阿星又大一岁啦，享清福辰光又近一点啦，

---

① 家生：工具。

多少开心呀。于是她撑过了一年又一年。

可是正月十五一过，人们发现隔年的坏事并没有停止堆积，就像持续长长的头发一样，越来越密，越来越乱，于是大家又急着来剃掉烦恼丝了。

唯有正月不剃头，正月成了剃头匠的白相日脚。巧星美发屋大门紧闭。小区里另外两家呢，眼镜早就搬走了，阿胖的店还开着，她说刮脸生意不分日脚都可以做，别的女人却说她掉进铜钿窟窿出不来了，也有人说她勾引男人成瘾，一年到头还不肯松手。剩下的小花旦师傅，人们从不晓得他去了哪，也不挂心他的归期，一来他毕竟是神龙尾巴，二来，开春的生意，任谁都不会错过。可是谁也没想到，我也没有，巧星美发屋居然同店门口的老太婆一样，还没熬到开春，就永远停在了辛卯年的正月里。

没有社区改造，也没有工商局查岗，而是阮家阿婆生下的六颗行星不让他做了。

六颗星忍了几年，不能忍了。他们找来律师，说阮家阿婆的遗嘱没经过正规的公证，是立不住脚的。照理，这套房还得交给七颗星平分，绝不可由小花旦独占，哪怕他是唯一一颗没有卫星环绕的孤星。

小年夜，老五阮巧木跨过大半座城，站在店门口讲给大家听，巧星不要老婆，我儿子还等着出钱讨老婆嘞。

可是不到六十平方米的两室一厅，在这样的小城，卖了又能分到多少呢。老大阮巧水就说，巧星想住，不是不可以，要么出钞票买下来，要么交房租，楼上和楼下都要交，当作补贴。

小花旦两样都不肯，没几天，六颗星就派人把他踢出轨道了。

这是一桩相当省力的事情。年初五迎财神，小花旦放过零点的鞭炮，自管做夜游神去了。天未亮，路灯也还没暗下去，楼上已经悄悄地换了锁。车棚全数被清空，那个多年前用红油漆手写的巧星美发屋的招牌也摘了下来，拗成错误的两段，一半巧星美，一半发屋，像个被打成残废的人平躺在地上，身下沾满了血迹似的火红的炮仗屑。环卫工还没来清场，假营业执照的玻璃碴子碎了一地，楼道散发出一股烫头药膏的气味，那只脏到不透明的蒸头罩子就堆在杂物的最上面，底下也许藏着我刚还不久的剃头工具。这一夜，小花旦的地盘上，唯独树下的骨牌凳毫无变化。和死亡沾边的家生，人们不敢触碰。

我路过的时候，六颗星早就走了。这天上午，小区里所有早起的鸟儿几乎都在大树底下集合了，没人敢坐下来。大家望望楼上，又望望楼下，不敢说话，干等着小花旦回来。我看到那块木头牌匾，想起九月里，我们在上海南站的地下广场，他拿给我对比的那张手机照片。油头，红字，顶上悬着人家晾出的短裤和胸罩。我心中仿佛有个人伸过一只粗暴的手，把照片撕碎了。

小花旦迟迟不来，早起的鸟儿便各自飞散开去了。我走过去，把巧星美发屋捡起来，一手一片，像在机场迎接贵宾一样，站在小区门口，等牌子上的名字回来。初春的清晨，路上人影零落。小花旦吃着鲜肉大包，跨着两条细长的腿从雾里走来，整个人单薄得如同被三夹板压过一样。他看到我手里的牌子，却好像早就料到了似的，吊着细长喉咙说，细姑娘，下趟阿拉上海见啦！

小花旦什么也没带走。也许他有了照片，再无须什么身外之物了。我从他的"遗产"中拣了几样工具，连同那块招牌，一起藏进了自家的车棚里。

还有那只蒸头罩，原来当它被拆离机器的时候，单独戴上去是很美的，仿佛一个宇航员戴上他的吸氧头盔，就同时拥有了里外两个世界。小花旦摘下它，从此不在原来的世界。

10

小花旦去哪了，住什么地方，小区里没人知道，也不关心。人们感兴趣的是那套房子，会怎么分，会卖给谁，新来的住户是什么样的人，至于那些走了的，就像死去的一样，人们概不闻问。也许只有阿胖会对小花旦的离开产生一点反应，她很得意，谁笑到最后，谁笑得顶开心，被女人们指指戳戳十来年，阿胖终于做起了一家独大的剃头生意。

阮家阿婆的房子，在小区唯一一家中介店的黑板上挂了好久，名字惹人发笑——二零二（含美发屋），好像小花旦的车棚不是车棚，只能做店面用的。人们走过看一眼，又看一眼，二零二（含美发屋）从第一档划到第三档，划到最低档的时候，总算被擦掉了。

新房东说，六颗星的老大关照他，要以各种方式转达小区里的人，他们一旦联系到小花旦，就把七分之一的钞票还给他，也算手足情深，互不亏欠了。然而房东只采用了最僵硬的方式，他每认识一个新邻居，就迫不及待地讲起这件事。这反而引起大家的厌恶，他们说阮巧水太贪心，又要做坏事，又要当好人，不作兴。大家也不喜欢新房东。他姓赖，人们叫他赖屁股，因为他一同人聊天，就赖在人家门口不肯走了。而赖屁股说这些话的时候，拍拍胸脯，十分自豪，意思是，我这房子没什么纠纷，买来放心，住得舒坦。

可是他不晓得，有一件事，六颗星欺骗了他。他们告诉赖屁股，家中老人是死在医院里的。实际上，阿婆正是在赖屁股和他老婆每天躺着的大房间里，一个十分闷热的夜里，悄悄睡过去了。这才是房子长久卖不出去的原因。老话说，死人最喜欢去他死前最后一个地方白相。这话在小区的嘴巴之间传来传去，最终还是传到了赖屁股老婆的耳朵里。他们睡不着了。赖屁股扬言要找六颗星算账，甚至不惜打官司。

他对邻居讲，想骗人，骗人噶①好骗的啊！

六颗星上门好几趟。最后的退路是，赖屁股收到一笔赔偿金，不再说话了。好像收了钱，就换了个叫人安心的房间似的。他很自豪，对大家讲，蛮好蛮好，楼下车棚白送我啦！

人们背地里说，赖屁股骗骗自家倒是省力来兮呀。

---

① 噶：这么。

那笔赔偿金，据赖屁股称，刚好是房钱的七分之一。

大概半年以后，我把这些后话讲给小花旦听，他对于小区里的烂污事体，总是能笑得死去活来。可那次他非但没笑，反而皱着眉，抿紧两片扁扁的嘴唇，对赖屁股表示出极大的同情。他说，这个老赖倒是蛮惨古①的噢，姆妈天天捉牢伊。

老赖，听起来好像赖屁股是他的要好熟人似的。

有啥惨古，无非自家吓自家。

真的呀，老早我在屋里困觉，姆妈常朝②来寻我的。小花旦的脸上闪现出难得一见的正经，或许这个天大的秘密，他从没和人透露过。

可我做了大学生，是毫不相信这些的。我说，你讲讲看，梦到阿婆做啥了。

没啥，就是两个人一道吃吃饭，看看电视。姆妈洗衣裳，晾出去，再收进来，铺好被头，喊，阿星啊，好困觉了，同平常一式一样的。

戆蛋③。这是因为你想阿婆了，不是伊来寻你。

小花旦立刻露出凶相，他变得很警惕，像一只被踩了尾巴的草狗，眼睛一拎，不是的噢！我小辰光，姆妈讲过的，上半夜梦着谁，是你想伊了，伊就过来。后半夜梦着谁，就是伊想你了，要来看看你。姆妈老早就专门在后半夜碰到爸爸。唉，走得太早的人，心里恨啊，只好常朝回来看看。讲到这，小花旦的脸色又衰暗下去。

好比我，搬到外头去了，还是会碰到姆妈，不用讲，肯定是伊想我呀。

我一时说不出话，做梦的道理，我听过不少，却从没有人这样解释过。

老赖就不一样了，伊肯定是心里虚，越怕，姆妈晓得了，就越要作上去。不相信你回去问问看，两个人是不是上半夜见面的。

我才不会去问，这样的说法，赖屁股如果晓得了，恐怕更加寝食难安，要

---

① 惨古：可怜。
② 常朝：经常。
③ 戆蛋：笨蛋。

闹天闹地了。何况我对这话半信半疑，很快也就忘了。这个世界上的人死了，会去哪儿，会不会回来看看，大部分人是不会去细想的，我们没有这样的机会。一旦有了，就会像小花旦一样，长远地，笃信地想下去。

直到几年后，我总是梦到老王，梦到我坐在他的电瓶车后面，我们去菜场里买菜，到小区后门吃早饭，在巧星美发屋轮流剃头。然后就醒了。我终于又想起来小花旦说过的这番话，想起他当时一本正经的样子。我有点明白了，是老王想我了。先走的人在那边想着谁，就回来看看。小花旦的爸爸想阮家阿婆，阿婆想着小花旦，老王过去了，老王就想着我。他们在那边的生活大概有些寂寞，只好每天想一想，哭一哭，笑一笑，同这边的人一样。

小花旦告诉我这个道理的时候，我们正在闸北区的一爿小店里吃鳝丝面。那是他被赶出小区以后，我们头一次见面。而我快要升大二了。

前一天晚上我刚考完试，回到宿舍，收到小花旦的彩信。他已经很久没联系我了，我也没联系过他。小花旦离开之后，我开始学会两地生活。十二块五，说回就回了，和高中同学见面，去长辈家吃饭，听大人日常吵架，那半年，我渐渐适应周末通勤的节奏，尽管心里仍然更偏爱新地方的一切。巧或不巧，家中无须小花旦来跑腿了，我也找到了固定的理发店来维持自己的形状，那根曾经十分紧密的绳索，一下就被松开了。在小区里，我们走来走去，不过相隔五百米，而在上海，我无从想象小花旦流落在何处，何况每日新鲜的大学日常让我渐渐疏忽他，淡忘他。小山羊和老山羊，好像并没有谁缺不来谁。

久违的彩信，是一张小学生放学的照片。我懂他的意思，细姑娘，放假了吗。
我回他，明天放假。
明朝会，好哦。小花旦难得打字，打出来都是口语的味道。
哪里见？
哪里人在哪里见。

这是小花旦的暗语。第二天上午，我们在虹口区的嘉兴路碰头了。

11

在小区以外的地方见面是一件很放松的事情，我和小花旦是小区里的两个人，却先后跳出了小区的围墙，现在我们说什么，做什么，不再收揽于小区人的眼皮底下，这是一种奇怪的自由。

而我们来到嘉兴路，这又是一种奇怪的亲切，好像重新回到小区里，站在自己的地盘上。所以当小花旦大笑着向我打招呼，细姑娘，长远不见咪！我丝毫没有感到被时间拉长的陌生。尽管他的样貌发生了一些变化，头发长了，人瘦了，打扮时髦一些，发亮的衬衫拴在紧身裤里面，底下配一双底很厚的球鞋，看上去脚杆更长，却并没有使他显得更后生。老山羊到了年纪，总归变老了。我冲向他，就像小时候冲向他手里的棒冰。

嘉兴路是一条又小又破的老马路，在上海这么多马路里，它恐怕是不值一提的。你问南京路，人人都晓得，你问嘉兴路，人家就要把问号甩还给你了，有这样一条路？

这就对了，一条马路和一座小城一样，在这么广阔的地方，不值一提。

可我们走在嘉兴路上的每一步都劲头十足。出于阳光，或出于它的名字，我比参观任何沪上景点都要兴奋。而小花旦来过很多趟了，他的眼睛望来望去，自然而坚定。什么地方平常会有些什么，一一讲给我听。我们仔细看每一爿店面，每一扇二楼窗户里探出来的衣服和拖把头，好像这一切都仅仅因为门牌而与两个路人产生了深邃的联系。如果说电视广告与海报中的上海是一类，这里（后来加上定海桥）是另一类的话，我情愿走在另一类中，它让人平心静气，借由自己的记忆仓库对陌生的事物投射出莫名的信任感。我们再一次玩起在上海南站的地下广场玩过的寻找对应游戏，闵珠的杂货店，阿宝的修鞋摊，老蔡的粮油米店，这里都有，连同马路外的一条河，也和长水塘取得了表面的一致，细缓，闪银光，有人在岸边淘米洗脸盆，唰——唰——唰。

支弄的拐角有一间剃头店，小花旦停了下来，他说，你猜是我的还是阿胖的。

我说，阿胖的。你还在困觉。

我们探头进去，我猜对了。一个女人正在给一个男人剃头，她手上的推子发出再熟悉不过的吱吱声，与天花板上的吊扇节奏类似。

小花旦说，气煞人啦，到处都是阿胖的市面。

不不不，你去钓鱼啦。我安慰他，目光转向河边，堤上有个鸭舌帽。他坐得很高，白线拉得老长，深深垂入水里，毫无动静。我们走上去，不说话。小花旦讲过，钓鱼等于在练功，不好打扰的。围观的人，望望天，望望树，望对岸的高房子，都可以。若看一眼水里，看一眼钓鱼的人，就要看坏了。人和鱼的对峙，哪一方都承受不起多余的分量。小花旦晓得我吵，从不肯带我去。

我们在鸭舌帽旁边站了一会，悄悄走了，就像从没来过一样。我问小花旦，钓鱼好白相在哪里呀，不许说话不许动，像个木头人一样。

好就好在，不用动嘴巴呀。

你不是顶欢喜讲闲话吗。

我哪里欢喜，讲话么，都是做戏呀。

什么不做戏。

钓鱼不动嘴巴，不做戏。跳舞也不做戏，懂吗？

我不懂，可我突然发现，小花旦并不适合小花旦这种唱戏的绰号。

那天阳光正好，梅雨过完，天气清爽起来。我们在嘉兴路上来来回回走了两遍，看奶箱，看报箱，看路边的盆栽，有老人或空着的藤椅子。中途我问小花旦，要不要帮你拍张照留念。

不要不要，自家门前有啥好留念的呀。

你不要我要的。我站到嘉兴路225号的米店门口，叫小花旦帮我按了一张照片。米店的招牌，和巧星美发屋一式一样，粗糙不平的白漆木板，上面是红油漆手写的两个大字，米店。笔势细软，挂起来有点歪斜。我的头也跟着歪斜了一下。

小花旦说，细姑娘，下趟我们就在这爿米店门口碰头。

我说好。米店外面有条长板凳，先到的人可以坐着等。

后来我在那条长凳上坐过好几趟，从没有碰到过小花旦。再后来，米店拆了。

小花旦说，走，我们到小区外头去白相相。于是我们走上吴淞路、穿过海宁路，又借道乍浦路和昆山路，去看苏州河。小花旦告诉我，过了河，对岸还有无锡路，宁波路。只是看上去近，走起来还要费点工夫。我们干巴巴望了一会儿，继续朝前走，终于转进了浙江路。小花旦不时拿出手机来拍，我不清楚他在拍什么，也跟着乱拍。我很后悔，当时为什么不拍一张他的照片，再不至于往后常常想不起他细长的身体上，到底生出了一个怎样的脑袋。也许我被新鲜的困惑包裹了，比如为什么海宁路看起来比浙江路还宽阔，比如我们明明游走在南方小城之间，怎么老会不小心撞上哈尔滨、山西、天津、四川这些遥远的地方。小花旦也不知道，他像在赶路一样，只说，快点跑①，快点跑。这些并不影响我的心情。边走边看，我高兴得全然不觉得累，也全然忘了要问他，这半年住在哪里，做什么生活，过得怎么样。我就像丧失了对过去的知觉，只顾眼前的乐趣。

在浙江路桥上，小花旦说，他听人家讲，上海还有一条嘉善路。我们不愿错过，继续往前走，可这一路上，远方的地名愈发密集地出现了，嘉善路还是没影。直到在地铁站的露天标识牌上，我发现嘉善路竟然在另一个方向。小花旦气极了，赤逼，上海人会不会取名字啊。嘉兴到嘉善，还没有嘉兴路到嘉善路远呢。他愤怒地拐进路边一爿小店，老板，两碗鳝丝面。

我太饿了，只顾着吃。坐下来，还是没问小花旦这半年的情况。

那天我们最终没能去成嘉善路。小花旦问了老板，老板讲，嘉善路啊，哈

---

① 跑：走。

远，走过去一个多钟头嘞。正午过后，太阳毒辣得叫人吃不消，我们只好作罢，转而进西藏路，往人民广场的方向去了。这一路像是预演过的，小花旦消化掉嘉善路的遗憾，边走边介绍，对附近了如指掌。我问，到哪里去。

这个地方嘛，我们有，上海也有，全国都有的。

什么地方？

于是他带我去了人民公园，这个他最常去的地方。

12

每座城市都有一个人民公园，如同每座城市都有一条中山路、一所光明小学和若干间便民理发店一样，它们是自己城市里的基本元素，就像人缺不来肝肺心脾肾一样。人民公园就是一个肺。所有人都可以走进来，在公园里畅快地呼气，吸气，把阳光和四季轮换的花的香味吞进去，吐出口香糖，塑料垃圾袋，狗粪和隔夜老痰。人民多的地方，人们的吞吐量大，人民公园就要相应地大。上海的人民公园，按小花旦的话讲，是全世界顶大的人民公园。

这么大的地方，小花旦却表现得熟门熟路。从花展、儿童乐园，到野餐和放风筝的大草地，哪块地上不干净，哪片人少好走，他都有数。小花旦的厚底球鞋在前面啪嗒啪嗒地响，隔几步，响声换作拉警报，当心脚底板！我就晓得腻腥①的物事又要来了。而传说中的人民公园相亲角，小花旦头也不抬，带我远远地绕过了。我依稀看到站着的人托举牌子，向走过的人招呼着，女人多，男人少，像菜场，也像房产中介，只不过他们不卖货，卖的是人头。小花旦灵活地在冷清与热闹之间穿梭，中途逗留了一个吃茶的走廊，不知从何处取回自己的茶杯，又在另一个打牌的地方得了包香烟，我没留意是谁给的，公园大得我来不及看。一歇工夫，我们就走到了假山后面。朦胧的乐声袭来，角落里有一团密集的人头正在上上下下地轻微颤动，像是没风的时候，一簇簇平稳的火苗。

---

① 腻腥：脏。

和定海桥不一样，这里的舞蹈舒缓一些，大概是交谊舞的某种，人们的面孔也更老，有人在跳，有人在学。没有迪斯科灯光球洒下的碎屑魅影，这里太阳照耀，每张脸上泛起大片小片的炽烈的亮斑，更显得头路清爽，油光满面，正是小花旦从前和我说过的，跳舞的人该有的样子。而树荫下的脸则为树叶的影子所遮挡，透露出一种毫不黏腻的快乐感。夏天的颜色是鲜亮的，人们穿得再红再绿也绝不显得笨重，反有一种适时的轻盈。即便是女人的花裙子、花头巾和图案繁复的紧身裤，也是分明的，好看的。

音乐停滞，几秒后换成稍轻快些的舞曲，火苗就像起了风，忽然间参差不齐地蹿动起来。花衣花裤忽飘忽停，酿成更多的花，晃了眼睛。我走近看，花丛中以男人居多。再看，发现穿紧身裤和裙子的，好像也是男人。

小花旦带我走入其中，火苗们胡乱跃动着同他打招呼，他们喊他阿巧。在小区里，我从没听过谁这样称呼他，可是没错，一连几个走过来的人都喊，阿巧啊，阿巧。阿巧则回以对方的昵称。一个用红头巾蒙住眼睛的男人跳到我们身边，他停下，阿巧来了啊！结果抓到的是我。他摘下头巾，一双大小眼瞪着我。没办法，放在剃游泳头的过去，我或许能浑水摸鱼，可那时候不行了，及肩短发，细长的脖颈，我是个实打实的小姑娘，人群中唯一的女性。

小花旦对红头巾说，阿拉侄囡儿，名牌大学读书的噢。

红头巾转而笑了，频频点头，结棍^①，结棍。他拿头巾擦了擦脸上的汗，又扎回额头，转向不远处大声招呼。又有几个人围拢过来了，有木墩模样的，也有像吊长丝瓜的，他们说话的时候并不停下自己来回的脚步，高兴中显得有些喘。最后出现了一个纤细的葫芦，身材凹凸有致，皮肤保养得很好，叫人猜不出他的年纪。他走过来，身上飘散着香味，一双细长眼睛望向我，像两盏灯闪着流转的光，照得我暖融融的。我突然觉得，跟他一比，小花旦实在有点愧对他的名字了。真小花旦拉着我的手，用与我平时听到的完全不同的，像汤圆

---

① 结棍：厉害。

里流出来的细豆沙一样温润甜糯的上海话，不知是朝着小花旦还是朝我讲，侄囡儿会得跳舞吗，来，一道白相相。

真小花旦教我跳起慢三步，我却总是抢拍了。一低头，二错步，三就撞到了他身上。葫芦上身的凸处被我撞瘪了一半，显得异常尴尬，我努力忍住不笑。他反倒毫不动气，也不紧张，像发现头上停了只苍蝇一样稀松平常，慢慢走到树下弄好，挺着胸回来，仍是那种温婉的语气，小姑娘，勿急呀，一步一步一步，哎对了，一步，一步，一步……他的口令细细地渗入我的毛孔，害我出了很多汗。真小花旦又说，眼睛呢，勿盯牢脚，脚板上寻不着舞伴，要到眼睛里厢去寻。于是我抬头去迎那两盏发亮的灯，看到他白净的脸上也印出汗珠来，透明的，细细的，像荷叶上的水滴，轻轻晃动却不落，毫不显得油腻。我想，电视广告里的人不就是这样的吗。

几曲慢歌告终，坐着的换了一拨站着的，风一起，火苗又烧旺起来。这么热的天，三步舞也是费气力的。我坐下喝水，小花旦走过来，他讲，细姑娘，今朝运道好啊，人民公园的华尔兹女王亲自来教你哎，下趟毕业了，上班了，绝对要去出出风头，晓得吗？名师出高徒，腔势不要太好噢。他刻意的上海话带着还没褪色的口音。

真小花旦在旁边擦汗，拿的是一块方格纹素净的布手帕，他忍不住笑了。阿巧啊，人家是舞池里厢跳，地方大，衣裳漂亮，阿拉水泥地皮里瞎踏两脚，有啥面孔讲出去噢。

真小花旦讲起道理来，假小花旦接不上话。

我转而问小花旦，你平时就在此地白相吗。

哦哟，白相的地方多咪。和平公园，曹阳公园，徐汇那边植物园，啥地方有场子，阿拉就到啥地方去呀。他讲得大声，掀起后排休息的人的笑。

上趟的地方呢？

你讲爱国路啊，我难得——

这时，那张熟悉的，实际上又很陌生的面孔走过来了。它理应拖着一个挥之不去的潮湿、灰暗和不愉快的长长的影子，再次与我相见，可是它并没有。

小花旦说，细姑娘，还认得吗。

阳光下的小彭和那个雨天里很不一样。他看起来要老很多，寸头，黑色紧身短袖，有一点胡楂，更显出沉稳。他大概有三十岁，或许不到一点，总之绝不是携带杀马特气质的我的同龄人。太阳照下来，他的影子是很短促的。站在细长的真假小花旦旁边，他的身体也成了一个短促的倭瓜，敦实有力。

小彭讲，小姑娘，好久不见嚓，越长越漂亮嘞。他的四川口音送进我耳朵，我发现自己毫无恐惧。那个昏暗的屋子我忘了，这一年，头发长了，剪了，长了，剪了，定海桥的一切早就烟消云散了。我像一个全新的人，和他展开自然的对话。

小彭讲，他和小花旦准备在上海开一家舞厅，位置就选在虹口或杨浦，再往里就租不起了。他说到时候开张了定要喊我来捧场。我推说不会跳舞，去了很尴尬，小彭说，怕啥子，叫巧叔教你嚓。

小花旦说，什么话，华尔兹女王在此地，还轮得到我来教什么教。真小花旦听了，直拿手帕捂着嘴笑。小彭也笑了。小彭笑起来，嘴角两边不断晕开小括号形状的褶皱，一对，两对，三对，这让我相信，他超过三十岁了。

于是真小花旦又带着我跳了一轮，他的汗迹被风干了，留下那张毫无瑕疵的荷叶面孔迎向我的眼睛，五官始终透露出无懈可击的端庄神态。原来比起乐声，我更容易从他翻动的睫毛中找到一种微弱的节奏，一步，两步，三步，走。小花旦和小彭也跳了起来。比起我和华尔兹女王的笨拙，他们看起来老练而默契，似乎故意在我的四周游走，打转，带着一种展示而非挑衅的得意。任何东西，风，日光，树叶，都无法拨乱他们稳固的发型和笑容。小花旦跳舞的时候，长久地持有一副标准到僵硬的笑容。这看上去很假，谁灵活的身体上会生出这样一个半开半闭的固定表情呢。可是看久了，又会觉得他是真的在笑。也许整个舞池里，在人们标准的笑容背后，都有另一个真的嘴巴在开怀大笑。它们高兴死了，笑得停不下来。而标准正是出于对大笑缘由的敬重。乐声四溢，盖过蝉鸣，盖过四下其他角落的吵嚷。这个角落不说话，显得单一而齐整。火苗蹿动，移步，转身，晃头，每个人搭着舞伴的腰肢和肩膀，安静地离开了燥热的地面，正在缓缓上升，上升。

我有点明白不做戏的好玩了。

我也有点明白，小花旦刚来上海时，那些叉腰的照片是谁拍的了。

13

后来几年，上海的各个公园里，我再没见过那样一个安静得只剩音乐在响动的角落。人们跳舞的时候，往往交混着谈天，吵架，打电话，随音乐大声哼唱，像任何一个聚众晨练或打牌的地方，唯恐不够闹猛。再后来，广场舞席卷了所有可见的地盘。而人民公园的假山秘地，我再也没有找到过。也许那个地方根本就不存在，也许它需要信使的引领。而我一旦离开了小花旦，就永远无法获得那条曲折的路线，进入其中。这件事的神秘，就像小花旦本人一样，如果他不来找我，我就永远找不到他。

那天傍晚别过，我又失去了小花旦的消息。给他发过几次短消息，没有回音，打电话也是。我去公园，怎么也找不到那个地方。天渐冷，他和夏天一起消失了。几个月之后，我穿过黄兴公园，在一个男女混杂的集会中望见一个眼熟的身影。我本记不住他，不过那块在人群中窜动的红头巾，让我立刻想起来了。

可是他并不记得我。他没有蒙住眼睛，而是将之扎在头上，气质大变，像一个唱山歌的人。当我问起小花旦的消息时，他立刻弹出那双大小不同的眼睛，像一头被触怒的野牛。

迭只宗桑^①，侬寻着伊，叫伊拿老子五千大洋还出来！

---

① 迭只宗桑：这只畜生。

红头巾并不说小花旦去了哪，也不说人民公园的场子，只留下这大为光火的一句。我无法再问下去。也许当他回忆起我是小花旦侄囡儿的那一瞬间，他就决定好要把怒气撒我身上了。我甚至觉得，如果我看起来不那么穷酸干瘪，他恨不得让我代为把钱交出来。

他像是晓得自己因为红头巾而被认出来了一样，奋力将红头巾解下来，塞进裤袋，自顾自跳舞去了，留我在他愤怒的残云里。

吃了闭门羹，我脑海里那个跳舞的烈日少许黯淡下来。原来舞者的情谊，和小区里的人没什么两样，一旦关乎钱，说断就断了。钱最伤感情，这个道理是小花旦教给我的。即便上了大学，小花旦也不准我付吃面的钱。他讲，细姑娘记牢，万事覅讲钞票，钞票一讲出来，人就尴尬了。小花旦怎么会去做这种尴尬的事呢。然而，红头巾绝没有说谎，这一点我敢肯定。那个冬天，小花旦唯一一次来学校找我，也是为了借钱。

那时我已搬到大二的宿舍，离原来的住处挺远。而我正巧骑车经过老宿舍的时候，在大门口看到了小花旦。湿冷入骨的阴天，一个穿得如此单薄的人，太容易被注意了。宿舍换了一拨学生，也换了宿管阿姨，没人为他开门。小花旦几乎成了一根剥皮的白甘蔗，在外面荡来荡去，我远远地感受到了他的瑟瑟发抖。

他也看到我了。

细姑娘，长远不见！搬家了啊！

我生气地直接发问，跑到啥地方去了，消息也不回。

他并不讲，只问我，一个月生活费有多少，这个月还用剩多少。这种单刀直入的聊天方式，在我和小花旦身上可能是头一次出现——在老山羊所能开启的无数种话头里，钱是最少出现的一个。我立刻感到他的窘迫，于是我们向校园里最近的取款机走去。

我取出仅有的五百块。太单薄了，五张纸的厚度，和一张纸有什么差别呢。

小花旦的脸上写着失望，手插在干瘪的裤袋里不肯伸出来。我坚持让他拿着。

五百块省一点，也可以撑一段日脚噢，我讲。那时我竟以为他和我一样，这点钱只是用来吃饭和坐地铁的。

小花旦收下了。他摸摸我的头，细姑娘，样子越来越好喽，身边飞来飞去的屎苍蝇肯定交交关呀。找男朋友，眼乌珠要亮一点，晓得吗。他冷得跺了跺脚，后半句话伴着嘴里的白气一同呼出来，人大了，自家要当心，老山羊帮不来你啦。

我想知道的事，他什么都不说，偏偏无关紧要地来了这样一句，却几乎要逼出我的眼泪来了。我感到一种告别，老山羊对小山羊的最后关照。他踩着两只细长的高跷往回走，我什么都没问到。

我突然反应过来，大喊，房子！七分之一的钞票，要不要讨回来！

小花旦甩了甩手，走远了。就像上一个冬天，他甩手走出小区大门一样，他走过了我宿舍区的保安亭。我懂他的意思，这种钞票，不稀奇！似乎又回到从前那种轻蔑的语气。

返回室内，我才看到一个多钟头前的彩信，旧宿舍楼的照片。也许太冷，小花旦拍得急了，半个手指印还留在左下角。在我经过之前，小花旦站了多久呢，他有没有企图和新的阿姨攀谈，有没有去后面那块剃过头的草坪上看看，为什么不打电话呢，这些我猜不出，也不敢猜。人一旦进入室内，就无法体会外面的温度了。我只是很后悔没有追上去多问几句，没有带他去食堂，坐下来好好说一说。我所后悔的事情太多了。大人们没有把我当大人看待的时候，我也忘了要主动去做一个大人。

后来人们开始用飞信，然后用微信，发照片不要钱了。拍一张，点一下，就送出去了。好几次走在路上看到什么，我想送给小花旦，他的电话已经成了空号。

14

小花旦剃的游泳头，在我十九岁的时候离开了我。他的剃头家生在我二十岁的时候，被六颗星当作垃圾掩埋了。如果说前二十年，小花旦是一只同我形影不离的、持续发出叫声和臭气的老山羊，那么后来，老山羊所留给我的，只剩下一个渐趋想不起的身影，和某个微小的器官——他在我身上留了一只眼睛，带我去看上海的另一个部分，电视新闻和海报里并不常有的部分。

没课的时候，我养成了在外面乱走的习惯。每一条路的地名，让人错以为走在其中，是走在某种比例尺下的城市模型里，尽管明知它们之间并没有直接的相干。嘉善路我去走过了，它比嘉善新得多，洋气得多，体面或不体面的店铺总是相互夹杂着出现。我拍给小花旦看，并没得到回复。宁波路和无锡路，我也到过了，那里人多路小，闹猛得很，若是雨天，地上的垃圾就像生了发亮的眼睛似的，牢牢跟着来去的脚底板走动。苏州河南北两岸的各个街道，我一一去过了，站在低处望高处，或是登上高楼看对面低矮的棚户，竟是天差地别。再去些更远方的马路，或是与地名无关的马路，走得越多，越发现很多地方是去一次少一次的。旧马路上的建筑，就像它们各自的路名所代表的城市，正进行着新一轮景观更替的建设，矮房子下去，高楼起来，隔几周去看，脚手架严密包裹着旧房，像白绷带包裹着一个重度烧伤的病人；再隔几个月，病人植了皮，变成面目全非的样子了，也许能参加选美，跻身第一种上海的名录。我开始跟上小花旦的脚步，快点跑，快点跑，为了看到更多即将消失的地方。

奇特的是，定海桥成了最让我放心的一处。也许因为它的偏僻和干瘪，还没有人相中它的价值，给它改头换面的机会，连旧主人也弃之而去了。只有鱼货市场和全国小吃仍持续涌进来，扎根，聚集，只有通往复兴岛的小路仍散发着废工业的金属气息。新人们接管了漏风漏雨的店面，维持着与这座城市不太相称的物价水平。油盐门市里，狗还是狗，小孩仍是小孩，一切来不及进化为城市的宝贝。我好几次路过那栋高房子，大门紧闭，里面安静极了，透不出任何声与光。窗户太高，我看不见，只听人说拿来做仓库用了。也许入了夜，对侧的卷帘门一拉，送货卡车就进来装箱了。那是另一种不眠不休的灯火通明。

这就对了，定海桥从不是一成不变的，这里的人来来往往，只是不被留意罢了。几年前蹦迪的年轻人，必定和小花旦一样，继续逗留在上海的某些角落。

嘉兴路没有拆，但也经历了修整。后来的嘉兴路为人所知，多半是因为星梦剧院。每周固定几天的夜晚，宅男洗过澡，带着钱、欢脱的心和应援棒从家里出来，在此地甩下两个钟头的汗水和呼叫，又带着浓重的体臭和不肯洗掉的手心满意足地归去。嘉兴路成了少女的象征。地上的垃圾从空瓶硬纸变成了抠去照片的唱片壳子和海报。而那个碰头的米店，后来拆掉了。牌子没了，我和小花旦像两个单线特务失去了联络地点，再见不到了。

和消失的旧马路一样，有些人若不常去看看，也快要见不到了。老王的身体越来越差，像上海的老房子，叫人一边高兴地看，一边心酸地扳手指头，不知还能来几趟。我的火车票越攒越多，去昆明，去广州，去海口的，我都乘过了，第一站下来直奔家里，或者医院。病房里的人一拨换一拨，小区里却没有太大的变化。它老了，新陈代谢慢下来，少量的人搬进去，少量的人老死去，余下的一切照旧蠕动着。

赖屁股也住成老面孔了。他退了休，在巧星美发屋的原地开了一爿杂货店，这是堂而皇之地要和闵珠抢生意做。他地段好，进门头一家，多少不缺客人，却被一些古旧的居民骂得抬不起头。他们讲，人家闵珠一个寡妇带了儿子，就靠一爿小店度日脚，这样轧道抢生意，不作兴噢。赖屁股却说，这叫市场竞争，越竞争，生意越好，晓得吗。他搬出一套一套的大道理，什么双赢呀，客流量呀，要秀一秀从前在办公室的厉害，可是小区里谁听得进，大家只晓得，先来的总比后到的正义。

赖屁股在小区各处侃侃而谈，他总是有分享不完的道理。唯独那件事，人家戳他，他只能笑笑了事。时间无法改变这种无端的心慌，也许对赖屁股来说，鬼是没有新旧之分的。每到清明、冬至和七月半的夜里，夫妻二人就亮起楼上所有房间的灯，裹着被子缩在楼下店里，天亮了再扛着被子回去。被邻居笑惯了，赖屁股索性把这种季节性的避难叫作开宾馆。他说，宾馆里回来啦！老太婆，这趟旅游适意吗！当他拿自己开玩笑的时候，别人便不再去笑他了。然而大家知道，赖屁股害怕夜里，是永远不可改变的了。

曾经有好事者告诉赖屁股那只骨牌凳上的定理，吓得他当天就举起来扔河里了。从此再没有老人可以坐在树下乘凉。可人们又说，阮家阿婆在树下坐久了，树上的知了都听她的，赖屁股便恨极了那棵树。每次小区里有卫生检查，赖屁股就引人到家门口，以声音太吵或遮挡太阳为由，要求工人把树砍了。可是这棵树实在太老了，老到进入了文物保护的范畴。人们打赌说，就算赖屁股死了，这棵树也死不了。

时间就是这样硬气，无须阮家阿婆或环保部门的庇佑，这棵树足以牢牢站在大门第一栋楼的左边。哪一天它不见了，必定会有很多居民以为自己走错了小区，绕道重来。地标的消失是需要适应的。我曾以为巧星美发屋也有这样的本事，可是当我看多了赖明生超市的招牌，我才意识到自己和小区里的人一样，渐渐忘了那个白底红字招牌下的面孔。一个小小的脑袋，油亮的头发，可是脸，我想不起。从小灵通换到诺基亚，再到智能手机，我发现自己竟然没有他的照片，一张也没有。

最为接近的，只能是那些跟在他屁股后面拍的视角类似的上海。很久以后我才发现，小花旦从来不是乱拍，他的每张照片里，都有一个共同的主角。

15

再碰到小花旦的时候，我快要大学毕业了。那是在舟山路的一个舞厅里，确切地说，是集舞厅、卡拉 OK 和洗浴中心于一身的综合服务场所。定海是舟山的一个区，舟山路自然与定海路相隔不远，小过道，旧店面，气质多有类似。当我抬头看到那个招牌少许褪色的天天见舞厅和它门口的艺术字海报，我确有那么一秒想过，如果小花旦和小彭开了店，会不会就是这样的呢。然而我并非进去找人，只是走到半路尿急了，找个厕所解决一下。

如果说公园是城市的肺，那么厕所是马路上一个微妙的器官。对某个地方的认识，无论如何不能漏掉对它的拜访。这和与一个人交心必要同他吃酒是一个道理。例如经过陆家嘴的写字楼，静安寺的商场，我会跑去上个厕所，豪华的，温暖的，或看似豪华温暖实则简陋的。若是普通的马路，就去网吧、酒店或行政部门找，实在没有，只能去公共厕所了。看看里面有没有值班的，收不收钱，卖不卖五毛钱一包的卫生纸。可我在舟山路上，甚至连公厕都没找到。依靠杂货店老板娘的指点，才走到了天天见舞厅门口，据她说，这里有整条街上唯一的排泄口。

没想到排泄口里人多得几乎要倒灌出来。洗脸的，补妆的，穿衣服的，个个人高马大，堵住狭小的通道。没有灯，黑暗中亮着几根烟芯，我蒙头往里挤，耳边充斥着粗细不一的喉咙，练唱，或是对着手机骂娘。在一路香粉味和屎尿味的混杂中，我蹲下，手抵着关不住的门，总算迎来了放松。

走出来看，柳暗花明，大厅里灯光闪烁，一副九十年代的舞美效果。台上有人唱歌，台下悠悠地跳。歌手一身暗红拖地长裙，胸脯雪白，头发盘起，仍是九十年代婚纱照风格，唱的是《女人花》。她声音低沉，和梅艳芳有七八分相似。

若是你 / 闻过了花香浓 / 别问我 / 花儿是为谁红……女人如花花似梦。

曲终，后排几位白衣伴舞甩着水袖撒下塑料花瓣，落入前台，观众起哄。灯光聚焦，歌手用温柔而低沉的上海话讲，嘎冷的天，谢谢大家来捧场，接下来有请阿拉咪咪演唱，《爱你在心口难开》，大家白相来开心。我忽然感到耳熟，感到自己曾经紧张地盯着鞋子发呆，而这个声音叫我抬起头来。我在人群中踮脚，抬头，仔细望去，正是人民广场的华尔兹女王。我忽然明白了刚才厕所里的身影为什么这么高大。

光线转亮，伴奏响起，台上华尔兹女王变成了穿露脐装和皮短裤的咪咪，台下的人也匆匆换过一拨舞伴。节奏加快，咪咪踩着粗高跟，唱起上海话味道的英文。

Oh Yeah Yeah……I love you more than I can say.

舞池里黏腻的人们忽然像活虾倒入了油锅，伸手伸脚，纷纷弹动起来。场子沸了，噪声四溢，我往外围走去。只听前面有人喊，快点呀！阿巧！上去了呀！才看到门口有个抽烟的人，他一回头，脱下刚才的白衣，露出黑西装，拼命往人群中挤，像一条洄游的鱼。阿巧跳上台，和咪咪对跳起来。底下一片呼声。两个人像两块同极的吸铁石，靠近了，又弹开去，靠近了，又往后移。那身笔挺但布料劣质的黑西装配上白袜子，细长的四肢随太空步晃动起来，有点MJ 的意思。舞台灯照下来，他满脸堆笑，抖着肩膀，肩膀抖落下细密的光亮。

我挤到前排入口，等着一曲结束。灯光连续强闪，他下来了。

阿叔。我叫不出剃头阿叔，我太久没有找小花旦剃头了。

他看到我，愣了一下。许久才说，细姑娘，长远不见嘞。这话我听不清，周围太吵了，可我看懂了他的口型，分明感到他稍显激动的嘴角。很多人拥上来了，要签名，要挂历。阿巧被围堵在台边，他忙起来了。

舞池里有人喊安可，华尔兹女王返场，唱了一首叶倩文的粤语歌，深情而怀旧。后面屏幕放着盗版的音乐录影带，池中仿佛长起了一片细软的水草，随着忽高忽低的声音摇摆。我走出来，四面墙上贴着台柱的新年海报，红艺人咪咪，萧人，华尔兹女王叫白玉兰，还有一个阿巧。海报里的他梳大背头，叉着腰，半身金色西装马甲，端正地笑，像酒店里的大堂经理。他胖了，脸上肉多起来，我窥探到一丝衰老的痕迹，带着一种接近阮家阿婆的神情，安静，温和，眼里饱含着要同你说话的意思。回头望去，阿巧仍在人群中，签着自己的年历纸，他本人比照片里更圆润一些。

阿巧卸了妆，换好衣服，变回小花旦。羽绒服加窄脚裤，粗毛线围巾，显得愈发臃肿。再仔细看，他确实老了，胶布一样细长的五官，走到边缘就往下垂了。小花旦说实在对不住，叫我等这么久，要请我吃饭。这天风不大，我们一路走到提篮桥。在一家他常去的店里，小花旦叫了一碗菌菇面，一碗大排面。我说，我也要吃肉。

他讲，就是给你的呀，我吃素。

我吓了一跳，你信佛了？

小花旦摇摇手，老来肉头松了，再不减肥，紧身衣裳就穿不进去啦。

我说，相当有职业精神嘛。

肯定的，我现在也算个明星了，多少要注意点。

我对着如此自律的小花旦竟说不出话来。

小花旦先问我，侬哪能①，屋里厢哪能了。他的上海话很自然了。我说自己在找生活，还没头绪，又说了老王的情况，他沉默了。点了一支烟，回头招呼，老板，再来一碟现切牛肉。

我说，你怎么破戒了。

给你的呀。跑来跑去交关辛苦，多补一点。

我有点要哭。尽管早就习惯了这种提着心两头跑的日子，可毕竟还没有谁这样说穿过。大排和牛肉，我飞快吃完了。小花旦只咬了几口面，又点一支烟。我劝，少抽点。

我这种命，不搭界的，无牵无挂。倒是老王，伊等了享清福的，香烟勿碰。话说到此，他大概也发现自己说坏了，老王哪里还有时间呢。他沉默了，转而问我，在哪个医院。

我们加了微信。小花旦换了号码和手机，壳子带钻，时髦得很。他的微信

---

① 哪能：怎么样。

名叫巧巧美神仙，头像是在台上跳舞时一回头的特写，眼里有光。

我讲，舞厅开来蛮好嘛，还做大咪，一条龙。你不睬我，我只当你到啥地方讨饭去了。

小花旦讲，我哪开得起舞厅，打打工的呀。

我未料到。又问，小彭呢。

伊啊，伊前年子就回老家去，开剃头店了。小花旦讲，也好。大家侪出来打工，老家倒反缺人才了，这辰光回转去开店，生意正好。

我竟接不上话。这些年借的钱，怎么借的，去了哪里，被他这么一讲，我半句都不用问了。

小花旦像是看出了我的尴尬，又说，啊呀，我又不要紧的咯。现在这爿店么，大家侪是来看我的呀，等于是我开的呀，唢，外国人特为跑过来同阿拉拍照片的，勤太出名气噢。

小花旦打开手机相册给我看。几个白皮肤的客人同穿着粉色西装的小花旦、一身白裙的白玉兰站在一道，白玉兰穿了高跟鞋，比外国人还要高，还要显白，像一个走红毯的电影明星。小花旦立在当中，凭借一只鸡冠头勉强和周围人站齐，保持着当年舞池里的标准微笑。

我看了看照片，又看了看餐桌前的小花旦，皱皮耷眼的，不像，不像。小花旦生气了，大叫，赤逼，侬看电视里的明星，不化妆走出来，个个吓死人噢！还是这个磨人心肝的高音喇叭，只是长久不磨，稍钝了些。

我说，明星还可以讲口头语啊。

啥口头语，这叫地方文化。阿拉要发扬光大，传到外国去的，晓得吗。于是又把手机相册翻出来，一张一张细讲，自己去过哪里哪里演出，受到谁人谁人的欢喜。

怎么不回去演。

这种小地方，只晓得吵相骂，有啥去头。伊拉不懂，伊拉懂个卵。小花旦显得愤愤，又说，细姑娘，侬也千万覅回去，回去没出山①日脚，晓得吗？

下趟再不回去了？

去做啥。不去。

我就没由头再讲小区里的事给他听了。

那天送我回学校的路上，小花旦像个导游似的，到处问我这个要不要吃，那个要不要买，我说又不是来旅游的，不要不要。他看上去有些急躁。要进站了，他忽然提起这个月演出费还没到账，只好先还我两百块钱。我才明白他的不安。

我说，谁人开了店，做了生意，叫谁来还呀。他摇头，同小彭不联系了。我又问，红头巾的还了吗。他说钱攒不够，没面孔还。于是我们约定好，一笔一笔攒，按数目大小来还。我是最后一个。

小花旦很高兴，他讲，有道理，钞票还清爽么，朋友就回转来了，对吗？他夸我脑筋灵光，像个大人了。

地铁上，我给巧巧美神仙发了两张拍他跳舞的图。他回了我中老年专用的谢谢表情。我总算有小花旦的照片了，也能传给他看了。只是这样的照片，若是给别人看，小区里的人，六颗星，宿舍阿姨，他们还会认得出吗？

我不知道。我倒是希望红头巾能忘了他，也忘了那令他大为光火的五千块钱。

16

一个多礼拜之后，我去医院，小花旦已经在了。他正要收拢一张护工用来睡觉的折叠椅，预备给老王剃头。术后的老王取掉一块头骨，脑袋再没有平坦的路线了，推子走上去，就像割草机从平地忽然陷进了沼泽，每一步都是危险动作。剃头的担不起这个责任，老王的头发也越蓄越长了。可巧这关头小花旦来了。隔出几年，他的手仍然这样熟悉老客人的头。小花旦的围裙甩出去，一

---

① 出山：出息。

把兜住了老王极为瘦小的身体，手上的推子发出令人安心的平稳的叫声。我坐在旁边，老王望着我，对小花旦讲我的近况。我只对他讲好消息，他能讲给小花旦的也尽是好消息。小花旦连连点头，结棍，结棍。这一切让我感觉回到了那间小小的美发屋里，老阿姨的生意做完了，小花旦空下来，剃掉一大一小两个游泳头。

老王讲，细姑娘又考头一名啦！

小花旦就讲，结棍，结棍，下趟要读名牌大学啦！

我坐在旁边，嘴里含着一粒阮家阿婆给的话梅糖。

只不过病房里的小花旦戴上了一副老花眼镜，他要把脖子伸得远远的，才能看清楚在头上移动的推子。那副椭圆的黑框眼镜架在他椭圆的脸上，显得脸更加长了，长到和他的眉眼、嘴角一样，正在垂落下来。羽绒服，窄脚裤，一双看不出真假的带 N 的球鞋，这些都无法遮盖，小花旦变成中老年的事实了。

老王很高兴，许久没有这样适意地剃过一次头了。小花旦说，焐心吗，焐心再来刮只面孔。于是拿出小刀，端整好毛巾、面油和热水来刮脸。老王的脸很瘦，两颊深深凹陷，和少了骨头的脑袋一样，时常让小刀刮在空气里。老王憋足一口气，鼓起脸，努力让自己的皮碰到刀片，胡楂成屑，热毛巾一敷，他快活地翻动着两片浑浊的眼白，大喊，适意，适意！他放松下来，转而问我，细姑娘，这腔①小区里有啥事体呀，讲给我和阿叔听听看。此前一个月，因为回不了家，老王拒绝收听任何小区新闻。

我看了一眼小花旦，他并没露出抵触的神情。我就讲，禁了烟火，赖屁股的炮仗生意做不下去了。春光关了店，天天在外面帮人家修冻住的水管。后面一幢有个老人，昨天——我没说出来。

老王被赖屁股的惨状逗笑了，小花旦却说，迭个老赖啊，真是作孽，自从搬到姆妈房子里，一路触霉头没停过。

①　这腔：最近。

老王讲，管伊哪，要是剃头店一路开下来，多少好呀。小花旦现在店开来啥地方？他似乎认定了，这些年小花旦手里的推子没有闲过。

我啊，开来杨浦区，侬下趟过来白相，到上海来剃头。

小花旦说得自信极了。他晓得老王不会来了，这个谎话永远不会被戳穿。他没听到，此后老王同这里的人反复提起，我有个朋友，手艺相当不错，剃头店开到上海去啦。老山羊和小山羊都在上海，这是一桩令老王骄傲的事。

那天走的时候，我问小花旦，要不要回小区看一眼。

有啥看头，还不是同老早一式一样，没劲道。

又补了一句，看到老赖帮我同伊讲，心里夠吓，姆妈不会做害人事体。

他先乘火车回去了。住在哪里，我没问。

就这样，在老王的最后一个冬天，我和小花旦又开始一道乘绿皮车来回了。他大概两周来一次，下了车直奔医院，给老王刮个脸，也渐渐在这一层做起了剃头生意。轻松和气，永远都是那一身羽绒服，一包剃头家生。这些东西，是他撒了谎以后特地重新收集来的。

小花旦一到，隔壁几个病人就醒转来了，他们头发乱乱的，倚在门口等。小花旦在走道尽头的半封闭阳台上摆了摊，一个一个剃。此后几趟，愈多人拥过来，连护工也排上队了。他们有手有脚，却难得出门。小花旦一进门就响起了高音喇叭，今朝剃头不出钞票了哦！各层便顶着杂乱的头发出动了。

上海的剃头师傅来嘞！大家奔走相告。

小花旦讲，侬这帮人啊，有气力的，自家先去汰①个头，没气力的，寻护工帮忙汰个头，汰到精光滑溜再过来，阿拉清清爽爽剃，好吗。

于是一只只奄毛老鸡在走廊上排起长队。小花旦挨个问，老底子是啥样子呀，牢监头，三七分，还是艺术家腔调呀。前排围拢聊天，后面就竖起耳朵听，

---

① 汰：洗。

彼此间说的，莫不是当年的形象，入院前的威风。

这一层的人，住进来了，都是出不去的。肿瘤把大家绑架在这里。手，脚，头脑，等到五脏六腑都被绑架了，就要叫一部特别的车来接出去了。轮替勤快，床位总是满的。上周走了几个，下周又有来补位的了，进来的无不是面色蜡黄，浑身精瘦。稍住上几天，就能看清楚自己的将来了。而小花旦却能为大家讲出一个更远的未来，这些年，他边剃头边聊天的本事从没生疏过。

他讲，下趟出去了，阿拉到咖啡店里吃咖啡去，好哦。要顶苦的咖啡，放交交关白糖，吃回本来。

他讲，等到出去了，钞票千万勤省，自家吃吃用用，留给后代做啥。儿子养孙子，孙子养儿子，啥辰光是个头啊，对吗？

他讲，马云弄的网购会吗，学会了网购，勿讲一辈子蹲医院里厢，跑进山洞做人也好买衣裳，买小菜呀。

听者认真点头。

剃完头，耳朵好的人，听小花旦讲上海是啥样子，南京是啥样子，广州是啥样子。记性好的人也回几句，广州我老早出差去过的，男人女人时髦来。小花旦讲，香港衣裳么，肯定是时髦的。一群人就讨论起距离此时的病房万分遥远的事情来。

眼睛好的人，等小花旦拿出手机，点相册来看。明明是城市风景，小花旦却叫他们看出一惊一乍的哄笑来。评论的声音忽有忽停，引得护工也围过来了。

一阵沉默之后，有人大喊，啊！这搭这搭！

紧接着又有高呼，噢哟，还是伊眼睛尖。

一阵沉默，有人大喊，寻着嘞！

又有高呼，啊呀，叫伊寻去啦。

一阵沉默，小花旦伸手一点，大家发出哎哟、哎哟的恍然。

我才明白，一群人眯着眼睛在找什么，而小花旦从前在拍什么。

路边杂货店的冷饮柜上，茶室里面的立式空调上，摆在弄堂口的椅子背上，怎么也擦不掉印记的社区宣传墙上，某户人家的玻璃窗上，电线杆上，小汽车的雨刷底下，垃圾桶里，城市规划馆旁边，每张照片里都有一个蓝色的身影，他伸开双手，保持绅士的笑容，一会儿大，一会儿小，忽隐忽现，小花旦叫大家一道来寻。

世博会过去快十年了，海宝长到十岁，人们渐渐把他忘了，小花旦却从没有忘过。从繁闹的市区到落魄的周边，有些地方面目全非，有些还是老样子。这个曾经被高挂在大街小巷里的过气的明星，如今隐藏在被人忽视的各个角落，而小花旦把他一一找出来了。他又带着一群寸步难行的朋友，眯起眼睛，在被人遗忘的医院里，满世界找着另一位被遗忘的知心老朋友。城市是万分陌生的，大家努力搜索某个熟悉的身影。他们看到了海宝，发出惊喜的呼叫，海宝朝他们笑，他们也便笑了。

这是周末必玩的游戏。玩久了，小花旦成了病房里的熟面孔。人人都晓得，老王有个剃头朋友，也时常托他从上海带点东西来。香烟也好，糕饼也好，一切从外面进来的，都和小花旦一样受到欢迎。隔壁病房有个安徽来的护工，年纪不大，他说自己曾在上海当过护工。因为照顾一个老头子，没能及时安排子女见上最后一面，被投诉了，才辗转调到此地。两个人对上海都有些熟悉，便常常坐在一道说话，小花旦邀请他再回去。护工看了小花旦剃几趟头，说也想要试试看。于是小花旦教了几次，又把东西放下，让他有空自己练练。再来的时候，几层楼的生意已都给这位护工做去了。

小花旦有点不开心，要把剃头家生拿回来，没想到那位护工抓起包裹就扔到地上，他喊给大家听，不正经的人的东西，白送我都不要。

护工剃头的时候，把小花旦同他讲过的事情都讲出去了。他也在护工之间骂，他算什么剃头店老板，娘娘腔，变态。护工们听了，把控着各自手里的病患，渐渐没有人去找他说话了。

小花旦坐在老王的床头，我们三个聊聊天，讲讲厂里的事，我小时的事，不讲小区。老王的身体越来越差了，讲一会儿，嘴巴干了，就讲不动了。他睡着了，我去办公室找医生，只留小花旦悄悄坐着，独自翻看手机里的海宝。他还没醒，小花旦就悄悄地回去了，留下一点舟山路买来的糕饼。

后来，小花旦再也没来过。发微信也没有回音。我特意去了一趟舟山路，很多人正要大包小包回家过年。天天见舞厅也关门了。没说停业，也没说搬迁，只是不开了，一条龙服务落得不剩只毛片羽。我问杂货店的老板娘，她说不清楚，语气里却透露出对这个地方的讨厌。她讲，伊拉这种生意么，老里八早①好关门了！

冬天到春天的拐弯口，忽冷忽热，头发像草一样飞长，人却渐渐熬不住了。楼层里走了一个，两个，又补进来一个，两个，哪一间病房都没有常胜将军。黏稠的雨季过去了，天气总算回暖，趋于稳定，老王说，差不多了，我也要回去了。

<h1 style="text-align:center">17</h1>

在老王的灵堂里，我给小花旦发了一张照片，小区相邻过来折纸元宝。这次小花旦回我了。一条语音，细姑娘，自家当心点，老王来寻我白相了，侬放心。

这以后，小花旦常常给我发语音，一讲就是好几条六十秒的。有时他离话筒太近，录下的全是粗重的喘息，有时又充满四周的杂音。我隐约听明白了他的一些事情。

他说他在广州了。那里也有人民公园。广州的人民公园不大，但他很喜欢。南方没有冬天，三月份也可以穿短袖子到露天来跳舞，这好极了。因为短袖子买起来便宜，一件羽绒服的钱可以买很多短袖子，每天都换不一样的行头。

他说他经常出国演出，南边那几个小地方，他都去过了，还发了照片给我。

---

① 老里八早：老早。

有一张穿着半透明的白细纱长衫，隐约露出两只细脚杆，头发留长一把扎，像个道士，脸稍微有些晒黑了，他和几位台柱站在一群矮小的客人旁边，神气极了。小花旦问我，我这件演出服，挺括吗，漂亮吗。他说南方人长得粗糙，过得也粗糙，他们选不来料作，而他作为丝厂里出来的人，眼光是很独到的。后来这张照片就成了他的新头像。

小花旦有了新的艺名，他不叫阿巧了，到了广州，他叫上海宝贝。我知道，他是希望人家简称他为海宝。白玉兰也改名了，因为南方的观众觉得他像王祖贤，干脆就叫作王祖贤，咪咪还是咪咪，也有人叫他夏威夷辣妹，他的裤子越来越短了。他们和东南亚人合照，显然他们更美一些。照片总是带来一种距离，隔着屏幕，我感受不到小花旦的衰老。白玉兰更是不老神话。也许南方湿热的空气能叫人老得慢一点，看起来轻盈一些，就像很多年前，上海的人民公园里那个燥热的下午，人们怎么穿红花绿叶都不为过。

小花旦并不提上海的事，我问他，舟山路还来不来。他说，下辈子吧。

每次说完一堆话，末了他总会补一句，细姑娘，有空过来白相。阿叔带侬白相。

我有些羞愧，老山羊的心这样野，去了更远的地方，小山羊却还困在原地。那时我开始工作了，每天朝九晚九，挤地铁，吃外卖，加班，昏睡整个周末。这样也好，没有时间去细尝生活中没有老王的味道了。然而我还是会在夜里梦到他，几乎每一个夜里。老王下了夜班，跑进门喊，懒虫，一只冰冷的手指伸到我被子里来。他在厨房里杀鱼，洗鱼泡泡。他在楼下晒太阳，脚边躺着别人家的狗。我也常常梦回到小区里，我们在巧星美发屋等小花旦回来剃头，镜子里是两个年轻的游泳头。

在一个异常闷热的雨夜里，我梦到自己坐在车上，一路经过小区，那是一种我从未体验过的视角。每栋房子的窗户都成了乌黑的方洞，每个门牌上都写着××之墓，赖明生，沈春光，我看到了一排排熟悉的名字，河水倒流，知了叫得发疯，我吓醒了。小区死了吗，小区里的人死了吗，是哪个弥留之际的老人给我发射这样的信号，我不知道。我想讲给小花旦听，不过他是不会感兴趣的，在他心里，小区早就和阿婆一起埋进了她的坟墓里。

小花旦从不回去看，他只在梦里和阿婆碰面。如今我也变成这样了。

阿婆会跟着你去南方吗？我在微信里问他。

他回我，我吃饭，伊也吃饭，我在啥地方，伊就跟到啥地方呀。我忽然觉得阿婆就在小花旦的背上了。

我问他，阿婆欢喜看你跳舞吗。

小花旦就不回我了。

毕业前搬家，我整理了所有的火车票，粉色的，蓝色的，许多都褪了色。其中一张皱皮的，上面残留着一点圆珠笔画过的痕迹。三九皮炎平，一个箭头。这像是一个魔法，我把这张纸藏起来，再找到它的时候，画箭头的人已经在这趟列车的终点了。

下个假期是"五一"，我准备买一张火车票，上海南到广州，从头坐到尾。我上车之后，一定会很快听到，亲爱的旅客朋友们，嘉兴到了，请在嘉兴下车的旅客朋友们提前做好准备……而我和我的行李将安坐在原位不动，静静望着在这一站上下车的人们，企图分辨出，哪些长久住在古旧的小区里，哪些将要走进小区里的廉租房。这一路上，我会吃好几碗泡面，泡面会因为急刹车而溅到我的衣服上，头发上。我会很多次地生发尿意，但我不会忍着，耐心地在厕所门口排队，等那个不锈钢的蹲坑，被细小的水流一趟一趟冲刷。我会反复听到列车销售员的高声推销，一包蓝莓干果，日用品，或是列车模型。如果是吃的，我就买两包，吃一包，留一包。如果是玩具，我就买一个，塞进包里。我还会拍很多照片，沿途的田野，房子，还有数不清的电线杆。尽管我知道，离开始发站后，就再难看到十年前那个蓝色的过气明星了。他正在人们所想不到的这座城市的各个角落里，笑着迎向每一个将会忽视他的路人。你若是正眼看了他，他就要哭了，太久没人看过他了。可我一定要离开，一定要坐到最后一站，带着我生了一屁股的坐板疮，油腻的头发，疲乏的眼睛，走出人满为患的火车站，打个电话，给我的老山羊，我的上海宝贝。

我会跟他说，南方真热，给我剃一个游泳头吧。

低处的父亲

马金莲[*]

1

哈子，你超子大跑了，我出去拔鸡，忘了锁门，他就偷着跑了。我知道他像老家时节一样，跑出去要饭去了。我想着既然出去了，那就由着他去，游逛够了也就回来了。谁晓得这都眼看三个月了，还是没见人影子。他爱死哪哒就死哪哒去，没人稀罕他，可你说，他一个超子，拉着个跛脚，颠三晃四的，能跑哪哒去哩？

是田桂花的电话，我一接通，她就迎头砸过来一长串抱怨。只要不打断，她肯定能絮叨到明天。我及时打断，我说妈既然跑出去了就叫他去吧，说明心慌了嘛，一个大活人你不可能一直盯着啊，再等等，说不定明儿就回来了。我这儿正忙，玉米地里放水哩！

水从左边渠里分流过来，像一群冒失的娃娃，没头没脑撒着欢儿地往前冲。我家田边这几条小渠，平时缺少疏通，被泥土壅得严重。我昨儿从打工的银川城赶回家后才匆匆清理的，时间仓促，活儿难免太粗，这会儿水过来，我得盯

---

[*] 马金莲，女，回族，出版有小说集《父亲的雪》《碎媳妇》《长河》《1987年的浆水和酸菜》《绣鸳鸯》等。曾获《民族文学》年度奖、《小说选刊》年度奖、首届《朔方》文学奖、郁达夫小说奖、中宣部"五个一工程"奖、首届茅盾文学新人奖、第十一届骏马奖。

着让淌，哪儿渗水、跑水我要随时堵截，只有等亲眼看着水顺顺畅畅进了田地，我才能放心。

水口子一旦打开，水就失控一样乱窜，我哪有空听田桂花闲叨叨。我不管她还在一个劲儿说什么，就挂了电话，揣好手机，提起铁锨跟上水跑。刚跳过两道田坎，电话又响了。我不接，我妈田桂花就这脾气，打电话缠得很。

水是黄河水，从大渠里引过来，现在正滋润着我家刚刚展开叶片的玉米秧子。

一口气堵上四五个豁口，水流驯服多了，我擦一把额头的汗，长舒一口气，蹲下，掏出一根烟点上，还没抽，电话又响了。我不看，缓缓抽烟。响一会儿，累了，停了。缓过气后又响。这个田桂花，催命哩这是！

我吐掉烟屁股，在裤子上蹭蹭手上的泥，掏手机看，意外的是，来电显示不是田桂花，是兄弟嘎子。

他来电，我得接。我们兄弟平时很少打电话，有什么事在微信上留言，有时他发了帖子，我给点赞。我发了，他也会点。每天晚上都能听到他粗嘎嘎的大嗓门在"老家微信群"里跟人扯闲篇。自从搬出老家，用上微信，我们之间就逐渐很少用电话方式联系了。今儿月亮从灶火眼里出来了，他记起来给我打电话了！

嘎子，咋了啊？

我冲着电话喊。

喊声太大，惊起田埂上几只麻雀，呼啦啦乱成一团，像一堆被风裹着飞舞的干树叶子，在我头顶上匆匆绕了半圈，向远处落去。耳朵一热，我伸手摸，一团湿乎乎的鸟屎。我不生气，扯一片玉米叶子擦，望着鸟影禁不住笑，畜生，拿热屎砸我啊，被我的粗嗓门吓着了吧，你们真是少见多怪，不就嗓门大了点嘛，比这大得多的你还没见过呢。

我们弟兄之间历来都用大嗓门交流，我们从小在吵吵嚷嚷中长大，说话从来没有平心静气温柔和缓的时候，我们都是嚷、吼，长大后这习惯难以改变。我媳妇娶来那时节很看不惯，告诉我，正常人家，一家子人一搭说话，哪有这种腔调？简直不是说，而是在吼。嘎子媳妇娶进门，也看不惯。大妹梅子嫁出去，妹夫看到我们一家人对话的场景，同样吃惊不小。我们从小在一个特殊的家庭里长大，以为世上的绝大多数家庭都像我们家一样，在日夜不休的吵吵骂骂中过日子。新的家庭成员的加入，让我们意识到了问题，原来这么多年以来，我们是在一个畸形的家庭环境里成长的。我们开始试着改变，在新的家庭里，努力地像一个正常环境出来的人一样生活。我们收敛自己，克服毛病。但当我们父母兄妹原来一家人在一起的时候，那种被刻意掩饰和压制的陋习，忽然就会冒出坚韧的触手，像刀刃一样扎着，亲密又生硬地对峙。

哈子，你死哪去了，咋不接电话？

嘎子吼我。

就算我们都是已经有了几个娃的父亲，我和兄弟之间还是像小时候一样，直呼小名，毫不客气。

我叫他的名字，常见。他这么张嘴就喊我的名字，在已经成年的弟兄之间，并不常见。这也算是我们这个家庭才有的特色吧。就像我们把父亲当面喊大，背过他，从来没人称他该有的称呼，我们叫他超子。

超子，是老家的方言，傻子、疯子、残疾人、不正常，等等意思。范围比较笼统，那些大脑有问题的人几乎都可以囊括进这个词语的外延。

我的兄弟在吼我。

死嘎子。我默喊，忍不住笑了。

就在这一声直巴巴的干吼里，一股火辣辣热烘烘的东西，像眼前这渠里的大水，在五脏六腑间奔突、游走，这感觉里，蕴含着一种底色，叫亲情。亲兄弟间心脉相通血浓于水的亲情。自从搬离老家，移民到这北边地面，我们弟兄已经有半年时间没见面了。

我敢确定，这一刻我兄弟和我一样，也有一种突然涌上心头的感触冲撞着心脏。所以，互相吼过之后，我们不约而同地陷入了沉默。

水流出现了湍急。有段水面上冒起一片白色泡沫。不好，有地方漏水。我从地埂上狠狠踏一脚，铲下一锹土，向着漩涡打转的地方压下去。同时，一条腿重重踩下，凭感觉，我知道笨重的大胶皮鞋底踩到了一处下陷。我狠狠踩几脚，水里泛起泥浆。我看着搅起泥浆的漩涡由大到小，从激烈到平缓，一点点舒缓下去，心头那一抹突然袭上来的温情，也似乎沉淀下去了。

我喊：嘎子，啥事？快说，我忙着哩！

嘎子像埋伏好等我引火的炸弹，马上喊：我也忙，现在谁不忙？超子不见了，晓不得死哪去了？妈哭哭啼啼的，你这当老大的，咋不管？

他的嗓门，比我大了三倍。

喊——我放声笑。这就是我们兄弟间惯有的交流方式，直接，简洁，单刀直入，从不迂回，也不客套。

我心里很轻松，像脚下平稳而匀速流淌的渠水。

我说：你火烧沟子了吗，一个接一个的电话催着打，就为这烂事啊？超子没了，没了就没了嘛，大惊小怪个啥！他乱跑又不是新鲜事，老家时不是常跑吗？叫他跑吧，在外头疯够了，就回来了。

嘎子好像被我的轻松口气给感染了，沉默了一下，跟着笑了，喊：对着哩，你说得有道理，那就叫他游逛去吧，逛够了就回来了，你忙去，我也忙着哩！

通话结束后，我顺着渠沿走，眼前的土地很平整，水流好像也感到了这种毫无磕绊的顺畅，流得舒畅极了。水深处发出淙淙的呜咽。我蹲下看，水面上浮动着波纹，像铺开了一匹素色的缎面，微风从下面吹，缎面上一层一层堆起细碎连绵的纹路。我觉得心情更好了，仰头望一眼头顶的天空，大日头暖洋洋照着，地里的玉米没有一点干渴受罪的迹象，大水沿着玉米漫过，泥土贪婪地畅饮着，泥土中的玉米也在欢快地吮吸着。

眼前的渠水算不上清澈，带着轻度浑浊，是专门用来浇地的，不像水塔里供应的饮用水。泥土和庄稼肯定是喜欢这种含着泥土的渠水的，我能感觉到水流漫过地面的变化，是正在干旱等水的泥土和嫩苗，同时饱饮水分之后焕发的活力，这活力透着浓浓的生命气息。这种气息只有水流才能激发和唤醒，也只有水流才能滋养。

我们从山区搬到这里，很重要的一个原因，就是缺水。我们需要这股水的养育，包括人畜和庄稼。要还是在老家，这农历四月，正是急需雨水的时节，偏偏这个季节最干旱，地里的庄稼苗儿眼巴巴地等雨，偏偏总是不下雨。到了这川区，雨水下不下都关系不大，有黄河水呢，隔段时间统一放一次水，庄稼基本上不用担心会因为缺水而旱死。

水面上映出我的脸。水浑，脸脏乎乎的，好像我很久都没有洗脸。水面一闪一闪，面影随水荡漾。脸一扭一扭的，曲折，变形，裂变，弥合。

我忽然发现这张脸不是我自己，是另外一个人。这个人我是熟悉的，熟悉到骨子里。他就是母亲田桂花和兄弟嘎子电话里提到的超子。我的父亲。父亲其实有自己的名字，小名有世子，大名马有世。我弟兄俩跟父亲长得像，嘎子五分像，我能有八分。

这个和我长得很像的人，现在不见了。

我心里似乎有一点那啥，什么呢，是愧疚。是的，确实是愧疚。就算他以前经常往外跑，跑出去就是好几天甚至一两个月不回来，从来不用我们费心去管他，但是我刚才的第一反应和态度，是不是有一点不合适？

确实不合适。我的反应，不是父子之间该有的反应。我们是亲生父子，我身体里淌着他的血液，就算他是个超子，但我能否认自己骨子里流淌着一个超子的鲜血的事实吗？

我的身体里淌着一个超子的血。还有嘎子、梅子，我们三个的身体，都来自这个男人。这是我们的悲哀。从刚懂事起，我们就先后认识到了这件事的残酷和悲哀，要命的是，随着一天天长大，一点点明白人事，这种认识比小时候更深刻，更钻心，更觉得是一种……耻辱。我知道我不能这么想，不应该这么想。可我还是一遍遍地这么想。确实，是耻辱。

小时候，田桂花做熟饭常派我去喊超子回家吃饭。

我有点郁闷，但不去不行。

超子在大麦场里看人下四码。大麦场是全庄闲人没事消磨时间的场所。我看到别人都是凑成圈儿耍，他一个人插不进去，像一股闲风，这儿瞅瞅，那里望望，显得很多余。有人骂他挡住了视线，他嘻嘻地笑。到另一个摊子上，又有人不等他站稳，一把土扬过来，骂他一个超子能看懂个啥，在这里乱扰啥？他不生气，冲人家龇牙，嬉笑。再看看他拖长了耷拉在地上变形的右脚，披在身上的黑色棉衣，和梳得光溜溜的头发，这一份与众不同的打扮，不但没有显示出他的别样，倒更加衬托出了一个超子的滑稽。他永远都打扮得跟庄里的男人们不一样，他不像一个农庄人，像个吃公家饭的教师，他一直在按教师的标准打扮自己。但他哪里知道，这样的打扮更让他成了大家的笑料。

我看着他傻乎乎独自乐呵的样子，心里真是堵了块石头。他哪个摊儿都凑不进去，永远都是被人嫌恶的多余角色，他自己并不认为是这样，他还是那么高兴。这满场子的人，有谁像他这么傻呢？这庄子里的娃娃，有谁能比我倒霉呢？我是谁的儿子都好，为啥偏偏是这个人的儿子。

哎——我远远地喊——吃饭走，饭熟了！

他抬头看一眼，又低头往人堆里凑，装作啥都没听见。

我知道他听到了，他人傻，但听力正常。

哎——叫你哩，耳朵毛塞住了吗？

他干脆连头都不抬，忙着观战，看得津津有味。

你到底吃不吃？

我忍着委屈，提高了嗓门。

终于他认真看我一眼，反问：你个碎狗日的，叫谁吃饭哩？这一场的人，我晓得你叫的是谁？

我哭笑不得，我是他的儿子，他的儿子只能喊他回家吃饭，难道我会喊别的男人去我家吃饭？

果然马上就有人钻空子，说，那碎狗日的不会是叫我去吃饭吧？乖儿子，你是不是叫我哩？你把我叫一声大，我就跟你去吃你妈做的饭。

我七窍生烟，杀人的心都有了。这人一句话，把我们全家的便宜都占去了。

我的父亲马有世不胀气，笑嘻嘻冲我摆一下手，说，你们先吃，叫你妈把饭给我扣在锅底里，我这儿忙得很——

那些闲耍的人不耍了，推翻了画在地面上的简易棋盘，一个个抬起头准备看热闹。

有人喊：有世子啊，田桂花的话你也不听？她喊你吃饭，你就乖乖回去吃么，在这儿磨蹭，不怕黑了她又不让你钻热被窝了？

这人的声调拖得很长，嗓门很亮，他是故意让全场的人都听到。

自然，大家都听到了，有人哗啦啦笑。

我真恨不能地上立马裂出个大口子，我好一头扎进去。都怪这个超子，别人一撩拨，他就上劲，比吃奶娃娃还傻。所以，庄里的男人最爱拿他耍笑了。

果然，有人已经问了，田桂花好不好？他瞪大眼睛，拍拍屁股，说，好，好得很，全庄的女人里头，她是最好的。

逗他的人进一步下套，问，田桂花哪儿好？你吹牛哩，她的好谁见了？

超子果然急了，一头就扑向这个套，拧着脖子看着大家，说，田桂花的好，只有等黑了，进了被窝，才能晓得。

闲人们三绕两绕，就将他绕得晕头转向了。

大家接着追问，田桂花的被窝好是好，但恐怕是不好钻的，她不高兴了，肯定不叫你钻，会一脚把你蹬下炕的——

我知道接下来他会在诱导中说出更加不堪入耳的丑话来，急了，大喊：超子，你回不回去？不回去死这儿啊——

我听见自己的声音像大风刮过的嫩树叶子一样，在激烈地颤抖。

我的父亲马有世，他还在津津有味地往一个套里钻，他拍了拍右边屁股，左脚点了一下地，站直了，像一只瘸腿的公鸭子，就算再努力，站姿还是不够端直，他右高左低，像一棵长歪了的柳树。

有人乘机又下新套，说，马有世，这娃还是你亲儿子吗，咋敢这么教训你哩?

果然,他上套了,狠狠剜我一眼,冲我吼:碎狗日的,拿啥口气跟你先人说话哩?小心我叫田桂花熟你皮子——

我扭头就跑,狂奔,耳边风起,哗啦啦响,我不想听到他还在嘟嘟囔囔骂些什么,反正是一大串一大串。

我不甘心,回头瞪一眼,喊:你个超子,不吃拉倒,偏不叫我妈给你留,等你回来吃屎都没热的了——

他跳着脚在身后追着打,我撒开脚丫子逃。

他那跛脚,哪里追得上我,他一跳一跳,就像一只跛了腿被人追打的狗,样子要多滑稽,就有多滑稽。

可他一点都不觉得耻辱,相反,他追得更来劲了。

身后,闲人们的笑声呼啦啦响成一大片。

现在回头去想,这样的事情,从我能记事起,就经常发生,像吃饭睡觉拉屎撒尿一样多,一样常见。

水在渠里欢畅地跌宕,冲撞,翻跟头,水浪扬起来,落下去,化作细碎的泡沫,我看着水面上的人,他也在看我。这是一个和父亲长相酷似的人,一张脏乎乎的显出沧桑的脸,脸上是被生活反复打磨的五官。我第一次发现它是这样陌生。我拿起铁锨,满满一锨土砸下去,水面上的脸碎了,在水花的摇曳中消失了。我掏出手机给田桂花打电话,我觉得自己该给田桂花打个电话,我忽然想和她说说马有世出门这件事。

2

田桂花接了电话,一听是我,破口就骂。

你个狗日的,你先人跑得不见了,打电话你不好好接,嘎子也不好好接,梅子还关机,你说你们三个,现在长大了,膀子硬了,都飞了,不管我,我没啥话说，你老子的死活你们真不管了吗？

田桂花独有的大嗓门，加上急调子，骂人根本不停顿不换气，噼噼啪啪一大串全扔了过来。

我静静听着，大概过了十分钟，田桂花总算发泄完了，声音平静下来，说，我把远近的亲戚都挨个打电话问了，你大伯家、巴巴家、姑姑家、舅舅家、姨娘家……都说没见人。我实在是想不起他还能去哪里？

我打断她。我说妈我们就根本没有必要问亲戚，哪个亲戚会理他，会把他当人招待？这些年他连我亲姑姑家都不去，更不要说旁人家了。

我说的都是实话。人都长着一双势利眼，马有世一个超子，没有哪家亲戚会把他当人看待，田桂花也就管束着，从来不叫他去亲戚家走动。他虽然脑子不够用，但这一点上也争气，就连日子最困难的那些年，也宁愿去陌生的地方要饭，很少去哪个亲戚门上看脸色。

人不见了，先找亲戚朋友问问，这是人之常情，田桂花做得没错。

我思来想去，有点不踏实，要是在老家，他到处乱跑，爱跑几天跑几天，哪怕三两个月不回家也没啥，反正他转悠够了，最后总能找到回家的路。现在不一样了，你不是晓不得，我们到这儿来还没有一年时间，除了小区门口，哪儿我都没敢叫他去，你说他跑出去，谁晓得到哪儿去了，人生地不熟的，要是万一……田桂花说。听语气她是真的着急。

本来我想和平时一样，心不在焉吊儿郎当地应付几句，说他不会丢，一个超子，能跑哪去，疯够了肯定就回来了。

但我看到了一张脸。水面上这张既像父亲又像我自己的面影。

我不能再让自己随口应付而不走心，我真得认真对待这件事了。我说妈，你不要急，我想好了，我这就出门寻他去，我把打工的事儿先放下，水一放完就专门去寻，肯定能寻着，保证给你把人囫囵领回来。

田桂花说那你操上点心。

她声音懒洋洋的，把电话挂了。

我看着手机，想打过去，又懒得打。我害怕听田桂花的唠叨。她应该还有一大堆的牢骚没有发，没来得及发。我打过去，就得给她支起话架子，听她汤汤水水地抱怨上几十分钟。

等了一会儿，她居然没再打过来。

我妈这是咋了，改性子啦？

放完水，我离家重新回到银川干活儿了。

有个晚上我趴在工棚里玩手机，老家群里在发红包，嘎子抢了两个，众人喊他发，他潜水不吭声了。

嘎子嘎子，你个狗日的，抢了不发，你不怕水深呛死你？

有人骂。

连着骂了几遍，嘎子还是不露面。

我看不惯，骂嘎子狗日的，不就是也骂我吗，我发了一个红包，然后忍不住捎带了一句话：耍归耍，不要骂人，皮嘴咋那么脏呢？

嘎子忽然冒了出来，说就是就是，黄河水也洗不净那张脏嘴。

先骂人后挨骂的那位老乡不高兴了，说你们弟兄才脏嘴呢，嘴脏，人也脏，一身骚气的脏女人养出的后人，还有脸骂旁人脏——

这话就狠毒了。

我说你把话说清楚，为啥凭空放这样的闲屁？

嘎子比我还气，说你狗日的不把话说清楚，敢给人脸上抹狗屎，明儿我拿着刀子到你家里寻你去。

本来热闹的群里顿时一片沉默。

这是个有上百人的大群，我知道这会儿大家都在潜水和观望。

骂人的老乡在我们弟兄的轮番夹击下沉水不见了。

我私信嘎子，算了，该干啥干啥去，这个群以后少去，净是扯闲话捣是非的，光叫人生气。

嘎子并不理我，我知道他肯定是撵着那个老乡私信对骂去了。

我懒得回想老乡那句惹急我们弟兄的话，我们村里出来的人都这样，骂人脏话连篇，啥狠毒拿啥骂，骂人没好口。

第二天我和工友坐在砖头上吃干粮。嘴里嚼着干巴巴的馒头，灌着水管子上接来的凉水，眼前忽然摇摇晃晃走过来一个人。他明显腰腿不好，走路很慢，显得有点艰难，却向着我们而来。

他咋来了，要饭要到我们面前了？门口咋进来的？

忽然有人问。

我们细看，果然，这个人不像在工地上干活儿的民工，倒像是个要饭的。

他真是走错地方了，居然向我们伸手要饭，我们一天黑水臭汗地淌着，挣几个工钱养活一家老小呢，哪有怜悯别人的份儿！工友们苦中作乐，边自嘲，边哗啦啦齐笑。

我没笑，感觉笑不出来。我掏出一个馒头给他，他接过去，不看，嘴一张就啃掉了大半个。

我再给一个，他抓着馒头，冲我嘻嘻一笑，转身走了。

引得工友们哈哈大笑。

看样子这是个超子。

我想到了超子。我的父亲马有世。

好像，距离他出去已经三个月了，三个月，就是九十天。他能在外头晃悠九十天不回家，时间确实不短了。他能去哪儿呢，又在干啥呢？从前离开，最多也就三个月吧。近来我偶尔也会想到他，想着我答应过母亲要去寻他的，可我说说也就忘了，我还得挣钱养家，哪能真的丢下活儿就去寻一个超子。我一家子人从山里搬到这川区，生计来源只有二亩地，就算水田产量高，但产金子也打不了多少啊，一家五口等着我养活呢。我一天不干活，就没有一分钱的收入。

这个超子啊——我目送那个驼背走远，在心里给自己苦笑，我觉得烦，这个超子，你说你乱跑个啥，你不晓得你已经给当儿子的添麻烦了啊，旁人的先人，留给后人的不是丰厚的家产，就是完整的家庭，至少孩子能在一个父母健康环境正常的家庭中长大。而我们呢，他带给我们的，除了那个永远吵吵闹闹的家，还有什么？

我继续干活，大日头照着，工地上的活不好干，尤其这北边川区的日头，说不出地烈，透着火辣辣的毒劲。我用凉水把嗓子里的馒头冲下去，摸着饱饱的胃囊，我发现自己有些想念他，超子，他现在在哪儿，饿了吃啥，渴了有水喝吗？天黑以后，在哪儿睡觉？

接着我就笑了，他饿不着的，因为他跑出去以后的职业就是围绕着吃喝进行的，向人要饭，不管到哪儿，在这盛世，他是不会饿死的。

从我记事起，他跑出去要饭是常事。隔段日子就去。只要和田桂花骂了仗，就会赌着气出门。骂仗他永远不是田桂花对手，等灰溜溜败下阵后，他就消失了。同时消失的，还有一个麻布口袋和一条打狗棍。

他走了，我们不找。谁都知道他逛几天就会回来。我们知道，他出去一来是讨要一些物资，证实自己不像田桂花辱骂的那样，只是个吃闲饭的饭桶；二来，大家都说他是去散心了，也有毒舌的妇人们脸上挂着意味深长的笑，悄悄议论说他是给田桂花腾路了。

每次出门，他都背个麻口袋，拄根打狗棍，一颠一颠地走出庄口。

出了庄子，往前走，四面八方都是村庄。山里人实在，心善，只要是上门要乜贴的，一般不会让空手走，干粮、面粉、钱，或多或少，都会给一点的。所以他每次出门回来，都不会空手，运气好的话还有满载而归的情况。这样的归来，让童年的我们很期待。大门推开，他拉着一条腿迈进门来，我们欢呼着扑上去。他身后背着口袋，脖子上挂着干粮袋子，腰里穿的大缠腰口袋，都是装载食品的地方。

那时候嘎子梅子都小，没我心眼多，他们只知道扑挂在胳膊上的大小袋子，却不知道真正稀罕的好吃头，总是藏在布缠腰的口袋里。缠腰裹在腰里，外面衣衫一苫，别人看不出来。但我知道，抱住他的腰，手直接往腰里摸。我至今能清晰地记起那些从缠腰兜里摸出来的食物的气味。半个油香，一截麻花，一个发蔫的果子，一把花生……除了不同食物本身的味道，它们还散发出一丝共有的气味，那就是超子的味道。超子从一户一户的门口经过，挨家讨要。普通的干粮他装在大口袋里，如果有人散上点儿精细的好东西，他舍不得吃，掀起衣襟藏进绣满花儿的缠腰兜里。他奔波要饭，在外头滞留几天，这口金贵吃食就在他兜里揣几天，直到回家。这些食物在那个大兜里经历了一路翻山越岭的步行，他身上的汗腥、体臭、土味、阳光味、草木味，还有食物制作时附带的锅灶味儿，很多味道，经过在那个布兜里的共同相处，散发出一种独特的让人迷恋的气味。我们三个娃娃，争抢着分吃这些气味，我们是多么幸福啊，也只有这时候，我才朦朦胧胧地有一丝自豪，感到有这么一个父亲真好。

这一时刻，也是田桂花最开心的时节，她乐呵呵清点整理他带回来的东西。干粮，馒头，饼子，硬的，软的，都让人高兴。放蒸笼上馏软了吃，吃不完的掰碎了晒，晒干装进大箱子里，留着慢慢吃。面粉是百家面，因为一户人家和另一户人家舍散的面不一定就是一样的，白面，秋粮面，全混合了，成了杂和面。田桂花把杂和面装进面匣子，然后一天一天做成饭食，正是那些饭食饲喂了我们急需食物的肠胃，让我们度过了最为艰难的日子。

那拉扯我们成长的一二十年里，他的脚步踏遍了老家远远近近的山村。

可是，这里和老家不一样。老家那一带山多，山路上很少有来往疾驰的车辆，一个超子，拖个打狗棍，跑完这个庄子，又奔向下一个，走哪儿都不会饿着肚子，夜里蜷在那些随处可见的麦草垛里、柴草窑里，都是安全的。熟悉的环境，熟悉的乡音，他走哪儿都不会迷路，走多远最后都能平安无事地摸回到家。

但眼前这一次，他投入其中的，不是老家那连绵起伏的群山和藏在山前山后的那些黄土村落。现在一切变了，他从移民小区五十四平方米的小楼上脱身，出了小区门，是一眼望不到头的平川，是长相没什么区别的川区村落，一样的院子，一样的田地，地里种的都是玉米，村落围拱环绕的乡镇集市，也一个个看着没什么差别。他一旦离开移民小区，一头扎进茫茫平川，他没有手机，他的口音和北边的川区口音完全不一样，那么，他把自己丢失，并不是没有可能，而是极有可能。这么说来，他真迷路了？把自己弄丢了？或者，是讨要不顺，舍散的人不多，收获不大，他不甘心空手回来，有意要在外头多跑几天？

他能跑哪儿去呢？难道不怕家里人心急挂念？

我仰头望天，这里的天空和老家的不一样，老家的天空下遍地是黄土，黄土山包，黄土沟壑，黄土怀抱里的村庄和黄土地上的草木庄稼，坐在一个村庄和另一个村庄的怀抱里，抬头望，山顶上的天是不一样的，在山和草木的环衬下，给蓝天画了一圈边框。每个村庄不一样，镶嵌天空的边框也就形状不一，装扮出的风景自然不一样。这也是他走多远都能找回家的重要地理标志。

北边川区的天空下，也是大地和草木，还有庄稼，但真的和老家不一样，从地形地势到建筑外形，都有很大的不同。头顶的天空要比老家脏一些，没有那一派纯净的蓝，而是淡白中透着灰。大地太辽阔，天地也跟着辽阔。这样的大地，分割出的天空，太大，大得让人迷茫，让人找不到边。在这样的天空下，超子他能分辨出哪一片是属于笼罩移民小区的天空？

我仰头出神，有一点云，像脏水泡开的馒头渣，黏糊糊贴在淡灰色天壁上。我把目光往远处伸，往南边移动，我想看到老家的天空。可脖子酸了，直了，还是看不到。我知道相隔太远，根本就看不到。我扔下手里的活儿，我觉得得去见见母亲田桂花了，当面问一问超子出走这件事。

我现在的家离移民小区不近，开农用车走一个钟头才到。

我来到田桂花所住的移民小区单元楼前。

我刚一敲门，门就开了，田桂花的脸出现在眼前。

是你？

她显得有一点吃惊。

是我。我绕开母亲的身子，挤进门，端起桌子上的玻璃瓶子，咣咣咣喝水。

水是凉的。一股冰凉顺着嗓子一直通到了肠子里。我抬头看，觉得有点奇怪，好像，田桂花对于我的到来有那么一点点……不欢迎。

是啊，确实是不欢迎，打开门的那一刻，她本来脸上荡漾着一点欢笑，可开门看见是我，她的脸色就骤然变得难看了。

我的母亲，她难道真的不欢迎自己的儿子？或者说，她含笑迎接的是另外一个人？她迎接的人又是谁呢？

我不甘心，盯住她的脸，不动声色地查看。

难道她以为是超子回来了？还是……我的大伯？

大伯。这个称谓和它背后指代的人，让我……我慢慢捂住心口，就像端起一缸子刚倒的开水，美美灌了一大口，滚烫的水顺着嗓门一路滑下去，一路灼痛。我看着这疼痛一路滚落，在内脏之间撕扯。但是我不能喊痛，不能哭泣，不能诉说抱怨。我只能隐忍。像马有世一样，忍。这些年，他一直在忍。其实我又何尝不是。从我隐隐懂得人事起，我就从庄里那些口无遮拦的男人们嘴里听到了闲言碎语，也听出了这件事的肮脏，和让人羞耻的程度。所以我有记忆起就开始恨上大伯了。同时我也恨田桂花，恨马有世。恨的程度不一样，恨的方式也不一样。但都是恨，都折磨过我少年时代的心灵。就算到了今天，大伯这个人还是像阴影一样横在我们生活里，从来都没有散去。

田桂花似乎已经从最初的情绪里醒过来了，她端来一杯子热水放在桌子上，犹豫着慢慢坐回到板凳上，坐下去，她像被蜜蜂蜇了，又跳起来，嚷，这个超子啊，害了我一辈子，都五六十岁的人了，黄土埋了半截子的人了，还不听话，还害得我人不人鬼不鬼的——有时节我真盼着他死到外头算了！

你咋不死哩，我盼着你死哩，你死了，我就把孽脱了——这是田桂花经常咒骂他的习惯用语。从我们的耳朵能听懂大人的话语时起，隔三岔五就听到田桂花这样骂人。指着他的鼻子骂，扯住他的胳膊骂，或者干脆把他摁在地上一边打一边骂。她常常把自己骂得泪流满面，伤心得不成样子。好像被这恶毒的话语咒骂的人不是他，而是她自己，所以她受不了。

我默默回味着这赤裸裸的咒骂。很熟悉。熟悉到已经感觉不出任何不适，所以多少年来，我都没有怀疑过这是不正常的，是家庭暴力。和肢体暴力不同，是语言暴力，但是效果绝不会输给拳打脚踢，因为我曾经无数次看到超子在田桂花捞着推耙子赶着打他的时候，他笑嘻嘻的，手舞足蹈试图阻挡，可她换了口头进攻，他就蔫了，他骂不过，他只有灰溜溜垂下头聆听的份儿。

但是，此刻，强烈的不适感撕扯着我的心，我知道这是暴力行为，这是不正常的。而这样的行为，田桂花在马有世身上施展了几十年，频繁常见到让我们从小就觉得这是正常的，是家庭生活当中必不可少的。

我冷冷地听着。

现在马有世不在，田桂花还是骂得这样起劲，她哪里是在骂那个让她一辈子活得不舒心的男人呢，她现在是在骂我，骂我们，我和嘎子、梅子。嘎子梅子都不在，听不到田桂花的发泄，那么，她是在骂我，通过骂我，在发泄一种无处发泄的怨恨。

可是，田桂花你真的会有怨恨？换个说法，你还好意思有怨恨？人不是你骂跑的吗？

一定是她骂跑的。

这念头像一条蛇，冷冰冰的，贴着我的心壁爬，一直要从嘴里爬出来，探出湿答答的芯子，对着田桂花那喋喋不休的嘴狠狠地还击一下。

有一种想为马有世报仇的冲动。

我忍着。我很清醒。我狠狠地按着这条蛇头。她是田桂花，我母亲，生我养我的女人，这世上把我带到人间的女人。她活得不容易。就算是她骂跑了马有世，就算她和大伯真有什么，就算别人背后怎么谈论，她都是我的母亲。作为儿子，我没有资格揭她的短，没有资格拿最戳心的话去还击她。

她还在唠叨。我知道她真是憋得太久了，马有世离家出走三个月，那就是说，她已经有快一百天的时间，日日夜夜，她失去了可以随时随地发火、数落、咒骂甚至动手去打的对象。马有世受了三十几年，这种把生活的不如意、命运的不公道，甚至各种琐碎零散的小打击小波折，都变成对他的抱怨，随时随地发泄在他的身上的折磨，他一直承受着，从年轻扛到了年过半百。

事实上，除了马有世这个尿子，又有哪一个人是她可以随时随地想骂就骂，张口就骂，骂不还口的呢？

我喝干水，装作尿急，起身进了卫生间。

卫生间很狭窄，除了马桶就是一个紧贴在墙角的梳洗台，另一个角落里立着一个大铁盆，那是从老家带来的，我们从前洗大净用的，到了这里用不上，有水龙头，水流下来直接进下水道就可以。按道理是根本用不上水盆的，但马有世还是把盆子搬进来，每回换水，下面都盛上盆，把洗过的脏水接下来，舍不得倒，用来冲厕所。

都是你超子大的主意，你说这里头那么小，人进去打个转身都吃力，他偏偏要多放个大盆。

刚搬进来的时候，田桂花跟我这么抱怨过。

当时我没在意，咧嘴一笑就算过去了。

马有世这超子，处处惹田桂花不高兴，我们早都习惯了，田桂花的抱怨我们也当家常便饭从小吃到大。

我不脱裤子坐在马桶上。

旁边是垃圾桶，桶上套着塑料袋，我慢慢揭开盖子，里面只有几片用过的卫生纸。我站起来细看马桶，刷洗得干干净净的，外头没有污渍，里面看不到尿碱，通体闪着瓷白的光。

再看梳洗台，香皂在香皂盒子里，牙刷牙膏在塑料牙缸里，一盒润脸油上架着一把豁了齿的木梳子。毛巾挂在金属架子上。一切都很整洁。我拿起牙缸查看，牙刷干透了，毛乱蓬蓬的。这是马有世留下的用具。这家里只有他刷牙，早在老家时候就坚持刷牙，可以说他是庄里为数不多的几个坚持刷牙的人，为此成为他的又一个惹人笑话的把柄，也没少挨田桂花的骂。田桂花是心疼牙膏钱，说一个老农民，好好地刷啥牙？嘴里又没吃屎。她抱怨归抱怨，马有世还是把这习惯坚持了下来。买牙膏牙刷花钱，他就省着用，一根牙刷用一年两年，牙膏每次挤豆子大一点。

他刷牙的样子一点都不好看，哪里像个讲究卫生的人，倒像是一个可怜虫在偷吃什么，背过身子，牙刷在嘴里上上下下扯动，跛了的右脚虚虚地撑着，在地上一点一点地抖，好像在给嘴里的牙刷做伴奏。在老家时是这样，到这里后还会是这姿势吗？地滑，他的跛脚站得稳吗？

我望着镜子看，看到了一张年轻的脸，年轻时候的马有世。

楼上人家用马桶，水在下水管里哗哗响。

我仰头听，水声消失了，耳边一片寂静。

嘎子两口子在厂子里打工，娃娃去上学了，马有世现在一失踪，这家里就只剩下田桂花，那么这一时刻的田桂花，她等待的人，除了大伯，还有谁能让她那么欢喜？

我叹了口气。

我曾经撞到他们在一起。那时我还很小，根本不明白这世上还有男女关系爱恨情仇这类复杂的事情。超子去哪儿了我不知道，我半夜里迷迷糊糊醒来，听到炕上有人蠕动。女人是田桂花，凭声音我知道男人不是超子，夜黑，我爬起来去摸灯，被田桂花一巴掌打倒，在我的哭声里男人跳下炕开门跑了。但是我已经听出他是谁了。他临出门丢下了几声咳嗽，那咳嗽的声音很独特，我也很熟悉。他是我大伯。大伯平时疼我，动不动把我举起来扛在肩头。蹲在他肩头我听到他就常常这样咳嗽。从那以后我再也不让大伯举我了，看见他我老远就躲，躲不开就头一勾过去。我再也不愿喊他大伯。

那个夜里的记忆成为一块阴沉沉的石头，一直压在我心里，后来听到那些风言风语我就知道大家没有冤枉田桂花。

这也是我搬迁时候坚持选择院落不住楼房的另一个原因，父母那辈人的有些事，我们做后人的，只能看在眼里，但实在是没法说，也不能管，不管是笑话，插手去管，将会闹出更大的笑话。我只好躲，躲远点，眼不见心不烦，我求个自己清静。其实我很清楚，所谓的躲远图清静，就是我在自欺欺人，我能躲哪儿去呢，离得远就能当这件事不存在？不，我知道怎么做都是白费工夫，除非我拿刀子把田桂花和大伯都杀了。或者，我自己抹脖子，从这个世上消失，就当我从来没有存在过，也就不用在这复杂畸形的亲情关系里苦苦熬煎了。

我再次坐回马桶上。忽然不想出去，不想面对田桂花，更不想碰上忽然敲门进来的大伯。

我解开裤带，脱下裤子。屁股落在瓷质桶沿上，肌肤触到的是冰凉。冰凉入骨，好像数九寒天坐在了一大片凉水上。川区的伏天很热，要比老家山区热得多，蚊子也多，一到夜里就乱纷纷撞，如果放水的时间正好倒到夜里，我一趟水放回来，头上脸上手上全是红疙瘩。马有世他现在要是还留在川区，不管是城里还是乡下，肯定都在夜夜喂蚊子。一丝细细的声音，绕着耳朵飞，越来越近，果然是一只蚊子。大白天的，它就这么迫不及待了吗？

我静静坐着不动，它落在我脸上了，一丝轻微如风的触动，拨过汗毛，刺穿肌肤，细微到没有痛感。我闭上眼，凝神感受。它刺破肌肤，刺吸式口器插入，吸血。我的血，顺着它的吸管细细地流。这是我的血，也是一个叫马有世的超子的血。我们是父子，这世上没有比父子更近的血缘。他把血脉遗传在我们的血液里。我们兄妹三人都身体健康，脑子健全，不疯不傻，没病没灾，这是他这辈子能给予我们的唯一的财富。其实，身强体壮，没病没灾，这不正是人活在世上最大的财富吗？这也是一个超子，他能带给我们的最大的财富。这就是财富啊。活了这三十多年，我怎么从来就没有想到这一点呢？

额上开始发痒。它已经吃饱了，离开了，欢叫着飞走了。

有人打门。啪啪啪，啪啪。声音穿透两道门传进来，在寂静中回旋。楼是边楼，卫生间有个小窗口，我看见阳光从狭窄的窗口透进来，像一匹纱布绷在那里。纱布里飞织着数不清的尘埃，尘埃是活的，在颤颤地蠕动。

我的心在抽搐。我听到门开了，但是没有说话声。我闭上眼，设想此刻门口的情景。门外来的是大伯。他来找田桂花。说不定他手里还拿着点好吃的。一个老光棍，兴冲冲来见老相好。可门开了，田桂花的脸却是黑的，把他直接堵在门外，冲他没命地摆手，不叫他说话。门轻轻合上，他们在门外嘀咕。田桂花告诉他，今儿不巧，哈子来了。一听这话，大伯肥肥的脸顿时抽成一张皱巴巴的玉米面饼，现在就算田桂花让他进屋，他也不进了，他要赶紧走。他怕我。不知从什么时候起，我见了他躲，躲不开就冲他瞪眼，反正像仇人一样地恨他，鄙视他，唾弃他。刚开始他不理解，还撑着要抱我，要给我小零食。我知道他是在收买我。想到他和田桂花的龌龊事，我恨他恨到骨头缝里去了。后来我长大了，长成了大男人，个头比他还高，他就开始怕我。我知道，他终究是心虚。

时间在窗口的亮光里飞旋、消逝。屁股发麻，脸上的肿块不痒了。我听到门合上，田桂花的脚步在客厅里走动。

走错门了——

她念叨。

——这地方人多，姓杂，哪儿的都有，西吉的、彭阳的、固原的，唉唉，光是这走错门的就天天都有啊。

她的声音多假啊。我是她肚子里爬出来的，她平时说话，哪句是真，哪句扯谎，我就是睡梦里也能分辨得出来。现在，我的母亲，正在跟自己的儿子扯谎。可是，这个谎又是多么拙劣啊，拙劣到让我恶心，想吐。

胸口闷得难受，我张大嘴，想松快地呼吸几口。

一只苍蝇从高处斜斜地冲下，它似乎有十万火急的事，像奔命一样冲，一头扎进我张开的嘴里来了。

我合上嘴。软腭下垂，舌根上抬，试图从软肉深处分泌出唾沫来。但是整个嘴巴到喉咙，到嗓子深处，都是干的，干透了。没有唾沫，我狠狠地下咽，把苍蝇咽进了肚子。

马桶被我的屁股暖出了温度，我起身，用手心摸。刚搬进来那会儿，田桂花在电话里跟我抱怨，见了面更是唠唠叨叨地数落，骂超子脏，不会用马桶，不习惯坐着尿，像老家一样站着尿，尿点子溅出来，脏了马桶，他又不好好冲，弄得家里一股子尿臊味，他方便一回害得她要跟在沟子后头伺候一回。

田桂花抱怨得厉害，我来看他们的时候，就这个事情专门问过马有世。马有世笑嘻嘻的不好好说。我急了，逼着他，他才嘟嘟囔囔拧着脖子说他一个大男人，站着尿了几十年，现在叫他坐着尿，这不是逼着男人当女人吗，难道到了楼上就叫人连人也做不成了吗？万一他真变成了女人，可咋办？

我哭笑不得。这就是我父亲给我的答案。他真不愧是个超子啊。

谁都知道，城里人都用马桶，用马桶的男人都坐着撒尿，这世上多少的聪明人，都没有听到他们说坐着尿尿就不是男人了，偏偏到了我父亲这里，就不是男人了。

真是个脑子有问题的傻子啊。

那你尿完了好好冲冲啊，尿点子到处都是，也不怪我妈嫌弃——

那……那……那……多费水啊——马有世支吾着，说，多清的水啊，尿一泡就冲一回，再尿一泡，再冲一回，你说这一天下来得冲多少回啊，得费多少水啊，你说我们早先在庄子里，都是担水吃，天天跑那么远的路，担一担水多吃力，使唤的时节谁不节省着用，洗了脸的洒地，洗过锅的喂狗、饮牛羊，你说现在把清亮亮的水这么糟蹋，这不是造孽吗？那得多费钱呀！不是我懒，我尿三遍四遍，攒多了，再一总子冲下去，难道不成？

我的超子父亲，他怕自己变成女人，他舍不得糟蹋水，他舍不得花钱，他……

我抹一把脸，手心里有血，也有泪。但是我拉开门，大声咳嗽，笑，我说妈，我得走了，你忙。

我快步下楼，有风从脑后跟着我，田桂花在身后喊着什么，我没回头，我快快地跑，好几次都差点栽倒，但是没栽倒，我跑着离开了移民小区。

3

我和媳妇，嘎子和弟媳妇，梅子和女婿，还有各自的娃娃，我们聚到了田桂花跟前。

距离超子出走，时间过了半年，他走时玉米还没下种，现在玉米棒子都要成熟了。这几个月里，我几次回家给玉米放水，放完水又返回城里继续打工。

人是我一一打电话叫过来的。梅子一听我说时间长了妈想你和娃娃了，你们来这儿咱们大家见见面吧，她很爽快就答应了。当我追加一句，让她女婿也一搭来。她犹豫了，说我们两口子都离开，就得关店门呀，这店门关一天，得少卖好几百份儿凉皮呢，哈子你是晓不得，现在天气热，正是卖凉皮的旺季，生意好得不得了……

我打断她，说，你心里要是有我这个大哥，你就叫上他，钱可以慢慢挣，有些东西，一旦没了，挣多少钱买不回来的。

我第一次给她自称大哥，我觉得我的口气唬住了她。

嘎子两口子利索，因为他们的两个娃留在田桂花这里，我说有事回来商量，他们没犹豫就回来了，回来正好看看娃。

大小加起来一共十四口人，全部钻到了五十四平方米的楼房里，顿时又挤又热闹，我们三兄妹的娃，平时各在各家，这下子凑一搭，比蜜蜂分窝还热闹。田桂花嫌吵，把他们赶进一间小卧室关上门，由他们闹去。我们七个大人留在外面客厅里。

我们搬进来时没钱买沙发茶几一类客厅必备的摆设，就在客厅当地放了老家带来的一张大木桌子，桌子太高，搬进来后我把四条腿给锯短了。上面苫一条红丝绒单子，它居然给人感觉就是一张笨重古朴的大型茶几了。田桂花买了十个塑料凳子。我们每人屁股下压一个小凳子，团团围住了大桌子。梅子找出几个玻璃杯子给大家倒茶。一个早年装过麦乳精的铁皮盒子里装着茶叶。她一把一把抓出来，扔进水里，水一泡，一股霉味儿扑鼻。

这茶叶，还是梅子嫁人那会儿，她婆家送的开口茶。当时田桂花说我们一家子下苦人，喝个啥茶叶，还不是白糟蹋了，不如十几块钱卖给喝茶的马会计算了，超子不同意，说放下他喝。超子爱喝茶，这爱好我们全家都知道，就像他另外那个爱吹牛的毛病一样。我们知道，但从来没当回事。他爱跟人吹牛，吹的全是女人田桂花对他的好，说顺口的时节，甚至会吹嘘田桂花作为女人本身的好。这是让我们耻辱的毛病。为此田桂花没少吼他，也拿铁锨拍过他屁股。他不改。他在饮食上的爱好，就是喝茶。

田桂花说一个超子，喝个啥茶，你不要叫人听着笑话！

骂是这么骂，这盒茶叶算是留下来了。超子舍不得一下子喝完，存着来人招待，或者农闲时节，在一个大罐头瓶子里泡一杯，然后端到麦场里，一边看大家闲聊，一边吱吱地抿着喝茶。这一盒茶叶，应该为他增添了不少人面上的光彩吧。

我吹开泛白毛的茶叶，喝了一大口。

嘎子忽然尖叫一声，呸呸呸地吐。咣一声把杯子蹾在桌子上，冲梅子瞪眼，眼瞎了啊你个死梅子，咋把这杯子给我了？脏死了脏死了——

我抬头瞅，我的目光冷冷的。他刚喝了一口又吐出来的杯子，正是超子常用的那个大玻璃瓶子。不知道何年何月装过何种罐头，瓶体被他的手心摩擦得明亮泛光，原配的铁皮盖子早丢了，他配了个塑料盖子用着。

梅子赶紧赔笑，喊，不要骂，不要骂，人多，杯子不够，拿这个给你凑合下。

嘎子更生气，为啥不给你凑合？不给你男人凑合？拿个破烂给我凑合？你啥意思嘛你？

梅子不慌了，冷笑，你说它脏？嫌它是破烂？哼，妈骂得对，你真是膀子硬了不认人了，这可是超子的茶缸，超子可是你大，亲大！哪有儿子嫌弃亲老子的？狗还不嫌家贫，儿不嫌母丑……

少说你那些屁话！

嘎子大吼。

哎呀呀，吵个啥？叫你们来，不是叫你们见了面就吼，有啥骂的呢？超子走了半年了，眼看就要两百天了呀，你们当儿女的，心里就不急？一点都不急？他可是你们的亲大啊——

田桂花一口气嚷出一串，打断了争执。

嘎子顿时蔫巴了。

梅子气哼哼摆着肥硕的大胯，在她男人身边坐下。

我伸手端过嘎子面前的大瓶子，把手里的玻璃杯推到他面前，我两手捧起玻璃瓶，喝一口。再喝一口。水烫，浓烈的霉味逼人。梅子已经是两个娃的妈了，她的开口茶还保存着，这个……人啊。

我放下瓶子，看他们。

我的目光挨个看他们，看得大家都不吭声了。

我说妈说得对，大，他出去这么长时间还不回来，八成是哪儿打麻烦了，不能再等了，我们得寻，把人寻回来。

说完我觉得嗓子痒，赶紧又喝一口。就在双唇和瓶口碰触的那一刻，我闻到了他的味道。对，超子的气味。我强压着内心的不适，装出一点都不在乎，其实我跟嘎子一样，我们都很嫌恶超子用过的一切东西，包括碗筷。他吃剩的饭菜和面汤，打死我们也不会沾一口。这种嫌恶是什么时候产生的，我说不清楚，只记得小时候特别迷恋他这个瓶子，就像迷恋他肚子上那个能变戏法一样掏出各种好吃食的缠腰兜儿一样，他不知从哪儿弄的糖，杯子里的水总是甜丝丝的，我就缠着要喝一口那水，他乐呵呵打开盖子给我抿一口。只要他稍不注意，我就狠狠地猛灌一气。他发现了一边夺瓶子，一边笑着骂。那时候我怎么就感觉不到脏呢？又是在多大的时节开始嫌弃起他来的？都记不清了。反正我们兄妹形成了统一战线，我们都厌恶他，说他的嘴巴子脏。母亲更是这样，他剩下的残汤剩饭，总是被倒进狗食盆子里。

回想起来一切就像昨天的事，可他不在眼前，他失踪了。

我稳稳地喝着，连喝几口，舌头烫得发麻。人都看着我。田桂花，嘎子，梅子，这三个人的脸上堆满了惊讶。

我知道他们为啥吃惊，因为我没有把马有世像过去一样，口无遮拦理直气壮地称超子，而是喊了一声大。他不在我们眼前，我背过他喊了一声大。这可能是有史以来，第一次他不在的场合，他的后人这么称呼他。这个本该他拥有的称呼，现在从我嘴里跑出来，竟然十分显眼，甚至刺耳。

我咽下一口滚水，呛了，竟然溅出了两串眼泪。

我用泪眼看我的亲人们，大声说，妈，嘎子，梅子，你们不要这么看我，我没说耍话，我在说正经事。今儿把你们都叫来，就为了这个事。他跑没了，半年时间没个音讯，肯定是出事了，不是摸不到回家的路迷路了，就是遇上了啥麻烦，这是大事，我们不能再大意，不敢再耽搁，得寻，马上寻人。

我有意顿了顿，目光越过嘎子梅子，看着弟媳和妹夫，我说从今儿起，你们手头的活儿都停下，梅子你那凉皮店先关门，嘎子你两口子给厂子里请假，我们两口子也停活儿，我们——

哈子你要做啥啊？真准备折腾？一个超子，还真打算寻啊——

嘎子插嘴，笑嘻嘻的，嚷了一嗓子，夸张地冲大家龇了龇牙。

哗——一团白气裹着泡发的旧茶，从我手里泼了出去。

嘎子号叫一声，捂住了脸。

我把手里的空瓶子慢慢放回桌上。

我说嘎子兄弟你给我听着，你这话，全世界的人都能说，就你跟我，还有梅子，我们三个不能说。我们是他的后人，我们身上淌着他的血，就算他是个超子，一辈子活得不如人，也没给我们置下像样的家业，但他还是你我的亲大。这是真主的前定，也是命运的安排，你我就是有多不愿意，但是做人的根本不能坏，这可是做人的根本呀，我们得讲良心。良心。

屋内静悄悄的，隔壁娃娃们的吵闹也消失了，只有我在说。

不是嚷，不是吵，也不是吼，没有声嘶力竭，没有吹鼻子瞪眼睛，也没有指手画脚，是在说。像一个正常家庭里的长兄，在父亲缺席的境况下，在履行一个兄长的职责。

我说啊说，语速顺畅，语调平缓，没有夹带半句脏话，好像这些话是原本长在我心底的，长了三十多年，今天我把它们捧出来了，不用遣词造句，它们自然顺畅地排着队跑出来了。

我把自己说感动了，也说伤心了，眼泪滑进嘴里，我舔了一舌头，苦巴巴的，苦到舌头发硬，嗓子干涩，眼泪却苏醒了一样往下扑。我忍不住，我狠狠地甩头，想把这些没用的丢人现眼的脏水甩回去。

我不说了，坐回板凳，拿起桌子上我妈擦桌子的脏抹布揩脸。

嘎子抬起头来，他媳妇已经拿毛巾替他擦净了茶叶，我看到他的脸红了半边，连眼仁也红了，他用红眼睛正视我，说，哥——

声音发涩。

我知道，这是他生平第一次喊我哥。

我们兄妹三个，从小到大，都直接喊彼此的名字，大小尊卑，没人教导我们。田桂花有时心血来潮，大巴掌和烧火棍劈头盖脸打下来，骂我们是铁嘴子，没教养，打过也就打过了，过后她带头把马有世喊超子，我们也喊，我们照旧没大没小。田桂花实在没时间也没精力在这些琐事上纠正我们。我们在一种混乱颠倒的气氛中长大。一天天把不正常当作了理所当然的正常。现在我们明白了，有一部分原因，在于他，看着我们一天天长大的是一个不正常的父亲，一个超子，在我们的成长岁月里父亲占据的那一角色是缺失的，是畸形的。

梅子迟疑着，说哈子——我们——我——

我盯住她的眼睛，看。

她长了一张大饼脸，又圆又大，完全是田桂花的年轻版。

我忽然感觉这张脸太大了，大得让人心头有些不舒服，被什么堵得憋闷。

梅子在我的目光里脸色一点点苍白了，不敢看我，垂头看着自己的膝盖，说，我我——哈——哦不，哥——大哥——我是说我们家的凉皮店，关门就关门，钱先不挣了，我们寻超——不，寻他，寻大，对，把大寻回来再说。

说完她抬胳膊捣了女婿一肘子。

妹夫没吭声。

我知道他心里不大痛快，一心惦记着凉皮店生意。

我把目光投向田桂花，田桂花脸色不太好，有些蜡黄，人也明显消瘦了。

她有些忧郁地望着我们。见我看她，她慢慢把目光挪开了。自从搬到这移民小区，我还没这么仔细地看过她。在我的记忆里，她总是大饼脸上不是乐呵呵的，就是在生气。嬉笑怒骂来得快去得也快，很少像这样沉默不语。

我说妈，我大常往外跑，这个我们早都晓得，到了人生地不熟的地方，他也乱跑，不听你的劝，现在跑没了，这不怪你，你一个人操心一大家子的日子，还要单另给他操一份心，你也不容易啊——

田桂花抬起了头，一串话冲口而出：谁说不是啊，我一天拉扯两个娃娃，吃吃喝喝里里外外的，忙得一天不住点儿，还要去楼下拔鸡呢，他一个大活人，我又不能把他拴在裤带上——

嘎子两口子低下了头。我知道这话点到了他们的心病，他们的两个娃全丢给田桂花照顾，田桂花那么忙，超子跑丢，不能说他们没一点责任。田桂花不能啥都不干地操心娃娃，她和超子也得吃喝拉撒地过日子。虽然嘎子时间长了也会给几个，但精明过人的弟媳妇监督得紧，嘎子能给的实在有限，马有世和田桂花的日子还是艰难的，所以田桂花把孙子送进学校就跟上一群女人去附近一个养鸡场拔鸡毛。拔一只鸡挣两块钱，她手脚利索一天能挣到六七十块。这也是好事，是我们都默许了的事。

田桂花擦一把脸，我看到她手背上多了一片湿痕。她的手粗糙得扎眼。从前双手手心手指上有老茧子和皲口，现在连手背上也满是坑坑洼洼的裂痕和干痂。拔鸡毛时不能戴手套，赤手才能更利索，一个人在不用开水烫而是干拔的情况下，一天干下来，两个手十根指头没有不疼的，指甲盖疼得要翘起来。我帮媳妇拔过，知道这活儿不好干。而母亲田桂花，她一干就是一天。活儿干得不好，还要被主家挑三拣四地数叨，她也活得不容易啊。

我本来憋着一肚子暗气，看到这双手，我心肠软了。这个女人，自从嫁给了父亲这个超子开始，这些年里活得是苦是甜只有她自己最清楚。我不想提那桩事了，本来准备责问她的话，也不提了。问了又怎么样呢，我们这种家庭的关系，几十年都这么下来了，我又能改变什么呢？再说，不管咋说，她都是我们的母亲，生了我们的女人。这件事，由做儿子的来质问自己的母亲，就算我们在一个不正常的家庭里长大，我也知道，我不能问，不该问，问了不合适。除了我们三个是她生的，还有两个儿媳妇一个女婿，当着这么多人的面，儿子揭母亲的短，他们会怎么看，叫田桂花以后在儿媳女婿面前还咋做人？

我想了想，看着田桂花的眼睛，咳嗽一声，说，一般人家里都是男人照顾女人，我们家反了，这几十年都是妈你在照顾一大家子人，还要照顾他一个大男人，妈你活得有多难，我们当儿女的都晓得，看在眼里，记在心里呢。你就不要难过了，我们去寻，一定把人给你寻回来。

我们六个人开始寻找。我开着农用三轮车，拉着我召集起来的队伍，把娃都留给田桂花照顾。我说我们先把移民小区附近跑一遍，还找不到的话，再扩大寻找范围。以移民小区为中心，向周边的乡镇集市四面散射。

我发现嘎子蔫头耷脑的，我知道他心里还是不情愿，怪我小题大做。我看着他的眼睛，说操点心，当回事，不寻的话，他摸不到回家的路，这么热的天气，肯定很受罪，我们当儿女的，寻他是应该的。

嘎子没吭声，梅子忽然嚷，哥你说寻人哩，可这咋寻哩你想过吗，一个超子——

她猛地刹住，改口：大，我是说大，那样一个人，超成那个样子，脑子颠三倒四的，话都说不利索，我们见了人咋问？难道能问你们见着一个超子没有？

我说手机，看你们谁的手机里存着他的照片。

我们六个人同时摸手机。

梅子女婿先开口，说我这半年忙着卖凉皮，不常来看姨娘姨夫，我没拍下姨夫。

我媳妇跟着说她也没有。

我不看三个和我父亲马有世没有直接血缘关系的人，我只盯着嘎子和梅子。如果我们三个亲生的儿女都没存下父亲的照片，还有什么理由要求儿媳和女婿呢？

嘎子熟练地滑动手机屏幕，梅子也在翻找。我没动，我知道自己的手机里一张都没有。自从用上智能手机，我拿着手机见啥拍啥，每日的饭菜、娃娃、干活儿的工地，只要有兴致随时都可以晒自己的日常生活，可我就是没拍过他。一个傻子，又是跛子，有啥好拍的，难道我要炫耀自己有这么一位被人当作笑料捉弄的残废父亲？

所以，我更加有意识地避免拍他。

梅子喊，有了有了，找着了——

手机伸过来，我们围住看。

照片里果然有他。可我一看就知道这照片不能用，因为没脸，镜头里是梅子的两个娃正凑在一起吃东西，旁边站着一个人，他穿着蓝上衣黑裤子，正弓着腰往远处走。这背影正是父亲马有世。

我难忍愤怒，瞪梅子：你这也算照片？没脸咋用？你再找个能看清脸面的吧。

梅子有点委屈，飞快地滑动手机，她没事最爱拍照片臭美，也爱晒娃，几乎每天都发好几次帖，似乎不晒晒他们一家四口的小日子，活着就没意思了。还隔三岔五发几张自拍，美颜处理过的照片，失真到除了眉眼依稀是她，让人真的很难将照片里白脸红嘴的女子和现实里一张麻脸的梅子联系到一起。

要在如海的美照里翻出一个傻子的照片，真是为难她了。

田桂花拿着身份证过来了，说你们几个就不要装模作样地翻手机了，一个傻子，你们哪会把他存在手机里，你们拍猫拍狗拍花花草草，也不会拍他的，我还晓不得你们几个——

我摸索着身份证，我的手在抖，田桂花的话像刀子，看似不经意，但扎进心里疼。她骂得一点都没错，我们确实啥都拍，流浪狗，宠物猫，吃草的羊，下蛋的鸡，我们似乎从来都没有想起来也没有兴趣，把照片上这个人摄进自己的视界，就算不发到朋友圈晒晒，连存下来也没有过。

身份证上的马有世，双目正视着我。马有世，男，回族，出生年月日：1960年10月18日。照片是在乡派出所户籍室里拍的，看得出他当时很紧张，他知道自己长期被病折磨得身子站不直，头摆不正，五官也是端不正的。这一点田桂花早就嫌弃、讽刺了无数遍。为了拍出一张端庄方正的照片，他显得很用力，紧张地使着暗劲，表情严肃得有点夸张。但正是这过于严肃的表情，让他的样子分外好笑，叫人一眼就能看出他的不正常。

嘎子瞅着我，从鼻子里嗤了一声，说身份证能看出个啥，这么大一点，还拍得那么假。梅子皱着眉头说超……大，他中等个子，单瘦，白脸，右脚跛着，咱就这么说，还不好找吗？

那我们直接说是个超子不就省事多了？超子就是超子，走路一跛一跛，脸上一看就不正常，还不好寻？

那我们总不能说在寻一个超子吧？

嘎子和梅子吵起来了。

我心头冒火，大喊，吵啥，照片都不用找了，直接跟人说，找一个跟我长得很像的人。

果然，这是最有效的，我就是另一个活生生的他。

我们的寻找开始了。

我们早晚饭在家吃，中午找到哪儿在哪儿就地解决，晚上赶回来睡觉。

第一顿午饭我们在附近一个小集市上吃，炒面片，梅子女婿抢先付了账。第二天嘎子付钱。第三天中午我掏钱。我心里已经想好了，我们三个家庭轮流付饭钱，每天农用三轮的油我来加，别看这加油，说实话不便宜，几天下来，花了好几百了，我媳妇的脸已经有点不好看了。

这天中午我们赶到邻近一个镇子。我们把这条十字形的街市从头走了一遍，边走边逢人打听，照旧没什么收获。头顶上的大日头火盆一样烤着，热得人嘴里舌头干了，说话都觉得困难。肚子早饿了，我想吃碗面吧，跑了一上午，再不吃人就垮了。今天该轮到妹夫掏钱了。

不等我提议找饭馆，梅子忽然推了女婿一把，女婿没栽倒，反手啪就是一巴掌，打在了梅子脸上。梅子吼一声，撕住了女婿。两个人打成一团。

两个当嫂子的赶紧上前拉架，我也有点慌，妹夫是个闷罐子，话不多，吵嘴不是梅子的对手，但打起来梅子肯定吃亏。这二百五下手没轻重。我怕梅子吃亏。

狗咬狗，让咬，拉啥？

嘠子喊。

一声喊惊醒了我。

我不拉了，站着看。

梅子边哭边骂，不依不饶，女婿黑着脸扑打，两个嫂子前前后后拉劝，场面一团热闹。

我明白了，他们两口子在演双簧。

出来七天了，耽搁七天生意，他们心里肯定成天盘算着一天不卖凉皮少挣几百这笔账。一天陪我们跑下来，还要倒贴一顿饭钱，他们不愿意。超子是我们的父亲，我们当儿子的寻他是分内的事，作为女婿，他有义务吗？梅子两口子本来就不好，女婿动不动嫌弃她是超子家里出来的，不懂事，要是因为我们这件事再影响到他们夫妻关系……我冒汗了，但是不能吼，如果一嗓子吼出他们内心的小算盘，妹夫恼羞成怒，撕开脸闹，那就更糟糕了。

我在水泥台子上坐下，我说跑了一上午还没乏？还有力气狗一样撕着咬？先吃饭，吃饱了再回去打，到了你们家看你们想咋打就咋打，最好一边卖凉皮子一边干仗！先吃饭，今儿说好了，我结账，我是大哥嘛——

妹夫不打了，扭头看我。

梅子呸他一口，说猪，我哥掏饭钱哩，你还胀气啥？

大家坐在了一张桌子上。

我看着眼前的五张面孔。刚开始，我把他们集合到一起的时候，我觉得有一股力量在心里流蹿，这些力量是从他们身上借助过来的，是我们紧紧抱团产生的。现在我觉得说不出的沮丧，我已经感觉不到我们之间的力量，除了疲倦，就是愤慨，要不是这件事，我真的不敢相信，我们家这些人会涣散到这种地步。

我还能指望他们什么呢。

我说梅子啊，饭吃了你两口子回去，叫你们跟上我们白跑路哩，大他一个大活人，个家不想回来，我们寻也白寻，不寻了，吃了这顿饭散伙。

这顿饭大家吃得分外香，噼里啪啦，风卷残云。吃完梅子和女婿逃一样走了。嘎子坐在饭馆门口点一根烟，望着梅子两口子远去的背影，说早点拉倒是对的，一个大活人，长着脚呢，想回来就回来了，这么满世界寻，不是办法。我们两口子已经请了八天假了，超过十天的话厂子就不要我们了，会开除。

我说屁，放你的闲屁，你老子下落不明，死活难说，你当后人的心里头只记挂着钱？你个狗日的是钱×出来的吗？

嘎子喷了口刚吸进去的白烟，跳起来扑向我。

我早恭候着了。

我们哥俩在大街上打了起来。

你驴日的——

你才是驴日的——

你狗杂种——

你才是狗杂种——

我们对骂。

口气和用词一模一样，一个模子里倒出来的。

这样的骂人方式，我们从小就熟稔，可以信手拈来。

我一拳打乱了他新理的飞机头。他崩掉了我衬衣的全部纽扣。

有人围观，有人拉架，有人举着手机拍摄，我知道，不出十秒，两个操着南边山区口音的男子在街头打架的视频肯定传遍这座北边川区集市的朋友圈。

嘎子吐一口嘴里的血，说哥，咱报公安吧，上网发帖子，靠你我的力量，寻到哪天是个头儿？

我们不打了，自动和解了，在满街围观者莫名其妙的目光里，我们像亲人一样并肩奔跑，我们去派出所。

幸好我们出门前带着户口本和小区管委会开的证明，派出所的手续办得很顺利，从派出所出来后，我们觉得还不够，又找了当地一个自媒体平台，花了一千元，马有世的照片和体貌特征等信息出现在了这家平台最后的广告栏里。同时我和嘎子在自己的朋友圈发了寻人帖子。

天黑以后我们再一次聚到了田桂花身边。

不会真出啥事吧？田桂花抹着泪，说，我心惊肉跳啊，睡梦里听到他在喊我，喊我的名字。

我深深瞅她一眼。

她一迎上我的目光就躲开了。她不敢看我。

我说我们寻也寻了，公家也找了，网上钱也花了，能做的都做到了，我们也算是尽心了。人得寻，但我们的日子也得过，从明儿起，嘎子你两口子回去上班吧，我们也回，把玉米地里这一茬水放了，我一个人出去寻，周围的小乡镇现在都找过了，我去大城市寻，石嘴山、银川、吴忠，我一个一个挨着寻，直到把人领回来。

我的决定没人反对。

我说要不这样，嘎子你回一趟老家，给亡人们上个坟，顺便寻寻，说不定他跑回老家去了。

咳，你想哪里去了？太远了！他一个超子，又是跛子，身上没一分钱，他出了这小区的门，至多在川区这附近瞎转悠，哪能跑回老家去哩？再说老家现在早荒了，房拆了，沟塌了，路断了，没人烟了，他回去干啥？

嘎子一脸不当回事，抬嘴就给我反驳回来。

我也觉得自己这想法有点不切实际，北边离南边五六百公里路，还不算那些曲曲弯弯的山路，他能摸得回去吗？

我还是不放心。

你还是回一趟吧，万一呢，他脑子不好了，但以前认得的那些字还是记着一些的，再说他长着嘴，就不能向人问啊？

嘎子有些不耐烦了，说好好好，我去，我去么，保证完成任务。

又看一眼他媳妇，说正好领上你去一趟娘家，你不早喊着想回娘家吗？

嘎子媳妇一直黑着的脸这会儿露出了笑。

我媳妇插嘴说，我觉得还是不要再折腾了，反正我们已经尽力了，也不怕旁人笑话了。一个大活人，能有啥事，可能是转悠到城里去了，那花花世界，他一看就不想回来了，你们晓不得，城里要饭的要比乡里好多了，往商城门口医院门口一坐，散乜贴的多着哩，散的还净是干钱，现在的人，不在乎小钱，出手就是两块三块，他肯定在哪里要上了——

就是——

弟媳妇附和。

说不定他看外头比家里畅快得多，也不受气，就不想回来了——

说完她忽然意识到有点漏嘴，赶紧弥补，我是说他肯定转到城里去了，看城里啥都好，就不想回来了。

她的解释显得既愚蠢，又多余。

我默默看着这两个女人，我忽然觉得她们的颜面比田桂花还要衰老。

4

石嘴山是贺兰山脚跟下的一座城。一抬头就能看到不远处的连绵群山，我在街头走，走累了就抬头望望那些山，这是和我老家六盘山完全不同的景象，马有世怎么会留恋上这里？满街的人，口音和我们完全不同。北边人把我们叫山狼，我们喊他们鸭子。这里全是鸭子口音。这种口音我们初来时几乎听不懂，熟悉了一段日子，总算能凑合着沟通了。我和嘎子梅子经常外出，接触鸭子的机会多，连我们都还没能完全学懂鸭子的口音。马有世他只是在移民小区里生活了一段时间，早晚接触的，大多数是老家一带搬来的乡亲，现在一旦跑到外头，脱离了老家的口音环境，真不知道他如何面对全新的异乡口音。

我慢慢在街头走，走完大街走小巷，串完了小巷子，连一些偏远僻静的死拐角、阴暗的小旮旯，也钻进去看。哪里人多，我把重点放到哪里。如果看到有人坐在地上像乞讨的样子，我就赶过去看脸。商城门口和医院门口去的趟数最多。我寻了一圈又一圈，就是没看到那个长得像我并且右脚有残疾的人。我逢人就问，见过一个长得像我右脚有残疾的男人吗，五十岁左右，爱笑，说话是南边口音。

得到的回应都是摇头。

我不甘心。

把寻找范围扩大到周边的县。

没有找到马有世。

就在我犹豫接下来怎么办的时候，媳妇打来电话，她明显不高兴，不问我寻找的结果，开门见山就问我最近活儿咋样，咋打回来那点钱，不够花啊，再有半个月她娘家大哥安家，她姊妹都在微信群里商量呢，说每个人准备拿两千，她手里可是没一分，就等着我给打钱呢。

我说媳妇儿，钱我可以慢慢挣，这人——

我想告诉她，钱可以慢慢挣，人要万一真出事了，那可就再也没有了，人这辈子，啥都拿钱可以买回来，骨肉亲情，是买不回来的。所以我现在不能一门心思挣钱，不管啥活儿，只能随便找一个，一边干着一边找人，只要他还在这世上转悠，就算人海茫茫，我相信只要我不停止寻找，总有一天会碰上的。

但是她打断了我，她说我晓得你还在寻，我说你是不是脑子有问题？一个超子，寻他做啥，他由着性子满世界转悠，浪世面，躲清闲呢，害得我们连正常日子都没法过了。再说他的儿女又不止你一个人，人嘎子梅子咋都不寻？人家上工的上工，卖凉皮子的卖凉皮子，我真是瞎了眼，明明晓得你家里那个情况，我大睁着眼偏要跟你，你再执迷不悟我们就离婚，这日子我不过了——

我抬头望远处。贺兰山的面孔还是我刚来时的模样，山上全是石头，草木很难生长，季节转换，山上总是灰苍苍的，一年四季几乎是一个颜色。但是山下城郊的草木早就褪尽了春色，显出苍凉秋意来。我已经在这里耗费了三个月的时间。我知道媳妇说的不是假话，要是我没钱养家，她真有可能会闹离婚，现在的女人，已经不是我父母那个年代的观念了，她们是把离婚两个字挂在嘴上的。我知道这件事必须有个了断了，至少在宁夏北部这里该画句号了。媳妇说得没错，我本来就没有啥文化，挣钱的本事也就是淌臭汗卖苦力，全身心投入干一个月才能拿到三千。而我这几个月，除了心神不宁，找的活儿也都不是高工资的，只要能让我一边干着，一边在当地寻人，工资多少，我从来顾不上计较。

可这一圈儿寻下来，我两手空空，没找到人影子，钱也没挣到，再这么下去，只怕连家都要散了，不行，我得打工，得挣钱，得养媳妇娃娃，得先把家顾救住再说。

我遥望贺兰山，在心里说，我尽力了，现在得离开这个地方了，可是，我跟你说，我是问心无愧的，我真的尽力了。

当夜坐车赶往银川城。

班车在公路上跑，我把头搭在玻璃上盯住窗外看，心里有一个模糊的希望，希望忽然之间，就在车外，有个身影出现，歪歪地站在那里，拉着一条腿走路，一边走一边回头，冲我嘻嘻地笑，笑容贱兮兮，又可怜巴巴。我曾经是多么厌恶这表情啊，整个少年时代，即便是后来长大成人，我简直是做梦都渴盼能摆脱他和他带给我的耻辱感。可是，为什么，现在我的心里，好像有些怀念，怀念那笑容，那耻辱的感觉。我啊我。这一刻，我感觉我看不透自己了。

银川人最多的地方是南门广场。我以前出门打工，来这里找过活儿。这里人口流动量大，三教九流都有。尤其贼娃子和乞丐，更比别处多。我想先从这里入手寻找吧。

不能像在石嘴山那样满大街寻找了，没有精力也没有时间那么做，家里等着我挣钱养家呢。再说银川城可比石嘴山大多了，我还那么转悠不等于在大海里捞针吗？

那究竟该怎么寻？怎么样才能找到他？

夜气下来了，寒意一层比一层重，我裹紧身上的外套，还是觉得冷。我在走，走得漫不经心，没有目的地，好像魂丢了，却又不知道是在哪里给丢掉的，我只能这么漫无目的地走，这么没有方向地寻。

到处都是人。城市里最不缺的就是人。可是，人海茫茫，我要找的人你在哪里？夜灯照亮了一些人的脸，又把一些原该清晰明亮的脸庞晕染得模糊不清。我一张一张地看，看完一张再去看下一张。我在心里不停地喊，是你，但愿是你，就是你，你忽然从陌生的人丛里抬起了头，把一抹熟悉的曾经让我耻辱的傻笑，就那么猝不及防地送给我。

我走累了，坐在地上，仰头望高处，高处是来来往往的腿和屁股，我满怀希望又绝望地筛选着，不看女人，只看男人，看男人的屁股和腿。只要走路不稳有打闪的，我用目光紧随，往上细看，直到看清他的脸面。可一次一次看到的，只有失望。

人群里没有我找的人。

肠子里一阵响，胃也热辣辣的，我一天没吃饭了。

白天不知躲在哪里的人群，夜晚苏醒的蚂蚁一样，全出来了，在钢筋和水泥的间隙游动。我坐在广场上看人，人走过来，人走过去，有人在给老家打电话，报平安，有人在向人借钱，有人在挑地摊货，有人在打电光闪闪的陀螺，有人在耍猴，有人在看猴，有男女公然抱在一起啃嘴巴。一些人是出来散心遛腿的，一些人是抓住这个时间寻一点生计的。叫花子正是这种人。我的目光直往人多的人群里钻，我知道，他什么也干不了，跑出来，他唯一能养活自己的手段，只有要饭。

一股浓郁的胡椒味儿直扑鼻子。我被饥渴牵引，不知不觉站到了一家烧烤架子前。一个小伙子正翻着手里的扦子，一边翻动，一边抓起架子上的大小瓶子轮流撒着各色调料。调料溅在炭火上，噼啪地炸响，扦子上的肉由红变黄变灰变熟，调味香裹着肉香在一阵一阵白烟中飘散。

一串烤肉两块钱，上面只有小小的三疙瘩肉，要让我吃，三十串才能吃饱。

三十串，就是六十块钱，我身上只剩下四十块钱，舍不得啊。我咽下一口涎水，转身离开了。

去去去，又来了，每晚都来，来了就伸手要，我们又不是慈善部门，快走，脏死了，别影响我们做生意——我收住脚步，回头看，是烧烤小伙子在骂人。一个要饭的，在他的呵斥下愣愣地站着，但他不走，却不敢再上前，一张脸从脏头发下露出来，一个劲儿赔笑脸，满脸的卑贱。

不是我要找的人。我一眼就看出他不是。我转身离开。他不是马有世，可马有世肯定和他一样，这会儿不知道在哪里，在哪一条街的哪一道小巷子的哪一个摊位前，向人伸手讨要，受人白眼。万一，他要不上饭，吃喝都是问题，还有，天气一天比一天冷，他会不会饿着，冻着，万一病了呢？这满眼都是生人的地方，他还好吗？

小伙子始终没有施舍，讨要的站了一会儿，自己也觉得没意思，终于转身离开。我伸手在兜里摸，追上去，把一块钱塞进他手里。

然后我沿着街边的步行道走。城里的马路两边，步行道上，总是铺出一条黄色的小路，满城都是，这是盲道。给瞎子走路用的。我曾经在一个铺路队打工，干过这活儿。当时我们开玩笑，说城里哪有那么多瞎子，就是有，家里人难道放心放他一个人出来乱跑？

现在我就把自己的父亲，丢到了茫茫人海里。他不是盲人，可他的智力连盲人都比不上，现在他一个人，在哪里挣扎，靠什么生活，城里四通八达的路面上，都有盲道，可他能找到一条回家的路吗？

我不知道该到哪里去，往哪走才是正确的。我顺着盲道走。走到满城灯火一家家疏落，黯淡。灯下的人群也慢慢稀少。我能听见自己的脚步声，它一脚一脚落下，踩在光滑整齐的水泥石板上，显得无比空洞。抬头看前面，黄色盲道横在眼前，盲道很窄，铺的时候我们还笑话说要铺就铺宽阔点，为啥这么窄呢，难道是为了节省砖头？可是眼前的盲道，它怎么这么辽阔宽大呢？它的颜色也黄得扎眼、刺目，像一大片金子铺在眼前。我慢慢地走，反正不急的，我在这里没家没舍，没有可去的地方，我急也好，慢也好，都是一样的。

他会不会像我一样，也在马路上没着没落地徘徊？

月亮出来了，半轮，瘦得可怜，在令人眼花的人间灯火下，它显得那么孤独，那么单薄。月光映照下，眼前的盲道笔直地伸向前方。望前方，路好像在起伏，慢慢地扭动，变成了一匹黄色绸缎。我踩着绸缎走。脚下轻飘飘的。我低头看脚下，再望向前方，我忽然觉得这陌生的城市变成了熟悉的，一股亲切的感觉回到了心头。

小时候，每年到了收麦季节，我们庄里满山洼都是金灿灿的，正是这样的金黄啊。麦田里金色麦浪在风里翻动，夏风燥热，一阵一阵催熟了麦子，满庄子都是浓郁的五谷香味。要开镰割麦子了，家家户户做准备，别人家都是掌柜的撑头，修镰刀，磨镰刃，安排收割。我们家是田桂花亲自主持这一切。她蹲在地上磨镰，嘴里噙一口凉水，一边磨，一边往磨石上吐水，水冲下一道一道的石泥，她两手沾满了黑色泥浆。她一边磨，一边吼，骂我们几个磨蹭，半天时间还没准备好出发。接着喊，吩咐我割麦子，嘎子放牛去，梅子灌一壶水带上。

我们的父亲马有世，他像个孩子，在田桂花的吆喝下，陀螺一样转悠，他想帮我们干活儿，又干不好，他总是越帮越乱。手忙脚乱中，碰翻了水壶，烫得梅子大呼小叫。

你个瘟神，你咋不去死哩？

田桂花终于爆发了。她一脚踢飞了磨石，坐在地上大哭起来，一边哭，一边骂，将马有世和我们兄妹三个，裹在一起骂。她哭诉自己命苦，咋就跟了这么个男人，是个超子，她就早该离婚，她没离，还养了三个娃娃，她真是瞎了眼睛，眼睁睁跳了火坑啊……

这样的场景，我们早就看得不想多看了，我们兄妹三人该干啥干啥，反正这样的闹剧时不时上演，我们从小到大已经习惯了。我们的父亲马有世，这样一个啥事都指望不上的超子，作为这个男人的女人，我们的母亲田桂花，她肩上担的不仅仅是女人的担子，本该属于男人那一份她也给担了。田桂花确实活得苦啊。

烈日下，麦场上，大家热火朝天地忙，别人家都是男人在前头挥舞着镰刀，后面跟着女人和娃娃。我们家反了，父亲的跛脚让他根本无法蹲在地上割麦子，他更不会使唤镰刀。据说他曾经试着跪在地上割麦子，结果一镰刀把膝盖割了个大口子。田桂花从此下了死命令，不许他再碰镰刀。田桂花只能像男人一样一个人割，一趟出头，回过头磨镰，接着赶下一趟。父亲马有世，跟我们几个娃娃混在一起。他用手拔麦子，还带着我们嘻嘻哈哈地耍闹，他就是个大娃娃头儿。

田桂花割累了，回头看我们，看一眼，叹一口气，说这个超子啊，又叹一口气，说我咋这么命苦哇——

作为一个女人，田桂花这辈子，说她命苦其实一点都不夸大。一辈子和一个超子捆在一起，柴米油盐地过日子，她担负着双重担子，她吃了别的女人不会吃的苦，操了别的女人不用操的心。她的辛苦，还有艰难，别人不知道，作为她的儿女，我们一点一滴，全看在眼里。就算我们不懂事，不能全部体谅，但是她做了女人又做男人，操心完家里又操心外头，才把我们家撑了起来，才把我们兄妹几个拉扯长大，这是谁都知道的大事实。仅仅从她那苦弯的腰，那张粗糙得砂布一样的脸，额前冒出的白发和眉角密密麻麻的皱纹，都能看得出这女人这辈子的艰辛。

见到现在的田桂花，一般人肯定想不到她年轻的时候其实挺漂亮的，是庄子里挂得上名的攒劲女子。她模样长得端正，性格还泼辣，看上了当民办教师的马有世，借着担水的机会，主动跟马有世搭话，两个人好上了。那时候的马有世配田桂花完全配得上。他念过书，当着民办教师，在庄子里的人看来，就是端着国家的铁饭碗了。而且他模样长得也不差，中等个子，清瘦，干净，尤其在满庄子都是一身泥一身土的农民当中，他显得特别地与众不同，穿的外衫上有四个兜，上衣兜里还插着一支钢笔，那钢笔的卡子明灿灿的，令多少大姑娘两眼放光，从心里眼馋啊。

那应该是他们最幸福的时节。当然，我们庄里的人都知道，好日子并没有持续多长时间。就在田桂花怀上身孕，天天早晨蹲在院子里哇哇吐酸水的时候，马有世教书的小学校里，几个娃娃乘着午休时间去河里耍水，被洪水卷走了。听到消息，校长和马有世直奔水沟。

那一场搜救的过程我们自然无法亲眼看到，我们长大后听到的事情是，为了救娃娃，马有世一到沟里就跳进了河里，被洪水卷出好几里。校长以为他像那些学生一样已经没命了，他却自己爬了回来。

有世子，来来来，给大家说说你当年跳水救学生娃的事——

我记事以后，见到一些闲人无聊的时候这样引逗马有世。

大水里救娃娃，嘻嘻嘻，那水好大啊，轰隆隆轰隆隆扑下来，把干河滩都淹了——

马有世伸手比画，试图给大家再现那条随洪水突然暴涨的大河。

嘻嘻嘻，你们是没见，那水大啊，真个大——

他傻乎乎伸手比画，显得很兴奋，好像这是无比荣光的事。

都说你当时抓着一个娃娃的手就是不放，那娃卡在浪渣里，没叫水吹走，其实人已经死了，身子都硬了，你还是抓着不撇，你就为这个才差点没命了，对不对？有世子，你说你逗个啥能哩，校长都不会耍水，在干滩上站着看哩，就你会，你才差点叫水淹死，还落下了邪病，你说你呀——

有人开始揭底，毫不客气。

马有世眼里的兴奋顿时暗下去了，把跛脚忽然站直，两眼委屈：我没有逗能，我是想救娃娃，四个娃娃啊，都没了——

我的父亲马有世他会游水。算不上懂得游泳，只是在水里打个浇嘻，划拉几个来回，还能爬上岸来。这已经十分难得了。因为我们山区缺水，大家都是旱鸭子，庄里要是有谁会耍水，就是人人都知道的本事。马有世从小在水沟里无师自通地学会了耍水。

山里的男娃娃都爱耍水，夏天天热的时候，最爱背着大人，不管在哪个水坑里，光身子下去扑通几个猛子。我和嘎子五六岁的时候也爱这个。马有世见一回打一回，他坚决反对我们下水。好像他和水有仇，谁去水里耍，谁就是他的仇人。这个很多方面缺失了职责的父亲，在这件事上却显出了顽固的狠劲。

会死人的，会死人的——我记得他跳着脚跟我们着急的样子。

那时候我们不明白他心里的恐惧。

今夜我忽然明白了，他阻拦我们的时候，脑子里出现的，肯定是那四个淹死的学生娃。那肯定是他一辈子都忘不了的惨痛记忆。

暴雨事件之后他一病不起，睡了好一段日子，等再爬起来，右边半个身子没有了知觉。那时爷爷还活着，爷爷用架子车拉着儿子，东一趟西一趟地为儿子求医。乡上的医院去了，县上的医院也去了，办法想尽了，马有世慢慢能站起来，能下地走路了，但是人一天天显得迟钝、痴呆，最后成了现在的样子，脑子坏了，腿脚也跛了。

马有世超了，他的工作也就拉倒了。田桂花说校长拿着三块钱来看马有世，遗憾得直摇头，说病得不是时候啊，稍微再迟上半年的话，就能转正了。转正的人，就算病了，不能教书了，公家还是会管的，会按月发病退的工资，可他还没有转正，这就等于啥也没有了。

在我的记忆里，马有世已经完全是一个农民了，和教师没有半毛钱的关系。要说还有什么关系，那就是他保持着当教师养成的爱干净的毛病，这毛病成为大伙儿玩笑解闷的话题，多年来一直流传不休。

此刻月光下的城市，街面上那些喧闹都消失了。灯火也熄灭了大半。灯光消失的地方，月光亮起来了。我仿佛看见了记忆里的麦田。那金灿灿的画面真的像一幅画。而画里的人，还是那时的模样。吵吵嚷嚷骂个不停的母亲，嘻嘻哈哈孩子一样的父亲，无忧无虑天真无邪的我们兄妹三人。

小时候我们兄妹犯了错误，田桂花懒得费口舌数叨，她干脆用烧火棍伺候。打急了，我们就往马有世跟前跑，往他背后一躲。马有世笑嘻嘻的，伸开两个手，跛着腿跳着圈儿地护我们。那副样子，现在想起来多么像一只笨拙的老鸟在护着自己的孩子呀。为此，田桂花的棍子一次次落在了他身上。那些棍子本该落在我们身上的啊。田桂花打够了，气也出了，转身忙去了。我一下子扑到他身上，从背后抱住他脖子，他哎哟哎哟夸张地叫，好像我在欺负他。其实他慢慢蹲下身子，把我背上了后背。我揽住他脖子，他的手托着我的屁股。父和子的两具身体热腾腾叠加在一起，我们嘻嘻哈哈地笑，闹。我们不像父子，更像没大没小的玩伴。

那时的笑声，那么真实，那么纯粹，那么轻灵，像今晚的月光，像月光下的寂静和思念。现在回想起来，那时的我们其实是幸福的，我是幸福的，我们作为他的儿女，是幸福的。他不能像一个正常的父亲给孩子父爱，他其实已经以另一种方式给予我们了。原来，我们也有过快乐的时光。那是实实在在的快乐啊。

父亲，这一切，我怎么现在才明白呢？现在才体谅到呢？如果能早一天明白，哪怕是一点点，这些年里，我和兄弟嘎子妹子梅子，我们就不会活得这么委屈，我们对待父亲，可能就不会……

我看见远处的树下，铁椅子上，石凳上，躺着几个没有回家的人。他们当中有乞丐，有酒醉迷路的人，但没有他，我知道没有他。

父亲，你在哪儿？世界这么大，你是不是和我一样，也在这月光下仰头望着月光思念着从前的日子？

我给嘎子打电话，问他去老家了吗？

嘎子似乎是被我从梦里惊醒的，他打着哈欠，说去了去了，连人影子都没有，你晓得的，庄子早拆平了，现在不要说大活人，连个鬼也没有。

他说我明儿早起上工哩——就结束了通话。

没在老家，这在我预料当中。

那么，你究竟会在哪里？

起霜了，淡淡的凌霜落下来，脸上凉凉的，全身凉凉的。我找一个铁椅子躺下去，仰望高处，夜空高远，月亮走了一夜，还没有走出头顶的这片天。一股湿答答的寒气，一层层浸透了衣裳，我蜷紧身子，朦朦胧胧地想，人这辈子，有些宿命的东西，其实是走不出去，挣不脱的。即便再努力，也难以彻底挣脱。

5

我在医科大附属医院对面的老马饭馆里找到了活儿，端盘子。掌柜的看着我，知道一个大男人干这个，琐碎不说，工资太低，我肯定干不长久，所以不想收我。我告诉他自己是为了找人，寻找丢失的父亲，暂时在这里落脚。老马听完这话，说行，你能干多久干多久，想走随时都成。说完他叹一口气，说现在像你这么有孝心的儿子，不多了。这话让我惭愧，又不能多解释，我冲他傻笑。

有人吃饭，我赶紧招呼，倒茶、擦桌子、端饭、收碗。忙完了，趁着扔垃圾、扫门口，跑到门外观望。我盯着来来往往的人，尤其是模样像要饭的，我特别注意。我试图从人群里抓住一个久违的身影，把他从茫茫人海里揪住。

寒冬的风一阵一阵贴着地面扫，这座位于沙漠和平原交汇处的城市，一天比一天寒冷，下了几场雪，落下来就被清洁工清扫了。日子像落雪，扫去一场又是一场，哗啦啦流逝。老马给我涨了工资，我媳妇知道了有点高兴，告诉我这活儿不错，冬天工地上没活儿，还不如一直在饭馆里待着，等掌握了手艺，说不定我们将来也能开一个饭馆呢。

我听着手机里的声音，一种从来没有过的陌生感，雪片一样在我耳畔悬浮，我伸手摸，没有雪，只有一缕淡淡的冰凉。

一天凌晨，我拉开门，眼前一片茫茫的白，下雪了，下了一夜，还在落，行人全都裹在羽绒服里匆匆来去。

我抱着扫帚扫水泥台子，低头愣住了，昨夜立在门口的两袋子垃圾边，蜷缩着一个身影。他紧紧蜷缩在一件黑色外套里，头发很长，毛成一团，好像这样蜷缩，他就能把自己的头发当作一把伞顶着替自己遮挡风雪。那一瞬间我呆住了，傻傻看着这人。我不能确定他是睡着了，还是已经死去多时。我站在风雪里看，一些平时模糊的念头这时分外清晰地呈现在眼前。我决定听从媳妇的劝告，打定主意踏踏实实在老马饭馆里干下去，只要用心，肯定能掌握一个小饭馆的全部技术，然后把奋斗目标定位为有朝一日开一家属于自己的饭馆。

至于马有世，我知道自己不会再找了，寻找到此为止，我已经尽了孝心。

雪片落下来，在毛乱的刘海上稍一停留，就融化了，好像这毡片一样的毛发，具备着强烈的吸附力，又好像雪花落进了一片沉默的土地。

这不是我要找的人。他是个爱干净的人。他怎么会允许自己脏成这副样子。我用扫帚碰触，他醒了。抬起头冲我笑，龇开的嘴里露出一副红牙床子。

竟然是个女人。

吓我一跳。

她坐起来，笑嘻嘻的，看了看我，扭头走了，迎着风雪，走得摇摇晃晃。

我目送她，一直到消失不见，回到店里我告诉老马，我要走了。

咋的，有信儿啦？老马关切地询问。

我摇头。

那你不等啦？好歹在这里等着，说不定哪一天就碰巧遇上了。

我点头。

我没法跟老马描述自己内心的矛盾。我觉得没必要等了，他愿意出现，我会等到，若不愿意，我就是等三年五年等上一辈子，还是不会有结果。我忽然觉得，父子一场，缘分就像半空里的雪花，美好而脆弱，该珍惜的时候没珍惜，阳光一照，就会融化，谁都无法挽留。

我已经能接受任何结局，包括他可能已经不在人世。

我去看田桂花。

恰好嘎子也在，我们兄弟俩坐在木桌子改成的巨型茶几前喝茶。泛着霉味的茶，我喝了一玻璃瓶子，嘎子提起水壶又给我续一瓶子。一年时间过去，这玻璃瓶子已经闻不到他的气味了。我用舌尖舔着瓶口，我渴望寻觅到一丝他的气息。他真的好像消失了，从前，我们家里满屋子都是他的气味，他的感觉，他的笑声，他的絮絮叨叨……他见谁都是一脸讨好巴结的贱笑，他走路，扭着跛脚艰难地走；他骂人，嘟嘟囔囔小声还击田桂花的大骂；他唱花儿，哼的是一些酸得冒水的花儿；他说话，红着脸膛在一群闲人的怂恿下满口唾沫地描述着田桂花的身体和田桂花的美妙……他的感觉和气味，像一片肮脏的旧布，粘在我们的日子里，揭不去，拔不掉，我们厌恶极了，总觉得是一种耻辱。他这个人，就是一个恶毒的疮，钉在我们的日子里，好不了，除不尽，天长日久地发炎、化脓，流淌着恶臭的脏水。

作为他的儿子，我内心一直在强烈地渴望，他要不是我的父亲多好，我就能和庄里那些顽皮的娃娃一样，一起捉弄他，像那些年轻人一样嘲讽戏耍他，像女人们一样拿他肆无忌惮地开一些露骨的玩笑。就算我不参与，至少在别人戏弄他的时候，把他当作猴儿耍的时候，我的心里不用刀子割着一样难过、气愤和羞耻了。我怎么能有这样的父亲？我的身体来自这个男人，我们一家人活得这么艰辛也和他有着不可分割的因果关系。我真的幻想过，如果可以，我多么希望，马支书、李会计、王乡老，那样有本事的男人是我的父亲。

现在，他消失了，总算让我们如愿了，消失的不仅仅是他本人，还有他留下的气味。我们曾经那么嫌弃、那么渴望摆脱的气味。那样的气味笼罩我们的生活几十年，成为一种刻骨铭心的记忆。我曾经做梦都希望摆脱这种记忆啊。

记得当初要从老家搬迁到这里时，我们聚在一起高高兴兴地谋划着未来的好日子。

忽然嘎子媳妇冒出一句，说楼房只有五十四平方米，那么小，啥都是新的，肯定很干净，可我们家……她不说了，扭头看一眼马有世。

我们像被当头淋了一盆凉水，顿时都哑声了。

弟媳妇终究是压不住心里的话，又冒出半句：家里有这么一个……

她毕竟是娶来的外人，当着我们大家的面还是有顾虑的。

嘎子却没什么忌讳，他补充：一个超子，跟过去就是个拖累对吗？

当时马有世在场。

我们的父亲马有世，他一点都没有伤心、生气，或者愤怒。相反，他冲着我们笑，笑得龇牙咧嘴，恨不能把笑容送给每一个人。

我媳妇本来犹豫，选择楼房还是院子，拿不定主意。这时她拉了我一把，冲我挤眼睛，又给大家说：我们想好了，我们搬院子。楼房和进工厂的名额，都让给你们。

嘎子两口子欢天喜地答应了。本来按人口，父母和嘎子得去院子，我们两口子住楼房同时有两个进厂打工的名额。嘎子媳妇早就眼热我们的名额了。

我媳妇的小心思我何尝不明白。我们住楼房，到时候我和她去厂子里上班，娃娃就没人管了，接送上学和吃饭，都得人帮忙，到时候还得把田桂花接过来，接田桂花，自然不能把马有世丢下。可是把田桂花马有世都要过来，大家挤在小楼房里过日子，我这生来爱干净穷讲究的媳妇可怎么受得了。这些年为了离这个老公公远一点，她一嫁进门就挑唆我们早早闹分家，家分了她还不舒服，不停地劝我带她出门打工，最好把家安在外头一辈子不回老家。

现在她终于看清楚了，也拿定主意了，如果选楼房，要摆脱马有世就困难了，这以后的日子要想清清静静地过，那就只能选院子了。住了小院儿，她看家带娃，我一个人在外头打工，我们踏踏实实过我们的小日子，时间长了，带着娃娃去一趟移民小区，看看公婆，尽尽孝心，也就说得过去了。

不过，人和人的心思不一样，嘎子媳妇恰恰和她嫂子想得不一样，她一直盼着我们能把楼房换给他们，到时候她和嘎子住厂里，娃娃丢给田桂花，她正好躲个清闲。

果然，弟媳妇一脸开心，说，楼房就楼房吧，虽然小点，挤点，但是我们两口子不是一去就进厂子了吗，一年四季在厂里住，家和娃娃就留给妈。

马有世随嘎子一家搬到了楼上。

在老家时院子大，庄子大，世界也大，他成天在外头转悠，他自由自在，我们也舒畅一些。等搬到了楼房，五十四平方米的空间，对于在土院子里自由自在惯了的我们来说，这点地方，真是太小了。

矛盾很快就来了。

马有世他住不习惯。

为这个事田桂花专门给我打过电话，数说的是自己的苦恼，一说就是一堆，她说超子是狗肉上不了台板，住不惯楼房，嫌太小，闷得慌；嫌太高，要他上上下下地爬楼梯，他腿疼；嫌两面都是窗子，啥都亮晃晃的，前楼后楼的人在家里干啥都能看到，这还是过日子的样子吗；嫌楼上总是喊喊吭吭地响，吵得他睡不着觉；嫌这么一天到黑闲坐着，吃了睡睡了吃，不种地不做活儿，日子不是这样的过法……总之是嫌这嫌那，浑身不自在。睡到半夜里爬起来在地上走，嚷嚷着要回老家去。他折腾自己不要紧，害得田桂花没法过日子，夜夜有个人神经兮兮地在身边嘟囔，她实在是睡不着。

要在老家的话就好了，我把这超子赶出我的房，由他一个人睡去，偏房、柴房、牛圈，哪儿清静叫他去哪儿，省得折腾我。

田桂花哭兮兮说。

这可已经不是老家的土窝窝子了呀，这是楼上，拢共就巴掌大的一点地方，叫我把他揌哪儿去哩？墙，墙不隔声；门，门不挡音。我把他塞哪个房间他都吵，都叫我不得清静——

我知道田桂花这是被超子逼得实在没办法了，才找儿女诉苦。要不是实在受不了，依她的性子，这些年多少苦都独自吞咽了，她也很少找人诉说。她其实是个性子要强的女人，这辈子，跟一个超子过活，她大吵有过，大骂也是常事，但都是在家里对着我们的，哭了，骂了，两眼的泪一抹，她走出大门又跟别人家女人一样，该干啥干啥，从不会在外头哭哭啼啼。

我还能咋做，难道能跑到移民小区去把超子训一顿？自从我长大成人，尤其领上媳妇以后，我没少教训他。我居高临下，口气严厉，条件苛刻，完全是当老子的在教训不争气的儿子，我渴望纠正一些我很早以来就认为很不合适的东西。我喝骂，吓唬，下狠手打，关起来不给饭吃，但试过几回以后，我自己放弃了。一个疯疯癫癫几十年的人，一切早没法挽救了，骂过、打过、羞辱过、肉疼过，他还是老样子，转眼就忘，拍拍屁股就又是那个嬉皮笑脸没有正形的傻子。

我知道，这辈子他是改不了了，除非年轻时那场祸事没有发生，除非给他换一个脑子。

我只能和稀泥，跟田桂花打哈哈，我说妈，超子你还不清楚吗，他就那烂脾气，几十年的老毛病了，你就多担待担待么，该打打，该骂骂，该饿肚子就叫他饿着，我没看法，我敢说嘎子和梅子，也都不会有啥说法。

没过几天，田桂花的电话又来了。电话里的田桂花声音颤抖，说马有世闯祸了，出去半天不见人，被门口看门的保安扭住了，原来他把楼下花园子的铁栏杆拿钳子扭断了好几根，扭得正起劲呢，叫人发现了，他说准备背回家给自家窗户上装个护栏。

事情以田桂花赔钱了结，我估计着，回到家关上门，马有世少不了挨一顿打，掏几百块钱对于田桂花来说那就是割身上的肉，她攒几个钱不容易。

我在电话里听田桂花诉了一阵苦，就打断她说，一个超子么，你就不要计较了，你们一搭过了半辈子了，他的毛病你还不清楚？刚到楼上，他还以为在我们庄子里呢，以后慢慢就好了。我又吩咐了一句，要求她把超子看好，人生地不熟的，叫他先不要出去乱跑，免得闯祸。先哪都别去，就在家里坐着。

过几天田桂花又打电话来，还是诉苦，抱怨的对象还是马有世。栏杆的事闹完后，她再不放他随便出去了，干脆关在家里过日子。被保安扭着胳膊吓唬了一回，回家又被田桂花一顿臭骂，他自己也老实了，可是在家里坐着，新的事情又出来了。

旁的事儿我就不说了，光是把屎尿尿，就是个大麻烦！

田桂花气哼哼给我吼。

他站着尿尿你晓得吗？尿点子溅得到处都是，尿完了还不冲，三泡五泡都不冲，尿尿我也就认了，我跟着给他冲也行，可他把了屎也不冲，他舍不得冲，提上裤子蹲在那里看屎，嘴里还说啥，就这么手一按，冲了，不见了，可惜了，费水，又糟蹋肥料，这要是像在老家，有一堆土，就可以压起来积肥，上在地里，庄稼肯定长得欢实。

你说这楼上根本不像我们老家院子里，这日子我咋过啊，新新的楼房，这才搬进来没多长日子，就弄得臊味臭味一屋子，等嘎子两口子回来，我可给人家咋交代？儿媳妇脸上我没法对付啊我——

我忍不住哈哈大笑。

笑着笑着我落下泪来。

这就是我的父亲。

我没有更好的办法，我想也许把他接到我们院子里会好一点，院子毕竟比楼房敞亮点。可我敢吗，我拿不了媳妇的事儿啊。真要把他接来，估计前脚进门，后脚媳妇就该跟我闹离婚了。

只能继续和稀泥。

我说妈呀，你就将就着过吧，他那臭毛病你还不清楚么，你年轻的时节都没有嫌弃他，既然一搭过了半辈子了，就再好好过么，你度量大，心肠好，你能担待他。

田桂花不吭声了。

我其实话里有话，绵里藏针，我既在劝她，安慰她，也在敲打她。当年，马有世半路上得病，疯了，那时候田桂花你就该离婚，就算你肚子里怀着我，那等你生下我以后，你也该离了，你说你该走的时节不走，半辈子都拖累过来了，现在抱怨有啥用啊，叫我们做儿女的又能咋办啊？

说实话，曾经，我甚至想过，田桂花要是当年没有怀上我，马有世出事后她趁早改嫁，那么，也就没有我们一家人，也就没有我们的痛苦。

既然后悔没有用，假设和想象，都不能解决问题，抱怨，又不能让时光倒流，不能让田桂花退回到三十几年前重新改嫁，那么还不如就这么过着。田桂花已经是过了五十岁的人了，老得一脸褶子，现在后悔有啥用，难道能离了再找称心如意的？

田桂花和马有世，这对夫妻在这五十四平方米的小空间里，怎样一天一天度过他们搬迁以来的日子，说实话，我并不清楚。我每次匆匆来，吃过饭，又匆匆走。就连这吃饭的一点时间里，我也是低头玩着手机，田桂花的絮叨根本没人听，更没有放在心上。

我记起来了，好像最后见马有世那次，田桂花做的是浆水面。压面机压出的长面，白花花捞在碗里，舀上红葱炝的清汤浆水，再撒一把芫荽末子，再剜一筷子头油泼辣子，真是红绿相映，汤宽面细，滋味悠长。我们在大茶几前呼噜呼噜刨，吃了一碗再来一碗。按习惯，马有世不上茶几，蹲在边上，一连吃了三碗。边吃，边拿手背抹着嘴边的汤，连连说着好吃，好吃，有老家的味道。

他还想吃。田桂花一把夺走了碗。三碗还不够？真是个超子！咋就晓不得个饥饱哩！

其实案板上还有没下锅的面，瓦盆里也剩有酸汤，只要田桂花再下一把面，他就能吃上第四碗。田桂花没有下面。他自己也没有坚持再要。他嘻嘻笑着，离开了。我和嘎子在手机上忙着给彼此点赞。就在开饭前，我发了一个帖子，图片是现拍的，白瓷碗里清凌凌的浆水面。嘎子也发了，也是白瓷碗里清凌凌的浆水面。我说老妈的浆水面，吃起。嘎子说今儿老妈做浆水面了，准备大吃一顿。点赞的人不少。都是老家微信群里的人。大家纷纷留言，大体都一个意思，感叹说离开老家，就很难吃到浆水面了，好想吃。也有人顺带着抒发了一下想念老家的心情。

我们身在父母身边，心思却完全飘在另外的世界，我没有注意马有世他想吃第四碗面没有吃上的表情，田桂花这么数落他夺他碗筷也不是头一回，所以我们谁都没当一回事。

他是那次下了决心要离开的吗？还是早就有了打算？他是受不了楼房里跟圈禁一样的日子，还是实在想念老家？

他走了，现在我就是想问，也没处问了。

他真的就这么走了？消失了？不回来了？

也就是说，我们多年来渴望摆脱的一个累赘、大包袱，我们一直愁着甩不开、扔不掉，现在他倒自己把问题解决了。

难道是彻底摆脱了？就这么拉倒，再也不寻了？

田桂花挨着我坐下，两只手摸着膝盖，说哈儿，我的瓜儿子，我晓得这一年来你最苦，你看你才三十几的人，就有白头发了，你也不容易啊。我想好了，不寻了，他肯定在外头转悠上瘾了，不想回来了，把我们娘儿母子给忘了——唉，也是怪我啊，我对他不好，我把他害了……

田桂花用衣裳袖子揩眼睛，把哽咽声咽进了肚子。

嘎子说，妈你说这些做啥啊妈，人都没影子了，后悔也来不及了——

嘎子！

我吼。

我用怒吼压制下了兄弟的嘲讽。

嘎子似乎被我的吼声吓住了，有些尴尬地龇牙笑了笑，站起身，脚点了一下地，说我回去上工了，妈这里有哥在我就放心了。

我冷眼目送他离开。我感觉他刚才的笑和脚点地的动作，像极了一个人，简直是一模一样。

田桂花没有赶出去送她最疼爱的小儿子。我们母子坐在原地，谁都没动。窗外，风裹着小雪花安静地落着。搬进来两年，这小楼已经有了沧桑的气象。白灰墙上到处是嘎子家两个娃的巴掌印和脚印，看样子两个小家伙和我们那时候一样，爱打架，打起来不管不顾。零碎家具都是我们从老家搬过来的，搬来之前就已经是旧物了，在这屋子里越发显得陈旧黯淡。我没兴致打量它们，我盯着田桂花的手看。拢在膝盖上的一双手，明显比上回又粗糙了，指甲盖里镶满了黑灰，那一定是拔完鸡毛后在火上燎细毛的结果。

她还是避免和我对视。她低头望着自己的脚面，这沉默不语的模样，是我熟悉的，却又是陌生的。我恍恍惚惚地想，这个女人，她把几十年的年华，都陪着超子男人过了，现在她老成了这样，我记忆里那具饱满身躯里的水分，已经被岁月挤压抽走了，如今的她显得松弛、苍老，完全是一个老女人了。我曾经见过这双手的娇嫩，那时候我还小，站在窗外看不到屋里的炕上，我是踩着堵炕眼门的一块木头墩子才看清屋里的。我看到田桂花的手蛇一样绕过一个又黑又胖的脖子，紧紧箍在怀里。田桂花的手前所未有地白，前所未有地嫩，像两条肚腹泛白的蛇缠绕在我心头，缠绕了好多年。我撞见的，马有世他何尝不会撞见呢？我难以明白的大人世界，马有世是明白的，在有些事情上他其实一点都不傻，他是明白的。缠绕在我心头的蛇，谁能知道是不是也紧箍在马有世的心头，让他呼吸困难，临近窒息？

我站了起来，端起玻璃瓶子，紧紧抓在手里。我知道自己浑身都在颤抖，这颤抖来自身体深处，每一条肌肉纤维，每一个细胞，每一根末梢神经。我咬紧牙关隐忍。我挣扎在一个临界点上。

人活在世上，咋这么难哩？咋活都难啊——田桂花感叹。

她不看我，她看着窗外，那里是迎着风飘零的雪花。

骨骼和肌肉深处的颤抖化作了剧烈的哆嗦，我咬住瓶子边沿，咚咚咚喝水。

一口气喝完里头残余的凉茶水，我知道自己已经迈过了那个临界点，我捏着这个巨大笨重的罐头瓶子，我说我得走了，好些日子没回家了。

田桂花没有起身送我。

我下楼后回头看，玻璃上没有她的脸，她没有像平时那样，趴在窗户上看着我离开。

我把瓶子丢进垃圾桶里，它碎了，发出的碎裂声清脆而响亮，好像一个刚刚睡足的梦，醒了。我拍拍手，感觉心头一阵钝痛，但也有一种说不出来的轻松。雪花似乎比之前变大了，落在领脖子里，洇开，渗出一股凉森森的寒意。我知道这雪一时半会儿停不了，看样子还要下，这是要大雪封门啊。

6

年关前后我一直在家窝着，哪儿也没去。但也没闲着，抱着手机抢红包。

白天抢，夜里抢，连吃饭上厕所都手机不离手。今年冬天红包群大量存在，只要你爱好，就有人撵着你，拉你进群。我进了一个老乡群、一个工友群，这已经够我应付了。红包群就是专门为抢红包建的，每个人进群先发红包，一次不能少于规定的数额，开抢后，手气最好的发，数额也有规定。一天玩下来，至少是几百元的进出额。本来我是闲得无聊，心情不好，顺手耍的。谁知道这东西竟然像赌博一样，能让人上瘾。我恨不能二十四小时盯着手机，但是手气时好时坏，总体来说不好，等正月十五过完，我算了下账，竟然不知不觉输掉了两千多。媳妇知道后，端起一个老家带出来的大瓷盆，咣一声砸在门槛上，说不过了，这日子没法过了！她领上娃娃回娘家了。

走就走吧，这女人自从跟了我，就没有一天不活在抱怨里。早年抱怨不分家，一大家子挤在一起过日子她一个小媳妇委屈。后来分家了，她没满意几天，又有了新的抱怨，说我不出去打工挣钱，她手里没钱花。我出去了，钱也给她挣回来几个，她吃的穿的和庄里的小媳妇一样了，夏天凉鞋冬天皮靴子，抹脸油一套没用完新的已经又买回来了，可她还是不满意。闹来闹去，她自己憋不住说了实话，说就是不想有一个超子公公，就算有了，也不能在一个庄子里过日子，她希望能远离一步，眼不见心不烦。

现在终于是远了，远到在两个移民点安家，远到一年半载她只要不去，就再也不会看到那个傻子的影儿，远到现在这村庄里的人，没有一个知道我们有一个傻子父亲，甚至已经远到他自己出走，音讯全无，已经快要一年时间了。

三百多个日子，他究竟去了哪里，吃得上饭吗，冻着没有？我睡在自家炕上，后面厨房里烧着小锅炉，暖气片把温暖带到每一个房间。我吃得饱，住得暖，我身在川区北部的一个小村庄，但手机帮我连通了世界，我上微信、QQ、微博、快手、段子，什么都有。可我就是找不到他了。他好像从我们的生活里消失了，消失得很彻底，好像他那个人从来都没有在这世上存在过。

当初搬家时，我们只带了认为重要的东西。田桂花的，我们两口子的，嘎子两口子的，瓶瓶罐罐坛坛碗碗，毛毯被子衣裳鞋袜，唯独没人问过马有世，他需要带上什么。他把自己的细软也塞了一麻袋，可是还没抬上车，被田桂花叫停了，田桂花当着我们大家的面扯开了麻袋，倒出一堆破烂。是我们曾经穿过的衣裳鞋袜裤带帽子。没一件像样的，全是破旧得不能再穿的。早些年村里女人们常做鞋，用旧衣裳拆洗后打褙子裁鞋。后来日子稍微好过了，大家也都学懒了，除了田桂花还偶尔做鞋，我媳妇和嘎子媳妇从来都不愿捉针拿线。我们大家褪下的旧衣裳，田桂花打褙子只挑拣一些，剩下的塞炕眼。马有世他死活舍不得，见着别人要丢的烂衣裳就赶紧抢，收藏在麻袋里，塞在后面的柴窑里。想不到这些年他收藏了一大麻袋，临走还要带上它们。

田桂花一件一件抖开这些烂衣裳，不仅叫我们看，还叫移民办派来开大车送我们搬迁的司机看。田桂花说真是个超子啊，超到没一点救手，人家的男人都是万儿八千地往家里弄钱，这一搬家，都是值钱的大件儿，我家里，除了这几口人，一堆破烂，还有啥值钱的？你还翻腾出这些破烂，啥意思，难道还舍不得了？嘎子，拿打火机来，都点了。

烂衣裳里有马有世自己的，有田桂花的，有我们弟兄的，也有两个儿媳妇的，更有几个娃娃褪下的小棉袄小线裤，花红柳绿的，各式各样，简直能摆一个地摊儿。

其中还有一条三角裤衩，大红的，带着蕾丝。

老流氓！

我媳妇像被人揭了短一样叫。

我明白了，那裤衩是她的。不知何时被她的老公公也当宝一样收藏起来了。

超子么，跟超子计较啥——嘎子从鼻子里嗤一声，毫不犹豫就掏出火机子，首先点燃了红裤衩。

司机两只手插在裤兜里，抽着烟笑，说就是就是，值钱的带上，不值钱的么，带上也是拖累，我可趁早警告你们，去了连扔都没地方扔，那可是楼房——

我们的纪念么，都是我们穷日子里穿过的么，我拿上去了，想老家了，拿出来看看，反正也不重么——

马有世搓着手，拧着脚，小声辩解。

屁纪念！

田桂花一脚踢散一团火，也不顾司机是外人，可能会笑话，她跳着脚骂，你个超子，一辈子给我丢人现眼，还没够啊，我本来盼着，搬到了新地方，我们好好过日子，这还没到新地方哩，你就要带一包破烂去，你还想把丑丢到外头去啊——

衣裳多是化纤材质，见火就着，马有世的一包破衣裳全部烧成了灰。

马有世被爹了一头两手的灰，他抢出来一条裤子，田桂花又夺过来丢进了火里。

大汽车拉着东西出发走了，我们集体步行去乡政府门口集合，坐班车统一出发，我们一家人临走才发现缺了马有世。

这超子啊，我真是倒了啥霉啊，一辈子摊上这么个货。

田桂花拍着大腿骂。

我蹲在村口点一根烟，瞅一眼嘎子，示意他去找，再不走，集合时间迟了，移民办的人肯定骂。

嘎子也点一根烟，挨着我蹲下，他吐一口唾沫，说爱死哪死哪去，这超子，就是不叫人省心。

就在我们出发的最后时刻，马有世他撵上来了，怀里抱着一个大塑料瓶子。那是装过可乐的，我们舍不得丢，夏天去地里干活儿，装凉开水喝。现在马有世给瓶子里灌满了水，那一瓶水可是要五斤呢，他扭着跛脚，抱上五斤重的凉水走七八里山路，不会轻松的。

你个超子——

田桂花劈头就骂——稀泥扶不上墙啊，你说你要把我气死吗！

她扑上去就要打掉他手里的瓶子。

我们也都瞪着他，真是恨铁不成钢。

马有世拍拍手里的瓶子，龇开嘴笑，嘻嘻，嘻嘻，我们泉里的水，谁晓得到了楼上还喝得上这水吗？你们都本事大，说不定还有机会能回来，我肯定回不来了，一辈子都回不来，万一我到时候想这沟里的泉水咋办，这可是喝了几辈子的水啊，我肯定会想的，嘻嘻。

他像抱着命根子一样抱紧了可乐瓶子，可怜巴巴地看着田桂花，眼神里全是恳求，在恳求田桂花不要为难，让他把这瓶水带上。

本来等着看笑话的人群，笑容僵在了脸上。大家不约而同想到了故土难离那句话。

田桂花什么都没有说，她默默掉过头出发。马有世屁颠屁颠地撵她，他像她的尾巴，总是甩不掉，歪歪扭扭地粘了几十年。

马有世那瓶水终究没有带到楼上。上班车时他抱在怀里，司机不让带上去，说车厢里包包蛋蛋的已经很挤了，这么大瓶子的水就放下面行李箱里。

马有世嘟嘟囔囔地解释，司机不耐烦听，硬是命令他把水放到下面。当时我和嘎子都不在下面，我们已经早早挤上车抢座位去了，抢到舒适的位子，坐下来忙着玩手机。我们谁都没注意马有世和他的一瓶子水。

班车一路从老家颠簸到目的地，走了六个钟头，下车搬行李时，有人嚷嚷，说哪来的水，自己的包湿了。场面乱糟糟的，湿了就湿了，大家既疲惫，又兴奋，忙碌中搬东西，进新家，也就没人计较这水的来源。

马有世的可乐瓶子被压破了，水淌光了。

他拧着脚嘟嘟囔囔地抱怨，没人理睬他，他骂一阵也就过去了。

进了楼房，他第一件不适应的事，就是吃水问题。他说自来水有一股子尿臊味。嫌弃完了，接着怀念自己那瓶子泉水。好像如果那瓶子水还在的话，他就可以顿顿喝，天天喝，永远喝不完。至于后来他是怎么适应那有尿臊味的自来水，不，我甚至都不知道他真的适应了没有，我从来都没有当作一件正经事在意过。

他被天天关在那五十四平方米的世界里，喝着自来水，挨着田桂花的骂，还要眼睁睁看着大伯隔三岔五地来骚扰，他的日子肯定不好过。

我不知道自己这是咋了，为什么禁不住地要想这些，翻来覆去想，掰碎揉烂想，从记事起到今年，我把自己在这世上活过的几十年时间，从头想，一遍遍地捋，不管我怎么梳理、过滤，我发现都无法剔除一个人的影子。他的傻笑，他的唠唠叨叨，他的瞎讲究，他的可怜可恨，他就是我生命的前半截子啊，我就算想忘，可忘不了啊。

嘎子来电话了，说哥，发给你的帖子看了吗？快看。

我伸伸懒腰，觉得浑身都是软的，事实上我已经昏昏沉沉睡了好多天的懒觉，感觉连爬起来的力气都没有了。

啥事这么急？催命一样。

我边说，边抬手到枕头边摸手机。

你快看，我等着——

我打开微信，果然嘎子发过来一条新信息。

是个视频。

肯定不是揭露某食品添加有毒成分，就是某对男女外出开房被抓了现行并拍下视频放到了网上。现在这种事不少，早就不稀罕了。但是爆料和捉奸这两类段子，永远都具备吸引力。嘎子没事就爱看这些，看高兴了，还会顺手给我分享。

我抱着百无聊赖的心，信手点开。

不是爆料的黑段子，也和奸情无关，是一则死尸认领启事。

我匆匆扫视一遍全文，注意到落款是老家的县公安局，我滑动手机，回到最前面，题目是"无名尸体认领启事"。

启事最后配了一张照片，死人身上的衣裳破烂得很严重，已经看不清原来的样式和颜色。一堆烂糟糟的破布片裹着一具蜷成一团的身子。

青草乡芦草洼村六队。

是发现尸体的地方。

在一个废弃院子的一面向阳的墙根下，一堆干柴里。

我一个字一个字念着启事，念完，我退出微信，给嘎子打电话。我说嘎子，你个驴日的，当时我叫你回老家一趟，你去了吗？你用心寻了吗？你是不是根本就没去？你个驴日的！

嘎子好半天都没有说话，最后，他挂了电话。

我举着手机看，好半天，都不能确定，电话挂断的那一刻，嘎子他是不是喊过我一声哥。

固若金汤

宋小词 [*]

秦江南解下胸罩的时候脑子里都在扯闪，这事儿太荒唐了，自己居然要跟马博文有一腿了。速度太快，快得有点不要脸了。从发错了那条信息，到今天偷空开房，一个星期都不到。当初谈恋爱，她男朋友糖衣夹着炮弹，软硬兼施攻了她四年，从大学校园撵到社会上，终于在领结婚证的前一晚，才彻底将她拿下。为此她老公私下里尊她为万里长城，可见城池之坚固，思想之节烈。婚后她老公一直把心搁肚里，终日把她这匹马放养在南山上，丝毫不担心有外敌侵入。

想什么呢？眼睛瞪这么大？马博文已经赤膊上阵了，还没动上两下就喘上了。

想你。秦江南顺嘴一说，有点不好意思。

马博文哈哈了两声，声音干巴巴的，肯定知道这是假话，但也受用的样子。这样子令秦江南有点恶心，恶心他也恶心自己。她自己也诧异，怎么一下变得如此寡廉鲜耻了？四十开外的马博文腹上横肉滚滚，胸口有毛，这令她有一丝惧怕，不知道自己能否招架得住。

她闭上了眼睛，装着享受的样子，黑暗给她带来了一些安慰。她心里清楚，他们之间不过是各取所需。他是她上级单位的副处长，班子里的人，手里有点

---

* 宋小词，女，南昌市专业作家。著有中篇小说《血盆经》《开屏》《太阳照在镜子上》《呐喊的尘埃》《锅底沟流血事件》《直立行走》和长篇小说《声声慢》等。曾获湖北文学奖、《当代》文学拉力赛中篇小说总冠军、《小说选刊》中篇小说年度大奖。

权力，说得上话，而她不过是二级单位一个小小的员工，还是个临时工。在体制里，他是强者，她是弱者。弱者需要庇护，他呢，他不过是在寻求新鲜刺激吧。她想。清醒令她觉得这事没有快感，只觉得尊严受损，倍感耻辱。

他喘息得越来越重了，速度也在加快，他的高潮比预想的要来得早，这令她如释重负，便也配合着呻吟起来，好像自己也很享受似的。这是一种奉承，是另一种拍马屁。头都磕了，揖还作不起？虽说才一个星期，可到底也是做了七天的思想斗争，既然选择了，目的还是要讨得他的欢心。

他总算是消停了，瘫在她的身上，这庞大的身躯和这份重量让她想到了小时家里的石磨，无论什么喂进去，都会被碾得粉碎稀烂，吃肉不吐骨头。

你不错。他说。就像是品尝了一道新菜，啧啧嘴后给出的评价。她笑了笑，也做出心满意足的样子。抽空她瞅了瞅手机。

几点了？他问。

四点半了。她说。

然后起身穿衣服，他们是趁上班时间开的房，还差一个小时就下班了，还得回各自的单位去晃一晃，要做出神不知鬼不觉的样子。

本来今天她是来处里给他送资料的，想他这几天给她发的信息那么肉麻那么油荤，见面后他一定是热情又殷勤，不像往常那么刻板。她想象不到一个严苛正经的领导骚情起来是个什么样子，她想见识见识，这点下流的想法也让她自己感到些难为情。可她没想到他坐在大班桌后面的皮转椅上面若石碑，一脸冰霜。是，那时回事的有两三人，进进出出，显得川流不息，但也不至于连看她一眼的工夫都没有。从她单位来这里虽然路程不太远，但没有直达的车，前后都需步行一段时间。大热天里，坐在办公室里吹空调都能吹出一身汗，别说顶毒日头挤公交了，这算是一份苦差事，当然，美差事也断不会落到她这种人的身上，临时工嘛。

汗湿的衣服贴着背，冷气一吹，惊得她一连打了三个喷嚏，办公室里所有的人都朝她看了一眼，她突然就局促起来。机关单位规矩大，着装仪表言谈举止都有一套规定，机关里的人表面看上去客客气气，显得很有涵养很有礼貌，实则背地里最爱嚼舌根，议长论短，每次他们这些小喽啰在处里办完了事回单位，关于他们的花絮就编派出来了，屁股还没挨着板凳，就有人推门进来故弄玄虚，说，你刚在机关里对谁谁谁笑了吧？你问，怎么啦？那人继续卖关子，说，机关里的人说我们食堂中午一定做了水煮白菜。你还一头雾水呢，那人扑哧一声笑，说，因为你牙齿缝里有菜叶子啊，哈哈。虽然是些无足挂齿的小事，但也让人刺刺的，由此也知道在处里上个厕所走几步路也要当心，弄不好会被人评头论足一番。

她不知道自己这种矮人几分的心理是怎么产生的，虽然她读过的课本一再告诉她人与人之间是平等的，无论是富人与穷人、上级与下级、男人与女人、贵族与平民，但这只是大道理。大道理就像艺术品，不是被收藏就是被当成摆设，接不着地气便当不得真。在他们单位里，官大的比官小的要高一等，公务员身份的要比一般事业编制的高一等，财政全额拨款的要比半额拨款的高一等，有编的自然要比无编的高一等。比方此刻，按照不成文的规矩，无论她来得多早，都必须要等到上级机关工作人员把事儿回完后才能轮到她。她是最不愿来机关办事的，每次一踏进那电动的铁栅门里，她就觉得自己连气也不会出了。这里总给她一种旧时衙门的感觉，威严赫赫，暮气沉沉，秩序感和机器感强烈，所有人像零件一样按序号紧密排列，对于他们这些序号之外的人，来到这里便会觉得手脚没处放，上不着天下不着地。

那些排在她前面的人事情总算都了结了，终于轮到了她。办公室里没人了，可他依然面目森严，正儿八经得像香案上供奉的祖宗。她把手里的资料递到他的眼皮子底下，他看了看随手压到一边，说，放在这里，等我看完后再回话。然后他继续看他的文件，没有一句题外话，就跟往常一样，甚至比往常还不如，往常他至少会把送来的资料浏览个一页两页再下逐客令。她心里有些小小的挫伤和失落，便识趣地走了。

她刚走出电动的铁栅门，手机便吼了起来，是他，发来一条微信，叫她到邻街的商务酒店里开个房，完后把房间号告诉他。她心里顿然一炸，像是平地里突然响了个雷，捏着手机在太阳下站了好一会儿才回过神来。阳光下，花坛里矮紫薇开得花团锦簇，马路上过往车辆川流不息，熙熙攘攘，嘈嘈杂杂，好一派盛世光景，可这一切在一瞬间变得空洞虚假，她好像一下看见了时空的缝隙里掩埋的人类真相了。她握着那只手机，就像握着这个世界的秘密，那会儿她才明白自己是多么地不知深浅。一只绵羊居然敢与老虎纠缠，她原只想着利用这样的交流，改善改善领导与下属之间压抑紧张的关系，她压根就没有想过要跟他发生点什么，即便要发生点什么，也得有个你情我愿暧昧的过程，水到渠成吧。这样的直奔主题跟黑虎掏心的招式一样，太过恶毒也太过凶猛，她有种受了惊吓的感觉，茫然不知所措，她只痛恨自己，苍蝇不叮无缝的蛋，他能打自己的主意，只能说明自己本就是颗破鸡蛋。先前的那点失落化为恶心。她恼怒自己的不检点，但也生他的气，像是凭空受了欺负。

她原本是想置之不理，扭头就走的，可是在公交站台等车的时候，心里却平静不下来，她在心里不断拿捏和掂量此事的轻重，这个人她可以不在乎，可这个人在处的地位和身份是她不能忽视的，如果还想继续在这个单位干下去的话。在自己跟自己做了一番激烈的思想斗争后，她起身朝对面街道走去了。

周末过得寡淡，她不过是吃饭睡觉带孩子，老公呢，做饭睡觉玩手机。结婚六年，日子早已过得按部就班。这么些年了，他们夫妻感情一直还算不错，当初大学校园里也有那么几对鸳鸯，可最终修成正果，至今仍在比翼双飞的也就他们俩了。她心里也很珍惜两人的感情，看着儿子在他们这种互敬互爱的气氛中长大，虽只五岁，却也是一个知冷知热的小暖男了。有一次她切菜不小心切到了手，儿子急忙扯着她的手指给她吹气，虽肉疼，但心喜。有这样的儿子，她才会觉得前方隐隐闪烁着光亮。

她老公是钢铁厂的一名普通工人，胸无大志，工作之余就爱好个喝酒撸串，好在是武汉本地人，有现成的房子，是公婆留下的，两个老人在抱上孙子后就相继去世了。可房子是老房子，只有六十平方米，又破又烂，还在八楼，前两年卖了又贷了二十万，换了个九十平方米的电梯房，虽然房贷不多，但因两人本来工资不高，职业也不稳定，这点房贷，也让他们有种重负感和一种不安全感。

这份忧患意识，使她每天都过得小心谨慎，在单位里唯命是从，勤勤恳恳，工作上出一点纰漏便寝食难安，对于家庭支出则精打细算，力保一文钱都不落虚空。她要每月都有节余，如此才能让她少安毋躁。看她这么操劳，夜里她老公问她，有必要这样吗，不嫌累？她未开言却先流出两行热泪，她说，是累，可是不趁我们年轻的时候累一点苦一点，难道这份累和苦要留到我们老了去受吗？你的厂子一直谣传说要被大企业收购，到时一场人事变动肯定免不了，你不一定还有班上。我呢，又是个临时工，虽说干了三四年，一直很安稳，但这份安稳不是板上钉钉的，随时都有可能没有班上。

如果那一天真的来临了，我们怎么办？我们两口子又不会做生意，做苦力又没那身力气。为了儿子，也为了我们以后，我宁可把这份累这份苦受在前头。

他抚着她的后背说，都是老公没出息，让你受委屈了。

黑暗中她的泪流得愈发汹涌，可心里却暖烘烘的。她将他搭在她后背的那只手移到了自己的胸上。

周一上班，因为路上堵车，迟到了大约二十分钟，心里不免发虚，虽说单位对上班下班的时间要求得不严格，允许有弹性，但这次"弹"得就有点不像话了。大早上的万一被领导逮到，很容易搞坏印象。不过还好，走廊两边各办公室的门都闭得很严，只要她以迅雷不及掩耳之势溜进自己办公室，就算躲过一"劫"了。就在她伸手扭把手的时候，主任室的门开了，光头的徐主任站在了走廊上，一缕阳光透过窗户刚好照在他的脑袋上，使他看起来像盏立式台灯。她的心一颤，立刻堆出一脸笑容，说，主任好。徐主任似乎很高兴，一点都没计较她的迟到，反而还关心地问她有没有吃早点。她的心又颤了一下，连连说，吃了吃了。还差点告诉他早上吃的是稀饭加馒头。她以为周旋到此就告一段落了，没想到她推开办公室的门，徐主任也跟了进来。

徐主任在办公室里说，小秦这次不错，送到处里的材料，受到了马处长高度的肯定，马处长说我们的案头功夫长进了不少，把中心上半年的工作总结得非常出彩，是重点的说得很有分量，不是重点的把握得也很有分寸。秦江南站立在自己办公桌前，被这通突如其来的赞扬弄得面红耳赤。办公室的另外两位同事立刻顺着徐主任的意思，一起拿话捧她，一时间溢美之词令她无地自容。她一个劲儿地否认这些戴在她头上的高帽子，说，哎，哪有哪有，夸张了夸张了。徐主任对她说，这次的材料是你执笔，我当时看了就觉得不错，果然就不错，这也看出你对中心的工作已经很熟悉了，上手这么快，不简单啊。

是是是，办公室的老王点头赞同，说，别看小秦平时闷不吭声，其实可善于钻研了。

老朱则是给徐主任递了一根烟，说，小秦受表扬，我们办公室也光彩，我破个费，请主任抽支烟。呵呵。

徐主任抽了几口烟，办公室里顿时就云雾缥缈起来。老王咳嗽了几声。徐主任说，那你们忙吧。

徐主任走后，办公室里顿时安静了下来。老王起身把两扇窗户一起推开，因为用力过猛，金属摩擦的嚣叫声像刀锋划过她的耳膜，令她一阵心惊。老王是个女的，是他们这个办公室的负责人，也是中心里资历很老的人，对比她年轻的徐主任有点口服心不服。老朱呢则是和稀泥，谁都不得罪，对谁都是一副笑眯子罗汉脸，可好像也没获得什么好人缘，中心里谁都不把他放眼里。对于中心里各同事之间的微妙关系，她一向只存在自己心里，从不跟人去交流。谁对谁有意见，谁对谁是貌合心不合，谁跟谁扎得很紧，这都是她用眼睛和耳朵观察出来的，有些是从事情上揣摩来的。这些复杂的人事关系多了解一些，对自己也没什么害处，心里有了数，做事说话就知道些禁忌，哪些是高压线，哪些是地雷，绕得远远的，这些体制内的人在她眼里都是马王爷，惹不起。

当初自己来这里上班时，就有个高人指点过她，说这地方一向都是庙小妖风盛，池浅王八多。当时只觉这话说得有趣儿，如今她是深深觉得这话说得太精辟了。一个单位里拢共才十几个人七八条枪，却整天还不得清静，一天到晚是非不断，各人都有一个小算盘，随口说句话也要动个心思，棉絮里裹麦芒。就像刚才老王当着徐的面说她，说别看她平时闷不吭声的，其实可善于钻研了。她觉得"钻研"这个词就是根刺。老王这个人向来自认比别人聪明，说话总喜欢七弯八绕，你心眼大呢，可以当好话听，你若心眼细，那话也可以琢磨一二。秦江南一般听到这种模棱两可的话，都咽下去了。她时时敲打自己，来这儿做事不是为了与人逞口舌之快，而是挣钱养家糊口的。她也曾巧舌如簧过，大学里一年一届的辩论赛，无论她是正方还是反方，每届都是最佳辩手，老王嘴巴上那点尖酸刻薄在她眼里算个毛线。

小秦，你如果再努力努力，也要成为红人集团的了。老王边说边打哈哈。

红人集团？就我这种三棍子夯不出个屁来的？呵呵，王老师我看您也是醉了。秦江南边说边摇头。

老王把中心里巴领导巴得紧、明里暗里得了不少好处的几个人称为红人集团。无非也就是单位里一些强势出风头的人。在她看来红人集团没什么不好，单位里总要有人做事情，事情做得多，领导另眼相看，有所倚重，很正常。但老王有老王的看法，她对红人集团是心里既憋着火眼里又冒着热，背地里是各种猜测，谁谁谁过节的时候到领导家里去了，谁谁谁给领导送了什么，谁谁谁跟领导是什么关系，然后又各种腔调，说什么虾子螃蟹要红，那是开水烫出来的，枫叶槭叶要红，那是寒霜打出来的，要想人前显贵，必得人后受罪。又说什么登高必跌重，风光过后的黯淡那才狼藉不堪呢。总的说来，她的意思就是单位里那些门面人物，都是以扭曲心理换来的风光，而且风光也不过是一时。

嗜，三棍子夯不出个屁来又怎么了，闷鸡子才啄白米呢。老王依然是边说边笑。

无论老王怎么笑着掩饰，话里头的讥讽已经很明显了。秦江南的心里也有了些不舒服，便不再搭腔。两眼盯着电脑屏幕，不停点击着鼠标，一副进入工作状态的样子。

老王便转而向对桌的老朱感叹，现在的年轻人都不得了，比我们年轻的时候精多了。我们年轻的时候脑壳里装的全是猪油，也不知道跟领导搞好关系，不知道跑跑送送，所以一辈子就蹲在这枯井里。

老朱说，嘻，时代不同啦，年轻人少走弯路是对的，像咱们再不济，还有口枯井蹲着，现在的年轻人要像我们年轻时顶一脑袋猪油，那连命都活不了。

老朱比老王小十来岁，四十出头，照理应是小朱，但因面相老，膀头肿脸的，用老王的话说一副长垮掉了的样子，叫小朱反倒像是在嘲讽他，便叫他老朱。不过无论人前人后，她总是叫他朱老师。老朱爱好书法，她曾看过他写的一幅字，"丹青不知老将至，富贵于我如浮云"，笔意灵动，潇洒不拘，她很是喜欢，便心生敬重。

手机在鼠标垫上振动了一下，她拿起来一看，是马博文的。他说，一日一抱呢？她脸顿时一片酱红。上周一，就是因为自己一时手快，把很严肃的一项工作"一日一报"，打成了"一日一抱"，发现打错字后，她胆战心惊，连忙更正，可手机偏偏在这个时候失灵，按键突然紊乱，居然接连发出好几个抱抱，那样子就像是一个到了发情期的母兽，求欢求到了死不要脸的地步。她恨不得砸了这破手机，再剁去这双手，慌忙中将手机重启了一遍，待系统恢复正常后，在颓丧中打了很多个"报"发了过去，并诚恳而谦恭地写道，马处长，是一日一报，报。惴惴不安中，不料马处长回信说，抱，抱抱也没关系。她一时惊得眼珠子都快掉了出来。但出于礼貌，她还是给他发了一个笑脸的表情。此后，他便打炮似的向她发送许多言语放荡、肉麻露骨的信息。一时间她不知道该怎么处理，只知道他是上级单位的处长，不能得罪，便与之周旋一二。没想到上周五竟把自己周旋到床上去了。这事事后想起来除了羞愧还有点窝火，觉得自己没出息。

她给他回复：一日一报，我正在处理，很快发您。

按照处里规定，他们每天都要将单位的工作和重要的事情向处里分管领导进行汇报，而且还要留档，以便检查验证，这个工作就叫一日一报，属于老王办公室的工作范畴，具体却是由她来负责。

马博文说，一日，一抱，真快活。

她一看迅速删除，握着那只手机，差点呕出，心绪却在脏腑里一阵晃动。

忽然走廊里传来一阵敲碗声，叮叮咣咣。她看了看电脑右下角的时间，十一点五十。老王嘬了嘬嘴说，准是兰大懋，别的都晕，就吃饭最积极。老朱说，不有句话嘛，做事磨洋工，吃饭打先锋。老王很赞同，接着说，吃饭积极也就算了，最见不得他敲碗，张狂，把单位当什么了？正说着，门"轰"地推开，果然是兰大懋，一手拿着碗，一手拿着铁勺，吊儿郎当地倚在门框上，说，秦姐，吃饭啦。

老朱说，你们一天到晚情姐情郎，辣我们老同志的眼睛。

老王说，秀恩爱死得快。

秦江南笑了笑，顺手拿起桌上吃饭的家伙与兰大懋一起下楼。秦江南说，大懋，你以后吃饭能不能不要敲碗？兰大懋说，怎么啦？他们又说什么了吧。秦江南说，没有，你不要瞎猜忌。我们老家有句话，叫生前敲碗，死后无板。这个板是指棺材板，我们那儿的说法，敲碗是在唤鬼，惹那么多的鬼，你说能有好日子过吗？兰大懋说，这话新鲜，我以后不敲了。顿了顿便上前一步贴着秦江南的耳朵说，我刚肯定又惹到鬼了吧？秦江南用筷子敲了敲他的头，微微笑了笑。

兰大懋也是单位招进来的临时工，刚来的时候分在他们办公室，秦江南与他走得近一些，一则大家都是年轻人，再一个两人是同样的身份，无形中像是有一份阶级感情似的。为了让他平安顺利度过三个月的试用期，生活上工作上，她对他有过许多帮助，故兰大懋对秦江南的态度也别有一番腔调。兰大懋试用期后，请中心里的人吃了次饭，很少在单位聊家庭琐事的秦江南在同事聊孩子入托的事情上插了句嘴，兰大懋便随口说道，秦姐，这你也知道？秦江南说，我孩子入托是我亲自弄的，我能不知道？兰大懋顿时眼睛一瞪，像是迎头遭了一闷棍，惊道，啊，你孩子？你结婚了？秦江南一看他这反应，倒有点不好意思了。旁人便插科打诨，说，怎么，我们小秦结婚生孩子还得向你申请啊？又说，从前不知道没关系，如今知道了也不晚，把份子钱补给你秦姐姐就是了。众人你一句我一句，嘻嘻哈哈的，虽然挽救了当时的尴尬，但大家明显能感觉到兰大懋的情绪低落了很多。次日里，关于他俩的闲篇就已编撰整齐，在中心里广为流传，还流传到了处里。

对此秦江南的态度很明朗，她是一直把兰大懋当弟弟看的，她大他六岁呢。渐渐兰大懋也调整好了自己的心态，只单纯地把秦江南当姐姐看，两人的关系又变得坦然亲密起来，这自然惹得一些同事的羡慕，说果真是明贱易躲，闷骚难防，秦江南这个心机婊，放长线，钓小鲜肉。话传到秦江南的耳朵里，虽生气，却也只能当大风吹过。

饭堂在一楼，要穿过一个五金市场，这是中心的地儿，大约有两百平方米，听说以前是个堆杂物的仓库，自老徐来这里当主任后，就建成了门面，对外出租，已经经营了十多年了，一直相安无事。这两年好像有几位上级领导对此有看法，虽说是个弼马温的所在，但好赖也是一级国家单位，是展示国家形象的一个窗口，成天乱哄哄的，像个菜市场，成什么体统。上面多次要求中心停止对外经营。中心一直拖着，处里自然也是睁一只眼闭一只眼。闲时听同事们私下议论，秦江南也知道这是中心的一块肥肉。这种单位一不生产二不创收，也不是什么重要职能部门，像扁桃体和阑尾一样，有嘛也好，全须全尾，没有也无甚打紧，据说九十年代初期的时候，就差点被"割"掉了。就这个在外人眼里油星子都闻不着的穷单位，关起门来过的小日子倒挺滋润，小国寡民的，也办起了食堂，还请了两个炒菜师傅，且伙食标准并不寒碜，早餐包子、饺子、馄饨、牛肉面条、米酒汤圆、豆浆油条也能翻出很多花样，中餐三荤两素并一汤，那荤还荤得很有气势，口口都是肉。隔三岔五还能组织员工看看最新上线的电影，观影完毕还能会个餐，春秋两季能包车去郊外走走，饭间还能得个一二百的红包，把就餐气氛推向高潮。这样的小情小调，财政是不会考虑的，可浪漫是要花钱的，这些钱就出在这块地上，外人看着是菜市场，可在中心领导眼里，这是小金库啊。

忽然闻得一阵红烧肉的香味，两人赶紧抢着把腿迈进饭堂。六个大铁盆已经整齐端在水泥台子上了，分别是油煎剥皮鱼、红烧肉、啤酒鸭、蒸茼蒿、炒菜薹和冬瓜虾米汤。秦江南看灶上还有火，锅里像是还焖着什么东西，便问，师傅，还有菜吗？师傅说，没有啦，五菜一汤上齐了，这是给徐主任单做的小黄鱼，他不吃剥皮鱼。秦江南"哦"了一声，与兰大懋对望了一眼，略笑了笑，便端着饭菜坐到了饭堂最里边的小角落里。这时陆续就有人进来了，不多会儿饭堂就热闹了起来，叽叽喳喳，像是放了五百只鸭子。

饭堂里有两张超长的餐桌，向阳一边的角落里另有一张小圆桌，桌上还摆了一束仿真花，背阴的角落里是两张小小的火车座。徐主任和樊书记一般都是在小圆桌上吃饭，老同志们都爱扎堆在长条桌上吃，秦江南从来都不爱出风头，公众场合就喜欢深入不毛之地，一开始就选了很逼仄的火车座。选择坐这里的也不光是她，还有中心的其他几个女孩子，从街道调过来的两个小年轻也是跟他们坐一起，起初倒也没觉得什么，秦江南以为是年轻人不愿跟中老年同志坐一堆，这也很正常，跟老同志坐一块儿，多少要立些规矩，吃饭本是一桩美事，谁都不愿意受拘束。可没过多久，那两位小年轻被兰大懋办公室的老宋叫到他们那个长条桌去了。刚开始以为是偶尔一次，利用饭间谈些事情，谁知他们一去不复返。慢慢秦江南他们就咂摸出了些别的味道。原以为是年龄上的沟壑，没想到是身份上的鸿沟，小圆桌、长条桌和火车座都同在不足二十平方米的房子里，距离那么近，可是离得却又是那么远。秦江南有时候从饭碗里抬头四周环顾时，心里会莫名涌起些悲哀。

他们这一桌都是中心的临时工，分布在中心各个办公室里，寻常交流虽不多，但心力很齐，四个人还单独建了个微信群，经常联盟吐槽，交流各办公室信息，互通有无。兰大懋没来之前，她们仨女生饭间话题左不过美容美发、穿衣打扮、超女快男和爸爸去哪儿，自兰大懋来后，话题就猛然大增，什么中美关系、双边贸易、金砖四国、军事前沿、文史哲政经法无所不谈，讲话声音又大，长桌那边经常有老同志传过话来，说，这个兰大懋，真是无所不知，无所不能，来这里屈才了，应该去国务院当参事。他办公室的老宋立马就唱了起来，你说的是他？这个女人不寻常。然后又说，他天上的全知，地上的知一半。老王接过话说，只怕比我们徐主任知道的还多些，哈哈。徐主任在圆桌那边也插进话来，说，嗯，我是打算什么时候请兰参事给我们上一堂课的。谁都知道这话是说着好玩搞活气氛的，可兰大懋竟认真了，涨红个脸从椅子上起身，说，看是讲哪方面的内容，我好准备准备。话音一落，饭堂里顿时哄然大笑。秦江南急得在桌下猛踢了他一脚。此后秦江南就经常在桌子底下用脚踢他。

这次饭间的话题与往日不同，老肖办公室的谢君苗一脸神秘的兴奋，压低了声音说，嘻嘻嘻，听说上面要给我们拨下一笔钱，是中心去年的绩效奖，数额不小，每人差不多可以分两万多呢。谢君苗有个表舅在区政府上班，她的"听说"一般都是有根据的。

秦江南的耳朵也跟着一竖，但很快便冷静了下来，低低地说，你弄准没有，是不是每个人都有，我们几个人也有份吗？

一席话问得谢君苗把脑袋耷拉了下来，像是泼了盆冷水，很没有底气地说，应该会有吧。

兰大懋往她们两人脸上看了看，说，为什么没有？工作是大家一起捧着干的，胜利的果实就应该你有我有全都有。

秦江南伸脚把兰大懋踢了一下。说，闭嘴！

谢君苗说，新来的，懂个屁。

兰大懋讪讪的，呢喃着辩道，如果这也分彼此，就太不公平了。

秦江南心里一阵冷笑。这个世界多么壁垒森严。小时候老师和父母告诉她，一个人的出身并不重要，重要的是后天的勤奋与努力，知识和汗水可以改变不堪的命运，可是踏入社会后，她却觉得父母辈的很多道理都瞎了，命运与出身轻易改变不了的，他们在这个世界里算什么呢？草芥？蝼蚁？也许连这都算不上，不过是粒尘埃，在苟且中求生，在黑暗中等死。她心里一阵胡思乱想，忽然就觉得嚼在嘴里的红烧肉没味了，像嚼块橡胶皮一样。她将饭菜倒在泔水桶里，起身离去了。

半个月后，关于上面要拨下一笔钱的事似乎很明朗了，成了每个办公室的热议话题，两万多块啊，从他们的谈论中可以听出，这是单位迄今为止拨下的数额最大的一笔款项了，每个人脸上都是一副要发横财的窃喜神情。不过单位里有编制的那些人可以堂而皇之地憧憬，而他们只能藏在心里偷偷摸摸期待。

老王跟老朱对桌而聊，老王盘算着用这笔钱把家里的电器和家具都换一下，结婚二十多年了，冰箱、洗衣机和沙发还是从前的样子。她儿子成人了，要防备他冷不丁领个女朋友进门，家里太寒碜了对儿子婚事不利。老朱呢，则想着等钱到账了，就带妻子去北京看一看，也算是遂他老婆一个心愿。这一次聊天她才知道老朱的事。七年前，他开车载着他怀孕七个多月的老婆去郊县看油菜花，高速路上出了车祸，他老婆腹中的孩子和子宫都没保住，只捡回一条命。经此沉痛一击后，老朱消沉了很长一段时间，后来就开始吃斋茹素，信起阿弥陀佛。他老婆好像身体一直都不怎么好，时不时就要卧床一段时间，老朱这些年就像照顾孩子一样照顾着妻子，他跟他妻子谈恋爱的时候就想着去北京看一看，一直也没去成。老朱说，这次，这次钱来了，就去，去定了。

秦江南在一旁听着他跟老王的一理一答，心里也一阵唏嘘，觉得离异的老王一个人拉扯儿子，生活过得不易。老朱呢，这个人仁义，其实他也算是单位里的老人了，在中心待了二十多年，但他从来不摆老资格，逢到单位有下力气的活儿，还跟年轻人一道抢着干，对于单位里评先进评优秀评职称，他从不去争一下，对谁都和和气气的，但最能打动秦江南的是老朱对他老婆的这份情义。秦江南看了看老朱，说，朱老师，您真帅。老朱呵呵一笑。

老王转而问她，小秦，你对这笔奖金有什么想法？

秦江南面带羞色，微微一笑，说，没什么想法。

老王下巴一抬，说，也是，最好莫想，免得想了白想，空欢喜，几难过。

没想到老王说得这么直接，秦江南不由愣了一阵，一时不知道怎么接话。看着老王那种大无畏的神态，心里也有一丝丝的气愤。她向来不怕得罪他们这些临时工。这种仗势欺人的态度很是令秦江南不满，可不满又能怎样，诚如老王对他们的预料一样，他们只能憋着。

顿了顿，秦江南笑了笑，说，嘻，想想也没什么不可以，就跟马云说的一样，万一实现了呢。

老朱说，对对对，想想又不要本钱，一切皆有可能。呵呵。

老王鼻子朝老朱喷出一口气，说，朱前进，你别起哄，到时如果要你把荷包里的钱拿出一部分来贴补给他们，我看你还能像现在这样呵呵。我也希望人人都有份，毕竟大家都是一起做事的，他们临时工也可怜，但要我从腰包里拿钱出来匀给他们，那是不可能的。丑话说在前好一些。

一席话说得办公室一片寂静。三个人都端坐在电脑前，各自沉默着。那一瞬，秦江南的心里像是钻进了一只刺猬，脏腑遍布着被扎的生疼感。挫败、灰暗、气馁、憋屈充斥着敏感的神经，心中五味杂陈。这些天她也暗暗想，如果能分得几千块，她想给儿子买个乐高城市警用巡逻艇，那是儿子最喜欢的，要三四百块钱，儿子哭着要了几次，每次她都是冰冷回绝，说，你想都别想，哭死也没用。下个月就是儿子的生日了，她想给儿子一个大大的惊喜。如果有余，她还想给老公买瓶五粮液，她到专卖店问过，要一千三百多块。如果还有余那就存起来。如今朝这情形看，有可能还真的是想了也白想。忽然，胸中有股气顶了上来，凭什么想了也白想，凭什么一起架的柴火，到了却只能看着别人喝粥。愤愤不平中，她向他们的群里倾诉，这次绩效奖，有可能没我们的份。

群里顿时炸了，一个个像旧社会三代挖煤的劳工，吐不尽满腹苦水，一腔冤仇，继而又转变成慷慨就义前的革命者，言辞激烈，在群里声讨单位待他们的种种不公，脏活儿累活儿全是他们干的，到了还讨不到一句暖心窝子的话，种种歧视，连一向沉默寡言、慢言软语的潘杏杏也说了几句粗话。一通发泄后，秦江南问道，怎么办？我们在这里发牢骚，他们又听不到。谢君苗反问道，那你说怎么办？秦江南说，我建议下班后找个时间，一起去找老徐说一说，争取一下。众人也都说好。

这时马博文发来一条微信：母鸡对公牛发牢骚："人类让我多下蛋，自己却计划生育，这太不公平了！"老公牛说："你这算个屁呀！全世界人民都喝我老婆的奶，谁他妈管我叫爹了！"秦江南看后笑了笑，这世界，别说人难做，连畜生也难做。她没有回复，而是删除了这条信息。她跟他之间没有什么可以存下来供日后回忆的。她原本想着，两人有过那一次就算了，只当是一次意外，人生那么长，总要有几次意外。这点，她想得开。可是马博文却还是骚扰信息不断，那些内容大多也都是网上的段子，虽说一长串，却没有一个字是劳动他的手指打出来的，秦江南便觉得这是一种轻视，人家根本没把自己放心上。这样一想，她自己也觉得索然无味。只是她当时心里有一闪念，想把绩效奖这事跟他说一下，听听他的看法。但一想，没必要，他们这样的关系搅和上事儿，就跟缠毛线一样会越缠越紧，脱不了身。

这段时间，老徐好像很难得碰上。直到四天后，谢君苗才捕到他，然后在他的办公室里赖着将时间拖延到下班后，待中心的人都走光了，他们一齐来到了老徐办公室。老徐一见他们，便呵呵地笑，一副心知肚明的样子。也好，省去了拐弯抹角，他们开门见山向他表露了想法，面对老徐脸上露出的为难神色，他们纷纷倾诉各自的苦劳、疲劳，然后各自讨要在这里的尊严和脸面。他们虽说不是体制内的，没有财政的编制，可临时工也是这个单位的组成部分，一个整体为何是两种待遇？做事的时候，说我们是单位的年轻人，后备力量，肩上要多压担子，到了得利益的时候又说我们不是单位的人，把我们撇一边，还口口声声说这是制度，这哪里是制度，这分明是耍流氓。

他们不知道哪里来的勇气，说着说着，情绪骤然激动，竟放肆地说出了几句大话。老徐在冷空调底下坐着，鼻梁上一片油光，他抽了两张餐巾纸擦了擦脸，嘴角处隐含着一丝愠怒，那是一种久居上位不容侵犯又被侵犯了便极力克制情绪以保持风度的威严。办公室的气氛有些紧张。秦江南思忖，不欢而散是最不好的结局，于是便笑了笑，说，徐主任，其实我们大伙心里都是有数的，单位情况复杂，我们又处在一个很弱势的位置，您作为领导，明里暗里对我们也多有维护，您是单位的一杆秤，上上下下，既要不偏又要不倚，您为我们做的吃亏不讨好的事儿多了去了，我们也都看在眼里，所以在中心里，在您的领导下，该我们做的事情不该我们做的事情，只要您一句话，我们都是尽着自己能力去做，也都想着给您挣面儿。其他三人也都纷纷点头，表示赞同，老徐的神色也缓和了一些，还轻轻"哼"了一声，那意思是，算你们有良心。秦江南便乘胜追击，说，我们心里想着，我们这些人都是您招进来的，情感上跟您也亲近些，就觉得您是我们的家长，孩子受了委屈，不找家长哭诉找谁去。说着谢君苗和潘杏杏便手指抹眼，耸动肩膀，假装哭了起来。兰大懋也配合着抽了两张纸巾递给她们。老徐不禁呵呵笑了起来，用手指一一点着他们，说，你们，没一个是好对付的，唉，你们是要把我架在火上烤啊。其实这些天，我一面想着躲开你们，另一面呢，我也在跟马处长商量，想把这笔奖金公平地落在中心每个人的口袋里，毕竟去年的成绩是大家一起努力的结果。马处长也很为难，因为区里财政是按编制的人头拨付的，但马处长也没有一刀卡死，话里还是有松动的余地，我再努努力，争取让大家都满意。

徐主任给出的说法，还算合大伙的心意。末了，四人又联合着把溜须拍马、阿谀奉承的话给老徐上了一箩筐，逗得老徐直打哈哈，光光的头顶油亮亮的。

又过了一个礼拜，众人期盼着的那笔奖金一直悬而不定，中心的人打听到钱已经拨付到处里了，可处里却迟迟不下发，惹得中心上下怨声载道。他妈的，处里都是公务员，工资高，福利待遇又好，还他妈的分房子，他们不等着钱用，就以为老百姓跟他们是一样的，天天嘴上喊着关心民众疾苦，全都是狗屁。

当然这些牢骚，秦江南他们是不会发的，他们要是评价处里的人和事，话一出口，每个字都会长脚跑到当事人的耳朵里。所以好赖话他们都不吭声。可是不知怎么的，他们上次找老徐谈话的事竟走漏了风声，被兰大懋办公室的老宋知道了，继而中心所有人就都知道了，知道他们暗地里也蠢蠢欲动，觊觎着那笔钱。然后，单位的气氛就异样了，体制内人员与临时工之间有了对抗，开会、串门、吃饭，那些人都用一种提防的眼珠子盯他们，好像他们是打家劫舍的强盗，又似巧取豪夺的土匪，恨不得在办公室门上贴出警示语——"防火防盗防临时工"，那种抱锅护食的小气劲儿和矫情样儿看得秦江南眼珠子都肿大了，如此，倒也把他们的挣劲儿给逼出来了，真就王八咬人不松口了。还不信了，那钱若分到咱们口袋里，天就塌了？地球就不转了？

但那些体制内的同事却成天嘴里含沙射影，饭堂里吃顿饭话里话外都是梗。师傅打菜，人多挤了些，就会有人说，莫抢，莫争，使这些手段都没有用，这跟财政拨款一样，都是有份额的，不要心里没数。有人就会接话说，我不争，我知道有我的份我争什么，要争的都是没份的。倘若吃饭时有人呛着了，便会有人说，哎呀，叫你安分些，安分，这饭才吃得稳当，才吃得长久。也会有人在一旁发挥，说，是的，吃饭就吃饭，不要动心思，有些心思动不得，吃了红烧肉还想着小黄鱼，就有点不要脸了。呛着的人也不会争辩，知道他们要说的不是他的吃相，不过是借着他的事故做一场敲打而已。然后，他们窃窃私语后，还会集体发笑，别有一番深意似的。

他们呢，只埋头吃饭，谈论属于他们的小快乐，对于长桌那边故作的声势和唇枪舌剑丝毫不理睬，让那些人放空炮弹。秦江南、谢君苗和潘杏杏三个女孩子来这里都三四年了，熟悉了这里的腔调，加之性格都比较温和，遇事都还能忍住，但兰大懋有点沉不住气，每每听到这种带刺的话，他的脖子就挲了起来，像受到惊扰准备攻击的眼镜王蛇。几次，兰大懋想要拍案而起，都被秦江南给按住了。可这次秦江南硬是没按住，兰大懋霍地站起来了，他一米八的个儿，一脸怒气立在地上，有点威风凛凛。中心所有的人都一脸惊愕地盯着他。

兰大懋说，你觉得你们这样一口砂糖一口屎地说话有意思吗？什么叫不要争不要抢，什么安分不安分，什么要脸不要脸，我们只是临时工，又他妈不是弱智，听不出你们话里头的音吗？秦江南拉扯着他，说，得了，大懋，你少说两句吧。兰大懋甩了她一胳膊，继续道，我们要的不过是应该属于我们的，成绩是大家一起做出来的，那么奖励就该人人都有份，这是天经地义。有什么需要安分的，又哪里不要脸了？说完气鼓鼓地坐下。

秦江南抬眼看了看四周，两张长条桌的人脸上神情各有差异，有蒙有呆的，有怒有恨的，有惊有讶的，也有面无表情的。圆桌那边空空如也，书记去党校学习去了，徐主任吃饭一向快，估计在兰大懋怒起之前就抹嘴走了。两个做饭的师傅趴在窗口倒是一脸喜色，像是看戏不怕台高。

老王到底忍不住了，嚼着一块粉蒸肉，哼了一声，说，什么叫天经地义？这话不该在中心的食堂说，应该去区财政区编办说。莫屙错了地方，伙计。还是那句老话，别人得多得少跟我没关系，但我荷包里的钱谁也不要动心思。那是我的辛苦钱。老宋也跟着帮腔，说，我跟你是一样，别人吃多少肉我不眼红，但要从我的碗里扒份子，坚决不答应。老宋跟老王一向跟得紧，单位里也总是姐妹相称，虽也有翻脸的时候，但重修旧好的速度快得像中国高铁。当初老宋以办公室缺少男劳动力为由，把兰大懋强要了去那会儿，她们友谊的小船说翻就翻了。那一仗闹得可真是惊天动地，老王说老宋惯会使这种下三滥的招儿，当初连老公也是挖别人墙脚得来的。老宋怼她，说，你呢你呢，一向多吃多占，当初自己有老公了还去外边偷人养汉，终于把自己弄成了个半边户，报应。要不是中心几个男的拉扯着，两人的拳脚就上来了。可没过多久，她们又手挽手肩并肩说说笑笑共同向单位缓缓走来。有时秦江南看着她们这些活了大半辈子的人，就会想起她老家那些穿开裆裤搓尿泥的小孩。

也有人跟着在后面起势，说，是的是的，这里又不是慈善中心。

这些话像钉子一样，一根一根锤进他们的耳朵里，秦江南的内心已烧起一片火光，但面上却依然不动声色。这是她在这个单位工作了四年，经过几番磨砺后，修炼出的隐忍之功。每一次"波翻浪滚"的时候，她都会质问自己，为何要趴在这鬼位置受这份罪。就跟老王他们背后说他们的一样，有本事走啊，广阔天地大有作为去啊，为何要箍在这里伏低做小呢，哼，还不是这里有他们可图的甜头，既如此，就得受得住这儿的规矩。是的，他们的议论是对的。哪怕这里不堪，但这是她在这个城市里找的最满意的一份工作了。

先前，她做过几家公司，全不是像电视电影上那种高端霸气的样子，明净落地窗户，优雅格子间，单身多金的老板，帅气潇洒的少东家，更没有传说中的带薪年假和升职空间。她所工作的公司大多租住在小区的居民楼里，客厅里弄四五个格子间算是工作区域，卫生间男女通用，厨房兼顾老板的居家功能，油污重重，打字接电话，还能闻到卫生间的尿臊味；没有工作餐，中餐需自己看着办；没有午休床，午休时间也只有一个小时，只能在桌子上趴着打盹，最好是不打盹，打起精神，因为头上有摄像头盯着，虽说是休息时间，但领导看见还是会不舒服；领导大多油腻肥胖，口臭得厉害，从不会做那种开香槟请吃大餐之类破费钱的事儿，他只会两眼盯着业绩，从不考虑加薪和福利，而且没有保险，更恶毒的是没有双休。条条规矩都反人类。秦江南吧别的都可以马虎，平时上班累点就累点，工资少点就少点，但没有双休，这个很要秦江南的命，每周休一天，她就觉得自己还有半条命没回来，拿半条命去抵抗一个礼拜的起早贪黑、挤公交和文案策划，那简直要死掉了，所以她每份工作都熬不到过年，进了腊月就辞职，将破碎的身心休养到开春后，再找工作。然后周而复始。

中心这份工作是她生了孩子后找的，她之前也找过一些公司，可那些公司都拒绝录用哺乳期妇女，对年龄也有严格要求。哺育幼小和年岁增长竟是罪过了，仿佛那些龟孙个个都是从树木孔里炸出来的。无意间在赶集网上看到了这个单位的招聘信息，招聘一名经验丰富的文字编辑和文案策划，要求大学本科学历，要求四十岁以下，要求女性，要求五官端正，要求家在武汉，条条要求她都符合，而且大学的专业还对口。起先她并不知道这个单位是属于国家事业单位，一直在外面私营企业上班的她对此没有多少概念，她是抱着有枣无枣打三竿的心态来应聘的，没想聘上了。

她是来这里上班后，才知道这里竟然有小食堂，包两餐饭，而且伙食这么好；才知道这里是双休；才知道这里不用加班，到点就走人，即使要加班，却真的有加班费，节假日双倍；还知道这里虽然是八点半上班，五点半下班，但稍微迟到一点早退一下，完全没有关系，传说中幸福的朝九晚五在这里啊；而且这里中午午休长达三个小时，办公室里配有午休床，吃饱了饭，就可以打开来四仰八叉地倒下，冷暖空调敞着开，不像以前在公司里，不到热得狗喘气冷得狗啃脚，是断不会开空调的，老板说阶梯电费可贵了。哎呀，这是天堂啊。虽然这里给她开的工资并不比在公司时高多少，但她已经很满足很满足了，满足到要磕头作揖山呼万岁的地步了。真是苦尽甘来啊，她对这份甜蜜很是珍惜，每天上班勤勤恳恳，严格按照墙上的规章制度来约束自己。虽然别人从不理会那些条条款款，但她不管别人，只管自己。而且她每天都第一个到单位，把办公室打扫得干干净净，把水烧好，把老王和老朱的杯子里留的隔夜茶倒了，用开水烫过放好，只等他们来后，就可以直接冲泡滚滚的茶。为了在版式编辑上多些花样，她买了许多专业书，一有空闲就啃上几页，挤地铁都在啃，他们都说自她来后中心编撰的那份内刊越来越好看了。她的殷勤、谦卑和才干使她顺利度过了三个月的试用期，成了中心口头上的正式工。

她是慢慢地从甜蜜中咀嚼出苦涩来的，原来口头上的正式工只是相对她的试用期来说的，并不是像老王老朱老宋小张小李那样的身份，体制内的，财政全额拨款，身体发肤受之于国家，吃喝拉撒终身保障，那样的身份带着一种被托底的安全感，是荣耀的。她虽然正式了，不过是单位正式的临时工。临时工从字眼上就能感觉出一种廉价、劣质、不稳定性，像明星的替身，无名无姓，不能露脸，露脸即穿帮。她跟他们虽然在同一个锅里吃饭，在同一个办公室里办公，在同一间会议室里开会，同乘一辆车去郊游，但无形的鸿沟质地坚硬地横亘在她与他们之间，在一些言谈举止的缝隙里，在某种说不清道不明的气氛里，更在她和他们的心里。直到后来来了谢君苗、潘杏杏、邓茹果，她的内心才稍稍舒缓了一些，虽然鸿沟还是那条鸿沟，如王母娘娘的银簪划出的天河一样不可逾越，但越不过去的人多了，也就有了一些依靠。后来邓茹果因为怀孕生孩子，中心只能给她一个月的假期，而当时老宋办公室的小田生了孩子快半年了都没来上班，领导连个屁也没放。樊书记给正在坐月子的她打电话，说，这没有办法，小邓，你不能跟小田比，小田的工资是财政给的，你的工资是中心给的，中心庙小，一个萝卜一个坑，养不起闲人，你明白吗？尽管樊书记语气温和，循循善诱，但还是把小邓给恶心到了，这对比太强烈了，小邓像是受了奇耻大辱般，说了声"随便"就啪地挂断了电话。她月子坐完了没来中心上班，中心也就将她视为自动辞职，办公室便令财务从工资册上删除了她的名字。邓茹果一事令秦江南她们伤感了好一阵子，都觉得中心的做法太过分了，不近人情，可她们也只能私下里抒发一些情绪，谁敢明面上为小邓去讨个说法呢。这份工作虽然有种种不如意，让她们时时有尊严受辱感，但她们还是觉得这个单位好，不想离开此地。

离开了食堂，在五金市场里，秦江南一路踩着小碎步跟着兰大懋，全包围的柜台和半包围的柜台像集体厕所的蹲坑，紧密排列，柜台与柜台夹出的过道如羊肠般弯弯绕绕。看起来，秦江南像是在练青衣的跑圆场。其实，市场近年来生意冷清了许多，但人声还是像煮沸的开水，上下翻滚。她又不好使劲叫他，要提防周边怕有单位的人，再一个，叫，他也不一定听得见，听见了也不一定会理你。在上中心楼的时候秦江南总算赶上了兰大懋，她说，你给我站住。他站住了，然后她把他拉到街角的僻静处，她说，大懋，你就这么沉不住气吗，非要明面上与他们针锋相对。

兰大懋吐了一口气，说，秦姐，你要我像你一样忍辱负重，委曲求全，我办不到。他从屁股口袋里掏出烟和打火机，点燃吸了一口，说，我来这里是工作的，不是来让他们作践的。你不要总拿你那套忍字功来说服我。烦。他抬眼朝秦江南扫了扫，说，秦姐，说真的，我现在特别讨厌你。

秦江南顿时一噎，愣住了，心中又气又急，自己一片好心为着他，他竟然当成驴肝肺，这不知好歹的东西。可她还是敬重他，敢说敢当，一派男子气概。他当初被中心招进来后，徐主任就把他交给了老王，一米八的个头，祖辈传下的国字脸，浓眉大眼，四周的头发剃得很短，中间一片兴旺蓬勃，那是街头小年轻正流行的发型，一身灰色的卫衣和匡威板鞋，看起来活力四射。单位里一向阴盛阳衰，年轻的男孩子是稀缺品，长得还这么周正的更是金贵。老王自然是欢喜，安排他坐在秦江南的下首。秦江南当然也欢喜，这么个帅气男生在对面坐着，感觉像坐在了大学的自习室里。为了让他尽快熟悉环境，秦江南把单位里一些忌讳和暗地里的不成文规则都说给了他，还把自己手里的事情分给他做。她告诉他，要想在这个单位长久留下，得靠有一份工作，要把这份工作做得无人可替代，才算在单位站稳了脚跟。她毫无保留地传授她掌握的待人经验和处事要领，工作上，生活上，她都细心关照他，他不小心说错了话，她巧妙地为他打圆场，他做错了的事情，她替他弥补，弥补不了的，她便一力承担，两人一同完成的工作，受到表扬了，她把功劳全让给他，一有机会，她便在领导面前为他美言，替他讨老王的好。最终试用期的三个月顺利度过，他妥妥地留了下来。他对秦江南怀着感激，办公室里只要秦江南一拿拖把和抹布他就硬抢了过去，秦江南的快递，也总是不厌其烦跑下楼为她拿，虽然后来老宋要走了他，但他们之间还是继续保持着亲密友好的关系。

他喜欢高谈阔论，天南地北啥都说，失去了秦江南的看管后，他像是没了缰的野马，完全由着自己的性子了。老宋刚开始对他是欣赏的，不然不会冒着与老王翻脸的风险，把他挖走，但渐渐老宋对他转变了态度，说他眼高手低，好高骛远，没有刚开始来单位那股阳光可爱劲儿了。单位里许多人也渐渐对他转变了态度，说他说话愣头愣脑的，天上一脚地下一脚，完全搞不清楚自己是个什么身份。思想又偏激，很有点愤青。她有点为他担忧，单位里关于一个人的负面消息太多的话，不是好事，迟早会传到领导的耳朵里，弄不好工作会不保。她担心着担心着，今天他竟然顶天立地站起来公然与他们争长论短。

秦江南说，你讨厌我我也要说。你不知道，自古枪打出头鸟，出头的椽子先烂吗？要你出这个风头，逞这个能？

兰大懋抽了一大口烟，抖抖衣服，说，秦姐，就算是一只鸟，被人踩到了脚下，它也要挣扎几下，哀叫几声吧。你的胸怀宽广得令人可怕，你的善忍在我看来并不是美德，而是一种精致的城府，是一种让人恶心的精明。你，你就是一个只为活着而活着的奴隶。他将烟头丢在地上，用脚狠狠踩灭。

看着他如此愤慨，她不知道该对他抱有怎样的情感，这个把脊梁和头颅还看得很宝贵的人，是该嘲笑他的天真，还是该尊敬他的情怀。但他那傻样的傲骨还是让她柔肠百转，那是他身上闪烁的光芒。

秦江南叹了口气，说，大懋，你不成家，不生养后代，肩头上没有担子，你就不知道生存比天大。她蓦地也感到些悲观，说，站起来是要付出代价的。

兰大懋还想高声辩白，但也感到些无奈，他两手握着秦江南的肩膀，说，秦姐，生活不只是眼前的苟且，还有诗和远方。

这两句被朋友圈刷烂的诗句让秦江南哼地笑了一下，说，不从眼前的苟且一步一步蹚过去，又如何抵达诗和远方呢？她抬眼从两墙的缝隙中看着车水马龙的街道，远方对她来说也许就是衰老、病痛、死亡和坟墓吧。她有些伤感，也想起了一句诗，便轻轻吟了出来：我们要咀嚼下多少黑暗，才能换来那一丁点的光明。

兰大懋忽然怔住，像是被什么击中了，竟一把抱住了秦江南。一米六不到的秦江南只打齐他的脖子，贴在他结实的胸膛上，她听到了他铿锵有力的心跳声，噔噔噔，像石道上跑着一匹鬃毛长长的野马。这强壮宽阔的异性怀抱，令她感到一阵眩晕，这微醺般的感觉让她生出迷恋之心，但残留的一份清醒让她警觉到羞耻，继而感到慌乱，她感觉到她跟他的身体都即将要分泌出湿润的物质。她将他推开，然后从他的怀里挣脱出来。他跟跄一下，她扶住他，说，大懋。

他终于稳稳地站住了，嘴里哦了一声，哀哀地说，秦姐，对不起。

她没作声。

他像是不知道说什么好，东拉西扯地说，秦姐，我是想说，想说，他们，他们不能把劳动者分为体制内和体制外的，这对所有劳动者都是一种伤害。改革如果不彻底，还不如不改，割一半留一半，太畸形了。

秦江南说，够了，大懋，以后像这样的话不要在单位里说了。然后她扭头走掉了。

下午她要去处里送资料。处里办有一份刊物，内部流通那种，组稿编辑校对和印刷发行都由中心承担，以前是老宋办公室负责，现在全落在了她身上。刊物两个月出一期，印出小样后要送到处里给马副处长审查。虽是小范围的宣传刊物，但领导得把关，得审查，标题不能敏感，配图不能丑化领导，不能爆出家丑，要正能量，要主旋律，要宣传成绩，捂住不足。其实就是让她捅娄子，她也不敢啊。

不知道为什么，自打跟马博文有了那一腿后，她就不想再去机关了，不想与马博文有正面接触，可是不去又不行。去后，马博文照旧是一副冷面孔，连脸上的各种纹路都像是用图钉钉住了，不喜不怒，不嗔不忧。秦江南静静站在一角，在人缝里细细琢磨着马博文的那张脸，心里也感叹，这是修了多少年，才能修成这样的道行，七情六欲全藏在皮下，面上滴水不漏。多累啊。偷个情，还得算计上班的时间，上床撒欢都要撒得争分夺秒。争分夺秒这词倒把自己惹笑了，悄悄地笑了一会儿。她替他想，这样的人生又有什么趣？她忽然也想到了自己，自己跟他不也是一样吗？他们都是善忍之辈，在人前将喜怒哀乐死死抵住，时时收拾住各种情绪，将自己机器化，以便让人利用。这样想，她不禁对马博文也有一丝怜悯。

资料依然是看都不看一眼，就放在一边，只说待看后回话。她立即告辞，依然是走出机关大门，走到马路牙子上，手机一声吼，他的，内容还是那个内容，要求还是那个要求。她的内心依然是恶心、抵抗、窝火、松动、妥协、屈从。权力就像魔咒、春药，让人无法抗拒也无法自拔。

她洗好后，躺在床上等了近十分钟，他才来，手里还提着一个黑色的塑料袋，他把袋子递给她，径直去了卫生间，然后就听得一阵水响。她打开塑料袋，里面是个大大的手提塑胶纸袋子，印着硕大的英文字母"GUCCI"，她心里微微一震，是一个黑色的饺子形状的包包，皮质的搭头上镶着金晃晃的"GG"。他赤身裸体地走了出来，身上湿漉漉的，他用浴巾边擦边问，喜欢吗，这是我托人从香港带的。她当然是点头。大名鼎鼎的古驰，她不敢不喜欢，上司所赐，也不敢不收下。他的出手阔绰使她略感欣慰，使她躺在他身下的时候，没有了那么重的卑微感和下贱感。

事后，她说起了单位热议的绩效奖金。他问她有什么想法。她的头枕在他的臂弯上说，既然成绩是大家一起做出来的，当然应该人人都有份。她想起了兰大懋说的那句话，说，都是劳动者，怎么能有体制内和体制外之分呢，太奇葩了。说完，她抬眼瞧他，他闭着眼睛，面无表情，对她的话没有做出任何回应，这让她有点不自在，是不是说错话了，她怎可对他发牢骚呢，就算他们发生了关系，但他依然是处长，她依然是个临时工，怎么能有睡一觉就改头换面的想法了呢。皇帝宠幸那么多的女子，该是答应的还是答应，该是常在的还是常在，不是睡一觉就能翻身做主子的。正索然无味间，他开口了，说，处里对此事做了考虑，放心吧，你想的，处里也想到了。她还有一惑，便急急问道，可财政不是按编制拨下来的吗，一个萝卜一个坑，怎么考虑啊？他难得地微微一笑，说，这雨怎么下，不光听雷的，还得听风的。她虽然不大懂话里的深意，但听起来中心的绩效奖他们几位临时工应该都有一份的。

从酒店出来，太阳已经偏西了，但余威尚在，天依然闷热。走在大马路上，心里颇有点发虚，像是满大街的人都识破了她的奸情，知道她刚偷完人。肩上背着自己的无名包包，手里拎着威震江湖的古驰，她感觉异常别扭。在等公交的时候，她忍不住把那只包掏了出来，撤去丝绸套子，大牌就是大牌，看着就是那么亮眼，是皮的，做工和走线也都很工匠。她在网上查了查，这款包包售价是两万多。也许是假的，她想。但即便是高仿的，仿到这个程度，连油边都仿得这么漂亮精致，大概也要两三千块钱吧。对她来说，依然是奢侈品。

拎着这个包，她一路上都在犯愁，去了趟处里，凭空多了这么个包，这怎么说，中心里人民群众的眼睛雪亮着呢，虽没出过国门，但泰国新加坡印度尼西亚的事儿清楚着呢，万一他们看出是正品，那不得了，一向甘于平凡，把身子低在尘埃里的人突然有了个古驰，哪怕是假的，那也是有问题的，他们定会打破砂锅问到底，从字里行间寻找逻辑上的漏洞。她就是编一万套谎言也瞒不过那些猴精样的同事们。她的包包从来都不超过三百，她的开支一向量力而行，不攀比，一切花费都心安理得。好，就算单位里瞒过了，可回到家里呢，又怎么解释，老公再傻，古驰还是认识的，也是清楚分量的。家里藏个这，不是欺负人吗？就算单位和家里都没过问没在意，可自己背在身上又算怎么回事？偷情的物证？卖身的价码？那不是时时羞辱自己吗？无论它多么贵重，多么奢侈，也是一个见不得人的物件。那就送人吧，送人也麻烦，弄不好也会惹出一场事。在龙王庙这一站时，她下了车，步行上了江滩，行至亲水平台，她将手里的袋子往上一扬，将那个包扔进了滚滚江水中。

钱总算发下来了，体制内的每人一万五千块，她们几个临时工每人八千，虽然相差近一半，但她们已经很满足了。只是没有兰大懋的，事情不免有些美中不足。说他虽然是去年来中心的，可刚好是三个月试用期，所以绩效没有他的份。幸亏发钱这天，兰大懋去外面办事了，没在单位，不然看着同事们挨个被财务叫去领钱，单单没有他，心里肯定不是滋味。中午在饭堂吃饭的时候，秦江南同谢君苗和潘杏杏说起此事，秦江南试探性提议，说，干脆，我们每人给他匀一点。谢君苗说，我没有意见，不然以后我们相处起来心里都硌硬。潘杏杏说，我也没有意见，看匀多少。然后一笑，说，匀多了，我可是很肉痛的。秦江南说，呵呵，都一样的痛，钱，乃生命之本。谢君苗也笑了笑，说，太少像打发叫花子的，不好看，多了，我们也冤枉，每人匀一千块，你们觉得如何？秦江南说，你倒是真大气，那一千就一千吧。潘杏杏噘噘嘴巴，说，那我还能说什么呢。为了给得体面漂亮，她们商议找老徐，走财务的路，假装这钱是单位给的，只是去年他在试用期，故奖金少了些。

老徐考量了半天，还是答应做这个顺水人情。对于他们几人的团结，老徐是既欣赏又有些顾忌，时常敲打他们不要搞小圈子，不要拉帮结派之类的话。但这次他饶有兴致地说起了他年轻时与一帮兄弟的江湖义气。她们几个自然是各种夸赞，好像奉承的话每人都备了一肚子似的。

下午兰大懋办完事回来，还只在走廊上，就被财务叫了进去，等他出来的时候，秦江南她们就在财务办公室门口候着他，看他手里握着一沓红钞票，都好奇地问他发了多少。兰大懋咧着嘴笑，说，三千，你们呢？谢君苗说，七千，比你多许多。兰大懋依然乐呵呵地笑，说，嘻，我以为我不会有呢，去年我刚好是试用期，别说三千，就是五百一千，也是大大的意外之喜了。呵呵。

他们一起乐了起来。笑着笑着，秦江南忽然感到些酸楚，为他们这份容易满足的心态。

秦江南说，要不，下班后我们聚一聚，重庆烧鸡公，我请客，如何？谢君苗咦了一声，说，你一向勤俭节约，新时代的旧女人，居然也能发起请吃的号召，哈哈。潘杏杏说，那还不赶紧响应。兰大懋顿时举起拳头一上一下，说，响应响应，响应铁公鸡的烧鸡公。谢、潘二人扑哧一笑。秦江南愤而一脚踢向他的膝盖弯，兰大懋顺势就往地上一倒。他们再也绷不住，弄得静静的走廊爆发出一片响亮的哈哈声。

酒足饭饱后，秦江南去结账，却被告知账已经被结过了，收银小哥指了指，说，你们桌的那位帅哥买的单。秦江南问，多少钱？收银小哥说，三百二十元。散席后，在回家的地铁上，秦江南在微信上给兰大懋转了三百二十元钱。她说，说好是我请的，你这是瞎胡闹。

兰大懋回复说，秦姐，我反正一人吃饱全家不饿，你还是把钱留着吧。

秦江南依旧说，把钱收下。

兰大懋回复说，不许任性！！！

秦江南心头一热，只笑了笑，收起手机后，她扶着吊环闭目养神，一时觉得人间有万般柔情，尘世有千种滋味。同时她也在内心问自己，为何她宁愿跟又老又有肚子的马博文睡觉，却不肯跟这么年轻帅气浑身散发着荷尔蒙的兰大懋睡觉呢，兰大懋对自己的感情她心里是清楚的，只要她肯，他们俩是完全可以水到渠成睡一觉的。可为什么就不肯呢，怎么在他面前就那么有原则性呢，就那么的圣人婊呢？自己难道对人家就没有一点想法吗？是有的，她在心里隐秘地承认了。也许是因为权力吧，马博文手里握有权力，他可以决定自己的去留，睡上一觉，可以为自己争取庇护的伞盖；兰大懋呢，只有活力，她跟他睡一觉，除了获得单纯的肉体上的快感，还能得到些什么呢？活力哪里比得上权力。她明白在选择跟谁睡觉一事上，是功利的。她虽然在城里混迹多年，但她的观点还是跟老家人一样，所有的土地都要用来种庄稼，不会用来养花养草。她睁开眼，复又闭上。她为自己感到一丝悲哀。

　　出了地铁站后，她直奔商场，花四百块钱给儿子买下了他一直想要的乐高城市警用巡逻艇，花一千多在五粮液专柜给老公买了一瓶五粮液，心里高兴，也想着给自己买点啥，逛了一圈，觉得啥都不划算，最终在屈臣氏选了支四十元的进口护手霜，临结账时，又改变了主意，换了支二十多块的。剩下的钱，她在小区门口的银行柜员机里存了四千多，留了八百元现金在手里做机动。

　　次日周末，恰逢儿子生日，他们乘车去了动物园，中午在肯德基就餐，儿子爱吃炸鸡，以前都是点一份，他们看着儿子吃。今天她叫了一个大大的全家桶，还点了肯德基新出品的海鲜粥。端上来后，她老公一直拿大眼珠子盯她，她知道他的意思，觉得她今天发了神经，怎么用钱潇洒了。她笑笑，心想，等着，让你瞪掉眼珠子的事还在后头呢。连儿子都觉得奇怪，问妈妈，妈妈，妈妈，你不是说你跟爸爸不喜欢吃炸鸡和汉堡嘛，我看你们吃得也挺香的啊。她抬脸看老公，老公也正看她，好像都不知道该怎么回答儿子这个问题。

　　晚上她老公下厨做了几道菜，都是她和儿子爱吃的。儿子满心期待的生日蛋糕落空了，在餐桌边一直噘着嘴，不肯吃饭，连最爱的糖醋排骨也不吃，腮帮子鼓鼓的，眼看着泪水就要流下来了。她老公几次想责怪她，怎不给儿子买生日蛋糕，但最终也没说，只是一个劲儿给儿子道歉，说明年生日吃两个。儿子不干，将要张嘴大哭时，她从桌布下面拿出了乐高，说，当当当当。儿子眼睛顿时放出光来，边哭边笑地将乐高抱在怀里，说，谢谢爸爸妈妈。儿子高兴了，她老公也安下心来，说，不早拿出来，非得逗他哭。她说，哎呀，哭哭就哭坏了？说着，又从桌下拿了那瓶五粮液，说，给你。果不其然，她老公眼珠子快从眼眶中弹掉下来。她撇嘴笑了笑，说，德行。老公说，你今天咋了，又是肯德基全家桶又是乐高巡逻艇，你弄得我一天心里都跳跳的，这会儿居然还上五粮液，你这是打算不跟我过了吗？我没做什么错事吧。她说，瞧你这出息，给你喝名酒，你不心里美着，还愁上了。老公说，嘻，我被小主冷落多年，如今一朝得宠，这不是受惊了吗？她老公还想留着，她一把夺过来，拧开瓶盖，笑着绷脸，大声说，喝。儿子有了乐高，无心吃饭，扒了两筷子就溜了。他们也随他，桌上两口子对酌，一口菜一口酒，说着一些日常琐事，她说他们单位发了一笔奖金，他说怪不得出手这么有范。他说他们钢铁厂在谈收购的事，并入大企业后，不知道岗位有无变化。她说，水来土掩，兵来将挡，操那么远的心干吗，我们有手有脚，难不成还真饿死。他向她举杯，真诚地说，老婆，谢谢你，我这辈子最牛的事，就是娶了你。

她心头一热。说，能嫁给你，也是我这辈子最牛的事。

她忽然想到，为什么要对兰大懋死守防线，不让他有非分之想了，因为他年轻，她怕他爱起来后的认真狂热，不管不顾和纠缠不休会伤害到她的丈夫、她的孩子、她的家庭。这安稳的、温饱的、小老百姓的日子，虽不富贵，却暖意融融。

国庆长假后不久，中心突然接到上面的通知，说国家部委有几个领导想到中心来看看。时间大概是下午三四点钟。是突袭。老徐召开紧急会议的时候，脑门子都是汗。他指挥各个办公室做好相关接待工作，环境卫生、资料装订、音响视频、香烟瓜果、热茶冷饮，事无巨细都进行了安排。但老徐还是心焦，从脸上就能看出他的惶惶不安，最后他道出了隐忧，那便是楼下的五金市场。

今年上半年国家就下发了红头文件，凡是属于国家事业单位的场地，不得对外出租经营，要一律收回，对于像中心这种性质的单位，文件也有批示，如有空置的场地，收回后要建成公共场所，对群众开放。区里的计划是建一个图书阅览室。但去年三月份，中心与市场经营户们续订了两年的租赁合同，得明年四月初才能将这个计划落实下来。老徐本想着拖一拖，拖到明年就可以了，钱财政策两不耽误，没想到点这么背，部里竟要来视察，还是临时起意的。

会刚开完，马博文并处办公室的小邱和小钱驾临中心。马博文在会议室同中心的每个人握手，握出了处长的气势与威严。他言简意赅地表扬了中心历来的成绩，然后强调了此次接待部领导工作的重要性，每一个环节都不能出半点纰漏。各种资料都要准备充分，全年工作的重要数据每个人心中都要有本账。会议室里鸦雀无声，每人手里的笔都在本子上唰唰唰，秦江南也如此，只是自己都不知道在写啥，偶尔抬起脸看到会议桌顶头对着两支座麦的马博文时，脑子里就全是他跟她在幽暗秘密的酒店房间里肉搏的片段，收都收不住。只有埋头奋笔疾书，索性默写几首诗，一窝两窝三四窝，五窝六窝七八窝。食尽皇粮千钟粟，凤凰何少尔何多。这是她前两天无意中从一本清代文人逸事的书里看到的一首诗。

老徐一个劲儿地擦汗，屁股像是长了钉，终于忍不住打断了马博文的话，说，马副处长，楼下的小市场怎么办？

一语问得马博文喉咙一哽。他们各自瞪着鸡卵大的眼珠子彼此对看。老徐额头上的汗如油锅开炸一般。

他们商议派老朱、兰大懋、小李和处里的小钱去跟楼下经营户打商量，看能不能让他们立刻歇业，放下卷闸门，如此从外面看便是仓库的样子。对于经营户下午的损失，中心酌情赔偿。十三家经营户，每家赔三百，实在不行各家加一百，这是底线。

已经是中午了，四人连饭都没吃，在市场里交涉了近四十分钟，回来汇报的结果是，经营户们要求每家赔一千，不能少一分钱，而且要现结，否则坚决不歇业。

老徐气急，说，真是狮子大开口，他们一天能不能卖到三百块都是未知数，张口一千块，真是敢想。

老朱说，正是卖不到三百，生意难做，所以他们怨气重，跟他们一谈歇业，就像捅了马蜂窝一样。

老徐气愤地摆着手，说，刁民，奸商，真是无商不奸。眼睛里只有自己那一点利益。马博文在一旁沉默不语，像是一时也没有更好的办法，只能听之任之。

中午，各个办公室都没有休息，秦江南无所事事，推窗看了看街道，单位门口的马路上不知何时画了五个临时停车位，街道的保安明显比往常多，两名交警在楼下晃悠，似等待什么命令，估计一会儿这条路的交通要被临时管制起来。四周空气酝酿着一股高官即将驾临的气势。秦江南心里一时感慨，在中国当官真好，当大官更好，位高权重，走路都比别人宽展些。

不一会儿，中心走廊一阵喧哗，听起来应该是区里某位领导来打前站了，一时只听得走廊上马博文、老徐、老樊等发自肺腑的哈哈声。

等到下午三点，一阵熙熙攘攘，秦江南感觉门道光线陡然暗了许多，扭头一瞥，一群身着黑衣黑裤黑皮鞋，有的还手提黑皮包的人满满站了一走廊，这应该是重要的领导一行了。很快这些黑衣领导们就被老樊以排山倒海的热情迎进了会议室。约莫半个小时，这群人就走了。

老徐和马博文又把各个办公室的工作人员慰问了一番，秦江南看他们的神色很是松快，便知道这次接待很成功，原先所担忧的那个问题并没有成为问题。她纳闷，那么大个五金市场，领导们竟然没看出来？

老王一定是有跟她一样的疑惑，忍不住打探，问，我们楼下那个市场……

老徐耸了耸眉头，压低了声音，说，区里采取了手段，工商和公安联合执法，强制歇业。

他们一起恍然大悟地"哦"了一声。政府是有如此超能力的。

这时潘杏杏捏着一摞报销单急急走进来，她是来找老徐签字的，想必今天为接待购买的水果是她垫付的，她得快点把钱报出来。见到办公室里还有处里的马处长，她在门口迟疑了一下，想收腿回转，没想到马处长正好转身看见了她，她只得礼节性地朝他微笑。小潘是个美女，经得起近距离细看，拍照从不用美肤和滤镜，平日里不笑也动人，随便一笑，红唇白齿，美得像二月初桃。秦江南发现马博文的眼睛不动声色地光亮了一下。这如流星一闪的"光亮"，像一把寒光闪闪的匕首直插在她的脏腑里，令秦江南心底生起一阵凉意。

待他们走后，老王去了趟厕所，回来将门一关，突然神秘兮兮问老朱，说，喂，你说现在马博文见到你心里会是什么感觉？

老朱喝了口茶，慢悠悠地说，他如今高高在上，我在他底下趴着，见到我，心里肯定美滋滋的。

秦江南听得一头雾水，难道马博文跟老朱还有什么过节不成？从来两耳不闻窗外事的她，心里被这点好奇勾得坐不住了，便也凑近身子不耻下问，说，朱老师，您难道还跟马处长结过梁子？

老王撇撇嘴一笑，说，结的梁子可大了。把人家一生的老底子都揭穿了。

秦江南便瞪着俩探索与发现的眼珠子看老王，两手托腮，把一张真诚打探八卦的脸搁在老王面前。老王鄙视地一笑，说，啧啧啧，还真以为你与众不同呢，原来你也跟我们一样俗不可耐，关于隐私、秘闻，你也会举起小雷达。不过老王很快就说了他们之间的纠葛。

当年，马博文是中心的主任，老朱是中心的副主任。一天快下班了，老朱去仓库取东西，钥匙总拧不开门，感觉像是有人从里面反锁了，就觉得奇怪，就叫唤，是谁在里面，把门开开。里面没人应声。老朱又是拍门又是叫的，把中心一些人就惊动了，大家以为是贼，准备破门而入时，门开了，是马博文自己开的，他的身后还站着中心财务室的一位会计，一男一女，衣衫不整，大家便都清楚是怎么回事了。

老王说，你的朱老师领了一帮人捉了上司的奸。

老朱说，我哪里知道是这回事，早知道这回事，我不躲开点，撞见这样的事并不是好事，倒霉得很。

秦江南听得心下一沉，十多年前老马就睡过女下属，她以为是自己那次误打误撞的撩骚令他守不住晚节呢，原来人家早就在乱搞男女关系。还搞出这么大的动静，弄得世人皆知。秦江南自己都替马博文感到羞耻，感到无比地难为情。她问，作风问题被抓了现行，还能当处长？

老王说，这才叫手段高超。又对着老朱说，当时还是受了处分的，撤了中心主任的职去另一个二级单位靠边站去了，我们都以为老朱会当主任，结果老徐上位了。后来区里上任的区长是他同学，老马才又开始活起来，调到处里，没几年就当了副处长，进了处里领导班子。

秦江南"哦"了一声，有些失落又无趣地离开了老王的办公桌。她觉得老王给她讲了黑暗的恐怖故事。作奸犯科者居然还能堂而皇之地身居要位，从马博文与她之间的关系和他方才看潘杏杏时眼里闪出的那点亮光来看，他好像并没有改正当年的错误。他所处的位置和手里的权力使他在享受一己私欲时更加方便了。她一时觉得这耀眼的阳光下，一切美好与和平都是虚假的。她忽然间对人世有了一些绝望和厌恶。

楼下五金市场虽然一时瞒过了部里领导，但听说此事令区领导十分窝火，次日就召开了会议，态度十分强硬，要求中心即刻马上停止对外出租，一个星期之内将场地收回来，年底之前就要建成阅览室，供市民采暖纳凉。此事不容商量，完不成，处里中心所有的工作将一票否决。老徐从区里回来在中心会议室里向他们传达区里的意见时，整个人像是被人打断了肋骨，有气无力。回到办公室，老王忍不住呵呵大笑，说，处里的人说老徐今天被区长骂了个狗血淋头，骂得他畏畏缩缩，老徐真正成了老鼠。武汉人的"徐"跟"鼠"是一个发音。

老朱也呵呵了一下。她也跟着笑了笑，只是不知道这有什么可笑的。

中心迅速成立专班小组，老徐任组长，办公室主任、财务室主任和兰大懋办公室的老宋为副组长，所有男同志都被列为专班成员，中心男同志不多，把老徐算上也才五个，意外的是，秦江南居然也列进了专班，名单在会议室上墙的时候，连秦江南自己都惊讶不已，真是扯淡。

散会后她想去找老徐商议，把她的名字从专班里去除，她委实不想出这个风头，参与这样的事情，她一没力气二没身份，出丑弄怪。但老朱却把她拦下了，老朱说，我知道你要干什么去，但我觉得没必要。她问，为什么，朱老师。老朱说，年轻人有机会多经历一些事情，是好事，智慧都是从做事情上得来的。你去推辞，一让领导难堪，再一个别人也会认为你不识抬举。秦江南想了想，老朱这番话说得有理，方方面面都是为她考虑，心里一直对老朱隐藏的那份好感便更真切了几分。秦江南真诚地对老朱道谢，也接受了老朱的建议。一进办公室，老王就对她满脸堆笑，说，你看看，我说得没错吧，你这不就进了红人集团，呵呵。

秦江南一时语塞，不知道怎么回答。老朱便笑呵呵地接过话去，说，个板马，这也叫红人集团，这叫坑人集团好不好？一语说得老王哈哈大笑，她也便笑了起来。

专班成员雷厉风行，当即就下楼去把区里决定告知了市场经营户，令他们三天之内全部撤离。话音刚落，五金市场跟翻了天似的，所有经营户都觉得中心的人是在放屁，放狐臭屁，青天白日，朗朗乾坤，没有这么欺负人的。刚转了几句文，便开始骂爹骂娘操起祖宗来了，说，操你妈×的，跟老子死远些，你们是些什么畜生变的，叫老子们歇业老子们就歇业，叫老子们滚蛋老子们就滚蛋，老子们是强奸你们姆妈了还是挖你们祖坟了，想天方设地法地与我们过不去。骂着骂着，情绪起来了，一个个动手把秦江南他们往外掀，中心办公室的小李一步没退赢，摔在了台阶上，滚了下来。小李是"90后"的小年轻，血气方刚，其父是底下某县某局的一把手，从来没受过这等冤枉气，一下恼羞成怒，刚好墙边竖了一根坏扳手，他捡起来就要抢，被老朱一把拉下了。但小李的狠气架势却进一步激怒了经营户们，一个男的上前一步，说，你还想打人是吧？来来来，有种朝爷这里打。

开局不利，秦江南已感觉到了此事的棘手，不是温柔和平能解决得了的。从经营户们破碎的骂骂咧咧中可以听出，这些年他们没赚到什么钱，房租水电年年看涨，工商城管消防又时不时过来检查，心里本来就积累了许多怨气，昨日里还遭遇强制歇业，太混账了，他们没偷没抢，本本分分做正当生意，招谁惹谁了，竟要受此等奇耻大辱。

经营户们说着他们的道理，中心的人也说着他们的道理。老朱说，也不是我们这些人要逼你们，我们也是打工的，上面要我们怎么做，我们就怎么做。这个场子，中心出租了十多年，本是不该的，只是先前没有政策下来，我们钻了政策的空子，话说回来，这也是双方都占了便宜的事儿，你们再怎么埋怨说租金年年涨，可到底还是比别的地儿要低，这一次也不是说我们不要你们做，要赶你们，是政策下来，红头文件，不允许啦，所以对不住各位老板。我们徐主任也说了，按照合同，我们违约，该赔多少，我们按照合同上来。只是政府要地要得紧，还望各位老板今天或明天的，赶紧去我们财务结账，撤离了算了。

有几个经营户神情有所松动，文件他们也看过了，知道此事是板上钉钉，争也没用了。经营户中有一个彪形大汉似乎在这群人中有些威信，他们都称他七哥。他们都看着七哥，似乎都是在等这位七哥发话。七哥终于开口了，说，这样吧，我们考虑考虑。

他们以为考虑考虑就是答应下来的意思，便班师回朝，都夸赞老朱说话有水平，不愧是以前当过副主任的，孔明之才，舌战群雄，说如果拆迁队请了老朱，就不会有钉子户。老朱从来没有享受过这等马屁，便也一一受用在耳，乐呵呵。他们陪着财务等到夜里九点，却不见一个经营户上来结账，也许他们明天会上来的，虽然是这样的猜测，但各自还是满腹疑惑。

第二天一早上班，秦江南差点都不认识自己单位了，一夜之间，中心门前的一排梧桐树上全拉扯上了横幅，白布黑字，"国家干部胡作非为欺压无辜百姓，请求政府严惩""平头百姓无故受辱请求有关部门给个说法"，还有一条横幅是一首诗——"诚信经营十多年，不少国家一分租，如今油水捞够了，弃我良民如抹布"，还有一条横幅居然写着"官逼民反，民不得不反"。秦江南看得眼花缭乱哭笑不得。无论横幅标语水平如何，但动静和声势都闹得很大，听说他们还联系了省电视台《百姓有事》栏目，围观群众驻足此地想静观事态发展，过路群众纷纷举手机拍照，估计不多会儿朋友圈里就会多一片义愤填膺的吃瓜群众。看来这些经营户昨晚一夜未眠，"考虑考虑"出了如此结果，也许背后得了高人指点，知道如今政府处理群众矛盾的态度是稳定压倒一切，会闹腾的孩子有奶吃。

专班成员连早餐都来不及吃就召开了紧急会议，老徐气得鼻子脸都歪了，拍着桌子说，这帮龟孙真是马面无情，居然跟我来这一套。恶毒，恶毒。他在会议室点燃一支烟，平复了一下情绪。还是决定让专班成员与他们沟通，了解他们的真实意图，到底是对中心的不满，成心要对谁打击报复，还是如此折腾一番，只为增加赔偿的筹码，说到底事情总要有个结果，态度嘛要和缓一点，不能激化情绪，要多安抚，让他们尽快撤下标语横幅，不要闹到区里市里。

会议还没结束，就听楼下一阵欢呼，他们推窗一看，原来是省电视台的记者来了，他们一下车就被人群热情包围了，记者一行共四人，一脸的责任与担当、正义与使命，举着摄像机将横幅一一拍摄，然后现场将话筒对准了七哥，七哥似乎很能讲，一双手一会儿比画这里，一会儿比画那里，怒目圆睁，表情悲愤，那身段那眼神像现代戏里李奶奶对铁梅唱"闹工潮，你亲爹娘惨死在魔掌"一样。胖胖的摄影记者和举话筒的出镜记者还有两个拿本子拿笔的记者（估计是实习记者）收起摄像机和话筒就直奔中心来了。

老徐亲自接待了记者，中心办公室里烧水泡茶，将前天吃剩的水果迅速整理出五个果盘一一送进了主任室。谈的什么不知道。秦江南他们专班成员已经下去做工作去了，大约四十五分钟后，老徐老樊一干人将记者送到了中心楼梯口，他们跟道别的记者热情握手。胖记者说，主任放心，我们了解了事实真相，也知道此事的轻重，不会给主任给政府添乱子的。老徐满脸堆笑，说，谢谢，谢谢你们，等忙过这段时间，我们再聊。

记者下楼后，没有了先前一副人民大救星的样子，似乎有意回避着那群经营户，火速上车拉上车门摇上玻璃就走了。门口满脸期待、稳操胜券的群众一脸茫然，他们在太阳底下看着远去的采访车，面面相觑，像是被兜头泼了一盆冷水，之前高亢的气氛一下暴跌了不少。

忽然有人说，他妈的，记者肯定被他们收买了。哪里有我们老百姓说话的地方，还老百姓是天，老百姓是地，老百姓的事就是天大的事，都是他妈的哄鬼的。

老朱觉得对方气焰被打压了不少，正是做工作的好时机，便跟经营户代表七哥商谈，让他们见好就收，别把事情搞大了，到时不好收场。老朱说，你看看这几年，武汉的发展日新月异，武汉每天不一样啊，无论什么楼，说拆就要拆啊，无论什么大厦，说建就要建，多少人抵抗过、闹腾过，没有用，兄弟，何况这地儿，本来就是中心的地儿，政府下了文件说要三天内收回，那必须就得三天内收回，如果我们协商没用，就会有比我们更能干的人来解决这问题。我劝你还是先把这些收拾起来。老朱指了指四周的横幅，说，你这上面写的全是谣言，国家现在对造谣者可是绝不姑息的，而且你看你这"官逼民反，民不得不反"，这话要不得，一、没有官逼你，哪个官逼你了？现在是和谐社会，全社会都在积极践行社会主义核心价值观。二、民反，你怎么反，反哪里去？你这要是搁过去，你们早就拖去菜市口被满门抄斩了，可如今，都这么久了，你们脑袋都还在脖子上，没有哪一个部门来传你们去问话，赶上这么好的时代，你还不得不反，你这不是笑话嘛。赶紧收起来，收起来，莫没事惹事。

七哥想了想，指着那个"官逼民反"的横幅说，喂，你们把这幅给我撤了，写的什么玩意儿，狗屁不通。但其他的，他还是固执地留下了。这有点灭老朱的威风，老朱说，哎，你们真是油盐不进。

七哥说，你跟你们头儿传话：一、每个经营户赔偿三万；二、三天之内给我们找吃饭的地儿。否则，不搬。

办公室的小李早不耐烦了，一脸厌恶，说，嘿，你们还赖上了，凭什么赔偿你们三万，凭什么三天之内给你们找地儿，你们吃饭不吃饭关我们屁事，趁早把这个如意算盘收起来。你们纯属敲诈。

这话又将众经营户的情绪激起来了，他们围拢上来，说，就许你们动不动让我们立刻歇业，动不动就三天之内，就不许我们也要求你们三天之内？我们敲诈，你们呢？你们敲诈老百姓的还少吗？七哥，不要跟他们说，越说越气愤，说得人火冒三丈。就这两条，办不到，不要再来跟我们说话。我们下午去区里静坐，去市政府省政府静坐，我们就看看，看到底有没有我们老百姓说话的地儿。

小李青筋直暴，说，去去去，最好去天安门静坐，当真以为我们怕你，下来跟你们谈，是抬举你们。老朱一个劲儿拦他，秦江南和兰大懋也将他往后拖，叫他不要说了，但他还是犟着说了句，不要敬酒不吃吃罚酒。

这话惹恼了经营户，七哥上前从兰大懋的怀里一把揪住小李的衣领子，说，不要敬酒不吃吃罚酒，你在七爷眼里算个毛线，也敢撒这个野，看老子不捏死你个小卵子。说着将小李往地上一掼，令小李摔了个狗啃屎。小李两次受打压，心中积了一腔怨气，起身后迅速进行还击，但老朱和兰大懋却一把抱住了他，一齐将他往后拖，不许他动手。秦江南挺身挡在七哥面前，防止他再次伤害小李，又不停劝说一脸怒气的七哥和七哥后面的经营户们，息怒息怒，有话好好说，有话好好说。

七哥将秦江南往边上一拨拉，说，走开，我从来不跟女的讲道理。他一掌把秦江南拨拉得一米开外，拨拉得秦江南也是一肚子恨，但她还是强压怒火，面上不敢作色，依然好言好语安抚。

一个经营户说，七哥，你莫跟他们这些狗腿子浪费口舌，跟他们讲得清什么，这些都是奴才，去找他们的主子谈。

一个经营户说，对，去找光头徐。

然后一群人气势汹汹浩浩荡荡上楼来了，一进走廊就高声叫嚷，姓徐的，给我出来！当面锣对面鼓跟我们说清楚，当初合同是怎么签的，你问我们要钱的时候，跟我们涨租金的时候，你不是挺能说的吗，现在怎么连个屁都不放了。

他们叫第一声的时候，老徐就出来了，中心所有的人都出来了，只是他们站在走廊的玻璃门里面进一步在观察势头。老徐推开玻璃门缓缓走了出来，中心所有的人也都跟着出来了。老徐仰着笑脸，从上衣口袋里摸出一包香烟，给为首的七哥让了一支，七哥推了，他又让了其他男同志，皆推了。七哥说，你莫搞些虚的，我们不吃你那套了，你把你那些花样收起来。你一根烟能解决我们兄弟后面几十年的活路吗？你要我们搬可以，第一，三天之内给我们找落脚的地儿；第二，赔付要加倍，要现金支付。你只要答应了，我们立刻下楼去打包，否则我们就到上面去闹，闹得你们永世不得安生。

老徐一张脸虽然勉强还挂着笑，但那笑已经比哭还难看了。老徐说，你们这就不讲道理了，我到哪给你们找地儿去。我如果有这本事，我还在这里跟你们说话？老徐说，国家有政策，我们以前属于违规，现在要收回，我们也没有办法。

七哥说，呸，你现在说没办法，那当初到期了，你就不该跟我们签合同啊，如今合同签了，我们往里投了钱，现在母钱还没生出子钱来，你又要毁约，动不动就强制我们关张，现在又限我们三天就搬，三天怎么搬？搬哪里去？这么多东西，我们今年刚投钱把市场重新进行了布局装修，砸进去的都是真金白银。

老徐一个劲儿地点头，说，我理解，我理解，我理解。

一个经营户说，你理解，你理解个锤子。我们一家老小都指着这生意吃饭呢，你这连锅端了，绝人活路，你还理解，你理解什么？

经营户那边的人群忽然涌动起来，中心这边也进了一步，剑拔弩张。七哥忽然揪住了老徐的衣领，然后许多经营户也上前揪住老徐的衣服，中心这边的人也就以解救老徐和劝架的名义动起了手脚，局势一下就恶化了。

老徐在推搡的人群里喊话，喝令中心的人不要动手，不要打人，不要管他。

秦江南知道老徐的意思，老徐在之前的会议上就说了，这样的群体性事件，最忌讳的就是国家单位的人挥拳头打老百姓，干群关系本来就紧张，虽然这样的单位不是政府的要害部门，但凡是吃财政饭的，在老百姓眼里都是当官的，跟老百姓一动武，性质就变了。秦江南发现经营户那边已经有几个在高举手机拍照录像了。她顿时警觉，这也许是个坑。

她赶紧把兰大懋从亢奋的人群中扯了出来，叮嘱他，说，大懋，你千万不能动手打人，你只要打了人，势态就恶化了。我们这样的人，无根无基，出了事，没人能为我们兜着扛着。

大懋说，秦姐，你放心吧，我怎么可能打人呢，他们也不是什么恶人，跟我个人又无冤无仇的，说白了，他们也都是本本分分的老百姓，闹一闹，也不过是出出不平之气。

秦江南望着他点头笑了笑。说完话他们便混在人群里与经营户们拉拉扯扯，吵吵闹闹起来。忽然人群一阵剧烈骚乱，继而一阵尖叫，然后秦江南很快在人缝里发现经营户那边的七哥倒在了地上，衣服上已经鲜血一片了，他用手捂住腰眼，但血还是不断汩汩涌出。

七哥，七哥！经营户们慌了神，彻底乱了阵脚，有几个女同志已经哭了起来。很快经营户那边就有人高声喊叫起来，国家干部打人啦，国家干部打人啦。这几声喊叫把经营户那边的民愤激起来了，几个大汉冲了上来一齐扯住老徐，说，我们不过要你们点钱，你个婊子养的竟然要我们的命，今天要是七哥死了，我们也让你们活不成。

你们给我住手。老徐一反先前点头哈腰的低调姿态，奋力一挣，挣脱了他们的撕扯，脖子往上一扬，多年一把手累积而成的威风此刻全都挂在了脸上，那是一种再要胡闹别怪我不客气的警告。那几个大汉被镇住了。人群稍微安静了些，老徐对身边的老朱说，你赶紧拨打 120，先把伤者送进医院，医药费我们先垫付，救人要紧。又转身对小李说，你赶紧去附近的社区诊所，叫一个医生带止血纱布，先把伤者的血止住。快去啊。一旁战战兢兢的小李好半天才突然领会老徐的话，猛地拔腿就跑了。

老徐说，你们放心，七哥只要有一口气，我们就会全力抢救，生命为重，大家为一点蝇头小利争来争去，如果为此把命送了，又有什么意思呢？大家要有长远的目光，留得青山在，还愁没柴烧。我跟各位打了近十年的交道，我徐某人是个什么为人，各位难道不清楚？这些年经济不景气，生意难做，你们有怨气，这些我都理解，我们都是上有老下有小的，知道生计艰难，你们自己想想，这些年我为难过各位吗？只有各位给我出难题的，本来这块地就是中心的，一直闲置，是我违规将它挪用了，有时候逢到上级有个检查，要各位遮掩些，各位呢，越是这个时候，越是张扬，恨不得把音响弄成炸弹。如今也不是我徐某人要收回这块地，是政策不允许，我们又何必要与政策作对呢？我劝各位拿着合同到财务室结账，等将来这儿的图书馆建好了，我请各位来这里品茶读书，都一起享受享受党的好政策给我们老百姓带来的福利。话音刚落，中心这边的几个人倒拍起了巴掌，响了两声，觉得不妥，便又停止了。秦江南他们几个相互对视笑了一笑。

随着那边七哥的倒下，经营户们先前杀气腾腾的愤怒已成强弩之末，没有了出头的人，经营户们很快就心力不齐了，老徐倒成了经营户那边的主心骨了，救护车来了后，老徐指挥东指挥西，安排这个安排那个，累得满脸冒油光。

好在跟到医院去的财务人员回了话，说七哥没什么大碍，虽说流血流得凶，但没伤到致命的位置，养两天就好了。但经营户们似乎已被折腾得身心俱疲，全无斗志，各人也都明白再怎么铲也铲不出油水来了，不如早结早了。有几个经营户已经到中心财务室结账来了，有几个还想继续抗争，但势单力薄，老徐估计他们成不了多大气候，也并未放在眼里。他们专班组成员陪同老徐回中心的时候，秦江南瞥见背转过身去的老徐微微笑了一下，那一边嘴角往上一提的笑，带着胜利的得意也带着不屑的鄙夷，这短暂的不易让人察觉的一笑令秦江南像是勘破了什么。这些公家干部心里对老百姓哪有那么多的真感情，可是说起话来，又句句恳切。秦江南在心里感叹，真是人生如戏，全靠演技。

虽然按照区里的指示，中心在规定的时间内把场地收回来了，但事情并没有结束，还是有几个经营户抱成团去区里静坐，说他们的七哥被人捅了刀子，不能说人没事，就连个说法也没有，要严惩殴打老百姓的凶手。区里自然是责成中心查处，尽快将事情了结，给人民群众和各级部门一个交代。

蹊跷的是这个动手打人的人竟然还很难查，找经营户那边，经营户那边几个举手机录像的，反复看了自己录制的视频，人群一片混乱，全是黑压压的人头在攒动，七哥流血倒地上的镜头倒是都有，就是没有拍到是谁下的手。这一下弄得中心的人都急急撇清自己，说当时发生冲突时，身处外围，啥也没看见，啥也不知道。

此时又正值区里即将召开两会，担心群众借此由头闹事，便又责令中心一周之内交出人来，无论是谁，一律开除。

老徐又是焦头烂额，一天到晚两个眉头像打了个死疙瘩似的。下午召集员工开会，吊诡的是这次大会没让他们几个临时工参加，不让临时工参加的会以前也有过，但不管临时工参加不参加，总归是秦江南做会议记录，可这次连秦江南都被撇了。

他们几个在微信群里胡乱猜测。谢君苗说这个节骨眼上，召集体制内的员工开会，不让秦姐做会议记录，完全避开我们临时工，是什么意思？潘杏杏说，难道有什么不能让我们知道的秘密吗？他们是在密谋什么？兰大懋没说话，发了一个想问题的表情。秦江南说，别多想。秦江南虽然嘴上这么说，但心里早就隐隐有了不安之感。

散会之后，老朱和老王一前一后进了办公室，两人的脸都绷得紧紧的，而且都有意不与秦江南打照面，眼神里有一丝丝躲闪的意思。秦江南识趣，便也死咬嘴唇绝不多问。但也大致知道这个会开得绝对有蹊跷。

不一会儿，兰大懋就在群里说话，说，樊书记叫我下班后去她办公室，她有事找我。秦江南觉得这事越发奇怪了，一群体制内的人开了半天会，会后传达的指示竟然是要找一个临时工谈话。真不知道这是什么样的逻辑。秦江南内心的那点担忧更沉重了。在单位里，如果是业务上出了问题一般是老徐找谈话，老樊找谈话的一般都是思想上的问题，不是安抚情绪就是要求端正态度。兰大懋在单位里说话总是高一脚低一脚，又喜欢褒贬时事，她劝过他多回，他总当耳旁风，如果问题发展到要书记来谈话了，就是很严重的问题了。

终于等到下班的点，单位的人都走了。秦江南走到楼梯口又折回来了，她想等兰大懋。转念一想，在办公室等有点不妥，便去了单位对面的咖啡店。她给兰大懋发了信息，告知她在研磨时光等他。

大约一个钟头后，秦江南总算是看见兰大懋走出了单位大门，他的脸色很不好，整个人的情绪似乎处在极度愤怒之中，黑风罩脸。她赶紧从咖啡店跑了出来，在台阶上大肆向他招手，把他招进咖啡店。她叫了两杯廉价咖啡，然后急急问他，老樊找你谈了什么？

兰大懋深吸了两口气，没有回答，像是无从说起的样子。

到底怎么了？秦江南急得头发都快冒烟了，她说，我叫你平时少说话多做事，不要去议论一些我们够不着的东西，这个世界，这个社会不会因为你的指手画脚而有丝毫改变的，在旁人的眼里，你就是一个临时工，一个口袋里没有半毛钱的穷小子，一个一眼能望见未来的没有出路的底层社会青年，去高谈阔论国家的政治、经济、军事、改革，这是一种傻×的行为，没有人会看得惯的，他们只会给你扣上喷子、愤青的帽子。我们这样的人就应该满足于吃饱喝足洗洗睡的生活，连农夫山泉有点田的日子都算是高攀了。

你别说了，你什么都不懂！兰大懋突然火冒三丈。他拍了拍桌子，拍得两个杯子里的咖啡直晃荡，一股浓浓的焦苦味儿被激荡出来。他将脖子上的领带拉了拉，已经脱位的领带索性散了架。他说，你知道老樊跟我说什么吗？她要我把此次群体性事件中捅人的事承担下来，要开除我，而且是要大张旗鼓开除我，要对外张贴海报，对上写报告地开除我。他重重叹了一口气，平复了一些愤怒，说，当然，也跟我谈了条件，只要我接受，单位愿意补偿我三万块钱，还说等风声过去了，事情淡化了，我要是还想回来，照样可以回来。

啊？秦江南大吃一惊。在单位鬼鬼祟祟开那个会时，她隐隐想到可能是他们内部在商讨或是指认那天冲突时是谁动了刀子，毕竟上面追得那么紧，势必要交出一个人来。会上免不了激烈地狗咬狗，所以临时工回避，关起门来他们是一家，家丑不可外扬嘛。但她没有想到屏退他们是为了在他们当中挑选最佳顶替人选。她的心里也是有过这样的一闪念，但一想，此事他们几个确实能撇得干干净净，脏水想往上泼也不能够，再一个他们毕竟是临时工，分量轻于鸿毛，哪里能服老百姓的心气。没想到他们真的敢把屎糊在了他们的头上。她为此事的不可思议感到震惊，也为他们的胆大妄为感到震惊。

三万块钱就想打发你？不能够。秦江南同样气愤地胸脯一鼓一鼓的。

那你觉得几万块能打发我？兰大懋反问她。

最起码十万块。秦江南银牙咬碎，怒目圆睁。

兰大懋呵呵一阵冷笑，说，秦姐呀秦姐，你掉钱眼里去了吗？这事是钱的事吗？他们这是对国家对社会对老百姓的作弊行为。

秦江南随口应道，不作弊能及格吗？

兰大懋又说，认这样的事，是要毁我一辈子。人的名誉尊严骨头灵魂不是用来交换金钱的。

那你打算怎么办？秦江南问道。

兰大懋喝了一口咖啡，说，士可杀不可辱，他们这样羞辱我，我必要把这份羞辱还给他们，我要向有关部门检举揭发这种欺上瞒下营私舞弊的可耻行为，而且这里我也待不下去了，我要辞职走人。天下这么多树，不愁找不到吊脖子的。

秦江南没有作声，她靠在椅子上看着他嘴里的唾沫星子四处飞溅。虽然她也认同此事是对他的侮辱，是欺负人歧视人的做法，她也愤愤不平，义愤填膺，但她的理智一直在线。她手撑下巴，迅速审时度势，她知道兰大懋一个小乡镇里出来的穷教师子弟在省城无根无基，仅靠一腔热血翻不起多大浪来，如果按他说的，他去检举揭发，他去告状鸣冤，一个年轻小伙子，不仅耗不起那时间，再一个也未必会有个理想的结果。最现实的，还不如拿钱走人。伤了面子，那就在里子上挣回来。

她冷静地说，此事不要冲动。既然你横竖是一走，穿鞋走和赤脚走是不一样的。

兰大懋沉吟了片刻，问，秦姐是什么意思？

秦江南两眼盯着他，说，你知道在我心里，我一直拿你当亲弟弟，我只想把我觉得对你最有利的方法说给你听，如果你觉得我也侮辱了你的清高，你可以不听姐姐的，就当姐是放了一个屁。见兰大懋神色缓和了，对自己不是那么抵触了，便接下来说，既然是一走，姐希望你穿鞋走，他们开的三万补偿你坚决不同意，跟他们要价到十万。看到兰大懋惊了一下，秦江南笑了笑，说，只要你咬定不松口，他们会给的，就算单位没这钱，但那个真正捅刀子的会把这笔钱给单位，也让那人从此长点记性，捅刀子是要付出代价的。你说你一个穷小子，一下得了十万，算得上人生第一桶金，拿去创业或是投资什么不好，你还真指望靠劳动发财？

兰大懋捏着勺子一圈一圈搅着咖啡，似乎是在盘算考量。他抿了一口咖啡，吐出一口苦气，幽幽说道，我的奶奶那一辈，赶上饿肚子的年代，为了活命，吃过蛆；我的母亲心脏不好，家里没钱看不起病，听一偏方说吃一颗热的刺猬心脏可以好，她就真的吞下过一颗带血的跳动的刺猬心脏。这些都是令人恶心的东西，可是他们却不得不吞下它，我后来长大，就觉得这也是一种耻辱，可如今，轮到我了，却也一样要吞下一些令人恶心的东西，也一样没有摆脱这种耻辱。我……他讲不下去了，双手突然捂住了脸。而秦江南的喉头也像是卡了一根刺，一阵阵酸辣。她很想握住他的手，给他传递一些慰藉与友善，她甚至想要拥抱他亲吻他，以此缓解他内心的恓惶与无助，可是她怕纠缠太深，会招来些什么，便克制住了自己的情感。她静静地坐在他对面，等着他自己平静心情。窗外的天色暗了下来，街面上各种广告灯牌已经放出了光彩。秦江南望着那些变幻莫测的璀璨之芒，觉得时间露出了丑陋的青面獠牙，人生充满虚妄。她一时情绪低落得也想痛哭一场。

在夜幕降临时，他们出了咖啡馆，在门口的台阶上道别。她说了声再见，他也说了声再见，却又忽然转身猛地抱住了她。他在她耳边呢喃，秦姐，让我抱抱你。秦江南心荡漾了一下，她伏在他的肩头落下泪来，她知道，他这一走，他们不会再有交集了，即使有千万种联系的方式，却没有了联系的理由。她有她的日子，他也会有他的生活。紧迫间她生出一种贪婪，她仰起头迎接他俯下来的脸，他吻了吻她的额头，说了声秦姐珍重，便匆匆离开了。她心中虽有遗憾，却也如释重负。

她一个人走在喧嚣的街头，怅然若失，这种情绪像一颗生命力饱满的种子，在她的心胸里膨胀，令她无所适从。路灯将她和路人的影子投在地面上，然后他们互相踩踏。茫茫人海，她潜在这混乱里，感觉自己犹如一粒稻米，渺小没有根系，只能随波逐流，根本掌控不了自己的命运，又觉得冥冥中被一双巨大的手操控着，身不由己地活着，活得艰辛委屈，活得伤痕累累。

次日，兰大懋果然没有来上班，记得他昨天从单位出来的时候就提了个大袋子，估计已经把自己的东西都清走了。同事们大都知道是怎么回事，也都没发什么议论。倒是办公室的小李从楼下食堂吃完早餐，就提着塑料袋子给大伙发礼物，每人一条苗族蜡染围巾，说是休了年假，去云南旅游带回来的。秦江南才突然想起自那次七哥倒地上，老徐叫他去喊医生来包扎伤口，他那一走，就好像再也没有出现。她在心里默默震惊了一下。她前前后后又思索了一下，她觉得给七哥下刀子的一定是小李，小李几次跟七哥发生肢体冲突，早就有了恨心，问题是那天老徐为何单单叫小李去喊医生呢，现在回过头一想，老徐心里一定知道是谁向七哥捅了刀子，他叫小李喊医生，是在暗示他赶紧脱身。小李那一刀，化解了矛盾，从某种意义上来说，是给老徐解了围，老徐肯定得保他。如果那天捅倒七哥的是兰大懋呢，老徐会保兰大懋吗？她不知道，但本能地觉得不会。

下午的时候，兰大懋给她发了一条微信，告知了他与老樊谈判的结果，中心答应给六万，他不想纠缠下去了，接受了这个价格。她虽然为这个结果感到无力，但也没再表达什么，只是祝福他前途似锦，海阔天空。

临下班的时候中心忽然召集开会，说是传达区里什么会议精神。办公室的小李照例把会议记录本递给秦江南，秦江南给推了，满面抱歉地说，我今天抠了一上午的图，手腕实在没劲了，叫别人记录一下吧。小李愣了一下，感觉像是休了一个年假，倒不认识她了。老樊在一旁说，让谢君苗记吧。谢君苗显然不情愿，但领导之命又不能违抗，只能对秦江南瞪眼珠子。

没几天中心的告示就贴出来了，过往群众驻足观看，个个面带喜色，像是打了一场胜仗。秦江南看着他们的表情，心中一片酸楚，又满是鄙夷。她一时也疑惑，真相可能真的是这个时代的奢侈品，细想想，真相假象对于吃瓜群众来说又有什么意义呢，哪里有愚蠢者，哪里就有谎言。

秦江南是突然感觉到没劲的，做什么都觉得没有意思，对工作也失去了热情，把事情做得说得过去就成了，很多活儿本不该她做的，是以前积极揽过来的，如今她也一件一件推出去了，她觉得做那么多没有任何价值。她的消极和懒散令很多人渐渐对她有了意见，老王多次用话敲打她，说什么单位不养闲人，什么大武汉的本科生研究生如韭菜，人才茂盛，有工作的都要有危机感，地球不是非要有你才能转。话已经说得很敞亮了，但秦江南依然只当耳旁风，置之不理。

内刊出了清样，她要送往处里。这事她本来就抵触，这段时间闹情绪，越发不想跑机关，不想见到马博文那张假正经面孔。可这是她分内之事，推不掉的，除非是不想要这份工作了。她坐在椅子上把清样校了两遍，挑出了几个小问题，拖拖拉拉挨到四点钟才起身，下楼梯不留神又崴了脚，疼得连站起来都吃力，还是门卫把她扶起送回的办公室。这样一来，清样是送不成了，老王扫视了一下办公室，拿起一本书在桌上一阵拍打，然后操起秦江南桌上的文件夹，说，那秦大小姐就好好养伤吧，我王老妈子去替你跑一趟。秦江南被话激得面红耳赤，老朱迅速起身，从老王手中夺下文件夹，笑着说，我去吧，我去。老王说，你去？别搞笑了。当然最后老王和老朱都没去成，老徐派了办公室的潘杏杏，潘杏杏在群里发牢骚，质问秦江南是怎么回事，怎么净连累自己人。秦江南说脚崴了，动不了。心里也想不通，老徐为何派潘杏杏去，潘杏杏做财务的，跟这根本就挨不上边。她只觉得老徐是越来越有意思了。

请了两天假养了一下脚伤，秦江南再去单位时，就感觉单位的气氛怪怪的。倒不是针对她，而是对潘杏杏，她能明显感觉老徐老樊对潘杏杏的异样感，遇着了都绕道走的厌恶，老王老宋她们也是在背后对潘杏杏嘀嘀咕咕。她悄声问老朱，老朱只摇头，摇得讳莫如深，她不想问老王，但不搞清楚，心里又不能释疑，便向谢君苗打探。谢君苗说，潘杏杏是个大傻子，那天她替你去处里送资料，说老马在接资料的时候，捏了她的手，让她恶心的同时又受了惊吓。你说恶心了就恶心了吧，不作声就行了，结果她像是受了奇耻大辱一般，一路气鼓鼓地回来，一回来就在办公室里破口大骂老马，说他是臭流氓，那双肥手，像猪蹄子一般，居然也敢打她的主意。她把她那双手用香皂洗了半个小时。她这一闹，中心里的人肯定早就把话传到处里去了。很奇怪，也不知道怎么了，中心里的人就突然对潘杏杏冷了起来，都把潘杏杏当笑话。潘杏杏自己郁闷死了，自己好端端吃了一个苍蝇，不仅没人安慰她，反倒觉得她是在出丑弄怪。

怎么会这样？秦江南纳闷。

谢君苗阴笑一下，问道，你送资料送了那么多趟，马博文有没有这样对你啊？

她淡然一笑，说，有啊。被我扇了一耳光，就老实了。

谢君苗说，我呸。呵呵。

她便跟着呵呵。

手机在她兜里响了一下，她们便终止了谈话。回到办公室掏出手机一看，是马博文的，他问她上周怎么没去处里送资料。她说脚崴了。他回了几个流泪的表情。她一下觉得无比恶心，便赶紧删除了。她一想到在那个暖气十足的办公室里，他试探性地捏潘杏杏的手，那下作的样子，便要作呕。他睡了她，还想睡一睡潘杏杏，他恨不得尝遍所有女人。这个下三滥的王八蛋。同时她也恶心自己，感觉自己像是被玷污了一样。

潘杏杏好像有点迁怒于她，在卫生间碰见了，掉头就走了，饭堂里吃饭也不跟她说话，凡是她的话，潘杏杏就不接腔。秦江南想劝解一下她都不能够了，便也只得随她。她是真心不觉得她做得不妥，对于这样的龌龊，有什么不能说的，这样的丑陋，为什么要为之遮掩。当然会做人的，精明的做法是可以声不作气不出，像她自己这样，可近段时间她对自己是厌恶的，她开始讨厌自己的忍辱负重，她觉得自己活得像只狗一样。她从心里很欣赏潘杏杏的傻劲，一个敢揭穿领导臭流氓本质的姑娘，漂亮又干净。

天已经越来越冷了，办公室的空调一般都是三十度，暖和得让人哪儿都不想去。可是内刊出来了，还需往处里跑一趟，上次脚崴了没去成，这次总不能再崴脚，只得硬着头皮去了。冬天温暖的办公室和夏天凉爽的办公室所营造出来的气氛很是不同。马博文的办公桌上放了一盆水仙，开了两朵花儿，在暖气的熏陶下，幽幽散着香气儿。为了防暖气泄漏，办公室的门是关着的。马博文这次一改往日佛爷似的面孔，对秦江南点了点头，还问了一些题外话，例如她是不是党员，有没有入党的想法，要她积极向党组织靠拢，还说他会跟中心樊书记打招呼，要发展像秦江南这样优秀肯吃苦的年轻人入党。秦江南一一作答，然后起身告辞。在出了机关大门后，她依然收到马博文的性需求信息。这次她没有了任何心理较量，直接删掉走向了公交站，刚好是自己要坐的公交车，便赶着上去了。

回到中心后，她收到他的信息，是一个问号的表情。她没有回复，接着他又发来一条微信，问她，你在哪？她想了想，回复了一句时髦的梗，我在人民广场吃炸鸡。然后心里的恶心之感莫名翻江倒海起来，便直接将他拉入了黑名单，所有的联系方式都对他进行了屏蔽，如果工作上的事情，他可以通过中心的电话来传达，她不想再跟他有任何私人联系。她长长吐了一口气，这龌龊的狗男女关系该有个了结了。她想。

虽然她的心里一直有一种潜隐的不安感，但一直也都身心安泰，没什么事发生。进入腊月了，上班的路上抬头望望天，总能看见各家各户阳台上晾晒的腊肉腊鱼，空气里都是一股肉腥味。又要过年了。秦江南在心里感叹光阴易老。上班还是照常懒散，老徐跟老樊已经对她冷淡很多了，似乎也在暗暗扛着劲，你不是不想做事吗，行，很多事儿也都不再分派给她做，大有晾一晾她的意思。秦江南也嗅出了一点危机，可一时也不想妥协，就那么软软地抵抗着，也不知道自己到底是在抵抗什么。她每天都处在郁闷压抑中。

办公室的老朱在老王不在的时候跟她谈过一次心。老朱说，我正在办内退，想离开单位，过几年自己想过的日子。这事倒令她诧异，问，怎么了，这不是好好的吗？难道这几年你过的不是自己想过的日子？老朱苦着脸略笑了笑，说，说的话也不是自己想说的话，做的事也不是自己想做的事，这哪里算自己想过的日子？转而又对秦江南说，小秦啊，你们看着我们安逸，我们看着你们洒脱啊。

秦江南的心里微微颤了一下。她对老朱说，朱老师，你内退是因为马博文的原因吗？照他的趋势，往后，他有可能是处长，还有可能调到区里、市局里，他站的位置总比你高，他就总能拿捏住你，所以，你选择提前退休，是吗？

老朱没有接茬儿，喝了一口茶，往纸篓里吐出几根茶梗子，像是忽然想到什么，说，我请了一段时间的假，我老婆身体不好，我得照顾她，再加上办了内退，也就很少来单位了，咱们见面的机会就少了。我给你写了一幅字，字不好，同事一场，做个留念吧。

秦江南双手捧过老朱的牛皮纸信封，诚心诚意谢过，也为老朱的一番话感到情温肠热。想到老朱这一走，办公室里会更加无趣，心里满是不舍。她也想给老朱送个东西做纪念，现买是来不及了，也显得做作，翻箱倒柜一番，翻出一个竹制的笔筒，还带着密密的竹根，记得是单位组织一起旅游，在景区里买的，当时买的时候好像是想着要送给老朱的，所以才放在办公室，估计后来忘掉。她把笔筒送给老朱，老朱倒也满心欢喜，说，这真是，这种带根的笔筒，我还真想谋一个呢，这倒是有缘了。

老朱与她道别后，她打开信封，将老朱的字展开，是草书：笼鸡有食锅中煮，野鹤无粮天地宽。她一字一句念着，心里竟有拨云见日、豁然开朗之意了。

老朱走了没几天，邻区闹腾出了一桩大事，一位文化局局长利用上班时间与女下属开房的视频被传到了网上，很快那位局长就受到了处分，下了课，那位女下属经查是一名临时工，说是这位临时工纠缠的局长，给局长下的套，视频也是她自己传到网上的。在例会上说起这个事件时，秦江南、谢君苗和潘杏杏仨面面相觑，谢君苗说，巧了，一到出了关键性的问题了，一查都是临时工惹的祸。但没几天，也就是过小年的时候，下班后，老樊将她们仨一起叫进了办公室，首先是肯定了她们的成绩，然后传达了处里的决定，说是受邻区事件的影响，处里决定解聘所有的临时工，还说处里的临时工和兄弟单位的临时工都走了，中心本想着把年拖过去再宣布此事，可处里催得紧，所以只好如此。谢君苗和潘杏杏一时泪眼婆娑，潘杏杏不住地问老樊，为什么呀，为什么呀？别的局出的问题，为什么会牵扯到我们单位？别的临时工出了事，为什么要无辜牵扯到我们身上？我们又没做错什么。

秦江南冷冷一笑，从老樊办公室的皮沙发上将自己的屁股赶紧弹起来，然后扭头便走了。出了单位门，她深深吸了一口气。天阴得厉害，冷得啃手，像是在酝酿一场暴风雪。她翻了翻手机，上面真的显示有暴雪橙色预警。

又没有了工作，她是走了一段路之后才逐渐明白问题的严重性的，她的心里像是绕了一团麻绳，处处都是疙瘩。她不想那么快回家，失业了，她像是少了某种支撑，对家人生出愧疚，没有勇气去面对儿子和丈夫了。从单位到家，她平常要坐四十分钟的地铁，这次她想一步一步走回去。

雪果然下来了，一团一团的絮子铺天盖地的，很快树上车上房子上和衣服上就有了一层薄薄的白色。街道异常冷清，平时热闹的街市如今全都落下了卷闸门。在城里的外地人都回老家过年去了。街上行人也不多，稀稀拉拉的，空旷的马路和荒无人烟的城市令秦江南感到些孤苦无依，内心一片伤感。

走在长江大桥时，她被一股怒气冲着，想掏出手机翻出马博文的电话，将他臭骂一顿，想想又觉得无聊，再跟他有一丝一毫的瓜葛都是恶心的了。她一个人像游尸一般行走在桥上，每走过一个岗哨，武警战士都目光炯炯地盯着她。天已经完全黑下来了，桥还没走完。长江两岸的灯光倒映在江水里，波浪将这些璀璨的五彩打成一片破碎。她怔怔地望着长江，仿佛那碎片的彩色中隐藏着另一个繁华的琉璃世界。不一会儿就有武警过来，他们可能以为她是要寻短见的，她害怕这种陌生的询问和关怀，只得拖着疲惫的身子踽踽前行。

雪越下越大了，从江面上刮过来的风像刀子，吹得人生疼。她的手机响了，是老公打来的，可能是问她怎么还没回家。她挂了，她不知道该如何向他解释这场晚归。他的钢厂年后就要并购，他十有八九也会下岗，这么些年了，单位也没有给他们买过任何保险，失业就意味着没有任何经济收入，要吃老本，这日子怎么过？

进到小区门，电话已经在兜里响七遍了。可是她还是没有胆量回家，她坐在白雪覆盖的木椅上，仰头看着自家的房子，七楼，当时买房的时候，是她坚持要买这个楼层的，七上八下，讨个好彩头，想让日子蒸蒸日上，更上一层楼。那是对生活的美好祝愿，那是她的理想。如今她仰头望着这七楼，心里却一阵苦涩。

楼层里亮着灯光的人家不多，漂泊的都市人大多也回老家过年去了。但她家的客厅还亮着灯，厨房也亮着灯，有炸藕夹的香味飘散出来，那是她过年最喜欢吃的武汉小吃，她老公每年都给她炸。闻着这香味，她忍了许久的泪水终于奔涌而下。

水击三千里

裴 蓓[*]

开篇语

以水的绵密细腻，泽万物而不争，至善至柔。以水的霸性，可造万钧雷霆，撼天动地。这个城市，曾经没有城，只是水。

1

"请出示证件！"一个年轻男子的声音。

我在大巴上睡得很沉，猛一睁眼，看见的是一支枪，一支79式轻型冲锋枪。幸好，那枪是挎在男子的胸前，枪口不是对着我的。

我赶紧从帆布书包中掏出边防通行证。我没有看跟前的男子，而是看着那黑色冲锋枪的弹匣和扳机。

"这是你的证件么？"

我点点头。

---

* 裴蓓，女，广东省中青年"德艺双馨"艺术家，广东省签约作家。珠海作协副主席，珠海市政协委员，珠海新社会阶层联合会副会长。广东省电影家协会主席团成员。文学作品代表作有《制片人》《曾经沧海》《我们都是天上人》，曾获《小说月报》百花奖。电影作品代表作有《天上人》《青涩日记》，曾获中国电影金鸡奖两项提名。蝉联两届广东省鲁迅文学奖和鲁迅文艺奖（艺术类）双奖。

"你的父母呢？"

"我一个人来的。"

"你跟我下车！"

我这才把视线移到男子脸上，看到一张被南方阳光晒得黑红的年轻的脸，武警军装给他的年轻添了一种威严。

我起身下车，我穿着白衬衫蓝裤子，像一个小学生。

我跟在全副武装的武警后面，有一种莫名的犯罪感，却不知道自己犯了什么罪。我茫然地回头，看到大巴停在很大的"特区欢迎您"的牌匾下。

原来我已经到了特区的边防检查站。

我蔫蔫地说："特区就这么欢迎我的？"

小武警把我带进了一个房间，房间里有一个大武警，正拿着证件询问一个站着的男人。武警哥哥把我交给了武警叔叔。

武警叔叔看看我的证件，说："这是你哥哥的证件？"

我蔫蔫地说："是我的。"我说话从来都是蔫蔫的。

武警叔叔笑起来，说："小鬼，说谎也要讲一些技术，你几岁？"

我掏出我的大学毕业证，还有我的大学教师证，我说："我十七岁。"

武警叔叔止住笑，严厉地说："我没时间跟你开玩笑，老实说，来特区干什么？！"

我愣愣地看着他说："找人。"

武警叔叔说："找什么人？"

我从包里拿出一张明信片，指指明信片上那个站在酒店前的漂亮女孩儿，说："找她。"

随后我掏出纸和笔写下了我的单位电话。

我说："叔叔，我真的是大学老师，您可以打电话确认一下。"

武警叔叔半信半疑地走了出去，留下我还有那个也被询问的人。我看了那人一眼，那人三十来岁，长得像王石，当然那时我们都不知道王石。"王石"身边放着几大包粮食，看着我笑。他的边防证过期了，在等人来接。

过了一小会儿，武警叔叔进来，边笑边摇头看我，歉疚地说："你这身高多少啦？"

我说："根号2。"

武警叔叔不解地看着我。

我说："1.414 米。"

武警叔叔笑着拍我一下。

我松了一口气。我没犯罪，也没犯错，犯错的是我长不大的身高和模样，还有与我的经历不相符的年龄。

2

我的出生似乎就预示着一种令人惊骇的特殊。

我睁着一双与我的脸型和性别都有点儿不相称的大眼睛来到这个世上，我愣愣地看着为我接生的人，微笑，不哭。随后我所有的人生中，我的眼神都是这样愣愣的，说话蔫蔫的，大多时候，我只笑不语。

我出生时最关键的问题是，我先将一只脚撑出我母亲的身体，并将脐带缠满了脖颈，我应该是想给医生制造一些麻烦，让他不能轻易弄断脐带，那是我与母亲最亲密的勾连。然而，我这种对母亲的依恋方式使我的大脑在短暂的缺氧状态发生了诡谲的变异，使我对这个世界任何信息的感应都异于常人。于是，有人说我是傻仔，有人称我天赋异禀。

我两岁识字，五岁便把父亲满书斋的书啃掉了一半，过目不忘。我会撕下我不喜欢的书页，折成各种奇形怪状的东西，我还会随时把家里的电筒、火柴盒、药瓶等一应物品拆解拼装成令人费解的玩意儿。于是，又有人说我是毕加索的轮回再生。

最严重的问题是，我对母亲的依恋方式使我永远也不能亲昵地喊出"妈妈"这个词。医生剪断了我的脐带，也剪断了我与母亲最初也是最后的勾连。我的母亲产后感染去世。我出生在1966年这特殊年份的一个晚上，听说，年轻的护士因为白天的狂热未减，竟然递了一把未消毒的剪刀给医生。因此，母亲之于我，不曾是眼神可以触及的具象，而是可以容纳我无数臆想的无比浩大的迷乱的空间组合。我把各式各样形态万千的女性形象随心所欲地嫁接到母亲身上，比如被人用木板遮盖起来的观音，穿红色舞衣的娘子军，大街上游行队伍里对着高音喇叭呼喊的妇女，甚至是那个使劲用手捂着被风吹起的裙子的外国女人。

几十年围困在书斋里的父亲，被那些几千年岁月和战火淘洗下来的文字淘洗得身如弱柳、肤如白绸，眼镜片的厚度僭越了鼻梁的维度，眼镜片后面那细细的眼睛有着可以化解千年辉煌与苦难的温润和从容。父亲微笑着告诉我，母亲特别爱笑，她走之前搂着我，轻笑着说："这小子的大眼睛像我，以后你如果也给他戴上那比你身子骨还厚的玻璃片，我在那边也和你没完！"

我听了流泪，而父亲指着那些书说："几千年也就留下这些，笑与不笑都是几十年，你要像你妈妈一样笑着生活。"

于是我的脸上总带着似有若无的笑意，蔫蔫的，和我说话蔫蔫的一样。

把我父亲从书斋里解救出来的是那个热血的时代，像我父亲这样的知识分子都应该去和工人农民相结合，到人民大众中，到大自然的大风大浪里去搏击。

五岁时，我跟着父亲来到这里。现在我坐的大巴碾过的地方原本是大海，偶尔露出的滩涂和小岛被海水包围，那无拘无束柔软无骨的流性的水安然地盘踞在无边无际的天地之间。

父亲说："水看上去很软，却藏着血性。"

因此，父亲给我取名赵以水。"以"，甲骨文为 𠃊，像连在婴儿脐眼上的脐带，以此纪念我的母亲。父亲还希望我像水一样，柔软却有血性。

3

我笑着和武警叔叔道别，坐着大巴进城，看着窗外，完全不知置身何处。我离开的这五年，人们填海开山，凭空筑就了一个已成规模的现代化城市，让人恍若隔世。

"景山酒店"，那是明信片上的酒店，酒店里有我要找的女孩儿。从玻璃门上到二楼，我停住了。我看到了鹊喜！分别两年，我终于见到了鹊喜。在这家酒店的中餐厅门口。

鹊喜背朝着我，我看到了她那身华贵的红色长裙和高高的发髻。我呆呆地站着，挪不动步子，全身触电一般地痉挛，血液发散式地往神经末梢涌动，随后是一阵疲惫，一种在水里游了很久的人看到远处是岸的疲惫，一种小舟归航的疲惫。我的眼睛有些迷蒙，我用迷蒙的眼睛看着窈窕而华贵的鹊喜，我轻轻地走过去，如果有笔，我会在她的后脑勺画一只船，我伸出手指想以手代笔。

我的手刚刚碰到鹊喜的后脑勺时，她受惊转过身来。我也受惊了，伸出的手停在空中，不是鹊喜！

但是，长得太像了！只是眼前的女孩儿瘦弱一些，眼神不像鹊喜那样灵动逼人，这个像鹊喜的女孩儿有着小兔一般的羞怯。

我所有的激动变成了尴尬，心像那个巨大餐厅的地毯那般灰色，就像那天我看着鹊喜上车离开，天也有些灰色。

女孩儿看着我，微笑地问我："有什么可以帮到您？"

我说："我找文鹊喜。"

女孩儿说："你是谁？"

我说："我是她大学同桌。"

女孩儿放松了很多，温柔地笑着说："我是五喜，你是根号2？"

我觉得很丧气，说："鹊喜都是怎么说我的啊。"

五喜说："我姐说你是她最疼爱的弟弟。"

我说："你姐呢？"

五喜说："她早离开这里了，她想走的是巴黎时装周的 T 台或者戛纳的领奖台。"

我走到巨大的落地窗边，茫然地看着四周，说："我怎样才能通往巴黎和戛纳？"

天色已经暗沉下来，远处的高楼和大海都在夕阳下逐渐成了剪影，我看到这个全新的城市到处在搞建设，却干净得连风都一尘不染。

在这繁华与静好相得益彰的独特城市，我感叹着鹊喜的胆识和勇气，她和这个城市一样清新明亮一派生机。

五喜轻轻地说："我姐怎么会提前毕业？我姐在大学是怎么样的人？"

我说："你姐走到哪里都是人们的焦点。"

我讲着远去的故事，时间倒退着，倒退到 1979 年我的大学时光。

4

校园里到处是些扛着各式各样大包小包的人，分不清家长和学生，老老少少身着粗布灰衣，脚穿布鞋解放鞋。那景象不像上学，更像知青返城，又像多年后南方火车站的春运。

我怯生生地看着四周，问："爸，这怎么那么多孩子，他们都跟我一样上大学么？"

父亲笑了笑说："是他们的爸爸妈妈上大学，你是班上最小的，不让你上少年班，是想让你过正常的生活。"

我和父亲进到男生宿舍，四张床八个床位，已经有几个舍友在整理东西。到处是灰尘，父亲领着我把整个宿舍通通打扫了一遍，然后给我选择了靠门的下铺，尽管靠窗还有床位，但父亲小声对我说，不能什么便宜都占了。

父亲走的时候，在宿舍门框上靠了好一会儿，而我拽着他的衣袖也好一会儿。

父亲终于走了，大家好奇地围上来打听我是何方神圣，可是门口突然传来清脆的女声："谁是赵以水？"

还没等大家反应过来，门就被推开，鹊喜大大咧咧地走进来。那时的鹊喜穿戴整齐，两条长粗的辫子，军绿色的卡其布连衣裙，绿色的塑料凉鞋，一派青春模样。

光膀子露腚的舍友们慌了，赶紧找东西遮羞蔽体，有找不到衣裤的，手找不到衣袖的，两条腿插进同一个裤腿的，把裤子的前开口穿到屁股上的，只有本名叫尤优的奶油哥哥沉静得如同雕塑，姿势停留在跪着挂蚊帐的瞬间，他温柔的长相和身形还有细长的手指如同越剧旦角的定格，唯一不定的是他的眼珠，他那柔绵的眼珠温情地随着鹊喜移动。

鹊喜不屑地看看他们，走到我面前，用手量我的身高，我的头和她连衣裙的腰扣齐平。鹊喜吃惊道："天哪，我上辈子到底造了什么孽，好不容易上个大学，却和一个幼儿园大班生同桌。"

鹊喜一边叹息，一边麻利地帮我整理床铺。她把雪白的蚊帐四周平整地塞在床垫下面，把床单平整地铺在床垫上，然后把枕头放在叠得平整的被子上。又把我的拖鞋、球鞋整齐地摆放在床铺底下，把其他的零碎物品都整齐地放在纸箱里。

我想帮忙，却被她嫌弃地推到一旁，我站在一边，默默地看着鹊喜收拾。

鹊喜一边忙乎，一边说："你让我找不到上大学的感觉。"

我下意识地摸摸脖子上的项链，那项链的坠子是一个甲骨文，如同那个脐带。

这时，奶油哥哥缓过神来。奶油哥哥说："年龄小点好，我最不喜欢那些'年纪大的'，总是觉得自己是长辈。"

正说着，高大魁梧的曹正昌领着妻子和比我还高出一截的儿子扛着大包小包进来。

曹正昌听到这话，笑说："我就是年纪大的，大点好啊，成熟，长兄如父嘛，可以照顾大家。你们好，我叫曹正昌。"

曹正昌笑着伸手和大家握手，奶油哥哥却爬上自己的床转过去看书，弄得伸出手的曹正昌有些尴尬。

奶油哥哥不屑地撇嘴说："什么长兄如父，一来就想让大家认你当爹。"

曹正昌四周看看，只有我的上铺空着，便问我："你爸爸住这个铺？"

奶油哥哥斜眼瞟了一下曹正昌，说："是他自己住的呀。"

曹正昌看看我，笑着拍拍我的头，说："打个商量，你睡我上铺，到时给你床沿钉一块板子，省得你摔下来。"

说着便把我的铺盖卷起来。

鹊喜沉着脸说："凭什么？！"

奶油哥哥唯恐天下不乱道："就是，刚刚还要做大家的爹，现在就想占人家的便宜了，人家自己的爹和同桌才刚收拾好，有些人倚老卖老说换就要换，事情总有先来后到的。"

鹊喜听了脸色更加不好，我见势不好，赶紧抱起铺盖就往上铺扔，说："上铺也不错，高一些空气好。"

鹊喜却伸手一把拽我，说："岂有此理！"

可是，她的手没有拽住我，却拽住了一只脚斜着另一只脚准备踩到行李上扯绳子的曹正昌。曹正昌猝不及防，仰面倒下去，后脑勺重重地磕在对面的床沿上。血从曹正昌的后脑流下来，白衬衣领子一下子被染红，大家都惊呆了。曹正昌妻子赶紧跪在地上抱起曹正昌大哭。

奶油哥哥也害怕了，喊道："送医院呀，赶紧送医院呀。"

鹊喜吓蒙了。

我赶紧跳下床，拉出床底的纸箱取出我爸给我准备的跌打损伤药粉，把药粉撒在曹正昌汩汩流血的地方。

可是这当口，曹正昌的儿子一边哭喊着，一边跳到鹊喜身上拼着命般地胡踢乱扯，鹊喜的连衣裙一下子被扯掉下来，等奶油哥哥和大家抱住那小孩儿，鹊喜身上只剩下白布文胸和小白内裤了。她两手慌乱地捂着胸口，又急忙分一只手捂住腹部，赶紧蹲下，惊觉不妥，又慌忙地站起来。

我盖紧药瓶，飞快地把蚊帐解下，披在鹊喜身上。

可是，我触到了鹊喜的胸部，我一下愣在那里。

在我无意间触到鹊喜柔软胸部的那一刹那，我的记忆复苏了。那是久远的蒙昧的记忆，带着医院的药水味，带着母亲的柔柔的体温。

曹正昌的血止住了。大家松了一口气，把眼光投向用蚊帐裹着的鹊喜。大家再次惊住了。

奶油哥哥尖声叫了起来："我不活了！我活不了了呀！"

他双手交叉抱着胸口，一边摇头叹息，一边直直地盯着鹊喜。其他人什么也说不出，只是看着鹊喜。

裹着蚊帐的鹊喜太美了！

那蚊帐已经不是蚊帐，而是围在美丽超模身上的时尚的披风，无意沾上的血迹在洁白的披风上似耀眼而不经意的点缀，披风外面露着鹊喜光滑的胳膊和修长的大腿，披风以上是鹊喜颀长的脖颈和婴儿肥的瓜子脸，辫子已经散乱，散乱的头发似掩未掩住笔挺的鼻梁和上翘的大眼，大眼里有着和之前截然不同的羞涩和慌乱。

曹正昌让妻子帮他擦了血迹换了衣服，正色对大家说："我只是不小心摔了一跤，此事到此为止！"

曹妻小声说："我家正昌是知青队长，前年发洪水，为救老乡伤了腰，住上铺不方便的。"

大家都理解地看着曹正昌。只有奶油哥哥不看曹正昌，只盯着鹊喜。

曹正昌拉着妻儿往外走，说："我们去医务室，大家把房间腾出来，让女同学把衣服换了。"

我按鹊喜说的飞跑去找到她的宿舍帮她拿了衣服，站在门口把守着，鹊喜开门出来，穿着另一条裙子。

鹊喜说："谢啦。"

鹊喜走时，我看着她的背影。舍友们回到了宿舍，好久都不言语。

就这样，我在绝不输于任何武侠剧的狗血剧情里开始了大学生活。

5

我们电子机械系几乎集中了全校考分最高的学生。开课第一天选班委，曹正昌举起手来说："辅导员，我有话想跟同学们说，能给我几分钟吗？"

随后，曹正昌走上讲台，发起血誓一般的号令："同学们，我们是祖国电子制造业的先锋！曾经，日本人带着枪炮来到中国，被我们赶了出去，现在，他们的产品卷土重来。而我，有一个梦想，我想要再次战胜他们，我想要创立中国自己的品牌，我想要超越松下，超越丰田，超越索尼！同学们，你们能不能跟我一起努力，不枉费我们大学四年，不辜负国家对我们的培养，不空耗我们的一腔热血！"

刹那间，我们胸中骤然生起了誓与专业共生死、与国产品牌共存亡的壮志豪情。特别是年纪稍大的同学个个激动万分，站在桌子椅子上跟着曹正昌大喊："超越松下，超越丰田，超越索尼！"

最后，大家一起喊着曹正昌的名字，班长的职位没有任何悬念地落在曹正昌的头上。

奶油哥哥歪着身子站在我前面的座位上，在大家狂呼"曹正昌"的时候，他先是不情不愿跟着大家喊了两声，最后他高喊出自己的名字："尤优！尤优！尤优！"可惜他势单力薄，他声嘶力竭的叫声淹没在大家疯狂的喊声里。

而我，根本就没有站起来，而是坐在那里摆弄着手里的东西。鹊喜一把把我拽起来，瞪了我一眼。

我一直和大家不大合拍，我觉得周围的人个个都矫情。我不明白好几个问题——

一、想赶超日本就赶超呗，犯不着跟打了鸡血一样在那里吼。人家阿基米德说，给我一根足够长的杠杆我能撬动地球。人家说得多轻松。

二、想赶超日本也不是一天两天的事，每天都这样鸡血满满的，血管总有一天要破裂。

三、大家按曹正昌的指引，每天晨起苦读，挑灯夜战，废寝忘食，像卧薪尝胆。不就是学那么几本课本么？我没几天就看完了，大家犯不着这样没日没夜要生要死的。

而且，我还觉得，坐在我前面的奶油哥哥怎么看怎么和专业无关，他应该去学越剧。我觉得鹊喜也和专业无关，她应该去当模特儿或演员，去创造和展示柔美温暖的东西，而不是与冰冷的电子机械为伍相伴。但没人理会我怎么想，那是一个"学好数理化走遍天下都不怕"的年代，大家似乎都在这种被选择中志得意满。

我也觉得志得意满，但原因和他们不同。我喜欢坐在鹊喜身边，虽然一高一矮的情形成了班上一道被嘲笑的风景，但我很受用，乐此不疲。

鹊喜对我却不以为然，总是俯视着我，不屑地比试我的身高，她用手掌按着我的头顶然后平移到她的身体，手掌只到她的胳膊上。她颓丧摇头说："你真让我找不到上大学的感觉。"

我却很有感觉，那种在海上漂流很久、渔船归帆的感觉。我体味着她身上淡淡的、似有若无的味道，那种味道来自一刹那复苏的记忆，在我把蚊帐披在她身上无意间触到她柔软胸部的那一刹那。

鹊喜用脚把我的椅子推离她。

我把椅子移回去，仰视她。

我说："你为什么叫鹊喜？'闻鹊喜'是古词牌名，你的父亲是诗人？"

鹊喜斜了我一眼，说："我父亲是铁匠，我也是。我们家打的剪刀远近闻名。"

我说："哦，真正的诗人在民间。"

鹊喜劈了我一掌，说："去！我的大姐叫大喜，二姐叫二喜，三姐叫三喜，我的妹妹叫五喜。我出生的时候，有一只喜鹊在树上叫，就叫鹊喜。"

这时坐在前面的奶油哥哥转身凑上来，说："这名字俗了呀，你应该叫娇颜，慕雪，岚一，还有……有……"

鹊喜看也不看他，说："有病。"

奶油哥哥趴在我耳边轻声说："我们换个座位。"

我大声对鹊喜说："他说要和我换座位。"

鹊喜瞪了奶油哥哥一眼，奶油哥哥用手指狠狠地戳了我一下。

6

那天，我去教室比较早。一进教室，发现奶油哥哥在我们的座位上鬼鬼祟祟的。奶油哥哥看见我进来，后面紧跟着鹊喜，赶紧溜回了自己的位置。

我走到自己的座位上，发现鹊喜的抽屉里有好几张纸条，鹊喜走过来随意打开了两张，看了看，便胡乱扔进书包，书包没扣上，那团纸条露了出来。

趁课间鹊喜出去，我忍不住拿出纸条，共有四张，快速地看了一遍，很失望。

第一张是我们宿舍那天把裤子前开口穿到屁股上的张旺发写的：

啊，金凤凰，你落在我们班级里。啊！

第二张没有署名，写着：

你是仙女，如果能和你好，我死不足惜。

第三张是奶油哥哥写的：

这已经是我给你的第一百封信，一百年太久，只争朝夕。

第四张还是奶油哥哥的，写着：

你是炉火，我是灰烬里最后一粒灰。

我随手折起这些纸条。鹊喜进来，看我在弄她的纸条，伸手就夺，我敏捷地转身保护着我已经折好的模型。

我说:"你不是当废纸吗?"

鹊喜狠狠地说:"我可以,你不行。这是起码的尊重!念你是初犯,饶过你,下次再犯,一脚把你踢到西天去。"便不再理我。

我一边评价那些情书,一边快速地完成了我的折纸作品。

我说:"他们说,和你好,死不足惜,还愿意变成灰烬,人都死了,都成灰烬了,还好什么呢?这不是害人么?我们是学制造产品的,又不是制造寡妇的。"

鹊喜有点儿想笑,但忍着,不理我。

我把折好的东西放在她面前。

我告诉她:"这是一条隧道船,你可以坐着它穿越海底,让大海变通途,可以穿越时空,去看凡尘中看不到的东西。"

鹊喜转头看我,看着精致的折纸,劈了我一掌,问我:"你想去看什么东西?"

我没回答,如果时光真能倒流,我最想去哪里?是去看恐龙和山顶洞人,还是去短兵相接的古战场?我还是最想去那家医院,那张病床躺着我和母亲。

7

曹正昌总在每天放学后神秘消失,半夜方归,行踪成谜。奶油哥哥睡眠很浅,常被吵醒,这让他更不感冒曹正昌。

曹正昌这天又是深夜方归,我起夜上厕所,他比了一个噤声的动作,指了指奶油哥哥。曹正昌蹑手蹑脚,悄悄点燃蜡烛,用一本书罩住射向奶油哥哥的光,开始看课本。

奶油哥哥已经醒了,怨愤地瞪着眼,随后使劲地把屁股一转,把被子一拽,裹住身子和头脸。

第二天早晨,我翻身下床,看见曹正昌已经坐在床沿,吃着隔夜的馒头。

我说:"班长,不一起去吃早餐么?"

曹正昌扬了扬手里的馒头:"我有这个就行,上午第一节没课,我看会儿书。"

奶油哥哥板着脸把我拉出门，恨恨地说："曹正昌有问题，他家属在农村，每天夜里鬼鬼祟祟地出去，外面肯定有女人。一个道貌岸然的伪君子。"

我愣愣地看着奶油哥哥，觉得他总是危言耸听，就像曹正昌总是夸张矫情。

我没心思管这些，我甚至没心思管大学的课程。用了不到一个月就看完了四年的课本后，我对上大学的感受，两个字：失望。

我只好做自己的事情。我先是泡图书馆，阅读完了有关我们专业的全部书籍。随后，我只好在课堂上、在宿舍里或夜里躲在卫生间里看小人书，要么捡一些垃圾废料做一些着三不着两的东西。有几次被宿管逮住，他拎着我的后衣领，把我从厕所提回了宿舍。

我总是利用一切可能的机会待在实验室里，甚至会翻墙溜进实验室，把实验器材拆得七零八落，实验老师愤怒异常，可我总能把这些实验器材拼装成另一种模样，有了另一种功能，又让他哭笑不得。

鹊喜对我上课的状态很反感，她总是把我低着的头提拉起来，说："听课。你发什么癫啊？"

我说："你不觉得，上课五十分钟，四十分钟老师都在说废话么？"

鹊喜懒得理我。

我便模仿老师讲微积分，跟老师几乎分毫不差。

鹊喜大惊："你根本不用上什么课了。"

于是，我真的经常不上课了，鹊喜只好用她的方式包庇我。她用硬纸壳和铁丝做了一个巨大的资料夹，老师点名时，她便把资料夹竖在我空着的座位上，遮挡住老师的视线。

老师喊："文鹊喜！"

鹊喜喊："到！"

老师喊："赵以水！"

鹊喜变一下声音："到！"

我还没发育，声音和女孩儿差不多，老师没察觉，鹊喜窃笑。

倒是曹正昌看不下去。那天夜里趁宿舍没人，伸手一把抓住我的衣服，像抓小鸡一样地把我从上铺拎下来，往地上一放，狠狠地指着我说："我本来对你还抱了希望，指望你以后做我的搭档，现在不要说什么狗屁搭档了，你想毕业都难，你这样犯浑，对得起自己么？"

我愣愣地看着他，不回答。

曹正昌被我激怒了，举起拳头比画了几下，忍住了，说："你要是我的儿子，我揍得你全身没一块好肉。"

但是鹊喜告诉我，曹正昌背地里经常护着我。

于是，大家相安无事，天下太平。一切都成了常态，比如大家的学习热情，曹正昌的夜归，我的不在状态，又比如，鹊喜的爱慕者。

8

作为一个非常尽责的班长，曹正昌每周四必定组织命名为"热血讲座"的班会，而且绝不流于形式，逢会必有主题，还分小主题和大主题。小主题是一周来班级各项工作的总结，大主题就是国际国内发生的大事。

大主题大多由曹正昌主讲。什么非、加、太地区与欧共体签署洛美协定；什么苏联武装入侵阿富汗，随后遭四国经济制裁；什么伦敦黄金市场价暴涨了；什么美国国会通过了向中国提供贸易最惠国待遇的决议案；什么国际货币基金组织决定恢复中国在该组织中的代表权。

曹正昌不仅讲国外的事，也讲国内的，什么"傻子瓜子"，什么衬衫大王。

曹正昌总是夸张矫情地做着热血演讲，奇怪的是，他每热血一次，同学们的血就升温几分。后来，周四的班会居然成了大家的期盼，期盼着沸腾。有时，鹊喜会在周三问："今天不是班会吗？哦，今天才周三。"

终于一次，鹊喜真的沸腾了，曹正昌话音未落，她已经奔到台上为曹正昌摇旗呐喊，说他极富煽动性和渗透力的演讲让莘莘学子的心躁动翻腾。

我早已习惯了，鹊喜说得慷慨激昂的时候，我安静地在做自己的事。

可奶油哥哥不干了。曹正昌正想谦虚几句，奶油哥哥突然站起来说："班长，我申请，下一周的热血讲座，我做主讲人。"

曹正昌迟疑了一下，答应了。

后来曹正昌肠子都悔青了，他真不该答应奶油哥哥的毛遂自荐。当然，这是后话。

9

又一个周四，班上黑板上写着：

本期热血讲座主讲人：尤优

主题：缠绵与喷血

班会前，我被奶油哥哥抓差，和他一起把几摞书搬进教室，堆在教室讲台的一边。

讲座一开始，奶油哥哥便拿起一本琼瑶的书，翻开其中的一页开始念，大家还没听清他念的是什么，他却未语泪先流。全班莫名其妙，随后哄堂大笑。

在起哄声中，奶油哥哥被赶下了台。他痛心疾首地喊："这是琼瑶啊。这是现在华人世界最流行的书，我费了多大的劲才从出版社熟人那里弄来这几本。"

奶油哥哥流着泪，硬把书塞给正要散去的同学们。曹正昌主动拿了一本，还颇为同情地拍拍奶油哥哥的肩膀。

可到晚上就出状况了。吃过晚饭我去班上拿小人书，发现好多人没走。教室没开灯，这些人在暮色里低头看书，一个个表情夸张得无法形容，有苦大仇深的，有低声哀叹的，有悄悄抹泪的，还有哽咽失声的。

那些人都在看琼瑶。

鹊喜说："这些人有病。"

这里面当然没有曹正昌，曹正昌一如既往地在这个时段失踪了。

曹正昌根本没想到，那位看似文弱的台湾阿姨后来用她的书和电视剧，如飓风狂澜般席卷了整整一代中国人的青春，那番情迷意乱荡气回肠、如泣如诉缠绻缠绵造就了一大批很长时间都无法与现实世界正常接轨的文艺青年。当然，奶油哥哥是陷得最深的一位。

又一个周四，曹正昌继续着他的热血讲座。可无论他如何卖力嘶吼，几乎都没有回应，奶油哥哥趴在桌子上偷笑。步鑫生的衬衫远没有秦汉的衬衫精致和诱惑，傻子瓜子更是不值一提。

曹正昌严肃地把几本琼瑶的书放到辅导员面前，说："高压电流横扫学校，我们全军覆没。"

辅导员的表情变得严肃至极。

接下来的故事便是，辅导员领着曹正昌和几名教工走进每一个宿舍。从宿舍的床上、床底下、箱子上、枕头底下、被子里、床垫下搜出琼瑶阿姨的书，堆在宿舍楼门口。平日和蔼可亲的辅导员点燃了一本书，扔进书堆，烈焰滚滚。

辅导员疾恶如仇地说："你们是祖国的未来啊，绝不可以被这个东西给精神污染了！今天，我们必须整顿纪律，肃清小资散漫的流毒。今后谁再犯病，绝不姑息。"

曹正昌的语气倒是温和很多："我不古板，我不排斥人性，但这种靡靡之文字，会腐蚀掉我们拼搏的勇气和斗志，让我们颓废在虚无缥缈的世界里，那是有违于我们上大学的初衷，有违于我们的宏图大志的！那种萎靡不振意志消沉，不属于我们班，不属于我们电子机械系。"

曹正昌说的时候，那堆书在噼噼啪啪地燃烧。火光照在大家的脸上，有人把藏在裤腰里的书掏出来扔进火里，也有人围着火堆悄悄地哭。

这时，奶油哥哥从楼道里冲出来，直扑火堆，幸好被人一下子拦在外面。奶油哥哥如丧考妣痛哭流涕，不停地要扑进火里抢出他的书，大家拼命地拽住他，他两个手臂被往后拽着，身子往前冲着，撕心裂肺地哭喊："你们能烧掉书，可能烧掉我心中的情么？"

看着火焰将尽，奶油哥哥几近绝望地哭喊："我唱啊，唱自己的歌，直到世界恢复了史前的寂寞。"

我站在火堆旁，弓着身子脸朝地，身体不停发抖。站在一旁的鹊喜把我拽起来，说："你哪儿不舒服？"

鹊喜看到了我的脸，我的脸笑得像一个开花馒头，嘴咧着，大眼睛几乎成了一条缝。鹊喜也笑起来说："你也有病。"

我笑，是因为我实在弄不懂奶油哥哥为何这般悲痛，也不懂辅导员为何如此激烈，不就是一些矫情的文字么？

第二天放学后，我走出教学楼，看见曹正昌往校门口走，我没在意，常态么！可是，这时，我看见一个黑衣人戴着帽子，把帽檐儿压得很低，鬼鬼祟祟地跟在曹正昌后面。

我有点紧张，赶紧跑上前。可跑了几步我便停住了，他那柔软的身形和姿态告诉我，那人是奶油哥哥。反正这两个人总是不对盘，我不以为意转身回了宿舍。

10

这天我又旷课，躲在宿舍睡懒觉。

上的是辅导员的政治辅导课。辅导员肯定要点名的，于是鹊喜早早就把资料夹竖起来。

鹊喜一如往常地帮我应卯着，突然，一个阳光斜射的阴影一下罩住了她，她抬头，发现辅导员站在面前，拿掉文件夹。

辅导员问："赵以水呢？"

鹊喜支支吾吾。

辅导员说："你去把他叫来。"

鹊喜只好跑到我宿舍，叫醒正在梦里与阿基米德交流的我，说："赶紧的，你有麻烦了。"

所幸，辅导员对我挺和蔼，只是对我进行了无休无止的教导。

在教室里，辅导员语重心长："孩子啊，你要好好学习啊。你是祖国的花朵啊。"

在走廊里，辅导员跟着我，依然语重心长："你是早晨八九点钟的太阳啊。虚心使人进步，骄傲使人落后啊。"

在系办公室，我坐在辅导员对面，辅导员还是语重心长："你是学习委员，榜样的力量是无穷的啊，要做国家的栋梁啊……"

开始，我总是一个劲儿地点头，后来我一看到她便赶紧缩着头逃跑。照样除了实验课，其他一切都不上心。

那天有课，我又赖在床上不起来。曹正昌再次把我从上铺拎下来，说："我真想揍死你！"

我说："你还是多想想怎么去揍死小日本吧，你想战胜经济侵略军，告诉你，毕业后你去给人家当工匠，人家都不要。"

曹正昌狠狠地说："你这个崇洋媚外的汉奸！"

我说："你不觉得我们课程设置有问题吗？光是学那些东西就能把日本赶出去？"

曹正昌一把将我提回床上，说："系里正在考虑将你劝退，你好自为之吧。"

我一下子坐起来："要我退学？"

曹正昌说："不是我一直在求情，你现在还想在这里？"

我跳下床，看着曹正昌。

曹正昌说："看着我没用，靠你自己。"

我的脸上笑开了花，惊喜地说："我真的可以退学？"

曹正昌呆了一下："你还挺开心？"

我当然开心，我几乎是雀跃地去找鹊喜。鹊喜正和一群女生说着话往教学楼走，我蹿到她身边，把她和其他女生吓一跳。

我兴奋地说："我可以退学了。"

鹊喜扔下同学就把我拽到路边。她拽得我胳膊好疼。这一疼，我的心突然灰暗起来。

当我在路边站定，我低着头，突然想哭。

鹊喜说："你还知道害怕？"

我眼圈红红地说："我不是害怕。"

鹊喜说："不是害怕，哭什么？"

我嘴巴动了动，但没说，我还是怕，因为以后我不能坐在鹊喜身边了，而我已经习惯了鹊喜在身边。

鹊喜说："哭什么哭，我们一起想想办法。"

11

鹊喜后来是怎么和曹正昌商量的，我不知道，反正——

又一个周四，黑板上写着：

本期热血讲座主讲人：赵以水

主题：旷课厚黑学

大家哗然。

曹正昌指着我的鼻子说："今天不好好表现，你死定了！"

我们的班会从来没有这么兴师动众过。辅导员来了，班主任来了，系主任来了，校长也来了。这些人都是曹正昌和鹊喜请来的，鹊喜为了请到校长，在他办公室门口蹲了两天，才把为我写的陈情书当面交给了校长。我明白，今天的演讲是有关我的去留问题的生死答辩，这是曹正昌和鹊喜在给我创造最后的机会。

看着这架势，我有些紧张。我抱着一大堆材料走上台去，鹊喜已经把一堆我的乱七八糟的作品放上去了，那是她从实验室、我的床上、抽屉里、书包里四处收集起来的。

我站在讲台后面，个子太小，只有小小的头露在外面。鹊喜给我搬来了椅子，让我站在上面。

鹊喜握握我的手，悄声说："一览众山小，加油！"

我眨巴着大眼睛看看鹊喜，点点头。

我拿出一张绿皮火车图片："这是我们的主要交通工具，你看这座椅，厕所，还有门上的插销。大家觉得舒服吗？"

辅导员说："有火车坐就不错了，我们村里坐过拖拉机的人都没几个。我就说了，你就是典型的资产阶级享乐主义。"

我没回答，又拿出两张图片，一张是直升机，一张是潜水艇，说："这两个东西，没什么奇怪。奇怪的是，这是几百年前的人画的，而且你看这里面每个部件设计都很精致。"

我又拿出一幅画，是名垂千古的《蒙娜丽莎》，说："这幅画的作者是达·芬奇，谁都知道。但如果我说，那两张设计图的作者也是达·芬奇，你们会怎么想？"

奶油哥哥说："我想，你应该去学美术。"

大家笑。

辅导员说："你到底想说什么？"

我提高声音说："我想说，国家要强大，不只是制造，更要创造。"

大家有些吃惊，有些人继续笑，有些人沉默。

我拿起我画的一大本小人书一样的东西展开，上面都是一些超现实的图片，而且连成故事。我又拿出一大堆实物模型。

我说："这些是我画的幻想连环画，这些是我做的模型。有一天，我们坐着这样的火车，穿山过海，到地球的任何一个地方，甚至可以到别的星球。我们整个宇宙都被一个磁场覆盖，我们随时用可以随身带的电话联络，那时的人不需要带钱，只要两个电子感应器碰一碰就可以了。那时的人可以离得十万八千里，却在一起聚会……"

辅导员："够了！你还要捣蛋到什么程度！"

鹊喜笑着说："你的童话故事挺有创意的，所有的现实都是从童话开始的。"

我说："这是一个需要好多年好多年才能实现的童话故事。"

鹊喜站起来说："这个童话的精髓是——如何真正战胜经济侵略军，也就是如何执行曹班长的战斗路线，贯彻曹班长弘扬国威的精神。"

曹正昌站起来笑着说："小家伙还挺贼，瞒得死死的。"

我给自己挂了一个牌子，上面写着："我不厚黑。"

大家哄然大笑。

辅导员还想反驳，但校长拍拍她的肩膀。

校长认真地看看我，轻轻点头。

我留了下来。我被允许经常待在实验室，在实验老师的监管下使用很多仪器。我不用再翻窗进实验室了。而且，我还可以带一些动手能力强的同学做实验，甚至指导实验老师使用某些进口仪器。就这样，在上大学期间我就已经成了半个老师。

我不再旷课了。我会把一些零件带到班上去做，因为有鹊喜在身边。我希望时时刻刻都在鹊喜身边，就像襁褓中的婴儿希望时时刻刻在母亲怀里。我终于明白了那些婴儿为什么一旦母亲离开就会伤心地哭喊，小时候我没有机会哭喊，现在我也不哭不喊，我只是闻着鹊喜身上的味道，那里有我项链上的味道。

12

一天夜里，我在实验室弄着奇奇怪怪的模型。这时，鹊喜从外面进来，喊道："根号2！快出来，班长说今天有大事件宣布，要举行一次特别的讲座活动。"

虽然我对讲座没什么兴趣，但是鹊喜喜欢的，我都会跟着。

我跟着鹊喜来到足球场，曹正昌提着一箱二锅头和几大包花生米，招呼了一群男女到足球场上。

曹正昌拿起酒杯，大声宣布："今天，深圳、珠海、汕头和厦门这四个出口特区正式改称为经济特区，这是中国进一步改革开放的重要标志。我们这一代人赶上了一个即将辉煌的时代。我们要一醉方休！"

我举起酒杯。

鹊喜说："你应该更高兴，你在那里不是生活了好多年么？"

我和鹊喜碰杯。

在空旷的足球场上，曹正昌高高举起酒杯，气宇轩昂地带头唱起了一首歌——

　　啊，年轻的朋友们，

　　创造这奇迹要靠谁，

　　要靠你，要靠我……

　　让我们自豪地举起杯，

　　挺胸膛，

　　笑扬眉，光荣属于八十年代的新一辈。

大家一杯一杯地喝着酒，一句一句地重复唱，一声比一声高亢：

"光荣属于八十年代的新一辈！光荣属于八十年代的新一辈！光荣属于八十年代的新一辈！光荣属于八十年代的新一辈！"

那天，大家唱着歌碰着杯饮着酒。那天，整个足球场都是二锅头带着烽火硝烟般冲击力的气味，足球场上空响彻着我们从洪亮到嘶哑的歌声和喊声。

大家醉意蒙眬时，鹊喜也醉了。

鹊喜说："我不知道今后能做什么，如果是打铁，我的功夫或许用得上。"

坐在一旁的曹正昌下意识地摸摸后脑勺，那里留下一块疤。鹊喜意识到什么，和曹正昌碰了一下杯。

碰杯时，俩人的眼睛对视了好一会儿，随即，赶紧把眼睛移开了。

虽然只有那么一瞬间，但我看到了，我还看到鹊喜的眼睛因为醉意而迷蒙。

那天月色也很迷蒙。在这迷蒙的月色里，突然，我有些心痛，就像我听父亲说起我母亲时的心痛。

那天，我第一次喝酒，我也醉了，我也迷蒙。我在迷蒙中感觉是曹正昌把我抱回宿舍的，我第一次痛恨自己的身高和体重。

更让我心痛的是，自此以后鹊喜的眼神便一直迷蒙着。我不知道是因为曹正昌还是琼瑶阿姨。

13

我不知道是琼瑶阿姨造就了鹊喜的迷蒙，还是鹊喜的迷蒙在琼瑶阿姨那里找到了源头和归宿。那个干脆利落的鹊喜不见了，坐在我身边的鹊喜和琼瑶的女主人公一样目光缱绻，一副随时要与男主人公同生共死的痴迷与执着。

鹊喜不再扎辫子，而是把头发披在肩上，脚步不再是过往那般爽利，而是漫步轻摇，说话轻声细语。

我问："你病了？"

鹊喜说："你才病了呢！"

鹊喜悄悄拿出琼瑶阿姨的书，放在课本下面，上课偷偷地看。

我说："现在这是禁书。"

鹊喜威胁我："你要是跟曹班长说这事，我劈你。"

鹊喜这次只说劈你，而不是以往说的劈死你，而且语调极其温柔。

我疑惑地说："干吗？怕他烧你的书？"

鹊喜小声地说："烧了可以再买，就是不许说。这书好好看哦，好美哦。"

我顿时起了鸡皮疙瘩。她不耐烦地挥挥手，看着书。

我说："你不是说琼瑶矫情吗？"

鹊喜不再劈我，眼神柔柔地说："这个主角，真是情到深处人孤独。"

于是，课堂上，我抬头看着窗外，她低头看着《窗外》。

这时不知谁在楼上用吉他弹唱着一首歌：

　　隔壁班的那个女孩

　　怎么还没经过我的窗前

　　嘴里的零食

　　手里的漫画

　　心里初恋的童年

我用手捅了捅鹊喜，说："这也是琼瑶阿姨写的歌？"

鹊喜不屑地瞟了我一眼，说："这是罗医生写的。"

我觉得这位罗医生还有点儿意思。

这时，奶油哥哥回头讨好鹊喜说："那条新开的秀水街，有卖琼瑶的旧书，很便宜，只要两毛钱一本。"

鹊喜转头对我说："放学你陪我去逛逛。"

14

我和鹊喜来到了后来全国闻名而此时刚刚冒出来的秀水街，只有几家商铺。

鹊喜和我逛着，没有意识到后面有一个人躲躲闪闪地跟在后面，那是奶油哥哥。

我看到一些小商品，有些意思，便用极快的速度悄悄画下来。只是鹊喜很失望，没有琼瑶的书，倒是有几家服装摊。

鹊喜在一家服装摊上看到一件衣服，随手拿下披着，挺不错，却找不到摊位的主人。

鹊喜喊："人呢？"

旁边摊位的摊主说："刚刚都还在。老曹，有生意了。"

这时，摊位一排挂着的衣服后面有了动静。

鹊喜喊："老板躲起来干吗，生意还做不做啊？"

稍后，一个男人没有头的上半身迟迟疑疑地从衣服后面露出来，随后更加迟疑地露出了。

一张尴尬的脸。曹正昌！我和鹊喜都呆了，半天没回过神来。

曹正昌尴尬羞惭的笑容和热血讲座时讲傻子瓜子的激动神情有着上天入地的区别。

稍一会儿，曹正昌恢复了镇定，说："没办法，老婆在农村，身体不好，课余时间出来摆个摊补贴家用。"

鹊喜点点头。她把看上的衣服穿好，落落大方地走到摊子外面，站在过道上，像模特儿一样展示着衣服，大声叫卖："大家瞧一瞧看一看哈，这衣服好看不好看哈？很便宜哈，大家看看哈。"

本来冷清的步行街热闹起来，不少人上来围观。围观的人大多不是在看衣服而是看鹊喜，这年头这样叫卖的人实在太稀罕了，最关键的是，鹊喜把那件普普通通的衣服硬是穿出了巴黎 T 台的风范。

"看我有什么用，看衣服啊，买回去穿才对啊。"鹊喜说着，把挂着的衣服一件一件地换着披在身上，嚷着，"大家看一看哈，这衣服又便宜又漂亮哈。"

人们醒悟过来，不情愿地把眼光转到那些衣服上，不少人也不管合适不合适，还真的掏钱买了。

我在一旁笑，笑得眼睛几乎没了缝。

曹正昌不知所措地站在那里，鹊喜说："你愣着干吗，赶紧做生意收钱啊！"

曹正昌回过神来，赶紧忙着取衣服，收钱。

鹊喜的叫卖和曹正昌演讲时一样亢奋，我觉得那打的绝对不是一般的鸡血，应该是野鸡的血。直到嗓子都有些哑了，鹊喜依然兴致勃勃。

我说："收摊了，都没人了。"鹊喜这才意犹未尽地停下来。

曹正昌数着一大堆的钱，兴奋地说："是平日的十倍。"

鹊喜开心地笑说："那我每个周末都来帮你做模特儿。"

曹正昌一边把钱分成三份，塞给我和鹊喜，一边说："不用，不用，千万别耽误你们。这是给你们的。"

我拿着手上的钱看着鹊喜。鹊喜把我手里的钱一把拿过去，连同她自己的那份一起放进曹正昌的口袋，狠狠地说："这样就没意思了哈！"

我看鹊喜又回到原来的样子，便说："这可不是琼瑶的调调。"

我们三个人兴奋地收摊，却完全没有发现，远处，奶油哥哥一直悄悄地举着相机，记录了全部的过程。

夜里，我起来上厕所，看到曹正昌和奶油哥哥的床都空着。我走向厕所的时候，看到走廊里曹正昌和奶油哥哥推推搡搡抢来夺去地在小声争执着什么，奶油哥哥手里使劲攥着什么东西，曹正昌想拿过来，奶油哥哥不让。一看到我，他们赶紧各自散去。

早晨我第一个醒来，看见奶油哥哥还在睡觉，但怀里紧紧地抱着书包。听到我起床的动静，奶油哥哥一下子惊醒，抱着书包就下了床，飞奔了出去。

15

那天下午上完课已是黄昏，坐在我前面的奶油哥哥不见了。突然，后面传来罗医生的一首歌，后来我知道叫《爱的箴言》：

我将真心付给了你

将悲伤留给我自己

我将生命付给了你

将孤独留给我自己

我将你的背影留给我自己

却将自己给了你

我回头看，奶油哥哥一边唱一边看着鹊喜一边往我们座位上走，满眼都是泪水。

全班哗然。

我呆了，我第一次不觉得奶油哥哥矫情，因为我的眼里莫名地也有了泪水。

鹊喜也呆了，坐在那里不知所措。

奶油哥哥走到鹊喜身边，泣不成声。

鹊喜想站起来，又坐下。鹊喜低头一会儿，然后看着窗外，用空洞的声音念了两句歌词："诗情画意虽然美丽，我心中……"鹊喜突然停顿住。

这时，大家再次起哄："说下去，说下去！"

突然，鹊喜站起来，正对着奶油哥哥，一字一句地说："没有你！"

刹那间，教室寂静一片。鹊喜和奶油哥哥对峙着，随后奶油哥哥哭出了声，捂着脸往外跑。曹正昌快速冲过去，拽住了奶油哥哥，把他按到座位上。

曹正昌说，大家一起把这首歌唱出来吧。曹正昌发了音，大家唱起——

又见炊烟升起，

暮色照大地，

想问阵阵炊烟，

你要去哪里，

夕阳有诗情，

黄昏有画意，

诗情画意虽然美丽，

我心中只有你。

那天，已近黄昏。夕阳斜射进教室，一群年龄参差不齐、经历参差不齐的学生在为一缕炊烟动情。我回头，诧异地发现曹正昌也满眼都是泪水。

我想不通可以搜屋焚书、刚毅无比的曹正昌为什么也会唱这样的歌，为什么会哭。

大家渐渐离去。我慢慢地走出教室。奶油哥哥也在哭，他走在我的前面，一边走一边抬手抹泪水，轻轻地啜泣。路过的人都好奇地看他。

我赶上去拉住他，说："我们先回教室休息一会儿吧。"

奶油哥哥转身，和我一起慢慢走回教室。到教室门口时，我们停住了，因为教室里有两个人。

是曹正昌和鹊喜。

我们赶紧躲到走廊窗户下面，偷偷望着里面。

曹正昌坐着，鹊喜隔着桌子站着。夕阳曚昽，侧照在他们的身上，流溢出一种忧伤的光影，那光影辉映在我的大眼睛里。

鹊喜说："后天我们文学社想邀请你去做讲座。"

曹正昌说："后天是孩子他妈的生日，我明天去接她。"

鹊喜淡淡地说："嫂子人很好啊。"

曹正昌低着头点点头，说："是，这么好的女人不多。"

隔了好久，鹊喜笑了，若无其事地说："我好羡慕嫂子。唉，如果将来我要是那样有福气就好了。"

曹正昌说："什么福气？"

鹊喜笑着说："找个成熟有安全感的男人啊。"

曹正昌不再说话，半天才说："会的。"

鹊喜转身想往门外走，我们正想逃跑。

可鹊喜又走回去了，突然提高了声音，哽咽地说："我不喜欢学这个专业！为什么我拥有的不是我喜欢的，我喜欢的却不是我的？"

曹正昌一下子站起来，伸出手，不知是想捂住鹊喜的嘴，还是想抱住鹊喜，但他的手很快缩了回来，说："小声一点儿。人家会误会的。"

鹊喜安静下来，泪水无声地淌着。

曹正昌说："鹊喜，我在乡下当知青的时候，以为我这辈子就只能这样面朝黄土背朝天了。你不知道，我心里有多珍惜现在。你也应该珍惜才是。"

鹊喜转身看着窗外，外面已是暮色沉沉。

"我很喜欢这个专业。"曹正昌低头半天，突然轻轻地说，"系我一生心，负你千行泪。"

鹊喜愣了一下，随后边擦眼泪边笑说："懂了。"

曹正昌说："这个话题到此为止。"

鹊喜点头说："我们都好好的。"

门外，我看到奶油哥哥的脸在暮色中和纸一样煞白，可能我也是。

奶油哥哥转身走了，脚步急速而有力，完全没有平日的温暾，我甚至感到那脚步里有一种戾气，一种让我战栗的戾气。

这时，曹正昌没动，鹊喜走了出来，看到我愣了一下。

我走上去，踮起脚，用手抹去鹊喜脸上的泪。鹊喜轻轻地劈我一掌。

16

我和鹊喜往学生食堂走，这是我们回宿舍和吃饭的必经之路。我看到好多人往食堂对面的实验楼拥。随后，我们看到奶油哥哥站到了实验楼顶，在天台的边缘大声朗读着舒婷的《致橡树》——

> 我必须是你近旁的一株木棉，
>
> 作为树的形象和你站在一起。
>
> 根，紧握在地下；
>
> 叶，相触在云里。
>
> ……

我赶紧跑到公用电话旁报了警，回身看到鹊喜愣在那里，好多人从我们身边跑过去。

鹊喜呆呆地说："他这种人死有余辜。"

随后，她猛地低头问我："他真会跳楼？"

我说："你别管了。"

我撒腿往实验楼的楼顶跑。我冲到楼顶，奶油哥哥正背对着我，声情并茂地喊着：

"我们分担寒潮、风雷、霹雳；

我们共享雾霭、流岚、虹霓。"

那背影在金色的夕阳里瑟瑟发抖，连带着声音也瑟瑟发抖。

我几乎窒息。随后，我稍稍松了一口气。因为我发现奶油哥哥站的地方其实离天台边缘至少有一米远，不像在楼下看到的那么近。

我慢慢走过去。我想走到奶油哥哥身边，和他一起背诗，或许他能缓过神来。

这首诗我应该能倒背如流，因为奶油哥哥前些日子一直在翻来覆去地背，我都听得想用我的小人书去塞他的嘴巴。

我轻轻地往前移，快要到奶油哥哥身边时，突然鹊喜从后边拽住我，她憋着气，满脸通红。我示意她走开，可鹊喜比比我的身高，又指指楼下，意思是怕我万一被奶油哥哥带下楼去。

这时奶油哥哥还在喊：

"这才是伟大的爱情，

坚贞就在这里：

爱——"

鹊喜走上去一下子拽住了奶油哥哥的衣服，然后用她打铁的力气一把将他提拉到天台中心。

鹊喜说："你什么意思！"

奶油哥哥大声说："你来了？你一定会来的，你是在乎我的呀，是吗？"

此时，楼下的人开始敲盆敲碗，一片沸腾。

这时，消防车呼呼地驶过来，消防员跳下车搬出气垫接好管子充气。

奶油哥哥这时又往边缘走，边走边哭，大声说："告诉我呀，你是喜欢我的呀，告诉我呀。"

鹊喜说："你给我站住！"

奶油哥哥说："你说呀，我就站住。"

奶油哥哥一边说着，一边看着越来越高的气垫离自己越来越近。他一边往气垫的中间位置挪，一边说："你是喜欢我的呀，是吗？"

这时气垫已经离四层高的楼顶很近了，奶油哥哥判断跳下去已无大碍，便停止了哭诉，正对着气垫跳了下去。我和鹊喜冲到楼顶边缘，看到奶油哥哥掉在气垫上。

奶油哥哥掉下去的时候，书包开了，里面飞出很多照片，刹那间，照片漫天飞舞，漫天飞舞的照片上是曹正昌摆摊，还有鹊喜做模特儿叫卖。

17

一时间，曹正昌和鹊喜还有奶油哥哥的桃色故事，成了全校最津津乐道的话题。除了桃色，还有惊悚之处就是，一个名牌在校大学生居然去做小商贩。

制造这泼天大案的奶油哥哥连自己也没想到，那么厚的气垫，那么一点点距离，他居然一条小腿骨折了，吊了几个月的石膏。

大家都说，三个人受处分是难免的了，问题是怎么样的处分。这个周四，本来的热血讲座便成了三个人未来出路的历史性会议。

那天，奶油哥哥绑着石膏，低头坐在讲台旁边。

辅导员说："尤优同学制造的这起事件，在全校造成极坏的影响，给予留校察看处分。"

辅导员说完转向曹正昌，说："曹正昌同学……"

曹正昌一下站起来，说："辅导员请等一等。"

曹正昌走到讲台上，说："我首先说一声对不起，为了养家糊口，我课余时间摆摊。我知道这不是学生应有的行为，但我没有违背改革开放的方向，我因为没有事先向学校请示而抱歉，我会主动辞去班长一职。"

说完，曹正昌鞠了一躬。

下面静悄悄，大家都有些不知所措却又不便挽留，因为在他们心中，一个小商贩的确无法再胜任班长一职了。

曹正昌继续说："我还要向文鹊喜同学道歉，我们是纯净的同学关系，你的热心我非常感激，但我连累了你。对不起！"

鹊喜在下面低着头，说："是我连累了你。"

奶油哥哥折了腿还留校察看，曹正昌的班长被免了，鹊喜似乎什么问题也没有，但问题最严重，她成了绯闻的中心，被孤立了。那段时间，在饭堂、教室、上学路上、宿舍等地方，人人都在谈论着鹊喜，关注着鹊喜。学校各处谣言丛生。

鹊喜开始躲着曹正昌，躲着我，甚至似乎想躲着全世界的人。现在经常旷课的人不是我，而是鹊喜。我是一节课也不敢落下了，不然我们的座位便完全空着，是我把巨大的资料夹竖在鹊喜的位置上，尽量让老师不注意鹊喜的缺席，点名时，我也帮着鹊喜应卯，我还没发育，声音尖细，老师不易察觉，就是察觉了，老师也不愿深究，视而不见。

18

鹊喜是在一个下午突然病倒的。当我得到消息跑到学校医院，我看到了我从未看过的鹊喜，脸色蜡黄，声音微弱，气若游丝。

我站在她旁边，不敢透气，我似乎也气若游丝。

我的心堵住了，血管栓塞了。我想哭，可我的泪腺凝固了，我的喉咙被卡住，发不出声音。

这一次，我没有摸我的项链，我此时的心绪和对母亲的依恋没有任何关系，此时的鹊喜是我的同桌，我的同伴，是需要我保护呵护的女孩儿。此时，她躺着，我站着，我比她高出一大截。

我跑到医生办公室，一改我以往蔫蔫的语调，狠狠地说："你一定要救活鹊喜！"

医生看看我，说："你是她弟弟？"

我再次狠狠地说："我是谁不重要，你一定要救活鹊喜！"

医生说："她只是急性肺炎，已脱离危险。"

这下，我全身所有的栓塞瞬间通了，我哭出声来。

随后的日子，我一直陪伴着病中的鹊喜。

我每天去学校医院照顾她，给她送饭送水，帮她洗脸漱口，她躺在病床上，我坐在一旁，陪着她。我觉得我的形象和曹正昌一样高大，顶天立地。人说天塌下来有高个子顶着，我似乎就是鹊喜身边的高个子。

在陪她的大部分日子里，我都在画画，画的都是鹊喜。

画上的鹊喜穿着各色各样的服装，穿紧身衣喇叭裤的，穿超短裙的，穿晚礼服的，也穿蚊帐一般的披风。鹊喜在画上神采飞扬。

鹊喜开始不屑一顾，后来不以为然地瞄几眼，再后来便和我争论服装的设计。

鹊喜说："这个纽扣应该放在这边。"

我说："不对称更好看。"

鹊喜说："那你穿，我不穿。"

鹊喜夺过我的纸和笔，在那件衣服上画上我的脸。我穿超短裙的样子非常可爱。

半个月后，我给鹊喜送盒饭，她的床位居然空了。地上有一张被揉皱的纸条，我捡起来，打开一看，撒腿就往外面跑。

我直奔系办公室。可此时，鹊喜已经穿着紧身衣喇叭裤在系办公室了。所有老师都很愕然地看着她的喇叭裤，辅导员非常不爽。

辅导员说："你这是穿的什么奇装异服？你刚刚惹的事还不够热闹么？你这又是来的哪一出啊？你非得我们处分你你才消停么？"

鹊喜抢先说："我要退学！"

鹊喜把一张退学申请放在辅导员桌子上。所有人更加愕然。

我冲过去一把将那张纸条拿过来，跑出门，鹊喜追出来。

在走廊的尽头，我把纸条撕碎。

鹊喜走过来。停了半晌，鹊喜说："我不喜欢这个专业。"

我说："你可以选修其他的。"

鹊喜说："我不想在这个地方，我待不下去了。"

我说："有那么严重么？"

鹊喜拉我的手，伤感地说："你的手好软，赶快长成男人吧，这也算是我拉过男人的手，也不枉费了大家对我的评价。有人说我谈了几打恋爱。什么叫谈恋爱？！"

我突然想起父亲经常说的，便背着手老学究似的说："你若不动，风又奈何。"

鹊喜被逗笑了，说："还有下一句吗？"

我继续老学究："心若不伤，岁月无恙。"

鹊喜冲着窗外说："我心伤抱恙。"

鹊喜说着，流泪了。我站在她后面。

我说："会好的，都会过去的。"

鹊喜低头往外走。

19

鹊喜是在一个热闹的夜里来男生宿舍找我的，那天中国女排正和日本队争夺世界杯排球赛冠军。我挤在宿舍一楼的公共休息室看着电视直播，大家一边看一边击掌狂呼，似乎这样才能为女排助力。

鹊喜挤到我旁边，用脚踢踢我的鞋子，我便跟着她挤到休息室门口。

鹊喜笑笑地递给我一张纸，说："学校批准我退学了，还给我写了推荐书。"

我拿着那张纸的手有些定不下来，我的身体瑟瑟发抖，就像那天奶油哥哥在楼顶念诗般地发抖。

这时，曹正昌也从里面挤出来，一把夺过那张纸，狠狠地说："我们能上大学有多么不容易，你自己不清楚吗？几千个考生里才出一个大学生啊，你就这样说不上就不上了？"

鹊喜淡淡地说："千金难买我乐意。"

曹正昌语气更狠地说："我去系领导反映，收回这个破东西。"

鹊喜的语气也狠起来，说："你凭什么干涉我的生活？行啊，我知道你能！你本事通天！那我档案什么的都不要，行吗？！"

曹正昌的语气软下来，说："你再考虑一下，这么大的一件事。"

鹊喜说："不用了，我明天走，车票都买好了。"

曹正昌说："去哪里？"

鹊喜说："南方。那里现在火热着呢。"

曹正昌还想说什么。

鹊喜说："别劝，没用的！"

曹正昌不再吭声，转身慢慢地走开。

我眼睛愣愣地看着鹊喜，说："就为了那些流言，你真的就放弃学业？"

鹊喜突然笑起来，说："我才不管别人嚼什么舌头！我说了，我不喜欢这个专业，早就想退学了，我知道自己应该做什么了，谢谢你，我的小弟！"

这时，里面传来狂热的鼓掌喝彩声。窗户里那影像模糊的电视上，郎平正飞身跳跃起来，举起右手对着球，解说员很激动地大喊："郎平再次扣球！"

鹊喜也大喊："扣球！"

郎平把球既准且狠地扣在对方的空当。

鹊喜笑着说："郎平一定喜欢排球，她学排球的时候一定很开心。"

这时里面传来女排夺冠的声音，一片欢腾。我拉着鹊喜就往宿舍外面跑，我知道今夜会彻夜无眠，我知道这栋男生宿舍会是青春的沸腾、鸡血的宣泄地。果不其然，我拉着鹊喜才刚刚跑出宿舍几米远，几个热水瓶就从楼上砸下来，在地面发出巨大的爆炸声。随后是敲脸盆敲碗砸啤酒瓶的声音。

我们学校广播响起——今夜是真的彻夜无眠了。彻夜无眠的不仅是我们学校，而是整个中国，整个华人界，这是中国在世界篮、排、足三大球的比赛中取得的历史性的突破，第一次获得世界冠军，电视台、电台正在播送国务院给中国女排的祝贺电文。

我和鹊喜站在离宿舍稍远的草地上，笑着看几乎疯狂的场面。

鹊喜说，这是为我送行的锣鼓声。

我突然想起小时候读过的一首诗：

> 亭亭山上松，瑟瑟谷中风。
>
> 风声一何盛，松枝一何劲！
>
> 冰霜正惨凄，终岁常端正。
>
> 岂不罹凝寒？松柏有本性。

后面两句是鹊喜和我一起念的，两人念完，鹊喜又劈了我一掌。这是最后一掌了，我想。

鹊喜笑着说："松柏有本性不假！只是什么冰霜凝寒，没有的事，我觉得前途灿烂光明。"

20

我把鹊喜送到火车站。

在火车站那灰色的站台上，绿皮车厢旁，我把一早排很长的队用三角钱买的《读者文摘》放进她的书包里。

我说："孤单了，就翻翻。"

鹊喜劈了我一下。

这已经是鹊喜第无数次劈我了，但这次，我突然触电了。

电流从鹊喜手掌劈过的地方瞬间辐射，把我所有的气血逼迫到每一根神经的末端，我的气血与热电流感应着、交织着，沸腾，接近熔点。以往每次鹊喜劈我，我都感到温暖和安全，而这次，我的心却像炙热的岩浆几近疯狂地寻找突破口欲迸发。

我呆呆地颤颤地说："鹊喜，可能，我长大了。"

鹊喜笑，意识到什么，红着脸，拍拍我。

我突然抓住她的手，我好想把她的手放在我的嘴唇，我想把她抱在怀里拥在心口。我想哭。

我颤颤地说："鹊喜，不要走，我求你。"

我的眼泪拼命地想往外挤，我使劲克制住。如果时光真的可以错位，我希望张学友来为我唱一首歌：

　　而你是一张无边无际的网

　　轻易就把我困在网中央

　　我越陷越深越迷惘

　　路越走越远越漫长

　　如何我才能锁住你眼光

鹊喜没有心伤，而是在火车的长鸣声中，笑靥如花地和我挥手告别远去。

我回到学校，奶油哥哥拄着拐杖靠在大门口旁边的树上，等我。他不停地用细长的手指抹眼泪，我不想理他，从他身边走过。

他用拐杖拦住我，说："我没想害她，只是想让她一心一意地和我好。"

我用手拨开拐杖，走，一边走一边哭。

我回到宿舍，看见曹正昌躺在床上发呆，我从未见过曹正昌睁着眼躺在床上，除非睡着。从那以后，除了演讲，曹正昌平日里话少了很多。

21

曹正昌的"热血讲座"越做越火，最后成为学校里的一个社团——"热血社团"，并成了学校的金字招牌。而在女主角走后，绯闻过去，曹正昌在大三成功当选学生会主席，成了一代学生真正的偶像，每次演讲完，人们总是蜂拥签名。

在阶梯教室，曹正昌在慷慨激昂地演讲着各种大话题，诸如，邓小平首次提出"一国两制"，《义勇军进行曲》被恢复为中华人民共和国国歌，长江葛洲坝截流工程合龙，IBM 推出首部个人电脑，麦当劳创始人雷蒙德·克罗克逝世，中国第一条 120 路海底电缆通讯工程竣工，张海迪荣获"优秀共青团员"称号，甚至艾滋病开始在全球蔓延，我们该如何自爱。

我成绩依然优异，连续四年第一，我有了自己专门的实验室。平日里，除了每周给同学和老师传授一下我的设计理念，我总是静静地在一堆奇形怪状的设计作品和奖状里摆弄着，我似乎更加独来独往，像一个独行侠。

四年很快过去了。我们毕业了。

我们拍集体毕业照。大家站在台阶上，前排坐着系领导、辅导员和老师们。

我站在第二排，前面坐着的人还是把我的脸挡住了。

摄影师指指我。

摄影师说："那个同学，别坐着，站起来。"

奶油哥哥说："他是站着的。"

十六岁，我毕业了。我的个子在 1.414 米处凝固了，那个数字对我的不舍和执着如同古远的爱情歌谣：冬雷震震，夏雨雪，天地合，乃敢与君绝。

曹正昌把我拉到前排台阶上，我坐在老师那一排。曹正昌想坐在我旁边，我把手里的一束带刺的玫瑰花放在地上。曹正昌赶紧站起来，打我一拳，坐到我的另一边。

拍照声：咔嚓，咔嚓。

我旁边的位置空着。

随后的毕业典礼上，曹正昌带头唱了一首穿透了几代人心的歌《我的中国心》：

长江长城黄山黄河

在我心中重千斤，

无论何时无论何地，

心中一样亲。

大家扯着嗓子唱着。

曹正昌慷慨激昂地说："四年来，所有的期盼、勤奋、压力、乏味、彷徨，以及积淀的学识和荒废的时光，都成了美好的回忆，都幻化为蓬勃的梦想，我们所有人的梦想都无法和这个生于斯长于斯的国家割裂开来，即使漂洋过海到地球任何一个地方。"

所有人都哭了。我也哭了。我不再觉得曹正昌矫情。

因为就像曹正昌说的，从此，我们将天各一方。从此，我们带着披甲挥矛伐鼓扬旗的征战之情，在时代赋予我们的战场浴血奋战搏命厮杀，我们的内心怀着"壮士一去兮不复还"的豪迈和悲壮。一批又一批新时代的学生会追随着我们走出这个校园，在未来的中国展示强大的生命力和创造力，为这个国家书写一系列神话。

大家相互在留言本上留言，奶油哥哥在我的留言本上写着：都是文学给害的。

我笑起来。我歪着头，看着大家背着行囊，各奔东西。奶油哥哥去国外了，曹正昌被分配到南方的一个政府单位，而我留校当了老师。

22

大家分别后，我在家里布置了一个简易的冲印室，毕业合照底片被浸在药水里，我把鹊喜的头像放在我旁边空着的位置上，天衣无缝，毕业照上鹊喜和大家一起笑着。

这时，居委会的大妈敲门，有些警惕地递给我一张明信片。

明信片中的鹊喜笑容灿烂地站在南方一家高档酒店大门前，那是中华人民共和国成立后第一家中外合资酒店，鹊喜穿着一件红色的拖地的晚礼服，头发高高地盘在头顶，美丽华贵至极。

但不知怎的，我还是最喜欢她披着蚊帐的样子。那种别致的时尚风潮后来人们把它定义为乞丐派，而把这种乞丐派发挥到极致的是一个穿破大衣的流浪汉，人们称他为"犀利哥"，一时红遍大江南北。当然，这是很多年以后的事。

我给鹊喜写了好几封信，没有回音。

1984 年春节，我和父亲看完《新闻联播》，然后我躲进自己的房间，拿出我加工过的毕业照和鹊喜寄来的明信片看着，我下了一个一直以来没有下的决心。

第二天一早，我给父亲写了一张纸条，放在桌子上，收拾了几件衣服，背着包，忐忑地出了门。

我来到火车站，我想着鹊喜在站台上那让我触电的掌劈，想着她挥手时如花的笑靥。我上了火车，一样的汽笛长鸣，火车开动了。我突然又心酸起来，我离父亲越来越远了，爸，对不起，古人说父母在不远游，我不孝，请您原谅我。

23

五喜听完了我的大学故事，用她那和鹊喜一样眼角微微上翘但比鹊喜温柔很多的眼睛看着我，眼神里全是羡慕。

五喜说："我姐姐厉害，是我们街道里唯一一个大学生，姐姐做什么决定，都是对的。"

我不觉得鹊喜做什么都对，在我眼里无所谓对错。我只是觉得鹊喜是一个疯子，就像好多人觉得我是一个傻子，她的疯和我的傻，让这个世界很新鲜。

我握握五喜的手，走出了酒店。

我站在酒店门口，一时间不知道去哪里。

我漫无目的地走着。夜色满城。这时，远处一个醒目的霓虹灯招牌吸引了我，那儿闪烁着四个字：人才市场。我兴奋地瞪着我的大眼睛。我赶紧走过去。

我想我应该在这个人才市场看看我是不是人才，有没有市场。如果我是人才，就可以落下脚来。

人才市场门口上拉着一个巨大的横幅："今日给我一口水，明日送你一壶奶——大型人才招聘会。"

我走进灯火辉煌的人才市场，我从来没见过那么拥挤的人群。在偌大的会场大厅，抬头看去，除了四周招聘台后面的工作人员，全都是应聘者重叠攒动的人头，人们拼命地往招聘桌台边挤，好多人高高地举着自己的简历，那些简历是未来人生的敲门砖……这些人中有史上最早的农民工，有各行各业的、体制内体制外的、怀才不遇的、成绩斐然的、不甘平庸的各等人士，他们是一群谋求改变、不惮于冒险、敢于为了理想把过往清零的人。

在这把汗挤成油的人才市场，我灵巧地穿行在人缝之间，我跨过那些相互挨着踩着的脚，挤到一个招聘台前，是招模具工的，我犹豫着要不要投简历，招聘台后面的那位漂亮小姐看着我摇头说："我们不招童工。"

我投了几份简历，便从人才市场挤了出来。

路上人来人往，灯光有些昏暗，看不真切人的表情和眼神，但我从大家那快速有力的动作和偶尔发出的音频和笑声感受到了一种蓬勃，一种与这昏暗的灯光和局促的空间完全不匹配并完全不被这昏暗和局促遮蔽和抵挡的蓬勃。

四周的建筑上挂着各种大小旅馆的招牌，有两百块一晚的，也有三块一晚的，有卖房间的，有卖床位的。我选了一个每天三十块钱的旅馆走了进去。

当我拿出户口本登记住宿的时候，旅店的老板看到我的名字，立马用警惕的眼神看看我，随后示意服务员，服务员随机把我带到旁边的房间，立即把我锁在里面。

这当口，旅馆老板打电话的声音从不隔音的门外传进来："喂，阿 Sir，那个赵以水在我这里……"阿 Sir，是当地人对警察的称呼。我莫名其妙，可我这时看到了床，我一倒下去便睡着了。

我睁开眼的一刹那又看到了一杆枪，这次是民警身上的手枪。

我几乎是被民警押送到飞机上回北京的，因为父亲为了找到我，报了警，并说我心智不全，有伤害人的倾向。

一回到北京的家，父亲便对我用了家法，他命我跪着，面壁，再将一摞书放在我的头顶上，书一掉下来，父亲又放回我的头顶。

父亲说："南方都是铜臭味，那是你去的地方吗？你给我记好了，除了学问，什么都是假的。书中自有黄金屋，书中自有颜如玉。"

我顶着书，书掉下来，我自己捡起来放上去。

父亲又说："我知道你喜欢那个鹊喜，可那是一个不着地的天上人，你得不到，也不合适。"

我扭头，头上的书全掉下来，说："就是因为不着地，才合适。"

父亲有些想笑，忍住，说："下次你再敢跑，就别认我这个父亲。"

我说："下次我跑，你是不是会说我是杀人犯？"

24

我又回到学校，我经常经过我们曾经的教室，经常想起鹊喜的样子，我有点儿颓丧地明白，那种和鹊喜相伴而坐的日子真是一去不返了。

回到实验室，一群高出我一大截的学生谦恭地和我打招呼："老师好！"

我被学生围住，站在外围的人根本看不见我。

我继续设计我的毕加索般的东西，虽然好多人看不懂，但校长鼓励我坚持做下去。我的学生们也对我的设计充满了好奇，并因此尊敬我。为了不造成俯视的感觉，他们向我请教的时候总是蹲着。

如果不是曹正昌那个电话，可能我会一直在学校待下去，至少一直在京城待下去。

那天，一群学生围着我做模型。突然响起了"BBBB"的声音，我转过身，旁边人都往一个有钱的学生看去。这个学生也是有些慌乱，但很快反应过来，从书包里拿出一个方正的东西，按掉了它的声音。

我说："请不要带闹钟到学校。"

同学说："这是 BP 机，老师老土了。"

同学们都笑了。

有个同学说："老师，您原来设计的信号接收器，不就是这个吗？只是我们没有把它产品化。"

我找出我原来设计的几张图纸，有些出神。

这时，曹正昌的电话打进来，说他已经从政府单位辞职，正式下海了，要我和他合作。曹正昌在电话里还很"班长"地说："现在我们绝大部分工厂都是外面企业的零件加工厂，都在为外商提供廉价的劳动力。根号 2，别忘了我们热血社团，别忘了我们当初的誓言！"

不知怎么的，以前曹正昌说什么我都觉得矫情，而这次，我的心里突然也涌起了一腔热血，那种以前我说的鸡血。此时此刻，一股莫名的紧迫感冲击着我的内心，我再也按捺不住自己了。

25

我再次离开家的时候，没有偷跑。

父亲把藤椅放在大门中间，靠在藤椅上，无言地挡住我的去路，我把行李箱从椅子和门框之间挤出去。

我一边挤一边说："爸，我可以经常回来看您。"

父亲说："你的学校可是连青苔都是历史遗存，南方算什么？空白一片，怎么能和京城比？"

我说："爸……既然书中自有黄金屋，我们就把书变成黄金吧。"

父亲说："读书就为赚钱，那是国家的悲哀。"

我说："经济发达了，国家就强大了。"

我把箱子挤出门，人再往外挤，我被椅子腿绊了一下，摔了一跤。

父亲下意识地起身伸手扶我，但立即缩回了手，在父亲别过脸的那一瞬间，我看到了他的眼里有泪水。

我爬起来，向父亲深深鞠了一躬，眼里也有泪水，我一步三回头地走，和父亲惜别。

我又坐上了去南方的火车。绿皮火车上坐满了形形色色的人，我和他们一样，被某种神秘而诱惑的力量支配着。这一切都因为这个时代，不能辜负了，这可能是唯一的解释。

我没想到我见到曹正昌是在一栋铁皮工房里。几个工人在铁皮房门口用水龙头冲凉。

"你怎么住在这里？"我说。

"那你觉得我应该住在哪里？"曹正昌笑笑说。

"你就准备在这里赶走侵略军？"

"当年八路军不也是小米加步枪么？"曹正昌指指窗外，"我应该在那里，是吧？"

顺着他的手指，我抬眼望去，那横七竖八的木板钉成栅栏的破窗外面，刷地是另一个世界——灯光璀璨，高楼林立，豪车飞驰。

曹正昌拽着我走出铁皮屋，走到巴士站，坐在巴士站圆形的石凳上，看着这繁华的世界。

曹正昌指指屁股下的石凳，说："两个月前，两块钱一晚的大通铺我都睡不起了，我在这里睡了两个晚上，被警察当流浪汉。"

我说："你原来在政府单位工作，至于吗？"

曹正昌说："下海后，折腾啊，折腾得一无所有。不过，大学时的誓言还留着。"

我说："你要做自己的产品，做中国的松下。"

曹正昌："你得帮我！我们得有自己的核心技术。"

"就在这儿？"我指指身后的铁皮屋，说，"行吧！"

曹正昌用手按我的头，拍拍："一起努力。"

我把他的手撇开。

夜深了，车少了，灯光也不像刚才那么炫目，高楼窗户的灯大多灭了。

曹正昌说："我那两晚睡在这里，看着这些高楼，很多有灯的，很多没灯的，我想，这些高楼总有一些属于我们，属于我们企业的员工吧？"

我说："到时给我一层做实验室就行了。"

26

我迅速在这个铁皮屋里建了一个别致的实验室和磨具室。

我下火车给父亲打电话的时候，父亲什么也没说，只说："箱子的底层有两万块钱现金，想要把书打造成黄金，还是需要黄金的。"

我半天没说话。

现在这两万块钱派上了用场。

三个月后，正昌牌 BP 机在铁皮厂房里没产了。

当我们看到了第一台正昌 BP 机，我笑了，而曹正昌居然流泪了。

BP 机出来了，可怎么卖出去是一个问题。有钱人用国外货，没钱人用山寨品。我们是中国原创产品，中国人瞧不上。

曹正昌愁煞了几日，问我："如果我想搞一个公益性质的活动，你最想做的是什么？"

我几乎是脱口而出："时装秀，或者，选美。"

曹正昌沉吟半天，说："选美，这可是资本主义的东西，会犯错误的。"

我继续看着外面说："你看这些人衣服的颜色，除了白的，就是灰的蓝的黑的，人不美，城市建得再美也没什么用。"

曹正昌一拍我的肩膀："就这么定了。"

我说："不怕犯错误？"

曹正昌说："看怎么做。"

于是，一场空前未有的选美比赛在曹正昌的策划下开始了。

首先，这场选美的名头是"中国美选拔赛"，宗旨是，心灵美加外在美。操作方式是，第一轮综合知识考试，第二轮形体展示，思想品德文化分占70%，形象分占30%。

我不得不承认班长就是班长，但还是说："这是选美还是选秀才啊？"

曹正昌说："德貌兼备啊。"

到最后的决赛，曹正昌通知我去参加。选美的舞台很简单，但舞台侧面立着的巨大的BP机模型倒很有些意思。人潮一波一波地拥进现场。这时，我才知道，曹正昌已经把这次选美搞出了很大的动静。

突然，我听到主持人报出了一个名字："现在出场的是初赛成绩和文化考试全是第一的选手，文鹊喜。"

我呆了。

在我发呆的时候，鹊喜已经款款地从后台走出来，几年不见的鹊喜穿着黑色西装短裙，头发光洁绾在脑后，高挑而端庄。场上掌声骤然响起。我没有鼓掌，因为我整个人是傻的僵的。

随后，其他的选手我都无心关注。我只看到穿学生装的鹊喜，穿旗袍的鹊喜，穿晚礼服的鹊喜，穿巴黎时装的鹊喜。鹊喜是我唯一的期盼，也是观众最热切的期盼。

第二轮比赛是选手自选项目，鹊喜唱了齐秦的歌：

> 外面的世界很精彩，
>
> 外面的世界很无奈，
>
> 当你知道外面的世界很精彩，
>
> 我会在这里衷心地祝福你。

唱着唱着，下面的人一起跟着唱起来。当时的南方是众多国人眼里的外面世界。

主持人用英语问："这是你对这个移民城市的真情告白吗？"

鹊喜用流利的英语回答："在这块热土上，所有人都体味着它的精彩，所有人都在为这精彩付出艰辛和无奈。"

主持人翻译了鹊喜的话，掌声雷动。

主持人让大家安静下来，继续问："听说你主动放弃名校的学业，你的勇气从哪里来的？"

鹊喜笑着回答："我只是选择了自己想要的生活。"

主持人说："如果你完成了学业，你可以做工程师，或者找到更安稳更体面的工作。"

鹊喜淡淡地说："只要辛勤付出，任何职业都是体面的。"

又是掌声。

主持人问："听说你刚来这里的时候，端过盘子，做过文员，你真的不后悔吗？"

鹊喜说："不后悔。我在向我喜欢的生活靠近，比如我所有的服装都是我自己设计的，比如今天我能站在这里。"

大家再次鼓掌。我眼里含着泪水，想起那天，我送鹊喜上车，我偷偷地哭，她笑靥如花。

主持人说："那你喜欢的生活是什么？"

鹊喜说："展示和创造美呀。就像今天这个比赛，不就是要向全世界展示我们中国人的美和文化吗？"

主持人激动得声音高亢："你有下一步具体行动计划吗？"

鹊喜笑着说："当然！正在努力，暂时保密。"

全场人一边鼓掌一边欢呼。

在一片欢呼声中，比赛进入最后一个环节，泳装秀。泳装是上下连体的保守型，而且下面平角裤，外面还披着一件薄纱。

人们静静地看着一个个选手展示着优美的充满活力的形体，当鹊喜上场的时候，大家站起来欢呼。

这时，谁也没想到的事情发生了。

场上突然有些骚动，我回头，看见一个戴着大帽子的男人正冲出座位，一直站在旁边的几个保安一下子把他围住，但他一下子就挣脱开保安的包围，拿起旁边的椅子挥舞。

男人在跟保安们的对峙中慢慢靠近舞台，依然看不清他的样子，我的位置是上舞台的必经之路，我本能地站起来，冲了上去，张开双手站在上舞台台阶前，可男人上来用手一扫就把我打倒在地。

男人冲上台，一把拽住鹊喜就往台下拖。

男人一边拽一边大喊："作孽啊！真是作孽啊！你穿成这样怎么敢出来见人，你还要不要脸啊，你祖宗的脸都给你丢尽了。伤风败俗！伤风败俗啊！"

我站起来，想再次阻止鹊喜离场。男人的帽子掉下来。

鹊喜喊："爸！"

男人喊："不要脸的东西，还记得我是你爸！你丢人的时候怎么不记得啊！你穿成这样是我教你的么！我不是你爸！"

听到原来是鹊喜的老爸，我瞬间愣在那里，而我眼前看到了一个比砂锅还大的拳头。

在我飞起来的时候，我似乎看到了很多，曹正昌惊讶与歉意的脸，愣住的鹊喜爸爸，还有——从舞台上坠落下来的鹊喜。但是，大家的目光都集中在我的身上，却没有人看到鹊喜的坠落，我想大声地呼喊，却无法发出任何声音，因为，我的意识已经开始渐渐模糊。

<h1 style="text-align:center">27</h1>

护士说："别动！你脑震荡，左眼受伤，幸运的是没伤到眼球。"

我这才从窗玻璃里发现自己头上缠着厚厚的绷带，眼睛一只包着，另一只看着玻璃里的自己。

这时，对面床的帘子拉开，是鹊喜爸爸。鹊喜爸爸的左胳膊吊着，打我的右手也包扎了绷带。

伯父说："打了二十多年铁的拳头，这小子这点伤已经是万幸了，没被打傻算你小子幸运。"

这时，鹊喜爸爸旁边的帘子也拉开了，是一只脚吊起来的鹊喜。这个四人病房除了一个空床位，其他三个被我们霸占了。

鹊喜笑笑说："根号 2，你还好吧？"

我说："我没事，你好吗？"

她动了动手和头

鹊喜说："我就是扭伤了脚。"

伯父说："不扭伤脚，你还能退出那丢人的比赛？"

鹊喜听到退赛，笑容暗淡了下去。

这时，我看见一个人从门外探出一个头，想进不敢进，缩了回去。是五喜。

我喊："五喜，进来啊。"

五喜提着一个饭盒，低头慢慢地挪进来。

这时，啪的一声，伯父将一个搪瓷茶杯砸到五喜旁边的墙上，茶水溅得五喜雪白的真丝裙子黄白斑驳。那只用红漆写着字的搪瓷茶杯在地上晃着，外层的白漆掉了一地，露出几块黑色的内里。

伯父喊："你还有脸来见我？！"

伯父见没砸着五喜，又挣扎着把枕头扔过去，砸在五喜身上。

五喜站在那里不动，低着头，眼泪不停地滴到地上。

伯父牙齿咬得咯咯地响，声音从牙缝里冲出来："滚到你那老板那里去，让他把你当狗喂一辈子！"

五喜哭了："我不像姐姐有文化，除了打铁什么都不会。"

伯父说："打铁怎么了，我们祖宗八代都打铁，那是我们工人阶级的光荣。"

这时，鹊喜插话说："再光荣也得吃饭，你现在不也没活干了吗？"

伯父不理鹊喜，继续对着五喜说："我就是饿死也不吃别人的剩菜剩饭！我们劳动人民当家做主，你居然去给臭老板做小，要是前几年你就该挂着牌子去游街。"

五喜依然低着头说："我没有做小，我们是真正的感情。"

伯父说："感情？他有老婆孩子，感情？你好手好脚的，你不做点儿正经事，和畜生一样让别人养！"

五喜哭着说："我没靠他，我还在做服务员。"

鹊喜又插话说："我靠自己，你不也是一样反对？"

伯父转向鹊喜吼道："你那是正经事么，人体美，你和五喜都靠人体美赚饭吃？我们文家八代清白，今天怎么就到了这个地步？"

说着，鹊喜爸爸居然呜呜地哭起来。

在那个崭新的雪白的病房，打了一辈子铁的伯父，在两个绝色容貌的女儿面前伤心地哭，他打造出了她们，也打造了很多铁刀和剪刀，却理不清剪不断眼前这些纷纷扰扰。

我瘸着晃着眨巴着独眼挪到医生房间，还没等医生和护士反应过来，我已经把墙上的人体结构图取下来，跌跌撞撞地回到病房，把图展示在伯父面前，说："人体只是一个物体，就像你打的铁也是物体。"

伯父似懂非懂，他想抢过去撕了，但我早就料到，退后几步。伯父停止了哭泣。

28

第二天清晨。伯父的病床空了，他不见了。

我睁着一只眼睛，问躺着发呆的鹊喜，说："你爸呢？"

鹊喜说："不知道。"

我说："赶紧让人去找。"

鹊喜摇头说："没用的，我了解他。"

我挪着身体倒了一杯水，递给她。

鹊喜狠狠地说："我也想揍五喜！软骨头一个！不靠男人就不能活吗？我不是活得好好的吗？"

我小心地问："你一直都自己一个人？"

鹊喜叹了一口气："我这辈子大概就这样了。"

我说："你才二十多岁。"

鹊喜沉默，不再说话。

我忽然有一些沮丧，我知道她心里只有一个男人，只要有他在，其他人都是她眼前的影子。

我正沮丧着，曹正昌提着大包小包走了进来，说："不好意思，本来是想给你爸爸一个惊喜，不想……"

曹正昌看了看坐在鹊喜床边的我。

曹正昌说："根号2，你去帮鹊喜打些热水吧。谢谢啊。"

我明白他的意思，我拿起热水壶准备挪着出门，这时，鹊喜却伸手拉住了我，说："不用了，我刚喝过水了。根号2，你就坐在这儿。"

我心中有点惊喜。

曹正昌说："你真的决定好了？不能再考虑考虑么？"

鹊喜看向窗外："嗯。"

曹正昌叹了口气，对我说："好好照顾鹊喜。"

曹正昌慢慢离开了房间。

这一夜，我上半夜毫无睡意，反复回味着鹊喜今天拦住我的那一幕，那仿佛成了我心中的定格。

第二天，我是傻笑着醒来的。

鹊喜说："你笑什么啊？像个傻瓜一样。"

我笑而不语，却发现鹊喜拄着拐在收拾东西。

我说："你要出院了？这么快？"

鹊喜幽幽地说："我想出国去。"

这一刻，我算是明白了四个字，晴天霹雳。

那一刻，我还明白了，什么是从天堂掉进地狱。上一刻我以为是我的机会，下一秒发现只是我一厢情愿，鹊喜出国的决定我依然是最后一个知道的。

怅然的不只是我，还有鹊喜。她没发现我的失神，自顾自地说着："这几年，我一边打工，一边学英语，我通过了托福考试。我要出去看看，知己知彼么。"

我说："你只是在逃跑。"

鹊喜说："你不想也出去看看？以你的才华，在哪里都能发光发热！"

我说："我就在这里发光发热吧。"

鹊喜笑着说："我相信你。哦，对了，我下月去签证，你陪我去吧？"

看着她灿烂的笑容，我不自觉地点了点头。

我的心好痛，鹊喜总让我心痛。可是，再心痛，我总是默默地支持她，这似乎是一种习惯，我习惯支持她做一切她想做的事。我想她一定会回来的。

29

鹊喜签证的头一天，我通宵帮她排队。第二天早上鹊喜到现场看到我脸色发青地排在第五位，便问："你通宵在这里？"

我说："我插队的。"

鹊喜说："就你这样敢插队，还不被人揍成肉饼。"

随后，鹊喜默默地看着我半天，没有用手掌劈我。

很快就轮到了我们。我看着鹊喜进了大使馆，便坐在旁边的台阶上等着。我希望她签成，又希望她签不成。

鹊喜出来的时候，脸色怪怪的，说不出是高兴还是失望。

我说："没签成？"

鹊喜说："什么成不成的。"

我疑惑地看着她。

鹊喜劈了我一掌，阴阴地说："成了，签好了。"

我说："那不是挺好？"

鹊喜说："好什么好？！到别人门口乞讨了一回。哪天也让他们求到我们门口就好！"

我送鹊喜到机场，鹊喜一边挥手一边说："谢谢你，根号2。就此别过。你也快长个子，不然，再过几年，人家会把我当作你的母亲。"

我站在机场大厅，透过玻璃看着鹊喜的航班起飞。飞机在我模糊的双眼中穿入云端，一如无羁无绊的鹊喜，我想起战国时的《神女赋》：

> 妾在巫山之阳，高丘之阻，旦为朝云，暮为行雨。

我泪如雨下，默默在心中下定决心："这是我最后一次为你送别，鹊喜。"

30

马路上，人来人往，我发现，原来人们一色的灰蓝黑，开始慢慢有了颜色，后来是五颜六色。

来自全国的产品订单一批接一批，什么叫供不应求，什么叫睡着都能笑醒，说的就是曹正昌现在的状态。

曹正昌在旁边的高档写字楼里租了几个大间做总经理办公室和对外销售部，办公室的人络绎不绝。我进去想和他说句话也插不上，只好看着他蔫蔫地笑。

曹正昌送走一拨人刚想上个厕所。可是，又一拨人进来，堵住他。

曹正昌憋着尿，把这拨人接待了，送走。刚想进厕所，又有人进来。

曹正昌忍着，在订单上签了字。

销售经理拿着一沓文件进来，说："这是这个月的订单。"

曹正昌说："这么少？"

销售经理说："这只是目录，那边才是订单。"

曹正昌顺着经理的手看去，旁边地上，堆积如山的订单。

曹正昌大笑："好好做，下个月，咱们增加十条生产线。"

曹正昌边说边往厕所跑。过了好久也不见出来，我纳闷地到厕所看看，看见曹正昌脸色煞白地从厕所挪出来，手扶着墙，随时要倒地的样子，我赶紧扶住他。他说："没事，尿憋的。"

曹正昌的肾病就是这时落下的病根。

接下来，搬工厂，进机器，加工人。我们的生产能力扩大了十倍，我们账上的资金越来越多，员工的待遇越来越好，可是曹正昌跑厕所也越来越勤。

终于有一天，曹正昌住进了医院。

曹正昌住进医院不久，鹊喜突然给我电话，说她已经从巴黎到香港，要我去码头接她。

鹊喜从里面走出来的时候，我没有看到她。我只看见那群人里有一个似乎只能在巴黎时装杂志上才能见到的时尚模特儿，实在是太出挑了，周围人的眼光都刷刷地转向她。等稍微近一些，我才发现，那是鹊喜。

在我笑着向鹊喜挥手的时候，突然发现，她走路的样子有点儿怪异，摇摇晃晃的。

我开始想笑，在这里也走猫步。

可是，鹊喜快到我跟前时，几乎挪不动步，晃晃地整个人便往下瘫，幸好，我扶住了她，就像上次我扶住曹正昌。

我说："你们怎么都用一个姿势吓我呀？"

这时我看见，鹊喜的脸煞白，汗水浸透了衣裳，她身体的重量全部在我身上。

我说："我扶你到边上坐坐，去打120。"

鹊喜轻轻地摇摇头，吃力地指指外面，吃力地轻轻地说："扶我出去。"

我一手拉着鹊喜的行李，一手搀扶着她。我心酸地发现原来结实健康的鹊喜单薄得似乎一折即断，白皙的皮肤下透着骨骼和青筋。我心酸地想，孤身一人在外，她一定经历了不少辛酸。

我扶鹊喜上的士，让鹊喜半躺在后座上。

我对司机说："去医院。"

鹊喜摇头，指指车里的一瓶健力宝。

我说："师傅，您这健力宝我可以买吗？"

司机说："喝吧。"

我说："谢谢！"便拧开盖子，递给鹊喜。鹊喜颤抖地接过，我扶着给她喝了两口。一会儿，她便缓过来一点儿。

鹊喜说："没事，就是饿的。控制饮食。"

我说："为什么？"

鹊喜说："还有两个月就是世界模特儿大赛的复赛，年底决赛，我现在还超标两公斤。"

我说："都这个样子了，不去参加那个比赛，行么？"

鹊喜看着手里的健力宝，发现喝了一大半，急切地说："不行，不行，我喝超量了，之前的努力就白费了。"

我还想劝，看这情形便收回了到嘴边的话。我知道，她在追求她的梦想。

鹊喜看着手里的健力宝，说："不愧是奥运会指定运动饮料。"

我说："你也知道？"

鹊喜说："华人都知道。中国要多一些叫得响的产品，我们在外面的日子也好过一些。"

沉默了一会儿，我说："怎么突然就回来了？"

鹊喜沉默。

我也沉默。曹正昌病了，我问多了。

鹊喜要司机把车开进一个别墅区里，那是她妹妹五喜的家。

我下车给鹊喜开门。鹊喜想像过去那样劈我一掌，但是这一次，我躲开了。

鹊喜呆愣在那里。

我说："欢迎回家！"

鹊喜很快回过神，没有继续纠结我的变化。

这时，我们转头，远远看见五喜坐在杏花疏影的椅子上。长发瀑肩，裙裾垂膝，绝世凄美。

我说："她好像你，但又不一样。鹊喜，我怎么会想到一个词？"

鹊喜："什么词？"

我说："凄美。"

鹊喜笑说："你怎么也琼瑶起来。"

31

第二天清晨，我被鹊喜的电话吵醒。鹊喜用变调的声音要我立即去医院。

我慌乱地穿上衣服，往医院奔。

我不敢想，曹正昌的肾病虽然严重，但不至于，怎么可能？怎么突然就……

我跑到鹊喜说的楼层，看见医生推着盖住床单的车走过来。

一时间，我的血直往上涌，四周是黑的，天是黑的。我在一片黑色里冲向那个推车。

不要，曹班长，不要和我开这样的玩笑，我受不起。

我冲到推车边，猛地掀开床单，我再次呆住了，不是曹正昌，是五喜。

五喜安详地躺在那里。

我疑惑地看鹊喜。我这才发现，伯父被鹊喜挽着，神情哀戚。

鹊喜木然地说："她吃安眠药，整整两瓶。"

我缓缓地盖好五喜，跟在他们后面走着。走廊很长，像冰窖一样，无声无息。

可是，突然，鹊喜放下伯父，往外面冲了出去，一边哭一边跑。我想追出去，又回头看伯父。伯父低着头说："我没事，麻烦你。"

我追出去，拉住鹊喜。

鹊喜说："你陪我回五喜家。"

的士在五喜的别墅门口还没停稳，鹊喜便打开车门，跑上台阶，快速地掏出钥匙开门。鹊喜的手颤抖，开不了，我帮她打开。鹊喜冲进去，我赶紧跟在后面进去。

鹊喜在房子里胡乱地翻找着，把所有的柜子抽屉扒拉得一塌糊涂。

我问她："你想找什么？"

鹊喜说："我想找到那个男人，我要杀了那个男人。"

我说："没有意义。"

鹊喜不理会我，继续疯狂地找着线索。

鹊喜说："至少我要知道他是谁。"

我说："知道了，又怎样？"

鹊喜说："我要让他身败名裂！"

我说："五喜一定不愿意，不然，她就不会把一切痕迹都抹得干干净净。"

鹊喜停住翻找。

我说："让五喜安宁地走吧。"

鹊喜突然蹲在地上，痛哭。

我手足无措。

32

在秋风萧瑟、荒草萋萋的墓地上，竖满了各式各样的墓碑。五喜的照片刻在那块新的石碑上。

前天，五喜还在杏花疏影里，绝世凄美。

我们三人半蹲半跪在荒草上，为五喜烧纸钱。

一声凄厉的哭声，划破这凄惶的墓地。是一直没有出声的伯父突然发出的，随后是哀哀地啜泣。伯父的啜泣声低微而苍凉，完全没有了铁匠的铿锵孔武，而似残年风烛、炉火将尽。

伯父喃喃地说："五喜，我不理你，你就缠我啊，像小时候那样缠我啊。你干吗要和我拧，是爸不好啊，宝宝！"

鹊喜流着泪拉起伯父，说："爸，不是你的错，是那个男人害的，不是你。爸！"

伯父哀哀摇头，随后使劲捶自己。

鹊喜哭着拽住伯父的手，说："五喜叫我回来，是要我留下来陪你。"

伯父用骨骼凸出的手背抹了眼泪，说："你该干吗干吗去。"

鹊喜止住哭声，只是掉眼泪，问："那你呢？"

伯父哽咽地说："我回家打我的剪刀。"

鹊喜哀哀地说："现在都是工业化生产，谁用啊？爸，你也累了一辈子，休息吧。"

伯父说："我就打我的剪刀。"

伯父说着，佝偻着腰，往墓地外走。

我想上去拉住他，鹊喜拉住我，摇头哭着说："没用的。"

我和鹊喜在高高的墓地上，看着伯父苍老的身影逐渐消失，看着远处的车流，看着夕阳淡去，看着海边亮起的路灯蜿蜒迂回。

我说："你知道我母亲是怎么走的吗？"

鹊喜看着我。

我说："是我害的，我不该把脐带绕满了脖颈。不然，我的母亲就不会感染。"

鹊喜看着我，拉着我的手，流着泪。我擦去她的眼泪。

这是我第二次为鹊喜擦眼泪。鹊喜那次流泪是为曹正昌，这一次是为我的身世，为五喜。

我说："这次留多久。"

鹊喜说："父亲不要我照顾，我还是走吧。五喜想靠男人靠不住，我更不能停下脚步。"

这一次，我没有再挽留鹊喜，也没有去机场送她，只是在心中对她说了一声："一路平安，祝福你。"

回到实验室，收音机里播放着费翔的《昨夜星辰》：

昨夜的昨夜的星辰已坠落

消失在遥远的银河

想记起偏又已忘记

那份爱换来的是寂寞

……

想得到却又怕失去，那份爱，深深埋在心窝

我抬头望着窗外的天空，一架飞机飞过，或许那是鹊喜的航班。

正是，念去去，千里烟波，暮霭沉沉楚天阔。

33

曹正昌住院的很长时间里，工厂里订单有增无减。出院后看到工厂这般景象，曹正昌苍白憔悴的脸有了血色。他把我拉靠在墙上，用手按住我头顶，用指甲画了一条线。

曹正昌说："估计有1.58米，不再是根号2了。你总算是基因变异的正常人了。"

我说："我以前不是正常人么？"

曹正昌说："你什么时候正常过？"

这时门砰的一声被人推开了，进来一个光芒四射的男人，大背头雪亮地往后梳着，一袭白色西装，一双白色皮鞋，像上海滩上的小开。

我的大眼睛瞬间笑蔫成一条缝，说："奶油哥哥！"

奶油哥哥摸摸雪亮的头发，说："叫我金融大鳄。"

曹正昌把我和奶油哥哥带到了一家高级餐厅的包间。服务生托着各种名牌白酒、红酒和洋酒。

奶油哥哥选了洋酒XO，曹正昌把洋酒放回去，找二锅头，没找到。

曹正昌说："二锅头呢？"

服务生说："对不起，我们这里没有。"

曹正昌："嫌便宜了不卖是吧，到外面去买。"

服务生点头出门。

奶油哥哥不屑地说："土鸡再插几根凤毛，到底还是鸡。"

曹正昌嘲讽地说："那就说说你这只鸡的毛是怎么全部换成凤毛的。"

奶油哥哥来了劲，兰花指乱晃地说："炒股啊，你们炒股没有啦？那可是一本万利的呀，我上周买了一只股票，这周翻了五十倍。五十倍的呀。"

这时，墙上的电视突然爆出了文鹊喜的名字："在巴黎举行的世界超模大赛上，中国模特儿文鹊喜夺得了冠军，从此，这个一直被西方脸蛋盘踞的颁奖台上有了一张亚洲面孔，文鹊喜成了一张优雅的东方女人的世界名片。"

电视画面上，鹊喜着一袭洁白的中国旗袍被世界各路媒体包围。

记者问："除了父母以外，如果只感谢一个人，你感谢谁？"

鹊喜说："我大学的同桌。"

记者问："是男友还是闺密？"

鹊喜说："我的小弟，蓝颜知己。"

我默默地看着鹊喜。过往的画面在我脑子里一幕幕地闪过，鹊喜披着蚊帐，鹊喜给我铺床，鹊喜踢我的椅子，鹊喜帮我应卯，鹊喜在火车上和我告别……

良久，曹正昌和奶油哥哥拿着酒杯走到我面前，和我碰杯。

曹正昌说："谢谢你，一直照顾鹊喜。"

奶油哥哥说："谢谢你。"

我呆呆的。

奶油哥哥用酒杯碰了一下曹正昌的酒杯，说："原谅我。"

曹正昌说："原谅什么？跳楼？你那次干吗要往气垫上跳？直接跳地上啊。"

奶油哥哥用空着的另一只手点了曹正昌一下。

曹正昌举起酒杯一饮而尽，说："青葱岁月的幼稚，谁都有。"随后打了奶油哥哥一拳，奶油哥哥哇哇哭了。

34

接下来的几年，曹正昌相中了一些生产国产冰箱、彩电、空调的企业，把它们收购或合并起来，成立了正昌集团。

我们的厂房从最初的铁皮房变成了一个工业园区，有了自己的写字楼，员工有了自己的宿舍。最关键的是，我有一整层自己的实验室。

正昌集团成了国家的明星企业。一切都朝着我们预想的走，甚至，比预想的还好。连中央领导都来视察了我们的生产线和实验室。

一天，曹正昌把一张报纸拍在我面前。

报纸上登着竞选标王的告示。

曹正昌说："一个广告集团联合多家大媒体要搞一场广告标王竞标。标底最低一个亿。"

我看了看报纸说："还是老老实实地把产品做好，广告要做，可也别这样博眼球，我们一年利润才一个亿。"

曹正昌兴致勃勃地说："第一个吃螃蟹的人，就是死，也扬名立万。"

我有些丧气："你原来在大学那满腔鸡血都是为了自己扬名立万啊？"

曹正昌说："我这也是在推广国产品牌啊。"

我问："你准备投标多少？"

曹正昌说："不惜一切代价！"

我歪着头，把报纸折起来，就像当年折鹊喜的情书，说："我现在总算知道什么是暴发户，什么是赌徒。"

曹正昌兴奋地说："豪赌是枭雄的本性。"

我把报纸折成一个金元宝，我往里面吹吹气，那金元宝像气球一样飞起来。

"人有病，天知否？"我对曹正昌说，"你不能去！"

啪！啪！两声。第一声是曹正昌把一张机票拍在我面前，第二声拍的是竞标的预付款的付款账单。

我一下跳到桌子上，俯身揪住曹正昌，我第一次俯视他。曹正昌抬头看我，我们鼻子对着鼻子。

我说："这么大的事，你问过大家没有？"

曹正昌说："你别忘了，我是董事长，有一票否决权。"

我颓丧地坐到桌子上。那个飞着的金元宝破了，摔在地上。

我说："班长，我求你。我们走到今天不容易。"

曹正昌说："正因为不容易，才不能放过这个绝佳机会。"

我说："这么多钱，我们可以开发好多产品，我们甚至可以造一个火箭，这是我一直在琢磨的东西。"

曹正昌说："这个想法好，回头我们就做。"

我说："不要让我们正昌这面旗帜倒了。"

说完，我居然想哭。

曹正昌也莫名地眼睛湿了。

曹正昌含泪说："我做这些就是要让正昌的旗帜高高飘扬。"

35

竞标大厅的四面玻璃在阳光照射下格外炫目，更炫目的是里面坐着的人，几乎每个人都是当年叱咤风云的商界精英，都是财经媒体的宠儿，他们的影像无处不在，名字振聋发聩。这是一个精英荟萃、群雄逐鹿的竞技场，所有人都带着"欲与天公试比高"的胆魄豪情，跃跃欲试地等待着一场数字游戏的肉搏擂鼓开战。

只有我，蔫蔫地坐在曹正昌旁边。

曹正昌说："我们赶紧去上个洗手间，轻装上阵。"

我没动："你去吧，我没尿意。"

曹正昌拽起我："陪我去吧，说说话，我有点儿紧张。"

我看看曹正昌，见他额头冒汗，脸颊泛红，不会是肾病复发了吧。我赶紧起身跟他一起走出玻璃大厅。

我们俩一起往大门走，我边走边安慰他："别紧张，反正上限就是一亿五千万，我们承受得起，我们齐心协力！"

这时，曹正昌的汗水突然如下雨一般往下流。

我说:"不舒服啊?"

曹正昌说:"紧张的。"

我说:"不至于吧,你怎么一下子那么尿了?"

我拍了拍他的胸口,可那哪里是心跳啊,那就是一个你死我亡的战前擂鼓。

我突然意识到什么,骂了一声:"好阴险的曹操!"

我立马转身往回走。可这时我们已出了大厅,四个身强力壮的小伙子一下子拥上来,把我的四肢一人一个地架起来,迅速地抬出了大门。

我被抬进了一个有电视直播的休息厅。那四个彪形大汉并排在门边把守着。

电视里直播着竞标现场,人人都紧握着手里的牌子,准备随时举牌。

竞标开始了,这场竞标真的就是后来主持人说的,空前绝后,绝无仅有。

第一次举牌:彩电大佬举起了"1.2亿"。

主持人:"'1.2亿'第一次,'1.2亿'第二次。"

这时,曹正昌一下子把牌举起来。

全场哗然。因为牌上的数字是"5.73891亿"。

主持人有些结巴了,磕磕绊绊地说:"那个……那个数字,请您核对一下。"

曹正昌把牌举得更高:"没错,就这个数。"

刹那间,所有人都放下了手里的牌。

主持人喊:"'5.73891亿'一次,'5.73891亿'两次。"

场上寂然无声。

主持人一锤定音,说:"这是可以载入史册的竞标。统共只举了两次牌。前后两分钟。"

那个冬日的中午曹正昌的豪情迸发到了万丈之巅。

在园区中间巨大的空地上,突然间聚集了几万人,全着黑色制服,制服的左前胸和后部全有"正昌"字样。

这些人整齐地排列成方阵。阵列分东西南北中五大阵营,五大阵营前都竖着五大巨型标志,其为东路军、南路军、西路军、北路军、中路军。各路军最前面的巨大标牌下笔挺站着的一个人，身旁竖着一个标牌，军长。军长后面的整齐方队又分五个小阵列，每个小阵列前站着师长，小阵列再小阵列前站着团长，再就是连长和班长。每个大阵列最后排是正昌突击队。

太阳高高地悬在中空，冬日的骄阳直射这些阵列，一匹黑马上骑手举着一面巨大的红色的旗帜威严地过来，红色旗帜上醒目地写着五个白色的大字：集团军司令。随后，一匹白色的骏马奔驰而入，在红色巨旗的牵引下，通过坡道上到了广场最北端的高台上。骑在白色骏马上的是着一身红色中山装的曹正昌。

曹正昌御马收缰，从腰间豁然拔剑出鞘，剑影划出的弧线如闪电般耀眼。

旋即，阵列中的几万人同时举起了右手中的小旗，齐声高喊："正昌！正昌！正气荣昌！"

曹正昌高举利剑，其动员令可谓气吞山河："今时今刻，此时此地，我们正昌人以生命庄严宣誓，我们将以视死如归的大无畏精神联合所有国人向外来经济侵略者开战，我们将竭尽所有的力量和智慧为中国产品竖起屹立不倒的丰碑。我们将赴汤蹈火，洒血疆场，不胜不归！此刻，正昌在此，苍天在上，大地为证！"

曹正昌本来就浑厚有力的声音经麦克风的放大显得更加铿锵有力、磅礴入云。

万人阵列再次高举旗帜，齐声喊："正昌繁荣，正昌必胜！"喊声震天裂地。

五路大军将怀着凌云壮志开赴全国各地，为正昌产品洒血商场，立誓不胜不归。

> 大风起兮云飞扬，
>
> 威加海内兮归故乡，
>
> 安得猛士兮守四方！

这是刘邦的《大风歌》，它抒发了刘邦的政治抱负，也表达了曹正昌对难得人才为他安国守城的忧虑。此时，我和曹正昌，惺惺相惜，却渐行渐远。

我看着窗外这震撼人心的场面，开始收拾东西，准备离开。

我要走了，我要离开这个我呕心沥血过的地方了，离开曾经浴血奋战过的同学和战友。

我背着大学时背的书包，往外走。走到大门口，我回头看看，然后，决绝地离开。

我希望曹正昌的总攻能继续赢，希望他永远保留那份赤子之心，就像在毕业典礼上唱的那样。

祝福班长！祝福那些曾经的岁月！

36

阔别多年，我终于回到京城，回到了家中。我走进大门时，想起当初父亲挡在门口我挤出去的情形。

我走进书房，看到父亲正在使用联想电脑。

父亲从电脑上抬起头来，淡淡地说："回来了，回来就好。"

我点头，说："连您也会用电脑了。"

父亲："当然。什么叫连我也会？"

旁边沙发上还坐着一个人，笑着，是我原来大学的校长。

校长说："在等你呢！我们学校这几年非常注重科研和企业结合，我们的好多课题都是和中关村一起研发的，我们需要人才，你还是回来吧。"

我看看校长，看看父亲，点点头。

我又回到大学研发室，又挂上了老师的牌子。我的学生不再比我高出半截，他们跟我说话的时候不用再蹲着了。

我的研发中心成果斐然，一张桌子上横七竖八地堆满了各种奖状奖杯，这些成果后来都成了许多国内外名牌产品，或者产品中的一分子。

我没有和曹正昌联系，但他的消息却无处不在地渗透给我，渗透给全国人民。

此刻，我们研发室墙上那个大型彩电便在播放着正昌集团铺天盖地的广告：

正昌彩电，精美无限。

正昌冰箱，活色生香。

正昌空调，知心冷暖。

正昌广告棒，不如正昌洗衣机棒。

这些广告词，似乎已成为标签语，人们出口成诵。

37

我没想到，我和曹正昌的再次相遇会是在全国优秀青年表彰会场。

十个青年站在台上，拿着奖杯，我旁边居然站着曹正昌。

我们惊奇地看着对方。曹正昌看着我笑，露出一张缺牙笑着的嘴，说："真是冤家路窄。"

下了台，曹正昌说："你那一拳打掉的牙，我永远不会补上，我要让你每次看到它都后悔得痛彻心扉。"

我说："你那一脚把我踢成了内伤，这辈子怕是好不了了。"

这时，奶油哥哥走过来。我们惊奇地看着他。

奶油哥哥："你们是领奖，我是列席。我被新列车研制中心录用了。惭愧，你们是精英，我现在只是一个小喽啰技术员。"

我们更加惊奇，奶油哥哥居然学会虚头巴脑的谦虚了。

奶油哥哥继续谦虚着："根号2，有些技术问题，我要你帮我出出鬼点子。"

曹正昌说："那看这情形，再过几年，中国的春运会大不一样了？"

奶油哥哥："那是。"

奶油哥哥用手指点了我一下，说："你怎么不早提醒我呢？"

我说："你那么大的金融大鳄，还用我提醒啊。"

奶油哥哥害羞地掩嘴笑。

38

得知曹正昌出事是在校长和我谈一件大事时。

校长那天看着我的实验成果，说："以水，南方经济那么发达，我们的研发中心要是在南方建一个基地，是不是更能资源共享？"

我看看校长，拿出一本方案："校长，我也在想这个问题，这是我写的初步方案。您看看。"

正在这时，电视上，一个新闻记者突然报道："作为国产品牌辉煌旗帜的正昌集团今天发生灾难性的一幕，众多经销商和客户聚集在集团周围，要求董事长曹正昌出面发表声明，但曹正昌迟迟不肯露面，造成他与客户和经销商之间更大的误会，目前，各路经销商和客户还在从四面八方向正昌集团拥来，事态正在恶化。"

我一下愣住了，校长也愣住了，都在看电视报道。

记者继续报道着："正昌集团的产品在中国市场乃至国际市场曾耀眼地飘扬，但隐患一直在发酵。有限的生产能力在空前强势的广告效应前显得捉襟见肘，四面突击造成的战线过长使得总部指挥鞭长莫及，实战经验缺乏的管理团队在膨胀的市场需求前手足无措，后续跟踪服务与宣传上的完美承诺相形见绌。结果是，产品出货严重滞后，客户和经销商怨声载道，应急扩大生产线或委托生产造成质量上的瑕疵被客户质疑和放大，后续服务应接不暇而造成大面积的信任危机。最关键的问题是，一直忙于扩张的曹正昌因为掉以轻心而错过了公关的最佳时机。最严重的问题是，至今他依然把自己关在办公室里闭门谢客，造成公愤。"

我和校长好一会儿才回过神来。然后，我用眼神请示校长。

校长说："去看看他吧。"

我冲出门去，回家简单收拾了几件衣服和行李。我一边收拾，一边和站在旁边的父亲说："我去去就回。"

父亲也看到了新闻，说："别慌，你从来都不知道慌的。"

我的动作立即慢下来，提着行李出门，父亲朝我点点头。

39

我从机场直奔正昌集团，还没到大门，便见到处是人，经销商、客户、媒体群情激愤。保安和警察在维持秩序。

我冲进重重包围，冲到集团大门前。一群保安拦住了我。其中一个老保安认识我，放我进去。

我奔到曹正昌办公室门口，敲门，没声音。

我轻声地说："班长，你出来，你从来没做过逃兵啊。"

没有声音。

我说："你还是原来那个热血社团的主讲人吗？有种你就出来。"

还是没有声音。

我的声音大了很多，说："班长，你从来都有办法，我们从来都患难与共啊。"

依然没有声音。

我开始踹门。

这时，曹正昌的声音传出来："十二亿的资金缺口，我却没有一分钱流动资金，该求的人我都求过了，你还要我在这些人面前被羞辱吗？"

我明白了，曹正昌无法面对的是信任危机，而不仅仅是资金危机。在他心里，他用大半生积攒的光辉全都坍塌了。他没有勇气直面这种坍塌，尤其是在这些曾经把他当宠儿的人面前。

我用地上一个铁丝轻轻撬掉了猫眼，我踮起脚看到了里面的曹正昌，看到他在办公室里来回地走着，地毯被走得坑坑洼洼，电话线被他拔掉了，窗帘紧闭，一丝光线从窗帘一个缝隙里穿进，晃着曹正昌的身影。

那晃着的身影，似乎也晃着过往的辉煌：热血社团，偶像签名，耀眼标王，还有骑在高头大马上拔剑出鞘激起的惊天动地的万人誓言。这些辉煌顷刻之间化为楼外蜂拥声讨的人群，报纸电视广播的猛烈轰炸。

我心酸地说："你在里面好好待着啊。"

我跑到走廊尽头，拿着砖头一样大的大哥大和校长通话。

我说："校长，校长……"便说不下去了。

校长紧张地说："曹正昌他人……怎么了？"

"哦，他人没事。"我缓过来，说，"曹正昌曾经是我们学校出色的学生，是吗？"

校长说："你想说什么？"

我说："我们那个南方基地可不可以和正昌集团合并？正昌有很多核心技术，有固定资产，有产品，还有品牌。"

校长说："他那个品牌现在是一个负资产。"

"有时一块钱也能难倒英雄的。"说完，我发现我满脸都是泪水。

40

我擦干了泪，跑回正昌集团大门口，我看到曹正昌曾经指挥千军万马的高台上，有两个保安正在对大家喊话，要大家安静。我挤过去，跳到台上，抢过保安队长手里的话筒。

可是，我拿着话筒，再次语塞了。我憋了半天没有说出一个字，就像最初脐带绕颈时我发不出声，就像当初我站在讲台上开讲我的旷课厚黑学。我想起了鹊喜，鹊喜那时拉拉我的手说："一览众山小，加油！"

我的脸憋得通红，我终于发出的蔫蔫的声音在大喇叭里像蚊子叫，更麻烦的是，我说出的话突然也变得矫情。我说："曹总不出面，不是逃避，是追求完美。他有理想洁癖，他的理想不只是做一个企业家，而是做一代民族企业家的偶像。"

下面有人喊："你是谁？你胡说八道什么？你说人话行吗？"

我只好又抢过另一个保安的话筒，两个话筒同时对着我的嘴巴。这下，我的话正常了很多。

我说："我是曹正昌的合伙人，我向大家保证，两个月之内一定解决所有问题。"

有人喊："怎么解决？"

我说："该退货的退货，该退款的退款，该维修的维修。"

这时，突然有人站到我身边夺过我的一个话筒，说："但是，欠我们的，该追回的我们一定追回。法律不仅保护你们，也保护我们！"

我转头看，那人是鹊喜，我吃惊地看着鹊喜。

有人高呼："你们看！文鹊喜！"

"真的是文鹊喜！"

于是，几乎所有人都围拥上来，拍照的，提问的，递话筒的，要签名的，争睹芳容的，嘶哑地喊着鹊喜名字的，为这意外之喜激动得流泪的，瞬间拥成一堆拼命往我们跟前挤，我这才想起，鹊喜早已是国际明星。

幸好保安们训练有素，及时冲上去把鹊喜团团围住，保护起来。

鹊喜大声地说："我是正昌集团下一个代言人。你们不是来要债的吗？围着我干吗？那边有好多张台，你们到那里把你们联系方式、欠款的金额都登记一下，我们尽快解决。"

这时，人们才想起自己来这里的真实目的，便纷纷往那边拥去。

我和鹊喜松了一口气，走下台。

鹊喜看看我，发现俯视的角度不一样了，惊奇地说："嗨，你终于长大了。"

我说："什么时候回来的？"

鹊喜说："刚刚。走，去看看班长。"

然而，当我们回到曹正昌的办公室时，办公室的门开着，里面没人。我和鹊喜紧张地跑到窗户边，往下看，什么也没看见，唯有草坪上繁花似锦。

我和鹊喜跑出去，看到大楼的后门在晃动着，却没见曹正昌的踪影。

曹正昌失踪了。

41

我和鹊喜在酒店住下来，我住标准房，鹊喜住套房。

在鹊喜的套房，我和鹊喜坐在客房的沙发上，不停地打曹正昌的手机，全是电子女声：对不起，您拨打的电话已关机。

我打电话到曹正昌家里，嫂子哭着说："哪里都找不到他。"

我和鹊喜都放下电话，看看对方，又把眼睛移开，随后便有一搭没一搭地聊着。

我说："什么时候走？"

鹊喜说："不走了，留下来办一个时装设计公司，专门生产中国风品牌，巴黎的时装很美，中国的时装也不差。"

我点头。

我说："那……你男朋友呢？"

鹊喜耸耸肩，说："缺位。"

我说："不可能吧？众星捧月的。"

鹊喜说："男朋友没有，男性朋友不少。我和男性朋友更有话题。你呢？"

我说："一人吃饱全家不饿。"

鹊喜说："从来没有女朋友？"

我说："连女性朋友都没有。"

鹊喜摇头笑笑，说："我们是世界上的两个怪物。"

我点头。

我们每天都生活在各色各样的精英群里，在五光十色的光环和追捧之中，却孤独地守着一份青春时留下的虚无缥缈的记忆止步不前。我们和周围热闹的世界是合拍的，又是错位的。

鹊喜说："陪我去看看五喜吧。"

42

天下着雨，我们打着伞，走向五喜的墓地。雨中的墓地，格外地萧瑟凄清。

远远地，我们看见五喜的墓碑前有一束花，花前有一个撑着伞的人坐在地上。我和鹊喜相觑了一下，狐疑地走过去，随后惊呆了，那人是曹正昌。

鹊喜先是茫然，问："你怎么在这里，你怎么认识五喜？"

曹正昌低下头。

过了一会儿，鹊喜一下子冲上去，抓住曹正昌的头发使劲晃着。

鹊喜说："你怎么可以这样？你怎么可以这样？你害死了五喜，你把我们姐妹俩全都害了！"

曹正昌不动又不回手，只是让鹊喜发疯一般地撕扯他。我拖开了鹊喜，鹊喜哭出声来，转身跌跌撞撞地往前走。

曹正昌蓬乱着头发和衣衫，站起来说："你等一下，听我说。"

鹊喜还在跌跌撞撞地走。我跑上前，轻轻地扶着鹊喜，让她停下来。

曹正昌说："我是在一家酒店遇到五喜的，那时她当咨客服务员，她长得太像你了，不知不觉我接近她，像对妹妹一样关心她，其实，我关心她，是因为这样做我心里很安慰，可她对我很感恩。

"她不是我包养的二奶，你们误解她了。反而是她帮助了我。我下海后，没再联系她。后来我把自己折腾得一无所有，那天夜里，我已经两天没吃东西了，睡在巴士站的圆凳上，被警察驱赶，她正好下夜班在那里倒公交车，看见了。她把我带到她租住的小房间里，去夜市上买了菜和酒，那天夜里……那天夜里……我作孽啊，我不是人！我是畜生！"

鹊喜狠狠地说："那后来呢？"

曹正昌低头说："我是真的喜欢她，那是我唯一的恋爱，一生中唯一的一次。但我知道我们不能这样下去，我那时好穷，补偿不了她什么，便不见她，可她会在我的宿舍附近，坐在远处的路边，等我整整一夜。等见到我，她就哭，我也哭。我有家，我老婆是乡下姑娘，可她是我的救命恩人。当知青那年，发洪水，我救了十多个落水的乡亲，而她把已经晕过去的我拴在唯一的木板上，让自己随水漂走，后来是一张渔网把她绊住。在那偏僻的山村，我们相依为命，我答应过她，我要对她对家庭负责一辈子。

"后来，我和根号2一起做成了，第一笔钱我给五喜买了一套房，让她安定下来，去读书，有自己的事业。记得那次选美你摔伤了我去看你，我本来想告诉你，我和五喜的事，我想让你劝五喜出国读书，可那天你把根号2留在里面，我没法开口。后来，她没出去，你出去了。

"后来，我住院了，突然收到她的信……"

曹正昌哽咽失声，他从内衣口袋里掏出一封信，那个被弄得皱巴巴的信上写着：既然今生无缘，那就下辈子见。

鹊喜看了，抚着胸口蹲在地上哭。

我明白了，为什么曹正昌在医院住了那么久。

曹正昌使劲捶着自己脑袋，说："她那么年轻漂亮，有很多机会的呀……我没想到，她这么温柔，却这么决绝。这个罪孽，我这辈子是赎不完了。"

说完，曹正昌号啕大哭。

鹊喜恨恨地走近曹正昌，说："如果我是五喜，我不会自杀，我会杀了你。"

曹正昌闭着眼睛，眼圈像熊猫一样乌黑，说："杀吧，我累了，我罪该万死，死有余辜。"

鹊喜沉默好久，说："也不过是酒色之徒，我却当圣人膜拜了这么多年。"

曹正昌轻轻地说："我宁愿是一个酒色之徒，宁愿是。"

鹊喜耸耸肩，那一瞬间，她似乎把纠结了十多年的东西耸落了，放下了。

鹊喜脚步缓慢地往前走，我跟在后面。我回头看曹正昌。

突然，大雨如注。曹正昌站在如注的大雨中，脚下是五喜的墓碑。

鹊喜走到一个稍高处，看着远处的大海，悠悠地说："我一直以为，一个可以为糟糠之妻守身如玉的人，是绝世孤品。"

我沉默了一会儿，小声说："我就是绝世孤品啊，我为你守身如玉啊。"

鹊喜回头劈了我一下，笑着说："你是我最疼爱的弟弟，我有心理障碍，你没有吗？"

我突然狠狠地回劈了她一下，她吃惊地看着我。

我说："你劈了我十多年，这次劈回你，告诉你，我不是你弟弟，不是根号2，不是乒乓球，不是小变形金刚，小芭比娃娃，这一掌算是一个证明。"

鹊喜愣住了。

我继续说："你一直没弄明白，我不是曹正昌的替代品，曹正昌才是我的替代品。"

我说完，往墓地外走。

雨停了。

老子说：希言自然，故飘风不终朝，骤雨不终日。世事无常。

43

曹正昌把办公室钥匙交给我后，再次消失了。

我坐在曹正昌的办公室，拉开抽屉，发现一张欠条："今借到赵以水现金壹拾贰亿（人民币 12 亿元）。曹正昌。"

我瞅了瞅，把欠条撕了。

后人说，曹正昌在用一个日期数字举牌成标王的时候，看似一个偶像狂飙而起，其实是一个梦想沦陷崩塌的开端。因为无论是那时的生产条件和研发技术，还是与之配套的各项要素，这个偶像的树立都为时尚早。他是被拍死在沙滩上的前浪。

这时，门被用劲推开了，进来的是鹊喜。我有些愣，看了看她，然后继续低头整理曹正昌留下的账目。

"我也出一部分资金，把这里的事了了，我和你一起吧。"鹊喜一边从旁边搬椅子，一边说，"我们总得把正昌的国有专利保护下来，这是我们上学第一天就发的誓言。"

鹊喜把椅子和我的椅子并排放着，然后坐在我旁边。鹊喜按我的头，然后平移过去，我的头已经在她的耳朵下面。

鹊喜说："我再踢不动你的椅子了。"

接下来的日子，我们把原来正昌集团单项产品的生产线逐一对外招商，引进有经验有资金的团队，把正昌的分支企业一个个盘出去，盘活。我们学校到了一笔资金，鹊喜出了一笔资金，我把曹正昌支付给我的专利费全部拿出来，加上银行贷款，替曹正昌还清了所有债务，债务里面还有两个多亿的标王欠款。但不管怎么样，正昌集团原有的知识产权和专利全部保护了下来，归我们学校设在南方的基地"环球产品研发中心"所有。

在那巨大的办公室，我和鹊喜并排坐着，签署着一份又一份协议。

签完最后一份协议，在大楼门口，鹊喜和我握手，说："好了，我可以做自己的事了，环球研发中心主任赵以水先生。"

我们挥手道别。鹊喜没有劈我，我也没有看见鹊喜转头的一刹那，眼里有眼泪。

我看着鹊喜走，我已习惯了鹊喜的离开。此时，我的头上是一块巨大的招牌：××大学南方基地——环球产品研发中心。

44

这一天是全世界对中国南方最瞩目的一天，1997 年 7 月 1 日。

这一天香港这个百年游子归来，我们看到驻港军人气度非凡地进驻岛上，看到日不落帝国的国旗黯然落下，听到我们的国歌在那里奏响。

鹊喜模特团在剧院举行了首场表演，这场演出本是公益性的献礼，不想，开演时，票价被炒到两千元一张。

我收到了鹊喜模特队让花童送来的请柬，请柬要求出席者穿正装礼服。

我穿着黑色西服去看表演。在这两年的时间里，鹊喜经常就服装设计的问题说是请教，其实是想找一个人辩论，然后证明她自己是对的，我懒得和她吵，只是给她出了不少方案。

演出现场布置得特殊别样，圆形舞台设在中央，舞台的东南西北伸出四个T台，舞台和T台地板全是玻璃，玻璃下流水潺潺。观众席围着舞台而设，四周墙壁全是背景，湛蓝的大海被四面无死角地投影在整个现场的周围，海水微波涟漪，观众置身其中，顿生碧波泛舟般的烂漫与兴奋。

那些高挑的模特儿一开始是穿着被时尚化的渔女装出场的，我从没想过，渔女的斗笠肚兜宽脚裤以及裤腿下光着的脚，可以被时尚的设计和梦幻的光影诠释得如此高贵和别致。

随后背景不断变换，五十六个民族的服装特色在这些与之匹配的画面投影中把我们带到了中国的每一块土地，感同身受着模特儿和图画所展示出的风俗民情。模特儿的表演既遵循又颠覆着T台的规则，那是一种时尚与民俗的升华和完美诠释。

我不得不佩服鹊喜，她的模特儿远远颠覆了我对亚洲模特儿的认知，眼前的模特儿没有一点自恋和拘谨，而是一派国际超模的洒脱高傲奔放却又让你无法拒绝地感受东方女人特有的内秀庄重清雅，我不知道鹊喜是怎样把这些极其相悖的气质融合到一起的，而且融合得如浑然天成。

我庆幸的是，鹊喜采用了我的不少设计，尤其是服饰面料的运用。那些服装面料都是纯中国的，麻料、丝绸、皮毛，在鹊喜精致的加工和搭配下，返璞归真却又灼灼华贵。

全场最惊艳的是中国旗袍。鹊喜只选用十个身材相对不高、身形相对圆润的模特儿，让中国旗袍的婀娜曲线展示得玲珑剔透。

在悠悠古筝声中，这些旗袍合体地依附着模特儿的韵致，袅娜地飘逸着中国女人的妩媚和温柔。全场的背景在温柔地变幻着，时而是苏杭的小桥流水，时而是颐和园的秀美与恢宏，时而是上海滩百老汇的霓虹闪烁，时而是石板路上小巷幽幽。

而旗袍的颜色和款式也随着这些背景不断地变幻，时而清雅别致，时而大气脱俗，时而娇艳夺目，时而清纯质朴。

这些旗袍是在古筝的高山流水中款款飘出的，它将东方女性含蓄的性感欲隐又显地渗透出来，如水一般地侵蚀着每一位观众的心。

我从来没有如此透彻地理解过旗袍和中国文化的深刻勾连，是鹊喜用这种最感性最直接的形式给了几乎是一击致命的解读。

或许，鹊喜阐释的是，中国文化和水一样，温润、坚忍、百折不回。

45

我以为演出在这高潮中结束，没想到后面还有让人刻骨铭心的不是剧终的剧终。

当古筝声消失，突然，四周的背景投影变成了我们那个男生宿舍，宿舍里有我、曹正昌和奶油哥哥的床以及床上的摆设。接着，下铺的蚊帐脱离了床的边沿，飘起来，在空中飞舞，所有的灯光暗下来，只有一个象征着蚊帐的洁白披风在画面上飞舞，洁白的披风上洒着几滴红色的血滴。披风飘着，最后落到一个女孩儿的身上，那个女孩儿是鹊喜。这时灯光亮起来，鹊喜披着那件带着血滴的洁白的披风轻柔曼妙地走出来。

所有人都在为这新奇创意而鼓掌欢呼，只有我默然无语。

背景音乐是一首如泣如诉的歌曲。

当花童拿着鲜花走到我面前，我有些惊讶，懵懂地接过鲜花，花童拉着我的手往台上走。

这时，后台响起张学友的《一路上有你》：

你知道吗

爱你并不容易

还需要很多勇气

是天意吧

好多话说不出去

就是怕你负担不起

你相信吗

这一生遇见你

是上辈子我欠你的

灯光迷离朦胧，我的眼前一片模糊，我拽住鹊喜的手，说不出一句话。

多年后，我正式迎娶了鹊喜。

我们的城市已经从最初的大海，变成了海上花园。那条蜿蜒的沿海路，每一寸都倚着花海，让人分不清是路边有园还是园中有路，海与花，花与路，路与鳞次栉比的高楼，高楼与倚着的青山，青山与蓝天，蓝天再与无垠的大海碧水，相即又离，相依又远，蜿蜒缠绵。而此刻，眼前的一切比幻想中的更为灵动通透又壮阔悠远。

婚礼上，鹊喜的父亲用一把特别的铁质剪刀剪掉了花烛上的烛花。

鹊喜告诉我，"文大泉"剪刀现在每把售价至少千元以上，她父亲是文大泉最后的传人。

奶油哥哥抱着一个混血儿进来，后面跟着一个金发碧眼的年轻女郎。鹊喜走过去抱过男孩儿，笑着小声说："厉害！把人家娶进了国门。"

奶油哥哥白皙的脸微微泛红，掩着嘴笑。这时，一个中年妇女抱着一床红被子进来。她是曹正昌的妻子。她把被子放下，从口袋里掏出一个大红包塞给鹊喜。

鹊喜有些愣，随后说："他呢？"

嫂子有些尴尬地笑笑，随后指指外面。

我和鹊喜走到外面，看见曹正昌站在远处，局促地来回走着。曹正昌重重地拍我，把我拍得好疼。他又拍拍鹊喜，说："好好的。"

鹊喜沉吟了一会儿笑起来，说："好好的。大家都好好的。"

回到婚礼现场，鹊喜把我拉到人群中间，笑靥如花，伸出她的左手，我把一枚戒指戴在她的无名指上。

鹊喜笑着笑着就哭了。

我小声说："是不是我的手劲儿太重，弄疼你了。"

鹊喜哭着摇头说："这戒指本来就是我的，你迟到了十年。"

我笑着，也哭了。

我们的儿子叫赵闻雨。赵闻，是我和鹊喜的合体，雨即水。这片柔软又坚韧的水，流淌在这块土地上，那是我们中华民族的特质，斩之不断，断其愈威，包容、温润、坚忍、百折不回。

赛洛西宾 25

大头马 *

这个故事听上去或许有些不可思议,不过它恰恰就发生在你我生活的这个时代,二十一世纪,一个科学与文明的世纪,一个本不该出现任何神话传说的世纪。为了让你能够更深刻地理解这个故事,我们不妨就把它放在中国好了。实际上这场隐秘的变局早在上世纪三十年代就初见端倪,到了五十年代则成为一场席卷全球的思想浪潮,从美国中部开始,向东横跨大西洋,从欧洲里斯本入境延展至中东,向南跨越墨西哥跳开社会主义国家古巴,奇怪地在牙买加发酵,继而流传进了南美。后来有潦倒的历史学家考证,这场思想实验的侵袭路线和宗教的发展有着某种奇异的镜像关系:它传染的路线和基督教早期的发展路径恰好是倒过来的。至于它是如何在亚洲的印度几经迁徙,继而克服了国境线迈向缅甸又进入了中国,尚未有历史资料给予明确的答案。我们只知道云南人在这方面做出了委实不小的贡献。不过,这和我们要说的这个故事都没什么关系。你甚至可以直接跳过这个开头——

这个故事是关于一个普通的年轻人的,大名傅广义,他父亲在地处中国长

---

* 大头马,女,1989 年生。作家,编剧,记者。出版有中短篇小说集《谋杀电视机》《不畅销小说写作指南》,长篇小说《潜能者们》。2016 年,《谋杀电视机》被改编为同名话剧于人艺上演。曾获第二届豆瓣征文大赛虚构组首奖、第十六届华语传媒文学大奖新人奖提名。

江以北某平原城市的一所科技大学工作——做的是门卫，准确地说是二系教学楼的保卫工作。二系是该大学的物理系，可能正是因为这个，他父亲才给他起了这样一个名字。傅广义，广义相对论的广义。不过他很早就离开了家，小时候有算命先生说他要在北边发展才能起大运，他大学毕业后确实一直待在北边某一线城市工作，但这和算命先生的话没什么关系，纯粹是因为他当时的女朋友是北方人。他们感情甚笃，谁也离不开谁，他便顺着女友的意思来了她的家乡。

在此，我们不详述傅广义之前的生活。我们将从 2016 年 7 月 14 日这天开始讲起，这一天世上并无大事发生，只是傅广义的生活发生了一个剧烈的变化：他失去了他的女友方立秋。

方立秋没有死，没有失踪，他们也没有分手。实际上再有两个月，他们就要结婚。他的失去也并非情感层面，他们感情依然很好，如同他们恋爱以来的这六年。他们并未像别的情感历经六年的情侣那样，对彼此失去新鲜感，或由于生活消磨掉了对对方的爱。直到这一天，傅广义都觉得他这辈子不可能再像爱方立秋那样爱任何一个别的女孩，他不知道方立秋是不是也是这么想的，但他觉得是。

方立秋学的是新闻传播，毕业后先是在一家传统媒体工作，后来随着报业萧条，又辗转换了几份工作，最近的一份工作是在某新媒体做编辑。虽然工作内容挺无聊，不过她不是那种心思跳脱的人，这工作收入稳定，报酬也还不赖，尤其是随着这几年新媒体的崛起——用时髦的话来说——他们公司通过创始人自己积攒的名声获得了大量导流，公司光靠广告收入就可以获得非常不错的现金流。创始人之前也是做记者出身，靠写为民请命的调查报道成为思想界和传媒界一位不容小觑的人物，后来转型创业做 CEO，也实属摸准了新世纪的传播渠道之变迁，赶上了这股风潮。他做老板之后尚葆有年轻时候的理想和热情，所以对于公司内一名普通员工突然递交的辞职报告虽有些惊讶，但也很快就批准了。

那份辞职报告非常简短，是这么写的：

我要辞职，我找到了我的使命，我要上天。

如果你也生活在这个年代的中国，你知道这听起来颇像那几年网络流传的某个热帖所标榜的思潮，或者说，一种在经济高速发展的中国疯狂崛起的中产阶级所鼓吹的新生活方式。这种新生活方式倡导人们从疲乏不堪、毫无意义、只为谋生的工作中出走，逃离一种世俗意义上成功体面的生活，逃离无限膨胀的北上广（北京、上海、广州。在当时，这是中国三个最大的城市，亦属文化经济的主流之都），去过一种理想主义式的生活，追逐某种遵从内心的真实而有意义的生活。

公司内的其他同事对于方立秋的突然辞职也并未产生太多的想法，首先，在多数人眼里，她只是一位非常普通的同事，她在公司里并无关系特别亲近的朋友，大家对她的了解也仅来自工作上的交流和偶尔的一些聚会活动；其次，他们做的新媒体内容偏人文主义情怀，总是那些和大众相关又略高于大众思想意识的东西，不是讲一些世界各地的新鲜轶事，就是报道某个天赋异禀而颠沛流离的艺术家故事，在这里工作的人本身又都有些才能，经常就能听到某个同事辞职回家养猪之类的事情。与之相比，方立秋说自己要上天虽然是有些浪漫——浪漫的主要原因是他们谁都不太清楚"上天"具体是要做什么，这听上去更像一个笑话——但也没什么可大惊小怪的。唯一的问题就是方立秋实在是太普通了，几乎可以说是平庸，某些一直以来都自命不凡的同事不免心下揣测：她这么做就是为了出风头吧？继而又是惭愧又是嫉妒地参与了她的欢送宴会，碰杯时照常微笑鼓励："祝你成功。"

在旁人看来这不过是一次稍显荒唐的离席，只有傅广义知道事情不是这么回事。

他非常了解方立秋，他知道方立秋绝无可能是那种看了几篇文章、听了什么演讲就头脑一热，想要从往日的生活中挣脱出来奔赴一种新生的人。方立秋是个非常平稳的人，这平稳不是说她理智，而是说她——这么说可能有些贬义——非常平凡。方立秋的平凡从他认识她起就深刻体会到了。她从小到大都不是什么冒尖的人，也不会出什么岔子，按部就班，老老实实。她虽然学的是新闻传播，但从未有过什么新闻理想。她学这个完全就是因为分数线刚好够，毕业了还好找工作，那会儿是媒体急速扩张的时候，做这个既不会很累，又足够安稳。而傅广义之所以会爱上她，是因为他也同样的平凡。

不过，傅广义的平凡不是他与生俱来的，或者说，这是他有意造成的结果。这得说回到他的父亲。傅广义他爸虽然没上过什么学，但他是个非常有追求有想法的人。他是农民出身，家中贫困，读完了小学就在家帮农，中国恢复高考制度时也曾满怀憧憬地复习考试，但无奈落第。此后他凭借个人努力学习各种谋生本事，从村里走到了县城，又从县城走到了城市——虽然靠的是娶到了一位城里姑娘。说是城里姑娘，不过傅广义他妈也就是纺织厂工人的女儿，女承父业也进了纺织厂，下岗热潮来临之际被买断了工龄，这之后就在家赋闲做做修补衣服的小生意。傅广义他爸本来已经在城里靠着做水电工的手艺有了份吃饭的生计，后来不知是怎么回事，按他爸的说法是路过那所一流学府的时候"被上帝摸了摸脑袋"，硬是放下了原本的饭碗，进大学做了个门卫。傅广义他爸没有宗教信仰，这话他一直不相信是他爸原创的。他爸这门卫做得不安分，有闲暇时间就在各个教室乱转，数学物理化学样样都去蹭一些听。尤其痴迷上了物理。"这是一门科学。"他爸会在他妈埋怨他不干正事时严肃地教育她。当然了，并没有什么成果。一个小学文化的中年人，若是凭借在大学旁听就能一下子变成科学家，当年也就不会高考落第了。诸君放心，我们的这个故事里没有什么传奇。

唯一的结果就是他爸把自己这份没有实现的愿景落到了傅广义身上，他希望自己的儿子以后做一个不平凡的人，最好是一个科学家。这也实属人之常情，不难理解。1995年傅广义正在读小学三年级，这一年他的人生中发生了两件大事。第一件是他在全校面前朗诵的时候尿了裤子，暗恋的女生后来再也没和他说过话；第二件是当时中国最著名的科学家——钱学森到访他爸工作的这所大学，不过他不是来自己做访问的，他是陪同另一个人来的，张宝胜。

读这个故事的读者可能有些还太年轻，不知道张宝胜是什么人。这没关系。在我们这个时代，他已经被当作上世纪一个猖狂的骗子牢牢地钉在了历史的耻辱柱上，凭借精湛的演技和狡猾的头脑，让当时从上至下的全国百姓相信他是一个拥有特异功能的人，乃至钱学森这样的科学界人士都对此深信不疑。钱学森陪同张宝胜来这所学校访问，不是为了学术，也不是为了演讲，真正的主角是张宝胜，他是来这里进行一场特异功能表演的。

傅广义他爸虽然没在学校学到什么知识，但他学到了一个非常深刻的信念，什么是科学。八十年代至九十年代初期，中国掀起了一股气功、特异功能、武功等文化的热潮，从社会名人至普通百姓，全都被这股热潮裹挟其间。街头巷尾都能看到男女老少摆着滑稽可笑的姿势苦练气功。傅广义他爸非常愤慨，"时无英雄，遂使竖子成名"，这当然不是他爸的原话，而是出自三国时期曹魏思想家阮籍之口，他爸只是恰好在《读者文摘》上看到。他爸是极少数没有受到这股气功热影响的人之一，这其实颇为了不起，即便在他工作的大学，也常能看见教授带着学生不上课练功的情形，有时课上着上着，就能看到有老师双目精光爆射，高声叫道："我终于找到炁啦！"

至于张宝胜的这次演出，傅广义他爸自然是愤怒异常，在他拿着信封表演"嗅鼻认字"的时候，傅广义他爸冲上去打了他一耳光，但很快就被人扭送下台。当时大学的校长脸红脖子粗大嚷："保卫！保卫在哪儿？"完全不知道这个造反的人就是学校的保卫。傅广义在下台前高喊："这人就是个骗子！"站在一旁的钱学森看了他一眼："你是谁？"

"我是谁？我是一个科学工作者。"傅广义他爸按捺住激动的情绪，平静答。

这件事成了他们大学历史上一段很快就被人忘记的小插曲，但却成了傅广义记忆中的一场不可磨灭的灾难。待查明傅广义他爸的真实身份不过是一个小小的门卫后，学校倒是没有辞退这个有些疯癫的门卫，只是"一个科学工作者"

这样的绰号冒了出来，成了那段时间校园里师生家属之间常谈的一个笑话。这件事傅广义没有机会看到经过，但是从同学和同学家长那里陆续听到了许多版本。这不是最让他感到丢人的地方，让他下定决心此生绝不按照父亲的心愿生活的事情是，他爸查明了钱学森的成长和学术经历，拍拍他脑袋说："这人不过是搞航天造火箭的，你以后还是应该学物理，这才是科学正道。"

傅广义从此下定决心，此生要做一个普通人。

他没学物理，没学化学，没学数学，而是学了金融。当然，也没成为什么金融业的奇才，而是老老实实在一家保险公司做一份销售工作。收入不上不下，同学中有人去了投行，有人去了咨询公司，有人创业，比他过得好的有不少，他不算最差，反正还凑合。他谈不上喜欢自己的工作，也不讨厌，对自己目前为止的生活挺满意的。虽然错过了房市的几波机会，不过也在年初贷款买了套二居室，按照他和方立秋的收入水平，还款不是太大的压力。他们本打算两个月后领结婚证，直到 2016 年 7 月 14 日这一天——

傅广义没有直接看到那份辞职报告，他是下班后吃饭时听方立秋告诉他的。他听后不像方立秋的那些同事那般淡定，而是脱口直出："你要干吗？"

"我要上天。"

"上天是什么意思？"

"就是上天啊，去太空。"

傅广义还是没有理解，方立秋只好再次解释道："我要做宇航员。"

"你？宇航员？"

方立秋没有直接应付他脸上诸般情绪复杂的神色，而是用实际行动表明了自己的决心。在她开始准备材料报考航空航天大学，同时每天去专业的健身房严苛地训练自己身体的时候，傅广义才通过电脑的浏览历史相信了方立秋不是开玩笑的：历史记录清一色全是和"如何成为一名宇航员"有关的网页。

傅广义惊呆了。

之后的这两个月，他们两人经历了一系列的情绪对抗，对话先是从"你为什么要这么做"变成了"你知不知道你这么做成功的可能性有多小"再延展到了"你去做宇航员了我们怎么办"。对前两个问题，方立秋都是闭口不答。最后这个问题，方立秋则没有表露出任何这个突如其来的人生决定会对他俩的关系和生活有任何影响的意思，在她看来这好像不过是她换了另一份普通工作一样简单。他们还是会结婚，还是会一起生活，她还是爱他的。

然而在傅广义看来，他的人生完全改变了。先不提如果方立秋真的成了一名宇航员之后，他俩将会聚少离多，这工作对他俩原本的生活计划的方方面面会产生什么影响的问题。他其实压根就不认为方立秋真的能成为一名宇航员。这可是宇航员啊！不是什么普通人闭眼睛拍脑门想干就能干的工作。她就是说自己改行要去做战地记者看起来都比这要让人信服。真正让他感到恐惧的是，他不认识方立秋了。她好像突然成了一个陌生人，一个——他阻止自己这么去想——走火入魔的疯子。

实际上他想到了他爸。

他知道自己失去方立秋了。随着她那份越来越坚定的决心，和每日专注于训练自己的行动力，他对这份认识也越来越确定：他的失去是超越简单层面的。她虽然没有离开自己，但他们已经不是一类人了。他知道有什么东西超越了方立秋对自己的爱，甚至是她对自己的认知而出现在了她的心里。

认识到这一点之后他想到，这背后一定有什么力量突然改造了方立秋，使她变得不是自己了。

而他必须查出来，到底是什么力量。

日子一天天过去，傅广义的调查尚未见任何成果，他甚至连方立秋究竟是在什么时候突然扭转心性变成一个陌生人都没搞清楚，在他看来这仿佛是从天而降的，像是——用他爸曾经的话——"被上帝摸了摸脑袋"。她是突然受到了什么蛊惑，听了什么人劝、读了什么书，或是这其实是深藏于她内心的一个隐蔽的想法，不断酝酿发酵，量变产生质变的结果，他没找出一点影子。在他找机会和她深谈、从她的父母和亲友那里获取信息、他们甚至一块儿去看了心理医生之后，他都没能得出半个说服自己的结论。无论他怎么问，方立秋的答案始终非常简单："我就是突然找到了自己的使命感。"

"为什么不是别的？为什么是宇航员？"

"没有为什么，凡·高为什么要去画画而不是做个数学家？"

对话总是这般，翻来倒去就是这么几句，没有更深刻复杂的心理动因。有一次方立秋甚至反过来盯着他："我觉得你也应该去找找自己的使命感。"

"什么使命感？"

"这你得问自己，你这辈子难道真的就只想做个销售员？"

这话傅广义听了觉得耳熟："我不做销售员难道要去做物理学家？"

方立秋认真地看着他："也许你真正的使命就是做个物理学家。"

傅广义气愤难耐。

他知道在方立秋身上是问不出什么了，倒是她提凡·高给了他一丝灵感，不是也有个著名的画家在他四十岁之际突然逃离原本的生活，放下一切，去一个孤岛做一个画家的么？那画家叫什么来着？傅广义只是一个普通人，没有太多超出常识之外的知识，但是由于他对方立秋的爱，或者说在他发现这份爱即将走向死亡的时候所产生的绝望，他开始不惜一切试图搞清楚这其中的关键。

两个月后他们没有如约去领结婚证。不是方立秋的决定，是傅广义做出的选择，他不想不负责任地对一个他突然失去信任的人许下毕生的承诺，也可以说，他害怕。

"你先准备宇航员的考试吧，结婚的事以后再说。"

"随你。"

这之后傅广义放下了手头的一切工作，他开始更加疯狂地寻求答案。他想找回自己的未婚妻。

就在傅广义试着从一切途径调查未婚妻离席事件的同时，世界上的其他地方也在发生着类似的事情。它们看起来没有任何联系，但究其根本又十分相似。我们不得不提到另一个人，为了让你把这件事看得更加清楚，不妨就也把这个人放在中国。不过，由于这个人太过知名和重要，而且又是存在于你我生活的当下，我们必须给他取个化名，就叫他谢迟好了。

在傅广义他爸生活的那个年代，高考恢复那两年对于很多平民百姓来说是一次重要的翻身机会。谢迟就是抓住了这个机会的人之一，也许是最成功的人之一。

我们无意在此赘述谢迟是怎样获得了如今的财富、权力和地位，关于这些的著述很多，大多会在书店的励志类柜台被你看见。可以说，谢迟是最能代表这个时代的一个标签。和大多数顶级的成功者一样，谢迟身上有着超越一般人的勤奋、智慧以及坚定的决心。从小时候起，他就知道自己要做一个不普通的人，准确地说是一位领导者，而且他知道自己能做到。这期间他曾犹豫过是否从政——不用怀疑，如果走这条路他也一定会成为当今中国政坛最重要的人物之一，但最终选择了从商。这么做让他的人生规避了许多风险。

谢迟对商业的敏感性主要得自他对数字的敏感，就像六岁起就会通过转手卖百事可乐赚五美分的巴菲特，谢迟从小对如何攫取财富就有天生的洞察力。他也从未怀疑过自己，这份自信在他年轻时就给了他一票拥趸，愿意将自己的钱交由他管理。他没让他们失望。他的崛起非常惊人，如若不是回头去看，你不会觉察到在中国快速发展的这三十年，会出现这样一位人物。现在说什么都显得事后诸葛，无数年轻人手捧他的传记就像中关村大街上穿格子衬衫的人手捧《乔布斯传》，试图从中发现些什么，好让自己成为下一个乔布斯。但他们终将一无所获。

谢迟对于这时代的人不仅是一个浩瀚商业帝国的领袖，也是一位精神偶像。对于在他庞大的公司体系工作的人，就更是一位无法替代的领导者，或者说，一位精神上的父亲。固然不是每一颗螺丝钉都能有同他一起工作的机会——多数人甚至根本就没什么机会见到他，他们主要通过媒体得以了解这位商业巨擘，但在他们心中，他就在那儿。

这就解释了为什么谢迟突然决定放弃他的商业帝国时，集团上下是何等的恐慌。对他们来说，这无异于一国之主突然宣布退位。

这次事件的发生并非无声无息，谢迟毕竟不是一个普通人，不能提交一封辞呈就此抛下一切不管。董事会最高的几位领导是最先得到这个消息的，谢迟秘密召开了一次会议。这之后，多番劝阻无效，相关人员才开始自上而下着手准备谢迟离去后的种种安排。到了消息公布的那天，所有员工和新闻媒体是差不多同时知道发生了什么的。

无须赘述此番离任对于商界、政界乃至全国普通百姓造成的影响，谢迟开创的商业帝国深入普通人的生活，就算你没有觉察，也肯定使用过他的产品、享用过他的服务。一个健康运转的公司不应由于最高领导者的离席而造成什么过于巨大的影响，但由于是谢迟，情况变得不一样了。股票骤降、公司估值大幅缩水等事实上造成的价值改变不说，他的离开引发的海啸最关键是精神上的，一个没有谢迟的企业帝国对于身处其间的人来说还有什么追随的价值？

为什么？

所有的人都在问，这是为什么？

紧接着的问题是，他要去干吗？

谢迟所公开发表的最后一次演讲并不简短，在社交媒体上的视频显示长达一小时零五分。地点在公司总部所在地的演示大厅，可容纳三万人。以往这里是公司发布新产品或开重要发布会的地方，这是唯一一次谢迟用来做私人演讲。他虽然是公众人物，时常接受采访——就在不久前他还同韩国总统进行了会面，他下属的集团是对方此次来访考察的其中一环，但他几乎从不在采访或演讲中谈及自己。在他做最后一次公开演讲之前，所有人都满腹疑云，期待能从这次演讲中获得什么——他们中的不少都做好了聆听一次震撼心灵发自肺腑的自我剖析的准备，也许这位举足轻重的人物在他将近六十岁的时候突然获得了什么神启准备献身崇高，或是功成名就人生知足准备退位隐居，要么就是他累了，仅仅是累了而已。

他们做好了这种准备：无论他给出的说辞是什么，他们都将深信不疑。

然而这次演讲的主要内容依然是围绕公司主体的，与其说谢迟表达的是自己的人生理念，不如说这是他一直以来所力图建立的企业品牌精神核心。效果自然是非常好的，当然也穿针引线引用了他自己成长道路上的一些事例，最后的总结是："找到自己的使命，然后全力出发。"

镜头显示不少人热泪盈眶，而且不是提前演练的结果。

谢迟在视频最后十分钟还说道："我希望这个公司是独立的，它和我没有什么关系，即便我离开了，它也能有自己的独立精神，继续发展下去，当然，这需要你们在座每个人的努力。不过只有当你认同你的使命和它完全一致，我才希望你能够留下来。"

这段话在之后被解释为谢迟离开的原因，也可以和古代很多贤明的君主礼让退位的事例做比较，无论是公司的员工还是外界的其他人，都为谢迟此番颇有大将之风的举动而感动，乃至惭愧。于是，这第一个问题看似得到了解答。

第二个问题则再也没有人知道答案了。

因为这次演讲之后谢迟就消失了。完全的消失，甚至可以被定义为，失踪。

谢迟的失踪只有极少数人知道。在多数人看来，他不过是从公共视野中消失。即便是谢迟最亲近的那几个人，也都怀疑他是不是仅仅在开个玩笑，跑去荒山野岭隐居，或是到国外什么地方休憩，也可能就是懒得回复消息，大隐隐于市，总之不过是寻求一段时间的清净。于是，他的失踪没有被当作一般的民事案件来对待，这也超出了常规系统的调查范围。最主要的还是，谢迟把一切都安排得如此妥帖的缘故。

真正为此事感到害怕的是他的妻子，任晓清。

可以说任晓清并不了解她的丈夫。同床共枕几十年，她可以确定谢迟是个非常称职的丈夫，不碰烟酒、不好女色、照顾家庭、性格温和，如果说他们的婚姻有什么遗憾，那就是他们没有孩子。问题出在任晓清，但谢迟并无任何不满。他俩的生活一切都很好，可她仍然觉得自己不了解这个人。可能是因为她从来没有见过其他任何一个人，像谢迟一样对于自己所要做的事有着这么强大的信念，或者说痴迷。她也没见过其他人像他这样几乎没有任何别的爱好。所以她一度怀疑自己之于谢迟的意义：他真的需要她？不过她知道这是自己要求得太多了，属于非分之想。她唯一知道谢迟之于自己的意义：如果没有他，她没有任何生活下去的意义。

谢迟失踪一月后，任晓清掉了十斤体重。尽管别人再怎么劝慰，她知道谢迟一定是出事了。"这肯定是他有意的，你看他安排好了一切，不就是为了……"旁人不知道怎么说下去，总不能说"就是为了失踪"吧？他们说得有道理，无论谢迟去了哪里，这肯定是他有意促成的，绝非什么意外。

但任晓清觉得十分恐惧，虽然谢迟平时不常和她交心——这主要是夫妻多年，哪还有什么衷肠可诉？可谢迟人间蒸发总不能一个招呼都不打吧？她觉得一定是出事了。

谢迟失踪三月后，公司已经开始重回正轨，此次事件也在社交网络上被人淡忘，谢迟的密友则大多觉得他迟早有一天会重新出现，再带着从哪儿挖掘来的第一桶金。

而任晓清决定开始动用一切手段寻找谢迟。

这两起事件看上去没有任何关联。傅广义的女友方立秋和任晓清的丈夫谢迟，这两人没有任何相似之处，人生轨迹也从未发生什么交集。他们虽然都是突然扭转了人生，但一个要做宇航员，一个直接失踪了，看上去也着实不搭界。实际上，如果你把世界上同时正在发生的类似事件的当事人，在一张无限放大的世界地图上按上大头钉，你会发现它们的密度虽然在地理上呈现不同的状态，但彼此之间的的确确都是独立的。这就是为什么很少会有局外人把这些事情联系到一起，继而推测出在他们生活的这个世界，其实还存在着另一个世界。不过，我们的这个故事要讲的不是这个隐秘的世界，而是被步入这个新世界的成员所抛下的那些人。

傅广义和任晓清在一年以后相遇了。在讲述他们的相遇之前，我们得提到第三个人。这个人说不上有名，但也并不普通。在气功热流行的那个年代，此人以"打假先锋"这个名号时常出现在民间的口头传闻中，尤其以揭露张宝胜的伪科学表演而闻名。他自然不像傅广义的父亲那样"无知无畏"，而是实实在在毕业于高等学府，从事科研工作，只是说不上有什么太高的成就罢了。如果他再晚生那么二十年，就会成为如今社交媒体上的意见领袖。然而那个年代既没有网络，通信又不像现在这般发达，他打假这一事业的辉煌时期也就是张宝胜刚被定性为彻底的骗子、全国的气功热陡然消失那一会儿。他成了民间揭露伪科学分子的知识精英，在各大报刊上出了好一阵风头。不过随着张宝胜等人的迅速湮灭，也就随着时代的洪流被人们迅速遗忘了。

此人名叫王全忠，出身于一个潦倒的知识分子家庭，祖上三代举人，到他爸这一代本好好在学校做老师，结果"文革"时被打为右派，属于真正的"知识改变命运"。所幸这并没有影响到下一代，王全忠还是按部就班念书上学，毕业后分配到当地科研机构。王全忠对于科研这件事天生没什么热情，倒也不是干不下去，那会儿有这么个铁饭碗，已经是人人羡慕。不管是对科研还是别的什么，他都不是特别有热情，他也不知道自己真正想干的是什么，于是就这么干了下去。直到全国气功热来临，王全忠一开始只是出于一名普通知识工作者的反感——他平时在街头碰见摆摊算命的，就会故意上前先佯装路人入套，再择机揭露对方的把戏，让对方下不了台，每当这时他就会感到一股说不出的舒心。在这方面，他可谓颇有实战经验。全国人民苦练气功之际，王全忠先是由着这个习惯，把来单位宣传推销气功的师傅骂了一通，感化教育其一番，竟然颇有成效，对方大彻大悟决定重新做人。此事给了王全忠一个很大的激励，他也突然恍然大悟，明白自己苦学多年的意义究竟在何处了。传道授业解惑这帽子太大，阻止歪门邪道大行其道至少能算他一份力吧。在他二十六岁之时，终于感受到生活的热情了。

然而以当时全国上下百姓之癫狂，他一个人的力量不过是螳臂当车。他又不过只是个科研单位小小的研究员，如何能够阻挡这股龙卷风般的浪潮呢？早前东一榔头西一棒槌的游击战之后，王全忠见收效甚微，不得不从长计议，深思熟虑，改变了他的作战方针。擒贼先擒王，他决定看准一个目标，进行狠敲猛打。严新、张宏堡、田瑞生、海灯法师、张宝胜都是那时候风口浪尖的风云人物，在他细细研究每个人的生平和发迹路线后，他锁定了张宝胜。

他会选择张宝胜，原因可能仅仅是此人和他年岁相仿，也或者是因为——在这里我们不得不交代一个情况，王全忠并不是一个讨女性喜爱的人，到这个岁数还没有和女性发展过什么两性关系，也没什么朋友，一方面是因为他相貌有些缺陷，背天生内驼，坐下来看着没什么问题，一旦走起路来就显得颇为佝偻，再加上他视力有些障碍，平时不得不戴着一副墨镜出门，因此看上去不仅不像个高知分子，倒比那些搞封建迷信的盲流更像是个算命先生。有好几次他甚至真的被街头摆摊坑蒙拐骗的认作是同行，他们没觉得这是一个科学打假工作者，还以为是同行上门踢馆来了。这也让王全忠更加气恼。张宝胜呢，他风度翩翩，相貌谈不上俊朗，但配上公开亮相时刻意打扮的衣着，显得气质过人。当然了，从古至今，无论你是真正的伟人还是一个骗子，总要有些过人的人格魅力才能让平凡百姓拜倒。王全忠自小由于外表不佳有些自卑，也导致他的性格古怪，容易偏激，当他头一次在现实世界看到张宝胜，先是被对方文质彬彬的大师气质震撼了一把，感到自惭形秽，紧接着这股自卑混合着嫉妒的情绪就转而被自己的使命感放大扭转，一股个人英雄主义的情结跳了出来：普天之下只有我才能克制这个家伙。

这之后，王全忠生活的重心逐步转移到了打假事业上。他像个克格勃一样紧紧盯着这位"大师"的一举一动，探听他的一切生活路径，张宝胜走到哪儿，他就跟到哪儿。在张宝胜宣传表演的时候，就想尽办法混进去，揭露破坏他的那些把戏。当然，成功的时候很少。他大部分时候都无法靠近张宝胜，更别提破坏他的法力，只能在外围游说蜂拥而来的普通看客。他们一开始还会认真听他说两句，但很快就把他当成一个疯子来处理。王全忠逐渐有了一些名气，倒不是他的打假工作多么有成效带来的，仅仅就是他这些举动本身的效果。

张宝胜在钱学森的陪同下去傅广义他爸的学校表演时王全忠也在现场，他目睹了傅广义他爸是如何冲上去给了张宝胜一个巴掌。虽然没有造成什么直接的危害，但这件事给了王全忠一个不小的刺激。"这人是谁啊？胆子居然这么大？"他听见周遭的人议论纷纷。这事儿让王全忠认识到，苦口婆心大费周章地讲道理，可能还不如一个巴掌来得奏效。

当傅广义他爸被扭送下台，穿过人潮，路过他身边时，他不知怎么冲他说了句："老兄，精彩。"傅广义他爸看了他一眼，没说话，又接着被扭送向前了。

王全忠自然很快就把这个人忘了，那会儿气功热已经逐渐偃旗息鼓，他去不少地方都能撞见几个异见分子，傅广义他爸却牢牢记在了心里。那一瞬间可能是他这辈子唯一觉得自己像个英雄的时刻。他打张宝胜的时候没觉得，回答钱学森"我是一个科学工作者"的时候没觉得，唯独这个时刻，他受到了激励。

我们这个故事发展到后面，王全忠和傅广义他爸有过几次差点儿就要打交道的时刻，有一次甚至面对面相遇了，当时傅广义只是潦草地介绍了一番王全忠的情况："这是我在互助协会认识的朋友。"两人谁都没想起来他们在几十年前就曾见过，也没机会深谈发现人生这个奇妙的巧合。

再说王全忠。1995年其实已经是张宝胜大师生涯最后的辉煌，人们逐渐从这股狂热中走了出来，各个大师也一个一个遭到扒皮、揭穿、重新定性，很难说谁在其中起到了关键作用。一切就像历史上无数次的集体无意识事件一样，兴起、狂热、湮灭，一次又一次地轮回。这短短十余年啼笑皆非的历史，也很快就融入了过去，被新的时代洪流覆盖，逐渐被人遗忘。再也没有人记得张宝胜是谁了。

至于王全忠忽然成为那一年的打假劳模，昙花一现般出了阵名，也不过是时代在那时需要树立一个典型，来宣布这场闹剧的终止。王全忠正统科班出身，又对此事着实付出不少心血，甚至丢了工作，打假近十年，没有任何收入，还得靠自己省吃俭用的钱走访全国，拿他作为典范实属再应当不过。这事儿消停以后，原先的科研单位重又向王全忠伸出了橄榄枝，王全忠拒绝了。倒不是因为这时候争先恐后找他的单位、机构和个人很多，他看不上原先这家地方小研究院，而是他觉得自己如果因为这个接受了什么好处，就显得他打假的动机并不单纯。事情发展至此，这件事对他来说已经不是口头意义上的使命，而是他没有回头路可选也没有别的任何路可挑的命运。

就是这样，他抛下了人生其他的可能性，决定把这条路继续走下去。

可张宝胜已经倒台了，他还能做什么呢？

在王全忠看来事情还远没有结束。他这么想是对的，这场闹剧的问题并不出在这几个伪大师身上，也不是因为当时中国大众的文化素质不高——即便是教授，不也热火朝天地投入其中吗？按照社会心理学的解释，这属于从众行为，从希特勒屠杀犹太人，到证券市场的狂热投机，各时代各领域总能发现类似的事件。法国社会心理学家古斯塔夫·勒庞定义这些事件的主体参与者为乌合之众。这类运动永远不会真正消失，永远都在伺机而起。但王全忠只想对了一半，他觉得这个运动没有真正烟消云散，是因为张宝胜还没有死。

张宝胜倒台淡出公众视线之后，可能只有一个人还在关注他之后的动向，这个人就是王全忠。这个时候想要搞清楚张宝胜的情况，反而远比他活在大众视野里要容易许多。也是因为王全忠的地位得到了官方扶正，当他打电话给张宝胜原先的身边人——现在他们大多都和此人撇清了干系——询问张宝胜的下落时，很快便得知张宝胜这之后去了哪儿。他当然并不是立刻变得落魄不堪，而是先继续在小范围地推广他的神力，安定一小撮亲信和追随者的人心，继而秘密地住进了某研究人体特异功能的研究院，被隐秘地保护和供养了起来。为了让你能够顺利看到这个故事，我们无法在此透露更多。

虽然张宝胜已经不像之前那么难以接近，要和他直接接触还是相当困难。王全忠通过官方渠道三番五次提出这个请求都遭到拒绝。"大师累了，想清静地度过往后的日子。""你都已经获得你想要的了，还要怎样呢？""不行，绝无可能。"得到的都是此类答复。

如此过去了三年，三年之后又三年。这期间王全忠什么也没做，一开始那些邀请他工作、上电视台演讲、出书写作打假经历的，也都慢慢消失了。王全忠的生活早已恢复到一个普通人的状态，他既不重新找工作，也没有继续在打假这条路上开辟什么别的门路，自然，也没有结婚成家。他靠一份最低保障金和父母偶尔的接济过活。张宝胜待着的研究院开始还常能收到这个人的电话和来信，言辞激烈，后来来函就渐渐少了，语气也变得平和："我只是想和他聊聊。"

王全忠的状态看似可怜，不过究其本质可能和生活在这世界上的其他人没有太多区别。只是活着。

如此又过去很多年。

终于有一天，那天王全忠正在家里吃饭，伙食很简单，青菜豆腐、蚕豆炒蛋和前一晚剩下的水饺。家里的电话响了，这时已经是 2007 年，智能手机即将登场，然而王全忠连一个傻瓜手机都没有。"喂？是王全忠吗？""我是。""宝胜大师愿意见你一面。""什么？"王全忠愣在原地，那头顿了顿，接着补充了一句："他快不行了。你不是一直想和他聊聊吗？"

王全忠可能是张宝胜临死前见的唯一一个人。他等了几十年，其实早已忘了当时要见他的初衷，时间磨平了他的心性，时至此刻，他想，我要和他聊什么呢？

不过，王全忠还是按照约定的时间地点赴约了。地点在一所医院，实际上属于临终关怀性质。王全忠穿上了他最体面的衣服，剪了个头发，他觉得这是对一个毕生最大的敌人的尊重。

有关此次会面的内容我们不得而知。我们只知道王全忠从张宝胜那里得到了一个关键词，赛洛西宾 25。此后不久张宝胜与世长辞。他死的时候王全忠既不高兴，也不觉得难过，而是突然感到一阵恐慌。他说不上来这股爬遍全身被阴云笼罩般的感受叫什么。事实上，他觉得他死了。他也死了。

就在这短短一刹那，他抓住了那个念上去颇为拗口的词，赛洛西宾 25。他感到这是一棵救命稻草。

这个故事讲到这里，我们终于可以进入正题了。

赛洛西宾 25 是一种从天然植物中发掘经过人工提纯后的化学物质。使用它的人虽然效果各有差别，但大多反映此种物质会让人出现感官放大、思维敏捷乃至体验到宗教感的症状。一次使用剂量一般在 50—300μg，持续时长约三到八小时。蕴含此种物质的植物诞生由来已久，可能是地球上出现有机生命体以来最早的植物物种之一。当然，在此我们对它不做更详细的介绍，这可能会让你感到厌烦。你只需要知道在人们尚未获知这种物质的价用之前，就已经在无意识地使用它就好。它在古代中国也流传甚广，只是除非你有意识且大量地使用它，它不会对你造成什么影响，很多误食这种植物的人，不过以为自己是经历了一场梦。有人开始发现它的真正价值，并有针对性地使用它的时候，它多了一个名字，着相剂。

它会被如此命名，是因为服用它的人，会在感到身处异境之时，看清世界的本质，收获有关自己的真实认识，它让人领悟到什么是意义所在，从而让人在效用结束后记住自己的领悟，走向新的世界。这么说对于没有使用过它的人来说还是有些过于虚幻了，你可能很难理解和信服。这就是为什么当傅广义、任晓清和王全忠知道了事情的真相后，也依然很难相信这就是真相，很久才不得不接受这个事实。

第一批因为着相剂而改变人生的人起先是惊喜，想要说服更多的人尝试它："朝闻道，夕死可矣。"其中一位颇有智慧的人如此向他的亲朋好友推广，然而他们立刻发现了阻力，首先，不是所有人都有尝试一个未知物质的勇气，多数人觉得这只是一种巫术。而真正懂得如何使用着相剂的人又往往是最有知识的那些人，他们的亲友不相信他们会突然变得如此无理性，只会觉得这是一个玩笑。如果你细心研读典籍，你大可以发现有关着相剂的点滴记录，只是这些无心中记录下有关它的使用者和使用情况的人，也压根就不知道他们记下了什么。

其次，并非所有使用了着相剂的人都可以因此而获得领悟，他们也许也获得了一些领悟，但这并没能改变他什么。这不难理解，不是在每个人面前放一本《天龙八部》，他都能成为一代宗师。虽然到目前为止我们并不知道究竟是哪一类人才能因为着相剂而获得彻底的顿悟，但他们往往具有一些共同的特点：对生命的热爱，对世界的好奇，和依稀葆有的一些纯真。我们并非试图为这类人贴上正面的标签，也绝不是鼓励任何人效仿他们去使用着相剂，仅仅是做一些客观的描述。实际上，没有因为着相剂获得任何改变的人远比这类人多，虽然这种化学物质对于人体本身不具有什么危害，但也不能阻止一部分人将其作为娱乐品使用，继而沉迷其间，浪费生命。

再有一点，这些发现了生命的真谛，力图让自己的人生为某种使命而努力的人——既然他们大多都极具智慧——不免开始进行更深一层的反思：一、每个人的顿悟各不相同，但既然有人顿悟之后愿意行善，那么必然有人会发现自己的使命是作恶。二、一个人如果本来只是浑浑噩噩地度日，忽然有天愿意为某种事业而献身，这不是坏事，但假使有人原本做的事情就很有价值，着相剂却让他去做一个无用之人，那是好事还是坏事？三、他们中的一些人认为应当让至少是他们的同类，越早使用着相剂越好，因为这是一条让人快速发现生命意义的捷径，你不用浪费大半辈子做那些无用的努力，立刻就能走上正确的人生道路。但另一些人则认为这么做实属作弊，他们无法忍心看着那些没有使用这条捷径的人，在错误乃至迷茫的道路上耗尽一生。

这只是其中的一些问题。当他们想到这些问题后，事实很快便对他们的想法做出了验证：他们中的某位，本是一位安分守己的读书人，却突然起了从政的心思，投靠了外国，从此众叛亲离；某位一朝之君，在国家危难百姓贫苦之际，却放下国事，专门做些雕花勾栏的木匠活计，无心打理朝政。至于这最后一个问题，则直接导致了原本彼此认同的这类人，由于不同的理念而四分五裂，形成了更细的门派，从此再无来往。

我们这里说的只是同时代同国家的这么一小批人。若要拷问着相剂在不同时代不同国家的发展，你会发现它们惊人地相似。一代又一代的人都经历着同样的过程，发现、使用、反思、分裂。至于有关使用者的案例情况，更是极其复杂，远超最早这批人所设想到的种种问题。那些最聪明也最富道义的使用者终于意识到，虽然无法将着相剂对人的影响定性为正面还是负面作用，但它毫无疑问是个危险的东西，并不能毫无控制地推而广之。这就是为什么包括你在内的大部分人，从来就没有听过这个东西，也压根不知道有这么一批使用者从古至今存在于这个世界上。而那些使用者，不管是被叮嘱，还是出于自身的觉察，不管是出自善意的动机，还是不想让人获取这条秘闻，他们都意识到这个秘密越少人知道越好。

关于着相剂，所有使用者唯一的共识是，它的确是一条捷径。不管你是在人生的何时使用了它，你都能因此走上一条距离终点最近的道路，哪怕你此前的人生完全是白过了。

随着科学世纪的来临，有关着相剂的研究也越来越多，越来越理性，现在，人们可以客观而公正地给予它一个评判。不过，这并非我们这个故事所要说的主旨。这些研究基本围绕使用者进行，很少关注那些和使用者有关的人因之受到的影响。我们在此列举了三位中国使用者的身边人，正是扩大有关赛洛西宾25的案例研究，使你看到更多的一些东西。我们不带有任何倾向性，在此只是简单陈述他们的生活变动。其中，我们主要想说的还是故事开头的这个人，傅广义。

傅广义明白是什么真正改变了女友方立秋已经是一年之后的事了。这期间他几乎就要放弃未婚妻，试着让自己开启一段新的生活，但他又找不出任何理由。方立秋以惊人的意志力顺利考取了航空航天学校，和一帮小自己十岁的学生重新坐在了大学课堂里，这本身已经让她身边的所有人刮目相看。他父亲除了对宇航员这个选择有些咋舌（这来自他早年对钱学森的偏见）之外，也对这个未过门的儿媳感到吃惊，继而是满意。他一直对儿子未能按照自己的愿望做一个不普通的人心怀不满，没想到在儿媳这里得到了找补。他甚至非常担心他有没有资格有这么一位儿媳——他担心方立秋会转而嫌弃自己的儿子配不上她。方立秋没有任何这方面的意思，她一如既往地对他们二老很好，也就可以想见对傅广义也维持着之前的态度。

只有傅广义觉得不是这么回事，他觉得他和方立秋已然形同陌路，却又实在找不出什么说法。就是在这时，他知道了赛洛西宾25这个东西。

赛洛西宾25的使用者虽然不会因此而结盟——他们往往都是因缘际会得到了这个东西，上线又总是来自不同的理论门派，在现代的传递就更是随着互联网等新兴媒体的出现而变得极其复杂，再加上他们除了都获得了人生使命之外，并没有什么共同之处，并且，他们的使命又各不相同。不过，这些知道是什么改变了自己身边人的人，却形成了一个个的小团体。它有点儿类似匿名互助协会。一方面，互助协会会帮助那些不知道发生了什么事而陷入困境的人了解真相；另一方面，这些人也会就自己遇到的问题进行倾诉和慰藉。傅广义就是在人生最低谷的时候遇到了王全忠主持的互助协会，在听取了他的描述后，王全忠几乎是立刻明白了发生在方立秋身上的事，傅广义便被他拉入了这个互助协会。

不用多说你也知道了，在张宝胜死后，王全忠致力于研究赛洛西宾25和有关它的一切，在那次和张宝胜的谈话中，他只提出了一个问题："你为什么要做这些？"张宝胜的回答就是这个名字，赛洛西宾25。在当时他完全不明白，随着此后多年的调查，和对那些使用者及使用者身边人的走访，他逐渐搞清楚了事情的来龙去脉，他虽然仍然对这个东西是否能促成一个人对自己的一生达成某种坚定的信念，或是信念的突然转变感到半信半疑，但他所能做的事情就是站在真相的附近。

傅广义一开始也觉得这个神话传说般的事情完全就是无稽之谈，在加入了互助协会、发现居然有这么多的人经历了类似的事之后，也被慢慢说服了。协会里的人形形色色什么都有。有像他这种的普通百姓，也有——谢迟的妻子任晓清这样颇不寻常的人物。当然，团体与团体之间也有阶层差异，那些更重要的人的身边人，会自发组成他们那个阶层的组织。像任晓清这种人会和他同属一个协会，只是因为任晓清自己出身普通，并无任何事业可言，而她的性格又平易近人，从不会觉得自己因为丈夫就和别人怎么不一样了而已。

协会定期在市南角的一栋大厦里举办聚会，有些茶水、咖啡、饮料和小吃之类的东西，成员们来这里交流彼此最近的变化，或是欢迎新成员的加入。协会主要依靠成员们自发的赞助维持必需的开支，主要由王全忠负责管理。

不过，就算是在同一个协会，每个人所持的态度也是不一样的。有些人加入协会只是不明白发生了什么，倒不觉得这对他们的生活造成了什么影响，他们可能还对亲人的变化感到十分欣喜，在知道发生什么之后就更加抱以理解和支持的态度。有些人，比如说像傅广义和任晓清，则因为亲人的变化感到非常痛苦。知道真相并不能给他们带来什么慰藉，他们反而会更加绝望：这说明他们无论如何是无法扭转身边人的态度了。还有些人，知道事实后跃跃欲试，也想体验一下赛洛西宾25，动机各不相同，具体是什么就只有他们自己知道了。

就算是因此感到痛苦的人，其痛苦程度也不尽相同。任晓清至今无法找到谢迟，比起其他知道自己的亲人去做了什么事的人来说，她连谢迟使用赛洛西宾25之后想要干吗都不得而知，只能沉浸在无穷无尽的想象中。协会里的另一个人，他的儿子原本是个游手好闲常常作奸犯科的混混，他为此感到头疼不已，常恨自己没在儿子小时候掐死他，在使用赛洛西宾25之后，他的儿子大彻大悟选择了自杀。他没想到自己竟然如此悲痛欲绝。还有一个同傅广义差不多年纪的姑娘，新婚未满三月，丈夫因为服用赛洛西宾25而决意遁入空门，留下一纸离婚申请。

比起他们来，傅广义感到自己的痛苦实在没什么可说的。他的未婚妻既没有死，也没有失踪，也好端端地在他身边，而且她也没有去做什么不好的事。他还有什么不满足的呢？

别人不理解傅广义的痛苦，就连傅广义自己，也很难说清楚他是因为什么而觉得"失去"了未婚妻。只是在获知事情真相后，他更加彻底明白了一件事，他和方立秋已经是两类人了。

此外，互助协会对于赛洛西宾 25 的态度也分为两大派别：一派对于赛洛西宾 25 持坚定的反对态度，他们认为这种药物对于人生的改变是好是坏先不说，首先这种改变是不可逆的，这就足以遏止他们的好奇心。无须说，这一派的多数人都遭受了亲人改变的负面影响。另一派认为赛洛西宾 25 并非不可接受，由于那些遭遇了痛苦的人存在，他们当然不会将自己的态度表现得过于明显，不过他们中的不少的确非常渴望也能借由赛洛西宾 25 改变自己的人生，或者仅仅就是满足自己的好奇心。

在后一个人群里，有位名叫赵奇的年轻人就是那些渴望尝试赛洛西宾 25 的人之一，他还是一名大学生，学的是中文。他是因为自己高中时代的好友而来到这个互助协会的。他的好友本和他一样热爱文学，却在高考前三月决定改考数学系，无论老师如何劝阻，都不能改变他的心意。"我突然发现了数学的美。你不觉得数学是这个世界上最美的东西吗？"对方问他。他自然无法回答，因为就在一月前，对方还告诉他"中文是世界上最美的东西"。然而他的好友以令人吃惊的成绩考上了原本要报的那所学校的数学系，两年后又以优异的成绩去了国外的大学交流。他们俩本来都是资质普通的学生，也未见得有多努力。在使用赛洛西宾 25 之后，好友虽然并没有智力上的提升，却对自己要做的事有了清晰的目标，不浪费一点时间在别的事情上。目睹这种转变，赵奇非常动心。在互助协会的这些人里，他是头一个意识到赛洛西宾 25 可能是一条人生捷径的人。他原本模模糊糊的梦想是做一名作家，但又觉得这条路十分艰难而犹豫不已，此时，他非常渴望赛洛西宾 25 能够给他指明一条道路，好让他在进入社会之前确定自己的人生方向。

除此之外，还有另一个人有同样的想法。此人名叫徐兮，非常巧合的是，他正是谢迟公司的员工。徐兮在 IT 部门做一位高管，年纪三十五岁。任晓清加入协会的时候他已经在了，他完全没想到董事长夫人会出现在这里，虽然他已经隐约猜到谢迟离任的原因没准儿也和赛洛西宾 25 有关，不过任晓清来的时候他什么也没说，对方自然也不知道他就是丈夫公司的员工。徐兮找到这个互助协会不是因为身边人服用了赛洛西宾 25，而是受到了一位大学同学的撺掇，对方在知道了赛洛西宾 25 这种东西之后就一直想进行尝试，也经常搜罗各种资料和徐兮进行讨论。那同学是搞音乐的，艺术家，本身就对这类新鲜而神秘的事情感兴趣，徐兮也难免受到些影响。不过他倒是从来没想亲自尝试什么。直到他到了三十五岁，人生来到了一个关卡，事业不高不低，家有妻子孩子，婚姻关系却近乎破裂，他也一点儿不喜欢自己的工作，做这个纯属谋生。每天挤地铁回家时他都无比绝望，他知道自己可能遇到了中年危机，然而却什么都做不了。他已经三十五岁了，总不能放弃眼下这份工作和那么多年的行业经验，突然做个别的去。而且他也压根就不知道自己要做什么。就是这样，他想到了赛洛西宾 25。他有意寻找并加入了这个互助协会，想在这里待下来，先看看那些使用者都发生了什么，再伺机寻找获得赛洛西宾 25 的机会。

这些想要尝试的人，其实心中都还有一个隐隐的想法，谁能说赛洛西宾 25 就一定会让你扭转人生志向呢？也有可能当你使用它，发现看清了生命的真相，领悟了人生的意义之后，原本从事的事情就是自己真正想做的。

从逻辑推断来看，这可能才是赛洛西宾 25 使用者使用后最主要的状态，而这种案例没怎么出现在互助协会里，是因为他们的改变无非是变得更加意志坚定，这变化难以令周遭人觉察而已。多数人生发生扭转的案例，都是原本一个并不清楚知道自己要做什么的人，或是随波逐流，或是迫于各种压力走到了人生的某条路上，他们突然间找到了真正的使命，才显得变化剧烈。像谢迟这样从小就明确知道自己要做什么，也取得了辉煌的成就之后，突然人间蒸发的，实属极个别案例。

不过，谁也没想到协会里第一个进行尝试的人竟是王全忠。而且，这个消息是伴随着他的死讯一并被大家得知的。

说到这，我们不得不再次把时间拉回至王全忠和张宝胜见面的那天。那一天，当王全忠做好了一切准备，向这个斗争毕生的敌人发问，问一问他做这些事情的意义究竟是什么时，他万万没想到对方给自己的答复竟然是年轻时获得的一个药物决定的。"我也不知道我这辈子应该做点什么好，直到着相剂给了我答案。我看清了，我是一个带着七彩祥云的人，我是一个领袖。

　　王全忠当时只当张宝胜说的是疯话，直到他对赛洛西宾25进行深入研究后，才发现张宝胜所言非虚，不管这个人认识到自己的使命是什么，他的的确确会对此产生难以名状的强大信念。在这个互助协会，没有人觉察到，其实王全忠才是他们中最痛苦的那个。

　　一个人耗费了人生大部分的时间，抱着一股英雄主义的信念同另一个人做斗争，到最后却发现对方既非存心作恶，也不生性如此，而仅仅是被一个小小的药剂所决定。张宝胜一生自然非常充实，尽管他是个骗子，但他自己却获得了极大的满足感，而且认为这就是他的使命所在。他呢？他到底是为什么而活？他信仰的人生价值陡然间崩塌了。

　　越是相信赛洛西宾25的作用，王全忠就越是痛苦不堪。他感到难以面对过去如此漫长的毫无价值的人生，往后的人生也不知该如何走下去。他会操持这个互助协会，实际是为了给自己一个支撑，好让他不至于崩溃。

　　他不是没想过也服用赛洛西宾25，他甚至早就得到了一颗。那些使用者并不都拒绝透露药物来源，他们中的某些也一直试着找到可信之人推广。王全忠作为协会负责人，和这些人当然走得更近。其中有一个来自西南边境某省的朋友，就是赛洛西宾25的推广者之一。王全忠不知道他真名叫什么，只知道大家都喊他老黑。他和王全忠年岁相仿，是赛洛西宾25在中国的早期研究者之一。也组织着这么一小群志同道合的朋友，负责甄选合适的使用者，并提供药剂。

　　差不多五年前，王全忠就获得了一颗赛洛西宾25，但他一直非常犹豫要不要使用它。一方面他对自己的人生感到极度后悔，希望能从赛洛西宾25身上得到一些解答；另一方面，他又怕赛洛西宾25给他的答案果真是一条完全不同的路，他的人生已经没有多少年可以走了，获取捷径只会加重他对此前生活的悔意。

这之后，随着协会的人越来越多，他目睹了各种各样的人生，心态也渐趋平和。人人都有自己的困境，这让他不再那么难受。于是，他终于决定试一试赛洛西宾25。

前面说了赛洛西宾25对人体没有临床验证的危害性，除非是在剂量大到某个正常人压根不会去使用的数值之后，才可能造成人的死亡。至于历史上发生的一些赛洛西宾25致死案例，都并非赛洛西宾25本身直接致死，而是各种各样使用时的意外导致。它毕竟会让人处在一个非正常的感知觉状态，会有视听幻觉产生，就像有人因为喝多了酒脚步踏空导致的意外一样，赛洛西宾25使用时可能也会发生类似的意外。所以一般使用者在接受药剂时，都会同时得到一份使用说明，上面列举了种种使用时需要采取的安全措施，其中一条就是强烈建议别在室外使用。就算没有使用说明，给予药剂的人通常也会口头给些建议，甚至直接充当使用者使用时的监护人。

而据那名撞上王全忠的卡车司机说，王全忠手舞足蹈像个疯子一样突然从路边冲上了马路，口中高喊："他骗了我！他骗了我！他根本就不是使用者！他从头到尾都是一个骗子！"眼神中闪烁着不知是狂喜还是暴怒的异样神采，就这么一头撞上了他的车头，当场死亡。王全忠自负全责。尸检显示王全忠死亡前正在使用赛洛西宾25。

谁也不知道王全忠口中的那个"骗子"指的究竟是谁，也不知道他在使用赛洛西宾25后看到的自己的人生价值究竟在何处。协会的人在短暂经历了一阵伤痛唏嘘后，又选出了新的代表接任了王全忠的位置。这个新上任的代表是坚定的赛洛西宾25反对者，由于王全忠的意外事件，更是加强了协会对于赛洛西宾25的保守倾向。这样一来，那些原本对此持另一派意见的人难免觉得协会的气氛过于沉重，双方的对立情绪似乎暗中加强，有几个便陆续退出了协会。

赵奇和徐兮是首先退出的人，他们的目的已经很明确是获得赛洛西宾25，在协会继续待下去也没什么意义，加上王全忠的死亡和协会新代表上任，便果断选择了退出。

这之后，他们又游说了几个人退出，组成了一个新的小团体。这个小团体的目的就是为了体验赛洛西宾 25，他们打算相互帮助，核查资料，寻找线索，一找到渠道便相互分享，希望能够实现共同富裕，每个人都能获得赛洛西宾25。至于使用之后是继续维持还是解散，谁也没有明说，毕竟那之后的事儿实在不好说。

这个小团体很快找到了傅广义，因为他是王全忠生前最亲近的朋友。傅广义无法倾诉自己的痛苦，又不擅长纾解别人的心结，最后反而和王全忠最聊得来。他和方立秋的日子暂时就这么过着，没有领结婚证，也不吵架，心照不宣般继续着彼此的生活。傅广义最开始不太喜欢这个互助协会，待着待着，却发现自己离不开它了。他没什么朋友，这事儿发生后又实在找不到人说，毕竟要解释这个"真相"，实在太费工夫。在协会里和这帮人待着，无论对方持什么态度，至少和他一样，是个了解真相的人。他们毕竟有些共同的东西，知道这世界上还有另一个世界。

赵奇和徐兮找到他时，他想起来自己确实听王全忠说过老黑这么一个人。要找到他估计也并不费事，买张机票飞到那个边境省，各自发动关系去打听，总能找得到。让傅广义为难的是，他并不想服用赛洛西宾 25，他也并不反对其他人使用。他觉得自己这辈子的人生信念一直非常坚定，那就是做个普通人。如果不是因为他对方立秋割舍不下的感情，他根本不会对赛洛西宾 25 有半点儿兴趣。

傅广义尚在犹豫之时，另一个人倒是忽然宣布加入寻找赛洛西宾 25 的队伍——任晓清。在协会待了将近一年后，任晓清明白在这里除了获得一些安慰外，是无法得到更多找回丈夫的帮助了。协会只是她的一个停留站，她早晚都要再次启程，继续寻找谢迟。赛洛西宾 25 给了她一个灵感——她的想法非常朴素，和丈夫试了同样的药剂，说不定就能发现新的线索。

任晓清的加入动摇了傅广义的想法，王全忠死了，他在协会也没有别的更亲近的朋友，他虽然不想尝试赛洛西宾 25，但陪这些人一同去找找也没什么。

于是，这个十来人的小团体很快动身出发了。

和傅广义想的差不多，要找到老黑并非难事。事实上，他们在这个四季如春的省份打听了十余日之后，与其说是他们找到了老黑，不如说是老黑找上了他们。老黑是当地人，从小在农村长大，一直与农作物打交道。他在很小的时候，就意外发现了蕴含着赛洛西宾 25 的那种神奇的植物，不过他使用它的时候还太小，再加上植物本身并没有经过化学提纯，只含有微量的赛洛西宾 25，不足以对他的世界观造成什么撼动。发现这种植物后，他便尝试着培育它们。老黑身上有天生的对于植物栽培的热情，他一生都没有在城市生活过，始终待在山野之间，和植物、农田、山河为伴。不过，这不妨碍他对赛洛西宾 25 的兴趣。老黑没接受过太多的教育，他对赛洛西宾 25 的理解完全出自一种淳朴的"原教旨主义"观念，体验、分享、交流。如此隐居数十年，他不用走出这片广袤的自然，也依然有不少人慕名而来。老黑既不会鼓励他们使用赛洛西宾 25，也不阻止，不过他对于使用者的甄别有自己的一套方法。谁也不知道这套方法是什么，总之，有些人得到了，有些人被拒之门外。那些得到的大部分走了，也有极少部分留了下来。如今，老黑身边围绕着一小群人，共同生活在这个远离城市的地方，颇有些上世纪五六十年代美国嬉皮士的集社那意思。

这个故事讲到这里，其实已经接近了尾声。出于保护原则，我们在此不便透露更多有关老黑和他生活的这片地区的信息。如你所见，我们同老黑以及所有使用赛洛西宾 25 的相关人士一样，明白这个东西所具有的危险性。这种危险主要是对于人性所产生的巨大改变，相信你已经非常清楚明白。出于这种原则，接下来的内容看上去可能会更加匪夷所思，让生活在现代文明中的人感到不知所措，如果是这样，请你务必相信那完全是因为我们笔力不逮所致。

傅广义等人结识老黑之后，先是被他领到了这个原始社会一般的生活聚居区，以简单饭食好好招待了一阵，众人每日所饮之酒、所食之物，皆由他们自己酿造生产。这些久居城市之人，一开始不免感到新鲜，好比踏入了桃花源，每天日出而起日落而息，一日三餐之外，就是弹琴喝酒，唱歌闲聊。这里生活的人也大多是纯真之人，他们性格温和，对于世界上正在发生的事既不关心，也不感到焦虑。生活可以说是非常简单平静。聊天也基本都是日常琐事、八卦逸闻，有时会出于彼此的共同兴趣涉及些文化艺术、天文地理之类的知识，傅广义等起初以为这些人不过是乡野之辈，认识深入之后才吃惊地发现，他们并非无知之徒，不少人在来这里生活之前都在各行业有正经的工作，也接受过良好的教育，有一些甚至具有极高的文化素养。当然，也有自出生起就浪荡于江湖的边缘人。总之五花八门，什么样的都有。

刚刚结识老黑时，这帮人谁也没好意思开口直接说就是来找他要赛洛西宾25的，由傅广义开口，介绍说他们是王全忠的朋友，然后简单说明了一下王全忠的死，"听说你是他的朋友，所以想来和你打个招呼"。这么一大帮人跑来汇报一个死讯，这话自非全然真实。老黑也没有多问，只是依照一般社交礼节同他们一一认识："既然来了就留下来玩几天吧。"

如此生活半月，这些人中最性急的那几个终于熬不住了，他们原以为生活在此处的人交谈中难免会提到赛洛西宾25，到时便可以自然而然地提出这个请求。谁知他们每日只是平淡生活，话语间半点儿没提和赛洛西宾25有关的任何事。虽然这种归园田居般的缓慢生活同大部分人的生活不太一样，但落实到茶米油盐的本质处，其实也没什么两样，毫不稀奇。刚刚接触这群人时，这些互助协会听惯了有关赛洛西宾25的传说的人，对赛洛西宾25的使用者不免抱有一番幻想（虽然他们周遭人的经历也说不上有什么传奇），误以为会在这里见识到什么天堂般极富神谕的场景，结果日子一天天过去，他们失望地发现，这帮人的生活也不过如此，虽然无忧无虑，但这么活着好像也未见得有什么意义可言。他们中的多数人本来在原本的城市也有工作、有家庭、有社会上的一个位置，参与互助协会只占了生活中的一小部分。现在，他们来到一个陌生的地方过这种闲云野鹤般的生活已经半月有余，年假快用光了，再不回去对亲朋好友也交代不过去。平时用手机与正常世界保持联系已经竭尽所能，继续这样下去，生意、项目、学业总会跑光。更让他们坐立不安的是，他们中的个别人，竟然表现出了被这种生活蛊惑的样貌，不仅并不心急，还劝他们不如再多待一段时间再提赛洛西宾25，"你就这么着急想要为什么事情献身吗？"他们惶恐不安，感到比起赛洛西宾25来，老黑和他的朋友们的这种生活状态，对心灵的腐化才是更加危险。

再熬不下去了。

年轻气盛的赵奇头一个站了出来，学期末要到了，他得赶紧回去应付考试和论文。上学期挂了两门课，这学期再挂一门，他的毕业学分就保不住了。赵奇直接找到了老黑，说明了此行的真正来意："我们其实是想来试试赛洛西宾25的。听说您这里有不少，也乐意分享给大家。"他尽量把话说得让老黑没有回绝的余地。

老黑的脸上没有出现任何表情，只是抬抬手说："确实也差不多了，明天吧，明天你们都来我这儿。"

赵奇没想到事情会进行得如此顺利，再三道谢后便赶回去一一通知大家。这些人表现各异，不过总体还算是雀跃。傅广义是这些人中表现最平淡的，他其实就是那几个被此处的生活所"腐蚀"的人之一。

在这里生活大半月，他感到前所未有的平静，这两年来一直困扰他的生活瓶颈似乎消失了，这样的生活完完全全符合他自小对自己的要求：做一个普通人。远离城市之后，他之前的那股对未婚妻的强烈情感也淡了不少，他还爱着方立秋，只是觉得她没他没问题，他没她似乎也能过下去了。他唯一的遗憾就是方立秋没能和他一起像现在这样生活。当赵奇说明天就能知道赛洛西宾25究竟能给人带来什么样的体验之后，他的心思反而比来这里之前更加寡淡了，甚至还包含了某种抗拒：如果能一直这样生活，有没有赛洛西宾25又有什么关系呢？他觉得自己已经找到——或者从未丢失过的有关生活的某种信念。

这当中唯有一个人愁眉不展，任晓清。通过老黑，她知道了一些其他所有人都不知道的事情。那是前几天的一个白天，老黑看见她，几番犹豫，还是上前对她说道："你是来找谢迟的吧？"任晓清十分惊讶，因为对这事儿她没透露一个字。

老黑和她走到了一个无人的地方，这才把事情原委说出。原来老黑和谢迟早就认识，甚至可以说是一起长大。任晓清是二十岁在大学认识的谢迟，只知道他的确也来自这个西南省份，具体在哪儿出生就搞不清了。谢迟不怎么提及童年，十岁就随着父母搬迁到了其他地方，确实也没什么好说的。老黑说谢迟是他发现了那种神奇植物分享的第一个同伴。"只是当时我们都是小孩，什么也不懂。老谢比我胆儿大很多，我只敢用一点儿，他呢，量大得我都担心。"此后随着谢迟搬家，两人也就断了联系。直到多年以后谢迟成为中国的领袖级人物，老黑这才知道小时候的玩伴如此了得。"他和我不一样，我们从小就是不一样的人。"老黑自嘲。

这件事给了任晓清新的认识。首先，根据老黑的描述来看，谢迟不是因为使用了赛洛西宾25而突然消失。他应该是在很小的时候就因为赛洛西宾25而明确了此生的目的。对谢迟来说，他的确是赛洛西宾25作为人生捷径的最佳代言人。幸运的是他不仅有信念，也通过自己真的达到了目标。当然，这也依赖于他的早慧。那么，第二个问题紧接着就来了，他又是因为什么而突然消失的呢？

有这么几种可能。谢迟在使用赛洛西宾25获得了第一次的人生顿悟，在他已经完成了人生目标之后，又进行了第二次尝试。谁说一个人一辈子只能通过赛洛西宾25获得一次领悟呢？也许在第二次领悟中，他又得到了另一种解答，由此展开了人生的第二种可能。或者，谢迟压根就没有再次使用赛洛西宾25，他会这么做，完全是因为发觉他已经完成了自己的使命。所有有关赛洛西宾25的研究里，都几乎没有提到那些依照使命一步步走下去的人，在有生之年完成使命之后他们去做了什么，又是怎么想的。可能是人们普遍认为一个人的使命就是他毕生需要去做的事，并不存在"完成"这个状态。

不管是哪种可能，知道这个事实并没有给任晓清带来任何帮助。她依然不知道丈夫去了哪里，正在做什么。

听完老黑的叙述，任晓清只问了一个问题："那么您呢？为什么赛洛西宾25在您身上没有任何影响？"

老黑神秘一笑："我说出来怕你不相信。"

"您不妨一说。"

"我压根就没有使用过赛洛西宾25。我是说除了发现它的时候。"

任晓清愣了愣，不过很快地相信老黑说的是真的："为什么？"

老黑没有回答，而是带着任晓清去了一个地方。这个地方随后他又带着赵奇他们去了一次。那是在远离他们的生活聚居区的一处种植大棚，那是老黑种植那种神奇植物的地方。任晓清看着这片其实不算大的严格控制着温度、光照和湿度的大棚，刚走进去就被眼前这片五光十色的植物吸引了。植物们反射着种植光管交织成片的妖冶光谱，散发着勃勃生机，每一棵都仿佛有着无穷无尽的生命力一般，谱写着一支盛大的交响乐。

两人在那里停留了约莫一个小时，这期间谁也没说话。任晓清沉默着走过一棵又一棵植物，时不时弯下腰仔细观察，有时还伸手出来摸一摸植物的叶片和花蕊，仿佛在和每一棵植物交谈。老黑没有打扰她，他觉得每个来到这里的人都会产生一些自己的想法。之后两人驾着老黑的吉普车又回到了集社。

"现在你还有为什么吗？"

"没有了。"

任晓清明白了，不同于用赛洛西宾25找到了人生使命的谢迟，老黑在接触到这种植物的那一刻，也找到了自己的使命。他就想和这些植物待在一起，像父亲一般照料它们，他毕生的愿望就是做一个农夫。他既不愿意让这种植物改变自己的人生想法，也没有这个需要。

"不是每个人都需要使用赛洛西宾25。"

因此，当赵奇他们一行人在老黑的带领下来到这片种植大棚时，只有老黑不奇怪为什么任晓清不见了。"她应该已经提前走了。"

"为什么？"有人问，"她不是想通过这个找到她的丈夫吗？"

"我猜她是害怕自己使用了赛洛西宾25，就没了寻找丈夫的念头吧。"他们当中最聪明的那个替老黑回答了这个问题。

和任晓清一样，赵奇他们也被这片神奇的植物所吸引，兜兜转转了一个多小时，才从大棚中钻出。之后他们又驱车回到了集社。老黑表示晚饭后，他会给他们每人一颗赛洛西宾25。

所有人的期待和好奇都在此刻被吊到了顶峰，不过多数人还是如往日一般有条不紊地吃完了晚饭。饭毕，老黑如约出现。

"在给你们这个东西之前，我想告诉你们一个事实。你们不一定会相信，我只是说明一下情况。"

气氛静默如岚。

"生活在这里的这些人，他们谁也没有使用过赛洛西宾25。"

这话一出，自然有不少人发出了吃惊的声音，然后是一阵小声的议论，很快复归平静。之后，老黑逐一走到每个人面前，给了他们一颗赛洛西宾25。

这是他们第一次亲眼见到赛洛西宾25。表面看来，它非常普通。在之前的想象里，他们大多认为它应当是一颗药丸，也有人根据资料记载，觉得它可能是一张很小的贴片，或者就是植物经过采摘风干处理过的类似烟叶的东西。谁也没想到老黑放在他们手心的是一颗糖。方糖，并不纯粹的白色，像是浸润了某种液体，在夜色中呈现出一种淡黄色的色调。

那颜色非常温柔。

好了，不管你是否愿意，我们的这个故事都必须在此收场了。远征者已经踏上了那片他们寻觅已久的新大陆，掘金者也已经离他们沙漠中埋藏宝藏的废墟不远，梦想者即将拉开他们新冒险故事的幕布。我们还有什么理由拖着你埋首于这个无限拉长的结尾不放呢？

我们只能保证这故事绝非虚构，在我们的叙述中出现的每一个人都有真实世界其所置身的位置，每一个细节也都有迹可循。或许为了故事讲述的方便，或令这个故事不致遭遇因世上的某些法则的限制而被有意埋没的命运，我们夸大或省略了一些瞬间。又因为赛洛西宾 25 使用者的特殊性——他们可能是你熟知的伟人，也可能就是你的某个身边人，不过他们不会跟你透露半个字，我们希望你在阅读这个故事时，就把它当作一个故事来理解好了。我们并不希望有人因为这个故事而走上同那些赛洛西宾 25 寻求者一样的道路，为了避免这种事情发生，我们不妨再多说两句这些寻求者获得赛洛西宾 25 之后的命运：

赵奇是拿到了赛洛西宾 25 后第一个使用的人，当晚他就在老黑的监护下在自己的房间进行了长达一晚的体验。第二天，他匆匆赶上了回学校的火车。他没有对自己的领悟多说什么，只是表示得先完成这学期的考试再说。

徐兮在拿到赛洛西宾 25 的当晚莫名其妙地大哭了一场。在旁人的安慰下他才说出了一个之前并未在互助协会告知大家的情况，其实他在婚姻之外还有一个情人，他的苦恼还来自不知如何处置自己的婚姻和这段婚外情的关系。他觉得赛洛西宾 25 也许会给他帮助，不过他还是决定先靠自己的力量解决目前生活中必须解决的问题再说，"总有些责任是你必须承担的。"他也很快离开了。

这之后，这十来个人陆续带着赛洛西宾 25 离开了老黑的桃花源。傅广义呢？他压根就没有接受老黑给他的赛洛西宾 25，他只是拿起来借着月光仔仔细细地端详了它一番，没人知道他是怎么想的，也许他是在想未婚妻当初又是在一个什么样的地方，从谁那里获得了这个东西。然后他就把那块方糖原封不动地还给了老黑。

这些人回到原来的生活中，彼此之间再也没有联系。

自然，有关赛洛西宾 25 的故事还在不为人知地向前发展。世界上不断地有人突然从原本的生活中退场，又以新的方式出现，他们或许和赛洛西宾 25 有关，或许无关。有关赛洛西宾 25 使用者相关人士的互助协会也以一定的规律出现、发展，然后因为各种原因解散。越来越多的人知道赛洛西宾 25，也有人听到了这个颇具阴谋论论调的传说选择一笑了之。

2023 年 7 月 14 日，中国最新一代载人航天飞船"捷径号"升入太空。一位名叫傅广义的中年人在西南边境某省的一个小镇上，通过电视观看了这次升空直播。在周围嘈杂的麻将声、嗑瓜子声和吵闹声中，只有一个不到十岁的小女孩注意到了这个骑车从乡下赶来的独自在看电视的中年男人。

"为什么要看这个？"

"哦，你看见那个女宇航员没？"

"方立秋阿姨吗？她可有名了。"

"是吗？"

"叔叔，你认识她？"

"不，我怎么会认识呢。"他十分平静地说道。

反季生长

陈 仓 *

1

在经历两个十八年之后，陈沉那段富有优越感的婚姻终究还是离掉了。

离婚不久，陈沉抱着静一静的心态，也抱着多年的内疚和负罪感，在中秋节那天，去乘坐那趟长途大巴。那趟从上海唯一直达老家的班车，他第一次乘坐，之前暗暗地查过几次地图，对那条线路早就了然于胸了，上海、苏州、合肥、六安、叶集、潢川、信阳、南阳、镇平、西峡，然后进入陕西省商洛市境内，在抵达老家丹凤县之前，要穿过最后一个县城，它叫商南县。在县城西边几公里的地方有一个叫试马的小镇，小镇再往西十几公里就是"关门不锁寒溪水，一夜潺湲送客愁"的武关镇了。陈沉惦记着的，不是武关镇，而是试马镇，镇上有座石拱桥，离石拱桥不远，有一棵樱桃树……唉，它像一盏微弱的不规则的小灯，悬挂在他内心的深处，无论他过得扬扬得意还是黯然神伤，那盏小灯都会闪烁不定地照射一下他，也可以说是刺激一下他，让他就有了穿过商南县城去试马镇看看那棵樱桃树、远远地问候一声那棵樱桃树的冲动。

---

* 陈仓，诗人、小说家。著有诗集《流浪无罪》《诗上海》《艾的门》，2015 年推出八卷本
"陈仓进城"系列小说集，2017 年推出长篇非虚构《小上帝》。近年获得了第三届中国
红高粱诗歌奖、第二届《广州文艺》都市小说双年奖、《小说选刊》（2014 — 2015）双
年奖、《人民文学》第四届观音山游记征文奖、首届陕西青年文学奖、中国作家出版集
团 2016 年度优秀作家贡献奖。

十八年一别，那棵樱桃树还好吗？那些樱桃花还在开吗？那股从下边刮起来的有些寒意的风熄灭了吗？

这趟班车并没有停在正规的汽车站，而是停在南郊的一个大杂院里。院子四周布满了拆除到一半的民宅，外边少有人迹，里边长满了蒿草，深的地方有半人之高。中午十二点略过，陈沅寻至这个院子外边的时候，十分巧合地遇到了两只白色的兔子，其中一只趴在另一只身上，随着几声吱吱的尖叫，激情四射的寻欢接近尾声，然后就从大门背后溜走了。陈沅自言自语地叫了一声，这里有兔子呀。但是没有人呼应他，也许人家看见的是两只猫，也许是他的幻觉而已。这让他再次想到十八年前，想到县城西边的那个小镇，想到那个春天的中午，想到那棵被自己伤害过的樱桃树，自然会想到两只兔子，两只白色的兔子……

在院子门口，蹲着一个中年妇女，她面前摆着一只提篮，当陈沅从她身边经过的时候，她对着陈沅轻轻地说，樱桃要不要？陈沅被吸引住了，怀疑地问，这是樱桃吗？中年妇女说，是呀，是樱桃。陈沅说，这都几月了，怎么还有樱桃呢？中年妇女从提篮里抓了一把，你尝尝吧，是新鲜的樱桃，就剩这么一点了，便宜处理给你吧。陈沅是喜欢吃樱桃的，也是熟悉樱桃的，它在什么季节开花，在什么季节结果，他都是忘记不了的。尤其它的味道，开始吃的时候有点甜，但是吃多了慢慢地就是酸的。虽然樱桃是五六月份成熟的，但如今采取大棚温室种植，采取冷库存储保鲜，反季生长销售也并不意外。

陈沅称了两斤樱桃，深深地叹了口气。

2

中秋节前一天晚上，陈沅独自一个人坐在大街上，提着一瓶啤酒借酒浇愁，自己向自己诉说一些离婚后的新愁旧恨，就接到姐姐从老家那边打来的电话，说外甥女忽然要磕头了。

磕头就是结婚。结婚时间不前不后，偏偏定在中秋节后一天。陈沅抱怨说，这般火烧火燎的，是不是奉子成婚啊？姐姐说，咿呀，我们农村孩子哪有那些花头呀，真正的原因是本来不准备待客的，但是两个孩子早上起来突然嚷嚷着要依照我们这里的风俗，不仅要办酒席，还要拜堂呢。

姐姐又无缘无故地补了一句，你都三十六岁了，怎么说离就离了，到底是什么原因呀？

陈沅沉默了。离婚的原因，自己也解释不清，说是感情破裂吗？说是生活习惯不同吗？反正一个月前的那天晚上，夫妻两个人都睡不着，陈沅睡不着是想家了，而妻子是土生土长的上海人，从没有离开过上海，根本不理解想家的滋味是什么，所以她睡不着是大姨妈来了……她大姨妈一来，就会出现腹痛、恶心、呕吐，然后失眠。陈沅必须用自己的方式，搓着双手给她按摩，来治疗她的腹痛。但是随着他的手反复按在她的腹部，她的腹痛就会转化成一种欲望，而提出更进一步的要求。按说夫妻之间，那些要求也属常情，但是每次在她热烈的引导下，当他的手从她的腹部向上或者向下移动的时候，他似乎接近和深入的不是现在，而是穿越了十几年，在一步步地接近那个春天，接近那棵樱桃树……他总是心有余悸，怕自己再一次把樱桃花的美好摧毁，于是他的手就会因为恐惧而停止、退缩甚至还会痉挛……

这一次，他不仅再一次让她扫兴，而且连基本的按摩也不愿意继续了。他麻木地瞪着天花板说，中秋节连着国庆节有八天长假，你随我回陕西怎么样？她失望地蜷缩在一边，说你们老家有什么好玩的，要旅游起码得去日本，正好是秋天看红叶的季节。陈沅很想说，不是旅游，而是回家，而且老家的红叶满山遍野，肯定不会比日本的差。但是他说也白说，对于上海人，对于城里人，回家有什么意义呢？

于是在简短的沉默之后，陈沅突然冒出一句，我们离婚吧。

她干脆地回答，好啊。

于是他们就真的离婚了。

他原以为不谈风花雪月，不谈爱与不爱，自己将就得来的这场城乡之间的联姻，起码能够让他像浮萍一样漂来漂去的日子稳定下来，在城里把根扎下来。但是他发现自己是错的，自己似乎更加飘摇不定了，像风筝一样有一根绳子被别人拉着，但是他想往西的时候，那根绳子却在向东牵引，有一股力量总是和他相反的。

姐姐说，咿呀，我们得办二十桌子酒席。陈沅说，你们这一下子来得及吗？姐姐说，嫁妆提前预备好的，来不及有什么办法？孩子们已经下了喜帖。陈沅说，你们办喜酒可以，我如何是好呢？明天就是国庆长假，从空中飞肯定不行了，火车也无票可订了吧？陈沅按下姐姐的电话，急急地开始订票，火车票果然没有了，机票又都是全价的，来回好几千块呢。他对姐姐说，恐怕回不来了。姐姐说，咿呀，你们有出息的人总是事儿多，回不来就回不来吧。姐姐明显是生气了，过了一会儿又打电话说，还有一趟大巴，是走312国道那条线的，从上海直接开到丹凤，比火车与飞机都方便，不用绕道西安了。

陈沅暗暗地查过的线路就是312国道。听说312国道这条线路终于通班车了，陈沅心中的那盏小灯亮了一下。陈沅说，是卧铺吗？姐姐说，哪呀，是硬座的，但是大部分都走高速路，眯瞪一晚上就到了，你趁机回来散散心吧。姐姐又补了一句，这趟大巴呀，会经过商南县的，这么多年过去了，你还记得我们东边的商南县吗？姐姐明白，在他的心底，那不是一个人，不是一个县城，也不是一个小镇，早就化成别的什么了，比如樱花，比如樱桃，比如一棵樱桃树一般的风风雨雨的往事，比如在那棵樱桃树下发生的点点滴滴，以及由此而转弯的一个人的青春。

那个人的青春就是在一棵樱桃树下被劝退的。

大巴奔驰着像一条大舌头，一会儿疯狂地舔着，一会儿又停下来，把那条线路的山山水水和一个个乘客一点点地卷入嘴中咬得粉碎，这之间必然会有一些摩擦，会产生一些火花。关键是，像逆水行舟，也像反季生长，慢慢地向前再向前，快速地靠近再靠近，抵达十八年前的痛点……第二天，也就是中秋节当天，从搭上那辆大巴开始，陈沅就是有幻想的，那盏小灯就明明灭灭地亮着。呼吸、咳嗽、打瞌睡，做一个梦，一千多公里，从天黑到天亮，男男女女像煮饺子似的，窝在一间房子那么狭小的空间里……陈沅想，能坐这趟车的人，多数应该都是陕西商洛人，多数应该都在上海打工，或多或少都有自己一样的伤感，如果能够借机认识一个漂泊在外的老乡那将让他多么欣慰……在上海生活了那么多年，他没有遇见一个老乡，尤其是女老乡。他期待着认识一个女老乡，在想家的时候带着她去吃一顿糊涂面，哼几句土不拉叽的花鼓戏，过年过节的时候约好了一起回家……如果贪心一点，这个女老乡正好在丹凤县隔壁，是商南县试马镇的人；如果再贪心一点，她也长着一张苹果脸，在她家周围也有一棵樱桃树，甚至正好了解他和那棵樱桃树有关的过去以及现在……他内疚并怀念那棵樱桃树的过去，但是他最担心的还是那棵樱桃树受影响的现在……

陈沅搭上车之后，轻轻地嘀咕了一声，这是班车吗？

司机说，你以为是什么？

陈沅说，我以为是拉土豆的。

大家形容陈沅的时候，说他是刚从泥巴里扒出来的土豆。其实他们商洛地区，312国道沿线，从东往西数，商南县，丹凤县，商州区，甚至翻过秦岭，到了蓝田县，无论是人还是畜生，都像是从泥巴里长出来的，尤其像形态各异的土豆，起码是有着土豆一样的气息。他猜测，恐怕大家从小到大，就种土豆，又吃土豆，与土豆相依为命，天长日久就遗传了土豆的某些基因，有些外表像土豆，有些气质像土豆。那些生有异相的，即使长得像红薯、南瓜和山药，里边的颜色像土豆，吃起来的感觉也像土豆。

阳光在慢慢地后退，梧桐树带着几片叶子也在后退。陈沅坐在大巴上，望着中秋节的这个下午，起初是有点失落的，因为大巴已经启动了，他的身边还是空着的。他这个有些伤感的逆流而行的人，多么希望在身边出现一个土豆——这个土豆会呼吸，会四处走动，在寂寞的旅途中，会把自己切成片，让自己与自己繁衍。这次离婚之后，他似乎想明白了一个道理，那种城乡杂交式的婚姻，其实就像在一块地里套种的土豆和玉米，土豆是通过根茎无性繁殖的，玉米是通过扬花授粉有性繁殖的，它们天生就不在一条路上，之间永远是得不到杂交优势的。所以，如果再让自己重新经历一次，他也许不会选择和玉米种在一起而是和土豆种在一起，那样他就不会以离婚收场，就不会把自己和别人的伤感延续下去。

陈沅调整了一下自己的心态，然后暗暗地得意起来——两个座位顶得上一张小床，他正好可以躺在上边睡觉。

大巴还没有驶远，一阵尖厉的刹车声，把陈沅从迷糊中惊醒。大巴的门开了，又捡上来一个人。他偏过头，漫不经心地瞄了一眼，发现被捡到的并不是土豆，她竟然是一个小苹果。据他的目测，应该是这趟车上最漂亮的……她虽然不是土豆，但是她像土豆里混进来的一个小苹果……十八岁之后，他十分喜欢吃樱桃，十八岁之前，他十分喜欢吃苹果，所以他那时候常常把摘下来的苹果偷偷地藏在土豆中间……她长着一张苹果脸，小巧而玲珑的身材，在向车后移动的时候，马尾巴辫子在身后晃荡着，不时地扫到别人的脸。她穿着一套运动服，上衣是灰白色的，后边带着一顶帽子，下身带着淡蓝色的条纹，除此之外在她的身上，再没有任何闪光的线条和修饰，哪怕一条围巾一只手镯也没有，那条绑着头发的橡皮筋似乎都是一根原汁原味的绳子。

她的衣服上也没有一颗纽扣。

关键是，她与那棵樱桃树长得十分相像……

陈沅内心的那盏小灯一闪。凭着那股久违了的气息，他在心里迅速地运算着，她也是一个女学生吗？她也喜欢樱桃花吗？她也喜欢吃樱桃吗？他有些怀疑，在她的身上为什么没有灯红酒绿的影子，为什么没有霓虹闪烁的痕迹？不管如何，他可以判断，她肯定是在上海打工的老乡，凭着那隐隐约约的类似于泥土的感觉，她哪怕是高高在上的苹果归根结底还是从泥土里生长出来的，她的老家也许就是自己想要穿过的那个县城，她回家的时候甚至会从那个小镇的那棵樱桃树下消失……

她还未站稳，司机就催着说，你赶紧买票吧。大家都抬起头，静静地注视着她，生怕她再次溜下车。溜下车似乎不仅仅是司机的损失而是一车人的损失。似乎有她坐在车上，就不再那么难熬，像一杯咖啡中加入一块方糖，喝起来就不再那么苦了。

在她的后边，帮她提着行李的，是一个高大而迟钝的男孩，与她的娇小与利落形成了对比，像公主带着的一个奴仆——陈沅判断，他肯定是上海男人，上海男人只要与女人在一起，就不敢超前一步，也不敢多言多语，总是随时听命的一副奴仆的样子。他还是一个胖子，她确实也是这么称呼他的。她回过头对他说，胖子，我们那里秋天很美，满山都是野果子，到处都是喇叭花，还有火红火红的红叶，而且我们那里的月亮像个水盆子，上海的月亮顶多像个小盘子，你要不一起走吧？

胖子像一个水萝卜，掺杂在一车土豆之中并不那么协调。所以一车人都担心地望着他，希望他的回答是"不"。陈沅没有看到胖子是什么表情，反正听到她的那句话他的心滑动了一下。但是胖子没有心动，放下行李还是匆匆地下了车。胖子双手插在口袋里，站在外边隔着玻璃说，票我已经买了，你别重复了。

大巴再次启动，土豆们开始骚动起来，有人放心地舒了口气，有人莫名其妙地笑了一下。小苹果弹性十足，感觉像一个网球，在过道里跳来跳去，寻找地方安放自己的行李。她的行李不多，有一箱子水果，箱子上清楚地写着是车厘子，来自美国……车厘子长得十分像樱桃，陈沅很长时间都以为它是樱桃，直到前妻有一次买了几斤车厘子回家，问他好吃吧，陈沅说，样子挺好看的，只是味道一般，吃起来没有肉感，像用橡皮加工出来的，而且甜中并不带酸，比我们老家差远了。前妻说，和你们老家怎么比？你认识它吗？陈沅说，我怎么不认识它！它不就是樱桃吗？前妻说，我就说嘛，你们乡下有樱桃，怎么会有车厘子呢？陈沅被嘲笑之后，他从此不再明目张胆地吃樱桃了，如果想吃樱桃的时候就称一点，偷偷地躲在外边吃完了再回家。

小苹果踮起脚尖，把车厘子使劲地向上举着。她的肚皮惊心动魄地露着，白得像刚刚落地的春雪，不小心看上一眼，就会化掉一般。

小苹果还有一个黑色双肩背包，塞得像一个充气的皮球。行李架实在太满了，她走了大半条过道，依然没有放上去。她一不小心，把垃圾桶踢翻了，铁皮垃圾桶在滚动中发出欢快的声响。她被什么绊了一下，险些摔了一跤，像一颗石子扔进一片湖水，所有人的眼睛里都扑通一下，随之荡起了一片涟漪。

按照陈沅的经验，在众目睽睽之下，对待女人的态度要冷，这样不会暴露自己的目标。大巴一阵颠簸，她荡来荡去，再次弹回他的眼前，于是他不紧不慢地站起来，先在过道里装模作样地伸了伸懒腰，然后才顺着她的摇晃，接过了她手中的车厘子，举起来，挤了挤，放在最后的行李架上，再从过道上提起那个双肩背包使劲地塞着。

隔着过道的左前方，坐着一个中年男子，他留着八字须，精瘦精瘦的，仅从体形上看不像土豆，倒像一根棍子山药。棍子山药抬起头说，你别把我的东西弄坏了。他的行李无非是几袋子面包和一点水果。陈沅笑了笑说，怎么会呢？棍子山药说，怎么不会？再挤下去就成果汁了，你们应该把行李放在你们自己的座位上边，不能放在我们上边。陈沅说，大家都在一个车上，应该都是老乡吧？别分那么清楚好不好？

陈沅不能太过卖力，不能显得太过殷勤，加上双肩背包太圆，他始终没有放上行李架。小苹果笑了笑，接过了背包，从里边取出一件外套……在随后的旅途中，那件外套在合适的时候搭在他和她的身上，成了十分有效的掩体……如果当年，在那棵樱桃树下，在光天化日之下，也有一件这样的外套，帮忙遮掩一下那该多好，但是那是春天，是温暖的季节，根本不需要外套……小苹果踮起脚尖，把瞬间瘪下去的背包塞了上去。

棍子山药得意地说，还是这女子厉害。棍子山药身边也是空的，他朝里挪了挪身子，希望她顺势坐在他的身边。但是她视而不见，还是向后边走来，冲着陈沅的身边说，窗子边上的位子有人吗？陈沅让了让双腿，不好意思地解释说，这个位子恐怕坏了。陈沅是说给其他人听的，许多人曾经期待过这个靠窗的不前不后的座位，他都没有把它空出来。

她似乎并不想弄明白这个座位到底哪里坏了，或者说她已经看穿了陈沅的心思，没有丝毫的犹豫就坐了下来。她坐下来后，似乎在配合陈沅，把座位弄得吱吱地响，然后自言自语地说，嗯，靠背果然放不下去。

大巴又陆陆续续地捡上来几个人就驶上了高速。不明白什么时候，天阴沉了下来，而且起了迷蒙的大雾，她望着灰蒙蒙的窗外——窗外的树木、房子和田野，已经被迅速地糅合在一起，模糊得像是已经调好的水彩一般。

她朝着司机叫了一声，发票呢？撕一张发票吧。售票员传过来一张小纸片。她说，你这是收据，我要的是发票，你不会没有发票吧？售票员说，你要发票干什么？她说，我报销行吗？售票员说，你一个学生，找谁报销？学校会给你报销吗？她说，你什么眼神，我怎么会是学生？我是学生他姐，明白吗？

好多人跟着起哄，纷纷索要发票。司机说，收据不是一样吗？你们这些商洛人，真是太麻烦了。小苹果说，你跑这条线路，难道不是商洛人？司机说，你帮帮忙好吧，我怎么会是商洛人呢？小苹果说，你以为你变个腔调，我就听不出来了？你顶多是个河南梆子，你以为你把车开到上海转一圈就是人家上海人了？有本事你咋还挂着个河南牌子？

司机被戗着了，翻了翻白眼，不再出声了。他从后视镜里，朝着后边看了看。棍子山药嚷嚷着说，我们都是农民，农民就不能要发票了吗？我回家找老婆报销不可以吗？还有一个光头小青年嘀咕着说，我还要向女朋友报销呢。

小苹果侧过身，朝着陈沅笑了笑，解释说，我都上车了又飞不掉，还没有站稳他就急吼吼地催着买票，我这是在报复他。陈沅说，这不是好事吗？给你省钱了。她一愣，说二百二十块，不少一分一文，省什么了？陈沅说，他不催你的话，胖子会给你买票吗？她说，这个啊，我才不稀罕呢，他长得那么胖，像水萝卜似的，我讨厌他的胖，他如果再这么胖下去，我就不要他了。

陈沅笑了，她和他一样，把胖子形容成水萝卜。这种一致，让陈沅的怀疑更加强烈，或者说是一种引导。陈沅说，水萝卜是你男朋友？她说，是呀。陈沉说，你们在一起吗？她说，在一起是什么意思？陈沉说，在一起就是在一起，还有其他意思吗？陈沉其实是想刺探一下她的底细，比如他们是不是在一个地方上班，比如他们交往的深入程度是多少。但是她意识到这个话题似乎有一点敏感，或者有一些无礼，就不再吱声了。

陈沉说，男人体胖，心宽福厚，女人体胖，命好旺夫，我就挺喜欢刚才那个胖子。小苹果说，那我把他让给你吧。陈沉说，让给我当弟弟吗？她说，当干儿子都行！

过道的左边坐着一个女人，她长得有点像陈沉的姐姐，说话的语气也一模一样，喜欢用"咿呀"开头。她穿着一条黑色的超短裙，短得让人提心吊胆。上身配着超短裙的是带着蕾丝的白线衣，猛然看上去像一棵大白菜。

大白菜侧着脸说，咿呀，你们去哪里呀？小苹果说，我到商南县。陈沉的心又闪了一下，随着那亮光一闪，他几乎有一些颤抖，因为果然被他猜中了，她确实是商南县的，甚至就是试马镇的，她回家的时候真的要经过那棵樱桃树……陈沉把上车前买的两斤樱桃，拿出来绑在前边的靠背上……他突然想吃樱桃，似乎像吸毒上瘾的人，看到毒品就想抽一口。他晓得这些反季的樱桃没有洗过，上边会有农药残留，但是他不在乎这些。

他一边吃着樱桃一边说，我到下一站，是丹凤县的。小苹果说，你是丹凤县的？陈沉说，是呀，怎么你去过吗？小苹果说，商南离丹凤四十多公里，我从来没有去过，但是我姐在那边上过学。陈沉真想问问，她们姐妹是否长得很像，她姐叫什么名字，年龄多大了，在哪所学校上的学，是什么时候上的学，在上学的路上有没有一棵樱桃树，最后有没有因为樱桃树被除名……但是他感觉这样问的话，有些不着边际，或者太过唐突，就不再吱声了。

大白菜说，商南县票价多少？小苹果说，是二百二十块。大白菜说，咿呀，你们没有讨价还价吗，怎么和我们商州是一样的？小苹果说，回家就这一趟直达车，我打电话的时候，他们牛气冲天，说是随便你坐不坐。大白菜说，咿呀，原来还有一辆大巴，也跑这条线路，人家大巴不但是新的，态度也特别好，售票员是个姑娘，说话一直笑眯眯的，不过现在停开了。小苹果说，不像这辆车太差劲了，我昨天打电话咨询，问什么时候发车，他们说，过中秋呢，你早点吧，我说早点是几点，是中午还是下午？他们说，不一定，或许是清早，或许是晚上，坐满了就走。我地址还没有问清，电话就被挂掉了，再打过去就不三不四的，说你们咋这么多事儿，不就是坐趟车吗？又不是大姑娘出嫁。大白菜说，那辆新车不一样，人家准时两点发车，不让你在车上乱吃东西，我把橘子水洒在地上，他们都会拿着拖把来清理一遍。小苹果说，那挺好的，哪像这辆车，乱得像个鸡窝。

大白菜像一只老鼠一直在嗑着瓜子，瓜子壳随手扔在旁边的过道上。陈沅吃樱桃的时候，没有把樱桃核扔在过道上，也没有扔在铁皮垃圾桶里……他吃樱桃的时候习惯是不吐核的，他把整颗樱桃包括核在内一起吞下去了。

3

黄昏的时候，大巴驶入一片杨树林，淡黄色的叶子已经落满一地。杨树林在一片田野之中，前不着村后不着店，四周是已经收割了的稻田。小苹果说，停在这里干什么呢？不会把我们都卖掉了吧？陈沅说，你年轻，又是女的，是可以卖点钱的，我这样的油腻大叔一文不值。小苹果说，不是啊，你看看，这里像不像一家肉包子店？他们恐怕都是论斤收购的。

他们两个说笑着，拖在最后下了车。下车才明白，到了晚餐时分。晚餐是免费的，每人发一张餐券，可以吃到一菜一汤，其实就半勺子鸡丁炒土豆、一勺子米饭和一勺子清汤，像在电视剧里看到的犯人排队吃饭的情景。小苹果回头一笑，说你看看我们像什么？陈沅说，像犯人。小苹果说，大叔啊，你太善良了吧？陈沅说，像奴隶。小苹果说，他们是把我们当猪啊，我姐喂猪也不会这样清汤寡水的，起码里边还会加几勺子麸子皮。

两个人挑僻静的地方坐下来。小苹果吃了两口，便朝陈沅一推说，麻烦大叔帮我解决掉吧，不然就浪费掉了。陈沅说，你不饿吗？这是最后一顿了，吃完就上刑场了。小苹果笑了笑，回到车上拿出一盒方便面泡了泡。她一边吃面一边说，城里真不是人待的。陈沅说，为什么呀？小苹果说，我泡一包方便面，他们竟然也要收钱，方便面才三块钱，开水也要三块钱，如果再去添水，还得再收一次，这不是黑心，简直是烂心。在咱们商洛老家，别说一碗开水，就是两碗腊肉，怕也不会收钱的。陈沅说，外边都是稻田，都在荒郊野外了，已经不是城里了。

小苹果抬起头说，大叔，你到上海多少年了？陈沅说，十几年了。小苹果说，我就说嘛，你也是城里人，所以你在替他们说话。这里看上去是农村，离上海十万八千里，但是谁在这里经营？肯定是城里人，说不定就是上海人。我泡方便面的时候，那人侬呀伊呀的，肯定是城里人，城里人才会这么没有良心。陈沅还想再说点什么，米饭里竟然不争气地吃出一颗大沙子。小苹果抬起头，捂着嘴笑着说，大米都是没有淘洗过的，我们乡下人能干得出来吗？

重新上车之前，陈沅去了一次洗手间。他去洗手间的目的，主要不是为了方便，而是为了漱漱口、洗洗脸和擦擦腋窝。因为下车之前，小苹果已经戴上了口罩。他问她是不是感冒了，她摇摇头。他问她为什么戴口罩，她也摇摇头。他是有口臭与狐臭的人，本来就对这次悲伤的旅途存有幻想，何况又遇到了和那棵樱桃树十分相像的小苹果，不由得他不臭美起来。他怕自己身上散发出的气味，破坏了两者之间的气氛和美好的气场，而且小苹果如果与那棵樱桃树有什么联系的话，他不想给她留下十八年之间他的日子并不好过的信息。

当陈沅从洗手间出来的时候，小苹果已经不在饭桌上。饭桌上除了他孤单的水杯子，已是空空荡荡的了。他的心情有一点点忧郁，远远地望过去，发现她站在院子里……天暂时没有黑，院子里还有昏暗的余光。她踢着院子里的落叶，在漫不经心地和一个年轻的家伙聊天。这个年轻人把鬓角和后脑勺的头发剃得很高，加上细长的脖子和瘦长的身子，尤其像一个带把的大鸭梨。不能说大鸭梨有多帅，起码他们站在一起是协调的，不会像自己与她站在一起那样，像一棵黑不溜秋的老刺槐与一棵小白杨，他往往会被人误会成一位农民爸爸或者包养小三的大款。

他们在深入地交谈。陈沅分明听到他们提到了上海，提到了某某区，提到了某某工厂，大鸭梨似乎就在某某区工作。他们还提到了老家，说某某某仍然守着几亩庄稼，说某某某已经生了三个女儿，说某某某在城里打工的时候出事故去世了，他们提到的那么几个人似乎与他们彼此相识。陈沅穿过院子想回车上去，当他从她身边经过的时候，她似乎不认识他了，他也似乎不认识她了……那可能是陌生男女之间的矜持，也可能是出于某种防范。

陈沅透过车窗玻璃，看到旁边的草丛中，又出现了两只兔子，不过不是白色的，而是深灰色的。这一次，他没有怀疑是别的什么动物，也不是自己的幻觉和某种回忆，而是真真切切的两只兔子，一只骑在另一只身上，目中无人地撕咬着，肆无忌惮地吱吱地叫着……他指了指，想让别人猜猜那两只兔子到底是恩爱的恋人还是偷欢的情人……他自己认为，它们是恋人，它们目前所做的一切，与自己当年在那棵樱桃树下遇到它们的时候想做的一切，都是值得赞美的，都是值得祝福的。

但是，唉……陈沅又长长地叹了一口气。

小苹果是最后一个上车的，手中捻着一片叶子。叶子是杨树的，是心形的，是淡黄色的，像油纸一样。她坐下来，淡淡地解释，也像是淡淡地自语，说年轻人是他们一个村子的，在上海打工。陈沅说，你们看上去很熟悉。小苹果说，从小在一起长大的。陈沅说，是青梅竹马呀。小苹果说，谈不上吧。陈沅说，他似乎喜欢你，会不会想娶你？她呵呵地一笑，说差一点点吧。陈沅说，差一点点是什么意思？小苹果说，就差两米，大概一张床的样子。陈沅说，你是小苹果，他像大鸭梨，放在一张床上，还是蛮般配的。

小苹果瞪着眼睛说，什么小苹果？！什么大鸭梨？！小苹果与大鸭梨为什么要放在床上？这是哪跟哪呀！今年正月，他请媒人提着彩礼，正式到我家提亲，但是我已经有了胖子。陈沅说，就是刚送你上车的那个胖子？如果让我重新选择，我会毫不犹豫地选择老乡，何况还是青梅竹马，这多不容易呀。陈沅的眼睛湿润了。在眼睛湿润的时候，他的思绪会顺着那棵樱桃树继续朝前延伸下去，直到触及那张朦胧的苹果一样的脸庞……

陈沅掏出一串樱桃让小苹果吃，被小苹果轻轻一挡竟然掉在了地上……小苹果说，他听说我有了胖子，不甘心地放下东西走了。陈沅说，真是太可惜了。小苹果说，有什么好可惜的。

他们说的，似乎不是一桩姻缘，而是掉在地上的樱桃。

大鸭梨坐在大巴的前边，回过头朝后边看了看。

大巴再次启动，天已经黑透了。天空一点也不争气，丝毫没有晴朗的迹象。陈沅不停地侧过头，越过小苹果的脸，朝着窗外看着，心想多好的中秋节，如果窗外有一个又大又圆的月亮，挂在飞速行驶的大巴上，那会是什么情况呢？自己会不会因此而更加悲伤呢？小苹果也看着窗外说，你是不是在看有没有月亮？陈沅点了点头。小苹果说，你恐怕会失望的，不过放心吧，十五的月亮十六圆，明天回到家，在咱山里边，更适合赏月了。陈沅说，明天的月亮和今天的月亮能一样吗？小苹果说，怎么不一样？还不是一只兔子、一个孤独的嫦娥和一棵砍不倒的桂花树？陈沅说，赏月的人不同了，感觉自然就不同了。

陈沅这句酸溜溜的话其实是一种暗示。他希望告诉她，他很庆幸在这条线路上遇到了她，很在乎和她在一起度过这个中秋之夜。小苹果似乎没有明白他的意思，也似乎故意装聋卖傻，紧紧地捂着口罩，朝着司机喊叫着说，麻烦快点，送点袋子过来。

长途大巴上配着两个司机，其中一个开车的时候，另一个就充当售票员。此时的售票员正在休息，笨拙得像个大北瓜似的。他拿过来的一把塑料袋子被小苹果全部抓了过去。大北瓜说，你要这么多干什么？小苹果翻了翻白眼说，我刚上车你们就要买票，看我长翅膀了没有？现在我拿几个塑料袋子，又说那么多废话干吗？大白菜还在嗑瓜子，说人家丫头晕车，你想让人家吐在你的车上吗？棍子山药斜着身子，朝后坐在椅子上，说你这车上，不配录像，不放音乐，多无聊啊，那些袋子如果用不完的话，我吹着玩玩不可以吗？棍子山药嘿嘿一笑，从小苹果手中夺过一个塑料袋子，鼓起腮帮子吹出一个气球。他把气球往空中一放，然后双手使劲一拍，就啪的一声炸掉了。

司机听到响声，以为发生了什么意外，把车停在紧急停车带上。司机转过身说，谁带鞭炮了吗？怎么有鞭炮响呀？大北瓜说，人家在吹泡泡呢。棍子山药又夺去一个袋子，正低头吱吱溜溜地吹着，或许因为漏气，吹得脸红脖子粗，怎么也吹不圆。司机骂了一句，这是班车，又不是洗头房，你要吹泡泡下车去树林子里吹！棍子山药说，你他妈的，什么洗头房不洗头房的，你晓得我在吹什么吗？司机说，你吹什么？男女之间，还能吹什么？棍子山药拿起半瓶果汁，一下子扔了过去，正好浇在司机的头上。

司机提起一支大扳手，恶狠狠地朝着车厢后边走，幸好被大北瓜给拉住了。大北瓜说，人家就吹一个气球，你激动什么呀！司机一愣，说，他在吹气球？不是吹泡泡？大北瓜说，你想歪了，人家都是文明人，哪个像你呀，早上把洗头妹都叫上车了。司机扔下扳手，朝着后边嘿嘿一笑，开着车又上路了。

小苹果似乎感觉什么也没有发生。她对着塑料袋子，大口地喘着粗气，最后就是呕吐。陈沅不安地坐在旁边，很想伸手去替她捶捶背，或者是替她倒杯水。陈沅小声地说，吃晕车药了吗？她摇摇头说，没用的，我又不是晕车。陈沅说，要不要吃点水果？她摇摇头说，不需要，我又不饿。小苹果折腾了好一阵子，才稍微缓过神来。

小苹果说，你凑这个热闹干什么，我看你也不是挤大巴的人吧？陈沅说，那我是什么人？小苹果说，你应该是天上飞的。陈沅说，天上飞的还有蚊子呢。小苹果说，依我看，你起码是一只老鸹。陈沅说，明天需要赶回去，不然就来不及了。小苹果说，为什么这么急？陈沅说，我回家结婚。小苹果说，你吗？你一把年纪，是第几次啊？陈沅说，记不清了。

陈沅想，说自己记不清也不过分，因为对于那段婚姻来说，他唯一能记得的，就是他搓着手给前妻治疗腹痛的第一次和最后一次，第一次按在她的腹部并朝上或者朝下深入移动，最后一次按在她的腹部并因为回忆的恐惧而僵持不动……他忘不了两次绝对不同的反应和同样简短的对话。他说，我们结婚吧。她说，好啊。他说，我们离婚吧。她说，好啊。

所以，他看似是结过一次婚，又刚刚离过一次婚，但是自己就跟做梦一样，根本不相信自己是结过婚的，也不相信自己是离过婚的……离婚似乎就是由十八年前自己的冲动引起的，想起十八年前在那棵樱桃树下的冲动，他总是心有余悸、心存恐惧、不敢妄为……因为那些越界的深入灵魂的动作，在十八年前像一阵暖风，催开了满满一树的樱桃花，也许又摧毁了一个人的一生……如今他的内心除了多了一些悲伤之外，他的根从来没有因为一场婚姻而扎下去过，他的孤独从来没有减少过，他的幸福从来没有增加过，反而是他充满内疚的回忆从来没有中断过……自那年春天之后，那棵樱桃树不分季节地不顾冷暖地还在开花，似乎从未落过；那张看似微笑的又看似凄凉的苹果脸，还在一步三回头地摇摇晃晃地越走越远，似乎从未停止地走向深山、走向坟墓、走向深渊……

陈沅还是补了一句，我已经记不清自己到底有没有结婚。不过，这一次，回去是参加别人的婚礼。

4

凌晨两点，大巴驶入一个无名的服务区，黑灯瞎火地停着。

老年人都打起了呼噜，几个年轻人在玩手机。棍子山药不停地打电话，他一会儿嘻嘻哈哈地说，你在被窝了吗？你一丝不挂啊？你在引诱大哥晓得不？我正在你的门外准备敲门呢，快给大哥开门吧！你真的不开吗？千万别后悔啊！你不信？骗你是头老母猪……你今天晚上有人了？谁呀？奶奶的，你故意气大哥吧？他一会儿又板着面孔说，今天成交几单？总共才三单吗？真如寺那套呢？玉佛城那套呢？你们怎么搞的！我把肉都喂你们嘴边了，怎么又跑掉了呢？好吧，好吧，跑就跑吧，十月市场应该不错，你们加加油吧，有什么情况及时打电话吧。

棍子山药说话声音很大，把谁家孩子给吓得哇哇大哭了起来。大白菜边嗑瓜子边说，咿呀老板，你电话真多啊，你是干哪行的？棍子山药说，你看我是干哪行的？大白菜说，我看呀，调戏人家良家妇女，肯定是做皮肉生意的。棍子山药说，你在抬举我吧？不瞒你，我不是卖肉的，我是卖房子的，如今虽然房子值钱，但是不如卖肉的。大白菜说，不管你是干哪行的，我估计车上多数是咱们老乡，你别在老乡面前显摆，说话小声点好不好？棍子山药嘿嘿一笑，说我把音量已经调到很小了，业务繁忙我也没有办法啊。大白菜说，现在几点了？半夜三更的，还有哪门子业务啊，你吵着人家孩子了晓得吗？

棍子山药转过身说，对不起，我吵着宝宝了？我给宝宝买糖吃吧。他不晓得从哪里忽然摸出一颗大白兔奶糖，跑过去塞到孩子的小手中。孩子哭得更加厉害了，把一车的心都撕碎了。棍子山药说，宝宝可能要吃奶了。孩子妈也顾不得那么多，立即解开扣子，从怀里掏出奶子，顶到婴儿的嘴里。醒着的人都别过头去，目光迷离地盯着漆黑的窗外，似乎把整个车厢都腾得一干二净，仅仅让一只雪白的奶子存在着，发出一丝丝空旷而甜美的吮吸之声。

车厢完全安静了下来。陈沅以为要在无名之地过夜，问停在服务区干吗呢，需要下去开房住宿吗？大北瓜说，当然要开房住宿，单人间双人间，你们是可以自由搭配的。棍子山药神秘地笑着说，你是第一次吧？坐这趟车，吃饭睡觉都是有规定的。陈沅说，什么规定？棍子山药说，有一个不成文的规定，如果座位连在一起，下去开房住宿的时候，就可以名正言顺地住在一起，你不愿意的话我们两个换换吧。陈沅笑着说，有这样的好事吗？

小苹果一直闭着眼睛，悄无声息地躺着。她听到棍子山药的话，抬起胳膊轻轻地顶了一下陈沅的腰，小声地嘟哝着说，你别理他。

陈沅意识到棍子山药是在起哄，于是小声地问，我们真要在服务区过夜吗？小苹果说，为了安全，防止疲劳驾驶，在凌晨两点与五点之间，国家规定大巴是不能上高速的。陈沉说，那大家都睡在车上吗？小苹果说，是啊，但是，也可以去下边开房，服务区那边有钟点房。陈沉笑着说，原来那个规定是真的呀，那我们还不赶紧下车？小苹果说，真要开房的话，你们两个男人，一个留着八字须，一个剃着光头，那真是绝配。

陈沉用下巴指了指窗外说，还是和它开房吧，你看看它多圆啊。

不晓得什么时候，也许是走远了，也许变天了，天又晴了，一轮圆月挂在树梢上，有如丝如缕的白云飘着，像是蒙在月亮头上的白纱。

陈沉起身，让司机打开车门，第一个下了车。小苹果拖延了一小会儿，下车之前不咸不淡地说，月亮好圆啊。

棍子山药说，你们还真开房去啊？小苹果没有吱声。大白菜说，咿呀，你不是老板吗？你也去开房享福吧，窝在车上算什么呀。棍子山药说，你和我享福去行不？大白菜说，服务区既然可以开房，肯定也有小姐，万一没有小姐，下边一定还有狗呢。棍子山药说，狗正汪汪叫，听声音肯定是母的。大白菜说，你的耳根子好灵，连公的母的都听得出来？你和母狗不是挺般配的吗？难道你要个公狗舔你不成？棍子山药说，还是你这嘴巴功夫厉害，竟然明白什么是舔呀？

司机听了，呵呵一笑，嘟哝着说，车上刚才不行，现在可以吹泡泡了。大白菜说，天下男人没有一个正经的，真是猪狗不如呀。她正嗑着瓜子，把瓜子皮朝着司机扔了过去。

几个人斗嘴，把一车人都吵醒了，或者是大家根本都没有睡，不过是眯瞪着而已。有位老大爷说，这车上还有孩子，你们想说什么，到车下去说吧。大爷掏出一个大烟锅子，吧嗒吧嗒地抽起了烟。有人被烟呛着了，开始咳嗽起来。司机说，大爷，你也下车吧。大爷说，我下什么车？我还是开窗子透风吧。他就把窗子打开了，有股风随着灌进了车内。

棍子山药说，好香啊，似乎有桂花开了。大白菜说，咿呀，狗鼻子也能闻出桂花香？我以为只能闻到尿臊味呢。大爷朝大白菜说，你们都不是商洛人吧？大白菜说，我是的呀，我是商州的。棍子山药说，我也是商州的。大爷说，恐怕出门久了，都变味了。大白菜说，我七年了。棍子山药说，我比你早三年，整整十年了，在上海一晃十年了，半条命都淹在黄浦江里了。大爷说，难怪了，商洛人说话粗是粗，却是正正经经的，哪会像你们一样？大白菜盯着棍子山药说，大爷在骂你，说你不正经。棍子山药说，你以为你是正经人吗？

大白菜说，大爷，你骂得有理，你看看这个老板，以为自己在城里赚点臭钱，就发烧打摆子了，忘记自己老祖宗埋哪儿了。大白菜又转向棍子山药说，房价涨得那么高，你开房产中介的，是不是坑过好多人？棍子山药说，看你说的，如今正正经经的，能做成生意吗？刚去上海的时候，我守着咱山里人的本分，可单纯可仗义了。但是你不坑人，人家就会坑你。有一次，有人拿出一份文件和几份合同，把一套拆迁安置房的指标委托给我们出售。其实他奶奶的，文件是他们伪造的，房子是他们虚拟的，把我给骗惨了。大白菜说，确实是这样。我从山里刚出来，一是没有手艺，二是没有本钱，被逼无奈去理发店打工。开始多单纯多害臊，给男人洗头都会脸红。棍子山药嘿嘿一笑说，你恐怕不是洗头吧，如今脸皮有一尺厚了吗？大白菜说，你还说我，你什么胡子不好留，偏偏留着一个八字须，像不像不要脸的小日本？棍子山药说，我就是想充当小日本，不这样人家上海人能瞧得起咱吗？还不把咱当土包子一样欺负？不过，咱就是外表，心肠还是好的。大白菜说，我看呀，心肠也不怎么的，背着家里不晓得干过多少坏事。你老实交代交代，在外边有多少花头了。

棍子山药说，就一个，不骗你。大白菜说，我看绝对不止。棍子山药说，是一个。大白菜说，十一个？棍子山药说，不是十一个，而是一个。大白菜说，二十一个？棍子山药说，你听错了，其实一个。大白菜说，七十一个？你就吹牛吧，怎么会有那么多？棍子山药笑着说，就是一个！

大爷吸完一锅烟，把烟锅子在玻璃窗上敲了敲，气愤地说，九十一个？天哪，太不像话了，这啥世道啊？大白菜扑哧一声笑了，冲着大爷说，我们这是说笑话，后边还有一句"二百五，是一个"，听上去像不像二百五十一个？大爷又按了一锅烟说，有一点花头也不行，你们在外边花花世界，不能忘记家里的妻儿老小。棍子山药说，大爷，我说的一个，就是家里老婆一个，再没有别的了，你就放心吧。

大白菜说，你在外边没有人？刚刚电话里莺莺燕燕的，不是人难道是畜生吗？你对着大爷发誓吧。棍子山药说，怎么发誓？我为什么要发誓？大白菜说，你如果是清白的，为什么不敢发誓？棍子山药说，谁在外边有花头谁就是猪。大白菜说，这样发誓不行的，你敢不敢说，谁在外边有相好的，那相好就是他妈。棍子山药有点急了，说你怎么和我老婆一样一样的，她也是这样让我发誓的，我不拿我妈发誓她就一直和我闹，我这次回去就为了灭火。大白菜说，咿呀，果然被我猜中了，你回去不会为了离婚吧？在外边再怎么委屈，常话说糟糠之妻不下堂，这种缺德的事儿千万别干啊。

棍子山药说，你这次回去干什么？大白菜说，交公粮啊，还能干什么？过去半年回一次家，本来端午节要交公粮的，被一些事儿给绊住了，老公被饿得都嚷嚷好几个月了。棍子山药说，你在城里肯定也不安分，你也发誓吧。大白菜说，我哪里不安分了？女人哪像你们男人，起码可以自力更生。棍子山药说，什么叫自力更生？你如果不会自力更生，找机会我来教教你。大白菜说，回家教你老婆去，越看你越不是个好东西。棍子山药说，你好意思骂我？你看看你的裙子，短得还像裙子吗？

大白菜说，为啥不像裙子？

棍子山药说，像一条内裤。

大白菜站起身，伸了个懒腰，趁机把裙子朝下拉了拉，似乎希望把它拉长。

棍子山药说，我们山里女人，有穿裙子的吗？穿裙子咋收麦子？咋放牛？虫子还不趁机钻进大腿里去了？你这一路，上山过河的，我看还没有到家，没有见着大哥呢，裙子怕就不见了。还有大腿，光溜溜的，连裤子都不穿，刚上车的时候，我看了一眼，心都怦怦地跳起来了。

大白菜冲过去，踢了一脚棍子山药，然后伸出大腿说，早就看你色眯眯的，你还什么老板呢，狗屁，我穿的是打底裤，你连这都认不出来？棍子山药说，你别狡辩了，明明就是光腿。大白菜说，打底裤是肉色的，不信你摸摸？棍子山药说，那好，让我摸摸。大白菜又狠狠地踢了一脚说，你去死吧。

车上发出一阵哄笑。大爷小声地对大白菜说，不是人家说你，你这是回家呢，又不是上台演戏，为啥不换一件？大白菜有点不好意思地说，咿呀大爷，你不晓得，我早上还在上班，这是上班穿的衣服，当时怕误了班车，走得有些急，就来不及换了。

车上一时又安静了，有几个年轻人站起身，有的下车去抽烟，有的下车去上厕所。还有人下车什么都不干，就坐在旁边的草地上，抬头看着天空。大家下了车，才发现天彻底晴了，有一颗大月亮挂在头顶。

有人说，月亮似乎比城里大一点。有人就回答，确实是胖一圈，城里到处都是灯光，哪有人在乎月亮啊。有人说，月亮似乎亮一些。有人就回答，那当然了，城里空气不好，月亮都生病了，也许生了黄疸肝炎，也许营养过剩生了心脏病。有人说，好久没有看到这么好看的月亮了。有人就回答，你恐怕好久没有回咱商洛了吧？咱商洛的月亮一直都这样，上边的兔子、桂花树和嫦娥，都看得清清楚楚的。

有人说，要是把这颗月亮搬到上海去，都可以卖票了。

有人就回答，你把它搬到上海有啥用啊？啥东西一到城里就变味了。

更有人附和着说，别说月亮了，人到城里也变味了。我都后悔进城了，当初不进城就好了。我们在城里做了老板，似乎赚了点钱，但是身体不好了，心眼也坏掉了，不单纯了，要钱有什么用呢？反而是我的几个中学同学，人家没有考上大学，当年好像是坏事，如今又变成好事了，守在老家种种庄稼，养养猪收收药材，日子过得安安稳稳的，哪像我们整天漂来漂去的，连要饭的都不如了。

陈沅靠在大巴的屁股后边，听着大家的谈话一时思绪万千。他觉得自己能考上大学，能在上海生活是了不起的，尤其是娶了上海老婆之后，更加为自己成了半个城里人而自豪。但是随着像浮萍一样无着和感情的破裂，他也在反思自己的进城之路是不是正确的。这让他想起了自己的一位堂弟。他们在一个班里上中学，陈沅每次考试都是学校前五名，而堂弟总是最后几名。结果是可以想象的，他以优异的成绩考上了大学，风风光光地进城了，而堂弟则落榜了，失落地回家种地了……陈沅毕业之后跑到上海，找到一份勉强可以生存的工作，幸运地娶了一个上海老婆，除此之外，他在上海是什么都没有的，没有房子，没有车子，没有户口……

但是三十年河东三十年河西，他的那个堂弟靠着收购核桃、木耳和药材，家里已经十分富裕，不仅盖起了两层小洋楼，买了一辆小汽车，用上了煤气灶和热水器，还经常带着老婆孩子上北京下广州旅游，日子过得比陈沅优越多了。有一次，堂弟自己开着车，带着一家四口来上海玩，陈沅去见人家，发现人家开着越野车，住的是四星级饭店，面对东方明珠每人几百块钱的门票眼睛眨都不眨一下。陈沅原有的一点点自信一下子就被淹没了，因为自己还没有上过东方明珠。请堂弟吃饭的时候，本来想让上海的妻子出面作陪，给自己装装门面，但是被妻子以听不懂乡下的话而拒绝了。最后，那顿饭是陈沅一个人孤苦伶仃地在一家档次不高的酒店陪着吃的。

在堂弟面前，唯一让陈沅感到有优越感的，不再是什么大学生了，而是在农村人眼里，自己是一个文化人，还有一个当作家的梦想。堂弟面对陈沅的羡慕，他说我再怎么样，永远都是土农民，你不一样，你是大作家……陈沅的羡慕是真诚的，堂弟的羡慕也是真诚的，但是文化人的身份无法改变他的窘迫和尴尬。

他还想到了那棵樱桃树。她和他也在同一个班里，学习成绩也一样非常优秀。但是，在那年春天，在那棵樱桃树下，在那件事情发生之后，她虽然没有像动乱年代那样，被挂着牌子游街示众，但是家长们的指指点点，乡亲们的议论和讥笑，老师们的焦虑不安，尤其是学生们的心神不宁和心不在焉，让学校害怕了，最终她就被勒令退学回家了。但是她毕竟是一个农村女人，是被扣上帽子的"坏女人"，不仅没有堂弟那么幸运，恐怕还会十分凄惨——这就是让陈沉十八年来心存内疚的原因……

他一边听着四周的动静，一边在等待着什么。他明白小苹果已经下车，似乎上厕所去了，似乎又遇见了大鸭梨，被大鸭梨给缠住了，所以还没有露面。陈沉不时地咳嗽着，希望引起小苹果的注意。小苹果过了不久，果然一边踢着石子一边漫不经心地走了过来。

小苹果说，你不是要开房吗？你开的房子呢？陈沉说，在前边呀，你跟我走吧。小苹果抬起头，看了一眼月亮，又看了一眼陈沉，两个人对视的那一刻，都忍不住呵呵地笑了。这种对视，让陈沉内心一亮，这次不再是一盏灯，而像一道迅疾的闪电……不过，那次对视是在那棵樱桃树下，有两只兔子，有两只白色的兔子，他抬起头看了一眼正午的太阳，又看了看两只肆意寻欢的兔子，两个人就这么对视了一下……那次对视之后也有闪电，是两束光彼此引导彼此交缠在一起的闪电，不过闪电之后紧跟着的是雷声，隆隆的雷声滚过青春年少的身体之后还有暴风骤雨和一泻千里……

服务区建在一个小山坡上，里面的超市、加油站和修理铺，一半是因为没有建好，一半是因为没有什么生意，所以统统都关门了，显得黑灯瞎火的。山脚下有一小片湖泊，绕着湖泊建着一条小路，一部分是铺着石子的，还有一部分建在湖面上，用木板搭成了小木桥。湖泊四周是大片的树林子，其中有密密麻麻的竹子，还有一些认不清的灌木。整条小路弯弯曲曲的，时隐时现地穿梭在树林子里。由于月光的原因，湖泊像一面镜子，又像堆在一起的银子，更像储存在池子里的水银；而小路则像一条珍珠项链，白云遮住月亮面孔的时候，小路又变成一条蛇，在向前缓慢地蠕动着。随着微风吹过，湖面闪着光，像破碎的镜子，又像有无数的小鸟在水面上浮动着。

大巴屁股后边，就是下山的小路。陈沉顺着小路，朝着山下的湖边走去。小苹果似乎有些害怕，或许害怕深幽的树林子，或许害怕树林子中不安分的阴影，回头看了看身后那辆大巴安静地伏在那边，像一条刚刚结下的蚕茧。

小苹果说，大叔，你那么心急，也不等等我呀。陈沉偷偷地笑了笑，不但没有停下来，而且紧走了几步，把她远远地抛开了。他独自一个人，站在一座木桥上。人站在木桥上的时候，被四周闪亮的湖水包围着，有点天鹅落下的味道，或者是嫦娥下凡的味道。

陈沅停下来回望，没有发现小苹果的影子，也没有听到一丝声响。陈沅说，被鬼抓走了吗？陈沅说，这里肯定有狼，被狼吃掉了吧？陈沅说，胆子这么小啊，还不如一只老鼠呢。无论他怎么说，她始终没有出现，或许是躲起来了，或许被吓回去了。他有点失落又有些紧张地叫着，小苹果，你在哪儿？

从远处看湖泊，湖泊在月光下，是银色的，是闪闪发光的。但是贴近了看湖泊，因为月光不是光，所以没有反光，湖面就是黑色的，湖底也没有倒影，水中也没有月亮。从山下朝山上看，那条小路也不见了。他有点恐惧，头发根根直竖，正准备抽身的时候，从相反的方向响起一阵沙沙的声音，而且起风了，风还有点大，把树林子刮得左摇右摆，像一个个失控的疯子。

陈沅回头。有一个黑影顺着木桥，向这边浮了过来，类似于梦游，也类似于电影里的僵尸。当僵尸移到他面前时，猛然揭掉戴在头顶的叶子——他不明白那是什么叶子，像荷叶，又像芭蕉叶，竟然如此之大，比一顶帽子还大。他早就明白是小苹果装的，这么幼稚的游戏简直让人想笑。

小苹果猛然揭掉那片叶子，使劲地拍了一下他的肩膀，说你在喊谁呀？谁是小苹果呀？你叫的应该是樱桃吧，樱桃应该在你口袋里吧？陈沅在下车的时候，因为她长得越看越像苹果，又越看越像那棵樱桃树，他想吃樱桃的瘾又被诱导出来了，于是不由自主地把自己的樱桃分出一小袋子，一边下车一边随口吃了起来，剩下的则装进了口袋里。

陈沅将计就计，吐了吐舌头，翻了翻白眼，摇晃了一下身子，头向旁边一歪，似乎就晕了过去。在他即将倒在她的身上的时候——在下午的车上，他就迷迷瞪瞪地想象过这个问题，如果他睡着了，不小心倒在她身上，她会怎么对待呢？她会推开他还是不动声色地依着他？他们会不会借着这个机会从此贴在一起？他们会不会还有进一步的亲密，比如相互依偎着，彼此摩擦着，随着大巴的颠簸而颠簸呢？他不敢再想象下去了，随着一些更为冲动更为亲密的情景闪现在他的脑海中的时候，他不免在心里骂了自己一句"流氓"……他不敢再想象下去了，再想象下去就会回到十八年之前，就会回到那棵樱桃树下，就会随着两只白色兔子的出现，引起一场身不由己的暴风骤雨，欲望的洪水开始倾泻，灾难开始蔓延，无尽的伤感由此而生……

小苹果倾斜了一下，朝旁边轻轻一闪，轻松地躲开了。最后，他没有晕倒在她的身上，而是一屁股摔在地上，发出沉闷而羞愧的声音。小苹果靠着木桥咯咯地笑了。他不明白她笑什么，是阴谋得逞，还是幸灾乐祸？小苹果说，我这个僵尸厉害吧？这就是不等本姑娘的下场。

陈沅忍住疼痛，伸直双腿，四仰八叉地躺在地上，然后闭着眼睛像摊平的一堆泥巴。他静静地体会着月光洒满全身的感觉，像被浸泡在微冷的水中，这水打不湿衣服，而且没有重量，没有浮力。他想，月光更像一片白雪，他被埋在白雪之中。

发现陈沅一动不动，小苹果蹲下来，说大叔才胆小如鼠呢，说大叔是不是被鬼抓走了？说大叔你就醒醒吧，在这里睡觉会着凉的。无论小苹果说什么，陈沅还是一样纹丝不动。小苹果不笑了，摇着他的胳膊说，大叔，你就装吧，我可是久经沙场，小把戏能哄小丫头，哪哄得了本姑娘呀。

陈沅还是一言不发，并且屏住呼吸，控制住每一丝颤抖。

这不是他的第一次，他的第一次不是装死，而是装作睡着了。不是睡在这样的晚上，而是睡在那棵樱桃树下，睡在一个春天的明媚的中午——虽然装死与做梦都是进入另一个世界，但是进入的路径完全不同，死是从时间进入的，梦是由空间进入的……正如此时的月光与彼时的阳光，月光是冷冷的，阳光是暖暖的，在暖暖的阳光下，万物都在生长，更难以控制自己……当他被吱吱的声音惊醒之后，他悄悄地睁开眼睛看了一眼头顶的太阳，发现那肆意寻欢的声音并非来自太阳，而是来自两只白色的兔子。他看了看兔子，与那棵樱桃树对视了一下，然后有点不好意思地指了指。当那棵樱桃树顺着他的目光，看到那两只兔子的时候，她被吸引住了，失控了，突然紧紧地抓住他的手，他又紧紧地抓住她的手，宛如那满树的樱桃花就是在那一瞬间全部开放的……就是在那满树的樱桃花开放的时候，他伸出手一点点地摸索着，像一个瞎子急切地希望爬上那棵樱桃树，去一朵朵地采摘那满树的樱桃花……但是，那棵樱桃树竟然没有一颗纽扣，这让他耗费了不少时光，甚至已经感受到了太阳微微的倾斜，他的手绕过她的腹部先是朝上又再朝下，以至于在伸入那细碎的花瓣、盲目地慌乱地尽情地采摘着的时候，有人带着风断喝了一声"流氓"，提着一根棍子赶了过来……

小苹果伸出手，试了试陈沉的鼻息，捏了捏陈沉的鼻子，拍了拍陈沉的脸蛋子。小苹果说，我看你是练过闭气功的，想吓唬吓唬我是没门的。小苹果说，不就一片荷叶吗？你以为是什么呀？就把你给吓死了？小苹果说，多干净的湖，多弯曲的小路，多茂密的树林子，今天又是中秋节，月光多像天使的羽毛，这里像不像仙境？小苹果说，你算什么大叔啊，这么好的地方，怎么会有鬼呀，要有恐怕只有仙女。

小苹果突然大叫，大叔你快点看，那边是天鹅！这里竟然有天鹅！

陈沉并没有上当，仍然闭着眼睛偷偷地笑着，尽量不让任何表情有丝毫的流露。

小苹果说话的声音越来越低，越来越急促，最后就哭了。小苹果说，你被吓死了吗？我看你胆子还不如蚂蚁，还不如针眼，还不如臭狗屎。小苹果掐了掐他的人中，拍了拍他的胸口。最后，她朝身后的山顶上看了看，似乎在确认有没有人，然后慢慢地俯下身子，朝着他贴了过来。

她低头的时候，是犹豫的，是茫然的。不晓得是露水，还是她的眼泪，冰冷地滴在他的脸上。陈沉感觉这不是现在的冰冷，而是从前的冰冷，是那棵樱桃树的冰冷……有人断喝了一声，打死你这个流氓……随着那一声断喝，一根棍子劈头盖脸地抽了过来。陈沉以为有人在撵那两只兔子，那两只兔子毫无疑问是非常诱人的猎物。但是那根棍子并没有落在兔子身上，而是朝着陈沉准确无误地挥了过来。在这千钧一发之时，那棵樱桃树爬起来，呵护在陈沅的面前……那棵樱桃树被狠狠地抽了一下又一下。那时候，她像受难者，并没有哭，而是笑吟吟地声明她是自愿的，像声明春天自愿开花、夏天自愿结出樱桃一样。当她被带走的时候，她一步三回头，才开始流眼泪，也许那不是眼泪，是纷纷凋零的樱桃花……

在小苹果的双唇还没有真正贴上来的时候，陈沅也骂了自己一句"流氓"。

他慢慢地睁开眼睛。他怕猛然睁开眼睛会吓坏她，于是他轻轻地呻吟了两声，像死去的人重新活了过来。

小苹果一屁股跌坐在地上。

小苹果说，好险啊。

陈沅说，你遇到野兽了吗？

小苹果说，我以为遇到了天鹅，原来竟然是一个色狼。

陈沅装作很无辜的样子说，色狼在哪里？小苹果说，还能在哪里？就在你身上呀，你刚才晕倒了，我正准备给你做人工呼吸呢。陈沅一本正经地说，难怪了，我好像做了一个梦，梦见自己掉进了湖里，沉入了湖底，遇见一头大白鲨正啃我的脸，原来是你在做人工呼吸啊。小苹果说，我勇敢吧？这叫什么你晓得不？这叫美女救色狼。陈沅说，人工呼吸不就是亲嘴吗？那你还是继续吧。小苹果说，我只是准备好不好！还没有实施好不好！我总觉得你是装的，大叔你是不是装的？陈沅说，今晚的月亮据说几十年不遇，我们一辈子只有一次机会，所以不浪漫地干点什么，似乎有点过意不去啊。小苹果说，我们干其他什么都是犯罪，你晓得最适合做什么吗？

陈沅说，最适合做人工呼吸。

小苹果说，最适合做梦！大叔你就做梦吧，正正经经地说说你的梦吧。

陈沅与小苹果肩并肩地坐在木桥上。陈沅说，我的梦就是当作家，像曹雪芹一样写一部《红楼梦》。我如果写《红楼梦》的话，就让林黛玉嫁给贾宝玉，然后再生一对龙凤胎，一个叫贾无花，一个叫贾无果。小苹果说，让林黛玉嫁给贾宝玉，那薛宝钗多可怜呀？还不如让贾宝玉娶两个媳妇，把她们两个都娶了算了。陈沅说，那不是违法吗？小苹果说，你什么脑子，那是清朝，又不是现在，是可以娶几个媳妇的好不？

陈沅又想起了自己的两次经历。

第一次是看不到任何纽扣的，和那个封闭的保守的传统的甚至是戴着枷锁的时代一样，所以他像是一个渴望爬上那棵樱桃树的被蒙住眼睛的瞎子，遇到了重重机关和重重磨难。如果容易一点的话，如果熟练一点的话，如果苍老一点并不那么青春年少的话，是不是一切都轻车熟路瓜熟蒂落了呢？那棵樱桃树是不是就会躲过那么严厉的指责、惩罚和灾难，甚至会不会就变成一段美好的浪漫的传说了呢？

第二次恰恰相反，她的全身都是纽扣，每一颗纽扣其实都是一扇充满诱惑的大门。而且他已经不再年轻不再无知不再慌乱，蒙住眼睛的那块布早就被揭开，所以在一个夜色暗淡的晚上，当她因为生理原因出现恶心呕吐的时候，她拉起他的手按在她的腹部，让他用他的方式来治疗她的腹痛。但是随着他的手反复按在她的身上，她把他的手向上或者向下引入无人之境……他水到渠成地被解除了所有的武装，并在结束的时候仅仅说了一句"我们结婚吧"，她便轻松地答应"好啊"，如同几年之后一样，他仅仅说了一句"我们离婚吧"，她便平淡地回答"好啊"。

陈沅想，他的两种经历多么像两个极端，一个在一千多公里之外，一个在一千多公里之内，一个在十几年前，一个在十几年后，他不晓得是距离还是时间扭曲了他的感情——如果农村的事情发生在上海，或者是上海的事情发生在农村；如果十八年前的事情发生在现在，或者现在的事情发生在十八年前，他是不是就不会给那棵樱桃树造成如此大的离别和悲伤呢？他是不是就可以像拥有两个太太一样同时拥有两个极端呢？

陈沅笑了笑说，我怎么就没有想到让贾宝玉娶两个老婆呢？我看你更适合当作家，难道你的梦想也是当作家吗？小苹果说，我呀，在学校学的是设计专业，梦想是当一个建筑设计师。当时心想十里洋场多漂亮啊，应该有满把的机会在地上打滚。但是毕业后跑到上海才发现，自己一个大专毕业生，和文盲的遭遇其实是一样的，人家卖菜的扫地的都是本科。我有个朋友是研究生，学的是什么教育学，在大上海屁用都没有，连一份教书的工作都找不到，无奈之下照样进了洗头房。

陈沅又叹气了。他又回到了那棵樱桃树下，又看到了那两只兔子，又感受到风雨欲来的气息……那棵樱桃树的梦想也是考上大学，也是去大城市工作，也是当一名设计师，不过不是设计建筑，而是设计服装。她想把老家的每一种树都设计成各式各样的衣服。比如，把白桦树设计成裤子，把枫树、橡树和松树设计成衬衫，把开花的杏树、桃树和梨树，尤其是樱桃树，都设计成裙子。但是呢？唉，在那个春天，在那棵樱桃树下，在那个阳光明媚的中午，在伊甸园一般的看似静谧的小镇，偏偏遇到了两只兔子，像受到一条蛇的引诱，夏娃与亚当开始偷食禁果……因为是光天化日之下，是无遮无掩的，有人目击了那情不自禁的一幕，把消息一路传了下去，终于传到了上帝的耳朵里，最后遭到了上帝的惩罚——严格地来说，惩罚那棵樱桃树的不是上帝，而是上帝创造的蒙昧未开的人类——更严格地来说也不是人类，而是他们的嘲笑、流言和偏见……随后零零散散地传来一点消息，有的说那棵樱桃树像所有的树一样，仍然守在荒草连天的风风雨雨的农村，有的说那棵樱桃树不见了，可能是被人砍掉了，也可能是枯死了。最后就再也没有任何消息了，像那个春天的樱桃花凋零之后，重新化入泥土从未开放一样，或者像开放之后再没有凋零一样……

反正，陈沅自此之后的十八年，无论是在老家还是在外地，无论是在农村还是在城市，都没有看到过一棵樱桃树，已经记不清樱桃树的样子，更不记得樱桃花是什么颜色，会散发出什么样的气息。唯一可以品尝的是樱桃的味道，不过已经不是自己亲手采摘下来的，不是在当季生长出来的，更不是当初那棵樱桃树上生长出来的樱桃了。

陈沅说，她现在呢？现在在干什么？小苹果说，你是指我的朋友吗？人家研究生也没有白上，她在洗头房上班的时候，总是把毕业证拿出来让客人看，客人发现陪自己的竟然是研究生，出手就尤其大方。我劝她还是别干了，别再糟蹋自己了，但是人家干得挺起劲的，说在洗头房一个晚上，等于在外边半个月，何乐而不为呢？陈沅说，如今时代不一样了，过去没有洗头房的时候，人找不到工作怎么办？小苹果说，关键是地方不一样了，在咱老家一直都没有洗头房，而在城市连烟花柳巷都有了，好多人都沦落到那种地方去了。

陈沅说，所以，罪不在念不念书，念的是什么书，进不进洗头房还是看人，每个人想法都不一样。你不会也在洗头房上班吧？小苹果瞪着眼睛说，你把我当什么人了？！陈沅说，近朱者赤，我就是提醒一下。小苹果说，朋友也劝过我，非要介绍一个大老板给我。别说什么大老板，就是大老爷，我也不愿意。我如果那样做，对得起我姐吗？对得起我们那片青山绿水吗？陈沅说，为什么对不起你姐？小苹果说，我小学毕业之后，我爸妈反对我继续念书，说我已经长成大丫头了，再念下去会像我姐一样学坏的。所以我是我姐辛辛苦苦养大的，再坚持供着我上完了大专，还坚持让我选择了设计专业……而且，当初，听说我姐因为流言蜚语，中学还没有毕业就被逼着回家种地了，我们家好长时间在村里都抬不起头，几乎都要被唾沫星子给淹死了……

小苹果眼里闪动着泪花。陈沅的内心又狠狠地闪了一下那盏小灯。虽然十八年来，他没有收到太多的实质性的消息，但是如果按照在那棵樱桃树下发生的事情进行合理的推断和想象，似乎小苹果讲述的正是他内疚的和认定的结果。他真想问，她姐叫什么名字，当时是在哪里上的中学，到底发生了什么事情，为什么一直抬不起头，是不是因为男女关系，如今的情况是什么样子，是不是成了司空见惯的满手老茧的满脸皱纹的一身油污的弯腰驼背的农村妇女……但是看到小苹果十分伤心，他陷入了小小的沉默，一是不忍心问那么多伤心的事情，二是还承受不了那么大的巧合。似乎这种巧合的可能性不大，但是如果真是一个天大的巧合怎么办？按照他原来的设想，就是想从那个县城穿过，去那个小镇远远地看上一眼那棵樱桃树，甚至是在心里悄悄地问候一声：

"对不起，十八年了，你还好吗？"

陈沅说，你如今当设计师了吗？小苹果说，如今在一家日本玩具企业，做了一个仓库管理员，哪会想到这辈子要当仓库管理员啊。陈沅说，仓库管理员工资不会低吧？小苹果说，你以为是当保镖吗？其实就像个看门的，哪里用了几个螺丝，哪里坏了一个灯泡子，又入库了多少小米积木，又出库了多少卡通玩偶，整天消耗在这些鸡零狗碎的东西上。陈沅说，有你这样如花似玉的管理员，那些螺丝、灯泡和玩具们能安分吗？小苹果说，谁都像你呀，大叔！陈沅说，不过，绿林好汉林冲也当过仓库管理员。小苹果说，他最后一气之下还不是把草料场给烧掉了？

陈沅说，你还喜欢设计吗？小苹果说，有时候做梦都在设计东方明珠，上海人把东方明珠当宝贝似的，整天炫耀什么"东方之珠"。哎哟，真够土气的，还不如我姐纳鞋底的大锥子。我姐纳鞋底的大锥子起码是铁的，比东方明珠优雅朴素多了，东方明珠发出的光是紫色的，与在洗头房上班的朋友身上穿的衣服太像了。

陈沅说，我还没有上过东方明珠。

小苹果说，我也没有进过洗头房。

说到这里，两个人相视一笑。

在月光下，彼此的目光显得十分幽怨，像湖面上偶尔荡起的不易觉察的一丝涟漪。

陈沅说，在工作方面，我也许可以帮你。小苹果说，凭什么？凭我们是老乡吗？陈沅心里明白，自己虽然帮不了什么，之所以还想尽力帮她，是因为小苹果长得越来越像那棵樱桃树，又有那棵樱桃树的影子和夭折的梦想，甚至她不是一个苹果，而是通过十八年的时间，被放大了很多倍的一颗樱桃。他似乎在慢慢地接近那棵樱桃树，内疚感和负罪感在慢慢地减轻……

陈沅说，凭你是我的老乡，也凭你刚才的人工呼吸。小苹果说，我再重申一下，当时想做人工呼吸，其实是并没有实施，而且人命关天的，我怕你一旦死了，就说不清楚了。人家不晓得的，真以为我们开房去了，你不是被吓死的，而是死在床上的。消息传回我们老家，那些人肯定会说，有其姐必有其妹，那我姐多伤心啊。陈沅说，你咋不喊别人帮忙呢？小苹果说，我咋忘记了呢？我们还有一车人，尤其是棍子山药吹气球的样子多熟练，给你做做人工呼吸应该也不会差的。要不我现在把他给你叫过来吧？

陈沅笑了笑说，你为什么不继续念书？小苹果说，我想啊，而且已经报好了成人教育的专升本，是复旦大学的视觉艺术学院。但是进考场那天早上，死活找不到准考证，我怀疑是被胖子给藏起来了，但是胖子说可能被老鼠吃掉了。上海有老鼠吗？你在上海见过老鼠吗？反正我在上海从来没有见过老鼠，只见过成群结队的蟑螂。陈沅说，哪个胖子？小苹果说，就是下午来送我的男朋友，他一直不同意我继续上学，尤其是不希望我学艺术专业，他说搞艺术的都是大流氓。我忘记了，作家也是搞艺术的，你会不会也是大流氓啊？

陈沅内心的那盏小灯一沉。虽然上中学的时候，他还没有当作家的理想，还远远不明白什么是作家，但是在那年春天，在那棵樱桃树下，在两只兔子的诱惑下，在他像一个瞎子一样慌乱地爬上那棵樱桃树朝着樱桃花深处进入的时候，有一根棍子像暴风雨之前的一道闪电一样抽了过来，随着一声断喝，一顶"流氓"的帽子扣了过来……最后是那棵樱桃树抢在前边，主动地接住了这顶无比耻辱的可以毁掉一生的帽子……

陈沅说，搞艺术的那是浪漫，说明胖子不懂浪漫。

小苹果的电话响了。她接通了电话，说死胖子，你干吗呀？这么晚了，你不睡觉打什么电话？你问我在哪里？当然在车上！你说太安静了？当然太安静了！现在停在服务区呀，凌晨大巴不准上高速，所以停在服务区。我在睡觉啊，还能干什么！土豆大叔？是啊，他就在身边。你什么意思啊？我就跟他好了，关你什么事儿？有本事你来呀！你如果懂浪漫的话就来一起看月亮，多好的月亮啊。让你跟我走，你不愿意，嫌弃我们山里，怨不得我吧？你这个死胖子，好了好了，人家是土豆又不是迷魂汤，是不会迷住我的，你就把心放在肚子里吧。你要视频？这是要检查我对吗？而且黑灯瞎火的，你啥都看不见吧？

小苹果挂掉电话，笑着说，胖子吃醋了。陈沆说，他吃什么醋啊？小苹果说，他说他下车的时候，从车窗外边看到你，觉得你长得色眯眯的，提醒我防着你一点。陈沆说，你真得防着，我真不是什么好人。

小苹果抽了抽鼻子，说你闻闻，是什么味道？不会是月光吧，难道月光是香的？

当年的那个中午，那棵樱桃树抽了抽鼻子，也说有一股香味，问陈沆阳光是不是香的。

陈沆也抽了抽鼻子，发现空气果然香喷喷的，有一股亮堂堂的直沁人心的味道。陈沆说，恐怕是桂花开了。

他们离开了那座木桥，顺着一条小路弯弯地走着。她想给他和月光拍张照片，说是从没有见过这么好的月光，也没有见过能聊这么多的老乡，希望拍几张照片给这次旅途留个纪念。但是无论怎么拍，月光看似是亮堂堂地雪白雪白地洒了一地，可一拍下去，就什么也没有了，仍然漆黑一片。陈沆说，月光不是光。小苹果说，那月光是什么呢？陈沆说，如果是光的话应该有反射，我拿镜子试过，月光是没有反射的，所以是拍不出来的。小苹果说，那怎么才能留住这些美景呢？陈沆说，用心就行了，就像我们，记着就行了。小苹果说，我们是什么关系？等到了商南县那一站，我一下车你恐怕就不认识我了。

路过一片树林子的时候，小苹果突然捂着肚子，哎哟着蹲了下去。陈沆问，是不是吃坏了肚子？小苹果不好意思地说，女人的事儿，你就别问了，我去方便一下，你是正人君子，可不能偷看啊。陈沆说，什么也看不清。小苹果说，看不看是一回事，看得清看不清又是一回事。

突然有一只大鸟，或许就是传说中的天鹅，从树梢上俯冲了下来。小苹果尖叫一声，就扑在了陈沆的身上。正在这时，从林子里又冲出一条黑影，朝着陈沆狠狠地挥了一拳。陈沆感觉自己的鼻子在流血，那血流在地上与月光混在一起……那条黑影不是别人，正是车上的大鸭梨。大鸭梨从陈沆的身上把小苹果拉开，使劲地推了陈沅一把说，就晓得你没安好心。小苹果说，你怎么在这里？大鸭梨说，我在保护你，我什么都听见了，他还真是一个流氓。小苹果说，谁是流氓啊？大鸭梨说，这个大红薯呀！

陈沅抹着下巴上的血，偷偷地笑了笑——他在给别人起绰号的时候，没有想到别人也在给自己起绰号。自己的这次绰号不叫土豆，而是比土豆更加丑陋的红薯。小苹果说，你从哪里看出他像红薯？大鸭梨说，你看看他的头型，再看看他紫红色的衬衫，不是红薯是什么？小苹果嘻嘻地笑着说，确实像一个紫薯，不过你误会了。大鸭梨说，我怎么会误会！小苹果说，他一路都在照顾我，反而是我差点把他给吓死了。大鸭梨说，他那都是装的，你看不出来而已，如果我不出现的话，估计你已经上当了，早被他给收拾掉了。

小苹果说，你也看到了，刚才有一只天鹅冲下来要咬我。大鸭梨说，这又不是天堂，哪来的天鹅？我怎么没有看到天鹅？如果真有天鹅也是他装的。小苹果说，你装一只天鹅给我看看？大鸭梨说，我又不是流氓，我装它干什么？！大鸭梨揪住陈沅的衣领，说你是不是装的？不要说假话，说假话就是孙子。

陈沅嘿嘿一笑，说我是装的，天鹅也是装的。

小苹果看到陈沅的鼻子在流血，一边递纸巾一边说，装就装吧，如果真有什么事情，那也是我主动的。大鸭梨说，我提醒你，这个小老头，肯定有老婆。小苹果说，人家没有老婆，就是有老婆跟你有什么关系？大鸭梨说，他没有老婆，孙子才信呢！如果真没有老婆，更说明他是坏人，坏人才找不到老婆。小苹果说，你这什么逻辑呀，都把我搅糊涂了。大鸭梨拉住小苹果的胳膊，似乎要把小苹果带走，说时间不早了，应该上车了。

小苹果甩开了大鸭梨，说你别拉拉扯扯的行吗？这么好看的月亮，我还没有看够呢。大鸭梨说，你是不是看上人家了？你被骗了晓得吗？小苹果说，我是自愿的，如果被骗了关你什么事儿？大鸭梨一生气，真的扭头就走了。

小苹果说，气死了！真是气死了！像一只苍蝇似的。陈沅说，人家也是为你好。小苹果说，哪里是为我好？他是还不死心。陈沅说，这么快，你们就泡上了啊？小苹果说，听你说话的口气，还真不像正经人，什么泡不泡的，其实他和我是一个村子的。陈沅说，这次回家，你们是约好的？小苹果说，是偶尔遇到的。陈沅说，吃晚饭的时候，隐隐约约地听你们说，他好像在上海一家电子厂打工。小苹果说，我感觉打工是假的，来找我才是真的。我就明白地告诉你，他是我在村子里的男朋友，不过早就分手了。陈沅说，我明白了，是你把人家给抛弃了，你跑到上海以后，遇到了小胖子，经不住花花世界的诱惑，就变成陈世美把人家秦香莲给抛弃了。小苹果说，陈世美与秦香莲已经结婚了，还有两个孩子，我和他不一样，就是小孩子过家家，随随便便地谈了谈而已。陈沅说，随便谈了谈是什么意思？结婚和不结婚有什么差别吗？小苹果说，你想说什么？！你想问有没有那个对吗？陈沅说，那个是哪个？我不懂。小苹果说，你又装！有了，什么都有了，和结婚一模一样，孩子都生出来了，还是龙凤双胞胎，一个叫贾无花，一个叫贾无果，这样想象可以吗？

小苹果被自己的话给逗笑了。她呵呵地笑着说，我是不是疯了？红薯大叔你是我什么人？我为什么要和你七七八八地解释这么多？

在一个拐弯处，又遇到了棍子山药，他吃惊地说，以为你们开房去了，原来你们在这里呀。其实这里比房间好多了，又透气又浪漫又省钱。棍子山药的身后还跟着大白菜，她一边走一边嗑着瓜子，在走过棍子山药身边时，轻轻地朝着棍子山药踢了一脚，说人家开不开房关你什么事呀？有本事你也开房去呀。棍子山药说，花那冤枉钱干什么，我们再往深处走走，说不定还有更好的地方。大白菜说，哪里好，还有床上好吗？棍子山药说，哪里都是床，反正我听你的。大白菜说，我到树林子里边方便一下，你可不许跟过来啊。棍子山药还是跟过去了，说这地方可能有狼，我得好好保护你。

两个人一前一后，向着树林子深处去了。不久，棍子山药传出折弄桂花的声响，也许也遇到了天鹅，或者遇到了别的什么，大白菜还不时地传出咿呀咿呀的喊叫。

5

陈沅和小苹果回到车上不久，棍子山药与大白菜也回来了。

棍子山药一上车，就要与小光头换位子。他要坐在大白菜的身边去。小光头问，为什么呀？棍子山药说，我们想坐在一起好好聊聊。小光头说，你们想聊什么？棍子山药说，我们想聊聊老家的穷山恶水，也想聊聊在上海的不容易。在外这么多年，没有遇到一个既爱吃土豆又爱吃汉堡的两边都懂的人，更没有遇到一个能掏心窝子的人，再这样下去我不得忧郁症也会变成疯子。而且你晓得吗？我们原来还是亲戚。小光头问，什么亲戚？拉拉扯扯的，一晚上就变成亲戚了？棍子山药说，这咋就不行了？你看看咱们商洛人的相貌都是差不多的，不是灰头土脸的土豆，就是红薯萝卜大白菜，祖宗都是从大槐树下逃难来的，大家攀扯攀扯都是沾亲带故的，说不定你还是我的小舅子呢。小光头说，你是不是在骂人？谁是你的小舅子？要是也是你的叔叔。棍子山药说，你一个小屁孩子，我叫你叔叔行不啦？小光头侧身问大白菜，你们真有亲戚关系，还是他不安好心？大白菜笑着说，我是他姨妈，不过是远房的，早就出了五服。

小光头不情不愿地换了位子。棍子山药换完位子，说你是谁的姨妈？大白菜说，还能有谁？你快叫姨妈吧。棍子山药说，姨妈，我饿了。大白菜说，乖，回家给你蒸红薯吃。棍子山药说，姨妈，我要吃奶。大白菜便在行李架上，摸出一瓶牛奶饮料，捶了一下棍子山药，扔在棍子山药的怀里。之后再没有听到嗑瓜子的声音了，而是棍子山药和大白菜叽叽歪歪地笑了一夜。

两人聊的第一件事儿，无非是该不该离婚。棍子山药说，我们村里几百年了，还没有一个离婚的，如果我第一个离婚，不就成陈世美了吗？大白菜说，可不是咋的，感觉挺狠毒。棍子山药说，不离婚吧，心已经成了两张皮，咱在外边混了那么久，不能说有多大出息，起码是见过大世面的。大白菜说，还有比上海更大的世面吗？楼都盖到一百层了，桥都修到几十公里了，还有迪士尼马上也要开张了。棍子山药说，但是我那老婆，她死活不信，说楼再高有山高吗？桥再长有咱门前的小河长吗？大白菜说，你为什么不带她一起打工？棍子山药说，她什么都不会，当保姆都不行。大白菜说，那你可以带她到上海看看吧？棍子山药说，她不喜欢城市，也不喜欢人多，看到人多就头晕恶心，有一次走到半路上，还没有出我们商洛，就下车跑回去了。

　　大白菜说，你可以把东方明珠和东海大桥拍成照片发给她看看。棍子山药说，前几年，我们村没有手机信号，刚刚有了手机信号，给她买了一部手机，但是她不会用微信，我拍的照片也传不过去。大白菜说，我老公现在连手机都没有，他说一个农民整天和庄稼打交道，要那东西有屁用。棍子山药说，前段时间，让人给她安装了微信，有一天晚上，我教她和我视频，聊了不到几分钟，她竟然骂我是臭流氓。大白菜说，你不会让人家裸聊吧？棍子山药说，都老夫老妻的了，脱个衣服有什么了不起的？隔山隔水的好几千里路，她说想那个了，不视频咋办？

　　大白菜说，猜你也不会亏待自己，我们女人多可怜啊。棍子山药说，说一千道一万，早就是两个世界的人，每次回去两个人躺在一张床上，身边像是躺着一头母猪。大白菜说，是人是猪，关了灯不都一样吗？棍子山药说，能一样吗？母猪还会哼哼，但是她哼哼都不会。有一次我让她哼哼几声，她一脚把我给踹下了床，硬说我在外边学坏了，不然哪有这么多花样。大白菜扑哧一声笑了说，你活该。

　　陈沅内心的那盏灯又闪烁了一下。他如果没有穿过那个春天，如果那棵樱桃树没有开花，如果那两只白色的兔子没有明目张胆地寻欢，如果没有自己的青春年少和盲目的冲动，如果她的身上有几颗成为入口的纽扣，如果所有的过程都轻车熟路地悄悄地不被发现地进行，如果没有那时的封闭的保守的落后的观念……她是不是就不会被勒令退学，就不会永远地被困在那片群山之中了呢？如今，她会不会变成棍子山药口中的形同陌路的那头猪，会不会正过着井底之蛙一样的原始生活，承受着动物一样的麻木不仁呢？

但是，她是不是保持着一颗无比纯洁的没有分分合合的没有伤感的内心呢？

棍子山药和大白菜还聊了聊该不该在上海买车。棍子山药说，迟早得买辆车。大白菜说，买啥牌子？棍子山药说，还是桑塔纳皮实。大白菜说，起码得买一辆别克，不然对不起八万块钱的车牌。棍子山药说，要买车也不用挂上海牌子，花那钱没有必要，挂商洛牌子几百块就搞定了。大白菜说，挂商洛牌子不能上高架，去外滩呀南京路呀，都受限制，要车有啥用呢？棍子山药说，过几天回上海，我就买辆别克车开开，拉你一起去兜风。大白菜说，好呀，不过你有驾照吗？棍子山药说，奶奶的，拖拉机倒是开过几年，竟然忘记考驾照了。大白菜说，等有了驾照，有了车，我们回来就开车，免得再挤长途大巴了。

两个人又聊了聊生二胎的事儿。棍子山药说，你还想不想生孩子？大白菜说，想是想，你这么大年纪，还生得出来不？棍子山药说，努力一下，一年半载的，瞎猫也能逮个死老鼠吧？我们有个同事都五十多了，照样把人家肚子弄大了。大白菜说，是他的吗？说不定人家栽赃陷害呢。

最后，两个人聊了聊未来，不免都有些茫然和凄凉。棍子山药说，我们老了怎么办？大白菜说，老了还得回老家。棍子山药说，那我们当初进城图什么？大白菜说，图赚钱呀，不为了赚钱受这份罪干什么？棍子山药说，我们在上海赚的那点钱都不够买房子。大白菜说，所以终究还是要回农村的，而且现在农村日子好过多了，孩子上学全部免费，看病有合作医疗，能报销百分之七十，六十岁以上还有补贴，每月一百块左右，已经够买油盐了。棍子山药说，而且农村空气好，吃的也没有污染，但是我们回家还习惯吗？大白菜说，肯定不习惯了，连穿衣服、上厕所都不习惯了，关键是夫妻之间说不到一起去了。棍子山药说，那怎么办啊？谁会想到社会发展这么快，似乎一下子都颠倒过来了。

两个人越聊声音越低，嘀嘀咕咕地聊到最后，什么声响也没有了。陈沅侧目看过去，大白菜倒在棍子山药怀里，糊糊涂涂地已经睡着了。棍子山药则直挺挺地坐着，瞪着一双眼睛一动不动，生怕惊动了大白菜的睡意。

虽是中秋节，但山中还是有些冷，大家哆嗦着回到了车上。时间还没有到五点，高速路还没有解禁，大家实在等得不耐烦，就纷纷要求上路。大北瓜说，耐心再等等，被抓住了，要罚款扣分的，这一趟就白跑了。大家说，交警都在家里抱着老婆孩子过中秋，哪有空半夜三更出来抓我们。大北瓜说，高速路上到处都是电子眼，被拍到了照样会被处理的。大家说，你把车牌子蒙起来，它能拍到啥子？大北瓜说，你们以为交警是吃软饭的？我这车上也有摄像头，全程都是录像的。

听说车上有摄像头，大家顿时骚动了一下。尤其是大白菜，立即坐直了身子。棍子山药说，你接着睡吧。大白菜说，有摄像头。棍子山药说，我就借个肩膀给你，有摄像头怕什么？让它拍去好了。话虽这么说，但棍子山药还是有点别扭，瞅了瞅车顶说，摄像头在哪里？司机说，在你的头顶上，不过放心吧，没电了，早就关闭了。大北瓜说，恐怕是你故意关的，不出什么事还好，出事了交警来调录像，我看你怎么交代。司机说，坏了行不？！像一只大眼睛在背后盯着，我哪里握得稳方向盘呀。

大家说，既然摄影头坏了，警察如果来查，我们给你证明，还是快上路吧。尤其大鸭梨，说是再不开车的话就给他退票。大北瓜说，退票？好啊，我给你退票吧。大鸭梨说，你给我退全价，二百二十块，一分不少。大北瓜嘿嘿一笑，说我再加三十块，算是给你的补偿，正好二百五行不？大鸭梨伸出手说，二百五就二百五，赶紧吧。大北瓜抽出二百五十块钱，啪的一声拍在大鸭梨的手掌心。大北瓜说，还有谁想退票的？我统统退给你们，我停在服务区，都是照章办事，我没有做错什么，你们凭什么要退票？但是我依了你们，退票可以，不过拿了钱，请立即下车！

大鸭梨开始收拾行李。大家纷纷劝说，在这半夜三更的半路上，你下车去哪儿？大鸭梨说，多好的月光，我不走了，住在这儿，看看月亮不行吗？我们土农民看看月亮有罪吗？

大鸭梨果真提起行李下了车，消失在皎洁的月色之中。

陈沅用胳膊顶了顶小苹果说，他在赌气。小苹果说，随他吧，他下车关我什么事？陈沅说，他不是你男朋友吗？小苹果说，是过去式了好不？陈沅说，你们起码还是一个村的，你应该把他留下来。小苹果眯着眼睛说，他会听我的吗？

换到前边的小光头提醒大北瓜说，你就没有别的办法了吗？大北瓜说，有屁的办法，我又不是飞机，我要是像人家飞机，长着一对大翅膀，早就忽悠一下飞掉了。小光头说，上次来上海，凌晨的时候，人家不走高速路，走的是312国道，国道不会封路吧？大北瓜一拍脑门说，我真是个瓜娃子，跑了将近半年了，咋没有想到这条路呢？其实高速路修好后，那312国道更顺畅了。

司机把大巴急急地开出了服务区。在驶出高速路的时候，小苹果站起来说，司机你停一下车吧。大北瓜说，你也要退票吗？小苹果说，我为什么要退票？你们搞运输的，有点德行好不？把一个乘客丢在这里，万一出点什么事儿，你们不负责吗？大北瓜说，是他自愿的，而且一个男人，能出什么事儿？小苹果说，你得把他找回来，我看他脑子出问题了，不是看月亮去了，说不定是跳湖自杀去了。大北瓜说，他一没有失恋，二没有丢钱，三没有生病，为什么要自杀？人家说了，就是赏赏月而已，这么好的月亮，在这住几天，也不是不可以。司机说，他一个农民，晓得什么是月亮？会赏什么月亮？简直就是笑话！

大爷说，大家都是老乡，这孩子心里有事儿。棍子山药说，他眼珠子都红了，怕是窝了一肚子火，别说跳湖了，我看上吊都有可能。大白菜说，吃晚饭的时候听他嘟哝过，他似乎把上海的工作弄丢了，恐怕再也回不去了。

看大家纷纷劝了起来，陈沅站起来说，我把他给请回来，你们等我十分钟吧。陈沅下了车，顺着小路找过去，大鸭梨果真坐在湖边。陈沅说，走吧，别傻了，小苹果说了，你是她男朋友，你待在这里，她会担心的。大鸭梨说，小苹果是谁？是燕子吗？她真这样说的？陈沅说，她叫什么名字？大鸭梨说，燕子是小名，大名叫李春燕。陈沅说，到底是哪三个字？大鸭梨说，木子李，春天的春，小燕子的燕。

因为那棵樱桃树并不姓李，陈沅初步排除了自己的怀疑。如果说真有意外和巧合的话，仅仅是她长得越看越像那棵樱桃树，不过，这种像，只是拿现在的她与十八年前相比。陈沆已经无法想象十八年之中，经历过那么多的风风雨雨，那棵樱桃树到底会变成什么样子，何况他对那棵樱桃树的印象，已经不再那么具体，不再那么清晰，更多的是一种牵挂，是一种象征，是一种概念，是一种纪念，是一份内疚……如果不是自己，她也能考上大学，也可以进城实现当设计师的梦想，甚至也可以和城里人结婚……那么，她也会离婚吗？

除非小苹果所说的她姐，并不是真正的她姐，而是她嫂子。因为在他们商洛，也有把嫂子叫姐的习惯。

陈沆说，她说你是她男朋友。大鸭梨说，那是过去，我们已经分手了。陈沆说，她说你们之间什么都有了，孩子都生出来了，还是龙凤双胞胎。大鸭梨有些生气地说，她胡说八道，我们在小毛孩子的时候是牵过几次手，除此之外都是清清白白的。陈沆说，我不信，你们谈恋爱的时候呢，也没有干点什么吗？大鸭梨说，哪像你，怎么看都像色狼。陈沆说，我们商洛如今连狼都没有，怎么会有色狼呢？你太年轻了，看走眼了。

大鸭梨说，听说她在上海交了一个胖子，所以才绝情地和我提出分手的。我到上海来打工不为别的，其实就是为了找她。陈沆说，你找她有用吗？大鸭梨说，她进城以后就变心了，我晓得找也白找，我就是想找到她，远远地看一眼她，看看她在外边过得好不好。但是我整整找了三个月时间，最后竟然在这趟车上给遇到了。陈沆说，你已经见到她了，你看她过得怎么样？大鸭梨说，感觉在外边尤其在上海太不容易了，我开始还以为你是胖子呢。陈沆说，你看看，我是胖子吗？送她上车的那个才是胖子。大鸭梨说，她上车的时候我睡着了，你也见到了那个胖子，你说说到底比咱强在哪里？陈沆说，你长得像一个大鸭梨，他长得像一根白萝卜，所以比咱也强不到哪里去，唯一不同的地方，人家是上海人。

陈沆提起大鸭梨的行李说，还是赶紧走吧，一车人都在等着你。

大巴终于重新启动，驶出服务区，进入 312 国道。原来没有修高速路的时候，312国道铺了柏油，是东西走向的交通要道。如今有了沪陕高速，312国道就冷清了，尤其是半夜时分，与高速路并没有什么差别。大北瓜说，哎呀，既赶了时间，又省了过路费，我请客。大北瓜拿出几盒月饼分发给大家，说是过中秋节，大家凑在一起是缘分，有什么服务不周的地方请大家原谅，以后回家或者是到上海还坐这趟车。

凌晨四点多的时候，月亮更加明亮了，但是玻璃上有了水雾，月光照射不到车内，仍是伸手不见五指，大部分人很快就呼呼地睡了过去，只有少数的几个人还是清醒的。棍子山药与大白菜还在那里磨磨蹭蹭，不明白最后聊到什么伤感的事儿，似乎是那份工作，似乎是家里的孩子，大白菜竟然嘤嘤地哭了。

小苹果是没有入睡的。她不再呕吐了，似乎腹中的食物已经吐空了，随着汽车的摇摆更加难受地呻吟着。陈沅关心地问，是肚子痛还是晕车？她没有说话。陈沅说，你是不是病了？她还是没有说话。陈沅说，长时间窝在车上，我的双腿都麻木了，我要去活动活动，你趁机舒展地睡一会儿，好好地休息休息。陈沅让出自己的座位，开始跑到过道上做广播体操。小苹果原本十分娇小，平躺在两个座位上，像是躺在一张婴儿床上，不一会儿就发出了均匀的呼吸声。

不晓得过去了多久，小苹果发现陈沅坐在过道上，非常抱歉地腾开座位。陈沅说，地上更舒服。小苹果说，地上太凉。陈沅说，你继续睡吧。小苹果比画了几下，意思是她还缺个枕头，问他坐回去行吗？陈沅坐回去之后，小苹果果然抬起双腿，轻轻地搭在他的双腿上，然后看着他调皮地笑了笑，竖了竖大拇指。她不再有任何声响，像一摊过分发酵的面团，微微地不停地抽搐着。

他说，我还是去过道吧。她一动不动。他说，你需要喝水吗？她没有任何反应。他说，你到底哪里不舒服呀？她似乎没有听见。他怀疑地试了试她的额头，她的额头并没有发烧，反而像玉石一样有些冰冷，苍白的脸色接近于月光，又有点像一张白纸。

陈沅担心她会昏迷，于是伸过手掐了一下她的手，想试探一下她的生命反应。大巴遇到了颠簸，她趁着颠簸，或者是无意中，忽然抓住了他的手。当她抓住他的手的时候，他感觉她的手不是手，而是一条受伤的蛇，在不断收缩的蛇，要把什么东西传递给他。她一阵紧一阵松地抓着他，似乎要把什么东西捏碎。他反转了一下，把她的手握在了自己的手心。这一反转，她的手由一条蛇瞬间变成一只兔子，逃出他的手心。她的手抓着他的手，与他的手抓住她的手，意义似乎不太一样。他被她抓着的时候，她似乎抓住的不是手，而是一种寄托和力量；而他抓住她的时候，似乎是一种欲望与发泄。在她把手收走之后，他怀疑地骂了自己一句"流氓"，有点尴尬地把手收了回来。

他的思绪再次回到那棵樱桃树下，再次回到那两只兔子身上。那时候，他抬起头看了一眼太阳，看了看肆意寻欢的兔子，两个人对视了一下，然后她的手就在那一刻抓住了他的手，他的手反转了一下又抓住了她的手，似乎那两只兔子已经跑到了他的手心，从他的手心钻进了他的身体，钻进了他的心里，钻进了他的血里。最后，他开始四处搜寻着，但是他没有找到一颗纽扣，没有找到一个入口，他像被蒙着眼睛的瞎子，在攀爬那棵花开缤纷的樱桃树……他的血里到处是兔子在奔跑，在冲撞，终于喷射而出……后来发生的与浪漫毫不相关的事情，就是有一根棍子朝着他抽了过来却落在了她的身上，有一顶"流氓"的帽子朝着他扣过来却戴在了她的头上，彻底终结了一个十八岁的青春……

小苹果又开始轻轻地呻吟，她的手变成五条蛇，五条蛇生出了五十条蛇，犹犹豫豫地窜过来，一点点地缠住了他。这一次，她没有抓着他的手，没有想把什么捏碎，而是把他的手缓缓地拉过去，坚定地引导着他按在她的腹部。她的腹部剧烈地起伏着，像也有无数的蛇在撕咬，在爬行，在挣扎……她把他的手，隔着一层衣服，按在她的腹部，暗暗地控制着，暗暗地向下压，暗暗地蠕动……他对这个动作是十分熟悉的，那不过是止痛的手法罢了。他的前妻，每次在生理周期来临的时候就把他的手拉过去……

陈沅说，会不会因为在外边受凉了？小苹果摇了摇头。陈沅说，你应该是腹痛吧？小苹果点了点头。陈沅说，我给你治一治，你不介意吧？小苹果摇了摇头。陈沅说，我是学医的，不过是个兽医。小苹果吃惊地瞪着陈沅，说你是兽医？你把我当什么呢？陈沅说，我把你当成小白鼠了。小苹果信任地放开了自己的手。

陈沅抬起头瞄了一眼，发现摄像头就安在斜前方，无论多低的位置都在它的注视之下。他是有忧虑的，在那个叫试马的小镇，在那棵樱桃树下，在野草生长的地方，感觉是多么隐蔽啊，但是他的欲望还是被暴露出来了，被散布出去了。他有时候真不明白，是这个世界长着无处不在的眼睛呢，还是那个时代太封闭太邪恶……小苹果似乎理解了他的忧虑，拿出自己的那件外套盖在了两个人的身上。在那件外套下边，陈沅使劲地搓着双手。他把双手搓得火热，然后迅速地紧紧地焐在她的腹部。开始他仍然隔着一层衣服，随后他还是从容地把衣服揭开了。十次，二十次，三十次，似乎很快就有了效果，她腹部里的那群蛇，安静了下来，驯服了下来，顺着他的手，一条条地游出来，一条条地消失了。

小苹果说，你这招真灵，也是在学校学的？陈沅说，兽医也是医，给动物治病和给人治病，其实道理都是一样的，只是用药的剂量不同罢了，所以中医方面的针灸按摩也是必修课，不过我那时候心思不在专业上，仅仅学了一点皮毛。小苹果说，哪里是皮毛啊，简直是妙手回春，在谁的身上练过不少吧？陈沅说，兽医嘛，除了猪，当然全是女人。

陈沅确实是学兽医的，但是在学校并不学这些，他的绝招不过是姐姐教的。每次有人肚子痛的时候，他姐姐就拿一只布鞋底子，放在火上烤热之后，焐在人家的肚子上。至于自己为什么用手，并不是他姐姐教的，而是在他结婚之前，连女朋友都不是的前妻，在一次大姨妈来临的时候，把他的手拉过去焐在她的腹部，对相关内容进行了延伸和扩展。不过，在前妻身上，前半部分是为了止痛，后半部分总会由一种生理反应转化为一种生理需求，使他反复回忆到那棵樱桃树，使他越来越反感、越来越疲惫、越来越恐惧，直到他终于说出一句"我们离婚吧"，前妻终于回答"好啊"。

小苹果苦笑着说，做女人真可怜，还不如月亮呢，月亮圆了缺了，明了暗了，应该不会那么痛苦，哪像我们女人，年年岁岁，岁岁年年，每个月都要被折磨一次。陈沅说，你不如月亮？每个月一次？这是什么情况啊？小苹果说，你不懂吗？

陈沅怎么会不懂呢？他早就明白小苹果的疼痛不是病。

陈沅说，我真傻，现在才明白。

小苹果说，你不傻，你还是装的，不管怎么说，我都要谢谢你。

陈沅说，你要怎么谢谢我？小苹果从挂着的袋子里，掏出一把陈沅的樱桃，放在水杯子里荡了荡，然后递到陈沅的嘴边说，我看你喜欢吃樱桃，但是吃樱桃都不洗，也不怕农药吗？我给你洗樱桃吧。陈沅说，你就这样谢我？小苹果说，你还想怎么样？陈沅说，你真贤惠。小苹果说，咱商洛女人都挺贤惠的。陈沅说，所以我后悔，没有找一个商洛女人，而是找了一个上海女人。小苹果说，你不是还没有结婚吗？陈沅说，谁说的？小苹果说，是你说的吧？我记不清了，感觉你是单身的。陈沅说，单身不假，单身难道就没有结婚吗？小苹果说，我明白了，你离婚了，到底为什么呀？

陈沅说，没有原因，如果有原因的话，恐怕就是她不给我洗樱桃。小苹果说，就这么简单吗？陈沅说，是啊，恰好相反，我洗好了樱桃，人家还懒得张口，嫌弃樱桃不如车厘子。小苹果说，樱桃看上去不如车厘子，但是味道比车厘子好多了。陈沅说，那你为什么还要买车厘子呢？小苹果说，你是指我带的那箱子车厘子？我是想买樱桃的，但是一时没有找到，只好拿车厘子让我姐尝尝新鲜。陈沅说，你姐是不是喜欢吃樱桃？小苹果说，是的呀，你怎么晓得的？陈沅说，我猜的。

陈沅说，你家胖子怎么样？不那么刻薄吧？小苹果说，胖子倒是典型的上海男人，平时对我还是挺照顾的，会给我做饭，还给我洗衣服，就是不会像你那样给我按摩。陈沅说，他那样的年轻人不多了。小苹果说，不多我也不稀罕。陈沅说，生活习惯吗？小苹果说，他们家从来不吃面条，从来不吃辣椒，也不喜欢吃泡菜，所以我买了很多辣白菜方便面。陈沅说，我也是，她不吃糊汤，不吃土豆丝，不喜欢吃拉倒，还说这些东西没有营养，是乡下人吃的。

小苹果说，张爱玲说过，到男人心里去的路通过胃，不是一个地方的人胃就不一样，两个人的胃不一样，心就不会一样。陈沅仔细一想，他结婚与离婚的原因，似乎是说不清的，是轻描淡写的，但本质是非常简单的，他本质上还是一个农村人，与城里人的观念是不一样的，与城里人的感受是不同步的。陈沅说，张爱玲还说过一句，到女人心里的路通过身体。你说说看，我到你哪里了？小苹果说，你快到我们商南县了。

小苹果的脸真像一个秋天的小苹果，别过去看着窗外。

已经凌晨五点多了，大巴车进入了河南西峡境内。此时天边开始泛白，白中透着不易觉察的红，和小苹果的脸色是一样的。

大爷问，是不是快到了？司机说，快到商南县了，到丹凤县与商州区还早。小苹果听了，朝旁边挪了挪身子，直直地坐了起来。她的痛苦彻底消失了，似乎也彻底清醒了，他们之间瞬间就有了某种缝隙，或者说各自回归了原有的位置。

小苹果说，我快到了。陈沅说，你家在商南县城吗？小苹果说，在县城西边不远。陈沅说，这么早，有人接你吗？小苹果说，车站就在旁边，不需要接的。陈沅说，回家好好睡一觉吧。小苹果说，估计要睡三天三夜。你不是丹凤县吗？应该也快到了。陈沅说，我离县城还有八十里，估计到家要中午了。小苹果说，我们真不容易。陈沅说，是啊，你什么时候走？还坐这趟大巴吗？小苹果说，不一定，或许坐火车，或许坐飞机，都要先去西安。

大巴很快驶出河南边界，翻过一座山进入陕西境内。大巴进入商南县城时，天已经彻底亮了，路灯还没有熄灭，小城还处于睡梦中，只有麻雀是清醒的，在杨柳树上跳跃着。在越来越靠近的时候，陈沅越来越想把他与商南县之间的关系讲给小苹果听——在县城西边的那个小镇有一棵很大的樱桃树，每年春天会开出如雾一般的樱桃花，每年五月会结出厚厚的樱桃。他有五次骑着自行车，从丹凤县城向东，去商南县城，在走过武关镇之后不远，有一个叫试马的小镇会挡住他，让他坐在那棵樱桃树下歇会儿。但是最后一次，那是一个春天，那是一个阳光明媚的中午，当他从那棵樱桃树下迷迷瞪瞪地睁开眼睛，他抬头看了看头顶的太阳，又看了看两只白色的肆意寻欢的兔子，他与她对视了一下，然后人世间所有的樱桃花都为他开放了，人世间所有的樱桃花又都为她而毁灭了……他认为，人世间所有的樱桃花从那天起应该都毁灭了。

陈沆说，小县城还是老样子，就是长胖了，长高了，老了。当他还想继续说点什么的时候，大巴由东朝西穿过了县城，穿过了一片林荫道，到达了与县城已经连成一片的小镇，然后停在一座石拱桥边……陈沆记得那座石拱桥叫试马桥，它弯弯地骑在一条小河上，那倒映在水中的影子与它本身一起完整地组成了一个圆，像另一种形式的圆圆的月亮。司机说，商南县站到了。大白菜说，你们商南县到了。大鸭梨说，我们商南县到了。小苹果已经起身，站在过道跟着说了一句，试马镇到了。

小苹果回头看了陈沆一眼，然后晃晃荡荡地朝前走去。

小苹果下车，站在试马桥一边。试马桥的另一边，有两百米远的地方，或者是再远一些，有一座不大不小的山，在山脚下有一条路，那是当年从商南通向丹凤的，如今新修了一条大路，所以已经荒废掉了，在荒废的路边上，有一棵樱桃树，已经没有樱桃花，已经没有樱桃，也没有几片叶子。也许有樱桃花，也许有樱桃，也许有叶子，但是陈沆是看不清的，这是秋天，他只能凭着常识推测，那棵樱桃树上什么都不存在了……但是他身上的衬衫是紫红色的，凭着颜色一致的那紫红的树枝，他认识那是一棵樱桃树……

但是，他非常确定，那不是当初的那棵樱桃树。当初的那棵樱桃树，十八年前就已经是合抱粗了，这不是他的估计，而是他与她拉着手进行过测量，或者是他与她测量的时候拉上了手……但是，如今这棵樱桃树，明显还十分弱小，树枝还有些胆怯，甚至怀疑它有没有结过樱桃，即使在这十八年里那棵樱桃树不再生长，时间凝固不前，也会比它高大得多。

陈沆又看了看，除了多出许多楼房之外，他并没有发现其他什么。他突然又想，如果这棵樱桃树不是那棵樱桃树，那么当初的那棵樱桃树呢？无非是三种情况：一是被移走了，那么大的樱桃树被移栽的话是否能成活呢？二是被砍掉了，当初"流氓"事件发生后，就有人扬言要砍掉它，因为对别人而言，它象征的是不安，是伤害，是耻辱。三是他彻底记错了，当初那棵樱桃树根本就没有那么大，或者是他太年轻了。

有一群麻雀站在那棵樱桃树上，欢快地跳跃着。小苹果在叽叽喳喳的麻雀声中，开始不停地拨打电话。他第一次离她那么远，远远地看上去，她更像多年前的那棵樱桃树……陈沅抹去玻璃上的水雾，透过玻璃拍了一张照片。他不晓得想拿这张照片留个纪念，还是有别的什么用意。他想把这张照片发给她，但是此时才突然明白，他们并没有留下电话，也没有添加微信好友，他和她竟然如此熟悉又如此陌生。

他对着她招了招手，希望引起她的注意，希望她能记起什么，然后回到车上来。

但是她始终看着试马桥的另一头，那是她即将消失的方向。

大巴再次启动了。陈沅取下袋子里最后一点樱桃，快速地吃着。他仍然没有在乎有没有农药残留，也没有把核吐出来，似乎想尽快地把那些樱桃吃光。

6

在那个微曦初露的清晨，所有的悲伤都归于陌生。陈沅感觉这不是终点也不是起点。其实，就像自己的感情，起点就是终点，终点就是起点，中间什么都发生了，似乎什么都没有发生。

陈沅回到姐姐家，已经是下午一点，外甥女的婚礼正在举行，天气又变成阴天，不时还飘下零星的小雨。姐姐说，咿呀，让人打电话给你，发现你关机了，是不是没电了？以为你真不回来了。姐姐给他端来半碗腊肉炒粉条，几年没有吃到这么合口的菜了。姐姐说，咿呀，坐大巴怎么样，挺辛苦的吧？陈沅说，比想象的好多了。姐姐说，我没有说错吧，遇到很多稀奇事儿了吧？陈沅说，你指什么？姐姐说，还能有什么？除了要经过卧龙岗，要经过恐龙园，还要经过商南县，听说经常会有锦鸡挡着道不让离开。陈沅说，人家大巴多数都在高速路上，不过在服务区休息的时候，倒是看到天鹅了。

姐姐说，咿呀，天鹅是什么样子？

陈沅说，天鹅像我们这里的鸡，比鸡大一点。

姐姐说，你哄姐姐的，天鹅会飞的，鸡怎么好比？

乡村的婚礼与原来唯一有变化的，就是婚礼举办时间从晚上移到了中午。婚礼十分简单而古老，在电影里都很难看到了。嫁妆是几个木箱子、一个梳妆台、两把椅子，都是自己打染的，还有两床红绸被子、两个绣花枕头。也有冰箱、洗衣机和电视机。因为是招上门女婿，酒席是在姐姐家办的，嫁妆是从外甥女婿家抬过来的。大家抬着嫁妆一边走一边撒糖果，被子里还掖着红鸡蛋。洞房里点了大红蜡烛，外甥女蒙着一块红盖头，外甥女婿披着大红花，被涂成一个大花脸。入洞房前，要拜天地，拜祖宗，拜高堂，还得给亲朋好友磕头。没有婚礼进行曲，也没有唢呐，却有一个大音响摆在香堂里，循环播放着花鼓戏《哥接妹》和《瞎子摸妻》。在一片庄稼地里，支了几口铁锅，摆着十几张桌子，亲朋好友从四面八方嘻嘻哈哈地拥过来，猜拳，喝酒，吃肉，打牌，闹洞房，那种欢笑，那种快乐，都是城里没有办法相比的。

直到陈沅离开的那天，那边的天再没有晴过，中秋的月亮再没有看到第二回，甚至让他怀疑自己是否看到过那么圆的月亮。

离开的时候，他仍然打算乘坐那趟往返上海与商洛之间的大巴。姐姐说，你是不是想去商南县看一看？陈沅说，有什么好看的？姐姐说，确实没有什么好看的了，都这么多年过去了，你应该放下了，何况人家过得不错。陈沅说，你怎么晓得人家过得不错？姐姐说，有一次看电视，在电视上看到一个人，我猜应该是她。陈沅说，你是怎么猜的？你又没有见过她！姐姐说，你当年让我看过照片的，你忘记了吗？陈沅说，她为什么上的电视？姐姐说，说她们村里人都去外边打工，把庄稼地全都给荒掉了，她就把那些没有人种的庄稼地，全部承包下来，办了一家果园，每年收入几十万元。陈沅说，果园里种什么能赚那么多？姐姐说，听说种的都是樱桃树，樱桃树下再种药材。如果真是那个人的话，不就坏事变好事了吗？如果没有发生那件事儿，她估计和你一样，也考上大学了，也去城里了。

陈沅心想，估计不仅仅去城里了，恐怕也逃脱不掉他们这些进城人员的悲伤。

陈沅想到这里，又生出了无限的悲伤来，这不仅仅是对故乡的留恋，也是对十八年来突然得到宽慰之后的一种失落。当年，在那棵樱桃树下，他如果也被伤害了，也失去了上大学的机会，也留在封闭落后的农村，是不是也会拥有一片果园了呢？有一点是可以肯定的，起码是找了一个和自己身世匹配的农村老婆，过着虽然有些穷困，但是无比干净的无比安稳的，有些温暖的没有伤感的小日子，不至于落到如今这种飘浮不定的离婚的下场吧？

外甥女婿骑摩托车送他去丹凤县城。在他搭上那辆银色大巴之前，陈沅问外甥女婿，他是哪里人。他说，商南县人。陈沅说，你姓什么？他说，我姓李，叫李春堂。陈沅说，哪三个字？他说，木子李，春天的春，燕子堂上飞的堂。陈沅吃惊地问，有个人你认识吗？他说，是舅舅的朋友吗？她叫什么名字？陈沅说，她叫李春燕，和你一字之差。陈沅还想说，她也许是试马镇的，而且她有一个姐姐，她姐会不会不是她姐，而是她嫂子呢？

外甥女婿没有回答陈沅，因为大巴已经驶到了眼前。陈沅坐上这辆熟悉的大巴，还是一路朝东，要经过武关，要经过试马镇，但是线路还是那条线路，大巴还是那辆大巴，司机已经不是那个司机，也不见卖票的大北瓜。虽然乘客全都有着土豆的气息，但是没有再见棍子山药，没有看到大白菜，没有看到大爷，没有看到小光头，没有看到大鸭梨……从丹凤县至商南县，大巴并没有走312国道，而是驶上了基本平行的高速路。在即将进入商南县地界的时候，陈沅透过窗户看到一片紫红色的树林子，这片树林子分布在高速路的两边，密密麻麻的看不到尽头，远远地望过去加上快速地后退，似乎形成一团雾……陈沅明白，这不是别的，正是一片果园，一片望不到边际的樱桃树。

那时正是中午，天空下着淅淅沥沥的小雨，大巴在驶下高速路准备前往商南县车站的时候，陈沉凭着慢下来的大巴看到紧靠着一条河边有一座院子，院子里有一座白色的三层楼房，房子顶上有一根烟囱还在冒着白色的炊烟，院子中间长着一棵樱桃树，树上拴着一只白色的狗，树下停着一辆白色的小轿车，树干已经合抱粗了，起码有四五十年的树龄，那枝那丫似曾相识的样子……院门被吱的一声推开了，从里边走出一个女人，她手中提着一个水桶，似乎刚刚睡醒一样，蒙眬地抬起头看了看天。她明显不晓得下雨了，所以有一些意外和惊喜……但是，陈沉还是看清了她的脸，她的脸也似曾相识，像一个经历风霜的熟透的苹果……陈沉张了张嘴，还没有发出任何声音，大巴已经驶了过去。

大巴在那座叫试马的石拱桥上，又捡上来一个乘客。她坐在最前边，那是临时的售票员的位子，比正常的位子低了很多。陈沉则坐在最后一排，他看到了她后脑勺上的马尾辫子，还有穿着一件看不到任何纽扣的运动服的背影。除此之外，他什么也没有看见，他无法判断她的年龄，也不清楚她的长相。他几次装作活动，站在过道上朝前张望，但是她背对着他把头埋在怀里，加上那么低那么远那么昏暗，他一直不敢确定她到底是不是一个小苹果。

他又想吃樱桃了，可惜上车之前，并没有买到反季的樱桃，所以他从包里掏出了一个苹果。他觉得经过十八年之后，自己有必要重新回到喜欢吃苹果的年代。

编后记

虽然刚刚立冬，但2018年第12期的《小说选刊》已经在印厂了。做文学刊物的人总是走在时间的前沿，敏锐地体察到时间的流逝，当然，更是文学让我们走在时间和生活的神经末梢上，在尘世烟火中感受某种魂魄的所在，在动荡的记忆被暴风雨砸碎之后，依然可以变得落落安宁，这就是文学的魅力之一。文学更大的魅力在于惑，在于迷失，在于召唤，在于恢复人的各种感受力。最欣慰的是，我们的文学刊物一直有一批忠实的读者，因此编选好每期刊物不仅是我们必须完成的任务，更是我们全体同仁内在的使命感，荣耀和责任俱在，因为"凡是过往，皆为序章"。

今年恰逢改革开放40周年，《小说选刊》与中国小说学会、人民日报海外网联合举办，青岛作协承办了改革开放40年小说论坛暨最有影响力的40部小说评选活动。这次活动在文学界引起了极大的反响，在社会上也颇受关注。40年历程，40天时间，40位评委，40部作品，我们完成了几乎不可能完成的任务。如果说这是一次40年的文学盛宴，那么漓江版的中篇小说年选就是每年一度的文学盛宴，这也是《小说选刊》全体同仁每年精心烹饪的最好的"中篇全家福"。可以说，漓江版的中篇小说年选就是"选刊中的选刊"，也是"精华中的精华"。

茅盾先生在给《小说选刊》撰写的发刊词中希望"披沙拣金，功归无名英雄；名标金榜，尽是后起之秀"。自创刊39年来，《小说选刊》始终不忘初心，着力发现青年作家，为中国文坛寻找并培养新生力量。《小说选刊》一直关注青年的创作，他们富有锐气与探索精神，又接续着传统经典的文脉，蕴藏着无限的可能性。我们同样关注那些与我们共同成长起来的作者们，他们的写作非常成熟，但他们从未停止生长，始终保持着探寻、游牧。他们展现了写作本身所具有的审美价值。我们同样关注那些陪伴我们成长的读者们，通过新媒体与传统媒介多重渠道增进交流互动。可以说，是作者、编者和读者共同绘制了这幅灿烂的四季星图。

《2018 中国年度中篇小说［上下］》由《小说选刊》编辑部选编。《小说选刊》编辑部全体同仁殚精竭虑，分头举荐佳作然后集中研究讨论，本着对历史负责的态度，对文学本体的忠诚，对创作新变的思考，最终择定了入选篇目。这些小说汇聚了多个代际作家的作品，艺术风格多元，兼容并蓄，关注历史也关注现实，更关注未来，追求复杂性和时代性，能够呈现出人物的命运感和现实感，在不长的篇幅中拓展出人物的精神疆域，可以代表 2018 年中国中篇小说的成就和活力，反映 2018 年中国中篇小说创作的整体面貌，体现中国中篇小说创作队伍的梯队状态。

文学从不专制，不仅自由、开放，充满了弹性，也充满了奥秘。文学理念的多元，语言的丰厚，叙事的多样，美学的变迁，故事的无限可能性等都让读者在体验不同的心灵旅程。作为编者，我们努力呈现接近于完美概括力的优秀作品。不过由于篇幅所限，遗珠之憾也在所难免，希望能够得到广大读者的批评与肯定，我们也会一如既往地做好品质守护。

《小说选刊》编辑部

附 录

［上］

后生命 ················· 王威廉（2017.10《青年文学》 2017.11《小说选刊》）

偷声音的老人们 ········· 潘灵（2017.4《大家》 2017.12《小说选刊》）

借命而生 ··············· 石一枫（2017.6《十月》 2018.1《小说选刊》）

炸药婴儿 ··············· 西元（2017.6《钟山》 2018.1《小说选刊》）

黑熊怪 ················· 周李立（2018.1《芒种》 2018.2《小说选刊》）

曲莫阿莲回家 ······· 阿微木依萝（2018.1《南方文学》 2018.3《小说选刊》）

摊牌 ················· 留待（2018.3《啄木鸟》 2018.4《小说选刊》）

新娘 ················· 吴克敬（2018.1《长城》 2018.5《小说选刊》）

［下］

手械 ················· 老藤（2018.4《长江文艺》 2018.6《小说选刊》）

候鸟的勇敢 ··········· 迟子建（2018.2《收获》 2018.7《小说选刊》）

小花旦的故事 ········· 王占黑（2018.6《山西文学》 2018.7《小说选刊》）

低处的父亲 ··········· 马金莲（2018.7《长江文艺》 2018.8《小说选刊》）

固若金汤 ············· 宋小词（2018.4《当代》 2018.8《小说选刊》）

水击三千里 ··········· 裴蓓（2018.9《芒种》 2018.9《小说选刊》）

赛洛西宾25 ··········· 大头马（2018.4《收获》 2018.9《小说选刊》）

反季生长 ············· 陈仓（2018.8《作品》 2018.10《小说选刊》）

年选系列封面绘图画家介绍

乔晓光 1957 年生于河北邢台，中央美术学院人文学院教授、非物质文化遗产研究中心原主任、博士生导师。代表著作有《活态文化》《沿着河走》《本土精神》等，主编教育部艺教委高等师范院校教材《中国民间美术》，主持中国民间剪纸申遗及教育传承项目多个。

中宣部全国文化名家暨"四个一批"人才，2006 年获"民间文化守望者"提名奖，2007 年被国家人事部、文化部授予"全国非物质文化遗产保护先进工作者"称号。

长期从事中国非物质文化遗产与民间美术的研究、教学，从事剪纸、油画、现代水墨等多媒材艺术创作，多次参加国内外展览并获奖。近十年与芬兰、挪威、瑞士、美国等国家合作完成不同国家文化遗产主题的现代剪纸艺术创作，所举办的展览产生了比较广泛的艺术影响。同时，在海外积极推介中国民间剪纸，多次赴北欧及美国、日本等地讲学。

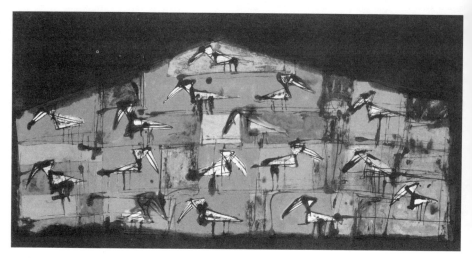

虞渊　Sunset Imagine　乔晓光　68cm×137cm　纸本水墨　2015 年

乔晓光的艺术

　　乔晓光从原始艺术中的图像出发，建立自己的当代艺术空间。与大多数传统型和学院型的水墨画家不同，乔晓光在艺术媒介的运用方面相当自由。他将中国明清以来的文人水墨画文脉与中国远古艺术的血脉接通，同时又将明清以来日渐狭窄的文人画解放出来，通过与原始艺术和民间艺术的结合，使水墨画获得了更为宽阔的发展空间。在这一过程中，乔晓光突出了现代艺术中表现主义的个性抒情，同时在形式上又与 20 世纪欧洲的现代主义艺术相通，这很像高更、卢梭等原始派艺术家的所作所为——将最现代的与最远古的艺术沟通。

——殷双喜 《从原始到现代——乔晓光的艺术密码》